Von John Jakes sind bereits bei BASTEI-LÜBBE erschienen:
10 867 Die Erben Kains
11 244 Liebe und Krieg

John Jakes
HIMMEL UND HÖLLE

Aus dem Amerikanischen von
Werner Waldhoff

BASTEI-LÜBBE-TASCHENBUCH
Band 11 601

1.-3. Auflage 1990
4. Auflage 1991

Titel der 1987 erschienenen Originalausgabe
Heaven and Hell
Copyright © 1987 by John Jakes
Copyright © der deutschsprachigen Ausgabe 1988
by SV international/Schweizer Verlagshaus AG, Zürich
Lizenzausgabe: Gustav Lübbe Verlag GmbH, Bergisch Gladbach
Printed in Germany
Einbandgestaltung: Roland Winkler
Satz: hanseatenSatz-bremen, Bremen
Druck und Bindung: Ebner Ulm
ISBN 3-404-11601-1

Der Preis dieses Bandes versteht sich einschließlich
der gesetzlichen Mehrwertsteuer

*Der Verlust des Himmels
ist der größte Schmerz
in der Hölle.*

CALDERÓN DE LA BARCA

Für all meine Freunde bei Harcourt Brace Jovanovich

Personenverzeichnis

Mit Ausnahme der historischen Gestalten
sind alle Figuren in diesem Roman frei erfunden.
Jede Ähnlichkeit mit realen Menschen aus Vergangenheit
oder Gegenwart ist zufällig.

DIE HAZARDS

George	Stahlindustrieller in Lehigh Station, Pennsylvania
Constance	Georges Frau
Stanley	ein farbloser Beamter in Washington mit wachsender Neigung zum Alkohol
Isabel	Stanleys ehrgeizige Frau
Billy	Berufsoffizier, sucht nach dem Bürgerkrieg sein Glück als Bauunternehmer in Kalifornien
Brett, geb. Main	Billys Frau
Virgilia	militante Verfechterin der Gleichberechtigung für Schwarze

---
DIE MAINS

Cooper	Erbe der Main-Plantage in South Carolina, Beamter in Charleston
Judith	Coopers Frau
Marie-Louise	Judiths und Coopers halbwüchsige Tochter
Charles	Coopers Cousin, hat als Berufsoffizier auf der Seite der Sezession gekämpft, wurde deshalb aus der US-Armee ausgeschlossen

Madeline	Witwe von Coopers im Krieg gefallenem Bruder Orry, Verwalterin der Main-Plantage
Ashton	das verstoßene schwarze Schaf der Familie, schreckt vor nichts zurück, um sich zu rächen

WEITERE WICHTIGE PERSONEN

Elkanah Bent	Intimfeind der Familien Main und Hazard, hat nach einer schweren Kopfverletzung den Verstand verloren
Willa Parker	eine junge Schauspielerin, die alles daransetzt, um Charles Main sein Kriegstrauma bewältigen zu helfen
Desmond LaMotte	ein Tanzlehrer alter Schule, Verwandter von Madeline Mains erstem Mann, will eine alte Schmach seiner Familie rächen
Scipio Brown	ein schwarzer Lehrer und Kinderheimleiter, alter Bekannter Virgilia Hazards
Theo German	ein junger US-Offizier im Dienst in South Carolina, findet große Sympathie bei Marie-Louise Main

Prolog

Die große Parade
1865

*. . . Friede, Friede rufend,
wenn es keinen Frieden gibt.*

Jeremias 6,14; 8,11

Die ganze Nacht hindurch regnete es in Washington. Kurz vor Tagesanbruch des 23. Mai — ein Dienstag — erwachte George Hazard in seiner Suite im Willard-Hotel. Er legte eine Hand auf die warme Schulter seiner Frau und lauschte.

Kein Regen mehr.

Die Stille war ein gutes Omen für diesen Feiertag. Heute morgen begann eine neue Ära, eine Ära des Friedens, mit einer geretteten Union.

Warum hatte er dann dieses Gefühl drohenden Unheils?

George glitt aus dem Bett. Das Flanellnachthemd umflatterte seine behaarten Waden, als er sich aus dem Zimmer stahl. George war jetzt einundvierzig, ein untersetzter Mann mit kräftigen Schultern, dessen unterdurchschnittliche Größe ihm bei seinen Klassenkameraden in West Point den Spitznamen »Stumpf« eingetragen hatte. Grau durchsetzte sein dunkles Haar und den sauber gestutzten Bart, den er wie so viele andere noch trug, um zu zeigen, daß er in der Armee gedient hatte.

Er schlurfte ins Wohnzimmer, das mit Zeitungen und Zeitschriften übersät war; gestern abend war er zu müde gewesen, um sie noch aufzuheben. Er begann sie einzusammeln und zu stapeln, wobei er sich bemühte, so leise wie möglich zu sein. Im zweiten und dritten Schlafzimmer schliefen seine Kinder. William Hazard III. war im Januar sechzehn geworden. Ende des Jahres würde Patricia dieses Alter erreichen. Das vierte Schlafzimmer gehörte Georges jüngerem Bruder Billy und dessen Frau Brett. Billy würde heute in der Parade mitmarschieren, hatte aber die Erlaubnis erhalten, die Nacht außerhalb des Pionierlagers von Fort Berry zu verbringen.

Die Zeitungen und Zeitschriften schienen Georges düstere Vorahnung verspotten zu wollen. Die *New York Times,* die *Tribune,* der *Washington Star,* die letzten Ausgaben von *Army* und *Navy Journal* hörten sich alle gleichermaßen triumphierend an. Während er auf dem Nebentisch einen sauberen Stapel auftürmte, stachen ihm die Sätze ins Auge:

Obwohl unser gigantischer Krieg erst seit einigen Tagen beendet ist, haben wir bereits mit der Auflösung der großartigen Unionsarmee begonnen . . .

Sie hat die Rebellion zerschmettert, die Union gerettet und für sich und uns ein Land gewonnen . . .

Das Kriegsministerium hat angeordnet, sechshunderttausend Blankoentlassungen auf Pergamentpapier zu drucken . . .

Unsere selbstbewußte Republik entläßt ihre Armeen, schickt ihre treuen Soldaten heim, schließt ihre Rekrutierungszelte, hebt ihre Materialkontrakte auf und bereitet sich darauf vor, den düsteren Pfad des Krieges zu verlassen, um die breite, helle Straße des Friedens zu beschreiten . . .

Die Feierlichkeiten dafür fanden heute und morgen statt: eine große Parade von Grants Potomac-Armee und Uncle Billy Shermans rauhbeiniger Armee des Westens. Grants Männer würden heute marschieren; Shermans Truppen morgen. Shermans Westerner taten Grants Männer aus dem Osten spöttisch als »Papierkragen« ab. Vielleicht würden die Westerner ihre Parade mit Kühen und Ziegenböcken, Mulis und Kampfhähnen abhalten, die sie in ihr Camp an den Ufern des Potomac mitgebracht hatten.

Nicht alle Männer, die in den Krieg gezogen waren, würden mitmarschieren. Einige ruhten, getrennt von ihren Lieben, für immer in der Erde, so wie Georges bester Freund Orry. George und Orry hatten sich 1842 als Rekruten in West Point kennengelernt. Gemeinsam hatten sie als Soldaten in Mexiko gekämpft und sich ihre Freundschaft über die Kapitulation von Fort Sumter hinaus bewahrt, in deren Folge der Krieg sie auf verschiedene Seiten stellte. In dessen letzten Tagen fand Orry den Tod bei Petersburg. Nicht in der Schlacht — er fiel der dummen, sinnlosen, rachsüchtigen Kugel eines verwundeten Unionssoldaten zum Opfer, dem er hatte helfen wollen.

Einige der jungen Männer, die der Krieg alt gemacht hatte, zogen immer noch über die Straßen des Südens, auf dem Heimweg zu Not und Elend und Armut in einem Land, das vom Hunger und von den Feuern der Eroberungsbataillone beherrscht wurde. Andere saßen noch in nordwärts fahrenden Zügen, an Körper und Geist verstümmelt von den Kloaken, die als Rebellengefängnisse herhalten mußten. Manch einer der konföderierten Soldaten war nach Mexiko verschwunden oder weiter nach Westen gegangen, um seine unsichtbaren Wunden zu vergessen. Orrys junger Cousin Charles hatte den Weg nach Westen gewählt.

Für viele andere hatte der Krieg in Schmach und Schande geendet. Das galt in erster Linie für Jeff Davis, der sich nach Irwinville, Georgia, geflüchtet hatte. Viele Zeitungen des Nordens behaupteten, er habe der Gefangennahme zu entgehen versucht, indem er sich unter einem Damenkleid versteckte. Wie immer auch die Wahrheit lauten mochte, für gewisse Elemente im Norden war Gefängnis für Davis bei weitem nicht ausreichend. Sie schrien nach dem Strick.

George zündete sich eine seiner teuren kubanischen Zigarren an und ging hinüber zu den Fenstern mit Blick auf die Pennsylvania Avenue. Von der Suite aus hatte man einen herrlichen Blick auf die Route, die die heutige Parade nehmen würde, doch er hatte Sonderkarten für die Tribüne direkt hinter dem Präsidenten. Vorsichtig schob er ein Fenster hoch.

Der Himmel war wolkenlos. Er lehnte sich vor, um den Zigarrenrauch hinauszulassen; überall an den drei- und vierstöckigen Gebäuden der Avenue hingen patriotische Flaggen. Lebhaftere Dekorationen hatten endlich die Trauertücher verdrängt, die man allerorten nach Lincolns Ermordung hatte sehen können.

Ein scharlachrotes Lichtband über dem Becken des Potomac markierte den Horizont. Unten auf der schlammigen Avenue begannen sich Vehikel, Reiter und Fußgänger in Bewegung zu setzen. George sah zu, wie eine schwarze Familie — Eltern und fünf Kinder — in Richtung des Präsidentenparks eilte. Für sie gab es mehr als nur das Kriegsende zu feiern. Der dreizehnte Nachtrag zur Verfassung garantierte ihnen, daß die Sklaverei für immer abgeschafft war; die Staaten mußten ihn nur noch ratifizieren, um ihn zum Gesetz zu erheben.

Ein heller werdender Himmel, ein Farbenspiel von Rot, Weiß und Blau und kein Regen mehr — warum wich unter solch günstigen Voraussetzungen seine dunkle Vorahnung nicht?

Es lag an den Familien, entschied er, den Mains und den Hazards. Sie hatten den Krieg überlebt, aber sie hatten schwer gelitten. Virgilia, seine Schwester, gehörte nicht mehr zur Familie; ihr Extremismus hatte sie in ein selbstgewähltes inneres Exil getrieben. Das war besonders traurig, da Virgilia direkt hier in Washington lebte, wenn auch George ihren genauen Aufenthaltsort nicht kannte.

Dann gab es da noch seinen älteren Bruder Stanley; ein inkompetenter Mann, der durch Kriegsprofite skrupellos einen gewaltigen Geldberg angehäuft hatte. Trotz seines Erfolges — oder vielleicht gerade deswegen — war Stanley ein Säufer.

Bei den Mains sah es nicht besser aus. Orrys Schwester Ashton war irgendwo im Westen verschwunden, nachdem sie an einer erfolglosen Verschwörung zum Sturz der Davis-Regierung zugunsten einer extremeren Regierung beteiligt gewesen war. Orrys Bruder Cooper, der in England für das Marineministerium der Konföderierten tätig gewesen war, hatte seinen einzigen Sohn Judah verloren, als ihr Schiff auf der Rückfahrt vor Fort Fisher von einem Blockadeschiff der Union versenkt worden war.

Und dann war da noch Madeline, die Witwe seines besten Freundes Orry, die sich der schweren Aufgabe gegenübersah, ihr Leben und die abgebrannte Plantage am Ashley River in der Nähe von Charleston neu aufzubauen. George hatte ihr einen Kreditbrief über vierzigtausend Dollar gegeben, auf die Bank, die mehrheitlich ihm gehörte. Er hatte gehofft, daß sie um weitere Beträge bitten würde; der größte Teil der ursprünglichen Summe war für die Zinsen zweier Darlehen und für Bundessteuern benötigt worden; außerdem hatte sie verhindern müssen, daß der Besitz von Agenten des Schatzamts, die bereits den Süden überzogen, konfisziert und weiterverkauft wurde. Trotzdem hatte sich Madeline nicht bei ihm gemeldet, und das beunruhigte ihn.

Selbst zu dieser frühen Stunde herrschte sehr reger Fuhrverkehr auf der Avenue. Es war ein denkwürdiger Tag, und wenn er dem Himmel und der sanften Brise trauen konnte, dann würde es auch ein wunderschöner Tag werden. Warum war er dann nicht in der Lage, dieses Gefühl nahenden Unheils zu bannen, nachdem er nun seine Befürchtungen, was die beiden Familien anbelangte, beim Namen genannt hatte?

Die Hazards nahmen ein schnelles Frühstück zu sich. Vor allem Brett wirkte besonders glücklich und aufgeregt, dachte George mit einem gewissen Neid. In wenigen Wochen wollte Billy sein Entlassungsgesuch einreichen. Dann würden die beiden an Bord eines Schiffes nach San Francisco gehen. Sie hatten zwar Kalifornien nie gesehen, fühlten sich aber durch Schilderungen des Klimas, der Landschaft und die unbegrenzten Möglichkeiten angezogen. Billy wollte dort eine eigene Baufirma gründen. So wie sein Freund Charles Main, mit dem zusammen er West Point absolviert hatte — inspiriert von George und Orry, wollte er so weit wie möglich von den narbenbedeckten Schlachtfeldern weg, wo Amerikaner gegen Amerikaner gekämpft hatten.

Das Paar hatte es eilig mit dieser Reise. Brett ging mit ihrem ersten Kind schwanger. Billy hatte es George vertraulich mitgeteilt; der Anstand gebot, daß über eine Schwangerschaft nicht gesprochen wurde, nicht einmal unter Familienmitgliedern. Wenn die Zeit einer Frau gekommen war und ihr Bauch sich deutlich rundete, dann taten die Leute so, als würden sie nichts bemerken. Beim zweiten Kind erzählten die Eltern dem Erstgeborenen oft genug, daß der Doktor das Baby in einer Flasche gebracht habe. George und Constance hielten die meisten der Schicklichkeitsnormen ein, auch wenn sie viele für albern hielten, doch auf die Geschichte mit der Flasche hatten sie sich nie eingelassen.

Gegen acht Uhr fünfzehn erreichte die Familie ihren Tribünenabschnitt. Sie nahmen zwischen Reportern, Kongreßabgeordneten, Richtern des Obersten Gerichtshofs und hohen Armee- und Marineoffizieren Platz. Zu ihrer Linken zog sich die Avenue um das Schatzamt in der Fifteenth Street; hinter der Biegung lag der lange Anstieg der Straße zum Kapitol.

Zu ihrer Rechten drängten sich, soweit der Blick reichte, Menschen hinter Barrikaden, hingen aus Fenstern und saßen auf Dächern und durchhängenden Baumästen. Direkt gegenüber stand der überdachte Pavillon für die Gäste von Präsident Johnson, zu denen die Generäle Grant und Sheridan und Stanley Hazards Arbeitgeber, Kriegsminister Stanton, gehören würden. An der vorderen Dachlinie des Pavillons hingen zwischen Wimpeln und Immergrün Banner mit den Namen der Unionssiege: ATLANTA und ANTIETAM, GETTYSBURG und SPOTSYLVANIA und viele andere.

Viertel vor neun war immer noch nichts vom Präsidenten zu sehen. Ein Meer von Klatsch umspülte zur Zeit den derben, ungehobelten Mann. Die Leute meinten, daß es ihm an Takt fehle; außerdem war er ein schwerer Trinker. Und er war recht ordinär – nun, das zumindest stimmte. Andrew Johnson, ein Schneider und späterer Senator, hatte als Sohn eines Kneipenkellners selbst für seine Bildung sorgen müssen, jedoch besaß er nicht Lincolns Fähigkeit, die schlichte Herkunft zu seinem persönlichen Vorteil auszunutzen. George kannte Johnson. Er hielt ihn für einen schroffen, starrsinnigen Mann, der der Verfassung in beinahe religiöser Weise ergeben war. Das allein brachte ihn schon in Widerspruch zu den Radikalen Republikanern, die die Verfassung gerne nach ihrem Wunsch interpretiert hätten, um so ihre Vision der Gesellschaft durchzusetzen.

George war in vielen Punkten mit den Radikalen einer Meinung, wozu auch die Bürgerrechte und das Wahlrecht für geeignete Männer beider Rassen gehörten. Doch immer häufiger fand er die Motive und die Taktiken der Radikalen abstoßend. Viele von ihnen machten kein Geheimnis aus ihrer Absicht, den Schwarzen allein dafür das Stimmrecht zu gewähren, daß die Republikaner zur Mehrheitspartei wurden, und so die traditionell demokratische Herrschaft über das Land zu brechen. Die Radikalen trugen den Besiegten gegenüber Feindseligkeit zur

Schau, was sich allerdings auch auf alle anderen Gruppierungen erstreckte, die sie für ideologisch unrein hielten.

Präsident Johnson und die Radikalen standen sich in einem zunehmend heftiger werdenden Kampf um den Wiederaufbau der Union gegenüber. Der Streit war nicht neu. Lincoln hatte 1862 seinen Louisiana-Plan vorgelegt, den er später noch erweiterte, um die Wiederaufnahme eines jeden abtrünnigen Staates zu ermöglichen, falls ein »nennenswerter Kern« von Wählern — lediglich zehn Prozent der 1860 zugelassenen — ein Loyalitätsgelübde ablegte und eine Pro-Union-Regierung einsetzte.

Im Juli 1864 hatten die Radikalen Republikaner mit einer Gesetzesvorlage zurückgeschlagen, die von Senator Ben Wade aus Ohio und dem Abgeordneten Henry Davis aus Maryland eingebracht worden war. Darin wurde ein wesentlich schärferer Wiederaufbauplan umrissen, einschließlich der Maßnahme, daß über die geschlagene Konföderation das Militärrecht verhängt werden sollte. Das Gesetz schob dem Kongreß die Kontrolle über den Wiederaufbau zu. Anfang 1865 hatte Tennessee eine Regierung entsprechend dem Lincoln-Plan gebildet, angeführt von einem Nationalrepublikaner namens Brownlow. Die Radikalen im Kongreß verweigerten den gewählten Repräsentanten dieser Regierung die Anerkennung.

Andrew Johnson beschuldigte Jefferson Davis, die Ermordung Lincolns im Ford's Theatre »inspiriert und herbeigeführt« zu haben. Er erhob die obligaten scharfen Anklagen gegen den Süden, beharrte aber auch darauf, Lincolns gemäßigtes Programm durchzuführen. Erst vor kurzem hatte George gehört, daß Johnson beabsichtigte, das Programm im Sommer und Herbst mittels Präsidentenerlaß durchzusetzen. Da der Kongreß Sitzungspause hatte und erst wieder spät im Jahr zusammentreten würde und da Johnson ganz gewiß keine Sondersitzung einberufen würde, konnte er den Radikalen einen Strich durch die Rechnung machen.

Die politische Windrichtung wies also auf Gegenschläge der Radikalen hin. Eine von Georges Missionen in Washington bestand darin, einem mächtigen Politiker aus Pennsylvania seine Ansichten darzulegen. Er spendete der Partei jährlich so viel, daß er sich dazu berechtigt fühlte. Vielleicht konnte er sogar etwas Gutes bewirken.

»Papa, da ist Tante Isabel«, sagte Patricia hinter ihm.

George entdeckte Stanleys Frau, die aus der Präsidentenloge winkte. Er zog eine Grimasse und winkte zurück. »Sie wollte sichergehen, daß wir sie auch gesehen haben.«

Brett lächelte. Constance tätschelte seine Hand. »Komm, George, sei nicht gehässig. Du würdest mit Stanley nicht den Platz tauschen wollen.«

George zuckte die Schultern und ließ seine Blicke weiterhin über die Menge schweifen, auf der Suche nach dem Kongreßabgeordneten aus seinem Staat, mit dem er sprechen wollte. Während er damit beschäftigt war, griff Constance in ihre Tasche nach einem Bonbon. Ihr rotes Haar kringelte sich glänzend unter dem modischen Strohhut hervor. Sie besaß noch immer diese helle irische Lieblichkeit, doch seit ihrer Hochzeit — gegen Ende des Mexikanischen Krieges — hatte sie dreißig Pfund zugenommen. George störte es nicht; er betrachtete das Gewicht als ein Zeichen von Zufriedenheit.

Pünktlich um neun donnerte beim Kapitol eine Kanone los. Kurz darauf hörten die Hazards in der Ferne eine Blaskapelle *When Johnny Comes Marching Home* spielen. Dann vernahmen sie, wie unsichtbare Tausende den Paradeeinheiten hinter der Biegung zujubelten. Bald schon marschierten die ersten Soldaten um die Ecke beim Schatzamt, und alle sprangen auf, klatschten und schrien hurra.

Der wie ein Gelehrter wirkende General George Meade führte die Parade an; unter stehenden Ovationen ritt er auf den Präsidentenpavillon zu. Auf den Bäumen sitzende kleine Jungs beugten sich weit vor, um zu klatschen, und wären beinahe abgestürzt. Meade salutierte vor den Würdenträgern mit seinem Säbel — bis jetzt waren weder Grant noch Johnson erschienen —, dann übergab er sein Pferd einem Corporal und setzte sich zu ihnen.

Frauen jubelten. Männer weinten ganz offen, ein Mädchenchor sang und streute Blumen auf die Straße. Die Sonne ließ die Alabasterkuppel des Kapitols in weißem Feuer aufglühen, als

General Wesley Merritt die Dritte Division heranführte. Der reguläre Befehlshaber, Little Phil Sheridan, war bereits unterwegs zum Golf von Mexiko, um dort seinen Dienst anzutreten. Als die Dritte erschien, sprang selbst William auf, der ansonsten die übliche Verachtung der Heranwachsenden für fast alles und jedes zeigte, und pfiff und klatschte.

Zugweise, jeweils sechzehn Reiter nebeneinander, so zog mit blitzenden Säbeln Sheridans Kavallerie vorüber. Die Kavalleristen mit ihren frisch gestutzten Bärten sahen sauber und ordentlich aus und zeigten kaum Anzeichen von Kriegsmüdigkeit. Viele von ihnen hatten Gänseblümchen oder Veilchen in die Mündungen ihrer geschulterten Karabiner gesteckt.

Jeder Dienstgrad senkte den Säbel vor dem Präsidenten, der endlich mit entschuldigendem Gesichtsausdruck zusammen mit General Grant den Pavillon betreten hatte. George hörte, wie eine Frau einige Reihen hinter ihm laut fragte, ob Johnson bereits betrunken sei.

Staubwolken stiegen auf. Der Geruch von Pferdeäpfeln wurde stärker. Dann hörte George von der Fifteenth Street her aufbrausenden Jubel: »Custer! Custer! Custer!«

Und da kam er, auf seinem zierlich die Hufe setzenden Braunen, Don Juan: der »Boy General« — schulterlange Locken, blond mit rötlichem Unterton, scharlachfarbenes Halstuch, goldene Sporen, den breitkrempigen Hut als Dank für den Jubel gezogen. Nur wenige Unionsoffiziere hatten Öffentlichkeit und Presse so für sich eingenommen. George Armstrong Custer war der Jüngste in West Point gewesen, Brigadier mit dreiundzwanzig, Generalmajor mit vierundzwanzig. Zwölf Pferde waren unter ihm zusammengeschossen worden. Er war furchtlos oder tollkühn, je nach Betrachtungsweise. Es hieß, er wolle Präsident werden, nachdem sich Ulysses Grant um das Amt beworben hatte. Falls er das wirklich wollte — und falls ihm das berühmte »Custer-Glück« treu blieb und die Öffentlichkeit ihn nicht vergaß —, dann würde er es wahrscheinlich auch erreichen.

Der Boy General führte seine Kavalleristen mit den roten Halstüchern an, während seine Regimentskapelle *Garry Owen* spielte. Die Schulmädchen drängten heran, bereit, wieder zu singen. Sie warfen Blumen. Nahe der Präsidententribüne streckte Custer seine behandschuhte Hand aus, um eine Blume zu fangen. Die plötzliche Bewegung erschreckte den Braunen. Er ging durch.

George erhaschte einen Blick auf Custers wütendes Gesicht, als der Braune auf die Seventeenth Street zuraste. Als Custer Don Juan wieder unter Kontrolle hatte, fand er es unmöglich, gegen den Strom von Männern und Pferden anzureiten, um Johnson seinen Salut zu entrichten. Wutentbrannt ritt er weiter. Nichts da mit Custers Glück heute morgen, dachte George, während er sich eine Zigarre anzündete. Die Straße des Erfolgs war nicht glatt und eben. Gott sei Dank zielte sein Ehrgeiz nicht auf ein hohes Amt ab.

Wenn er sich recht an das Programm erinnerte, dann würde es noch eine Weile dauern, bis die Pioniere erschienen. Er entschuldigte sich und machte sich erneut auf die Suche nach dem Politiker, den er in der Menschenmenge zu entdecken hoffte.

Er fand ihn unter den Bäumen hinter der Sondertribüne. Der Kongreßabgeordnete Thaddeus Stevens, Republikaner von Lancaster und vielleicht der herausragendste Mann unter den Radikalen, war über siebzig, doch noch immer umgab ihn eine Aura urwüchsiger Kraft. Weder sein Klumpfuß noch seine deutlich erkennbare, häßliche, dunkelbraune Perücke konnten sie zerstören. Seine strengen Gesichtszüge beeindruckten noch mehr, da er weder einen Backen- noch einen Schnurrbart trug.

Stevens beendete sein Gespräch. Seine beiden Bewunderer tippten an ihre Hüte und entfernten sich. George trat mit ausgestreckter Hand vor. »Hallo, Thad.«

»George. Großartig, dich zu sehen. Ich hörte, du habest die Uniform ausgezogen.«

»Und bin wieder in Lehigh Station, um die Hazard-Werke zu leiten. Hast du einen Moment Zeit? Ich würde mich gern mal von Republikaner zu Republikaner mit dir unterhalten.«

»Sicher doch«, sagte Stevens. Ein Vorhang fiel über seine dunkelblauen Augen. George hatte das früher schon erlebt, wenn Politiker in Deckung gingen.

»Ich wollte dir nur sagen, daß ich dafür bin, Mr. Johnsons Programm eine Chance zu geben.«

Stevens schürzte die Lippen. »Ich verstehe deine Besorgnis. Ich weiß, daß du unten in Carolina Freunde hast.«

Mein Gott, der Mann hatte eine Art, einen mit seiner Offenheit aus dem Gleichgewicht zu bringen. George wünschte, er wäre zehn Zentimeter größer, um nicht aufschauen zu müssen. »Ja, das stimmt. Die Familie meines besten Freundes, der den Krieg nicht überlebt hat. Ich muß zur Verteidigung der Familie sagen, daß ich sie nicht für Aristokraten halte. Oder für Kriminelle.«

»Sie sind beides, wenn sie Schwarze als Sklaven gehalten haben.«

»Thad, bitte, laß mich ausreden.«

»Natürlich.« Stevens Tonfall war nicht mehr freundlich.

»Vor einigen Jahren war ich der Meinung, daß übereifrige Politiker auf beiden Seiten diesen Krieg unnötigerweise provoziert hätten. Jahr um Jahr dachte ich über diese Frage nach und kam zu dem Schluß, daß ich mich getäuscht hatte. So schrecklich es auch war, der Krieg mußte ausgekämpft werden. Eine allmähliche friedliche Emanzipation hätte niemals stattgefunden. Die Leute mit den traditionellen Interessen hätten die Sklaverei am Leben erhalten.«

»Vollkommen richtig. Mit ihrer Kooperation und Ermutigung importierten und verkauften die Sklavenhändler Schwarze aus Kuba und von den Westindischen Inseln noch lange, nachdem der Kongreß den Handel 1807 verboten hatte.«

»Mich interessiert die Gegenwart im Augenblick mehr. Der Krieg ist vorbei, und es darf niemals einen weiteren Krieg geben. Die Kosten an Leben und Besitz sind einfach zu hoch. Der Krieg macht jeden Versuch materiellen Fortschritts zunichte.«

»Ah, das ist es«, sagte Stevens mit einem frostigen Lächeln. »Das neue Glaubensbekenntnis des Geschäftsmannes. Ich bin mir dieser Woge ökonomischen Pazifismus im Norden wohl bewußt. Ich möchte nichts damit zu tun haben.«

George fuhr zornig auf. »Und warum nicht? Sollst du nicht deine republikanische Wählerschaft repräsentieren?«

»Repräsentieren, ja. Gehorchen, nein. Mein Gewissen ist meine einzige Leitlinie.« Er legte George eine Hand auf die Schulter und blickte auf ihn herab; allein wie er den Kopf neigte, wirkte irgendwie herablassend. »Ich möchte nicht unhöflich erscheinen, George. Ich weiß, daß du dem Staat und den nationalen Organisationen große Spenden zukommen läßt. Deine Laufbahn im Krieg ist untadelig, dessen bin ich mir wohl bewußt. Unglücklicherweise ändert das nichts an meinen Ansichten, was den südlichen Sklavenstaat anbelangt. Alle, die dieser Klasse angehören oder sie unterstützen, sind Verräter an unserer Nation. Sie residieren momentan nicht in souveränen Staaten, sondern in eroberten Provinzen. Sie verdienen härteste Bestrafung.«

In seinen Augen sah George das Licht des wahren Glaubens, des heiligen Krieges aufblitzen. Zyniker witterten hinter diesem Fanatismus schäbige Motive. Sie verknüpften Stevens' Kreuzzug für die Rechte der Neger mit seiner Haushälterin in Lancaster und Washington, Mrs. Lydia Smith, einer hübschen Witwe und Mulattin. Sie verbanden die Brandschatzung seiner Eisenwerke in Chambersburg durch Jubal Earlys Soldaten mit seinem Haß auf alle Dinge des Südens. George war von diesen Erklärungen nicht überzeugt; er hielt Stevens für einen ehrlichen, wenn auch extremen Idealisten. Es hatte ihn nie überrascht, daß Stevens und seine Schwester Virgilia gute Freunde waren.

Trotzdem repräsentierte der Kongreßabgeordnete keineswegs das gesamte Spektrum der republikanischen Meinung. George sagte scharf: »Ich dachte, die Exekutive führe das Kommando beim Wiederaufbau des Südens.«

»Nein, Sir. Das ist das Vorrecht des Kongresses. Mr. Johnson war ein Narr, als er seine Absicht verkündete, Regierungsbefehle zu erlassen. Das hat große Feindseligkeit bei meinen Kollegen ausgelöst, und du kannst versichert sein, daß wir diesen Unfug korrigieren werden, wenn wir uns wieder versammeln. Der Kongreß wird es nicht dulden, daß seine Rechte vereinnahmt werden.« Stevens hämmerte die Spitze seines Stocks gegen den Boden. »Ich werde es nicht dulden.«

»Aber Johnson tut lediglich das, was Abraham Lincoln . . .«

»Lincoln ist tot«, sagte Stevens, bevor er den Satz beenden

konnte. Rot anlaufend sagte George: »Also gut. Welches Programm würdest du befürworten?«

»Eine vollkommene Rekonstruktion der südstaatlichen Institutionen und Gebräuche durch Okkupation, Konfiskation und durch das reinigende Feuer des Gesetzes. Solch ein Programm mag kraftlose Gemüter erschrecken und schwache Nerven erschüttern, aber es ist notwendig und gerechtfertigt.« Georges Gesicht rötete sich noch stärker. »Genauer gesagt, ich wünsche harte Strafen für Verräter in hohen Ämtern. Ich bin nicht zufrieden damit, daß Jeff Davis in Fortress Monroe eingesperrt ist. Ich wünsche seine Exekution. Ich wünsche, daß jedem Mann, der die Armee oder die Marine verlassen hat, um sich in den Dienst der Rebellion zu stellen, die Amnestie verweigert wird.« Mit gemischten Gefühlen dachte George an Charles. »Und ich bestehe auf den vollständigen Bürgerrechten für alle Neger. Ich fordere das Wahlrecht für jeden in Frage kommenden schwarzen Mann.«

»Dafür würden sie dich sogar in Pennsylvania mit Steinen bewerfen. Weiße glauben einfach nicht, daß Schwarze gleichwertige Menschen sind. Das mag falsch sein — was ich auch glaube —, aber es ist nun mal Realität. Dein Plan wird nicht funktionieren.«

»Gerechtigkeit wird nicht funktionieren, George? Gleichheit wird nicht funktionieren? Das kümmert mich nicht. Das sind meine Überzeugungen. Für sie werde ich kämpfen. In Fragen moralischer Prinzipien kann es keine Kompromisse geben.«

»Verdammt noch mal, ich weigere mich, das zu akzeptieren. Und eine ganze Menge Nordstaatler denken genauso über . . .«

Aber der Kongreßabgeordnete hatte sich bereits neuen Bewunderern zugewandt.

Das Bataillon des Pioniercorps der Potomac-Armee marschierte die Pennsylvania Avenue hinunter auf den Präsidentenpavillon zu, acht Kompanien in schicken neuen Uniformen, die die verdreckten Fetzen, die sie während der letzten Tage des Virginia-Feldzuges getragen hatten, ersetzten. An den Gürteln der Hälfte der Männer schwangen kurze Spaten, Symbole ihrer gefährlichen Einsätze — Brückenbau, Straßeninstandsetzung —, häufig genug unter feindlichem Feuer, das zu erwidern sie viel zu beschäftigt gewesen waren.

Billy Hazard, mit sauber gestutztem Bart, marschierte voller Stolz und Energie zwischen ihnen unter der heißen Sonne dahin; seine gut heilende Brustwunde schmerzte fast nicht mehr. Er blickte hinüber zu der Tribüne, wo seine Familie sitzen sollte. Er entdeckte das liebliche, strahlende Gesicht seiner Frau, als sie ihm zuwinkte. Dann bemerkte er seinen Bruder und wäre beinahe aus dem Gleichschritt gekommen, George starrte mit grimmigem Gesicht abwesend vor sich hin.

Unter den lautstarken Klängen der Militärkapelle marschierten die Pioniere in einem Blumenregen, der über ihnen niederging, an der Sondertribüne vorbei. Auch Constance merkte, daß etwas nicht stimmte. Als Billy vorbei war, erkundigte sie sich danach.

»Oh, ich habe endlich Thad Stevens gefunden, das ist alles.«

»Das ist nicht alles, das sehe ich dir doch an. Erzähl's mir.«

George schaute seine Frau an; wieder drückte ihn die Ahnung nahenden Unheils wie ein schweres Gewicht nieder. Die Vorahnung stand nicht in direktem Zusammenhang mit Stevens, doch war er ein Teil des ganzen Mosaiks.

Ein ähnliches Gefühl hatte George im April 1861 überkommen, als er zugesehen hatte, wie ein Haus in Lehigh Station bis auf die Grundmauern niederbrannte. Er hatte in die Flammen gestarrt und in einer Art Vision die ganze Nation brennen sehen und sich vor der Zukunft gefürchtet. Diese Furcht war nicht unbegründet gewesen. Er hatte Orry verloren, die Mains hatten Mont Royal verloren, der Krieg hatte Hunderttausende von Leben gekostet und beinahe das Band zwischen den Familien zerrissen. Seine jetzige Vorahnung unterschied sich kaum von der damaligen.

Achselzuckend versuchte er die Sache vor Constance herunterzuspielen. »Ich brachte meine Ansichten zum Ausdruck, und er wischte sie ziemlich bösartig beiseite. Er will den Süden bluten lassen und die Kontrolle des Kongresses über den Wiederaufbau.« George versuchte einen Gefühlsausbruch zu vermeiden, schaffte es aber nicht. »Constance, Stevens ist bereit, Mr.

Johnson den Krieg zu erklären, um seine Vorstellungen durchzusetzen. Und ich dachte, die Zeit für die Wiedervereinigung der Union sei gekommen. Unsere Familie hat weiß Gott genug gelitten und geblutet. Genau wie Orrys Familie.«

Constance seufzte, auf der Suche nach einer Möglichkeit, seinen Kummer zu lindern. Mit einem gezwungenen Lächeln auf ihrem rundlichen Gesicht sagte sie: »Liebster, schließlich geht es hier trotz allem nur um Politik.«

»Nein. Es ist viel mehr als das. Ich war der Meinung, wir feierten, weil der Krieg vorbei ist. Stevens hat mich eines Besseren belehrt. Der Krieg fängt erst an.«

Und George war sich nicht sicher, ob die Familien, von vier Jahren Krieg bereits angeschlagen und verwundet, noch einen weiteren überleben konnten.

Erstes Buch

In aussichtsloser Lage

Wir alle sind der Meinung, daß abgefallene Staaten nicht mehr in ihrer eigentlichen Beziehung zur Union stehen und daß es das ausschließliche Ziel der Regierung sein muß, sowohl in ziviler als auch in militärischer Hinsicht diese Beziehung wiederherzustellen. Ich glaube, dies ist nicht nur möglich, sondern läßt sich sogar leichter erreichen, wenn wir gar nicht in Betracht ziehen, daß diese Staaten zu irgendeinem Zeitpunkt nicht zur Union gehört haben. Sind sie wieder sicher zu Hause gelandet, so spielt es keine Rolle mehr, ob sie je weggewesen waren.

Letzte öffentliche Rede von
ABRAHAM LINCOLN
von einem Balkon des Weißen Hauses,
11. April 1865

Zertretet die Verräter. Tretet die Verräter in den Staub.

Kongreßabgeordneter THADDEUS STEVENS
nach Lincolns Ermordung,
1865

1

Überall um ihn herum schossen Flammensäulen in den Himmel. Der Kampf hatte zuerst das trockene Unterholz, dann die Bäume in Brand gesetzt. Der Rauch trieb ihm die Tränen in die Augen, so daß er die feindlichen Schützen kaum sehen konnte.

Charles Main beugte sich tief über den Nacken von Sport, seinem Grauen, schwenkte seinen Strohhut und brüllte: »Hah! Hah!« Vor ihm galoppierten mit flatternden Mähnen zwanzig herrliche Kavalleriepferde, zuerst in die eine, dann in die andere Richtung, auf der Flucht vor der Hitze und dem roten Flammenwirbel.

»Wir müssen verhindern, daß sie wenden«, schrie Charles hinüber zu Ab Woolner, den er in dem dichten Rauch nicht sehen konnte. Gewehrschüsse bellten. Eine verschwommene Gestalt links von ihm kippte aus dem Sattel.

Konnten Sie es schaffen? Sie *mußten* es schaffen. Die Armee benötigte dringend diese gestohlenen Gäule.

Hinter einem umgestürzten Baumstamm sprang ein bulliger Sergeant im Blau der Union hoch. Er brachte sein Gewehr in Anschlag und jagte der Stute, die die Herde anführte, eine Kugel in den Kopf. Sie stieß eine Art Bellen aus und brach zusammen. Ein Brauner hinter ihr stolperte und ging ebenfalls zu Boden. Im Weitergaloppieren hörte Charles das Splittern von Knochen. Ein Grinsen legte sich über das rußige Gesicht des Sergeants. Er schoß dem Braunen ein Loch in den Kopf.

Die Hitze versengte Charles' Gesicht. Der Rauch blendete ihn. Ab und die anderen Männer des graugekleideten Stoßtrupps hatte er vollständig aus den Augen verloren. Nur die Notwendigkeit, die Tiere zu General Hampton zu bringen, trieb ihn weiter durch das Inferno, in dem sich Feuer und Sonnenlicht vermischten.

Seine Lungen schmerzten, schrien nach Luft. Er glaubte vor sich eine Lücke zu sehen, die das Ende des brennenden Waldes markierte. Er setzte die Sporen ein; Sport reagierte sofort. »Ab, geradeaus. Siehst du's?« Keine Antwort, nur noch mehr Schüsse, noch mehr Schreie, noch mehr Geräusche von Pferden und Männern, die in die brennenden Blätter stürzten, die wie ein Teppich den Boden bedeckten. Charles drückte sich den Hut fest auf den Kopf, riß seinen 44er Armeecolt hoch und zog mit dem Daumen den Hammer zurück. Vor ihm versperrten drei Unionssoldaten mit erhobenen Bajonetten den Fluchtweg. Vor den heranstürmenden Pferden wichen sie zur Seite. Ein Soldat rammte einem Schecken sein Bajonett in den Bauch. Eine Blutfontäne überschüttete ihn. Mit einem schrillen, herzzerreißenden Wiehern ging der Schecke zu Boden.

Diese unglaubliche Brutalität Tieren gegenüber raubte Charles fast den Verstand. Er feuerte zweimal, aber Sport galoppierte über derart unebenes Gelände, daß er auf keinen Treffer hoffen durfte. Inmitten der rasenden Herde suchten sich die drei Unionssoldaten ihre Ziele. Eine Kugel traf Sport direkt zwischen den Augen; Blut spritzte über Charles' Gesicht. Er schrie wie ein Wahnsinniger auf, als die Vorderbeine des Grauen einknickten und er nach vorn stürzte.

Er landete hart und stemmte sich benommen auf Hände und Knie. Ein weiterer grinsender Unionssoldat stieß mit seinem Bajonett zu. Charles hatte den Eindruck von orangem Licht, so grell, daß man gar nicht hinschauen konnte, und einer derart intensiven Hitze, daß er zu spüren glaubte, wie sie seine Haut versengte. Der Unionssoldat rammte Charles das Bajonett in den Bauch und zog es nach oben, riß ihn vom Nabel bis zum Brustbein auf.

Ein zweiter Soldat drückte Charles einen Gewehrlauf gegen den Kopf. Charles hörte die Explosion, spürte die Wucht des Aufpralls — dann wurde der Wald dunkel.

»Mr. Charles...«

»Geradeaus, ab! Der einzige Weg, der rausführt!«

»Mr. Charles, Sir, wachen Sie auf!«

Er schlug die Augen auf, sah die Silhouette einer Frau vor dunkelrotem Licht. Er rang nach Luft, schlug um sich. Rotes Licht. Der Wald brannte.

Nein. Das Licht stammte von den roten Schalen der Gasglühkörper im Salon. Es gab kein Feuer, keine Hitze. Immer noch benommen sagte er: »Augusta?«

»O nein, Sir«, sagte sie traurig. »Ich bin's, Maureen. Sie haben so geschrien, daß ich dachte, Sie hätten irgendeinen Anfall.«

Charles richtete sich auf und schob sich das dunkle Haar aus der schweißbedeckten Stirn. Seine Haare waren schon eine ganze Weile nicht mehr geschnitten worden. Sie ringelten sich über den Kragen seines verwaschenen blauen Hemdes. Obwohl er erst neunundzwanzig war, hatte sein gutes Aussehen unter Entbehrungen und Verzweiflung gelitten.

Auf der anderen Seite des Salons der Suite im »Grand Prairie Hotel«, Chicago, sah er seinen Revolvergurt auf einem Sitzkissen liegen, in dem sein Colt steckte. Den Colt zierte eine Gravur mit einer Szene, in der Indianer gegen Armeedragoner kämpften. Über der Lehne des gleichen Stuhls hing sein Umhängemantel, zusammengesetzt aus Flicken von zimtfarbenen Südstaatenhosen, Pelzmänteln, Unionsüberziehern und gelben und scharlachroten Bettdecken. Stück für Stück hatte er ihn sich während des Krieges genäht, um sich warm zu halten.

»Ein schlechter Traum«, sagte er. »Habe ich Gus geweckt?«

»Nein, Sir. Ihr Sohn schläft tief und fest. Tut mir leid wegen Ihres Alptraums.«

»Ich hätte es gleich merken müssen. Ab Woolner kam darin vor. Und mein Pferd Sport. Sie sind beide tot.« Er rieb sich die Augen. »Bin schon wieder in Ordnung, Maureen. Danke.«

Zweifelnd sagte sie: »Jawohl, Sir«, und schlich auf Zehenspitzen hinaus.

In Ordnung, dachte er. Wie konnte er jemals wieder in Ordnung sein? Er hatte alles im Krieg verloren, denn er hatte Augusta Barclay verloren. Sie war bei der Geburt seines Sohnes gestorben, von dessen Existenz er erst nach ihrem Tod erfahren hatte.

Der Traum hielt ihn immer noch in seinem Bann. Er konnte den brennenden Wald sehen und riechen, so wie damals die Wildnis gebrannt hatte. Er konnte spüren, wie die Hitze sein Blut zum Kochen brachte. Es war ein typischer Traum. Er war ein ausgebrannter Mann, der im Wachzustand von zwei bohrenden Fragen gequält wurde: Wo konnte er für sich selbst Frieden finden? Wo war sein Platz in einem Land, das sich nicht mehr im Kriegszustand befand? Seine einzige Antwort auf beide Fragen lautete: nirgendwo.

Wieder strich er sich die Haare zurück und schwankte zu der Anrichte, um sich einen kräftigen Drink einzuschenken. Der Sonnenuntergang tauchte die Dächer der Randolph Street, die vom Eckfenster aus zu sehen waren, in ein rötliches Licht. Er leerte gerade, immer noch bemüht, seinen Alptraum abzuschütteln, seinen Drink, als Augustas Onkel, Brigadier Jack Duncan, durch das Foyer auf ihn zukam.

Seine ersten Worte waren: »Charlie, ich habe schlechte Nachrichten.«

Brevetbrigadier Duncan war ein untersetzter Mann mit grauen Kraushaaren und geröteten Wangen. In voller Montur machte er einen großartigen Eindruck: Frack, Degengürtel, Bandelier, Schärpe mit darübergefalteten Handschuhen, Chapeau mit schwarzseidener Kokarde. Sein tatsächlicher Rang auf seinem neuen Posten bei der Militärdivision von Mississippi mit Hauptquartier in Chicago war Captain. Die meisten Offizierspatente aus Kriegszeiten waren heruntergestuft worden, aber wie alle anderen auch hatte Duncan ein Recht darauf, mit seinem höheren Rang angesprochen zu werden. Er trug den einen Silberstern eines Brigadiers auf seinen Epauletten, klagte aber über die große Verwirrung, die in bezug auf Ränge, Titel, Insignien und Uniformen in der Nachkriegsarmee herrschte.

Charles wartete darauf, daß er weitersprach, und zündete sich inzwischen einen Zigarrenstummel an. Duncan legte seinen Hut beiseite und schenkte sich einen Drink ein. »Ich war den ganzen Nachmittag über bei der Division, Charlie. John Pope wird von Bill Sherman als Kommandant abgelöst.«

»Ist das die schlechte Nachricht?«

Duncan schüttelte den Kopf. »Wir haben immer noch eine Million Männer unter Waffen, aber nächstes Jahr um diese Zeit werden wir mit Glück gerade noch fünfundzwanzigtausend haben. Als Teil dieser Reduktion werden das Erste bis Sechste Freiwillige Infanterieregiment ausgemustert.«

»Die ganzen bekehrten Yankees?« Dabei handelte es sich um konföderierte Gefangene, die sich der Unionsarmee angeschlossen hatten, um dem Gefängnis zu entgehen.

»Bis zum letzten Mann. Sie haben übrigens ihre Aufgabe recht ordentlich erfüllt. Sie haben die Sioux davon abgehalten, die Siedler in Minnesota niederzumetzeln, sie haben vom Feind zerstörte Telegraphenleitungen wiederaufgebaut, Forts bemannt und den Postdienst aufrechterhalten und bewacht. Aber das ist nun alles vorbei.«

Charles ging hinüber zum Fenster. »Verdammt noch mal, Jack, ich habe den ganzen weiten Weg hierher gemacht, um mich einem dieser Regimenter anzuschließen.«

»Ich weiß. Aber die Türen sind nun verschlossen.«

Charles drehte sich um, und sein Gesicht war so verzweifelt und elend, daß Duncan tief bewegt war. Dieser Mann aus South Carolina, der sich des Kindes seiner Nichte angenommen hatte, war ein guter Mann. Aber wie so viele andere auch hatte ihn das Ende des Krieges, der ihn vier Jahre lang völlig ausgefüllt hatte, schmerzlich aus der Bahn geworfen.

»Na gut«, sagte Charles. »Dann werde ich vermutlich Böden wischen müssen. Oder Löcher buddeln.«

»Es gäbe noch einen Weg, wenn dir das einen Versuch wert ist.« Charles wartete. »Die reguläre Kavallerie.«

»Teufel auch, das ist unmöglich. Die Amnestie schließt West-Point-Absolventen aus, die die Seiten gewechselt haben.« »Das läßt sich umgehen.« Bevor Charles eine Frage stellen konnte, fuhr er fort: »Es gibt einen Überschuß an Offizieren, aber es fehlt an qualifizierten Mannschaftsdienstgraden. Du bist ein guter Reiter und ein erstklassiger Soldat — solltest du ja wohl auch mit deiner West-Point-Ausbildung. Sie ziehen dich mit Sicherheit all den irischen Emigranten und einarmigen Wunderkindern und entsprungenen Sträflingen vor.«

Charles kaute nachdenklich auf seiner Zigarre herum. »Was ist mit meinem Jungen?«

»Nun, es bleibt bei dem Arrangement, auf das wir uns bereits geeinigt hatten. Maureen und ich behalten Gus, bis du mit der Ausbildung fertig bist und auf irgendeinen Posten versetzt wirst. Mit etwas Glück — wenn du beispielsweise in Fort Leavenworth oder Fort Riley landest — kannst du die Frau eines Unteroffiziers als Kindermädchen anheuern. Wenn nicht, dann kann er beliebig lange bei uns bleiben. Ich liebe den Jungen. Ich würde jeden Mann erschießen, der ihn schief anschaut.«

»Ich auch.« Charles sinnierte weiter. »Mir bleibt kaum eine Wahl, was? Bei den Regulären anmustern oder nach Hause gehen, von Cousine Madelines Barmherzigkeit leben und mein restliches Leben lang Kriegsgeschichten erzählen.« Er kaute grimmig auf seiner Zigarre herum. Er warf Duncan einen rätselhaften Blick zu und erkundigte sich: »Bist du sicher, daß sie mich bei den Regulären nehmen?«

»Charlie, Hunderte von ehemaligen Reb . . . äh, Konföderierten treten in die Armee ein. Du mußt nur das tun, was sie auch tun.«

»Und was ist das?«

»Wenn du anmusterst, lüg auf Teufel komm raus.«

»Der nächste«, sagte der Rekrutierungssergeant.

Charles ging zu dem fleckigen Tisch, unter dem ein stinkender Spucknapf stand. Nebenan schrie ein Mann auf, als der Barbier ihm einen Zahn ausriß.

Der Unteroffizier roch nach Gin, sah aus, als hätte er das Pensionsalter bereits um zwanzig Jahre überschritten, und erledigte alles im Zeitlupentempo. Charles hatte schon eine Stunde gewartet, während der Sergeant zwei glutäugige junge Männer abfertigte, von denen keiner englisch sprach. Der eine beantwortete sämtliche Fragen, indem er sich gegen die Brust schlug und ausrief: »Budapest, Budapest!« Der andere klopfte sich gegen die Brust und rief: »United States Merica.« Möge Gott der Armee gnädig sein.

Der Sergeant drückte an seiner geäderten Nase herum. »Bevor wir anfangen, tu mir einen Gefallen. Pack diese scheußliche

Ansammlung von Lumpen, oder was immer es auch sein mag, und befördere sie nach draußen. Schaut gräßlich aus und riecht wie Schafscheiße.«

Vor Wut kochend faltete Charles seinen Umhängemantel zusammen und legte ihn ordentlich draußen vor der Tür auf den Boden. Zurück am Tisch sah er zu, wie der Sergeant seine Feder in die Tinte tauchte.

»Du weißt ja, die Verpflichtung geht auf fünf Jahre.«

Charles nickte.

»Infanterie oder Kavallerie?«

»Kavallerie.«

Das eine Wort verriet ihn. Feindselig sagte der Sergeant: »Südstaatler?«

»South Carolina.«

Der Sergeant griff nach einem Papierstapel. »Name?«

Darüber hatte Charles lange nachgedacht. Er brauchte einen Namen, der dem seinen ähnelte, damit er ganz natürlich reagierte, wenn er angesprochen wurde. »Charles May.«

»May, May.« Der Sergeant blätterte die Papiere durch und legte sie schließlich beiseite. Auf Charles' fragenden Blick antwortete er: »Liste mit West-Point-Absolventen. Hat das Divisionshauptquartier ausgebrütet.« Er musterte Charles' schäbige Klamotten. »Mußt dir keine Sorgen machen, daß man dich irrtümlich für einen dieser Jungs hält, schätze ich. Also, irgendwelche militärischen Erfahrungen?«

»Berittene Legion Wade Hampton. Später . . .«

»Wade Hampton genügt.« Der Sergeant schrieb es auf. »Höchster Dienstgrad?«

Er fühlte sich nicht wohl dabei, aber er befolgte Duncans Rat. »Corporal.«

»Kannst du das beweisen?«

»Ich kann gar nichts beweisen. Meine Papiere sind in Richmond verbrannt.«

Der Sergeant schnaufte. »Das ist verdammt bequem für euch Rebellen. Na ja, wir können nicht wählerisch sein. Seit Chivington letztes Jahr mit Schwarzer Kessels Cheyenne abgerechnet hat, spielen die verfluchten Prärieindianer verrückt.«

Die »Abrechnung«, wie es der Sergeant formuliert hatte, entsprach nicht gerade den Fakten, die Charles kannte. In der Nähe von Denver war eine Gruppe von Auswanderern von Indianern niedergemetzelt worden. Ein ehemaliger Prediger, Colonel J. M. Chivington, hatte in Colorado eine Freiwilligentruppe zusammengestellt, die einen Gegenschlag gegen ein Cheyenne-Dorf am Sand Creek führten, obwohl nicht der geringste Beweis existierte, daß der Häuptling des Dorfes, Schwarzer Kessel, oder seine Leute für den Überfall verantwortlich waren. Von den dreihundert Leuten, die Chivingtons Männer am Sand Creek töteten, waren zweihundertfünfundzwanzig Frauen und Kinder. Dieser Überfall hatte viele Menschen im Land empört, aber der Sergeant gehörte offenbar nicht zu ihnen.

Der Zahnarztpatient kreischte erneut auf. »Nein«, sinnierte der Sergeant, während seine Feder über das Papier kratzte, »wir können kein bißchen wählerisch sein. Wir müssen so ziemlich alles nehmen, was sich sehen läßt.« Ein Blick zu Charles. »Verräter eingeschlossen.«

Charles kämpfte seinen Zorn nieder. Wenn er weitermachte — und er mußte weitermachen; er war Soldat, etwas anderes hatte er nicht gelernt —, dann würde er wahrscheinlich das Thema Verräter in allen Variationen zu hören bekommen. Er gewöhnte sich besser gleich daran, sich das klaglos anzuhören.

»Kannst du lesen oder schreiben?«
»Beides.«
Der Rekrutierungssergeant brachte tatsächlich ein Lächeln zustande. »Das ist gut, obwohl es, verdammt noch mal, keine Rolle spielt. Die wesentlichen Merkmale hast du. Mindestens einen Arm, ein Bein, und du atmest noch. Unterschreib hier.«

Die Glocke der Lokomotive läutete. Maureen zögerte. »Sir — Brigadier alle Fahrgäste einsteigen.«

Inmitten der über den Bahnsteig ziehenden Rauchschwaden umarmte Charles seinen zu einem Bündel verpackten Sohn. Der kleine Gus, mittlerweile sechs Monate alt, krümmte sich in einer Kolik. Maureen säugte das Baby immer noch, und zum erstenmal reagierte es schlecht darauf.

»Ich will nicht, daß er mich vergißt, Jack.«

»Deswegen habe ich ja die Daguerreotypie von dir machen lassen. Wenn er ein bißchen älter ist, zeige ich ihm das Bild und sage Papa dazu.«

Sanft legte Charles seinen Sohn zurück in die Arme der Haushälterin, die, wie er vermutete, auch die Ehefrau ohne Trauschein war. »Paßt gut auf den Kleinen auf.«

»Die Annahme, wir könnten das nicht tun, grenzt fast schon an Beleidigung«, sagte Maureen, das Kind wiegend.

Duncan umklammerte Charles' Hand. »Geh mit Gott — und denk daran, halte deine Zunge und dein Temperament im Zaum. Vor dir liegen ein paar harte Monate.«

»Ich schaff's schon, Jack. Ich kann für jedermann den Soldaten spielen, sogar für die Yankees.«

Die Pfeife schrillte. Vom letzten Waggon aus gab der Schaffner das Signal und brüllte nach vorn zum Lokomotivführer: »Abfahrt! Abfahrt!« Charles sprang auf die Stufen des Zweite-Klasse-Waggons und wankte, als der Zug losschnaufte. Er war froh um den aufsteigenden Dampf, der verhinderte, daß sie seine Augen sehen konnten, als der Zug den Bahnhof verließ.

Charles hing in seinem Sitz. Wegen seines düsteren Aussehens hatte sich niemand neben ihn gesetzt; den abgetragenen Strohhut hatte er tief in die Stirn gezogen, sein Umhängemantel lag neben ihm. Auf seinen Knien ruhte ungelesen eine Ausgabe der *National Police Gazette*.

Dunkle Regenstreifen krochen diagonal über das Fenster. Sturm und Nacht verbargen alles, was dahinter lag. Er kaute an einem vertrockneten Brötchen, das er einem Händler im Gang abgekauft hatte, und spürte die alte hilflose Leere in sich aufsteigen.

Er blätterte die Seiten der *New York Times* durch, die ein Fahrgast zurückgelassen hatte, der an der letzten Station ausgestiegen war. Die Annoncen erregten seine Aufmerksamkeit: phantastische Angebote für Brillen, Korsetts, den Luxus auf Küstendampfschiffen. Eine Annonce offerierte ein Tonikum gegen das Leid. Er schob die Zeitung beiseite. Ein Jammer, daß es nicht so einfach war.

Unbewußt begann er eine kleine Melodie vor sich hin zu pfeifen, die ihm vor ein paar Wochen in den Sinn gekommen war und nicht mehr aus dem Kopf gehen wollte. Das Gepfeife machte eine kräftige Frau auf der anderen Seite des Ganges munter. Der Kopf ihrer plumpen Tochter ruhte in ihrem Schoß. Die Frau überwand ihre Hemmungen und sprach Charles an.

»Sir, das ist eine wunderbare Melodie. Ist es vielleicht zufällig eine von Miss Jenny Linds Nummern?«

Charles schob seinen Hut zurück. »Nein. Ist mir selber nur so in den Sinn gekommen.«

»Oh, ich dachte, es müsse von ihr stammen. Wir sammeln die Noten all ihrer berühmten Nummern. Ursula kann sie ganz herrlich spielen.«

»Das bezweifle ich nicht.« Trotz seiner guten Absichten klang es kurz und schroff.

»Sir, falls Sie mir die Bemerkung erlauben«, sie deutete auf die *Gazette* auf seinen Knien, »was Sie da lesen, ist keine christliche Literatur. Bitte, nehmen Sie das hier. Sie werden es erbaulicher finden.«

Sie reichte ihm ein kleines Pamphlet, das er noch von den Camps in Kriegszeiten kannte. Eine der kleinen religiösen Ermahnungen der amerikanischen Traktatgesellschaft.

»Danke«, sagte er und begann zu lesen:

Wahrlich, wahrlich, ich sage dir, hiernach steht dir der Himmel offen, und die Engel Gottes werden herniedersteigen ...

Verbittert blickte Charles wieder zum Fenster hinaus. Er sah keine Engel, keinen Himmel, nichts als die grenzenlose Finsternis der Prärie von Illinois und den Regen — wahrscheinlich Vorboten einer Zukunft, so düster wie die Vergangenheit. Duncan hatte zweifellos recht, daß harte Zeiten vor ihm lagen. Er sank noch tiefer in sich zusammen und sah zu, wie die Finsternis draußen vorüberflog.

Leise begann er die kleine Melodie zu summen, die wunderschöne Pastellbilder von Mont Royal heraufbeschwor — sauberer, herrlicher, größer, als es je gewesen war, bevor es niederbrannte. Die kleine Melodie erzählte ihm von dieser verlorenen Heimat, von seiner verlorenen Liebe und von allem, was er in den vier blutigen Purpurtraumjahren der Konföderation verloren hatte. Sie sang ihm von Gefühlen und einem Glück, von dem er mit Sicherheit wußte, daß er es nie wieder erleben würde.

ANZEIGE

AN ALLE, DIE LEIDEN
Es erscheint fast unglaublich, daß die Menschen
weiterhin leiden, wenn solch ein
Heilmittel wie
PLANTATION BITTERS
für sie erreichbar ist. Personen, die an Kopfschmerzen,
Depressionen, Sodbrennen, Schmerzen in der Seite,
am Rücken oder im Bauch, an Krämpfen,
schlechtem Atem oder anderen Symptomen des schrecklichen
Monsters Verdauungsstörung leiden, sind freundlich
eingeladen, dieses Heilmittel zu testen.

MADELINES JOURNAL

Juni 1865. Liebster Orry, ich beginne mit diesen Aufzeichnungen, weil ich mit Dir reden muß. Zu sagen, daß ich ohne Dich haltlos treibe, daß ich mit Schmerzen lebe, beschreibt auch nicht annähernd meinen Zustand. Ich werde mich bemühen, Selbstmitleid von diesen Seiten fernzuhalten, aber ich weiß, es wird mir nicht immer gelingen.

Ein winziger Teil von mir freut sich darüber, daß Du nicht hier bist und so den Niedergang unserer geliebten Heimat nicht mit ansehen mußt. Das ganze Ausmaß dieses Ruins wird erst allmählich sichtbar. South Carolina schickte ungefähr 70 000 Männer in diesen unseligen Krieg, mehr als ein Viertel davon wurden getötet, die höchste Verlustquote aller Staaten, wie es heißt.

Bis zu 200 000 befreite Neger schwärmen nun überall her-

um. Das ist die halbe Bevölkerung des Staates oder mehr. Auf der Flußstraße traf ich letzte Woche Maum Ruth, die früher dem verstorbenen Francis LaMotte gehörte. Sie hielt einen alten Mehlsack so sorgsam fest, daß ich mich erkundigte, was er enthielt. »*Hab' die Freiheit hier drin, und werd' sie nicht mehr loslassen.*« *Voll Trauer und Zorn ging ich davon. Wie falsch war es doch von uns, daß wir unseren Schwarzen keine Bildung zukommen ließen. Sie sind hilflos dieser neuen Welt ausgeliefert, in die ein merkwürdiger Friede sie geschleudert hat.*

»*Unsere*« *Schwarzen* — *ich denke gerade über diese zufällige Wortwahl nach. Es klingt herablassend, und ich bin vergeßlich. Ich gehöre zu ihnen* — *in Carolina gilt man als Schwarzer, wenn man zu einem Achtel Negerblut in den Adern hat.*

Was Deine Schwester Ashton so haßerfüllt in Richmond über mich erzählt hat, ist nun im ganzen Bezirk bekannt. In den letzten Wochen wurde das allerdings mit keinem Wort erwähnt, wofür ich Dir zu danken habe. Du erfreust Dich höchster Achtung, und man trauert aufrichtig um Dich . . .

Wir haben vier Reisfelder bepflanzt. Wir sollten eine ordentliche kleine Ernte zum Verkaufen haben, falls es einen Käufer gibt. Andy, Jane und ich arbeiten jeden Tag auf den Feldern.

Ein Pastor der Afrikanischen Methodistenkirche traute Andy und Jane letzten Monat. Sie haben einen neuen Nachnamen angenommen. Andy wollte Lincoln, aber Jane weigerte sich, den Namen haben sich schon zu viele ehemalige Sklaven ausgesucht. Statt dessen heißen sie jetzt Sherman, eine Wahl, mit der sie sich bei der weißen Bevölkerung nicht unbedingt beliebt machen werden! Aber sie sind freie Menschen. Es ist ihr gutes Recht, sich den Namen zuzulegen, der ihnen gefällt.

Das Pinienhaus, als Ersatz für das von Cuffey und Jones und ihrem Abschaum niedergebrannte Herrenhaus gebaut, hat einen neuen weißen Anstrich bekommen. Jane kommt jeden Abend zu mir hoch, während Andy unermüdlich an den Kalkmörtelwänden ihrer neuen Hütte arbeitet; wir unterhalten uns oder flicken die Lumpen, die als Ersatz für anständige Kleidung dienen — *und manchmal tauchen wir sogar in unsere* »*Bibliothek*«. *Sie besteht aus einem* »*Godey's-Lady's Buch*«

von 1863 und den letzten zehn Seiten eines Southern Literary Messenger.

Jane spricht oft von der Gründung einer Schule, sie wollte sogar das neue »Büro für befreite Sklaven« bitten, uns bei der Suche nach einem Lehrer behilflich zu sein. Ich habe diese Aufgabe übernommen — ich fühle mich dazu verpflichtet, trotz des Unwillens, den das sicherlich hervorrufen wird. In der Bitternis der Niederlage sind nur sehr wenige Weiße bereit, jenen zu helfen, die durch Lincolns Feder und Shermans Schwert befreit wurden.

Bevor wir jedoch an eine Schule denken können, müssen wir erst mal ans Überleben denken. Der Reis reicht für unseren Lebensunterhalt nicht aus. Ich weiß, daß der gute George Hazard uns unbegrenzten Kredit einräumen würde, aber ich halte es für Schwäche, ihn darum zu bitten. In dieser Hinsicht bin ich ganz bestimmt eine Südstaatlerin voll von halsstarrigem Stolz.

Vielleicht können wir Holz von den Pinien- und Zypressenhainen verkaufen, die es auf Mont Royal im Überfluß gibt. Ich habe keine Ahnung, wie man eine Sägemühle betreibt, aber ich kann es lernen. Wir würden Geräte benötigen, was eine weitere Hypothek bedeutete. Die Banken in Charleston öffnen vielleicht bald schon wieder ihre Pforten — sowohl Geo. Williams als auch Leverett Dawkins, unser alter nationalrepublikanischer Freund, haben während des Krieges in britischen Sterling spekuliert und die Gewinne in einer ausländischen Bank deponiert. Damit nun wollen sie das kommerzielle Blut wieder durch die Adern des flachen Landes pumpen. Wenn Leveretts Bank aufmacht, werde ich mich an ihn wenden.

Ich muß außerdem noch Arbeiter einstellen und frage mich, ob ich das kann. Die Sorge ist weitverbreitet, daß die Neger es vorziehen, ihre Freiheit zu genießen, anstatt für ihre alten Besitzer, wie gütig sie auch immer gewesen sein mochten, zu arbeiten. Ein quälendes Problem für den ganzen Süden.

Aber, mein liebster Orry, ich muß Dir noch von meinem unwahrscheinlichen Traum erzählen — den zu verwirklichen ich mir vor allem anderen versprochen habe. Er wurde vor wenigen Tagen geboren, aus meiner Liebe zu Dir heraus und meiner Sehnsucht und meinem immer währenden Stolz, Deine Frau zu sein...

In dieser Nacht verließ Madeline, unfähig zu schlafen, nach Mitternacht das weißgekalkte Haus, das mittlerweile einen kleinen Flügel mit zwei Schlafzimmern besaß. Auch jetzt, wo sie auf die Vierzig zuging, war Orry Mains Witwe immer noch so vollbusig und schmalhüftig wie zu der Zeit, als er sie auf der Flußstraße gerettet hatte, obwohl Alter und Mühsal ihr Gesicht zu zeichnen begannen.

Fast eine Stunde lang hatte sie geweint, hatte sich dessen geschämt, war aber machtlos dagegen gewesen. Nun eilte sie die weite Rasenfläche hinunter, über ihr ein Mond, der blendend weiß über den Bäumen am Ufer des Ashley River hing. An der Stelle, wo sich einst der Pier vorgeschoben hatte, schreckte sie einen weißen Reiher auf. Der Vogel stieg auf und strich an dem großen, vollen Mond vorbei.

Sie wandte sich um und blickte über den Rasen zurück zu dem Haus unter den mit Moos bewachsenen Eichen. Eine Vision stieg in ihr auf, eine Vision des herrlichen Hauses, in dem sie und Orry als Mann und Frau gelebt hatten. Sie sah die eleganten Säulen, die erleuchteten Fenster. Sie sah Kutschen vorfahren, lachende Herren und Damen aussteigen.

Ganz plötzlich war der Gedanke da. Er ließ ihr Herz so schnell schlagen, daß es fast schon schmerzte. Wo jetzt die armselige, weißgekalkte Hütte stand, würde sie ein neues Mont Royal aufbauen. Ein wunderbares, großartiges Haus, das für immer als Erinnerung an ihren Mann und dessen Güte dienen sollte, eine Erinnerung an alles, was an der Main-Familie und ihrer gemeinsamen Vergangenheit gut war.

In einem Sturzbach von Gedanken schoß es ihr durch den Kopf, daß das Haus nicht eine genaue Nachahmung des verbrannten Herrenhauses werden dürfte. Diese Art von Schönheit hatte — im Verborgenen — zuviel Böses repräsentiert. Obwohl die Mains gut zu ihren Sklaven gewesen waren, hatten sie sie doch zweifellos als Besitz gehalten und so ein System unterstützt, in dem Fesseln und Peitschen und Tod und Kastration für jene, die genügend Mut zur Flucht besaßen, an der Tagesordnung waren. Gegen Kriegsende hatte sich Orry von dem System so gut wie losgesagt; Cooper hatte es in jüngeren Jahren ganz offen verdammt. Auch deshalb mußte das neue Mont Royal wahrhaftig neu sein, denn eine neue Zeit war angebrochen. Ein neues Zeitalter.

Tränen stiegen ihr in die Augen. Madeline streckte ihre verschränkten Hände dem Mond entgegen. »Irgendwie werde ich es schaffen. Dir zu Ehren.«

Sie sah es deutlich vor sich, das neue Haus, wie Phönix aus der Asche auferstanden. Wie eine bäuerliche Priesterin hob sie Kopf und Hände irgendwelchen Gottheiten entgegen, die sie aus dem Sternengewölbe des nächtlichen Himmels über Carolina beobachten mochten. Sie sprach zu ihrem Mann dort zwischen den fernen Sternen:

»Ich schwöre beim Himmel, Orry. Ich werde es bauen — für dich!«

Überraschender Besuch heute. General Wade Hampton, auf dem Heimweg von Charleston. Es heißt, aufgrund seines Ranges und seiner Unbarmherzigkeit als Soldat werde es Jahre dauern, bis die Amnestie so umfassend sei, daß sie auch ihn einschließe.

Seine Kraft und seine heitere Gemütsart erstaunen mich. Er hat so viel verloren — sein Bruder Frank und sein Sohn Preston sind in der Schlacht gefallen, 3000 Sklaven dahin und sowohl Millwood als auch Sand Hills vom Feind niedergebrannt. Er haust in einer Aufseherhütte in Sand Hills und kann der Anschuldigung nicht entgehen, daß er und nicht Sherman Columbia niedergebrannt habe, indem er Baumwollballen in Brand steckte, damit sie nicht den Yankee-Plünderern in die Hände fielen.

Doch er zeigt sich von all dem nicht deprimiert, sondern bringt statt dessen seine Besorgnis um andere zum Ausdruck ...

Wade Hampton saß vor dem Pinienhaus auf einem Baumklotz, der als Stuhl diente. Lees ältester Kavalleriekommandant, mittlerweile siebenundvierzig, bewegte sich mit einer gewissen Steifheit. Fünfmal war er auf dem Schlachtfeld verwundet worden. Nach seiner Heimkehr hatte er sich den gewaltigen Vollbart abrasiert und nur noch ein Büschel unter dem Mund stehen lassen, obwohl er nach wie vor den riesigen Schnurrbart und Backenbart trug. Unter einem alten Wollmantel steckte ein Revolver mit Elfenbeingriff in einem Pistolenhalfter.

»Kaffee mit Schuß, General«, sagte Madeline, als sie mit zwei dampfenden Blechtassen wieder in das gesprenkelte Sonnenlicht trat. »Zucker und etwas Kornwhisky — obwohl ich fürchte, der Kaffee ist nichts weiter als ein Gebräu aus gerösteten Eicheln.«

»Ich werde ihn trotzdem genießen.« Lächelnd nahm Hampton seine Tasse. Madeline setzte sich auf eine Kiste, neben einen Strauch gelben Jasmin, den sie so liebte.

»Ich bin gekommen, um mich nach Ihrem Befinden zu erkundigen«, sagte er zu ihr. »Mont Royal gehört nun Ihnen.«

»In gewissem Sinne ja. Ich besitze es nicht.«

Wade Hampton zog eine Augenbraue fragend in die Höhe, und sie erklärte ihm, daß Tillet Main die Plantage seinen Söhnen Orry und Cooper gemeinsam hinterlassen hatte, trotz seiner langjährigen Meinungsverschiedenheit mit Cooper, was die Sklaverei anbelangte. Am Ende hatten Blutsbande und Tradition in Tillet die Oberhand gewonnen über Zorn und Ideologie. Wie den meisten Männern seines Alters und seiner Zeit waren Tillet seine Söhne wichtig, weil er seinen Besitz schätzte und die geschäftlichen und finanziellen Fähigkeiten von Frauen gering achtete. Als er sein Testament schrieb, machte er sich lediglich die Mühe, jeder seiner beiden Töchter, Ashton und Brett, eine gewisse Geldsumme zukommen zu lassen, in der Annahme, daß sie von ihren Ehemännern versorgt würden. Das Testament besagte weiter, daß im Falle des Todes eines Sohnes dessen Besitzanteil direkt an den Bruder fiel.

»Deshalb ist jetzt Cooper der Alleineigentümer, aber er hat mir großzügig erlaubt, hierzubleiben, schon allein Orrys wegen. Ich leite die Plantage und habe Anspruch auf den Gewinn, solange er der Besitzer ist und ich die Hypothekarzinsen zahle. Ich bin natürlich auch für alle laufenden Ausgaben zuständig, aber das versteht sich wohl von selbst.«

»Und Sie sind durch dieses Arrangement abgesichert? Ich meine, ist es legal und bindend?«

»Absolut. Einige Wochen nach Orrys Tod legte Cooper diese Vereinbarung schriftlich fest. Das Dokument macht die Sache unwiderruflich.«

»Nun, da ich weiß, wie sehr die Leute aus Carolina Familienbande und Familienbesitz achten, nehme ich an, daß Mont Royal den Mains stets erhalten bleiben wird.«

»Ja, davon bin ich überzeugt.« Das war ihr einziger, sicherer Halt. »Unglücklicherweise haben wir momentan weder irgendwelche Einnahmen, noch besteht Aussicht darauf. Auf Ihre Frage nach unserem Wohlergehen kann ich nur sagen, wir kommen schon irgendwie über die Runden.«

»Vermutlich darf keiner von uns zur Zeit mehr erwarten. Gegen Ende des Monats wird meine Tochter Sally Colonel Johnny Haskell heiraten. Das ist wenigstens ein Lichtblick.« Er nippte an seiner Tasse. »Köstlich. Was haben Sie von Charles gehört?«

»Vor zwei Monaten bekam ich einen Brief. Er schrieb, er hoffe, wieder bei der Armee unterzukommen, draußen im Westen.«

»Soviel ich weiß, tun das sehr viele Konföderierte. Ich hoffe, sie behandeln ihn anständig. Er war einer meiner besten Scouts. Iron Scouts, so nannten wir sie. Er wurde dem Namen gerecht, obwohl ich gestehen muß, daß ich gegen Ende zu gelegentlich ein merkwürdiges Benehmen bei ihm feststellte.«

Madeline nickte. »Es fiel mir auf, als er in diesem Frühjahr heimkam. Der Krieg hat ihn verletzt. Er verliebte sich in eine Frau in Virginia, die dann bei der Geburt seines Sohnes starb. Er hat den Jungen nun bei sich.«

»Eine Familie ist Balsam gegen den Schmerz«, murmelte Hampton. Er nahm einen weiteren Schluck. »Und jetzt sagen Sie mir, wie es Ihnen wirklich geht.«

»Wie ich schon sagte, General, wir überleben. Niemand hat das Thema meiner Herkunft auf den Tisch gebracht, also bleibt mir wenigstens das erspart.«

Sie blickte ihn an, während sie sprach, wollte ihn auf die Probe stellen. Hamptons von der vielen frischen Luft gegerbtes Gesicht blieb unbewegt. »Natürlich habe ich davon gehört. Es spielt keine Rolle.«

»Ich danke Ihnen.«

»Madeline, ich habe nicht nur vorbeigeschaut, um mich nach Charles zu erkundigen, sondern ich wollte Ihnen auch ein Angebot machen. Wir alle befinden uns in einer schwierigen Situation, aber Sie müssen alleine damit fertig werden. Skrupellose Männer beider Rassen treiben sich auf den Straßen herum. Sollten Sie zu irgendeinem Zeitpunkt eine Zuflucht nötig haben oder falls Sie sich mal von dem zu hart gewordenen Überlebenskampf ausruhen wollen, dann kommen Sie nach Columbia. Mein und Marys Heim steht Ihnen immer offen.«

»Das ist sehr freundlich«, sagte sie. »Glauben Sie nicht, daß es mit dem Chaos in South Carolina bald ein Ende haben wird?«

»Nein, nicht so bald. Aber wir können es beschleunigen, wenn wir unerschütterlich für das eintreten, was richtig ist.«

Sie seufzte. »Und was ist das?«

Er blickte auf den glitzernden Fluß. »In Charleston haben mir einige Gentlemen das Kommando einer Expedition zur Gründung einer Kolonie in Brasilien angetragen. Eine Sklavenhalterkolonie. Ich lehnte ab. Ich antwortete ihnen, dies hier sei meine Heimat und ich dächte nicht länger in den Kategorien von Norden und Süden; für mich gibt es nur noch ein Amerika. Wir haben gekämpft, wir haben verloren, das Thema einer getrennten Nation auf diesem Kontinent ist erledigt. Nichtsdestoweniger sind wir in South Carolina mit einem umfassenden Negerproblem konfrontiert. Ihr Status hat sich geändert. Wie sollen wir uns verhalten? Nun, der Neger war uns als Sklave treu, also glaub' ich, wir sollten ihn auch als freien Mann anständig behandeln. Ihm Gerechtigkeit vor unseren Gerichtshöfen zugestehen. Ihm das Wahlrecht geben, falls er dafür in Frage kommt, so wie dem weißen Manne auch. Wenn wir das tun, dann werden sich die herumstreunenden Horden auflösen, der Neger wird wieder South Carolina als seine Heimat und den weißen Mann als seinen Freund betrachten.«

»Glauben Sie das wirklich, General?«

Er runzelte leicht die Stirn, vielleicht aus Verärgerung. »Jawohl, das tue ich. Nur volle Gerechtigkeit und Mitgefühl können die Schuld dieses Staates mildern.«

»Ich muß sagen, Sie bringen den Schwarzen gegenüber mehr Großherzigkeit auf als die meisten anderen.«

»Nun, sie stellen für uns sowohl eine praktische als auch eine moralische Angelegenheit dar. Unsere Ländereien sind zerstört, unsere Häuser niedergebrannt, unser Geld und unsere Wertpapiere sind wertlos, und Soldaten haben vor unseren Türen Quartier bezogen. Sollen wir alles noch schlimmer machen, indem wir so tun, als wäre unsere Sache nicht verloren? Daß sie sich selbst jetzt noch irgendwie halten kann? Ich glaube, wir haben von Anfang an für eine verlorene Sache gekämpft. Ich hielt mich dem speziellen Konvent 1860 fern, weil ich die Sezession als unglaubliche Dummheit betrachtete. Sollen wir unsere Illusionen noch einmal durchleben? Sollen wir Repressionen geradezu provozieren, indem wir den ehrenhaften Bemühungen, die Union wiederherzustellen, Widerstand leisten?«

»Sehr viele Leute möchten Widerstand leisten«, sagte sie.

»Wenn Gentlemen wie Mr. Stevens und Mr. Sumner mich zu gesellschaftlicher Gleichheit mit den Negern zwingen wollen, dann werde ich auch Widerstand leisten. Doch jenseits davon können wir den Wiederaufbau schaffen, wenn Washington vernünftig ist und wir vernünftig sind. Wenn unsere Leute sich an ihre alten Narrheiten klammern, dann lösen sie damit lediglich eine neue Form des Krieges aus.«

Wieder seufzte sie. »Ich hoffe, der gesunde Menschenverstand behält die Oberhand, obwohl ich mir dessen nicht sicher bin.«

Hampton erhob sich und nahm ihre Hand in seine Hände. »Vergessen Sie mein Angebot nicht. Eine Zuflucht, falls Sie je eine nötig haben sollten.«

Impulsiv küßte sie ihn auf die Wange. »Sie sind ein gütiger Mann, General. Gott segne Sie.«

Er bestieg seinen herrlichen Hengst und galoppierte davon; nach einer halben Meile, dort, wo der von Bäumen gesäumte Weg auf die Flußstraße traf, entschwand er ihren Blicken.

Gegen Sonnenuntergang schlenderte Madeline durch das brachliegende Reisfeld und dachte über Hamptons Worte nach. Für einen stolzen Mann, der eine schwere Niederlage erlitten hatte, blickte er bemerkenswert optimistisch in die Zukunft. Außerdem hatte er recht mit dem, was er über die Schuld von South Carolina gesagt hatte. Falls der Süden seine traditionellen Verhaltensweisen wieder aufleben ließ, dann würden die Radikalen Republikaner nur zu gern zurückschlagen. Mit den Sandalen, die sie sich aus ein paar Fetzen Leder und einem Stück Schnur gebastelt hatte, stieß sie gegen etwas auf dem Boden. Mit beiden Händen grub sie im sandigen Boden und legte einen großen Felsbrocken frei. Sie und die Shermans hatten beim Anbau der vier bepflanzten Reisfelder eine ganze Menge dieser Brocken entdeckt und sich darüber gewundert. Hier im Flachland gab es kaum Felsen.

Sie wischte die Erde ab. Der Brocken war gelblich, mit bräunlichen Streifen, und sah recht porös aus. Mit einiger Mühe brach sie ihn in der Mitte durch. Da sie noch nie einen dieser seltsamen Felsbrocken aufgebrochen hatte, traf sie der Gestank völlig unvorbereitet. Sie begann zu würgen, warf die Stücke schnell weg und eilte zurück zum Pinienhaus; ihr Schatten flog tiefrot wie verschüttetes Blut vor ihr über den Boden.

Ich wünschte, ich könnte wie Gen. H. glauben, daß unsere Leute erkennen, wie wichtig und von welch weitreichender praktischer Bedeutung es ist, daß wir den befreiten Schwarzen fair gegenübertreten. Ich wünschte, ich könnte glauben, daß die Menschen von Carolina die Niederlage und deren Folgen mit kühlem Kopf betrachten. Ich kann es nicht. Eine düstere Stimmung hat mich wieder überkommen. Sie überfiel mich, als ich einen dieser seltsamen Felsbrocken aufbrach, die Du mir vor dem Krieg gezeigt hast. Dieser Gestank! Selbst unser Land ist verrottet und verfault. Ich werte das als ein Zeichen. Ich sah eine Zukunft voller Gift und Galle. Verzeih mir, Orry, ich muß aufhören, solche Sachen zu schreiben.

2

Am Tage von Hamptons Besuch auf Mont Royal huschte eine junge Frau im abendlichen Zwielicht von New York City um eine Ecke in die Chambers Street. Mit einer Hand hielt sie ihren Hut fest, mit der anderen mit Unterschriften bedeckte Papierbögen.

Diesiger Regen setzte ein. Hastig schob sie die Papiere unter ihren Arm. Vor ihr ragte die Markise von *Wood's New Knickerbocker Theater*, ihrem Ziel, auf. Das Theater war vorübergehend zwischen zwei Produktionen geschlossen; sie war bereits zu spät dran für eine Probe, die der Eigentümer auf halb acht angesetzt hatte.

Allerdings hatte ihre Verspätung einen guten Grund. Sie hatte stets einen Grund, der immer genauso wichtig war wie ihr Beruf. Ihr Vater hatte sie so erzogen. Mit fünfzehn Jahren hatte sie mit der aktiven Arbeit zur Abschaffung der Sklaverei begonnen; jetzt war sie neunzehn. Sie kämpfte für die Gleichberechtigung der Frau, für das Stimmrecht und für fairere Scheidungsgesetze, obwohl sie selbst nie verheiratet gewesen war. Die Sache, für die sie sich momentan gerade einsetzte und für die sie den ganzen Nachmittag bei der Theatergemeinde Unterschriften gesammelt hatte, war die der Indianer — genauer gesagt die der Cheyenne, aus deren Reihen die Opfer des Sand-Creek-Massakers vom letzten Jahr stammten. In der Petition, die an den Kongreß und die für Indianerfragen zuständige Abteilung im Innenministerium geschickt werden sollte, wurden Wiedergutmachungen für Sand Creek und eine Achtung auf Dauer des »Chivington-Verfahrens« gefordert.

Sie bog nach links ab in die schwach erhellte Passage, die zur Bühnentür führte. Sie hatte erst anderthalb Wochen für Claudius Wood gearbeitet, aber bereits feststellen müssen, daß er ein erschreckendes Temperament besaß. Und er trank. Sie konnte es bei fast jeder Probe riechen.

Wood hatte sie am *Arch Street Theater* in Philadelphia in der Rolle der Rosalind gesehen und ihr eine Menge Geld geboten. Er mochte ungefähr fünfunddreißig sein; mit seinen vornehmen

Manieren, seiner wunderbaren Stimme und seinem frechen, weltmännischen Benehmen hatte er sie bezaubert. Trotzdem bereute sie allmählich, daß sie Mrs. Drews Ensemble verlassen und bei Wood für eine volle Saison unterschrieben hatte.

Louisa Drew hatte sie gedrängt, das Engagement anzunehmen, und gemeint, es bedeute einen großen Schritt vorwärts für sie. »Du bist eine erwachsene und tüchtige junge Frau, Willa. Aber denk daran, daß New York voll von groben, brutalen Männern ist. Hast du irgendwelche Freunde dort? Jemand, an den du dich notfalls wenden könntest?«

Sie überlegte einen Moment. »Eddie Booth.«

»Du kennst Edwin Booth?«

»O ja. Er und mein Vater waren zusammen auf den Goldfeldern, als ich noch klein war und wir in St. Louis lebten. Ich habe Eddie im Laufe der Jahre öfter gesehen. Aber seit sein Bruder Johnny den Präsidenten getötet hat, lebt er sehr zurückgezogen. Ich würde ihn niemals mit irgendeiner trivialen Angelegenheit belästigen.«

»Das nicht, aber im Notfall ist er wenigstens da.« Mrs. Drew zögerte. »Sei vor Mr. Wood auf der Hut, Willa.«

Mehr wollte die ältere Frau nicht herausrücken. »Du wirst schon merken, was ich gemeint habe. Ich spreche ungern schlecht von jemandem aus unserer Branche. Aber einige Schauspielerinnen — die hübscheren — haben Schwierigkeiten mit Wood. Selbstverständlich sollst du dir deshalb nicht diese Chance entgehen lassen. Aber sei auf der Hut.«

Die junge Frau, die in solcher Eile durch die Passage lief, hieß Willa Parker. Sie war ein hochgewachsenes Mädchen mit langen Beinen, schlank genug für Hosenrollen, doch auch mit dem vollen, üppigen, für eine Julia geeigneten Busen. Sie hatte weit auseinanderstehende, ganz leicht geschlitzte Augen, die ihr ein exotisches Aussehen gaben, und derart hellblondes Haar, daß es im Scheinwerferlicht auf der Bühne silbern schimmerte. Mrs. Drew bezeichnete Willa liebevoll als Gamin. Ihr charmanter irischer Ehemann John nannte sie »meine schöne Fee«.

Ihre Haut war weich und glatt, ihr Mund großzügig; ihre

Kinnlinie verlieh ihrem Gesicht einen Zug von Kraft und Stärke. Manchmal fühlte sie sich wie vierzig, weil sie gerade drei war, als ihre Mutter starb, und vierzehn, als ihr Vater zu Grabe getragen wurde. Mit sechs Jahren hatte sie das erstemal auf der Bühne gestanden. Sie war das einzige Kind einer Frau, an die sie sich nicht erinnern konnte; ihr Vater war ein freidenkender, hart arbeitender Mann, den sie mit völliger Hingabe geliebt hatte, bis ihn in der Sturmszene von »König Lear« eine Herzattacke dahingerafft hatte.

Peter Parker war einer jener Schauspieler gewesen, die voller Inbrunst und Begeisterung ihrem Beruf nachgingen, obwohl er schon als junger Mann erkannt hatte, daß sein Talent niemals ausreichen würde, um seinen Namen über dem Titel eines Stücks erscheinen zu lassen. In seiner Heimat England hatte er mit Kinderrollen begonnen und war dann in Erwachsenenrollen hineingewachsen. In seinen Zwanzigern hatte er zusammen mit dem leuchtenden Stern Kean gespielt, der ihn von der Klassik zu Keans persönlichem Naturalismus führte, bei dem der Schauspieler dazu ermutigt wurde, alles zu tun, was die Rolle verlangte, sogar schreien und auf dem Boden herumkriechen.

Nach seinem ersten Engagement mit Kean gab er für immer seinen Geburtsnamen auf; Pott — Topf. Zu viele Wortschöpfungen seiner Schauspielerkollegen, die er gar nicht lustig fand — Blumentopf, Nachttopf —, überzeugten ihn davon, daß Parker ein praktischerer Name mit einem günstigeren Wiedererkennungswert wäre. Willa kannte den richtigen Familiennamen, der sie erheiterte, obwohl sie sich selbst von Anfang an als eine Parker betrachtet hatte.

Parker hatte seiner Tochter zahlreiche technische Tricks unterschiedlicher Schauspielstile weitergegeben. Dies schloß die für Schauspieler typische Energie und Begeisterung ein, ein enzyklopädisches Wissen all des Aberglaubens, der am Theater üblich war, und den verhaltenen Optimismus, den man so dringend brauchte, um in dieser Branche zu überleben. Jetzt, da sie durch den Bühneneingang trat, stützte sich Willa auf diesen Optimismus und redete sich ein, daß ihr Brötchengeber nicht wütend sein würde.

Drinnen im Halbdunkel kämpfte sich der ältliche Hausmeister in seinen Regenmantel. »Er ist im Büro, Miss Parker. Und brüllt alle fünf Minuten nach Ihnen.«

»Danke, Joe.« Das war also die Sache mit dem Optimismus. Der Hausmeister klapperte mit seinen Schlüsseln, bereit, abzuschließen. Er ging heute zeitig nach Hause. Vielleicht hatte Wood ihm den Abend freigegeben.

Willa stürzte über die hintere Bühne, zwischen Stapeln unbemalter Baumzweige hindurch, die für die nächste Produktion benötigt wurden. Der weite, leere Raum roch nach frischem Holz, altem Make-up und Staub. Aus einer halb geöffneten Tür über ihr fiel Licht. Willa hörte Woods tiefe Stimme:

»Ich gehe, und es ist vollbracht — die Glocke ruft mich. Hör nicht auf sie, Duncan; denn es ist eine Totenglocke — die dich in Himmel oder Hölle abberuft.« Dann wiederholte er: ». . . oder Hölle«, mit veränderter Modulation.

Willa stand bewegungslos vor dem Büro; ein Schauer lief ihr über den Rücken. Ihr Arbeitgeber probte den Monolog eines der Hauptdarsteller. An diesem Stück von Shakespeare klebte das Unglück, so glaubten die meisten Schauspieler, obwohl einige anmerkten, daß darin eine Menge Bühnenkämpfe vorkamen und die Ursachen für ein Loch im Kopf, einen bösen Sturz oder einen gebrochenen Arm oder ein gebrochenes Bein im Text und nicht in den Sternen begründet lagen. Doch der Aberglaube hielt sich hartnäckig. Wie viele andere Schauspieler und Schauspielerinnen lachte Willa darüber, während sie gleichzeitig Respekt davor hatte. Niemals wiederholte sie irgendwelche Zeilen hinter der Bühne oder in der Garderobe oder im Aufenthaltsraum. Sie sprach immer nur von dem »schottischen Stück«; sprach man den Titel im Theater aus, dann beschwor man das Unheil förmlich herauf.

Sie blickte hinter sich in die Dunkelheit. Wo waren die anderen Ensemblemitglieder, die für die Probe hiersein sollten? In der Stille hörte sie lediglich ein ganz leises Knirschen — vielleicht strich die Katze herum. Sie verspürte den Drang fortzulaufen.

»Wer ist da?«

Claudius Woods Schatten lief ihm zur Tür voraus. Er riß sie

ganz auf, das Rechteck des Gaslichts vergrößerte sich und zeigte Willa mit der Petition in der Hand.

Woods Krawatte war gelockert, seine Weste aufgeknöpft, die Ärmel hochgerollt. Er funkelte sie an. »Der Termin war um halb, Sie sind vierzig Minuten zu spät dran.«

»Mr. Wood, entschuldigen Sie bitte. Ich habe mich verspätet.«

»Weshalb?« Er bemerkte die Papiere mit den Unterschriften. »Ein weiterer Ihrer radikalen Kreuzzüge?« Sie erschrak, als er ihr die Petition aus der Hand riß. »Oh, Jesus Christus. Die armen, elenden Indianer. Aber bitte nicht in der Zeit, für die ich bezahle. Kommen Sie, damit wir mit der Arbeit anfangen können.«

Irgendeine vage, undefinierbare Ahnung warnte sie — drängte sie, aus dem lautlosen Theater und vor diesem bulligen Mann zu flüchten, in dessen gutgeschnittenem Gesicht sich bereits ein Netz von Adern abzeichnete und dessen Nase mittlerweile eine klobige, schwammige Form angenommen hatte. Gleichzeitig aber wollte sie unbedingt die schwierige Rolle spielen, die er ihr angeboten hatte. Die Rolle verlangte nach einer älteren, erfahrenen Schauspielerin. Sollte sie die Rolle meistern, dann würde sie das in ihrer Karriere einen gehörigen Sprung nach vorn bringen.

Und trotzdem . . .

»Kommt denn sonst niemand?«

»Heute abend nicht. Ich dachte, daß unsere gemeinsamen Szenen spezieller Aufmerksamkeit bedürften.«

»Könnten wir dann bitte auf der Bühne proben? Schließlich ist das das schottische Stück.«

Unter seinem bellenden Gelächter kam sie sich klein und albern vor. »Sie glauben doch wohl nicht an diesen Unsinn, Willa. Sie sind doch so intelligent und vertreten so viele fortschrittliche Ideen.« Er blätterte die Papiere mit dem Fingernagel durch und gab sie ihr dann zurück. »Das Stück heißt ›Macbeth‹, und ich spreche den Text, wo immer es mir paßt. Und jetzt kommen Sie rein, damit wir anfangen können.«

Er drehte sich um und ging zurück ins Büro. Willa folgte ihm; ein Teil ihres Verstandes sagte ihr, daß er recht hatte, daß es kindisch von ihr war, sich wegen eines Aberglaubens Sorgen zu machen. Peter Parker allerdings hätte sich gesorgt.

Über ihr dröhnte und donnerte es — der Sturm wurde schlimmer. Das Schauspielerkind in Willa war überzeugt davon, daß sich böse Mächte über der Chambers Street zusammenrotteten. Ihre Hände wurden kalt, während sie ihrem Arbeitgeber folgte.

»Legen Sie Ihren Schal und Ihren Hut ab.« Wood schob Stühle beiseite, um auf dem schäbigen Tisch Platz zu schaffen. Das Büro war eine Deponie unterschiedlichster Möbel und unechter Grünpflanzen in Töpfen aller Größen. Plakate von New-Knickerbocker-Produktionen bedeckten die Wände. Goldsmith, Molière, Boucicault, Sophokles. Der Schreibtisch war mit Rechnungen, Manuskripten, Verträgen und Notizen übersät. Wood schob Macbeths emaillierten Dolch beiseite, ein metallenes Requisit mit stumpfer Spitze, und schenkte sich ein paar Fingerbreit Whisky aus einer Karaffe ein. Die grünen Glasschalen über den Gasbrennern schienen den Raum eher zu verdunkeln als zu erhellen.

Nervös legte Willa die Petition auf einen samtbezogenen Stuhl. Sie legte ihre Handschuhe darauf, dann Schal und Hut. Alles auf einen Haufen, für den Fall, daß sie die Sachen eilig an sich raffen mußte. Mit zwölf Jahren hatte sie schon recht erwachsen gewirkt, und die am Theater arbeitenden Männer hatten auf ihre erwachende Schönheit reagiert. Sie hatte gelernt, sie mit ein paar gutgelaunten Worten abzuwehren und, falls notwendig, sogar ein bißchen physische Kraft einzusetzen. Was das Weglaufen anbelangte, so war sie eine Expertin.

Wood schlenderte zur Tür und schloß sie. »Also dann, meine Liebe. Erster Akt, siebte Szene.«

»Aber das haben wir doch gestern schon geprobt.«

»Ich bin damit noch nicht zufrieden.« Er kam auf sie zu. »Macbeths Schloß.« Grinsend ließ er seine Handfläche über ihren Seidenärmel gleiten. »Fangen Sie in der Mitte von Lady Macbeths Monolog an, wo sie sagt: ›Ich habe gestillt‹.« Er genoß das letzte Wort. Das Gaslicht ließ seine feuchte Unterlippe aufleuchten. Willa bemühte sich, Furcht und traurige Verzweiflung niederzukämpfen. Es war nun offensichtlich, so offensichtlich, was er die ganze Zeit gewollt und weshalb er sie engagiert hatte, wo doch so viele ältere Schauspielerinnen verfügbar gewesen wären. Mrs. Drew hatte alles versucht, um es ihr zu erklären, ohne zu deutlich werden zu müssen. Sie fühlte sich nicht geschmeichelt, sie war lediglich aufgebracht. Falls das der Preis für ihr Debüt in New York war, dann würde sie ihn, verdammt noch mal, nicht bezahlen.

»Fangen Sie an«, wiederholte er mit rauher Stimme, die sie in Alarmbereitschaft versetzte. Wieder streichelte er ihren Arm. Sie versuchte zurückzuweichen. Er schob sich einfach vor und blies ihr seinen Bourbon-Atem ins Gesicht.

»Ich habe gestillt und weiß . . .« Sie zögerte. »Welch zärtliches Gefühl ist es, das Baby zu lieben, das meine Milch trinkt.«

»Weißt du das jetzt?« Er beugte sich vor und küßte ihren Hals.

»Mr. Wood . . .«

»Weiter.« Er packte sie bei den Schultern und schüttelte sie; das war der Moment, in dem sie das eiskalte Entsetzen überkam. In seinen schwarzen Augen entdeckte sie etwas, das über reinen Zorn hinausging. Sie erkannte die Bereitschaft zu verletzen.

»Ich würde — noch als es lächelnd ins Gesicht mir blickte, ihm entzogen meine Brüste aus dem zarten Gaumen . . .«

Woods Hand glitt von ihrem Arm zu ihrer Brust, umschloß sie. »Mir entziehst du sie nicht, was?«

Sie stampfte mit ihrem hohen Schnürstiefel auf. »Hören Sie, ich bin Schauspielerin. Behandeln Sie mich nicht wie ein Straßenmädchen.«

Er packte sie am Arm. »Ich zahle dein Gehalt. Du bist das, was ich dir befehle — einschließlich meine Hure.«

»Nein«, fauchte sie und riß sich los. Er holte aus und schlug ihr mit der Faust ins Gesicht. Der Schlag warf sie zu Boden.

»Du blondes Miststück. Du gibst mir, was ich will.« Mit der linken Hand krallte er sich in ihr Haar; sie schrie auf, als er ihren Kopf hochriß. Seine rechte Faust hämmerte auf ihre Schultern, wieder und wieder. »Überzeugt dich das?«

»Lassen Sie mich los. Sie sind betrunken — wahnsinnig . . .«

»Halt's Maul!« Er schlug sie so hart, daß sie zurückflog und mit dem Kopf gegen den Schreibtisch knallte. »Zieh deine Rökke hoch!« Lichter tanzten hinter ihren Augenlidern. Der Schmerz pochte. Sie griff nach oben, ihre Finger tasteten nach irgendeinem schweren Gegenstand auf der Schreibtischplatte. Er stand breitbeinig über ihr, knöpfte sich die Hose auf. »Zieh sie hoch, verdammt noch mal, oder ich schlag' dich, daß du nicht mehr laufen kannst.«

Vor Angst außer sich, fand sie etwas auf dem Schreibtisch — den Requisitendolch. Er griff nach ihrem Handgelenk, doch bevor er sie aufhalten konnte, stieß sie den Dolch nach unten. Obwohl die Spitze stumpf war, ging sie doch durch den Hosenstoff, weil sie mit aller Kraft zustieß. Sie spürte, wie der Dolch auf Fleisch traf und dann tiefer drang.

»Jesus«, sagte Wood und tastete mit beiden Händen nach der Requisitenwaffe, die tief in seinen linken Oberschenkel eingedrungen war. Er riß daran herum, machte sich die Finger blutig. »Jesus Christus, ich bringe dich um!«

Von Panik erfüllt stieß Willa mit beiden Händen nach ihm, so daß er zur Seite fiel. Er brüllte und fluchte, als er über eine falsche Palme stürzte. Sie kroch zu dem Stuhl, packte ihre Sachen und rannte aus dem Büro in die Dunkelheit. An der Tür kämpfte sie mit dem Riegel, riß ihn zurück und fiel halb hinaus in den Regen, ständig in der Erwartung, einen Verfolger dicht hinter sich zu hören.

*Ich, . . ., schwöre feierlich vor Gott dem Allmächtigen,
daß ich stets treu die Verfassung der Vereinigten Staaten
und die Union der miteinander verbundenen Staaten
stützen, schützen und verteidigen will und daß
ich, so gut ich kann, alle Gesetze und
Proklamationen, die während der Rebellion
in bezug auf die Emanzipation der Sklaven
erlassen wurden, gewissenhaft unterstützen werde.
So wahr mir Gott helfe.*

Der Eid, der von allen Konföderierten verlangt
wurde, die die Amnestie des Präsidenten für sich in
Anspruch nehmen wollten.
1865.

3

»Muß ich diesen Eid leisten?« erkundigte sich Cooper Main. Er war den weiten Weg bis nach Columbia geritten, um sich über diese Sache zu informieren; nun überkamen ihn plötzlich Zweifel.

»Wenn Sie die Amnestie in Anspruch nehmen wollen, ja«, sagte Anwalt Trezevant von der anderen Seite des wackligen Tisches, der als Schreibtisch diente. Sein richtiges Büro war beim großen Feuer am 17. Februar abgebrannt, und so hatte er ein Zimmer über Reverdy Birds Leichenhalle im Osten der Stadt gemietet, die von den Flammen verschont geblieben war. Mr. Bird hatte sein Wohnzimmer in einen Laden verwandelt, in dem verstümmelte Veteranen Korkfüße, Holzglieder und Glasaugen kaufen konnten. Das Stimmengewirr deutete auf gute Geschäfte an diesem Morgen hin.

Cooper starrte auf den handgeschriebenen Eid. Er war ein schlaksiger Mann, der mit fünfundvierzig schon eine Menge grauer Haare hatte. Der Mangel an Nahrungsmitteln hatte ihn hager werden lassen. Seine Arbeitstage, die bis zu sechzehn Stunden dauerten, hatten tiefe Schatten der Müdigkeit unter seine tiefliegenden braunen Augen gemalt. Er schuftete, um die Lagerhäuser, die Docks und die Handelsgeschäfte seiner Carolina Shipping Company in Charleston wiederaufzubauen.

»Hören Sie, ich verstehe ja Ihre Abneigung«, sagte Trezevant. »Aber wenn sich General Lee so weit erniedrigen und den Eid ablegen kann, wie er es letzte Woche in Richmond getan hat, dann können Sie das auch.«

»Eine Amnestie bedeutet, daß man unrecht getan hat. Ich habe nichts Unrechtes getan.«

»Da bin ich Ihrer Meinung, Cooper. Unglücklicherweise ist die Bundesregierung anderer Meinung. Wenn Sie Ihr Geschäft wiederaufbauen wollen, dann müssen Sie sich von dem Ballast befreien, dem Marineministerium der Konföderierten gedient zu haben.« Cooper funkelte ihn an. Trezevant fuhr fort: »Ich bin persönlich nach Washington gefahren, und innerhalb gewisser Grenzen vertraue ich diesem Amnestievermittler, selbst wenn er Anwalt und obendrein noch Yankee ist.« Der bittere Humor fand keinen Widerhall. »Sein Name ist Jasper Dills. Er ist geldgierig, also wird Ihr Antrag vor vielen anderen auf dem Schreibtisch des für die Amnestie zuständigen Beamten und danach auf Mr. Johnsons Schreibtisch landen.«

»Für wieviel?«

»Zweihundert Dollar, US-Währung oder das Äquivalent in Sterling. Mein Honorar beträgt fünfzig Dollar.«

Cooper überlegte eine Weile.

»Also gut. Geben Sie mir die Papiere.«

Sie unterhielten sich eine weitere halbe Stunde. Trezevant hatte all den Washingtoner Klatsch parat. Er erzählte, Johnson plane die Ernennung eines provisorischen Gouverneurs für South Carolina. Der Gouverneur würde eine konstitutionelle Versammlung einberufen und die gesetzgebende Körperschaft wieder einsetzen, so wie sie sich vor dem Fall von Fort Sumter konstitutioniert hatte. Johnsons Wahl stellte keine Überraschung dar. Sie fiel auf Richter Benjamin Franklin Perry aus Greenville, vor dem Krieg ein erklärter Anhänger der Union. Genau wie Lee hatte Perry gegenüber seinem Staat seine Loyalität zum Ausdruck gebracht, trotz seines Abscheus vor der Sezession, indem er sagte: »Ihr werdet alle zum Teufel gehen — und ich gehe mit euch.«

»Zur Wiederzulassung muß die Legislative Mr. Johnsons Forderungen nachkommen«, sagte Trezevant. »Beispielsweise offiziell die Sklaverei zu ächten.« Ein listiger Ausdruck tauchte auf seinem Gesicht auf. »Gleichzeitig ist die Legislative vielleicht in der Lage, die Nigger so anzupassen, daß wir wieder Arbeitskräfte zur Verfügung haben anstatt streunendes Gesindel.«

»Was heißt anpassen?«

»Meine Güte — nennen wir es mal einen Verhaltenscode. Ich habe gehört, daß man in Mississippi auch daran denkt.«

»Wäre ein solcher Code auch für Weiße gültig?«

»Nur für befreite Sklaven.«

Cooper erkannte die Gefahr, die in einem solch provokativen Schritt lag, ohne sich an der ihm zugrunde liegenden Moral zu stören. Das Kriegsende hatte ihm, seiner Familie und seinem Staat ein reiches Maß an Demütigungen und den vollständigen Ruin gebracht. Er sorgte sich nicht mehr um den Zustand der dafür verantwortlichen Menschen — der Menschen, denen der Krieg die Freiheit gebracht hatte.

Gegen Mittag trabte Coopers lahmer alter Gaul in südöstlicher Richtung nach Hause. Der Weg führte direkt durch Columbia hindurch. Cooper konnte den Anblick kaum ertragen. Fast hundertzwanzig Blocks waren niedergebrannt. Der Geruch von verkohltem Holz hing immer noch schwer in der heißen Luft dieses Junitages.

Die ungepflasterten Straßen waren mit Abfall und zerbrochenen Möbeln bedeckt. Von einem Wagen, der zum *Bureau of Freedmen, Refugees and Abandoned Lands* gehörte, wurden Pakete mit Reis und Mehl an eine große Menschenmenge, hauptsächlich Neger, verteilt. Andere Schwarze drängten sich an den wenigen Stellen zusammen, wo der hölzerne Gehsteig noch in Ordnung war. Cooper bemerkte militärische Uniformen und einige Gentlemen in Zivil, aber die Abwesenheit gutgekleideter weißer Frauen stach deutlich ins Auge. Es war überall das gleiche. Diese Frauen blieben im Haus, weil sie Soldaten haßten und sich vor den befreiten Negern fürchteten. Coopers Frau Judith bildete hier die Ausnahme, was ihn ziemlich irritierte.

General Sherman hatte die Holzbrücke über den Congaree River zerstört. Nur die Pfeiler waren übriggeblieben und standen nun im Strom wie rauchgeschwärzte Grabsteine. Die langsame Fahrt der Fähre über den Fluß verschaffte Cooper einen langen Blick auf eines der wenigen Gebäude, die vom Feuer verschont geblieben waren, das unfertige Parlamentsgebäude nahe dem Ostufer. In einer Granitwand legten drei Kanonenkugeln der Union — wie Punkte auf einem Blatt Papier — Zeugnis ab von Shermans Zorn.

Dieser Anblick ließ den Ärger in Cooper höchsteigen, ebenso wie der niedergebrannte Bezirk, den er kurz nach Verlassen der Fähre erreichte. Er ritt am Rande einer Bahn verbrannter Erde entlang, eine Meile breit. Hier hatte zwischen brennenden Pinien Kilpatricks Kavallerie geplündert und schwarzes, von einsamen Kaminen markiertes Ödland zurückgelassen — Shermans Wächter, das war alles, was auf dem Weg dieses barbarischen Marsches von Heimen und Häusern übriggeblieben war.

Die Nacht verbrachte er in einem dreckigen Gasthaus außerhalb der Stadt. Im Schankraum ging er jedem Gespräch aus dem Wege, hörte aber angespannt den verarmten kleinen Gutsbesitzern zu, die um ihn herum tranken. Wenn man sie so hörte, hätte man meinen können, der Süden hätte gewonnen oder wäre zumindest in der Lage, weiter für seine Sache zu kämpfen.

Am nächsten Morgen ritt er weiter, obwohl Hitze und Dunst einen weiteren heißen Sommertag im Flachland versprachen. Er ritt über unbefestigte Straßen, die nicht repariert worden waren, nachdem die Versorgungskonvois der Union sie aufgerissen hatten. Ein Farmer brauchte einen guten neuen Wagen, um durch die tiefen Rinnen in dem sandigen Boden zu kommen und seine Ernte zum Markt zu bringen, falls er eine Ernte hatte. Wahrscheinlich konnte der Farmer weder einen neuen Wagen noch das Geld dafür auftreiben. Cooper kochte vor Wut.

Er hielt weiter auf Charleston und die Küste zu und überquerte einen Schienenstrang; sämtliche Schienen waren verschwunden, und von den Schwellen waren nur einige wenige übriggeblieben. Er begegnete keinen Weißen, sah jedoch zweimal Negerbanden, die durch die Felder zogen. Kurz hinter dem Dörfchen Chicora traf er auf seinem Weg zum Cooper River auf ein Dutzend schwarze Männer und Frauen, die am Wegesrand wilde Kräuter sammelten. Er griff in die Tasche seines alten Mantels und umklammerte die kleine Taschenpistole, die er extra für diese Reise gekauft hatte.

Die Schwarzen beobachteten, wie sich Cooper näherte. Eine der Frauen trug ein rotes Samtkleid und eine ovale Anstecknadel. Wahrscheinlich von einer weißen Herrin gestohlen, dachte Cooper. Die anderen waren mit Lumpen bekleidet. Cooper schwitzte und krallte sich an der verborgenen Pistole fest, aber sie ließen ihn durch.

Ein großer Mann mit einem roten, zu einer Mütze zusammengebundenen Halstuch trat hinter ihm auf die Straße. »Du bist hier nicht mehr der Boß, Captain.«

Cooper drehte sich um und funkelte ihn an. »Wer zum Teufel hat behauptet, ich sei's? Warum geht ihr nicht an die Arbeit und tut was Nützliches?«

»Müssen nicht arbeiten«, sagte die Frau im roten Samtkleid. »Kannst uns nicht zwingen und auspeitschen auch nicht. Nicht mehr. Wir sind frei.«

»Frei, euer Leben in Faulheit zu verschwenden. Frei, eure Freunde zu vergessen.«

»Freunde? Solche wie du, die uns eingesperrt hielten?« Der Mann mit dem Halstuch lachte hämisch. »Reite weiter, Captain, bevor wir dich von dieser Schindmähre ziehen und dir die Prügel verpassen, die *wir* früher kriegten.«

Cooper knirschte mit den Zähnen. Er zog die kleine Pistole

und zielte. Die Frau mit dem Samtkleid kreischte auf und tauchte in den Graben. Die anderen stoben auseinander, bis auf den Mann mit dem Halstuch, der auf Coopers Pferd zulief. Ganz plötzlich gewann Cooper seinen gesunden Menschenverstand zurück; er stieß dem Gaul die Stiefel in die Flanken und ritt los.

Fast zehn Minuten lang zitterte er. Trezevant hatte recht. Die Legislative mußte etwas tun, um die befreiten Neger in den Griff zu kriegen. Freiheit war zur Anarchie geworden. Und ohne Hände, die in der Hitze und Feuchtigkeit arbeiteten, würde der Krankheitszustand, in dem sich South Carolina befand, geradewegs zum Tod führen.

Später, als er sich wieder beruhigt hatte, begann er über die Arbeit nachzudenken, die bei der Reederei getan werden mußte. Zum Glück mußte er sich nicht auch noch um Mont Royal sorgen. Schicklichkeit und Anstand hatten ihn veranlaßt, mit Orrys Witwe ein Arrangement zu treffen; sie trug nun die ganze Verantwortung für die Plantage, deren Besitzer er war. In Madelines Adern floß Negerblut, und jeder wußte es, weil Ashton es in die ganze Welt hinausposaunt hatte, aber niemand kümmerte sich um ihre Herkunft. Und so würde es auch bleiben, solange sie sich wie eine anständige weiße Frau aufführte.

Melancholische Visionen seiner jüngeren Schwestern lenkten seine Gedanken von der Arbeit ab. Er sah Brett vor sich, verheiratet mit diesem Yankee Billy Hazard, die sich, wie sie in ihrem letzten Brief geschrieben hatte, auf dem Weg nach Kalifornien befand. Er sah Ashton, die sich auf eine groteske Verschwörung zum Sturz der Regierung Davis eingelassen hatte. Sie war im Westen untergetaucht; er hielt sie für tot. Sein Kummer hielt sich durchaus in Grenzen, und er empfand auch keine Schuldgefühle. Ashton war ein gemartetes Mädchen, mit all den persönlichen Schwierigkeiten, die Frauen von großer Schönheit und großem Ehrgeiz zu befallen scheinen. Ihre Moralvorstellungen waren schon immer verachtenswert gewesen.

Die Sonne versank hinter den Sandhügeln, und er schlängelte sich durch glitzernde Salzsümpfe, fast schon zu Hause. Wie sehr er doch South Carolina und vor allem das Tiefland liebte! Der tragische Tod seines Sohnes hatte ihn zu einem loyalen Anhänger gemacht, obwohl er seiner Meinung nach in allen Fragen gemäßigte Ansichten vertrat, mit einer Ausnahme: wenn es um die ererbte Überlegenheit der weißen Rasse ging und deren Fähigkeit zu regieren. In zehn Minuten würde Cooper einem Mann begegnen, dessen Südstaatenloyalität weit über alles hinausging, was er sich je vorgestellt hatte.

Sein Name war Desmond LaMotte. Er sah aus wie eine gewaltige Vogelscheuche, mit seltsam langen Beinen, die fast bis auf den Boden hingen, wenn er auf seinem Muli durch die Sümpfe nahe dem Cooper River ritt. Seine Arme waren genauso lang. Er hatte gekraustes, karottenfarbenes Haar mit einer verblüffenden weißen Strähne, die von der Stirn bis zum Hinterkopf lief. An dieser Strähne war der Krieg schuld. Er trug einen sauber gestutzten Knebelbart in der Farbe seines Haars.

Er entstammte der alten Hugenottenrasse, die sowohl in der Hauptstadt als auch in der Plantagenaristokratie eine dominierende Rolle spielte. Seine verstorbene Mutter war eine Huger gewesen, ein Hugenottenname, der »Judschi« ausgesprochen wurde. Die meisten der jungen Männer beider Familien waren dem Krieg zum Opfer gefallen.

Des war 1834 in Charleston geboren worden. Mit fünfzehn Jahren hatte er seine Erwachsenengröße von einem Meter neunzig erreicht. Bei gespreizten Fingern hatten seine Hände eine Spannweite von fünfundzwanzig Zentimetern. Seine Füße maßen vierunddreißig Zentimeter von der Ferse bis zur großen Zehe. Also wollte er selbstverständlich wie jeder trotzige junge Mann mit starkem Willen und solchen physischen Voraussetzungen Tanzlehrer werden.

Die Leute spotteten. Aber er war fest entschlossen und hatte Erfolg. Tanzlehrer war, vor allem im Süden, ein alter, ehrbarer Beruf. Bei den scheinheiligen Heuchlern in Neuengland zogen die Prediger stets gegen den gemischten Tanz zu Feld, ebenso wie gegen das Tanzen in Tavernen, den Maibaumtanz (der den Beigeschmack eines heidnischen Rituals besaß) oder überhaupt irgendeinen Tanz, bei dem es auch zu essen und zu trinken gab. Südstaatler hatten da modernere Ansichten aufgrund ihrer niveauvolleren Kultur, ihrer geistigen Verwandtschaft mit dem englischen Adel und ihres ökonomischen Systems; die Sklaverei gab ihnen genügend Muße, um tanzen zu lernen. Sowohl Washington als auch Jefferson – nach Des' Meinung großartige Männer, großartige Südstaatler – hatten viel für den Tanz getan.

In seinen jungen Jahren zeigte Des LaMotte eine für einen Jungen ungewöhnliche Beweglichkeit, ganz gleich, ob es nun beim Reiten oder beim Hufeisenwerfen mit Charlestons freien Negerkindern war, was angesichts seines schnellen Wachstums besonders erstaunte. Seine Eltern erkannten diese Fähigkeit, und da sie an den Segen von Tanzstunden für junge Gentlemen glaubten, bekam er mit elf Jahren seinen ersten Unterricht. Des vergaß niemals die strengen Worte seines Tanzlehrers. Er hatte sie in seinem Gedächtnis gespeichert und benützte sie später bei seinen eigenen Schülern:

»Die Tanzschule ist kein Ort des Amüsements, sondern ein Ort der Erziehung. Und am Ende dieser Erziehung steht nicht, daß aus Ihnen ausgebildete Tänzer werden, sondern Sie sollen gute Söhne und Töchter, gute Ehemänner und Ehefrauen, gute Bürger und gute Christen werden.«

In den fünf Jahren vor dem Krieg hatte Des, glücklich mit Miss Sally Sue Means aus Charleston verheiratet, eine Schule in der King Street eingerichtet; seine Geschäfte florierten bei den Plantagenbewohnern im Tiefland, durch das er dreimal jährlich – stets seinen Besuch im voraus in den Lokalzeitungen ankündigend – eine Rundreise startete. An Schülern fehlte es ihm nie. Er brachte den Jungs ein bißchen Fechten bei, aber meist unterrichtete er Tanz: die traditionellen Quadrillen und Yorks und Reels, wobei sich die Tänzer in einer Reihe aufstellten; so wurde ihre Moral nicht durch übertriebenen Körperkontakt gefährdet. Außerdem lehrte er die neueren, tollkühneren Importe aus Europa, den Walzer und die Polka, enge Tänze, bei denen sich die Tanzenden in gefährlicher Intimität ins Gesicht sahen. Ein Geistlicher der Episkopalkirche in Charleston hatte gegen den Greuel gewettert, »der es einem Mann, der weder der Verlobte noch der Ehemann war, erlaubte, seine Arme um eine Dame zu legen und leicht die Konturen ihrer Taille zu pressen«. Des lachte darüber. Er hielt alle Tänze für moralisch, weil er auch sich selbst und all seine Schüler für moralisch hielt. Die fünf Jahre, in denen er nach dem Standardbuch, Rambeaus »Tanzlehrer« — sein zerlesenes Exemplar befand sich in diesem Augenblick in seiner Satteltasche —, unterrichtet hatte, waren zauberhafte Jahre gewesen. Trotz der Verfechter der Sklavenbefreiung und der Kriegsdrohung veranstaltete er großartige Bälle und Plantagenfeste und beobachtete entzückt, wie attraktive weiße Männer und Frauen bei Kerzenschein von sieben Uhr abends bis drei oder vier Uhr morgens tanzten, ohne außer Atem zu kommen. Gekrönt wurde all das von der glorreichen Wintersaison in Charleston und dem großen Ball der prestigeträchtigen St.-Cecilia-Gesellschaft.

Des' Kenntnisse des Tanzes waren sehr umfassend. Er hatte den Plankentanz der Grenzpioniere gesehen, bei dem zwei Männer auf einem auf zwei Fässern ruhenden Brett tanzten, bis einer herunterfiel. Auf den Plantagen hatte er den Tanz der Sklaven beobachtet, der seine Wurzeln in Afrika hatte und aus komplizierten Schritten unter Einsatz von Fersen und Zehenspitzen bestand, wobei mit Tierknochen der Rhythmus geschlagen wurde. Im allgemeinen verboten die Plantagenbesitzer ihren Sklaven den Gebrauch von Trommeln, aus Furcht, es könnten damit geheime Botschaften über Rebellionen und Brandanschläge übermittelt werden.

Viele Stunden lang hatte er über einem Porträt von Thomas D. Rice geträumt, diesem großartigen weißen Tänzer, der zu Beginn des Jahrhunderts sein Publikum mit der Verkörperung des schwarzen Jim Crow zu Begeisterungsstürmen hingerissen hatte. Des kannte das ganze Universum des amerikanischen Tanzes, doch den Leuten, die ihn bezahlten, gestand er, daß er nur die Tänze wirklich liebte, die er selber lehrte.

Der erste Kanonenschuß bei Fort Sumter zerfetzte sein Universum. Er schloß sich sofort den Palmetto Rifles an, einer von seinem besten Freund, Captain Ferris Brixham, organisierten Einheit. Von den ursprünglich achtzig Männern waren im April dieses Jahres nur noch drei übriggeblieben, als General Joe Johnston mit der letzten Armee der Konföderierten bei Durham Station, North Carolina, kapitulierte. In der Nacht vor der Kapitulation wurden Des und Ferris auf der Suche nach etwas Eßbarem von einem brutalen Yankee-Sergeant und vier seiner Männer erwischt und bewußtlos geschlagen. Des überlebte; Ferris starb in seinen Armen, eine Stunde nachdem Offiziere die Kapitulation verkündet hatten. Ferris hinterließ eine Frau und fünf kleine Kinder.

Verbittert schlug sich Des bis nach Charleston durch, wo ihm ein fünfundachtzigjähriger Onkel mitteilte, daß Sally Sue im Januar an Lungenentzündung und Unterernährung gestorben sei. Als wäre das noch nicht genug, waren die LaMottes während des Krieges von Mitgliedern einer anderen Familie im Ashley-Bezirk mit Schimpf und Schande bedeckt worden. Das war mehr, als Des ertragen konnte. Sein Verstand setzte aus. Es kam ein Monat, von dem er nicht mehr die geringste Erinnerung besaß. Verwandte kümmerten sich um ihn.

Jetzt ritt er auf seinem Maultier durch die Sümpfe, auf der Suche nach früheren Kunden oder Leuten, die sich Unterrichtsstunden für ihre Kinder leisten konnten. Er fand niemanden. Hinter ihm marschierte barfuß sein fünfzigjähriger Diener, ein arthritischer Schwarzer namens Juba; es war ein Sklavenname, der »Musiker« bedeutete. Des hatte gleich nach seiner Heimkehr Juba einen Vertrag über ein lebenslanges Dienstverhältnis unterschreiben lassen. Die neue Freiheit, die der legendäre »Linkum« ihnen beschert hatte, erschreckte Juba. Nur zu bereitwillig setzte er sein Zeichen unter das Papier, das er nicht lesen konnte.

Juba marschierte im Sonnenschein dahin, eine Hand auf dem Hinterteil des Mulis, auf dem ein Mann saß, der nur zwei Ziele kannte: seinen Beruf, den er liebte, wieder in einer Welt auszuüben, in der die Yankees die Ausübung dieses Berufes fast unmöglich gemacht hatten, und jene zur Rechenschaft zu ziehen, die zu seinem Unglück und dem seiner Familie und seiner Heimat beigetragen hatten.

Das war der Mann, der nun seiner Begegnung mit Cooper Main entgegenritt.

Eine ungefähr 75 Zentimeter breite Gelbkieferplanke lag über einer Stelle des Salzsumpfes, die ansonsten unpassierbar gewesen wäre. Cooper erreichte das eine Ende der Planke, kurz bevor der linkische Bursche mit seinem kummervoll dreinschauenden Neger am anderen Ende ankam.

Einige Meter von dem Übergang entfernt sonnte sich ein Alligator auf einem trockenen kleinen Hügel. In den Küstensümpfen kamen sie häufig vor. Bei diesem hier handelte es sich um ein ausgewachsenes Exemplar: zwölf Fuß lang, wahrscheinlich fünfhundert Pfund schwer. Aufgeschreckt von den Störenfrieden, glitt er ins Wasser und tauchte unter. Nur seine Augen ragten aus dem Wasser und zeigten an, daß er langsam auf die Planke zuglitt. Wenn sie zu hungrig waren oder einen Menschen oder ein Tier als Bedrohung ansahen, konnten Alligatoren durchaus gefährlich werden.

Cooper bemerkte den Alligator. Schon als Kind hatte er diese Tiere oft genug zu Gesicht bekommen, aber ihr Anblick erschreckte ihn immer noch. Selbst jetzt quälten ihn gelegentlich Alpträume, in denen er ihre zahnstarrenden Kiefer vor sich sah. Er schauderte, als die Augen näherglitten. Plötzlich tauchten sie weg, und der Alligator schwamm davon.

Cooper kam der junge Mann mit dem Knebelbart irgendwie bekannt vor, aber er wußte nicht, wohin er ihn stecken sollte. Vom anderen Ende der Planke hörte er ihn sagen: »Machen Sie Platz!«

Gereizt entgegnete Cooper: »Ich sehe keinen Grund...«

»Ich wiederhole, Sir, machen Sie Platz.«

»Nein, Sir. Sie sind impertinent und anmaßend. Außerdem kenne ich Sie nicht.«

»Aber ich kenne Sie, Sir.« Der Blick des jungen Mannes verriet unterdrückte Wut, doch seine Stimme behielt den freundlichen Konversationston. Der Widerspruch ließ Coopers Nerven zucken.

»Sie sind Mr. Cooper Main aus Charleston. Die Carolina Shipping Company. Mont-Royal-Plantage. Desmond LaMotte, Sir.«

»Ah ja. Der Tanzlehrer.« Nachdem das geklärt war, trieb Cooper sein Pferd über die Planke.

Es war, als würde man ein Streichholz in trockenes Gras werfen. Des jagte sein Muli voran. Hufe klapperten über die Planke. Das Maultier erschreckte Coopers Pferd, das zur Seite trat und stürzte. Cooper drehte sich in der Luft, um nicht unter das Pferd zu kommen, und landete in den Untiefen neben seinem Pferd. Er kämpfte sich unverletzt, aber schlammbedeckt wieder hoch.

»Was zum Teufel ist mit Ihnen los, LaMotte?«

»Schande, Sir. Schande, das ist es, was los ist. Oder versteht Ihre Familie nicht mehr die Bedeutung von Ehre? Sie mag so wenig greifbar sein wie das Sonnenlicht, spielt aber nichtsdestoweniger eine bedeutende Rolle im Leben.«

Cooper, tropfend und trotz Hitze fröstelnd, fragte sich, ob er hier jemanden vor sich hatte, den der Krieg um den Verstand gebracht hatte. »Ich habe keine Ahnung, was um alles in der Welt Sie meinen.«

»Sir, ich beziehe mich auf die Tragödie, die Ihre Familie über Mitglieder meiner Familie gebracht hat.«

»Ich habe keinem einzigen LaMotte irgend etwas angetan.«

»Andere mit Ihrem Namen haben sündige Dinge getan. Sie alle haben die Ehre der LaMotte-Familie in den Schmutz gezogen, als sie zuließen, daß Colonel Main meinem Cousin Justin Hörner aufsetzte. Vor meiner Heimkehr meuchelte Ihr entlaufener Sklave Cuffey meinen Cousin Francis.«

»Aber ich sage Ihnen doch, ich hatte damit nichts zu tun.«

»Wir Überlebenden haben einen Familienrat abgehalten«, unterbrach ihn Des. »Ich bin froh, daß ich Sie getroffen habe, denn das erspart es mir, Sie in Charleston suchen zu müssen.«

»Wozu?«

»Um Ihnen mitzuteilen, daß die LaMottes übereingekommen sind, diese Ehrenschuld zu begleichen.«

»Sie reden Unsinn. Das Gesetz verbietet Duelle.«

»Ich spreche nicht von Duellen. Wir werden andere Mittel einsetzen zu einem Zeitpunkt und an einem Ort unserer Wahl. Aber wir werden die Schuld begleichen.«

Cooper griff nach den Zügeln seines Pferdes. Von dem Tier und von Coopers Ellbogen tropfte das Wasser in das Schweigen hinein. Er hätte sich gern über diesen wirren jungen Mann lustig gemacht, aber das, was er in LaMottes Augen sah, hielt ihn davon ab.

»Wir rechnen mit Ihnen ab, Mr. Main, oder wir rechnen mit der Niggerwitwe Ihres Bruders ab oder mit Ihnen beiden. Verlassen Sie sich darauf.«

Mit diesen Worten ritt er weiter; die Maultierhufe knallten auf der Planke wie Pistolenschüsse. Nachdem er wieder festen Boden erreicht hatte, folgte ihm sein Diener mit gesenktem Kopf, ohne auch nur einen Blick auf Cooper zu werfen.

Cooper schauderte erneut und führte sein Pferd aus dem Wasser.

Spät abends erzählte er seiner Frau Judith in ihrem Haus in der Tradd Street von dem Vorfall. Judith lachte.

Das ärgerte ihn. »Er hat es ernst gemeint. Du hast ihn nicht gesehen; ich schon. Nicht jeder Mann, der in den Krieg zieht, kommt auch geistig gesund wieder zurück.« Er bemerkte weder ihren sorgenvollen Blick, noch erinnerte er sich an seine eigene Geistesverwirrung in den Wochen, nachdem sein Sohn ertrunken war.

»Ich werde Madeline schreiben und sie warnen«, sagte er.

4

Willa erwachte plötzlich. Sie hörte ein Geräusch und eine Stimme; beides konnte sie nicht identifizieren.

Die Erinnerung kam zurück. Claudius Wood — der »Macbeth«-Dolch. Im strömenden Regen war sie durch die Chambers Street geflohen. Um ein Haar wäre sie von dem Pferd einer

WINTER GARDEN

Broadway, zwischen Bleeker und Amity Street

HEUTE ABEND, Beginn 7 Uhr 30

RICHELIEU DIE VERSCHWÖRUNG

DARSTELLER:
Edwin Booth, Charles Barron, J. H. Taylor, John Dyott,
W. A. Donaldson, C. Kemble Mason, Miss Rose Eytange,
Mrs. Marie Wilkins ...

---

schnellen Droschke überrannt worden, als sie an einer Kreuzung ausrutschte und stürzte. Erst nach vier Blöcken hatte sie es gewagt, sich umzudrehen und die von Laternen schwach erhellte Straße zurückzublicken.

Von Wood nichts zu sehen. Kein Anzeichen irgendeiner Verfolgung. Sie hatte sich umgewandt und war weitergerannt.

Das Geräusch stammte von einer Faust, die gegen ihre Tür hämmerte. Die unbekannte Stimme gehörte zu einem Mann.

»Miss Parker, die Hausbesitzerin sah sie heimkommen. Öffnen Sie die Tür, oder ich breche sie auf.«

»Eine gute Tür ruinieren? Das lasse ich nicht zu.«

Das war die Stimme der Harpyie, der die Pension gehörte. Als Willa aus dem Regen der Straße hereingestürzt gekommen war, hatte die Frau sie vom Speisezimmer aus erspäht, wo sie das Zepter über schlechtes Essen und die vier schäbigen Gentlemen schwang, die die anderen Zimmer bewohnten.

Willa war vor diesen feindseligen Augen die Treppe hoch in ihr Schlafzimmer geflohen, dessen winziger Alkoven mit ihren Büchern, Theateraufzeichnungen und zwei Kleiderkoffern vollgestopft war. In der Sicherheit des Zimmers hatte sie den Riegel vorgeschoben und sich zitternd auf das Bett fallen lassen. So war sie fast eine Stunde lang lauschend liegengeblieben. Zum Schluß hatte sie die Erschöpfung einschlafen lassen.

Jetzt hörte sie den Mann draußen im Gang zu der Vermieterin sagen: »Sie haben da gar nichts zu bestimmen. Das Mädchen soll wegen eines Angriffs auf ihren Arbeitgeber verhört werden.« Wieder hämmerte er gegen die Tür. »Miss Parker!«

Willa schlang die Arme um sich, wagte nicht zu atmen.

Der Mann brüllte: »Das ist eine Polizeiangelegenheit. Ich fordere Sie zum letztenmal auf, die Tür zu öffnen.«

Sie war bereits angekleidet. Ein schneller Blick in den Alkoven zum Abschied von ihren wenigen Habseligkeiten, dann packte sie ihren Schal und schob das Fenster hoch. Der Mann hörte es und rammte die Schulter gegen die Tür.

Nach Atem ringend und ihre Panik niederkämpfend, kletterte Willa über den Fenstersims, ließ sich nach unten gleiten und ließ los. Sie stürzte in die regnerische Finsternis. Ihr gequälter Aufschrei ging im Splittern der Tür unter.

»O Gott — mein Gott, noch nie in meinem Leben habe ich so was durchgemacht, Eddie.«

»Ruhig, ganz ruhig.« Er zog sie an seine Schultern. Sein Samtrock fühlte sich angenehm an. Während ihre Kleider trockneten, trug sie eine seiner Roben, goldfarben und recht bequem; er war ein verhältnismäßig kleiner Mann. Eine hellblonde Haarsträhne war ihr in die Stirn gefallen. Ihre nackten Beine ruhten auf einem Stuhl. Ihren linken Knöchel hatte er mit einer festen Bandage umwickelt. Sie hatte ihn sich beim Sprung in die Gasse verknackst und den ganzen Weg bis zu seinem Sandsteinhaus, 28 East Nineteenth Street, starke Schmerzen gehabt.

»Der Polizist hätte mich beinahe erwischt. Wood hat ihn geschickt, oder?«

»Zweifellos«, sagte Booth. Er war zweiunddreißig, schlank und gutaussehend, mit einer vollen Stimme, die Kritiker als »wundersames Instrument« bezeichneten. In seinen ausdrucksvollen Augen lag ein ständiger Schmerz verborgen.

Der Regen trommelte gegen die hohen Fenster. Es war halb zwei Uhr morgens. Willa schauderte in der Seidenrobe, als

Booth fortfuhr: »Wood ist ein übler Geselle. Eine Schande für unseren Beruf. Er trinkt viel zuviel – darin bin ich Experte. Kombiniert mit seinem Jähzorn, hat das katastrophale Folgen. Letztes Jahr hätte er beinahe einen Beleuchter zum Krüppel geschlagen, der die Bühne nicht haargenau so erleuchtete, wie er es wünschte. Dann war da die Sache mit seiner verstorbenen Frau.«

»Ich wußte nicht, daß er mal verheiratet war.«

»Er redet nicht drüber, mit Grund. Bei der Überfahrt zu einem Engagement in London rutschte sie bei schlechtem Wetter aus, stürzte ins Meer und verschwand. Wood war der einzige Zeuge, obwohl ein Kabinensteward später aussagte, Helen Wood hätte am Morgen des Unglücks Schürfungen an Wange und Arm gehabt, die sie mit Puder zu kaschieren versuchte. Mit anderen Worten, er hat sie verprügelt.«

»Er kann so ein charmanter Mann sein.« Willas Worte gingen in einem Seufzer unter. »Wie dumm ich doch war, mich davon einwickeln zu lassen!«

»Ganz und gar nicht. Mit seinem Charme hält er viele Leute zum Narren.« Booth tätschelte ihre Schulter, erhob sich dann. Er trug schwarze Hosen und winzige Slipper; seine Füße waren kleiner als die ihren. »Du bist durchgefroren. Ich bringe dir einen Cognac. Ich habe eine Flasche da, auch wenn ich sie selbst nie anrühre.«

Er trank nie Alkohol, wie sie wußte. Als Booths Frau Mary 1863 im Sterben gelegen hatte, war er zu betrunken gewesen, um auf die Bitten von Freunden zu hören und zu ihr zu gehen. Dieser Teil seiner Vergangenheit belastete ihn fast ebenso stark wie der unselige Abend im Ford's Theater.

Willa starrte hinaus in den Regen, während Booth Cognac in einen Schwenker goß und ihn mit seinen Händen anwärmte. »Ich werde morgen losgehen und herauszufinden versuchen, was Wood nun unternimmt, nachdem du der Polizei entwischt bist.« Er reichte ihr den Schwenker. Der Cognac verbreitete eine wohlige Wärme in ihrem Innern und beruhigte ihren aufgewühlten Magen. »Inzwischen würde ich mich nicht darauf verlassen, daß er die Sache auf sich beruhen läßt. Neben seinen anderen wunderbaren Charaktereigenschaften ist er auch noch rachsüchtig.

Unter den örtlichen Theatermanagern hat er viele Freunde. Zumindest wird er dafür sorgen, daß du in New York keine Arbeit bekommst.«

Willa wackelte mit ihren nackten Zehen. Ihr Knöchel schmerzte jetzt nicht mehr so stark. Im Kamin krachten die Scheite von Apfelbäumen und füllten den Raum mit einem süßen Aroma. Während sie ihren Cognac schlürfte, starrte Booth melancholisch auf ein gerahmtes Foto, das auf der Marmorplatte eines Tisches stand: drei Männer in römischen Togen waren darauf zu sehen. Es war eine Aufnahme aus der berühmten Vorstellung im November 1864, als er für einen Abend den Brutus und seine Brüder Johnny und June den Cassius und den Antonius gespielt hatten.

Sie stellte den Cognacschwenker beiseite. »Zur Arch Street kann ich nicht zurück, Eddie. Mrs. Drew hatte ihre Truppe zusammen. Sie sorgte gleich für Ersatz, nachdem ich ihr von meinen Plänen erzählt hatte.«

»Louisa hätte dich vor Wood warnen sollen.«

»Indirekt hat sie das auch getan. Ich habe nur nicht darauf geachtet. Ich habe eine Menge Fehler, und einer der schlimmsten ist wohl, daß ich von jedermann nur gut denke. Das ist eine gefährliche Unzulänglichkeit.«

»Nein, nein, das ist eine Tugend. Denk niemals anders!« Er tätschelte ihre Hand. »Angenommen, New York bleibt dir von nun an verschlossen, kannst du anderswo arbeiten?«

»Du meinst, ob ich fortlaufen kann, irgendwohin? Fortlaufen ist stets das Heilmittel, das mir als erstes einfällt. Und hinterher tut es mir immer leid. Ich hasse Feigheit.«

»Vorsicht hat nichts mit Feigheit zu tun. Ich sag's dir noch mal, das ist mehr als ein Streit im Schulhof. Denk einen Augenblick nach. Wohin kannst du gehen?«

Verloren schüttelte sie den Kopf. »Es gibt keinen einzigen – nun ja, doch. St. Louis. Ich habe ein Dauerangebot von einem alten Kollegen von Papa. Du kennst ihn. Du warst mit ihm und Papa auf Tournee in Kalifornien.«

»Sam Trump?« Endlich lächelte Booth. »Amerikas Schauspieleras? Ich wußte nicht, daß Sam in St. Louis ist.«

»Er hat dort sein eigenes Theater, in Konkurrenz zu Dan DeBar. Letzte Weihnachten schrieb er mir davon. Es klang so, als würde es für ihn nicht gut laufen.«

Booth ging zum Fenster. »Wahrscheinlich trinkt er. Das scheint der Fluch dieses Berufs zu sein.« Er wandte sich um. »St. Louis könnte allerdings eine ideale Zufluchtsstätte sein. Ziemlich weit weg, aber eine gute Stadt fürs Theater, seit Ludlow und Drake sich dort in den Zwanzigern niedergelassen hatten. Für Tourneen steht einem das ganze Mississippital offen, und kein Konkurrenztheater bis Salt Lake City. Ich habe gern in St. Louis gespielt. Mein Vater ebenso.«

Er starrte hinaus in die Dunkelheit und lächelte erneut. »Wann immer er dort auftauchte, konnte er stets ein paar Cents sparen, weil er die Nebenrollen mit Schauspielern der Thespians, einer guten Amateurgruppe, besetzte. Unglücklicherweise gab er die Cents dann für eine weitere Flasche aus.« Er schüttelte die Erinnerung ab. »Aber was jetzt wichtiger ist, Sam Trump ist ein anständiger Mann. Er wäre jetzt ein erfolgreicher Schauspieler, wenn er sich nicht mit Leib und Seele der Körpertechnik von Forrest verschrieben hätte. Sam hat den heroischen Stil zur Religion erhoben. Er zerreißt ein großes Gefühl nicht nur, er zertrümmert es ein für allemal.«

Eine weitere nachdenkliche Pause, dann ein Nicken. »Ja, Sams Theater könnte gut laufen. Wer weiß? Vielleicht könntest du ihn zurechtbiegen?«

Erschöpft und unglücklich sagte Willa: »Muß ich mich jetzt auf der Stelle entscheiden?«

»Nein. Erst wenn wir herausgefunden haben, was Wood plant. Komm mit.« Er streckte seine Hand mit einer glatten, fließenden Bewegung aus, die allein schon eine Aufführung wert gewesen wäre. »Ich zeige dir dein Zimmer. Ein ausgiebiger Schlaf wird Wunder wirken.«

Auf dem Weg hinaus warf er wieder einen Blick auf Johnnys Bild. Armer Eddie, dachte sie, du versteckst dich immer noch vor der Welt, weil so viele nach Rache schreien, obwohl Johnny aufgespürt und vor fast zwei Monaten in der Nähe von Bowling Green in Virginia erschossen worden ist. Der Gedanke an die

Last, die Booth zu tragen hatte, ließ sie ihr eigenes Unglück vergessen, und darüber schlief sie ein.

Als sie am nächsten Nachmittag gegen zwei erwachte, war ihr Freund verschwunden. Der Himmel draußen war immer noch stürmisch bewölkt. Eine leichte Mahlzeit aus Früchten, schottischen Brötchen und Marmelade war unten aufgebaut. Sie aß gerade mit sehr gutem Appetit, als sich der Hausschlüssel drehte und er hereinmarschiert kam; er sah sehr verwegen aus mit Schlapphut und Operncape und Ebenholzstock.

»Ich fürchte, ich habe schlechte Nachrichten. Wood hat einen Haftbefehl beantragt. Ich kaufe dir eine Fahrkarte und schieße dir ein bißchen Reisegeld vor. Du darfst deine Bank nicht besuchen. Oder deine Unterkunft.«

»Eddie, ich kann doch meine Sachen nicht zurücklassen. Meine Sammlung der Werke von Mr. Dickens. All die Rollen, die ich gespielt habe, seit ich das erste Mal auf der Bühne stand — jedes Stück ist von sämtlichen Schauspielern unterschrieben, die mitgewirkt haben.«

Booth warf seinen Hut beiseite. »Für dich mag das kostbar sein, aber das Gefängnis ist es nicht wert.«

»O Gott. Hat er wirklich . . .?«

»Ja. Die Anklage lautet auf versuchten Mord.«

Einen Tag später führte er sie nach Anbruch der Dunkelheit aus dem Haus zu einer Mietdroschke, die schnell über Pflastersteine ratterte und dann durch Dreck und Schlamm zu einem Hudson-River-Pier. Er reichte ihr einen Koffer mit Kleidern, die er für sie gekauft hatte, gab ihr einen langen, liebevollen Kuß auf die Wange und murmelte, Gott möge sie beschützen. Sie ging an Bord der Fähre nach New Jersey; während der ganzen Überfahrt warf sie keinen Blick zurück. Würde sie sich nur einmal umdrehen, das wußte sie, dann würde sie in Tränen ausbrechen und mit dem nächsten Boot zurückfahren — geradewegs der Katastrophe entgegen.

Als sie den Zug in Chicago verließ, schickte sie Sam Trump ein Telegramm. Sie stieg in einem billigen Hotel ab und wartete auf seine Antwort, die am nächsten Morgen im Telegraphenamt eintraf; nur zu gern würde er für Unterkunft und Verpflegung sorgen und ihr einen Platz in seinem kleinen festen Ensemble geben. Für einen Mann, der dem Alkohol verfallen war, hörte er sich erstaunlich zuversichtlich an. Ihre Anspannung war so groß, daß sie das Offensichtliche übersah: Er war ein Schauspieler.

Wie Willas Vater war auch Mr. Samuel Horatio Trump in England geboren worden, in Stoke-Newington. Mit zehn Jahren war er in die Vereinigten Staaten gekommen, aber er hatte sich gewissenhaft seinen einheimischen Akzent bewahrt, in dem Glauben, daß er viel zu seinem beträchtlichen, durchaus verdienten Ruhm beitrug. Er hatte sich selbst zum Schauspieleras Amerikas ernannt, doch er war in der Branche auch unter dem Namen »Schluchzender Sam« bekannt, nicht nur, weil er auf ein Stichwort hin weinen konnte, sondern weil er das unvermeidlicherweise auch bis zum Exzeß tat.

Er war vierundsechzig und gab fünfzig zu. Ohne die Spezialstiefel, in die ein Schuster fast fünf Zentimeter hohe Einlagen eingearbeitet hatte, maß er gerade 165 Zentimeter. Er war ein rundlicher, onkelhafter Mann mit warmen, dunklen Augen und einem rollenden Gang, der sein Bäuchlein wackeln ließ. Seine Garderobe war umfangreich, aber seit zwanzig Jahren aus der Mode. Produzenten, die Plagiate von Dickens auf die Bühne brachten, wollten ihn stets in der Rolle des Micawber sehen. Trump selbst hielt sich mehr für einen Karl den Großen oder — was seine Glaubwürdigkeit beim Publikum wirklich strapazierte — einen Romeo.

Trump hatte in seinem Leben viele Frauen gekannt. In nüchternem oder sogar leicht angetrunkenem Zustand hatte er eine fröhliche, gewinnende Art. Jedem, der es hören wollte, gestand er, daß er oft an gebrochenem Herzen gelitten hatte, doch in Wahrheit hatte Trump von sich aus jede romantische Affäre beendet, in die er verstrickt gewesen war. Als junger Mann hatte er entschieden, daß die Verantwortung für eine Ehe ihn nur an einer Karriere hindern würde, die schließlich in internationaler

Anerkennung gipfeln müßte. Bis jetzt war das allerdings noch nicht der Fall gewesen.

Zwar gaben auch Willa und viele andere aus der Branche sich dem Theateraberglauben hin, doch Trump hatte das zu einer hohen Kunstform entwickelt. Er weigerte sich, ein Seil um einen Stamm zu binden oder einen schielenden Schauspieler zu engagieren. Er trug niemals Gelb, probte nie an Sonntagen und befahl seinem Pförtner, streunende Hunde, die sich während einer Vorstellung der Bühnentür näherten, mit Steinen zu vertreiben. Stets ließ er den Vorhang wieder herunter, wenn er in den ersten fünf Reihen einen rothaarigen Zuschauer entdeckte. Er trug einen blauweißen, in Gold gefaßten Mondstein als Krawattennadel und eine Chrysantheme — niemals eine gelbe — im Revers. Er zog nicht einmal in Erwägung, das schottische Stück auf die Bühne zu bringen oder darin aufzutreten.

Nur den Aberglauben, daß man nicht über die Zukunft sprechen durfte, wenn man das Unheil nicht anziehen wollte, mißachtete er. Zu seinen Lieblingsworten gehörten »nächste Woche« und »morgen« und »die nächste Vorstellung«, unvermeidlich in Verbindung mit Worten wie »wichtiger Produzent im Publikum« oder »telegraphische Nachricht« oder »möchte ein Engagement über ein volles Jahr«.

Sein Theater, Trumps St.-Louis-Schauspielhaus, war von einem anderen Manager in der Nordwestecke der Third und Olive Street gebaut worden; die letztere Straße nannte Trump die Rue des Granges. Er hielt es für vornehmer, die ursprünglichen französischen Namen zu benützen. Das Theater faßte dreihundert Personen auf einzelnen Sitzen anstatt den sonst üblichen Bänken.

Während der langen Fahrt nach St. Louis fand sich Willa mit dem ab, was im New Knickerbocker geschehen war. Vielleicht würde Wood in ein paar Jahren die Anklage fallenlassen, und sie konnte zurückkehren. Inzwischen würde sie sich, falls sein Arm doch über New York hinausreichte, als Mrs. Parker ausgeben. Sollte jemand nach einer alleinstehenden Frau suchen, so würde das verwirrend wirken und außerdem unerwünschte Männer abschrecken. Willa Potts wollte sie sich allerdings doch nicht nennen.

Sie war verhältnismäßig gut gelaunt, als die Fähre in St. Louis anlegte. Im Theater fand sie Sam Trump, der gerade einen Wald als Hintergrund aufmalte. Er weinte, während sie sich umarmten und dramatisch abküßten, dann machte er eine Flasche Champagner auf, die er sogleich alleine trank. Als die Flasche fast leer war, machte er ihr ein überraschendes Geständnis: »Der Optimismus in meiner telegraphischen Nachricht war vorgetäuscht, mein liebes Mädchen. Du hast dich entschlossen, in ein in Trümmern liegendes Haus einzuziehen.«

»St. Louis erscheint mir recht wohlhabend, Sam.«

»Ich spreche von meinem Theater, Kind, von meinem Theater. Unser Publikumsbesuch ist zufriedenstellend. Gelegentlich haben wir sogar ein ausverkauftes Haus. Ich begreife einfach nicht, wieso mir kein Schilling in der Kasse bleibt.«

Willa sah einen der Gründe dafür vor sich; er war aus grünem Glas und stand leer in einem Silbereimer.

Sam überraschte sie ein zweitesmal, als er leise und mit niedergeschlagenem Gesichtsausdruck sagte: »Dieses Geschäft braucht einen klareren Kopf, als ich ihn habe. Einen besseren Kopf als diesen grauen, geprügelten Schädel.« Allerdings war er nur um die Ohren herum grau; den Rest hatte er mit einem scheußlichen Schuhwichsenbraun eingefärbt.

Er ergriff ihre Hand. »Würdest du es eventuell in Betracht ziehen, neben deinen schauspielerischen Verpflichtungen das Theater zu managen? Du bist jung, aber du hast in dieser Branche schon sehr viele Erfahrungen gesammelt. Ich kann dir keinen Extralohn für diese Arbeit geben, aber als Kompensation verspreche ich dir, daß ich dich als Schauspielerin genauso groß herausstelle wie mich selbst.« Mit großer Feierlichkeit fügte er hinzu: »Wie einen Star.«

Sie lachte, wie sie es seit Tagen nicht mehr getan hatte. Diese Art von Arbeit hatte sie nie zuvor getan, aber soweit sie erkennen konnte, benötigte man dazu lediglich gesunden Menschenverstand, Fleiß und ein Auge dafür, was mit dem Geld geschah.

»Das ist ein verführerisches Angebot, Sam. Laß mich eine Nacht darüber schlafen.«

Am nächsten Morgen begab sie sich in das Büro des Theaters, einen Raum von der Größe und dem Charme eines Hühnerstalls. Über der Tür war das unvermeidliche Hufeisen angenagelt. Sam Trump saß da, den Kopf trostlos auf eine Hand gestützt, während er mit der anderen die schwarze Theaterkatze streichelte.

»Sam, ich nehme dein Angebot an – unter einer Bedingung.«

Er überhörte das letzte Wort und rief: »Wunderbar!«

»Hör dir erst die Bedingung an. Meine erste Tat als Manager wird darin bestehen, dich auf ein festes Taschengeld zu setzen. Das Theater wird für deinen Lebensunterhalt aufkommen, aber nicht für Whisky, Bier, Champagner oder Schnaps.«

Mit der Faust schlug er sich gegen die Brust. »Oh! Viel schärfer denn der Biß einer Schlange!«

»Sam, ich habe gerade eben dieses Theater übernommen. Willst du, daß ich kündige?«

»Nein, nein!«

»Dann bist du sofort auf Taschengeld gesetzt.«

»Werte Lady!« Sein Kinn sackte nach unten, verdeckte die Mondsteinkrawattennadel. »Ich höre und gehorche.«

MADELINES JOURNAL

Juli 1865. Die düstere Stimmung ist verflogen. Harte Arbeit ist ein gutes Mittel gegen Melancholie.

Der Staat bleibt in Aufruhr. Richter Perry ist nun provisorischer Gouverneur. Er hat sich verpflichtet, Johnsons Programm durchzuführen; zu diesem Zweck hat er für den 13. September eine konstituierende Versammlung einberufen.

Von Hilton Head aus kommandiert Gen. Gillmore die neun Militärbezirke. In jedem dieser Bezirke ist eine Unionsgarnison stationiert, die in erster Linie die Aufgabe hat, Gewalttätigkeiten zwischen den Rassen zu verhindern. Einige der Soldaten in unserem Bezirk sind Neger, und viele meiner Nachbarn meinen wütend, wir würden noch »zu Tode geniggert«. Ich glaube, das werden wir auch, bis wir unsere Differenzen gelöst haben und in Harmonie zusammenleben. Mein Herz, Orry, nicht meine Herkunft läßt mich glauben, daß der große Test für die Fähigkeit dieser Republik, das Versprechen auf Freiheit für alle Menschen einzulösen, die Rassenfrage ist.

Ein merkwürdiger Brief von Cooper. C. ist einem gewissen Desmond LaMotte begegnet, den ich nicht kenne. Dieser D. L., von Beruf Tanzlehrer, sagte, die LaMottes glaubten, ich hätte Justin betrogen, und wollen Rache. Wie kann nach so viel Blutvergießen und Entbehrungen nur jemand die Kraft für einen solchen Haß aufbringen? Ich würde es für lächerlich halten, wenn mich nicht Cooper gewarnt hätte, es ernst zu nehmen. Er hält diesen D. L. für einen Fanatiker und damit für eine Bedrohung. Vielleicht ist er einer jener tragischen jungen Männer, deren Nerven und Geist der Krieg zerstört hat. Ich werde bei Fremden Vorsicht walten lassen ...

Brutale Hitze. Aber wir haben unsere Reisernte eingebracht und dafür ein bißchen Geld bekommen. Bis jetzt wollen nur wenige Neger arbeiten. Viele sind damit beschäftigt, in der Umgebung auf verlassenen Plantagen ihre alten Quartiere, wo sie als Sklaven gelebt haben, niederzureißen, um neue Heime, wie klein und primitiv auch immer, als Embleme ihrer Freiheit zu errichten.

Andy und Jane bedrängen mich weiterhin wegen einer Schule für die befreiten Neger. Bald werden wir eine Entscheidung treffen. Risiken müssen gegeneinander abgewogen werden.

Gestern brauchte ich Lampenöl und ging zu dem alten Laden an der Summerton-Kreuzung. Ich nahm die Abkürzung durch die leuchtend hellen Sümpfe, deren verborgene Pfade Du mir gezeigt hast. An der Kreuzung bot sich mir ein trauriges Schauspiel. Der Gettys-Bros.-Laden ist offen, aber sicherlich nicht mehr lange — die Regale sind leer. Der Platz ist jetzt kaum mehr als ein Unterschlupf für die Angehörigen dieser großen Familie, — einer davon, ein einfältiger alter Mann mit einem Schrotgewehr, bewachte den Besitz ...

Die Mittagssonne brannte auf die Summerton-Kreuzung. Drei

gewaltige Eichen warfen ihren Schatten über den Laden mit seiner zerbrochenen Veranda. Ganz in der Nähe drängten sich dunkelgrüne Palmlilien mit speerspitzenscharfen Wedeln dicht über dem Boden. Madeline stand da und betrachtete den alten Mann mit dem Gewehr am Rande der Veranda. Er trug dreckige Hosen; seine Unterwäsche diente als Hemd.

»Gibt hier nichts für Sie oder sonst jemanden«, sagte er.

Schweiß färbte den Rücken von Madelines verwaschenem Kleid dunkel. Der Saum war feucht und schlammig von ihrem Marsch durch die Salzsümpfe. »Im Brunnen ist Wasser«, sagte sie. »Könnte ich einen Schluck haben, bevor ich mich auf den Rückweg mache?«

»Nein«, sagte das namenlose Mitglied des Gettys-Clans. »Holen Sie sich's aus den Brunnen, die Ihresgleichen gehören.« Er deutete auf die gelbbraune Straße, die sich in Richtung Mont Royal schlängelte.

»Vielen Dank für Ihre Freundlichkeit«, sagte sie, raffte ihren Rock hoch und trat in das blendend weiße Licht hinaus.

Nach einer halben Meile begegnete sie auf der Straße einem Trupp von sechs schwarzen Soldaten, geführt von einem weißen Lieutenant mit einem unschuldigen Milchgesicht. Die Männer rasteten in dem hitzegeschwängerten Schatten, die Kragen geöffnet, Gewehre und Feldflaschen abseits.

»Guten Tag, Ma'am«, sagte der junge Offizier und salutierte respektvoll.

»Guten Tag. Ein viel zu heißer Tag für unterwegs.«

»Ja, aber wir müssen trotzdem nach Charleston zurückmarschieren. Ich wünschte, ich könnte Ihnen Wasser anbieten, aber unsere Feldflaschen sind leer. Ich fragte diesen Kerl beim Laden, ob wir sie auffüllen dürfen, aber er ließ es nicht zu.«

»Ich fürchte, er ist kein sonderlich großzügiger Typ. Wenn Sie mir zu meiner Plantage folgen möchten — sie ist ungefähr zwei Meilen von hier entfernt und liegt direkt auf Ihrem Weg —, dann können Sie gern den Brunnen benützen.«

Es verfolgt mich also schon wieder. »*Ihresgleichen*«, *hat der alte Mann gesagt. Cooper schrieb, auch der Tanzlehrer habe eine Anspielung auf meine Herkunft gemacht.*

Gestern abend bin ich zu Fuß die Uferstraße zur Kirche von St. Joseph von Arimathea gegangen, wo wir zusammen gebetet haben. Das letzte Mal bin ich kurz nach dem Brand des Herrenhauses dort gewesen. Vater Lovewell begrüßte mich und lud mich ein, so lange in dem Familienkirchenstuhl zu meditieren, wie ich nur wollte.

Ich blieb eine Stunde lang sitzen und ließ mein Herz sprechen. So bald wie möglich muß ich in die Stadt reisen, um drei Dinge zu erledigen, — eines dieser Dinge wird bestimmt solche Leute wie den Tanzlehrer und diesen alten Mr. Gettys provozieren. Von mir aus. Wenn man mich hängen will, ohne zu berücksichtigen, was ich tue, warum sollte ich zögern, etwas zu tun, wofür man wirklich gehängt werden kann? Orry, mein Liebster, die Gedanken an Dich und an meinen lieben Vater machen mir Mut. Beide habt Ihr Eurem Gewissen nie Fesseln anlegen lassen von der Furcht.

5

Ashton stieß einen langgezogenen, wimmernden Schrei aus. Der Kunde, der sich auf ihr krümmte, reagierte darauf mit einem einfältigen, verzückten Lächeln. Einen Stock tiefer hörte Ashtons Arbeitgeberin, Señora Vasquez-Reilly, den Aufschrei und prostete der Decke mit ihrem Glas Tequila zu.

Ashton haßte das, was sie tat. Das heißt, sie haßte den Geschlechtsakt, wenn sie ihn um des reinen Überlebens willen auf sich nehmen mußte. Es war unerträglich, in dieser dreckigen Grenzstadt — Santa Fé im Territorium New Mexico — festzuhängen. Es war unvorstellbar, daß ihr nichts weiter als die Hurerei geblieben war. Mit Stöhnen und Schreien brachte sie ihre Gefühle zum Ausdruck.

Der Gentleman in mittleren Jahren, ein Witwer, der Vieh züchtete, zog sich zurück, scheu ihrem Blick ausweichend. Bezahlt hatte er sie bereits; jetzt kleidete er sich schnell an, verbeugte sich und küßte ihre Hand. Sie lächelte und sagte in zögerndem Spanisch: »Kommen Sie bald wieder, Don Alfredo.«

»Nächste Woche, Señorita Brett. Sehr gern.«

Mein Gott, ich hasse Mexikaner, dachte sie, nachdem er das Zimmer verlassen hatte und sie die Münzen zählte. Drei der vier Münzen gingen an Señora Vasquez-Reilly, deren kräftiger Schwager dafür sorgte, daß die drei Mädchen der Señora nicht betrogen. Ashton hatte im Frühsommer, als ihre Ersparnisse aufgebraucht waren, für die Señora zu arbeiten begonnen. Sie hatte es für einen guten Witz gehalten, sich Señorita Brett zu nennen. Der Witz wäre noch besser gewesen, wenn ihre süße, prüde Schwester davon gewußt hätte.

Ashton Main — sie sah sich selbst nicht länger als Mrs. Huntoon — hatte beschlossen, wegen des Schatzes in Santa Fé zu bleiben. Irgendwo in dem von Apachen verseuchten Ödland waren zwei Wagen verschwunden, und die Männer, die sie von Virginia City gebracht hatten, waren niedergemetzelt worden. Der eine, ihr Ehemann James Huntoon, war kein Verlust gewesen. Der zweite Mann, ihr Liebhaber Lamar Powell, hatte vorgehabt, eine zweite Konföderation im Südwesten zu gründen, mit Ashton als Gemahlin an seiner Seite. Zur Finanzierung dieses Vorhabens hatte er einen Wagen mit falschem Boden mit Gold im Wert von dreihunderttausend Dollar beladen; das Gold hatte er aus dem Erz der Nevada-Mine gewonnen, die ursprünglich seinem verstorbenen Bruder gehört hatte.

Das Massaker war von dem Fahrer eines Wagens gemeldet worden, der noch eine Handelsstation erreichte, kurz bevor er seinen Wunden erlag. Seinem schmerzgepeinigten, unzusammenhängenden Gestammel hatte man nicht entnehmen können, wo das Massaker stattgefunden hatte. Nur eine Person mochte jetzt über diese Information verfügen: der Führer Collins, den Powell in Virginia City angeheuert hatte. Gerüchte besagten, er habe überlebt, aber Gott allein mochte wissen, wo er sich befand.

Als sie von dem Massaker hörte, hatte Ashton einen reichen Gönner in Santa Fé aufzutreiben versucht. Die in Frage kommenden Kandidaten waren alles andere als zahlreich. Die meisten waren verheiratet; sie mochten zwar die Señora besuchen, zeigten deswegen aber noch lange kein Interesse, ihre Ehefrauen sitzenzulassen. Und die Idee, in Fort Marcy einen Mann aufzutreiben, war ein Witz. Die Offiziere und Männer der Garnison des heruntergekommenen Postens in der Nähe des alten Gouverneurspalastes bekamen nicht einmal genug Geld, um ihre eigenen Gelüste zu befriedigen, geschweige denn die einer Geliebten. Ihre Aussichten waren nicht besser als die eines Schweins, auf das ein Barbecue im Tiefland wartete.

Natürlich hätte sie nicht für die Señora arbeiten müssen, wenn sie sich hilfesuchend an ihren frömmelnden Bruder Cooper gewandt hätte oder an die Schwester, deren Namen sie nur zu gern in den Schmutz zog; sogar an diese schlampige Achtelnegerin, die Orry geheiratet hatte, hätte sie sich wenden können. Aber der Teufel sollte sie holen, wenn sie vor denen zu Kreuze kroch und um mildtätige Unterstützung bat. Sie wollte erst dann mit ihnen in Verbindung treten, wenn sie die Voraussetzungen dazu diktieren konnte.

Ashton zog ihre Arbeitskleidung an − ein gelbes Seidenkleid mit weiten, spitzenbesetzten Schulterstreifen, das über einer Bluse mit Puffärmeln getragen werden sollte. Die Señora hatte ihr sowohl die Bluse als auch ein Korsett verweigert, damit die Wölbungen ihrer teilweise entblößten Brüste die Kundschaft in Versuchung führten. Das Kleid war zu der Zeit in Mode gewesen, als ihr Bruder Orry nach West Point gegangen war. Sie haßte es so sehr wie die spröde schwarze Mantilla, auf der die Señora bestand, und die Schuhe − Leder, scheußlich gelb gefärbt, spitzenbesetzt, mit dünnen, hohen Absätzen.

Sie zupfte die Mantilla vor dem kleinen Spiegelscherben zurecht und fuhr sich mit der Hand über die linke Wange. Gott sei Dank waren die drei parallelen Kratzer kaum zu sehen. Rosa, eines der anderen Mädchen, hatte sie im Streit um einen Kunden angegriffen. Ehe die Señora sie auseinanderreißen konnte, hatte Rosa Ashtons Gesicht übel zerkratzt. Ashton hatte stundenlang über die blutigen Spuren der Fingernägel geweint. Ihr Körper und ihr Gesicht bildeten ihr Hauptkapital, waren die Waffen, die sie einsetzte, um das zu bekommen, was sie wollte.

Noch Wochen nach dem Kampf hatte sie Salbe auf die langsam heilenden Wunden geschmiert und sieben- oder achtmal täglich ihr Gesicht im Spiegel betrachtet. Endlich war sie überzeugt davon, daß kein Dauerschaden zurückbleiben würde. Und Rosa würde ihr nicht noch einmal Schwierigkeiten bereiten. Ashton trug jetzt in ihrem rechten Schuh eine zugespitzte Feile.

Gelegentliche Gedanken an die Mine in Nevada verschärften nur ihre Gier. Gehörte die Mine nicht auch ihr? Sie war mit Lamar Powell praktisch verheiratet gewesen. Natürlich sah sie sich zwei gewaltigen Hindernissen gegenüber, wenn sie die Mine in ihren Besitz bringen wollte: Sie mußte die Behörden davon überzeugen, daß sie Mrs. Powell war; zuvor allerdings mußte sie nach Virginia City gelangen. Ashton hielt sich selbst für eine starke, einfallsreiche junge Frau, aber sie war schließlich nicht verrückt. Ganz allein viele Hunderte von Meilen durch gefährliche Wildnis? Das war kaum zu schaffen. Statt dessen konzentrierte sie sich auf einen greifbareren Traum: die Wagen.

Sie mußte sie nur *finden!* Sie war überzeugt davon, daß die Apachen das Gold nicht gestohlen hatten. Es war sehr geschickt versteckt gewesen. Außerdem waren sie unwissende Wilde, die keine Ahnung von dem Wert hatten. Mit dem Gold konnte sie sich viel mehr als nur materiellen Komfort leisten. Sie konnte sich eine Position und Macht kaufen. Die Macht, zurück nach South Carolina zu reisen, um auf eine Art und Weise, über die sie sich noch Gedanken machen mußte, ihre offene Rechnung mit den Familienangehörigen zu begleichen, die sie zurückgestoßen hatten. Der Wunsch, sie alle in den Ruin zu treiben, füllte sie ganz und gar aus.

Inzwischen hatte sie lediglich die Wahl zwischen Verhungern oder Huren. Also hurte sie. Und wartete. Und hoffte.

Die meisten Kunden der Señora liebten Ashtons weiße, englische Haut, ihr Südstaatengehabe und ihre Sprache, die sie der Wirkung halber noch übertrieb. Heute abend allerdings, als sie mit großer Geste zur Cantina hinabstieg, war ihr Auftritt pure Verschwendung. Bis auf drei kartenspielende ältere Vaqueros war niemand da.

Besonders nach Einbruch der Dunkelheit sah die Cantina ziemlich trostlos aus. Die Lampen tauchten alles in ein gelbliches Licht und enthüllten die Kugellöcher, Messerkerben, Whiskyflecke und all den Dreck auf Möbeln, Fußboden und an den Lehmwänden. Die Señora saß da und las in einer alten Zeitung von Mexico City. Ashton gab ihr die Münzen.

Die Señora schenkte ihr ein Lächeln, bei dem ihr vorderer Goldzahn aufblitzte. »*Gracias, querida.* Bist du hungrig?«

Ashton zog einen Schmollmund. »Hungrig auf ein bißchen Spaß an diesem fürchterlichen Ort. Ich würde gern etwas Musik hören.«

Die Oberlippe und der feine Schnurrbart der Señora senkten sich und verdeckten den Goldzahn. »Ein Jammer. Einen Mariachi kann ich mir nicht leisten.«

Ihr Schwager Luis, ein dümmlicher Bulle von einem Mann, kam durch die Schwingtüren hereinmarschiert. Das einzige, was er bei der Señora umsonst bekam, war Rosa, die strähniges Haar hatte und seit ihrer Jugend von den Pocken gezeichnet war. Kurz nach Ashtons Arbeitsantritt hatte Luis sie zu betatschen versucht. Sie konnte seinen Geruch und sein schweinisches Benehmen nicht ertragen, und da sie bereits wußte, daß er bei der Señora kaum Ansehen genoß, hatte sie ihn geschlagen. Er wollte gerade zurückschlagen, als die Señora eintrat und ihn mit Schimpfworten überschüttete. Seitdem war Luis nicht mehr in Ashtons Nähe gekommen, ohne ihr seine mürrische Wut zu zeigen. Heute abend war es nicht anders. Er starrte sie an, während er Rosas Handgelenk packte. Er zerrte das Mädchen an der zu Büro und Lagerraum führenden Tür vorbei die Treppe hoch. Ashton rieb sich die linke Wange. Hoffentlich nimmt er sie so richtig wie ein Feldarbeiter her, dachte sie. Und hoffentlich verpaßt sie ihm eine Krankheit.

Der heiße Wind blies Staub unter der Schwingtür herein. Keine Kunden tauchten auf. Um halb elf sagte die Señora, Ashton könne zu Bett gehen. In der Finsternis ihres winzigen Zimmers lag sie da, lauschte den im Wind klappernden Fensterläden und dachte wieder daran, die Señora zu berauben. Gelegentlich gaben Kunden eine Menge Geld in der Cantina aus, und im Laufe von einer Woche sammelte sich einiges an. Allerdings fiel ihr nicht ein, wie sie den Raub durchführen sollte. Und dann war da noch ein großes Risiko. Luis hatte ein schnelles Pferd und einige üble Freunde. Wenn sie denen in die Hände fiel, dann brachten sie sie womöglich um oder — mindestens genauso schlimm — verstümmelten sie.

Zorn und Hoffnungslosigkeit hinderten sie am Schlaf. Schließlich zündete sie die Lampe wieder an und griff unter das Bett nach dem Lackkästchen. Auf dem Deckel stellten eingelegte Perlen eine Szene dar: ein japanisches Pärchen, in tiefes Nachdenken versunken, saß vollbekleidet beim Tee. Klappte man den Deckel hoch und hielt ihn gegen das Licht, so sah man das Pärchen mit hochgerafften Kimonos kopulieren. Das glückliche Gesicht der Frau zeigte ihre Reaktion auf den halb in ihr verborgenen, gewaltigen Penis des Gentleman.

Das Kästchen verbesserte stets Ashtons Laune. Es enthielt siebenundvierzig Knöpfe, die sie im Laufe der Jahre gesammelt hatte — West-Point-Uniformknöpfe, Hosentürchenknöpfe. Jeder Knopf repräsentierte einen Mann, den sie genossen oder zumindest benutzt hatte. Nur zwei ihrer Partner waren mit keinem Knopf in der Schachtel vertreten: der erste Junge, der sie genommen hatte, bevor sie mit ihrer Sammlung begann, und ihr schwächlicher Ehemann Huntoon. In Santa Fé wuchs die Sammlung sehr rasch.

Einige Minuten lang betrachtete sie einen Knopf nach dem anderen, versuchte sich das dazugehörige Gesicht vorzustellen. Schließlich stellte sie das Kästchen beiseite und musterte ihren schwitzenden Körper im Spiegel. Er war immer noch an den richtigen Stellen weich und sanft und dort fest, wo er es sein sollte, und die Fingernägelspuren in ihrem Gesicht waren kaum noch sichtbar. Während sie sich so betrachtete, fühlte sie neue Hoffnung in sich aufsteigen. Irgendwie würde sie mit Hilfe ihrer Schönheit diesem verfluchten Ort entrinnen.

Sie ging zu Bett und gab sich bald voller Genuß einem Traum hin, in dem sie wiederholt Bretts Haut mit ihrer Feile piekte, bis das Blut hervorquoll.

Drei Abende später betrat ein derb gekleideter Weißer die Cantina. Er hatte einen Schnurrbart mit langen Spitzen und trug einen Revolver an der Hüfte. Er kippte an der Bar zwei schnelle doppelte Whiskys und stelzte dann auf die beiden harten Stühle zu, wo Ashton und Rosa auf Kundschaft warteten. Das dritte Mädchen war oben an der Arbeit.

»Hallo, Miss Gelbschuh. Wie geht's dir denn so?«

»Mir geht's gut.«

»Wie heißt du?«

»Brett.«

Er grinste. »Höre ich da den Akzent einer gefallenen Blume des Südens?«

Sie legte den Kopf schief, flirtete mit den Augen. »Ich falle niemals, außer wenn ich zuvor bezahlt werde. Da du meinen Namen weißt, wie ist deiner?«

»Mein Vorname mag dir ein bißchen komisch vorkommen. Ich heiße Banquo, aus Mr. Shakespeares Tragödie ›Macbeth‹. Nachname Collins. Wenn ich mir noch ein paar Drinks gegönnt habe, komme ich vielleicht zu dir.«

Er stolzierte zur Bar zurück, während Ashton sich an ihrem Stuhl festklammerte, um nicht herunterzufallen.

Banquo Collins schlug mit der Faust auf den Tresen. »Ich zahle für alle. Ich kann das Zehnfache ausgeben, ohne mir groß Sorgen machen zu müssen.«

Die Señora pirschte sich an ihn heran. »Kühne Worte, mein Lieber.«

»Aber wahr, Mädel. Ich kenne die Mine, wo der Schatz versteckt ist.«

»Ah, ich wußte, daß es nur ein Scherz ist. Hier in der Gegend gibt's keine Minen.«

Collins stürzte ein Glas von dem Fusel hinunter. »Ich buddle in keiner Drecksmine herum; meine Mine sind Wagen.«

»Wagen? Das ergibt keinen Sinn.«

»Für mich schon.«

Er streckte die Arme aus und stampfte mit den Stiefeln auf dem Boden herum. »Warum gibt's hier keine Musik, nach der ein Mann tanzen kann?« Weil ihn alle beobachteten, entging ihnen der wilde Ausdruck auf Ashtons Gesicht. Das war der Mann — Powells Führer.

»Werde reich wie Midas«, erklärte er und kratzte sich zwischen den Beinen. Rosa begann sich heftig zur Schau zu stellen. Ashton holte die Feile aus ihrem Schuh und schob sie unter ihrem linken Arm durch. Rosa japste, als die Spitze sie traf.

»Der gehört mir«, flüsterte Ashton. »Wenn du ihn nimmst, steche ich dir morgen ein Auge aus.«

Rosa wurde weiß. »Nimm ihn. Nimm ihn.«

»Werd' massenhaft Musik haben, wenn ich die Welt seh'. Rom, die Japaner...« Collins rülpste. »Aber nicht hier. Doch ein bißchen Vergnügen, schätz' ich, krieg' ich hier auch.«

Er schwankte auf die Mädchen zu. Ashton erhob sich. Wieder grinste er, packte ihre Hand und zog sie die Treppe hoch.

Nachdem sie die Tür verriegelt hatte, half sie ihm beim Ausziehen. Sie war so aufgeregt, daß sie an einem Knopf seines Hosentürchens zu heftig zerrte. Der Knopf riß ab und klapperte gegen die Wand. Er setzte sich aufs Bett, während sie ihm die Hosen hinunterzog. »War interessant, was du da unten erzählt hast«, sagte sie.

Er blinzelte, als hätte er sie nicht gehört. »Wo kommst du her, Gelbschuh? Du bist doch keine Mexe?«

»Ich bin ein Carolina-Girl. Das Unglück hat mich hierher verschlagen.« Nach einem tiefen Atemzug wagte sie den Sprung ins kalte Wasser. »Ein Unglück, über das wir wohl beide etwas wissen.«

Trotz seiner Trunkenheit und seiner angeregten Verfassung ließen ihn ihre Worte vorsichtig werden. »Quatschen wir, oder ficken wir?«

Sie beugte sich vor und bemühte sich kurz um ihn, um seine Irritation zu verscheuchen. »Ich wollte nur wegen dieser Wagen fragen...« Seine Hand krallte sich in ihr Haar. »Collins, ich bin auf deiner Seite. Ich weiß, was in diesen Wagen war.«

»Wie das?« Wütend riß er an ihrem Haar. »Ich sagte, *wie das?*«

»Bitte. Nicht so fest! So ist es besser.« Erschrocken lehnte sie sich zurück. Angenommen, er fühlte sich wirklich bedroht? Angenommen, er beschloß, sie zu töten? Dann dachte sie: Wenn du hierbleibst, bist du ohnehin so gut wie tot.

Sie sagte vorsichtig: »Ich weiß es, weil ich zu dem Mann in Beziehung stand, dem die Wagen gehörten. Er war ein Südstaatler, nicht wahr?«

Sein Blick gab es zu, bevor er es mit Worten abstreiten konnte. Sie klatschte in die Hände. »Sicher war er das. Beide waren sie Südstaatler. Und du hast sie von Virginia City aus geführt.«

Sie zog die Schulterträger herunter und zeigte ihm ihre Brüste, jetzt schon gerötet und fest. Herr im Himmel, allein der Gedanke an das Gold versetzte sie in ungeheure Erregung. »Weißt du, wo die Wagen sind, Collins?«

Er grinste bloß.

»Du weißt es. Und ich weiß, welche Ladung sie hatten. Mehr noch, ich weiß, woher das kam — und wie man an das Hundertfache, vielleicht an das Tausendfache davon herankommt.«

Sie entdeckte einen Schimmer von Interesse und nützte ihren Vorteil aus. »Ich rede von der Mine in Virginia City. Sie gehört mir. Mr. Powell, einer der getöteten Männer, war der Besitzer, und ich bin mit ihm verwandt.«

»Du meinst, du kannst beweisen, daß sie dir gehört?«

Ohne zu zögern oder ihren Gesichtsausdruck zu verändern, sagte sie: »Mit absoluter Sicherheit. Du kriegst die Hälfte von dem, was in den Wagen ist, dann hilfst du mir, nach Nevada zu kommen, und ich teile ein noch wesentlich größeres Vermögen mit dir.«

»Na klar doch — ein wesentlich größeres Vermögen. Und es gibt auch sieben Städte aus purem Gold, die hier in der Gegend nur darauf warten, gefunden zu werden — ganz egal, daß sie niemand entdeckt hat, seit die Spanier vor Hunderten von Jahren danach zu suchen begonnen haben.«

»Collins, mach dich nicht über mich lustig. Ich sage die Wahrheit. Wir müssen unsere Informationen zusammenlegen. Wenn wir das tun, dann werden wir so reich, daß dir schwindelt. Wir können die ganze Welt zusammen erleben. Wäre das nicht aufregend, Liebling?« Ihre Zunge lieferte eine feuchte Demonstration ihrer Erregung.

Sekunden verringen ohne Reaktion. Ihre Furcht kehrte zurück. Plötzlich lachte er. »Bei Gott, du bist ein schlaues Mädel. Ebenso schlau wie heiß.«

»Sag, daß wir Partner sind, und ich zeige dir ein paar ganz spezielle Liebessachen. Das werde ich für niemanden sonst tun, egal, wieviel er zahlt.« Sie flüsterte wollüstige, obszöne Worte in sein Ohr.

Wieder lachte er. »In Ordnung, Partner.«

»Ich komme«, rief sie, ließ Kleid und Höschen fallen und warf sich auf ihn.

Sie hielt ihr Wort, doch nach zehn Minuten forderten Alter und die Drinks ihren Tribut von ihm, und er fing an zu schnarchen.

Ashton zog die Laken hoch, rieb sich ab und glitt mit pochendem Herzen neben ihn. Endlich war ihre Geduld belohnt worden. Schluß mit der Hurerei. Sie hatte den Mann, der das Gold hatte.

Die Phantasie malte Bilder von einem neuen Abendkleid. Der großartigsten Hotelsuite in New York City. Madeline, die sich krümmte, während Ashton ihr mit einem Fächer ins Gesicht schlug.

Köstliche Visionen. Bald schon würden sie Wahrheit werden. Sie schlief ein.

Sie erwachte, seinen Namen murmelnd. Keine Antwort.

Tageslicht filterte durch die Schlitze im Fensterladen. Sie tastete das Bett neben sich ab.

Leer. Kalt.

»Collins?«

Er hatte eine mit Bleistift geschriebene Notiz auf der alten Kommode zurückgelassen.

Liebe kleine Miss Gelbschuh

Polier Deine Geschichte von der V.-City-»Mine« noch ein bißchen auf. Vielleicht schluckt sie jemand. Aber ich weiß ja bereits, was in den Wagen war, weil ich's habe; allerdings habe ich nicht die Absicht zu teilen. Trotzdem schönen Dank für die Sonderbehandlung.

Goodbye,
BC

Ashton kreischte. Sie kreischte, bis sie das ganze Haus aufgeweckt hatte — Rosa, die dritte Hure, die Señora, die hereingestürmt kam und sie anbrüllte. Ashton spuckte ihr ins Gesicht. Die Señora schlug sie. Ashton schluchzte und kreischte weiter.

Zwei Tage später fand sie den Knopf, der von Banquo Collins' Hose abgesprungen war. Nachdem sie ihn untersucht und erneut geheult hatte, legte sie ihn in ihre Schachtel.

Teuflische Hitze senkte sich über Santa Fé. Die Leute bewegten sich so wenig wie möglich. Jeden Abend saß sie auf ihrem harten Stuhl, ohne zu wissen, was sie tun, wie sie entrinnen sollte.

Sie lächelte nicht. Kein Kunde wollte sie. Señora Vasquez-Reilly begann zu klagen und drohte ihr mit Rausschmiß. Es kümmerte sie nicht.

MADELINES JOURNAL

Juli 1865. Gestern in der Stadt gewesen. Shermans haben darauf bestanden, daß mich Andy fährt, um mich zu beschützen. Komisch, so im Wagen zu fahren, wie eine weiße Herrin mit ihrem Sklaven. Während der Fahrt war es leicht, sich kurz in die alte Zeit zurückversetzt zu fühlen.

In Charleston war das unmöglich. Von Coopers Firma in der Concord Street blickte man auf langgestreckte, leere Lagerhäuser, wo Truthahngeier nisteten. Er war nicht da, also hinterließ ich eine Nachricht, daß ich ihn später besuchen würde.

Nach dem großen Feuer von '61 ist kaum was wiederaufgebaut worden. Das verbrannte Gebiet sieht aus, als hätte General Sherman es besucht. Ratten und wilde Hunde treiben sich zwischen geschwärzten Kaminmauern und unkrautüberwucherten Fundamenten herum. Viele Häuser in der Nähe der Battery sind von Granaten beschädigt. Das Haus von Mr. Leverett Dawkins in East Bay ist jedoch verschont geblieben...

Sollte es einen fetteren Mann als den alten Unionsanhänger

Dawkins geben, so war Madeline ihm jedenfalls noch nicht begegnet. Dawkins war um die Fünfzig und steckte in makelloser, speziell für ihn geschneiderter Kleidung; er hatte Schenkel so dick wie Wassermelonen und einen Bauch wie eine mit Drillingen schwanger gehende Frau. An der Salonwand hinter ihm hing die unvermeidliche Ansammlung von Porträts seiner Vorfahren. Als Madeline eintrat, saß Dawkins bereits in seinem riesigen handgefertigten Stuhl und blickte über den Hafen auf die Ruinen von Fort Sumter. Er haßte es, wenn ihn jemand dabei beobachtete, wie er lief oder sich setzte.

Sie erkundigte sich nach den Hypotheken von Mont Royal. Es gab zwei, die sich auf sechshunderttausend Dollar beliefen und von Banken in Atlanta gehalten wurden. Dawkins erklärte, seine eigene Palmetto-Bank würde bald eröffnen und er würde seinen Vorstand bitten, die Hypotheken zu kaufen und zu konsolidieren. »Mont Royal ist eine gute Sicherheit. Ich möchte die Papiere gern in der Hand haben.«

Sie beschrieb ihm die Idee mit der Sägemühle. In dem Punkt war er weniger ermutigend.

»Für solche Pläne werden wir kaum Darlehen lockermachen können. Vielleicht kann der Vorstand ein paar tausend Dollar für einen Schuppen, einige Sägegruben und die Jahreslöhne für einen Negerarbeitstrupp auftreiben. Falls Sie Neger finden können.«

»Ich hatte daran gedacht, Dampfmaschinen zu installieren und ...«

»Ausgeschlossen, wenn sie das Geld für den Kauf borgen müssen, Es gibt so viele, die mit dem Wiederaufbau beginnen möchten und um Hilfe bitten. Dies ist ein verwundetes Land, Madeline. Schauen Sie sich nur in der Stadt um.«

»Das habe ich getan. Nun, es ist sehr großzügig von Ihnen, Leverett, mir bei den Hypotheken zu helfen.«

»Bitte, betrachten Sie das nicht als Wohltätigkeit. Die Plantage ist wertvoll — eine der besten in diesem Bezirk. Der Eigentümer, Ihr Schwager, ist ein angesehenes Mitglied der Gesellschaft. Und Sie als Verwalterin sind ebenfalls jedes Risiko wert. Eine ungemein verantwortungsbewußte Bürgerin.«

Er meint, dachte sie traurig, ich sei keine Unruhestifterin. Für wie verantwortlich würde er sie wohl halten, wenn er von ihrem nächsten Besuch wüßte?

... Es wird also nicht so flott vorangehen, wie ich hoffte.
Begab mich dann zum Büro für befreite Negersklaven. Ein streitsüchtiger kleiner Mann mit hartem Akzent, der sich Brevet Colonel Orpha C. Munro nannte, aus »Vuh-mont«, empfing mich. Sein offizieller Titel lautet »Sub-Assistant Commissioner, Charleston District«.
Ich trug meine Bitte vor. Er meinte, er sei überzeugt davon, das Büro könne einen Lehrer finden. Er wird mich benachrichtigen. Ich verließ das Büro mit dem Gefühl, ich hätte eine kriminelle Tat begangen.
Als ich merkte, wie spät es war, schickte ich Andy alleine los und ging zur Tradd Street, um Judith vor meinem Treffen mit Cooper zu besuchen. Judith überraschte mich mit der Mitteilung, Cooper sei nach dem Mittagessen zu Hause geblieben.

»Anstatt zurück in die Firma zu gehen, blieb ich hier, um an den Sachen hier zu arbeiten«, sagte Cooper. Im braunen Gras des von Mauern umgebenen Gartens lagen Bleistiftskizzen eines Piers für die Carolina Shipping Company. Vom Haus herüber drang eine zögernde Version von Mozarts 21. Klavierkonzert, auf einem völlig verstimmten Instrument gespielt.

Cooper wandte sich an seine Frau. »Könnten wir Tee oder einen halbwegs vernünftigen Ersatz dafür haben?« Judith lächelte und zog sich zurück. »Nun, Madeline, was steckt hinter diesem unerwarteten, erfreulichen Besuch?«

Sie setzte sich auf eine rostende, schwarz gestrichene Eisenbank. »Ich möchte auf Mont Royal eine Schule gründen.«

Cooper wollte sich gerade nach den Skizzen bücken; sein Kopf fuhr hoch, und er starrte sie an. Das dunkle Haar hing ihm in die blasse Stirn. Seine tiefliegenden Augen blickten vorsichtig. »Was für eine Art von Schule?«

»Eine Schule, in der all denen, die lernen wollen, Lesen und Rechnen beigebracht wird. Die befreiten Neger im Bezirk benötigen unbedingt eine Grundausbildung, wenn sie überleben wollen.«

»Nein.« Cooper knüllte sämtliche Skizzen zusammen und warf den Ball unter einen Azaleenbusch. Sein Gesicht hatte sich gerötet. »Nein. Das kann ich dir nicht erlauben.«

Genauso emotional sagte sie: »Ich frage dich nicht um Erlaubnis, ich erweise dir lediglich die Höflichkeit, dich über meine Absichten zu informieren.«

Ein flachbusiges junges Mädchen steckte ihren Kopf aus einem hohen Fenster im oberen Stock. »Papa, was schreist du denn so? Oh, Tante Madeline. Guten Tag.«

»Guten Tag, Marie-Louise.«

Coopers Tochter war dreizehn. Sie würde sich nie zu einer Schönheit entwickeln und schien sich dieses Mangels durchaus bewußt zu sein; sie bemühte sich sehr, das mit jungenhafter Energie und viel Lächeln wettzumachen. Die Leute mochten sie; Madeline bewunderte sie.

»Geh rein, und übe weiter«, schnappte Cooper.

Marie-Louise schluckte und zog sich zurück. Wieder ertönte der Mozart. Die richtigen und die falschen Töne hielten sich ungefähr die Waage.

»Madeline, darf ich dich daran erinnern, daß die Wogen der Emotionen gegen Nigger und gegen die Leute, die sie unterstützen, sehr hoch gehen. Es wäre närrisch, diese Emotionen noch stärker herauszufordern. Du kannst keine Schule eröffnen.«

»Cooper, ich sag' es noch einmal, das ist nicht deine Entscheidung.« Sie versuchte ihn sanft zu behandeln, aber die Botschaft war unvermeidlich hart. »Du hast mir schriftlich das Management der Plantage übertragen. Ich habe nicht die Absicht, zurückzustecken. Ich werde eine Schule gründen.«

Er schritt auf und ab, funkelte sie an. Dies war ein neuer, eindeutig unfreundlicher Cooper Main; diese Seite von ihm hatte sie noch nie zu sehen bekommen. Das Schweigen dehnte sich aus. Madeline versuchte die Sache zu überspielen. »Ich hatte gehofft, dich auf meiner Seite zu finden. Bildung für Schwarze verstößt schließlich nicht mehr gegen das Gesetz.«

»Aber es ist unpopulär.« Er zögerte, platzte dann heraus:

»Wenn du die Leute reizt, werden sie sich keine Zurückhaltung mehr auferlegen.«

»Zurückhaltung in welcher Beziehung?«

»In bezug auf dich! Jeder schaut nach der anderen Seite, tut so, als wärst du nicht — na ja, du weißt schon. Wenn du mit einer Schule anfängst, werden sie nicht mehr so tolerant sein.«

Madelines Gesicht war weiß. Sie hatte damit gerechnet, daß irgend jemand ihr irgendwann ihre Abstammung vorhalten würde, aber sie hätte niemals erwartet, daß es ihr eigener Schwager sein könnte.

»Hier ist der Tee.«

Mit hüpfenden Locken trug Judith ein Tablett mit angeschlagenen Tassen und Untertassen die Treppen hinunter. Auf der letzten Stufe hielt sie inne, als sie den Sturm auf dem Gesicht ihres Mannes bemerkte.

»Ich fürchte, Madeline muß gehen«, sagte er. »Sie hat nur kurz hereingeschaut, um mir was über Mont Royal zu erzählen. Ich danke dir für deine Höflichkeit, Madeline. Zu deinem eigenen Besten, ändere deine Meinung. Guten Tag.«

Er wandte ihr den Rücken zu und begann unter der Azalee nach den zusammengeknüllten Zeichnungen zu suchen. Judith ließ diese Unhöflichkeit regungslos auf der untersten Stufe erstarren. Madeline verbarg, wie verletzt sie war, tätschelte Judiths Arm, eilte über die Eisenstufen nach oben und rannte aus dem Haus.

... Dabei bleibt's im Moment. Ich fürchte, ich habe ihn mir zum Feind gemacht. Wenn es so ist, geliebter Orry, dann habe ich wenigstens seine Freundschaft um einer Sache willen verloren, die es wert ist.

Eine Nachricht ist gekommen! Gerade zwei Wochen nach meinem Besuch bei Col. Munro. Die Gesellschaft zur Hilfe der befreiten Negersklaven der Methodist Episcopal Church, Cincinnati, wird eine Lehrerin schicken. Ihr Name ist Prudence Chaffee.

Cooper schweigt. Noch kein Anzeichen von Vergeltung.

6

In Jefferson Barracks, Missouri, bildete die U. S. Army Kavallerierekruten aus. Das Ausbildungslager lag am Westufer des Mississippi, einige Meilen südlich von St. Louis.

Als Charles dort eintraf, untersuchte ihn ein Vertragsarzt auf falsche Zähne, sichtbare Tumoren, Anzeichen von Geschlechtskrankheiten und Alkoholismus. Für gesund erklärt, kommandierte man ihn weiter, zusammen mit einem früheren Korsettverkäufer aus Hartford, der erklärte, er habe Sehnsucht nach dem großen Abenteuer, einem Rauhbein aus New York City, der kaum etwas sagte und wahrscheinlich vor einer ganzen Menge davonrannte, einem Zimmermann aus Indiana, der erklärte, er sei eines Morgens erwacht und habe festgestellt, daß er seine Frau hasse, einer Plaudertasche von einem Jungen, der sagte, er habe gelogen, was sein Alter anbelangte, und einem gutaussehenden Mann, der gar nichts sagte. Als die Rekruten bei einer heruntergekommenen Baracke ankamen, deutete ein weißhaariger Corporal auf den schweigsamen Mann.

»Französische Fremdenlegion. Kann kaum ein Wort Englisch. Jesus Maria, kriegen wir nicht wirklich alle? Und das für verdammte dreizehn Dollar im Monat.« Er musterte Charles. »Ich hab' deine Papiere geseh'n. Reb, nicht wahr?«

In dem Punkt war Charles empfindlich. Wegen seines Akzentes hatte er schon mehrere scharfe Blicke auf sich gezogen und einmal sogar »verdammter Verräter« hinter seinem Rücken munkeln hören. Er hätte gern gehässig reagiert, erinnerte sich jedoch an Jack Duncans Warnung und sagte bloß: »Ja.«

»Nun, das ist mir Wurst. Mein Cousin Fielding war auch ein Rebell. Wenn du ein ebenso guter Soldat bist wie er, dann bringst du Uncle Sam mehr Nutzen als diese ganze verdammte Bande da. Viel Glück.« Er trat einen Schritt zurück und brüllte: »Los, Leute! Hier rein, und sucht euch eine Schlafstelle. Beeilt euch! Dies ist verdammt noch mal kein Hotel.«

Charles legte einen Eid auf die Verfassung ab. Es machte ihm keine Mühe, hatte er es doch bereits in West Point einmal getan.

Und als der Krieg zu Ende war, hatte er beschlossen, seinen Sohn als Amerikaner zu erziehen, nicht als Südstaatler.

Das viele Blau befremdete ihn. Die hellblauen Hosen mit den gelben Streifen und die langweiligen grauen Hemden erinnerten ihn an die Second Cavalry. Ebenso die Baracken mit ihrer schlechten Luft, den rauchigen Lampen, den schmalen Fenstern und den Ratten, die man nachts lärmen hörte. Dasselbe mit der Verpflegung: Wie gut kannte er den Armeezwieback und die zähen Fleischbrocken zum Mittagessen, die am Abend in einer dicklichen Sauce ertränkt wurden. Das Fleisch schmeckte tatsächlich besser mit der Sauce, weil sie überdeckte, daß es bereits leicht verdorben war. Jefferson Barracks erwies sich nicht so sehr als Trainingslager denn als Rekrutierungsstelle. Die Rekruten wurden ausgesandt, sobald die für ein Regiment benötigte Anzahl von Reservisten beisammen war. So konnte die Ausbildung zwei Monate oder zwei Tage dauern. Das sprach nicht gerade für die Nachkriegsarmee, dachte Charles.

Bei den meisten Ausbildern handelte es sich um ältere Unteroffiziere, die die Zeit bis zu ihrer Pensionierung totschlugen. Charles gab sich viel Mühe, vor ihren Augen einen unerfahrenen und ungeschickten Eindruck zu machen. Während einer Reitstunde auf ungesatteltem Pferd fiel er absichtlich herunter. Er mühte sich durch den Waffenunterricht, und bei Schießübungen traf er niemals den Bullen, sondern immer nur den Rand der Karte. Er kam damit durch, bis ein Ausbilder krank wurde und ein rüpelhafter Corporal namens Hans Hazen die Gruppe übernahm. Er war ein übler Bursche; einer der Männer erzählte, er sei als Sergeant dreimal degradiert worden.

Hazen nahm Charles nach dem Säbeldrill beiseite.

»Kavallerist May, ich hab' so das komische Gefühl, du bist gar kein Militia-Mann aus Carolina. Du versuchst einen ungeschickten Eindruck zu machen, aber ich hab' ein paar deiner Bewegungen gesehn, als du dachtest, ich schaute woanders hin.« Sein Kinn stieß vor, und er brüllte: »Wo bist du ausgebildet worden? West Point?«

Charles blickte auf ihn herab. »Wade Hampton Legion. Sir.«

Hazen wedelte mit einem Finger. »Wenn ich dich beim Lügen

erwische, dann geht's dir dreckig. Ich hasse Lügner fast so wie die Snobs aus West Point — oder euch Südstaatenjungs.«

»Jawohl, Sir«, sagte Charles laut. Er starrte Hazen weiter an. Hazen wandte zuerst den Blick ab, was ihn vor Zorn und Scham rot werden ließ.

»Ich will seh'n, aus was für'nem Holz du geschnitzt bist. Hundert Runden im Reitring, auf die Schnelle. Jetzt sofort. Marsch!«

Corporal Hazen blieb ihm auf den Fersen, brüllte ihn an, kritisierte ihn, befragte ihn täglich nach seiner Vergangenheit und zwang ihn zu immer neuen Lügen. Trotz Hazen — auf merkwürdige Weise vielleicht gerade seinetwegen, denn Hazen erkannte einen erfahrenen Soldaten — war Charles froh, wieder in der Armee zu sein. Schon immer hatte er die verläßliche Routine von Trompetensignalen und Drill gemocht. Noch immer lief ihm eine Gänsehaut über den Rücken, wenn die Trompeten *Boots and Saddles* bliesen.

Er hielt sich abseits und suchte auch keinen Partner. Die meisten Soldaten taten sich zusammen, um sich gegenseitig ihre Arbeitslast zu erleichtern und ihr Elend zu teilen, aber er vermied das. Auf diese Weise überlebte er drei Wochen, allerdings nicht ohne einige plötzliche Anfälle von Verzweiflung. Gedanken an die Vergangenheit überwältigten ihn, ein ausgebranntes Gefühl machte sich in ihm breit, und er schimpfte sich einen Narren, weil er das Armeeblau übergestreift hatte. In dieser Art von Stimmung verließ er an einem Samstagabend das Lager und ging über die Hauptzugangsstraße hinüber zu der namenlosen Stadt aus Zelten und Hütten.

Hier lebten viele Unteroffiziere zusammen mit ihren Frauen, die im Lager Wäsche wuschen, um den Sold aufzubessern. Hier verhökerten Zivilisten fragwürdigen Whisky in großen Zelten, fügsame Osage-Indianer verkauften Bohnen und Kohl von ihren nahegelegenen Farmen, und elegante Gentlemen veranstalteten nächtelange Poker- und Faropartien. Charles hatte sogar gesehen, wie einige dämliche Rekruten ganz ernsthaft auf Drei-Karten-Monte oder auf die unter drei Patronenhülsen versteckte Erbse gesetzt hatten.

Andere Zerstreuungen gab es in jedem Zelt, vor dem eine rote Laterne hing. Charles besuchte eines dieser Zelte und verbrachte eine halbe Stunde mit einer hausbackenen jungen Frau, die sich viel Mühe gab, ihm zu gefallen. Physisch befriedigt marschierte er hinaus, doch die Erinnerungen an Gus Barclay und das Gefühl, sie in den Schmutz gezogen zu haben, deprimierten ihn.

Zwei kleine Jungs rannten ihm nach, als er durch die Zeltstadt schlenderte. Sie verspotteten ihn mit einem kleinen Lied:

»Soldat, Soldat, willst du arbeiten?
Nein, lieber verkauf ich mein Hemd...«

Die Öffentlichkeit schätzte die Armee ganz gewiß hoch ein. Kaum war der Krieg zu Ende, da waren die Soldaten wieder zu unerwünschtem Abschaum geworden. Nichts hatte sich geändert.

Vier Wochen war er in Jefferson Barracks, als der Befehl kam: Er und sieben andere Rekruten hatten zwölf Stunden Zeit; dann mußten sie an Bord eines Dampfschiffs, das den Missouri River nach Fort Leavenworth, Kansas, hochfuhr, durch den ganzen Staat Missouri hindurch. Im Jahre 1827 von Colonel Henry Leavenworth gegründet, war das große Lager am rechten Ufer des Flusses nun der wichtigste Militärposten im Westen. Es diente als Hauptquartier für den Missouri-Bezirk und als Versorgungslager für alle Forts zwischen Kansas und der Kontinentalscheide. Man sagte ihnen, daß sie in Leavenworth eine Transportmöglichkeit finden würden, die sie zum Dienst bei der Sixth Cavalry an der texanischen Nordgrenze bringen würde. Die Aussicht freute Charles. Die natürliche Schönheit von Texas hatte ihm sehr gefallen, als er vor dem Krieg in Camp Cooper stationiert gewesen war.

Während ein Gewitter über den Baracken tobte, packte er seinen Reisesack und eine kleine, hölzerne Feldkiste, in die er seine Armeekleidung gab. Er zog seine blaue Bluse mit dem Rollkragen an und setzte sein Kepi mit den gekreuzten Kavalleristensäbeln auf. Das Unwetter verzog sich schnell, und er marschierte durch den leichten Regen zur Zeltstadt, eine fröhliche Marschversion der kleinen Melodie vor sich hin pfeifend, die ihn an zu Hause erinnerte.

Der Sturm hatte einige der kleineren Zelte umgestürzt und die Wege schlammig gemacht. Charles strebte auf das größte und hellste der Zelte zu, das Egyptian Palace, dessen Eigentümer aus Cairo, Illinois, stammte. Das Zelt war schäbig. Ein Stück Leinwand trennte eine Fläche für Offiziere ab; der Rest war für Mannschaftsdienstgrade und Zivilisten. Der Whisky war billig und kratzte, doch Charles empfand eine besondere Zufriedenheit, während er ihn trank.

Er hatte gerade seinen zweiten Drink bestellt, da kam ein Trio lärmender Unteroffiziere hereingeschwankt. Einer von ihnen war Corporal Hazen. Offensichtlich hatte er schon einige Zeit getrunken. Er entdeckte Charles am Ende der Bar und bemerkte, daß es hier stinke.

Charles starrte ihn an, bis er wegschaute und mit schriller Stimme eine Runde für seine Freunde orderte. Charles war dankbar, daß Hazen die Sache nicht auf die Spitze trieb. Er fühlte sich einfach zu gut.

Dieser Zustand dauerte genau zehn Minuten.

Ein kleiner, leichtgebauter Mann, auf dem Weg zum Offizierseingang, sah im Vorbeigehen ein bekanntes Gesicht unter den Soldaten drinnen. Er schaute weg, machte drei weitere Schritte, blieb dann mit geöffnetem Mund stehen. Er wandte sich um und spähte in das verqualmte Zelt. — Kein Irrtum möglich.

Sein Gesicht rötete sich, als er das Zelt betrat. Die Männer bemerkten seinen Gesichtsausdruck und verstummten.

In wiegendem, aggressivem Gang, der wahrscheinlich überspielen sollte, daß er nur 175 Zentimeter maß, stolzierte der Offizier auf das Ende der Bar zu. Seine Schultern waren straff zurückgezogen, wie bei jemandem, der großen Wert auf Armeeformalitäten legt. Alles an ihm strotzte nur so vor Wichtigtuerei: die gewachsten Spitzen seines Schnurrbarts, sein makellos gestutzter Kinnbart.

Der gelbe Besatz und die Hosenstreifen zeigten, daß er zur Kavallerie gehörte. Das silberverzierte Eichenblatt eines Lieutenants Colonel dekorierte seine Schulterstreifen. Er marschierte an der Bar entlang; als er an einem bulligen, bärtigen Zivilisten in Wildledermantel mit einer Truthahnfeder im Haar vorbeikam, stieß er versehentlich gegen den Arm des Mannes und verschüttete dessen Whisky.

»He, du Arschloch«, sagte der Mann. Ein Hund zu seinen Füßen reagierte auf den Ton und knurrte den Offizier an, der ohne Entschuldigung weiterging, fest den Griff seines Zierdegens umklammernd.

»Cap'n Venable, Sir«, hörte Charles Hazen sagen, als der Offizier die drei Unteroffiziere erreichte. Das Silberblatt stammte also aus einer Ernennung aus Kriegszeiten.

»Hazen«, sagte der Mann und stürmte weiter. Charles beobachtete ihn, und sein Nacken begann zu jucken. Er erkannte den Offizier nicht, doch irgend etwas an dem Mann beunruhigte ihn.

Zwei Schritte vor Charles stoppte Venable. »Ich hab' Sie von der Straße aus geseh'n, Private. Wie heißen Sie?«

Charles versuchte den Akzent einzuordnen. Kein echter Südstaatenakzent, aber ähnlich. Stammte er aus einem der Grenzstaaten? Er sagte: »Charles May, Sir.«

»Das ist eine verdammte Lüge.« Der Offizier riß Charles das Whiskyglas aus der Hand und kippte ihm den Inhalt ins Gesicht.

Allgemeines Geschrei; dann genauso plötzlich allgemeines Schweigen. Whisky tropfte von Charles' Kinn auf den Tresen. Charles wollte den kleinen Gockel niederschlagen, hielt sich aber zurück, weil er nicht wußte, was hier vor sich ging. Er war überzeugt davon, daß es sich um einen Irrtum handelte.

»Captain«, begann er.

»Sie reden mich mit Colonel an. Und machen Sie sich nicht die Mühe, noch weiter zu lügen. Ihr Name ist nicht May. Sie heißen Charles Main. Sie gingen 1857 von West Point ab, zwei Jahre vor mir. Sie und dieser verfluchte Reb Fitz Lee waren *so* miteinander.« Der Offizier hielt zwei Finger hoch. Sofort verband sich mit dem bärtigen Gesicht eine Vergangenheit, an die sich Charles erinnerte.

Er bluffte. »Sir, Sie irren sich.«

»Den Teufel tu' ich. Sie erinnern sich an mich, und ich erinnere mich an Sie. Henry Venable. Kentucky. Sie haben mich viermal wegen eines nicht aufgeräumten Zimmers zum Rapport gemeldet.«

Selbst Hazen in seinem Rausch kriegte das mit. Er wischte sich die Nase und rief seinen Freunden zu: »Hab' ich's euch nicht gesagt? Hab' ich's nicht gerochen?« Er trat einen Schritt von der Bar zurück, für den Fall, daß Charles zum Ausgang zu rennen versuchte.

Charles wußte nicht, wie er friedlich aus der Klemme herauskommen sollte. Weitere Erinnerungen kehrten zurück, einschließlich Venables Spitznamen »Handsome«, »der Gutaussehende«, für gewöhnlich voller Sarkasmus ausgesprochen. Niemand mochte den kleinen Bastard. Er war zu korrekt, ein fanatischer Perfektionist.

»Sie mußten lügen, um wieder zur Kavallerie zu kommen«, sagte Venable. »West-Point-Absolventen sind von der Amnestie ausgeschlossen.«

»Colonel, ich muß von irgendwas leben. Ich kenne nur den Soldatenberuf. Ich stünde in Ihrer Schuld, wenn Sie übersehen könnten...«

»Verrat übersehen? Ich will Ihnen mal was sagen. Es waren Männer von Ihrer Seite — John Hunt Morgans Männer —, die die Farm meiner Mutter überfielen, während ich in General Shermans Stab diente. Diese Männer trieben unser Vieh weg, brannten Haupthaus und Nebengebäude nieder, stachen meine Mutter mit Säbeln nieder und begingen«, er errötete und senkte die Stimme, »sexuelle Greueltaten an meiner zwölfjährigen Schwester. Gott weiß, wie viele Male. Dann töteten sie sie mit drei Kugeln.«

»Colonel, es tut mir leid, aber ich bin nicht für jeden konföderierten Partisanen verantwortlich, genausowenig wie Sie für Shermans Landstreicher verantwortlich sind. Das mit Ihrer Familie tut mir aufrichtig leid, aber...«

Venable knallte Charles die Hand auf die Schulter.

»Hören Sie auf, wie ein verdammter Papagei ständig ›es tut

mir leid‹ zu sagen. Daß es Ihnen leid tut, damit wird die Rechnung nicht beglichen.«

Charles wischte sich Whisky von der Wange. Im Zelt war es sehr still. »Stoßen Sie mich nicht noch mal.«

Venable überflog mit einem schnellen Blick die Menge, sah Hazen und dessen Freunde, die bereit waren, ihm zu helfen. Seine Finger krümmten sich, schlossen sich zu einer Faust. »Ich stoße Sie, wann immer es mir gefällt, Sie verfluchter Verräter.« Er schlug Charles in den Bauch.

Charles hatte mit dem Schlag nicht gerechnet. Er klappte nach vorn zusammen, umklammerte würgend seinen Bauch. Venable knallte ihm die Faust gegen den Kiefer, so daß er zur Seite taumelte. Hazen und die beiden anderen Unteroffiziere sprangen vor und packten den wankenden Charles.

Venable deutete auf den Zelteingang. Die Unteroffiziere zerrten Charles quer durch die Bar und warfen ihn nach draußen, wo er im Schlamm landete.

Mittlerweile hatte Venable seinen Zierdegen abgelegt. Er öffnete die polierten Knöpfe und zog seinen Mantel aus. Zu der Menge um ihn herum sagte er: »Bevor dieser verlogene Reb wegen schlechter Führung rausgeschmissen wird, kriegt er noch was von mir auf den Weg mit. Wer dabei helfen will, kann mitkommen.«

Die meisten Soldaten und Zivilisten grinsten und klatschten, nur der bullige Mann in dem Wildledermantel sagte: »Schaut mir ein bißchen unfair aus, Colonel.«

Venable drehte sich zu ihm. »Wenn Sie nicht mitmachen wollen, dann verhalten Sie sich ruhig. Sonst kriegen Sie noch dasselbe wie er.«

Der bullige Mann starrte ihn an und hielt seinen knurrenden Hund zurück, als Venable hinausmarschierte.

In dem leichten Regen mühte sich Charles, aus dem Schlamm hochzukommen. Hazen flitzte an Venable vorbei, riß Charles' Kopf an den Haaren hoch und schlug ihm mit der anderen Hand auf die Nase. Blut spritzte. Charles fiel auf den Rücken. Hazen trat ihn in den Bauch.

»Ich will ihn haben«, sagte Venable und stieß den Corporal

beiseite. Er starrte auf Charles hinunter, der die Hände gegen die Magengegend preßte und sich hinzusetzen versuchte. Venables Mund verzog sich bösartig, als er mit dem rechten Stiefel ausholte. Er trat Charles in die Rippen.

Charles schrie auf und fiel zur Seite. Venable trat ihn ins Kreuz. Erregt sagte er: »Ein paar von euch richten ihn auf.«

Hazen und einer seiner Kumpel packten Charles unter den Armen und zerrten. Charles' Kopf summte. Seine Rippen schmerzten. Für gewöhnlich konnte er recht gut auf sich aufpassen, aber der plötzliche Angriff hatte ihn überrascht.

Als er wieder auf den Füßen stand, riß er sich von den an ihm hängenden Unteroffizieren los. Er war ganz schmierig vom Schlamm, der sich mit dem aus seiner Nase rinnenden Blut vermischte. Er schwankte in den Kreis der regennassen, meist lachenden Gesichter; kaum jemand zeigte die gnadenlose Wildheit, die Venable zur Schau trug. Charles wußte, daß es mit seiner zweiten Chance in der Armee vorbei war. Er konnte jetzt nichts weiter tun, als noch ein bißchen auszuteilen. Wie ein Bulle senkte er den Kopf.

Er griff Venable an, der zurücksprang. Charles wirbelte herum und erwischte wie geplant den verblüfften Hazen. Mit zusammengebissenen Zähnen riß er Hazens Kopf mit beiden Händen nach unten, während er das Knie hochbrachte. Hazens Kiefer krachte wie ein explodierender Knallfrosch.

Kreischend taumelte der Corporal zur Seite. Einer der anderen Unteroffiziere warf sich von hinten auf ihn, knallte Charles die Handkante ins Genick. Charles schwankte. Venable schlug ihm zweimal gegen den Kopf und trat ihn zwischen die Beine. Charles flog in die Menge. Sie stießen ihn wieder lachend und grölend nach vorn.

»Wo bleibt der alte Kampfgeist, Reb?«

»Kein Rebellenschrei mehr übrig, Reb?«

»Reicht ihn im Kreis rum, Jungs. Wir holen schon noch einen Schrei aus ihm raus.«

Und so fingen sie an; einer hielt ihn, während der Mann rechts davon zuschlug. Dann wurde er an den nächsten Mann weitergereicht, und der Mann, der ihn festgehalten hatte, schlug jetzt zu. Als Charles zusammensackte, zerrten sie ihn wieder hoch. Sie wollten ihn gerade an den vierten Mann weitergeben, als jemand sagte: »Laßt ihn in Ruhe.«

Venable fing an zu fluchen. Etwas Hartes und Kaltes glitt über seine Kehle, und aus dem Nichts schoß eine Hand unter seinem linken Arm durch hoch zu seinem Genick. Er war gefangen zwischen einer schwieligen Hand, die sich gegen sein Genick preßte, und einer Hand, die ein gewaltiges Bowiemesser an seine Kehle hielt.

Es war der Mann in dem Wildledermantel. Er roch nach feuchtem Wildleder und Pferden. Ein Zivilist schnarrte: »Noch so ein verfluchter Südstaatler.«

»Nein. Ich kenne diesen Burschen nicht. Aber nicht mal einen vierbeinigen Köter würde man so behandeln. Laßt ihn fallen.«

Die Männer, die Charles festhielten, sahen Venable an. Mit dem Messer an seiner Kehle zwinkerte er ein paarmal rasch und flüsterte: »Macht, was er sagt.« Die Männer ließen Charles los. Mit dem Gesicht nach unten schlug er zu Boden; Schlamm spritzte auf. Der bärtige Mann ließ Venable, der sofort wieder zu fluchen begann, mit einem verächtlichen Schubs los. Der Bärtige stoppte ihn, indem er die Spitze seines Bowie gegen Venables Nasenspitze drückte.

»Jederzeit, kleiner Mann. Wann immer du willst, Mann gegen Mann, ohne eine Kompanie, die dir hilft.«

Venable drohte dem im Schlamm liegenden Charles mit dem Finger. »Dieser Hundesohn ist fertig in der U. S. Army. Erledigt!«

Der bärtige Mann drehte das Messer. Ein kleiner Tropfen Blut tauchte auf Venables Nase auf. »Verschwind, du Schleimer. Und zwar auf der Stelle.«

Venable zwinkerte und zwinkerte und brachte irgendwie ein hämisches Lächeln zustande. Er drehte sich um und hinkte zum Egyptian Palace zurück. »Folgt mir, Jungs. Die Runde geht auf mich.«

Sie ließen ihn hochleben und schleppten Hazen nach drinnen, ohne sich umzublicken.

Es regnete nun stärker. Der Mann im Wildledermantel schob

sein Messer in die Scheide und sah zu, wie Charles sich hochkämpfte, es nicht schaffte und wieder mit dem Gesicht in den Schlamm fiel.

Der Mann, der so um die Fünfzig sein mochte, ging auf die dem Wind abgewandte Seite des Zeltes. Der Hund, der hinter ihm trottete, war ziemlich groß; sein Fell war grau und weiß mit schwarzen Markierungen. Sein linkes Auge war von einem schwarzen Kreis umgeben, wie die Augenklappe eines Piraten. Er schüttelte sich zweimal, versprühte Wasser. Dann jaulte er. Sein Herr sagte lediglich; »Halt die Klappe, Fen!«

Im Schatten des Zeltes stand ein großer, fetter fünfzehnjähriger Junge, blaß und bartlos. Er trug einen alten Wollmantel und kräftig geflickte Jeans. Seine klaren, dunklen Augen standen leicht schräg, über seinen Augenbrauen und Ohren wölbte sich sein Kopf viel größer hervor, rund und ganz oben fast flach.

Der Junge sah verängstigt aus. Der Mann legte ihm eine Hand auf die Schulter. »Alles in Ordnung, Boy. Der Kampf ist vorbei. Du brauchst keine Angst zu haben.«

Der Junge umklammerte mit beiden Händen die rechte Hand des älteren Mannes, auf seinem Gesicht ein pathetischer Ausdruck von Dankbarkeit. Der Mann streckte die linke Hand aus und tätschelte den Jungen beruhigend. »Tut mir leid, daß ich meinem Durst nachgegeben und dich hier draußen habe warten lassen. Aber jetzt brauchst du keine Angst mehr zu haben.«

Der Junge beobachtete ihn, bemühte sich zu verstehen. Auf dem Weg stöhnte Charles auf und rammte seine Fäuste in den Schlamm. Er hob Kopf und Brust zwei Fuß vom Boden hoch und schaute trübe auf den Sprecher. Der Mann im Wildledermantel wußte, daß der Soldat ihn nicht sah.

»Hartnäckiger Bursche«, sagte er. »Ne Menge Mumm. Und in die Armee kann er jetzt auf keinen Fall mehr. Vielleicht haben wir unseren Mann gefunden. Wenn nicht, dann können wir uns wenigstens wie gute Christenmenschen benehmen und ihm in unserem Tipi Unterkunft geben.«

Er drückte die Hände des Jungen nach unten und griff sanft nach einer Hand. »Komm, Boy. Hilf mir, ihn aufzusammeln.«

Hand in Hand gingen sie los.

Juli 1865. Drei weitere Neger eingestellt, macht insgesamt sechs. Die Palmetto Bank hat 900 Dollar für Holzoperationen genehmigt. Gestern haben wir begonnen, die erste Sägegrube auszuheben. Andy S. leitet die Arbeit bis Mittag, fällt mit zwei anderen Männern Bäume in dem großen Zypressenhain bis vier und bestellt dann sein eigenes Grundstück bis zum Einbruch der Dunkelheit. Jeder neue Arbeiter erhält fünf Acres, seinen Lohn und einen Anteil von dem, was wir an Ernte oder Holz verkaufen.

Cassandra, Nemos Frau, erwartete mehr als fünf Acres. Weinend zeigte sie mir ein Bündel Grenzpfähle, rot, weiß und blau bemalt. Die arme, arglose Frau hat ihren letzten Dollar dafür gegeben. Der weiße Händler, der ihr diesen bösen Streich gespielt hat, ist längst über alle Berge. Traurig und erstaunlich, wie die Not bei einigen das Beste zum Vorschein bringt, bei anderen das Schlimmste ...

»Bemalte Grenzpfähle?« Johnson tobte.

»Jawohl, Mr. President. Für zwei Dollar an Farbige in South Carolina verkauft.«

Andrew Johnson knallte den von einem Band zusammengehaltenen Bericht auf seinen Schreibtisch. »Mr. Hazard, das ist schändlich.«

Der siebzehnte Präsident der Vereinigten Staaten war ein dunkelhäutiger Mann von achtundvierzig. Er befand sich in cholerischer Stimmung. Sein Besucher, Stanley Hazard, hielt ihn für pöbelhaft. Was sonst konnte man von einem Hinterwäldlerschneider erwarten, der kaum hatte lesen oder schreiben können, bevor es ihm seine Frau beigebracht hatte? Johnson war nicht einmal Republikaner. 1864 hatte er sich als Kandidat der National Union Party auf Lincolns Seite geschlagen.

Er mochte ein pöbelhafter Demokrat sein, aber nichtsdestoweniger verlangte Andrew Johnson immer noch eine Erklärung. Seine schwarzen Augen glühten, als Stanley mit leicht zitternden

Händen nach dem Bericht griff. Stanley war einer von Edwin Stantons Abteilungsleitern im Kriegsministerium. Unter anderem war er für das Büro für befreite Negersklaven zuständig, einen administrativen Zweig des Ministeriums.

»Jawohl, Sir, es ist schändlich«, sagte er. »Ich kann Ihnen versichern, daß das Büro damit nichts zu tun hatte. Weder Minister Stanton noch General Howard würden einen derart grausamen Scherz tolerieren.«

»Und was ist mit dem Gerücht, durch das der Schwindel ausgelöst wurde? Jeder freie Neger da unten kriegt zu Weihnachten ein Maultier und vierzig Acres? Vierzig Acres — abzustecken in patriotischen Farben. Wer hat diese Geschichte verbreitet?«

Schweiß zeigte sich auf Stanleys bleichem, dicklichem Gesicht. Warum war Howard, Chef des Büros, ausgerechnet jetzt fort, da er sich ins Präsidentenbüro zitieren lassen mußte? Warum konnte er nicht mit Nachdruck antworten oder sich wenigstens an einige von Howards religiösen Platitüden erinnern? Er sehnte sich nach einem Drink.

»Nun, Herr Abteilungsleiter?«

»Sir«, Stanleys Stimme zitterte, »General Saxon versicherte mir, daß Agenten des Büros in South Carolina nichts getan hätten, was diesem Gerücht eine Grundlage gegeben oder bei den Negern falsche Hoffnungen hätte erwecken können.«

»Woher stammt es dann?«

»Soweit wir wissen, Sir, von einer beiläufigen Bemerkung von...« Er räusperte sich. Er haßte es, ein wichtiges Mitglied seiner eigenen Partei zu kritisieren, aber er mußte an seinen Job denken, sosehr er ihn auch verabscheute. »Eine Bemerkung des Kongreßabgeordneten Stevens.«

Damit hatte er einen Pluspunkt errungen. Johnson schnüffelte, als würde er verdorbenes Fleisch riechen. Stanley fuhr fort. »Er sagte etwas über Beschlagnahmung und Umverteilung von dreihundert Millionen Acres Rebellenland. Vielleicht ist dies Mr. Stevens' Wunsch, doch im Büro existieren weder so ein Programm noch Pläne dafür.«

»Und trotzdem breitete sich die Geschichte bis South Carolina aus, nicht wahr? Und ermöglichte es skrupellosen Gaunern, diese bemalten Grenzpfähle im großen Stil zu verkaufen, nicht wahr? Ich glaube nicht, daß Sie das ganze Ausmaß des Schadens erfassen, Hazard. Das Gerücht mit den vierzig Acres und dem Maultier ist nicht nur eine grausame Täuschung der Neger, sondern es bringt auch genau die Weißen gegen uns auf, die wir als Arbeitspartner zurückgewinnen wollen. Ich verabscheue die Klasse der Plantagenbesitzer genauso wie Sie...« Mehr, dachte Stanley. Johnsons Haß auf Aristokraten war Legende. »Aber die Verfassung sagt mir, daß sie niemals die Union verlassen haben, weil die Verfassung allein den reinen Akt der Sezession unmöglich macht.«

Er lehnte sich vor, wie ein fanatischer Schullehrer. »Deshalb besteht mein Programm für den Süden lediglich aus drei simplen Punkten. Die geschlagenen Staaten müssen die Kriegsschuld der Konföderierten anerkennen. Sie müssen ihre Sezessionsabsichten verwerfen. Und sie müssen die Sklaverei ächten, indem sie den dreizehnten Zusatzartikel zur Verfassung ratifizieren. Mehr wird von ihnen nicht verlangt, weil die Bundesregierung, rein verfassungsmäßig, nicht mehr fordern kann. General Sherman hatte dies leider nicht begriffen, als er mit seinem Felderlaß Nr. 15, der jetzt wieder – Gott dem Allmächtigen sei Dank – aufgehoben ist, Küsten- und Flußgebiete illegal konfiszierte. Ihr Büro versteht das nicht. Ihr redet munter und fröhlich vom Wahlrecht, wo es doch Sache des individuellen Staates ist, zu bestimmen, wer sich als Wähler qualifiziert. Und niemand scheint zu begreifen, daß wir mit der Drohung, ihr Land wegzugeben, die Herzen genau jener Südstaatler noch weiter verhärten, die wir wieder in unserem Stall haben wollen. Wollen Sie mir die Schuld daran geben, daß ich beunruhigt bin? Ich unterschreibe täglich Hunderte von Begnadigungen, und dann erhalte ich *diesen* Report.«

»Mr. President, ich muß bei allem Respekt wiederholen, daß das Büro in keiner Weise verantwortlich ist für...«

»Wer sonst hat das Versprechen mit diesen vierzig Acres in die Welt gesetzt? Da es keinen offensichtlichen Schuldigen gibt, mache ich das Büro verantwortlich. Teilen Sie das freundlicherweise Mr. Stanton und General Howard mit. Und jetzt werden Sie mich entschuldigen.«

Momentan war Stanley Hazards Leben das pure Elend. Um es erträglich zu machen, genehmigte er sich regelmäßig schon vor acht Uhr morgens den ersten Drink. In seinem Schreibtisch in dem alten Gebäude, in dem vorübergehend das Büro für befreite Negersklaven untergebracht war, hielt er zahlreiche Weine und Brandys unter Verschluß. Trank er während des Tages zuviel und verstand deshalb eine Frage nicht oder stolperte oder ließ etwas fallen, so murmelte er stets die gleiche Entschuldigung: Er fühlte sich schwach. Aber damit täuschte er nur wenige.

Stanley hatte genügend Gründe, sich elend zu fühlen. Vor Jahren hatte ihm sein jüngerer Bruder George jegliche Kontrolle über die Eisenwerke der Familie entzogen. In seinem tiefsten Inneren wußte Stanley, warum. Er war inkompetent.

Seine um zwei Jahre ältere Frau war eine ehrgeizige Harpyie. Sie hatte ihm Zwillingssöhne geboren, Laban und Levi, die so oft in der Klemme steckten, daß Stanley ein Sonderkonto eingerichtet hatte, um Richter und Gefängnisbeamte zu bestechen und schwangere Mädchen zu bezahlen. Die Zwillinge waren achtzehn, und Stanley schaufelte verzweifelt Bestechungsgeld — Isabel bezeichnete es als »philantropische Spenden« — nach Yale und nach Dartmouth, um die Zulassung der Jungs zu erreichen und sie so aus dem Haus zu kriegen. Er konnte sie nicht ertragen.

Paradoxerweise konnte er auch den gewaltigen Reichtum weder ertragen noch mit ihm umgehen, den er während des Krieges mit dem Schuhgeschäft angehäuft hatte. Die Fabrik oben in Lynn stand nun zum Verkauf. Isabel beharrte darauf, daß sie aus dem Geschäft ausstiegen, weil jetzt bald wieder der alte Konkurrenzkampf herrschte. Stanley wußte, daß er seinen Erfolg nicht verdient hatte.

Außerdem hatte ihn seine ehemalige Geliebte, eine Music-Hall-Künstlerin namens Jeannie Canary, verlassen, nachdem Isabel hinter die Beziehung gekommen war. Stanley war der Meinung, daß Jeannie ihn ohnehin verlassen hätte. Viele andere Verehrer hatten ebensoviel Geld wie er, und er war kein guter Liebhaber; Streß und Whisky machten es ihm unmöglich, oft genug einen hochzukriegen, um sie zu befriedigen. Das Gerücht ging um, Miss Canary sei die Geliebte eines republikanischen Politikers, dessen Name allerdings nicht erwähnt wurde.

Ein Leben voller Kampf und Leiden hatte Stanley nicht mehr eingebracht als eine Menge Geld und eine prätentiöse, in Pferde vernarrte Frau, der er jeden Abend in dem riesigen, wunderschönen, verlorenen Speisezimmer in ihrem Herrenhaus in der I Street gegenübersaß. Also trank er. Das ließ ihn über die Runden kommen, wenn er wach war. Und gnädigerweise schenkte es ihm auch den Schlaf.

»Johnson ist hinter dem Büro her, nicht wahr, Stanley?«
»Ja. Er würde es gern abwracken. Er glaubt, wir mischen uns in Staats›rechte‹ ein, wenn wir radikale Zielvorstellungen vertreten.«
»Ich denke, das kommt nicht überraschend«, sinnierte Isabel. »Er ist Demokrat und trotz allem schließlich Südstaatler. Ich wundere mich über das Land im Süden. Weshalb sollte man darum kämpfen? Ist es so wertvoll?«
Stanley trank sein drittes Glas Champagner aus. »Im Augenblick nicht. Einige vom Schatzamt konfiszierte Ländereien können praktisch für nichts gekauft werden. Auf lange Sicht sind sie natürlich sehr wertvoll. Landbesitz ist immer wertvoll. Und die gesamte Südstaatenökonomie basiert auf dem Verkauf von Ernten. Sie besitzen keine Industrie, haben auch noch nie eine gehabt.«
Isabels Augen glänzten über den Kerzen. »Dann sollten wir uns vielleicht um Investitionen im Süden kümmern, als Ersatz für die Fabrik.«
Er lehnte sich zurück, wie immer von ihrer Verwegenheit verblüfft und der Art und Weise, wie ihr Geist seine Fänge in ein Opfer schlug, das er noch nicht einmal entdeckt hatte. »Willst du damit sagen, ich solle mich im Finanzministerium erkundigen?«
»Nein, Lieber. Das werde ich tun. Persönlich. Ich werde dich für eine Woche oder so verlassen — ich bin sicher, das stimmt dich ungemein traurig«, fügte sie boshaft hinzu. Bei sich nannte er sie eine Hexe, lächelte ein kränkliches Lächeln und schenkte sich ein weiteres Glas Champagner ein.

Der alte Mr. Marvin, unser langjähriger Freund in Green Pond, schaute vorbei, um sich zu verabschieden. Er ist verbittert, wütend — bankrott. Männer vom Schatzamt beschlagnahmten Sea-Island-Baumwolle im Wert von 15 000 Dollar, stempelten sie direkt vor seinen Entkörnungsmaschinen als »konföderierte« Ware und transportierten sie vor seinen Augen ab. Das passierte, weil er sich weigerte, das von dem Mann vom Schatzamt geforderte Bestechungsgeld zu zahlen. Der Yankee hätte M. die Baumwolle verkaufen lassen, aber er hätte die Hälfte des Profits an den Agenten abführen müssen.

Überall werden Land und Ernten von diesen zweibeinigen Geiern gestohlen. Marvins Nachbar verlor eine wunderbare Farm, Pride's Haven, als er 150 Dollar an ausstehenden Steuern nicht bezahlen konnte. Wir haben unseren Anteil an Sündern hier unten, aber im Norden residieren auch nicht nur Heilige und Engel...

Philo Trout, ein fröhlicher, muskulöser junger Mann, wartete in Charleston auf Isabels Dampfer. Aufgrund eines tropischen Sturms, der die Stadt mit sintflutartigem Regen überschüttete, mußten sie ihre Reise ins Landesinnere um vierundzwanzig Stunden verschieben.

Nachdem sie losgefahren waren, mühte sich Trouts Einspänner über die schlammigen Straßen, und Isabel betrachtete die überfluteten Felder zu beiden Seiten. Sie erkundigte sich nach dem stehenden Wasser. Trout sagte: »Sturmflut von den Flüssen, die den Gezeiten unterworfen sind. Das Salz wird diese Felder für einige Jahre vergiften.«

Damit war die Idee erledigt, deretwegen Isabel in den Süden gefahren war: Farmland in Carolina zu erwerben. Die regelmäßig wiederkehrenden Stürme bildeten für ihren Geschmack und für ihr Geld ein zu großes Risiko; allerdings erwähnte sie das Trout gegenüber nicht.

Auf der Uferstraße am Ashley entlang wies er auf verschiedene Plantagen hin, Mont Royal eingeschlossen. Isabel reagierte mit lautlosem Abscheu, gab aber mit keinem Hinweis zu erkennen, daß sie die Eigentümer kannte.

Einige Meilen weiter stoppte Trout den Einspänner an einer Kreuzung vor einem Laden. Auf einem schief hängenden Schild stand GETTYS BROS. Über die Eingangstür hatte man ein Brett genagelt, auf das nur ein einziges Wort gemalt war:

GESCHLOSSEN.

Trout schob seinen Pflanzerstrohhut zurück und stemmte seinen Fuß gegen die Stützleiste. »Das hier wäre eine interessante Sache, obwohl es nicht das ist, was Sie wollten. Doch aus dem kleinen Laden hier könnte man eine Menge Geld holen, ohne daß man sich je über das Salz in den Flüssen Sorgen machen müßte.«

Isabel rümpfte die Nase. »Wie könnte ein solch armseliges Plätzchen profitabel sein?«

»Drei Möglichkeiten, Ma'am, immer vorausgesetzt, Sie haben das Kapital, um den Laden mit den nötigen Waren zu versehen. Ich meine, richtiges Geld, nicht konföderiertes Papier. Die örtlichen Pflanzer brauchen Güter, Werkzeuge, Rohstoffe, Saatgut. Zuerst einmal könnte der Laden zum Zeitpunkt des Verkaufs stark überhöhte Preise nehmen. Aber die Pflanzer und befreiten Neger haben kein echtes Geld. Also könnte der Laden jeden Verkauf als Darlehen betrachten — einen von Ihnen festgesetzten Preis plus Zinsen, deren Höhe Sie ebenfalls bestimmen. Fünfzig Prozent? Neunzig? Sie müssen darauf eingehen oder verhungern.«

Trotz der klebrigen Hitze in dem sumpfigen Land und den Insekten und dem Verwesungsgeruch entschied Isabel, daß sich die Reise gelohnt hatte.

»Sie erwähnten eine dritte Möglichkeit, Mr. Trout?«

»Das stimmt. Um die Darlehen durch Ware abzusichern, verlangen Sie einen festgesetzten Prozentsatz der nächsten Reis- oder Baumwollernte.« Er grinste. »Ist das einfallsreich?«

»Mir wäre selbst nichts Besseres eingefallen.« Sie betupfte ihre feuchten Lippen. »Wer könnte einen solchen Laden führen?«

»Nun, Ma'am, wenn *Sie* den Laden kaufen, dann brauchen Sie zweifellos einen neuen Manager, da Ihr Mann mit dem Büro und all dem zu tun hat. Randall Gettys, der Kerl, der den Laden vor der Schließung leitete, ist ein ziemlicher Anhänger der Sezession. Ich kenne ihn. Bliebe er, dann würde er — nur mal angenommen, er zöge es auch nur in Erwägung, an Nig..., äh, an Farbige was zu verkaufen — ihnen aus purem Trotz das Acht- oder Zehnfache von dem berechnen, was er Weißen berechnet.«

Isabel strahlte. »Na und, mein lieber Mr. Trout? Mein Mann und ich sind zwar Republikaner, aber die Vorurteile oder die Geschäftspolitik eines Ladenmanagers ist mir wirklich egal, wenn er damit Geld macht.«

»Oh, das könnte Randall Gettys, gar keine Frage. Er kennt jedermann hier in der Gegend. Hat mal früher eine kleine Zeitung für den Bezirk gedruckt. Möchte wieder damit anfangen.«

»Er mag den Negern das Zehnfache berechnen, solange es nur niemand in Washington mitbekommt und mein Mann und ich mit diesem Geschäft nicht in Verbindung gebracht werden. Das müßte man ihm natürlich nachdrücklich klarmachen.«

»Randall und seine Sippe sind so verzweifelt, die würden auch einen Vertrag unterschreiben, Eis in der Hölle zu verkaufen.«

Isabel konnte ihre Erregung kaum verbergen. Wie üblich suchte und fand sie die Goldader, während Stanley sich zurücklehnte.

»Das könnte alles arrangiert werden«, versicherte Trout. Er griff nach den Zügeln und wendete den Einspänner. »Bei der Notversteigerung nächsten Monat kann ich den Besitz für Sie erwerben.«

Das Pferd trabte zurück, auf Mont Royal zu. Isabel wischte sich über das schwitzende Gesicht.

»Über einen Punkt müssen wir noch sprechen, Ma'am.«

»Ihren Lohn für Ihre Dienste — und Ihr Schweigen?«

»Ja, Ma'am.« Trouts sonniges Gesicht strahlte. »Wissen Sie, ich habe im Telegraphenamt in Dayton, Ohio, gearbeitet, bevor mein Onkel mir diesen Job verschaffte. In sechs Monaten habe ich mehr verdient, als ich mein ganzes Leben lang im Norden oben hätte verdienen können.«

»Der Süden bietet allen große Möglichkeiten, nicht wahr?« sagte Isabel, charmant und selbstzufrieden lächelnd.

Gettys Bros. hat wieder eröffnet. Innen und außen ein neuer weißer Anstrich, frische Waren stapeln sich in Regalen und auf dem Fußboden. Der junge Randall G. thront als Manager inmitten dieses neuen Überflusses. Aufs Dach hat er ein farbenprächtiges Schild gesetzt. Es zeigt eine bunte Flagge — die Schlachtfahne der Konföderierten — und einen neuen Namen, THE DIXIE STORE.

Er weigert sich, über den plötzlichen Wandel seines Schicksals zu sprechen, also haben wir jetzt ein Geheimnis hier. Ich kann es nicht lösen, will aber auch nicht viel Zeit darauf verschwenden. Du kennst meine Ansichten, was den fanatischen Mr. Gettys anbelangt.

7

»Ein viel zu kurzer Besuch«, sagte George, seine Stimme über den allgemeinen Lärm erhebend, der durch die Gepäckverladung zwei Waggons entfernt verursacht wurde. Er umarmte Brett. Trotz ihres weitgebauschten Rocks war er sich ihres Bauches bewußt. »Paß auf den Kleinen auf — und schaut zu, daß ihr rechtzeitig in San Francisco ankommt.«

Dampf fauchte um sie herum. Bretts nach Lavendel duftende Wange fühlte sich feucht an, als sie sich gegen die seine preßte. »Keine Sorge. Er wird als Kalifornier geboren werden.«

»Bist du dir sicher, daß es ein Er wird?« fragte Constance.

»Absolut sicher«, erwiderte Billy. Er sah sehr adrett aus in dem neuen dunkelgrauen Mantel, während Hosen und Krawatte von hellerem Grau waren. Er und Constance umarmten sich, dann waren die Damen an der Reihe. George schüttelte seinem Bruder die Hand.

»Ich kann es nicht verbergen, Billy. Mir wäre wohler, du würdest in Pennsylvania bleiben.«

»Zu viele Erinnerungen auf dieser Seite des Mississippi. Ich habe West Point immer geliebt, aber genau wie du habe ich das Armeeleben satt.« George hörte die unausgesprochene Ergänzung: *und, was für Armeen jetzt hinausgeschickt werden.*

»Gott schütze dich und alle anderen, George«, sagte Billy.

»Und dich und Brett und euern zu erwartenden Sohn. Da Constance das religiöseste Familienmitglied ist, werde ich sie bitten, um ruhige See zu beten, während ihr Südamerika und das Kap umsegelt.«

»Dort unten ist es Winter, aber wir werden's schon schaffen.«

Besser als ich es schaffe, dachte George mit tiefer Melancholie. Sie hielt ihn gepackt seit seiner Konfrontation mit Stevens in Washington und machte ihn in geradezu unvernünftigem Ausmaß nachdenklich und lethargisch.

Constance sagte: »Wenn euer Schiff länger als für ein paar Stunden im Hafen von Los Angeles festmacht, dann besucht bitte die Anwaltskanzlei meines Vaters und richtet ihm ganz liebe Grüße von mir aus.«

»Machen wir auf jeden Fall«, nickte Billy.

Der Schaffner rief: »Alles einsteigen.« Aus einigen Schritten Entfernung winkte Patricia den Abreisenden zu. Williams Blick war auf ein attraktives Mädchen gerichtet, das auf den letzten Wagen zueilte. Durch ihr Lächeln hindurch zischte Patricia: »Wink, du unhöfliches Biest!« William streckte ihr die Zunge heraus und winkte.

Der Lehigh-Valley-Lokalzug setzte sich in Bewegung. George rannte neben Billy und Bretts Waggon den Bahnsteig entlang und rief: »Drängt Madeline, ein weiteres Darlehen anzunehmen, falls sie es nötig hat.«

»Werden wir«, rief Brett zurück.

»Billy, schick eine Nachricht, wenn ihr euch niedergelassen habt.«

»Versprochen«, schrie sein Bruder. Die Dampfpfeife schrillte. »Du gibst mir Bescheid, falls das Kriegsministerium Charles aufspürt.«

Georges Antwort war ein nachdrückliches Nicken. Der Zug rollte davon. Bis jetzt hatte das Ministerium zwei Briefe von Billy unbeantwortet gelassen, in denen er sich nach dem Aufenthaltsort seines besten Freundes erkundigte, der angeblich in der Kavallerie irgendwo im Westen diente.

George rannte schneller, wedelte mit seinem glänzenden Hut und brüllte andere Sachen, die niemand verstand. Constance rief ihn zurück. Der Zug verließ den Bahnsteig und wurde schneller, folgte dem Fluß und dem alten Kanalbett. Billy und Brett verschwanden.

Wie George sie um ihre Jugend, ihre Unabhängigkeit beneidete. Doch er bewunderte auch ihren Mut, in einen Staat aufzubrechen, von dem sie lediglich in einem unzuverlässigen Führer gelesen hatten. Amerikanern ging es allerdings prächtig in Kalifornien. Vier Geschäftsleute sprengten und gruben sich durch die Sierras, um das Teilstück einer transkontinentalen Eisenbahnlinie zu bauen; in wenigen Jahren würde die Pazifikküste mit dem Rest des Landes verbunden sein. Billy war entschlossen, eine Baufirma zu gründen, und selbst Georges Versprechen einer sicheren und lukrativen Zukunft bei Hazards konnte ihn nicht davon abbringen.

»Verdammt«, sagte George und blieb am Ende des Bahnsteigs stehen. Er wischte sich die Augen, bevor er zu seiner Familie zurückkehrte. Er wußte, was sein Bruder mit den Erinnerungen auf der Ostseite des Mississippi meinte. In einer Nacht, als alle schon zu Bett gegangen waren, hatten sie stundenlang darüber gesprochen. Der Krieg hatte sie beide berührt — hatte sie verändert, vielleicht sogar beschädigt, auf eine Art und Weise, die fundamental und in einigen Fällen jenseits jeglichen Verstehens war.

In tiefes Nachdenken versunken, ging George zu seiner Familie zurück. Constance sah, in welcher Verfassung er sich befand. Sie nahm seinen Arm, als sie zu dem lackierten Zweispänner zurückgingen, dessen Dach gegen die Augusthitze aufgeklappt war. Der Kutscher hielt den Hazards die Tür auf, nahm dann seinen Sitz ein und ließ die Peitsche über den Köpfen der beiden stattlichen Braunen knallen.

Meine Stadt, dachte George, als der Zweispänner auf die Hügelstraße zurollte. Er besaß einen Hauptanteil an der Bank von Lehigh Station, das Station-House-Hotel zu seiner Linken und ungefähr ein Drittel des Grundbesitzes innerhalb der Stadtgrenzen. Das meiste lag im Handelsbezirk entlang des Flusses, doch gehörten ihm auch vierzehn große Ziegelhäuser an den höhergelegenen Terrassenstraßen. Vorarbeiter von Hazards und einige reichere Kaufleute hatten sie gemietet.

Als die Kutsche weiterrollte, suchte George die Straßen nach den drei Kriegsopfern der Stadt ab. Er entdeckte den blinden Jungen, der auf dem überfüllten Gehsteig in der Nähe von Pinckney Herberts Laden bettelte. Den Jungen mit dem Holzbein sah er nicht, doch einen Block weiter erspähte er Tom Hassler.

»Stopp, Jerome. Nur für einen Moment.«

Er sprang von der Kutsche. Patricia und William seufzten vor Ungeduld. Georges kurze Beine trugen ihn zu dem Jungen, dem er einen Job bei Hazards gegeben hatte, doch Tom war nicht in der Lage, die einfachsten Aufgaben auszuführen, und so schlurfte er jeden Tag durch Lehigh Station und klapperte mit einer Blechbüchse, in die seine Mutter Steinchen gegeben hatte, damit es sich so anhörte, als hätten andere bereits gespendet. George stopfte einen Zehn-Dollar-Schein in die Büchse. Der Anblick von Toms schlaffem Mund und den toten braunen Augen deprimierte ihn stets. Ebenso wie die beiden anderen verstümmelten Veteranen der Stadt war Tom Hassler noch keine zwanzig.

»Wie geht's dir heute, Tom?«

Der leere Blick des Jungen wanderte von dem dunstigen Fluß zu den lorbeerbedeckten Hängen auf der anderen Seite. »Fein, Sir. Warte auf Befehle von General Meade. Noch vor Anbruch der Dunkelheit werden die Rebs da drüben auf Seminary Ridge angreifen.«

»Das ist richtig, Tom. Du wirst's schon schaffen.«

Er wandte sich ab. Wie beschämend, dieser Drang zu weinen, der ihn in letzter Zeit so oft überfiel. Er kletterte in den Zweispänner und knallte die Tür zu; dem Blick seiner Frau wich er aus. Wie beschämend! Was geht mit mir vor?

Was mit ihm geschah, das begriff er manchmal, war genau das, was mit seinem Bruder und Tausenden von anderen Männern geschehen war; mächtige, unvertraute Emotionen im Kielwasser der Kapitulation. Alpträume. Gedanken an Freundschaften, geformt in der seltsam schwindelerregenden Atmosphäre des allgegenwärtigen Todes. Erinnerungen an gute Männer, dahingemetzelt in sinnlosen Scharmützeln, und an Narren und bleiche, zitternde Feiglinge, die durch Zufall oder durch vorgetäuschte Krankheit am Abend vor der Schlacht überlebten ...

Was George und was Amerika zugestoßen war, das war ein vierjähriger Kampf, wie ihn die Welt nie zuvor' erlebt hatte. Nicht nur hatte Cousin den Cousin, Bruder den Bruder getötet — das war nicht neu —, sondern die mechanisierten Waffen, die Eisenbahn, der Telegraph hatten der Kunst des Dahinschlachtens eine neue Effektivität verliehen. Auf Wiesen und Auen und in malerischen Schluchten hatten Unschuldige den ersten modernen Krieg ausgefochten.

Es war ein Krieg, der sich nun hartnäckig weigerte, George aus seinen Fängen zu entlassen. Constance sah das in den schmerzerfüllten, verlorenen Augen ihres Mannes, als der Zweispänner die Serpentinenstraße hoch auf Belvedere zufuhr, ihr Herrenhaus oben auf dem Hügel. Sie wollte ihn berühren, aber sie spürte, daß sein Schmerz jenseits ihrer Reichweite lag — vielleicht jenseits jeglicher Berührung.

George verbrachte den Nachmittag in den Hazard-Werken. Die Firma hatte sich von der Kriegsproduktion fast vollkommen umgestellt auf die Fabrikation von Schmiedeeisen für architektonische Verzierungen, Gußeisenteile für andere Produkte und — vielleicht das wichtigste von allem — Eisenbahnschienen. Fast alle Eisenbahnlinien des Südens waren zerstört. Und im Westen hatten zwei Linien einen weiteren gewaltigen Markt geschaffen. Die Union Pacific entlang der Platte-Route und die Union Pacific, Eastern Division, Kansas — zwischen denen es trotz der ähnlichen Namen keine Verbindung gab —, lieferten sich ein Wettrennen auf den hundertsten Meridian zu. Derjenige, dessen Schienen den Meridian zuerst erreichte, gewann damit das Recht auf den Ausbau des restlichen Weges und die Verbindung mit der Central Pacific, die von Osten her auf Kalifornien zu baute.

George kam erst nach Hause, als die Familie bereits zu Abend gegessen hatte und nun um ihren neuen Schatz herumsaß, ein großes Piano, das Henry Steinweg und Söhne aus New York als Geschenk geschickt hatten. Hazards lieferte einen Großteil der Eisenbleche für die Pianos der Firma, die Steinways genannt wurden, da Steinweg den Namen für wohlklingender, kommerzieller und amerikanischer hielt. Steinweg hatte einen langen Weg hinter sich. Er kam von den blutigen Schlachtfeldern von Waterloo, wo er gegen Napoleon gekämpft hatte. George mochte ihn.

Er begrüßte die Familie. In der Küche fand er einige kalte Scheiben Fleisch; mehr brauchte er nicht zum Abendessen. Er setzte sich auf die Veranda, stellte einen Fuß aufs Geländer und schrieb Kommentare zu dem Bauplan eines Architekten für eine neue Gießerei, die er in Pittsburgh bauen wollte. Die Stadt, an zwei Flüssen gelegen, die in den Ohio mündeten, würde mit Sicherheit innerhalb der nächsten zehn Jahre zum Eisen- und Stahlzentrum der Nation werden. George wollte da schon im Anfangsstadium dabeisein.

George arbeitete, bis das Augustlicht verblaßte. Nebenan sah er die Laterne der Haushälterin durch die lakenverhängten Räume von Stanleys und Isabels Haus schweben. Die Besitzer waren selten anwesend. George vermißte sie nicht.

Er stellte einige mathematische Berechnungen an, bei denen es um ein Stück Land ging, das er für die neue Fabrik in Erwägung zog. Viermal erhielt er ein falsches Ergebnis und warf schließlich die Papiere beiseite. Die vage, verschwommene, aber doch umfassende Melancholie überfiel ihn erneut. Er kam sich alt und verbraucht vor, als er ins Haus schlenderte.

In der leeren Bibliothek blieb er stehen. Hinter ihm öffnete sich eine Tür. »Ich glaubte dich hier gehört zu haben.« Als Constance seine Wange küßte, roch er die angenehme Süße von Schokolade. Sie hatte ihr rotes Haar hochgesteckt, ihr rundliches Gesicht leuchtete frisch gewaschen.

Sie musterte ihn. »Was ist los, Liebster?«

»Ich weiß nicht. Ich fühle mich so verdammt elend, ohne daß ich dir den Grund dafür sagen könnte.«

»Einige Gründe kann ich vermuten. Dein Bruder ist auf dem Weg nach der anderen Seite des Kontinents, und du fühlst dich wahrscheinlich wie diese beiden Männer, von denen du mir erzählt hast. Die Männer im Willard-Hotel, die sich eingestanden, daß sie die Aufregung des Krieges vermissen.«

»Ich würde mich schämen, einzugestehen, daß ich es vermisse, menschliche Wesen zu töten.«

»Nicht das Töten. Ein erhöhtes Lebensgefühl, als würde man am Rande eines Abgrunds wandeln. Man braucht sich nicht zu schämen, das zuzugeben, wenn es der Wahrheit entspricht. Das Gefühl wird vorübergehen.«

Er nickte, ohne es zu glauben. Dieses an Verzweiflung grenzende Gefühl schien übermächtig.

»In ein paar Wochen wird es hier noch leerer werden«, sagte er. »William fängt in Yale an, und Patricia geht wieder zurück nach Bethlehem ins Internat.«

Mit ihrem kühlen Handrücken strich sie ihm über das bärtige Gesicht. »Eltern sind immer traurig, wenn ihr Nachwuchs das erste Mal ausfliegt.« Sie nahm seinen Arm. »Komm, machen wir einen kleinen Spaziergang. Das wird dir guttun.«

Im heißen Abendwind stiegen sie den Hügel hinter Belvedere hoch. Links unter ihnen warfen die Hochöfen und Hallen und Lagerhäuser der Hazard-Werke ihren roten Glanz gen Himmel.

Unerwartet führte sie ihr Weg an einen Ort, den Constance gern vermieden hätte, weil er ein Symbol für Enttäuschung und Verzweiflung war. Sie befanden sich an dem großen Krater, den ein Meteorit im Frühjahr 1861 geschlagen hatte, genau zu Kriegsbeginn.

George beugte sich über den Kraterrand und spähte hinunter. »Kein Grasblatt, noch nicht mal Unkraut. Ob die Erde vergiftet ist?« Er blickte den hügelauf führenden Pfad hoch. »Ich nehme an, hier ist Virgilia in der Nacht, in der sie das gesamte Silber aus dem Haus stahl, entlanggegangen.«

»George, es hilft nichts, sich bloß an die schlimmen Dinge zu erinnern.«

»Was gibt's denn sonst noch, verdammt noch mal? Orry ist tot. Tom Hassler marschiert durch die Straßen mit einem Verstand, der nie mehr in Ordnung kommen wird. Wir haben nicht hart genug gegen den Kriegsausbruch gekämpft, und nun haben wir die ganze verfluchte Sauerei geerbt. Es heißt, daß die Sache des Südens verloren ist. Nun, das trifft auch auf Amerika zu. Und auf unsere Familie. Und auf mich.«

Der Schlot schoß Funkenschauer in den Nachthimmel. Constance hielt ihn fest umarmt. »Oh, ich wünschte, ich könnte diese Gefühle vertreiben. Ich wünschte, du wärst nicht so schrecklich verletzt.«

»Es tut mir leid. Ich schäme mich selbst dieser Gefühle. Es ist nicht sehr männlich.« Eine unterdrückte Verwünschung murmelnd, vergrub er sein Gesicht in der warmen Beugung ihres Halses. Sie hörte ihn sagen: »Irgendwie kann ich nichts dagegen tun.«

Lautlos betete sie zu dem Gott, an den sie so innig glaubte. Sie bat Ihn, die Bürde ihres Mannes zu erleichtern und die düsteren Schatten von seinem Geist zu nehmen. Sie flehte Ihn an, George keine neue Last, wie klein auch immer, aufzuladen. Sie fürchtete um George.

Schweigend hielten sie sich umarmt; so standen sie eine lange Zeit auf dem verlassenen Hügel neben dem Krater.

MADELINES JOURNAL

August 1865. Sie ist da! Miss Prudence Chaffee aus Ohio.

Sie ist dreiundzwanzig, sehr robust, stammt aus einer Farmerfamilie und bezeichnet sich ohne Selbstmitleid als schlichte, unscheinbare Person. Es stimmt. Ihr Gesicht ist rund, sie ist kräftig und untersetzt. Doch jedes Wort von ihr, jeder Ausdruck ist von einem wunderbaren Glühen durchdrungen. Das hat nichts mit unmöglicher Perfektion zu tun, sondern mit Hingabe — das innere Glühen jener seltenen Menschen, nach deren Dasein die Welt etwas besser geworden ist.

Ihr Vater muß ein besonderer Mann gewesen sein, der sich nicht der weitverbreiteten Meinung unterwarf, daß Bildung für junge Mädchen Verschwendung ist — sogar gefährlich, da höhere Mathematik für das weibliche Gehirn zu belastend ist und die allgemeinen Wissenschaften zu grob und anstößig sind. Zusätzlich besitzt sie Gottvertrauen und eine gute Ausbildung, die sie im Western College für Frauen erhalten hat.

Sie kam mit einem Koffer voller Kleider, ihrer Bibel und einem halben Dutzend von McGuffeys »Ausgewählten Werken« hier an. Bei einer armseligen Reismahlzeit versuchte ich ihr gleich am ersten Abend ganz offen darzulegen, welchen Hindernissen wir uns gegenübersehen, was vor allem die Nachbarn anbelangt.

Dazu sagte sie: »Mrs. Main, ich habe um eine solche Situation gebetet. Kein Rückschlag kann mich entmutigen. Ich gehöre zu den wenigen Glücklichen, die Paulus im Römerbrief beschreibt: ›Jene, die gegen alle Hoffnung hofften.‹ Ich bin hier, um zu unterrichten, und ich werde unterrichten.«

Orry, ich glaube, ich habe eine Vertraute gefunden — und eine Freundin.

... Prudence setzt mich weiterhin in Erstaunen. Habe sie heute morgen mit zum Schulhaus genommen, das bereits auf halbem Weg zu den verlassenen Sklavenquartieren im Bau ist. Lincoln — der Neger, den wir zuletzt eingestellt haben — deckt das Dach von Hand mit Zypressenlatten. Prudence meinte, das sei ihre Schule, also sollte sie auch ihren Anteil dazu beitragen. Worauf sie ihre Röcke schürzte, sie zusammenknotete und die Leiter hochkletterte. Lincoln schaute verblüfft und verlegen drein, überwand das aber schnell, als sie Nägel einzuschlagen begann, als hätte sie nie etwas anderes gemacht. Später fragte ich sie danach.

»Papa hat es mir beigebracht. Er meinte, ich müsse darauf vorbereitet sein, unter allen Umständen für mich selbst sorgen zu können. Ich glaube, er dachte — obwohl er es nie laut aussprach —, kein Mann würde je ein häßliches Entlein, noch dazu Anhängerin der Sklavenbefreiung, heiraten wollen. Vielleicht werde ich eines Tages heiraten, ich sagte ja, ich habe noch Hoffnung. Aber ob es nun so kommt oder nicht, es ist jedenfalls immer gut, wenn man was vom Zimmermannshandwerk versteht. Irgendwas Nützliches zu lernen ist gut. Deshalb unterrichte ich.«

... Heute morgen im Dixie Store gewesen, den ich seit der Wiedereröffnung nicht mehr gesehen hatte. Hinter dem Tresen begrüßte mich der rundliche Mr. Randall Gettys höchstpersönlich.

Beweise für seine literarischen Ambitionen standen deutlich sichtbar in einer alten Holzkiste am Fußboden. Gebrauchte Bücher von Poe, Coleridge, die Romane von Gilmore Simms, alles wahrscheinlich von einem verarmten Landbesitzer billig erworben. Allerdings kann ich mir nicht vorstellen, wer sie — auch wenn sie pro Exemplar nur fünf Cent kosten — kaufen soll.

Beweise für Mr. Gettys' politische Ansichten waren noch augenfälliger auf dem Tresen aufgebaut — ein ordentlicher Stapel von Exemplaren von »Das Land, das wir lieben«, eine von mehreren Publikationen, die dem traurigen Glauben anhängen, die Sache des Südens sei noch nicht verloren . . .

Gettys legte eine übertriebene Höflichkeit an den Tag, drängte sich unangenehm dicht an Madeline. Seine runden, drahtgefaßten Brillengläser funkelten. Ein gewaltiges weißes Taschentuch bauschte sich aus der Brusttasche seines schmierigen Kittels. Selbst frisch rasiert verlieh ihm sein dunkler Bart ein verschwommen schmutziges Aussehen.

Madeline bemerkte die Fülle der Waren in den Regalen. »Ich wußte gar nicht, daß Sie so gut versorgt sind. Und daß Sie das Kapital für diese Warenmengen haben.«

»Ein Verwandter in Greenville hat das Geld zur Verfügung gestellt«, sagte Gettys glatt. Sie sah, daß er ihre Brüste musterte, während er sich das Kinn mit dem Taschentuch abwischte. »Es ist mir ein ungemeines Vergnügen, Sie begrüßen zu dürfen, Mrs. Main. Was haben Sie heute morgen für Wünsche?«

»Bis jetzt noch keine. Ich möchte gern Ihre Preise wissen.« Sie deutete auf ein Faß. »Dieses Saatgut zum Beispiel.«

»Einen Dollar pro Scheffel. Und ein Viertel der produzierten Ernte oder den Gegenwert in bar. Für Farbige der doppelte Preis.«

»Randall, ich bin froh, daß der Laden wieder aufgemacht hat, aber ich glaube nicht, daß wir diese Art von Preistreiberei im Bezirk ertragen können.«

Sie sagte es ohne jede Erbitterung, doch es brachte ihn sofort in Rage. Er legte seine schleimige Höflichkeit ab. »Was wir nicht ertragen können, ist diese verfluchte Schule. Eine Schule für Nigger!«

»Und für jeden Weißen, der sich weiterbilden will.«

Gettys ignorierte die Bemerkung. »Es ist eine Schande. Außerdem ist es Verschwendung. Ein Nigger kann nichts lernen. Sein Gehirn ist zu klein. Er taugt nur dazu, unser Holz zu sägen, unser Wasser zu schöpfen, genau wie die Schrift es sagt. Wenn ein Nigger auch nur einen Funken Intelligenz besitzt, dann entzündet Bildung lediglich seine Urinstinkte und ruft Haß auf die ihm Übergeordneten hervor.«

»Lieber Gott, Randall, ersparen Sie mir diese alte Litanei.«

»Nein, Ma'am«, rief er. »Das werde ich nicht. Wir haben den Krieg verloren, aber nicht den Verstand. Die weißen Bürger dieses Bezirks werden nicht zulassen, daß sie afrikanisiert werden.«

Müde drehte sie sich um und ging zur Tür.

»Sie hören besser auf meine Worte«, brüllte er. »Sie haben eine faire Warnung gekriegt.«

Sie hatte ihm den Rücken zugewandt, und so konnte er ihr Gesicht nicht sehen. Unglücklich dachte sie an Coopers Brief über Desmond LaMotte. Wie viele würden sich gegen sie wenden?

Samstag. Der Schuppen für die Sägemühle fertig, an der Uferbank, so daß die Stämme verschifft werden können, falls dieser Dienst je wieder aufgenommen wird. Mit beträchtlichem Stolz habe ich zugesehen, wie unsere beiden Mulis den ersten Zypressenstamm anschleppten. Lincoln auf ebener Erde, Fred unten in der Grube, so wurde der Stamm mit der zweihändigen Säge gespalten. Die Methode ist antiquiert, die Arbeit kann einem das Kreuz brechen, doch bevor wir Dampfkraft haben, gibt es keine andere Möglichkeit. Es ist ein Anfang.

Prudence möchte morgen die Kirche besuchen. Wir werden sie mitnehmen...

Heute morgen in der Kirche St. Joseph von Arimathea gewesen. Ich wünschte, wir wären nicht gegangen...

Als Madeline den Wagen anhielt und die Pferde festband, bemerkte sie, wie zwei Männer der Kirchengemeinde ihre Zigarren fortwarfen und in die kleine, gekalkte Kirche huschten, in der schon Generationen von Episkopalfamilien aus dem Bezirk gebetet hatten.

Madeline und Prudence trugen ihre besten Hüte. Sie näherten sich der Doppeltür. Die Musik der winzigen Kirchenorgel verstummte quietschend, als Vater Lovewell, ein recht onkelhafter Priester, in den Eingang trat. Hinter ihm drehten sich die Mitglieder der Kirchengemeinde auf den sonnenhellen Bänken um und starrten die beiden Frauen an. Madeline entdeckte viele Leute, die sie kannte. Sie sahen nicht freundlich aus.

»Mrs. Main...« Die rosigen Wangen des Priesters glänzten vor Schweiß, der mehr und mehr seine Brille beschlagen ließ. Er senkte seine Stimme. »Das ist höchst bedauerlich. Ich bin aufgefordert worden, Sie darauf aufmerksam zu machen, daß, äh, Farbige hier nicht beten dürfen.«

»Farbige?« wiederholte sie, als hätte er sie geschlagen.

»Richtig. Wir haben keine getrennten Balkons, und ich kann Sie nicht länger in die Familienloge lassen.« Sie sah, daß ihre Sitze, die zweiten von vorn links, leer waren. Ihre Selbstbeherrschung geriet ins Wanken.

»Ist das Ihr Ernst, Vater?«

»Ja. Ich wünschte, es wäre nicht so, aber...«

»Dann sind Sie ein bösartiger Mann und haben nicht das Recht zu behaupten, Sie würden das Christentum praktizieren.«

Er brachte sein Gesicht dicht an das ihre und zischte: »Ich habe christliches Mitgefühl für meine eigene Rasse. Ich habe kein Mitgefühl für eine Bastardrasse, die Unruhe stiftet, Brandstiftungen plant, Haß sät und die teuflische Doktrin des schwarzen Republikanismus anbetet.«

Prudence schaute verblüfft und ärgerlich drein. Madeline brachte ein strahlendes Lächeln zustande. »Möge Gott Sie auf der Stelle erschlagen, Vater. Bevor ich mich wie irgend... irgendein Leprakranker verkrieche und verstecke, sehe ich Sie in der Hölle.«

»Hölle?« Das schwitzende, selbstzufriedene Gesicht zog sich zurück. Weiche, weiße Hände griffen nach der Tür. »Das bezweifle ich.«

»O doch. Sie haben sich gerade eben Ihren Platz reserviert.«

Die Kirchengemeinde brach in ärgerliches Gemurmel aus. Die Tür knallte zu.

»Komm«, sagte Madeline und trat mit dem Fuß ihren Rock beiseite, als sie herumwirbelte und auf den Wagen zumarschierte. Verwirrt eilte Prudence hinter ihr her.

»Was bedeutet das alles? Warum hat er dich als Farbige bezeichnet?«

Madeline seufzte. »Ich hätte es dir bei deiner Ankunft sagen sollen. Ich erzähle es dir auf der Heimfahrt. Wenn du willst, kannst du wieder abreisen. Und ich fürchte, was Vater Lovewell da gemeint hat, war eine Kriegserklärung. Gegen Mont Royal, gegen die Schule, gegen mich.«

... Prudence weiß alles. Sie bleibt. Ich bete zu Gott, daß sie ihren Entschluß nicht bereuen muß oder deswegen zu Schaden kommt.

8

Charles schlug die Augen auf, stützte sich auf beide Hände, stemmte sich hoch. Ein unsichtbarer Hammer knallte gegen seine Stirn und warf ihn zurück. »Allmächtiger.«

Er versuchte es noch einmal. Diesmal hatte er trotz seiner Schmerzen Erfolg.

Er starrte über das kleine Feuer hinweg, das in einer flachen Mulde im Boden flackerte. Hinter dem Feuer bog ein bärtiger Mann mit einem wettergegerbten, dunkelbraunen Gesicht einen flexiblen Stock hin und her, bemüht, ihn zu zerbrechen. Der Mann trug einen mit derart vielen Perlen behängten Wildledermantel, daß man hätte meinen können, er gehöre zu einer Gruppe Medizinmänner, die überall ihre Shows veranstalteten. Neben ihm lag ein gefleckter Hund und nagte an einem Knochen. Ein Junge mit geschlitzten Augen und einem deformierten Kopf saß mit untergeschlagenen Beinen hinter dem Mann.

Charles stieg ein übler Duft in die Nase. »Was zum Teufel stinkt hier so?«

»Haufen Kräuter, mit einer Paste aus Büffelhirn zerquetscht«, sagte der Mann. »Ich hab's auf die Stellen gerieben, wo sie dich am schlimmsten erwischt haben.«

Charles begann seine Umgebung wahrzunehmen. Er befand sich in einem Tipi aus Häuten, die über ein Dutzend Achtzehn-Fuß-Pfosten gespannt waren und so einen Kegel bildeten, mit einem Loch für den Rauchabzug oben an der Spitze. Er hörte, wie der Regen gegen die Häute klatschte.

»Richtig, das ist unser Tipi«, sagte der Bärtige. »In der Sprache der Dakota-Sioux bedeutet Tipi ›Platz-wo-ein-Mann-lebt‹.« Er zerbrach den Stock und reichte eine Hälfte über das Feuer. »Jerky. Wird dir guttun.«

Charles biß ein Stück von dem geräucherten Büffelfleisch ab. »Danke. Hab' früher schon so was gegessen.«

»Oh«, sagte der Mann erfreut. »Du bist also nicht das erste Mal im Westen.«

»Vor dem Krieg diente ich bei Bob Lees Second Cavalry in Texas.«

Der Fremde grinste und entblößte fleckige Zähne. »Wird immer besser.« Charles veränderte seine Position; wieder schlug der Hammer zu. »Hör zu, an deiner Stelle würde ich keine schnellen Bewegungen machen. Du hast mehr blaue Flecken als ein schlechtes Stück Fleisch. Während du ohnmächtig warst, habe ich mich ein bißchen umgehört. Der kleine Gockel, der dich zusammengeschlagen hat, hat dich beschuldigt, du habest dich davongemacht.«

»Desertion?«

»Yep. Gehst besser nicht zum Posten zurück.«

Das Schwindelgefühl niederkämpfend, richtete sich Charles auf. »Ich habe noch Sachen dort.« Der Fremde machte eine Handbewegung. Hinter sich entdeckte Charles seine Reisetasche.

»Bin reingegangen und hab's mitgenommen. Niemand hat ein Wort gesagt, bis auf den Jungen auf Wache, und der hat für'nen Dollar in die andere Richtung geschaut. Wie heißt du?«

»Charles Main.«

Der Mann streckte seine Hand über das Feuer. »Freut mich, dich kennenzulernen. Ich bin Adolphus O. Jackson. Holzfuß für meine Freunde.«

Er schob seine Lederhose am rechten Bein hoch und klopfte gegen seinen Stiefel, was einen harten, hölzernen Laut ergab. »Solide Eiche. Folge von einem kleinen Zusammenstoß mit ein paar Utes, als ich vierzehn war. Mein Papa lebte da noch. Wir stellten Biberfallen auf in den östlichen Ausläufern der Rocky Mountains. Eines Tages war ich allein draußen und kam versehentlich in die Falle eines anderen Trappers. In dem Moment tauchten zufällig drei schlechtgelaunte Utes auf. Es hieß, entweder umgebracht zu werden oder aus dieser Falle rauszukommen. Ich nahm mein Messer und schaffte es, rauszukommen. Na ja, zumindest teilweise. Dann wurde ich ohnmächtig. Glücklicherweise kam Papa vorbei. Er verjagte die Utes, holte mich raus und nahm mir den Fuß ab. Er rettete mich vor dem Verbluten.« Er sagte das so, als würde er über das Büffelfleisch sprechen, an dem er kaute.

Charles wartete, bis seine Benommenheit verflog. »Ich bin Ihnen dankbar, Mr. Jackson. Ich war in der Kavallerie, bis dieser kleine Hundesohn mich entdeckte.«

»Nicht zu verkennen, daß er immer noch gegen euch Südstaatenjungs kämpft. Kannst übrigens ruhig du zu mir sagen.«

»Ich bin dir dankbar, daß du mich aufgenommen und zusammengeflickt hast. Ich werd' mich dann wieder auf die Socken machen und mir was suchen.«

»Bleib hier«, unterbrach ihn Jackson. »Bist noch nicht in der richtigen Verfassung.« Er puhlte in seinen Zähnen. »Außerdem hab' ich dich nicht nur aus dem Dreck gezogen, weil der Kampf einseitig war, mit dir auf der falschen Seite. Ich hab' dir einen Vorschlag zu machen.«

»Was für einen?«

»Geschäftlich.« Jackson entdeckte ein Stückchen Büffelfleisch im Gewirr seines weißbraunen Bartes. Er schnippte es weg und sagte: »Das hier ist die Jackson Trading Company. Mich kennst du bereits. Der feine Junge hinter mir ist mein Neffe Herschel.

Ich sage Boy zu ihm. Ist einfacher. Als sein Papa in Louisville an Lungenentzündung starb, hatte er niemanden mehr, der sich um ihn kümmerte. Er gibt sich viel Mühe, aber er braucht jemanden, der für ihn sorgt.«

Holzfuß betrachtete den Jungen voller Zuneigung und Trauer. Dieser eine Blick war es, der Charles den Mann sympathisch machte. Jackson erinnerte ihn an Orry; auch dieser hatte einen Verwandten zu sich genommen und ihm Liebe und seinem Leben einen Sinn gegeben und so die Bitterkeit und Düsternis verjagt.

»Und das hier«, Jackson deutete auf den an seinem Knochen nagenden Hund, »ist Fenimore Cooper, kurz Fen genannt. Schaut nicht nach viel aus, das tun die Grenzland-Collies nie. Aber du wärst überrascht, wieviel Gewicht er auf einer indianischen Schleifbahre ziehen kann.«

Jackson aß sein Büffelfleisch auf. »Verstehst du, wir gehen auf regelmäßige Trips zu den *Tsis-tsis-tas*.« Er betonte die zweite Silbe.

»Was zum Teufel ist das?«

»Kommt drauf an, wen du fragst. Einige sagen, es bedeute ›unser Volk‹ oder ›das Volk‹ oder ›das Volk, das hierher gehörte‹, um es grob zu übersetzen. Die Sioux-Übersetzung ist *Sha-hi-e-la*, was soviel wie ›rote Sprache‹ bedeutet. Fremde Sprache. Mit anderen Worten, Leute, die die Sioux nicht verstehen können.«

Jackson beobachtete seinen Gast mit einem fröhlich überlegenen Lächeln. Als er seinen Spaß gehabt hatte, fuhr er fort: »Wir handeln mit den südlichen Cheyenne. Wenn du ihren Namen so ausdrückst, dann versteht es jeder.« Er führte eine Reihe schneller, geschmeidiger Gesten vor, rotierende Faust, ausgestreckte oder gekrümmte Finger.

»Kenne ich«, sagte Charles. »Das ist Zeichensprache. Die Comanchen in Texas benutzen sie.«

»Jawohl, Sir, die Lingua franca der Stämme. Gerade eben habe ich gesagt: Wir handeln mit Cheyenne im Indianerterritorium. Wir bringen Waren hin und nehmen Indianerpferde mit. Ist ein gutes Geschäft, allerdings nicht so gut, wie es sein könnte. Ich handle nicht mit Waffen oder schlechtem Schnaps.«

Mittlerweile hatte sich Charles einige Gedanken über das Angebot gemacht.

»Ein gutes Geschäft mag es vielleicht sein, aber auch ziemlich gefährlich.«

»Nur gelegentlich. Da draußen gibt's zwei- bis dreihunderttausend Rote, aber weniger als ein Drittel davon sind auf dem Kriegspfad, und das auch nicht immer. Man kann ganz gut mit ihnen zurechtkommen, wenn sie wissen, daß man keine Angst hat.«

Er zupfte die Truthahnfeder aus seinem Haar und fuhr mit seinem Zeigefinger über das breite, eingeschnittene V. »Sie kennen die Bedeutung einer Feder, die auf die Art eingekerbt ist. Es heißt, ich bin mal einem schlechten Indianer begegnet und habe ihm den Skalp genommen, damit er kein Leben nach dem Tod mehr hat, und dann hab' ich ihm die Kehle durchgeschnitten.«

»Das besagt die Feder?«

Jackson nickte.

»Hast du's getan?«

Jacksons sanfte Augen wichen seinem Blick nicht aus. »Zweimal.« Charles schauderte. Vorsichtig legte Boy seinem Onkel eine Hand auf die Schulter; sein Gesicht verriet Stolz. Fen leckte träge seine Vorderpfoten. Der Regen klatschte auf das Tipi. »Du hast was von einem Vorschlag gesagt.«

»Ich brauche einen Partner, der mir den Rücken freihält. Ich kann ihm alles über das Land beibringen, aber ich muß ihm vertrauen, und er muß ordentlich schießen können.«

»Ich bin ein ganz guter Schütze. Ich habe ein paar Jahre bei General Wade Hamptons Scouts geübt.«

Holzfuß reagierte darauf mit begeistertem Nicken. »Südstaatenkavallerie. Das ist eine erstklassige Empfehlung.«

»Brauchst du einen Mann mehr, oder ersetzt du einen?«

Wieder fuhr sich der Händler mit der Zunge über die Zähne. »Schätze, hat keinen Zweck zu lügen, falls wir zusammen reiten sollten. Beim letzten Trip hab' ich meinen Partner Dean verloren. Hat seine Finger nicht von einer Frau lassen können. Ihr Mann und einige seiner Freunde vom Roten Schild haben Hackfleisch aus Dean gemacht.«

Das Büffelfleisch schien sich in Charles' Magen zusammenzuklumpen. »Was bedeutet Roter Schild?«

»Gemeinschaft der Cheyenne-Krieger. Gibt mehrere davon. Die Schilde, die Bogensehnen, die Hundemänner — Hundesoldaten, wie sie manchmal genannt werden. Zu ihnen gehören ungefähr die Hälfte der Krieger des Stammes. Wenn ein junger Mann fünfzehn oder sechzehn Winter zählt, dann schließt er sich einer Gemeinschaft an, was so ziemlich die wichtigste Sache in seinem ganzen Leben ist. Mit diesen Gemeinschaften — das fing vor langer Zeit an. Die Legende erzählt, daß ein junger Cheyenne-Krieger namens Sweet Medicine, ›süße Medizin‹, nach Norden zum Heiligen Berg gewandert sei, der womöglich in den Black Hills liegt — niemand ist sich da wirklich sicher. Es heißt, Sweet Medicine traf den Großen Geist oben auf dem Berg, und sie palaverten eine Weile. Der Geist befahl Sweet Medicine, zurückzugehen und die Gemeinschaften zum Schutz des Stammes zu gründen. Dann gab ihm der Geist all die Namen für die Gemeinschaften, die speziellen Gesänge für jede Gruppe, wie sie sich zu kleiden haben — den ganzen Kram. Die Gemeinschaften werden immer noch so geführt, wie Sweet Medicine es ihnen gesagt hat. Sie geben den Ton an, und das vergißt man besser nicht. Selbst die vierundvierzig Häuptlinge im Stammesrat furzen nicht in den Wind, ohne daß die Männer der Gemeinschaften ihr Okay dazu geben.«

»Was genau tun diese Männer, außer den Stamm herumzukommandieren?«

»Ihre wichtigste Aufgabe ist es, zur Zeit der Büffeljagd im Camp für Ordnung zu sorgen. Sie halten die jungen Burschen in Reih und Glied, damit keiner plötzlich aufspringt und eine erstklassige Herde verscheucht.«

»Und ich wäre der Ersatz für einen Mann, der von diesen Leuten zerstückelt worden ist?«

»Jawohl, Sir. Ich will gar nicht so tun, als wäre da überhaupt kein Risiko dabei. Aber man kriegt auch seinen Lohn dafür. Der Anblick des saubersten, schönsten Landes, das Gott je erschaffen hat — und einige der schönsten Mädchen. Mit den meisten Cheyenne komme ich gut zurecht. Sie mögen den alten Holzfuß.«

Mit einem zärtlichen Gurgeln kniete Boy neben seinem Onkel nieder und streichelte dessen Bart. Jackson nahm Boys Hand zwischen seine Hände und hielt sie fest. Der Junge sah zufrieden und glücklich aus.

»Um mal die Karten auf den Tisch zu legen«, sagte der Händler. »Im ersten Jahr geb' ich dir zwanzig Prozent von dem, was wir für die Pferde kriegen, die wir zurückbringen. Wenn du deinen Mann stehst, kriegst du pro Jahr zehn Prozent mehr, bis du bei der Hälfte bist. Bis dahin gehören alle Waren mir, und alles geht auf mein Risiko. Oh«, er grinste, »ich meine natürlich mit Ausnahme des Risikos für deinen Skalp und dein Leben. Was sagst du dazu?«

Charles saß still da, unfähig, jetzt schon etwas dazu zu sagen. Der Vorschlag des Händlers brachte große, umfassende Veränderungen mit sich. Die Gegenwart von Boy ließ ihn an seinen Sohn denken. Schloß er sich Jackson an, dann würde er den kleinen Gus manchmal monatelang nicht sehen. Das gefiel ihm ganz und gar nicht. Andererseits brauchte er Arbeit; er mußte Geld verdienen. Und vor dem Krieg, während seiner Dienstzeit in Texas, hatte er geschworen, daß er zurückkehren und sich dort niederlassen würde. Er hatte sich in die Schönheit des Westens verliebt.

»Nun?«

»Ich würde gern darüber schlafen.« Er lächelte. »Ich weiß wirklich nicht, ob ich mich daran gewöhnen kann, einen Mann Holzfuß zu nennen.«

»Das ist mir verdammt egal, solange du nur ordentlich schießt.«

Kurz darauf rollte sich Charles in einem warmen Büffelfellmantel neben dem ersterbenden Feuer zusammen. Er rutschte hin und her, bis er die Lage gefunden hatte, in der seine Wunden am wenigsten schmerzten, und schlief ein.

Anstatt von endlosen Prärieebenen oder wilden Indianern träumte er von Augusta Barclay. In den grauen, konturlosen Landschaften des Schlafes legte er seine Hände auf ihren nackten Körper. Dann drängten sich andere Frauen vor, nahmen ihren Platz ein. Er erwachte, steif und zerschlagen, voller Reue und mit dem ausgebrannten Gefühl der Heimatlosigkeit, schmerzlich verstärkt durch den Abbruch seiner Armeelaufbahn.

Er hatte immer noch seine Zweifel, was Jacksons Angebot betraf. Es war besser als irgendein langweiliger, monotoner Job, aber es war schlicht und einfach auch gefährlich.

In Gedanken daran drehte er sich um. Seine Rippen schmerzten, und er stöhnte auf. Dieser Laut zog einen anderen nach sich; Fen wachte auf, trabte quer durch das Tipi und stellte sich neben seinen Kopf. Charles blieb regungslos liegen. Würde der Hund ihn beißen?

Fen senkte den Kopf. Seine rauhe, warme Zunge leckte dreimal über Charles' zerschlagenes Gesicht.

Große Entscheidungen hängen oft von so kleinen Beweisen der Zuneigung ab.

»Gut, verdammt gut«, rief Holzfuß, als Charles ihm am Morgen zusagte. Der Händler wühlte in einem Haufen Decken und mit Segeltuch umhüllten Packen, bis er zwei geschmeidige Gegenstände fand, die er seinem neuen Partner in die Hände drückte.

»Was ist das?«

»Mokassins aus Büffelleder. Von der Winterjagd. Da haben die Büffel das dickste Fell. Man wendet's nach innen, siehst du? Die werden dich warm halten, dort, wo wir hingeh'n.«

Das Tipi füllte sich mit den üppigen Düften von kochendem Kaffee und brutzelndem Pökelfleisch. Mit einem fast irren Ausdruck der Konzentration auf seinem Gesicht hockte Boy vor dem Feuer und hielt mit der behandschuhten Rechten die Bratpfanne über das Feuer.

»Ich werde ein Pferd brauchen«, sagte Charles.

»Ich hab' ein Ersatzpferd, das ich aus dem Indianerterritorium mitgebracht habe. Ein starrköpfiger Sohn des Satans, den niemand kaufen würde. Wenn du ihn reiten kannst, kannst du ihn haben.«

»Muß ich mich erst qualifizieren, um dein Partner zu werden?«

Der Händler schaute ihn mit zusammengekniffenen Augen an. »Darauf läuft's hinaus.«

»Ich bin immer noch ziemlich zerschlagen. Einen wilden Gaul zu reiten wird's nicht besser machen.«

Achselzuckend stimmte Holzfuß zu. »Schätze, wir können ein paar Tage warten.«

Charles rieb seine schmerzenden Rippen und dachte darüber nach, »Nein. Bringen wir's hinter uns.«

Dichter Nebel verbarg das Gelände um Holzfuß' Tipi herum, das er westlich der Zeltstadt nahe Jefferson Barracks errichtet hatte. Der Händler führte Charles zu dem Pferd, das in einiger Entfernung von den anderen Sattelpferden und Packmulis angebunden war. Das kleine, geschmeidige Pferd war schwarzweiß gescheckt, mit einer breiten Gesichtsblesse.

»Ich glaub', er ist ein Killer«, sagte Holzfuß und griff nach dem tiefhängenden Ast, an dem der Strick vom Zaumzeug festgebunden war. »Sollte ihn wohl besser erschießen.«

»Paß auf«, schrie Charles und stieß Jackson beiseite, als das Pferd sich aufbäumte. Die Vorderhufe wirbelten an der Stelle durch den Nebel, an der der Händler eben noch gestanden hatte.

»Verstehst du?« sagte er und rappelte sich wieder hoch. »Ich hab' ihn eingebrochen, aber niemand kann ihn reiten. Zweimal war ich schon dicht dran, ihm eine Kugel in den Kopf zu jagen.«

Charles fühlte sich unbehaglich, angespannt. Er dachte an seinen letzten Ritt auf Sport in Virginia. Sport hatte Charles mit einer Feindeskugel im Leib in höchstem Tempo und mit größter Aufopferung in Sicherheit gebracht, während sein Blut in den Schnee spritzte. Sport war ein Pferd gewesen, das niemand gewollt hatte.

»Versuche nicht, ihn vor meinen Augen umzubringen«, sagte er. »Ich hab' im Krieg ein Kavalleriepferd verloren, einen feinen Grauen. Ich kann nicht zusehen, wie jemand ein Pferd verletzt.«

Trotzdem verstand er die Befürchtungen des Händlers. Der Schecke hatte Mord in den Augen. Doch Charles sah auch einige Tugenden. Leichtigkeit und Behendigkeit — er schätzte das Pferd auf ungefähr tausend Pfund —, einen feinen Nacken und die kleinen Hufe und den kleinen Kopf, typisch für ein Südstaatenpferd.

»Indianerpferd, sagtest du?«

»Yep. Die Armee macht sie kaputt. Stopft sie mit Korn voll,

so daß sie vergessen, sich von Gras zu ernähren. Macht sie schwach und langsam. Wird dem hier nicht passieren. Der lebt nicht so lang.«

»Warten wir's ab. Wo sind Sattel und Decke?«

Dichter Nebel wogte um sie herum. Holzfuß band den Strick wieder an den Baum. In lauschender Haltung näherte sich Charles dem Schecken. »Ist ja gut«, sagte er, ihm die Decke überwerfend. »Ist ja gut.«

Der Schecke hob den rechten Vorderhuf. Charles' Bauchdecke spannte sich. Der Huf senkte sich wieder, und der Schecke schnaufte aus. Charles sattelte ihn vorsichtig, Holzfuß einen überraschten Blick zuwerfend, als das Gewicht des Sattels keine Gegenwehr auslöste. Er verstand das nicht. Vielleicht steckte in diesem wunderschönen Kopf irgendein unauslotbarer Schuß Wahnsinn.

Er rollte die Steigbügel aus und stieg langsam auf, sowohl aus Schmerz als auch aus Vorsicht. Der Schecke stand still, drehte nur den Kopf, um den Reiter ins Blickfeld zu kriegen. Aus der Ferne riefen vom Armeeposten Signalhörner zum Morgenappell.

Ruhig sagte Charles: »Bind ihn los.«

Holzfuß duckte sich und knüpfte den Strick hastig los. Charles nahm das Seil, wickelte es um eine Hand, zog einmal leicht.

Während Charles urplötzlich gen Himmel schoß, sein linkes Bein verkrümmt aus dem Steigbügel gerissen wurde, dachte er, Jackson würde ihn töten müssen. Er zog dem Schecken eins über die Kruppe, als er runterkam, dann flog er in den Dreck; das Pferd wieherte und schlug aus. Nach dem Aufprall fühlte er sich, als wären überall in seinem Körper Fackeln angezündet worden. Ein Huf riß seine Stirn auf, bevor er zur Seite rollte und seinen Armeecolt zog. Wahnsinnige Schmerzen durchzuckten ihn, während er kniend mit beiden Händen den Revolver in Anschlag brachte und darauf wartete, daß das Pferd erneut auf ihn losging.

Der Schecke schnaubte, stampfte, blieb aber stehen. Boy umklammerte von hinten die Taille seines Onkels, spähte zu dem Pferd und dem Mann mit dem Revolver hinüber.

»Besser, du schießt, Main.«

»Nein, erst wenn — Moment mal. Ist mir zuvor nicht aufgefallen. Siehst du den blutigen Schaum an seinem Maul?«

Grämlich verneinte Jackson das. Charles wußte, daß Männer in Jacksons Alter häufig Probleme mit den Augen hatten. Er steckte den Colt weg und näherte sich vorsichtig dem Pferd. »Laß mich mal sehen«, sagte er mit besänftigender Stimme. »Bleib schön still, und laß mich sehen.« Sein Herz hämmerte; in den Augen des Schecken lag wieder dieser mörderische Ausdruck.

Aber er ließ es zu, daß Charles sanft seine Kiefer auseinanderzog und das blutige Stück entblößte. Vor lauter Erleichterung brach Charles in Gelächter aus. »Komm her, und schau dir das an. Aber nicht so hastig.« Holzfuß schob sich hinter ihn. »Da hast du deinen Killer. Ein vereiterter Backenzahn. Läßt man die Zügel in Ruhe, dann ist mit ihm alles in Ordnung. Zieht man dran, spielt er verrückt.«

»Ist mir entgangen«, sagte Holzfuß. »Ist mir, verdammt noch mal, vollkommen entgangen.«

»Kann leicht passieren.« Charles zuckte mit den Schultern; er wollte dem älteren Mann nicht sagen, daß er sich eine Brille kaufen sollte, »Sobald wir einen Pferdedoktor finden, der den Zahn hinkriegt, ist mit ihm wieder alles in Ordnung.«

»Du behältst ihn also?«

»So war's abgemacht, oder? Möchtest du ihn streicheln, Boy? Kannst du ruhig.«

Holzfuß' Neffe drängelte vor; eine freudige Beschwingtheit zeigte sich auf seinem weißen Gesicht. Er berührte den Schecken und lächelte. Der Händler seufzte, die Anspannung löste sich.

»Dann mußt du ihm einen Namen geben, Charlie.«

Charles stellte sich neben Boy, tätschelte das Pferd und dachte kurz nach. »Hmm. Der Name sollte so sein, daß die Leute Respekt vor ihm haben und ihn nicht zum Narren halten. Sie brauchen ja nicht zu wissen, daß er ganz sanft ist.« Wieder tätschelte er das Pferd. »Du hast gesagt, der Teufel hätte ihn gezeugt. Ich werde ihn nach seinem Papa nennen. Satan.«

»Verdammt gut«, brüllte der Händler und hüpfte mit erstaunlicher Beweglichkeit in einer Art Tanz von seinem guten Fuß auf seinen künstlichen Fuß. »Verdammt gut, oh, verdammt gut. Der Trupp hier ist wieder im Geschäft.«

TRUMPS ST.-LOUIS-THEATER

Baldige Eröffnung!

MR. SAMUEL HORATIO TRUMP, Esq.
»Amerikas Schauspieleras«.

und

Direkt von ihren triumphalen New Yorker Auftritten
Die göttliche Mrs. Parker
als Star in

STRASSEN DER SCHANDE

Ein *absolut* neues Melodram
über das New Yorker Leben, ganz *oben* und ganz *unten*
von H. T. Samuels
in einer Bearbeitung von
MR. TRUMP

im Wechsel mit

S. H. TRUMPS
monumentaler & international berühmter Darstellung von

LEBEN UND STERBEN KÖNIG RICHARDS III.

Zahlreiche Plätze für 50 Cent
KEIN PLATZ TEURER ALS 1 DOLLAR 50!!!

9

Nachdem Charles das Angebot von Holzfuß Jackson angenommen hatte, brachte der Händler den Schecken am nächsten Tag zum Veterinär. Er ließ Boy beim Pferdedoktor zurück und machte sich zusammen mit Charles auf in die Stadt. Um Soldaten aus Jefferson Barracks, die Charles vielleicht erkannt hätten, aus dem Wege zu gehen, schlugen sie einen Bogen und ritten von Westen her in die Stadt. Der Collie rannte nebenher.

Zu Zeiten der ersten kreolischen Siedler war der Ort ein reines Pelzhandelszentrum gewesen, doch die Zeiten hatten sich geändert. Auf der von Platanen und Linden gesäumten Straße kamen sie an Farmwagen vorbei, auf denen sich Äpfel oder Kornsäcke türmten. Sie ritten um zwei Farmer herum, die eine Schweineherde trieben, die laut quiekend mit ihrem charakteristischen Gestank die Luft verpesteten.

Kurz darauf tauchten Dächer vor ihnen auf, über denen eine graue Wolke hing. »Atme nicht zu tief durch in St. Lou«, riet Holzfuß. »Sie bauen mehr Gießereien und Gerbereien und Mühlen, als ich im Auge behalten kann. Ich glaube, Amerikanern ist es egal, ob sie am Fabrikrauch ersticken, solange sie nur reich dabei werden.«

Der Tag war hell und strahlend. Charles fühlte sich gut. Die Auswirkungen der Prügel ließen nach, und der Flickenmantel hielt ihn warm. Sein erster Eindruck von Holzfuß war richtig gewesen; der Händler war ein sympathischer Mann, dem man vertrauen konnte. Vielleicht würde sich seine Stimmung in den nächsten Wochen heben, vielleicht mußte er erst einmal ins Indianerterritorium reiten.

Sie ritten in das geschäftige Herz der Stadt, vorbei an alten kreolischen Steinhäusern, Grenzlandhütten aus handgeschlagenen Stämmen und neueren Häusern aus Schnittholz mit quergeteilten Türen, erbaut von den Angehörigen einer großen deutschen Kolonie. Ungefähr hundertfünfzigtausend Menschen lebten in St. Louis, sagte Holzfuß.

Als sie die Third Street erreichten, konnten sie bereits das Geschrei, den Lärm des Wagenverkehrs und der Schauermänner von dem anderthalb Meilen langen Uferdamm vor ihnen hören. Die Pfeife eines Flußbootes schrillte, als Holzfuß Charles ein Banknotenbündel in die Hand drückte.

»Ich kümmere mich um unseren Warenvorrat, während du dir Winterkleidung kaufst. Und ein Messer. Außerdem ein Gewehr, das dir paßt, und massenhaft Munition. Knausere nicht. Da draußen, wo wir hingehen, gibt's keinen Laden, und du wärst verdammt unglücklich, wenn du ein Dutzend verrückte Cheyenne am Hals und keine Patronen mehr in der Tasche hättest, bloß weil du ein paar Pennies sparen wolltest. Oh«, er grinste, »kauf dir ein paar von den Zigarren, die du so magst. Ein bißchen Vergnügen braucht der Mensch in der Wildnis. Die Winternächte sind verflucht lang.«

Er winkte, bog vor einem Ochsenkarren an der Ecke links ab und war verschwunden.

Zehn Minuten später kam Charles mit drei Holzkistchen unter dem Arm aus einem Tabakladen in der Olive Street. Er schob sie in eine alte Satteltasche, die Holzfuß ihm gegeben hatte.

Eine Zigarre ließ er draußen, um sie gleich zu rauchen. Als er sie anzündete, bemerkte er einen Armeeoffizier auf dem gegenüberliegenden Gehsteig. Er kannte den Namen des Offiziers nicht, erinnerte sich aber von Jefferson Barracks her an das Gesicht. Er blieb regungslos stehen. Das Streichholz brannte nieder, versengte seine Finger.

Der Offizier bog um die Ecke, ohne ihn zu sehen.

Charles atmete tief aus, schnippte das abgebrannte Streichholz weg und rieb sich die schmerzenden Finger am Bein. Mit dem zweiten Streichholz zündete er seine Zigarre an, als ein Wagen vor einem großen, zweistöckigen Gebäude an der Ecke hielt. Im zweiten Stock war eine Tafel so angebracht, daß man sie von beiden Straßen aus lesen konnte; in roten Lettern stand da TRUMPS ST.-LOUIS-THEATER.

Der Wagen war mit rohen Brettern beladen. Der Kutscher, ein Spitzbauch, der die vordere Krempe seines schwarzen Hutes hochgesteckt hatte, band die Zügel an einen Pfosten und zog dem alten Karrengaul eins über, als er abstieg — eine unnötige

Gemeinheit, die Charles die Stirn runzeln ließ. Der Kutscher schaute mürrisch drein, aber das war keine Entschuldigung.

Der Mann trat durch eine mit »Bühne« gekennzeichnete Tür. Er brüllte irgendwas, kam dann wieder heraus und begann die Bretter vom Wagen zu zerren. Er sah aus, als haßte er seine Arbeit und die ganze Welt.

Eine schwarze Katze streunte aus dem Theater und näherte sich dem Karrengaul. Das Pferd wieherte und wich seitlich aus. Die Katze machte einen krummen Buckel und fauchte. Das Pferd bäumte sich auf, wieherte wild und galoppierte auf die Straße, wo es beinahe einen Zusammenstoß mit einem grünweißen Hotelomnibus verursacht hätte, der Passagiere und Gepäck vom Uferdamm transportierte. Einer der Fahrgäste lehnte sich hinaus, um den Gaul mit einem Schlag zu verscheuchen. Wieder stieg das Pferd hoch.

Als der Omnibus weiterratterte, ließ der Kutscher drei Bretter auf den Gehsteig fallen und schlug mit seinem schwarzen Hut auf das Hinterteil des Pferdes ein. »Du gottverdammter elender Klepper.« Wieder schlug er zu und wieder und wieder.

Während er zusah, veränderte sich Charles' Gesichtsausdruck. Das Pferd schnappte nach seinem Peiniger. Der Kutscher griff unter den Sitz, holte eine Peitsche hervor und schlug wild auf den alten Gaul ein.

Um den Kopf seines Pferdes herum rannte Charles auf die Straße, konnte gerade noch einem Reiter ausweichen. Der Kutscher peitschte weiter. »Ich werd' dir's zeigen, mich beißen zu wollen, du verfluchter Klepper.«

Ein Gentleman in Begleitung einer Lady verbat sich diese Ausdrucksweise. Der Kutscher wirbelte herum und bedrohte ihn mit der blutigen Peitsche. Der Mann zog die Frau schnell davon.

Das schwächliche Aufbäumen des alten Gauls amüsierte den Kutscher. Wieder schlug er das Tier.

»Noch einen Schlag, und ich jage dir eine Kugel zwischen die Augen.«

Der Kutscher schaute auf und sah Charles vor sich auf dem Gehsteig, mit ausgestreckten Händen den Armeecolt umklammernd. Charles Wangen waren tiefrot. Der Anblick der Peitschenstriemen versetzte ihn in Wut. Sein Herz hämmerte, das Blut rauschte ihm in den Ohren. Er spannte den Schlagbolzen.

»Herrgott noch mal, das ist mein Pferd«, protestierte der Kutscher. »Das ist bloß ein Tier. Laß deine schlechte Laune an einem menschlichen Wesen aus.«

Vom Theatereingang links von Charles sagte eine Frauenstimme: »Was geht hier vor?« Charles machte den Fehler, einen Blick in ihre Richtung zu werfen, und der Kutscher zog ihm die Peitsche über die Schulter.

Charles taumelte zurück. Der Kutscher schlug ihm den Colt aus der Hand. Irgendwas explodierte in Charles' Kopf.

Er entriß dem Kutscher die erhobene Peitsche und schleuderte sie beiseite. Dann sprang er den Mann an und riß ihn herunter auf den hölzernen Gehsteig. Sein rechter Arm schoß vor und zurück. Jemand aus der sich ansammelnden Menschenmenge packte ihn bei den Schultern. »Schluß! Aufhören!«

Charles hämmerte weiter.

»Aufhören! Sie bringen ihn ja um.«

Zwei Mann schafften es, ihn wegzuzerren. Der rote Nebel in seinem Kopf lichtete sich, und er sah das zerschlagene, blutige Gesicht des auf dem Rücken liegenden Kutschers. Einer aus der Menge sagte zu dem Kutscher: »Du lädst besser ab und verschwindest hier.«

Charles warf dem Kutscher ein blaues Halstuch aus seiner Gesäßtasche zu. Der Mann stieß es beiseite und belegte Charles mit einem Schimpfnamen. Charles massierte seine schmerzende rechte Hand, während der Kutscher auf die Beine taumelte und die restlichen Bretter vom Wagen zu zerren begann.

»Ganz schöne Bestrafung wegen eines bißchen Prügel fürs Pferd«, sagte einer der Zuschauer zu Charles.

»Der Mann hat mich angegriffen.« Er starrte ihn an, bis der Zuschauer etwas murmelte und sich abwandte.

Die Frau sagte zu jemandem im Inneren des Theaters: »Arthur, hilf bitte beim Abladen des Holzes.« Charles wandte sich ihr zu; ihr Anblick traf ihn vollkommen unerwartet: eine Frau von vielleicht zwanzig Jahren, so hübsch wie ein Bild, schlank, aber doch wohlgeformt, mit blauen Augen und so hellblondem

Haar, daß es schon silbern glänzte. Sie trug ein schlichtes, gelbes, teilweise staubiges Kleid. In ihren Armen hielt sie die schwarze Katze.

»Diese streunende Katze hat das Pferd erschreckt. So fing das an.« Charles fielen seine Manieren ein, und er zog seinen alten Strohhut.

»Prosperity ist keine Streunerin. Sie gehört zum Theater.« Die junge Frau deutete auf die Tafel auf dem Gebäude. »Ich bin Mrs. Parker.«

»Charles Main, Ma'am. Glauben Sie mir, ich gehe nicht immer gleich so in die Luft, nur wenn jemand ein Pferd mißhandelt.«

Ein breitschultriger Neger half dem Kutscher, die Bretter hineinzutragen. Es war schwer zu sagen, was den Kutscher verdrossener stimmte: die Prügel oder daß er mit einem Neger zusammenarbeiten mußte.

Mrs. Parker sagte: »Nun, wenn das ein Fehler ist, dann wenigstens für einen guten Zweck.«

Charles reagierte auf die Bemerkung mit einem Nicken und setzte seinen Hut auf, bereit zum Gehen. Die junge Frau fügte hinzu: »In unserem Aufenthaltsraum gibt's Wasser, wenn Sie sich die Hände waschen möchten.«

Er sah, daß seine Hände blutverschmiert waren, als er sich nach seinem Revolver bückte. Irgend etwas in ihm weigerte sich, von einer Frau auch nur eine beiläufige Gefälligkeit anzunehmen, aber trotzdem sagte er: »Gut. Danke.«

Sie betraten die düstere Fläche hinter der Bühne. Mit seltsamen Schritten näherte sich ein gewichtiger Mann von der Bühne, die im strahlenden Glanz der Kalklichter lag. Er ging vornübergebeugt; auf seinen Rücken hatte er ein großes Kissen wie einen Buckel gebunden. Die Zunge hing ihm aus dem Mundwinkel. Seine baumelnden Hände schwangen wie ein Pendel hin und her. Auf einmal richtete er sich auf.

»Willa, wie soll ich mich auf den Winter meiner Unzufriedenheit konzentrieren, wenn hundert Müßiggänger vor meiner Tür einen Aufstand machen?«

»Es war kein Aufstand, Sam, nur eine kleine Diskussion. Mr.

Main, mein Partner, Mr. Samuel Trump.« Sie deutete auf das Kissen. »Wir proben ›Richard der Dritte‹.« Charles dachte, das sei Shakespeare, wollte aber nicht durch eine Frage seine Unwissenheit verraten.

Trump sagte: »Habe ich die Ehre, einen Thespisjünger, einen Kollegen, begrüßen zu dürfen, Sir?«

»Nein, Sir, ich fürchte nicht. Ich bin Händler.« Es überraschte ihn ein bißchen, das zum erstenmal auszusprechen.

»Handeln Sie mit den Indianern?« fragte die junge Frau. Er bejahte. »Sie klingen wie ein Südstaatler«, fuhr sie fort. »Haben Sie in der Armee gedient?«

»Das hab' ich. Ich ritt vier Jahre lang bei General Wade Hamptons Kavallerie.«

»Ein Glück, daß Sie ohne Schramme davongekommen sind«, erklärte Trump. Charles hielt es für überflüssig, einer derart albernen Feststellung zu widersprechen.

Mrs. Parker erzählte Trump, was draußen geschehen war, wobei sie Charles schmeichelte und seinen brutalen Zornesausbruch verharmloste. »Ich habe Mr. Main gesagt, er könne sich im Aufenthaltsraum säubern.«

»Selbstverständlich«, sagte Trump. »Falls Sie eine Aufführung unserer neuesten Produktion sehen möchten, Sir, empfehle ich Ihnen frühzeitige Platzreservation. Ich rechne mit einem ausverkauften Theater, vielleicht bekommen wir sogar ein Angebot, mit dieser Produktion nach New York zu gehen.«

Willa schenkte ihm ein klägliches Lächeln. »Sam, du weißt, das bedeutet Pech.«

Trump beachtete sie nicht. »Adieu, meine lieben Freunde. Meine Kunst ruft mich.« Mit baumelnden Händen schob er sich wieder seitwärts auf die Bühne und bellte: »Das grimm'ge Gesicht des Krieges hat seine Falten geglättet ...«

»Hier entlang«, sagte Willa zu Charles.

Sie schloß die Tür des großen, unaufgeräumten Aufenthaltsraumes, um Prosperity für eine Weile einzusperren. Auf einem kleinen Sofa, an dem ein Bein fehlte, schnarchte ein Gentleman vor sich hin; die handgeschriebene Rolle bedeckte sein Gesicht. Prosperity sprang auf seinen Bauch und begann sich zu putzen. Der Schauspieler rührte sich nicht.

Willa zeigte Charles ein Waschbecken mit sauberem Wasser, das auf einem Tisch zwischen Make-up-Töpfen, Bürsten und Puderdosen stand. Sie reichte ihm ein sauberes Handtuch.

»Danke.« Er war sich seiner eigenen Unbeholfenheit nur zu bewußt. Seit Gus Barclays Tod hatte er die Gesellschaft von Frauen gemieden. Sein Besuch bei der Zeltstadthure war fast ohne Konversation abgelaufen.

Mit dem feuchten Handtuch säuberte er seine Hände vom Blut. Willa verschränkte ihre Arme und musterte ihn. »Wie nennen Sie dieses Kleidungsstück, das Sie da tragen? Ein Cape? Einen Poncho?«

»Das ist mein Zigeunermantel. Ich hab' ihn stückweise zusammengenäht, zu der Zeit, als die Uniformen zerfetzt waren und Richmond keine neuen mehr schicken konnte.«

»Ich weiß wenig vom Krieg, nur das, was ich gelesen habe. Ich war erst fünfzehn, als der Krieg begann.«

So jung. Er ließ das Handtuch neben dem Becken fallen; das Wasser hatte sich rötlich gefärbt. »Bevor Sie fragen, sage ich es Ihnen. Ich hab' nicht für die Sklaverei gekämpft, und die Sezession war mir auch verdammt egal. Ich verließ die U.S. Army, um für meinen Staat und das Heim meiner Familie zu kämpfen.«

»Ja, Mr. Main, aber der Krieg ist vorbei. Es gibt keinen Grund, so angriffslustig zu reagieren.«

Er entschuldigte sich; er hatte selbst nicht bemerkt, daß er zornig klang. Es lag eine gewisse Ironie darin. Zu wie vielen Männern hatte *er* gesagt, daß der Krieg vorüber sei?

»Es war eine schlimme Zeit, Mrs. Parker. Läßt sich schwer vergessen.«

»Vielleicht hilft Ihnen etwas Erfreuliches dabei. Sie haben vorhin da draußen eine menschliche Tat vollbracht. Sie haben eine Belohnung verdient. Ich würde Sie gern zum Abendessen einladen, wenn ich darf.«

Der Kiefer klappte ihm herunter. Sie lachte. »Ich habe Sie schockiert. Das war nicht meine Absicht. Sie müssen das Theater verstehen, Mr. Main. Es ist ein einsames Geschäft. Und deshalb klammern sich die Theaterleute aneinander. Da gibt es sehr wenig konventionelle Formalität. Wenn sich eine Schauspielerin nach einem freundschaftlichen Gespräch sehnt, dann ist es nicht schändlich, wenn sie einen Kollegen darum bittet. Ich vermute, von außen sieht es nicht so unschuldig aus. Kein Wunder, daß Prediger uns für ein loses, gefährliches Volk halten. Ich versichere Ihnen«, sie sagte es leichthin, aber doch gezielt, »ich bin weder das eine noch das andere.«

»Nun, ich könnte es mir auch nicht vorstellen, da Sie ja verheiratet sind.«

»Ah – Mrs. Parker. Das ist lediglich Bequemlichkeit. Das hält einige der Männer, die sich am Bühneneingang drängen, auf Distanz. Ich bin nicht verheiratet. Ich suche mir nur meine Freunde lieber selber aus.« Ihr Lächeln war warm und herzlich. »Ich wiederhole mein Angebot. Möchten Sie mir beim Abendessen Gesellschaft leisten? Sagen wir morgen abend? Heute abend proben wir.«

Beinahe hätte er nein gesagt. Doch irgend etwas veranlaßte ihn, das Gegenteil zu sagen. »Es wäre mir ein Vergnügen.«

»Und kein Streit darüber, daß eine schlichte Frau die Rechnung zahlt?«

Er lächelte. »Kein Streit.«

»Sieben Uhr dann? Das New Planter's House in der Fourth Street?«

»Gut. Ich werde versuchen, mich anständig herzurichten.«

»Sie sehen großartig aus. Das Bild eines galanten Kavalleristen.« Sie schockte ihn mit ihrer lockeren Offenheit. »Bis morgen.«

»Jawohl, Ma'am.«

»O nein, bitte. Belassen wir es bei Willa und Charles.« Er nickte und marschierte hinaus.

Während er von Laden zu Laden ging und die Sachen kaufte, die er benötigte, versuchte er sich darüber klarzuwerden, weshalb er sich auf diese Einladung zum Abendessen eingelassen hatte. War es schlicht der Hunger auf die Gesellschaft einer Frau? Oder die Art und Weise, wie sie sich ihm genähert hatte, mit unerwarteter Offenheit und in Umkehrung der üblichen Rollenverteilung? Er wußte es nicht. Er wußte lediglich, daß ihn die junge Schauspielerin faszinierte, und das beunruhigte ihn in zweierlei Hinsicht. Er fühlte sich wegen Gus Barclay schuldig, und er war sich der potentiellen Schmerzen nur zu sehr bewußt, die sogar in einer Freundschaft lagen.

»Sie hat dich gefragt?« rief Holzfuß, als Charles ihm davon erzählte. »Ja. Sie ist nicht, nun, konventionell. Sie ist Schauspielerin.«

»Oh, jetzt kapiere ich. Dann nütz die Sache aus, Charlie. Es heißt, Schauspielerinnen seien immer gut für einen schnellen Sprung in die Laken.«

»Die nicht«, sagte er. Das gehörte zu den wenigen Sachen, die er über Willa Parker mit einiger Gewißheit sagen konnte.

10

Wenn dieser blaue Cut bloß alt war, dann war der Atlantik nichts weiter als ein Teich. Der Cut aus zweiter Hand hatte Charles vier Dollar gekostet. »Das ist eindeutig ein Darlehen«, hatte Holzfuß gesagt. »Ich bin durchaus für Romanzen, aber ich finanziere sie nicht.« Der Trödler gab noch eine gebrauchte Krawatte dazu; Charles borgte sich einen weiteren Dollar von seinem neuen Partner und kaufte etwas Macassaröl. So herausgeputzt mit den langen, angeklebten Haaren kam er sich albern und geckenhaft vor.

Diese Meinung schienen auch zwei Neger in grüner Samtlivree zu teilen, die die Gäste am Eingang des eleganten New Planter's House empfingen, dem zweiten Hotel in St. Louis, das diesen Namen trug. Charles übergab einem Stallknecht sein Pferd und stolzierte zwischen den beiden Türstehern hindurch. Sein scharfer Blick und seine düstere Erscheinung ließen ihnen jede Bemerkung über sein Aussehen in der Kehle steckenbleiben.

Willa erhob sich von einem der Plüschsitze in der weiträumigen Lobby. Ihr schnelles Lächeln dämpfte seine Nervosität ein bißchen. »Meine Güte«, sagte sie. »Für einen Indianeragenten schauen Sie aber wirklich elegant aus.«

»Besonderer Anlaß. Kommt bei mir ja nicht oft vor. Aber ich würde eher sagen, wenn hier jemand elegant ist, dann Sie.«

»Besten Dank, Sir.« Sie nahm seinen Arm und führte ihn zum Speisesaal. Durch irgendeinen weiblichen Zauber, den er nicht begriff, funkelte sie förmlich vor jugendlicher Schönheit, auch wenn sie fast vollkommen schwarz gekleidet war: ihr Reifrock, ihr Seidenumhang, ihr kleiner Hut mit einer einzigen schwarzen Feder. Weiße Spitze bauschte sich um ihre Kehle und säumte ihre Ärmel — gerade soviel, um einen aufregenden Kontrast zu schaffen.

Ein hochnäsiger Oberkellner wollte sie hinter einen Topffarn neben den Kücheneingang setzen. »Nein, danke«, sagte Willa liebenswürdig. »Ich bin Mrs. Parker von Trumps Theater. Ich schicke einen Großteil unseres Publikums zu Ihnen, damit sie Ihre Küche genießen können. Ich habe nicht die Absicht, den schlechtesten Tisch zu nehmen. Den in der Mitte, bitte.«

Es war ein Tisch für vier Personen, doch der Mann war von ihrem Charme entwaffnet. Er dankte ihr überschwenglich.

Die Verbindung von sanftem Gaslicht und den Kerzen auf den Tischen schuf trotz des vollbesetzten Saales eine intime Atmosphäre. Mehrere Gentlemen unterbrachen ihr Gespräch und warfen Willa bewundernde Blicke zu. Ihr schwarzes Kleid und ihre lebhaften blauen Augen wirkten bezaubernd, als sie Charles gegenübersaß. Die Servietten in den Weinkelchen auf dem rosa Tischtuch zwischen ihnen ähnelten rosafarbenen Blumen.

»Ich passe nicht hierher«, fing er an.

»Unsinn. Sie sind der bestaussehende Bursche weit und breit. Also bitte, angeln Sie nicht weiter nach Komplimenten.«

Er wollte protestieren, als er merkte, daß sie ihn nur neckte. Der Kellner brachte die in Leder gebundenen Speisekarten. Charles erbleichte, als er die Weinkarte aufschlug.

»Alles französisch. Zumindest halte ich es für französisch.«

»Stimmt. Soll ich für uns bestellen?«

»Wär' wohl besser. Servieren sie hier Hafergrütze oder Maisfladen?« Sie kicherte, was er auch beabsichtigt hatte. Allmählich begann er den Abend zu genießen. Sie sagte: »Ich bezweifle es. Die Kalbsmedaillons sind immer gut. Und zuvor *Escargots,* denke ich.« Charles studierte sein Besteck, um seine Unwissenheit über die Natur von *Escargots* zu verbergen.

»Mögen Sie Rotwein?« erkundigte sie sich. »Sie haben hier einen Bordeaux aus dem kleinen Dorf Pomerol, der ist ganz vernünftig.«

»Fein.« Der Kellner zog sich zurück. »Sie verstehen eine Menge von Speisen und Wein.«

»Schauspieler verbringen viel Zeit in Hotels. Ich wäre hilflos, wenn ich etwas anpflanzen oder einen Fisch fangen müßte.« Bei ihrem Lächeln fühlte er sich wunderbar entspannt. Er warnte sich selbst, auf der Hut zu sein; die Erinnerung an Gus war noch zu frisch.

»Sie sind also bereit, ins Indianerterritorium aufzubrechen. Vielleicht wird es dieses Jahr da draußen friedlich zugehen.« Er zog eine Zigarre halb aus seiner Tasche, schob sie dann wieder zurück. »Nein, rauchen Sie ruhig. Ich habe nichts gegen Zigarren.«

Er zündete die Zigarre an und sagte: »Sie halten sich über die Indianer auf dem laufenden?«

Er hatte es scherzhaft gemeint, doch ihre Antwort, »oh, ja«, war durchaus ernsthaft. »In New York gehörte ich zu einer Gruppe namens Indian Friendship Society. Wir schickten Memoranden an den Kongreß, in denen wir die Regierung aufforderten, das Massaker von Sand Creek zu verurteilen. Sind Sie damit vertraut?« Er bejahte. »Nun, die Alleinschuld daran trägt der weiße Mann. Wir stehlen den Indianern das Land und schlachten sie dann ab, wenn sie sich dagegen wehren oder widersprechen. Die Beziehung des weißen Mannes zu den einheimischen Stämmen ist eine schändliche Geschichte des Betrugs, der Ungerechtigkeit, der gebrochenen Versprechen und mißachteten Verträge und unaussprechlicher Grausamkeiten.«

Charles bestaunte ehrfürchtig ihre Kreuzfahrerleidenschaft. »Mein Partner wäre Ihrer Meinung«, sagte er. »Er mag die Cheyenne im Süden. Jedenfalls die meisten.«

»Und Sie?«

»Ich habe nur einige Erfahrungen mit ein paar Comanchen, drunten in Texas — und die waren jedenfalls alle scharf darauf, mich zu erschießen.«

»Ich weiß, es ist unmöglich, die Expansion Richtung Westen aufzuhalten. Aber das darf nicht um den Preis der Auslöschung der Urbevölkerung geschehen. Gott sei Dank gibt es einige Anzeichen für einen Frieden. Dieser blutdürstige General Dodge wollte tausend Männer loslassen, die jeden Indianer entlang des Santa-Fé-Trails töten sollten, aber er wurde aufgehalten. Und gestern las ich in der *Missouri Gazette,* daß Colonel Jesse Leavenworth, der Indianeragent, einen Waffenstillstand mit einigen der Indianer ausgehandelt hat, die zum Verwaltungsbereich seiner Upper Arkansas Agency gehören. Ist Ihnen klar, was das bedeutet?«

Sie beugte sich mit lebhaft geröteten Wangen vor. »Es bedeutet, daß William Bent und Kit Carson und Senator Doolittle von Wisconsin eine echte Chance haben, bald schon eine Friedenskonferenz einzuberufen. Vielleicht bringen wir einmal einen Vertrag zustande, den beide Seiten einhalten werden.«

Der Kellner brachte kleine Silbergabeln und merkwürdige, muschelartige Dinger, die in einem Halbkreis auf dem Teller angeordnet waren. Verblüfft hob Charles die kleine Gabel.

»*Escargots*«, sagte sie. »Schnecken.«

Er hustete und tastete nach seiner Zigarre in dem Kristallaschenbecher. Einige tiefe Züge ließen ihn seine erste Begegnung mit Schnecken in dieser Form überstehen.

Nachdem der Kellner den vollen, schweren Pomerol eingeschenkt und Charles ein Glas getrunken hatte, floß die Unterhaltung lockerer dahin. Er erzählte Willa einiges von seinen Kriegserlebnissen und von seinem besten Freund Billy Hazard, den er aus dem Libby-Gefängnis gerettet hatte. Er beschrieb den Offizier namens Bent, der einen unerklärlichen Groll gegen seine und Billys Familie hegte. »Der Krieg hat ihn verschlungen. Ein weiteres Opfer vermutlich. Ich kann nicht behaupten, daß es mir leid tut.«

Sie tranken noch etwas Wein, dann wurde das Kalb serviert, appetitlich garniert mit leuchtend gelben Kürbiswürfeln und großen Erbsenschoten. Mit offensichtlicher Emotion sprach er von anderen Dingen, von seiner bleibenden Liebe für Mont Royal – niedergebrannt, aber wieder im Aufbau begriffen – und der Zuneigung, die er seinem Cousin Orry entgegenbrachte, der ihn vor der Selbstzerstörung bewahrt hatte.

Plötzlich sagte er: »Und was ist mit Ihnen? Ist dies Ihr Zuhause?«

Sie konzentrierte sich darauf, mit der Gabel ein Stück Kalbfleisch zum Mund zu führen; sie hielt die Gabel in der linken Hand, was Charles bis jetzt nur bei Leuten von höchster Kultiviertheit gesehen hatte. »Nein. Ich kam auf eine Anfrage von Sam Trump her, der mich gebeten hatte, sein Theater auf eine profitable Basis zu stellen. Er ist ein alter Freund meines Vaters. Der übrigens nicht Parker hieß, sondern Pott.« Sie verzog das Gesicht, und er lachte.

Sie unterhielten sich weiter. Charles vergaß, wie bizarr sein angeklatschtes Haar aussehen mußte oder wie unbehaglich er sich in dem ausgefransten Cut fühlte. Der Wein glitt leicht die Kehle hinunter, dämpfte das Kerzenlicht und untermalte ihre Schönheit. Ein Geigenspieler und ein Cellist, feierliche bärtige Typen mit weißen Krawatten und Schwalbenschwänzen, begannen in einer Ecke pseudoklassische Stücke zu spielen.

»Wie kamen Sie als Händler nach St. Louis, Charles?«

»Eigentlich...« Konnte er es wagen, ihr zu vertrauen? Er schaute in ihre blauen Augen. Ja. »Ich war nie zuvor draußen. Ich bin ein West-Point-Absolvent, verstehen Sie. Nach dem Krieg ging ich wieder zur Armee, aber jemand in Jefferson Barracks erkannte mich – ein Mann, der zur gleichen Zeit wie ich die Akademie besuchte. Sie gaben mir einen Tritt, im wahrsten Sinne des Wortes. Nun, irgendwie mußte ich Geld verdienen, um meinen Sohn...«

Sie ließ ihren Löffel fallen. Er klapperte gegen den Rand ihres Tellers mit Blaubeeren in Sahne und fiel zu Boden. Charles sah, daß sie verärgert war. »O nein, warten Sie.« Ohne nachzudenken, schoß seine Hand über den Tisch und griff nach der ihren. »Ich habe Ihnen nichts vorgemacht. Ich habe tatsächlich einen Sohn, acht Monate alt. Seine Mutter starb bei seiner Geburt in Virginia.«

»Oh. Das tut mir aufrichtig leid.« Sie entspannte sich und

griff nach dem neuen Löffel, den der Kellner lautlos neben ihren Goldrandteller gelegt hatte. Den Blick auf das Dessert gerichtet, murmelte sie: »Es scheint so, als hätten wir beide eine Vergangenheit, die etwas aus dem Rahmen fällt.«

Er wunderte sich über den schmerzlichen Unterton in ihren Worten. Ein Mann gab den Musikern ein Trinkgeld, und sie spielten *Lorena*. Charles und Willa sahen sich an und ließen die lieblich traurige Musik sprechen.

Die Nacht roch nach Holzrauch. Willa schlug einen Spaziergang auf dem Uferdamm vor, und sie schlenderten Arm in Arm dahin. Diesmal war sie nicht so vorsichtig; die seidene Wölbung ihres Busens drückte leicht gegen seinen Arm. Er spürte seine starke körperliche Reaktion.

Sie gingen nach rechts, zwischen den Piers und den steinernen Lagerhäusern und den Handelsgebäuden hindurch. Ein gelblicher Mond tarnte den Schmutz und milderte die scharfen Silhouetten der großen Kisten und Fässer, die auf ihre Verschiffung warteten. Ein Wachmann, der auf einer Tonne saß, nahm seine Maispfeife aus dem Mund. »Abend.« Seine linke Hand ruhte weiterhin auf seiner Schrotflinte.

»Es war ein herrlicher Abend«, sagte Willa seufzend. »Da Sie bereits wissen, daß ich sehr direkt bin, kann ich Ihnen genausogut sagen, daß ich ihn gern wiederholen würde.«

Jetzt, dachte Charles. Schluß damit. Belaß es dabei. Aber er hatte zuviel von dem üppigen Pomerol getrunken.

»Ich auch.«

»Gut. Wie lange muß ich warten?«

»Bis zum Frühjahr, schätze ich. Dann kommt Jackson mit den Pferden zurück, die er während des Winters gesammelt hat.«

»In Ordnung.« Die schwarze Feder auf ihrem Hut wippte, als sie nickte. »Ab 1. April nächsten Jahres liegt für Sie am Schalter eine Eintrittskarte bereit. Für jede Vorstellung ist ein Logensitz für Sie reserviert. Wenn ich Sie im Publikum sehe, weiß ich, die Zeit für das nächste Abendessen ist gekommen.«

»Abgemacht. Sie sind sehr zuversichtlich, daß das Theater gedeihen wird.«

»Ich werde dafür sorgen.« Es war keine Angeberei, sondern sie brachte lediglich ihre Überzeugung zum Ausdruck. »Wie so viele andere Schauspieler auch ist Sam ein liebenswerter, charmanter Mann, eitel und alles, was dazugehört. Aber er hat eine Schwäche für Alkohol. Wenn ich ihn trocken halten kann und wir drei oder vier neue Stücke in unser Repertoire aufnehmen, vielleicht eine Komödie von Molière und noch eines dieser Melodramen, die Sam unter dem Namen Samuels schreibt — sie sind fürchterlich, wirklich, aber das Publikum liebt sie, weil er genau weiß, wie er aufwühlende Texte für sich selbst zu schreiben hat —, wenn wir all das bis zu Ihrer Rückkehr zustande bringen, dann schaffen wir es. Dann muß man dran denken, weitere Schauspieler für eine Tourneetruppe zu engagieren.«

»Für Ihre jungen Jahre sind Sie sehr entschlossen.«

Sie beobachtete den Fluß. Ein großer, weißer Schaufelraddampfer stampfte den Missouri flußauf; ein Perlenband bernsteinfarbener Lichter kennzeichnete das Kabinendeck.

»Ist das nicht ein schöner Anblick, Charles?«

»Ja, aber diese Kabinenlichter lösen ein einsames Gefühl in mir aus.«

»Ich weiß. Ich habe so empfunden, seit ich klein war und mit meinem Vater durch fremde Städte reiste, immer von dem Wunsch beseelt, eine der Lampen wäre entzündet worden, um uns willkommen zu heißen — es ist spät«, sagte sie abrupt. »Wir sollten zurückgehen. Ich kontrolliere immer noch, ob Sam im Bett liegt, und zwar nüchtern. Wir proben morgen früh ›Straßen der Schande‹.«

In entspanntem Schweigen gingen sie zurück, durch die nächtlichen Geräusche von St. Louis: ein Mann und eine Frau, die sich stritten; ein Banjo spielte *Old Folks at Home*, Straßenköter kläfften und bellten sich wegen ein paar Abfällen an. »Das ist eine hübsche Melodie«, sagte sie, als sie sich dem Theater näherten. »Wie heißt sie?«

»Was meinen Sie?«

»Die Melodie, die Sie eben gesummt haben.« Sie wiederholte einige Noten.

»Ich habe gar nicht gemerkt — das ist bloß eine kleine Melodie, die ich erfunden hab', weil sie mich an zu Hause erinnert.«

»Das ist etwas, was ich nie hatte, ein echtes Zuhause.« Sie hielt vor der Bühnentür und holte den Schlüssel aus ihrem Seidentäschchen. »Sam schläft im Büro, und ich habe mein Lager oben im Dachgeschoß aufgeschlagen. Spart die Kosten für Unterkunft, obwohl ich hoffe, in ein besseres Quartier umziehen zu können, wenn wir eine gute Saison schaffen.« Sie hob den Kopf, wartete. Charles beugte sich herab und gab ihr einen brüderlichen Kuß, wobei er kaum ihren Mundwinkel mit seinen Lippen berührte. Ihre linke Hand schoß hoch und preßte ganz kurz seinen Nacken.

»Passen Sie draußen im Westen auf sich auf. Ich möchte Sie im Frühjahr wiedersehen.«

»Willa...« Er kämpfte mit sich, aber es mußte gesagt werden. »Sie sind offen und direkt. Ich will es auch sein. Ich lebe ein Einsiedlerleben, vor allem jetzt, wo die Mutter meines Sohnes nicht mehr ist. Ich will keine — Bindungen.«

Ausdruckslos fragte sie: »Schließt das auch Freundschaften ein?«

Das kam überraschend; er konnte nur wiederholen: »Bindungen.«

»Warum möchten Sie keine Bindungen?«

»Menschen werden dadurch verletzt. Einer Person stößt etwas zu, und die andere Person muß eine schlimme Zeit durchmachen. Ich wollte damit nicht andeuten, daß Sie und ich — das heißt...« Er räusperte sich. »Ich mag Sie, Willa. Dabei sollten wir es belassen.«

»Ich habe nichts dagegen einzuwenden, Charles. Gute Nacht.«

Sie schloß die Tür auf und verschwand. Er blieb draußen stehen, starrte das vom Mondschein überspülte Gebäude an und gratulierte sich selbst, daß er im richtigen Augenblick den Mund aufgemacht hatte.

Aber wenn er die Sache so gut hinbekommen hatte, warum erfüllte es ihn dann mit Freude, sogar mit überraschender Sehnsucht, wenn er an ihr Gesicht dachte, an den Druck ihrer Brust gegen seinen Arm, an die Dinge, die sie gesagt hatte?

Etwas in ihm war in Bewegung geraten, etwas Gefährliches.

Du wirst viel Zeit haben, darüber wegzukommen, sagte er sich, als er sich umdrehte und auf den Hotelstall zumarschierte.

In Trumps Theater lehnte sich Willa gegen die Eingangstür. »Nun«, sagte sie, »es war ja nur ein kleiner Hoffnungsschimmer.«

Schon vor langer Zeit hatte sie erfahren, daß in dieser Welt Hoffnungen leicht und oft zerstört wurden. Sie richtete sich auf, wischte sich flüchtig über die Augen und ging dann auf den Lichtspalt zu, der sich unter der Bürotür zeigte. Sams Schnarchen riß sie aus dem Zauber der Nacht und weg von dem großen Südstaatler und den närrischen Phantasien des Abends.

MADELINES JOURNAL

September 1865. Cooper ist begnadigt.

Das habe ich von Judith. Sie fuhr mit Marie-Louise von Charleston her, um sich nach unserem Wohlergehen zu erkundigen. Ich zeigte ihnen das fast vollendete Schulhaus und stellte ihnen Prudence vor, von der sie begeistert waren. Wegen der Schule will Cooper nicht mehr herkommen. Judith sagt, er beharre darauf, daß die einzig akzeptable Gesellschaftsordnung nur darin bestehen kann, die Farbigen für immer den Weißen unterzuordnen. Er gesteht ihnen Freiheit, aber nicht Gleichheit zu. Eine Ansicht, die Judith traurig stimmt.

Judith ließ — sich unserer wachsenden Isolation wohl bewußt — einige Zeitungen aus Charleston da. Der dreizehnte Zusatz zur Verfassung ist ratifiziert und ein Minderheitsantrag von dem provisorischen Gouverneur Perry abgelehnt worden, den Sklavenbesitzern Wiedergutmachung zukommen zu lassen und den Negern nur handwerkliche Arbeiten zu genehmigen. Perry: »Nein, es ist vorbei — für immer vorbei und darf nie wieder zum Leben erweckt werden.«

Zwei von Johnsons Bedingungen sind also erfüllt. Die dritte,

Anerkennung der Kriegsschuld, noch nicht. Perry: »Es wäre ein Tadel South Carolinas, daß ihre Verfassung weniger republikanisch ist als die irgendeines anderen Staates.«

Delegierte sprachen die Empfehlung aus, James Orr zum Gouverneur zu wählen. Ein gemäßigter Mann, Gegner der Hitzköpfe und einst Sprecher des Repräsentantenhauses in Washington, ich erinnere mich, daß du ihn respektiert hast. Als Mitglied des konföderierten Senats plädierte er für Friedensverhandlungen und sagte eine sichere militärische Niederlage voraus. Niemand wollte auf ihn hören.

Bei einem Gesuch um Nachsicht gegenüber Mr. Davis prallten die Meinungen hart aufeinander. Der Delegierte Pickens drückte es sehr deutlich aus: »Es steht uns nicht an, zu prahlen und zu schwadronieren, zu drohen und uns aufzublasen. Unser Staat und die Meinung der Welt verpflichten uns, Carolinas Wunden zu verbinden und das Öl des Friedens darauf zu gießen.«

Einige pfiffen ihn aus. Sollen wir denn ewig Gefangene der alten Traditionen, der alten Leidenschaften, der alten Fehler bleiben?

In der Dämmerung bei der Einfahrt zu unserer Straße ein merkwürdiges Päckchen gefunden. Keine Ahnung, wie es dorthin gekommen ist...

Das Maultier erkannte den zusammengesunkenen Schwarzen und stupste ihn an. Juba schleppte seinen müden, arthritischen Körper über die Veranda des Dixie Store. Schmerzerfüllt umklammerte er den Türrahmen. Die beiden weißen Männer nahmen seine Gegenwart fast eine Minute lang nicht zur Kenntnis.

Schließlich fragte LaMotte: »Hast du es dort gelassen, so wie ich es dir gesagt habe?« Seine Größe ließ den bebrillten Ladenbesitzer Gettys wie einen kleinen Jungen erscheinen.

»Yessir, Mist' Desmond. Niemand mich geseh'n, auch nicht.«

»Wart draußen«, sagte Des.

»Ich hab' gedacht, Sir — hab' nichts gegessen seit dem Morgen.«

»In ein paar Stunden sind wir wieder in Charleston. Du kannst dort essen.«

Juba wußte, daß es keinen Sinn hatte zu widersprechen. Er schob sich hinaus in die Dämmerung, mit einem elenden Gefühl im Herzen.

Des sagte: »Als ich hier darauf wartete, daß mein Nigger den Auftrag ausführt, hätte ich nie erwartet, jemanden wie Ihnen zu begegnen, Gettys.«

»Es sieht so aus, als würden wir die gleichen Überzeugungen teilen, Mr. LaMotte.«

»Was Sie über Mont Royal sagten, verblüfft mich. Ich hätte nie gedacht, daß diese schwarze Hexe so unverfroren sein könnte. Man muß sie aufhalten. Wenn Sie davon genauso felsenfest überzeugt sind, dann sollten wir uns zusammentun.«

»Jawohl, Sir, ich bin felsenfest davon überzeugt.«

Draußen in der Dunkelheit lehnte Juba seinen schmerzenden Leib gegen eine Eiche. Sein Kopf war voll von traurigen Gedanken über die Herzlosigkeit, zu der manche Menschen fähig waren.

Madeline hielt das mysteriöse Päckchen auf Armeslänge von sich, um die groben Buchstaben auf dem Packpapier besser lesen zu können. Die Brille, die sie dringend nötig gehabt hätte, konnte sie sich nicht leisten.

MADELINE MAIN. Sie sah es ganz deutlich. Aus ihrem Schaukelstuhl auf der anderen Seite der Lampe sagte Prudence: »Was um alles in der Welt könnte das sein?«

»Schauen wir nach.«

Sie öffnete das flache, viereckige Päckchen. Eine alte, vergilbte Daguerreotypie kam zum Vorschein, ungefähr fünfundzwanzig Zentimeter hoch. Das Bild zeigte eine der häßlichsten schwarzen Frauen, die sie je gesehen hatte, eine Frau mit langem Unterkiefer und hervorstehenden Schneidezähnen. Die Frau lächelte zwar, aber es war ein eigenartiges, bösartiges Lächeln. Die gesamte Kleidung der Frau — Rüschenkleid, Spitzenhandschuhe, Federhut — war weiß, ebenso wie der geöffnete Sonnenschirm, den sie über die Schulter hielt.

Madeline schüttelte den Kopf. »Das muß irgendeine Anspielung auf meine Herkunft sein, aber ich kenne diese Frau nicht.«

Sie legte die Daguerreotypie auf ein kleines Bord. Beide Frauen studierten das Bild. Je länger sie schauten, desto unheimlicher wurde das lächelnde Gesicht. In dieser Nacht sah Madeline es in ihren Träumen deutlich vor sich.

Am nächsten Tag kam Lincoln wegen eines Problems in der Sägegrube ins Haus. Er begann gerade zu sprechen, da bemerkte er die Daguerreotypie und verstummte. Madeline hielt den Atem an.

»Lincoln, kennst du diese Frau?«

»Nein — ich — ja.« Er wich ihrem Blick aus. »Hab' mal für sie gearbeitet, zwei Wochen lang. Konnte ihre Gemeinheiten nicht aushalten, hab' meine Sachen gepackt und bin fortgerannt.« Er schüttelte den Kopf. »Wie kommt das fürchterliche Ding in das Haus?«

»Jemand hat es gestern abend auf den Weg gelegt. Weißt du, warum?«

Wieder wich er ihrem Blick aus.

»Lincoln, du bist mein Freund. Du mußt es mir sagen. Wer ist diese Frau?«

»Nennt sich Nell Whitebird. Bitte, Miss Madeline...«

»Sprich weiter.«

»Nun, wo ich gearbeitet hab', bei ihr, war ein Ort, wo viel weiße Gentlemen kamen und gingen zu allen Stunden.«

Er hatte nicht das Herz, noch mehr zu sagen. Madeline legte eine Hand an die Lippen, ärgerlich, besorgt, auch verängstigt. Wer immer auch ihre anonymen Peiniger waren, sie wußten nicht nur, daß zu einem Achtel Negerblut in ihren Adern floß, sondern auch, daß ihre Mutter eine Prostituierte gewesen war.

Es hat keine weiteren »Geschenke« oder anderen Vorfälle gegeben. Prudence drängt mich, das Bild zu verbrennen. Ich beharre darauf, daß wir es behalten, eine ständige Erinnerung, daß wir auf der Hut sein müssen...

...Eine volle Woche verstrich — alles ruhig. Gouverneur Orr hat die Legislative einberufen, und es gibt lebhafte Debatten über eine Reihe neuer Gesetze zugunsten der befreiten

Schwarzen sowie zur Verbesserung der allgemeinen wirtschaftlichen Lage. Von den bis jetzt vorgeschlagenen Gesetzen halte ich nicht allzuviel. Das ist nichts weiter als das alte System, verkleidet in neuem Gewand. Wenn sich jene, die Feldarbeiter benötigen, durchsetzen und diese Vorschriften Gesetz werden, dann werden wir sicherlich den Zorn der Nordstaaten ernten.

... Ein freudiger Tag. Zumindest begann er so. Prudence hat ihre ersten Schüler, den zwölfjährigen Pride und den vierzehnjährigen Grant, die Söhne unseres befreiten Negersklaven Sim und dessen Frau Lydie. Als die Jungs noch Francis LaMotte gehörten, hatten sie affektierte klassische Namen — Jason, Ulysses. Letzterer drehte den Spieß um und nannte sich nach einem weniger populären Ulysses!

Noch herzbewegender, wir haben eine weiße Schülerin. Dorrie Otis ist fünfzehn. Auf Drängen ihrer Mutter kam sie voller Scheu zu uns, zeigte sich aber sehr schnell begierig, die Bedeutung dieser merkwürdigen gedruckten Zeichen in Büchern zu verstehen. Ihr Vater ist ein armer Farmer, der nie im Besitz von Sklaven war, aber mit dem System sympathisierte. Ich bin sehr froh, daß seine Frau die Schlacht gewonnen hat, das Mädchen zur Schule zu schicken.

Ein einziger Tag der Freude — mehr gestand man uns nicht zu ...

»Wach auf, Madeline!« Prudence schüttelte sie erneut. Madeline hörte einen Mann brüllen. »Nemo ist draußen. Es brennt.«
»O mein Gott.«
Madeline erhob sich hastig aus dem Schaukelstuhl, rieb sich die Augen. Mit ungeschickten Fingern schloß sie die vier obersten Knöpfe ihres beschmutzten Kleides. Sie hatte sie wegen der feuchten Hitze geöffnet und war dann im Schaukelstuhl eingeschlafen.

Sie rannte zur offenen Tür. Draußen im Lampenschein tauchte Nemo mit tränenverschmiertem Gesicht auf. Sie sah den erhellten Himmel. »Ist es die Schule?« Er nickte nur; sprechen konnte er nicht.

Barfuß rannte sie aus dem Haus die sandige Straße entlang zu den alten Sklavenquartieren. Prudence hielt mit ihr Schritt; die Feuchtigkeit klebte das Baumwollnachthemd an ihren üppigen Busen und die breiten Hüften. Der helle Schein drang durch die Bäume und beleuchtete ihren Weg.

Gerade als sie das Schulhaus erreichten, stürzte die letzte Wand in einem Funkenregen nach innen. Die Hitze sprang sie an wie ein wildes Tier.

Prudence schien das nicht zu bemerken. »All meine Bücher sind da drinnen. Und meine Bibel«, schrie sie.

»Du kannst da nicht rein«, sagte Madeline und zerrte sie zurück.

Prudence wehrte sich einen Augenblick, bevor sie aufgab. In ihren Augen lagen Schmerz und Ungläubigkeit, als sie in die Flammen starrte.

Hinter den beiden Frauen versammelten sich einige Schwarze: Andy und Nemo und Sim mit ihren Frauen. Pride und Grant schauten verwirrt und verloren drein.

»Hat jemand hier irgendeinen Fremden gesehen?« fragte Madeline. Niemand hatte etwas bemerkt. Sim erklärte, daß ihn der Schein des Feuers geweckt habe; er hatte einen leichten Schlaf.

Madeline marschierte auf und ab vor Zorn. Sie schleuderte eine feuchte Haarsträhne aus der Stirn. »Randall Gettys hat mich vor der Eröffnung der Schule gewarnt. Vermutlich hat er die Hand hier im Spiel. Allerdings würde er nicht selbst ein Feuer legen, denke ich. Ich halte ihn für einen absoluten Feigling. Er brauchte Komplizen.«

Sie behielt die Bäume in der unmittelbaren Umgebung im Auge, besorgt, daß sich das Feuer noch weiter ausbreiten könnte, was allerdings nicht geschah. Die Flammen konnten die abgeholzte Fläche um das Gebäude nicht überspringen und fielen in sich zusammen, strahlten aber weiter eine intensive Hitze aus.

»Das schlimmste ist, nicht zu wissen, wer die Feinde sind. Nun, da läßt sich jetzt auch nichts dran ändern. Würde jemand von euch hoch zum Haus gehen und mir das Bild dieser schwarzen Frau bringen?«

Lincoln trat vor. »Ich gehe.«

Er eilte davon. Madeline ging weiter auf und ab. Sie konnte

ihre nervöse Erregung kaum unter Kontrolle halten. Prudence redete sanft auf die Schwarzen ein, schüttelte den Kopf und zuckte mit den Schultern, weil sie deren Fragen nicht beantworten konnte.

Lincoln kam mit der Daguerreotypie von Nell Whitebird zurück. Madeline nahm sie und näherte sich vorsichtig den glühenden Überresten. »Das Feuer war das Werk derart schändlicher Männer, daß sie ihre Taten nur im Schutz der Dunkelheit ausführen können. Ich bin mir sicher, die gleichen Männer haben mir das geschickt.« Sie streckte den Arm aus, zeigte ihnen das Gesicht der Prostituierten. »Das ist eine schwarze Frau von üblem Charakter. Die Männer, die diese Schule niedergebrannt haben, sagen, schwarz sei gleichbedeutend mit böse, böse gleichbedeutend mit schwarz. Gott möge sie verfluchen. Wißt ihr, warum sie mir gerade dieses Bild geschickt haben? Meine Mutter war eine Terzeronin.« Verblüfftes Schweigen. »Mehr noch, während einer gewissen Zeit in ihrem Leben verkaufte sie sich an Männer. Doch mein Vater betete sie an. Heiratete sie. Ich halte sie in Ehren. Ich bin stolz darauf, daß ihr Blut in meinen Adern fließt. Euer Blut. Sie wollen, daß wir das für einen Makel halten, ihrem Blut unterlegen. Wir sollen uns in einer Ecke zusammenducken und sie segnen, wenn sie uns ein paar Abfälle zuwerfen, wir sollen dankbar sein, wenn sie uns auspeitschen. Nun, ich sage, zur Hölle mit ihnen. Und das halte ich von ihnen und ihren Taktiken und ihren Drohungen.«

Sie riß die Daguerreotypie mitten durch und schleuderte die Stücke in die Glut. Sie rauchten, krümmten sich, brannten und waren verschwunden.

Madelines Gesicht glühte rot im Feuerschein. Vor Hitze und Zorn lief ihr der Schweiß übers Gesicht. »Falls ihr euch darüber wundern solltet, jawohl, das alles regt mich schrecklich auf, aber ändern tut sich dadurch nichts. Wenn die Asche kalt ist, räumen wir sie weg und beginnen mit dem Bau eines neuen Schulhauses.«.

Eines der »Negergesetze«, das die neue Legislative albernerweise in Kraft gesetzt hat, definiert eine farbige Person als einen

Menschen, der mehr als ein Achtel Negerblut hat. Also bin ich ausgenommen. Liebster, ich glaube jedoch, daß das keine Auswirkungen auf meine Gegner haben wird.

Ich bin überzeugt davon, daß Mr. Gettys zu ihnen gehört. Könnte der Tanzlehrer ebenfalls einer von ihnen sein? Ich weiß es nicht, und es kümmert mich auch nicht sonderlich. Sie haben uns den Krieg erklärt, mehr brauchen wir nicht zu wissen.

Ich muß Dir sagen, Liebster, daß ich schreckliche Angst habe. Ich bin nicht besonders mutig. Doch ich wurde so erzogen, daß ich zwischen richtig und falsch unterscheide und für das Recht eintrete.

Die Schule ist richtig. Der Traum von einem neuen Mont Royal ist richtig. Ich werde mich nicht unterwerfen. Sie werden mich töten müssen, wenn sie meine Pläne vereiteln wollen.

EINIGE VORSCHRIFTEN AUS SOUTH CAROLINAS
»VERHALTENSKODEX FÜR SCHWARZE«
1865

Einem Neger ist es gestattet, Grund und Boden zu erwerben und zu behalten.

Einem Neger ist es gestattet, vor den Gerichten Gerechtigkeit zu suchen, zu klagen und verklagt zu werden und als Zeuge in all den Fällen aufzutreten, in die nur Neger verwickelt sind.

Einem Neger ist es gestattet zu heiraten; der Staat wird diese Ehe und die Legitimität der Kinder aus dieser Ehe anerkennen.

Einem Neger ist es nicht gestattet, eine Person anderer Rasse zu heiraten.

Einem Neger ist es nicht gestattet, ohne spezielle Lizenz, die 10 bis 100 Dollar im Jahr kostet, einer anderen Tätigkeit als Farmer oder Diener nachzugehen.

Ein Neger darf per Autorität eines Gerichtsoffiziellen ausgepeitscht und zurückgebracht werden, wenn er einem Herrn fortläuft, bei dem er sich als Diener verdingt hat; ist er noch keine 18 Jahre, so ist er nur mäßig auszupeitschen.

Ein Neger darf sich keiner Milizeinheit anschließen oder eine Waffe besitzen, mit Ausnahme einer Vogelflinte.

Ein Neger wird zur Feldarbeit abgestellt, wenn er von einem Gerichtsoffiziellen der Landstreicherei für schuldig befunden worden ist.

Ein Neger wird des Staates verwiesen oder zu harter Fron verurteilt für alle Verbrechen, die nicht die Todesstrafe nach sich ziehen.

Ein Neger wird zum Tode verurteilt, wenn er zur Rebellion aufruft, in ein Haus einbricht, eine weiße Frau körperlich belästigt oder ein Pferd, ein Maultier oder einen Ballen Baumwolle stiehlt.

11

Lieber Jack, schrieb Charles, ich gehe mit einer Handelsgesellschaft für 6 Monate im Jahr in den Westen. Mein Partner sagt, Du kannst jederzeit in Ft. Riley, Kansas, eine Nachricht hinterlassen. Ich melde mich bei Dir, sobald ich zurück bin. Ich hoffe, mein Sohn bleibt gesund und wird sich an mich erinnern und macht Dir und Maureen nicht zuviel Ärger. Gib ihm einen Extrakuß von seinem »Pa«.

Ich muß das tun, weil ich nicht mehr in der Armee bin. Ich hatte in Jefferson Barracks einigen Ärger...

Ein Spalt strahlend hellen Lichts lag zwischen dem Land und den dichten, grauen Wolken, die im Westen schwer nach unten drückten. Dem Kalender nach war es noch Sommer, September, doch die regenfrische Vegetation und die kühle Luft ließen einen an den Herbst denken.

Die gesamte Jackson Trading Company kam aus dem Wald geritten, vornweg ein Dutzend schwer mit Waren beladene Mulis. Leinenpacken bargen Säckchen mit Glasperlen in unterschiedlichen Größen; Holzfuß Jackson bevorzugte Rauten- und Triangelformen, so wie jene, die am Brustbesatz seines Mantels glitzerten und blitzten.

Der Händler hatte Charles erklärt, daß Cheyenne-Frauen Perlen wünschten, um damit die Gewänder zu verzieren, die sie fertigten. Die Weißen hatten Glasperlen in den Westen eingeführt, und die Vorliebe dafür war bereits weitverbreitet. Eine ältere, traditionellere Zierde stellten die Stachelschweinborsten dar, die es am Mississippi im Überfluß, auf den trockenen Hochebenen, wohin sie gingen, aber höchst selten gab.

Auch einige relativ sperrige Gegenstände brachte Jackson mit. Eiserne Hacken, die länger hielten als das mit Riemen an einem Stock befestigte Schulterblatt eines Büffels. Haltbarkeit war ebenfalls ein Vorteil eines anderen Artikels, den er in größeren Mengen mitführte — ein kleines eisernes Rechteck, bei dem eine lange Seite mit einer Feile zugeschliffen worden war. Das Werkzeug ersetzte ein ähnliches Gerät aus Knochen, mit dem die Haare von der Büffelhaut geschabt wurden, die dann in Kleidungsstücke und Tipiabdeckungen genäht wurden.

Der Händler meinte, es gäbe noch viele andere Dinge, die er verkaufen könnte, aber er zog es vor, sich auf einige wenige Gegenstände zu beschränken, deren Beliebtheit stetig gewachsen war. All diese Güter waren für Frauen bestimmt, wurden aber von Männern mit der am weitesten verbreiteten indianischen Währung bezahlt — mit Pferden.

Charles nahm das alles in sich auf, zusammen mit Holzfuß' Erklärung für seinen Erfolg.

»Es gibt Händler im Fort, die verkaufen die gleichen Sachen wie ich, aber die Cheyenne würden nicht mal in ihre Nähe gehen. Und umgekehrt. Ich bringe seit fast zwanzig Jahren Waren in die Dörfer.«

»Regeln die Indianeragenten nicht den Handel?«

Holzfuß spuckte einen Klumpen Kautabak aus und brachte auf diese Weise seine Ansicht über das Indianerbüro des Innenministeriums zum Ausdruck. »Das würden sie sicher gern, weil die meisten von ihnen nichts weiter als geldgierige Taugenichtse sind, die am liebsten den ganzen Handel an sich reißen würden. Ich hab' ein wachsames Auge auf sie. Wenn sie mich nicht finden, können sie mich nicht aufhalten. Die Cheyenne werden mich nicht verraten, aus dem gleichen Grund, aus dem ich noch meine Haare hab'. Ich bin ihr Freund.«

»Der sich aber ins Gegenteil verwandeln kann, wenn man ihn betrügt, ja?« Charles deutete auf die eingekerbte Feder.

»Nun, ja, das auch.«

Zigarrenrauch kringelte sich an der Krempe von Charles' brandneuem, flachem Filzhut vorbei. Er saß bequem auf Satan; auf die Schenkelinnenseiten seiner Jeans hatte er Streifen abgeschabter Büffelhaut genäht. Der Schecke war wieder in guter Verfassung, doch Charles achtete trotzdem auf leichte Zügelführung; wenn immer möglich leitete er ihn durch Druck von Hand und Knie. Satan reagierte schnell; er war intelligent. Charles hatte keine schlechte Wahl getroffen.

In der Sattelscheide steckte ein glänzend neues Spencer-Repetiergewehr, das sieben Patronen aus einem Magazin verfeuerte. Sein Zigeunermantel verbarg ein Bowiemesser von einem Fuß Länge und ein scharfes Beil mit Pawnee-Verzierungen, Federn und Perlenschnüren am Schaft. Er war besser ausgerüstet als die US-Kavallerie, die sich mit Kriegsrestbeständen zufriedengeben mußte.

Die herbstliche Landschaft, die kühlen Temperaturen und die sinkende Nacht ließen ihn melancholisch werden. Holzfuß versuchte das mit lebhafter Unterhaltung zu verscheuchen.

»Wie geht's der kleinen Schauspielerin? Verschmachtet sie vor Sehnsucht?«

»Das bezweifle ich.«

»Hast du vor, sie wiederzusehen?«

»Vielleicht im Frühjahr.«

»Charlie, du hast so einen komischen Ausdruck in den Augen. Hab' ich früher schon bei Männern gesehen. Hast du eine andere Frau verloren?«

»Ja. In Virginia. Ich spreche nicht gern darüber.«

»Dann tun wir's auch nicht. Trotzdem ganz nett, daß du als Trost die kleine Schauspielerin hast.«

»Sie ist nichts weiter als eine Bekannte. Außerdem kann eine Frau nicht durch eine andere ersetzt werden. Können wir das Thema fallenlassen?«

»Sicher. Du wirst das sowieso bald vergessen. Wo wir hingehen, gibt's massenhaft andere Sachen, die deine Aufmerksamkeit in Anspruch nehmen werden.« Sein Tonfall drückte aus, daß er damit nicht Amüsements, sondern Gefahren meinte.

Charles wünschte sich, er könnte Gus Barclay wenigstens für kurze Zeit vergessen, aber er war dazu einfach nicht in der Lage. In seinem Herzen hegte er den Wunsch, daß sein Gewissen ihn etwas intensiver an Willa Parker denken lassen möge. Ihre bezaubernde Mischung aus Jugend und Weltläufigkeit, Idealismus und fröhlicher Toleranz fesselte seine Phantasie. Vermutlich konnte es nicht schaden, wenn er bei seiner Rückkehr die angebotene Eintrittskarte akzeptierte.

Falls er zurückkehrte.

Holzfuß schien zuversichtlich, doch vor ihnen lag ein weites, leeres Land. Und es gab keinen Zweifel, daß die Stämme aufgebracht waren über die Präsenz der Armee und den ständigen Zustrom der Einwanderer nach Westen.

Fenimore Cooper wedelte mit dem Schwanz und rannte vor den Reitern hin und her; einmal schoß er nach links, dann nach rechts, aber stets kehrte er fröhlich bellend wieder zurück. Charles fragte sich, ob der Hund sich darüber freute, daß er jetzt noch keine Stangenbahre ziehen mußte.

Boy entdeckte in einem Gebüsch einen blauen Häher und klatschte vor Vergnügen in die Hände. Charles paffte seine Zigarre und tätschelte Satan. Die Jackson Trading Company wurde in der gewaltigen Waldlandschaft kleiner und kleiner und verlor sich schließlich in der Dunkelheit.

12

Ein Gewitter grollte über Richmond. Regen stürzte aus den Dachrinnen des Spitals und klatschte gegen die Grabsteine des unmittelbar südlich davon gelegenen Shockoe-Friedhofs. Das Toben des Unwetters hielt die Patienten in dieser düsteren Septembernacht wach.

Ein Patient lag auf der Seite, die Knie an die Brust gezogen, von den Armen fest umklammert. Sein Feldbett stand ganz hinten in der Reihe, so daß er sein Gesicht der blanken Wand zuwenden und seine Gedanken verbergen konnte.

In dem dunklen Raum mit der hohen Decke drehten und wendeten sich die Männer und stöhnten vor sich hin. Die Lampe einer Oberin schwebte wie ein Leuchtkäfer dahin. Ein junger Mann mit einem vollständig weißen Bart richtete sich plötzlich auf. »Unionskavallerie. Sheridans Kavallerie auf der linken Flanke!«

Die Oberin eilte an sein Bett. Ihre Stimme besänftigte ihn, brachte ihn zum Schweigen. Dann schwebte ihre Lampe wieder davon.

Im Krieg war das Spital ein Krankenhaus der Konföderierten gewesen. Gegen Ende zu war es vorübergehend zum Hauptquartier für das Virginia Military Institute geworden, das durch Phil Sheridans Kavallerie vom Shenandoah vertrieben worden war. Nach der Kapitulation waren verschiedene Flügel wieder zur Aufnahme geistig gestörter Veteranen geöffnet worden, jener menschlichen Wracks, die von der Flut des Krieges an den Strand gespült und dort vergessen worden waren. Momentan beherbergte das Spital ungefähr fünfzig solcher Männer. Hunderte, vielleicht Tausende von ihnen drängten sich in den verwüsteten Städten des Südens und trieben sich ohne jede Hilfe auf den zerstörten Straßen herum.

Der Patient auf dem letzten Feldbett krümmte und wand sich. Ein vertrauter, stechender Schmerz bohrte sich tiefer und tiefer in seine Stirn. Er litt an diesem Schmerz und einem zerbrochenen, fast deformierten Körper, seit seinem fast tödlichen Sturz in . . .

In . . .

Gott, sie hatten auch seinen Geist zerstört. Er brauchte zehn Minuten, bloß um diesen Gedanken zu Ende zu denken.

In den James River.

Ja. Der James. Er und einige Mitverschwörer hatten geplant, die Konföderation von diesem unfähigen Jefferson Davis zu befreien. Sie waren entdeckt worden von einem Armeeoffizier namens...

Namens...

Ganz gleich, wie sehr er sich mühte, es wollte nicht zurückkommen, obwohl er wußte, daß es für ihn gute Gründe gab, diesen Mann zu hassen. In dem anschließenden Kampf nach der Aufdeckung der Verschwörung hatte der Mann ihn aus einem Fenster über dem Fluß gestoßen.

Lebhaft erinnerte er sich an den Schock des Sturzes. Nie hatte er solche Schmerzen erdulden müssen. Felsen hämmerten gegen seinen Kopf, sein Hinterteil und seine Beine, als er nach unten stürzte und schließlich auf die Wasseroberfläche aufschlug.

Er hatte einen wiederkehrenden Alptraum von dem, was dann geschah. Er versank, kämpfte gegen die Strömung an, um wieder an die Oberfläche zu gelangen, und schaffte es nicht. Im Traum ertrank er. Die Realität war anders. Irgendwie hatte er sich durch eigene Bemühung oder durch Zufall auf eine Uferbank flußabwärts geschleppt, eine Menge Wasser erbrochen und das Bewußtsein verloren.

Seit dieser Nacht war er ein anderer Mensch geworden. Der Schmerz war nun sein ständiger Begleiter. Seltsame Lichter füllten häufig seinen Kopf. Jetzt, inmitten des Unwetters, sah er sie wieder, gelbe und grüne Nadelblitze, die zu scharlachroten, blendend weißen Sternen erblühten. Als wäre das noch nicht genug des Leidens, ließ ihn auch noch ständig sein Gedächtnis im Stich.

Irgendwie hatte er Richmond erreicht und die große Feuersbrunst überlebt, die in der Nacht, als die konföderierte Regierung stürzte, einen Großteil der Stadt zerstörte. Er hatte sich durchgeschlagen, indem er nachts durch die Straßen schlich und Leute überfiel. Sein letzter Überfall hatte ihm zwei Dollar und den hübschen, wenn auch altmodischen Zylinderhut eingebracht, der jetzt auf dem Regalbrett über seinem Feldbett lag. Längere Zeitspannen mußte er ohne Nahrung auskommen — zwei, drei Tage hintereinander. Dann klaffte eine Lücke in seiner Erinnerung, und danach war er in dem Spital aufgewacht. Sie sagten ihm, er sei auf der Straße zusammengebrochen.

Warum konnte er sich zu gewissen Zeiten an manche Dinge erinnern und an andere nicht? Dann wieder tauchten klar und deutlich neue Erinnerungen auf, während die alten stunden-, manchmal tagelang für ihn nicht mehr greifbar waren. Das alles war ein Teil dessen, was ihm angetan worden war von ...

Von ...

Es wollte ihm nicht einfallen.

Es regnete heftiger, ein Geräusch wie ferner Trommelwirbel. Seine Hand kroch unter die Matratze wie eine blinde, weiße Spinne, auf der Suche nach etwas, woran er sich erinnerte. Er fühlte es, zerrte es hervor, preßte es fest gegen sein schmutziges Nachthemd. Ein zerfleddertes Magazin, das man ihm während einer seiner helleren Perioden gegeben hatte. *Harper's New Monthly* vom Juli dieses Jahres.

Er erinnerte sich an einzelne Absätze, Schilderungen der großen Parade der Armeen von Grant und Sherman in Washington, die zwei Tage andauerte im ...

Im ...

Mai, das war's.

Im Dunkeln ballte er seine Hand zur Faust. Ich hätte auch marschieren sollen. Man hat mich daran gehindert. Man hat mich daran gehindert, die Rolle zu spielen, für die ich geboren war.

Er konnte es deutlich vor sich sehen. Er ritt einen wunderbaren Hengst, nahm den Jubel der Menge durch eine leichte Verbeugung entgegen, salutierte mit seinem Säbel vor Präsident Lincoln, ritt dann weiter auf seinem tänzelnden Hengst, während die schwitzende, ehrfurchtergriffene Menge skandierte:

»Bon-a-parte. Bon-a-parte.«

Er war der amerikanische Bonaparte.

Nein, er *hätte* es werden sollen. Sie hatten ihn daran gehindert, diese Männer namens ...

Namens ...

Sinnlos.

Aber eines Tages würde er sich an sie erinnern. Eines Tages. Und wenn es soweit war, dann mochte Gott ihnen gnädig sein, ihnen und all denen, die zu ihnen gehörten.

Den größten Teil der Nacht lauschte er dem Trommeln des Regens. Gegen vier Uhr schlief er ein. Um sechs erwachte er, immer noch das zerfetzte *Harper's*-Magazin umklammernd. Obwohl er schmerzfrei war, fühlte er sich elend und unglücklich. An den Grund dafür konnte er sich nicht erinnern.

Er konnte sich nicht einmal an seinen eigenen Namen erinnern.

Zweites Buch

Eine Winterbilanz

*Es ist bedauerlich, daß der Charakter des Indianers,
wie ihn Cooper in seinen interessanten Romanen beschreibt,
nicht sein wahrer Charakter ist.
... Der schönen Romantik beraubt, die wir ihm so lange
zugestanden haben, von den einladenden Seiten des
Romanciers auf die Örtlichkeiten übertragen, wo wir genötigt
sind, uns mit ihm auseinanderzusetzen, in seinem
heimischen Dorf auf dem Kriegspfad und bei Überfällen
auf unsere Grenzsiedlungen und Fahrtrouten, verliert
der Indianer jeden Anspruch darauf, als edler roter Mann
bezeichnet zu werden. Wir sehen ihn so, wie er ist
und wie er immer gewesen ist ... ein Wilder
im wahrsten Sinne des Wortes.*

GENERAL G. A. CUSTER
My Life on the Plains
1872-1874

*Ich wurde in der Prärie geboren, wo der Wind frei weht und
wo nichts das Licht der Sonne bricht. Hier möchte ich sterben
und nicht innerhalb von Wänden und Mauern.*

COMANCHEN-HÄUPTLING ZEHN BÄREN
Medicine Lodge Creek
1867

13

Silberne Gischt sprühte hoch, als sie in der blendenden Helle des Morgens den Fluß durchquerten. Das mit Schlamm bedeckte Tal glänzte nach dem Regen. Indianer, die auf ihren Bohnen- und Kürbisfeldern arbeiteten, winkten mit ihren Hacken und schrien Begrüßungen. Stromaufwärts, halb im Dunst verschwommen, standen die soliden, mit Rasenstücken gedeckten Holzhütten; auf ihrem Weg zu dieser Furt waren die Händler an dieser Indianersiedlung vorbeigekommen.

»Kansa«, sagte Holzfuß, und deutete auf die Feldarbeiter. »Werden auch Kaw genannt.« Er führte seine Gefährten aus dem seichten Wasser in wogendes, fußhohes Bartgras. »Sie kommen fast mit jedermann aus. Schätze, das hat vor langer Zeit mal für alle Stämme gegolten. Selbst für die Cheyenne, als sie noch in Minnesota oder wo auch immer lebten. Jetzt trifft das nicht mehr zu. Die Gründe dafür wirst du bald sehen.«

Auf ihrem weiteren Weg nach Westen sahen sie die Gründe:

Westwärts ziehende Auswandererwagen, deren weiße Planen im Herbstwind flatterten.

Eine Kutsche der Butterfield-Overland-Express-Linie, die in einer Staubwolke auf der Smoky-Hill-Route dahindonnerte.

Ein Arbeitslager der Eisenbahn, mit aufgereihten Waggons auf Schienen, die mitten in einem Feld voller Disteln und Klee endeten.

»Das hier ist Stammesland, Charlie. Die Indianer sind daran gewöhnt, überall herumzustreifen, so wie diese Araber auf der anderen Seite der Welt. Solange man zurückdenken kann, haben sie von der Freigebigkeit des Landes gelebt. Vor allem von der Jagd und den Büffeln. Die Kansa zum Beispiel haben sich gewandelt, haben sich fest niedergelassen. Die Cheyenne nicht. Sie leben noch so wie früher. Also kann man ihnen nicht einfach ihr Land stehlen oder sie auf eine Farm abschieben und erwarten, daß sie einem dafür die Füße küssen. Deshalb töten einige von ihnen Menschen. Hast du nicht dasselbe getan, als die Jungs von der Union über dein Land marschierten?«

»Jawohl, Sir«, sagte Charles; er verstand durchaus, was der Händler meinte.

In Topeka kaufte Holzfuß eine Ladung Blechtöpfe. »Die mögen die Frauen lieber als grobe Lederbeutel oder zusammengenähte Büffelmägen. Da können sie Wasser kochen, ohne das Theater, heiße Steine reinwerfen zu müssen.«

Die neuen Güter erforderten, daß nun Fen einen Teil der Last schleppte. Der Collie zog die Stangenbahre, auf der ihre Zeltstangen und die Abdeckung lagen. Stundenlang trabte er so dahin; nur an seiner heraushängenden Zunge konnte man sehen, wie er sich anstrengte.

Von einem Kavallerietrupp erfuhren sie, daß die große Friedenskonferenz, von der Willa gesprochen hatte, unten am Little Arkansas begonnen hatte. Der Captain, der das Kommando führte, sagte: »Ihr Jungs könntet ausnahmsweise mal einen friedlichen Winter erleben.«

»Verdammter Narr«, sagte Holzfuß, nachdem der Trupp weitergeritten war. In der frostigen Herbstluft schwitzte sein gerötetes Gesicht überraschend stark. »Der Captain ist auch einer von denen, die keine Ahnung haben, wie die Stämme funktionieren. Er denkt, wenn ein Friedenshäuptling wie Schwarzer Kessel, mit dem wir verhandeln werden, sein Zeichen unter einen Vertrag setzt, dann legen alle anderen die Füße hoch und packen ihre Waffen weg. Verflucht wenige kapieren, daß kein Indianer für alle Indianer spricht. War noch nie so und wird nie so sein.«

»Ich glaube, du hast eine ganz schön hohe Meinung von den südlichen Cheyenne.«

»Das habe ich, Charlie. Sie sind die besten Reiter der Welt. Außerdem bin ich lange genug hier draußen, um sie auch von einer anderen Seite zu kennen, nicht bloß als einen Haufen kupferfarbiger Wilder. Wenn ein Mann aus der Hundegemeinschaft die Frau eines Farmers vergewaltigt, dann kommt mit einiger Wahrscheinlichkeit die Kavallerie an und erschießt irgendeinen friedlichen alten Häuptling, weil ihnen der Unterschied nicht klar ist. Ich hatte Glück; Papa hat mir beigebracht, jeden von ihnen als Einzelperson zu sehen. Es gibt gute und schlechte, wie bei allen anderen Menschen auch. Vor ein paar Jahren habe ich eine Indianerin so geliebt, daß ich sie zur Frau nehmen wollte. Sie starb, als sie einem kleinen Mädchen das Leben schenkte. Eine Woche später starb das Baby.«

Plötzlich hustete er; den Kopf vorgebeugt, die Kiefer zusammengebissen, so krallte er eine Hand in sein Hemd. Charles zügelte Satan, lehnte sich nach links und griff nach Holzfuß' Arm. »Was ist? Tut dir was weh?«

»Nichts...« Der alte Händler schnaufte tief durch. »Nicht der Rede wert.« Er keuchte mit tränenden Augen. »Mein Papa hatte ein schwaches Herz. Hat er mir vererbt. Mach dir deswegen keine Sorgen. Los, weiter geht's.«

Die niedrigen Hügel begannen auszulaufen, die Weiden und Pappeln wurden spärlicher. Sie ritten durch kurzes Büffelgras; das einzige Anzeichen von Leben waren die Erdhügel der schwarzschwänzigen Präriehunde. Das Herbstlicht überflutete alles, schuf eine neue Schönheit. Charles hätte nicht direkt sagen können, daß er glücklich war, doch mit jedem Tag dachte er etwas weniger an Augusta Barclay.

»Okay, Charlie«, sagte Holzfuß, als sie die Smoky Hills durchquert hatten. »Zeit für dich, in die Schule zu gehen.«

»Du weißt nie, wann du schnell sein mußt, Charlie. Boy und ich, wir haben so lange geübt, bis wir das Tipi in zehn Minuten auf und in der halben Zeit abbauen konnten. Schätze, mit deiner Hilfe schaffen wir das noch schneller. Hast du bemerkt, daß der runde Eingang immer nach Osten schaut? Auf die Weise entgeht man den meisten der großen Stürme und Regengüsse aus dem Westen, und du kriegst die Morgensonne ab. Außerdem lassen sich die Stämme so gern daran erinnern, daß es der Große Geist

ist, der ihnen Licht und Nahrung schickt. Los, beeilen wir uns, Charlie. Wenn du dein Abendessen willst — in acht Minuten ist die Sonne weg.«

Der Schein des Feuers flackerte über die Rolle Messingdraht. Holzfuß' Haar, von Anfang an schon lang, war nun so gewachsen, daß man es flechten konnte. Er legte eine Windung Draht nach der anderen um den Zopf über seiner linken Schulter.

Charles kaute auf einem Stück Pemmikan herum, einem Brocken gepökeltes Büffelfleisch, nach Zugabe von Fett und Beeren gehärtet. »Wenn du dich damit nicht rumärgern willst, kannst du deine Haare mit meinem Messer schneiden.«

»O nein. Schneidest du einem Mann das Haar ab, dann nimmst du ihm sein Leben im Jenseits. Wenn ein Cheyenne je einen Haarschnitt verpaßt kriegt, dann verbrennt seine Frau die abgeschnittenen Haare, so daß niemand ein Unheil damit anrichten kann.«

Boy sprang aufgeregt in die Höhe. »Straße! Straße!«

Charles' Blick folgte dem ausgestreckten Finger des Jungen zu dem Schleier der Sterne, der sich am Himmel ausbreitete. »Das ist die Milchstraße, Boy.«

»Das ist die hängende Straße, Charlie«, sagte Holzfuß. »Der Trail, auf dem die Cheyenne in die geistige Welt reisen. Die Straße zum Ort der Toten.«

Der Händler streichelte seinen Neffen, um ihn zu beruhigen, öffnete dann seine mit Stachelschweinborsten und bemalten Mustern verzierte Büffelhauttasche. Er holte eine Rolle sauberer, weicher Tierhaut hervor, die er neben dem Feuer ausbreitete. Dann öffnete er kleine Töpfchen mit roter und schwarzer Farbe, die er mit Spucke anfeuchtete. Zu Charles' Überraschung förderte er einen kleinen Malerpinsel zutage. Mit schwarzen Strichen begann er die obere linke Ecke der Haut zu bemalen. Eine Linie von drei Pferden und Reitern, durch Striche gekennzeichnet. Er beendete das Werk mit einer kleineren, vierbeinigen Figur im Vordergrund.

»Was um alles in der Welt soll das sein?« fragte Charles.

»Der Beginn unserer Winterbilanz. Eine Art Bildgeschichte

über einen Winter im Leben eines Mannes. Häuptlinge und Krieger machen das.« Er grinste. »Ich schätze, die Jackson Trading Company ist wichtig genug, um sich dieses Jahr so was auch leisten zu können.«

Sie sahen eine Büffelherde auf ihrer jahreszeitlich bedingten Wanderung nach Süden. An einem bis auf ein kleines Rinnsal ausgetrockneten Fluß warteten sie stundenlang, bis die Herde vorübergezogen war. Von Anfang bis Ende maß sie ungefähr sechs bis sieben Meilen, bei einer Breite von gut einer Meile. Holzfuß deutete auf die alten Leitbullen.

»Ein Name, den die Stämme für den Büffel haben, lautet Onkel. Da er ihnen so ziemlich alles bietet, was sie essen oder irgendwie verwenden können, meinen sie, daß er fast schon ein Verwandter ist.«

Unter einem häßlichen grauen, von silbernen Blitzen durchzuckten Himmel hielt Charles seinen Hut fest und betrachtete mit zusammengekniffenen Augen durch den wirbelnden Staub hindurch die acht jungen, mit Lanzen und Gewehren bewaffneten Indianer. Sie befanden sich in Rufweite, und Charles konnte sie deutlich brüllen hören: »Hundesöhne! Hundesöhne!«

Ein Krieger kniete auf dem Rücken seines Ponys, streckte ihnen sein Hinterteil entgegen und machte mit dem Daumen seiner rechten Hand die entsprechende Geste dazu. Holzfuß seufzte: »Wir bringen ihnen wirklich nur das Beste bei.«

Boy drängte sein Pferd dicht an das seines Onkels heran. Mit trockenem Mund schob Charles die Spencer auf sein rechtes Bein. Ein Blitz riß den Himmel von Osten nach Westen auf, gefolgt von fernem Donner. Hinter den Kriegern wogte eine Herde von mindestens fünfzig wilden Hengsten, Stuten und Fohlen. Die weißen Männer hatten angehalten, als sie die Indianer entdeckten, die ihre Herde über niedrige Hügel trieben.

»Das ist Geld auf Hufen, diese Pferde da«, sagte Holzfuß. »Der Reichtum des Stammes. Sie werden nicht riskieren, die Herde zu verlieren, indem sie uns angreifen. Sie attackieren meist nur dann, wenn sie in großer Überzahl sind oder man in der Falle sitzt oder sie provoziert. Sie sind nah genug, um zu sehen, daß wir die Dinger hier haben.«

Er schwenkte sein Gewehr ein paarmal über seinem Kopf. Die Krieger antworteten mit drohend geschüttelten Fäusten und weiteren Obszönitäten. Als der Wind stärker wurde und der Regen einsetzte, ritten sie mit ihrer Herde davon. Es dauerte zehn Minuten, bis Charles sich wieder beruhigt hatte. Im Krieg war er zwar auch nie frei von Furcht gewesen, aber hier draußen war sie deutlicher, existentieller. Vielleicht lag es an der endlosen Ausdehnung nach allen Seiten. All das leere, einsame, wunderschöne Land.

»Tauch weg, Charlie!« schrie Holzfuß. »Tauch weg und schieß!« Charles warf sich, die Füße in den Steigbügeln, nach links. Eine Sekunde lang war er, so zwischen Sattel und Gras hängend, während Satan weitergaloppierte, überzeugt davon, daß er sich jeden Moment das Genick brechen würde.

Er brach es sich nicht. Seine Schenkel umklammerten den Pferdeleib, seine linke Hand schoß unter dem Hals des Schecken durch und hängte sich ein. So klebte er auf der linken Seite des Schecken, geschützt von dem Pferdeleib, und versuchte die unter ihm dahinfliegende Prärie zu vergessen.

»Schieß!« bellte sein Lehrmeister. Er zog sich weit genug nach oben, um einen Schuß über den Widerrist des rasenden Pferdes hinweg abzugeben. Holzfuß brüllte seine Anerkennung. »Noch mal!«

Nach fünf Schüssen gab sein Arm nach, und er stürzte; im letzten Augenblick vor dem Aufprall erinnerte er sich daran, sich zu entspannen. Nach dem Sturz blieb er keuchend, halb bewußtlos liegen.

Fen umkreiste ihn bellend. Boy hüpfte und klatschte ihm Beifall. Holzfuß zog ihn hoch, schlug ihm auf den Rücken, um ihm beim Atmen zu helfen. »Gut, Charlie. Besser als gut. Verdammt gut. Du besitzt ein angeborenes Talent für die Überlebenskünste, die man in den Prärien braucht. Eine echte Gabe, weiß Gott.«

»Du meinst, es ist wichtig zu wissen, wie man hinter einem Pferd hervor schießt?« fragte Charles einigermaßen skeptisch.

Holzfuß zuckte mit den Schultern. »Je mehr du kannst, desto besser sind deine Chancen, deinen Skalp zu retten, wenn ein paar wilde Cheyenne hinter uns her sind. Diesen kleinen Trick mit dem seitlichen Abkippen setzen sie gern ein. Bei ihnen ist das ein Spiel zu Pferd, mit gepolsterten Lanzen. Sie versuchen sich gegenseitig runterzustoßen. Irgend jemand muß rausgekriegt haben, daß es viel sicherer ist, auch so zu schießen. Wie fühlst du dich?«

Satan kam zurückgetrottet, senkte den Kopf und blies Luft durch die Nüstern. Charles lächelte, über und über mit Staub bedeckt. »An allen Ecken und Enden zerschlagen. Ansonsten geht's mir bestens.«

»Gut. Ich denke, wir sollten es noch einmal probieren. Ich meine, schließlich bist du runtergefallen.«

An diesem Abend fügte Holzfuß ihrer Winterbilanz eine weitere bildliche Darstellung hinzu. Die Strichfigur repräsentierte Charles, der schießend auf der Seite seines galoppierenden Pferdes hing, Stolz stieg in Charles auf, als der Händler ihm das fertige Bild zeigte. Zum erstenmal seit Wochen schlief er völlig traumlos.

Sie ritten weiter nach Süden, immer noch als Schüler und Lehrer.

»Das hier bedeutet Cheyenne.« Holzfuß fuhr mehrmals schnell mit seinem rechten Zeigefinger über den linken. »In Wirklichkeit heißt das gestreifter Pfeil, aber es bedeutet Cheyenne, weil sie gestreifte Truthahnfedern für ihre Pfeile benützten.«

Charles ahmte das Zeichen einige Male nach. Dann schloß Holzfuß seine Hand, lediglich der Zeigefinger und der kleine Finger waren ausgestreckt: »Pferd.«

Und die sich mit den Fingerspitzen berührenden Hände, ein umgekehrtes V: »Tipi.«

Je eine Faust an einer Schläfe, mit ausgestreckten Zeigefingern: »Das Zeichen kannst du erraten.«

»Büffel?«

»Gut, gut. Jetzt brauchst du nur noch tausend weitere Zeichen zu lernen, vielleicht ein paar mehr, vielleicht ein paar weniger.«

Der Unterricht deckte die verschiedensten Themenbereiche ab. Holzfuß trieb sein Pferd einen leichten Abhang hinab, immer hin und her, ein ständiges Z-Muster.

»Ist ein Indianer zu weit entfernt, um dein Gesicht oder deine Waffen erkennen zu können, dann bedeutet dies, du kommst in friedlicher Absicht.«

Und während sie eine weitere wilde Pferdeherde am Horizont nach Südosten ziehen sahen:

»Da draußen, Charlie, mußt du deine Begriffe und Vorstellungen umkehren. Die Regeln und Sitten des weißen Mannes gelten da nicht. Wenn du beispielsweise in Topeka ein Pferd stiehlst, dann hängen sie dich auf. Wenn du hier zehn oder zwanzig Stück von einer fremden Herde wegtreibst, dann ist das eine ungemein tapfere Tat. Wenn wir es lernen, mit den Indianern auf der Grundlage ihrer Denkweise zu verhandeln anstatt auf unserer, dann könnte es auf den Prärien echten Frieden geben.«

In dem stahlfarbenen Morgen neben einigen Spuren kniend:
»Was liest du daraus, Charlie?«

Er studierte die Abdrücke, eine Anzahl von fast identischen Markierungen, die sich überlappten und teilweise auslöschten. Er warf einen Blick auf Fen, der vom Ziehen der Stangenbahre keuchte, schaute dann hinaus aufs flache, leere Land. »Stangenbahren. Eine ganze Menge davon, nach diesen Spuren zu urteilen. Ein Dorf.«

»Das ist es, was du denken sollst. Aber schau die zwei Meilen zurück, wo diese Spuren angefangen haben. Du wirst keine Hundescheiße seh'n. Bloß Pferdeäpfel. Keine Hunde, kein Dorf. Ein paar Krieger haben das gemacht, mit steinbeschwerten, an ihre Hüfte gebundenen Stangen. Du zwinkerst ein paarmal mit den Augen, und schon haben sie dir ein Dorf vorgezaubert, groß genug, um dich abzuschrecken. Furcht ist eine mächtige Medizin. Sie kann dich dazu verführen, das zu sehen, was du erwartest, anstatt das, was ist. Schau.«

Er stellte sich in den Steigbügeln auf und deutete nach vorn.

Auf einem Hügel im Südosten sah Charles vier Reiter, so weit entfernt, daß ihre Gestalten wie Miniaturen wirkten.

»Da hast du dein ganzes Dorf. Wenn du bloß auf die Spuren achtetest, würdest du einen weiten Bogen drum machen, nicht wahr?«

Charles kam sich albern vor und ließ es sich auch anmerken. Holzfuß schlug ihm auf die Schulter, um anzudeuten, daß das alles zu seinem Lernprozeß gehörte. Dann feuerte er einen Schuß in die Luft. Der dröhnende Knall rollte bis zu den fernen Reitern, die schnell aus ihrem Blickfeld trabten. Ebenso wie die anderen Lehrstunden brannte sich das wie ein weißglühendes Eisen in Charles' Kopf.

Furcht ist eine mächtige Medizin. Sie kann dich dazu verführen, das zu sehen, was du erwartest, anstatt das, was ist.

Als er an diesem Abend am Lagerfeuer den Vorfall mit roten und schwarzen Strichen ihrer Winterbilanz hinzufügte, sagte Holzfuß mit milder Stimme: »Du vergißt sie allmählich ein bißchen? Ich meine die, die du verloren hast?«

»Ein bißchen.« Jetzt dachte er gelegentlich auch an Willa. »Dafür bin ich dir dankbar.«

Holzfuß wedelte mit dem zierlichen Pinsel. »Gehört alles zum Job. Ich wußte, ich muß dich aus deinen trüben Stimmungen reißen, wenn ich einen echten Partner haben will. Hier draußen gibt's einfach zu viele interessante Sachen und zu viele Gefahren, als daß ein Mann in seinen Kummer versunken bleiben könnte. Man muß auf der Hut sein, um seinen Skalp zu behalten.«

»Das glaube ich dir«, sagte Charles. Er lehnte sich auf seine Ellbogen zurück und spürte, von Feuer und Freundschaft gewärmt, eine neue, wenn auch zerbrechliche Zufriedenheit. Er begann diesem Teil der Welt die gleiche Zuneigung entgegenzubringen, wie er sie damals für Texas empfunden hatte.

Ungefähr eine Stunde vor Anbruch der Morgendämmerung weckte ihn ein vertrauter Druck. Schon wieder mal zuviel von dem verdammten Kaffee getrunken.

So leise wie möglich rollte er sich aus seinem Büffelmantel.

Das schwache Licht der glühenden Asche in der Mitte des Tipis ließ seine Atemwolken sichtbar werden. Er knüpfte die Riemen los und schlüpfte lautlos durch das runde Loch.

Er hörte die Pferde und Maultiere in ihrer Reihe unruhig stampfen und fragte sich, warum. Die kalte, sternenklare Nacht lag ruhig da. Eines war sicher, Fen würde sich niemals bemerkbar machen, wenn hier irgendein Raubtier herumschlich. Er war alles andere als ein Wachhund.

Charles ging einem kleinen Bach entlang, weg von dem schwachen Schein im Inneren des Tipis. Er machte seine Hose, dann seine Unterhose auf. Über das Wasser hinweg hörte er eine Stimme.

Er hörte auf zu pinkeln, zerrte seine Kleidung zurecht und griff automatisch nach seiner Hüfte.

Der Colt war nicht da. Beim Schlafen legte er ihn neben den Kopf. Sein Bowiemesser hatte er allerdings in der Gürtelscheide stecken.

Er kroch zurück und sah die Silhouetten, die sich vor dem Feuer gegen die Tipiplane abzeichneten. Zwei Leute saßen, eine dritte Person stand zwischen ihnen, in der Hand einen stumpfen Gegenstand.

Ein Revolver.

Charles fuhr sich mit der Zunge über die aufgesprungenen Lippen, blinzelte heftig, um den Schlaf zu vertreiben, und kroch auf das Tipi zu. Der Eindringling mußte sich, ohne ihn zu sehen, in das Zelt geschlichen haben, kurz nachdem er es verlassen hatte. Jetzt sprach er gerade mit Boy.

»Du, lieg still, du faßköpfiger Idiot. Wenn du dich rührst, blas' ich dem alten Narren hier die Hirnpfanne in alle Winde.« Der Schattenriß des Mannes rammte den Revolver zur Demonstration gegen Holzfuß' Kopf. »Du verfluchter alter Kauz, ich will ein paar von deinen Waren. Und das gesamte Geld, das du hast.«

»Bißchen früh in der Saison für Aasgeier, was?« bemerkte Holzfuß. Charles vermutete, daß er nicht ganz so ruhig war, wie er tat. »Ich dachte, Kerle wie du fressen den Winter durch Armeenahrung und verschwinden dann im Frühling.«

»Halt verdammt noch mal das Maul, außer du willst, daß ich diesen schieläugigen Kretin erschieße.«

Sehr ruhig sagte Holzfuß: »Nein, das will ich nicht.«

»Dann hol mir die Waren.«

»Die sind in den Reisetaschen. Draußen.«

Der Mann stieß Holzfuß die Revolvermündung zwischen die Schultern.

»Geh'n wir.«

14

Charles zog sein Bowiemesser aus der Scheide. Sein Herz raste, als er auf das Tipi zuging. Ein paar lange Schritte brachten ihn neben das runde Loch, nur wenige Sekunden, bevor Holzfuß herauskroch.

Der Händler spürte Charles' Gegenwart, drehte aber nicht den Kopf, um ihn nicht zu verraten. Der Mann mit dem Revolver folgte ihm. Im Sternenschein erkannte Charles ein bärtiges Gesicht, dann die Ärmel mit den gelben Corporal-Streifen. Ein Deserteur, ganz klar.

»Bleib stehen, alter Mann«, sagte der Deserteur und richtete sich auf. Er war untersetzt, einen Kopf kleiner als der gewiß nicht große Holzfuß. Gott allein mochte wissen, von welchem Fort er abgehauen war. Vielleicht von Larned oder von diesem neuen, Fort Dodge.

Charles verlagerte sein Gewicht, um zuschlagen zu können. Der Deserteur mußte irgendwas gehört oder gespürt haben. Er wirbelte herum, sah Charles, feuerte.

Die Kugel versengte fast Charles' Wange und durchschlug dann die Tipiplane. Charles rammte das Messer in die blaue Bluse des Deserteurs und riß es nach unten.

»O nein«, sagte der Soldat, sich auf die Zehenspitzen stellend. »Nein.« Eine Sekunde später stand er noch aufrecht, war aber bereits bewußtlos. Seine Knie gaben nach, und er klatschte wie ein Lumpenbündel auf den mondhellen Boden. Charles hielt ihn für tot. Die stechenden Ausscheidungen des Todes waren gleich darauf wahrnehmbar.

Charles wischte sein Messer im Gras ab. »Was machen wir mit ihm?«

Holzfuß keuchte, als wäre er eine lange Strecke gerannt. »Wir überlassen ihn ...«, keuchende Atemzüge, » ... den Geiern. Er hat nichts Besseres verdient.«

Fen kam jaulend aus der Dunkelheit getrottet; er wußte, daß irgendwas nicht stimmte. Holzfuß tätschelte ihn. »Das war saubere Arbeit mit dem Messer, Charlie. Du lernst schnell.« Er packte den blauen Uniformkragen, hob den Kopf des Toten an. Das Mondlicht ließ die leblosen Augen wie Münzen aufleuchten. »Oder wußtest du schon, wie man solche Sachen erledigt?«

Mit einem Büschel Gras beendete Charles die Säuberung seines Messers. Er schob das Bowie zurück in die Scheide; mit der Handfläche schlug er leicht gegen den Griff, der mit einem deutlichen Klicken auf die Scheide traf. Das war Antwort genug.

Im Tipi duckte sich Boy mit verschränkten Armen zusammen. Große Tränen rollten ihm übers Gesicht. Mittlerweile verstand Charles, wieso der Junge so reagierte. Es war nicht nur Furcht. Sein armer, unzulänglicher Verstand begriff manchmal, daß sein Onkel sich einer harten Aufgabe oder schlimmen Situation gegenübersah. Stets wollte er helfen, konnte aber an seine Hände oder Beine nicht die richtigen Befehle schicken. Zweimal zuvor hatte Charles ihn in zorniger Frustration weinen sehen.

Holzfuß nahm Boy in die Arme. Er streichelte und tröstete ihn. Dann zerrte er an der Vorderseite seines eigenen Hemdes. Wieder fiel Charles das stark gerötete Gesicht des Händlers auf. Holzfuß bemerkte den prüfenden Blick.

»Ich hab' dir doch gesagt, es ist nichts«, murmelte er, fast genauso ärgerlich wie sein Neffe.

Charles verfolgte das Thema nicht weiter.

Anfang November begegnete die Jackson Trading Company einem halben Dutzend nach Norden ziehender Arapahoe. Alle hatten ihr Haar kräftig mit Fett eingeschmiert; der sichtbare Teil der Kopfhaut war rot bemalt.

Holzfuß unterhielt sich mit den Arapahoe in einer Mischung aus Zeichen, rudimentärem Englisch und deren eigener Sprache. Einige Male hörte Charles das Wort »Moketavato«, den Cheyenne-Namen für »Schwarzer Kessel«, den Friedenshäuptling, den Holzfuß bewunderte und respektierte.

Charles mußte nicht viel von Indianern verstehen, um die Feindseligkeit der Arapahoe zu spüren. Sie kam in jeder Silbe, in jeder scharfen Geste und jedem grimmigen Blick zum Ausdruck. Trotzdem hockten sie in einem Halbkreis da und unterhielten sich fast eine Stunde lang mit Holzfuß.

»Ich versteh's nicht«, sagte Charles, nachdem die Arapahoe davongeritten waren. »Denen war doch schon unser Anblick verhaßt.«

»Sicher.«

»Aber sie haben mit dir gesprochen.«

»Nun, wir haben nichts getan, was sie hätte aufbringen können, also waren sie verpflichtet, uns anständig zu behandeln. Die meisten Indianer sind so. Allerdings nicht alle, also wiege dich nicht in Sicherheit.«

»Du hast mit ihnen über Schwarzer Kessel geredet.«

Holzfuß nickte. »Er und der Arapahoe-Friedenshäuptling Kleiner Rabe haben vor knapp zwei Wochen ihr Zeichen unter diesen Vertrag am Little Arkansas gesetzt. Der Vertrag steckt eine neue Reservation ab und gesteht jedem Cheyenne oder Arapahoe, der bereit ist, dort zu leben, eine Landparzelle zu. Wer bei Sand Creek einen Verwandten verloren hat, bekommt als Dreingabe hundertsechzig Acres. Die Regierung hat scharf auf jene Vorkommnisse reagiert; in diesem Winter schicken sie Bill Bent, einen guten Mann, in die Dörfer, der aufpassen soll, daß die Soldaten sich so was nicht noch mal leisten. Der Jammer dabei ist bloß, daß am Little Arkansas lediglich achtzig Cheyenne-Trupps waren; zweihundert weitere Stammesabteilungen streifen frei durch die Gegend, und denen gilt der Vertrag soviel wie einmal in den Wind gespuckt.«

Charles kratzte sich am Kinn; seine länger werdenden Bartstoppeln verwandelten sich allmählich in einen Bart. »Hast du herausgefunden, wo Schwarzer Kessel sein Lager aufgeschlagen hat?«

»Direkt vor uns am Cimarron. Genau dort wollte ich nach ihm suchen. Machen wir uns auf den Weg.«

Unter der Kante eines Steilhangs deutete Holzfuß auf die verstreuten Knochen. »Büffelsturz. Sie wenden die Herde und treiben sie über die Klippe. Dauert nicht lang, da türmen sich hier unten die Büffel mit gebrochenen Beinen, und die Krieger haben keine Mühe, sie zu töten.«

Zwei Tage waren seit ihrem Zusammentreffen mit den Arapahoe vergangen. An den windstillen Nachmittagen schneite es leicht; die Flocken schmolzen auf dem abgestorbenen Gras. Charles genoß die Wärme seiner Zigarre und versuchte sich vorzustellen, wie sein Sohn auf den ersten Anblick von Schnee reagieren würde. Er wünschte sich sehr, sein Sohn könnte jetzt hiersein und das sehen...

»Die Herde in den Abgrund treiben ist natürlich nicht so glorreich, wie den Büffel in normaler Jagd zu töten. Aber wenn der Winter vor der Tür steht und sie bis dahin nicht genügend Büffel erlegt haben, dann ist das die schnellste Methode, um...« Er brach ab, wandte den Kopf. »Warte.«

Er rannte hoch zur Kante des Steilhangs. Dort kniete er nieder, die Handflächen gegen den Boden gepreßt. »Was ist?« fragte Charles.

»Reiter. Kommen schnell näher. Verdammt. Zwei Dutzend oder mehr. Ich hab' so den Verdacht, wir haben unser ganzes Glück bei diesem räuberischen Aasgeier aufgebraucht, Charlie.«

Charles rannte auf Satan zu und riß die Spencer aus der Sattelhalterung. Holzfuß befahl ihm, das Gewehr wegzustecken.

»Warum?«

»Weil wir erst mal sehen müssen, wer sie sind. Wenn du sicher geh'n willst, daß sie dich umbringen, dann brauchst du nur einen Indianer ohne vorangegangenes Palaver erschießen.«

Holzfuß marschierte oben den Rand des Steilhangs entlang, Daumen im Patronengürtel eingehakt; sein langsamer, schlendernder Gang war betont sorglos. In seinen Augen allerdings sah Charles andere Dinge. Er schob die Spencer zurück und schloß sich seinem Partner an. Holzfuß winkte Boy an seine Seite, als Reiter auf nacktem Pferderücken in weit auseinandergezogener Reihe auf sie zu galoppierten.

Die Indianer trugen Fransenhosen. Einige hatten sich scharlachrote Decken um die Hüften gebunden. Sechs von ihnen waren mit mächtigen Adlerfedern geschmückt. Mit einigem Kummer entdeckte Charles außerdem noch drei Kleidungsstücke der Armee; zwei davon waren kurze Arbeitsjacken mit den hellblauen Aufschlägen der Infanterie, das dritte Stück war ein altmodischer Schwalbenschwanzmantel, mit dem Rot der Artillerie besetzt. Die Brust des Mantelträgers schmückten Orden und Auszeichnungen.

Ein anderer Indianer, ein schlanker, dünner, deutlich dunklerer Mann Mitte Zwanzig, trug ein riesiges Silberkreuz an einer Kette um den Hals. Strähnen eines faserigen Materials hingen von seinen Ärmeln und seinem Hirschledermantel. Fast alle diese dekorativen Strähnen waren schwarz, auch wenn Charles dazwischen einige blonde und graue entdeckte. Er vermutete, daß das Kreuz ebenso wie die Armeekleidung gestohlen war.

»O Gott, Cheyenne«, murmelte Holzfuß. »Und obendrein noch Männer der Hundegemeinschaft. Sie tragen zwar nicht ihre Abzeichen, aber den vorn kenne ich. Schlimmer hätt's nicht kommen können.«

»Wer ist . . .?«

Der Rest der Frage nach dem Anführer ging unter, als die Cheyenne ihre Pferde durchzügelten; die kleinen, runden Glöckchen, in die Mähnen ihrer Ponys geflochten, klingelten hell auf. Im Handel mit weißen Männern erworbene Glocken, was auch für die Karabiner galt, die sie auf die Jackson Trading Company richteten. Außer mit Gewehren waren die Indianer mit Pfeil und Bogen bewaffnet.

Fen zerrte knurrend an seinem Geschirr. Charles biß auf seiner Zigarre herum, die durch sein hastiges Paffen auf einen Stummel heruntergebrannt war. Boy versteckte sich hinter seinem Onkel.

Der dunkelste Indianer, der das Kreuz um den Hals hängen hatte, schlug mit der Hand durch die Luft und brüllte die Fremden in seiner eigenen Sprache an. Er hatte ein feingeschnittenes, schmales, wenn auch ungewöhnlich strenges Gesicht. Die rote Farbe, mit der er und die anderen sich Gesicht und Hände bemalt hatten, war auf seiner linken Wange mit besonderer Sorgfalt aufgetragen, Zwei breite Parallelstriche umrahmten eine langgezogene, weiße Narbe, die sich in einer weiten Kurve von der Augenbraue über den Kiefer und dann in einem kleinen Aufwärtsbogen zum linken Mundwinkel hinzog – ein Angelhaken.

Der Schnee fiel schneller. Die Cheyenne musterten Charles und seinen Partner, während ihr Anführer seine Tirade fortsetzte. Gelegentlich verstand Charles ein Wort oder ein Zeichen. Holzfuß' Unterricht machte sich bemerkbar. Aber er brauchte weder die Zeichen- noch die Cheyenne-Sprache zu beherrschen, um zu verstehen, daß fast alle Bemerkungen des Anführers zornig und bösartig waren.

Hartnäckig und ohne je die Stimme zu erheben, gab Holzfuß alle paar Sekunden eine Antwort. Der Anführer redete gleichzeitig weiter. Charles hörte, wie sein Partner erneut von Schwarzer Kessel sprach. Der junge Anführer schüttelte den Kopf. Er und seine Freunde lachten.

Holzfuß seufzte. Seine Schultern sackten herab. Er hielt die rechte Hand hoch, um eine kurze Atempause bittend. Breiter grinsend schrie der Anführer etwas, was Charles als Zustimmung wertete.

»Komm, Charlie.« Der Händler zog ihn in die Rinne. Karabinermündungen schwangen herum, folgten ihnen. Holzfuß sah so deprimiert aus, wie Charles ihn noch nie zuvor gesehen hatte.

»Nützt jetzt nicht mehr viel, aber ich habe mich geirrt. Wir hätten nicht zuerst reden sollen. Diese Jungs sind auf Blut aus.«

»Ich dachte, sie greifen nicht an, außer irgend jemand provoziert sie.«

»Davon geht man immer aus. Aber ich fürchte, wir haben mit dem Anführer dieser Bande Pech gehabt.« Er warf dem dunklen Indianer einen unfrohen Blick zu und fuhr fort: »Er ist ein Kriegshäuptling und noch dazu ein mächtig junger. Sein Name ist ›Mann-bereit-für-den-Kampf‹. Die Weißen nennen ihn Narbengesicht. Chivingtons Männer haben seine Mama bei Sand

Creek getötet. Sie haben ihr die Haare abgeschnitten. Ich meine, *sämtliche Haare.*« Mit dem Rücken zu den Indianern griff er sich zwischen die Beine. »Dann haben sie das zusammen mit einer Menge anderer Skalps im Denver Theater aufgehängt, wo Chivington seine Trophäen zur Schau stellte. Weiß nicht, wie Narbengesicht davon erfahren hat — vielleicht aus dritter oder vierter Hand. Eine Anzahl zahmer alter Indianer treiben sich in Denver rum; sie leben vom Betteln oder Stehlen. Aber ich weiß mit Sicherheit, daß er von der Schande seiner Mama erfahren hat, und das wird er weder vergessen noch verzeihen. Schätze, ich würd's auch nicht. Daß wir seine Gründe verstehen, hilft uns allerdings nicht viel weiter.«

»Was ist mit dem Vertrag?«

»Glaubst du, er gibt da auch nur einen Deut drauf? Ich hab' dir doch gesagt, die Häuptlinge haben den Vertrag nur für achtzig Familien unterschrieben.«

»Er hat eine Menge geredet. Was will er?«

»Narbengesicht und seine Freunde wollen uns ins Dorf bringen. Dann werden sie entscheiden, was mit uns geschehen soll.«

»Geht das nicht in Ordnung? Schließlich ist das doch das Dorf von Schwarzer Kessel, oder?«

Holzfuß sagte düster: »Schon, aber er ist noch nicht von der Vertragsunterzeichnung zurück. Er ist überfällig. Bis er wieder da ist, reißt Narbengesicht das Maul auf. In gewisser Weise betrachtet er die Weißen so, wie die Weißen die Indianer betrachten. Kann Freund und Feind nicht voneinander unterscheiden, doch in seinem Fall will er das auch gar nicht.«

Charles' Inneres war kälter als der fallende Schnee. »Was machen wir? Schnappen wir uns unsere Kanonen?«

Holzfuß drehte sich leicht, damit er seinen Neffen sehen konnte. Boy hatte seine Arme um seinen Brustkorb geschlungen; seine Augen waren riesig. »Wenn wir das tun, dann ist gleich alles vorbei. Im Dorf mag es auch vorbei sein, aber ich denke, wir gehen lieber mit, bevor wir uns hier eingraben. Boy kann sich gegen einen solchen Haufen nicht verteidigen. Vielleicht haben ein paar von den Frauen Mitleid mit ihm und halten die Männer davon ab, ihn aufzuschlitzen.« Er seufzte. »Ist wirklich nicht fair, daß ich dich bitte, die Sache mit mir durchzustehen. Aber genau das tue ich.«

Charles nahm einen letzten Zug und schnippte dann seinen Zigarrenstummel zu den Büffelknochen. Die Zigarre hatte besser als sonst geschmeckt. Vielleicht lag es daran, daß es womöglich seine letzte Zigarre gewesen war.

»Du weißt, daß ich bei dir bleibe.«

»In Ordnung. Danke.«

Der Händler ging, gefolgt von Charles, zu den Cheyenne zurück. Holzfuß teilte den Indianern mit schnellen Worten ihre Entscheidung mit, sie ohne Kampf zu begleiten. Die Krieger lächelten, und Narbengesicht jaulte wie ein Hund, was Fen veranlaßte, wie verrückt in seinem Geschirr herumzutanzen. Narbengesicht griff über seine Schulter in den Köcher und holte einen drei Fuß langen Stock hervor, eingewickelt in mit Stachelschweinborsten verziertes, rot gefärbtes Hirschleder. Aufgemalte Augen zierten das eine Ende, Adlerfedern das andere. Afterklauen irgendeines Tieres verwandelten den Stock in eine Rassel, die Narbengesicht schwang, als er von seinem Pony sprang.

Er sprang vor, die Rassel schüttelnd. Ehe Charles ausweichen konnte, hatte Narbengesicht ihm die Rassel gegen die Wange geschlagen. Charles fluchte und hob die Fäuste. Holzfuß hielt ihn zurück.

»Nicht, Charlie. Ich sagte, nicht. Er hat gerade einen Punkt für sich verbucht, etwas härter, als er beabsichtigte.«

Charles wußte, daß man Punkte sammeln konnte, indem man einen überwältigten Feind berührte. Das förderte die Reputation eines Indianers. Aber den Zusammenhang der Dinge zu begreifen half ihnen nun mal nicht weiter und trug auch nicht dazu bei, ihre Besorgnis zu verringern.

Der dunkeläugige Indianer warf den Kopf zurück und jaulte und bellte. Ein paar andere nahmen den Schrei auf, was Fen schier in den Wahnsinn trieb. Einer der Cheyenne zielte mit seinem Karabiner auf den Hund. Holzfuß packte Fen am Kragen und drückte ihn nieder.

Charles stand regungslos, gleichzeitig voller Angst und Wut. Boy drängte sich gegen ihn, versuchte seinen traurigen, verunstalteten Kopf in den Falten des Zigeunermantels zu verbergen. Drei Cheyenne stiegen ab und stürzten sich zwischen die Packtiere; mit ihren Messern rissen sie die Leinensäcke auf. Ein Indianer frohlockte beim Anblick von Stachelschweinborsten. Er schnitt die Halteschnüre durch und warf die Stacheln in die Luft.

Ein anderer stach in einen Beutel, aus dem sich ein diamantener Wasserfall aus Glasperlen ergoß. Der Indianer legte die Hände zusammen, fing sie auf, rannte dann zu seinen Freunden und gab jedem einige Perlen ab. Holzfuß hielt Fen zurück, biß die Zähne zusammen und sagte wieder und wieder: »Gottverflucht.«

Narbengesicht stolzierte zu dem Händler und knallte ihm die Rassel auf die Schulter; ein weiterer Punkt. Er bellte lauter denn je. Der Schnee sammelte sich auf Charles' Hutkrempe und schmolz auf seinen Augenbrauen, während ihn ein merkwürdiges Gefühl der Endgültigkeit überkam. Ähnliches hatte er zu Kriegszeiten am Vorabend einer Schlacht empfunden. Diese Vorahnung zog stets den Tod irgendeines Menschen nach sich.

»Schätze, es tut dir verdammt leid, daß du auf mich gehört hast«, murmelte Holzfuß.

»Wie meinst du das?«

»Nun, ich hab' immer gesagt, es gibt überall Ausnahmen, aber anscheinend habe ich die Lektion selber nicht richtig gelernt. Ich bin ein schöner Lehrer.«

Fröhlicher, als ihm zumute war, sagte Charles: »Jeder Lehrer kann mal einen Fehler machen.«

»Schon. Aber in dem Fall ist ein Fehler bereits ein Fehler zuviel. Tut mir leid, Charlie. Ich kann bloß hoffen, daß wir nicht in den ewigen Jagdgründen landen, noch bevor der Tag vorüber ist.«

HINRICHTUNG VON WIRZ

Die letzten Szenen im Leben des Gefängnisaufsehers
von Andersonville.

Letzte Bemühung seines Anwalts, ein Gnadengesuch
zu erwirken.

Feste Haltung des Gefangenen bei Vollstreckung der
Todesstrafe.

Bis zum Schluß beteuert er seine Unschuld und sieht seinem
Schicksal gefaßt entgegen.

Aufsehenerregender Versuch, ihn zu vergiften, ans Licht
gekommen.

Seine Frau steckte ihm eine Strychninpille zu.

*Zeitungsberichterstattung über den Tod des einzigen
Amerikaners, der wegen Kriegsverbrechen
hingerichtet wurde.*
November 1865

MADELINES JOURNAL

---

*November 1865. Über Nacht hat der kühle Carolina-Winter
den warmen, dunstigen Herbst verdrängt. Die Eichen reckten
sich heute morgen aus dichtem, weißem Nebel; die Luft riecht
nach den salzigen Fluten des Meeres. Diese Schönheit im
Überfluß läßt mich Dich noch schrecklicher vermissen. Wie
sehr wünsche ich mir doch, die Realität wäre so friedvoll wie
der Ausblick von meiner Türschwelle. Wir sind knapp an Bargeld. Wagenachse zerbrochen. Ehe Andy sie repariert hat, kön-*

nen wir kein Holz nach Walterboro oder Charleston bringen und somit auch nichts verdienen. Habe Dawkins geschrieben und ihn um ein paar Wochen Aufschub für die vierteljährlichen Zahlungen gebeten. Bis jetzt noch keine Antwort.

Auch von Brett aus Kalifornien noch nichts. Sie wird vor Weihnachten niederkommen. Ich bete, daß sie eine leichte Geburt hat.

In 30 Tagen oder weniger wird die Schule wieder aufgebaut sein. Prudence hält inzwischen auf dem Rasen vor dem Haus den Unterricht ab. Ein weiterer Rückschlag: Nach dem Feuer hat Burl Otis, Dorries Vater, ihr den Schulbesuch verboten. Er sympathisiert mit den unbekannten Brandstiftern oder hat Angst vor ihnen oder beides. Bin persönlich zu ihm gegangen, um mit ihm zu sprechen. Er verfluchte mich und nannte mich eine »unruhestiftende Niggerin«.

In Gettys' Laden ist zweimal ein rothaariger Mann gesehen worden. Der Tanzlehrer aus Charleston, wie man mir sagte. Es heißt, er habe keine Schüler und lebe in kümmerlichen Verhältnissen, was seine Bitterkeit noch verstärkt. Aber wer lebt heutzutage schon anders in Carolina, von einigen Gaunern abgesehen?

... Gettys, der typische Dilettant, hält sich nun für einen Journalisten. Hier habe ich ein Exemplar seiner neuen, armselig gedruckten kleinen Zeitung namens »Der weiße Blitz«. Nur schnell einige der Schlagzeilen — DIE VERLORENE SACHE IST NICHT VERLOREN; KAUKASISCHE FRAU HEIRATET NEGERBARBIER *usw. —, ehe ich sie verbrenne. Übles Zeug. Doppelt übel, weil Gettys die Demokraten zu repräsentieren behauptet. Wenn er es sich leisten kann, ein derartiges Schundblättchen zu drucken, dann muß sein Laden Wuchergewinne abwerfen. Ein zweiter Laden mit dem Namen Dixie hat an der Beaufort-Charleston-Straße aufgemacht, und ich habe gehört, in Charleston solle ein dritter folgen. Gettys hat damit nichts zu tun. Kann mir nicht vorstellen, wer in South Carolina das Geld hat, um so was zu finanzieren ...*

Der Verbannte reiste von Pennsylvania nach Washington, schroff und zynisch und trotz seiner Mißgeschicke zu Kriegszeiten zuversichtlich wie eh und je.

Simon Cameron, der die auf ihn entfallenen Stimmen beim Republikanerkonvent 1860 gegen einen Kabinettsposten verschachert hatte, gehörte zu jenen ehrgeizigen, kaltherzigen Halunken, denen das Wort Niederlage fremd war. Als Kriegsminister hatte er mit seiner korrupten Praxis der Vergabe von Lieferungskontrakten einen Skandal verursacht. Lincoln hatte ihn sich vom Hals geschafft, indem er ihn als Botschafter an den russischen Hof versetzte, und das Repräsentantenhaus hatte ihn wegen seiner korrupten Praktiken gemaßregelt. Doch 1863 war er wieder zurück und versuchte in seinem Heimatstaat einen Senatssitz zu ergattern.

Nachdem dies fehlgeschlagen war, zog er sich nach Pennsylvania zurück und bemühte sich, seine Staatskontakte auszubauen. »Man wird mich nicht ewig von der nationalen Regierung fernhalten können«, schrieb er an seinen Schüler und Wahlkampfsponsor Stanley Hazard, als er seinen gegenwärtigen Besuch in Washington ankündigte.

Stanley lud den Boß in den Concourse Club ein, in den er erst vor kurzem aufgrund seiner Freundschaft zu Senator Ben Wade und einigen anderen hohen Republikanern aufgenommen worden war. In den verschwenderisch ausgestatteten Clubräumen im zweiten Stock ließen sich Lehrer und Schüler in die tiefen Sessel neben einer Marmorbüste von Sokrates sinken. Ältere Schwarze, die angewiesen waren, sich unterwürfig zu benehmen, bedienten die Mitglieder. Einer von ihnen nahm Stanleys Bestellung entgegen und schlich auf Zehenspitzen davon. Cameron verlangte ohne weitere Umschweife eine Spende.

Das hatte Stanley erwartet. Er reagierte darauf mit einer Zuwendung von weiteren zwanzigtausend Dollar. Da es ihm an Talent fehlte, mußte er sich Freundschaft und Karriere kaufen.

Obwohl es erst halb zwölf vormittags war, sah Stanley bereits aufgedunsen und benebelt aus. »Fühle mich ziemlich schwach«, erklärte er.

Cameron sagte nichts darauf. »Wie gefällt Ihnen Ihre Arbeit beim Büro für befreite Neger?«

»Entsetzlich. Oliver Howard kann nicht vergessen, daß er Soldat ist. Die einzigen Männer im Büro, die sein Ohr haben, sind ehemalige Generäle. Ich habe vor, Mr. Stanton mitzuteilen, daß ich versetzt werden möchte. Der Jammer ist nur, ich weiß nicht, wohin, falls er zustimmt.«

»Haben Sie eine politische Aufgabe in Erwägung gezogen?« Stanleys Unterkiefer sackte herab.

»Ich meine es ernst. Sie wären ein großer Gewinn für das Haus.« Ah, jetzt begriff er. Cameron spielte nicht auf seine Fähigkeiten an. Stanley wäre nur deswegen ein großer Gewinn, weil er großzügig spendete und die Anweisungen der Parteioberen nie in Frage stellte. Und Gehorsam war für ihn erste Pflicht, da er selbst keine einzige originelle Idee hervorbrachte, was den politischen Prozeß anbelangte. Trotzdem begeisterte ihn innerhalb dieser Einschränkungen Camerons Vorschlag.

Der schwarze Kellner brachte die Drinks. Stanleys Glas enthielt die doppelte Menge von Camerons Glas. Während sich Stanleys Phantasie noch auf einem Höhenflug befand, brachte ihn Cameron wieder rauh auf den Boden der Tatsachen zurück.

»Sie wissen, mein Junge, Sie hätten eine großartige Zukunft vor sich, wäre da nicht dieser eine riskante Punkt.«

»Damit müssen Sie George meinen.«

»O nein. Ihr Bruder ist harmlos. Idealisten sind immer harmlos, weil sie voller Skrupel stecken. In einer angespannten Situation behindern Skrupel einen Mann und machen seine Reaktionen absolut voraussagbar.« Camerons verschlagene Augen fixierten Stanley, während er murmelte: »Ich meinte Isabel.«

Stanley brauchte einige Momente, bis er das aufgenommen hatte. »Meine Frau ist ein . . .?«

»Größeres Risiko. Tut mir leid, Stanley. Niemand bestreitet, daß Isabel eine clevere Frau ist. Aber sie geht den Leuten auf die Nerven. Sie beansprucht für sich zuviel Anerkennung für Ihren Erfolg — etwas, was die meisten Männer abstoßend finden.« Taktvoll übersah Cameron das sich rötende Gesicht seines Schülers; Stanley wußte, daß diese Beschuldigungen der Wahrheit entsprachen.

»Es fehlt ihr an Taktgefühl«, fuhr Cameron fort. »Ein kluger Politiker versteckt seine Feindschaften und protzt nicht mit ihnen. Was am schlimmsten ist, Isabel besitzt in dieser Stadt keine

Glaubwürdigkeit mehr. Niemand glaubt ihren Schmeicheleien, weil sie überhaupt kein Geheimnis aus ihrem Ehrgeiz nach gesellschaftlicher Bedeutung und Ansehen macht.«

Mit einem schnellen Rundblick überzeugte sich der Boß, daß keine Lauscher in der Nähe waren, dann senkte er die Stimme. »Aber falls Sie je – sagen wir: unabhängig? – werden sollten und das ohne einen persönlichen Skandal abgeht, dann kann ich Ihnen fast die Nominierung für das Repräsentantenhaus garantieren. Nominierung ist gleichbedeutend mit Wahl, dafür sorgen wir schon.«

Verblüfft sagte Stanley: »Ich wäre begeistert davon. Ich würde hart dafür arbeiten, Simon. Aber ich bin seit Jahren mit Isabel verheiratet. Ich kenne sie. Sie ist eine sehr moralische Person. Sie würden nie erleben, daß sie in einen, äh, persönlichen Skandal verwickelt wäre.«

»Oh, das glaube ich Ihnen«, sagte Cameron aufrichtig. Er dachte an Isabels Gesicht; niemand würde sich dafür interessieren.

»Aber ein Skandal, mein Junge, ist nicht auf verbotene Romanzen beschränkt. Ich habe Gerüchte über Isabel und eine gewisse Fabrik in Lynn, Massachusetts, gehört.«

Der alte Pirat. Er wußte sehr wohl, daß Stanley gemeinsam mit seiner Frau Kriegsgewinne durch die Produktion minderwertiger Armeeschuhe erzielt hatte. Camerons Blick deutete an, daß die Wahrheit nicht unbedingt in Stein gemeißelt werden mußte.

Der Gedanke, Isabel die Verachtung und die Kränkungen zurückzuzahlen, mit denen sie ihn gewohnheitsmäßig überhäufte, war sowohl neu als auch verlockend. Auf ihren Befehl hin hatte Stanley seine Geliebte aufgegeben. Isabel hatte ihm zahllose Demütigungen angetan - und hier saß der Boß und versprach ihm auch noch eine Belohnung, wenn er sie sich vom Hals schaffte.

Er wollte nicht zu begierig erscheinen. Er übertrieb seinen Seufzer. »Boß, es tut mir leid, aber das, was Sie da angedeutet haben, wird wohl nie geschehen. Falls es sich zufällig doch ergeben sollte, werde ich Sie sofort benachrichtigen.«

»Ich hoffe es. Gute, loyale Parteimitglieder sind schwer zu finden. Frauen andererseits gibt es überall. Denken Sie darüber nach«, murmelte er und nippte an seinem Drink.

Nachdem Cameron gegangen war, konnte Stanley kaum seine Erregung verbergen. Der Boß hatte eine Tür geöffnet, und er wäre am liebsten mit einem Satz durchgesprungen. Wie ließ sich das am besten verwirklichen?

Er lehnte die Essenseinladung eines Clubkameraden ab und speiste allein, stopfte die Nahrung nur so in sich hinein und spülte sie mit großen Schlucken Champagner hinunter. Zusammen mit dem Dessert – ein ganzes Viertel Blaubeerkuchen mit Cremesauce — kam auch die Inspiration. Er hatte eine narrensichere Methode gefunden, hinter Isabels Rücken zuzuschlagen und ihren Niedergang einzuleiten.

Gleichzeitig würde ihn das aus einer Situation befreien, die zwar profitabel war, die ihn aber in steter Angst vor einer möglichen Bloßstellung hielt. Ein, vielleicht zwei Jahre konnte er weiterhin seine Gewinne einstreichen. Dann, zu einem Zeitpunkt seiner Wahl —

»Ausgezeichnet«, sagte er, womit weder der Champagner noch der Kuchen gemeint war.

Bevor er den Concourse Club verließ, setzte er den Plan in Gang. Dessen Schlichtheit verblüffte ihn, so wie ihn seine eigene Findigkeit erfreute. Vielleicht hatte er sich zu lange schon unter seinem Wert verkauft. Vielleicht war er gar nicht der Idiot, für den ihn George und Billy und Virgilia und Isabel hielten.

Dem ältlichen Weißen am Empfang des Clubs reichte er eine versiegelte Note. »Bitte, geben Sie das in sein Brieffach, damit er es erhält, wenn er das nächste Mal vorbeischaut.«

»Ist es eilig, Mr. Hazard?«

»O nein, ganz und gar nicht«, sagte Stanley und wedelte lässig mit seinem Stock.

Der Pförtner studierte die Schrift auf dem Briefumschlag, während Stanley pfeifend die Treppe hinabging. *Mr. J. Dills, Esq.* Er schob den Umschlag in das richtige Fach; in den letzten paar Jahren, so ging es ihm durch den Kopf, hatte er Mr. Stanley Hazard mitten am Tag niemals so gut gelaunt und so nüchtern gesehen.

Ein kurzer Brief von der Palmetto-Bank. Leverett D. schreibt, der Vorstand lasse nur dieses eine Mal eine verspätete Zahlung zu. Er redet mich mit »Mrs. Main« an und nicht wie früher mit meinem Vornamen. Ich bin mir sicher, daß da die Schulangelegenheit dahintersteckt. Wir befinden uns tatsächlich am Vorabend des Winters...

15

Der Sergeant von Fort Marcy ging um Mitternacht.

Ashton berührte das zerwühlte Bett. Noch warm. Ihr Gesicht verzerrte sich erst vor Ekel, dann vor Kummer. Sie setzte sich hin, den Kopf zwischen den Händen, während Trostlosigkeit sie wie eine große Woge überspülte.

Sie ballte die Hände. Du bist eine rückgratlose Memme. Hör auf damit.

Sinnlos. Mit jedem Kunden heute nacht – einem Mexikaner, dem die Manieren von Don Alfredo fehlten; einem einfältigen Fuhrknecht aus St. Louis; einem Soldaten – war der Punkt näher gerückt, an dem sie am liebsten ihre Wut und ihre Frustration hinausgeschrien hätte. Jetzt war November, und sie war bereit, loszurennen, ohne sich um das Risiko zu kümmern, in der Wildnis zu verhungern oder vom Schwager der Señora eingefangen zu werden.

Sie weinte zehn Minuten. Dann, nachdem sie die Kerze ausgeblasen hatte, sprach sie zu Tillet Main; das hatte sie nicht mehr getan, seit sie vor langer Zeit zum letztenmal sein Grab besucht hatte.

»Ich wollte, daß du stolz auf mich bist, Papa. Es ist schwerer, wenn man eine Frau ist, aber mit Lamar Powell hätte ich es beinahe geschafft. Aber beinahe ist nicht gut genug, nicht wahr? Es tut mir leid, Papa. Es tut mir wirklich leid...«

Wieder flossen die Tränen. Wellen von Haß überschwemmten sie. Gegen sich selbst gerichtet, gegen diesen Ort, gegen alles und jedes.

Das war am Dienstag. Am Freitag kam ein Mann herein und engagierte sie für die ganze Nacht.

Ein alter, sehr alter Mann. Sie war ganz unten angekommen.

»Schließ das verdammte Fenster, Mädchen. Ein altes Wrack wie ich holt sich zu dieser Jahreszeit schnell was weg.«

Er stellte seinen zerbeulten Koffer mit Messingbeschlägen ab. »Ich hoffe bloß, du bist heißblütig. Ich möchte mich richtig rankuscheln und gemütlich eine Nacht durchschlafen.«

O Gott, was für ein widerlicher Typ, dachte Ashton. Mindestens sechzig. Ausdruckslose blaue Augen, graue Haare, die ihm kreuz und quer über Nacken und Ohren hingen, Gewicht höchstens hundertzwanzig Pfund. Wenigstens machte er einen sauberen Eindruck — ihr einziger Trost.

Der alte Mann legte seinen schäbigen Mantel ab, zerrte seine Hosenträger nach unten, zog Hosen und Schuhe aus. Er öffnete seinen Musterkoffer, wobei ein Haufen bedruckter Blätter zum Vorschein kam; auf jedem Blatt war eine fette Frau zu sehen, die an einem Flügel saß. Er wühlte zwischen Handzetteln und schmutzigen Wäschestücken herum, bis er eine Whiskyflasche gefunden hatte.

»Gegen mein verfluchtes Rheuma.« Als er sich auf das Bett setzte, knackten seine Kniegelenke wie Knallfrösche. »Ich bin zu alt für dieses Rumgereise quer durch die Hölle.« Er nahm einen Schluck Whisky.

Ashton setzte ihr schönstes professionelles Lächeln auf und sagte: »Wie heißt du, Liebling?«

»Willard P. Fenway. Sag Will zu mir.«

Sie zeigte ihre Grübchen. »Das ist süß. Bist du richtig heiß, Will?« »Nein. Und mit dem Liebling ist es auch nicht weit her. Ich habe dich für ein vernünftiges Gespräch engagiert, ein paar Streicheleinheiten und einen ordentlichen, langen Schlaf.« Er spähte an der erhobenen Flasche vorbei. »Obwohl du ein umwerfender Anblick bist. Das gelbe Kleid, das du trägst, ist auch toll.«

»Will, soll das wirklich heißen, du willst nicht . . .?«

»Ficken? Nein. Brauchst nicht rot zu werden, das ist ein gutes, aufrechtes Wort. Die Leute, die sich über unflätige Sprache aufregen, tun für gewöhnlich noch viel schlimmere Dinge, bloß heimlich.« Er streckte sich aus und nahm einen weiteren Schluck. »Wie heißt du?«

Aus einem ihr selbst unerklärlichen Grund konnte sie ihn nicht anlügen. »Ashton. Ashton Main.«

»Du kommst aus dem Süden, was?«

»Ja, aber wag bloß nicht zu fragen, wie ich an einem solchen Ort landen konnte. Das höre ich zwanzigmal die Woche.«

»Du kriegst soviel Nummern zusammen? Verdammt. Wunderbar, so jung zu sein. Bei mir ist das schon so lange her, daß ich fast die Einzelheiten vergessen hätte.«

Ashton lachte ehrlich erheitert auf. Sie fand den alten Kauz sympathisch. Vielleicht hatte sie deswegen nicht gelogen. Sie setzte sich neben ihn und sagte: »Ich erzähl' dir nur das. Ich bin hier in Santa Fé unerwartet Witwe geworden. Ich konnte nur in diesem Höllenloch hier Arbeit finden.«

»Aber du willst nicht ewig bleiben, he?«

»Nein, Sir.« Sie musterte den Koffer. »Bist du so eine Art Verkäufer?«

»Hausierer ist das richtige Wort. Ich verhungere langsam dabei. Auf den gravierten Karten in meiner Tasche steht: Willard P. Fenway, Repräsentant der Westterritorien, Hochstein-Pianowerke, Chicago.«

»Oh, das erklärt das Bild mit der dicken Lady. Sie verkaufen ein wunderbares Instrument. Ich sah Hochstein-Pianos in den besten Häusern von South Carolina. Ich bin dort aufgewachsen. Sag mal, hast du was dagegen, wenn ich mich fürs Bett fertigmache?« Er drängte sie, sich zu beeilen. »Möchtest du mich im Nachthemd oder nackt haben?«

»Letzteres, wenn es dich nicht stört. Hält einen Mann wärmer.«

Ashton zog sich weiter aus; ganz unerwartet machte ihr der Abend plötzlich Spaß. Fenway wedelte mit der leeren Flasche. »Muß eine deiner Bemerkungen korrigieren. Ich verkaufe keine Hochsteins, ich versuche, welche zu verkaufen. Auf diesem Trip bin ich erst einen ›Artiste‹ losgeworden — so heißt das große

Modell, das auf dem Verkaufsblättchen abgebildet ist. Hat ein Viehzüchter in El Paso gekauft, ein dämlicher Klotz. Seine Frau kann keine Noten lesen, sondern wollte bloß was zum Angeben haben. Wahrscheinlich ist dies das einzige Instrument, das ich in Monaten verkaufe. Der Boß hat mir ein Territorium aufgehalst, das aus der ganzen verdammten Nation westlich des Mississippi besteht, was bedeutet, daß sich meine potentielle Kundschaft aus Falschspielern, pleite gegangenen Minern, betrunkenen Soldaten, Indianern, armen Schollenbrechern, Greasern, Huren — nichts gegen dich — und ab und zu mal einer schwachsinnigen Ranchersfrau zusammensetzt. Sag mal, könntest du dich ein bißchen beeilen, dich hinlegen und mich wärmen?«

Sie blies das Licht aus, schlüpfte unter die Decke und schmiegte sich in die Beugung seines Armes. Er mochte alt und knochig sein, aber sein Fleisch war noch fest, und seine Hand auf ihrer Schulter wirkte kräftig. Das Reisen hatte ihn gehärtet, vermutete sie. Seine Haut roch angenehm nach einem Pflanzenöl.

»Hier könntest du sicher ein Piano verkaufen. Vielleicht keinen Flügel, aber ein Spinett. Unsere Kunden schreien ständig nach Musik.«

»Dafür würde ich keins von Hochstein kriegen.«

»Warum nicht?«

»Der alte Hochstein ist ein Bibelleser. Fromm wie die Sünde in der Öffentlichkeit, vor allem in Gesellschaft des alten Maultiers, das er geheiratet hat. Glaub mir, wenn man mich lassen würde, ich könnte der Hälfte aller Freudenhäuser in Illinois ein Hochstein-Piano aufschwatzen und mich zur Ruhe setzen.«

»Der Markt ist so groß?«

»Indiana und Iowa noch dazu, dann könnte ich wie ein verdammter Herzog leben. Hochstein will sich aber nicht mit dem Bordellmarkt einlassen. Die Konkurrenz ebenfalls nicht — ahhh! Wohin gehst du?«

»Wir brauchen Licht. Wir müssen uns unterhalten.«

Ein Streichholz kratzte, ein Flämmchen erhellte den Raum. Sie packte die blaue Seidenrobe, ein Geschenk der Señora.

Fenway beschwerte sich, daß ihm kalt sei. Mit besänftigenden

Lauten stopfte ihm Ashton die abgeschabte Decke unter das Kinn und setzte sich wieder. »Willard!«

»Will, verdammt noch mal. Ich hasse Willard.«

»Entschuldige, Will. Du hast gerade einen wunderbaren Einfall gehabt und weißt es nicht. Würdest du nicht gern diesem alten Mr. Hochstein einen Tritt ins verlängerte Rückgrat geben? Und dabei noch eine Menge Geld rausschlagen?«

»Darauf kannst du wetten. Ich bin jetzt seit zweiundzwanzig Jahren sein Sklave. Aber . . .«

»Würdest du dafür ein kleines Risiko eingehen?«

Er dachte darüber nach. »Ich denke schon. Kommt drauf an, wie groß das Risiko und wie groß der Lohn dafür ist.«

»Nun, du hast eben gesagt, du könntest wie ein Herzog leben, wenn du in drei Staaten Pianos an Freudenhäuser verkaufen würdest. Und wenn du sie nun im ganzen Westen verkaufen würdest?«

Fenway konnte nur noch krächzen. »Mein Gott, Mädel. Du sprichst von El Dorado.«

Sie klatschte in die Hände. »Dachte ich mir. Will, wir werden Partner.«

»Partner? Ich bin noch keine zehn Minuten hier.«

»Oh, doch, das bist du, und wir sind Partner«, sagte sie, sehr nachdrücklich mit dem Kopf nickend. »Wir steigen ins Pianogeschäft ein. Du weißt doch, wie Pianos hergestellt werden?«

»Sicher. Für die Arbeit, die ich nicht selbst machen kann, könnte ich mir Leute suchen. Aber wo sollten zwei Pianobauer die vierzig- oder fünfzigtausend Dollar auftreiben, die man für den Anfang braucht? Sag mir das mal.«

»Wir werden es in Virginia City auftreiben. Sobald du mir geholfen hast, von diesem verdammten Ort fortzukommen.«

Ashton beugte sich vor; ihre Brüste preßten sich gegen den Seidenstoff. Zum erstenmal roch sie Fenways Atem. Nicht der übliche Gullygeruch der meisten Kunden. Er hatte eine Gewürznelke gekaut. Der Duft der Gewürznelke vermischte sich angenehm mit dem Pflanzenöl. Der alte Bursche wurde ihr immer sympathischer.

»Verstehst du, Will, mein verstorbener Mann hatte Besitz in

Virginia City. Eine Mine. Sie gehört mir. Wir müssen nur hinkommen.«

»Was denn, ah ja, nichts dabei«, sagte er. »Ist ja nur ein kleiner Sprung rüber nach Virginia City. Kann ich eigentlich meinen Ohren noch trauen?«

»Aber sicher kannst du das. Oh, warte. Bist du irgendwie gebunden?«

»Du meinst Frauen? Nichts dergleichen. Ich hab' drei Stück aufgearbeitet oder sie mich, da bin ich mir nicht sicher.« Er grinste. Unten zerbrach jemand ein Möbelstück. Dann hörte Ashton den Übeltäter schreien — Luis. Fenway entging der bösartige Blick, der kurz in ihren Augen aufblitzte. »Du erzählst mir die Wahrheit? Dein Mann besaß eine Mine in Nevada?«

»Die Mexikanische Mine.«

»Ich bin dort gewesen. Ich kenne diese Mine. Eine verdammt große Mine.«

»Ich will dich nicht anlügen, Will. Ich habe keine Urkunde, mit der ich meinen Besitzanspruch nachweisen könnte. Auf der Heiratsurkunde steht zwar, daß ich Mrs. Lamar Powell bin, aber die ist in Richmond zurückgeblieben.«

»Wenn wir Frisco erreichen — ich kenne dort einen Burschen, der uns eine neue Urkunde drucken kann.« Ashton genoß es, wie seine Augen glänzten. Er begann die große Chance zu erfassen. »Aber das reicht vielleicht noch nicht.«

Sie legte eine Hand auf ihre schwellende Brust. »Oh, ich habe gewisse Möglichkeiten, jemanden zu überzeugen, der ein bißchen kleinlich ist.«

Fenway, der langsam rot anlief, war außer sich. »Sprich weiter, sprich weiter. Du magst verrückt sein, aber mir gefällt das.«

»Der schwerste Teil — und das ist jetzt ernst gemeint, Will, kein Witz —, der schwerste Teil wird sein, hier wegzukommen, raus aus Santa Fé. Die Señora, die Frau, der du das Geld gegeben hast, ist ein gemeines Stück. Und Luis, ihr Schwager, ist noch schlimmer. Hast du ein Pferd?«

»Nein. Ich fahre mit den Überlandkutschen.«

»Könntest du drüben in Fort Marcy vielleicht zwei Pferde kaufen?«

»Ja. Ich glaube, soviel habe ich noch.«

»Besitzt du eine Waffe?«

Sein Gesicht verlor schnell an Farbe. »Du meinst, bei der Sache kann auch geschossen werden?«

»Ich weiß es nicht. Möglich. Wir brauchen Nerven, wir brauchen Pferde, und wir brauchen eine geladene Waffe, bloß für den Notfall.«

»Nun . . .« Eine geäderte Hand deutete auf den Musterkoffer. »Wühl mal unter diesen Verkaufsblättchen. Dort liegt ein alter Allen-Revolver, gute fünfundzwanzig Jahre alt, aber bei Reisenden sehr beliebt.« Er räusperte sich. »Ich fürchte, meiner ist nur zum Vorzeigen. Keine Munition.«

»Dann wirst du welche kaufen müssen.«

Während er darüber nachdachte, brach unten der Streit wieder aus. Ein krachendes Geräusch deutete an, daß hier einer einen Stuhl über den Schädel bekommen hatte. Ashtons Mund verzog sich häßlich, als sie Luis bellen hörte: »*Vete, hijo de la chingada. Gonsalvo, y dónde está el cuchillo? Te voy a cortar los huevos.*«

Ein jaulender Schrei und hämmernde Schritte signalisierten den Rückzug des potentiellen Opfers. Fenways Augen quollen hervor.

»War das der Schwager?«

»Kümmere dich nicht drum. Wir werden mit ihm fertig — wenn wir eine geladene Waffe haben.«

»Aber ich bin ein friedlicher Mann. Ich kann mit einer geladenen Waffe gar nicht umgehen.«

Ashtons süßes Lächeln lenkte ihn von ihrem tückischen Blick ab. »Ich schon.« Sie streichelte seine mit weißen Bartstoppeln bedeckte Wange. »Ich schätze, die Entscheidung liegt bei dir, mein Lieber. Möchtest du dich lieber sicher, aber arm durch den Westen schleppen, immer weiter und weiter, oder ein kleines Risiko eingehen und anschließend in Reichtum leben?«

Fenway nagte an seiner Unterlippe. In der Cantina unten erzählte Luis mit polternder, grollender Stimme noch einmal von seinem Triumph über den geflüchteten Mann. Fenway starrte Ashton an und dachte: Das ist vielleicht eine Frau. Eine bemerkenswerte Frau.

Er gab sich keinen Illusionen bezüglich des Mädchens hin, das ihn hier so umschmeichelte. Auch verbarg sie nicht, was sie war. Sie schrieb es groß und deutlich auf ihr Schild, und wem das nicht paßte, der konnte sie gern haben. Er fand immer mehr Gefallen an dieser Wölfin im Schafspelz.

Sie gab ihm einen Kuß auf die Lippen. Ihr feuchter Mund war dem seinen ganz nahe, ihr warmer, erregter Atem strich über sein Gesicht, sie berührte ihn mit ihrer Zungenspitze, während einer ihrer Finger mit seinem Ohr spielte. »Komm, Will, sag's mir. Armut oder Pianos?«

Sein Herz hämmerte beim Gedanken an all die Reichtümer – und beim Gedanken daran, das Leben zu verlieren.

»Zum Teufel damit. Versuchen wir's mit Pianos. Partner.«

Zwei Abende später, während ein verfrühter Wintersturm über Santa Fé fegte, kehrte Will Fenway mit seinem Musterkoffer zurück, gerade so wie beim ersten Mal, als sie ihren Plan gefaßt hatten. Wilde Blicke um sich werfend, schloß er die Tür und lehnte sich dagegen, während der Regen gegen die Fensterläden klatschte. Ashton riß ihm den Koffer aus der Hand und machte ihn auf dem Bett auf. »Hast du für die ganze Nacht gezahlt?«

»Nein. Konnte ich mir nicht mehr leisten.«

»Will«, fing sie an zu jammern, gereizt und nervös.

»Hör zu, ich halte das allmählich für eine verdammt blödsinnige Idee. Ich habe jeden Cent für Munition und für diese beiden Klepper ausgegeben, und jetzt spielen die Señora und ihr übel aussehender Verwandter unten Karten. Wegen des Regens ist sonst niemand da. Sie werden jeden Laut hören.«

»Wir warten solange.«

Ashton holte den mehrläufigen Allen-Revolver aus dem ansonsten leeren Koffer. Sie drehte die Läufe, um zu sehen, ob sie alle geladen waren, dann legte sie ihre wenigen Kleidungsstücke in den Koffer. Sie besaß keinen Regenumhang und würde durch und durch naß werden; das ließ sich nicht ändern.

Sie spürte einen dumpfen Druck in ihrer Brust, doch gleichzeitig war sie kühl und gefaßt. Sie legte das orientalische Kästchen in den Koffer. »Wie lange haben wir?«

»Ich konnte nur für eine Stunde zahlen.«

»Das muß reichen. Wir gehen die Hintertreppe hinunter durch den Lagerraum. Hast du . . . ?«

»Ja. Ich habe alles«, sagte er bissig. »Die Pferde sind in dem kleinen Schuppen hinten. Aber . . .«

»Nichts aber.« Ashton streichelte seine Stirn. Die Haut fühlte sich nicht mehr kühl an, sondern feucht und klamm. »Setz dich, Will. Wir warten, bis es ein bißchen lauter geworden ist. Luis fängt zu lärmen an, wenn er getrunken hat. Das klappt schon, hab nur Vertrauen zu mir.«

Aus einer Tasche seines alten Mantels holte Fenway eine silberne Uhr und ließ sie aufschnappen. Er legte sie aufs Bett. Beide starrten sie auf die schwarzen Zeiger. Zehn nach neun. Der große Zeiger sprang weiter. Wieder eine Minute vergangen.

Ashton stand hinter ihm und massierte geschickt seinen verkrampften Nacken und seine Schultern. »Mach dir keine Sorgen. Wir kriegen das problemlos hin. Zwei so clevere Partner, wie wir es sind, kann niemand aufhalten.«

Vielleicht mit Ausnahme von Luis, der sich gerade so lautstark einen weiteren Drink einschenkte, daß Ashton und Fenway die Flasche gegen das Glas schlagen hörten.

Die Zeit verrann; plötzlich schien ihnen das Glück auf geradezu wunderbare Weise hold zu sein. Mit lauter Baritonstimme begann Luis zu singen. Señora Vasquez-Reilly sagte: »*No me fastidies*«, aber er grölte einfach weiter. Fünf Minuten später — neun Minuten vor zehn, die Stunde, zu der die Señora die Treppe hochsteigen und Will herausholen würde — übertönte schweres Donnergrollen die immer heftiger werdenden Regenschauer.

»Wir schaffen es, Will. Wir müssen los — jetzt.« Ashton band ihre Spitzenmantilla unter dem Kinn fest, ein hauchdünnes Tuch, aber besser als nichts. Sie drückte ihm den Koffer in die Hand, griff nach dem geladenen Allen-Revolver und öffnete die Tür. Sie suchte den nur von einem Kerzenstummel in einem Halter schwach erhellten Flur ab, der direkt bis zu der dunklen Hintertreppe führte. Nichts. Ashtons Atem ging schwer, als sie sich vorwärts schob. Sie flüsterte, den Mund an seinem Ohr: »Tritt vorsichtig auf. Einige Bretter quietschen, wenn du fest drauftrittst.«

Mit fast übertriebener Vorsicht schlichen sie auf Zehenspitzen den Gang entlang, vorbei an der ersten geschlossenen Tür. Ashton hörte das Mädchen drinnen schnarchen. Sie kamen an der zweiten, links liegenden Tür vorbei; von Rosa war kein Laut zu hören.

Auf der Treppe wagte Ashton etwas schneller zu gehen. Alles ging glatt, bis Fenway mit seinem ganzen Gewicht auf die erste Stufe trat, die ein Geräusch von sich gab wie eine Katze, der man auf den Schwanz getreten ist.

Der Regen hatte nachgelassen. Das Geräusch hallte nach. Ihr Glück ließ sie nun im Stich.

Rosas Tür ging auf. Nackt trat sie auf den Gang hinaus, in der Hand ein Glas. Wegen des Lärms blickte sie sofort nach links — und sah sie.

Ihr Aufschrei war möglicherweise noch in Fort Marcy zu hören. *»Señora! Señora! La puta Brett, se huye!«*

»Das wär's«, rief Ashton und packte Fenway am Rockaufschlag. »Jetzt renn, mein Lieber.«

Immer zwei Stufen auf einmal nehmend, eilte sie hinunter; bei einem Sturz hätte sie sich sicher das Genick gebrochen.

Jetzt, wo sie entdeckt waren, half ihnen das Schicksal wie zum Hohn, ohne zu stolpern bis in den Lagerraum zu kommen. Rosa kreischte jedoch weiter, und jetzt trieb auch die Stimme der Señora Luis zur Eile an, gerade als sich Ashton durch den Irrgarten aus alten, zerbrochenen Kisten wühlte.

Die Tür der Cantina ging auf. Ein bernsteinfarbenes Lichtrechteck erfaßte die Flüchtlinge nahe der Hintertür.

Luis stürmte auf sie zu. Ashton drückte ab. Durch den Rauch hindurch sah sie Luis zur Seite kippen. Dann entdeckte sie, wie sich die Señora in der Cantina das Blut von der Wange wischte. Blut, erzeugt durch herumfliegende Splitter; Ashtons Kugel hatte den Türrahmen getroffen, und Luis war lediglich weggetaucht, um sein Fell in Sicherheit zu bringen.

»Komm, Will«, schrie Ashton, riß die Hintertür weit auf und sprang hinaus in Regen und Schlamm.

Fenway folgte keuchend. Er stieß sie nach links, knallte ihr dabei den Musterkoffer heftig gegen das Knie. Sie taumelte, wäre beinahe gefallen. Fenway kriegte ihren Ellbogen zu fassen und führte sie. »Nicht mehr weit. Der kleine Schuppen. Da sind wir schon.«

Sie roch und hörte die unruhigen Tiere. Luis erschien an der Hintertür, eine Flut von Obszönitäten ausstoßend. Er sprang ins Freie, wollte ihnen nachrennen, als er mit dem rechten Fuß im Schlamm ausrutschte und der Länge nach hinfiel. Seinem Aufschrei nach hielt Ashton es durchaus für möglich, daß er sich irgendwas gebrochen hatte.

Er wälzte sich auf die Seite, griff mit der linken Hand nach den Flüchtlingen. Der schwache Schein eines Blitzes zeigte sein schlammverschmiertes Gesicht. Von der Tür aus kreischte die Señora: »*Levántate, Luis, Maldita seas. Levántate y síguelos.*«

»*No puedo, puta, me pasa algo a la pierna.*«

»Steig um Himmels willen auf«, jammerte Fenway. Er saß bereits im Sattel, den Griff des Koffers umklammernd. Für Ashton schienen die paar Sekunden eine Ewigkeit zu dauern, während sie auf das Bild vor sich starrte: die Señora, die Luis aufforderte, aufzustehen, Luis, dessen ausgestreckte Hand nach ihnen tastete, während sein schmerzverzerrtes Gesicht zum Ausdruck brachte, daß er nicht aufstehen konnte.

In der Ewigkeit dieses Augenblicks zuckten all die kleinen und großen Schmähungen, Beleidigungen und Unfreundlichkeiten durch Ashtons Kopf. Die Señora und Luis hatten ihr beide gleich viel angetan, aber Luis war näher. Sie trat zwei Schritte auf ihn zu, zielte mit starrem Arm mit dem Revolver und jagte ihm eine Kugel in den Kopf.

Sie ritten klappernd über die leere, vom Regen glänzende Hauptplaza. Asthons Pferd war an der Spitze. Sie hatte ihren Rock zwischen die Schenkel hochgezogen und ritt tief geduckt im Herrensitz, ständig nach Hindernissen Ausschau haltend.

Hinter ihr schrie Fenway: »Warum hast du den Mann erschossen? Es gab keinen Grund, ihn zu erschießen. Er lag schon am Boden.«

»Luis hat mich mißhandelt, ich habe ihn gehaßt«, schrie sie über die Schulter zurück. Vor ihr traten ihr zwei Soldaten aus dem Fort in den Weg; ihre Gummiponchos glänzten im Schein der zuckenden Blitze. Einer zog den anderen gerade noch im letzten Moment zurück; beide fielen hin.

Auf Fenways regennassem Gesicht zeigte sich tiefer Abscheu, während er dahingaloppierte. Er wußte, daß das kleine Flittchen aus Carolina ein Herz aus Stein besaß, aber nie hätte er gedacht, daß sie so weit gehen und einen hilflosen Mann niederschießen würde. Mit was für einer Kreatur hatte er sich da eingelassen? Vor Aufregung war ihm fast übel; jetzt fühlte er sich nicht mehr befreit, sondern hatte statt dessen das unbehagliche Gefühl, in der Falle zu sitzen.

Ashton, von Kindheit an an Pferde gewöhnt, bot ihr ganzes reiterliches Können auf; tief über den Nacken des Kleppers gebeugt, ließ sie sich nur vom gelegentlichen Schein eines Blitzes leiten. Sie ritt, als wäre der Teufel hinter ihr her und nichts vor ihr könnte sie aufhalten; ihr Partner fühlte sich mitgeschleift, gefangen, im Sog ihrer unglaublichen Willensstärke.

Er hörte sie rufen: »Wir schaffen es, Honey. Wir lassen diese mexikanischen Hunde hinter uns. Reit nur zu!«

Vielleicht konnte er wirklich alle möglichen Verfolger abschütteln, dachte er, während sein Gaul über die glitschige Straße schlitterte, doch er bezweifelte, ob er je sie abschütteln könnte. Es war zu spät; sie hatte ihn am Haken.

Und sie hatte einen Mord begangen.

Mit seiner Hilfe.

Der Deputy Marshall des Territoriums und der Kommandant von Fort Marcy befragten Señora Vasquez-Reilly, die ihnen sagte:

»Natürlich kann ich Ihnen sagen, wer meinen lieben, unschuldigen Schwager ermordet hat. Ich kann sie bis ins letzte Detail beschreiben. Ich habe immer meine Zweifel gehabt, ob sie mir ihren richtigen Namen gesagt hat. Es liegt also an Ihnen, ob Sie sie je erwischen.«

16

Im Spital in Richmond machte ein junger Doktor die Runde durch die Stationen, geführt von der Oberin, Mrs. Pember. Der Doktor war neu hier, hatte sich freiwillig gemeldet wie die anderen auch, die sich um diese traurigen Überreste menschlichen Abfalls kümmerten.

Gelegentlich warf ihm einer der Patienten einen leeren Blick zu, aber die meisten beachteten ihn nicht. Einer duckte sich neben seinem Feldbett zusammen und betastete mit den Fingerspitzen eine unsichtbare Wand. Ein anderer führte ein lebhaftes, jedoch lautloses Gespräch mit unsichtbaren Zuhörern. Ein dritter saß mit verschränkten, untergeschobenen Armen da, wie in einer Zwangsjacke, und weinte ohne einen Laut.

Der Doktor diktierte der Oberin Anmerkungen, während er von Feldbett zu Feldbett schritt. In der Nähe des Feldbetts ganz hinten saß ein Mann zusammengesunken auf einer Packkiste am offenen Fenster. Selbst zu dieser späten Jahreszeit stieg noch Rauch aus den niedergebrannten Stadtbezirken auf und verschleierte die ohnehin kümmerliche Herbstsonne.

Der Mann auf der Kiste starrte aus dem Fenster nach Südosten in Richtung des jüdischen Friedhofs, der vom Shockoe-Friedhof getrennt war. Seine Abscheu war unübersehbar. Mit gesenkter Stimme sagte Mrs. Pember: »Wurde vor einigen Wochen bewußtlos vor dem Rathaus gefunden.«

Der Doktor, blaß und von der Last seiner Besuchsrunden bereits erschöpft, musterte den Mann mit einer Mischung aus Ekel und Sorge. Früher einmal mußte der Patient eine gewisse physische Präsenz gehabt haben; groß genug war er. Nun sah er verfallen, geschrumpft aus. Hautstreifen deuteten auf eine frühere Fettsucht hin. Nahrungsmangel hatte bis auf einen beachtlichen Bauch alles Fett weggeschmolzen.

Die linke Schulter des Patienten hing tiefer als seine rechte. Er war barfuß; unter einer schmierigen, alten, dem Spital gespendeten Samtrobe trug er das grobe Nachthemd des Krankenhauses. Auf seinem Kopf saß ein zerbeulter Zylinderhut. Er funkelte Mrs. Pember und den Doktor an.

Immer noch flüsternd sagte die Oberin: »Er behauptet, ständige Schmerzen zu haben.«

»Er sieht danach aus. Irgendeine Krankengeschichte?«

»Nur das, was er uns freiwillig erzählt. Manchmal redet er davon, daß er von einer hohen Klippe in den James River stürzt. Dann wieder sagt er, sein Pferd hätte ihn bei Five Forks abgeworfen, nachdem die Yankees die Linien von General Eppa Hunton durchbrochen hatten. Er sagte, er habe zu den Verstärkungen gehört, die General Longstreet im Eiltempo von Richmond herangeführt hatte, allerdings zu spät zur Rettung von ...«

»Ich weiß alles über den Fall von Richmond«, unterbrach sie der Arzt gereizt. »Besitzt er irgendwelche Papiere?«

»Sir, wie viele Männer haben schon Papiere, nachdem die Regierung alles verbrannte und sich absetzte?«

Der Doktor gab ihr achselzuckend recht. Er näherte sich dem Patienten. »Nun, Sir, wie geht's uns denn heute?«

»Captain. Es muß Captain heißen.«

»Captain wer?«

Eine lange Pause. »Ich kann mich nicht erinnern.«

Mrs. Pember trat vor. »Letzte Woche gab er als Namen Erasmus Bellingham an. Vorgestern nannte er sich Ezra Dayton.«

Der Patient starrte sie mit seinen seltsam gelbbraunen Augen an, in denen eine Spur von Tücke lag. Der Doktor sagte: »Bitte erzählen Sie uns, wie Sie sich heute morgen fühlen, Sir.«

»Kann's nicht erwarten, hier rauszukommen.«

»Alles zu seiner Zeit. Aber solange Sie hier drin sind, erweisen Sie Mrs. Pember wenigstens die Höflichkeit, Ihren speckigen Hut abzunehmen.« Er griff nach dem Zylinder. Die Oberin stieß einen Warnschrei aus, als der Patient aufsprang und mit wütender Gewalt die Packkiste nach dem Doktor schleuderte.

Die Kiste segelte über den Kopf des Doktors und knallte in den Gang. Der Patient stürmte vor. Der Arzt sprang zurück, brüllte nach den Pflegern. Zwei kräftige Landburschen in fleckigen Kitteln kamen den Gang entlang gerannt, warfen sich auf den Mann und drückten ihn auf sein Feldbett nieder. Obwohl Jugend und Kraft zu ihren Gunsten sprachen, wurden sie von den wirbelnden Fäusten des Patienten übel zugerichtet. Einen Pfleger traf er so hart, daß er aus dem Ohr blutete.

Schließlich überwältigten sie ihn und banden seine Hand- und Fußgelenke mit einem Seil an den eisernen Bettrahmen. Mit bebenden Nerven beobachtete der Doktor sie vom Gang aus. »Dieser Mann ist ein Wahnsinniger.«

»Alle anderen Ärzte sind Ihrer Meinung, Sir. Er ist eindeutig der schlimmste Fall im Spital.«

»Gewalttätig.« Der Doktor schauderte. »Der Zustand dieses Mannes wird sich niemals bessern.«

»Es ist ein Jammer, was der Krieg diesen Männern angetan hat.«

Er sagte, noch zornig über den Angriff: »Diese Stationen sind zu überfüllt, als daß noch Raum für Mitleid wäre, Mrs. Pember. Wenn er sich beruhigt hat, geben Sie ihm zwangsweise Laudanum und ein starkes Abführmittel. Morgen setzen Sie ihn auf die Straße. Wir brauchen den Platz für jemanden, dem wir helfen können.«

Am 3. April waren die höchsten Regierungsbeamten der Konföderation geflohen; das Feuer, gelegt am Abend des 3. Aprils, war vom Capitol Square bis zum Fluß gefegt und hatte dabei das kommerzielle Herz Richmonds niedergewalzt, Banken, Geschäfte, Lagerhäuser, Druckereien, ungefähr tausend Gebäude, verteilt auf zwanzig Blöcke. Selbst der ausgedehnte Komplex der Gallego-Getreidemühlen war verschwunden, ebenso wie die Eisenbahnbrücke über den James.

Kaum einer von denen, die in den folgenden Monaten durch das verbrannte Gebiet marschierten, vergaß diesen Anblick. Es war, als würde man die Oberfläche einer Welt irgendwo im Universum durchstreifen, einer Welt, die sowohl fremd als auch quälend vertraut war. Ihre Hügel bestanden aus Bergen von Ziegeln und Kalkstein. Schwarzverkohlte Balken bildeten die Knochen fremdartiger, mächtiger Bestien. Gebäuderuinen ragten empor wie die Grabmarkierungen einer fremden Rasse.

Zwei Nächte nach dem Vorfall im Spital stolperte der Patient durch die gewaltigen Gallego-Ruinen, zwischen Mühle und Kanawha-Kanal. Man hatte ihm die schäbigsten Klamotten gegeben und ihn dann auf die Straße gesetzt. Hätte er sich nicht auf wichtigere Beute konzentrieren müssen, er hätte es ihnen schon heimgezahlt.

An diesem Abend sah er viele Dinge mit großer Deutlichkeit. Er erinnerte sich in allen Einzelheiten an seine Phantasievorstellung, bei der Großen Parade mitzumarschieren. Außerdem erinnerte er sich an die Namen jener, die ihn daran gehindert hatten, den ihm gebührenden Platz in der Militärgeschichte seines Landes einzunehmen.

Orry Main. George Hazard.

O Gott, was hatten ihm diese beiden angetan. Seit ihrer gemeinsamen Kadettenzeit in West Point hatten Hazard und Main regelmäßig konspiriert, um seine Pläne zu vereiteln. Jahr um Jahr war der eine oder der andere aufgetaucht, um ihn an seiner Karriere zu hindern. Sie waren geradezu schwindelerregend oft dafür verantwortlich gewesen, daß man ihn mit Schimpf und Schande bedeckt hatte:

Schädigung seiner Reputation im Mexikanischen Krieg. Anklage wegen Feigheit bei Shiloh Church. Strafversetzung nach New Orleans und Desertion nach Washington. Fehlschlag bei Lafayette Bakers Geheimpolizei und schließlich Desertion in den Süden, dessen Menschen und Prinzipien er stets verachtet hatte.

Und schuld an all dem waren Main und Hazard. Deren bösartige Charaktere. Ihre geheimen Verleumdungskampagnen hatten ihn ruiniert.

Bevor er im Spital wieder zu sich gekommen war, hatte er irgendwann — an den genauen Zeitpunkt konnte er sich nicht mehr erinnern — in Richmond Nachforschungen über Main angestellt. Ein Veteran hatte ihm sagen können, daß Colonel Orry Main bei Petersburg den Tod gefunden hatte. Sein anderer Feind, Hazard, war höchstwahrscheinlich noch am Leben. Und was genauso wichtig war, jeder der Männer besaß natürlich eine Familie. Er erinnerte sich, daß er sich vor dem Krieg an einem der Mains in Texas zu rächen versucht hatte. Charles — so hatte er geheißen. Sicherlich gab es noch viele andere Verwandte.

Er bemühte sich, jetzt nicht an all das zu denken und sich auf die Gallego-Ruinen zu konzentrieren. Nach einer Suche von einer Stunde hatte er, wie er glaubte, die richtige Stelle gefunden. Er kniete nieder und wühlte sich durch den Schutt, das Geräusch schnell fließenden Wassers im Ohr. Es strömte über ein gewaltiges Mühlrad, das sich nicht mehr drehte. Wie die meisten Dinge im Süden, so war auch das Mühlrad zerbrochen.

Beim Graben verletzte er sich die Finger an den scharfen Ziegelbrocken. Bald schon waren seine Finger mit Staub und Blut bedeckt. Doch er fand, was er vergraben hatte. Sein Gedächtnis hatte ihn nicht vollkommen im Stich gelassen.

Er ging, das zusammengerollte Ölgemälde umklammernd, zu einer Stelle, die in helles Mondlicht getaucht war, und wischte dort den Staub von seinem Schatz. Während er das Bild säuberte, stieß der Schmerz wie eine spitze Ahle durch seine Stirn und begann sich tiefer und tiefer zu wühlen. Winzige, nadelscharfe Blitze zuckten auf.

Er erinnerte sich an seinen Namen.

Er sagte ihn laut. In einem offenen Rechteck aufragender Mauern saßen einige schwarze Siedler am Lagerfeuer; der Lärm erregte ihre Aufmerksamkeit. Einer kam herübergeschlurft. Nach einem Blick auf das Gesicht des Mannes im Mondlicht zog er sich schnell wieder zurück.

Voller Inbrunst wiederholte der Mann den Namen.

»Elkanah Bent.«

Entlang der gespenstischen Wände trieb dünner, bitterer Rauch, der ihn zu würgen begann. Er hustete, während er die Erinnerung an das Gesicht auf dem Gemälde heraufzubeschwören versuchte ... versuchte ...

Ja. Eine Terzeronenhure.

Woher hatte er ihr Porträt?

Ja. Ein Bordell in New Orleans.

Das lieferte ihm den Hinweis auf eine noch bedeutsamere Erinnerung — seinen Lebenszweck. Vor Wochen hatte er sich dieser Sache verschrieben und sie dann während der schlimmen Zeit im Spital vergessen.

Sein Lebenszweck war der Krieg.

Der andere Krieg zur Befreiung des hinterhältigen Niggers, der damit auf die Ebene des überlegenen weißen Mannes gehoben werden sollte, war vorüber und verloren. Sein Krieg war noch nicht vorbei. Bis jetzt hatte er seine Kräfte, seinen strategischen Scharfsinn, seine überlegene Intelligenz noch gar nicht eingesetzt, um den Krieg zu eröffnen gegen die Familien der ...

Der ...

Main.

Hazard.

Sie zu bekriegen, sie leiden zu lassen, indem er die tötete, die sie liebten — alte, junge —, einen nach dem anderen. Eine süße, langsame Vernichtungskampagne, ausgeführt von dem amerikanischen Bonaparte.

»Bonaparte«, kreischte er dem Mond entgegen. »Bonapartes Meisterwerk!«

Die Siedler verließen ihr Feuer und zogen sich in die Finsternis zurück.

Er drückte sich den Zylinder fest auf den Kopf und straffte seine hängenden Schultern, so gut es ging. Der Frack, den sie ihm gegeben hatten, sah im Mondschein alt und schmierig aus. Er machte eine exakte militärische Kehrtwendung und marschierte los, wie ein Mann, der nie auch nur einen Moment krank gewesen war.

17

Die Jackson Trading Company ritt, umzingelt von Narbengesicht und dessen Kriegern, auf das Dorf von Schwarzer Kessel zu. Die Indianer hatten den Weißen die Waffen abgenommen. Charles hatte sich anfangs geweigert, dann aber nachgegeben, als Holzfuß darauf beharrte, daß es nur zu ihrem Besten wäre. »Liefere ihnen keinen Vorwand, uns zu töten, Charlie.«

Es wurde allmählich dunkel. Mit schneidender Schärfe trieb der Wind den Schnee in Charles' Gesicht. Plötzlich wurde ihm klar, was es mit dem strähnigen Saum an Narbengesichts Mantel auf sich hatte.

»Ich hätte es gleich erkennen müssen. In Texas hab' ich Skalpe gesehen. Das sind Haare«, sagte er zu Holzfuß.

»Richtig. Ein Mann der Hundegemeinschaft darf diese Art von Zierde tragen, wenn er sich oft genug ausgezeichnet und genügend Feinde getötet hat.«

»Einige Haare sind blond. Es gibt keine blonden Indianer.«

»Ich sagte dir doch schon, Charlie, diesmal haben wir uns eine Menge Kummer aufgeladen.«

Die Aufmerksamkeit des Händlers pendelte zwischen Charles und Fen. Der Collie zerrte an seiner Stangenbahre und bellte und bellte. Zwei Krieger ritten vor, hoben ihre Lanzen zum Wurf.

»Tut das nicht«, brüllte Holzfuß mit rotem Gesicht. Die Krieger lachten und drehten ab, zufrieden mit der Reaktion.

Die Cheyenne spielten weiter mit ihren Gefangenen: Sie ritten dicht heran, berührten sie mit Händen und Stöcken. Narbengesicht galoppierte neben ein Packmuli und riß mit seiner Lanze einen weiteren Leinensack auf. In einer Kaskade stürzten Glasperlen auf den schneebedeckten Boden.

Charles hob die Hand. Holzfuß hielt ihn zurück.

»Unsere Haare sind mehr wert als die Waren. Wir müssen uns damit abfinden, bis wir eine Möglichkeit entdeckt haben, uns herauszuwinden.«

Zuerst trafen sie auf acht Jungen in Fellen, die mit stumpfen Pfeilen nach Wild pirschten. Hinter dem nächsten Hügelkamm entdeckten sie die Pferdeherde, ungefähr hundert Ponys, von weiteren Jungen bewacht. Der Wind trug den Geruch von Holzrauch heran.

Holzfuß sagte ruhig: »Ganz gleich, was sie tun, werde nicht wütend. Behalt die Nerven, und wenn ich dir plötzlich einen Hinweis gebe, befolg ihn sofort.« Charles nickte, obwohl ihm die Bedeutung der Worte des Händlers nicht ganz klar war.

Ihr Auftauchen im Dorf verursachte einen Aufruhr. Alte Männer, Mütter mit Babys auf dem Rücken, Mädchen, Kinder,

Hunde strömten aus den Tipis und drängten sich schnatternd um sie, in nicht gerade feindlicher Manier, dachte Charles. Feindselig war nur Narbengesicht. Er sprang vom Pferd und bedeutete ihnen, das gleiche zu tun.

Charles stieg ab. Er bemerkte am Boden festgepflockte Büffelhäute, während andere über senkrechte Rahmen gespannt waren, doch ansonsten war die Freiluftarbeit im Dorf wegen des schlechten Wetters eingestellt worden.

Während er sich umschaute, begegnete er dem Blick eines Mädchens mit großen, ungemein neugierigen Augen. Sie hatte gleichmäßige, sogar zarte Gesichtszüge und glänzend schwarzes Haar. Sie schenkte ihm ein schnelles Lächeln, um zu zeigen, daß er im Dorf nicht nur Feinde hatte.

Narbengesichts Krieger drängten sich um sie. Mit wirbelnden Zeichen und Geschrei ging Holzfuß zur Offensive über. »Moketavato! Ich will mit ihm sprechen.«

»Ich sagte dir, Schwarzer Kessel ist nicht hier«, erklärte Narbengesicht. »Es sind keine Friedenshäuptlinge da, die euch helfen könnten; nur Kriegshäuptlinge.« Er wendete sich an seine Männer. »Nehmt ihre Güter.«

Der Indianer in der Kavalleriearbeitsjacke begann Charles' Satteltaschen aufzufetzen. Charles stürzte sich auf ihn. Holzfuß schrie eine Warnung, und jemand hinter ihm schlug ihm einen Gewehrkolben über den Schädel. Ein zweiter Schlag zwang ihn in die Knie. Die Menge brüllte. Fen knurrte. Narbengesicht versetzte dem Collie einen Tritt, der ihn aufjaulen ließ.

Die Krieger der Hundegemeinschaft drängten sich um die Packtiere und rissen die Säcke auf, in denen sich die Eisenschaber, die Hacken und die Blechtöpfe befanden. Die Menge schob sich näher heran. Um sie auf seine Seite zu ziehen, befahl Narbengesicht seinen Männern, die Handelswaren zu verteilen.

Frauen und Kinder drängten vor und verlangten schreiend nach diesem oder jenem Gegenstand. Das junge Mädchen gehörte zu den wenigen, die sich zurückhielten, wie Charles im Aufstehen bemerkte. Auf einigen Gesichtern zeigte sich Abscheu über diese Gier, doch die meisten Dorfbewohner achteten nicht darauf. Holzfuß schaute sich mit einem merkwürdigen

Ausdruck um, so, als hätte er nie zuvor Tipis oder Cheyenne gesehen.

Plötzlich verkündete Narbengesicht: »Diese Weißen sind Teufel, die uns übelwollen. Ihre Waren und ihr Leben gehören uns.« Seine Männer gaben grunzende, zustimmende Laute von sich.

Jetzt legte Holzfuß seine Gedankenverlorenheit ab. »Narbengesicht, das ist einfach nicht recht. Das ist nicht die Art des Volkes.«

Narbengesicht straffte die Schultern. »Es ist meine Art.«

»Nichtsnutziger kleiner Scheißkerl«, sagte Holzfuß, laut genug, daß man es hören konnte. Narbengesicht verstand die Worte. Er machte eine Geste.

»Tötet sie.«

Charles' Magen schien eine halbe Meile durchzusacken. Holzfuß warf ihm einen scharfen Blick zu, packte Boys Hand und stürzte nach vorn. Die plötzliche Bewegung überraschte alle; der Händler und Boy konnten sich zwischen zwei Kriegern durchwühlen. »Renn, Charlie. Hier entlang.«

Charles rannte.

Ein Beil mit Eisenklinge zischte an seinem Ohr vorbei. Frauen und alte Männer kreischten auf. Charles stürzte zwischen zwei verschreckten Großvätern hindurch, weg von der Menge. Er verstand Holzfuß' plötzlichen Anfall von Feigheit nicht. Wozu sollte diese Flucht gut sein? Man würde sie sowieso gleich wieder schnappen.

Holzfuß streckte einen Arm aus und deutete auf ein reichverziertes Zelt, ein Stück weiter unten auf der linken Seite. Ein kräftiger Indianer mit dunklem, zerfurchtem Gesicht stand mit verschränkten Armen vor dem Zelt; der Schnee schmolz auf seinem grauen Haar. Holzfuß tauchte, Boy hinter sich her zerrend, an ihm vorbei in das Tipi.

Charles rannte weiter. Er spürte, daß ihm Narbengesichts Männer dicht auf den Fersen waren. So ein Blödsinn, dachte er. Gleich saßen sie in einem Tipi in der Falle. Holzfuß mußte den Verstand verloren haben.

Er raste auf den alten Cheyenne zu, in der Erwartung, aufgehalten zu werden. Der grauhaarige Indianer warf einen kurzen

Blick auf den Tipi-Eingang und nickte. Mit einem hoffnungslosen Gefühl im Herzen sprang Charles durch die ovale Öffnung. Augenblicklich stellte sich der Indianer davor.

Ein kleines Feuer in einer flachen Grube gab beißenden Rauch, aber wenig Wärme von sich. Charles duckte sich in der kalten Düsternis zusammen, griff nach einer steinernen Hacke.

»Leg das weg, Charlie.«

»Was zum Teufel ist mit dir los? Sie stehen direkt davor.«

Wütende Stimmen bestätigten das. Die von Narbengesicht tönte am lautesten. Während er wütend knurrte, sprach der ältere Indianer mit ruhiger, leiser Stimme. In das Knurren mischte sich ein Unterton von Frustration. »Wir brauchen jetzt keine Waffen«, sagte Holzfuß. Er deutete über seinen Kopf.

Dort hing etwas, das eine gewisse Ähnlichkeit mit einem aus einem Büffelkopf hergestellten Hut besaß. Es war mit blauen Perlen verziert, die Hörner wiesen ein Muster leuchtender Farben auf.

»Das ist der Büffelhut«, sagte Holzfuß. »Genauso heilig wie die vier Medizinpfeile. Der Hut wehrt Krankheiten ab, und wenn irgendein Narr ihn stiehlt, dann wird der Büffel für immer verschwinden. Der alte Priester draußen bewacht ihn Tag und Nacht. Keiner, der unter dem Hut Schutz sucht, darf belästigt werden.«

»Du meinst, das ist eine Zufluchtsstätte, wie eine Kirche?«

»Ja. Narbengesicht darf uns nicht anrühren.«

Charles' Schweiß trocknete, es wurde kühl, und er schauderte zusammen. Ziemlich überraschend stieg in ihm ein Gefühl der Verärgerung auf. »Hör mal, seit dem Krieg bin ich auf keinen Kampf mehr scharf. Aber wenn ein Kampf beginnt, dann renne ich nicht gern weg.«

»Du meinst, es war feig, hier Zuflucht zu suchen?«

»Nun ...«

Während der Priester mit Narbengesicht diskutierte, sagte Holzfuß: »Habe ich dir nicht gesagt, daß du hier draußen deine natürlichen Empfindungen umkehren mußt? Was glaubst du, warum Narbengesicht so wütend ist? Wir haben gerade das Größte getan — und ich meine das Allergrößte —, was ein Mann der Hundegemeinschaft tun kann. Wir waren geschlagen, sollten ermordet werden und sind davongekommen. Das ist größer als der größte Coup.«

Der Priester des Büffelhutes bückte sich und betrat das Tipi. Der alte Indianer lächelte auf freundliche, bewundernde Weise.

Der Händler und der Priester begrüßten einander in der Zeichensprache. »Kleiner Bär«, sagte Holzfuß, nickte und lächelte. Der Priester sagte etwas in der Cheyenne-Sprache. Charles gegenüber erklärte der Händler: »Er hat gerade eben meinen Namen ausgesprochen, Mann-mit-schlimmem-Bein.« Er wandte sich an Kleiner Bär: »Das hier ist mein Partner Charlie, und meinen Neffen Boy kennst du ja. Du weißt, daß Narbengesicht gelogen hat, Kleiner Bär. Wir kommen immer in friedlicher Absicht, nur zum Handeln.«

Charles verstand, als Kleiner Bär sagte: »Ich weiß.«

»Wann kommt Schwarzer Kessel zurück?«

Der alte Indianer zuckte mit den Schultern. »Heute. Morgen. Ihr bleibt hier. Eßt etwas. Ihr seid in Sicherheit.«

»Nichts dagegen, Kleiner Bär.« Holzfuß schlug Boy auf die Schulter. Boy grinste. Charles gab sich Mühe, seine Einstellung neu zu ordnen, so wie Holzfuß es ihm geraten hatte.

»Mein Hund hängt noch im Zaumzeug, Kleiner Bär.«

»Ich werde ihn holen.«

»Sie haben unsere Waffen und Messer.«

»Ich werde sie finden.«

Der Priester ging. Bald lag Fen neben dem Feuer und wälzte sich glücklich im Dreck.

Charles konnte sich nur schwer damit abfinden, daß sie sich durch Weglaufen mit Ruhm bedeckt hatten. Er dachte weiter darüber nach, während Kleiner Bär ihnen Beeren und Streifen geräucherten Büffelfleisches servierte. Nach der Mahlzeit besorgte der Priester Felle und gewebte Kopfkissen.

Frühzeitig am nächsten Morgen ritt Schwarzer Kessel mit einem Dutzend Krieger in das Dorf ein. Die Mitglieder der Jackson Trading Company konnten endlich wieder ins Freie.

Nach dem Schneefall war die Sonne wieder herausgekommen. Cheyenne aller Altersgruppen umringten sie, das hübsche Mädchen eingeschlossen, das Charles aufgefallen war. Man lächelte ihm zu, schlug ihm auf die Schultern, grüßte ihn mit »How!«, was er als Ausruf der Anerkennung interpretierte. Von Narbengesicht war nichts zu sehen.

Holzfuß blies sich auf wie ein Schauspieler vor einem jubelnden Publikum. Er grinste über das ganze Gesicht.

»Darum kommen wir nicht herum, Charlie. Wir sind Helden.«

Das bessere Wetter ließ die Aktivitäten im Freien wiederaufleben. Jungenbanden pirschten sich, mit stumpfen Pfeilen bewaffnet, an Hasen heran, als Training für die Stammesjagd im Erwachsenenalter. Frauen und Mädchen machten sich an ihre traditionellen Aufgaben und schabten Häute, spannten sie auf Rahmen und behandelten sie mit Rauch.

Charles bemerkte eine Art Schülerinnen-Lehrerin-Verhältnis bei einer Gruppe von Mädchen und Müttern, die einer viel älteren Frau aufmerksam lauschten. Wie Holzfuß ihm später erklärte, handelte es sich hier um eine Lehrstunde durch ein Mitglied der Webergemeinschaft. Für die Cheyenne besaßen dekorative Webstoffe eine große religiöse Bedeutung; man mußte sie in genau vorgeschriebener Weise herstellen. Nur Frauen, die in diese Gemeinschaft gewählt worden waren, durften diese Kunst lehren.

Eines Abends lud Schwarzer Kessel Holzfuß, Charles und Boy in seinen Wigwam ein. Aus Gesprächen mit dem Händler wußte Charles, daß die Cheyenne eine Anzahl von Friedenshäuptlingen hatten, Männer, die ihre Tapferkeit und ihre Klugheit unter Beweis gestellt hatten und die nun den Stamm berieten, wenn er sich nicht im Kriegszustand befand. Holzfuß betonte, daß die Weißen immer mit *dem* Häuptling verhandeln wollten, aber der existierte nicht. Es gab Häuptlinge für den Frieden und für den Krieg, ebenso wie einen Häuptling für jedes Camp — Schwarzer Kessel hatte diese Position auch in seinem Dorf inne —, und es gab die Anführer der Kriegergemeinschaften. Sie alle regierten im Kollektiv den Stamm, der seit ewigen Zeiten ungefähr dreitausend Seelen zählte. Der Stamm war nicht gewachsen, aber er war auch nicht durch Katastrophen, Hunger oder durch seine Feinde dezimiert worden. Charles' Respekt vor den Cheyenne wuchs weiter.

Der Friedenshäuptling Moketavato war ein gutgebauter Mann von ungefähr sechzig, der seine Haarflechten mit Otterfellstreifen umwickelt hatte. Er hatte ernste Augen und ein lebhaftes, intelligentes Gesicht. Er trug die üblichen Leggings mit Lendenschurz und Hirschlederhemd mit zahlreichen Verzierungen; sein Kopfschmuck bestand aus Adlerfedern und drei gehämmerten Silbermünzen an einem Lederriemen. Nachdem sie sich alle gesetzt hatten, reichte er den weißen Männern eine lange Friedenspfeife. Schon ein paar Züge machten Charles schwindelig. In seinem Kopf tauchten phantastische Farben und Formen auf, und er fragte sich, was für ein Kraut wohl in dem Pfeifenkopf brennen mochte.

Die stille, ruhige Frau des Friedenshäuptlings servierte eine herzhafte Schildkrötensuppe und anschließend Schüsseln mit einem wohlschmeckenden Stew. Während sie aßen, entschuldigte sich Schwarzer Kessel für Narbengesichts Taten. »Der Verlust seiner Mutter hat ihm die Vernunft geraubt. Wir versuchen ihn im Zaum zu halten, aber es ist schwer. Doch eure Handelswaren und eure Tiere sind in Sicherheit.«

Holzfuß bedankte sich, und Charles schob sich, den Gebräuchen entsprechend, mit den Fingern einen weiteren Fleischbrocken in den Mund. »Ein köstliches Stew«, sagte er.

Schwarzer Kessel nahm das mit einem Lächeln zur Kenntnis. »Das beste Gericht meiner Frau, nur für Ehrengäste.«

»Junger Hund«, sagte Holzfuß.

Um ein Haar hätte sich Charles übergeben. Er preßte die Lippen zusammen und bemühte sich um ein ausdrucksloses Gesicht, während er den Fleischbrocken gegen einige Widerstände hinunterwürgte. Danach aß er nichts mehr, rührte nur in seiner Schüssel herum.

»Ich hoffe, der Vertrag, den du unterzeichnet hast, bedeutet für eine Weile Frieden«, sagte Holzfuß.

»Das ist auch meine Hoffnung. Viele vom Stamm glauben, Krieg wäre besser. Sie glauben, nur Krieg kann unser Land retten.« Er wandte sich leicht zur Seite, um Charles einzuschließen, und sprach noch langsamer. »Ich habe den Frieden stets für den besten Weg gehalten, und ich habe mich bemüht, den Versprechungen des weißen Mannes Glauben zu schenken. Dieser Weg ist immer noch mein Weg, obwohl mir seit Sand Creek immer weniger auf diesem Weg folgen wollen. Ich brachte den Stamm nach Sand Creek, weil der Soldatenhäuptling in Fort Lyon sagte, uns würde nichts geschehen, wenn wir uns dort friedlich niederließen. Wir taten das, und dann kam Chivington. So habe ich jetzt keinen Grund, den Versprechungen zu glauben, keinen anderen Grund als meinen eigenen brennenden Wunsch nach Frieden. Deshalb habe ich die Feder wieder in die Hand genommen. Aus der Hoffnung heraus, nicht aus Vertrauen.«

»Ich verstehe«, sagte Charles. Schwarzer Kessel war ihm sympathisch, und er spürte, daß dies auf Gegenseitigkeit beruhte.

Draußen vor dem Tipi glühte das Lagerfeuer, und festliche Musik ertönte. Charles neigte den Kopf. »Ist das eine Flöte?«

»Ja, die Flöte der Werbung«, sagte Schwarzer Kessel. »Sie wird vor dem nächsten Tipi gespielt. Also muß es Narbengesicht sein. Außer dem Krieg hat er auch noch einige andere Interessen, was für uns andere ein Segen ist. Laßt uns schauen.«

Sie traten hinaus in das Zwielicht und sahen Narbengesicht neben dem angrenzenden Tipi; er spielte auf einer handgefertigten Holzflöte, während seine Füße sich in einer Art Tanz vor- und zurückbewegten. Schwarzer Kessel grüßte. Narbengesicht wollte den Gruß erwidern, sah die Händler und machte ein mürrisches Gesicht. Er blies mehrere falsche Töne, bis er wieder die richtige Melodie erwischte.

An seinem Leibriemen trug Narbengesicht eine Quaste aus weißem Fell. Holzfuß deutete darauf. »Von einem Hirsch mit weißem Wedel. Ist ein großer Liebeszauber.«

Ein gelblicher Hund rannte bellend vorbei. Fen machte sich, ebenfalls bellend, an die Verfolgung. Aus dem Tipi, vor dem Narbengesicht sein Ständchen brachte, tauchte ein junges Mädchen auf — das gleiche Mädchen, das Charles am ersten Tag aufgefallen war. Er sah, wie eine Hand von innen das Mädchen stieß. Offensichtlich zwangen ihre Eltern sie, hinauszugehen, um den Freier zu begrüßen.

»Sie ist das Kind meiner Schwester, Grünes Gras«, sagte Schwarzer Kessel zu Charles. »Sie zählt jetzt fünfzehn Winter. Narbengesicht wirbt seit zwei Wintern um sie und muß das noch zwei weitere tun, bevor sie eine seiner Frauen werden kann.«

Die sanften Rundungen der Brüste des Mädchens zeigten, daß sie die Bezeichnung Frau durchaus schon verdiente. Sie trug Leggings und ein langes, geschmücktes, kittelartiges Kleidungsstück, das bis zu ihrer Hüfte hochgezogen war und sich vorne und hinten mittels eines zwischen den Beinen durchgezogenen Strickes bauschte. Faserbüschel des Strickes umschnürten sie von der Taille bis zu den Knien; sie hoppelte mehr, als daß sie ging.

Schwarzer Kessel sah Charles' verwirrtes Gesicht. »Sie ist kein Kind mehr, aber noch nicht verheiratet. Bis sie Narbengesichts Frau ist, bindet ihr Vater ihr nachts den Strick zur Wahrung ihrer Unschuld um.«

Grünes Gras mühte sich, Narbengesicht zuzulächeln, aber ihr Herz war deutlich erkennbar nicht dabei. Narbengesicht schaute unglücklich drein und stampfte schneller mit seinen Mokassins. Dann bemerkte sie die Zuschauer. Ihre Reaktion auf Charles war unmittelbar und offensichtlich.

Seine ebenfalls. Die Plötzlichkeit überraschte ihn. In der Hoffnung, daß man ihm nichts anmerkte, drehte er sich zur Seite, beunruhigt darüber, sich von einem so jungen Mädchen angezogen zu fühlen. Er beruhigte sein Gewissen damit, daß er sich einredete, daß es nur an der Schönheit des Mädchens lag; seine relativ lange Enthaltsamkeit hatte diese Reaktion ausgelöst.

Schwarzer Kessel bemerkte den Blickwechsel und gluckste. »Ich hörte, daß Grünes Gras dich mit Wohlgefallen betrachtet hat, Charles.«

Auch Narbengesicht bemerkte es. Er funkelte Charles an, trat zwischen die weißen Männer und das Mädchen, ihnen den Rücken zuwendend. Hastig redete er auf sie ein. Sie antwortete mit gleicher Geschwindigkeit und Schroffheit, irritierte und reizte ihn. Er übschüttete sie mit weiteren Bitten. Sie warf den Kopf zurück, griff nach den Rändern des Tipi-Eingangs und trat ein. Bevor sie verschwand, warf sie Charles einen weiteren liebestrunkenen Blick zu.

Narbengesichts Züge verzerrten sich, eine schwarzkupferne Maske im Lichte des nahen Feuers. Mit einer Hand die Flöte umklammernd, stampfte er davon.

Fen schoß ins Blickfeld, verfolgt von dem gelblichen Hund. Ein Baby brüllte. Holzfuß seufzte.

»Na ja, ich weiß, daß es nicht deine Schuld ist. Aber jetzt hat dieser Schlagetot einen weiteren Grund, uns zu hassen.«

Am nächsten Tag begannen sie mit dem Handel. Das Wetter wurde für die Frühwinterzeit ungewöhnlich warm und machte es möglich, daß Holzfuß Boy in der Dämmerung zum Fluß führen konnte. Dort verpaßte der Händler, außer Sicht der Tipis, seinem Neffen ein Bad, das dieser dringend nötig hatte. Charles legte seine Kleider ab, watete in den Fluß und wusch sich ebenfalls von Kopf bis Fuß. Er fühlte sich wie neugeboren.

Das Handeln besorgte einzig und allein Holzfuß. Charles holte die Waren, stellte sie zur Schau und kümmerte sich um die Pferde, die sie dafür bekamen. Je mehr Einzelheiten er über die komplexen Zusammenhänge der Cheyenne-Gemeinschaft erfuhr, desto größer wurde sein Respekt vor dem Stamm. In gewissen Dingen blieben die Indianer primitiv; sanitäre Angelegenheiten wurden im Dorf sehr nachlässig gehandhabt. In anderen Bereichen fand Charles die Cheyenne bewundernswert; beispielsweise wenn es um die Erziehung der Jungen ging.

Die Cheyenne betrachteten das Mannesalter nicht als etwas Unvermeidliches, sondern als ein Privileg, das mit großer Verantwortung verbunden war. Abends wurden gelegentlich die Seiten des einen oder anderen Tipis hochgerollt; drinnen versammelten sich die Mitglieder einer der Kriegergemeinschaften in voller Bemalung und mit den Insignien ihrer Gemeinschaft geschmückt um das Feuer. Wie beabsichtigt, drängten sich dann stets eine große Anzahl Jungs um das jeweilige Tipi und sahen zu, wie die Männer sprachen und tanzten und ein paar ihrer weniger geheimen Rituale durchführten.

Acht Tage lang wurde flott und profitabel gehandelt. Am neunten Morgen erwachte Charles frühzeitig; drohende Regenwolken hingen am Himmel. Holzfuß wollte aufbrechen. Sie brachen ihr Tipi in sechs Minuten ab — Charles genoß das Spielchen, ihren eigenen Rekord zu schlagen –, und nach einem ausgedehnten Abschied von Schwarzer Kessel und den Dorfältesten ritten sie, vierzehn neue Ponys vor sich her treibend, nach Süden.

Der Wind roch warm und feucht. Die Tipis am Cimarron verschwanden hinter ihnen, ebenso wie die aufsteigenden dünnen Rauchsäulen. Charles saß locker auf Satan und dachte an Grünes Gras, der er in dem kleinen Dorf häufig begegnet war. Ihr hübsches Gesicht brachte bei jedem Zusammentreffen ihre Gefühle deutlich zum Ausdruck. Sie war verliebt. Das schmeichelte einerseits seiner Eitelkeit, machte aber andererseits sein Eremitenleben noch schwerer erträglich. Eines Nachts hatte er einen erotischen Traum, in dem er bei dem Mädchen lag. Doch jedesmal, wenn er sie traf, tippte er lediglich an seinen Hut, lächelte und murmelte einige Freundlichkeiten auf englisch. Er fragte sich, ob bei seiner Rückkehr nach St. Louis Willa Parker vielleicht ...

»Paß auf, Charlie.« Holzfuß' plötzliche Warnung riß ihn aus seinen Tagträumen. Er zog seinen Colt, als ein berittener Indianer zwischen einigen Pappeln an einem Bachlauf hervorgesprengt kam. Einen Augenblick lang rechnete Charles damit, daß ein ganzer Trupp Krieger folgen würde, doch es kam kein weiterer Reiter mehr.

Der einsame Krieger galoppierte auf sie zu. Charles erkannte Narbengesicht.

Düster sagte Holzfuß: »Er muß mächtig schnell und weit geritten sein, um vor uns hier zu sein. Den muß ja ordentlich was zwacken – aber das ist wohl kaum eine Überraschung, he?«

Narbengesicht ließ sein Pony auf sie zutraben. Seine dunklen Augen richteten sich auf Charles. »Ich habe etwas zu sagen.«

»Nun, wir haben auch nicht angenommen, daß du hier rausgekommen bist, um dich an den Heilwassern zu laben«, sagte Holzfuß. Der Sarkasmus war bei dem Indianer fehl am Platz, der vom Pferd sprang und sich mit gespreizten Beinen in Positur stellte.

»Steig ab, Charlie«, sagte Holzfuß und kletterte vom Pferd. »Müssen die Formalitäten beachten, verdammt noch mal.«

Als die beiden Händler auf dem Boden standen, stampfte Narbengesicht mit dem Fuß auf.

»Ihr habt mich vor meinem Volk beschämt.«

»Oh, Scheiße.« Holzfuß seufzte. »Du hast dich selbst beschämt, Narbengesicht. Wir haben dir keinen Anlaß gegeben, uns zu töten. Du weißt es, und Schwarzer Kessel wußte es, und wenn das deine Klage ist, warum . . .«

Wütend packte ihn Narbengesicht. »Wir treffen uns unter einem Strick. Du wirst dran hängen.« Sein Blick richtete sich auf Charles. »Und du.«

Mit dunkelrotem Gesicht sagte Holzfuß: »Laß mein Hemd los.« Narbengesicht verdrehte es noch mehr. Die eine Hand des Händlers schoß vor, erwischte den Riemen von Narbengesichts Lendenschurz und zerriß ihn. Narbengesicht schrie auf, ließ ihn los und sprang zurück, als hätte ihn eine Schlange gebissen.

»Ja, was ist denn das?« rief Holzfuß in gespielter Überraschung. Er deutete auf Narbengesichts entblößte Genitalien. »Ein Mann ist das bei Gott nicht.«

Narbengesicht kreischte auf und sprang Holzfuß an die Kehle. Charles riß seinen Colt aus dem Gurt. »Stopp!«

Der Ruf ließ Narbengesicht erstarren, seine Finger nur Zentimeter von Holzfuß' Hals entfernt. Der Händler hielt Narbengesicht den Lendenschurz hin. »Wirst Schwierigkeiten haben, dem Mädchen ohne das hier den Hof zu machen.« Er stopfte sich den Schurz unter den Gürtel. »Jawohl, Sir, eine Menge Schwierigkeiten.«

Es war deutlich zu sehen, daß Narbengesicht um seinen Schurz kämpfen wollte, doch Charles' Colt, auf seinen Kopf gerichtet, hielt ihn davon ab. Sehr ruhig sagte Holzfuß: »Und jetzt verschwindest du, bevor mein Partner eine Kugel dorthin jagt, wo mal deine Eier waren.«

Waren? Was zum Teufel ging hier vor?

Zum Beispiel Narbengesichts Rückzug. Sein verzerrtes Gesicht wirkte eher scharlachrot als braun. Er schien kurz vor einer Explosion zu stehen, als er in die Luft sprang, ein Bein über den Pferderücken schleuderte und davongaloppierte.

Charles atmete tief aus, als die Spannung nachließ. »Erklär mir jetzt mal, was du getan hast.«

Holzfuß zog den Lendenschurz aus dem Gürtel. »Erinnerst du dich, was ich dir übers Haareschneiden bei den Cheyenne erzählt habe? Das hier ist so ähnlich. Wenn du einem Mann den Schurz nimmst, dann verliert er sein Geschlecht. Er glaubt, er sei kein Mann mehr.«

Charles sah dem nach Norden galoppierenden Indianer nach. »Nun, jetzt sind wir quitt. Du hast ihm auch einen Grund gegeben, uns zu hassen.«

»Stimmt«, sagte der Händler, während die Röte aus seinem Gesicht wich. »Ziemlich dämlich, nehme ich an.« Er schnüffelte. »Hab's allerdings genossen.«

»Ich auch.«

Die beiden Männer grinsten. Holzfuß schlug Charles auf die Schulter, streckte dann die flache Hand aus.

»Wird bald regnen. Machen wir uns auf die Socken, Boy.« Er stieg auf, meinte dann mit einem Schuß Ernsthaftigkeit: »Schätze, daß wir mit einiger Sicherheit den Bastard nicht zum letztenmal gesehen haben. Paßt auf eure Haare auf.«

MADELINES JOURNAL

Dezember 1865. Keine Nachricht von Brett. Und einen Mord im Bezirk.

In der vorletzten Nacht wurde Edward Woodvilles ehemaliger Sklave Tom mit drei Pistolenkugeln im Leib an der Uferstraße unterhalb von Summerton gefunden. Col. O. C. Munro vom Büro kam mit einem kleinen Trupp Männer von Charleston, um die Sache zu untersuchen, aber ohne Ergebnis. Falls niemand im Bezirk den Täter kennt, dann schweigt er. Eine wirkliche Tragödie. Letzte Woche war Tom hier zu Besuch, immer noch überglücklich, von Woodville, einem üblen Herrn, befreit zu sein.

Munro und seine Männer blieben über Nacht auf M. R.

Munro inspizierte die neue Schule und notierte sich das bißchen, das ich ihm über das Feuer sagen konnte. Er ist verpflichtet, Berichte über alle derartigen Schandtaten — sein Ausdruck — an seine Vorgesetzten nach Washington zu schicken. Er wird auch über den Mord an Tom berichten. Er bot mir an, für eine Weile zwei Soldaten zur Bewachung der Schule abzustellen. Ich lehnte ab, sagte aber, ich würde mich an ihn wenden, wenn wir wieder Schwierigkeiten bekämen ...

... Für nächsten Samstag ist auf Six Oaks ein Turnier angekündigt, dort, wo Charles als junger Mann sein Duell austrug. Ich werde nicht gehen, Prudence konnte ich erst nach langer Diskussion dazu überreden. Vor dem Krieg besuchte ich mit Justin einige Turniere — das heißt, ich wurde mehr oder weniger hingeschleppt — und hielt sie stets für pompöse Angelegenheiten. Junge Männer zu Pferd, mit Federhüten in Samt und Seide, die versuchen, die aufgehängten Ringe mit ihren polierten Lanzen aufzuspießen. Alle gaben sich hochtönende mittelalterliche Namen. Sir Dies. Lord Das. Mit ihren gestreiften Pavillons und den gewaltigen Völlereien schienen diese Turniere typisch zu sein für die Gesellschaft, die der Krieg weggefegt hat.

Und wo, mein Liebster, wollen sie jetzt ihre jungen Ritter finden, wo so viele ebenso wie Du gefallen sind, in den Wäldern und auf den Feldern von Virginia ...?

Ungefähr fünfzig Ladys und Gentlemen aus dem Bezirk versammelten sich auf der Lichtung bei Six Oaks, nahe am Fluß. Kutschen standen herum, Pferde wurden angebunden. Die weißen Zuschauer beanspruchten zwei Drittel der offenen Fläche für sich; der feuchte Grund direkt am Fluß war für die schwarzen Kutscher und Diener, die alle Arbeitsverträge mit ihren Herren abgeschlossen hatten, abgeteilt worden.

Es war ein warmer Wintertag. Lange Lichtstreifen warfen Muster auf den braunen Boden, über den mittelalterliche Reiter in einer Linie galoppierten; ihre Lanzen waren auf die kleinen Holzringe gerichtet, die an Stricken von Baumästen hingen.

Hufe donnerten. Der erste Reiter verfehlte alle Ringe. Der

zweite ebenfalls. Der dritte, ein Graubart, spießte erst einen, dann noch einen Ring auf. Ein altes Horn mühte sich um die Imitation der Trompete eines Herolds. Die Menge bedachte den Sieger mit sporadischem Beifall.

Während sich zwei weitere Reiter fertig machten, beklagte sich eine fette Frau, die den Sitz einer schäbigen offenen Kutsche vollkommen ausfüllte, bei einem neben dem Vehikel stehenden Gentleman.

»Ich wiederhole, was ich schon Cousin Desmond in meinem letzten Brief schrieb, Randall. Es ist ein Wort, eine Frage. Wann?«

Ihre roten Lippen spuckten die Frage voller Gehässigkeit aus. Mrs. Asia LaMotte, eine der unzähligen Cousinen von Francis und Justin, schwitzte trotz der milden Temperatur heftig und hätte ein Bad dringend nötig gehabt. In den Falten und Runzeln ihres Specknackens hatte der Schweiß den Puder zu winzigen Kügelchen gehärtet. Randall Gettys hielt sie für eine widerliche alte Frau, ließ sich aber wegen der sozialen Stellung ihrer Familie und seiner Freundschaft zu Des nichts anmerken. Der arme Des, der in den Docks von Charleston Schauerarbeit — Niggerarbeit — leisten mußte, um seinen Lebensunterhalt bestreiten zu können.

Gettys überzeugte sich, daß ihn niemand belauschen konnte, bevor er sagte: »Asia, wir können nicht einfach am hellichten Tag nach Mont Royal marschieren und losschlagen. Das Feuer hat sie nicht in Angst und Schrecken versetzt. Diese Pest von einer Schule ist wieder geöffnet. Natürlich wollen wir, daß die Schule vernichtet und diese Schlampe bestraft wird, aber wir wollen doch deswegen nicht ins Gefängnis. Diese verfluchten Yankees vom Büro schnüffeln wegen des Mordes herum.«

Asia LaMotte war nicht überzeugt. »Ihr seid alle Feiglinge. Hier fehlt ein Mann mit Courage.«

»Pardon, aber wir haben Courage — und damit meine ich deinen Cousin Des ebenso wie mich selbst. Was wir brauchen, ist ein Mann, der nichts mehr zu verlieren hat. So einen müssen wir finden, anheuern und ihn für uns die Kastanien aus dem Feuer holen lassen. Das bedeutet lediglich eine Verzögerung, aber keine Aufgabe des Plans. Des ist so versessen darauf wie eh und je, Mrs. Main loszuwerden.«

»Dann soll er die Familie davon überzeugen, indem er was unternimmt«, sagte Asia naserümpfend.

»Ich sag' dir doch, wir brauchen ...«

Er kam nicht weiter. Ein Weißer hatte sein Pferd nahe der Straße angebunden und schlenderte nun auf die schwarzen Zuschauer zu. Er war ein junger, gewalttätig wirkender Bursche, mit dunklem Bart, der sogar noch nach einer frischen Rasur zu sehen war, und einer Narbe auf der Stirn. Er sah selbstbewußt, aber sehr ärmlich aus in seiner groben, grauen Kleidung, den alten Kavalleriestiefeln und einem breitkrempigen Hut. In seinem Hosenbund steckte ein Paar Leech-&-Rigdon-Revolver Kaliber 36.

Lächelnd baute er sich vor einem der Schwarzen auf; es war Asia LaMottes Fahrer Poke. Der alte Poke trug eine Stoffmütze auf seinem grauen Kopf. Der Fremde zog seine Revolver und richtete sie auf Poke.

»Ich hasse es einfach, wenn ein Nigger Höherstehenden nicht den nötigen Respekt erweist. Nimm diese Mütze ab, Boy.«

Die Leute um Poke herum wichen zurück, ließen den alten Mann isoliert und verängstigt stehen. Die beiden neuen Wettkämpfer hielten ihre Pferde zurück, wie alle anderen auch von dem kleinen Schauspiel fasziniert.

Sichtlich erheitert spannte der Fremde beide Schlagbolzen. »Ich sagte, nimm die Mütze ab.«

Zitternd gehorchte Poke.

»In Ordnung. Und jetzt erweise deinen aufrichtigen Respekt. Knie nieder.«

»Ich bin ein freier Mann«, fing Poke an.

Eine Revolvermündung berührte Pokes Stirn. »Jawohl, Sir, frei genug, um zur Hölle zu fahren, wenn ich bis fünf gezählt habe. Eins. Zwei. Drei.«

Als der Fremde vier sagte, kniete Poke nieder.

Der Fremde lachte, steckte seine Revolver weg, tätschelte Pokes Kopf und nahm den Applaus von einigen der Zuschauer entgegen. Er schlenderte auf einen weißhaarigen Mann in schäbiger Kleidung zu. Vor Überraschung drückte es Randall Gettys fast die Augen heraus, als der junge Mann den älteren in ein Gespräch verwickelte.

»Ich möchte wetten, das ist er«, flüsterte Gettys. »Ich wette hundert Dollar.«

»Wer?« fragte Asia schmollend.

»Das Rauhbein, das Woodville angeheuert hat. Schau, die beiden tun ganz vertraut.« Er hatte recht; freundlich plaudernd hatte der Fremde dem alten Farmer einen Arm um die Schultern gelegt. Gettys sagte: »Jeder wußte, daß Tom nicht mehr für Edward arbeiten würde, weil das Büro Edwards Arbeitskontrakt abgelehnt hatte. Edward schwor, er würde jedem Weißen fünfzig Dollar geben, der den Nigger ordentlich bestrafe. Ich bin gleich wieder da.« Er eilte davon. Asia schaute ihm verwirrt nach.

Mit einem großen, weißen Taschentuch aus seiner Brusttasche wischte sich Gettys die Stirn. Trotz des milden Wetters war er in schweren, dunkelgrünen Samt gekleidet. Er näherte sich Woodville und dem Fremden, der zu reden aufhörte, seinen Daumen neben dem rechten Revolver einhakte und Gettys einen starren Blick zuwarf, der dessen Magen in einen Eisklumpen verwandelte.

Schwitzend und kriecherisch sprudelte Gettys hervor: »Wollte nur mal guten Tag sagen, Sir. Willkommen in unserem Bezirk. Ich bin Mr. Gettys. Ich führe den Laden an der Kreuzung und gebe unsere kleine Zeitung heraus, den ›Weißen Blitz‹.«

»Sie können Randall vertrauen«, sagte Woodville. »Er ist ein braver Bursche.«

»Ich nehme Sie beim Wort«, sagte der Fremde. Er gab Gettys die Hand, fand dessen Hand weich und feucht und wischte sich die Handfläche an seiner Hose ab. »Captain Jack Jolly. Übriggeblieben von General Forrests Kavalleriebataillon.«

Die beiden berittenen Männer trieben ihre Pferde auf die aufgehängten Ringe zu. Die Menge brüllte, doch Gettys hatte nur Augen für den Fremden. »General Nathan Bedford?«

»Forrest. Hören Sie schlecht, oder was?«

Gettys zuckte zurück und rang entschuldigend die Hände.

Captain Jolly, vierundzwanzig Jahre, aber offensichtlich zäh und erfahren, keckerte. »Dieser Teufel Forrest, wie die verfluchten Yankees ihn nannten. Ich habe für ihn Nigger bei Fort Pillow umgebracht und bin den Rest des Krieges an seiner Seite geritten. Der beste Soldat der Konföderation, hat Joe Johnston gesagt. Er meinte, Forrest wäre die Nummer eins in der Armee geworden, wenn es ihm nicht an der formalen Ausbildung gefehlt hätte.«

Gettys geriet in höchste Erregung. »Haben Sie Verwandte in dieser Gegend, Captain Jolly?«

»Nein. Gibt nur meine Brüder und mich; wir treiben uns rum und schlagen Profit heraus, wo immer es möglich ist.« Er lächelte Woodville an, der zu Boden schaute. Auch der Farmer lächelte.

»Nun, das hier ist ein feiner Bezirk«, rief Gettys. »Eine Menge Möglichkeiten für Männer mit Mut und Prinzipien. Vielleicht trinken Sie nach dem Turnier einen Schluck in meinem Laden, da kann ich Ihnen mehr erzählen. Wir brauchen Leute von Ihrem Kaliber, die uns gegen die verdammten Soldaten und das verdammte Büro helfen und vor allem gegen die verdammten Niggerfreunde unter unseren eigenen Leuten, die sich auf deren Seite schlagen.«

»Zeigen Sie mir einen dieser Niggerfreunde«, sagte Captain Jack Jolly, »dann kann er schnell in meine Revolvermündungen schauen.«

Atemlos eilte Randall Gettys zu Asia LaMottes Kutsche zurück. »Ich muß Des schreiben. Siehst du den Mann dort bei Edward? Ich muß ihn zum Bleiben überreden. Er ist fähig, das zu tun, worüber wir gesprochen haben.«

Die fette, alte Frau starrte Gettys an, als würde er russisch sprechen. Das Horn dröhnte erneut. »Verstehst du nicht?« flüsterte er. »Wir haben den Wunsch, und er hat die nötigen Nerven dazu. Gott hat uns ein Ausführungsinstrument geschickt.«

Eine telegraphische Nachricht von George! Von Charleston überbracht. Nach kurzem Wochenbett erblickte Billys und Bretts Kind am 2. Dez. in San Francisco das Licht der Welt.

Ein Sohn mit Namen George William. Welch segensreiches Geschenk.

Eine weitere Gabe ist der anhaltende Friede im Bezirk. Wir bleiben unbelästigt, sogar unbemerkt. Prudence unterrichtet nun zwei erwachsene Frauen und einen Mann, zusammen mit sechs Kindern. Denjenigen, die unsere Schule hassen, muß bekannt sein, daß wir jederzeit vom Büro Soldaten anfordern können.

Ich spüre, daß wir außer Gefahr sind. Ich bin dankbar dafür: Ich bin müde und möchte in Ruhe meinen Traum verfolgen können...

DAS GEHALT DES PRÄSIDENTEN

Der Finanzminister unterzeichnete heute eine Anweisung zugunsten von Mrs. LINCOLN über die Summe von 25 000 Dollar, weniger als der Betrag, den Mr. LINCOLN im letzten März als Gehalt bekommen hat...

Zeitungsbericht, acht Monate nach der Ermordung

18

Jasper Dills, Esquire, wurde am Freitag, dem 22. Dezember, vierundsiebzig, vier Tage nachdem der Außenminister die Ratifizierung des 13. Nachtrags zur Verfassung verkündet hatte. Dills, kinderlos und seit fünfzehn Jahren Witwer, besaß keine Verwandten, mit denen er den Geburtstag oder Weihnachten hätte feiern können. Ihn störte das nicht. In seinem Leben spielten nur noch sehr wenige Dinge eine Rolle, mit Ausnahme seiner Anwaltspraxis, seiner Position als Washingtoner Repräsentant gewisser großer New Yorker Finanzinteressen und dem endlosen, ewig faszinierenden Kampf um die Macht in der politischen Kommandozentrale der Nation.

In dem Herbst nach Appomattox mußte er jedoch feststellen, daß seine Praxis schrumpfte. Einige seiner New Yorker Klienten wandten sich an jüngere Männer; andere Fälle, die den Weg in sein mit Büchern gefülltes Büro in der Seventh Street fanden, schienen immer trivialer zu werden. Glücklicherweise erhielt er weiterhin die Zahlungen für Bent. Das half ihm, die Mitgliederbeiträge für seine Clubs und die gelegentliche Flasche Mumm's bei seinen Hotelmahlzeiten zu bestreiten.

Schon vor langer Zeit hatte Dills sein Gewissen wegen der Zahlungen beruhigt. Zwei- oder dreimal jährlich schrieb er Elkanah Bents Mutter einen Brief, in dem er ihr versicherte, daß ihr illegitimer Sohn am Leben war. Nach Dills' letzter Erfindung verdiente Bent gut mit Baumwollanbau in Texas.

Die Frau verlangte von Dills nie Beweise für derartige Aussagen. Er besaß ihr Vertrauen, seit er sie vor Jahren das letztemal gesehen hatte, und darauf griff er nun zurück, weil er schlicht und einfach nicht wußte, was aus Bent geworden war, seit ihn Colonel Lafayette Baker, Leiter der Geheimpolizei der Regierung, wegen übertriebener Brutalität anläßlich einer Verhaftung rausgeworfen hatte. Bent war nach Virginia verschwunden, hatte sich wahrscheinlich als Deserteur auf die Seite der Südstaaten geschlagen.

Sollte Bents Mutter das entdecken, dann würden die Unterstützungszahlungen eingestellt werden. Der jährliche Betrag bildete einen wesentlichen Teil seines Einkommens, deshalb erschreckte den Anwalt schon der bloße Gedanke an diesen Verlust. Auf der anderen Seite bekümmerte es ihn kein bißchen, daß er mit Elkanah Bent persönlich nichts mehr zu tun hatte. Ein fettleibiger, unzufriedener Nörgler mit Verfolgungswahn. Stets gab Bent anderen die Schuld an seinem Versagen. Das überraschte kaum: Bents verstorbener Vater, ein Washingtoner Lobbyist namens Starkwether, hatte sich als Mutter für seinen Sohn eine wenig gefestigte Frau ausgesucht. Sie stammte aus einer großen Grenzerfamilie, in der es bereits einige Fälle von Geistesgestörtheit gegeben hatte.

Bents Mutter hatte ihren Sohn niemals anerkannt. Ein Farmerpärchen, das ihn in Ohio aufgezogen hatte, hatte ihm seinen Namen gegeben. Von Ohio war er nach West Point gegangen, danach war Fehlschlag auf Fehlschlag gefolgt. Die Mutter war mittlerweile uralt, doch das spielte keine Rolle. Nichts spielte eine Rolle, solange sie nur Dills' Lügen akzeptierte und regelmäßig Bankanweisungen ausschrieb.

Um seinen hohen Lebensstandard halten zu können, hatte Dills in letzter Zeit gewisse andere Arbeiten übernommen. Er bildete den Kanal, durch den fünfhundert oder tausend Dollar zu diesem oder jenem Senator fließen konnten, der bereit war, seinen Einfluß geltend zu machen, damit der jeweilige Bewerber eine Armeekommission erhielt. Dills kassierte Prozente dafür, daß ein Politiker nicht persönlich in Erscheinung treten mußte und vielleicht noch zusammen mit einem ehemaligen Brevet-Oberst oder Brigadier, verzweifelt auf der Suche nach Wiedereinstellung, gesehen wurde.

Dills war außerdem noch Makler für Begnadigungen. Alle möglichen Washingtoner hatten sich auf diesen Bereich gestürzt, Frauen eingeschlossen, die außer sexuellen Gefälligkeiten nichts zu bieten hatten. Die juristische Ausbildung hatte Dills in die vorderste Front der Makler gebracht. Zusätzlich halfen ihm seine Beziehungen zu angesehenen Demokraten und mächtigen Republikanern. Im Augenblick lagen neununddreißig Begnadigungsgesuche auf seinem Schreibtisch.

Zu Beginn des Jahres hatte der Präsident ein Gesuch aus Charleston mit einem interessanten Namen vorgelegt: Main. Das war der Nachname eines der Männer, die Bent für seine zahlreichen Fehlschläge verantwortlich machte. Obwohl der Vorname des Antragstellers Cooper und jener von Bents Feind Orry lautete, vermutete Dills eine Verbindung, da beide aus South Carolina stammten. Er war nie über Richmond hinaus nach Süden gekommen, sah aber den unteren Teil der Südstaaten als ein gewaltiges Meer aus Cousins vor sich, alle durch Inzucht und Einheirat miteinander verwandt.

Die Natur schenkte Dills zu seinem Geburtstag einen Tag mit nassem Schneefall, eine weitere Garantie für ein leeres Büro. Er sperrte zu und wanderte die drei Blocks zu den gedämpften Räumen seines Lieblingsclubs, des »Concourse«. Er schlenderte durch den Club, bis er jemanden fand, den er recht gut kannte, einen republikanischen Abgeordneten.

»Wadsworth. Guten Morgen. Leisten Sie mir bei einem Whisky Gesellschaft?«

»Für mich noch ein bißchen früh, Jasper. Aber setzen Sie sich doch.« Der Abgeordnete Wadsworth aus Kansas legte ein Exemplar des »Star« beiseite und bat den Kellner um einen Stuhl. Dills war ein winziger Mann, mit winzigen Händen und Füßen. In dem riesigen Stuhl glich er einem Kind.

Der Whisky wurde gebracht. Dills prostete seinem Clubfreund zu, bevor er einen Schluck nahm. »Was glauben Sie, wie die Sitzung wird?« Seine Frage bezog sich auf den 39. Kongreß, der zu Beginn des Monats zusammengerufen worden war.

»Stürmisch«, sagte Wadsworth. »Angelegenheiten, die bis auf Wade-Davis zurückgehen, sind immer noch nicht gelöst, und unsere Parteiführung ist entschlossen, das zu regeln.« Wade-Davis, ein Gesetzesantrag, der als Reaktion auf Lincolns gemäßigten Wiederaufbauplan eingebracht worden war, stellte viel schärfere Forderungen an die Wiederzulassung der konföderierten Staaten.

»Stürmisch, eh?« sinnierte Dills. »Ein reichlich dramatisches Wort.« Er dachte *melodramatisch*.

»Aber vollkommen angebracht«, sagte der Kongreßabgeordnete. »Schauen Sie sich nur mal die bereits in Aktion befindlichen Kräfte an.« Er zählte sie an den Fingern auf. »Sowohl im Repräsentantenhaus als auch im Senat haben wir den gewählten Vertretern der Verräterstaaten die Sitze mit Erfolg verweigert. Die Befolgung der wenigen Forderungen des Präsidenten reicht als Wiedergutmachung für das Verbrechen der Rebellion nicht aus. Das reicht nicht annähernd aus. Zweitens haben wir das Vereinigte Komitee für den Wiederaufbau gegründet.«

»Das Komitee der Fünfzehn. Ein direkter Affront für Mr. Johnson. Doch sehen Sie es wirklich nur als einen radikalen Apparat? Die meisten der Mitglieder sind gemäßigt oder konservativ. Senator Fessenden, der Vorsitzende, ist weit davon entfernt, radikal zu sein.«

»Oh, kommen Sie, Jasper. Mit Thad Stevens und Sam Stout im Komitee, haben Sie da noch irgendwelche Zweifel an der Richtung? Um fortzufahren«, er kippte einen weiteren Finger nach unten weg, »Lyman Trumbull bringt gerade ein Senatsgesetz zur Verlängerung und Ausweitung des Büros für befreite Negersklaven ein. Wenn das den Präsidenten nicht provoziert, dann bin ich Marse Bob Lee.«

»Da gebe ich Ihnen recht«, sagte Dills nickend. Johnsons Opposition gegen das Büro – auf der Basis, daß es die Rechte der einzelnen Staaten beeinträchtigte – gehörte zu den großen ewigen Streitpunkten seiner Regierung. Durch einen Klienten, einen reichen politischen Mitläufer namens Stanley Hazard, war Dills mit dem Büro bestens vertraut. Dieser Mann war ein Angehöriger der Pennsylvania-Familie, zu der auch George Hazard gehörte, der zweite von Elkanah Bents erklärten Feinden. Stanley hatte Dills für juristische Geheimarbeiten engagiert, unter anderem dafür, das Eigentumsrecht an einigen höchst zweifelhaften Besitztümern abzuklären.

»Ein Freund von mir«, fuhr Dills fort, »der dem Büro nahesteht, erzählt, daß sie alle möglichen Horrorgeschichten aus dem Süden zu hören bekommen. Geschichten von Negern, die man mit Arbeitskontrakten hereinlegt, die in Wirklichkeit auf nichts anderes als auf Sklavenarbeit hinauslaufen.«

»Ja, genau«, sagte Wadsworth. »In Mississippi ist der Kodex für Schwarze in Kraft getreten. Neben anderen Dingen steht dort, daß ein Neger verhaftet, sogar geschlagen werden kann, wenn man ihn der Landstreicherei beschuldigt. Und wer bestimmt, was das ist? Wenn man den gleichen Gehsteig benutzt wie ein weißer Mann? Oder nur durch eine Stadt kommt? Da unten, Jasper, das sind Narren, arrogante Narren. Anscheinend hat der Krieg sie nichts gelehrt. Jetzt müssen wir im Kongreß ihren weiteren Unterricht übernehmen.«

»Johnson wird nicht aufhören, Widerstand zu leisten.«

»Selbstverständlich. Und wenn man auf ihn zu sprechen kommt, dann erhebt sich auch gleich die zentrale Frage, mit der alle anderen verbunden sind. Wo ruht die politische Staatsgewalt? Meiner Meinung nach nicht beim Präsidenten oder seiner

Armee. Militärische Eroberungen der Vereinigten Staaten, ganz gleich, ob ausländischer oder inländischer Natur, können nur vom Kongreß geleitet und beaufsichtigt werden. Ich glaube das, Thad Stevens glaubt das, Ben Wade glaubt das. Und wir haben im Kongreß eine Dreiviertelmehrheit, um unsere Ansicht durchzusetzen. Falls es sein muß, auch über die Leiche von Mr. Johnsons politischer Zukunft«, schloß Wadsworth mit selbstzufriedenem Lächeln.

»Dann reicht vielleicht Ihre Bezeichnung ›stürmisch‹ kaum aus. Sollen wir es Umsturz nennen?«

Wadsworth zuckte mit den Schultern. »Nennen Sie es, wie Sie wollen. Andrew Johnson steuert jedenfalls auf eine Katastrophe zu.«

Das Thema war erschöpft. Wadsworth erhob sich und warf einen Blick auf seine Taschenuhr. »Mein lieber Jasper«, sagte er trocken, »ich habe vorhin gerade den Aushang am Schwarzen Brett gelesen. Herzlichen Glückwunsch zum Geburtstag.«

Wadsworth brach auf; seine letzten Worte waren in diesem Jahr das einzige Geburtstagszeremoniell für Jasper Dills. Aber ganz egal, Dills war mit seinem Club, seinem Whisky und den Zahlungen von Bents Mutter zufrieden — und mit seinem Logenplatz für den anstehenden Kampf.

»Umsturz« mochte keine Übertreibung sein, dachte er. Wie Wadsworth gesagt hatte, man mußte nur die beteiligten Kräfte und die Einsätze berücksichtigen. Sie waren gewaltig. Nicht weniger als die Legislatur und die Stimmen der Südstaaten standen auf dem Spiel, was wiederum Kontrolle über Land und Reichtum des Südens bedeutete. Im Rahmen von Dills Arbeit für Stanley Hazard hatte ihm sein einfältiger Klient einige Zahlen gezeigt, die sehr deutlich illustrierten, wie üppig die Beute war.

Der zweite Drink beflügelte seine Phantasie; Dills versuchte, die Ereignisse vorauszusehen. Die Sache mit dem Büro für befreite Negersklaven konnte an den Rand eines neuen Bürgerkriegs führen, doch der arme Tölpel aus Tennessee würde von einem Stevens, einem Wade, einem Stout, einem Sumner ausmanövriert werden. Johnson wollte sich lediglich fair und der

Verfassung entsprechend verhalten; die anderen wollten eine Minoritätspartei in eine Regierungspartei verwandeln, wobei die Neger die entscheidenden Stimmen lieferten. Johnson kämpfte, ebenso wie einige wenige der Radikalen, um Prinzipien. Doch die Radikalen als Gruppe kämpften um eine lohnendere Sache: Sie wollten ihr eigenes Verlangen nach Macht befriedigen.

Plötzlich murmelte Dills lächelnd: »Ein Zirkus. Das ist eine bessere Metapher als Wetter oder Krieg.« Sofort verfeinerte er es zu einem römischen Zirkus: Mr. Johnson, der Christ, umgeben von hungrigen Löwen.

> Der Kongreß legte ein Gesetz vor; der Präsident verweigerte die Zustimmung, setzt dann aber durch Proklamation soviel davon in Kraft, wie ihm gerade zusagt ... Niemals ist die legislative Autorität des Volkes schlimmer verletzt worden ... Die Autorität des Kongresses steht an oberster Stelle und muß respektiert werden.
>
> *Aus dem Wade-Davis-Manifest.*
> August 1864

19

Die Stimme drang bis in die entferntesten Ecken des Kongreßsaals, bis zu den Sitzen auf der überfüllten Galerie, einschließlich Virgilia Hazards Sitz in der vordersten Reihe. Es war der Morgen des 8. Januars 1866.

Virgilia hatte dem Sprecher schon oft zugehört, doch auch jetzt noch brachte er es fertig, daß ihr ein Schauer über den Rücken lief. Jene, die den Kongreßabgeordneten Sam Stout, Republikaner aus Indiana, zum erstenmal hörten, wunderten sich stets, daß eine so wunderbare Stimme aus einem so unansehnlichen Körper kommen konnte.

Der Abgeordnete Stout war Virgilias Geliebter. Eine Zeitlang hatte er sie in einem Vier-Zimmer-Häuschen in der Thirteenth Street untergebracht. Er weigerte sich, mehr für sie zu tun, weigerte sich, sich in der Öffentlichkeit mit ihr sehen zu lassen, weil er mit einer flachbrüstigen Schlampe namens Emily verheiratet war und weil er von einem gewaltigen Ehrgeiz besessen war. Heute morgen befand er sich an der Schwelle zu einem großen Sprung nach oben. Seine Rede zielte darauf ab, jeden Zweifel an seinen Qualifikationen zu zerstreuen.

Während der ersten zehn Minuten hatte er die vertrauten radikalen Positionen wiederholt. Es war ein Faktum, daß der Süden abgefallen war, und Lincoln hatte sich getäuscht, als er diesen Akt als verfassungsgemäße Unmöglichkeit bezeichnete. Durch den Abfall hatten die konföderierten Staaten »Selbstmord begangen« und unterlagen nun den Bestimmungen, die für »eroberte Provinzen« galten. Virgilia kannte dieses Argument und die Schlüsselphrasen auswendig.

Die geballten Fäuste auf das Podium gestemmt, so strebte Stout dem Höhepunkt seiner Rede entgegen. »Eine philosophische Kluft trennt diese beratende Versammlung vom Präsidenten. Diese Kluft ist so breit und tief, daß man sie nicht überbrücken kann, ja vielleicht gar nicht soll. Die Ansichten unseres Gegners, was die Verfassung und die damit verbundenen Prozesse anbelangt, drücken all das aus, was wir schärfstens zurückweisen — vor allem Nachsicht genau jenen Leuten gegenüber, die um ein Haar diese Republik zerstört hätten.«

An der Stelle erwartete er eine Reaktion und bekam sie auch. Mehrere Senatoren klatschten.

»Ich habe eine Vision für diese Nation«, sagte er, nachdem der Beifall abgeflaut war. »Eine Vision, die, wie ich fürchte, der Präsident nicht teilt. In dieser Vision sehe ich ein starrsinniges, arrogantes Volk gedemütigt und entmachtet, ich sehe, wie diese korrupte Gesellschaft gestürzt wird, während ein anderes Volk, eine ganze Rasse, von erzwungener Ungleichheit zu einer neuen, rechtmäßigen Position der vollen Bürgerschaft erhoben wird. Es ist eine Vision, die unter Führung dieses Kongresses erfüllt werden wird und muß; jede Gruppe oder jedes Individuum, das dagegen zu opponieren wagt, soll mit Schimpf und Schande bedeckt werden. Der Fehdehandschuh ist hingeworfen worden. Gott segne und fördere den edlen Kreuzzug dieses Kongresses. Er wird uns sicher den Sieg schenken. Ich danke Ihnen.«

Virgilia klatschte stehend Beifall. Die Rede hatte nicht nur ihr Herz erwärmt; sie konnte es kaum erwarten, mit Sam zu sprechen und ihn zu loben. Seit er ihr letzten Samstag den Entwurf vorgelesen hatte, war die offene Feindseligkeit gegen Johnson noch deutlicher zum Ausdruck gekommen. Sie klatschte so heftig, daß ihre Hände schmerzten.

Georges Schwester war mittlerweile einundvierzig; sie besaß die weibliche, vollbusige Figur, die von der Mehrheit der Männer als Idealfigur angesehen wurde. Der monatliche Unterhalt von ihrem Liebhaber versetzte sie in die Lage, sich gut zu kleiden. Sie hatte es gelernt, sich so zu schminken, daß die Gesichtsnarben, die von einer Pockenerkrankung aus ihrer Kindheit zurückgeblieben waren, kaum noch zu sehen waren.

Eine Woge von Bewunderern drohte Stout zu überschwemmen. Während sie ihn beobachtete, überkam Virgilia eine vertraute Sehnsucht. Sie liebte Sam und hegte immer noch den Wunsch, ihn zu heiraten und ihm Kinder zu schenken, auch wenn ihr Alter und sein Ehrgeiz diesen Traum zur Aussichtslosigkeit verurteilten. Schlimmer noch, in letzter Zeit hatte sie einigen Klatsch gehört, daß er mit einer anderen Frau gesehen worden war. Sie versuchte, die Existenz dieses Gerüchts zu leugnen, indem sie ihn nicht zur Rede stellte. Ein ziemlich mißglückter Versuch.

Der Sprecher schlug mit dem Hammer zu und verkündete eine Unterbrechung. Virgilia kämpfte sich nach unten, wo sie einige begeisterte Worte mit Senator Sumner austauschte. »Brillant«, erklärte er. »Trifft genau ins Schwarze.« Wie üblich verbot sein Tonfall jede abweichende Meinung.

Stout kam durch die Tür, die Kollegen hinter ihm, während sich vor ihm Journalisten und Gratulanten drängten. Virgilia wollte mit den anderen zusammen auf ihn zustürzen, hielt aber plötzlich mit hämmerndem Herzen inne. Stouts Blick hatte sich kurz mit dem ihren getroffen und war dann ohne jedes Erkennen abgeglitten. Sie preßte ihre behandschuhten Hände zusammen und sah zu, wie ihr Geliebter in der Menge untertauchte.

Eine Stimme erschreckte sie. »War das nicht eine Alarmglocke, Virgilia? War das nicht ein Aufruf zum Krieg?«

Sie wandte sich um, mühte sich ein Lächeln ab. »Und ob es das war, Thad. Wie geht's dir?«

»Viel besser, seit ich Sams Rede gehört habe. Die Spaltung zwischen Kongreß und Präsident liegt jetzt offen zutage. Johnson wird bald auf der Flucht sein.«

Virgilia hatte Thad Stevens bei einem Treffen im Frühjahr kennengelernt. Er kannte ihre Familie, und sie hatten gemeinsame Ideale. Bald schon war er ihr Vertrauter geworden; er war der einzige Mensch, dem sie von ihrer Beziehung zu Stout und ihrem früheren Verhältnis zu Grady, einem entsprungenen Sklaven, erzählt hatte. Stevens hatte aufgrund seiner Prinzipien und seiner großen Zuneigung zu Lydia Smith, seiner Mulattenhaushälterin, großes Verständnis dafür.

Er führte sie nach draußen in den kühlen, blassen Sonnenschein. Am anderen Ende der schlammigen Promenade erhob sich das unfertige Monument von George Washington. Stevens sagte: »Es ist weise von Gouverneur Morton, daß er Sam diesen Posten anvertraut.«

Freude belebte Virgilias Gesicht. »Du meinst, es ist endgültig?«

»Heute abend wird es das sein. Sam muß das Komitee der Fünfzehn verlassen, weil wir neun Kongreßmitglieder brauchen, aber er wird unsere Arbeit weiterhin aus dem Hintergrund leiten.«

»Ich kann es kaum erwarten, ihm zu gratulieren.« Stout hatte versprochen, heute abend mit ihr zu essen.

»Ja, nun«, Stevens hüstelte; in seinen Augen lag eine merkwürdige Verlegenheit. »Es wäre klug, von Sam in der nächsten Zeit nicht zuviel zu erwarten. Die Einzelheiten der neuen Berufung werden ihn vollkommen beanspruchen.«

Virgilia hörte die Warnung, war aber zu aufgeregt und ihrem Geliebten zu innig verbunden, um ernsthaft darauf zu achten.

Bei Kriegsausbruch hatte sich Virgilia, emotionell erschöpft, treiben lassen. Der Kummer über ihren Verlust, verbunden mit zwanzig Jahren der Aktivität für die Abolitionistenbewegung, hatte sie ausgehöhlt.

Kurz nach Beginn des Krieges war Virgilia in das Schwesterncorps der Union eingetreten. In einem Feldhospital hatte sie, getrieben von ihrem Wunsch nach Rache für Grady, einen verwundeten konföderierten Soldaten verbluten lassen. Nur Sam Stouts verdeckte Intervention hatte ihr einen fast sicheren Gefängnisaufenthalt erspart. Danach waren sie ein Liebespaar geworden.

Zur damaligen Zeit hatte Virgilia geglaubt, daß ihre Handlungsweise gerechtfertigt sei. Sie hatte sich selbst als Soldat im Krieg gesehen, nicht als Mörderin. Erschöpft von Reue und dem stärker werdenden Wunsch, die Tat ungeschehen machen zu können, hatte sie in letzter Zeit zu einem neuen Idealismus gefunden; ein Idealismus, gereinigt durch die Schuld, mit der sie den Rest ihres Lebens verbringen mußte.

Sie verachtete ihren Bruder George nicht länger wegen seiner Freundschaft zu Orry Main, auch nicht ihren Bruder Billy, weil er Brett geheiratet hatte. Sie hegte nicht mehr den Wunsch, den Süden zu strafen, so wie es Sam und andere Republikaner wollten. Es wäre schon Strafe genug, wenn einige der republikanischen Schlüsselgrundsätze Gesetz würden. Das ließ sich am sogenannten Schwarzen Kodex ablesen, den einige Staaten in Kraft gesetzt hatten, um die Arbeit des Büros für befreite Negersklaven zu durchkreuzen.

Über all das dachte Virgilia nach, während sie auf dem Eisenofen in ihrem kleinen Häuschen eine Sauce anrührte. Bei Anbruch der Dämmerung hatte ein feiner, kalter Regen eingesetzt, gerade als ihre Uhr auf dem Kaminsims halb sechs geschlagen hatte. Nun schlug sie halb sieben. Immer noch kein Zeichen von ...

Moment. Durch den klatschenden Regen hindurch hörte sie das Knirschen von Rädern und das Geräusch von Pferdehufen im Schlamm. Sie rannte zur Hintertür, schob den Vorhang beiseite und beobachtete, wie Sams überdachter Buggy in den kleinen Schuppen hinter dem Haus fuhr, sicher vor jeder Entdekkung von der Thirteenth Street aus. Einen Moment später kam der Kongreßmann auf das Haus zu. Virgilias Lächeln verblaßte. Er hatte das Pferd nicht ausgespannt.

Sie öffnete die Tür, während er nach seinem Schlüssel suchte. »Komm rein, Liebling. Gib mir deinen Hut. Was für eine scheußliche Nacht.«

Er trat ein, ohne sie anzuschauen. Sie schloß die Tür und schüttelte das Wasser von der Krempe seines Hutes. »Zieh deinen Umhang aus. Das Essen ist fertig in ...«

»Ist egal«, sagte er, immer noch ihrem Blick ausweichend. Er ging durch das kleine Speisezimmer nach vorn. Auf dem polierten Fußboden blieb eine nasse Spur zurück. »Ich habe eine dringende Verabredung mit Ben Butler.«

»Heute abend? Was kann denn so dringend sein?«

Seine Verärgerung zeigte sich, als er sich die Hände am Kamin im Wohnzimmer wärmte. »Meine neuen Verantwortlichkeiten.« Er drehte sich um, als sie sich ihm näherte; was sie in seinen dunklen Augen sah, ließ sie innehalten — genauer gesagt das, was sie nicht sah.

»Da Senator Ivey aufgrund seines schlechten Gesundheitszustandes seine Amtszeit nicht ableisten kann«, sagte Stout, »hat Gouverneur Morton meine Ernennung als Ersatz für Ivey verkündet. In zwei Jahren werde ich um meine Nominierung für eine volle Amtsperiode nachsuchen. In der Zwischenzeit werde ich in der Lage sein, unser Programm durchzusetzen und diesen verdammten Schneider aus Tennessee zu Fall zu bringen.«

Sie packte ihn an den Schultern und rief: »Senator Stout! Thad deutete es schon an. Oh, Sam, ich bin so stolz auf dich.«

»Es ist eine sehr große Ehre. Und eine große Verantwortung.«

Virgilia preßte sich gegen ihn, genoß den Druck seines festen Körpers gegen ihre Brüste. Als sie die Arme um seine Taille schlang, spürte sie, wie er zurückwich.

Die wunderbare Stimme senkte sich. »Das verlangt natürlich nach gewissen Änderungen in meinem Leben.«

Langsam zog sie ihre Hände zurück. »Was für Änderungen?«

Er räusperte sich und beobachtete das Feuer. »Hab wenigstens den Mut, mich dabei anzusehen, Sam.«

Er tat es; im Widerschein des Feuers sah sie seinen aufsteigenden Zorn. »Eine Beendigung dieser Treffen, zum Beispiel. Die Leute haben Wind davon bekommen, frag mich nicht, wie. Wahrscheinlich war es unvermeidlich. Klatsch ist Wasser auf die Mühlen dieser Stadt. Hier kann man nicht mal Zahnschmerzen für sich behalten. Wie auch immer, wenn man über den Senat hinaus auf ein höheres Amt abzielt eine Ambition, die ich, wie du dich erinnern wirst, niemals verborgen habe...«

In das Schweigen hinein flüsterte Virgilia: »Nur zu, Sam. Sprich weiter.«

»Um dieser Zukunft willen muß ich die öffentliche Seite meines Lebens mehr herausstellen. Ich muß mich öfter mit Emily sehen lassen, so abscheulich das auch sein mag.«

»Ist es Emily?« unterbrach ihn Virgilia. »Oder jemand anderes? Auch ich habe Gerüchte gehört.«

»Diese Bemerkung ist deiner unwürdig.«

»Vielleicht. Ich kann es nicht ändern.«

»Ich habe es nicht nötig, dir gegenüber Erklärungen über mich oder meine Handlungen abzugeben. Das war Teil unserer Vereinbarung. Deshalb ziehe ich es vor, deine Frage nicht zu beantworten.«

Sie hörte das Geräusch des auf dem Eisenofen verbrutzelnden Schmorfleisches. Sie roch das verbrannte Fleisch und achtete nicht darauf. Stout reihte seine kurzen, kalten Worte aneinander.

»Diese Art von Reaktion habe ich fast von dir erwartet. Deshalb beschloß ich, die Trennung so kurz wie möglich zu gestalten. Ich werde den Gegenwert von sechs Monaten Unterhalt auf dein Konto überweisen. Danach wirst du selbst für dich sorgen müssen.«

Er ging davon. Einen Augenblick später riß sie sich selbst aus ihrer Erstarrung. »Und so endet es? Ein paar Worte und Schluß?«

Er ging weiter, durch den Rauch des verkohlenden Fleisches hindurch. Virgilias Finger zerrten an ihrem Haar, lösten Nadeln.

Die Haare fielen ihr über die linke Schulter. Sie bemerkte es nicht.

»So behandelst du also jemand, der dir geholfen und dich beraten hat, Sam? Jemand, der sich um dich sorgte?«

Mit dem Hut in der Hand drehte er sich an der Hintertür noch einmal um. In seinen Augen sah sie offene Feindseligkeit.

»Ich bin jetzt Senator der Vereinigten Staaten. Andere Leute haben größeren Anspruch auf mich.«

»Wer? Diese Varieté-Hure, von der die Leute reden? Gehst du jetzt dorthin, zu dieser Miss Canary? Sag's mir, Sam.« Kreischend rannte sie auf ihn zu. Ihre Fäuste flogen nach oben. Stout erwischte ihre Handgelenke und zwang ihre Arme nach unten.

»Du schreist laut genug, daß man dich noch bei Willard hören kann. Ich kenne die Person nicht, von der du sprichst.« Sie verzog höhnisch das Gesicht; die Lüge stand ihm deutlich ins Gesicht geschrieben. »Und obwohl es dich nichts angeht, ich verbringe den Abend, wie ich dir sagte, mit Butler und einigen anderen Gentlemen. Es geht darum, wie wir Mr. Johnson außer Gefecht setzen können.«

Er riß die Tür auf. Der Regen war jetzt so stark, daß man den Schuppen hinten im Hof fast nicht mehr sehen konnte. »Und jetzt, Virgilia, läßt du mich vielleicht gehen, nachdem ich dir ausreichende Erklärungen geliefert habe. Ich wollte nicht auf diese Weise gehen. Unseligerweise hast du mich dazu gezwungen.« Er drückte sich den Hut auf den Kopf und marschierte die Stufen hinab.

»Sam«, schrie sie, und noch einmal: »Sam!«, als er den Buggy bereits die Straße neben dem Haus entlangrattern ließ. Der Buggy bog nach rechts ab und war verschwunden.

»Sam . . .« Das Wort löste sich in einem Schluchzer auf. Sie warf beide Arme um den Verandapfosten, umarmte ihn, als wäre er ein lebendes Wesen.

Frühzeitig am nächsten Nachmittag erkundigte sich Virgilia bei ihrer Bank nach ihrem Kontostand. Er hatte sich genau um den Betrag von sechs Monatszahlungen erhöht.

Wie betäubt ging sie wieder hinaus in die kalte Wintersonne und lief, mit der Bürde der Gewißheit belastet, den ganzen Weg zu Fuß nach Hause. Sie hatte Senator Samuel G. Stout, Republikaner aus Indiana, zum letztenmal gesehen — außer natürlich, sie schloß sich der allgemeinen Menge an, wenn er sprach, und hörte ihm zu, wie jeder andere Bürger auch.

MADELINES JOURNAL

Februar 1866. Heute ein weiteres Paket mit alten »Couriers«. Das ist Judiths Freundlichkeit — und meine einzige Verbindung zur Welt. Ich bin mir nicht sicher, ob ich nicht gern auch darauf verzichten würde, so schlecht sind die Nachrichten — nichts als Streit und Bosheit, selbst im höchsten Amt im Land. Vor einigen Abenden brachte eine Menschenmenge vor dem Weißen Haus ein Ständchen dar. Mr. Johnson ging hinaus, um ihnen zu danken, und hielt ganz impulsiv eine freie Rede, ein gefährliches Unterfangen für ihn. Er nannte Stevens, Sumner und den Abolitionisten Wendell Phillips seine verschworenen Feinde. Kann derartige Unbesinnenheit etwas anderes als neue Feindseligkeit erzeugen?

März 1866. Immer noch viel Unruhe im Bezirk, und Menschenmassen auf den Straßen, vor allem am ersten Montag im Monat, der zum »Verkaufstag« geworden ist, an dem beschlagnahmtes Land unter den Hammer kommt, und zum »Verlosungstag«, an dem befreite Neger nach Charleston und anderen Städten fahren, in der Hoffnung, das Büro werde Kleidung, Schuhe und Maisrationen verteilen. Sie kehren mit leeren Händen zurück, wenn der leitende Beamte zu wenig Vorräte hat oder die Menge für zu groß oder »unwert« erachtet.

Die Menge setzt sich aus Armen, Alten, Verkrüppelten und Frauen ohne Männer, aber mit Kindern zusammen, jedoch auch aus Weißen, zu wertlos oder zu faul, um sich durch ehrliche Arbeit zu ernähren. Wir haben auch solche Leute im Bezirk, ein jämmerlicher Haufen namens Jolly. Ich habe ein paarmal ihre zerfetzten Zelte und ihre Lagerfeuer in den Wäldern nahe Summerton gesehen, als mich die verzweifelte Notwendigkeit zu Gettys Laden getrieben hat . . .

Captain Jolly und seine Familie ließen sich in einem Eichenhain nahe dem Dixie-Laden nieder. Die Familie bestand aus ihrem Patriarchen, dem jungen Jack, und seinen beiden verheirateten Brüdern, zwanzig und einundzwanzig Jahre alt, aber bereits mit viel Erfahrung, wie man ohne Arbeit überleben konnte. Die Frau des Älteren war eine Hure aus Macon; die Frau des Jüngeren, fünfzehn Jahre älter als ihr Mann, stammte aus Böhmen, verstand kein Englisch und hatte Arme wie ein Kohlenarbeiter. Drei dreckverkrustete Kinder lebten bei den Jollys — keiner der Erwachsenen wußte genau, wer der Vater welchen Kindes war —, und mehrere wilde Hunde trieben sich bei ihrem mit Abfall übersäten Camp herum.

Die Decken für ihre Zelte hatten sie mit gezogenem Revolver aus den Heimen befreiter Negersklaven geholt. Außerdem besaßen sie ein Muli und einen Karren, beides auf die gleiche Art erworben. Vorräte holten sie sich einfach aus Gettys Laden.

Captain Jolly war gerade auf dem Weg dorthin; er trat beiseite und tippte an seinen alten Schlapphut, als eine gutaussehende Frau mit großen Brüsten in einem Wagen Richtung Charleston vorbeifuhr. Jolly, von dem engen Kleid der Frau beeindruckt, verbeugte sich und rief hinter dem Wagen her, sie solle anhalten und sich von ihm ein bißchen verwöhnen lassen. Die Frau warf ihm einen verächtlichen Blick zu und fuhr weiter. Ihr Temperament amüsierte Jolly, ihre Zurückweisung brachte ihn in Wut.

In Gettys' Laden fand er, was er suchte, eine glänzende neue Öllampe. »Die gefällt mir«, sagte er und schlenderte hinaus.

»Jolly, du machst mich noch bankrott«, rief Randall Gettys. »Die kostet vier Dollar.«

»Nicht für mich.« Er zog einen seiner Leech-&-Rigdon-Revolver. »Stimmt's nicht?«

Gettys huschte hinter den Tresen. Er war ein Narr gewesen, Jolly mitsamt seiner schäbigen Verwandtschaft einzuladen, sich am Ashley niederzulassen. Der Mann war so gefährlich wie ein tollwütiger Hund und ungefähr genauso sensibel. Er und seine Familie überlebten dank Diebstahl und Maisrationen am Verlosungstag in Charleston. Eine der Frauen sagte die Zukunft voraus, und die Dame aus Böhmen verkaufte sich selbst, hatte er gehört.

»In Ordnung«, sagte Gettys; der Schweiß ließ seine Brillengläser beschlagen. »Aber ich führe ein Konto, denn mein Freund Des und ich wollen, daß du uns einen kleinen Dienst erweist. Wir haben ja schon darüber gesprochen.«

Jolly zeigte grinsend seine braunen Zahnstümpfe. »Ich wollte, du würdest endlich sagen, wann. Ich werde langsam ungeduldig. Teufel auch, ich weiß noch nicht mal, wen ich um die Ecke bringen soll.«

»Sie war gerade eben hier. Müßte eigentlich in ihrem Wagen auf der Straße an dir vorbeigekommen sein.«

»Die tolle schwarzhaarige Frau? Meine Güte, Gettys, die erledige ich umsonst, da erwarte ich keine Bezahlung. Vorausgesetzt, ich kann sie eine Stunde für mich haben, bevor ich ihr die Lebenslichter ausblase.«

Gettys wischte sich das feuchte Gesicht mit dem unvermeidlichen Taschentuch ab. »Des besteht darauf, daß wir auf einen geeigneten Vorwand warten. Wir wollen nicht, daß wieder diese verfluchten Soldaten vom Büro überall rumschnüffeln und alles nach Washington melden, so wie sie es bei dem Mord an Tom getan haben.«

»Ich weiß, verdammt noch mal, nichts von einem Mord«, sagte Jolly; jetzt lächelte er nicht mehr. »Wenn du das Thema noch einmal auf den Tisch bringst, dann gehen deine Lampen auch aus.«

Er kratzte sich zwischen den Beinen. »Was die andere Sache betrifft, gib mir einfach Bescheid. Ich erledige das glatt und sauber, ohne eine Spur zu hinterlassen. Und werde mich dabei auch noch großartig amüsieren.«

Andrew J. nutzte sein Vetorecht, um den vom Kongreß so bezeichneten »Bürgerrechtserlaß« zurückzuweisen. Soweit ich weiß, gesteht die Resolution den freien Negern ungehindert Zugang zu den Gerichten zu und erlaubt es den Bundesgerichten, Fälle an sich zu ziehen. In einem Courier habe ich einige der Einwände des Präsidenten gelesen. Er steht mit einer derart wilden Ent-

schlossenheit hinter der Unantastbarkeit der »Staatsrechte«, genau wie James Huntoon vor der Rebellion ...

Die Straßen sind immer noch überfüllt. Männer und Frauen, vor Jahren durch Verkauf von ihren Lebenspartnern getrennt, durchstreifen den Staat in der Hoffnung, einen geliebten Menschen wiederzufinden. Der schwarze Strom fließt Tag und Nacht.

Auch M. R. ist davon auf tragische Weise betroffen. Gestern tauchte ein Mann namens Foote auf. Er und nicht Nemo ist Cassandras Ehemann. Foote wurde '58 an Squire Revelle von Greenville verkauft, und Cassandra hatte die Hoffnung aufgegeben, ihn je wiederzusehen.

Doch Nemo ist der Vater ihres kleinen Jungen. Als Foote das entdeckte, zog er ein Messer und versuchte sie niederzustechen. Andy überwältigte ihn und holte mich. Ich sagte ihnen, sie sollten die Sache friedlich regeln. Heute morgen war Nemo verschwunden. Foote hat sich hier niedergelassen, und Cassandra ist vollkommen durcheinander. Nimmt das Elend denn kein Ende?

April 1866. In Washington wird Geschichte geschrieben, steht in den Zeitungen. Präsident J. s Veto gegen die Bürgerrechtsresolution wurde vom Kongreß überstimmt. Nie zuvor war ein wichtiges Gesetz auf diese Weise durchgebracht worden, noch war ein amtierender Präsident dermaßen gedemütigt worden.

... Wir bringen die Ernte des Kampfes Weiß gegen Schwarz ein. Die Stadt Memphis wurde durch einen dreitägigen Aufruhr verwüstet; den Höhepunkt bildeten Konfrontationen zwischen Bundestruppen — Farbige — und wütenden weißen Polizisten. Mindestens 40 Tote, viele Verletzte, und der Aufstand ist immer noch nicht unter Kontrolle ...

... Der Aufruhr ist endlich vorbei. Ich bin sicher, das Komitee der Fünfzehn wird die Sache untersuchen. Col. Munro ist mit einem ansässigen Schwarzen nach Washington gefahren, um vor dem Komitee Zeugnis abzulegen ...

»Ich weiß, das ist sehr schwierig für Sie«, sagte Thaddeus Stevens. »Bitte sammeln Sie sich, und fahren Sie erst dann fort, wenn Sie wirklich bereit sind.«

Bei Stevens emotionsgeladenem Tonfall stöhnte der Abgeordnete Elihu Washburne aus Illinois auf. Der Kongreßmann aus Pennsylvania konnte ein Hearing so weit manipulieren, bis es einem tränenüberströmten Melodram zu ähneln begann; genau das tat er jetzt gerade mit dem ärmlich gekleideten Schwarzen, der an einem Tisch den Komiteemitgliedern gegenübersaß. In einem Besucherstuhl hinter dem Komitee machte sich Senator Sam Stout eine Notiz über Washburnes ungebührliches Benehmen; darüber mußte er mit der Führung einmal sprechen.

Der Zeuge wischte sich mit den Handflächen über die Backen und fuhr mühsam mit seiner Aussage fort:

»Gibt nicht mehr viel zu sagen, Sirs. Mein kleiner Bruder Tom, er sagte nein zu Mr. Woodvilles Kontrakt. Danach hatte er mächtig Angst, aber Colonel Munro unten in Charleston hat ihm gesagt, es wär' schlechter Kontrakt. Der Kontrakt sagt, Tom darf nicht von der Farm weg, ohne vorher den alten Woodville zu fragen. Und er muß die ganze Zeit respektvoll und höflich sein, sonst kriegt er keinen Lohn. Und er darf keine Hunde halten – Tom hat gern gejagt. Hatte zwei mächtig feine Hunde.«

Der Zeuge schaute Stevens an. »Nur zu, Sir, wenn Sie dazu in der Lage sind«, forderte ihn Stevens sanft auf.

»Nun, wie ich schon sagte, der Colonel, er sagt Tom, er soll den Kontrakt nicht unterschreiben. Am nächsten Tag geht Tom zurück und sagt's dem alten Woodville. An dem Abend kam Tom zum Abendessen rüber, da hab' ich ihn das letzte Mal geseh'n. Er sagte, Woodville sei sehr wütend auf ihn gewesen. Zwei Tage später haben sie Tom«, die Stimme des Zeugen brach, »haben sie Tom tot gefunden.«

Vom Nebenstuhl aus legte Orpha Munro dem weinenden Schwarzen einen Arm um die Schultern. Zum Schriftführer sagte Stevens: »Sorgen Sie dafür, daß im Protokoll klar zum Ausdruck kommt, daß der Mord eine Folge der Weigerung Toms war, unter derartigen Sklavenbedingungen zu arbeiten.«

»Ich muß meinen Kollegen um Nachsicht bitten.« Senator Reverdy Johnson von Maryland wedelte mit seiner Feder. »Ich habe volles Mitgefühl für den Verlust dieses Gentleman. Aber er hat keinen Beweis geliefert, daß ein Zusammenhang besteht zwischen dem unseligen Mord und den vorangegangenen Ereignissen.«

Stout funkelte den Demokraten an, einen Politiker von vornehmer Herkunft, der sich langsam zu einem Hemmschuh im Komitee entwickelte. Auch Stevens schaute drein, als stünde er kurz vor einem cholerischen Anfall. »Wünschen Sie, daß dies ins Protokoll aufgenommen wird, Senator?«

»Das wünsche ich, Sir.«

»Also gut«, sagte Stevens.

»Ich danke dem Gentleman aus Pennsylvania«, sagte Johnson zufrieden, jedoch ohne eine Spur von Dankbarkeit.

Egal, dachte Stout, seinen Ärger hinunterschluckend. Er und Stevens und der Kern der republikanischen Idealisten im Kongreß waren sehr zufrieden mit den Zeugenaussagen, die vor dem Komitee gemacht worden waren. Aus einem Staat nach dem anderen waren die Zeugen — Schwarze und Beamte des Büros — aufmarschiert und hatten von körperlichen und rechtlichen Mißhandlungen befreiter Neger berichtet, während der Präsident weiterhin darauf beharrte, daß der Kongreß nicht das Recht zur Intervention besitze.

Doch der Schneider aus Tennessee lieferte Rückzugsgefechte, während die Sache der Republikaner durch Vorfälle wie den Aufruhr in Memphis Auftrieb erhielt. Außerdem hatte man bereits gegen einen möglichen Gerichtshofentscheid vorgesorgt, der die Bürgerrechtsresolution für nicht verfassungsgemäß erklären könnte, indem man einen vierzehnten Zusatz zur Verfassung vorbereitete, der die wesentlichen Garantien dieses Gesetzes rechtmäßig machen würde: Vollbürgschaft für alle Schwarzen und die Verweigerung der offiziellen Anerkennung eines jeden Staates, der berechtigten Männern über einundzwanzig das Wahlrecht vorenthielt.

Der ältere Zeuge hatte erneut die Fassung verloren. Er schluchzte in seine Hände, trotz Munros Bemühungen, ihn zu beruhigen. Stevens verließ den Tisch. Stout erhob sich. Er und Stevens tauschten einen Blick aus, als letzterer hinüberging und dem Zeugen mitfühlend eine Hand auf die Schulter legte.

Senator Johnson ließ sich deutlich anmerken, daß er Stevens

Benehmen mißbilligte. Reporter im Hintergrund des Sitzungssaals kritzelten schnell mit. Gut, dachte Stout, während er auf die Tür zueilte. In den ihnen freundlich gesinnten Zeitungen würden sie morgen lesen können, daß Stevens und damit alle Republikaner den Kampf zur Unterstützung der Unterdrückten fortsetzen sollten.

Juli 1866. Weitere Aufstände. Diesmal in New Orleans. Der Courier behauptet, mindestens 200 Tote.

Andrew J. legte sein Veto gegen Gesetzesvorlage ein, das Büro für befreite Negersklaven fortzuführen. Es heißt, das Veto werde sich nicht halten können, und so wird J. nach Mitteln und Wegen suchen, um zurückzuschlagen.

... Er hat was gefunden. J. wies den vierzehnten Verfassungszusatz zurück und drängte unseren Staat und die gesamten Südstaaten, ihn nicht zu ratifizieren. Tennessee hat ihn daraufhin sofort ratifiziert, und Gouv. Brownlow — der »Pastor« — ließ in Washington ausrichten: »Meine besten Empfehlungen dem toten Hund im Weißen Haus.«

Was kommt nun?

ERMORDUNG EINES NEGERS DURCH GEN. FORREST

In einem Bericht aus Sunflower County, Miss., heißt es, ein auf der Plantage von Gen. FORREST beschäftigter Neger habe gestern seine kranke Frau geschlagen und sei daraufhin von FORREST zurechtgewiesen worden. Der Neger zog ein Messer und versuchte FORREST zu töten, der nach einer Verwundung an der Hand eine Axt ergriff und den Neger umbrachte. Gen. FORREST stellte sich anschließend dem Sheriff. Die Neger auf der Plantage rechtfertigen den Mord.

20

Holzfuß bereicherte die Winterbilanz um ein weiteres Bild: die Jackson Trading Company im Inneren eines Tipis unter einem winzigen Büffelhut; davor malte er zwei Beile schwingende Strichmännchen, dazu ein drittes, das mit beiden Händen seine Lendengegend bedeckte. Wann immer Boy diesen Teil des Bildes betrachtete, legte er nach Art der Indianer die Hände vor den Mund und kicherte.

Als der Schnee zu schmelzen begann, ritt ein weißer Besucher in das Cheyenne-Dorf, in dem die Händler überwintert hatten. Er wurde mit Rufen und breitem Lächeln begrüßt. Mütter hoben ihre Babys hoch, damit sie den unter dem Büffelfell sichtbaren schwarzen Rock berühren konnten. Holzfuß stellte Charles dem verwitterten, grauhaarigen Jesuitenmissionar vor.

Pater Pierre-Jean DeSmet war jetzt fünfundsechzig, eine legendäre Gestalt. In Belgien geboren, war er als junger Mann nach Amerika emigriert. 1823 verließ er das katholische Novizenhaus in der Nähe von St. Louis und begann seine bemerkenswerte Karriere in der Wildnis. Er bekehrte die Indianer nicht nur, er wurde auch ihr Anhänger. Einige seiner Reisen führten ihn bis ins Willamette Valley. Für die Sioux, die Schwarzfußindianer, die Cheyenne und andere Stämme war er »Schwarzkittel«, ein Beichtvater, ein Vermittler, ein Fürsprecher in den Ratsversammlungen des weißen Mannes, ein Freund.

Am abendlichen Lagerfeuer zeigte DeSmet viel Humor und ein umfassendes Wissen, was Indianerangelegenheiten betraf. Es gab keinen Zweifel, wem seine Loyalität gehörte:

»Mr. Main, ich sage Ihnen, wenn die Indianer sich gegen die Weißen versündigen, dann nur, weil die Weißen sich in großem Ausmaß an ihnen versündigt haben. Wenn sie zornig werden, dann nur, weil die Weißen sie provoziert haben. Eine andere Erklärung akzeptiere ich nicht. Erst wenn Washington seine grausame Politik aufgibt, wird in den Prärien Frieden einkehren.«

»Wie stehen die Chancen, daß es so kommen wird, Pater?«

»Jämmerlich«, sagte DeSmet. »Gier ist oft stärker als ein göttlicher Impuls. Aber das entmutigt mich nicht. Ich werde nach einem friedvollen Königreich streben, bis Gott mich zu sich ruft.«

Der größte Teil des Verkehrs westlich des Missouri spielte sich auf drei Straßen ab. Der alte Overland Trail nach Oregon folgte dem Platte-Tal; eine neuere Verbindung, der Bozeman's Trail, zweigte hier zu den Goldfeldern von Montana ab. Der Santa Fé Trail verlief in südöstlicher Richtung nach New Mexico. Zwischen der nördlichen und der südlichen Route führte die Smoky Hill Road am Fluß entlang in allgemein westlicher Richtung zu den Colorado-Minen.

Im Mai 1866 traf die Jackson Trading Company, immer noch dreißig Meilen südlich von Smoky Hill, auf einen anderen Weißen. Der Mann fuhr einen Planwagen, hatte das Haar geflochten und vorn so geschnitten und eingefettet, daß es in Borsten nach oben stand. Er war fett, mit einem Gesicht, das Charles an einen Weihnachtsmann erinnerte, der gerade von einer wochenlangen Sauftour zurückgekommen war. Er begrüßte die Händler herzlich und lud sie ein, die Nacht in seinem Camp zu verbringen.

»Nein, danke. Wir sind in Eile, Glyn«, sagte Holzfuß, ohne zu lächeln. Er gab seinen Gefährten ein Zeichen, weiterzureiten. Als sie an dem Wagen vorbei waren, blickte Charles über die Schulter zurück und sah zu seiner Verblüffung hinten aus dem Wagen ein Indianermädchen gucken, vielleicht vierzehn oder fünfzehn Jahre alt. Er hatte den flüchtigen Eindruck eines ehemals hübschen Mädchens, dessen Schönheit durch zuviel Essen zerstört worden war; jetzt besaß sie die zahlreichen Kinne einer Frau in mittleren Jahren.

»War ja deutlich zu sehen, daß du den Mann nicht magst«, sagte Charles. »Konkurrenz, was?«

»Nicht für uns. Er handelt mit Schnaps und Waffen. Heißt Septimus Glyn. Hat mal eine Zeitlang für die Upper Arkansas Agency gearbeitet. Selbst die Indianeragentur konnte ihn nicht ertragen. Er schleicht sich rum und verkauft lauter verbotene Sachen. Jede Saison sucht er sich ein junges Mädel raus, verspricht ihr den Himmel auf Erden, gibt ihr Alkohol, bis sie sich daran gewöhnt hat, dann nimmt er sie mit. Wenn sie nur noch zum Huren taugt, verkauft er sie.«

»Ich habe ein Mädchen in dem Wagen gesehen.«

»Wundert mich nicht.« Angeekelt beschloß Holzfuß, sich gar nicht erst umzudrehen. »Muß eine Crow sein. Er hat sich die Haare im Crow-Stil geschnitten. Sie sind ein gutaussehendes Volk, aber bevor er mit ihr fertig ist, hat er sie längst ruiniert, dieser elende Hurentreiber.«

Charles sah zu, wie der Wagen hinter einem Hügelkamm verschwand, und war froh, daß er nicht gezwungen war, mit Septimus Glyn nähere Bekanntschaft zu schließen. Wenn er Willa Parker wiedersah, mußte er ihr erzählen, daß nicht alle Weißen die Indianer ausbeuteten. Jackson tat es nicht, ebensowenig wie der Jesuitenpater. Er hoffte, daß diese kleine Information sie erfreuen würde. Er selbst würde ihr gern eine Freude machen.

Mit ihren sechsundvierzig Ponys erreichten sie die Smoky Hill Route; sie hatten sämtliche Waren verkauft. Holzfuß sagte wiederholt, sein neuer Partner habe ihm Glück gebracht.

Südlich von Smoky Hill hatten sie bis auf Glyn keinen Weißen mehr zu Gesicht bekommen. Auf dem Trail jedoch mußten sie sich durch eine Flut von Kavallerietruppen, Überlandkutschen und Auswandererwagen nach Osten durchkämpfen. Ein Zug von Wagen, die zu zweit und zu dritt nebeneinanderher fuhren, ließ ihnen keinen Spielraum, und so mußten die Händler staubschluckend ihre Packmulis und ihre Ponys zwischen den Wagen hindurchtreiben. Zweimal hätten Ochsen Fen um ein Haar niedergetrampelt. Zwei wertvolle Ponys rannten davon.

Die Händler stoppten, nachdem sie zwischen den Wagen durch waren. Sie sahen aus, als hätten sie ihre Gesichter in gelbes Mehl getaucht. Der verkrustete Staub ließ ihre Augen um so größer und weißer erscheinen.

»Ich schwör's bei Gott, Charlie, so früh in der Saison habe ich noch nie so viele Greenhorn-Wagen gesehen.«

»Und die Wagenzüge werden die Sioux und die Cheyenne verrückt machen, nicht wahr?«

»Da hast du recht«, sagte Holzfuß.

Charles beobachtete, wie die Planen gen Westen schwankten.

»Ich hatte ein merkwürdiges Gefühl, als diese Wagen uns keinen Platz machten. Ganz plötzlich begriff ich, wie sich die Indianer fühlen.«

Dreißig Meilen außerhalb von Fort Riley, Kansas, sahen sie die ersten Markierungen für die Route der im Bau befindlichen Eisenbahn. Ein paar Meilen weiter kamen sie an Stapeln von Telegraphenstangen vorbei, die darauf warteten, eingegraben zu werden. Ein Stapel bestand nur noch aus Asche und verkohltem Holz. »Die Stämme mögen den sprechenden Draht ungefähr genauso gern wie die Siedler«, bemerkte Holzfuß.

Sie ritten weiter. Das Leben in der freien Natur hatte Charles wieder gegerbt und zäh gemacht; er fühlte sich gut in Form und in Einklang mit seiner Umgebung. Das ausgebrannte, leere Gefühl in seinem Inneren machte allmählich neuerwachter Energie und Lebenslust Platz. Wenn er noch nicht geheilt war, so hatte die Heilung doch schon begonnen.

Der Morgen war warm. Er zog seinen Zigeunermantel aus, rollte sich die Ärmel hoch und zündete sich eine Zigarre an. Acht weitere Fahrzeuge näherten sich ihnen; es waren planenbedeckte US-Ambulanzen mit hohen Rädern, jeweils von zwei Pferden gezogen. Berittene Soldaten bildeten einen Verteidigungsring um die Wagen. »Was zum Teufel ist das?« sagte Holzfuß.

Sie trieben ihre Maultiere und Ponys im Kreis zusammen und warteten. Die Ambulanzen stoppten. Ein Colonel sprang ab und begrüßte sie. Ein zweiter Offizier sprang aus dem führenden Wagen, ein sehniger Kerl mit einem scharfgeschnittenen Gesicht und borstigen roten, mit Grau vermischten Haaren. Sein Gesicht überraschte Charles mehr als seine drei Sterne.

»Morgen«, sagte der General. »Wo kommen die Gentlemen her?«

»Aus dem Indianerterritorium«, sagte Holzfuß.

»Wir haben bei den Cheyenne überwintert«, sagte Charles.

»Ich bin auf Inspektionstour. In was für einer Stimmung sind sie?« »Nun«, sagte Holzfuß vorsichtig, »wenn man berücksichtigt, daß kein Häuptling oder Repräsentant des Dorfes für alle sprechen kann, dann würde ich sagen, die Stimmung des Stammes ist schwankend. Schwarzer Kessel, der Friedenshäuptling, hat uns erzählt, daß er nicht weiß, wie lange er seine jungen Männer noch zurückhalten kann.«

»Oh, tatsächlich?« sagte der General auffahrend. »Dann rede ich besser mit dieser Rothaut. Wenn hier draußen noch ein einziger Weißer skalpiert wird, dann kann ich meine Männer auch nicht mehr zurückhalten.«

Danach beruhigte er sich wieder. Charles paffte seine Zigarre. Der General warf ihm einen scharfen Blick zu. »Habe ich da einen Hauch von Südstaatenakzent entdeckt, Sir?«

»Mehr als nur einen Hauch, General. Ich bin für Wade Hampton geritten.«

»Ein tüchtiger Soldat. Sie mögen Zigarren, Sir.« Charles nickte. »Ich ebenfalls. Rauchen Sie eine von meinen, während wir kochen.«

»Nein, danke, General. Ich kann's kaum erwarten, weiter nach Osten zu kommen und meinen Sohn zu besuchen.«

»Dann gute Reise.« Der sehnige Offizier salutierte lässig; er und der Colonel sprangen wieder auf die Wagen.

Kaum hatten sich die Pferde in Bewegung gesetzt, da sagte Holzfuß: »Du kennst den General?«

»Sicher. Das heißt, ich habe Bilder gesehen. Seine Landstreicher haben ein ganz schönes Stück meines Heimatstaates niedergebrannt.«

»Guter Gott, du willst doch nicht sagen, das war Uncle Billy Sherman?«

»Und ob ich das will. Möchte mal wissen, was der hier draußen verloren hat.«

In Riley erhielten sie darauf eine Antwort. Seit dem Zeitpunkt, als Charles durch Chicago gekommen war, hatte Sherman die Mississippi-Division kommandiert. Er hatte sein Hauptquartier nach St. Louis verlegt und im März dann Grant überredet, ein Platte-Department zu schaffen, um das sperrige Missouri-Department zu begrenzen und so für beide innerhalb der Division eine bessere Verwaltung zu schaffen. Das mißfiel allerdings John Pope, dem Kommandeur des Missouri-Departments.

Zu den reinen Fakten gab es natürlich die unvermeidlichen Gerüchte. Die größere Verwaltungseinheit würde bald in Missouri-Division umbenannt werden. Sherman hielt den Kommandeur des Platte-Departments, St. George Cooke, mit seinen sechsundfünfzig Jahren für zu alt. Er wünschte, daß Pope durch Winfield Hancock, »Superb« Hancock von Gettysburg, ersetzt wurde. Er wünschte, daß der Kongreß neue Infanterie- und Kavallerieregimenter genehmigte und sie in die westlichen Prärien abkommandierte, auch wenn sie zur Unterstützung der diesjährigen Wagenzüge zu spät kommen würden.

Charles gelangte zu dem Schluß, daß Sherman feste, hauptsächlich negative Ansichten über die Indianer hegte, jedoch in die sie betreffende Politik nicht verwickelt werden wollte. »Sheriffs der Nation«, das war Shermans Definition der Rolle der Armee. Pope war da schon emsiger. Er hatte darauf bestanden, daß sich die Auswandererzüge organisierten, bevor sie solche Ausgangspunkte wie beispielsweise Leavenworth verließen. Andernfalls, sagte er, lehnten seine Regimenter jede Verantwortung ab.

Beim Marketender nahm Charles einen Brief von Duncan in Empfang. »Was denn, er ist ja jetzt viel näher als bei meiner Abreise. Sie haben ihn im Januar nach Fort Leavenworth versetzt. Beeilen wir uns, und verkaufen wir die Pferde.«

Am 1. Juni hatten sie alle Tiere weg, was der Company etwas mehr als zweitausend Dollar eingebracht hatte. Die Händler ritten nach Osten und brachten in Topeka ihr Geld auf die Bank; jeder von ihnen behielt fünfzig Dollar für persönliche Ausgaben. Für die Winterbilanz malte Holzfuß drei Säcke mit dem Dollarzeichen. Er und Charles gaben sich die Hand, Charles umarmte Boy, und dann verabredeten sie sich für den 1. September.

Mit einem listigen Seitenblick sagte Holzfuß: »Gehst du noch irgendwo anders hin als nach Leavenworth? Bloß für den Fall, daß ich dich brauche.«

»Oh«, Charles schwang sich in Satans Sattel, »vielleicht St. Louis. Laß mich mal richtig von einem Barbier bearbeiten.« Sein

Bart war lang und dicht gewachsen. »Sehe mir eine Show an. Erinnerst du dich, ich habe doch diese Schauspielerin kennengelernt.«

»Mmm, richtig. Hätt' ich beinah vergessen.« Charles lächelte. »Diese leckere Freidenkerin, die sich den Teufel drum schert, was die Leute von ihr halten, wenn sie einen Burschen zum Abendessen einlädt.«

»Genau die.«

»Du bist so ungeduldig gewesen, da dacht' ich mir schon, daß du was vorhast. Also um diese Augusta geht's.«

Plötzlich wieder schwermütig, sagte Charles: »Augusta war die Mutter meines Sohnes. Sie ist tot. Ich hab' ihren Namen niemals erwähnt.«

»Wach nicht, aber du redest im Schlaf, Charlie. Ich dachte, es sei ein angenehmer Traum. Tut mir leid.«

»Schon gut.«

»Ich möchte, daß du dich gut fühlst. Du bist mein Freund. War schon verdammtes Glück, daß wir uns bei Jefferson Barracks getroffen haben.«

»Das denk' ich auch.«

»Sag deinem Jungen guten Tag und laß dich nicht bei einem Kneipenstreit umbringen.«

»Ich doch nicht«, sagte Charles und ritt davon.

Von Leavenworth City führte eine Straße nach Norden zum Militärbezirk. Charles trabte die zwei Meilen, vorbei an sauberen Farmen und dem Hauptquartier von Russell, Majors und Waddell, einer riesigen Enklave abgestellter Wagen, aufgetürmter Fracht, eingepferchter Ochsen, lärmender Kutscher.

Der zehn Quadratmeilen umfassende Posten enthielt das Department-Hauptquartier, Baracken und Unterkünfte für sechs Kompanien und das große Depot des Quartiermeisters, aus dem die Forts im Westen versorgt wurden. Col. Henry Leavenworth hatte das ursprüngliche Quartier 1 827 am rechten Ufer des Missouri gegründet, nahe dem Kaw-Zufluß.

Jack Duncans Quartier war für Militärposten im Westen typisch. Spartanische Räume mit einem alten Eisenofen und was immer auch der Bewohner für Möbel mitgebracht, gekauft oder aus Kisten und Brettern gebastelt hatte.

Charles konnte es nicht fassen, wie groß sein Sohn seit dem letzten Herbst geworden war. Der kleine Gus marschierte so schnell und schwankend in Duncans Wohnzimmer herum, daß Charles ständig auf dem Sprung war, um den Jungen aufzufangen, wenn er stürzte. Duncan amüsierte sich darüber.

»Ist nicht notwendig. Er steht verdammt fest auf den Beinen.«

Das war Charles schnell klar. »Er kennt mich nicht, Jack.«

»Natürlich nicht.« Duncan streckte die Arme aus. »Gus, komm zum Onkel.« Der Junge kletterte, ohne zu zögern, auf seinen Schoß. Duncan deutete auf den Besucher. »Das ist dein Vater. Willst du zu deinem Vater?«

Charles griff nach ihm. Gus brüllte.

»Ich glaube, es liegt an deinem Bart«, sagte Duncan.

Charles fand das nicht lustig. Eine Stunde lang mühte er sich, Gus auf seine Knie zu locken. Als er es dann endlich geschafft hatte, klammerte sich sein Sohn kurz darauf schon an seine Daumen und lachte, als er Hoppe-hoppe-Reiter mit ihm spielte. Maureen kam aus der Küche und brachte ihre Mißbilligung zum Ausdruck. Charles hörte nicht auf.

Duncan lehnte sich zurück und zündete seine Pfeife an. »Du schaust gut aus, Charles. Das Leben bekommt dir.«

»Ich vermisse Augusta, daran wird sich nie etwas ändern. Ansonsten bin ich nie glücklicher gewesen.«

»Dieser Adolphus Jackson muß ein feiner Kerl sein.«

»Es gibt keinen besseren.« Charles räusperte sich. »Jack, ich muß noch was über Augusta sagen. Na ja, eigentlich über eine Frau, die ich in St. Louis kennengelernt habe. Eine Schauspielerin in einem der Theater dort. Ich möchte sie gern besuchen. Aber ich möchte auch die Erinnerung an Gus nicht entehren.«

Nüchtern sagte Duncan: »Du bist ein anständiger, rücksichtsvoller Mann. Es gibt viele, die keine Gedanken daran verschwenden würden. Ich erwarte nicht von dir, daß du dein restliches Leben wie ein Einsiedler verbringst. Auch Augusta würde das nicht wollen. Ein Mann braucht eine Frau, das ist eine feste Tatsache im Leben. Geh nach St. Louis, sobald du willst.«

»Ich danke dir, Jack.« Er strahlte Maureen an, die immer noch stirnrunzelnd seine zerlumpte Garderobe betrachtete, seinen zerzausten Bart und die Art und Weise, wie er mit seinem Sohn umging. Charles ignorierte sie einfach.

»Das Leben ist zu schön, um wahr zu sein«, sagte er und schaute seinen Sohn an, der allmählich seiner Mutter ähnlich zu sehen begann.

Duncan lächelte. »Das freut mich. Lange genug traf genau das Gegenteil zu.«

Der Vorhang hob sich. Die Schauspieler reichten sich die Hände und traten vor. Trump zog die anderen mit sich; er riß sich die Holzfällermütze vom Kopf, winkte damit dem Publikum zu und warf dann die glücksbringende Chrysantheme, die er an seinem Kittel getragen hatte, den Leuten zu. Ein fetter Mann fing sie auf, untersuchte sie und ließ sie dann zu Boden fallen.

Das Ensemble verbeugte sich erneut. Trump machte ganz allein eine dritte Verbeugung. Die Frau, die seine Gattin spielte, tauschte einen leidenden Blick mit Willa aus, die für ihre Rolle als jugendliche Liebhaberin eine hübsche Robe mit hochangesetzter Taille trug. Das Stück war Molières »Der eingebildete Kranke«, »erweitert und verbessert von Mr. Trump«, wie es auf den Plakaten draußen hieß.

Charles war es ziemlich egal, inwieweit Molière von Trump umgeschrieben worden war. Wie die meisten anderen auch war er von Willa Parkers Bühnenpräsenz gefesselt. Von ihrem ersten Auftritt an hatte sie alle in Bann geschlagen, nicht mit konventioneller Schönheit, sondern mit einer nicht greifbaren Kraft, die das Auge fesselte. Vielleicht besaßen alle großen Darsteller diese Eigenschaft.

Charles streckte, immer noch klatschend, seine Hände über das Geländer. Durch die Bewegung richtete sich Willas Aufmerksamkeit auf die Loge. Charles hatte sich ein Bad geleistet und sich den Bart stutzen lassen; außerdem hatte er sich einen billigen braunen Gehrock und dazu passende Hosen gekauft. Willa sah ihn, erkannte ihn und reagierte, wie er glaubte, mit Überraschung und dann mit Freude.

Charles nickte lächelnd. Plötzlich glitt Willas Blick zu der Loge auf der gegenüberliegenden Seite. Eine leere Loge, obwohl sich der Vorhang noch bewegte; offensichtlich mußte jemand gerade gegangen sein.

Der Bühnenvorhang senkte sich, enthüllte aufgemalte Werbeschriften über Restaurants und Geschäfte. Der Applaus erstarb. Das Publikum, bestehend aus Männern und einigen wenigen Damen in Begleitung, begann hinauszudrängen. Charles fragte sich, was oder wer diesen Ausdruck von Besorgnis auf Willas Gesicht hervorgerufen hatte.

Nervös eilte er auf den Bühneneingang zu, vor dem er letztes Jahr den Kutscher daran gehindert hatte, weiter auf sein Pferd einzuschlagen. Er gab dem Pförtner einen halben Dollar, wurde von hinten von anderen Gentlemen gestoßen, die ebenfalls hinein wollten. Wegen seiner Größe konnte Charles über die meisten Gratulanten, Bühnenarbeiter und Darsteller hinwegschauen.

Er sah Trump vor einem Korridor stehen, der zu den Garderoben führte. Wer zu einem der anderen Schauspieler wollte, mußte an Trump vorbei und ihm Komplimente machen.

Charles tat es mit übertriebener Begeisterung. Mit vor Freude glasigen Augen sagte Trump: »Ich danke Ihnen, mein lieber Junge, ich danke Ihnen.« Braunes Färbemittel sickerte hinter seinen Ohren hervor. »Ihr Gesicht kommt mir bekannt vor. War es Boston? Ich hab's! Cincinnati.«

»St. Louis. Ich trage jetzt einen Bart.« Er streckte die Hand aus. »Charles Main.«

»Natürlich. Jetzt erinnere ich mich.« Was selbstverständlich nicht stimmte. »Freut mich wahnsinnig, daß Sie unsere Vorstellung heute besucht haben. Ab morgen erwarte ich ausverkauftes Haus.« Sein Blick wanderte bereits auf der Suche nach dem nächsten Bewunderer über Charles' Schulter. Charles schlüpfte vorbei; Trump roch nach Schweiß, aber nicht nach Alkohol. Willa mußte ihn mit Erfolg ausgetrocknet haben. Bis auf die letzte rechts standen alle Garderobentüren offen. Er vermutete, daß es sich dabei um ihre Tür handelte, denn ein kleiner, adrett gekleideter Mann wartete bereits davor.

Als Charles sich näherte, drehte der Mann sich um. Charles erkannte sofort die unnatürlich steife Pose, den getrimmten Kinnbart und die gewachsten Schnurrbartspitzen, die hochglanzpolierten Schuhe, die Kleidung ohne eine Knitterfalte.

Willas Bewunderer war der Mann, der ihn aus der Armee geworfen hatte: Captain Harry Venable.

21

Charles' Nerven waren zum Zerreißen gespannt, als er auf Harry Venable zuging. Der elegante Offizier erkannte ihn offensichtlich nicht, bekam aber sofort Charles' Absicht mit. Charles studierte die auf der Tür aufgemalten Lettern. MRS. PARKER. Er trat vor, um an die Tür zu klopfen, und Venable verstellte ihm den Weg.

»Entschuldigen Sie. Mrs. Parker ist beschäftigt.«

Charles schaute hinunter in die eisigen Augen, neigte den Kopf, um den Größenunterschied zu betonen. »Fein. Das soll sie uns doch selbst sagen, ja?« Er langte über Venables Schulter und klopfte.

Venable lief scharlachrot an. Von drinnen rief Willa, er solle sich noch einen Moment gedulden. Venable sagte: »Worüber zum Teufel grinsen Sie?«

»Der hübsche Harry Venable«, Charles begann die Knöchel seiner linken Hand zu reiben, »West Point, Jahrgang '59.«

Verwirrt bemühte sich Venable, den bärtigen Fremden zu identifizieren. Charles fuhr fort: »Als wir uns das letztemal begegneten, hatten Sie einige Helfer dabei. Wie ich sehe, haben Sie jetzt keine. Falls es gewisse Meinungsverschiedenheiten gibt, können wir die diesmal vielleicht fair regeln.« Seine Zähne glänzten zwischen seinem Bart, aber sein Lächeln war alles andere als freundlich. Er rieb sich weiter die Knöchel. Venable erkannte ihn.

Dann flog die Tür auf. Willa stürzte heraus und umarmte ihn schwungvoll. »Charles! Ich wollte meinen Augen nicht trauen, als ich dich in der Loge sah!« Sie trat zurück, hielt ihn an den Armen fest und musterte ihn. Sie trug einen pastellfarbenen Überwurf, dekoriert mit durchsichtigen Schmetterlingen. Obwohl fest gegürtet, verbarg er doch nicht ganz den Ansatz ihrer Brüste. Ein Cremefleck glänzte auf ihrer Nase. Mit den silberblonden Haarsträhnen sah sie ungekämmt und wunderschön aus.

»Komm doch rein, während ich mir das restliche Make-up entferne.« Damit zog sie ihn in die Garderobe.

Venable hatte währenddessen stocksteif mit gestrafften Schultern dagestanden, unfähig, seine Wut zu verbergen. Willa, ganz erstklassige Schauspielerin, lächelte ihm zu und sagte anmutig: »Colonel, es tut mir leid, Ihnen wieder einen Korb geben zu müssen. Mr. Main und mich verbindet eine langjährige Beziehung. Ich bin sicher, Sie haben Verständnis dafür.«

Sie schloß die Tür.

»Ich habe den langjährigen Wunsch, dieser kleinen Kröte die Seele aus dem Leib zu prügeln. Er ist derjenige, der mich in Jefferson Barracks erkannt hat.«

»Nun, er ist immer noch hier stationiert.« Willa nahm Nadeln vom Schminktisch und begann sich das Haar hochzustecken. In dem kleinen Raum herrschte ein wirres Durcheinander aus Kostümen, Straßenkleidern, Make-up-Töpfen und Bürsten, Manuskripten, alles zusätzlich reflektiert durch den Tischspiegel. »Er hat das Stück vor vier Abenden gesehen und ist seitdem hinter mir her. Oh, Charles, du warst so lange weg.«

»Es ist ein weiter Weg ins Indianerterritorium.« Er merkte, daß er intensiver in ihre blauen Augen schaute, als er geplant hatte.

»Ich weiß. Ich dachte schon, du würdest nie zurückkommen. Als ich dich mitten im ersten Akt sah, wäre ich beinahe gegen diese Bank gerannt.«

»Ich nahm an, du habest mich erst beim Schlußvorhang gesehen.«

»Oh, schon lange vorher. Ich habe ganze Zeilen ausgelassen.«

»Ist mir nicht aufgefallen.«

»Soll dir auch nicht auffallen.« Auf Zehenspitzen stehend gab sie ihm einen Kuß auf die Wange, umarmte ihn dann noch mal. Unter dem dünnen Stoff fühlte sich ihr Körper weich und warm an. »Gehen wir vielleicht zusammen essen?«

»Unbedingt.« Er grinste. »Diesmal keine Schnecken.«

»Gut. Warte im Vorraum auf mich. In zwei Minuten bin ich fertig.« Erregung schwang in ihrer Stimme mit.

In der Halle war nichts von Venable zu sehen. Er fühlte sich erleichtert; er war zu gut aufgelegt, um den Abend durch eine Schlägerei zu zerstören. Er wußte, daß er den kleinen Mann leicht verprügeln konnte, also würde er nach einem Kampf unvermeidlich Schuldgefühle bekommen.

Als Charles und Willa das Theater verließen, winkte sie Sam Trump zu, der in der Seitenkulisse stand, die Theaterkatze auf dem Arm. Trump unterbrach sein Gespräch mit einem Bühnenarbeiter und nickte ihnen zu. Er warf Charles einen merkwürdigen Blick zu und sah ihnen nach, als sie durch die Tür auf die Olive Street hinausgingen.

Draußen auf dem Bürgersteig blieb Charles aus irgendeinem Grund stehen. Sie sagte: »Was ist? Oh.« Jetzt sah sie ihn auch, auf der anderen Straßenseite im Schatten des hölzernen Indianerhäuptlings vor einem Tabakladen. Venable sah sich entdeckt, machte auf dem Absatz kehrt und eilte um die Ecke.

Willa schauderte. »Was für ein seltsamer Mensch.«

»Vielleicht läßt er sich nicht mehr blicken, jetzt, wo ich da bin.«

»Vorhin vor der Garderobe sah er einen Moment lang so aus, als wollte er dich umbringen, Charles.«

»Einmal hat er es versucht, es aber nicht geschafft.« Er tätschelte die behandschuhte Hand auf seinem rechten Arm. »Ich bin fürs Essen. Das New Planter's House?«

»Warum nicht? Es ist bequem. Ich bin dorthin gezogen. Jawohl, ich habe die Bühnenräume verlassen.« Arm in Arm schlenderten sie durch die nächtlichen Straßen. »Das Theater schreibt seit Februar schwarze Zahlen. Nicht überragend, aber schwarz. Die Truppe hat eine lokale Anhängerschaft gewonnen, und so bot mir das Hotelmanagement Räume zu ermäßigtem

Preis an. Offensichtlich sind Mr. Trump und Mrs. Parker nun in der ganzen Stadt willkommen.«

Er gluckste; der leichte Zynismus, den er aus ihren Worten herausgehört hatte, brachte ihm ihre Reife zu Bewußtsein. Er machte eine diesbezügliche Bemerkung, als sie in dem vertrauten Speisesaal vor saftigen Wildbretsteaks saßen. Diesmal hatte er bestellt.

»Du schmeichelst mir«, sagte sie.

»Nein. Ich sage die Wahrheit. Du bist nicht nur sehr – nun ja weltgewandt für jemand deines Alters, sondern auch intelligenter als die meisten Männer, die ich kenne.«

Mit einer kleinen Geste nahm sie das Lob zur Kenntnis. »Wenn das alles stimmt, wovon ich keineswegs überzeugt bin, dann liegt es vielleicht daran, daß ich im Theater aufwuchs. Die Theaterstücke, die ich kannte, machten mir Appetit auf andere Bücher. Und mein Vater war sehr liberal, was die Ausbildung von Mädchen anbelangte.«

Sie begannen darüber zu sprechen, was sie alles seit ihrer letzten Begegnung erlebt hatte. Trumps St.-Louis-Theater hatte nun sein ständiges Ensemble zusammen. »Die Schauspieler sind nun bereit, Verträge für eine ganze Saison zu unterschreiben, weil ich sie davon überzeugt habe, daß Sam nicht mehr den gesamten Gewinn versäuft.« Die Truppe hatte nun ein Repertoire von vier Stücken und dachte über eine Tournee nach. »Wußtest du, daß es zwischen hier und Salt Lake City kein einziges anständiges Theater gibt? Ich könnte mir vorstellen, daß all diese neuen Städte, die entlang der Eisenbahn hochschießen, geradezu ideal für eine Truppe mit eigenem Zelt wären.«

»Die Armeeposten ebenfalls«, sagte er. Ein Kellner schenkte duftenden schwarzen Kaffee aus einer Silberkanne ein. »Du liebst dieses Leben, nicht wahr?«

»Ja, das tue ich. Aber jetzt werde ich schon wieder schamlos.« Ihre Wangen röteten sich, als sie ihn anschaute. »Während des Winters habe ich oft an dich gedacht.«

Dieser Blick entzündete etwas in ihm. Er wußte, daß er nun den Rückzug antreten sollte, konnte es aber nicht.

»Ich habe an dich gedacht, Willa.«

Sie legte ihre Hände in den Schoß. Sehr ruhig sagte sie: »Ich weiß nicht, was du mit mir machst. Ich zittere wie das Mädchen in der Rolle der Naiven vor ihrem ersten Auftritt. Ich kann den Kaffee nicht trinken. Ich will nichts mehr.« Eine lange Pause. »Würdest du mich in meine Räume begleiten?«

»Ja. Sehr gern.«

Und so geschah es, viel früher, als er erwartet hatte, in dem kleinen, von dem Gaslicht im angrenzenden Wohnzimmer schwach erhellten Schlafzimmer. Voller Erwartung stöhnte sie ein bißchen auf, als ihre Hände sich auf die Suche begaben, überall Kleidung verstreuten. Während sie ihr silbernes Haar löste und es ausschüttelte, berührte Charles zart und sanft erst die eine, dann die andere ihrer kleinen, festen Brüste. »Oh, ich bin so froh, daß es dich in dieser Welt gibt, Charles«, sagte sie, bewegte sich unter ihm, zog ihn zu sich herab. Sie streichelte seine Brust, küßte seinen Hals, suchte seinen Mund. Er fühlte Tränen des Glücks auf ihren Wangen.

»Ich bin gar kein richtig schamloses Frauenzimmer«, flüsterte sie. »Es hat nur einen Mann gegeben, und da ist's auch nur zweimal passiert, aus Neugier. Es war nichts Halbes und nichts Ganzes, ich besitze also keine Erfahrung. Ich hoffe, das —«

»Psst«, sagte er und küßte sie. »Psst.«

Sie war weich und warm — dort, wo er in sie eindrang. Sie bog sich ihm entgegen, als sie ihren gemeinsamen Rhythmus fanden. Ihre Fersen und Waden hielten ihn fest, und er vergaß jeden Gedanken an Verstrickungen. Er dachte an nichts weiter als an die offene Wärme dieser einzigartigen, leidenschaftlichen jungen Frau, die in seinem Körper und seinem Geist das Licht der Liebe entzündet hatte.

Abrupt erwachte er. Er wußte nicht, wo er war, schlug mit den Armen um sich, drehte sich um; durch die halboffene Tür sah er das vom Gaslicht erleuchtete Wohnzimmer. Seine Bewegungen weckten sie.

»Alles in Ordnung mit dir?«

»Ich hatte einen Traum.«

Zart drückte sich ihre warme Nacktheit gegen ihn. Sie küßte seine Schulter. »War er schlimm?«

»Ich glaube schon. Habe ihn bereits vergessen.«

Nach einer Pause sagte sie: »Du hast ein paarmal was gerufen. Einen Namen.« Eine weitere Pause. »Nicht meinen.«

Erregt stützte er sich auf einen Ellbogen. »Nein, nein«, sagte sie, »es ist schon gut, Charles. Du mußt darüber sprechen. Es gibt auch etwas, worüber ich sprechen muß. Morgen«, murmelte sie, zog seinen Rücken gegen ihre nackten Brüste, schlang die Arme um ihn und strich ihm sanft über die Augen.

Aus Gründen der Schicklichkeit kleidete er sich in den frühen Morgenstunden an und verließ das Hotel. Er marschierte tollkühn, sogar ziemlich lärmend von der Treppe durch die Hotelhalle. Der Portier öffnete ein Auge und schloß es gleich wieder, da Charles offensichtlich nichts zu verbergen hatte.

Charles nahm sich ein Zimmer in einem billigeren Hotel und fuhr am späteren Morgen in einem gemieteten Buggy bei Willa vor. Sie hatte einen Lunchkorb gepackt. Sie fuhren flußaufwärts und picknickten in einem hübschen Ulmen- und Platanenwäldchen. Das Wäldchen roch nach Minze.

»Eine Frage, die mir ein bißchen peinlich ist«, sagte Charles, während er half, den Korb auszupacken: dicke Wurstscheiben zwischen frischem Brot aus einer der örtlichen deutschen Bäckereien, ein verkorkter Krug mit schäumendem Ingwerbier. »Letzte Nacht, war da mein Bart . . . ? Das heißt . . .«

»Jawohl, so stachlig wie die Disteln dort drüben«, sagte sie neckend. »Fällt dir nicht der viele Puder auf? Du hast untilgbare Spuren deines skandalösen Verhaltens hinterlassen.«

Sie drückte sich an ihn, gab ihm einen kleinen Kuß. »Was ich ungemein genossen habe und nicht im geringsten bedaure.« Sie breitete im Schatten ein kariertes Tuch aus. Das Pferd ihres Einspänners zuckte mit dem Schwanz, um die Fliegen zu vertreiben. Ein stattlicher Heckraddampfer tauchte im Norden auf, mit Zielrichtung St. Louis. »Ich möchte dir etwas mitteilen, damit wir keine Geheimnisse voreinander haben. Ich bin nicht ganz freiwillig zu Sams Theater gestoßen, obwohl ich jetzt sehr froh darüber bin. Ich war auf der Flucht vor einem Mann namens Claudius Wood.«

Sie erzählte die Geschichte von New York, dem Dolch von »Macbeth«, von Edwin Booths Freundlichkeit. Das gab ihm Gelegenheit, ihr von Augusta Barclay zu berichten und daß sie ein Liebespaar, aber nie verheiratet gewesen seien. Zum Schluß blieb er ein bißchen vage und sagte bloß, der Krieg habe sie getrennt, bevor sie starb. Er erwähnte nichts davon, daß er die Trennung herbeigeführt hatte, um ihr Kummer und Schmerzen zu ersparen, falls er getötet wurde. Ironischerweise war er derjenige, der kummerbeladen zurückgeblieben war, auf der Hut vor weiteren emotionalen Verstrickungen.

Und doch saß er nun hier.

Während sie picknickten, wanderte die Sonne weiter. In dem Wäldchen wurde es warm. Schweiß lief Charles über den Nacken.

Willa zog seinen Kopf auf ihren Schoß. Er fragte sie, ob er eine Zigarre rauchen dürfe, zündete sich eine an und sagte dann: »Sag mir, wie du wirklich bist, Willa. Sag mir, was du magst und was nicht.«

Sie streichelte sanft seinen Bart und dachte darüber nach. »Ich mag den frühen Morgen. Ich mag die Art, wie sich mein Gesicht anfühlt, nachdem ich es geschrubbt habe. Ich mag den Anblick schlafender Kinder und den Geschmack wilder Beeren. Ich mag Edgar Allan Poes Verse und Shakespeares Komödien. Paraden. Das Meer. Und ich liebe es ganz schamlos, auf der Bühne zu stehen, wenn das Publikum klatscht.« Sie beugte sich herab, um ihn auf die Stirn zu küssen. »Ich habe gerade entdeckt, daß ich gerne einschlafe, meine Arme um einen Mann geschlungen. Allerdings nicht irgendeinen Mann. Was die Dinge anbelangt, die ich nicht mag — nun, Dummheit zum Beispiel. Unnötige Unfreundlichkeit in einer Welt, in der es bereits hart genug zugeht. Angeberei. Leute mit Geld, die glauben, ein Mensch werde durch Geld allein wertvoll. Aber vor allem anderen«, wieder ein sanfter Kuß, »mag ich dich. Ich glaube, ich liebe dich. Bei dir habe ich die Maske fallen lassen, die mein Pa mich aufzusetzen gelehrt hat, damit einem das Leben weniger Wunden schlägt. Ich glaube, ich habe dich vom ersten Augenblick an geliebt.«

Er sagte nichts, hielt den Blick auf den Fluß gerichtet. Er fühlte sich, als schwankte er am Rande eines tiefen Abgrunds entlang und könnte jeden Moment abstürzen.

Sie küßten sich, murmelten Unverständliches, streichelten sich, bis ihr Atem so heiß wurde wie der strahlende Sommertag. »Liebe mich, Charles«, sagte sie, ihren Mund an seinem Ohr. »Jetzt und hier.«

»Willa, einmal ist einigermaßen sicher, aber – was ist, wenn du schwanger wirst?«

»Was bist du doch für ein merkwürdiger Mann. Viele würden sich überhaupt keine Gedanken darüber machen. Es gibt viel schlimmere Dinge. Ich würde dich nicht mit einem Baby in die Falle locken.« Sie bemerkte seine Reaktion. »Das sorgt dich.«

»Es ängstigt mich. Ich könnte es nicht ertragen, jemanden zu verlieren, der mir am Herzen liegt. Einmal war genug.«

»Besser, es liegt einem niemand am Herzen?«

»Das habe ich nicht gesagt.«

»Gut. Also keine Schuldgefühle. Was immer geschieht, es geschieht für den Moment.« Wieder küßte sie ihn.

Als er sie sanft nach hinten drückte, auf die weiche Matte aus braunem Gras und Platanenblättern, da wußte er, daß sie schon zu weit gegangen waren, als daß noch einer von ihnen unverletzt hätte entrinnen können.

Bis auf Proben oder Aufführungen verbrachten sie jede Stunde der nächsten vier Tage gemeinsam.

Er berichtete ihr von seinen Erlebnissen bei der Jackson Trading Company und was er über Sitten und Gebräuche der südlichen Cheyenne gelernt hatte; wie sein Respekt vor ihnen gewachsen war, ebenso seine Bewunderung vor Führern wie Schwarzer Kessel. Sie freute sich, daß er nicht mehr die typisch feindselige Haltung des weißen Mannes einnahm, eine aus Gier und Mißtrauen erwachsene Einstellung.

»Wir fürchten immer das, was wir nicht verstehen«, sagte sie.

Sie fanden ein Fotoatelier und nahmen für ein Porträt Platz. »Schaut freundlich – freundlich!« schrie der Mann unter der schwarzen Kameraabdeckung hervor. Charles stand neben ihr, eine Hand auf ihre Schulter gelegt; sein Gesicht nahm einen feierlichen Ausdruck an. Willa kicherte aus Nervosität und Freude, und der Fotograf mußte zehn Minuten warten, bis sie sich beruhigt hatte.

Sie wollte wissen, was für eine Sorte Mann er war, was er mochte. Nach der Samstagabendvorstellung von »Richard III.« lag er mit ihr im Bett, dachte eine Weile darüber nach und sagte:
»Ich mag Pferde, gute Zigarren, einen Sonnenuntergang mit einem Glas Whisky in der Hand. Genaugenommen mag ich alles, was ich bis jetzt vom Westen gesehen habe.
Ich mag die Kraft, die man in den meisten Schwarzen findet. Sie sind Überlebende, Kämpfer. Yankees würden nicht glauben, daß ein Südstaatler so was sagt.
Ich liebe meine Familie. Ich liebe meinen Sohn. Ich liebe meinen besten Freund Billy, der mit seiner Frau nach Kalifornien gegangen ist.
Ich haßte die letzten beiden Kriegsjahre und was sie den Menschen, mich eingeschlossen, angetan haben. Ich hasse die Politiker und die Salonpatrioten, die die Trommel schlugen, bis der Kampf begann. Sie mußten nie die Tage und Nächte der Schlacht durchleben, sie mußten nie über eine offene Wiese auf die feindlichen Stellungen vorstürmen, sie mußten nie mit ansehen, wie ihre Freunde um sie herum fielen, pißten nie vor Angst in die Hosen — entschuldige«, sagte er, seine Stimme plötzlich leise und heiser.
Sie küßte seinen Mundwinkel. »Schon gut. Ich möchte gern deinen Sohn kennenlernen. Darf ich Fort Leavenworth besuchen? Ich könnte mit einem Missouri-Dampfer kommen, vielleicht im August. Der August ist der schlechteste Theatermonat. Ich bin mir sicher, daß Sam mit einem Ersatz für mich einverstanden ist.«
Er fürchtete die weiteren Verwicklungen, sagte aber trotzdem: »Ich würde mich freuen.«

Am Tag danach umarmte und küßte er sie am Bühneneingang und schwang sich dann auf Satan. Plötzlich tauchte Amerikas

Schauspieleras auf und scheuchte Willa hinein, damit er vertraulich mit Charles sprechen konnte.

Trump trat dicht an den tänzelnden Schecken heran. »Was ich Ihnen zu sagen habe, Sir, ist ganz einfach. Sie mögen vielleicht glauben, ich sei ein kraftloser Schwächling, weil ich Schauspieler bin. Ganz im Gegenteil. Ich bin erst fünfzig und im besten Alter.«

Er streckte mit geballter Faust seinen Unterarm empor. Charles hätte gelacht, wäre nicht der ernste Gesichtsausdruck des Schauspielers gewesen. Trump packte Satans Zaumzeug und schob das Kinn vor.

»Willa hat sehr viel für Sie übrig, Mr. Main. Eine Marmorstatue könnte das sehen. Schön und gut. Sie ist ein wunderbares Mädchen, und ich liebe sie wie meine eigene Tochter. Wenn Sie also nur mit ihr herumspielen — wenn Sie sie in irgendeiner Weise verletzen sollten — und Gott sei mein Zeuge«, wieder die geballte Faust, »dann werde ich Sie zerschmettern, Sir. Ich werde Sie finden und zerschmettern.«

»Ich habe nicht vor, sie zu verletzen, Mr. Trump.«

Der Schauspieler ließ das Zaumzeug los. »Dann wünsche ich Ihnen eine gute Reise. Mit meinem Segen.«

Aber in irgendeiner Weise würde er sie verletzen müssen, das wurde Charles klar, als er in westlicher Richtung aus der Stadt trabte. Er war in sie verliebt, und das verwirrte ihn; auf eine vage, verschwommene Art war er ärgerlich mit sich, daß er es soweit hatte kommen lassen, daß er *gewollt* hatte, daß es soweit kam. Doch das war nun der Fall. Also mußte er es rückgängig machen, und zwar schon bald.

22

Als Charles in Fort Leavenworth angekommen war, erzählte ihm Duncan, daß Johnson Ende Juli ein Gesetz unterzeichnet habe, durch das die Anzahl der Infanterieregimenter von neunzehn auf fünfundvierzig angehoben würde; und was für den Westen mit seinen gewaltigen Entfernungen noch wichtiger war, die Kavallerieregimenter waren von sechs auf zehn verstärkt worden.

Der Brigadier, der nun den olivgrünen Besatz der Divisionsabteilung des Zahlmeisters trug, befand sich wegen der Neuigkeiten in heller Aufregung. »Das bedeutet, daß wir nächstes Jahr gegenüber den feindlichen Stämmen mächtig auftrumpfen können.«

Charles kaute auf einer kalten Zigarre herum und sagte nichts. Wie Sherman, so glaubte auch Jack Duncan, daß die Stämme unweigerlich in Reservation getrieben werden mußten, wenn man den Westen für Siedler und den Handel sichermachen wollte. Duncan sah in dieser Besetzung von Indianerland nichts Unrechtes, und da Charles wußte, daß er Duncans Einstellung nicht ändern konnte, versuchte er es gar nicht erst. Statt dessen kündigte er Willas bevorstehenden Besuch an.

»Ah«, sagte Duncan lächelnd.

»Was soll das heißen — ah? Sie kommt nicht bloß mich besuchen. Sie möchte sich Hallen anschauen, die die Truppe für eine Tournee mieten könnte.

»Oh, natürlich«, sagte Duncan nüchtern. Es freute ihn, wie Charles auf jede Neckerei reagierte. Vielleicht wich die Verzweiflung allmählich von dem jungen Mann, die ihn so lange bedrückt hatte.

Willa kam Ende August an. Sie hatte bereits Kansas besucht — einige nannten die Stadt Kansas City —, das am gegenüberliegenden Ufer des Missouri lag. Sie meinte, Frank's Hall in Kansas gäbe einen idealen Zuschauersaal ab.

Duncans Residenz im Offiziersquartier enthielt einen zusätzlichen Raum, den Maureen benützte. Hier schlief auch der kleine Gus in einem selbstgebastelten Kinderbettchen. Sie lud Willa ein, das Bett mit ihr zu teilen, was die junge Schauspielerin sofort akzeptierte. Maureen fand lobende Worte über Willas Anpassungsfähigkeit; tatsächlich fügte sie sich auch nahtlos ein. Sie plauderte locker über Sam Trump und das Theater und lauschte aufmerksam den Erzählungen über das Armeeleben und das Indianerproblem. Sie verbarg nicht, daß sie auf seiten der Indianer stand, gegen die große Mehrheit der Siedler und der Berufsoffiziere der Armee. Es reizte Duncan nicht so sehr, wie Charles erwartet hatte. Der Brigadier diskutierte mit Willa, respektierte sie aber eindeutig als intelligenten Kontrahenten.

Am ersten Abend schenkte Duncan, nachdem sich die Frauen zurückgezogen hatten, zwei Whiskys im Wohnzimmer ein. Durch das offene Fenster drang der kräftige Sauerteiggeruch von der nahegelegenen Bäckerei. Ein paar Minuten lang beklagte sich Duncan über die Zahlmeisterabteilung. Es war eine undankbare Aufgabe; die Offiziere, die mit den Löhnen der Soldaten von Fort zu Fort unterwegs waren, konnten nie schnell genug reiten, um die Männer zufriedenzustellen.

Unvermittelt sagte er: »Das ist eine nette junge Frau. Ein bißchen sehr offen in ihren Vorstellungen, das ist klar. Aber sie wäre eine großartige...«

»Freundin«, sagte Charles, auf seine Zigarre beißend.

»Genau.« Duncan beschloß, Willas Sache im Augenblick nicht weiter zu fördern. Charles schaute wild und grimmig drein. Vielleicht war er doch noch nicht bereit für das normale Leben.

Am letzten Tag ihres Besuchs spazierten Charles und Willa im Schatten von Eichen und Pappeln an der Klippe oberhalb der Dampferanlegestelle des Forts entlang. Gus ritt auf den Schultern seines Vaters und betrachtete von seinem Thron aus mit glücklichen Augen die Welt. Sanfte Laute trieben durch die sonntägliche Luft: die fernen Anfeuerungsrufe der baseballspielenden Soldaten; das Klatschen der Wasserpumpe des Postdampfers.

Willa war nervös und ein bißchen unglücklich. Hier im Fort war Charles weniger offen als in St. Louis. Sie liebte ihn, aber sie wußte auch, daß sie es besser nicht so oft aussprach. Der düstere, erschöpfte Blick, der gelegentlich in seinen Augen auftauchte, besagte deutlich, daß er für eine tiefe emotionale Bindung noch nicht bereit war.

Doch sie war einfach nicht in der Lage, selbst Desinteresse vorzutäuschen. Im Schatten der in der leichten Brise raschelnden

Blätter nahm sie Charles' Sohn in die Arme. Da ruhte er zufrieden, schaute über ihre Schulter auf die Eichhörnchen in den Ästen.

»Gus ist ein wunderbarer Junge«, sagte sie. »Du und seine Mutter, ihr habt einen feinen Sohn in die Welt gesetzt.«

»Danke.« Charles starrte auf den glitzernden Fluß, hundertfünfzig Fuß unter ihnen. Der gesunde Menschenverstand sagte Willa, sie solle ihn nicht weiter bedrängen. Aber sie liebte ihn so sehr.

»Das war ein großartiger Besuch. Ich hoffe, ich werde wieder eingeladen.«

»Aber sicher, wenn es dir paßt.«

Gus legte seinen Kopf auf Willas Schulter und steckte seinen Daumen in den Mund. Er schloß die Augen, und sein Gesicht nahm einen weichen, glückseligen Ausdruck an. Willa berührte Charles' Ärmel. »Du behandelst mich, als hätten wir uns eben erst kennengelernt.«

Er runzelte die Stirn. »Das wollte ich nicht, Willa. Ich habe bloß so das Gefühl, als wollten Jack und Maureen uns — na ja — zusammenbringen. Das ist nicht gut. Übernächste Woche treffe ich mich mit Holzfuß in Fort Riley. Ich habe es zuvor schon gesagt: Der Handel ist nicht gerade die sicherste Arbeit, auch wenn die meisten der südlichen Cheyenne Freunde meines Partners sind. Ich möchte mich nicht binden. Angenommen, wir ziehen in einer Saison los und kommen nie zurück. Es wäre dir gegenüber nicht fair.«

Ihre blauen Augen funkelten. »Oh, komm, Charles. Das Leben steckt voller Risiken. Wen willst du wirklich schonen, mich oder dich?«

Er sah sie an. »Also gut. Mich. Ich möchte nicht noch mal das durchmachen, was ich durchgemacht habe.«

»Glaubst du, ich bin so zart? Krank? Glaubst du, ich werde morgen zusammenbrechen und du verlierst mich? Übrigens, ich bin nicht schwanger.« Der Gebrauch dieses unaussprechlichen Wortes schockierte ihn. »Ich habe schon einiges mitgemacht. Deine Ausrede taugt nichts.«

»Ich kann nicht anders.«

»Und ich dachte immer, Frauen seien das wankelmütige Geschlecht.«

Er wandte sich ab, starrte wieder auf den Fluß. Die kühle Brise fächelte seinen Bart. Die tiefstehende Sonne ließ Willas Haare wie feines Weißgold aufglühen. »Charles, was um Gottes willen hat dir der Krieg angetan?«

Er gab keine Antwort.

Seine steinerne Haltung brachte sie aus der Fassung, machte sie aber auch zugleich zornig. »Wir können Freunde sein — gelegentlich mal ein Liebespaar —, sonst nichts?«

Er schaute sie an. »Ja.«

»Ich bin mir nicht sicher, wie ich dazu stehe und ob es mir gefällt. Ich werde es dir sagen, wenn du von deinem nächsten Trip zurückkommst. Wenn du nichts dagegen hast, würde ich jetzt gern zum Quartier des Brigadiers zurückgehen. Es ist kühl geworden.« Sie hob Gus hoch, reichte ihn seinem Vater und ging davon.

Sie haßte es, daß der Besuch mit einem solchen Mißton enden sollte, aber das tat er. Als sie sich auf dem Landesteg verabschiedeten, küßte er sie auf die Wange, ein gutes Stück entfernt von ihrem Mund. Er sagte nichts davon, ob er im Frühjahr zu Besuch nach St. Louis kommen würde, sondern dankte ihr lediglich für ihren Besuch. Der kleine Gus winkte und winkte, als sie an Bord des Heckraddampfers ging.

Der Dampfer wühlte sich in die Strömung, und Willa sah zu, wie Mann und Junge immer kleiner wurden. Charles schaute unglücklich und verwirrt drein. Genau so fühlte sie sich auch.

Doch es ließ sich nicht leugnen, daß sie verliebt war. Sie würde also nicht aufgeben.

Es würde ein langer Winter werden.

Der August schwand dahin, und Charles wurde immer ungeduldiger. Er brach einen Tag zu zeitig auf; sein einziges Bedauern galt Gus. Der Junge nannte ihn nun Pa und kam bereitwillig in seine Arme. Charles war traurig, daß sich der ganze Prozeß wiederholen würde und er sich im nächsten Frühjahr erst wieder mit dem Jungen vertraut machen mußte. Was Willa anbelangte, so versuchte er seine Gefühle für sie zu unterdrücken und hoffte, daß er ihr klargemacht hatte, daß jede engere Beziehung unmöglich war.

An einem sonnigen Nachmittag sagte er dem Brigadier und Maureen auf Wiedersehen. Maureens letzte Worte klangen scharf: »Sie sollten das Mädchen heiraten, Sir. Sie sagte, es gebe keinen Mr. Parker mehr, und sie ist eine großartige Person.«

Ziemlich schroff erwiderte Charles: »Händler geben keine guten Familienväter ab.«

Am ersten Tag kam er nicht so weit, wie er geplant hatte. Am späten Nachmittag, während er durch Salt Creek Valley, Kickapoo Township, ritt, verlor Satan ein Hufeisen. Als der örtliche Schmied es ersetzt hatte, ging die Sonne unter. Charles logierte im Golden Rule House, über das Duncan voller Begeisterung gesprochen hatte:

»Es hat erst vor kurzem eröffnet, aber es ist schon den ganzen Fluß rauf und runter berühmt. Der Besitzer ist ein großzügiger junger Bursche. Wenn er sich selbst ein paar hinter die Binde gegossen hat, berechnet er dir für deine Mahlzeit den halben Preis und schenkt dir den Whisky umsonst aus. Wenn er so weitermacht, wird er bald pleite sein. Aber solange es anhält, ist es ganz großartig.«

Es stimmte. In dem Haus herrschte eine lärmige, gesellige Atmosphäre. Der Besitzer, obwohl erst zwanzig, gehörte zu jenen Originalen, die dem Westen sein Flair gaben. Der junge Mann aus Kansas, der gegen sechs Uhr schon ganz ordentlich unter Alkoholeinfluß stand, unterhielt seine Gäste mit einer langen Geschichte, in der es darum ging, daß er einmal eine Überlandkutsche gefahren hatte und plötzlich von einer gewaltigen Sioux-Bande angegriffen worden war. Er behauptete, er habe sie mit einer Mischung aus gebrüllten Drohungen und Gewehrfeuer vertrieben und so die Kutsche mitsamt den Fahrgästen gerettet.

Charles teilte sich einen Tisch mit einem riesigen, freundlichen Mann in seinem Alter, der sich als Henry Griffenstein vorstellte. Er sagte, er stamme aus einer der deutschen Siedlungen oberhalb des Missouri, bekannt als Kleines Rheinland.

»Meine Freunde nennen mich deshalb Dutch Henry. Momentan führe ich Wagen nach Santa Fé. Wer weiß, was ich nächstes Jahr machen werde?«

Charles kaute an einem Stück Büffelsteak, deutete dann mit der Gabel auf den redefreudigen jungen Mann hinter der Bar. »Ich glaub' die Story zwar nicht, vor allem, daß er einen Haufen Sioux in die Flucht geschlagen hat, aber er ist ein verdammt guter Geschichtenerzähler.«

»Und auch ein verdammt guter Kutschenfahrer«, sagte Dutch Henry. »Außerdem hat er Frachtwagen gefahren und war Scout für die Armee. Mit vierzehn Jahren ist er Pony Express geritten – behauptet er.«

»Wie ist er ins Hotelgeschäft gekommen?«

»Er und Louisa eröffneten das Haus hier, nachdem sie sich im Januar zusammengetan hatten. Ich glaube nicht, daß er so lange durchhält. Er ist zu voll mit Ingwerbier. Von der Gabe des Mundwerks mal ganz abgesehen.«

»Kommt her, Jungs«, brüllte der junge Mann und winkte seine Gäste heran. »Ich erzähle euch, wie's im Krieg bei der Seventh Kansas Cavalry war. Jennison's Jayhawkers. Wirklich schwere Kaliber. Wir – wartet, erst noch eine Runde.«

Sichtbar schwankend schenkte er seinen Zuhörern großzügig Drinks ein. So wie er seinen Whisky kippte, schätzte Charles ihn selbst als schweres Kaliber ein.

»Wie war doch gleich sein Name?« fragte er Dutch Henry.

»Cody. Will F. Cody.«

Ein Packmuli hinter dem anderen, so ritt die Jackson Trading Company über die herbstliche Prärie, auf das Land hinter dem dunstigen blauen Horizont im Süden zu. Sie ritten neben dem gleichen zertrampelten Büffelpfad, dem sie schon im letzten Jahr ins Indianerterritorium gefolgt waren. Im Nordwesten rasten dunkelgraue Wolken über den Himmel. Ungefähr jede halbe Minute blitzte es in den Wolken weiß auf.

Das Land hier zog sich wellenförmig hin, eine Reihe sich erhebender Hügel, keiner höher als sechs Fuß. Es war später Nachmittag. Vor zwei Tagen hatten sie ungefähr zur gleichen

Zeit die Smoky Hill Road überquert, auf der immer noch Wagen nach Westen polterten, so schnell es ihre Fahrer schafften. In der kühlen Septemberluft konnte man den Winter riechen. In Fort Riley hatte ein Offizier Charles erzählt, daß den Sommer über so ungefähr hunderttausend Auswandererwagen durchgekommen sein mußten.

Der Wind wurde stärker. Das trockene, spröde Gramagras, das Satan bis an die Knie reichte, wogte und brodelte. Charles merkte, daß der Schecke nervös war. Die anderen Tiere ebenfalls, Fen eingeschlossen. Der Collie rannte ständig bellend in Kreisen vor ihnen herum.

Der Hund verschwand hinter dem nächsten Hügelkamm. Nur die Bewegung des Grases markierte seine Spur. Charles stoppte, bemerkte noch mehr Bewegung im Gras. Es wogte, als würde ein unsichtbarer Mann auf sie zugerannt kommen.

»Es ist Fen«, sagte Holzfuß. »Möchte wissen, was zum Teufel er hat?« Er griff nach seinem Gewehrfutteral. »Boy, halt dich dicht an mich.«

Boy drängte sein Pferd näher an den Händler heran. »Ich schaue mal nach«, sagte Charles und berührte Satan mit seinen Stiefelabsätzen.

Der Schecke trottete ungefähr fünfzig Fuß bis zum Hügelkamm. Dreck und vom Wind gepeitschte Grashalme flogen Charles in die Augen. Er kniff sie zusammen und schützte sie mit einer Hand, als er über den Kamm ritt.

Unten saßen neun Männer in einer Linie auf ihren Ponys und warteten.

Von der Mitte her starrte Narbengesicht zu ihm hoch. Er und die anderen trugen mit roter Farbe bemalte Leggings; auf Gesicht, Arme und nackte Brust hatten sie ebenfalls rote Farbe aufgetragen. Jeder trug eine Kappe der Hundegemeinschaft, mit einem schmalen, perlenbesetzten Band und den Federn eines Adlers und eines Raben; die Federn waren gebündelt und zusammengeschnürt, so daß sie steil nach oben ragten. Jeder Mann hatte eine Pfeife aus Adlerknochen an einem Lederriemen um den Hals hängen und war mit Pfeil und Bogen sowie einem Gewehr oder einer Muskete bewaffnet, über und über mit Kriegsinsignien bemalt.

Narbengesicht sah, wie in Charles die Erkenntnis aufdämmerte. Er grinste und schwenkte sein Gewehr auf und nieder. Die anderen bellten und heulten.

Holzfuß und Boy schlossen zu Charles auf. »Oh, mein Gott, Charlie, das ist kein Zufall. Ich hätte ihm den Lendenschurz nicht abreißen sollen. Er hat den ganzen Sommer auf uns gewartet. Er wußte, daß wir wahrscheinlich auf diesem Weg zurückkehren würden.«

Charles wollte gerade fragen, ob sie eine Unterredung signalisieren sollten. Der Knall eines Indianergewehrs ließ allein die Idee schon närrisch erscheinen.

DIE TOUR DES PRÄSIDENTEN

Auf dem Weg von Buffalo
nach Cleveland.

Ein freudiges Auf-Wiedersehen von den
Einwohnern von Buffalo.

Begeisterte Demonstrationen in
Silver Creek und Erie.

Große Feier bei den Western-Reserve-Radikalen.

Sondermeldung an die *New York Times*
Cleveland, Ohio, Montag, 3. September

Die Begeisterung der Menschen wächst, je länger die Tour der
Truppe des Präsidenten dauert ...

September 1866. Sims Junge Pride brachte mir einen weiteren dieser übelriechenden Felsbrocken, diesmal von seinem eigenen Land. Ich sagte ihm, ich wisse nicht, was es sei. Muß Cooper fragen, falls er sich je wieder herabläßt, uns zu besuchen ...

Judith und Marie-Louise sind heute hier. M.-L. blüht und gedeiht.1 Sie ist jetzt schon stattlicher als ihre Mutter. Judith meint, sie sei in einen Jungen aus Charleston verknallt, aber C. hält sie für zu jung und erlaubt dem Jungen nicht, sie zu besuchen oder ihr kleine Geschenke zu schicken. Wenn M.-L. etwas älter und selbstsicherer ist, dann werden sie und C. sicherlich miteinander Streit bekommen, wenn es um ihre Verehrer geht.

Judith sagt, C. lobe den Präsidenten, seit dieser beschlossen hat, sich gegen seine bei der Gesetzgebung erlittenen Niederlagen zu wehren und den Fall dem Volk vorzutragen. Johnson macht momentan gerade eine »Goodwilltour«, mit Grant und anderen Generälen und Würdenträgern im Schlepptau.

Andrew Johnson und seine Truppe fielen in Ohio ein, dem Heimatstaat von Ben Wade, Stanleys mächtigem Freund und zeitweiligem Wohltäter. In Cleveland, das zu den großen Stationen der Tour zählte, wurde der Präsident von einer großen, freundlichen Menschenmenge am Bahnhof begrüßt. Draußen drückte eine spezielle Dekoration über der Straße Unterstützung für seinen Besuch aus. »DIE VERFASSUNG«, hieß es da, »WASHINGTON GRÜNDETE SIE. LINCOLN VERTEIDIGTE SIE. JOHNSON WIRD SIE BEWAHREN.«

Johnson zeigte sich erfreut. Von da an begann die Wende zum Schlechteren.

In der Dämmerung eilte der Boy General zusammen mit Außenminister Seward den Korridor des Kennard-Hotels in Cleveland entlang. Am Nacken des Ministers waren immer noch die roten Narben von der Messerattacke zu sehen, die einer von John Wilkes Booths Mitverschwörern gegen ihn geführt hatte, am gleichen Abend, an dem Lincoln erschossen worden war.

Der Boy General war nervös. Das hier war Ben Wades Land; Radikalenland. Der Präsident hatte sich für den Schienenweg entschieden, weil er den Grundstein für ein Stephen-Douglas-Denkmal in Chicago legen wollte. Hier stoppte er eigentlich nur, um die Republikaner zu attackieren.

Die Strategie hätte womöglich funktioniert, hätte nicht ein großes Pressekontingent, einschließlich Mr. Gobrights von Associated Press, den Präsidenten begleitet. Die Reporter wollten bei jedem Stopp einen neuen Bericht losjagen, deshalb war es für Johnson unmöglich, jedesmal die gleiche vorbereitete Rede zu halten. So war er gezwungen, das zu tun, was er so schlecht konnte — aus dem Stegreif reden.

Die Spannung des Boy General zeigte sich in seinem federnden Schritt und den huschenden Blicken seiner blauen Augen. George Armstrong Custer, hager und von einer Aura schwungvoller Energie umgeben, trug einen gutgeschnittenen Zivilanzug, der seine schlanke Figur vorteilhaft zur Geltung brachte. Kleine, goldene Sporen klingelten an seinen polierten Stiefeln. Libbie drängte ihn stets, Sporen zu tragen, um die Leute an seine Kriegserfolge zu erinnern.

Seine Heldentaten waren eine Zeitlang das Tagesthema im ganzen Land gewesen — ein verwegener Kavalleriegeneral mit einem bemerkenswerten Siegestalent. Custers Glück, so hatte es jemand getauft. Wie ein Zauberstaub hatte es ihm während des ganzen Krieges angehangen und ihm Erfolg auf dem Schlachtfeld und Ruhm in der Presse eingebracht.

Dann kam der Friede, die Armee schrumpfte, und er verschwand in der Versenkung. Als er vor einigen Monaten aus der Armee ausgetreten war, hatte er den Rang eines Captain innegehabt.

Jetzt stand er am Anfang eines langen, aber zielgerichteten Weges, der ihn wieder ins Rampenlicht führen sollte. Bei einem wichtigen Treffen mit Kriegsminister Stanton hatte er für seinen loyalen Bruder Tom den Rang eines Captain und für sich den Rang eines Lieutenant Colonel herausgeschlagen. Beides galt für die neuen Regimenter im Westen. Bald schon würde er seinen Dienst bei der Seventh Cavalry aufnehmen.

Er hielt das für eine gute Gelegenheit, denn der Kommandeur des siebten Regiments, General Andrew Jackson Smith, war ein Veteran mit dreißig Dienstjahren auf dem Buckel — ein alter, müder, eitler Mann. Auf Smith lastete die Verantwortung für den ganzen Bezirk Upper Arkansas, und so nahm Custer an, daß er nicht jeden Tag das Kommando bei der Siebten führen konnte. Das waren die idealen Voraussetzungen für ihn, um sich ein eigenes Regiment aufzubauen.

Er betrachtete die Siebte allerdings nicht als Endziel. Politiker traten jetzt schon für Grant als Präsidentschaftskandidaten ein, und Libbie Custer hatte dafür gesorgt, daß sich der Blick ihres Mannes ebenfalls auf dieses hohe Amt richtete. Er war fasziniert davon, stimmte allerdings mit Libbie darin überein, daß er irgendwelche spektakulären militärischen Erfolge benötigte, die ihn wieder als hellen Stern erstrahlen lassen würden. In der Zwischenzeit konnte er seinen Ruf aufpolieren, indem er die Tour mit Johnson mitmachte. Zumindest hatte er das am Anfang geglaubt; jetzt hatte die Tour eine Wendung zum Schlechteren genommen.

Custers lange, wellige Lockenpracht umtanzte seine Schultern; sein Blick flog voraus auf die offenen Türen des Salons. Er erspähte Minister Welles, Admiral Farragut und andere Würdenträger. Unter der Vorgabe, sich nicht wohl zu fühlen, war Grant schon nach Detroit vorausgeeilt. Insgeheim war Custer davon überzeugt, daß die Indisposition von einer Flasche herrühre — oder vielleicht von den Gerüchten, daß es in Cleveland Ärger geben könnte.

Der siebenundzwanzigjährige Soldat hoffte, die Gerüchte würden sich als falsch erweisen. Ohio war sein Heimatstaat; er hatte die Südstaatler schon immer gemocht, selbst wenn er gegen sie gekämpft hatte. Er hatte ein Kommando in einem der neuen farbigen Regimenter, dem Neunten, glatt verweigert, und er hegte die Überzeugung, daß die Republikanische Partei lieber untergehen sollte, anstatt ihren Erfolg ausschließlich mit den Stimmen der Exsklaven zu suchen.

Nahe den Salontüren sagte Custer zu Seward: »Glauben Sie, Herr Minister, man sollte den Präsidenten noch einmal zur Vorsicht mahnen? An Senator Doolittles Warnung erinnern?« In einem vertraulichen Memo hatte Doolittle festgestellt, daß Johnsons Feinde nie Vorteile aus seinen niedergeschriebenen Ansichten ziehen konnten, sondern stets nur aus seinen spontanen Antworten auf irgendwelche Fragen oder Angriffe.

»Ich werde mich darum kümmern, George«, sagte Seward.

Sie betraten den Salon. Modisch gekleidete Männer und Frauen umringten den Präsidenten und eine junge Frau, die eine gewisse Ähnlichkeit mit ihm besaß — Mrs. Martha Patterson, seine Tochter. Sie hatte für Johnson die Rolle der Gastgeberin übernommen, da dessen Frau Eliza invalid war.

Während Seward sich an den Präsidenten heranschob, schlug Custer einen Bogen zu den hohen Flügelfenstern. Er studierte die Menge unten. Ungefähr dreihundert, schätzte er, und es wurden laufend mehr. Er lauschte dem einheitlichen Stimmengewirr. Lärmend, aber nicht sonderlich freudig. Die Leute am Bahnhof hatten viel gelacht.

Er trat in die Mitte der Balkontür. Wie erwartet, reagierte die Menge darauf.

»Da ist Custer!«

Das löste einige Pfiffe und Beifall aus. Er wollte gerade winken, hielt sich aber zurück, als er Buhrufe hörte. Sein normalerweise rötliches Gesicht verdunkelte sich, und er trat hastig zurück. Vielleicht sollte er, genau wie Grant, die Stadt verlassen.

Libbie schwebte in den Raum, zog wie stets die Aufmerksamkeit auf sich. Was für ein herrliches Wesen er doch geheiratet hatte, dachte er und ging auf sie zu. Lebhafte dunkle Augen, üppiger Busen und eine Taille, um die sie andere Frauen beneideten.

Sie nahm seinen Arm und flüsterte: »Wie ist die Menschenmenge, Autie?«

»Nicht freundlich. Wenn er mehr tut, als ihnen nur zu danken, dann ist er ein Narr.«

Lächelnd führte er seine Frau zu der großen Gruppe. »Herr Präsident«, sagte er voller Wärme, »guten Abend!«

Die Menge in der St. Clair Street wurde allmählich ungeduldig.

Die vor dem Kennard-Hotel gespannten Lampions warfen ein bläßliches Licht auf die emporgerichteten Gesichter, darunter viele häßliche Gesichter, in denen sich die üble Stimmung widerspiegelte.

Ein Mann ganz hinten in der Menge beobachtete die Leute sorgfältig. Er trug einen schäbigen Umhang und eine Armeemütze der Union mit den gekreuzten Kanonen der Artillerie. Ein anderer Mann schlüpfte neben ihn. »Alle an Ort und Stelle«, sagte der zweite Mann.

»Gut. Ich hoffe, sie wissen, was sie zu tun haben.«

»Ich bin's noch mal mit ihnen durchgegangen, bevor ich sie bezahlt habe.«

Minister Seward erschien auf dem Balkon und kündigte den Präsidenten an. Der untersetzte, dunkelhäutige Andrew Johnson kam heraus und hob die Arme, um sich für den spärlichen Applaus zu bedanken.

»Meine Freunde und Wähler, ich danke Ihnen für den herzlichen Empfang in Cleveland. Ich habe nicht die Absicht, eine Rede zu halten.«

Der Mann mit der Feldmütze grinste. Der Idiot sagte fast immer dasselbe, warf seinem Publikum ein Stichwort hin. Einer der angeheuerten Männer nahm es auf. »Dann tu's halt nicht.«

Gelächter. Klatschen. Johnson packte das Balkongeländer. »Ihr Schreihälse scheint mich überallhin zu verfolgen. Bringt wenigstens soviel Höflichkeit —«

»Wo ist Grant?«

»Ich bedaure, daß General Grant nicht an meiner Seite sein kann. Er —« Gejohle verschluckte den Rest.

»Warum wollen Sie nicht, daß Farbige im Süden wählen können?« brüllte jemand.

Seward berührte Johnson am Ärmel, um ihn zu warnen. Der Präsident zog den Arm weg. »Kehrt erst mal vor eurer eigenen Tür!« schrie er. »Laßt eure eigenen Neger hier in Ohio wählen, bevor ihr euch dafür stark macht, das Wahlrecht im Süden zu verbreiten.«

Von verschiedenen Seiten begann es Zwischenrufe zu hageln:

»Du hast ja kein Rückgrat.«

»Gefängnis ist zu gut für Jeff Davis!«

»Hängt ihn. Hängt ihn!«

Johnson explodierte. »Warum hängt ihr nicht Ben Wade?« Laute Buhrufe, die den Präsidenten nur beflügelten. »Warum hängt ihr nicht Wendell Phillips und Thad Stevens, wenn ihr schon dabei seid? Ich sage euch eins. Ich habe Verräter im Süden bekämpft, und ich bin bereit, sie auch im Norden zu bekämpfen.«

»Du bist der Verräter!« überbrüllte jemand das Gejohle und Gezische. »Du und deine National Union Party. Verräter!«

Die Schmähung brachte den Präsidenten in Rage. Er drohte dem Mob mit einem Finger. »Wer immer das gesagt hat, er soll sich zeigen. Nein, natürlich wird er das nicht. Falls er jemanden erschießen will, dann wird er das im Dunkeln tun, von hinten.«

Ein Tumult brach los. Johnson, der nun endgültig die Beherrschung verlor, überschrie ihn:

»Das hat der Kongreß auf dem Gewissen. Der Kongreß hat euren Geist vergiftet, aber nichts getan, um die Union wiederherzustellen. Statt dessen teilen sie das amerikanische Volk, Eroberer gegen Eroberte, Republikaner gegen Demokraten, Weiße gegen Schwarze. Hätte Abraham Lincoln das erlebt, dann müßte auch er die bösartige Feindseligkeit der nach Macht gierenden radikalen Clique erdulden...« Außer sich bemühte sich Seward, ihn hineinzuziehen. »... dieser Krämerseelen des Hasses, die nun den Kongreß und den Senat kontrollieren und die auch mich einzuschüchtern und zu kontrollieren versuchen.«

»Lügner!« brüllte jemand. Johnsons Kinnlade bewegte sich, aber in dem wachsenden Lärm konnte ihn niemand hören. Er schüttelte drohend eine Faust. »Lügner, Lügner«, skandierten sie unten, von Mal zu Mal lauter.

Hinten in der Menge erlaubte sich der Mann mit der Feldmütze, der auf Anweisung einer Mittelsperson die Leute angeheuert hatte, ein Lächeln. Der Plan hatte perfekt funktioniert. Johnson tobte vor Wut; um Mitternacht würden die Reporter bereits jedes Wort dieses Debakels durchgegeben haben. Johnson war so närrisch zu glauben, er könne Wade ungestraft angreifen. Der Mann mit der Feldmütze war überzeugt davon, daß der Senator die Störungen arrangiert und bezahlt hatte, obwohl es natürlich keine direkte Verbindung zu ihm gab. Dafür waren schließlich Mittelsmänner da.

»Lügner! Lügner! Lügner! Lügner!«

Das Gebrüll hatte für ihn einen lieblichen Klang; es bedeutete einen großzügigen Bonus. Der Mann mit der Feldmütze entfernte sich eilig von der grölenden Menge. Am Telegraphenschalter des Bahnhofs griff er zu Block und Bleistift und verkündete dem Mittelsmann, der ihn angeheuert hatte, seinen Erfolg. In die erste Zeile schrieb er in Druckbuchstaben

MR. S. HAZARD, WASHINGTON, D. C.

... Es hat den Anschein, als würde Mr. Johnsons Tour in einer Katastrophe enden. Es ist traurig und merkwürdig zugleich, daß dieses erschöpfte Land der große Preis ist, um den so heftig gekämpft wird. Ein Krieg hat lediglich zum nächsten geführt ...

... Letzte Nacht ein weiterer Attentatsversuch gegen die Schule. Bei schlechtem Wetter werden die Fenster durch Läden geschützt. Glas können wir uns nicht leisten. Wer immer für die Tat verantwortlich ist, er scherte sich nicht um den Lärm, als er die Fensterläden abriß. Es war ein stiller Abend, und der Krach drang bis zu Andys Hütte. Er rannte hin und stürzte sich im Dunkeln auf den Übeltäter. Der Mann schlug ihn zusammen und floh. Sein Gesicht bekam Andy gar nicht zu sehen.

Ich weiß nicht, wen ich verdächtigen soll. Die heruntergekommenen weißen Siedler nahe Summerton? Mr. Gettys? Dieser Tanzlehrer, der sich für einen Aristokraten hält? Unter den möglichen Verdächtigen scheinen alle Klassen der Weißen repräsentiert ...

Die meisten der schwarzen Stauer trugen nur ein Faß die Planke hoch zu dem jeweiligen Dampfer, den sie gerade beluden. Des LaMotte, auf ihr Niveau hinabgedrückt, weil es immer noch keine besseren Familien gab, die ihn beschäftigen konnten, schleppte zwei Fässer.

Er arbeitete in den Reithosen eines Gentleman, auch wenn

diese dreckig und zerrissen waren. Auf jeder Schulter balancierte er ein Faß. Nach seinen ersten Versuchen hatten die Ränder rote Blasen hinterlassen, die später bluteten. Narbengewebe hatte die Schultern jetzt hart und zäh gemacht.

Er verabscheute die Arbeit und all diese namenlosen, gesichtslosen Niggeranhänger im Norden, die ihn dazu gezwungen hatten. Doch er hegte den verrückten Stolz, mehr zu tun und mehr zu schleppen als der stärkste Nigger. Bald schon war er eine bekannte Figur in den Docks von Charleston, ein gewaltiger weißer Mann mit schwellenden Armmuskeln und dem sauber gestutzten Bart eines reichen Pflanzers. Er weigerte sich, mit einem der schwarzen Schauerleute zu sprechen, falls nicht gerade irgendwelche Arbeitsumstände es unbedingt erforderlich machten. An seinem zweiten Arbeitstag hätte er beinahe einen Schwarzen niedergeschlagen, der ihn wegen Beteiligung an einer Schutzgemeinschaft der Hafenarbeiter ansprach; gleich zu Beginn machte der Schwarze einige Bemerkungen über einen Beerdigungsfonds, zu dem jeder wöchentlich soviel beitrug, daß notfalls die Beerdigungskosten gedeckt werden konnten.

Als Des das hörte, sah er rot. Er unterdrückte seine mörderischen Impulse, konnte sie aber nicht verscheuchen. Wie konnte dieser unwissende Afrikaner die subtilen Tiefen von Des' Zuneigung für seine Frau Sally Sue oder für seinen Kommandanten Ferris Brixham erfassen? Das waren die einzigen Beerdigungen, die Des etwas bedeuteten, die tief in sein Gedächtnis eingemeißelt waren.

Der Vorfall erschütterte ihn, denn er war nahe daran gewesen, den Stauer umzubringen. Wie lange mochte es dauern, bis er sich wirklich auf einen von ihnen stürzte? Ihm wurde klar, daß er durch seine Arbeit unter den freien Negern ein gefährliches Spiel mit seinem eigenen Leben spielte. Irgendwie kümmerte ihn das nicht.

Unter der heißen Herbstsonne von Carolina, die fast so warm wie im Sommer schien, schwitzte er ganze Salzbäche, als er wieder und wieder über die Planke zum Küstendampfer »Sequoiah« schwankte; die Muskeln unter seiner verbrannten Haut zuckten wie dicke Stricke. Nach außen hin ließ er sich nichts von der schmerzhaften Anstrengung anmerken.

Anderes noch als diese Schmerzen peinigte ihn an diesem Morgen. Er hatte Nachricht von Gettys erhalten, in der es hieß, daß Captain Jolly, den sie mit dem Mord an Madeline Main beauftragen wollten, sich mit gestohlenem Whisky hatte vollaufen lassen und dann losgezogen war, um die Schule niederzureißen.

Idiot, dachte Des, vor Wut kochend. Er schulterte ein Faß rechts, ein weiteres links. Seine Knie gaben ein bißchen nach, als er dem Gewicht standzuhalten versuchte.

Er war mehr denn je darauf erpicht, die Mains in den Dreck zu treten, angefangen mit Colonel Orry Mains Witwe. Allerdings wollte er für dieses Verbrechen nicht seinen Hals riskieren. Und Mr. Cooper Main aus der Tradd Street besaß zwar keinen direkten Draht zu den Besatzungssoldaten, verfügte jedoch immer noch über genügend Einfluß, um die Soldaten auf Des zu hetzen, falls er mißtrauisch wurde.

So hatte er sich all diese Wochen zurückgehalten und auf eine günstige Gelegenheit gewartet. Er glaubte, daß ein Niggeraufstand unvermeidlich war. In irgendeiner heißen Nacht, angestachelt vom Alkohol und von den Agenten der Yankee-Regierung, würden die befreiten Neger Amok laufen. Es würde zu Brandschatzungen und Plünderungen kommen, und jeder Mann mit weißer Haut könnte sein Heil nur noch in der Flucht suchen. Ein derartiger Ausbruch könnte ihm den Schutzschirm liefern, den er benötigte.

Und nun hatte Jolly die Aufmerksamkeit auf sich und Mont Royal gelenkt. Jolly war es gewohnt, das zu tun, was ihm paßte; im Ashley-Bezirk terrorisierte er sowohl die Weißen als auch die Nigger. Nun, mit der Main würde er nicht nach seinem eigenen Gutdünken umspringen. Des hatte bereits eine Antwort an Gettys abgeschickt, in der er forderte, daß Jolly zurückgehalten werden mußte und erst auf Anweisung loszuschlagen hatte.

Ächzend und schwitzend kämpfte sich Des die Planke hoch, machte einen schmerzhaften Schritt nach dem anderen. Ein Trio eleganter junger Damen mit Sonnenschirmen promenierte auf dem überfüllten Kai; eine von ihnen, Miss Leamington von Leamington Hall, war seine Schülerin gewesen. Die abgetragenen Kleider zeugten von ihrer Armut, doch die lässige Arroganz ihrer Klasse — etwas, das Des verstand und sogar mit ihnen gemeinsam hatte — zeigte sich in den amüsierten Blicken, mit denen sie die Stauer musterten, und in ihrem lebhaften Geplauder.

Plötzlich hielt Miss Leamington inne. »Meine Güte. Ist das —?« Des duckte sich, verbarg seinen Kopf hinter einem Faß. »Nein, das kann nicht sein.«

»Was denn, Felicity? Was kann nicht sein?«

»Seht ihr den Weißen dort, der Fässer wie ein Nigger schleppt? Einen Moment lang dachte ich, es sei mein alter Tanzlehrer, Mr. LaMotte. Aber Mr. LaMotte ist ein Weißer durch und durch. Er würde sich nie auf diese Weise erniedrigen.«

Die jungen Damen gingen weiter, ohne einen Blick zurückzuwerfen. Wer verschwendete auch schon einen zweiten Blick auf Dreck und Schweiß?

Das war am Freitag gewesen. Die Erinnerung an Miss Leamingtons Abscheu hielt Des die ganze Nacht wach. Gegen vier Uhr schlief er auf seiner feuchten Matratze ein und erwachte ein paar Stunden zu spät für die Arbeit. Er zog sich an und eilte, ohne zu essen, zu den Docks; von der Meeting Street hörte er das Geplärr einer kleinen Kapelle.

Eine Parade hinderte ihn daran, die Meeting Street zu überqueren. Er sah Nigger in Formation marschieren, jeder in einem Gehrock aus weißem Flanell mit blauem Besatz und dazu passenden weißen Hosen. Sie waren in festlicher Stimmung, winkten und plauderten mit Leuten aus der Menge, die sich angesammelt hatte. An der Spitze der Parade trugen zwei Mann ein Banner:

CHARLESTOWNE VOL. FIRE CO.
NUMMER 2
»SCHWARZER OPAL«

Des stand in der dritten Reihe der Menge und warf wütende Blicke um sich, als die Feuerwehrmänner vorüberzogen. Hinter den Marschierern zogen mit Blumen geschmückte Pferde zwei Spritzen. Kleine amerikanische Flaggen waren an das polierte Messinggeländer der Spritzen gebunden. Des ballte die Hände zu Fäusten. All diese schwarze Haut, diese Yankee-Flaggen – das war fast mehr, als er ertragen konnte.

Ein kräftiger Nigger mit glänzenden Backen winkte jemandem links von Des zu. »Wie geht's, Miss Sally? Schöner Morgen.«

Des wandte sich um. Der Name Sally hallte in seinem Kopf mit scharfem Echo nach. Er sah ein fettes, heruntergekommenes Mädchen vor sich, das mit einem Taschentuch einem Feuerwehrmann zuwinkte, der sie angrinste, als würde er am liebsten gleich auf der Stelle herüberkommen und ihr die Röcke hochziehen.

Miss Sally war ein weißes Mädchen. Sie winkte und winkte mit ihrem Taschentuch, schenkte dem Nigger ihre Aufmerksamkeit, zog sich und ihre ganze Rasse in den Schmutz. Des hatte das Gefühl, als würde ihm das pochende Blut in den Schläfen jeden Moment den Schädel sprengen.

Eine kleine, zu der Feuerwehr gehörende Kapelle schlug mit den Trommelstöcken den Takt, und die Bläser setzten zu »Hail, Columbia!« an. Die weiße Schlampe strahlte den Feuerwehrmann dermaßen an, daß er ihr einen Kuß zuwarf.

Den sie erwiderte.

Des' gewaltige Hände flogen hoch, krallten sich in die Schultern rechts und links, teilten die Menschenmauer. Jemand schrie vor Schmerz auf, als er auf die Straße stürzte.

Dann verwandelte sich sein Geist in ein Flammenmeer, und er erinnerte sich an nichts mehr.

Col. Munro war hier, inspizierte die Schule und beklagte sich darüber, daß er Berichte in zwei- und dreifacher Ausführung wegen »Ausschreitungen« erstellen mußte. Er ließ zwei junge Corporals, nette Jungs aus Maine, zurück, die die Schule für ein paar Tage bewachen sollen. Einer von ihnen meint, er würde sich gern in Carolina niederlassen, Klima und Leute seien so angenehm.

Bevor Munro in die Stadt zurückkehrte, gab er eine düstere Warnung von sich, die ich hier zitiere. »Ich bin jetzt lange genug im Palmetto-Staat, um ein bißchen was von den Gefühlen der Südstaatler zu verstehen. Soweit ich beobachtet habe, bringen die Weißen dem Neger als Neger keine Feindschaft entgegen. In vielen Punkten mögen sie ihn sogar. Doch wenn er sie als möglicher Beamter, Geschworener, Wähler, politisch und sozial Gleichgestellter bedroht, dann geht das zu weit. Freiheit ist nicht der entscheidende Punkt, sondern Gleichberechtigung. Jede Person oder Institution, die das fordert, ist der Feind.«

»Vielleicht«, entgegnete ich. »Doch Prudence und ich werden die Schule weiterführen.«

»Dann kann ich Ihnen voraussagen, daß Sie weiterhin Ärger haben werden«, sagte er. »Eines Tages wird das Ausmaße annehmen, denen weder mit Glück noch mit Mut beizukommen ist.«

... Cooper schreibt, daß D. LaMotte im Gefängnis sitzt. Am Samstag griff er anscheinend ohne jede Provokation einen Farbigen der freiwilligen Feuerwehr an, worauf ihn die Behörden einsperrten. C. meinte, in letzter Zeit habe er so seine Zweifel über LaMottes Bereitschaft gehabt, seinen Drohungen Taten folgen zu lassen. Diese Zweifel seien nun zerstreut. Für eine Weile haben wir nun jedoch, um C. s Ausdruck zu gebrauchen, »einen Aufschub« gewonnen.

23

Der Schuß aus dem Cheyenne-Gewehr zerfetzte das linke Auge von Holzfuß' Pferd. Unter einer Blutfontäne stürzte der Händler in das windgepeitschte Gras. Charles war bereits aus dem Sattel. Er schnappte sich seine Spencer und schickte Satan mit einem Klaps davon. Boy, von dem plötzlichen Angriff erregt, versuchte vergeblich vom Pferd aus die Packmulis unter Kontrolle zu halten.

»Runter, runter von deinem Pferd«, brüllte Charles. Die

Cheyenne trieben ihre Ponys den Hügel hoch. Eine Kugel zupfte an Charles' Hutkrempe; der Hut segelte davon. Wieder schrie er Boy an, doch das Geheul der Indianer und der Lärm von den Mulis löschten seine Worte aus. Nach ein paar Sekunden verstand Boy den Ausdruck auf Charles' Gesicht und rutschte ungeschickt zu Boden.

Holzfuß kniete nieder und schoß auf die Cheyenne, die sich dem Hügelkamm näherten. Er verfehlte. Charles feuerte, als der Krieger neben Narbengesicht eine gefiederte Lanze schleuderte. Charles duckte sich. Seine Kugel fegte den Indianer aus dem Sattel.

Überall herrschte Lärm und Verwirrung. Ein paar Meilen weiter im Westen schlugen Blitze aus den sich nähernden Sturmwolken in die trockene Prärie.

Boy schrie auf. Charles sah, wie er taumelte, seinen rechten, sich rot verfärbenden Ärmel umklammerte. Eine Lanze hatte ihn geritzt. Schmerz und Verwirrung ließen ihm die Tränen übers Gesicht laufen.

Holzfuß brüllte: »Hinter dir, Charlie!« und feuerte fast gleichzeitig sein langes Gewehr ab. Charles wirbelte herum und sah einen berittenen Cheyenne vor sich, der ihn gerade mit einer Kriegskeule niederschlagen wollte. Charles schoß auf das rotgemalte Gesicht, war aber nicht schnell genug, um den Schlag zu stoppen. Die Keule hämmerte auf seine Schulter mit einer Wucht, die ihn zur Seite warf. Der Cheyenne sackte vom Pferd, sein Gesicht eine einzige blutige Masse.

Die Sturmwolken schoben sich über sie, als würde sich ein Augenlid über der Welt schließen. Donner grollte. Blitze zuckten. Der Westwind trug den Geruch von Rauch heran. Er sah, wie Narbengesicht vom Pferd aus mit seiner Lanze nach Holzfuß stach.

Die Cheyenne drängten ihre Ponys dicht heran, allerdings schon mit etwas weniger Begeisterung, da einige von ihnen bereits gefallen waren. Holzfuß wich zurück; Narbengesichts Stoß ging daneben. Wieder stieß er zu. Der Händler packte sein Gewehr mit beiden Händen und wehrte damit die Lanze ab. Sein Gesicht war heftig gerötet.

Charles lud die Spencer durch, zielte auf Narbengesicht und drückte ab. Das Gewehr hatte Ladehemmung.

Ein anderer Cheyenne ritt heran und rammte seine Lanze in Charles' rechten Arm. Er ließ die Spencer fallen, riß sein Bowiemesser heraus und stieß dem Indianer die Klinge in die Seite. Der Indianer kreischte auf und fiel nach vorn über den Hals seines Ponys. Das Pferd raste mitsamt dem Indianer und dem herausragenden Messer davon.

Narbengesicht, wild entschlossen, Holzfuß endgültig den Garaus zu machen, trieb sein Pony wieder heran. Geschickt blockte Holzfuß seine Stöße mit dem Gewehr ab, doch er mußte dem Kampf allmählich Tribut zollen. Seine Wangen waren so dunkel wie Pflaumen.

Vorübergehend sah Charles keinen Gegner vor sich. Gleich darauf erkannte er den Grund. Drei Cheyenne stürzten sich auf die Maultiere und Boy. Weinend schlug der Junge nach ihnen, so als würde er Fliegen klatschen. Ein Krieger sprang vom Pferd und packte Boy. Wie von der Feder geschnellt sprang Fen aus seinem Versteck im Gras. Die Kiefer des Collies schlossen sich um den Unterarm des Cheyenne. Ein anderer Indianer schlug mit seinem Gewehrkolben auf den Hund ein.

Inmitten des Sturms und des Aufflammens der weißen Blitze stieß Holzfuß einen merkwürdig erstickten Schrei aus. Charles, der seinen Colt zog und sich duckte, als ein Cheyenne auf ihn schoß, sah seinen Partner taumeln und in das hohe Gras sinken. Holzfuß keuchte, als bekäme er nicht genügend Luft. Er zerrte an seinem perlengeschmückten Hemd, als wollte er etwas herausreißen.

Charles erinnerte sich, daß er das Gesicht von Holzfuß schon ähnlich verfärbt gesehen hatte. »*Es ist nichts.*« Doch es war was: ein Herzanfall, ausgelöst durch die gewaltige Belastung des Angriffs.

Narbengesicht hielt sein Beil in der hoch erhobenen Hand. Charles feuerte, gerade als Narbengesichts Pony wegtänzelte. Die Kugel verfehlte ihr Ziel und traf das Beil. Charles sprang vor Holzfuß, um erneut zu schießen. Tief geduckt jagte Narbengesicht sein Pony den Hang hinunter.

Blut sickerte aus Charles' Wunde. Er brüllte vor Frustration auf, ein wortloser, rauher Wutschrei, weil er von zwei Dingen gleichzeitig in Anspruch genommen wurde: Holzfuß, der mit beiden Händen an seinem Hemd zerrte und Luft in die Lungen zu bekommen versuchte, und drei Cheyenne zu Fuß, die Boy hinter den nächsten Hügelkamm schleppten. Fen jagte hinter ihnen her; Schaumflocken flogen von seinem Maul. Holzfuß' Finger rissen Perlen von seinem Hemd; sie glänzten und funkelten unter den aufflammenden Blitzen.

Beiden konnte Charles nicht helfen. Er entschied sich für Holzfuß, der ihm näher und zudem unmittelbar vom Tode bedroht war.

Holzfuß schwankte nach hinten. Charles fing ihn mit der linken Hand auf, während er mit der Rechten auf den nächsten Cheyenne feuerte. Wegen der Wunde zitterte und pochte sein Revolverarm. Die Kugel verfehlte ihr Ziel um einige Meter.

Die Cheyenne würden sie fertigmachen, also konnte Charles nichts weiter tun, als kämpfend unterzugehen. Er kniete nieder und schob sein Knie unter den durchsackenden Rücken seines Partners. Der Händler stemmte sich dagegen; seine Augen waren weit geöffnet, seine Hände fielen schlaff herab. Hilflos mußte Charles zusehen, wie alle Farbe aus seinem Gesicht wich.

Holzfuß erkannte seinen Partner. Er versuchte Charles zu berühren, bekam aber die Hand nicht mehr hoch. Hinter dem Hügelkamm hörte Fen plötzlich auf zu bellen, jaulte dann noch einmal auf.

Charles brachte sein Ohr nahe an Holzfuß' Mund. Er glaubte ein »Danke für alles« zu verstehen. Ein blendender Blitz löschte alles andere aus. Als er wieder etwas erkennen konnte, wären ihm beinahe die Tränen gekommen. Holzfuß' Augen standen noch offen, aber kein Leben war mehr in ihnen.

Hinter dem Hügelkamm tauchten die drei Indianer wieder auf und fingen ihre Pferde ein. Dann trotteten sie auf Narbengesicht zu, der an der Stelle auf sie wartete, wo Charles die Indianer zuerst gesehen hatte.

Charles raste auf den Fleck zu, wo Boy verschwunden war. Der Sturm fegte ihm Gras und Erde in die Augen. Als Narbengesicht sah, daß sich Charles von Holzfuß' Leiche entfernte, gab er seinen restlichen Kriegern ein Zeichen; sie ritten auf die Stelle zu.

Charles kam an zwei Packmulis vorbei, die an ihren Schußwunden verbluteten. Wieder zuckten Blitze auf. »Boy?« brüllte er und kämpfte sich mit vor Schwäche zitternden Beinen den Hügel hoch. »Boy, gib Antwort!«

Die einzige Antwort war ein Blitzschlag. Gras rauchte, glühte orangefarben auf, dann schlugen Flammen empor. Allmächtiger, das Ende der Welt, dachte Charles, während er den Hang hinab auf ein ausgetrocknetes Flußbett zustolperte. Auf seiner Seite glänzte niedergetrampeltes Gras feucht und schwarz. Mitten in dem Blut lag etwas, was so formlos wie ein Kartoffelsack war.

Über den Hügel hinter ihm zuckte ein Wall von Flammen, scharlach, orange, weiß. Der Wall breitete sich nach allen Seiten aus. In Texas hatte er einmal ein ähnliches Präriefeuer erlebt, das vierzig Quadratmeilen zerstört hatte.

Er erreichte das formlose Ding und starrte hinunter; der Schock hatte jedes Gefühl in ihm abgetötet. Boy lag da, sein jämmerlich deformierter Kopf ruhte in dem trockenen Flußbett. Ein Messer hatte ihn von der Kehle bis zum Bauch aufgeschlitzt. Aus der Brusthöhlung, in der es bereits von Fliegen wimmelte, ragten die Überreste von Fen. Ein Bein, dessen Knochen aus dem Fell schaute; ein Teil der Schnauze und des Schädels, einschließlich eines Auges. Andere Teile lagen verstreut im Gras.

Charles starrte höchstens fünf Sekunden auf das Gemetzel, aber es hätte genausogut auch ein Jahrhundert sein können. Schließlich wandte er sich ab und mühte sich wieder den Hügel mit der dahinter lodernden Feuerwand hoch. Holzfuß tot, Boy tot. Der nächste werde ich sein, aber ich muß diesen narbengesichtigen Bastard mitnehmen.

Von dem Kamm aus sah er Narbengesicht und fünf andere in einiger Entfernung auf ihren Ponys sitzen; die wehenden Rauchfahnen ließen sie verschwinden und wieder auftauchen. Die Cheyenne hatten ihre ursprüngliche Position leicht nach Süden verlagert. Trotz des Rauches konnte Charles einen neuen Ausdruck auf ihren Gesichtern erkennen: Bedenken oder zumindest gewisse Zweifel. Das Feuer hatte sich bereits den halben Hang hochgearbeitet, auf dessen Kamm die Jackson Trading Company ihren letzten vergeblichen Kampf gekämpft hatte.

Der Schweiß tropfte ihm vom Gesicht, als er auf die Stelle zustolperte, wo er Holzfuß zurückgelassen hatte. Das ist Sharpsburg, noch einmal von vorn, dachte er. Das ist das nördliche Virginia, wieder und wieder.

Hinter dem Rauchvorhang lächelte Narbengesicht. Charles fragte sich, warum, während er sich Holzfuß' Leiche näherte. Als er hinabschaute, begann er zu würgen.

Von aller Kleidung entblößt lag der bleiche Körper seines Partners da. Ein rotes Loch zwischen den Beinen war mit Fliegen übersät. Die blutigen Genitalien hatten sie ihm in den Mund gestopft. Auf die Augen hatten ihm die Cheyenne kleine Berge von Perlen gehäuft, die im Feuer funkelten.

»Ihr Bastarde«, brüllte Charles. »Ihr dreckigen, unmenschlichen Bastarde.«

Narbengesicht hörte auf zu lächeln. Charles richtete den Colt auf den Cheyenne-Führer, versuchte ihn mit beiden Händen ruhig zu halten. Der Rauch wurde dichter, verbarg Narbengesicht und die anderen. Charles gab einen Schuß ab. Noch einen. Und noch einen. Bis die Trommel leer war.

Hinter dem Rauch und dem Feuer war mittlerweile von den Cheyenne nichts mehr zu sehen. Um Charles zu erreichen, mußten sie entweder durch das Feuer oder einen großen Bogen schlagen. Böiger Wind fauchte durch seine Haare. Das tobende Feuer am Hang erleuchtete sein verzerrtes Gesicht, als wäre es heller Tag.

Wieder teilte sich der Rauchvorhang. Die Cheyenne waren immer noch da. Keiner von Charles' Schüssen hatte getroffen. Narbengesicht trieb die anderen mit einem Zeichen nach vorn.

Ein Cheyenne nach dem anderen schüttelte den Kopf. Sie hatten keine Lust mehr, den tobenden Irren auf dem Hügelkamm, geschützt von einer Wand aus Feuer und Rauch, anzugreifen. Auch wenn sie seine Worte nicht verstanden, so begriffen sie doch deren Bedeutung: »Los, kommt, zeigt mal, wie tapfer ihr seid! Ihr habt einen alten Mann und einen Jungen und einen Hund getötet. Zeigt mal, was ihr mit mir anfangen könnt!«

Einer der widerstrebenden Cheyenne schüttelte wieder den Kopf, diesmal sehr nachdrücklich. Das mißfiel Narbengesicht. Er griff nach dem letzten Mann. Der Cheyenne schlug Narbengesichts Hand beiseite, zog sein Pferd herum und ritt in die stürmische Finsternis hinein.

Vier andere folgten ihm nacheinander. Allein gelassen warf Narbengesicht Charles einen verächtlichen Blick zu, bevor er sich dem allgemeinen Rückzug anschloß.

»Kommt zurück, verdammt noch mal. Ihr feigen Hundesöhne!«

Alle Kraft verließ ihn, als die Flammen erneut hochschlugen und die Indianer verbargen. Charles brüllte Narbengesicht nach: »Du verdienst es, von dieser Erde weggefegt zu werden, du und dein ganzer Stamm. Ich werde einen Weg finden, darauf kannst du dich verlassen.«

Kannst du dich verlassen ... kannst du dich verlassen ...

Er drehte sich um, zog sich vor der Hitze und dem Feuerschein ein Stück zurück. In seiner linken Hand baumelte Holzfuß' Satteltasche; er konnte sich nicht erinnern, sie vom toten Pferd seines Partners gerissen zu haben.

Die Sturmfront zog weiter nach Osten, nun schon Meilen entfernt. Ein leichter Regen setzte ein, nicht heftig genug, um das Feuer zu löschen. Charles taumelte zwischen den toten Mulis herum, um zu sehen, was er sonst noch retten konnte. Zwei Mulis waren noch unverletzt am Leben. Ihre Zügel in der Linken, kämpfte er sich wieder den Hang hoch.

Das Feuer stoppte ihn. Die große, scharlachfarbene Wand umkurvte nun den Haupthügel und zog sich nach rechts bis zu dem Flußbett hinunter, an dem Boy und Fen gestorben waren. Während er zusah, verschlang das Feuer vollständig den Hügel, auf dem Holzfuß' Leiche lag.

Er konnte sie nicht einmal beerdigen.

Tränen des Zorns liefen ihm übers Gesicht.

Durch einen Glücksfall fand Charles seinen Schecken ungefähr zwei Meilen nordöstlich von dem Feuer. Er ritt auf einem der beiden Maultiere und zog das andere hinter sich her. Ein breiter Stoffstreifen, den er aus seinen Hosen gerissen und mit einem Stock zusammengedreht hatte, hatte die Blutung an seinem rechten Arm gestoppt. Die Wunde schmerzte und mußte versorgt werden, war aber nicht sehr gefährlich.

Als er auf Satan traf, der wie aus Stein gehauen dastand, wechselte er in dessen Sattel über und ritt weiter nach Norden, seine Emotionen eine zuckende Masse aus Kummer und Wut. Bei Einbruch der Dunkelheit schlug er sein Lager auf. Er machte ein kleines Feuer und kaute dann ein bißchen Pemmikan aus seiner eigenen Satteltasche, Zwei Bissen, und sein Magen schmerzte. Vier Bissen, und alles kam wieder hoch.

Nach dem Sturm klarte der Himmel auf. In der kalten Brise unter den leuchtenden Sternen krümmte er sich zitternd zusammen. Mit klammen Fingern öffnete er Holzfuß' Satteltasche. Er fand die Töpfe mit den Farben und die zusammengerollte Winterbilanz. Er löste den Riemen und breitete sie vor seinen Füßen aus.

Obwohl er sich den Grund dafür nicht erklären konnte, trieb ihn etwas dazu, den Versuch zu unternehmen, sie zu vollenden. Er öffnete den Topf mit der schwarzen Farbe, befeuchtete den Pinsel und tauchte ihn ein.

Er studierte die verschiedenen Bilder, auch das mit der Zufluchtstätte im Büffelhut-Tipi. Wie er doch diesen Vorfall mißverstanden hatte. Er hatte ihn fälschlicherweise glauben lassen, die Cheyenne seien des Mitgefühls fähig. Das waren sie nicht. Nur die Heiligkeit des Objektes, des Hutes, hatte die Händler gerettet. Die Cheyenne haßten alle Weißen, ganz egal, ob sie einen Grund dafür hatten. Sie besaßen keine Gründe, die ausreichend gewesen wären, die Barbarei zu rechtfertigen, die er gerade erlebt hatte. Sie haßten einfach die Weißen. Auf die gleiche Weise, wie er nun jeden einzelnen von ihnen haßte.

Mühsam malte er drei sehr grobe Strichmännlein, aber die Flecken und Klumpen häuften sich. Schließlich warf er den Pinsel ins Feuer, dann die Farben. Er faßte das Panorama an den Ecken und studierte der Reihe nach jedes Bild, bis jeder Impuls zu weinen aus ihm herausgebrannt war. Er trauerte immer noch, aber die Trauer hatte sich verhärtet. Sein eigenes Leben, das wiederaufzubauen er sich im vergangenen Winter so viel Mühe gegeben hatte, war so schnell und sicher vernichtet worden wie das Gras in der Bahn des Präriefeuers.

Sharpsburg, noch einmal von vorn.

Der Norden Virginias, wieder und wieder.

Nichts ändert sich.

Jesus Christus!

Er legte die Winterbilanz auf das Feuer und sah zu, wie sie verbrannte. Sie wollen töten. Das können sie haben, dachte er. Ich verstehe mehr vom Töten als sie. Ich hatte fünfhunderttausend erfahrene Lehrer.

Die Figuren des Panoramas färbten sich schwarz und verbrannten, während er sich jedes einzelne Bild einzuprägen suchte.

Drittes Buch

Banditi

Ich bin gerade mit der Union Pacific Railway, E. D., von Fort Wallace zurückgekehrt. Entlang des ganzen Schienenstrangs sind die Indianer mit ihrem barbarischen Krieg beschäftigt. Am Samstag wurden keine zwanzig Meilen von Fort Harker entfernt drei unserer Männer getötet und skalpiert ... Was kann man tun, um diesen Grausamkeiten ein Ende zu bereiten?

JOHN D. PERRY
Präsident der U. P. E. D.,
zum Gouverneur von Kansas
1867

Die Unterzeichnung durch die Häuptlinge war eine reine Formalität. Kein Wort des Vertrags wurde ihnen vorgelesen ... Wer hat schuld, wenn so der Krieg kein Ende findet? Die Regierungskommissare.

HENRY M. STANLEY
New York Tribune nach Medicine Lodge Creek
1867

Die Grenzlandbewohner behaupten stets, die Indianer seien auf dem Kriegspfad, und die Regierungskommissare und Indianeragenten behaupten, es herrsche Frieden; wir stehen mittendrin und werden von beiden Seiten beschimpft.

Jahresbericht von
GENERAL WILLIAM T. SHERMAN
1867

24

Ein Gewitter tobte über den Himmel und ließ die Erde erbeben. Auf der überfluteten Straße von Leavenworth City kam ein Reiter aus der Dunkelheit galoppiert.

Der müde Wachposten trat in den Regen hinaus und hielt den Reiter an. Ein Blitz tauchte ihn in blendendes Weiß. Sein Schnurrbart hing herunter, sein voller, verfilzter Bart mußte gestutzt werden. Ein ponchoartiges, aus Flicken zusammengesetztes Kleidungsstück hing ihm von den Schultern. Er kaute auf einem kalten Zigarrenstummel herum.

Von der Kappe des jungenhaften Wachpostens tropfte der Regen. »Nennen Sie Ihren Namen, und sagen Sie, was Sie hier im Armeeposten wünschen.«

»Aus dem Weg.«

»Mister, ich befehle Ihnen, mir Ihren Namen und . . .«

Schnell wie ein Lidschlag war ein Armeecolt in der Hand des Mannes. Mit einer einzigen fließenden Bewegung richtete er sich auf die Stirn des Postens. Ein weiterer Blitz enthüllte die Augen des Mannes unter der Hutkrempe. Der Wachposten sah, daß in ihnen die Hölle tobte.

Erschrocken zog sich der Posten zum Wachhäuschen zurück. Seine lange Unterwäsche fühlte sich plötzlich feucht an. Er winkte. »Passieren.«

Der Reiter galoppierte bereits weiter.

Der Regen trommelte aufs Dach. Jack Duncan schenkte Brandy ein. Charles nahm seinen Drink wortlos entgegen. Dem Brigadier gefiel das ganz und gar nicht, genausowenig wie das verwahrloste Aussehen seines Überraschungsgastes und die Ringe unter seinen Augen. Charles hatte Duncan mit seiner Ankunft um halb zwei Uhr morgens verblüfft und dann noch einmal mit seiner Ankündigung, wieder in die Armee eintreten zu wollen.

»Ich dachte, dir reicht's.«

»Nein.« Charles warf den Kopf zurück und kippte den Brandy hinunter.

»Nun, Charles Main kann nicht eintreten. Ebensowenig Charles May, zuletzt in Jefferson Barracks.«

»Ich wähle einen anderen Namen.«

»Charles, beruhige dich. Du bist ja außer dir. Was ist passiert?«

Er knallte das leere Glas auf eine Packkiste, die als Tisch diente. »Adolphus Jackson hat mich durch eines der schlimmsten Jahre meines Lebens gebracht. Er hat mir mehr über die Prärie beigebracht, als ich dir in einer Woche erzählen könnte. Ich werde es den Bastarden heimzahlen, die ihn niedergemetzelt haben.«

Duncans vor Müdigkeit aufgequollenes Gesicht zeigte Mißbilligung. Er zog seinen alten Morgenmantel zusammen und marschierte neben dem alten, jetzt kalten Eisenofen auf und ab. »Ich mache dir keinen Vorwurf, daß du zornig bist über das, was die Cheyenne getan haben. Allerdings halte ich das nicht für ein ideales Motiv, um ...«

»Ich empfinde ebenso«, unterbrach ihn Charles. »Sag mir einfach nur, ob ich eine Chance habe.«

Seine laute Stimme weckte Maureen. Durch die Tür ihres Zimmers drang eine schläfrige Frage. Mit der Sanftheit eines aufmerksamen Ehemannes sagte der Brigadier: »Schlaf nur weiter. Es ist nichts.« Charles starrte die geschlossene Tür an, erinnerte sich daran, daß einst Willa hier geschlafen hatte.

»Eine kleine Chance, nicht mehr«, beantwortete Duncan seine Frage. »Kennst du den Namen Grierson?«

»Ich kenne Griersons Sechste Illinois-Kavallerie. Die sind innerhalb von sechzehn Tagen auf Konföderationsgebiet sechshundert Meilen geritten, um Pemberton wegzulocken, während Grant den Mississippi unterhalb Vicksburg überquerte. Dieser Ritt war eines Jeb Stuart oder Wade Hampton würdig. Falls es sich um diesen Grierson handelt – der Mann wäre gut genug für unsere Seite gewesen.«

Duncan freute sich, daß Charles eine Spur schwarzen Humors aufbrachte. »Es ist dieser selbe Grierson. Für einen Musiklehrer aus einer Kleinstadt, der Angst vor Pferden hatte, ist aus ihm ein verdammt guter Kavallerist geworden.«

»Angst wovor?« Charles konnte es nicht glauben.

»Es stimmt. Mit acht Jahren wurde er von einem Pony getreten. Die Narbe ist heute noch zu sehen.« Duncan berührte seine rechte Wange. »Grierson kam vorgestern hier an, um auf die Rekruten seines neuen Regiments zu warten; eines von denen, die der Kongreß im Juli genehmigt hat. Grierson ist verzweifelt auf der Suche nach guten Offizieren, die führen und ausbilden können, aber niemand will in der Zehnten Kavallerie dienen. Die Männer werden in New York, Philadelphia, Boston rekrutiert – der Abschaum des Großstadtproletariats. Meist Analphabeten.«

»Die Armee ist voll von Analphabeten.«

»Aber nicht von solchen. Griersons Männer werden ausschließlich Schwarze sein.«

Das brachte Charles zum Schweigen. Er schenkte sich Brandy nach, überlegte scharf.

Duncan erklärte, daß ein 9. Kavallerieregiment im Rahmen von Phil Sheridans Golfdivision zusammengestellt wurde; Shermans Division würde das Zehnte Regiment kriegen. »Grierson erzählte mir, die Anwerber hätten bis jetzt erst einen Kavalleristen unter Vertrag nehmen können. Das Kriegsministerium besteht auf qualifizierten weißen Offizieren, doch Unionsveteranen, die sich um ein Offizierspatent bewerben, möchten es nicht im Zehnten. Kennst du George Custer?«

»Ja. Bei Brandy Station habe ich ihm kurz gegenübergestanden. Es heißt, er sei ein ruhmsüchtiger Gockel, aber immerhin hat er Schlachten gewonnen.«

»Custer ist begierig, wieder die Uniform anzuziehen, aber ins Neunte Regiment würde er trotzdem nicht eintreten. Das ist typisch. Die Soldaten der Union haben zwar für den farbigen Mann gekämpft, aber im großen und ganzen mögen sie ihn nicht und wollen auch nichts mit ihm zu tun haben. Grierson ist da eine Ausnahme. Ein richtiger Idealist.«

»Was müßte ich tun, um ins Zehnte Regiment zu kommen?«

»Mehr, als nur den Wunsch zu äußern. Du brauchst Kriegserfahrung. Untersuchung durch einen speziellen Ausschuß. Und Begnadigung durch den Präsidenten. Auch für Charles Main, der die Militärakademie absolviert hat. Aber ich nehme nicht an, daß jemand wie du bereit ist, Neger zu kommandieren.«

»Wenn sie was taugen, warum nicht? Ich kenne die Schwarzen verdammt viel besser als die meisten Yankees.«

»Das werden Schwarze aus dem Norden sein. Als erstes werden sie deinen Akzent mitkriegen. Wird ihnen gar nicht gefallen.«

»Damit werde ich schon fertig.«

»Denk darüber nach, bevor du das sagst. Ein Schritt nach vorn, und du bist über die Klippe. Dann kannst du es dir nicht mehr anders überlegen.«

»Verdammt noch mal, ich würde Männer mit blauer Haut kommandieren, wenn sie Indianer umbringen können. Was für Chancen habe ich?«

Duncan starrte durch das Salonfenster hinaus in den scheußlichen Regen, während er darüber nachdachte. »Ungefähr fiftyfifty. Wenn Grierson dich nimmt, dann könnte er dir den Weg zu General Hancock von der Division ebnen. Ich ebenfalls.«

»Könnte ich die Begnadigung bekommen?«

»Schon, wenn du in bezug auf deinen Dienstgrad als Scout bei Hampton lügst. Stuf ihn ein bißchen runter. Sag, du habest nicht zur festen Truppe gehört. Existieren Personalakten, die das widerlegen könnten?«

»Wahrscheinlich nicht. Es heißt, die meisten seien in Richmond verbrannt.«

»Dann solltest du keine Schwierigkeiten haben. Für eine Begnadigung brauchst du einen anderen Namen und die Dienste eines Maklers. Das wird so um die fünfhundert Dollar kosten.«

Charles stieß etwas Obszönes hervor und lehnte sich zurück; die flackernde Flamme der Öllampe beleuchtete eine Seite seines starren Gesichts.

»Ich bringe das Geld auf«, sagte der Brigadier. »Außerdem

kenne ich einen Spitzenmakler. Anwalt in Washington, namens Dills.« Pause. »Ich habe immer noch Bedenken, Charles. Ich weiß, daß du ein guter Soldat bist. Aber der Grund, aus dem du zurückkehrst, ist falsch.«

»Wann kann ich Grierson sehen?«

»Morgen, schätze ich.« Duncan räusperte sich, schnüffelte dann unmißverständlich. »Nachdem du gebadet hast.«

Weit entfernt grollte das Gewitter. Charles lächelte. Es erinnerte Duncan an die Grimasse eines Totenschädels.

Die Zehnte Kavallerie hatte an der Ostseite des Exerzierplatzes provisorische Büros zugewiesen bekommen. Ein Captain in mittleren Jahren duckte sich mit der argwöhnischen Wachsamkeit eines Mannes, der eine Festung zu verteidigen hat, hinter seinem Schreibtisch zusammen. Über heruntergezogene Mundwinkel senkte sich ein fast weißer Schnurrbart.

»Kann ich zu ihm, Ike?«

»Ich denke schon, General Duncan.« Der Captain klopfte und betrat das innere Büro.

Duncan neigte seinen Kopf in Richtung der geschlossenen Tür und sagte zu Charles: »Ike ist seit zwanzig Jahren in der Armee. Zäher Hund. Mehrfach ausgezeichnet.«

Der Captain tauchte wieder auf; die Tür ließ er offen. Der Brigadier sagte: »Das ist mein Schwiegersohn, Charles.« Sie hatten beschlossen, diesen Teil seines Namens beizubehalten. »Captain Isaac Newton Barnes. Regimentsadjutant.«

»Stellvertretender Adjutant«, sagte Barnes mit Betonung.

Nachdem Duncan hineingegangen war und die Tür geschlossen hatte, sagte Charles: »Es ist mir ein Vergnügen, Sir.« Es zahlte sich aus, einen Adjutanten mit Respekt zu behandeln; für gewöhnlich verfügte er über mehr Macht als der kommandierende Offizier.

Mürrisch starrte Ike Barnes das Gewirr von Ordnern, Akten und Berichten auf seinem Schreibtisch an. Im Profil ähnelte er einem S — runde Schulter, konkaver Rücken, beachtlicher Bauch. Er kniff das rechte Auge leicht zusammen.

»Ich hasse diesen Job«, sagte er und setzte sich. »Ich bin Kavallerist, kein verfluchter Bürohengst. Sobald der Colonel jemanden findet, der dämlich genug ist, diese verdammten Papiere herumzuschieben, bin ich bei der C-Kompanie.«

Ein atemloser Sergeant kam hereingestürzt. »Captain! Zwei farbige Jungs an der Anlegestelle. Sie gehören Ihnen.«

»Zum Teufel noch mal, Sergeant, Sie wissen doch ganz genau, daß Sie innerhalb einer Meile von diesem Büro nicht ›farbig‹ zu sagen haben. Der Colonel wird nicht dulden, daß sein Regiment genauso wie im Krieg bezeichnet wird. Das hier ist nicht die Zehnte Farbige Kavallerie, das ist die Zehnte Kavallerie. Entschuldigen Sie mich«, bellte er zu Charles hinüber, bevor er mit dem Unteroffizier hinausging. Sein massiver Bauch schien sich selbsttätig zu bewegen, wie eine Art Ehrengarde. Charles brachte tatsächlich ein Lächeln zustande.

Nach zehn Minuten kam Duncan heraus. »Er ist interessiert. Erzähl diesmal die Wahrheit, und schau zu, wie du klarkommst.« Er schlug Charles auf die Schultern. »Viel Glück.«

Colonel Benjamin F. Griersons gewaltiger Bart und seine kühne Nase verliehen ihm das Aussehen eines Piraten, was noch durch die Gesichtsnarbe verstärkt wurde. Nachdem er Charles einen Platz angeboten hatte, legte er ein neues Blatt Papier auf seinen Schreibtisch.

»Ich will offen sein, Mr. Main. Ihr Interesse an der Zehnten bringt mehr als ein Problem mit sich. Bevor wir uns darum kümmern, würde ich gerne wissen, weshalb Sie hier sind. Jack hat Ihnen erzählt, daß Unmengen fähiger Offiziere in dieser Armee die Idee eines Negerregimentes verabscheuen.«

»Er hat es mir erzählt, Sir. Ich bin hier, weil ich Soldat bin. Und das ist alles, was ich bin und kann. Die Cheyenne im Süden haben vor einigen Monaten meinen Partner und dessen Neffen getötet.«

»Jack sprach davon. Es tut mir leid.«

»Danke. Ich will es den Cheyenne heimzahlen.«

»Nicht in meinem Regiment, Sir«, sagte Grierson mit einer Spur von Zorn in der Stimme. »Das Zehnte Regiment wird keine Politik machen, sondern sie nur ausführen. General Sherman hat uns die Aufgabe gestellt, für größere militärische Präsenz im Westen zu sorgen. Das ist eine rein defensive Aufgabe. Wir haben die Siedler, die Reisewege, die Eisenbahnbautrupps zu beschützen. Wir haben nicht anzugreifen, falls wir nicht selbst angegriffen werden.«

»Sir, es tut mir leid, daß ich . . .«

»Hören Sie mich an, Sir. Bevor wir unsere Aufgabe erfüllen können, müssen wir Stadtmenschen beibringen zu marschieren, reiten, schießen und sich militärisch einwandfrei zu benehmen. Und ich spreche von ungebildeten Menschen, Mr. Main — Gepäckträgern, Kellnern, Kutschern. Schwarze Männer, die nie eine Chance auf einen anständigen Beruf hatten. Ich habe die Absicht, aus diesen Männern gute Soldaten zu machen, auf die jeder Kommandant stolz sein könnte. Ich werde es auf die gleiche Art und Weise tun, wie ich früher meinen Musikschülern in Illinois die Tonleiter beigebracht habe. Mit strenger Disziplin und ständigem, erbarmungslosem Drill. Dafür werden meine Offiziere zuständig sein. Für persönliche Rachefeldzüge werden sie keine Zeit haben.«

»Ich bedaure meine Bemerkung, Sir. Ich verstehe, was Sie meinen.«

»Gut«, sagte Grierson. »Andernfalls würde ich keine weitere Zeit auf Sie verschwenden.«

Er musterte Charles abwägend und fügte hinzu: »Nein, das entspricht nicht ganz der Wahrheit. Ich unterhalte mich mit Ihnen nicht ganz freiwillig, sondern aus der vorhin erwähnten puren Not heraus. Ich muß jedoch gestehen, daß es mir etwas widerstrebt, einen Südstaatler zu rekrutieren.«

Groll stieg in Charles auf, aber er verhielt sich still.

»Ich habe eine höchst eigenartige Vision von diesem Land. Eigenartig in dem Sinne, daß sie offensichtlich nicht von Tausenden von Brevet Colonels und Generalen geteilt wird, die hinter einigen wenigen untergeordneten Offizierspatenten herjagen. Ich glaube wörtlich an Mr. Jeffersons Erklärung, daß alle Menschen gleich geschaffen wurden; auch wenn das nicht auf Geist und Körper und Umstände zutrifft, so doch zumindest, was ihre Chancen anbelangt. Ich glaube, wir haben — ganz gleich, ob das nun erkannt wird oder nicht – diesen Krieg ausgefochten, um die schwarze Rasse in diese Vision einzuschließen. Ich weiß, daß meine Vorstellung sich nicht gerade allgemeiner Beliebtheit erfreut. Viele meiner Offizierskollegen beschuldigen mich, ich würde sie – ihre eigenen Worte – ›zu Tode niggern‹. Soll es so sein. Die Vision muß in erster Linie in diesem neuen Regiment zum Ausdruck kommen. Wenn das Regiment nicht funktioniert, dann funktioniert die Armee nicht, dann funktioniert Amerika nicht, dann funktioniert nichts. Deshalb müssen meine Offiziere freudig die zusätzliche Bürde auf sich nehmen, zwischen ihren Männern und der extremen Feindseligkeit und den Vorurteilen, wie sie in der Armee grassieren, zu stehen.«

Sein Blick wich keinen Millimeter ab. »Sie stammen aus South Carolina. Mir ist das egal, *außer* es bedeutet, Sie können nicht nach meinen Regeln leben. Wenn das der Fall ist, dann will ich Sie auch nicht.«

Sehr angespannt, weil er eine Zurückweisung befürchtete, sagte Charles: »Ich kann es, Sir.«

»Sie können offen und ehrlich mit Negersoldaten umgehen?«

»Mit den Schwarzen auf der Plantage, wo ich aufgewachsen bin, habe ich mich gut verstanden.«

Wieder die falsche Antwort. Verächtlich winkte Grierson ab. »Leibeigene, Mr. Main. Sklaven. Das ist hier unwesentlich.«

Charles' Stimme wurde etwas schärfer. »Lassen Sie es mich anders ausdrücken, Sir. Nein, ich werde nicht mit jedem einzelnen Mann auskommen.« Grierson wollte etwas entgegnen, aber Charles sprach weiter. »Ich bin auch nicht mit allen weißen Männern in der Wade-Hampton-Legion oder der Zweiten Kavallerie in Texas gut ausgekommen. Jede Truppe hat ihre Idioten und Drückeberger. Diesen Typ von Mann habe ich stets gewarnt, aber immer nur einmal. Wenn er so weitermachte, habe ich ihn eingebuchtet. War dann immer noch nicht Schluß, dann sorgte ich für seine Entlassung. Im Zehnten Regiment würde ich genauso handeln.« Er starrte Grierson an. »Wie ein Profi.«

Schweigen. Grierson starrte zurück. Plötzlich blitzte zwischen dem buschigen Schnurrbart und dem üppigen Kinnbart ein Lächeln auf.

»Eine gute Antwort. Die Antwort eines Soldaten. Ich akzeptiere sie. Die Männer der Zehnten werden aufgrund ihrer Leistung beurteilt, und nichts anderes.«

»Jawohl, Sir«, sagte Charles, obwohl ihm bei seiner schnellen Antwort ein bißchen unbehaglich zumute wurde. Seine hastige Zustimmung rührte daher, daß er in ein Regiment eintreten wollte, in irgendein Regiment, und dieses hier suchte verzweifelt nach Offizieren. Doch er hatte ernste Bedenken, ob man aus Stadtnegern gute Soldaten machen konnte — genau die gleichen Bedenken, die er bei dem weißen Abschaum in Jefferson Barracks gehabt hatte.

Grierson beugte sich vor. »Mr. Main, ich verabscheue Lügner und Betrüger und werde mich doch so verhalten müssen. Sie ebenfalls, wenn der spezielle Untersuchungsausschuß Sie befragt. Zumindest ein Mitglied, Captain Krug, wird Ihnen schwer zusetzen. Er haßt jeden Mann, der das Grau der Konföderation getragen hat. Sein jüngerer Bruder starb im Gefängnis von Andersonville.«

Charles nickte, prägte sich den Namen ein.

»Jetzt zu den Einzelheiten.« Grierson tauchte seine Feder ein. »Sie haben ein Begnadigungsgesuch eingereicht?«

»Der Brief wird heute noch geschrieben.«

»Ich bin über Ihre Erfahrungen in Jefferson Barracks informiert. Was für einen Namen sollen wir diesmal nehmen?«

»Ich denke, er sollte vertraut klingen, damit ich ganz normal darauf reagiere. Charles August. Der Name August ist für mich familiär.«

»August. Gut.« Die Feder kratzte. »Was war Ihr höchster Rang bei Hamptons Scouts?«

»Major.«

Grierson schrieb: »*Kein Rang — irregulärer Status (Scout).*«

»Wir vergessen am besten, daß Sie jemals West Point gesehen haben. Was glauben Sie, wie viele Männer der Akademie würden Sie jetzt erkennen?«

»Jeder, der zu meiner Zeit dort war, schätze ich. So bin ich in Jefferson Barracks aufgeflogen.«

»Wer hat Sie identifiziert?«

»Ein Captain Venable.«

»Harry Venable? Ich kenne ihn. Ein ausgezeichneter Kavallerist, aber ein aufgeblasenes kleines Monster. Nun, das Risiko, daß Sie auf frühere Klassenkameraden treffen, müssen wir einfach eingehen. Nächster Punkt. Meine Offiziere sollen zwei Jahre Erfahrung im Feld haben.«

»Das geht in Ordnung. Bei der Zweiten Kavallerie in Texas.«

Trocken sagte Grierson: »Das war, bevor Sie die Seiten wechselten. Vergessen wir Texas. Das Thema könnte sich bis zur Akademie zurückverfolgen lassen.« Charles beobachtete die Bewegung der kratzenden Feder: *»Früh. Erfahr. – 4 J. Freiw.«*

Sie unterhielten sich eine weitere Stunde. Zum Schluß wußte Grierson eine ganze Menge über Charles' Leben. Er erfuhr von Orry, dem Ersatzvater, von Charles' Schwierigkeiten mit Elkanah Bent; von den entsetzlichen Eindrücken von Sharpsburg, dem Verlust von Augusta Barclay, der verzweifelten Suche nach ihrem Sohn. Schließlich schob Grierson seine Notizen beiseite und gab Charles die Hand. Der Händedruck erschien Charles mehr zeremoniell denn freundschaftlich. Der Colonel hatte sein Urteil noch nicht gefällt.

»Mein Adjutant wird Ihnen sagen, wie Sie sich auf den schriftlichen Test vorbereiten. Damit sollten Sie keine Probleme haben. Der Ausschuß ist eine andere Sache.« Grierson begleitete ihn zur Tür, strich sich über den Bart. »Tun Sie was für Ihre äußere Erscheinung. Stutzen Sie sich entweder den Bart, oder lassen Sie ihn ganz abrasieren.«

»Jawohl, Sir.« In alter West-Point-Manier betonte er das zweite Wort, ließ dann die rechte Hand im besten Kadettensalut vorschnellen. Grierson erwiderte den Gruß und entließ ihn.

Nachdem sich die Tür geschlossen hatte, ging Grierson zu seinem Schreibtisch zurück. Einen Augenblick lang starrte er das daraufstehende Bild an, dann begann er einen Brief.

Liebste Alice,
vielleicht habe ich heute einen guten Mann bekommen. Ein ehemaliger Rebell, der die Wilden auslöschen möchte. Wenn ich ihn durch die Untersuchung bringe und seine rachsüchtigen Impulse

zügeln kann, dann mag das Regiment durchaus von ihm profitieren, denn bis jetzt ist mir noch kein qualifizierter Offizier begegnet, den nicht irgendein Dämon treibt . . .

In dem Taschenspiegel, den Duncan ihm geliehen hatte, betrachtete Charles sein eingeseiftes Gesicht. Seit Monaten hatte er sich nicht mehr rasiert. Duncans Rasiermesser riß und fetzte, als er seinen Bart in Angriff nahm.

Er dachte an Griersons Warnung, was den Prüfungsausschuß anbelangte, während er das Rasiermeser kühn nach unten zog. Die Klinge biß durch den Bart und scharrte über seine Haut. Mit jedem Strich fielen Teile seines Bartes in das Becken. Ein neues, fast fremdes Gesicht tauchte auf. Mehr Furchen. Die Zeit hatte weitere Spuren eingegraben.

»Äh!« Er packte ein Handtuch und preßte es auf seine blutende Wange. Als das Blut an der Schnittstelle allmählich gerann, schleuderte er das Handtuch beiseite und nahm die andere Gesichtshälfte in Angriff. Beim Gedanken an Holzfuß, Boy, Fen schnitt er sich ein zweites Mal tief, spürte es aber kaum.

Im allgemeinen sind die Beziehungen der angelsächsischen Rasse zu niedrigeren Rassen auf der ganzen Welt eine höchst unerfreuliche Angelegenheit. Ob es sich um Hindus, australische Ureinwohner, Jamaikaner oder — in unserem Land — um Chinesen, Neger oder Indianer handelt, diese »imperiale Rasse« hat den Hang, die Schwachen zu zermalmen . . . Was wir uns mit den Indianern leisten, ist eines der düstersten Kapitel der modernen Geschichte. Erst verdrängen wir sie von ihrem Land, dann werden sie vergiftet von unseren Krankheiten und verdorben von unseren Lastern. Sie werden systematisch in die Büffelgegenden abgedrängt, und nun läßt man sie nicht einmal mehr in den wilden Bergen, die an dieses Land grenzen, in Ruhe. Die Goldgräber töten und verjagen das Wild, auf dem ihre Existenz als Jäger gründet.

Ein Kommentar in der *New York Times*

25

Brigadier Duncan gab das Begnadigungsgesuch telegraphisch an den Anwalt Dills durch und überwies das Geld an eine Washingtoner Bank. Er sandte einen sorgfältig formulierten Brief an General Sherman bei der Division, in dem er Griersons Bedarf an qualifizierten Offizieren und die außerordentlichen Fähigkeiten eines Charles August hervorhob. Charles fragte sich, wie Sherman wohl reagieren würde, wenn er wüßte, daß es sich bei »August« um den ungekämmten Händler handelte, dem er mitten in der Prärie begegnet war.

Charles nahm sich ein Zimmer in Leavenworth City, besuchte aber jeden Tag den Militärposten, um sich mit dem kleinen Gus wieder vertraut zu machen. Im Dezember würde der Junge zwei Jahre alt werden. Er konnte laufen, redete in bruchstückhaften Sätzen, begegnete dem großen, hageren Mann, der ihn auf Spaziergänge mitnahm und der sich selbst Pa nannte, mit einer gewissen Reserve.

Für gewöhnlich war Maureen bei diesen Spaziergängen dabei. Sie billigte es immer noch nicht, daß Charles die Elternrolle übernommen hatte — schließlich war er bloß ein Mann —, doch seit seiner Rückkehr hatte er ihr eine neue, unerfreuliche Seite seiner Persönlichkeit gezeigt. Auch jetzt, als sie am Nachmittag von einem Spaziergang am Fluß zurückkehrten, kam diese Seite wieder zum Vorschein. Charles und der kleine Gus marschierten Hand in Hand wie Soldaten. Der Junge liebte die abendlichen Paraden in Leavenworth und imitierte sie gern. Charles machte mit. Vor Duncans Haushälterin marschierten sie beide flott den Weg entlang.

An Grenzposten versammelte sich stets eine gewisse Anzahl von Indianern, die von Almosen und niederen Dienstleistungen lebten. Sie gaben ihr Geld für Whisky aus und ließen sich von den Weißen lächerliche Namen verpassen, wie Wurstnase, Fauler Mann, Fette Frau.

Fette Frau, ein ungeheuer dicker Sioux in alten Uniformhosen, kam Charles und seinem Sohn entgegen. Fette Frau stoppte, zwinkerte und streckte den Arm aus, um den lächelnden Jungen unter dem Kinn zu kitzeln. Charles ballte die Faust und schlug ihn nieder.

Fette Frau jaulte auf und kroch davon. Gus umklammerte die Hand seines Vaters, warf ihm aber einen vorsichtigen, ängstlichen Blick zu. Maureen konnte nicht schweigen. »Ein armer, harmloser Mann bedeutet keine Gefahr, Mr. Main.«

»Ich will nicht, daß dieser rote Abschaum meinen Jungen berührt.«

»Papa, Papa!« Gus zerrte an seiner Hand. »Marsch!«

»Nein.« Charles zog seine Hand weg, packte dann Gus bei den Schultern und schob ihn den Pfad entlang. »Jetzt wird nicht mehr marschiert.«

Später, als Charles nach Leavenworth zurückgeritten war, vertraute sich die Haushälterin dem in seiner Zinkbadewanne sitzenden Duncan an. »Seine Stimmungen wechseln wie das Wetter. Irgendein Dämon treibt ihn.«

»Er hat Schreckliches durchgemacht. Könntest du etwas tiefer schrubben, meine Liebe? Ah, ja.«

»Das weiß ich, General.« Selbst im Bett gebrauchte sie die formelle Anrede. »Aber wenn er das nicht überwindet, dann wird sein Sohn ihn verachten. Augustus hat jetzt schon schreckliche Angst vor ihm.«

»Ich habe es bemerkt.« Duncan seufzte. »Ich weiß nicht, was da zu machen ist.«

Von dem Raum im Hauptquartier des Department konnte man nach Westen über den Exerzierplatz schauen. Der Tisch, an dem Charles saß, stand den vorhanglosen Fenstern gegenüber. Kein Zufall, entschied er. Genausowenig wie der Zeitpunkt. Die laut tickende Wanduhr zeigte halb sechs. Blendendes Licht stach ihm in die Augen und machte es ihm fast unmöglich, die fünf Männer zu erkennen, die an ihrem Tisch vor den Fenstern saßen.

General Winfield Scott Hancock, U. S. M. A. 1844 und Kommandeur des Missouri-Department, leitete den Prüfungsausschuß. Er war groß, sah gut aus und machte einen gelassenen Eindruck; an der Tür hatte er Charles herzlich begrüßt und ihm

Glück gewünscht. Wie merkwürdig, dachte Charles, einem Mann die Hand zu geben, der wahrscheinlich auch Cousin Orry die Hand geschüttelt hatte.

Links neben Hancock saß General William Hoffman, Kommandant sowohl von der Dritten Infanterie als auch von Fort Leavenworth.

Links von Hoffman saß der Offizier, den Charles fürchtete: Captain Waldo Krug, schmächtig, ernst dreinblickend und kahl, obwohl er kaum älter als Charles war. Krug gehörte zu Hoffmans Stab, trug den Silberstern eines Brevet Brigadier und wurde mit General tituliert. Er musterte Charles mit unverhohlener Feindseligkeit.

Rechts von Hancock saß Captain I. N. Barnes; ein Major namens Coulter, ein schulmeisterlicher Mann mit ovalen Brillengläsern, machte die Runde komplett. Direkt links von Charles hatte man eine Reihe Stühle für Besucher aufgestellt. Bis auf Duncan und Grierson war niemand gekommen.

Hancocks Blicke nach rechts und links forderten Ruhe. »Gentlemen, dies ist eine Anhörung auf Ersuchen des Offizierskandidaten Charles August, der die schriftliche Prüfung erfolgreich bestanden hat. Mit Bestnoten, wie ich hinzufügen möchte.«

Sofort sagte Krug: »General Hancock, ich beantrage, die Sitzung auf unbestimmte Zeit zu vertagen. Der Kandidat ist aufgrund seiner früheren Dienste für die Konföderation nicht geeignet.«

Bärbeißig sagte Hoffman: »Schließe mich an.« Er war U. S. M. A. 1829, Lees Klassenjahrgang, ein altes Schlachtroß aus den Kriegen gegen die Seminolen und die Mexikaner.

Hancock wandte ein, der Kandidat habe seine guten Absichten gezeigt, indem er den Eid geleistet und ein Begnadigungsgesuch eingereicht habe, genau wie General Lee. Das ließ Krug explodieren.

»Robert Lee wird *niemals* begnadigt werden, egal, wie oft er ein Gesuch einreicht. Das sollte auch für jeden Mann gelten, der sein Land verraten hat, und da schließe ich diesen Kandidaten ein.«

Coulter schob seine Brille tief auf die Nase. »Ich hatte den Eindruck, daß die Feindseligkeiten vor über einem Jahr beendet wurden und wir nun alle wieder Amerikaner sind. Ich denke, wir sollten den Krieg vergessen und . . .«

»Nein, Sir, keinen Augenblick lang werde ich den Hungertod meines Bruders vergessen«, sagte Krug.

Hancock klopfte auf den Tisch, um die Ordnung wiederherzustellen. »Gefängnisdirektor Wirz hat am Galgen für seine Verbrechen bezahlt. Er war der einzige Offizier, der so bestraft wurde, und wird wahrscheinlich auch der einzige bleiben.«

»Ich würde noch eine ganze Menge von ihnen aufhängen«, sagte Krug, den Blick auf Charles gerichtet.

»Captain«, sagte Hancock, »Sie hören entweder damit auf, oder Sie disqualifizieren sich selbst. Bei dieser Anhörung werden wir uns auf die Qualifikationen des Kandidaten konzentrieren.«

Krug murmelte etwas Unverständliches. Hancock räusperte sich und schlug Charles' Akte auf. Obwohl es Herbst war, stach das Licht heiß in Charles' Augen. Er war nervöser, als er es je am Vorabend einer Schlacht gewesen war; bestimmt würde er alles verpatzen.

Er zwang sich, an Holzfuß und die Perlenhäufchen auf seinen Augen zu denken. Sein Puls verlangsamte sich ein bißchen. Er richtete sich so krampfhaft auf, daß sein Rücken schmerzte.

»Nennen Sie uns Ihren Namen«, sagte Hancock.

»Charles August.«

»Ich habe hier die Aussage von Colonel Grierson vorliegen. Darin heißt es, Sie hätten vier Jahre bei der konföderierten Armee gedient. Bitte nennen Sie uns Ihre Einheit und Ihren Rang.«

»Scout Corps, Wade-Hampton-Legion. Sie ging später nach einigen Armeeumgestaltungen in größeren Kavalleriedivisionen auf. Doch die Scouts blieben Irreguläre, ohne Rang.« Die Lüge kam ihm glatt über die Lippen.

»Gibt es Aufzeichnungen, die das belegen können?« erkundigte sich Barnes.

»Ja. Ich nehme an, in Richmond.«

»Um Himmels willen«, sagte Krug. »Richmond! Jedermann weiß, daß die Rebs kein einziges Blatt Papier in Richmond zurückgelassen haben. Sie haben alles niedergebrannt. Wir wissen nicht einmal, wie viele Verräter sich unter falschem Namen eingeschlichen haben.«

Hancock sagte scharf: »Captain!«

»Tut mir leid, Sir. Ich bin dagegen. Absolut und vollständig dagegen.«

Hoffman hob die Hand, und Hancock erteilte ihm das Wort. Beißend sagte Hoffman zu dem Ausschuß: »Wenn wir die Akten dieses Gentleman nicht begutachten können, dann wird er uns die nötigen Informationen liefern müssen. Ich würde gern seine politische Zugehörigkeit wissen.«

Darauf war Charles nicht vorbereitet. Grierson und Duncan beobachteten ihn besorgt. »Nun — Demokrat, Sir.«

»Demokrat.« Hoffman lächelte. »Natürlich. Jeder mißratene Rebell bezeichnet sich als Demokrat. Jeder Mann, der Unionsgefangene ermordet hat, nennt sich Demokrat. Jeder Verräter, der gefährliche Sprengstoffe zusammenmischte, um Städte des Nordens in die Luft zu jagen, oder der höllische Pläne aushekte, um diese Städte mit Gelbfieber zu verseuchen, ist jetzt nichts weiter als ein ›Demokrat‹.«

Coulter sagte amüsiert: »Wie ich sehe, ist der General mit der Kampfrhetorik von Gouverneur Morton aus Indiana recht vertraut. Doch diese Wahlkampfrede, aus der Sie gerade zitiert haben, war für Zivilisten gedacht, Sir. Ist das hier für uns wirklich von Bedeutung?«

Hoffman kochte vor Wut. Hancock sagte: »Nein. Ich beispielsweise bin der Meinung, daß Mr. August uns recht offen gegenübertritt. Wir wissen, daß bereits Hunderte von Konföderierten unter falschem Namen in der Armee der Vereinigten Staaten dienen.« Duncan fuhr zusammen, was seinen Stuhl zum Quietschen brachte. Griersons Interesse konzentrierte sich auf die Zimmerdecke. »Ich möchte den Kandidaten fragen, ob er über irgendwelche militärischen Erfahrungen vor dem Krieg verfügt. In der Akte steht nichts davon.«

Charles' Kehle wurde eng. Stand ihm der Schweiß auf der

Stirn? Brachte die Sonne auf seinem Gesicht die Täuschung ans Licht? Colonel Grierson wandte seine Aufmerksamkeit seinen glänzend polierten Stiefeln zu. Hancock runzelte die Stirn.

»Mr. August, unsere Zeit ist kostbar. Antworten Sie bitte unverzüglich. Waren Sie vor dem Krieg beim Militär?«

Charles wog zwei Morde gegen eine weitere Lüge ab und sagte: »Nein, Sir.«

Eine halbe Stunde ging es so weiter, gelegentlich unterbrochen von einem ärgerlichen Einwand Krugs oder einer Frage von Hoffman, die schnell in eine republikanische Litanei übergingen. Charles war schlaff, müde und schwitzte heftig, als Hancock ihn entließ. Er, Duncan und Grierson gingen hinaus und schlossen die Tür.

»Sie werden genommen«, sagte Grierson voraus.

»Nein, das werde ich nicht. Ich habe es verpatzt.«

»Ganz im Gegenteil. Sie haben sich gut gehalten. Aber ich muß Ihnen etwas sagen, was ich bereits Jack gesagt habe. Wenn Sie je auffliegen, dann kann ich Ihnen nicht helfen. Das Regiment werde ich auf keinen Fall gefährden. Es kommt an erster Stelle. In allen anderen Dingen können Sie auf mich zählen.«

»Danke, Colonel. Aber ich glaube nicht, daß Sie sich Gedanken zu machen brauchen.«

Die Tür des Sitzungssaales ging auf. Ike Barnes trat heraus.

»Drei gegen zwei Stimmen zu Ihren Gunsten, abhängig von der Zustimmung des Department und einer Begnadigung.« Strahlend streckte Barnes die Hand aus. »Willkommen in der Zehnten, Mr. August.«

Charles überquerte den Missouri mit der Fähre und ritt in bequemen Etappen nach St. Louis; er genoß die herbe, frische Luft und das Rotgold der Blätter. Der Kalender machte es Willa unmöglich, daß sie ihre Wiedervereinigung auch körperlich genießen konnten, doch sie schliefen eng umschlungen in Willas Bett im New Planter's House.

Am Morgen küßten sie sich und murmelten sich liebevolle Worte zu. Bevor er sich anzog, seifte er sein Gesicht ein, um sich die gestrigen Bartstoppeln abzuschaben. Er pfiff vor sich hin, als er das Rasiermesser ansetzte.

»Das ist hübsch!« rief Willa von ihrem Ankleidetisch her. »Was ist das?«

»Das?« Er pfiff fünf Noten. »Ist mir bloß so letztes Jahr eingefallen. Wann immer ich an Mont Royal denke, an all das, was ich vor dem Krieg liebte, dann höre ich diese Melodie.«

»Im Theater steht ein Piano. Würdest du es noch mal summen, wenn wir dort sind, damit ich es für dich niederschreiben kann?«

»Ja, natürlich.«

Und das tat sie dann auch.

»Das ist meine Melodie?« fragte er und starrte die Noten an, die für ihn keinen Sinn ergaben. Sie nickte. »Nun, wenn du es sagst. Ich hebe es als Andenken auf.« Sorgfältig faltete er das Papier. »Vielleicht kann ich aufhören, an die Vergangenheit zu denken. Ich habe statt dessen was Besseres gefunden.«

Er beugte sich hinüber und küßte ihre Stirn. Sie schloß die Augen und hielt seinen Arm fest.

Während sie sich einige Stunden um das Theater kümmerte, schlenderte er durch die geschäftigen Straßen. Heute beunruhigte ihn die Möglichkeit einer stärker werdenden Bindung nicht; er war viel zu aufgeregt wegen seines Offizierspatents. Willa teilte diese Erregung, bis er ihr bei einem späteren Spaziergang den Grund für seinen Wiedereintritt in die Armee nannte. Er beschrieb ihr den Untergang der Jackson Trading Company — wobei er ihr die obszönen Details ersparte — und den Haß, den das bei ihm erzeugt hatte.

Willa reagierte heftig darauf, behielt ihre Meinung jedoch für sich, weil sie ihre Gefühle für ihn über ihr Gewissen stellte. Das hatte sie nie zuvor getan — zumindest konnte sie sich nicht daran erinnern.

An diesem Abend zeigte sie ihm in ihrem Zimmer das große, gerahmte Foto von ihnen beiden, das vor einem Jahr aufgenommen worden war. Willa auf der Samtcouch, Charles mit einer Hand auf ihrer Schulter. Amüsiert meinte er, sie sähen wie Objekte in einem Wachsfigurenkabinett aus. Sie gab ihm einen Klaps und sagte, als Rache würde sie ihm eine Kopie des Fotos aufzwingen. Er sagte, er hätte nur zu gern eins, und meinte es sogar fast ernst.

Beim Frühstück erfuhr er noch etwas über sie. Am 25. Dezember hatte sie Geburtstag. »Leicht zu merken, aber schwer, jemanden zum Feiern zu kriegen. Ich bin eine fürchterliche Köchin, aber einen schlichten Kuchen mit Zuckerguß schaffe ich schon. Meistens muß ich mir sogar die Kerzen selber kaufen.« Er lachte.

Charles blieb drei weitere Tage in St. Louis. Jeden Abend besuchte er eine Vorstellung. Dann rief ihn Brigadier Duncan mit einer telegraphischen Nachricht zurück. Das Begnadigungsgesuch war genehmigt worden.

Willa weinte beim Abschied. Sie versprach, daß sie mit Sam bald auf Tournee gehen und ihn finden würde. Und ihn dann richtig lieben würde, was ihr diesmal nicht möglich gewesen war. Er war bester Laune, als er fortritt.

Ein leichter Nieselregen setzte ein, als Willa vom Hotel zum Theater ging. In Gedanken war sie so mit Charles beschäftigt, daß sie beinahe vergessen hätte, ihren Schirm zu öffnen.

Sie wußte so viel und gleichzeitig doch so wenig über ihn. Sie spürte einen aufgestauten Zorn in ihm, eine ganz anders gelagerte Empfindung als die vom Krieg geprägte Haltung des letzten Jahres. Er hatte nun einen Feind. Deshalb hatte sie ihm auch nichts von der örtlichen Indian Friendship Society erzählt.

Es gab sechs Mitglieder. Ein Quäkerpaar, einen Prediger der Unitarier, eine ältliche Leiterin einer Privatschule, die von Kindern reicher deutscher Kaufleute besucht wurde, der alternde jugendliche Liebhaber des Theaters, Tim Trueblood, und sie selbst. Charles wäre bestimmt nicht begeistert gewesen, wenn er von den Memoranden erfahren hätte, die sie bereits an den Kongreß und ans Innenministerium geschickt hatten.

Im Theater angekommen, fand sie die Bühne verwaist, hörte allerdings irgendwo Sams Stimme. Sie schloß ihren Schirm und legte ihn auf den Souffleurstisch. Der Bühnenmanager kam hinter einer Stellwand hervorgeschossen.

»Nicht dorthin! Nicht dorthin! Wenn er das sieht, läuft er Amok.« »Richtig, hab' ich vergessen. Keine Schirme auf den Souffleurstisch.

Ich kann nicht immer an jeden Aberglauben denken. Was macht er?«

»Er benimmt sich ein bißchen merkwürdig. Erst ist er mit dem Futternapf der Katze rumgerannt, und jetzt probt er im Aufenthaltsraum.«

»Er besteht darauf, den ›Hamlet‹ zu spielen.« Sie und der Bühnenmanager tauschten ein nachsichtiges Lächeln aus; dann folgte sie dem Klang von Trumps volltönender Stimme. Beinahe wäre sie über eine Schale Milch gestolpert. Ganz in der Nähe hatte sich die Katze Prosperity uninteressiert zusammengerollt. Willa runzelte die Stirn. Die Schale roch eigenartig. Sie nahm sie auf und schnüffelte noch einmal.

Mit der Schale in der Hand marschierte sie in den Aufenthaltsraum, wo sie Sam bei seiner Probe vor dem großen Spiel störte. Trotz des Korsetts konnten die engen, schwarzen Hosen seine Korpulenz nicht verbergen. Er wirkte albern in diesem Kostüm, was noch durch die angesteckte gelbe Chrysantheme verstärkt wurde.

»Mein liebes Mädchen«, fing er an, einen Daumen in die Augenhöhle eines Requisitenschädels gehakt. Sein Gesicht verlor an Farbe, als ihm Willa die Schale mit ausgestrecktem Arm entgegenhielt.

»Von nun an füttere ich die Katze, Sam. Du mußt die Schalen verwechselt haben. Das hier wird sie nicht anrühren.« Willa führte die Schale mit einem bühnenreifen Schnüffeln an ihrer Nase vorbei. »Katzen mögen keinen Whisky.«

Trump wäre vor lauter Hast, an die Schale zu kommen, beinahe gestürzt. »Das zählt nicht. Nur ein winziger Schluck, um mich für den Tag zu stärken.«

»Steter Tropfen höhlt den Stein. Ich habe mich schon gewundert, wieso du heute morgen so fröhlich bist.« Sie stellte die Schale auf den Tisch und sagte: »Rühr sie bloß nicht an.«

Trump schlug sich bekümmert gegen die Brust. »Natürlich nicht, meine Liebe.« Er warf ihr einen verstohlenen Blick zu, schob den Schädel beiseite und legte ihr väterlich einen Arm um die Schultern. »Du schaust unglücklich aus. Bin ich der Anlaß?«

»Nein, nicht wirklich.«

»Dann ist also Charles abgereist.«

»Es ist mehr als nur der Abschied, Sam. Er hat wieder ein Offizierspatent in der Armee erhalten.«

»Die Armee ist der richtige Platz für ihn. Da kennt er sich aus.«

»Es ist der richtige Platz, aber aus dem falschen Grund.« Mit wenigen Sätzen beschrieb sie, was mit Holzfuß und Boy geschehen war. Als sie endete, war Trump blaß geworden. »Er will Vergeltung. Wenn er davon spricht, spürt man richtig den brennenden Zorn in ihm.«

Vorsichtig sagte Trump: »Dann ist das also das Ende für euch?«

»O nein.« Ein beschämtes Schulterzucken. »Das sollte es sein, aber es ist zu spät. Ich liebe ihn. Ich weiß, daß es mir wahrscheinlich viel Kummer einbringen wird, aber ich kann nichts dagegen tun.«

Sie versuchte zu lächeln, brach aber statt dessen in Tränen aus. Sam Trump nahm sie in die Arme und zog sie an sich; sanft tätschelte er ihr mit beiden Händen den Rücken, während sie schluchzte.

Die besten Überzieher und Geschäftsanzüge, die Sie je in
diesem Land gesehen haben.
BROKAW BROS.
Nr. 34 4th Av., und 62 Lafayette-Platz.

Eine sichere Hämorrhoidenkur. Dr. Gilberts
Hämorrhoiden-Instrument kuriert die schlimmsten
Hämorrhoiden.
Postzusendung gegen 4 Dollar. Verkauf durch Drogisten.
Vertreter überall gesucht. J. B. ROMAINE, Manager
Nr. 575 Broadway, New York.

All unsere großen Generäle, führenden Staatsmänner und
prominenten Politiker kaufen ihre Hüte bei KNOX'S.
Machen Sie es ihnen nach. Der gegenwärtigen politischen
Kampagne nach sind alle Dinge gleich; die Kandidaten,
die ihre Hüte bei KNOX'S, Nr. 212 Broadway, kaufen,
können sich ihrer Wahl sicher sein.

26

»Lieutenant August? Kommen Sie schnell.«

Charles schoß hinter seinem Schreibtisch hoch. »Hat sich jemand verletzt?«

»Nein, Sir«, keuchte der Rekrut. »Sie reißen diese Zelte ab; vor einer Stunde haben Sie uns gesagt, wir sollen sie aufbauen. Man hat es ihnen befohlen.«

»Welcher dämliche Unteroffizier . . .?«

»Es ist irgendein General. Krig?«

»Krug. Verdammt.« Er schnappte sich seinen Hut. Ein wunderbarer Start für seinen dritten Tag in Uniform.

»Bei allem nötigen Respekt, Captain, was geht hier vor?«

Krugs graue Augen durchbohrten ihn. »Sie haben mich mit General anzusprechen.«

In einem unkrautüberwucherten Feld, eine halbe Meile vor dem Haupttor, mühten sich fünf schwarze Rekruten, noch keiner von ihnen in Uniform, damit ab, zwei große Zelte abzubrechen. Zeltbahnen verdeckten die umgestürzten Pfosten. Mit rotem Gesicht deutete Charles auf die Männer. »Warum bauen sie die Zelte ab?«

»Weil ich es ihnen befohlen habe. Sie haben unverzüglich auf den Grund westlich der Dampfpumpe überzuwechseln.«

»Auf diesem Feld steht das Wasser.«

Krug schob das Kinn vor. »Mäßigen Sie Ihren Ton, Mister, oder ich bringe Sie zur Meldung. Drei Viertel der Männer in diesem Posten würden Sie nur zu gerne gehen sehen.«

Die meisten meiner Männer eingeschlossen, dachte Charles. Die fünf Rekruten beobachteten ihn, als wäre er der alte Salem Jones, Mont Royals Aufseher vor dem Krieg. Mit knirschenden Zähnen sagte er: »Die uns zugewiesenen Baracken — General — sind mit Ratten, Fledermäusen, Schaben verseucht; ein einziger verdammter Zoo. Während wir das Ungeziefer ausräuchern, benötigen diese Männer vorübergehend Unterkünfte. Weshalb sollen sie umziehen?«

»Weil General Hoffman heute morgen vorbeigeritten ist, August. Er schaut nicht gerne auf Niggersoldaten. Er möchte sie außer Sichtweite haben, wenn er nach Leavenworth City reitet oder von dort zurückkehrt. Ist das klar?«

Charles erinnerte sich an Griersons Warnung, was die Engstirnigkeit in der Armee anbelangte. »Sir, wenn Sie darauf bestehen, dann werden wir Bretter als Zeltböden verlegen müssen. Wir werden Gehsteige bauen.«

»Keine Bretter. Sie schlafen auf der Erde. Das sind doch Soldaten, zumindest hat man uns das weisgemacht.«

»Warum zum Teufel sind Sie so wütend auf mich, Krug?«

»Zwei Gründe, Mister. Zum einen halte ich Sie immer noch für einen Verräter. Zum anderen hat der Norden für die Erhaltung der Union gekämpft, nicht für die Glorifizierung der Schwarzen. General Hoffman teilt diese Ansicht. Und jetzt bringen Sie diese Männer in Bewegung.«

Charles näherte sich den Rekruten. Schieferfarbene Wolken

ballten sich am Himmel zusammen. Die Zeltbahnen schlugen und flatterten. Die fünf schwarzen Männer starrten ihn an; ihr Ausdruck reichte von stoisch bis mürrisch.

»Tut mir leid, Männer. Schätze, ihr werdet vorübergehend umziehen müssen. Ich versuche irgendwo ein bißchen Holz aufzutreiben.«

Ein großer, walnußbrauner Mann trat vor. Potiphar Williams, ehemaliger Koch in einem Hotel in Pittsburgh. Er hatte als Erwachsener lesen und schreiben gelernt, um Rezepte zu verstehen und Speisekarten schreiben zu können. Charles hatte ihn als vielversprechend eingestuft.

Williams sagte: »Wir besorgen das Holz, Sir.«

»Es ist meine Aufgabe.«

»Wir brauchen keine Gefälligkeiten von einem weißen Mann, der für die Rebellen geritten ist.«

Steif sagte Charles: »Damit das klar ist. Ich bin nicht in den Krieg gezogen, um für die Erhaltung der Sklaverei oder der Konföderation einzutreten. Ich habe für mein Heim in South Carolina gekämpft.«

»O ja, Sir«, sagte Williams. »Mein Bruder und dessen Verwandtschaft in North Carolina, die hatten nur ein Heim, für das sie kämpfen konnten, und das waren die Sklavenhütten, in denen sie lebten.« Er drehte sich um. »Also los, Jungs. Packen wir zusammen, und tun wir, was der weiße Mann uns befiehlt.«

Ike Barnes, bereits schlecht gelaunt, weil er gerade an Hämorrhoiden litt, ging in die Luft, als Charles ihm von dem Vorfall berichtete. Grierson ging zu Hoffman. Der General weigerte sich, den Befehl rückgängig zu machen. Von dem Campieren auf dem feuchten Boden bekamen zwei Rekruten Lungenentzündung. Sie wurden ins Hospital geschickt, was drei weiße Patienten veranlaßte, das Krankenhaus unter Protest zu verlassen.

In der nächsten Woche machte eine bunte Reisetruppe auf ihrem Weg nach Fort Riley Station. Die Truppe bestand aus zwei weißen Frauen, einem ehemaligen Sklaven, der kochte, einem kleinen schwarzen Jockey aus Texas, vier Pferden, einschließlich eines Paßgängers und einer Rennstute, und einigen Hunden: einem Greyhound, einem weißen Bullterrier und mehreren Jagdhunden.

»Ist das hier ein Zirkus oder eine Armee?« grollte Barnes. »Was immer es ist, es ist jedenfalls eine verdammte Schande.«

»Einverstanden«, sagte Grierson.

Die beiden standen zusammen mit Charles und einem Dutzend weiterer Neugieriger da und beobachteten den eleganten jungen Soldaten, der den Trupp führte. Während George Custer die Verladung seines Hengstes Phil Sheridan in einen Spezialwaggon der Bahn überwachte, schrie er prahlerisch herum und machte seine Witzchen.

Aus Kriegszeiten erinnerte sich Charles noch sehr lebhaft an Custer. Er war immer noch geschniegelt: lange, fließende Haare, Walroßschnurrbart, leuchtend rotes Halstuch, goldene Sporen. Charles sagte zu Barnes: »Ich habe bei Brandy Station gegen ihn gekämpft. Ich weiß, er kämpft, um zu siegen, aber für meinen Geschmack ist er zu tollkühn. Ich bin dankbar, daß ich nie unter ihm dienen muß.«

Im Herbst kam es zu einem Erdrutschsieg der Republikaner bei den nationalen und staatlichen Wahlen. Johnsons katastrophale »Tournee« hatte sich gegen ihn und für die Radikalen ausgewirkt. Wenn sich der Kongreß wieder versammelte, würde der Verlauf des Wiederaufbaus sicherer denn je in republikanischer Hand sein.

In Fort Leavenworth begann Charles allmählich das Armeeleben zu genießen, trotz gelegentlichen Ärgers mit weißen Männern wegen deren Vorurteile und trotz Ärgers mit schwarzen Männern wegen seiner Herkunft. Er mochte die Einteilung der Tage durch Horn und Trompete, Trommel und Pfeife. Seit West Point war ihm das in Fleisch und Blut übergegangen. In seiner Mönchsklause im Junggesellenquartier der Offiziere weckte ihn eine innere Uhr jeden Morgen um 4 Uhr 30, fünfzehn Minuten vor dem Trompetensignal.

Jede Kompanie des Zehnten Regiments sollte neunundneunzig Männer umfassen. Doch die Rekruten trafen so schleppend ein, daß Charles sich fragte, ob Grierson je ein Regiment in voller Sollstärke haben würde. Es half dem Ruf des Zehnten Regiments nicht sonderlich, als ein Rekrut davonrannte und in Leavenworth die Nachricht verbreitet wurde, daß es mit der nur aus Schwarzen bestehenden Neunten Kavallerie unten in San Antonio viel Ärger gegeben hatte. Rekruten der Neunten hatten einen Zusammenstoß mit der lokalen Polizei gehabt und einen Aufruhr in Gang gebracht. Viele von ihnen landeten im Gefängnis. »Wunderbar«, schnaubte Grierson, als er davon hörte. »Genau das hat Hoffman noch gefehlt, um seine Meinung bestätigt zu sehen.«

Charles nahm freiwillig die Verantwortung für die Desertion auf sich. Der mürrische Rekrut hatte eines der Pferde mißhandelt. Charles hatte ihn daran gehindert und ihm einen zusätzlichen Arbeitsdienst aufgebrummt. »Sicher, die Haut von so einer Schindmähre geht dir über die Haut von 'nem Nigger, du Stück Südstaatenscheiße«, hatte der Rekrut gesagt und ihm einen Schlag versetzt.

Charles mußte von dem Schwarzen weggezerrt werden; um ein Haar hätte er den Rekruten mit seinen Fäusten umgebracht, hieß es später. Zwei Nächte danach rannte der Rekrut davon. In Kansas City wurde er erkannt, wieder eingefangen und unehrenhaft aus der Armee ausgestoßen, was ihm lebenslänglich anhängen würde.

Die C-Kompanie wurde gebildet. Ike Barnes wurde Kommandeur, und Floyd Hook, ein jungenhaftes Unschuldslamm, First Lieutenant. Charles kam an dritter Stelle. Floyd oder Charles bekamen gelegentlich von Barnes die Aufgabe übertragen, neue Männer willkommen zu heißen. Charles bastelte sich eine kleine Ansprache zurecht.

»Willkommen in eurem neuen Heim, manchmal auch Arbeitshaus der Regierung genannt. Ihr werdet nicht nur lernen, hervorragende Kavalleristen zu werden, sondern könnt euch auch darauf freuen, Backsteine zu schleppen, Wände zu malen und Holz zu hacken. Ab und zu wird man dabei auch als Brevet-Architekt bezeichnet.«

Die schwarzen Rekruten zeigten nie ein Lächeln. Es lag nicht an dem Wort Brevet, das wußte Charles. Es war sein Akzent.

Geduldig brachte er jedem Neuling bei, wie man ein Paar Socken zusammenrollte und sie sich unters Hemd stopfte, um Schulterabschürfungen bei den Schießübungen zu vermeiden. Er überwachte die ersten Versuche, ein Pferd zu satteln und zu besteigen. Sobald die Rekruten nicht mehr herunterfielen, begann er mit dem Drill für Revolver und Gewehr. Er brüllte den Männern zu, sich Zeit zu lassen und ihre Waffen ruhig zu halten, während sie auf Zwiebackkisten schossen; anfangs gingen ihre Pferde im Schritt, dann im Trab und schließlich im Galopp.

»Ruhig — ruhig«, pflegte er zu brüllen. »Die Wahrscheinlichkeit ist groß, daß ihr in eurem ganzen Armeeleben nur eine Schlacht mitbekommt. Aber an diesem Tag kann dieser Drill hier über Leben und Tod entscheiden.«

Die Offiziere wurden so was wie Ersatzväter, die die Neuen vor den Schikanen der Alten zu schützen hatten — die Alten, das waren die, die vor einer Woche angekommen waren. Ein junger Neuankömmling brach zusammen und heulte.

»Sie sagten mir, ich solle mir meine Butterzuteilung aus der Messe holen. Der Koch wird versuchen, sie für sich selber zu behalten, sagten sie. Also paß auf. Ich gehe zu ihm und sagte: Gib mir meine Butter, und keine verdammte Widerrede.« Er schlug sich auf die Oberschenkel. »Es gibt keine Butterzuteilung.«

»Nein. Das ist ein alter Trick. Hör mal, jeder neue Mann wird auf den Arm genommen. Du bist jetzt durch. Du hast's überstanden.«

»Aber die anderen nennen mich jetzt Butterkopf.«

»Wenn sie dir einen Spitznamen geben, dann zeigt das, daß sie dich mögen.«

Der Rekrut wischte sich die Augen. »Ist das die Wahrheit?«

Charles lächelte. »Die Wahrheit.« Angehörige der kleinen Offiziersgruppe des Zehnten Regiments wurden »Eisenarsch« und »Der freundliche Floyd« genannt.

»Was ist Ihr Spitzname, Cap'n?«

Das Lächeln wurde steif. »Lieutenant. Ich habe keinen.«

Der Dienst in der Zehnten hatte den Vorteil, daß er den kleinen Gus häufig sehen konnte. Charles schaffte es, ihn fast jeden Tag für ein paar Minuten zu besuchen. Der Junge fühlte sich nun von seinem Vater nicht mehr so eingeschüchtert, da Charles' Haltung längst nicht mehr so schroff war.

Weihnachten näherte sich. Charles weigerte sich, irgendwelche Handarbeiten der Fort-Indianer zu kaufen, obwohl die mit Stachelschweinborsten und Perlen verzierten Artikel attraktiv und billig waren. Statt dessen kaufte er in Leavenworth ein. Er kaufte einen Satz Bürsten für Duncan, Parfüm für Maureen und Willa und ein Holzpferd für seinen Sohn.

Am 21. Dezember 1866, vier Tage vor Weihnachten, erhielt dann die Armee ein unerwünschtes Präsent.

Fort Phil Kearny bewachte den Bozeman Trail, der zu den Goldfeldern von Montana führte. Die bloße Existenz des Forts stellte eine Provokation für die Sioux und die Cheyenne im Norden dar, die dieses Land für sich beanspruchten. Kriegshäuptlinge mit bekannten Namen — Rote Wolke von den Sioux, Römernase von den Cheyenne — griffen Kearny mit zweitausend Kriegern an.

William Fetterman, ein Captain, bei dem die Tollkühnheit über die Vernunft siegte, meinte, er könne mit achtzig Mann die Linien der Angreifer durchbrechen. Er behauptete, er könnte sich durch die gesamte Sioux-Nation schlagen. So sammelte er seine Männer, die einige Holzfuhren zurück zum Fort bewachen sollten, und die Armee hatte zu Weihnachten ihr Fetterman-Massaker. Keiner der achtzig Männer überlebte.

Ein unbarmherziger Zug in Charles nahm die schlechten Nachrichten mit Befriedigung auf. Nach dem Massaker und dem sich anschließend erhebenden Rachegeschrei glaubte er, die Armee würde nun vielleicht gegen die südlichen Stämme vorgehen. Wenn es soweit war, würde er bereit sein.

Zu Weihnachten schickte ihm Willa ihr Foto in einer kleinen, gerahmten Fassung und eine goldbeschriftete Lederausgabe von »Macbeth« mit einer romantischen Inschrift, in der es hieß, daß ihr »Pechstück« zu einem Glücksbringer für sie geworden sei, da sie sich dadurch gefunden hatten. Den Geschenken lag ein Brief voller Zärtlichkeiten bei.

Mein liebster Charles, ich werde mir Mühe geben, daran zu denken, daß Dein neuer Nachname August lautet, und ich lege einen heiligen Eid ab, daß ich Deinen wirklichen Namen niemals laut aussprechen werde, obwohl er mir sehr am Herzen liegt ...

So ging es einige Absätze weiter; die Worte freuten und erwärmten ihn trotz seiner unveränderten Bedenken bezüglich irgendwelcher Bindungen. Kurz darauf bekam er handfest vorgeführt, daß er durchaus Gründe hatte, auf der Hut zu sein.

Es wird viel über die Fetterman-Tragödie geredet. Ich bete, daß es deswegen nicht zu einem Vergeltungsschlag auf der ganzen Linie kommt. Ich kann nicht länger vor Dir verbergen, daß ich mich der örtlichen Niederlassung der Indian Friendship Society angeschlossen habe, die Gerechtigkeit für jene durchzusetzen sucht, die so lange der Gier und den Täuschungsmanövern der Weißen ausgesetzt waren. Ich lege Dir ein kleines Flugblatt der Gesellschaft bei, in der Hoffnung, Du findest es ...
An der Stelle warf er den Brief in Duncans Eisenofen, ohne ihn zu Ende zu lesen.

Am Weihnachtstag merkte er, daß er Willas einundzwanzigsten Geburtstag vergessen hatte.

27

Um seinen Schnitzer wiedergutzumachen, wandte sich Charles an Ike Barnes' winzige Frau Lovetta, deren Stimme, falls nötig, so laut werden konnte wie eine Dampfpfeife. Lovetta nahm etwas von Charles' Sold und versprach, etwas zu suchen, was einer jungen Frau gefallen würde. Zwei Tage später kam sie mit einer reich mit Perlen verzierten indianischen Tasche mit Schulterriemen an. Der Anblick ärgerte ihn, doch er bedankte sich bei ihr und schickte das Geschenk mit einigen entschuldigenden Zeilen nach St. Louis.

Kurz nach Neujahr begannen alle in Leavenworth darüber zu reden, daß General Hancock im Frühjahr ins Feld ziehen würde, um den Indianern gegenüber Stärke zu demonstrieren, vielleicht sogar, um jene zu bestrafen, die für das Fetterman-Massaker verantwortlich waren. Inzwischen gab Grierson allmählich die Hoffnung auf, sein Regiment jemals auf Sollstärke zu bringen. Bis jetzt hatten sie nicht mehr als achtzig Männer.

Fast alle mußten sie an Kaplan Grimes' Spezialunterricht teilnehmen. Das niedrige Niveau der Rekruten bürdete den Offizieren zusätzliche Lasten auf. Sie mußten sich um all den Papierkram kümmern, den normalerweise die Unteroffiziere erledigten.

Trotzdem mußte Charles widerstrebend zugeben, daß die Stadtjungs ihren Bildungsmangel durch ihre Begeisterung und ihren Eifer mehr als wettmachten. Von wenigen Ausnahmen abgesehen, benahmen sie sich ordentlich. Befehlsverweigerung, Trunkenheit und kleine Diebstähle kamen weit weniger häufig vor als bei weißen Soldaten. Charles vermutete, daß die Motivation dabei eine große Rolle spielte. Die Männer wollten Erfolg haben, sie hatten sich die Armee ausgesucht, anstatt sie als Zufluchtsstätte zu betrachten.

Motivation und allgemeines Auftreten beeindruckten allerdings weder General Hoffman noch seinen Stab. Hoffman ordnete Überraschungsinspektionen der Baracken der Zehnten an und bestrafte dann die Soldaten wegen Schmutzes auf dem Boden oder Flecken an den Wänden. Durch die undichten Türen und Fenster blies der Wind Schmutz herein. Die Flecken wurden durch undichte Dächer verursacht. Hoffman ignorierte alle Erklärungen und verweigerte jegliches Reparaturmaterial.

Der Kommandeur führte einen erbarmungslosen Kampf gegen den »Niggerabschaum«. Wenn einer von Griersons Offizieren einem schreibkundigen Rekruten etwas Verantwortung übertrug, dann schickte das Hauptquartier die Berichte des Mannes mit dem Vermerk *Schlampig* oder *Nicht korrekt* zurück. Auf

Anordnung von Hoffman mußte das Zehnte Regiment bei Inspektionsformationen mindestens fünfzehn Meter von weißen Einheiten entfernt antreten.

Bei den Pferden, die dem Zehnten Regiment zur Verfügung gestellt wurden, handelte es sich um abgehalfterte Wracks aus dem Krieg, einige davon gute zwölf Jahre alt. Als Grierson protestierte, meinte Hoffman achselzuckend: »Das Armeebudget ist angespannt, Colonel. Man verlangt von uns, die Waffen, Munition und Pferde zu nehmen, die bereits vorhanden sind. Ich würde sagen, diese Klepper sind gut genug für Nigger.«

»General, bei allem Respekt, ich verlange, daß meine Männer nicht als . . .«

»Ihre Männer wären nicht mal hier, wenn der verdammte Kongreß nicht die Schwarzen verhätscheln würde. Ich muß niemanden verhätscheln. Abtreten.«

In der Messe sagte Grierson zu seinen Offizieren: »Wir müssen dieses Regiment auf die Beine stellen und von diesem Posten hier verschwinden. Wenn nicht, dann wird etwas Furchtbares passieren. Ich bin kein gewalttätiger Mensch. Ich bin kein gottloser Mensch. Aber wenn wir hier noch länger bleiben, dann ist Hoffman tot. Ich bringe diesen bigotten Scheißkerl persönlich um.«

Charles lachte und schloß sich dem allgemeinen Applaus an.

Grierson fügte hinzu: »Wenn Alice wüßte, wie sich Hoffman auf meinen Charakter und meine Ausdrucksweise auswirkt, sie würde sich glatt scheiden lassen.«

Barnes – oder »der Alte«, wie er allgemein genannt wurde – unterrichtete die C-Kompanie häufig in praktischen Dingen, die nicht zum offiziellen Armeerepertoire gehörten.

»Männer«, sagte er eines Tages und schritt, seinen Bauch voraus, die Reihen ab, »ihr sollt stolz auf eure Uniform sein. Das ist in Ordnung, solange wir hier im Fort sind.« Sein Blick huschte über die ernsten, aufmerksamen Gesichter, braun und bernsteinfarben, Mahagoni und Ebenholz. »Ich möchte jedoch, daß sich jeder von euch eine neue Ausrüstung fürs Feld besorgt. Es ist mir egal, wie's aussieht, solange es nur warm ist, locker sitzt und sich Stück um Stück ausziehen läßt, wenn die Sonne euch im eigenen Saft brutzeln läßt. Für die Art von Kämpfen, in die wir verwickelt werden, belastet ihr euch besser nicht mit zusätzlicher schwerer Ausrüstung. Also stellt euch eine neue Uniform zusammen – Hemd, Hose, Mantel, Hut. Kauft es euch. Feilscht darum. Wenn ihr es klaut, laßt euch nicht erwischen.«

Als wollte er die ganze Sache abschließen, strich er sich mit dem Zeigefinger über den Schnurrbart, fügte dann jedoch noch hinzu: »Je weniger Regierungsblau ich bei dieser Truppe sehe, desto glücklicher bin ich.«

Wenn Charles gelegentlich mal eine freie Stunde hatte, ritt er nach Leavenworth City. Im Prairie Dog Saloon in der Main Street wurde ein wesentlich höherprozentiger Whisky ausgeschenkt als das verwässerte Zeug, das es an der Offiziersbar beim Kantinenwirt gab.

An einem sonnigen Samstag befand er sich auf dem Weg in die Stadt, als er Schüsse hörte. Bald darauf sah er einen teuer gekleideten Zivilisten, der sein Pferd neben der Straße angepflockt hatte, um in sicherer Entfernung einige Zielübungen zu machen. Charles stoppte und beobachtete, wie der Fremde mit einer Salve aus seinen beiden 44-Kaliber-Double-Action-Colts eine Reihe von zwölf Flaschen abschoß.

Als das Echo der Schüsse verhallte, rief Charles: »Das war ausgezeichnet.«

Der Schütze schlenderte herbei. Er war ungefähr so alt wie Charles; mit Custer hatte er die langen Haare und den Schnurrbart gemeinsam. Dieses Erscheinungsbild wurde durch eine vorstehende Oberlippe gestört. Er trug einen rehbraunen Frack, eine grünseidene Weste und teure Stiefel.

»Danke«, sagte er. »Entdecke ich da nicht einen Südstaatenklang in Ihrer Stimme, Sir?«

In der Frage lag eine gewisse Schärfe. Charles sagte: »Grenzbereich«. »Ah, ein Loyalist der Union. Ich komme aus Troy Grove, Illinois. La Salle County. Abolitionistenterritorium.« Er streckte die Hand aus, und Charles schüttelte sie. »Im Augenblick verdiene ich als Meldereiter für die Armee die Summe von sechzig Dollar im Monat. Ich hoffe, daß ich im Frühjahr bei General Hancock als Scout unterkomme.«

»Sie üben viel, nicht wahr?«

»Drei, vier Stunden täglich. Da steckt keine Magie dahinter, jemanden zu töten, der einen töten will. Hängt in erster Linie von der Genauigkeit ab, plus ein paar Tricks. Halte immer auf den Kopf, nie auf die Brust. Ein Mann mit einer tödlichen Brustwunde kann noch lange genug schießen, um dich fertigzumachen.«

»Ich werde es mir merken. Nun, machen Sie weiter so, Mr . . . .«

»Jim«, sagte der Fremde. »Einfach nur Jim.«

Im Prairie Dog Saloon erwähnte Charles den stutzerhaft gekleideten Fremden. Der Barkeeper wurde blaß. »O Gott. Sie haben ihn doch nicht beleidigt, oder? Nein, ich schätze nicht, sonst wären Sie nicht hier.«

»Wie meinen Sie das? Er schien zu der höflichen Sorte zu gehören.«

»Sagen Sie Duck Bill zu ihm, dann werden Sie schon sehen, wie höflich er ist. Ein Mann nannte ihn so, und er schoß ihn nieder. Der Schütze heißt J. B. Hickok.«

Charles kannte den Namen. Jedermann kannte den Namen dieses gefürchteten Killers. »Er sagte, er sei momentan Meldereiter für die Armee.«

»Ja. Er und so ein prahlerischer Bursche namens Will Cody.«

Charles stieß einen leisen Pfiff aus. Er hatte mit einem der gefährlichsten Männer im Grenzgebiet ein paar freundliche Worte gewechselt. Die Erwähnung von Cody überraschte ihn fast genauso. Das Golden Rule House des jungen Mannes aus Kansas hatte sich, genau wie Dutch Henry Griffenstein vorausgesagt hatte, nicht lange gehalten.

In der feuchten, nebligen Finsternis rannte Charles mit flatternden Nachthemdzipfeln auf die Laternen zu. Haare im Gesicht, Schlaf in den Augen, so rannte er, während die Furcht ihm den Mund trocken werden ließ, auf die Gruppe von Militärpolizisten östlich vom Waffenlager zu.

Einer dieser Männer hatte an seine Tür gehämmert, um ihn zu wecken. Grierson war nirgendwo aufzutreiben. Der neue Adjutant, ein wiedereingestellter Offizier namens Woodward, war erst nächste Woche fällig. Ike Barnes und Lovetta machten einen Kurzurlaub in St. Louis, und Floyd lag mit einer Grippe im Bett.

Schwitzend erreichte Charles das halbe Dutzend Männer, die mit ihren Laternen in einiger Entfernung von den Holzpfählen der Eisenbahnbrücke über den Missouri standen. Das Metall ihrer Revolver und Karabiner glänzte.

»Sir, der Schwarze ist einer Ihrer Männer«, sagte ein Corporal nach einem schlampigen Salut. »Er will sich nicht ergeben. Wir werden ihn erschießen müssen.«

Am Rande des Lichtkegels kauerte Shem Wallis, einer der neuen Rekruten, hinter einem Pfosten; nur ein weißes Auge und ein Stück von seinem schwarzen Gesicht waren zu sehen.

»Lassen Sie mich mit ihm reden, Corporal.«

»Sir, egal ob Weißer oder Nigger, wenn ein Soldat sich von der Truppe entfernt und Widerstand leistet, wenn er geschnappt wird, dann haben wir Befehl...«

»Ich sagte, ich rede mit ihm.« Charles drückte den Karabiner des Corporals nach unten und entfernte sich von den murrenden Männern.

Je näher er an Wallis herankam, desto mehr sah er von ihm. Dazu gehörten auch schwarze Finger, die eine Allin Conversion umklammerten, die von der Springfield-Waffenfabrik 1865 umgebaut und der Armee angedreht worden waren. Es handelte sich dabei um eine veraltete, einschüssige Waffe, aber einen Mann konnte man damit immer noch erledigen.

Wallis machte einen entschlossenen Eindruck. »Lieutenant, Sie bleiben dort. Ich hab's diesen weißen Jungs schon gesagt, der erste, der mich überwältigen will, fährt zur Hölle.«

Charles' Magen schmerzte. Sein Kopf ebenfalls. »Shem, hör zu. Du hättest nicht versuchen sollen zu desertieren, nachdem du diesen Wachposten niedergeschlagen hattest. Aber du machst alles nur noch schlimmer.«

»Ich bin in die Armee eingetreten, weil ich auf das, was ich tat, stolz sein wollte!« schrie Wallis. »Ich bin nicht gekommen, um wieder wie ein Niggersklave mit einem Pinsel in den Händen niederzuknien. Ich hab' meinen ganzen Samstag damit zugebracht, den Zaun irgendeines Offiziers zu streichen, und dann kommt er raus, schaut sich das an und meint, jeder Trottel könnte das besser.«

Charles trat einen Schritt vor, dann noch einen. Sein Atem stand in weißen Wolken um ihn herum. »Diese Art von Dienst ist eine der üblen Seiten in der Armee, Shem. Ich dachte, ich hätte das klargemacht.«

»Das haben Sie. Ich will's bloß nicht mehr tun.«

Sechs Fuß von dem Pfosten entfernt streckte Charles die Hand aus. »Gib mir das Gewehr. Ich weiß, was an dir frißt. Dieser endlose Winter. Jeder spürt das.«

Die alte Springfield richtete sich genau auf seine Brust. »Ich erschieße Sie, Lieutenant.«

Einen Meter vor dem Pfosten blieb Charles stehen. »Also gut, damit wäre diese Kugel weg. Einen zweiten Schuß hast du nicht. Die Jungs hinter mir erledigen dich dann. Gib auf, Shem. Du wirst eine Weile im Arrest sitzen, aber das ist immer noch besser, als auf dem Friedhof zu liegen. Danach wirst du dorthin zurückkehren, wo du hingehörst. Du hast das Zeug zu einem guten Soldaten. Das meine ich ehrlich. Du bist ein guter Mann.«

Mit ausgestreckter Hand ging er langsam weiter. Wallis drückte die Springfield gegen die Schulter. Zielte.

Charles sah, wie die Mündung größer und größer wurde, je näher er kam.

Größer.

Wallis' angespannter Oberkörper bewegte sich. Charles verlagerte sein Gewicht, aber er wußte, daß er der Kugel nicht mehr ausweichen konnte.

Die Springfield polterte zu Boden. Mit einem verlorenen Stöhnen schlug Wallis beide Hände vors Gesicht. Dann richtete er sich auf, trat hinter dem Pfosten hervor und hob die Hände. Zwischen seinen Fingern konnte Charles noch ein bißchen weiße Farbe sehen.

Hancock verkündete seine Absicht, ins Feld zu ziehen, sobald sich das Wetter besserte. In der letzten Februarwoche teilte er eines Abends einer Versammlung von Offizieren des Postens mit, daß seine Soldaten aus Leavenworth durch Männer von A. J. Smith's Siebter Kavallerie verstärkt würden. Diese kombinierten Kräfte würden von Fort Riley aus ins Indianerland vorstoßen.

»Einige von Ihnen werden mich begleiten. Andere werden hierbleiben. Ihnen allen jedoch sollte das Ziel dieser Expedition klar sein. Ich habe Befehl von General Sherman, die Indianer einzuschüchtern und mich mit den wichtigen Häuptlingen zu treffen, um ihnen zu sagen, daß sie sich dieses Jahr von der Eisenbahn und den Wagenrouten fernzuhalten haben. Wenn sie darauf trotzig und herausfordernd reagieren und eine kriegsmäßige Haltung einnehmen, dann sollen sie ihren Krieg haben. Weder Aufsässigkeit noch Frechheit werden geduldet. Das ist jetzt die offizielle Regierungspolitik.«

In seinem nächsten Brief an Willa schrieb Charles nichts von Regierungspolitik. Er vermutete, sie würde zeitig genug davon erfahren.

»Setzen Sie sich, Soldat«, sagte Charles zu Potiphar Williams. Mißtrauisch nahm der frühere Koch auf dem Besucherstuhl Platz.

»Die C-Kompanie braucht einen First Sergeant. Lieutenant Hook und ich haben Sie vorgeschlagen, Captain Barnes hat zugestimmt, und ich freue mich, sagen zu können, daß Colonel Grierson unserer Empfehlung gefolgt ist. Sie kriegen den Job, nicht nur, weil Sie lesen und schreiben können, sondern weil Sie sich als guter Soldat erwiesen haben.«

Ganz kurz blitzte der Stolz in Williams auf, bevor er durch die alte, kaum verhüllte Feindseligkeit ersetzt wurde. »Sir, ich weiß das Angebot zu schätzen, kann es aber nicht annehmen.«

»Seien Sie nicht so verflucht halsstarrig. Ich weiß, daß Sie mich nicht mögen. Das macht keinen Unterschied. Im Krieg habe ich mit einer Menge Männer zusammen gedient, die ich nicht leiden konnte.« Williams räusperte sich. Charles zwinkerte. »Moment mal. Geht es nur um mich oder um noch was anderes?«

»Es ist ...« Williams erstickte fast daran. »Das Sehen.«

»Was?«

Williams Schultern sanken herab. »Meine Augen sind schlecht. Das Gewehrschießen auf ein Ziel macht mir keine Schwierigkeiten. Ich kann auch die Aufschrift auf der Standarte lesen, wenn sie ein Stück entfernt ist. Aus der Nähe aber – nun ja, ich habe die Hotelküche unter anderem auch deshalb verlassen, weil ich beim Schneiden und Teilen nicht richtig sehen konnte. Beim Schneiden von Karotten oder Bohnen habe ich Blut und Wasser geschwitzt.« Er zeigte eine lange, blasse Messernarbe zwischen Daumen und Zeigefinger. Charles war die Narbe nie aufgefallen.

»Da gibt es eine einfache Möglichkeit, Williams. Lassen Sie sich vom Arzt eine Brille verpassen.«

Wieder ein unbehagliches Schweigen. »Äh, Sir – ich kann mir keine Brille leisten. Ich schicke fast meinen ganzen Lohn an meine vier Brüder und Schwestern nach Pittsburgh.«

»Meine Güte, ich werde Ihnen das Geld leihen, und bitte keine Diskussion darüber.«

Williams musterte Charles lange und sorgfältig, dann fragte er: »Die weißen Offiziere wollen mich wirklich als First Sergeant?«

»Ja.«

»Sie auch?«

»Die Wahl war einstimmig.«

Williams blickte zur Seite. »Sie sind nicht so übel, wie ich dachte. Was Sie für Shem Wallis getan haben, das war anständig. Ich werde das Geld sobald wie möglich zurückzahlen.«

»Gut. Eine kleine Warnung. Sie werden den Spitznamen Sterngucker kriegen. Jeder Kavallerist mit einer Brille ist ein Sterngucker.«

Williams dachte darüber nach. »Nun, ich denke, das ist immer noch besser als mein jetziger Spitzname.« Charles hob eine Augenbraue. »Von Potiphar sind die Jungs auf Pißpott gekommen.«

Charles lachte. Williams ebenfalls. »Das ist eine eindeutige Verbesserung. Gratulation.« Charles streckte die Hand aus. »Sergeant.«

Williams runzelte die Stirn. Er studierte die weiße Handfläche und die Finger, dann nickte er leicht und schüttelte die Hand.

Es war der 1. März 1867. General Winfield Scott Hancock, elegant und würdevoll aussehend, verließ Fort Leavenworth.

Es war ein feuchter, kalter Morgen. Charles stand zwischen jubelnden Soldaten, Ehefrauen und Campgefolgschaft, die den Aufbruch beobachteten. Die Militärkapelle spielte alle gängigen Sachen, einschließlich des beliebten Marsches »The Girl I Left Behind Me«.

Die Fahnen der Nation, der Division und des Department wurden vorbeigetragen. Infanteriekompanien marschierten los. Von Pferden gezogene Wagen beförderten die leichten, zuverlässigen Zwölfpfünder — Berghaubitzen. Die Segeltuchdächer der Versorgungswagen segelten langsam wie Schoner vorbei.

Die Kolonne war nicht vollständig mit dem Blau der Armee bekleidet. Spurensucher der Osage und der Delaware mischten sich unter einige Zivilisten, darunter auch Mr. Hickok, der in engen hirschledernen Reithosen und einer grellen, orangefarbenen Zuavejacke steckte. Seine beiden Revolver mit den Elfenbeingriffen trug er deutlich sichtbar. Hickoks Stute, Black Nell, tänzelte flott dahin; hutschwenkend salutierte ihr Reiter vor der Menge. Als er Charles entdeckte, begrüßte er ihn herzlich. Die Kavalleristen der C-Kompanie starrten Charles an, als hätte er urplötzlich einen Heiligenschein bekommen.

Eine schwankende Ambulanz beförderte Mr. Davis, der für »Harper's Monthly« schrieb, und Mr. Henry Stanley, der den »New York Herald« und andere Zeitungen repräsentierte. Die Generäle Hancock und Sherman wünschten eine gute Presse.

Der Alte spuckte aus und sagte zu Charles: »Weißt du, was in einigen dieser Wagen ist? Pontonboote, bei Gott.«

»Pontonboote? Wozu?«

»Na, um Flüsse überqueren zu können. Wenn Hancock ein paar Indianer auf der anderen Flußseite entdeckt, verstehst du, dann sollen die Indianer 'nen halben Tag warten, damit Hancock seine Pontonboote auslegen, übersetzen und kämp-

fen kann.« Wieder spuckte er aus. »Das zeigt, wieviel die vom Krieg in den Prärien verstehen. Das geht nicht gut, Charlie.«
»Ich wünschte trotzdem, wir könnten mit.«
»Willst dir ein paar rote Skalpe holen, was?«
»Ja.«
Ike Barnes studierte das Gesicht seines Lieutenant; der kalte starre Ausdruck gefiel ihm ganz und gar nicht. »Du wirst deine Chance kriegen«, sagte er, ohne seine Mißbilligung zu verbergen.

PULASKI CITIZEN
F. O. MCCORD, Lokalredakteur
Pulaski, Tenn.
Freitag morgen, 29. März 1867

WAS BEDEUTET DAS? — Die folgende mysteriöse Nachricht, »Achtung«, wurde gestern morgen frühzeitig unter unserer Tür gefunden; zweifellos wurde sie in der Nacht durchgeschoben. Will uns jemand damit etwas mitteilen, falls die Sache überhaupt irgendeine Bedeutung hat? Was ist ein »Ku-Klux-Klan«, und wer ist dieser »Große Zyklop«, der diese geheimnisvollen, gebieterischen Befehle erteilt? Kann uns jemand in dieser Angelegenheit Aufklärung geben? Hier ist der Befehl:

»ACHTUNG — Der Ku-Klux-Klan wird sich an seinem gewohnten Treffpunkt versammeln, der ›Höhle‹, kommende Dienstagnacht, genau um Mitternacht, im Kostüm und mit den Waffen des Klans.

Befehl vom Großen Zyklopen. G. T.

Erste Erwähnung des Klans in der US-Presse

28

Charles war gerade Offizier vom Dienst, als ein weiterer Rekrut ankam. Auf den ersten Blick wirkte er nicht sonderlich auffällig, ein kräftiger schwarzer Mann mit rundem Gesicht, Ende Zwanzig, der all seine Habseligkeiten in einem großen Tuch zusammengebunden hatte. Ein schwarzseidenes Taschentuch bauschte sich in der Brusttasche seines alten Fracks, der ein Loch in einem Ellbogen hatte. Die Zehen seines linken Schuhs schauten ins Freie.

»Stillgestanden, während ich einige Informationen sammle.« Charles glaubte daran, daß man Rekruten schnell an den Armeeton gewöhnen mußte. Er studierte die Papiere des Mannes. »Sie heißen Magee?«

»Jawohl, Sir.« Der Rekrut grinste, das breiteste, sonnigste Lächeln, das Charles je bei einem menschlichen Wesen gesehen hatte. Das ansteckende Lächeln riß ihn aus der trüben Stimmung, in die der morgendliche Regen ihn versetzt hatte. Das Leben mochte dem Mann in ein paar anderen Punkten einiges vorenthalten haben, doch diese Zähne waren absolut perfekt.

»Wendell Phillips Magee«, fügte er hinzu. »Mama nannte mich nach . . .«

»Ich weiß«, unterbrach Charles, »der Abolitionist.« Wieder studierte er die Papiere. »Sie haben sich in Chicago gemeldet.« Illinois mußte ein langweiliger Staat sein. Eine Menge Leute gingen da weg; Leute wie Hickok und einige andere Revolverkünstler wie Earp und Masterson, den Floyd Hook ihm gegenüber erwähnt hatte. »Was haben Sie in Chicago gemacht, Magee?«

»Hausdiener in einem Saloon. Böden gewischt. Spucknäpfe geleert.« Es klang nicht bitter, es war lediglich eine Feststellung. »Hab' von den Gästen ganz schön was abgekriegt, weil ich ein Nigger bin. Als meine Tante Flomella starb — die Schwester meiner Mama, meine einzige Verwandte —, bin ich auf einen Artikel in einer Zeitung aufmerksam geworden.«

»Sie können lesen, ja?«

»Jawohl, Sir, General.«

»Ich bin Lieutenant.«

»Jawohl, Sir, tut mir leid. Ich kann auch rechnen.« Der Rekrut hatte eine fröhliche, lockere Art; Kritik schüchterte ihn nicht ein. Seine schnellen Sprüche und sein breites Lächeln waren womöglich als Verteidigung gegen die von ihm erwähnten Schmähungen gedacht. »In der Zeitung stand: ›Ihr jungen farbigen Männer, zieht das Blaue der Armee an.‹« Magee überraschte Charles damit, daß er plötzlich das schwarze Tuch aus seiner Brusttasche riß. Mit dem rechten Zeigefinger stopfte er das Seidentuch in seine linke Faust. »Also sagte ich mir, Magee, sagte ich, das klingt gut, was?« Blitzschnell verschwand das Tuch. »Krempel dein ganzes Leben um. Schwarz zu Blau.« Er zupfte an der anderen Seite seiner Faust und zog ein langes Seidentuch hervor. In leuchtendem Blau.

Charles lachte. Entzückt schwenkte Magee das Tuch mit der rechten Hand, während er seine leere linke Handfläche zeigte. »Schwarz zu Blau«, wiederholte er mit seinem verblüffenden Grinsen. »Ein ganz neues Leben, und froh bin ich drüber.« Er steckte das Tuch weg.

»Kennen Sie noch mehr solche Tricks?«

»O ja, Sir, General. Die ersten hab' ich von einem Barkeeper gelernt, kurz nachdem ich mit der Arbeit angefangen hatte. Da war ich so ungefähr neun. Im Laufe der Jahre hab' ich eine ganze Menge aufgeschnappt. Münzen, Karten, Tassen und Bälle. Ich hab' auch von Tricks gelesen. Damals, als die Ritter noch in ihren Rüstungen herumritten, hatten sie Zauberer, wußten Sie das? Die Chinesen hatten vor ein paar tausend Jahren welche. Gibt einem Mann so das Gefühl, als gehöre er zu einer guten alten Familie.« Ein weiteres Grinsen. »Verstehen Sie, was ich meine?«

Charles dachte an Hickok und dessen Revolver. Er sagte: »Sie müssen eine Menge üben.«

»Jeden Tag. Die Zauberei hat mir schon viel Gutes eingebracht. Ich führte einigen dieser gemeinen Bast . . . den Männern, die sich im Saloon herumtrieben, meine Tricks vor, und sie warfen mir eine Münze oder zwei zu, anstatt mich in den Arsch zu treten, bloß weil ich ein Farbiger war.« Das Lächeln blieb, aber für einen kurzen Moment waren die Wunden darunter zu sehen.

»Können Sie reiten?«

»Ich fürchte nein, General. Aber ich werde es lernen. Ich bin mächtig stolz, ein US-Soldat zu sein, und ich hab' vor, ein guter Soldat zu werden.«

»Ich glaube, das werden Sie.« Charles streckte die Hand zur üblichen Begrüßung aus. »Willkommen in der Zehnten Kavallerie, Magee.«

Das Regiment nahm den neuen Mann gut auf; beim Drill war er ein emsiger Schüler, immer gut aufgelegt und unterhaltsam. An Magees drittem Tag beim Regiment erschien Grierson zum morgendlichen Neun-Uhr-Appell bei den Baracken, bloß um Magee zuzuschauen. Als der Colonel einen Trick sehen wollte, produzierte Magee ein Stück Schnur. »Funktioniert besser mit einem Seil, aber wer kann sich vom Lohn eines Hausdieners schon ein Seil leisten?«

»Vom Lohn eines Soldaten wirst du dir's auch nicht leisten können«, sagte Sergeant Sterngucker Williams. Der Kreis der Männer brach in Gelächter aus.

Magee legte die Schnur in einer Hand zu einer Schlinge zusammen und schnitt die nach unten hängende Schlaufe mit einem Taschenmesser durch. Dann nahm er die Einzelteile und knotete die durchschnittenen Enden zusammen. Er zeigte die Schnur in voller Länge, spannte die Enden über seinem Kopf, um auf den Knoten in der Mitte aufmerksam zu machen. Dann wickelte er die Schnur in mehreren Windungen um seine linke Hand, tippte dagegen und spannte sie dann wieder. Die Schnur war aus einem Stück, der Knoten war verschwunden.

Grierson applaudierte. »Das war sehr gut, Soldat. Wie haben Sie das gemacht?«

»Aber General, wenn ich Ihnen das verraten würde, dann würden Sie mich bald nicht mehr Magic Magee rufen, nicht wahr?«

»Das ist bereits sein Spitzname?« flüsterte Floyd Hook Charles zu, der zurückflüsterte: »Was hattest du erwartet?«

Haufen schmelzenden Schnees und ein gelegentlich milder Tag versprachen das Ende des Winters. Das Zehnte Regiment wuchs und machte mit der Ausbildung weiter. Barnes, Hook und Charles drillten ihre Kavalleristen, beendeten Schlägereien, veranstalteten Razzien nach den Glücksspielen in den Baracken und beschlagnahmten Würfel oder Kartenspiele, schrieben Briefe für die Männer, hörten sich Geschichten über Liebeskummer oder Familienprobleme an und beteten, der Tag möge kommen, an dem sie zum Einsatz im Westen losreiten würden. Die C-Kompanie hatte fast Sollstärke erreicht. Charles konnte den Aufbruch kaum erwarten.

Kuriere brachten Berichte über Hancocks Feldzug ins Department-Hauptquartier. Hancock war südwestlich nach Fort Larned an der Pawnee-Gabelung des Arkansas marschiert und hatte dort mit 1400 Mann von der Siebzehnten Kavallerie, der Siebenunddreißigsten Infanterie und der Vierten Artillerie sein Lager aufgeschlagen. Er schickte Lieutenant Colonel Edward Wynkoop los, den ehemaligen Kommandanten von Fort Lyon und jetzt die Southern Agency befehlenden Mann des Innenministeriums, um die Indianer herzuholen, damit sie sich seine Warnungen anhören konnten. Dabei handelte es sich um Cheyenne und einige Oglala-Sioux, die zusammen in einem großen Tal lebten, fünfunddreißig Meilen von der Pawnee-Gabelung flußaufwärts. Der Ausgang dieser Unterredung würde mit den nächsten Berichten gemeldet werden.

Barnes meinte, da die Kompanie bald aufbrechen würde, könnte Charles St. Louis einen kurzen Besuch abstatten, falls er das wünschte. Der April wurde wärmer, und Charles ging an Bord eines Missouri-Bootes. Gleich nach seiner Ankunft am späten Nachmittag und vor Willas abendlichem Auftritt als Ophelia liebten sie sich voller Inbrunst.

»Jetzt habe ich bestimmt meinen ganzen Text vergessen«, sagte sie lachend, als sie ihr Silberhaar wieder hochsteckte, das sich in der Hitze des Gefechts gelöst hatte. »Zumindest bin ich ausreichend entspannt, um die Wahnsinnigenszene zu spielen.« Sie küßte ihn auf den Mund. »Und schönen Dank auch, daß du an meinen Geburtstag gedacht hast. Ich meine nachträglich.«

Er gab ihr ein paar leichte Klapse auf den nackten Hintern, und sie fielen lachend und einander kitzelnd aus dem Bett.

Sie versprach, daß sie nach der Vorstellung mit einigen anderen Mitgliedern der Truppe zu Abend essen würden. Die fünf Akte von »Hamlet« erschienen Charles unendlich lang. Sam Trump tobte und stürmte durch die ruhigen Monologe des Prinzen und steigerte sich beim Schlußduell in eine derartige Erregung hinein, daß er zweimal stürzte, was einiges Gejohle hervorrief.

Trump rieb sich sein aufgeschlagenes Knie und bat, ihn beim Essen zu entschuldigen. So blieben noch Charles und Willa sowie der junge Bühnenmanager Finley und Trueblood übrig, der den jugendlichen Liebhaber nur noch mit Hilfe von größeren Mengen Gesichtspuder und Rouge spielen konnte. Finley erschien etwas zu spät in dem Biergarten unter freiem Himmel. Die anderen tranken bereits fröhlich das dunkle deutsche Bier aus ihren Krügen. Finley verscheuchte den allgemeinen Frohsinn, indem er die neueste Ausgabe der *Missouri Gazette* herumzeigte.

»Hancock hat ein Indianerdorf niedergebrannt.«

»Was?« Die Fröhlichkeit wich aus Willas hellen Augen.

»Hier steht's.« Finley tippte auf die Schlagzeile. »Die Häuptlinge wollten nicht zum Palaver kommen. Vielleicht hatten Hancocks Drohungen sie erschreckt, denn sie zogen sich mitsamt Frauen und Kindern zurück. Custer setzte ihnen nach und entdeckte eine niedergebrannte Postkutschenstation. Also brannte auch Hancock die leeren Hütten nieder — insgesamt zweihundertfünfzig. Hier steht alles«, sagte er, setzte sich und gab dem Kellner einen Wink.

»Wann ist das passiert?« fragte Trueblood empört.

Willa glättete das Papier. »Am neunzehnten. Mein Gott, fast tausend Kleidungsstücke zerstört, die Kochgeräte, all die Sachen, die sie zurückgelassen haben. Wie herzlos. Wie empörend!«

Charles sagte: »Hancock ist ausgerückt, um den Häuptlingen vor Augen zu führen, daß sie in diesem Sommer besser Frieden halten.«

»Und jetzt kann er sicher sein, daß sie das nicht tun werden.« Sie hielt ihm die Zeitung vor die Nase. »Lies selber. Es bestand absolut keine Verbindung zwischen dem Dorf, das Hancock zerstörte, und der niedergebrannten Station.«

»Keine Verbindung, außer daß alles Teil des gleichen Problems ist. Die Häuptlinge hätten zum Palaver kommen sollen.«

»Wo General Hancock von Anfang an so anmaßend war? Ich habe gelesen, was er so alles von sich gegeben hat, Charles. Bombastisch. Herausfordernd.«

»Schau, ich hab's satt, mir das anzuhören. Du weißt, wie ich meinen Partner im Kampf gegen die Cheyenne verloren habe. Ein feiner Mann, der ihr Freund war, der nie jemandem ein Leid zugefügt hatte, wenn man ihn in Ruhe ließ.«

»Und deshalb soll sich die Armee genauso brutal aufführen? Brutalität bringt nur weitere Brutalitäten hervor, Charles. Es drückt die Armee auf das Niveau der wenigen Indianer herab, die gewalttätig reagieren.«

»Es sind mehr als nur einige wenige«, fing er an.

»Nun, über diese Sache wird Washington von der Gesellschaft einiges zu hören bekommen«, erklärte Trueblood. Er schnappte sich die Zeitung und schnaubte auf, als er nochmals den Bericht las.

Charles sagte: »Jeder Indianer ist ein potentieller Mörder, Willa. Das ist ihr Lebensstil. Genauso, wie sie ihre Opfer hinterher aufschneiden.«

Ätzend sagte sie: »Bitte.« Sie schob ihren Teller beiseite. Im Licht der Papierlaternen des Biergartens blitzten ihre Augen auf. Der Aprilwind spielte mit einer ihrer Haarsträhnen. Sie starrte Charles voller Abneigung an, stand dann ruckartig auf. »Ich bin fertig.«

Sie ließen Finley und Trueblood in verlegenem Schweigen zurück. Charles nahm ihren Arm. Sie zog ihn weg. Auf dem Weg zum Hotel versuchte er mehrmals, ein Gespräch in Gang zu bringen. Jedesmal schüttelte sie stumm den Kopf; einmal sagte sie: »Bitte nicht. Dein blutdürstiges Gerede hängt mir zum Hals heraus.«

Im Bett schliefen sie weder miteinander, noch berührten sie sich nach einem oberflächlichen Gutenachtkuß. Charles schlief schlecht. Am Morgen entschuldigten sich beide für ihre schlechte Laune, jedoch für nichts anderes. Er sah nicht ein, weshalb er sich überhaupt entschuldigen sollte.

Sein Flußboot legte um fünf ab. Nach einer Probe am späten Morgen schützte Willa Kopfschmerzen vor und wollte ins Hotel zurückkehren. Charles zog sie in eine ruhige Ecke hinter der Bühne. »Das ist vielleicht für längere Zeit das letzte Mal, daß wir uns sehen. Grierson schickt die C-Kompanie ins Feld.«

Tränen des Zorns traten ihr in die Augen, als sie sagte: »Ich hoffe, du findest jeden Tropfen Blut, auf den du so scharf bist – obwohl Gott allein wissen mag, weshalb du nach vier Jahren Krieg immer noch so scharf darauf bist.«

»Willa, ich habe es dir erklärt.«

»Ist auch egal. Ist völlig egal, Charles. Wahrscheinlich ist es ganz gut, daß du für eine Weile von deinem kleinen Jungen wegkommst. Er ist zu jung, um zu lernen, wie man haßt.«

Charles packte ihr Handgelenk. »Ich habe einen sehr guten Grund für meinen ...«

»Für Barbarei gibt es nie einen guten Grund.« Sie machte sich steif, versuchte sich zu befreien, bis er sie losließ. »Nicht für die Barbarei der Männer, die deine Freunde umgebracht haben, aber auch nicht für deine. Auf Wiedersehen, Charles.«

Erstarrt sah er zu, wie sie herumwirbelte und ging. Er hörte das laute Knallen der Tür zur Olive Street.

Brodelnder Zorn mischte sich mit Reue. Er riß gerade ein Streichholz an seiner Stiefelsohle an, als Trump aus der Dunkelheit angewatschelt kam, ein fleckiges Handtuch über der nackten, blassen Schulter.

»Mir war so, als hätte ich so was wie einen Streit gehört. Wieder mal die Indianerfrage.«

»Sie versteht einfach nicht ...«

»Sie versteht ihre eigene Position, und es ist ihr ernst damit. Das weißt du seit vielen Monaten. Du hast sie zu weit getrieben und eine Entscheidung erzwungen. Mit der hattest du nicht gerechnet, he?« Der alte Schauspieler wischte sich etwas Puder von der Wange. »Wenigstens kann ich es mir sparen, dich niederschlagen zu müssen. Du hast ihr weh getan, aber du hast deine Strafe auch weg.«

»Red doch nicht wie ein verdammter Narr, Sam. Ich liebe sie.«

»Wirklich? Warum treibst du sie dann von dir?«

Er warf Charles einen forschenden Blick zu und entfernte sich.

Charles lehnte an der Bootsreling und beobachtete, wie die Lichter von St. Louis allmählich in der Dämmerung versanken. Wasserkaskaden stürzten rauschend über die Schaufelräder am Heck.

Er hatte das getan, was Trump ihm vorgeworfen hatte, nicht wahr? Er hatte sie absichtlich vertrieben.

Warum? Weil er vor einem größeren Schmerz Angst hatte, wenn die Beziehung andauerte? Oder lag es wirklich daran, daß sie seine Besessenheit in bezug auf die Cheyenne haßte? Zum Teufel, er wußte es nicht.

Er dachte an ihre Augen und ihr Haar. An ihre Leidenschaft und ihre Zärtlichkeit. An ihren Esprit und ihren Idealismus, so voller Energie und von Zeit und Realität noch unbeschadet. Sie war auf ihre Art so wunderbar wie Augusta Barclay, die er ebenfalls von sich getrieben hatte. Er sah sich selbst das Muster wiederholen, versuchte dann seine Schuldgefühle durch Erinnerungen an Holzfuß, Boy und Fen auszulöschen.

Ich hab' recht, verdammt noch mal. Sie ist nicht realistisch. Wird es auch niemals sein.

Und doch spürte er, während er die fernen Sterne hoch über sich betrachtete, tief in seinem Inneren einen Kummer.

Hancock ließ das Dorf bewachen. Kurz nach neun Uhr ... wurde entdeckt, daß die Indianer das Dorf verließen ... Custer erhielt den Befehl, mit seinem Kommando — ungefähr sechshundert Männer der Siebten Kavallerie — das Dorf zu umzingeln, es aber weder zu betreten noch die Indianer anzugreifen. Das Umzingelungsmanöver wurde mit großer Geschwindigkeit durchgeführt; nähere Untersuchungen enthüllten ..., daß Indianer das Dorf verlassen und sich Richtung Norden auf die Smoky Hills zurückgezogen hatten ... Custer erhielt den Befehl, sein Kommando auf den Aufbruch bei Tagesanbruch vorzubereiten, um die Indianer zu überholen und sie zur Rückkehr zu zwingen. Er führte dieses Manöver in größtem Tempo durch und erreichte Lookout Station auf Smoky Hill, als die Station noch brannte. Unter Aschehaufen entdeckte er dort die halb verbrannten Leichen der Stationsmänner. Er schickte sofort einen Boten zu Hancock ... Nach Erhalt dieser Nachricht bekam Smith von Hancock den Befehl, das Indianerdorf niederzubrennen ...

THEODORE DAVIS: *»Präriesommer«*
Harper's Magazine, 1868

29

»Hundesohn«, sagte Ike Barnes im Hereinstürmen.

»Ich?« erkundigte sich Charles und ließ die Februarausgabe von »Harper's Monthly« in die Schreibtischschublade gleiten. Das Heft war in ganz Leavenworth wegen eines G.-W.-Nichols-Artikels über Hickok herumgegangen. Nichols hatte Hickoks Heldentaten aufgezählt, die er als Scout für General Sam Curtis im Südwesten, als Soldat der Union bei Wilson's Creek und Pea Ridge und als Revolverschütze, der seinesgleichen suchte, vollbracht hatte. Er berichtete, daß »Wild Bill«, wie er ihn nannte, mindestens zehn Männer erschossen hatte. Obwohl niemand zu wissen schien, woher Hickok seinen Spitznamen hatte, hegte Charles keinen Zweifel, daß nach diesem Artikel der Name bald in ganz Amerika bekannt sein würde.

»Nein, nicht du. Versuch bloß keine Witze zu machen«, sagte Barnes. »Der Hundesohn, den ich meine, ist dieser Hundesohn

Hoffman. Wenn wir morgen nach Riley aufbrechen, dürfen wir unsere Wäscherinnen nicht mitnehmen.«

Das schreckte Floyd Hook aus seinem Dösen hoch; er kleidete sich stets äußerst penibel. »Warum zum Teufel nicht, Captain?«

»Weil Hoffman es so will, deshalb nicht. Die Frauen haben Befehl, den Posten nicht in den Wagen der C-Kompanie zu verlassen.«

Charles kratzte sich nachdenklich am Kinn. »Nun, wenn das ein Befehl ist, dann befolgen wir ihn auch. Bitten wir die Damen doch, daß sie vor dem Tor auf uns warten.«

Der Alte blinzelte. »Verdammt, Charlie, seit du aus St. Louis zurück bist, hast du dich aufgeführt wie ein tollwütiger Hund, aber jetzt bin ich froh, daß ich dich hier behalten habe.«

Charles verbrachte den Abend mit Brigadier Duncan und dem kleinen Gus. Er tobte mit seinem Sohn herum, der vor Vergnügen gurgelte; bevor er ins Bett ging, umarmte er seinen Vater lange.

Duncan erkundigte sich nach Willa. »Du hast sie kein einziges Mal erwähnt.«

»Ihr geht es gut. Ist mit einem neuen Kreuzzug beschäftigt.« Ohne weitere Erklärungen ließ er es dabei bewenden.

Der nächste Tag dämmerte herauf; der Himmel war klar und hell. Zweiundsiebzig Männer, drei Offiziere und zwei Frauen der C-Kompanie machten sich bereit, Fort Leavenworth zu verlassen. Grierson schüttelte jedem Offizier die Hand. »Ich bin stolz auf diese Kompanie und dieses Regiment. Ich möchte nur lange genug durchhalten, um euch Männer im Feld zu führen. Wenn ich bis zum Herbst nicht von Hoffman wegkomme, dann begehe ich selber Fahnenflucht.«

»Tun Sie das nicht, Sir«, sagte Hook. »Wir schicken Lieutenant August, damit er Hoffman für Sie erschießt. Er ist begierig darauf, jemanden zu erschießen. Irgend jemanden.«

Charles, so bösartig gelaunt wie ein hungriger Wolf, sagte nichts darauf.

Die Kompanie setzte sich in Bewegung. Charles stand neben Satan und tätschelte ihn, während er zusah, wie die Kavalleristen auf ihren Pferden in Viererreihen vorbeizogen. Sie hatten sich den Vortrag des Alten über Felduniformen zu Herzen genommen. Charles entdeckte eine Vielzahl von Hemden — verblaßte graue Baumwolle, gelber Kersey, grüne Seide. Er sah Kavalleriehosen, Jeans, indianische Leggings. Er sah Kappen, Pelzmützen, Strohhüte, sogar einen mexikanischen Sombrero. Und er sah viele neue Bowiemesser und Handfeuerwaffen.

Charles selbst trug bequeme, gelbschwarz gestreifte Hosen und ein weiches Hirschlederhemd. Sein blaues Armeezeug hatte er in seinen Reisekoffer gestopft, zusammen mit seinem Zigeunermantel und einem neuen, mit Schaffell besetzten Wintermantel.

Magic Magee ritt vorbei, auf dem Kopf eine schwarze Melone mit einer Truthahnfeder. Er sah Charles und salutierte flott. In dem Moment, in dem seine Hand die Stirn berührte, tauchte die Karodame zwischen seinem Zeigefinger und seinem Mittelfinger auf. Er schob die Karte unter seinen linken Arm, wo sie spurlos verschwand. Er ließ sein wunderbares Lächeln aufblitzen und ritt weiter.

Ein Reiter tauchte in dem aufgewirbelten Staub hinter dem Wagen auf, in dem Lovetta Barnes, Floyd Hooks verhärmte junge Frau Dolores und deren kleine Tochter saßen. Charles' Muskeln spannten sich, seine Hand glitt zu der Spencer im Sattelhalfter.

Waldo Krug hielt sein Pferd an. »Wo ist Barnes?«

»An der Spitze der Kolonne, Sir.«

»Nun, richten Sie ihm aus, daß ich seine Gaunerei durchschaut habe. General Hoffman wird das in die Regimentsakte eintragen.«

Charles tat unschuldig. »Gaunerei, Sir?«

»Reden Sie nicht in diesem gottverdammten falschen Ton mit mir. Sie wissen genau, daß die Wäscherinnen eindeutigen Befehl hatten, den Posten nicht zusammen mit der C-Kompanie zu verlassen.«

»Das haben sie auch nicht. Soviel ich weiß, verließen sie den

Posten vor einer Stunde. Wollen Sie etwa sagen, die Armee hätte etwas dagegen, wenn wir sie höflicherweise mitnehmen, falls wir sie zufällig auf der Straße treffen sollten?«

»Den ganzen Weg bis zum verfluchten Fort Riley?« Krugs Wangen verfärbten sich. »Geben Sie mir eine Antwort, Sie Bastard.«

»Hören Sie, Krug. Ich bin Soldat, genau wie . . .«

»Scheiße. Sie sind ein Verräter. Sie sind eine Schande für die Uniform, die Sie sich weigern zu tragen. Wenn Grierson Sie nicht verhätscheln würde, dann würde ich Sie deswegen zur Meldung bringen. Sie und diese Nigger. Schauen Sie doch hin – bunt zusammengewürfelt wie ein Haufen sizilianische Banditi.«

Charles schwang sich in den Sattel. »Auf Wiedersehen. General!«

In Leavenworth City lud die C-Kompanie die Wäscherinnen in einen Wagen. Jenseits der Stadt kamen sie durch einen Gürtel von Farmen, in deren fetter schwarzer Erde sich bereits grüne Schößlinge zeigten. Die weißgetünchten Häuser und Schuppen wirkten alt und dauerhaft, obwohl sie wahrscheinlich noch keine zehn Jahre alt waren.

Die Kompanie schwenkte von der Eisenbahn und der parallel laufenden Linie der Telegraphenpfosten ab. Wind kam auf und ließ die Äste der Bäume rauschen. Über sanfte, unter Tausenden von Sonnenblumen verborgene Hügel, durch glitzernde Bäche, an denen wilde Erdbeeren wuchsen, ritt die C-Kompanie durch ein Meer von Gras nach Westen.

Charles trug eine Reihe von Erinnerungen an Willa mit sich – und einen tiefen Schmerz. Er summte die kleine Melodie, die sie für ihn niedergeschrieben hatte. Er hatte die Noten sorgfältig in den Falten seines Zigeunermantels verpackt. An diesem Morgen stimmte ihn die Melodie unerklärlich traurig, also hörte er auf zu summen und ritt schweigend weiter.

Die belebende Luft und das sonnenhelle Land milderten nach und nach seine Melancholie. Mit Baritonstimme sang er eines der süßtraurigen Lieder, die er erstmals von der Sklavenkapelle gehört hatte, als er noch klein und sorglos gewesen war und nichts von der Welt und dem Leid, das in diesem Lied zum Ausdruck kam, verstanden hatte.

> *I'm rollin', I'm rollin',*
> *I'm a-rollin' through this unfriendly world...*

Hook trieb sein Pferd neben das seine.
»Wo hast du solche Trappersongs gelernt, Charlie?«
»Das ist kein Trappersong, das ist eine Hymne. Eine Sklavenhymne.«
»Du gibst ihr wirklich einen fröhlichen Schwung. Freut mich, daß du zur Abwechslung mal gut gelaunt bist.«
Charles lächelte und behielt seine Gedanken für sich.

Der Stiefel der Militärdiktatur zertritt unseren entkräfteten Staat. Ihre Bajonette zwingen uns das neue Evangelium der Lust und der Rassenvermischung auf... Zu uns kommen die blaugekleideten Missionare des Zorns, ausgestattet mit neuer, ungeheurer Macht, um Haß zu schüren und die Saat der Verdammung zu säen... Sie winken mit ihrer von Sünden befleckten Bibel und ihrer Verfassung, befleckt mit Verbrechen und politischen Schikanen, und predigen nur einen Sermon: Radikalismus... Wir sollten lieber den Antichrist persönlich willkommen heißen als diese Sendboten der Hölle.

Leitartikel in *The Ashley Thunderbolt*
Frühjahr 1867

April 1867. Der Kongreß hat das Ruder übernommen. Das Wiederaufbaugesetz vom vergangenen Monat verwandelte die zehn unbußfertigen Staaten in fünf Militärbezirke. Die beiden Carolinas bilden den zweiten Bezirk. Stanton ernennt die Militärgouverneure. Wir haben den alten, kränkelnden Gen. Sickles. Wir werden erst dann wieder Teil der Union sein, wenn es einen neuen Konvent schwarzer ebenso wie weißer Wähler gibt, eine neue Staatsregierung, die den Schwarzen das Stimmrecht sichert und die Anerkennung des 14. Verfassungszusatzes. Der »Thunderbolt« und selbst die besseren demokratischen Zeitungen klingen schrill, um nicht zu sagen gewalttätig, und weisen das alles zurück.

Solche Ereignisse scheinen vom Tagesablauf auf Mont Royal sehr weit entfernt zu sein. Im letzten Jahr haben zwei ordentliche Reisernten einen kleinen Gewinn eingebracht, den ich fast ausschließlich dazu verwendete, unsere Schulden bei Dawkins Bank zu senken. Die Bank zeigt sich jetzt absolut unnachgiebig, was verspätete Zahlungen anbelangt. So was wird nicht mehr geduldet.

. . . Yankee-Spekulanten fallen wie die biblischen Heuschrecken über uns her. Sie bringen Anleihen für den Bau von Eisenbahnlinien in Umlauf, die niemals erstellt werden, an Versteigerungstagen schnappen sie sich Land für 8 Cent, das einen Dollar wert ist, übernehmen bankrotte Geschäfte, von denen einst die Einheimischen lebten. Ein überraschender Brief von Cooper, sehr knapp und kurz, in dem er mich davor warnt, in derartige Unternehmungen zu investieren, da es sich seiner Meinung nach meist um Betrügereien handelt. In diesem Fall werde ich seinen Rat befolgen. Man kann einen ehrlichen Yankee nicht von einem Aasgeier unterscheiden.

. . . Heute teilte mir der ehemalige Sklave Steven mit, daß er mit seiner Frau und seinen drei Kindern gehen wird. Traurig, er ist ein zuverlässiger, ordentlicher Arbeiter. Doch der Auswanderungsagent, dessen Wagen vor Gettys Laden steht, hat ihn

mit seinen Versprechungen abgeworben. garantierte 12 Dollar pro Monat, eine Hütte, Garten und eine wöchentliche Ration von einem Viertelscheffel Mehl, zwei Pfund Speck, einem Topf Melasse und Brennholz — all das bekommt er irgendwo in Florida. Diese Werber für die Emigration in andere Staaten sind unsere zweite Plage.

... Der Jolly-Klan, die Siedler, sind geblieben. Gelegentlich hören wir von einem Maultier, einer Ladung Maismehl oder einer Frau, die sich »Captain« Jack und seine einfältigen Brüder mit der Waffe in der Hand genommen haben. Sie diskriminieren niemanden. Sie suchen sich ihre Opfer unter beiden Rassen. Sie versetzen mich in Angst und Schrecken, vor allem der Älteste, der damit prahlt, beim Massaker in Ft. Pillow, Tenn., »Nigger bloß so zum Vergnügen niedergemetzelt« zu haben.

Prudence sprach gestern abend davon, wie unglücklich sie über den Zustand der Schule sei...

»Madeline, ich habe jetzt vierzehn Schüler, die mit dem Alphabet und dem Elementarbuch arbeiten; zwei könnten fast schon zum Lesebuch übergehen, und Pride hat es bis zur zweiten arithmetischen Serie geschafft. Ich würde gern ein Geographiebuch für ihn kaufen und für die anderen Schiefertafeln. Wir haben gerade drei Tafeln für alle, das reicht nicht einmal annähernd.«

Den Kopf gesenkt, so spazierte Madeline nachdenklich mit der Lehrerin am Ufer des Ashley entlang. Es war ein Frühlingsabend, dunstig, voll von den schrillen Schreien der Nachtvögel. Für gewöhnlich beruhigte sie der Anblick des Wassers mit dem dichten Wald dahinter. Am heutigen Abend jedoch war es anders.

»Ich kann dir nur die Antwort geben, die du bereits kennst«, sagte sie. »Es ist kein Geld da.«

Ausnahmsweise schien die rundliche Lehrerin für einmal ihre christliche Geduld zu verlieren. »Dein Freund George Hazard hat genug davon.«

Madeline stoppte und sagte scharf: »Prudence, ich habe doch

klar zum Ausdruck gebracht, daß ich Orrys besten Freund nicht anbetteln werde. Wenn wir es nicht schaffen, durch unsere eigene Initiative und unseren Einfallsreichtum zu überleben, dann haben wir es nicht besser verdient.«

»Das klingt zwar edel, aber es hilft sehr wenig, jemandem ein bißchen Bildung zu ermöglichen.«

»Es tut mir leid, daß du dich darüber ärgerst. Vielleicht bin ich im Unrecht, aber das ist nun mal meine Ansicht. Ich werde tun, was möglich ist, sobald wir die erste Reisernte verkauft haben.«

»Ich kann nichts Unrechtes darin sehen, wenn man eine kleine Spende von einem sehr reichen Mann verlangt.«

»Nein«, sagte Madeline; gleichzeitig fragte sie sich voller Bitterkeit, wie sie je ihren Traum von einem neuen Mont Royal wahrmachen sollte, wenn sie nicht einmal ein paar notwendige Kleinigkeiten für die Schule kaufen konnte. »Wir werden einen anderen Weg finden, das verspreche ich dir.«

Prudence warf Madeline einen traurigen Blick zu. Schweigend kehrten die Frauen zu dem weißgetünchten Haus zurück. Es dauerte eine Stunde, ehe sie wieder miteinander sprachen. Madeline fing zuerst an, doch auch Prudence schien nur darauf gewartet zu haben. Doch trotz ihrer Aussprache fühlte Madeline die Hohlheit und Leere ihres Versprechens, als sie schlaflos vor Sorgen im Bett lag.

Wer hofft entgegen aller Hoffnung. Prudence mochte trotz allem noch so ein Mensch sein. Sie nicht.

30

An einem regnerischen Samstag des gleichen Monats brachte eine Pferdedroschke Virgilia zu einem kleinen Backsteinhaus in der South B Street, hinter dem Kapitol. Sie wirkte matronenhaft und düster im Gegensatz zu den blühenden Farben im Vorgarten.

Virgilias Gesicht war verhärmt. Sie läutete und umarmte Lydia Smith, die Haushälterin, sehr herzlich. Sie folgte Lydia ins

Wohnzimmer, wo ihr Freund vor einem silbernen Teegeschirr wartete.

»Thad!« Der Atem stockte ihr. Er sah weiß aus und viel älter als bei ihrer letzten Begegnung, die bereits einige Monate zurücklag. Mit großer Mühe erhob er sich aus seinem Sessel.

Lydia schob die Vorhänge zurück, um mehr von dem grauen Licht hereinzulassen, aber das ließ Stevens auch nicht besser aussehen. Die Haushälterin entschuldigte sich. Stevens setzte sich wieder. Durch das Prasseln des Regens hindurch hörte Virgilia seinen mühsamen Atem.

»Tut mir leid, daß es so lange gedauert hat, bis ich deiner Einladung nachkommen konnte«, sagte sie. »Für gewöhnlich arbeite ich jeden Samstag. Heute kam Miss Tivertons Neffe aus Baltimore zu Besuch. Er gab mir den Nachmittag frei.«

»Wie geht es der alten Dame? Du leistest ihr nun schon Gesellschaft seit — wie lange schon?«

»Zehn Monate.« Virgilia gab Sahne in ihren heißen Tee. »Nächsten Dienstag feiert sie ihren neunzigsten Geburtstag. Physisch ist sie ungemein belastbar. Aber ihr Geist...« Ein Schulterzucken sagte alles.

»Was machst du mit ihr?«

»Meistens sitze ich bei ihr. Sorge dafür, daß alles ordentlich ist. Mache sie sauber, wenn es sein muß.« Als Antwort auf Stevens Grimasse sagte sie: »So schlimm ist es auch wieder nicht. In dem Feldhospital während des Krieges war es schlimmer.«

»Du nimmst es ziemlich gelassen hin. Und jetzt sag mir, wie dir wirklich zumute ist.«

Ein müder Seufzer. »Ich hasse es. Die Monotonie ist entsetzlich. Im Schwesterncorps hatte ich mich daran gewöhnt, den Leuten dabei zu helfen, wieder gesund zu werden, aber Miss Tiverton wird sich niemals mehr erholen. Ich bin nichts weiter als ein Leichenbestatter, aber ich kann wohl kaum wählerisch sein. Jobs für alleinstehende Frauen sind selten. Etwas anderes konnte ich nicht finden.«

»Vielleicht können wir dagegen was tun.« Er wollte noch etwas sagen, doch der silberne Teelöffel glitt ihm aus der Hand. Er bückte sich, um ihn aufzuheben, und griff sich plötzlich an den

Rücken. Langsam richtete er sich auf. »Mein Gott, Virgilia, es ist die Hölle, wenn man alt wird.«

»Du siehst nicht gut aus, Thad.«

»Das Klima in dieser Stadt verschlimmert mein Asthma. Das Atmen bereitet mir Probleme, und die meiste Zeit habe ich Kopfschmerzen. Ein Teil der Kopfschmerzen rührt zweifelsohne von dem Kampf mit diesem Narren im Weißen Haus her.« Virgilia verfolgte diesen Kampf im »Star«, kam sich allerdings in Miss Tivertons weiträumigem, verlassenem Haus draußen in Georgetown sehr fern von alledem vor.

Der Kongreßabgeordnete lehnte sich ihr entgegen, seine Perücke wie üblich leicht verrutscht, und sie begannen die letzten Ereignisse zu diskutieren. Sie äußerte sich verächtlich über Minister Sewards Sieben-Millionen-Dollar-Narretei, den Ankauf des wertlosen, eisigen Territoriums Alaska von Rußland. Stevens konnte Gerüchte weder bestätigen noch leugnen, daß Jefferson Davis nach Zahlung einer gewaltigen Kaution bald schon aus Fort Monroe entlassen würde, um auf seine Gerichtsverhandlung zu warten.

»Unser dringendstes Problem bleibt der Süden«, sagte Stevens. »Diese verfluchten Aristokraten in den Dixie-Legislativen weigern sich, die Staatskonvente einzuberufen, wie es von dem Wiederaufbaugesetz gefordert wird. Wir haben ein zweites Ergänzungsgesetz durchgebracht, das es den Militärkommandanten der Bezirke erlaubt, geeignete Mittel zur Registrierung der Wähler einzusetzen, damit wir mit der Sache vorankommen. Bei jedem Schritt versucht uns Johnson zu hindern und zu hemmen. Er versteht einfach den Kernpunkt nicht.«

»Der ist?«

»Gleichberechtigung. Gleichberechtigung! Jeder Mann hat das gleiche Recht, und das Gesetz sollte ihm diese Rechte zusichern. Das gleiche Recht, das einen Afrikaner verurteilt oder freispricht, sollte einen weißen Mann verurteilen oder freisprechen. Das ist das Gesetz Gottes, und es sollte auch das Gesetz dieses Landes sein, doch diese Südstaatler ersticken an der Vorstellung, und Johnson lehnt es ab. Dabei müßte er auf unserer Seite stehen! Ich sage dir, Virgilia«, er hatte sich in eine derartige

Erregung gesteigert, daß er Tee aus seiner Tasse verschüttete, »dieser Mann treibt mich noch zur Verzweiflung. Er betreibt eine Obstruktionspolitik, die schon ans Kriminelle grenzt. Dagegen gibt es nur ein Heilmittel.«

»Und was ist das?«

»Wir müssen ihn loswerden.«

Ihre dunklen Augen weiteten sich in der verwaschenen Dämmerung. »Du meinst, er soll unter Anklage gestellt werden?«

»Ja.«

»Mit welcher Beschuldigung?«

Endlich tauchte auf dem alten Falkengesicht ein Lächeln auf. »Oh, da finden wir schon was. Ben Butler und einige andere sind auf der Suche danach. Und das keinen Moment zu früh. Andrew Johnson ist der gefährlichste Präsident in der Geschichte dieser Republik.«

Gefährlich oder lediglich zu halsstarrig, um dem Kongreß die Macht zu überlassen? Virgilia stellte ihrem Freund diese Frage nicht. Sie stellte fest, daß sie die ganze Angelegenheit überraschenderweise kaum berührte.

»Alle wichtigen Senatoren sind für eine Anklage«, fuhr Stevens fort. »Sam Stout ist einverstanden.«

Der Satz versickerte. Er wartete ab. Ruhig sagte sie: »Ich weiß es nicht. Ich sehe ihn nicht mehr.«

»Das hörte ich.« Eine weitere Pause. »Sam glaubt, daß seine Wählerbasis nun gesichert ist. Folglich hat er die Absicht geäußert, sich von Emily scheiden zu lassen und irgend so ein Tanzhallenflittchen zu heiraten.«

»Mit Nachnamen heißt sie Canary.« Es klang wie eine beiläufige Konversation. Doch ihre Hände zitterten; die Neuigkeit hatte sie wie ein Schlag getroffen. »Ich wünsche ihm alles Gute.« Sie wünschte ihn zur Hölle.

Stevens musterte sie. »Mit deiner gegenwärtigen Situation bist du ganz und gar nicht zufrieden, was?«

»Nein. Ich bin nicht mehr die Kreuzritterin, die ich vor zehn Jahren war, aber wie ich schon sagte, ich komme mir mit der Pflege einer alten Frau, die nie mehr gesund werden wird, sehr isoliert und nutzlos vor.«

»Hast du Kontakt zu deiner Familie?«

Virgilia wich seinem Blick aus. »Nein. Ich fürchte, sie — würden das nicht begrüßen.« Spät nachts sehnte sie sich manchmal so sehr danach, daß ihr die Tränen kamen.

»Nun, meine Liebe, ich bat dich nicht nur zu mir, um dich zu sehen, sondern um auch einen eventuellen Stellungswechsel mit dir zu besprechen. Eine Position, die dir vielleicht befriedigender erscheint, weil du damit den unschuldigsten Opfern dieser verdammten Rebellen helfen würdest. Kindern.«

Zum zweitenmal verblüffte er sie. »Was für Kinder meinst du?«

»Ich zeige es dir. Bist du morgen beschäftigt?«

»Nein. Die Sonntage habe ich für mich.« Ein melancholisches Lächeln. »Für gewöhnlich habe ich nichts zu tun.«

»Kannst du dich um zwei bereithalten? Gut. Mein Fahrer und ich werden dich in Georgetown abholen.«

Am Ende eines von Fahrspuren zerfurchten Weges abseits der Tenth Street im heruntergekommenen Negro-Hill-Bezirk hielten Stevens und Virgilia vor einem weißen, gepflegt wirkenden Haus. Auf der einen Seite waren zwei oder drei große Räume offenbar erst kurz zuvor angebaut worden, noch waren nicht alle Wände gestrichen.

Nachdem die Kutsche angehalten hatte, öffnete Stevens nicht gleich die Tür. »Was du da vor dir siehst, ist ein Waisenhaus für heimatlose Negerkinder. Die Kinder erhalten Unterkunft und Grundunterricht, bis sie bei Adoptiveltern untergebracht werden können. Ein Mann namens Scipio Brown hat das Waisenhaus gegründet. Er leitete es persönlich, bis er sich einem farbigen Regiment anschloß. Nach seiner Entlassung kehrte er zurück und fand mehr Waisenkinder denn je vor, hauptsächlich die Kinder von nach Norden geflohenen Sklaven, die irgendwie von ihren Eltern getrennt worden waren. Im letzten Monat heiratete Browns Assistentin, ein weißes Mädchen, verantwortlich für den Unterricht der Kinder, und zog in den Westen.« Er brach ab. Die ganze Zeit schon hatte sie etwas sagen wollen.

»Thad, ich kenne Scipio Brown.«

»Tatsächlich! Ich zog die Möglichkeit in Betracht, aber...«

Sie nickte. »Ich bin ihm während des Krieges auf Belvedere begegnet. Mein Bruder George hatte dort mit seiner Frau einen Ableger von Browns Waisenhaus eingerichtet. Sie nahmen alle Kinder auf, die er hier in Washington nicht mehr unterbringen konnte.«

»Dann bist du ja mit seiner Arbeit bestens vertraut. Gut. Bist du an der Stelle interessiert?«

»Vielleicht.«

»Nicht gerade eine begeisterte Antwort.«

»Tut mir leid. Es ist eine ehrliche Antwort.« Wie sollte sie ihm erklären, daß sie kaum noch Begeisterung für irgendwas aufbrachte, nachdem Stout sie verlassen und sie sich ihrer Familie entfremdet hatte?

Er öffnete die Tür der Kutsche. »Nun, ein kurzer Besuch kann ja nicht schaden.«

Auf seinen Stock gestützt, führte er sie langsam ins Innere des Hauses. Er stellte sie den Dentons vor, einem schwarzen Paar in mittleren Jahren, die im Waisenhaus wohnten und für die gegenwärtig zweiundzwanzig Kinder kochten und putzten.

Sieben der Jungen, eine lärmende, fröhliche Bande, waren Heranwachsende. Die anderen waren noch Kinder. Stevens kannte jeden mit Namen. »Hallo, Micah. Hallo, Mary Todd — Liberty — Jenny — Joseph.«

Er gluckste und machte viel Aufhebens um sie, berührte Hände, küßte Wangen, umarmte sie, als handle es sich um seine Enkel. Wieder einmal wurde Virgilia klar, daß Stevens nicht zu jenen Radikalen gehörte, die Gleichheit nur aus politischen Gründen forderten.

»Und hier haben wir einen gutaussehenden Freund von mir.« Stevens mit seinem Klumpfuß drehte sich ungeschickt und hob lachend einen hellbraunen, sechsjährigen Jungen hoch. Der Junge trug ein sauberes, geflicktes Hemd und einen Overall.

»Das ist Tad.« Stevens herzte und küßte den Jungen. »Tad, das ist meine Freundin, Miss Hazard. Gibst du ihr die Hand?«

Feierlich, aber durchaus vor der fremden Frau auf der Hut, streckte Tad die Hand aus. Virgilia spürte, wie ihr unerwartet Tränen in die Augen stiegen.

»Wie geht es Ihnen, Miss Hazard?« sagte Tad sehr korrekt.

»Ich ...« Lieber Gott, sie brachte keinen Ton mehr heraus. Die Ähnlichkeit war nicht überwältigend, aber groß genug, um einen tiefen Schmerz in ihr auszulösen. Er hätte das Kind von Grady, ihrem ermordeten Geliebten, sein können. Es kostete sie gewaltige Anstrengung, ihren Schock zu verbergen und zu sagen: »Mir geht es gut, danke. Dir hoffentlich auch.«

Der Junge grinste und nickte. Stevens tätschelte ihn erneut und setzte ihn wieder ab. Er flitzte davon. Der Kongreßabgeordnete schnüffelte in Richtung Küche, aus der ein angenehmer Duft drang. »Was steht da auf dem Herd, Mrs. Denton?«

»Gumbo zum Abendessen.«

Die Haustür ging auf. Ein großer, bernsteinfarbener Mann trat ein und schüttelte die Regentropfen von seinem Hut. Er hatte breite Schultern wie ein Stauer und eine Mädchentaille. Virgilia schätzte, daß er jetzt so um die Fünfunddreißig sein mußte. Ohne zu zögern, reichte er ihr die Hand.

»Wie geht es Ihnen? Es freut mich sehr, Sie wiederzusehen.«

»Mr. Brown.« Sie lächelte in der Erinnerung daran, daß sein gutes Aussehen sie schon damals angezogen hatte. Nun wirkte er erwachsener und bezauberte sie mit lässiger Herzlichkeit: »Ich bedaure, daß wir uns nur einmal in Lehigh Station getroffen haben. Danach habe ich oft von Ihnen gehört.«

»Nichts Erfreuliches, vermute ich.«

»Oh, das möchte ich nicht behaupten.« Er lächelte sie an. »Der Kongreßabgeordnete sagte mir, Sie seien vielleicht daran interessiert, beim Unterricht dieser Kinder zu helfen.«

»Nun ...«

»Ist das Gumbo, Mrs. Denton? Ich habe mein Mittagessen versäumt. Leisten Sie mir Gesellschaft, Miss Hazard? Thad?«

»Draußen ist es feucht, und Gumbo wärmt mich immer auf«, sagte Stevens. »Ich nehme ein paar Bissen. Und du, Virgilia?«

Sie wußte nicht, wie sie ablehnen sollte, und stellte fest, daß sie es auch gar nicht wollte. Sie setzten sich, die Schüsseln mit der schmackhaften Suppe vor sich. Während sie mit Brown und Stevens plauderte, irrte ihr Blick häufig zu dem kleinen, fröhlichen Jungen ab, der sie so an Grady erinnerte. Der Anblick seines unschuldigen Gesichts, noch unberührt von den Grausamkeiten, die seine Hautfarbe provozieren würde, brachte sie erneut an den Rand der Tränen. Und dann kam ihr ein plötzlicher, verblüffender Gedanke. Sam war für sie verloren. Selbst zu Beginn ihrer Affäre hatte sie gewußt, daß sie ihn nicht ewig würde halten können. Vielleicht war es an der Zeit, die Verbitterung und den Kummer abzulegen. Vielleicht war es an der Zeit, sich um jemanden zu kümmern, der von ihrer Liebe profitieren würde.

Wie eine plötzliche Erscheinung sah sie auf einmal den toten Soldaten im Feldhospital vor sich. Sie starrte ihre Hände an. Andere konnten das Blut daran nicht sehen, aber sie schon. Dieses Blut würde sich nie abwaschen lassen. Aber sie konnte anfangen zu sühnen.

Stevens löffelte die letzten Reste seiner Suppe und meinte, er habe am Spätnachmittag ein Treffen mit den Angehörigen des Komitees der Fünfzehn. Scipio Brown drängte Virgilia nicht zu einer Antwort, zeigte jedoch deutlich, daß er sehr daran interessiert wäre, sie bei sich im Waisenhaus zu haben. Zum Abschied schüttelte er ihr kräftig die Hand. Er hatte eine direkte Art, in seinen Augen und seinem ganzen Auftreten lag Stolz. Sie mochte ihn.

In der auf die Stadtmitte zuschwankenden Kutsche legte Stevens beide Hände auf den Knauf seines Stockes. Sie dachte dabei an einen Löwen. Ein alter Löwe, aber immer noch von seinem Instinkt getrieben.

»Ich verliebe mich jedesmal neu, wenn ich diese Waisenkinder besuche, Virgilia.«

»Das kann ich verstehen. Sie sind sehr anziehend.«

»Und was hältst du von der Sache?«

»Viel, Thad. Sehr viel.«

Der alte Mann drückte ihre Hand. »Du wärst gut für sie. Ich glaube, sie wären auch gut für dich. Ich weiß, was du für Sam empfunden hast. Aber er gehört der Vergangenheit an, denke ich.«

Endlich kamen ihr die Tränen; Virgilia konnte nur nicken und sich abwenden.

An diesem Abend sagte sie in Georgetown Miss Tivertons Neffen höflich, aber bestimmt Bescheid, daß sie ihre Stelle aufgeben würde.

31

Wie eine Königin, die aus ihrem Palast auftaucht, trat Ashton in den Junisonnenschein hinaus. Das Gebäude, das sie eben verlassen hatte, war allerdings kein Palast, sondern ein Gasthaus in der Jackson Street, direkt am Rande von Chicagos übelster Gegend, einem Gewirr von Hütten und Schuppen, Conley's Patch genannt. Seit Monaten saß Ashton nun schon in einem großen, dreckigen Einzelzimmer fest, zusammen mit Will Fenway und seinen Bergen von Konstruktionszeichnungen, Kostenkalkulationen, Lieferungsangeboten, Darlehensverträgen. Sie haßte es.

Noch mehr haßte sie die Anonymität, die Will ihr verordnet hatte, seit sie Santa Fé verlassen hatten. Sie wollte ein gemeinsames Foto machen lassen; er lehnte ab. Von ihr dürften überhaupt keine Bilder mehr gemacht werden, meinte er. Hatte ihr nicht die Señora in Santa Fé die Behörden wegen des Mordes an ihrem Schwager auf den Hals gehetzt? Wann immer Will das erwähnte, trat ein merkwürdiges Glitzern in seine wäßrigen blauen Augen; ein Ausdruck, den Ashton nicht verstand.

An diesem Morgen, während sie sich von dem angenehmen Sonnenschein wärmen ließ, ähnelte sie, wenn schon nicht einer Königin, so doch einer Frau von bester Herkunft. Ihr Kleid und der dazu passende Hut waren aus leuchtend roter Seide; allein in dem keilförmig zugeschnittenen Rock steckten zwölf Meter Stoff. Eine aus sechs sprungfederähnlichen Drähten geformte Tournüre hob ihren Rock hinten provokativ an. Diese Tournüre war die neue Mode. Es war die reinste Tortur, das Ding an- und auszuziehen, aber ihr gefiel die Art und Weise, wie dadurch ihr Sex-Appeal betont wurde.

Unglücklicherweise geschah das am Rande von Conley's

Patch am falschen Ort. Ein heruntergekommener, triefäugiger Arbeiter kam auf sie zugeschwankt.

»Hallo, Süße.« Stinkend wie eine ganze Kneipe, blockierte er den Gehsteig. »Deinem Kleid nach bist du im Dienst, schätze ich. Wieviel?«

Ashton preßte die Lippen zusammen. Mit ihrer zierlichen Hand im roten Handschuh schlug sie ihm den roten Sonnenschirm kräftig ins Gesicht. Dann hielt sie ihm die andere Hand unter die Nase. Unter dem Handschuh zeichneten sich die Umrisse eines mächtigen Diamanteherings ab.

»Du dreckiger, ungebildeter Kerl. Ich bin eine anständige verheiratete Frau.«

»Für mich schaust du wie eine Hure aus.« Er griff nach ihr.

Ashton stieß ihm die Schirmspitze hart zwischen die Beine. Seine Augen schielten ganz fürchterlich, als er zurücktaumelte, mit beiden Händen seine untere Partie umklammernd. Zwei besser gekleidete Gentlemen traten zwischen das heruntergekommene Wrack und Ashton.

»Ich danke Ihnen«, sagte sie mit ihrer lieblichsten Stimme. Sie tippten an ihre Melonen, während sie den Betrunkenen festhielten. Ashton rauschte weiter, auf die Van-Buren-Street-Brücke zu. Sie war bereits zu spät, und an diesem wichtigen, um nicht zu sagen schicksalsträchtigen Tag wollte sie auf keinen Fall zu spät kommen.

Im Weitereilen dachte sie über die ungeschickte Attacke nach. Zumindest war das ein Beweis dafür, daß sie mit einunddreißig noch nichts von ihrem guten Aussehen eingebüßt hatte. Vielleicht sah sie jetzt sogar noch besser aus als früher. Das war allerdings auch das einzige, was sich verbessert hatte. Sie haßte das Leben ohne einen Penny, das zu führen sie gezwungen war. Oft konnte sie es kaum glauben, wie weit sie und der griesgrämige, knickerige alte Mann als Partner herumgekommen waren. Von Santa Fé nach San Francisco, dann Virginia City und schließlich Chicago.

So viele Pläne, so viele Kämpfe. Und ihre ganze Zukunft hing von diesen Pianozeichnungen ab, die Will angefertigt hatte, wieder und wieder, unzählige Male, manchmal bis drei oder vier Uhr morgens; er wertete seine eigenen Erfahrungen aus und suchte in obskuren deutschen und französischen Büchern nach Produktionsdiagrammen und nach Möglichkeiten, hier oder dort einen Dime einzusparen.

Heute strebte alles dem Höhepunkt entgegen. Alles; das Geld, das sie von Virginia City mitgebracht hatten, knapp über hunderttausend Dollar in einer Packtasche. Die beiden Darlehen, die sie ausgehandelt hatten, um die Miete und die Löhne von Wills vier Arbeitern und dem Verkäufer zu zahlen, den er von Hochstein abgeworben hatte. Um eines der Darlehen zu bekommen, hatte Ashton eine Nacht mit dem Bankier verbringen müssen, einem fürchterlichen Mann mit einem Schweinebauch, der stundenlang auf ihr lag, ohne was zustande zu bringen.

Nachdem er sich fünfzehn Minuten lang bemüht hatte, war sie zu dem Entschluß gelangt, daß sie keinen Hosenknopf des Bankiers für ihre Schatulle wünschte. Den größten Teil der Nacht lag sie da und starrte an seinem Kopf vorbei in die Dunkelheit. Sie sah sich herrlich gekleidet, reich und mächtig, dank Wills Erfolg. Sie sah sich nach Mont Royal zurückkehren, sie sah eine Reihe von Konfrontationen mit der arroganten Madeline — jede dieser Phantasien war so gestaltet, daß sie Madeline verletzte und von dem Familienbesitz trieb, der rechtmäßig ihr, Ashton, gehörte.

Oh, sie hatte eine Menge für Will Fenway und ihre gemeinsamen Pläne getan; daß sie von dem fetten, schwitzenden Bankier fast zu Tode gequetscht wurde, war nur ein Teil davon. Zuerst hatte sie einen Notar in San Francisco verführt. Er war gar nicht so übel, zwar reichlich hausbacken, aber potent. Sie brauchte lediglich eine Woche, um ihm eine gefälschte Heiratsurkunde zu entlocken, die besagte, daß sie Mr. Lamar Powell am 1. Februar 1864 geheiratet hatte.

Obwohl sie aus reiner Bequemlichkeit den Namen Mrs. Willard P. Fenway angenommen hatte, war sie in Wirklichkeit mit einem Mann verheiratet, der ihres Wissens immer noch in Virginia City, Nevada, lebte. Ezra Leaming war ein rotgesichtiger weißhaariger Witwer mit traurigen Augen ohne Familie. Er war schüchtern und ein Tölpel, was Frauen anbelangte. Ashton mußte ein scheinbar zufälliges Zusammentreffen arrangieren – eine kleine Ohnmacht auf der Straße – und so tun, als wäre sie selbst sehr schüchtern und wegen des Todes von Mr. Powell bitterer Armut preisgegeben. Ihr blieb es überlassen, dafür zu sorgen, daß er ihr den Hof machte; sie füllte Mr. Leaming mit einer ganzen Flasche Mumm's ab und brachte ihn so dazu, ihr einen Heiratsantrag zu machen.

Im Bett erwies sich Leaming als recht lebhafter Ehemann. Wesentlich lebhafter als der gute alte Will, der es nur einmal in San Francisco probiert und nach einer halben Stunde geseufzt hatte: »Das reicht. Ich schlafe gern mit dir, um mich zu wärmen, wenn du nichts dagegen hast, aber für das andere, schätze ich, bin ich zu alt. Bleiben wir Partner. Was meinst du dazu?«

Ezra Leaming stahl sie einen Hosenknopf. Während der acht Monate ihrer Ehe genoß er ihre Vorzüge in reichem Maße. Er war der Chef des örtlichen Schürfbüros; natürlich war er nur zu glücklich, seiner lieben Frau dabei behilflich zu sein, ihren eindeutigen Besitzanspruch auf die Mexikanische Mine, Eigentum ihres verstorbenen Mannes, durchzusetzen. Schließlich konnte sie ihre Heiratsurkunde vorweisen, nicht wahr?

Ashton heuerte Männer an, um die Mine wiederaufzumachen, die anfangs auch sehr vielversprechend aussah. Aus dem silberhaltigen Erz ließen sich 103000 Dollar herausholen, bevor die Ader erschöpft war. Still und heimlich hob sie das Geld von ihrem Bankkonto ab, und spät nachts, als Ezra Leaming schnarchte, setzte sie sich mit Will Fenway, der sich während der Zeit in einem billigen Zimmer aufgehalten und ungeduldig Pianos gezeichnet hatte, in die nächste Kutsche.

O ja, der Weg nach Chicago hatte durch ein wahres Labyrinth geführt. Mit vielen Verwirrungen und Irritationen. Sie gab sich als Mrs. Fenway aus, war aber immer noch Mrs. Leaming. Als Will am Tag nach ihrer Ankunft in der Stadt sagte, sie dürfe nicht zum Fotografen, warf sie einen Schuh nach ihm. Um ihm eins auszuwischen, marschierte sie am nächsten Tag zu Field, Leitner und Co., einem vornehmen Bekleidungsgeschäft in der State Street. Dort kaufte sie mit Geld von ihrem Bankkonto –

Geld, das für die Pianofirma reserviert war — die scharlachroten Sachen, einschließlich der Tournüre.

Will war wütend. Er beschimpfte sie, wie sie ihn nie zuvor hatte schimpfen hören. Ashton erkannte, daß sie einem Mann begegnet war, dessen Stärke der ihren gleichkam. All die Sorgen und die Nachtarbeit hatten ihn alt und müde werden lassen, aber weder ihre Schönheit noch ihr hoheitsvolles Benehmen schüchterten ihn ein; auch daß sie auf seine Flüche mit Schreien reagierte und sagte, sie werde ihn verlassen, brachte ihr nichts ein.

Er schlug sie. Nur einmal, aber so fest, daß sie auf das zerwühlte Bett taumelte. Dann zeigte er ihr seine Faust.

»Du machst weiter. Ich habe meine ganze Seele und dein ganzes Geld in diesen Plan gesteckt. Wenn dir all das egal ist, wenn du nicht mehr in dem Stil nach South Carolina zurück willst, von dem du immer gesprochen hast, dann geh einfach zur Tür raus. Ich behalte all das Geld, das wir verdienen, und dann suche ich mir eine andere Frau.«

Ashton stand wie vom Donner gerührt da. Sie bat und bettelte, weinte und erniedrigte sich, bis er sie wieder als Partnerin aufnahm. Seitdem hatte sie ihn weder verärgert noch herausgefordert.

Das war der Grund für ihre Eile, als sie von der Van Buren nach Westen auf die Holzbrücke über den Südarm des Chicago River abbog. Wenn Fremde sie aufdringlich anstarrten, dann warf sie nur verächtlich den Kopf zurück. Ihr Herz gehörte Will und dem, was er heute enthüllen würde.

Westlich des Flusses war Chicago fast schon ein Slum, mit seinen dicht gedrängten Kneipen, Holzlagerplätzen, Sägemühlen, den Bootsmolen am Wasser und den trostlosen, billigen Wohnungen der vielen Iren und Schweden und Böhmen. Hier in der Canal Street führte eine dunkle Treppe nach oben, vorbei an einem grob mit der Hand geschriebenen Schild, das auf FENWAY'S PIANO COMPANY hinwies.

Atemlos hetzte sie nach oben auf den Speicher, wo sich Eisenrahmen türmten, Spulen unterschiedlich starken Klavierdrahtes, noch nicht zusammengebaute Gehäuse von Schoenbaum aus New Jersey, Tasten von Seaverns in Massachusetts. Mit Ausnahme des Gesamtentwurfs war nichts an dem Piano Will Fenways Eigenschöpfung.

»Will, verzeih mir.« Zerknirscht eilte sie auf ihn zu. Die vier jungen Männer in Lederschürzen und der stattliche Norvil Watless, der Verkäufer, lächelten und grüßten sie, als sie die Arme um Wills Nacken schlang und ihn küßte. »Auf der Brücke war so viel Verkehr. Ich mußte zehn Minuten warten, bis ich hinüber konnte.«

»Schon gut, ich habe gewartet«, sagte er nervös, während er mit den Fingern auf das unter einem Laken verborgene Objekt trommelte, das im Mittelpunkt der Aufmerksamkeit stand. »Schätze, wir sind alle da. Werfen wir mal einen Blick darauf.«

Sie bemerkte, wie seine Hand zitterte, als er das Tuch packte. Außerdem bemerkte sie die roten Ränder tief in seinen Augen; er brauchte eine Brille, wollte sich aber keine kaufen. Doch seine Schultern strafften sich, als er eine auf Wirkung bedachte Pause einlegte, ehe er das Laken wegriß.

Die Arbeiter klatschten. »Allmächtiger, was für eine Schönheit«, keuchte Norvil Watless. Selbst Ashton blieb der Atem weg.

Bei dem Piano handelte es sich um ein Klavier, das in Frankreich populär geworden war, da es sich gut in diese kleinen, im neuen Stil gehaltenen Pariser Wohnungen, *appartements* genannt, einfügte. Das Gehäuse bestand aus glänzendem, schwärzlichem Holz mit breiter, rostfarbener Maserung. In alter englischer Schrift tauchte über der Tastatur in einer Goldblattgirlande der Name *Fenway* auf.

»Das ist ein wunderbares Rosenholzgehäuse«, begann Watless.

»Brasilianische Jacaranda«, unterbrach ihn Will. »Ist billiger. Aber Sie können trotzdem Rosenholz dazu sagen.«

Er strich über die glatte Oberfläche; die Müdigkeit schien von ihm abzufallen, als er Ashton erklärte: »Für das Geld kann ich kein besseres bauen. Es hat einen vollen Eisenrahmen, kreuzsaitige Skala.«

»Französische Mechanik«, rief Watless. Ashton hatte gelernt, daß eine in Paris hergestellte Klaviermechanik gleichbedeutend mit guter Qualität war.

»Nein. Ich habe die Mechanik in den Vereinigten Staaten gekauft«, sagte Will. »Doch im Verkaufsprospekt steht, es sei im französischen Stil gehalten, also sorgen Sie dafür, daß man glaubt, es komme aus Paris. Schließlich zählt unsere Kundschaft ja auch nicht gerade zu den ehrlichsten Leuten der Welt.«

Ashton wollte etwas sagen, was ihn freute. »Du kannst stolz sein, Will.«

»Ich kann stolz, aber auch bankrott sein, wenn sie sich nicht verkauft. Es ist übrigens eine Sie — ich habe dieses Modell ›Ashton‹ getauft.«

Sie quietschte überrascht auf, fühlte sich dann aber tatsächlich gerührt. Wieder umarmte sie ihn und spürte, wie sein Körper ganz kurz müde und erschöpft gegen den ihren fiel. Er winkte. »Probieren Sie sie aus, Norvil.«

Der Verkäufer zog sich einen Hocker heran, spreizte seine Finger und schlug dann zögernd »Camptown Races« an.

»Lauter, Norvil«, sagte Will.

Norvil spielte lauter.

»Schneller.« Norvil steigerte das Tempo. Die Musik schien durch die geschlossene Front des Pianos mit einem leicht metallischen Klang zu dringen. Norvil wechselte zu »Marching Through Georgia« über. Man konnte praktisch die Hörner und die stampfenden Füße hören.

Einer der Arbeiter legte einen kleinen Tanz hin. »Verdammt, das ist ein Klavier!«

»Richtig«, stimmte Will zu. »In einem Bordell schert man sich einen Dreck um süße, sanfte Töne. Man will Krach. Krach, Norvil!«

Gehorsam spielte Norvil einen Verdi-Chor. Entzückt klatschte Ashton mit ihren kleinen roten Handschuhen. Will warf ihr einen seltsamen, ernsten Seitenblick zu, dann sagte er: »Ich kann so viele bauen, wie Sie verkaufen können, Norvil, aber wenn Sie überhaupt keins verkaufen, dann können Sie mich im Armenhaus besuchen, vorausgesetzt, die Lieferanten haben mich nicht schon zuvor erschlagen. Nun, ich denke, wir machen jetzt besser die Flasche Whisky auf, was?«

Ashton hatte noch keine Feier erlebt, die mit weniger Begeisterung angekündigt worden wäre. Der Gedanke, was passieren würde, wenn das Ashton-Klavier ein Fehlschlag wurde, ließ auch sie ein bißchen ernst werden.

Nachdem Norvil und die Arbeiter die Flasche geleert hatten, gab Will ihnen den Rest des Tages frei und schloß den Speicher ab. Die leere Flasche warf er in eine Mülltonne. »Die Karten sind ausgeteilt, Ashton. Wir können genausogut unser letztes Geld für ein gutes Steak im Café an der Ecke ausgeben.«

Sie war einverstanden. Keiner von ihnen sprach viel, bis sie zwischen Farntöpfen in dichtem Zigarrenqualm unter ansonsten nur männlichen Gästen saßen, die ihr auffallendes Aussehen beglotzten.

Ihr roter Handschuh schloß sich um seine Hand. »Will, was hat dich in diese trübe Stimmung versetzt?«

Er wich ihrem Blick aus. »Das würde dich nicht interessieren.«

»O doch, das würde es.« Sie zog ein hübsches Schmollmündchen. »Doch!«

Der Blick seiner müden, rotgeränderten Augen richtete sich auf sie. »Ich habe dir das nie gesagt, weil ich nie sicher war, daß wir so weit kommen würden. Aber es frißt an mir, Ashton.«

»Was?« Ihr Schmollen wirkte jetzt erzwungen und nervös. »Was?«

»Santa Fé.«

»Wie bitte?«

»Was mich beunruhigt, ist Santa Fé. Dieser Luis, den du erschossen hast, als es gar nicht mehr notwendig war.« Ärger rötete ihr Gesicht. Er packte ihr Handgelenk, und sie spürte die verborgene Kraft, die in diesem verfallenen alten Leib steckte. »Laß mich ausreden. Dieser Mann bereitet mir Alpträume. Ich bin weiß Gott keine Säule der Tugend. Und ich mag dich, ich mag dich wirklich. Ich mag deine Keckheit, dein Aussehen, deinen Mumm, deinen Ehrgeiz, den du nicht hinter einem Haufen schwülstiger Lügen versteckst. Aber da ist ein gewisser Zug in dir, den dein Daddy aus dir hätte herausprügeln sollen. Ein übler Zug. Der hat dich dazu gebracht, einen wehrlosen Mann zu erschießen. Ob nun die Fenway-Pianos eine Katastrophe oder ein umwerfender Erfolg werden, ganz egal...« Die nächsten Worte kamen nach einigen schweren Atemzügen, als müßte er eine Last heben. »Ich habe beschlossen, wenn du je wieder etwas derart Gemeines tust, dann sind wir fertig miteinander. Nein, komm mir jetzt nicht mit Argumenten. Keine Entschuldigungen. Du hast ihn ermordet.« Seine Stimme war leise, damit niemand sie belauschen konnte. Aber in ihren Ohren klang sie wie ein tobender, kalter Januarsturm.

Er zog seine Hand weg. »Wenn du so etwas noch mal tust, sind wir fertig, kapiert?«

Ihre erste Reaktion war erneuter Zorn. Huntoon hatte einst etwas Ähnliches zu ihr gesagt, und sie hatte ihn verhöhnt und verspottet. Jetzt öffnete sie ihren feuchten roten Mund, um dasselbe mit Will zu tun — und konnte es nicht.

Sie schauderte. Hastig ging sie ihre Chancen durch, dann senkte sie den Kopf.

»Ich habe verstanden.«

Er lächelte. Ein erschöpftes Lächeln, aber ein Lächeln. Er tätschelte ihre Hand. »Gut. Jetzt fühle ich mich besser. Bestellen wir. Oder besser noch, lassen wir den ganzen verdammten Tag sausen und besaufen uns. Entweder es ist alles vorbei, oder es fängt erst an. Ich habe alles gegeben. Du ebenfalls.«

Ihre Blicke trafen sich in einem merkwürdigen, stillen Moment gegenseitigen Verstehens. Warum bewunderte sie diesen zerbrechlichen alten Mann? Weil er reinen Stahl in sich hatte? Weil er einen Befehl erteilen und dafür sorgen konnte, daß sie ihn befolgte? Zu ihrer eigenen Überraschung wurden ihre Augen feucht.

»Ja, das haben wir. Trinken wir wie die Könige, und dann gehen wir ins Bett.«

»Wahrscheinlich werde ich gleich einschlafen.«

»Das macht nichts. Ich halte dich warm.«

Das munterte ihn auf, und eine gewisse Heiterkeit kam bei ihm zum Vorschein, als er mit den Fingern nach dem Kellner schnippte. »Nun, warum nicht? Jetzt liegt alles bei Norvil. Bei Norvil und den Puffbesitzern dieser großartigen Vereinigten Staaten.«

32

Jemand berührte seinen Fuß.

Charles war sofort hellwach; er fegte seinen schwarzen Hut vom Gesicht, während seine rechte Hand zum Colt schnellte. Der Revolver fuhr hoch. Dann erkannte er Corporal Magee, auf dessen dunkles Gesicht die durch die abgestorbenen Pappelblätter fällenden Sonnenstrahlen ein Muster malten.

Charles' Herz beruhigte sich wieder. »Anrufen, nicht anfassen, wenn ich schlafe. Sonst kriegst du womöglich eine Kugel verpaßt.«

»Tut mir leid, Sir. Wir haben Rauch gesichtet.«

Er deutete nach Südwesten, wo das Band des Smoky Hill River im Mittagslicht wie aus Zinn gegossen glänzte. Eine dünne, schwarze Säule stand am Himmel. Charles raffte sich hoch und machte sich auf die Suche nach seinem Spurenleser.

Er patrouillierte mit seinem Zehn-Mann-Trupp vor Fort Harker einen Fünfundzwanzig-Meilen-Streifen entlang der Postkutschenroute südlich und westlich des Militärpostens. Jetzt hatten die Soldaten unter den Bäumen am Fluß Schutz vor der Julihitze gesucht. Viel nützte es nicht. Das rote Tuch um Charles' Hals fühlte sich wie ein nasser Lappen an. Seine nackte Brust glänzte vor Schweiß.

Der Spurenleser war ein Kiowa namens Großer Arm, den der Alte Charles zugewiesen hatte. Er war ein gutaussehender Indianer und ein geschickter Reiter, aber stets mürrisch gestimmt. Barnes sagte, er stamme von einer Kiowa-Bande unten im nördlichen Texas, wo er vor einigen Jahren bei einer Büffeljagd einen unverzeihlichen Fehler begangen hatte. Er war ungeduldig geworden, war vor den anderen Jägern losgestürmt und hatte so die Herde in die Flucht geschlagen. Niemand hatte auch nur einen Büffel erlegt. Die Besitztümer von Großer Arm wurden zerbrochen, und er wurde ausgestoßen. Zwei Winter hielt er das durch, dann trat er voller Haß in den Dienst des weißen Mannes – in seinem Fall war es ein Haufen Schwarzer oder Büffelsoldaten, wie sie von den Prärieindianern genannt wurden, da das wollige Kraushaar der Schwarzen an ein Büffelfell erinnerte.

»Was hältst du davon?« sagte Charles zu Großer Arm in gereiztem Tonfall. Der Kiowa, der nur mit Charles oder dessen Männern redete, wenn es unumgänglich erschien, war ihm aus tiefstem Herzen zuwider.

Großer Arm antwortete mit einem für ihn typischen Achselzucken, dann zog er ein glänzendes Messingteleskop aus dem Gürtel. Er wollte es gerade öffnen, als Charles es ihm aus der Hand schlug.

»Wie oft muß ich dir das noch sagen? Dieses Ding leuchtet wie ein Spiegel. Was brennt da? Die nächste Postkutschenstation?«

Mürrisch schüttelte Großer Arm den Kopf. »Zu nah für Station. Muß neue Farm sein. Nicht da letztes Mal, als ich Fluß ritt.«

Alarmiert brüllte Charles: »Wallis! Blase zum Aufsitzen!«

Nach Verbüßung seines Arrestes hatte Shem Wallis seinen Dienst wieder aufgenommen und ein gewisses Talent als Trompeter gezeigt. Jetzt blies er das Kommando in scharfen, drängenden Tönen. Die schwarzen Kavalleristen rappelten sich fluchend auf. Charles teilte zwei Mann als Wache für den Versorgungswagen ein und rannte zu seinem angepflockten Schecken.

Trotz der Hitze zündete er sich eine Zigarre an. Die Nerven. Schweiß lief ihm über Brust und Rücken, als er an der Spitze der acht Männer in Zweierreihe aus dem Schatten der Bäume trabte.

Das mit Rasenstücken gedeckte Haus stand noch. Der Rauch stammte vom Gerippe eines Farmwagens. Charles ließ seine Männer antreten, und sie näherten sich mit schußbereiten Gewehren und Revolvern. Die Krempe von Charles' schwarzem Hut warf einen scharfen, diagonalen Schatten über sein Gesicht.

Seine Blicke huschten hin und her. Plötzlich drang ihm ein übler Geruch in die Nase. »Was zum Teufel ist das?«

Großer Arm wußte offensichtlich Bescheid. »Schlimm«, sagte er.

Sie hielten am Rand des zertrampelten Hofes. Vom Pferderücken aus las Charles die Spuren in dem zertretenen Gras neben dem kleinen, verdorrenden Gemüsegarten des Siedlers. »Ich zähle acht Ponys, vielleicht eins mehr.« Großer Arm grunzte zustimmend.

»Woher weiß er das?« murmelte einer seiner Männer hinter ihm. Charles zog es vor, sie in ständiger Ehrfurcht vor seinen Präriekenntnissen zu halten; nie erzählte er davon, daß Holzfuß ihm alles beigebracht hatte und daß kaum ein Tag verging, an dem er nicht die eine oder andere Lektion verwenden konnte. Sie wußten nicht, daß es so einfach war. Wenn er sie richtig geformt hatte, dann würde er ihnen vielleicht einige Geheimnisse enthüllen und mit dem ernsthaften Unterricht beginnen. Doch noch war es nicht soweit.

Er ließ absitzen und schickte drei Zwei-Mann-Teams los, um den Boden in verschiedenen Richtungen abzusuchen. Er selbst führte Magee, Großer Arm und einen weiteren Kavalleristen um das quadratische Haus herum, das aus Lehmziegeln mit einem Grasdach bestand. Hohe Gräser wuchsen aus den Rasenstücken, ein Unkrautfeld gegen den hitzeflimmernden Himmel.

Der Gestank wurde schlimmer. »Riecht wie gekochtes Fleisch«, sagte der Kavallerist. Sie bogen um die hintere Hausecke und sahen vor sich auf dem Boden das, was von dem weißen Siedler übriggeblieben war.

»Gott, sie haben Feuer auf ihm gemacht.«

Magee, der sich so leicht von nichts beeindrucken ließ, zeigte Verblüffung. »Das letzte Feuer auf seiner Brust.« Der andere Soldat rannte ins hohe Gras und übergab sich.

Charles gab Magee einen Stoß. »Okay, gehen wir eine Schaufel holen.« Beide wollten sie so schnell wie möglich von der Leiche wegkommen. Vorne sah er, wie Großer Arm mit seinem Teleskop gegen die Tür des Hauses stieß. »Um Himmels willen, geh da nicht rein, bis wir uns davon überzeugt haben, daß es sicher...«

Er war noch mitten im Satz, als Großer Arm die Tür aufstieß und eintrat. Dröhnender Donner schleuderte ihn wieder heraus. Von Rauchschwaden umgeben, landete er auf seinem Rücken. Aus einem Loch in der Brust seines Hirschlederhemdes quoll es rot hervor.

Charles drückte sich seitlich neben der Tür gegen die Wand. »Wir sind Soldaten. Armee der Vereinigten Staaten. Nicht mehr schießen.«

Er lauschte. Schwerer Atem. Dann ein Wimmern. Ein Schatten strich neben ihm über den Boden. Ein kreisender Geier.

»Nicht schießen. Ich komme rein.«

Unter den Blicken der anderen atmete Charles tief durch und trat in den Türrahmen. »Soldaten«, sagte er laut und schob sich in die fast undurchdringliche Dunkelheit hinein.

In einer Ecke inmitten zerbrochener Möbel lag die Frau des Siedlers, ein Mädchen mit kastanienbraunem Haar. Kleiderfetzen lagen um sie verstreut herum. Sie versuchte ihre Nacktheit zu verbergen, während ihre rechte Hand zitternd eine Pistole umklammerte. Charles warf nur einen kurzen Blick auf ihre feuchten Schenkel, aber es reichte, um sie zu demütigen. Er mußte nicht fragen, was sie ihr angetan hatten.

Veilchenblaue Augen fällten sich mit Tränen. »Eulus hat mir die Pistole gegeben. Ich sollte die letzte Kugel für mich selber aufheben. Sie haben mir die Waffe weggenommen, bevor sie — bevor sie — ist mit Eulus alles in Ordnung?«

Charles wäre am liebsten im Boden versunken. »Nein.«

Eine Art wahnsinnigen Elends blitzte in den veilchenblauen Augen auf. Ihre freie Hand glitt über ihre Schenkel, als wollte sie die Schandflecken wegwischen. Er versuchte seine Gefühle unter Kontrolle zu bekommen und vernünftig zu denken.

»Hören Sie, es tut mir leid. Legen Sie sich hin, ich suche eine Decke für Sie. Dann holen wir unseren Wagen und bringen Sie — *nicht!*«

Er stürzte sich auf sie, aber zu spät. Seine ausgestreckte Hand fuhr einen Meter von ihr entfernt durch die Luft, als sie auf den Abzug der Pistole drückte, die sie sich in den Mund geschoben hatte.

Magic Magee berührte den Körper von Großer Arm mit seinem perlenbesetzten Mokassin. »Ich bin ja nur ein Stadtjunge, Lieutenant, aber mir scheint, daß dieser Fährtensucher hier sein Geschäft nicht besonders gut verstanden hat.«

Charles starrte zum weißen Horizont hinüber und biß auf seiner kalten Zigarre herum. »Verdammter Narr. Verdammte Wilde. Verdammter Hancock.« Er wandte sich ab, um den in ihm tobenden Sturm an Emotionen zu verbergen.

Magee sagt zu Shem Wallis, dem die Tränen in den Augen standen: »Wird ein mächtig langer Sommer.«

Vor kurzem war Hancocks Krieg, wie die Presse die Frühjahrsexpedition bezeichnete, zu Ende gegangen. Hancocks herausfordernde Demonstration der Stärke hätte den Frieden fördern sollen; das impulsive Niederbrennen des Dorfes an der Pawnee-Gabelung hatte für Krieg gesorgt. Die Präriestämme betrachteten die Zerstörung von Tipis, Büffelfellkleidung und anderen persönlichen Besitztümern als Wiederholung von Sand Creek und als direkten Verstoß gegen den Little-Arkansas-Vertrag.

Und sie schlugen zurück.

Banden junger Sioux und Cheyenne, geführt von Hitzköpfen wie Pawnee Killer und Narbengesicht, strömten nach Kansas hinein und überfielen Heimstätten wie jene, die Charles gefunden hatte, brannten Postkutschenstationen nieder, stürzten sich auf unbewaffnete Bautrupps der UPED, die in einem verzweifelten Wettrennen zum hundertsten Meridian ihre Schienen verlegten. Zwischen Fort Harker, der gegenwärtigen Spitze des Schienenstrangs, und Fort Hays, einem noch primitiveren Militärposten sechzig Meilen westlich gelegen, weigerten sich die UP-Trupps, ohne bewaffnete Schutztrupps zu arbeiten.

Von der Division aus erließ Sherman den Befehl, Kavallerie- und Infanterie-Einheiten zur Bewachung der Trupps abzustellen. Die eigenen Sicherheitskräfte der Eisenbahn, geführt von einem ehemaligen Pinkerton-Agenten namens J.O. Hartree, verstärkten die Armeekommandos. Hartree genoß den Ruf eines Killers, aber das reichte nicht aus, um die Überfälle zu stoppen. Die Direktoren der Eisenbahn schrien nach weiteren Männern, weiteren Waffen.

Gouverneur Crawford von Kansas schrie nach Schutz für seine Bürger und begann ein Sonderkavallerieregiment des Staates aufzubauen. Sherman wollte die Armee zum Einsatz bringen: »Wir dürfen nicht in der Defensive bleiben. Bei jeder sich bietenden Gelegenheit müssen wir sie verfolgen. Wir müssen die Gegend zwischen Platte und Arkansas von Indianern säubern.«

Das klang alles schön und gut, wenn man von der Reaktion all der Kongreßabgeordneten, Bürokraten, Prediger und Journalisten absah, die sich auf seiten der Indianer schlugen und die jeder indianischen Untat eine zuvor erfolgte Untat der Weißen unterschoben. Von Bostoner Kanzeln und New Yorker Redaktionsräumen aus sprachen sie mit mächtiger, überzeugender Stimme. Sie nannten den Brand an der Pawnee-Gabelung einen feigen, provokativen Akt. Sie druckten Handzettel, veranstalteten Fackelumzüge und schickten Unmengen von Memoranden an Präsident Johnson. Zu den stärksten Trägern dieser Clique zählte Willas Indian Friendship Society — eine Tatsache, an die Charles nicht zu denken versuchte.

Ehe der Vorfall mit dem Siedlerpaar geschah, hatte er seinen Trupp mit einem guten Gefühl in den Einsatz geführt. Es war wesentlich besser, durch die Smoky Hills zu patrouillieren und Indianer zu jagen, als in den elenden, rattenverseuchten Schlammhütten in Fort Harker zu hausen. Bald schon war ihm klargeworden, daß es einem kleinen Trupp an der nötigen Feuerkraft fehlte, um große, herumstreunende Kriegsbanden zu verfolgen und zu vernichten. Schlimmer noch, es war ihnen auch nicht erlaubt. Sie durften nur reagieren, nicht agieren. Je bewußter ihm diese Tatsache wurde, desto übler wurde Charles' Laune; im Hochsommer spürte er das gleiche mörderische Gefühl in sich, das er bei der Entdeckung der Leichen von Boy und Jackson empfunden hatte.

Charles und seine Männer hatten die übelkeitserregende Aufgabe übernommen, die Siedler zu begraben und ihre wenigen Habseligkeiten durchzusehen, um sie identifizieren zu können. Sie hatten eine Bibel gefunden, allerdings ohne irgendeine Inschrift. Sie hatten nichts weiter als einen Namen, Eulus. Es war pure Ironie, daß angesichts dieser Metzelei die Friedensstifter vorübergehend das Kommando übernahmen. Senator Henderson aus Missouri, ein mächtiges Mitglied der Friedenslobby, brachte ein Gesetz ein, mit dem eine weitere Kommission bevollmächtigt werden sollte, einen dauerhaften Frieden mit den Prärieindianern auszuhandeln.

Wie so viele in Uniform kam sich Charles verraten und verkauft vor; man hinderte ihn daran, einen Krieg zu gewinnen, der ständig unschuldige Opfer forderte wie den Siedler Eulus und dessen Frau. Charles glaubte, daß sich die Friedenslobby nicht ewig halten würde. Letzten Endes mußte man die Armee loslassen, mit der Erlaubnis, den Kampf bis zum endgültigen Sieg fortzuführen. Dann würde sich ihm die Chance bieten, seinen Racheschwur wahrzumachen, den er über den verstümmelten Leichen von Holzfuß und Boy abgelegt hatte.

Während Charles mit der Leiche von Großer Arm nach Fort Harker zurückkehrte, sagte er sich, daß er eigentlich dankbar sein müsse. Obwohl seine Schwarzen von ihren weißen Brüdern verachtet wurden, hätte er es anderswo wesentlich schlimmer treffen können. Zum Beispiel bei der Siebten Kavallerie.

Dieses Regiment wurde zwischen verschiedenen Parteien hin und her gerissen; es gab viel Ärger. Custer hatte an Hancocks Expedition teilgenommen und war anschließend den Republican River hochgeschickt worden, um Indianer zu jagen. Eine Anzahl von ihm angeordneter Gewaltmärsche hatte zu Massendesertionen geführt. Eines Nachts verschwanden fünfunddreißig Männer. Voller Wut hatte Custer ihnen seinen Bruder Tom, einen Adjutanten und einen Major Elliot nachgehetzt, mit dem Befehl, jeden Mann zu erschießen, den sie erwischten.

Die Verfolger schnappten fünf Mann; drei davon wurden verwundet. Custer verweigerte ihnen eine Zeitlang jede medizinische Versorgung. Einer starb in Fort Wallace, und Charles hörte, daß sich Custer rühmte, bei ihm würden es sich potentielle Deserteure zweimal überlegen, bevor sie flüchteten.

Kurz vor ihrem Aufbruch zur Patrouille hatte Charles noch etwas über den Boy General gehört. Anscheinend hatte er Fort Wallace ohne Erlaubnis verlassen und war durch Fort Hays und Fort Harker gehetzt, um seine Frau aufzusuchen, deren Gesundheit und Sicherheit ihm Sorge bereiteten. Zusätzlich zu dem Indianerproblem hing die Drohung einer Choleraepidemie in der Luft.

Captain Barnes betrachtete den stämmigen Indianer mit gerunzelter Stirn. »Lieutenant August, hier ist dein neuer Spurenleser, Graue Eule.«

Charles rutschte das Herz in die Hosentasche. Im Vergleich zu diesem Galgenvogel war Großer Arm eine schillernde Persönlichkeit gewesen. Der Indianer mochte um die Vierzig sein und steckte trotz der Hitze in einem Büffelfell. Er hatte breite, dunkle Backenknochen und eine Nase wie eine stumpfe Axt. Seine Flechten hatte er mit bemalten Hirschlederriemen zusammengebunden, aber davon abgesehen konnte Charles nichts entdecken, was einen Hinweis auf seinen Stamm gegeben hätte. Ganz sicher gehörte der Fährtensucher weder zu den Delaware noch zu den Osage. Vielleicht irgendein Sioux-Zweig? Sehr verwirrend. Die Sioux befanden sich auf dem Kriegspfad.

Barnes bemerkte Charles' starren Blick und sagte: »Er gehört zu den südlichen Cheyenne. Seit ich hier draußen bin, arbeitet er schon als Spurenleser für die Armee.«

»Ich will verdammt sein. Erzähl mir bloß nicht, er hat auch eine Büffelherde in die Flucht geschlagen.«

»Nein. Er kann sein Volk nicht leiden. Warum, will er nicht sagen.« Charles sah ganz kurz den Schmerz in den Augen des Fährtensuchers aufblitzen, zumindest bildete er sich das ein. Es war ein merkwürdiges Gefühl, über den Indianer zu sprechen, als wäre er gar nicht anwesend. »Na gut, komm mit, Graue Eule. Ich werde dich meinen Männern vorstellen.«

»Jawohl. Schönen Dank«, sagte Graue Eule. Charles fuhr herum. Der Cheyenne sprach deutlich und fast akzentfrei. Er mußte viel Zeit unter Weißen zugebracht haben. In einem Punkt war er jedenfalls besser als Großer Arm: Er gab Antwort, wenn man ihn etwas fragte, und zwar mehr als nur einige Worte. Er hatte jedoch ein anderes Problem. Er war nicht mürrisch, aber er weigerte sich hartnäckig zu lächeln.

»Verstehst du, Magic«, sagte Charles zu seinem Corporal, »ich kann keine Leistung aus ihm rausholen, solange ich nicht an ihn herankomme. Und um an ihn heranzukommen, muß ich einiges über ihn wissen. Was er will, was er mag, wer er wirklich ist. Zweimal habe ich ihn nach dem Grund gefragt, weshalb er sich von seinem Stamm abgewandt hat. Er weigert sich, es mir zu sagen. Wir stehen im Begriff, ein gutes Kommando aufzubauen. Ich will nicht, daß er das kaputtmacht, so wie Großer Arm. Wir müssen ihn herumkriegen. Der erste Schritt dazu ist, dieses steinerne Gesicht zu knacken. Ich denke, du bist der richtige Mann dafür.«

»Ich möchte dir eine kleine Geschichte erzählen«, sagte Magee. »Aber zuerst muß ich was überprüfen. Soweit ich weiß, hast du dich eine Zeitlang bei den Forts herumgetrieben, richtig?«
 Graue Eule nickte. Eingewickelt in sein Büffelfell saß er mit untergeschlagenen Beinen da und zeigte soviel Gefühl wie ein Felsbrocken vom Grunde eines Flusses.
 Der kühler gewordene Wind ließ das Campfeuer aufflammen. Charles und seine Männer waren übereingekommen, Zelte in der Prärie zwischen Posten und Fluß aufzustellen, um nicht in diesen finstern, stinkenden Hütten mit Ameisen, Läusen und Gott weiß was noch schlafen zu müssen.
 »Dann weißt du vielleicht auch, was das ist?« sagte Magee und holte ein abgenutztes Kartenspiel hervor. »Du hast Kavalleristen mit solchen Karten spielen sehen, nicht wahr?«
 Ein weiteres Nicken.
 »Du bist also sicher, daß du weißt, was in so einem Kartenspiel steckt, ja?« Er breitete die Karten fächerförmig aus. »Die Augen, die Bilder? Siehst du, es gibt vier verschiedene Arten von Königen, vier verschiedene...«
 »Ich habe Karten gesehen«, unterbrach ihn Graue Eule; Ärger blitzte kurz in seinen Augen auf.
 »Also gut. Gut! Ich mußte bloß herausfinden, ob du auch die

volle Bedeutung der Geschichte, die ich dir erzählen werde, zu schätzen weißt. Es ist eine gute Geschichte, denn sie zeigt, wie weit man es in dieser Armee bringen kann, wenn man den richtigen Ehrgeiz hat. Tatsächlich heißt die Geschichte ›Der ehrgeizige Unteroffizier‹.«

Magee kniete vor Graue Eule nieder. »Dieser Unteroffizier, das war ein mächtig flinker junger Bursche namens Jack.« Er drehte die oberste Karte um, den Karobuben. Wallis und ein weiterer Kavallerist schlenderten herbei, um zuzusehen. »Jack war ehrgeizig wie der Teufel. Er wollte Erster Sergeant werden und wurde auch bald befördert.«

Magee winkte mit der Karte den Zuschauern zu. Charles saß rauchend da und betrachtete amüsiert die Darbietung.

»Der Jammer mit Jack war, daß er ein loses Mundwerk hatte. Er wurde einem der Offiziere gegenüber frech, und sie degradierten ihn.« Er streckte die Karten aus. »Lieutenant? Verdeckt. Wohin Sie wollen.«

Charles nahm den Buben und steckte ihn mitten ins Kartenspiel. Magee legte den Stoß Karten auf seine Handfläche. »Doch der alte Jack war immer noch ehrgeizig. Er schuftete schwer. Dauerte nicht lange, da machten sie ihn wieder zum Sergeant.«

Magee drehte die oberste Karte um. Der »Jack of Diamonds«, der Karobube.

Graue Eule schloß kurz die Augen, das Blinzeln eines Reptils. Das feuerte Magee an.

»Der arme Jack — trotz seines Ehrgeizes hatte er das übliche Problem, das wir Soldaten haben. Er nahm gern einen Schluck, und eines Abends hatte er ein paar Schlucke zuviel. Er wurde zum zweitenmal degradiert.«

Auf ein Nicken von Magee hin nahm Wallis den Buben von oben und steckte ihn ins Spiel zurück. Wieder holte Magee den Buben als oberste Karte vom Stoß.

»Jack hatte auch viel für die Damen übrig. Er machte eine unschuldige Bemerkung, die die Frau eines Generals empörte, worauf er wieder degradiert wurde. Aber er war ehrgeizig.«

Wieder führte Magee den Trick vor, was bei dem Fährtensucher ein mehrmaliges Blinzeln zur Folge hatte.

»Sergeant Jack wurde so oft degradiert und arbeitete sich so oft wieder hoch, daß er zu einer Art Legende wurde. Jeder wollte so ein Stehaufmännchen werden wie Jack.« Er drehte die mittlerweile vertraute oberste Karte um und legte sie mit dem Bild nach unten ab. »Jedermann mochte Jacks unbändigen Ehrgeiz. Und weißt du, was? Bald wurde die ganze Armee davon angesteckt. Selbst die Fährtensucher.«

Er reichte Graue Eule das Kartenspiel, mit dem verdeckten Buben obenauf. Er bedeutete dem Indianer, die Karte zu nehmen und sie in das Spiel zurückzustecken. Mit heftig gerunzelter Stirn nahm Graue Eule die Karte, dachte eine Weile nach und schob sie dann vorsichtig ziemlich weit unten in den Kartenstoß. Magee nahm die Karten, hielt sie so, daß alle sie sehen konnten, und schnippte die oberste Karte um.

Charles klatschte. Wallis pfiff. Ungläubig nahm Graue Eule den Karobuben und untersuchte ihn von beiden Seiten. Er biß leicht darauf. Er bog die Karte um, schwenkte sie und schnippte mit dem Fingernagel dagegen. Magee wartete.

Graue Eule reichte die Karte zurück. Und lächelte.

Ein Kavallerist warf weiteren Büffelmist ins Feuer. Graue Eule schien so von Magee fasziniert zu sein, daß seine Zurückhaltung dahinschmolz. »Die Schamanen meines Volkes würden dich ehren.«

»Schamanen?« Magee kannte den Ausdruck nicht. »Soll das heißen, es gibt Indianer, die auch so einen Hokuspokus praktizieren?«

Graue Eule kannte den Ausdruck Hokuspokus nicht. »Zauber? Ja. Sie haben sehr starken Zauber. Ich habe gesehen, wie sie weiße Federn in weiße Steine verwandelten. Ich habe gesehen, wie der Körper eines Schamanen unsichtbar von einem Tipi ins andere gelangte, fünfzig Schritt entfernt.«

Magee verzog das Gesicht. »Tunnel«, verkündete er. »Sie müssen irgendwie einen Tunnel benützen.«

»Sie können sogar einem Mann den Kopf abschlagen und wieder draufsetzen. Unter den Cheyenne, die Wunder wirken, wärst du ein großer Mann. Geehrt. Gefürchtet.«

Magee warf einen nachdenklichen Blick auf sein Kartenspiel.

Charles sagte zu ihm: »Denk dran, falls du jemals deine Haare retten mußt.«

In Harker verbrachten sie eine Woche, um sich mit Proviant zu versorgen und die Ausrüstung der Pferde zu reparieren. Charles rechnete täglich damit — zumindest wünschte er es sich —, daß die Post einen Brief von Willa bringen würde. Kein Brief kam. Er schrieb selbst zwei Briefe, konnte dann aber den entschuldigenden Tonfall nicht ausstehen, der sich einschlich, und zerriß sie wieder. Statt dessen sandte er eine Nachricht an Brigadier Duncan und legte für den kleinen Gus eine Adlerfeder dazu.

Graue Eule redete jetzt mit Charles. Gelegentlich lächelte er sogar. Sie kamen miteinander ganz gut aus. Der Spurenleser war auf seinem Gebiet ein Experte, wesentlich besser als Großer Arm, und führte Befehle, ohne zu murren, aus. Doch Charles war dem Geheimnis, weshalb Graue Eule sein Volk verlassen hatte, immer noch keinen Schritt nähergekommen. Bevor er das nicht wußte, konnte er dem Cheyenne nicht vollständig vertrauen.

Drei herumstreifende Rees querten ihren Weg. Das schlechtgelaunte Trio beschwerte sich über eine neue Whisky-Ranch, die einen halben Tagesritt nach Süden aufgemacht hatte. Die Besitzer — Halbblutbrüder — verkauften Waffen und Whisky, dessen Herkunft im dunkeln lag. Einer der Rees wäre beinahe an einer Überdosis Whisky gestorben.

Charles entschied, daß die Geschichte der Wahrheit entsprach, und so machte sich das Kommando auf den Weg nach Süden. Whisky-Ranches waren nichts weiter als schlichte Saloons draußen in der Wildnis, betrieben von skrupellosen Männern, die davon profitierten, daß sie die Indianer bewaffneten und trunken machten. Die Soldaten fanden die Ranch zwischen einigen Sandhügeln, stürmten sie, nachdem sie ein paar Salven abgefeuert hatten, und nahmen die Besitzer ohne Schwierigkeiten in Gewahrsam.

Die beiden schäbigen Händler hatten auch noch die Gunst einer melancholischen, plumpen Comanchen-Frau verkauft, die

Graue Eule erzählte, sie sei aus der Hütte ihres Mannes in Texas entführt worden.

Als Charles erklärte, er werde die Händler zurück nach Fort Harker schicken und dem Indianerbüro übergeben, setzte der ältere Bruder plötzlich zu einer Tirade über seine Angst vor dem Gefängnis an. Abrupt fuhr seine rechte Hand unter seinen Mantel. Charles jagte ihm eine Kugel in jedes Bein, bevor die Hand wieder auftauchte.

Magee kniete nieder und bog die schlaffen Finger des Mannes auf; er war ohnmächtig geworden. Mggee hielt ein Bündel Banknoten in Händen.

Charles untersuchte das Geld. »Eine Bestechung. Mit Geld der Konföderierten, dieser verdammte Narr.« Er schleuderte das Papiergeld in die Luft. Der Präriewind wirbelte die Wolken wertlosen Reichtums nach oben. Den Blick auf den blutenden Mann gerichtet, sagte er: »Man kann nie wissen, was ein Mann unter seinem Mantel trägt.«

Später in der Nacht flüsterte Wallis empört Magee zu: »Er hätte nicht auf diesen Händler schießen müssen.«

»Doch, mußte er«, sagte Magee; es war keine Entschuldigung, sondern lediglich eine Feststellung.

Charles ließ die Frau laufen und schickte die beiden Brüder mit zwei Mann Bewachung zurück nach Fort Harker. Die Soldaten brannten die Whisky-Ranch am 28. Juli nieder, dem gleichen Tag, an dem die Armee George A. Custer wegen Desertion vom Dienst unter Arrest stellte.

Die Kriegsfeuer breiteten sich über die südlichen Prärien aus und steckten auch den Norden an. Auf einer Wiese in der Nähe von Fort C.F. Smith am Bozeman's Trail wehrten zweiunddreißig Soldaten und Zivilisten erfolgreich eine Attacke von mehreren hundert Cheyenne ab. Am nächsten Tag ereignete sich ein ähnlicher Vorfall, der später als »Wagenburg-Kampf« bezeichnet wurde; eine kleine Gruppe aus Fort Phil Kearny schlug eine Sioux-Bande unter Führung von Rote Wolke in die Flucht.

In verständlichem Stolz erhöhte die Armee bald schon die Anzahl der Cheyenne-Angreifer auf achthundert, die Zahl der

Sioux auf tausend. Diese Vorfälle brachten neues Selbstvertrauen. Die Präriestämme waren nicht unbesiegbar. Sie waren nur unüberwindlich erschienen, weil reguläre Soldaten sich nicht an den indianischen Guerillakrieg gewöhnen konnten. Wenn die Stämme der konzentrierten Feuerkraft der Armee standhalten mußten, dann wurden sie aufgerieben.

Zurück in Fort Harker, bekam Charles all das zu hören und verfluchte sein Pech, daß er zur falschen Zeit bei der falschen Truppe war.

Nachträglich zeigte sich, daß der Tag der Wiesenschlacht für das Zehnte Regiment von noch größerer Bedeutung war. Captain Armes und zweiunddreißig Männer der F-Kompanie hatten einige Cheyenne den Saline hochgejagt und sie gefangen; anschließend hatten sie sich in einem über fünfzehn Meilen hinziehenden Kampf den Weg freischießen müssen. Bill Christy, ein allgemein beliebter kleiner Mann, der einst eine Farm in Pennsylvania gehabt hatte, fing sich einen tödlichen Kopfschuß ein. Lovetta Barnes zerschnitt ein großes, schwarzgefärbtes Tuch, der Alte verteilte die Streifen, und jeder Offizier und Soldat der C-Kompanie band sich einen davon um seinen linken Ärmel. Andere Kompanien folgten dem Beispiel. Das Zehnte Regiment trauerte um seinen ersten Gefallenen.

Die Nachricht von dem bevorstehenden Umzug von Griersons Hauptquartier nach Fort Riley klang da schon ein bißchen besser. Endlich würden er und seine Männer dem bigotten General Hoffman entkommen.

Obwohl die Überfälle auf die Eisenbahnlinie, die Postkutschenroute und einsame Heimstätten anhielten, sah Charles seine Felle davonschwimmen. Die Friedenslobby hatte sich in Washington gehalten: Eine Friedenskommission war gebildet worden, und für den Herbst war eine Friedensexpedition geplant. Wieder bereitete er sich, auf seine Chance lauernd, darauf vor, sein Kommando hinauszuführen.

»Dafür kommst du besser zurück«, sagte Barnes am Morgen ihres Aufbruchs. Er gab Charles einen Handzettel aus Lavendelpapier.

**EINZIGE WESTERN-SONDERTOURNEE
IN DIESER SAISON**

Mr. SAM' L.H. TRUMP, Esq.
»Amerikas Schauspieleras«

In einer vollständigen Abendaufführung
erheiternder und bewegender
SZENEN VON SHAKESPEARE
assistiert von Mrs. Parker
und anderen Mitgliedern dieser weltbekannten
Theatertruppe aus St. Louis
— Eintritt 50 Cent —
Programm absolut geeignet für Frauen
und Kinder

Charles erinnerte sich, daß Willa etwas von einer Tournee gesagt hatte. Sam Trumps Name war doppelt so groß gesetzt wie der von Mr. Shakespeare. Bei der Zeile über Mrs. Parker brauchte man schon ein Vergrößerungsglas.

»Das ist sie, nicht wahr?« fragte der Alte. »Von der du vor einiger Zeit geredet hast?«

»Ja, das ist sie«, sagte Charles; sein Lächeln verblaßte.

»Nun, du hast meine Erlaubnis, das Kommando am Abend zuvor reinzubringen, wenn du nicht gerade in einer Klemme steckst.« Ganz unten auf dem Handzettel standen mit Tinte geschrieben die Worte *Ft. Harker 3. Nov. — Ellsworth City 4. Nov.*

Und so ritt er an diesem Morgen mit dem Wissen hinaus, daß er Willa wiedersehen konnte, und dem Gefühl, daß er sie sehen wollte. Er fragte sich, wie ein Wiedersehen über die Bühne gehen würde. Glücklich? Explosiv? Würden sich die Schmerzen verstärken, die ihn wie Zahnschmerzen begleiteten, seit er von ihr in St. Louis fortgeritten war?

Im November würde er das sicherlich erfahren.

August 1867. Gen. D. Sickles ist zum bestgehaßten Mann im Staat geworden. Er mischt sich in die Zivilgesetze ein — er erlaubt Negern den Zugang zu Jurys und öffentlichen Transportmitteln. Aber was noch schlimmer ist (so heißt es allgemein), er registriert befreite Negersklaven für die Wahl in den 109 Bezirken, in die S. C. nun aufgeteilt ist. Vielleicht hält sich Sickles nicht mehr lange. Es heißt, daß Andrew J. ihn für zu radikal hält.

... Noch ein Yankee-Eindringling. Ein Mann namens Klawdell ist in den Bezirk gekommen, um eine Union League oder Loyal League zu gründen. Wie ich erfahren habe, wurde die Union League während des Kriegs im Norden gegründet, um Lincoln und seinen Generälen patriotische Unterstützung zukommen zu lassen. Patriotismus wird jetzt durch Politik ersetzt. Die neuen Bünde sollen zu Clubs zur Erziehung der Schwarzen in Regierungsangelegenheiten wie beispielsweise den Wahlen werden. Im Grunde ein durchaus aufrichtiges Anliegen, aber wird man den Schwarzen von der Demokratischen Partei ebenso berichten wie von der Republikanischen Partei? Ich bezweifle es.

Andy fragte mich, was ich davon hielte, wenn er zu einem dieser Treffen ginge. Ich erinnerte ihn daran, daß er meine Erlaubnis nicht benötigte, warnte ihn aber gleichzeitig davor, daß das weiße Gesindel durch dieses letzte Beispiel radikaler Einmischung noch viel gewalttätiger werden könnte ...

Randall Gettys' Reaktion auf die Nachricht von einem politischen Organisator im Bezirk war genau die, die Madeline erwartet hatte. Wut und Zorn. Er konnte sich kaum auf seinen monatlichen Bericht über die Profite seines Dixie-Ladens konzentrieren. Den Bericht hatte er an eine Adresse in Washington, D. C., zu schicken, was auch für die Berichte der anderen 43 Dixie-Läden galt, die nun in South Carolina betrieben wurden.

Die Firma, an die Gettys seine Berichte, seine Warenbestellungen und zweimal im Jahr Geldüberweisungen sandte — die

Profite des Ladens waren enorm —, nannte sich Mercantile Enterprises. Er hatte keine Ahnung, was da für Leute dahintersteckten. Wer immer die Yankee-Besitzer sein mochten, sie hielten sich im dunkeln. Zweimal hatten sie ihm über einen Rechtsanwalt namens J. Dills, Esq., Anweisungen erteilt.

Gettys beendete seinen Bericht. Er warf einen Blick auf den schlecht gedruckten Wandkalender. Heute war Samstag. Er konnte mit einem flotten Verkauf von Whisky an Captain Jolly und einige der anderen Weißen im Bezirk rechnen — vielleicht sogar mit etwas Spaß, falls ein Schwarzer so dumm sein sollte, sich heute — an dem anerkannten Vergnügungstag des weißen Mannes — in die Nähe der Summerton-Kreuzung zu wagen.

Auf den unteren Rand des Kalenders hatte Gettys geschrieben: *Des fällig am 1. Okt.* Sobald sein Freund entlassen war, würde er ihm als erstes von dieser Schandtat berichten, diesem Club für Nigger. Jetzt mußte er sich erst einmal um die andere Korrespondenz kümmern, die sich in den letzten Wochen angesammelt hatte. Da war eine pathetische Bitte von einem Verwandten, der Geld für eine Augenoperation benötigte. Gettys zerriß den Brief. Zwei schäbige Rundbriefe von deutsch geführten Ramschläden warben für »die besten Güter und die vollständigen Bibliotheken führender Carolina-Familien zu Schleuderpreisen«. Gettys warf sie weg.

Ganz unten im Stoß fand Gettys einen Umschlag mit der Adresse von Sitwell Gettys, einem weiteren Verwandten. Sitwell war oben im York County, wo vielleicht die glühendsten Südstaatenanhänger wohnten, Schullehrer und loyaler Demokrat. Sitwell hatte einen ausgeschnittenen Artikel »vom Pulaski, Tenn. Citizen, der dich vielleicht interessieren könnte«, beigelegt.

Was auch der Fall war. In wenigen Absätzen wurde ein Gesellschafts- oder Sportclub der Weißen beschrieben, der vor ein paar Monaten in Pulaski von mehreren Kriegsveteranen gegründet worden war. Gettys' besonderes Interesse konzentrierte sich auf die Tatsache, daß die Mitglieder in phantastischen Kostümen, hinter denen sich ihre Gesichter verbargen, nachts durch die Gegend zogen. Sie besuchten zu frech gewordene Neger, gaben sich als wiederauferstandene Tote der Konföderierten aus und versetzten die Schwarzen mit Erfolg in Angst und Schrekken.

Der Club hatte einen eigenartigen Namen. Wenn sich Randall recht an seine Schulzeiten erinnerte, dann bedeutete das Wort *kuklos* Kreis, wovon der Name der Organisation offensichtlich abgeleitet worden war. Mit wachsender Erregung las er den Artikel ein zweites Mal und spießte ihn dann auf einen Nagel an der Wand. Sobald Des aus dem Gefängnis entlassen worden war, mußte er ihm von diesem neuen Ku-Klux-Klan erzählen. Für ihr eigenes Problem bot das eine verblüffend einfache Lösung: Anonymität. Mit Des' Billigung würde er sich bemühen, weitere Einzelheiten in Erfahrung zu bringen.

In Charleston. Bei Judith zu Hause. Marie-Louise hatte sich einen Tag von ihren Studien in Mrs. Allwick's Female Academy freigenommen, einer von Dutzenden solcher Akademien, die in diesem Staat ihre Pforten geöffnet haben, um jungen Damen und Herren eine anständige Südstaatenerziehung unter (ausschließlich weißen) Gleichgestellten zu bieten. M. L. ist mit ihrem Vater zur Inspektion der Charleston Savannah-Eisenbahn gefahren. Cooper gehört zu einer Gruppe von Investoren, die die Schuldscheine der zahlungsunfähigen Linie aufgekauft haben. Selbst für 30 000 Dollar ist das kein tolles Geschäft. Die Linie ist bankrott, die Schienen laufen ungefähr 60 Meilen bis zum Coosawhatchie und enden am Charleston, wo eine Fähre benötigt würde; die Bockbrücke über den Ashley ist noch nicht wieder aufgebaut worden.

Was auch für die herrliche Altstadt zutrifft, wie ich entdeckt habe. Überall fensterlose, mit Brettern vernagelte Gebäude. Zerlumpte Neger faulenzen überall herum, und Weiße, die sich vor der Hibernian Hall herumtreiben, spucken Kautabak in der Gegend herum und pöbeln Frauen an. Ich habe einen ins Gesicht geschlagen. Hätte er von meinem »Rassenstatus« gewußt, dann hätte ich ernsthafte Schwierigkeiten bekommen.

Die Tradd Street bleibt eine Insel der Sauberkeit und der Ruhe, obwohl der faulige Gestank der Viehfutter transportierenden Nachtzüge auch schon in Judiths Küche dringt. Wir spra-

chen über Sickles, was Judith zu der Bemerkung veranlaßte, daß sie nun vollkommen an Coopers politischem Starrsinn verzweifelt...

Die Glocke schepperte. Die Luft war schwer und feucht unter den dunkelgrauen Wolken. Cooper half Marie-Louise die zerbeulten Metallstufen zu dem einzingen Passagierwagen hoch.

Er haßte es, zurück in den Waggon zu müssen. Die Hinfahrt war schon schlimm genug gewesen. Die Hälfte der Sitze und sämtliche Glasscheiben fehlten. Der Wagen war auf seiner langsamen, ruckenden Fahrt nach Süden zur Coosawhatchie Station fast leer gewesen, aber Cooper stellte vom Wagenende aus fest, daß jeder Sitz von militärischen oder zivilen Fahrgästen belegt war. Unter mehreren großen Löchern im Dach stand ganz vorne im Wagen eine riesige schwarze Frau mit einem Bündel in der Hand und betrachtete schüchtern die Sitze. Dieser verfluchte Sickles hatte es möglich gemacht, daß sie zusammen mit weißen Passagieren in einen Wagen durfte. Keiner der Männer erhob sich, um ihr seinen Platz anzubieten.

Donnergrollen kündigte an, daß es bald regnen würde. Rostige Eisenräder quietschten und kreischten, als die Lokomotive anruckte.

»Hier, lehn dich gegen diesen Teil der Wand«, sagte Cooper zu seiner Tochter. »Der ist sauberer als der Rest.«

Marie-Louise dankte ihm mit ihren dunklen Augen und wollte gerade ihre Position wechseln, als ein junger Zivilist mit blassem Gesicht, Schnurrbart und den lebhaften blauen Augen und hellen Haaren eines Deutschen oder Skandinaviers von seinem Sitz aufstand. Mit einer Geste bedeutete er der Schwarzen, sich zu setzen.

Über das Quietschen der Räder hinweg hörte Cooper das Gemurre der anderen Fahrgäste. Die Negerin schüttelte den Kopf. Der junge Mann lächelte und machte eine deutlichere, dringendere Geste. Ihr Bündel umklammernd, näherte sich die Frau zögernd dem Platz. Der Mann, der am Fenster saß, gab sofort seinen Platz auf. Die schüchterne Schwarze setzte sich.

Der Mann, der aufgestanden war, warf dem Jüngling einen

zornigen Blick zu. Ein anderer Fahrgast auf der gegenüberliegenden Gangseite griff nach seinem Messer im Gürtel. Seine hagere Frau hielt seine Hand fest. Der junge Zivilist grüßte das Paar, indem er voller Ironie gegen seinen Hut tippte, und ging dann zum vorderen Ende des Wagens; dort lehnte er sich mit gekreuzten Armen an, ohne ein Anzeichen des Bedauerns über seinen Akt der Höflichkeit zu zeigen.

Während der junge Mann sich bequem hinstellte, bemerkte er Marie-Louise am anderen Ende des Wagens. Cooper sah, wie seiner Tochter die Röte in die Wangen schoß. Dann bemerkte er, wie sich auf dem Gesicht des jungen Zivilisten deutliches Interesse abzeichnete.

Ein Donnergrollen. Durch die Löcher im Dach begann es kräftig zu regnen. »Rück näher«, sagte Cooper und öffnete den Regenschirm, den er für einen solchen Notfall mitgenommen hatte.

Die meisten Passagiere wurden durchnäßt, während der Zug der Charleston&Savannah-Linie gen Norden ratterte. Cooper starrte auf den Hinterkopf der Schwarzen. Er war empört. Was würde als nächstes kommen? Mischehen? Sickles und die Radikalen hatten die Absicht, die Südstaatenzivilisation zu zerstören.

Den jungen Zivilisten vergaß er nicht — genausowenig wie Marie-Louise, wenn auch aus völlig unterschiedlichen Gründen.

Sickles wird abgelöst. Vielleicht ist es gut so. Wir haben bereits genügend Vorwände für Gewalt.

... Seit dem Vertrag von '65 haben die Cheyenne gegen das Volk der Vereinigten Staaten Krieg geführt; die mit ihnen verbündeten Apachen und Arapahoe sind zum Teil ebenfalls in die aus diesem eingeschlagenen Kurs entstandenen Probleme verwickelt.

Ihre Jahreszahlungen sind zurückgehalten worden; sie versanken allmählich wieder in ihre wilden, barbarischen Sitten und Gebräuche, als sie erfuhren, daß eine gewaltige Friedenskommission auf dem Weg in ihr Land ist, um all diese Schwierigkeiten zu bereinigen und die allgemeine Harmonie wiederherzustellen ...

Von unserem eigenen Korrespondenten
The New York Times
Freitag, 25. Oktober 1867

33

Es war die Zeit des Wandels. Das Präriegras färbte sich gelb, und die Blätter der Ulmen und Dattelpflaumenbäume begannen in ihrer Farbenpracht aufzuflammen.

Es gab auch Änderungen im Kommando. Über General Grant befahl Johnson den Generälen Hancock und Sheridan, ihre Positionen zu tauschen. Hancock sollte wegen seines Abenteuers an der Pawnee-Gabelung diszipliniert werden, Sheridan wegen seiner zu strikten Durchsetzung des Wiederaufbaus im Fünften Militärbezirk in New Orleans; die Radikalen favorisierten ihn, aber ansonsten hatte er kaum Anhänger in Washington.

Sheridan stattete den Prärien eine schnelle Inspektionstour ab, obwohl für ihn eigentlich ein verlängerter Urlaub anstand und er das volle Kommando erst spät im Winter übernehmen würde. Charles wußte einiges über den Yankee, Akademiejahrgang' 53. Er war klein, von irischer Herkunft und befleißigte sich unermüdlich und sehr erfinderisch einer üblen Ausdrucksweise. Er war es gewohnt, Kriege zu führen und zu gewinnen. Charles fragte sich, wie der Kommandowechsel zu der herbstlichen Friedensinitiative paßte, die von vielen in der Armee hämisch als »Quäkerpolitik« bezeichnet wurde.

Im Schicksal großer Unternehmen gab es Veränderungen. Mittlerweile war klar, daß die Union Pacific in Nebraska als erste den hundertsten Meridian erreichen würde, wahrscheinlich im Oktober. Die U. P. E. D. hatte den Wettkampf verloren, und Charles hörte, daß wahrscheinlich zwölfhundert Leute arbeitslos werden würden. Das schloß allerdings nicht die schießfreudigen Sicherheitskräfte von J. O. Hartree ein, dessen Männer in jedem Personenzug mitfuhren. Außerdem sollte die Linie möglicherweise einen etwas individuelleren Namen bekommen. »Kansas Pacific« wurde erwähnt.

Es gab fundamentale Veränderungen in der stolzen, aber innerlich zerrissenen Siebten Kavallerie. Custer wurde nach Leavenworth beordert, wo ein Kriegsgericht auf ihn wartete aufgrund von Beschuldigungen, die einer seiner verärgerten Captains, Bob West, und sein eigener Kommandeur A. J. Smith gegen ihn erhoben hatten. Die Anklagepunkte waren zahlreich, aber an den Kragen gehen konnte es ihm nur wegen Verlassens seines Kommandos in Fort Wallace, der Blitztour nach Osten, um Libbie zu suchen, und der Exekution der Deserteure. Charles hörte, daß der Boy General dem Ausgang des Verfahrens zuversichtlich entgegensah und viel von seiner tiefen Religiosität sprach. Charles betrachtete das schon zynischer; wenn sie geschnappt wurden, dann hüllten sich die Gauner oft genug in die Flagge oder proklamierten ihren christlichen Glauben.

Vor allem war es eine Zeit, die voller Möglichkeiten für einen Wandel der Präriearmee steckte. Sie mußten begrenzten Patrouillendienst verrichten, während die große Friedenskommission, die noch nicht einmal ein einziges erfolgreiches Treffen mit den nördlichen Sioux zustande gebracht hatte, durch das herbstliche Kansas nach Süden zog, um einen weiteren Versuch bei den südlichen Stämmen zu starten. Der Himmel war bläulich metallisch gefärbt, als die Kavalkade Harker verließ. Trommeln und Pfeifen spielten den Erkennungsmarsch »Garry Owen« der hundertfünfzig Kavalleristen der Siebten, denen eine Infanterieabteilung folgte, wiederum gefolgt von der B-Batterie der Vierten Artillerie, die zwei neue Gatlings mit sich führte. Charles fragte sich, ob eine Gatling mit ihren zehn Läufen wirklich hundertfünfzig Schuß in der Minute abfeuern konnte. Ike Barnes meinte, Gatlings würden sich schnell überhitzen und dann Ladehemmung kriegen. Die Siebte hatte noch keine Gatling getestet;

Custer bezeichnete sie als wertlose Spielzeuge, und A. J. Smith weigerte sich, die Munition für einen Schußtest zu genehmigen, weil er befürchtete, das Kriegsministerium könnte es ihm von seinem Lohn abziehen.

Die Regierungskommissare und ihr Zivilistengefolge saßen in hochrädrigen, planenbedeckten Armeeambulanzen. Sieben Mann bildeten die Kommission: Senator J. B. Henderson aus Missouri, der die diesbezügliche Gesetzesvorlage eingebracht hatte; der Kommissar für indianische Angelegenheiten, N. G. Taylor; Colonel Sam Tappan, der erste Mann in der Armee, der sich heftig für eine Untersuchung von Sand Creek eingesetzt hatte; General John Sanborn, einer der Unterzeichner des Little-Arkansas-Vertrages; der heikle General Alfred Terry, der das Dakota-Department kommandierte; und General C. C. Augur vom Platte-Department als Ersatz für Sherman, der nach Washington zurückbeordert worden war, um Grant Rede und Antwort zu stehen, nachdem er einige unbeherrschte Worte der Kritik an der Kommission geäußert hatte. Das Kommando führte General William Harney, ein wuchtiger, weißbärtiger Soldat mit einem beachtlichen Ruf als Indianerkämpfer. Ein wirklich hübscher, kriegerischer Haufen, der da die Feuer in den Prärien eindämmen sollte, dachte Charles, während er beobachtete, wie die Karawane nach Süden auf Fort Larned zu verschwand.

Gouverneur Crawford befand sich ebenso wie Senator Ross bei der Expedition. Elf Reporter und ein Fotograf fuhren in Ambulanzen und Versorgungswagen mit, deren Gesamtzahl sich auf fünfundsechzig belief. Die Wagen waren mit Handelsgütern beladen, einschließlich Messern und Glasperlen, ausgemusterten Armeeuniformen, Hüten, Stiefeln und vierunddreißig alten Signalhörnern — ein brillant dämlicher Einfall von General Sanborn.

Charles sah zu, wie die Karawane verschwand, und fragte sich, was für unverschämte, anmaßende Indianer ihnen über den Weg laufen würden. Cheyenne-Banden streiften immer noch durch Kansas, zerstörten Postkutschenstationen und griffen Züge und Arbeitstrupps an. Charles hatte keinen Zweifel, daß Narbengesicht und dessen Freunde unter ihnen waren. Wer würde zurückbleiben, um den Regierungskommissaren vorzulügen, daß sie mit ihren wenigen Stimmen für Hunderte von anderen Indianern sprachen?

Sein Name war Träumender Stein. Er war zerbrechlich und zählte achtzig Winter. Er besaß keinen einzigen Zahn mehr, und sein Haar ähnelte einigen dünnen Fäden grauer Wolle. Doch seine Augen blickten stolz, und sein Verstand hatte ihn nicht verlassen, wie das sonst bei alten Männern häufig der Fall war.

Er wurde Träumender Stein genannt, weil er in seiner Jugend Visionen gesucht hatte. Wenn er sich von allen anderen entfernte, fastete und zu dem Einen betete, der alle Dinge gemacht hatte, dann verschleierten sich seine Augen kurz, und daraufhin stiegen die unterschiedlich großen Steine in die Luft, blieben über ihm hängen und sprachen abwechselnd zu ihm über tiefschürfende, bedeutsame Angelegenheiten.

Steine waren, wie viele andere Naturobjekte auch, den Cheyenne heilig. Steine symbolisierten Beständigkeit, die unwandelbaren Wahrheiten des Lebens, die ewige Erde und den Einen, der all das aus dem Nichts geformt hatte. Träumender Stein hatte aus seiner Vision gelernt, daß im Vergleich zu diesen Dingen Ehrgeiz, Liebe, Haß der Sterblichen nichts weiter waren als vom Sturm gepeitschte Grashalme.

Als er aus der Wildnis zurückkehrte, berichtete er dem Rat von seiner Vision. Die Alten waren beeindruckt. Da hatten sie einen jungen Mann vor sich, der eindeutig für ein spezielles Leben bestimmt war. Er wurde angewiesen, sich der Gemeinschaft der Bogensehnen anzuschließen, einer Gemeinschaft der Tapferen, der Reinen und der Unverheirateten, die es durchaus miteinander vereinbaren konnten, im Kampf Feinde zu töten und dann über Frieden und Stammesleben zu philosophieren.

Und so stieg er in diesen Reihen auf. Bogensehne, Bogensehnen-Gemeinschaftsführer, Dorfhäuptling, als er für den Kampf zu alt geworden war, Friedenshäuptling, als er noch älter geworden war. Im Oktober 1867 schlug er sein Tipi unter zweihundertfünfzig anderen Tipis am Westrand des Beckens des Medicine Lodge Valley auf; hier hausten ungefähr tausendfünfhundert Cheyenne. Das Becken lag ungefähr drei Tagesritte von dem Platz des Sonnentanzes entfernt, der von der großen Karawane der weißen Häuptlinge benutzt werden sollte, die von Norden her herangezogen kam, um Frieden mit den fünf südlichen Stämmen zu schließen.

Ungefähr dreitausend Comanchen, Kiowa, Kiowa-Apachen und Arapahoe im Umkreis von zwanzig Meilen vom Vertragsort. Die Cheyenne kamen nicht so nahe heran wie die anderen Stämme, da sie gewisse einzigartige Erinnerungen hatten. Chivington. Sand Creek. Die Pawnee-Gabelung.

Die Friedensverhandlungen begannen nicht weit entfernt von der Grenzlinie zwischen Kansas und dem Indianerterritorium. Ein spezieller Abgesandter ritt den weiten Weg bis ins Cheyenne-Lager, um sie zu bitten, sich ebenfalls mit den weißen Häuptlingen zu treffen. Nacheinander wurden alle Räte und Würdenträger konsultiert. »Was hältst du davon, Träumender Stein?« wurde er gefragt.

»Wir sollten gehen«, sagte er. »Aber nicht der Geschenke wegen. Wir sollten gehen, weil es Dummheit ist, einen Krieg heraufzubeschwören, den wir nicht gewinnen können. Es gibt zu viele Weiße. Wir sind zu wenige. Wenn wir nicht in Harmonie mit ihnen leben, dann werden sie uns zertrampeln.«

Er haßte es, solch bittere Worte sprechen zu müssen, aber er glaubte daran. Ein abtrünniger Whiskyhändler hatte Träumender Stein einmal ein Bild von einer Stadt des weißen Mannes gezeigt: Es war eine Gravur der Fifth Avenue in New York, was Träumender Stein allerdings nicht wußte. Er bedeckte lediglich seinen Mund und starrte mit herausquellenden Augen auf die unaussprechlichen Wunder, die er da sah. Und das war nur ein winziger Teil eines Dorfes des weißen Mannes, hatte ihm der Händler erzählt, und es gab Hunderte solcher Dörfer.

Deshalb sprach sich Träumender Stein, der seine letzten Winter in Frieden verbringen wollte, für eine gütliche Einigung aus. Einige andere, zu denen auch sein Freund, der Friedenshäuptling Schwarzer Kessel, gehörte, stimmten dem zu. Einige Kriegshäuptlinge jedoch waren anderer Meinung, ebenso wie die meisten der jungen Männer, vor allem jene, die nach der Führung in den Soldatengemeinschaften griffen. Wenn Träumender Stein das halsstarrige Benehmen dieser Gruppe betrachtete, gelangte er zu dem traurigen Schluß, daß das Alter nicht länger respektiert wurde und die traditionelle Stammesdisziplin allmählich zusammenbrach. Einer der am meisten gefürchteten und bewunderten jungen Männer, ohne jeden Zweifel tapfer, aber nach der Meinung von Träumender Stein unnötig grausam, schwor, daß er sich niemals den weißen Häuptlingen unterwerfen würde, solange noch ein Atemzug in ihm steckte.

Diese Worte von Mann-bereit-für-den-Krieg hatten besonderes Gewicht, denn es galt als sicher, daß er im Frühling bei der jährlichen Umgestaltung seiner Gemeinschaft zum Träger der Hundeschnur gewählt werden würde. Die Hundeschnur war eine breite Schärpe aus gegerbter Tierhaut, ungefähr neun Fuß lang und mit Farbe, Stachelschweinborsten und Adlerfedern dekoriert. Vier Männer der Hundegemeinschaft wurden jedes Jahr aufgrund ihrer Tapferkeit mit dieser Schärpe, die sie auch im Kampf trugen, ausgezeichnet.

Mann-bereit-für-den-Krieg und andere junge Männer wie er sprachen überzeugender und eindringlicher als alte Männer wie Träumender Stein. Und so hielten sich die Cheyenne abseits im Medicine Lodge Valley, während andere große Indianerhäuptlinge – der zerbrechliche Satank, der stolz eine Medaille mit dem eingravierten Kopf von James Buchanan trug; der bärenhafte Santana, ein weiterer gefürchteter Kiowa, der sich gern mit einem Offiziersmantel der US-Artillerie schmückte – ihre Abordnungen zum Konferenzort führten, wo sie den besänftigenden Worten der weißen Häuptlinge lauschten, ihr Zeichen unter ein Vertragspapier setzten, in dem ihnen noch mehr von ihrem Stammesland abverlangt wurde, worauf sie schließlich mit Waren aller Art und Waffen belohnt wurden.

Doch die Cheyenne blieben fern, obwohl es wegen der Geschenke sehr unterschiedliche Meinungen gab. Mann-bereit-für-den-Krieg spottete über die Vorstellung, sein Geburtsrecht für ein paar Ballen billigen Stoffes oder, wie er gehört hatte, defekte Revolver zu verkaufen. Träumender Stein gelangte zu dem traurigen Schluß, daß sein Wunsch, seine letzten Winter in Frieden zu verbringen, wohl nicht in Erfüllung gehen würde.

Der Oktober warf längere und kühlere Schatten. Kurz bevor die weißen Häuptlinge ihre großen Zelte abbrechen wollten, ritt zum letztenmal ein Bote in das Lager der Cheyenne und bat sie zum Konferenzort. Träumender Stein sprach sich fast die ganze Nacht dafür aus. Schließlich waren ungefähr vierhundert Mann bereit, der Einladung Folge zu leisten und der Verachtung der anderen zu trotzen, da ungefähr fünfzehnhundert Arapahoe ebenfalls hingingen.

Träumender Stein ritt zusammen mit einem ganzen Trupp zum Konferenzort, sorgfältig darauf bedacht, in der Nähe seines weisen, guten Freundes Schwarzer Kessel zu bleiben und sich von einer Kriegerschar der Hundegemeinschaft fernzuhalten, die sich im letzten Moment entschlossen hatte, mitzukommen. Über den Grund war sich Träumender Stein nicht ganz im klaren; womöglich wollten sie ihre Waffen ergänzen oder, noch wahrscheinlicher, Ärger machen.

Im verblassenden, melancholischen Licht des sterbenden Tages erreichten die Cheyenne den Fluß und sahen auf der anderen Seite die großen Zelte, die Wagen und Pferde und die vielen blauen Uniformen. Die Hundesoldaten begannen sofort ihre Lanzen und Gewehre zu schwenken, zu heulen und zu johlen und zu singen. Einige donnerten in drohender Manier durch den Fluß. Der weißbärtige kommandierende Häuptling der Kommission streckte eine Hand in die Luft, um seine Männer zurückzuhalten. Träumender Stein sah viele Armeegewehre glänzen, als die johlenden Krieger ihre Pferde durch den Fluß trieben. Im letzten Moment zügelten sie durch und schüttelten sich vor Lachen über die besorgten Weißen.

Der weißbärtige General senkte seinen Arm. Dort, unter seinem Zeltdach, hatte er während des Angriffs mit keiner Wimper gezuckt. Ein tapferer Krieger, entschied Träumender Stein.

Nach einem abendlichen Festmahl lagerten die Cheyenne neben dem viel größeren Trupp der Arapahoe. Am Morgen setzten sich die Häuptlinge der Cheyenne und der Arapahoe in weitem Halbkreis vor das Hauptzelt der Kommission, den weißen Häuptlingen gegenüber.

Über einen Dolmetscher verkündeten die weißen Häuptlinge ihre Botschaft; eine sehr vernünftige Botschaft, wie Träumender Stein meinte.

»Wir haben böse Männer unter uns, die aus den Problemen auf beiden Seiten Profit schlagen möchten, und diese bösen Männer suchen ständig den Krieg. Wir glauben jetzt, daß diese bösen Männer General Hancock im letzten Frühjahr hinterhältige Lügen erzählt haben.«

Die glatten Worte der weißen Häuptlinge enthielten bittere Wahrheiten:

»Vielleicht haben einige eurer jungen Krieger mit mehr Blut als Hirn etwas dagegen, daß ihr mit uns Frieden schließt. Solche Männer müssen ausgestoßen werden. Ihr Rat ist der Tod. Ein lange anhaltender Krieg kann nur mit der totalen Vernichtung der Indianer enden, weil ihre Zahl viel kleiner ist.«

Träumender Stein erinnerte sich an das Bild mit dem Dorf der Weißen, das bis heute in seinen Alpträumen auftauchte, und nickte Schwarzer Kessel zu, der zurücknickte.

Es war weise von den weißen Häuptlingen, daß sie den empfindlichsten Punkt ansprachen:

»Solange der Büffel über die Prärie zieht, könnt ihr ihn jagen, vorausgesetzt, ihr haltet die am Little Arkansas abgeschlossenen Verträge ein. Doch die Büffelherden werden jedes Jahr weniger, ihre Zahl nimmt ab . . .«

Verärgert unterbrach Träumender Stein: »Ich frage die weißen Häuptlinge, wessen Schuld das ist? Unsere jungen Männer sagen, der Büffel werde jetzt aus Spaß gejagt, nicht mehr, um Leben zu erhalten. Ihr braucht den Büffel nicht wie wir zum Leben. Was sollen wir tun, wenn ihr uns den Büffel raubt?«

Die weißen Häuptlinge hielten eine traurige Antwort bereit:

»Statt des Büffels müßt ihr euch Herden von Ochsen, Schafe, Schweine halten, wie die weißen Männer.«

Büffelhäuptling von den Cheyenne erhob sich und setzte zu einer hitzigen Entgegnung an:

»Wir sind keine Farmer. Wir entstammen der Prärie. Wir leben von ihr. Ihr glaubt, ihr tut sehr viel für uns, indem ihr uns Geschenke macht, doch selbst wenn ihr uns all die Waren geben würdet, die ihr uns geben könnt, dann würden wir trotzdem unser eigenes Leben vorziehen und so leben, wie wir es immer getan haben.«

Und als die weißen Häuptlinge das Thema der Überfälle auf Heimstätten und Eisenbahnlinien anschnitten, war der Kleine Rabe von den Arapahoe darauf vorbereitet.

»Ihr seid es, die eure jungen Männer in den Forts auf ihre Pflichten aufmerksam machen müßt. Sie sind wie Kinder. Ihr müßt sie daran hindern, wild herumzurennen. Das provoziert Krieg.«

Den Blauröcken gefiel diese Rede ganz und gar nicht; einige hoben drohend ihre Waffen. Die weißen Häuptlinge beruhigten sie. Der Tag schritt voran, und die Kampfeslust der Indianer ließ nach, während die Gier nach Geschenken und Waffen wuchs. Um sie in Versuchung zu führen, stellten die weißen Häuptlinge ihre Bedingungen:

Die Arapahoe und die Cheyenne müssen sich aus Kansas zurückziehen und sich mit den drei anderen südlichen Stämmen in einem Spezialreservat von 48 000 Quadratmeilen, das vom Indianerterritorium abgegrenzt wird, niederlassen. Auf diesem Land würden die fünf Stämme mit speziellen Indianeragenten als Vermittler leben. Gebäude würden errichtet werden für einen Arzt, einen Landwirtschaftsexperten, einen Müller, einen Lehrer, einen Schmied und was sonst noch an Weißen benötigt wurde, um aus einer Rasse von Nomaden Farmer zu machen. Außerdem würde noch eine jährliche Gabe von den Weißen Vätern hinzukommen.

Als Gegenleistung mußten die Indianer versprechen, ihre Überfälle auf die Kutschen- und Eisenbahnlinien von Santa Fé, Smoky Hill und Platte River einzustellen. Sie mußten versprechen, sich aus Kansas fernzuhalten, obwohl ihnen erlaubt war, den Büffel auf dem offenen Land unterhalb des Arkansas zu jagen, solange es noch Büffelherden gab. Bei der Jagd durften sie sich einer Straße oder einem Fort nie mehr als zehn Meilen nähern.

Wieder seufzte Träumender Stein. Wie konnten so wenige für so viele derartig umfassende Änderungen beschließen? Viele bedeutende Häuptlinge — Großer Bulle, Medizinpfeil, Römernase — und Hunderte von Angehörigen des Volkes waren nicht da.

Doch letzten Endes wurde es so gemacht. Einige wenige Häuptlinge, in deren Bedauern sich die Erkenntnis der traurigen Realität mischte, stimmten schließlich zu. Sie setzten ihr Zeichen unter ein Dokument, das ihnen niemand vorgelesen oder übersetzt hatte.

Nicht alle Unterzeichner des Vertragspapiers taten es frohen Herzens. Büffelbär tobte: »Nun, wenn ihr es ernst meint, dann meine ich es auch so.« Er drückte die Feder so hart auf das Dokument, daß die Spitze abbrach.

Die Versammlung, die sich den ganzen Tag hingezogen hatte, war fast vorbei, und Träumender Stein hörte bereits das aufgeregte Gerede über die Geschenke. Plötzlich sprang der weiße Häuptling Terry auf und deutete.

Eine Staubfahne im Westen kündigte einen Reiter an, der auf das Lager neben dem Fluß zusprengte. Das Herz von Träumender Stein sank. Er erkannte Mann-bereit-für-den-Krieg.

Er kam in voller Kriegstracht, in einer Hand seine acht Fuß lange Lanze mit der blitzenden Stahlspitze, in der anderen seine Schlangenrassel mit den klickenden Afterklauen der Antilope. Er hatte sein Gesicht mit roter Farbe, vermischt mit Büffelfett, bemalt; nur die lange, gekrümmte Narbe hatte er ungefärbt gelassen.

Während die Soldaten um das Hauptzelt herum nach ihren Waffen griffen, sprang Narbengesicht von seinem Pony und marschierte zum Vertragstisch. Träumender Stein faltete die Hände. Der Wind, plötzlich kalt wie im tiefen Winter, wehte ihm das Haar wie einen grauen Vorhang über die besorgten Augen.

Narbengesicht starrte die anderen Männer seiner Gemeinschaft voller Verachtung an, die sich mit beschämten Gesichtern zusammendrängten. Dann schleuderte er den sitzenden Cheyenne-Häuptlingen einen flammenden Blick entgegen. Es war klar, was er von ihnen dachte.

Er betrachtete kurz die ausgebreiteten Dokumente, die feinen

Federn und silbernen Tintenbehälter. Er sprach, assistiert vom Dolmetscher, schnell und voller Leidenschaft:

»Dieses Papier ist das Werk von Teufeln, die das Volk verraten. Was taugt das Versprechen des weißen Mannes? Das einzige Versprechen, das er hält, ist das Versprechen, unser Land zu stehlen. Und was taugen die Zeichen zahnloser alter Schwächlinge, wie sie dort sitzen? Wie können sie Land weggeben, das der Große Geist dem ganzen Volk gegeben hat? Sie können das nicht, und wir Männer der Hundegemeinschaft werden das nicht zulassen. Wir werden den Krieg fortführen, bis alle weißen Teufel und weißen Frauen und weißen Kinder tot sind.«

Die Regierungskommissare sprangen mit lauten Rufen auf. Narbengesicht lachte, entzückt von der Reaktion. Bevor ihn jemand aufhalten konnte, stieß er die Spitze seiner Lanze unter den Vertragstisch und kippte ihn um.

Dokumente flatterten. Federn fielen zu Boden. Tinte spritzte durch die Gegend. Irgend jemand feuerte einen Schuß ab, und ein älterer Arapahoe krümmte sich. Höhnisch lachend ging Mann-bereit-für-den-Krieg mit langsamem, hochmütigem Schritt zu seinem Pony zurück. Er schwang sich in den Sattel, warf den Kommissaren einen weiteren verächtlichen Blick zu, weil es ihnen an Mut fehlte, zurückzuschlagen, und ritt davon, auf das letzte Licht in den westlichen Hügeln zu.

Voller Scham und Zorn schlug Schwarzer Kessel beide Hände vors Gesicht. Träumender Stein spürte Tränen, die zu verbergen er sich nicht die Mühe machte. Die anderen Häuptlinge schauten unglücklich und besorgt drein. Taylor, einer der weißen Häuptlinge, schnarrte die Männer an, die alles mitgeschrieben hatten.

»Streicht diese Rede aus euren Notizen«, sagte er ihnen. »Wessen Zeitung das druckt, wird keine Zulassung mehr westlich des Missouri bekommen. Dies ist eine erfolgreiche Konferenz. Berichtet auch dementsprechend.«

Es war eine Zeit des Wandels. Die südlichen Cheyenne zogen sich in ihre Dörfer am Cimarron zurück, um dort friedlich zu überwintern, während sie auf ihren Umzug in das neue Reservat warteten. Charles hörte von Narbengesichts flammender Rede, als das Kontingent des Siebten Regiments nach Fort Harker zurückkehrte. Außerdem vernahm er, daß lediglich vier- oder fünfhundert Cheyenne die dreitausend Mitglieder des Stammes repräsentiert hatten. »Gut«, sagte er, während seine Augen wie die Spitze eines polierten Messers glitzerten. Seine Mundwinkel zogen sich leicht nach oben.

Auf den Handzetteln für den bevorstehenden Besuch von Trumps Schauspielertruppe zeigte sich eine Änderung. Die Vorstellung in Fort Harker war gestrichen worden.

»Ich habe gehört, daß dafür deine Freundin verantwortlich ist«, sagte Barnes zu Charles. »Sie hat entdeckt, daß die Führungsspitze keine Farbigen in die für Weiße bestimmte Halle lassen wollte. Deine Freundin schrieb einen Brief, daß sie die Angelegenheit mit Trump besprochen habe und die Armee in Fort Harker könne sich zum Teufel scheren. Wenn du sie sehen willst, dann wirst du schon rüber nach Ellsworth müssen.«

Typisch Willa, dachte er. Diese Kreuzzugsmentalität war ein untrennbarer Teil ihrer Persönlichkeit. Das war zwar nicht der Hauptgrund, aber immerhin einer der Gründe, weshalb er ihr fernbleiben wollte. Dann wieder erinnerte er sich an das silbriggoldige Glänzen ihres Haares, an ihre lebhaften fröhlichen Augen und wie sie sich in seinen Armen anfühlte.

Er wußte, daß er nach Ellsworth gehen würde — und zum Teufel mit den Konsequenzen.

St. Louis, Freitag, 1. November

HON. O. H. BROWNING, Minister des Inneren:

Bitte gratulieren Sie dem Präsidenten und dem Land zu dem umfassenden Erfolg der indianischen Friedenskommission. Dieser Erfolg gipfelte in einem am 28. Okt. abgeschlossenen Vertrag mit den südlichen Cheyenne, dem einzigen Stamm, der in dieser Gegend auf dem Kriegspfad war. Mehr als 2000 Cheyenne waren anwesend ...

(gezeichnet) N. G. TAYLOR
Regierungskommissar für
Indianische Angelegenheiten und Präsident
der Friedenskommission

34

Trumps Schauspieler traten in Frank's Hall, Kansas City, auf, setzten dann mit der Fähre über den Fluß und wiederholten ihre Darbietung am folgenden Abend in der Halle des Militärpostens Leavenworth. Die Truppe bestand aus Sam, Willa, Tim Trueblood und einer stämmigen Charakterdarstellerin namens Miss Suplee. In einem großen Koffer waren ihre wenigen schlichten Requisiten und Kostüme untergebracht.

Brigadier Duncan besuchte die Shakespeare-Aufführung. Er hatte Willa eingeladen, bei Maureen zu bleiben, bis ihr Zug nach Fort Riley am nächsten Nachmittag um fünf Uhr abfuhr. »Ich denke, Sie möchten gern meinen Großneffen sehen«, sagte er.

»Er ist ja wahnsinnig gewachsen«, sagte sie am nächsten Tag. Duncan war gerade zum Mittagessen gekommen, das er hier statt in der Offiziersmesse zu sich nahm. Der kleine Gus kletterte ständig von seinem Stuhl. Freundlich, aber bestimmt wies Duncan ihn zurück.

»Gegen Ende des Jahres wird er drei.« Der Brigadier nahm einen Löffel von der heißen Schildkrötensuppe, die Maureen gekocht hatte. Der Junge hüpfte wieder von seinem Stuhl und packte Willa bei der Hand. »Spazieren, Tante Willa?«

Sie bemerkte Duncans scharfen Blick, und ihr Gesicht rötete sich. »Nach deinem Mittagsschläfchen, nicht vorher.«

Maureen hob ihn hoch und trug ihn zu Bett. In uneingeschränktem Frohsinn schlug er mit Armen und Beinen um sich. Er krähte vergnügt, als sich die Tür hinter ihm schloß.

Duncan sagte: »Tante Willa.« Mit einem zustimmenden Lächeln neigte er den Kopf.

»Ich habe ihn nicht dazu veranlaßt. Es war seine Idee.«

Den Krach einer Truppe Berittener auf dem Exerzierplatz übertönend, sagte Duncan: »Sie wären gern mehr als nur seine Tante. Für ihn wäre das gut. Und für seinen Vater auch.«

»Nun«, leicht nervös zuckte sie mit den Schultern, »das stimmt. Aber ich bin mir nicht sicher, was Charles darüber denkt. Er ist ein wunderbarer Mann, doch in ihm steckt ein seltsamer, fremder Zug.«

»Der Krieg.« Willa schaute den Brigadier mit ihren hellen Augen fragend an. »Der Krieg hat das einer Menge Soldaten angetan. Charles hat zusätzlich noch das Massaker an einem Mann miterleben müssen, der sein Freund war.«

»Das verstehe ich. Ich weiß nur nicht, wie lange jemand die Vergangenheit als Entschuldigung für sein gegenwärtiges Benehmen benutzen kann.«

Duncan runzelte die Stirn. »Bis die Geduld der anderen erschöpft ist, denke ich. Geduld und auch Zuneigung.«

Sie konzentrierte sich darauf, ihre Serviette zu falten. »Das letztere niemals. Doch was die Geduld anbelangt — ich weiß nicht recht. Meine Geduld ist manchmal wirklich fast am Ende. Ich weigere mich, all das zu leugnen, an das ich glaube, bloß um Charles einen Gefallen zu tun.«

»Charles ist stark, genau wie du. Ob richtig oder falsch, er wird seinen Rachefeldzug gegen die Indianer nicht aufgeben.«

»Und ich hasse das. Ich hasse es für alles, was es verkörpert und was es ihm antut.« Sie machte eine Pause. »Ich habe fast Angst, ihn in Ellsworth zu sehen.«

Die Hand des alten Soldaten schloß sich über der ihren. Sie wandte sich ab, die Augen voller Tränen. Der Druck seiner kraftvollen Finger sagte, daß er ihre Angst verstand. Seine Augen sagten, daß sie Grund dazu hatte.

Charles' Kommando kam am Abend vor der Vorstellung zurück.

Er fand Ike Barnes und Floyd Hook vor, die über Einzelheiten eines Clubs der C-Kompanie diskutierten, der nach dem Vorbild der Internationalen Guttempler, einer Gesellschaft zur Förderung der Temperenz, aufgebaut werden sollte. In vielen Militärposten des Westens gab es solche Gruppen. Wie der Alte erklärte, war die allgemein in der Armee grassierende Trunksucht noch nicht bis in seine Truppe vorgedrungen, und der Club würde dafür sorgen, daß es auch dabei blieb. First Sergeant Sternengucker Williams war für die Einberufung der Gründungssitzung verantwortlich.

Der Gedanke, Willa wiederzusehen, machte Charles nervös, obwohl er es andererseits kaum erwarten konnte, sie zu sehen; er rasierte sich und putzte sich mit einer sauberen Uniform und einem großen gelben Halstuch heraus. Da sich Satan ausruhen sollte, nahm er ein anderes Kompaniepferd für den Fünf-Meilen-Ritt am Nordufer des Smoky Hill entlang. Beim Reiten pfiff er die Melodie vor sich hin, die Willa für ihn niedergeschrieben hatte. Seine Carolina-Musik, wie er sie bei sich nannte.

Ein Großteil des von der Ellsworth Town Company eingeebneten ursprünglichen Bauplatzes war im Juni zerstört worden, als der normalerweise sanfte Smoky Hill über seine Ufer trat und die dürftigen Hütten und Läden wegspülte. Kaum waren sie verschwunden, da kauften die Stadtgründer neues, höher gelegenes Land im Nordwesten. Sie ließen eine neue Parzelle in Salina eintragen, um dort neues Baugelände zu erschließen; bald zeigte sich, daß dies wahrscheinlich das richtige Ellsworth werden würde. Es hatte bereits seinen eigenen Bahnhof, als Ergänzung des Bahnhofs von Fort Harker; der erste Zug war am 1. Juli von Osten her eingerollt.

Der Novemberabend war klar und kalt. Charles hatte sich in seinen knielangen Büffelfellmantel gehüllt. Als er sich durch die vielen Wagen und Pferde der Hauptstraße kämpfte, bemerkte er ein Dutzend hintereinander fahrender Wagen. Rotfleckige Planen bauschten sich. Breite Streifen getrockneten Blutes markierten die Seiten der Wagen. Vor dem Wagen ritt ein junger Mann, den Charles erkannte. Der Reiter neben dem jungen Mann erkannte Charles.

»Wie geht's? Du bist Main. Wir sind uns im Golden Rule House begegnet.«

Charles war es nicht gewöhnt, seinen richtigen Namen zu hören, ließ sich aber nichts anmerken. »Ich erinnere mich. Du bist Griffenstein.« Er zog den Handschuh aus und gab ihm die Hand.

»Das hier ist mein Boß, Mr. Cody.«

Charles gab auch dem jungen Mann die Hand. »Griffenstein meinte, Sie würden nicht im Hotelgeschäft bleiben. Seid ihr Jäger für die Eisenbahn?« Der in der Luft hängende Blutgeruch war unverkennbar.

Cody sagte: »Für Goddard Brothers, die Fleischlieferanten der Eisenbahn. Sie zahlen fünfhundert im Monat, dafür garantieren ich und meine Jungs, daß sie genügend Büffelfleisch für ihre Mannschaften kriegen. Wir schießen die Büffel so schnell ab, da springt ein ganz schöner Profit heraus.«

Charles musterte die Wagen, deren stinkende Fracht sich in der Silhouette gegen den Himmel abzeichnete. Dutch Henry Griffenstein grinste. »Du weißt gar nicht, was das Wort schnell bedeutet, bevor du nicht Buffalo Billy bei der Arbeit gesehen hast. In der Zeit, die wir anderen brauchen, um eine Winchester zu laden, legt er elf, zwölf Büffel um.«

»Ganz schön langweilig«, sagte Cody. »Hätte nichts dagegen, wieder als Scout zu arbeiten. Wir beeilen uns besser, Jungs. Ist bald dunkel.«

Er winkte die Wagen vor und ritt weiter. Dutch Henry grinste in seinen gewaltigen, brustlangen Bart. »Wenn du das Soldatenleben mal satt hast, Main, dann komm zu uns. Einen guten Schützen können wir immer brauchen.«

Nachdem Dutch Henry davongetrabt war, sah sich Charles vorsichtig nach allen Seiten um, ob jemand vielleicht seinen Namen gehört haben könnte.

»*Unsere Festlichkeiten sind nun vorbei. In Luft, in dünne Luft haben sich unsere Schauspieler aufgelöst.*«

Mit überschwenglichen Gesten schleuderte Sam Trump Prosperos Abschied dem Publikum entgegen. Diesen Teil hatten sie vom Ende des vierten Aktes des Maskenspiels entliehen. Trump war zuversichtlich, daß niemand es bemerken würde.

Im Halbkreis angeordnete abgeschirmte Lampen beleuchteten die improvisierte Bühne. An Seilen aufgehängte Decken dienten als Seitenvorhänge. Der Speisesaal des noch unfertigen Drovertown-Hotels diente als Theater.

Charles war zu spät gekommen, um einen Sitz auf den für diesen Abend aufgestellten Bänken zu ergattern. Er stand hinten zwischen einigen anderen Offizieren aus dem Fort, ebenfalls Junggesellen. Vor ihm saßen Offiziere, deren Frauen und schlicht gekleidete Einwohner der Stadt, aber kein einziger schwarzer Soldat.

Über die Köpfe des Publikums hinweg entdeckte ihn Willa, kaum daß er hereingekommen war. Sofort unterlief ihr ein Versprecher bei Julias Text der Balkonszene. Sie spielte gegen Trumps heiterkeitserzeugenden Romeo an. Trump war nicht nur zu dick und zu alt, sondern er schlug sich auch noch an jeder romantischen Stelle mit beiden Händen aufs Herz.

Das Publikum jedoch dürstete nach Unterhaltung, war eindeutig von den Shakespeare-Auszügen begeistert und lauschte zwei Stunden lang sehr aufmerksam. Während dieser Zeit mußte lediglich ein beschwipster Kutscher entfernt werden.

Trump hatte kaum seine letzte Zeile gesprochen, da setzte er in Erwartung einer Ovation zu einer tiefen Verbeugung an. Er bekam sie. Willa, Trueblood und die stämmige Charakterdarstellerin eilten hinter den Decken hervor. Alle reichten sich die Hände und verbeugten sich. Ike Barnes' Frau sprang auf und schrie: »Bravo! bravo!«, was Trump veranlaßte, zu einer Soloverbeugung vorzutreten, wobei er eine Lampe umstieß. Ein Soldat in der vordersten Reihe verhinderte eine Katastrophe, indem er das auslaufende, aufflammende Öl austrat. Trump achtete nicht darauf.

Jedesmal wenn sich Willa verbeugte, blieb ihr Blick auf Charles gerichtet. Er hielt seine Hände hoch, damit sie ihn klatschen sehen konnte. O Gott, wie schön sie aussah; bei ihrem Anblick wurde ihm ganz warm ums Herz. Für einen Augenblick spürte er Frieden; er fühlte sich frei von Haß, von seiner Vergangenheit — von all seinen Schmerzen.

Als sich das Publikum erhob, drängte er zusammen mit anderen nach vorn, um dem Ensemble zu gratulieren. »Mein lieber Junge«, brüllte Trump, als er Charles erspähte; er stürzte vor, um ihm die Hand zu schütteln. »Wie schön, dich hier zu haben. Ich bin froh, daß du diese Vorstellung gesehen hast. Diese Tournee ist ein einziger Triumph. Ich bin sicher, daß sie im Osten bereits von uns gehört haben. Wenn sie nach uns verlangen, werde ich den Rest der Tour absagen müssen.« Und damit wandte er sich dem nächsten Bewunderer zu.

Charles eilte auf Willa zu, griff nach ihren Armen und küßte ihre Stirn. »Du warst wunderbar.«

Sie umarmte ihn. »Und du tust meinen Schauspielkünsten ganz und gar nicht gut. Bringst du mich hier raus?«

»Auf der Stelle«, sagte er, ihre Hand umklammernd.

»Ich möchte gern zu Fuß gehen«, sagte sie. Er machte sie auf die Kälte aufmerksam. »Ich habe einen alten, sehr warmen Wollmantel und einen Muff.«

Sie gingen hinaus, weg von dem unfertigen zweistöckigen Drovertown-Hotel. Ganz plötzlich standen sie einer schwarzen Prärie gegenüber; weiße und gelbe Sterne funkelten am Himmel.

»Willst du nicht zum Abendessen gehen?« erkundigte er sich. »Bist du nicht nach all der Arbeit halb verhungert?«

»Später. Erst möchte ich alles über dich wissen.« Die Worte sprudelten nur so aus ihr heraus. »Alles in Ordnung mit dir?«

»Alles in Ordnung.« Sie hakte sich bei ihm ein. Er lobte sie dafür, daß sie sich geweigert hatte, in Fort Harker zu spielen. »Sam sagte mir, die Tournee wäre ein Triumph. Du kannst mir die Wahrheit sagen.«

Sie lachte. »Fort Riley war mittelmäßig. Das Publikum war irgendwie daneben, vielleicht auch wir. Ich erwischte Sam, wie er kurz vor der Vorstellung zum Marketender schleichen wollte.«

»Habt ihr in Leavenworth gespielt?«

»Ja. Das Publikum dort war gut.«

»Hast du zufällig meinen Jungen gesehn?«

»Hab' ich. Er ist wundervoll, Charles. Sehr klug. Der Brigadier sagte, er habe sich selber an den Nachttopf gewöhnt, noch bevor er achtzehn Monate war.« Charles räusperte sich. Sie lachte ein zweitesmal. »Oh, stimmt ja. Anständige Damen erwähnen Gentlemen gegenüber solche Dinge nicht. Die Verruchtheit meines Berufs dringt wieder durch.«

Amüsiert sagte er: »Ich kenne die Geschichte mit dem Nachttopf.«

»Das hätte ich mir denken können. Der Brigadier meinte, für ihn sei es schwierig, mit Gus zurechtzukommen, weil er den Jungen anbetet und schrecklich verzieht, auch wenn er nicht die Absicht hat. Er zeigt ihm ständig dein Foto. Gus weiß, wer du bist. Er vermißt dich.« Wieder drückte sie seinen Arm. »Ich vermisse dich auch. Lad mich zum Essen ein, und traktier mich mit etwas Wein, dann zeige ich dir, wie sehr.«

Sie drehte sich um, stellte sich ihm in den Weg. Sie schlang einen Arm um seinen Nacken und zog ihn zu einem Kuß herunter. Er legte beide Arme um ihre Taille und spürte, wie ihr kalter Mund schnell warm wurde. Schweigend hielten sie sich umschlungen. Dann fing irgend etwas in Charles an, von ihr wegzustreben.

»Oh, *wie* ich dich vermißt habe. Ich liebe dich, Charles. Ich kann nicht anders.« Sie machte keine Pause, verzichtete auf das übliche Signal, daß er ihr dasselbe sagen sollte. »Vielleicht wirst du Gus jetzt öfter zu sehen bekommen. In den Prärien scheint alles friedlich zu sein.«

Sie gingen weiter, einen kleinen Hügel hoch. Oben angekommen stoppten sie, blickten ehrfürchtig zu dem gewaltigen Sternenzelt empor.

Endlich antwortete er ihr. »Im Winter ist es immer friedlich.«

»Ja. Aber ich meine, da gibt es jetzt schließlich den Medicine-Lodge-Vertrag. Das sollte doch . . .«

»Willa, fangen wir nicht damit an. Du weißt doch, daß wir bei dem Thema Indianer immer Streit miteinander kriegen.« Wollte er Streit? Legte er deshalb eine gewisse Schroffheit in seine Stimme?

Sie hörte es, und es reizte sie. »Warum sollten wir nicht darüber reden, Charles? Schließlich ist es ein bedeutsamer Vertrag.«

»Komm, komm. Kein Vertrag besitzt große Bedeutung, und Medicine Lodge war noch schlimmer, weil nur einige wenige Häuptlinge unterzeichnet haben. Hast du die Artikel gelesen, die Mr. Stanley für die *New York Tribune* geschrieben hat? Diese dämlichen Regierungskommissare haben Schwarzer Kessel und den anderen nicht mal den gesamten Vertrag vorgelesen. Die Häuptlinge wollten den Kommissaren gefällig sein, sie wollten die Waren und die Waffen, also unterzeichneten sie.« Mittlerweile hatte sie ihm ihren Arm entzogen. »Sobald sie merken, was sie weggegeben haben, werden sie den Vertrag verwerfen. Falls die Krieger der Hundegemeinschaft sie nicht zuvor schon umgebracht haben.«

»Und das wünschst du dir, vermute ich?« Sie sah ihn an, ihr Gesicht blaß und verschwommen im Sternenschein. Ihr Atem breitete sich als weiße Wolke vor ihr aus.

»Ich will die Männer, die meine Freunde getötet haben. Ich wünschte, du würdest damit nicht anfangen.«

»Ich fange damit an, weil mir an dir was liegt.«

»Ach, zum Teufel.« Er drehte sich weg.

»Du möchtest, daß der Vertrag fehlschlägt.« Sie begann die Beherrschung zu verlieren, was für sie sehr ungewöhnlich war; er hörte es an ihrer schwankenden Stimme.

»Willa, ich habe dir gesagt, was ich will. Was das andere anbelangt, da befindest du dich immer noch auf der Bühne. Du träumst! Die Cheyenne werden nicht aufgeben, bevor sie nicht eingepfercht oder tot sind. Das mag nicht hübsch klingen, das mag dir oder deinen Quäkerfreunden nicht gefallen, denen das Herz beim Gedanken an einen Haufen Wilde blutet, mit denen sie nie was zu tun haben, aber so ist es nun mal. Du solltest allmählich aufwachen.«

»Ich bin hellwach, besten Dank. Ich dachte, du hättest dich vielleicht ein bißchen verändert. Du willst dem Vertrag keine Chance geben.«

»Weil es sinnlos ist. Henry Stanley hat das gesagt. General Sherman sagt das seit nunmehr zwei Jahren.«

»Und wenn deine Prophezeiungen wahr werden? Warum prophezeist du dann nicht mal zur Abwechslung Frieden?«

»Bei Gott, du bist die blindeste, unrealistischste...«

»Du bist es, der blind ist, Charles. Du bist blind dafür, was aus dir wird. Irgendeine haßerfüllte Kreatur, die lebt, um zu töten. So einen Mann will ich nicht.«

»Keine Sorge, du hast ihn auch nicht – auch wenn du verdammt eifrig hinter ihm her bist.«

Er brüllte. Sie schrie auf: »Du Bastard!« und schlug mit der flachen Hand nach ihm. Er wich aus und trat zurück. Er stand stocksteif, als er erkannte, daß sie weinte, während sie ihn verfluchte.

Wie ein Tölpel schaute er ihrer fliehenden Gestalt nach, die auf die ersten Lichter der Stadt zurannte. »Willa, warte. Für eine Frau allein ist es nicht sicher!«

»Sei still!« schrie sie über die Schulter zurück. Sie blieb stehen, drehte ihm ihr Gesicht zu. »Du kannst dich nicht wie ein anständiges menschliches Wesen benehmen. Du treibst alle von dir. Der Krieg ist daran schuld, sagte Duncan. Der Krieg, der Krieg – ich habe den Krieg satt, und ich habe dich satt.«

Sie wandte sich um und rannte los. Er hörte ihr Weinen. Das Geräusch verklang langsam, dann verlor er ihre rennende Gestalt gegen die schwarzen Umrisse der Gebäude aus den Augen.

Langsam ging er zu dem Geländer vor dem Drovertown-Hotel, wo er sein Pferd angebunden hatte. Er wollte gerade in den Sattel steigen, als jemand aus dem tiefen Schatten geschwankt kam. Der Mann hatte sich dort versteckt und auf ihn gewartet. Charles sprang von Panik erfüllt zurück, weil er seinen Revolver im Fort gelassen hatte. Als der Angreifer in das aus der nächsten Saloontür fallende Licht trat, sah Charles die Chrysantheme am Aufschlag und roch den Gin.

»Du verfluchter, übler Kerl!« Sam Trumps Gesicht war ganz fleckig vor Zorn. Haarfärbemittel lief über seine Schläfen. Er hob die Faust, um sie Charles auf den Kopf zu schlagen. Charles bekam seinen Unterarm zu fassen und hielt ihn sich mühelos vom Leibe. Trump versuchte sich loszureißen.

»Laß los, verdammter Main, verdammter. Ich werde dir das verpassen, was ich dir versprochen habe, weil du dieser feinen jungen Frau weh getan hast.«

»Ich habe ihr nicht weh getan. Wir hatten bloß eine Meinungsverschiedenheit.«

»Das war mehr als eine Meinungsverschiedenheit. Sie kam schluchzend angerannt. Sie hat einen unerschütterlichen Mut, aber ich habe sie noch nie so kaputt gesehen.« Er versuchte Charles das Knie zwischen die Beine zu rammen. Charles brachte ihn mit Leichtigkeit aus dem Gleichgewicht. Der Schauspieler schrie auf und landete auf dem Boden.

Trumps Atem kam in scharfen Stößen. Er bewegte sich vorsichtig auf dem Boden, als hätte er sich etwas verknackst. »Es muß dir viel Befriedigung verschaffen, Leute zu verletzen, die schwächer sind als du. Du bist nicht besser als diese Wilden, die du zu hassen vorgibst. Verschwinde aus meinem Blickfeld.«

Charles holte mit dem Stiefel aus, um den alten Narren zu treten. Dann siegte die Vernunft. Er schwang sich in den Sattel und trabte schnell die Straße entlang, geschüttelt von Zorn und Selbstbeschuldigungen. Falls noch irgendwas zwischen ihm und Willa Parker übriggeblieben war, dann war es jetzt dahin.

MADELINES JOURNAL

November 1867. Unmöglich, mit dem Gettys-Laden Geschäfte zu machen. Seine Wucherzinsen bleiben bei 70% und einem Anteil an der Ernte. Das sind seine Bedingungen für Weiße. Schwarze werden abgewiesen.

... Die Ernennung von Gen. Edw. Canby zum Kommandeur des Militärbezirks hat die Leute etwas besänftigt. Er stammt aus Kentucky; nicht so hart wie der alte Sickles. Von Gen. Scott, der das staatliche Büro leitet, heißt es, er hätte den Ehrgeiz, der nächste Gouv. zu werden. Sehr merkwürdig für einen Mann, der Carolina erstmals als Kriegsgefangener kennenlernte. Die Meinungen über ihn sind geteilt. Einige halten ihn für einen Opportunisten. Will er den Staat regieren, um ihn in aller Ruhe ausbeuten zu können? ...

Unser Flirt mit dem Bankrott geht weiter. Ein später Sturm trieb die Salzflut den Ashley hoch. Unsere Reisernte wurde vernichtet. Die alte, dampfgetriebene Säge, auf die ich so mühsam gespart hatte, brach an ihrem zweiten Betriebstag. Reparaturen sind teuer. Um sie bezahlen zu können, werde ich Dawkins' nächste Bankrate kürzen müssen. Er wird darüber nicht glücklich sein.

Aber es gibt auch Brosamen an guten Nachrichten. Brett hat endlich geschrieben. Ihr kleiner Junge, G. W, wächst und gedeiht im Klima von San Francisco. Nach einem harten, mühevollen Jahr hat Billys Installationsfirma den Vertrag für die Errichtung der Wasser-, Gas- und Liftinstallationen in einem neuen Hotel bekommen.

Wenn ich von solchen Erfolgen höre, gerate ich manchmal in Versuchung, hier alles aufzugeben und drüben noch mal von vorn anzufangen. Nur mein Versprechen, das ich dir gegeben habe, Orry — der Traum vom Wiederaufbau —, hält mich hier. Doch jeder Tag scheint die Verwirklichung dieses Traumes in weitere Ferne zu schieben ...

... Bald schon wird in einer speziellen Wahl entschieden, ob wir eine verfassunggebende Versammlung haben werden. Die Armee registriert weiterhin männliche Wähler. Sind sie schwarz, dann unterweist sie der neue UL-Club, wie sie dieses Recht auszuüben haben ...

In der herbstlichen Dämmerung eilte Andy Sherman durch das Dörfchen Summerton. Ein Soldat bei der Wählerregistratur holte die amerikanische Flagge ein, die über der vom Militär übernommenen verlassenen Hütte hing. Ganz in der Nähe plauderte ein Corporal mit einem barfüßigen weißen Mädchen, das immer wieder eine Haarsträhne um ihren Finger wickelte. Andy staunte. In manchen Punkten war es so, als hätte es den Krieg nie gegeben.

In anderen Punkten blieb er nüchterne Realität. Von der dunklen Veranda aus verfolgte ihn jemand von einem Schaukelstuhl aus mit seinen Blicken. Das sterbende Licht blitzte noch einmal in den Brillengläsern auf. Andy konnte die Feindseligkeit fast riechen.

Nachdem er eine weitere Meile marschiert war, bog er von der Uferstraße in einen schmalen, baumbestandenen Weg ab. Der Mond hing nun als strahlender weißer Kreis über den Bäumen. Ein schwarzer Junge mit schlechten Zähnen bewachte den Weg mit einer alten Flinte. Andy nickte ihm zu und wollte vorbeigehen. Der Junge versperrte ihm mit der Flinte den Weg und sagte dümmlich: »Kennwort, Sherman.«

Kennwort — Andy fand es kindisch und erniedrigend. Unglücklicherweise genossen die meisten Clubmitglieder solche Dinge.

»Freiheit«, sagte er. »Lincoln. Liga.«

»Gott segne General Grant. Geh durch, Bruder.«

Er betrat die Hütte, nachdem er von Wesley, einem bulligen Schwarzen mit einer Pistole im Gürtel, inspiziert worden war. Wesley half dem Clubgründer, eine Aufgabe, für die er sich bestens eignete; er war ein Schlägertyp.

Sie tauschten einen Blick voller gegenseitiger Abneigung aus. Dann ging Andy zu einer der hinteren Bänke. Ungefähr zwanzig Personen, junge und alte, waren anwesend. Der Organisator nickte einen Gruß vom anderen Ende der Hütte, wo er unter einem gerahmten Porträt von Lincoln stand.

Es gab nichts an Lyman Klawdell, was Andy beeindruckt hätte. Weder die schäbige Kleidung und die vorstehenden Zähne noch die jaulende Yankee-Stimme oder der tiefgeschnallte Colt. Klawdell befahl, eine Laterne auszublasen, worauf nur noch eine einzige Kerze auf einer Kiste in der Nähe des Porträts brannte. Die Kerze beleuchtete Klawdells Kinn und seine lange Nase von unten. Seine Augen glänzten in ihren tiefen schwarzen Höhlen. Das hatte eine unheimliche Wirkung, auf die manche mit nervösem Schaudern und Grinsen reagierten.

Klawdell schlug mit einem Hammer auf die Kiste. »Die Versammlung des Union League Club, Ashley-River-Bezirk, ist hiermit eröffnet. Gelobet sei Gott, gelobet sei die Freiheit, gelobet sei die Republikanische Partei.«

»Amen«, sagten die Zuhörer im Chor. Andy schwieg. Mußte man als freier Mann auf ein Schlüsselwort reagieren?

»Boys!« Falls einer von den anderen das als Beleidigung wertete, so merkte Andy zumindest nichts davon. »Wir nähern uns einem für South Carolina monumentalen Tag. Ich beziehe mich damit auf die spezielle Wahl zur Einberufung einer verfassunggebenden Versammlung, die diesen Staat auf den richtigen Weg bringen wird. Wir brauchen diese Versammlung, um Mr. Johnson in die Schranken zu weisen«, Stöhnen, höhnische Zurufe, »der sich nicht gerade als Freund des schwarzen Mannes gezeigt hat. Er arbeitet weiterhin gegen den Kongreß, der versucht, euch eure Rechte zu garantieren.«

Andy sah Verwirrung auf vielen Gesichtern als Folge von Klawdells billigen Worten. Mußte man Menschen verwirren, um sie zu beeindrucken?

»... der sich vor kurzem eine noch größere Unverschämtheit geleistet hat, als er einen eurer besten Freunde, den Ehrenwerten E. M. Stanton, Kriegsminister und loyaler Anhänger eures geliebten Präsidenten Lincoln, entmachtete. Johnson will Stanton daran hindern, seinen Job zu tun, weil er ihn so gut macht. Es war Mr. Stanton, der die Soldaten geschickt hat, die euch beschützen. Wißt ihr, was mit Johnson passieren wird?«

Die Männer antworteten: »Nein.« Andy verzog das Gesicht. Klawdell schlug ein paarmal mit dem Hammer zu.

»Eure republikanischen Freunde werden Johnson den Hals umdrehen. Vielleicht werfen sie ihn sogar aus dem Amt.«

Applaus und Stampfen. »Schon gut, beruhigt euch«, schnappte Klawdell. »Wir haben hier zu Hause wichtige Geschäfte zu erledigen. Wie viele von euch Jungs sind nach Summerton gegangen und haben sich zugunsten der Versammlung eintragen lassen?«

Bis auf Andy und einen alten Mann hoben alle die Hand. Klawdell mochte Andy nicht; er deutete mit dem Hammer auf ihn. »Erklär das mal, Sherman.«

Empört sprang Andy auf. »Ich arbeite den ganzen Tag, bloß um zu überleben. Abends kann man sich nicht mehr eintragen, und ich habe nur da Zeit.«

»Komm schon, raus mit der Wahrheit«, sagte Klawdell. »Diese Frau, die Mont Royal leitet, läßt dich nicht. Sie gibt vor, auf seiten der Farbigen zu sein, aber das ist sie nicht. Warum sprichst du nicht offen und klagst sie an?«

»Weil sie eine Freundin *ist;* ich werde keine Lügen über sie verbreiten.«

Klawdell leckte sich die Lippen. »Sherman, einigen dieser Jungs ging es vor einiger Zeit noch genauso mit ihren Herren. Weißt du, was mit ihnen passiert ist?«

»O ja.« Er deutete auf Rafe Hicks, einen hellbraunen Jungen mit einem schmutzigen Kopfverband. »Ein paar von ihnen wurden in der Dunkelheit überfallen und verprügelt.«

»Dann lerne was draus. Klag sie öffentlich an.«

»Das werde ich nicht. Wenn das von mir verlangt wird, gehöre ich nicht mehr zu diesem Club.«

Er ging, innerlich angespannt, schnell zur Tür. Wesley blockierte seinen Weg; es zuckte ihm in den Fingern, seine Pistole zu ziehen. Andy stoppte, ballte seine Hände zu Fäusten und starrte Wesley an. Mit leiser Stimme sagte er: »Wenn du mich aufzuhalten versuchst, Wesley, dann wirst du gleich ein paar gebrochene Knochen haben. Oder Schlimmeres.«

Wesley fluchte und zog seine Pistole. Klawdell riß seinen Revolver heraus und hämmerte mit dem Kolben auf die Holzkiste. »Schon gut, schon gut, beruhigt euch. Wir brauchen deine Stimme dringender als einen Kampf, Sherman. Wenn du bereit bist, dich registrieren zu lassen ...«

»Das bin ich. Ich muß nur die Zeit dazu finden.«

»Dann wollen wir das andere vergessen.«

Andy warf ihm den gleichen durchdringenden Blick zu, mit dem er Wesley bedacht hatte. Dann kehrte er zu seiner Bank zurück. Andy spürte eine leichte Befriedigung, aber auch Bitterkeit. Die Männer der Liga strömten in den Süden — um bei der Erziehung der befreiten Neger behilflich zu sein, wie sie sagten. Aber mußten sie deshalb Mißtrauen, sogar Haß gegen gute weiße Freunde säen?

Klawdell fuhr fort: »Dieser Sonderkonvent wird eine großartige Sache werden, Jungs. Aber er wird nie stattfinden, wenn nicht die Mehrheit der Wähler von South Carolina dafür ist. Sherman und Newton müssen bis zum 19. November unterschrieben haben.«

Der alte Mann Newton sagte: »Aber wir müssen das in Summerton tun, Captain. Gettys und seine Freunde, wie dieser Captain Jolly, die sagen, halt nicht in Summerton an, Nigger. Lauf gleich durch.«

»Was glaubst du, warum zwei Soldaten an der Kreuzung stehen, Newton? Nicht bloß, um dich zu registrieren. Die sorgen auch dafür, daß sich niemand einmischt, wenn du's tust. Du kannst Gettys und seinen Kumpels sagen, sie sollen dich gefälligst am Arsch lecken.«

Inmitten des aufbrandenden Gelächters und Klatschens krümmte sich Andy innerlich zusammen. Der Tonfall lag hier völlig daneben. Irgendwie wurden seine schwarzen Freunde und Nachbarn wie Kinder behandelt. Beinahe wäre er aufgestanden und endgültig gegangen. Nur das größere Ziel des Clubs, wichtiger als Klawdells Benehmen, hielt ihn davon ab.

Klawdell bekam Andys Widerwillen mit und schlug einen gemäßigteren Ton an. »Ich sage es noch einmal, Sherman — wir brauchen dich und Newton. Jede Stimme zählt. Laßt euch registrieren. Bitte.«

Nun, das war schon besser. »Keine Sorge. Ich werde es tun.«
»Gelobet sei Gott!« rief Klawdell. Er steckte seinen Revolver weg und griff zum Hammer. »Also gut, dann raus mit der Sprache. Was ist die Partei des farbigen Mannes?«

Alle bis auf Andy sagten: »Unions-Republikaner.«
Wumm. »Wer sind eure Feinde?«
»Johnson. Demokraten.«
Wumm, wumm. »Wer will euch die Rechte stehlen, für die wir gekämpft und geblutet haben, für die Abe Lincoln gestorben ist?«

»Demokraten!«
»Und jetzt sagt mir den Namen eurer wahren Freunde.«
Bei jedem Wort stampften sie auf. »Unions-Republikaner.«
»Wer wird diesen Staat übernehmen?« Jetzt brüllte Klawdell. »Wer wird dieses ganze Land übernehmen und es richtig führen?«

»Unions-Republikaner! Unions-Republikaner!« Das Gestampfe ließ die Hütte erbeben. Andy machte ein finsteres Gesicht, während die anderen klatschten und die Hütte mit ihrem

Lärm fällten. »Unions-Republikaner! *Unions-Republikaner!*« Einige der Männer funkelten Andy zornig an. Er gab die Blicke genauso zornig zurück; der Teufel sollte ihn holen, wenn er sich wie ein abgerichteter Hund benahm. In schweigendem Protest blieb er weiterhin stocksteif sitzen.

Am nächsten Tag erschien Andy eine Stunde vor Sonnenuntergang an der Summerton-Kreuzung. Mit schnellem Schritt näherte er sich der flaggengeschmückten Hütte. Der Corporal trat heraus, schüttelte ihm die Hand und begleitete ihn hinein.

Durch das Fenster seines Ladens hatte Randall Gettys die Szene beobachtet. Als Andy zehn Minuten später wieder mit zufriedenem Gesicht auftauchte und sich auf den Heimweg machte, begann Gettys sofort einen Brief an Des in Charleston zu schreiben:

Sie hat alle ihre Nigger registrieren lassen. Ich habe zur Vorsicht gedrängt, aber wir können nicht viel länger warten. Du kommst besser her, um alles zu besprechen.

Dann schrieb er an seinen Cousin Sitwell oben im York County:

Die pestartige Republikanische Liga hetzt alle örtlichen Farbigen auf. Sie sind mehr als wir und werden uns auch bei den Wahlen in diesem Monat überstimmen. Wir sind verzweifelt auf der Suche nach ein paar sicheren Methoden, mit denen wir sie einschüchtern könnten. Hast du noch was von dieser Geheimgesellschaft in Tennessee gehört?

Die Wahl zur Einberufung eines Konvents wurde mit überwältigender Mehrheit gewonnen. Ich denke, daß es daran auch nie einen Zweifel gegeben hat. Mindestens 80 000 Neger haben sich registrieren lassen und halb so viele Weiße.

Das Militär hat Andy überredet, sich als Delegierter aufstellen zu lassen, was er auch getan hat. Er wird im Januar nach Charleston gehen.

Das ist unsere einzige gute Nachricht. Zwei Mißernten in diesem Jahr — die Dampfsäge immer noch nicht repariert — Daw-

kins verlangt die Quartalszahlungen — wir stehen dichter vor dem Bankrott denn je. Gestern abend haben Prudence und ich wieder darüber diskutiert, ob ich mich an George H. wenden soll. Ich bin fest geblieben, frage mich aber, ob es richtig ist. Ist es nicht besser zu betteln, anstatt alles zu verlieren? Wie sehr ich mir doch wünsche, du wärst hier, um mir zu raten.

35

Charles, Graue Eule und weitere zehn Mann rückten wieder aus, um entlang der Eisenbahnlinie östlich von Fort Harker zu patrouillieren. Auf diesem Abschnitt ereigneten sich Indianerangriffe zwar nicht so häufig wie zwischen Harker und Fort Hays im Westen, kamen aber doch vor.

Charles war dankbar, wieder im Einsatz zu sein. Es half ihm, seine Trauer, aber auch seinen Zorn über Willa in den Hintergrund zu drängen. Von diesen Gefühlen abgesehen, ging es ihm gut. Er besaß ein großartiges Pferd; Satan war schnell, wurde unter Feuer nicht nervös und besaß eine unglaubliche Ausdauer. Er ritt den Schecken nun schon so lange, daß Pferd und Mann fast die Gedanken des anderen lesen konnten.

Genauso zufrieden war er mit seinen Männern. Er ließ sich bis ans Ende zurückfallen und inspizierte sie. In Zweierreihe kamen sie an ihm vorbei, jeder mit einem Messer an der linken Hüfte, an der rechten den Revolver mit nach vorn gerichtetem Kolben. Nur ein Mann trug den regulären Patronengurt. Die anderen führten ihre Patronen in selbstgenähten Gurten mit. Für ehemalige Stadtjungs waren sie eine wilde Bande; im Grunde ähnelten sie herumstreifenden, auf alle Eventualitäten vorbereiteten Banditen.

Shem Wallis ritt vorbei. Charles hörte, wie er zu Corporal Magic Magee sagte: »Gott, ist das heiß. Ich kann nicht glauben, daß wir November haben. Wann machen wir Mittagspause?«

»Bald«, sagte Magee. »Hier, paß auf die Münze auf.«

Charles rief Wallis zu: »Wir halten dort.« Er deutete auf ein kleines Wäldchen links vor ihnen. Da Bäume für gewöhnlich auf feuchtem, tiefliegendem Land wuchsen, fanden sie dort vielleicht einen Bach und Pappelrinde für die Pferde.

Charles ließ sich jetzt bis zu Graue Eule zurückfallen. Die Männer mochten den Spurenleser; Magee war ganz begeistert von ihm, weil Graue Eule so ein großartiges Publikum für seine Tricks abgab. Charles wußte immer noch nichts von seiner Vergangenheit, vor allem nicht, weshalb er sein Volk verlassen hatte. Der Spurenleser schien entspannt und gut gelaunt, also probierte Charles es noch einmal.

»Graue Eule, wenn du für mich als Spurenleser arbeitest, dann würde ich gern einiges über dich wissen. Erzähl mir von deiner Familie.«

Der Indianer zog sich tiefer in sein Büffelfell zurück. Trotz der Hitze zeigte sich auf seinem zerfurchten Gesicht kein Schweißtropfen. Er dachte eine Weile nach, bevor er antwortete. »Mein Vater war ein großer Kriegshäuptling namens Krummer Rücken. Meine Mutter war eine weiße Frau, die er gefangen hatte. Es hieß, sie sei schön gewesen und habe helle Haare gehabt. Sie ist schon sehr lange tot.«

Diese überraschende Information war ein erster Ansatzpunkt. »Noch weitere Verwandtschaft?«

»Nein. Vor acht Wintern ging meine Schwester in die ewigen Jagdgründe. Vor fünf Jahren folgte ihr mein einziger Bruder. Beide starben an der gleichen Krankheit. Die Krankheit, die wir gar nicht kannten, bevor euer Volk sie uns brachte.«

»Pocken?«

»Ja.« Graue Eule warf Charles einen langen Blick zu, den ein vages Schuldgefühl überkam. Der Indianer starrte nach vorn auf die Hitzewirbel.

Charles räusperte sich. »Ich möchte wirklich gern wissen, weshalb du bereit bist, für die Armee als Spurenleser zu arbeiten.«

»Als junger Mann suchte ich meine Vision, um ein Krieger zu werden und den Sinn meines Lebens zu finden. Im Schwitzzelt brannte ich das Gift des Zweifels und des Hasses und der Selbstsucht aus. Ich malte mein Gesicht weiß, um es zu reinigen, und ging, wie es Suchern vorgeschrieben ist, an einen gefährlichen

Ort. Einen einsamen Ort, wo das Gras so hoch und trocken ist, daß der kleinste Funke ein gewaltiges Feuer entzündet, das mich verschlingen würde.«

Charles hielt den Atem an. Er ging voran.

»Drei Tage und Nächte lag ich in dem hohen Gras verborgen und rief nach meiner Vision. Ich aß nichts. Ich trank nichts. Ich wurde belohnt. Der Weise über uns, der Heilige Geist, den ihr Weißen Gott nennt, begann aus den Wolken zu sprechen, aus den Steinen in einem Fluß und aus einer vorbeigleitenden Schlange. Ich sah mich selbst so hohl und glatt wie ein trockenes Rohr, bereit, gefüllt zu werden.

Dann bewegte sich Gott. Alle Gräser beugten sich, jeder Halm deutete nach Norden auf den uralten heiligen Berg. Im leeren Himmel tauchte ein Adler auf. Er strich knapp über meinen Kopf und flog nach Westen. Dann senkte sich aus der Mitte der Sonne eine große Eule hernieder. Die Eule sprach eine Weile. Dann machte mich die Sonne blind.«

»Wurde die Eule zu deinem Geburtsvogel?«

Graue Eule zeigte sich überrascht; Charles wußte mehr von den Stammessitten, als er vermutet hatte. »Ja. Ich trage immer die Klaue einer großen Eule bei mir.« Er tippte gegen seinen Medizinbeutel, den er an seinem Gürtel befestigt hatte. »Und wenn ich darum bitte, erscheint stets eine große Eule und leitet mich, wenn ich verloren oder verwirrt bin. Ich lernte den Sinn und Zweck meines Lebens von der Eule und dem Adler.«

»Und worin besteht der?«

»Dem Volk zu helfen, den richtigen Weg zu finden. Es zu den Winterlagern und den Zeremoniengründen für die großen Sommerfeste zu führen. Dem Büffel mit dem Schnee nach Süden zu folgen und mit dem grünen Gras nach Norden. Als ich mit meiner Vision zurückkehrte, trug ich die Insignien eines Kriegers, doch danach folgte ich stets meinem Ziel.«

»Das Volk zu führen. Doch jetzt führst du uns. Warum?«

Das Gesicht von Graue Eule wurde steinern. »Das Volk hat sich so weit von dem richtigen Weg entfernt, daß nicht mal Gott es zurückführen könnte. Es ist Zeit zu rasten. Soll ich diese Bäume dort vorn absuchen?«

Es war, als wäre in Trumps Theater der Vorhang gefallen. Frustriert nickte Charles. Der Cheyenne drückte seinem Pony die Mokassins in die Flanken und trieb es auf das ferne Wäldchen zu.

Zehn Meilen weiter östlich verließ ein Personenzug das Dörfchen Solomon und fuhr nach Westen ins Saline County hinein. Im Frachtwaggon putzten zwei Mann ihre Waffen, während zwei andere Karten spielten.

In einem Zweite-Klasse-Wagen schaute eine junge Frau, die unterwegs zu ihrem Mann nach Fort Harker war, aus dem Fenster auf die kahle, öde Landschaft hinaus. Sie war noch nie westlich des Mississippi gewesen. Ihr Ehemann war vor kurzem zur Siebten Kavallerie versetzt worden.

In dem Sitz vor ihr las ein Kavallerieoffizier sehr aufmerksam in einem Buch über Taktik. Am Ende des Wagens zählte der Schaffner die abgerissenen Fahrkarten. Die anderen Passagiere unterhielten sich oder dösten vor sich hin; niemand warf einen zufälligen Blick auf die Südseite des Zuges. Dort trieben zwanzig Berittene in einer Linie ihre Pferde einen flachen Hügel hinunter. Unten angekommen, galoppierten sie auf den Zug zu.

Während sie auf Graue Eule warteten, zog Magee sein Übungsseil hervor. Er reichte das Seilstück dem Kavalleristen George Jubilee, dann überkreuzte er seine Handgelenke und bat Jubilee, ihn zu fesseln.

»Richtig fest«, sagte Magee. Jubilee drängte sein Pferd näher an ihn heran und schlang das Seil mit äußerster Konzentration mehrmals um Magees Handgelenke. Er merkte nicht, wie sich Magees Rückgrat plötzlich versteifte, wie seine Unterarme zitterten und Adern auf den dunkelbraunen Handrücken seiner Fäuste auftauchten. Charles jedoch sah es von seiner Position aus; er hatte schon öfter Magees Entfesselungskünste erlebt und schaute genau hin. Fast unmerklich spannte Magee das Seil, während Jubilee seine letzten Schlingen legte und zweimal verknotete.

Jubilee lehnte sich in seinem Sattel zurück, zufrieden mit seinem Handwerk. Magee begann mit geblähten Nasenflügeln seine Hände in entgegengesetzten Richtungen zu drehen. Er grunzte einmal auf und plötzlich, schneller als Charles folgen konnte, waren seine Hände frei. Das Seil war immer noch um sein linkes Handgelenk geknotet. Er hatte gerade genügend Spannung erzeugt, um eine Hand herausdrehen zu können.

Magee lächelte träge und zupfte an den Knoten, während Kavallerist Jubilee ihn verblüfft anstarrte. Er war relativ neu in der Truppe und noch nicht an Magees Tricks gewohnt.

Graue Eule kehrte nach zehn Minuten zurück. Er war bleicher, als Charles ihn je gesehen hatte.

»Weiße sind dort vorbeigekommen«, sagte er mit unterdrückter Wut. »Unter den Bäumen liegen tote Männer und tote Pferde. Die Leichen sind ausgeraubt worden.«

Charles setzte sich an die Spitze und führte seine Truppe zu dem Wäldchen. Aus einiger Entfernung schon sah er den Bach, mit dem er gerechnet hatte, ein sich schlängelndes gelbes Band am Nordrand des Wäldchens.

Ein widerlicher Geruch entströmte den blattlosen Bäumen. Charles erkannte ihn sofort. Den gleichen Gestank hatte er bei Sharpsburg und Brandy Station und an anderen Orten gerochen, wo die Toten lange nach Feuereinstellung noch herumgelegen hatten. Einer seiner jungen Männer beugte sich nach rechts aus dem Sattel; seine Schultern zuckten konvulsivisch.

Charles zog seinen Säbel aus der Scheide und gab das Haltzeichen. »Ich gehe als erster. Ich versorge inzwischen eure Pferde mit Wasser.«

Er stieg ab, nahm den Säbel in die linke Hand und zog seinen Colt. Vorsichtig näherte er sich dem Wäldchen. Graue Eule folgte ihm, ohne um Erlaubnis zu fragen; Charles nahm ihn nur als einen durch das trockene Gras huschenden Schatten wahr.

Vom Rande des Wäldchens aus sah er ein totes Pferd, dann zwei weitere Pferde. Kriegspferde, die für gewöhnlich am Leben gelassen wurden, damit ihre Besitzer im Paradies gute Reittiere zur Verfügung hatten. Das bedeutete, daß sie wahrscheinlich nicht von Indianern erschossen worden waren.

Er schluckte, machte einige weitere Schritte und entdeckte die drei verwesenden Leichen. Ihrer Kleidung beraubt, lagen sie zwischen zerbrochenen Teilen hölzerner Plattformen. In der Mitte des Wäldchens standen immer noch senkrechte Stämme, die die Plattformen getragen hatten. Charles zwang sich, näher an die nackten Leichen heranzugehen. Neben ihnen fand er zerbrochene, mit leuchtenden Farben bemalte Pfeile. Alles andere war geplündert worden.

Er hörte den Zorn in der Stimme von Graue Eule. »Weißt du, was hier passiert ist?«

»Ja. Bei deinem Volk ist es Sitte, ihre Toten auf diese Begräbnisplattformen zu legen, wenn der Winterboden zu hart zum Graben ist. Das hier waren besondere Männer — Kriegshäuptlinge, Lagerhäuptlinge, vielleicht Gemeinschaftsführer —, da sie auf diese Weise beerdigt wurden, als der Boden nicht gefroren war.«

Da die Toten auf der Plattform dem Himmel näher waren, konnten sie schneller die Straße zum Paradies beschreiten. Es gehörte zu den Sitten der Cheyenne, den Toten auch noch persönliche Schätze, Waffen und ein Lieblingspferd mitzugeben, damit es dem Toten in dem Leben danach an nichts fehlen würde. Trotz seines Hasses auf die Cheyenne stellte Charles fest, daß ihm die Leichenschändung Übelkeit bereitete.

»Schau genauer hin«, sagte Graue Eule zu ihm. Der Fährtensucher stammelte fast vor Wut. »Geh hin. *Schau!*«

Charles trat vor, blieb aber gleich wieder mit blassem Gesicht stehen. Nicht nur die Totenkleidung war verschwunden, sondern auch Fleischstücke, herausgehackt aus Armen, Beinen und Rumpf. In den faustgroßen Löchern wimmelte es von Maden.

»Jesus Christus. Wozu?«

Graue Eule schrie: »Köder.« Er winkte wild in Richtung des Flüßchens. »Fischköder. Ich habe das schon einmal erlebt. Ein Soldat der Siebten prahlte damit.« Aus den Augen von Graue Eule liefen die Tränen. Einen Augenblick lang dachte Charles, der Cheyenne würde sein Messer ziehen und ihn niederstechen. »Der weiße Mann ist Dreck. Er begeht seine Heldentaten an den Toten.«

»Manchmal sind deine eigenen Leute ...«, fing er an, in Gedanken bei Holzfuß und Boy und dem Mädchen in dem Lehmhaus mit den veilchenblauen Augen. Er hielt inne, weil diese Grausamkeiten die Untaten hier nicht ungeschehen machen konnten.

Ein langgezogenes Pfeifen im Osten zerriß das Schweigen. Ein nach Westen fahrender Zug.

Graue Eule wandte sich ab und verließ das Wäldchen. Es war ganz deutlich, daß er in diesem Moment Charles und alle anderen Weißen haßte. Warum zum Teufel arbeitete er dann für sie?

Aus der Ferne hörte er schwache Explosionen. Er stürzte aus dem Wäldchen, froh über die Ablenkung, und schwenkte den Säbel. »Aufsitzen. Das ist Gewehrfeuer.«

Drei Kavalleristen am Fluß hoben ihre nassen Gesichter, als er erneut brüllte: »*Aufsitzen!*« Er schwenkte noch einmal den Säbel über seinem Kopf und rannte auf Satan zu; durch den plötzlichen Einsatz wurden seine Emotionen gnädig in den Hintergrund gedrängt.

Die Indianer teilten sich; die Hälfte von ihnen galoppierte um den letzten Waggon des keuchenden U. P. E. D.-Lokalzugs. Die parallelen Kolonnen griffen den Zug von beiden Seiten an.

In dem Zweite-Klasse-Abteil schaute die Frau des Sergeant aus dem Fenster und sah braunhäutige Männer mit im Wind flatternden Haaren, die auf blankem Pferderücken ritten. Einige hatten Gewehre, andere Jagdbogen. Vorne im Wagen sprang eine ältere Frau auf und fiel dann in Ohnmacht. »Mein Gott, Lester, Cheyenne«, rief ein Mann seinem Reisebegleiter zu.

»Arapahoe«, sagte der Kavallerieoffizier auf dem Platz vor der Frau. »Man erkennt sie an den offenen Haaren.« Er riß seinen Dienstrevolver heraus, zerbrach mit drei Stößen seines Ellbogens das Fenster und feuerte. Die Kugel ging daneben.

Die Frau des Sergeant starrte ungläubig in ein wildes, bemaltes Gesicht, keine drei Fuß von ihr entfernt. Es war kein Mann, sondern ein Junge, höchstens siebzehn oder achtzehn. Er riß sein Gewehr hoch, während er sein rasendes Pony mit den Knien lenkte. Der Junge und die Frau starrten sich einen endlosen Augenblick lang an, nur die Fensterscheibe und der Gewehrlauf zwischen ihnen.

»Runter!« brüllte der Offizier mit dem rostbraunen Bart sie an. Er stand auf und zielte auf den Indianer. Der junge Krieger sah ihn und schoß zuerst. Der Körper des Colonel wurde herumgerissen, er verdrehte die Augen und sank zu Boden.

Ein Mann schrie: »Wir werden alle sterben!«

»Den Teufel werden wir!« rief der Schaffner. »In dem Zug sind ein paar Männer der Eisenbahn versteckt.«

In dem Frachtwaggon verborgen lachte J. O. Hartree seinen drei Gefährten zu, als er die donnernden Hufe, die schrillen Schreie und die ersten Schüsse hörte. Er war ein rundlicher, relativ junger Mann, der mit seinem welligen Haar und dem langen, an den Spitzen gewachsten Schnurrbart auf eine sanfte Art und Weise ganz gut aussah. Er hatte ein frommes, unaufrichtiges Lächeln und tückische Augen.

»Turk, du stellst dich neben mich«, sagte er und streifte sich schnell glänzende Lederhandschuhe über. Er rollte die Ärmel seines weißen Seidenhemdes hoch und beugte die Knie, um sicher zu sein, daß er das richtige Gefühl für den fahrenden Zug hatte. Wenn es losging, konnte er sich nicht mehr mit den Händen festhalten.

Hartree und seine angeheuerten Scharfschützen fuhren seit Wochen auf dieser Linie, in der Hoffnung, daß sich ihnen diese Chance einmal bieten würde. Den ganzen Sommer hindurch hatten die Stämme die Baustellen überfallen, die Arbeiter terrorisiert und einige von ihnen niedergemetzelt, die sich dummerweise allein auf Abwege begeben hatten. Hartree hatte Befehl, den verdammten Roten klarzumachen, daß sie die Linie nicht ungestraft überfallen konnten. Es war eine Aufgabe, die er genoß.

Er glättete die Front seiner grünen, mit zwei Antilopen geschmückten Samtweste. »Red, wenn ich den Befehl gebe, dann schieb die Tür auf. Dann hilf Wingo beim Laden der Gewehre.« Auf dem Boden lagen acht mächtige Sharps-Büffelflinten vom Kaliber .45, vier für jeden Schützen. J. O. Hartree plante sorgfältig.

Zwei Kugeln klatschten außen gegen den Waggon. Über den Lärm hinweg hörte Hartree das Geräusch brechenden Fensterglases. Die Passagiere wurden angegriffen. Nun, er würde diesem roten Abschaum eine echte Überraschung bereiten.

»Die ersten beiden Gewehre, Red. Spannt die Hähne. Turk, wenn du feuerst, bevor ich es sage, dann jage ich dir die erste Kugel in den Kopf.«

Charles und seine Männer kamen über den nächstgelegenen Hügel in Formation gestürmt. Dichte Rauchwolken hingen über dem Zug. Heulende Indianer mit offenem Haar galoppierten nebenher. Die Indianer bemerkten die Kavalleristen und reagierten überrascht und verwirrt darauf.

Der Zug befand sich ungefähr eine Viertelmeile links von den Soldaten. Charles preßte seine Knie gegen Satans Leib und bemühte sich, seine Spencer ruhig zu halten; er wußte, daß die Chance auf einen Treffer vom galoppierenden Pferd aus sehr klein war.

Ein Indianer schwang seinen Bogen nach oben und zielte auf Magic Magee, der links neben Charles ritt. Charles beugte sich hinüber und schlug Magee gegen die Schulter. Magee schwankte einen Moment und rutschte nach vorn, tief über den Pferdenacken. Der Pfeil zischte durch die Luft, dort, wo eben noch seine Kehle gewesen war.

Magee raffte sich wieder hoch und warf Charles einen dankbaren Blick zu. Shem Wallis zielte und holte den Bogenschützen aus dem Sattel. Die Indianer verlangsamten ihr Tempo nun; sie waren zwar den Soldaten gegenüber in der Überzahl, ihnen aber an Feuerkraft unterlegen. Charles brüllte seine Befehle, und die Hälfte der Kavalleristen bog ab, um auf der anderen Zugseite hinter den Indianern herzujagen.

Charles näherte sich dem Zug, brachte die Spencer erneut in Anschlag. Dann geschah etwas, auf das die Soldaten überhaupt nicht vorbereitet waren.

J. O. Hartree fuhr mit der Hand über den Lauf der Sharps und begann lautlos bis zehn zu zählen. Er hörte, wie sich Pfeile in den Waggon bohrten. Er suchte festen Stand neben Turk und hörte auf zu zählen.

»Öffnen!«
Die Tür rollte quietschend auf. Die doppelläufigen Sharps der beiden Scharfschützen blitzten im Morgenlicht auf. Ein Arapahoe glotzte, als die Männer der Eisenbahn so plötzlich auftauchten. Hartrees braune Augen funkelten, und sein frommes Lächeln wurde breiter. »Schieß sie nieder, Turk.«

Rauch und Donner brach aus der Tür des Frachtwaggons. Der indianische Gewehrschütze kippte vom Rücken seines Ponys und wurde sofort von den Pferden zweier Arapahoe niedergetrampelt.

Voller Unglauben sah Hartree hinter den galoppierenden Indianern einen Haufen dieser schwarzen Niggerkavalleristen auftauchen, verlottert wie Banditen. Die Soldaten und ihr weißer Offizier, die nun neben dem Zug hergaloppierten, brüllten den Eisenbahnleuten zu, sie sollten das Schießen einstellen, da sie sich direkt in der Feuerlinie befänden. Hartree ignorierte sie, reichte die heiße Büffelflinte nach hinten und erhielt eine andere. Sein nächster Schuß ging fehl, blies aber einem Nigger den Strohhut vom Kopf, der sich sofort tief über sein Pferd duckte.

»Ich bin Ihnen was schuldig«, brüllte Magee, während er neben Charles galoppierte. »Dieser rote Bastard hätte mich beinahe erwischt.«

Charles schrie zurück: »Diese Idioten im Zug bringen uns noch um.« Er pumpte die Spencer über seinem Kopf auf und nieder. »Feuer einstellen! Das ist ein Befehl! Feuer . . .«

Der Schütze in der grünen Weste gab einen Schuß ab, um zu zeigen, was er von dem Befehl hielt. Die Arapahoe, die zwischen den Eisenbahnern und den galoppierenden Soldaten in der Falle saßen, schätzten ihre Chancen ab; ihr Anführer bedeutete ihnen, sich zurückfallen zu lassen. Bald schon befanden sich alle hinter dem Zug und versuchten den Kugeln der Kavalleristen von der anderen Seite zu entgehen. Sie erwiderten das Feuer kurz mit Pfeilen und Gewehrkugeln. Ein Indianer warf die Arme in die Luft und rutschte mit blutüberströmter Brust vom Pferd. Die anderen zogen sich unmittelbar darauf in Richtung Süden aus der Gefahrenzone zurück.

All das war in knapp zwei Minuten geschehen. Charles war wütend. Seine erste vernünftige Chance, Holzfuß zu rächen, war so gut wie dahin, und er hatte keinen einzigen Indianer erwischt. Nicht einen.

»Sollen wir hinter ihnen her, Lieutenant August?« schrie einer seiner Männer.

Charles hätte die Frage gern bejaht, doch die Pflicht verlangte, daß er sich um den beschädigten Zug und die Verwundeten kümmerte. Er nahm an, daß es welche gab. Er sah kein einziges Gesicht in den zerschossenen Fenstern des Waggons.

»Nein, verdammt noch mal. Wir verfolgen sie nicht.«

Wütend, weil die Soldaten ihm die Show verderben konnten, sagte J. O. Hartree: »Jemand soll die Notbremse ziehen. Stoppt den Zug. Ich will Gefangene.« Das Feuergefecht war so schnell vorbei, wie es begonnen hatte; der Zug ruckte, als die Bremsen griffen und das Tempo verlangsamten.

Charles und seine Männer trieben ihre Pferde neben den Zug, der vor bemalten Pfeilen nur so starrte. In einer Dampfwolke, vermischt mit absinkendem Staub, kam die Rogers-Lokomotive zum Stehen. Charles beobachtete, wie der Mann mit der grünen Weste aus dem Frachtwagen sprang und auf ihn zu stolziert kam. Ein Blick auf das Gesicht des Mannes genügte Charles, um zu wissen, daß es Ärger geben würde.

36

Charles schob die Spencer zurück und trabte auf den Frachtwagen zu. Drei weitere Zivilisten sprangen heraus; eine üble Bande. Der rundliche Mann mit den glänzenden Handschuhen und der grünen Samtweste führte offensichtlich das Kommando. Charles gefiel er immer weniger.

»J. O. Hartree«, sagte der Mann, als hätte der Name etwas zu bedeuten. Aus dem zerschossenen Wagen drangen die aufgeregten Stimmen der geschockten Fahrgäste. Weil man ihn nicht erkannte, fügte Hartree mißgestimmt hinzu: »Chef der Eisenbahnsicherheitskräfte.«

»Lieutenant August, Zehnte Kavallerie. Sie sind uns zuvorgekommen. Wir haben kaum einen Schuß abgegeben.« Sein Bedauern war offensichtlich.

»Wir fahren schon eine Zeitlang mit der Linie und warten auf die roten Bastarde. Sie haben ja gesehen, was für Feiglinge das sind.«

»Da befinden Sie sich im Irrtum, Mr. Hartree. Ein alter Freund von mir sagte mal, in der Prärie müsse man seine Vorstellungen umkehren. Wenn meine Abteilung einen Mann verliert, dann schickt die Armee in einem Monat einen anderen. Wenn die Indianer einen Mann verlieren, dann dauert es fünf bis zehn Jahre, bis ein Junge herangewachsen ist, um seinen Platz einzunehmen. Sie sind nicht feige, sondern lediglich verdammt vorsichtig.«

Es tat Charles gut, den Mann ein bißchen von oben herab behandeln zu können, doch Hartree gefiel das ganz und gar nicht. »Sie brauchen mich nicht zu belehren«, sagte er. Eine aufgelöste Frau schaute durch eines der zerbrochenen Fenster, entdeckte die schwarzen Soldaten und sank mit entsetztem Gesichtsausdruck wieder zurück. Hartree hob schützend eine Hand und starrte mit zusammengekniffenen Augen gegen die Sonne nach Osten, durch den immer noch hinter dem Zug treibenden Staub hindurch.

»Boys, wenigstens einer von denen da hinten lebt noch. Bringt ihn her. Wir werden ein Exempel statuieren.«

»Wovon reden Sie?« fragte Charles. Hartree ignorierte ihn. Magee machte ein finsteres Gesicht und klopfte eine Beule aus seiner Melone.

Der Schaffner erschien auf der Wagenplattform. »Wir haben hier drinnen einen Verwundeten.«

Charles fragte: »Schlimm?«

»Fleischwunde. Er ist bei Bewußtsein.«

»Ich sehe erst mal bei meinen eigenen Männern nach.« Kaum hatte er das gesagt, als Wallis vom Ende des Zuges, seine Mütze schwenkend, angeritten kam. »Lieutenant? Toby hat's erwischt.

Ein Pfeil im Bein.« Charles fluchte. »Dort drüben liegt auch ein Indianer.«

Hartree sagte zu dem Scharfschützen mit den roten Haaren: »Schnappt ihn euch.« Die anderen rannten los.

Charles übergab seine Zügel einem seiner Kavalleristen und trat dicht an Hartree heran. Inzwischen hatten Hartrees Männer einen Arapahoe erreicht, der in der Nähe des Bremswagens lag. Der Rotschopf trat ihn, rollte ihn herum, schüttelte den Kopf und ging weiter zu dem nächsten Arapahoe, der, aus einer Schulterwunde blutend, auf Händen und Knien kroch.

Der Indianer taumelte hoch und versuchte zu rennen. Rotschopf erwischte ihn und zerrte ihn zurück. Die beiden anderen Schützen verschwanden hinter dem Zug auf der Suche nach dem anderen Krieger.

Einige Männer tauchten an den Zugfenstern auf. Charles hörte einige klatschende Geräusche und eine besorgte Stimme. »Wach auf, May Belle. Dir fehlt nichts. Das sind doch bloß Niggersoldaten.«

Der verwundete Arapahoe kam, gestoßen von dem Rotschopf, auf Charles zugeschwankt. Blut floß am Arm des Indianers herab und tropfte von seinen Fingern. Zu Fuß und verletzt machte der Krieger einen harmlosen, gewöhnlichen Eindruck. Einer von Hartrees Männern tauchte hinter dem Zug auf, einen Indianer schleppend. »Beinwunde!« brüllte der Mann. »Kann nicht laufen!«

»Laß ihn fallen«, schrie Hartree zurück. »Du bist nicht seine verdammte Krankenschwester.« Der Mann ließ los, und der Indianer jaulte auf, als er auf den Boden knallte.

»Hören Sie, Hartree«, sagte Charles. »Ich glaube, wir klären das besser gleich mal. Es fällt unter die Zuständigkeit der Armee, Gefangene nach Fort Harker zu bringen.«

»Das geht Sie überhaupt nichts an, Mister. Dieser Abschaum hat Eisenbahnbesitz angegriffen.« Er packte das glänzende, schulterlange Haar des Arapahoe-Gefangenen und riß daran. »Die Eisenbahn wird sich um sie kümmern.« Er kauerte sich nieder und wischte sich den Handschuh an dem gelblichen Gras ab. »Verfluchte, verdreckte Bastarde.«

Hartrees Blicke huschten zwischen den blutenden Gefangenen und dem am Zugende auf dem Rücken liegenden Indianer hin und her. Ganz plötzlich schien er, seinen Mandarinschnurrbart streichend, einen Entschluß gefaßt zu haben.

»Der hier ist in besserer Verfassung. Den lassen wir laufen, nachdem wir uns um seinen Freund gekümmert haben. Ich will, daß dieser Junge hier mitkriegt, was wir mit den Roten anstellen, die Eisenbahnbesitz bedrohen. Ich will, daß er es den anderen erzählt. Turk, hol diese Weidepflöcke aus meinem Koffer.«

Der Scharfschütze namens Turk kletterte zurück in den Frachtwaggon. Ein unangenehmes Gefühl kroch in Charles hoch. Turk kam mit zwei scharfen Metallpfählen, die zum Anpflocken von Pferden dienten, wieder herausgesprungen. In der Hoffnung, keine Aufmerksamkeit zu erregen, schlenderte Charles langsam zu Magee zurück, der abgesessen war.

Hartree nahm die Weidepflöcke. Vor dem verwundeten Arapahoe warf er sie hoch und fing sie wieder auf. Charles murmelte Magee etwas ins Ohr. Magee sagte: »Yessir, ich schau' mal nach, ob vorn jemand verletzt ist.« Mit seiner Springfield im Arm marschierte er auf die Lokomotive zu.

Weitere Passagiere schauten aus dem Waggon. Hartree wandte sich ihnen zu. »Gentlemen — und ganz besonders Ladys —, ich möchte Sie höflichst bitten, im Wagen zu bleiben, während ich mich um diese Wilden kümmere. Ich habe die Absicht, einen von ihnen in der gleichen Weise zu bestrafen, in der sie mit weißen Gefangenen umgehen. Von dieser Lektion werden alle Weißen in Kansas profitieren.«

»Zurück, Hartree«, sagte Charles. »Ich habe Ihnen doch schon erklärt, daß dies Sache der Armee ist.«

Zwei von Hartrees Scharfschützen hoben ihre Büffelflinten. Hartree sagte: »Nein, Sir, das ist Sache der Eisenbahn. Mischen Sie sich nicht ein, sonst können Sie Ihrem kommandierenden Offizier erklären, wie es zu ein paar toten Niggern gekommen ist.«

Ein Kavallerist griff zu seinem Revolver. Graue Eule hielt seine Hand fest. »Wir stehen auf der gleichen Seite. Zumindest sollte es so sein.«

Charles blickte zur Lokomotive. Magee war verschwunden. Hartree warf Turk die Weidepflöcke zu. Der Schaffner umklammerte das Geländer der Plattform und sagte: »Mr. Hartree, das geht ein bißchen zu weit.«

Hartree schrie: »Halt dein verdammtes Maul, sonst heben wir uns einen Pflock für dich auf. Turk?« Der Mann, der auf das Zugende zuging, drehte sich um. »Reiß zuerst seinen Lendenschurz runter. Red, bring dieses Dreckstück hier nach hinten, damit er zusehen kann.«

Der Arapahoe mit dem blutenden Arm wurde weggeschleift. Er sah krank aus. Charles schluckte seinen säuerlichen Speichel.

Graue Eule blickte zum Zug. Plötzlich fiel ihm der Unterkiefer herunter. Charles warnte ihn mit einem Blick, dann sah er bewegungslos zu, wie erst eine Truthahnfeder und dann eine schwarze Melone über dem Dach des Frachtwaggons auftauchten. Magic Magee kletterte hoch, unbemerkt von Hartree oder den Fahrgästen unter ihm.

Charles spürte, wie ihm der Schweiß von der Nase tropfte. Magee hob die Springfield an seine Schulter und nahm den Rücken der grünen Samtweste aufs Korn. Einer von Hartrees Männern am Ende des Zuges entdeckte Magee und schrie auf, gerade als Charles sagte: »Drehen Sie sich um, Mr. Hartree. Wenn Sie diesen Indianer kreuzigen, dann kostet es Sie das Leben.«

Hartree wirbelte herum, sah Magee, ballte die Hände zu Fäusten, »Scheiße.« Er warf seinen Männern einen Blick zu. Sie waren zu weit entfernt, um ihm etwas zu nützen. Charles zog seinen Armee-Colt und brachte ihn in Anschlag. Hartree wirbelte mit scharlachrotem Gesicht zurück.

»Sie Bastard, Sie, dafür kriegt die Eisenbahn Sie am Arsch.«

Charles sagte zu seinen Kavalleristen: »Sammelt die drei ein, und bringt sie in den Frachtwaggon. Die Indianer können im Bremswagen mitfahren.«

Hartree ließ eine Schimpfkanonade los, bis die Männer im Wagen protestierten. Magee gab Graue Eule ein Zeichen. Der Fährtensucher lief vor und fing Magees Springfield auf. Magee hängte sich an das Dach des Wagens und ließ sich fallen.

»Gut gemacht«, sagte Charles zu ihm. »Jetzt können Sie den Schuldschein wieder zerreißen.«

»Oh nein, Sir. Das war doch gar nichts. Ich stehe tief in Ihrer Schuld. Wann immer Sie Hilfe brauchen, ein Wort genügt.«

Emotionen stiegen in Charles auf. Bis jetzt hatte er gar nicht so richtig bemerkt, was für gute Soldaten aus den Männern geworden waren. Sie reagierten schnell, befolgten Befehle und taten ganz allgemein eine Menge mehr, als nur auf den Feind zu schießen. Eine Woge von Stolz überflutete ihn.

Magee übernahm es, Hartree und dessen Scharfschützen in den Frachtwaggon zu befördern; nachdem er ihn geschlossen hatte, stellte er zwei Wachen davor. Drinnen konnte man den Sicherheitschef stampfen und fluchen hören.

Wieder bat der Schaffner Charles, er möge sich um den Verwundeten kümmern.

»Steht es schlimm um ihn?«

»Nein, nicht schlimm.«

»Dann sehe ich erst nach meinem Mann.« Er war gereizt, weil er Dinge tun mußte, die er gar nicht wollte: schießwütige Zivilisten im Zaum halten; verwundete Indianer retten. Alles, bloß nicht das, weshalb er wieder zur Armee gegangen war.

Er kletterte zur Plattform hoch, ohne den intensiven Blick zu bemerken, den Graue Eule ihm zuwarf — ein Blick, in dem neuer Respekt und neue Achtung lagen.

Kavallerist Washington Toby, ein schlaksiger Mulatte aus Philadelphia, lag neben dem Bremserhäuschen; seine schöne Hirschlederhose war blutgetränkt. Ein abgebrochener Pfeil ragte aus seinem Bein. Toby umklammerte sein Bein, während er vor Schmerzen fluchte und weinte.

»Leg dich zurück, Toby.« Charles versuchte, sich seine Besorgnis nicht anmerken zu lassen. »Laß dein Bein los.«

Widerstrebend gehorchte Toby. Charles kniete nieder und zog sein Bowiemesser. Er verlängerte den Riß im Wildleder auf mehr als einen Fuß. Seit die Stämme ihre steinernen Pfeilspitzen durch Spitzen aus Eisenblech ersetzt hatten, verursachten sie schreckliche Wunden. Wenn das Eisen auf einen Knochen traf, dann verformte es sich oft so, daß man es nur unter schlimmsten Qualen wieder entfernen konnte. Wenn die Pfeilspitze allerdings auf einen Muskel traf oder eine Ader ritzte...

Charles sagte zu einem der herumstehenden besorgten Kavalleristen: »Lauf zu Satan, und öffne meine rechte Satteltasche. Bring mir den Kautabak, den du dort findest. Entspann dich, Toby. Du hast Glück gehabt«, log er. »Ein Pfeil im Bein ist gar nichts. Wenn du einen Pfeil in den Bauch oder in die Brust verpaßt kriegst, dann spielen sie dir den Beerdigungsmarsch, noch bevor du ganz umgefallen bist.«

Tobys Mund verkrampfte sich, der traurige Versuch eines Lächelns. Schweißtropfen erschienen auf seinem Gesicht. Charles zog das Wildleder von der Wunde weg und studierte den Pfeil.

»Nimm meinen linken Arm. Halt dich ganz fest.«

Der Kavallerist kam mit dem Kautabak zurückgerannt. Charles machte den Mund auf, und der Soldat steckte ihm den Tabak hinein. Charles begann heftig zu kauen, während er den Pfeilschaft sanft hin und her bewegte. Irgendwie schien er festzuhängen. Er übte mehr Druck aus. Tobys Augen quollen hervor. Seine Nägel gruben sich fast durch Charles' Hemd.

»Ruhig, ruhig«, wiederholte Charles; wegen des Kautabaks klangen die Worte gequetscht. Toby grunzte schmerzerfüllt, hob dann seine Schultern vom Boden. »Drückt ihn runter«, rief Charles. Zwei Soldaten hielten den Verwundeten fest.

Blut strömte nun aus der Wunde. Er bewegte den Schaft weiter in eine Richtung, dann in die andere, vor und zurück, vor und zurück.

Er spürte, wie der Pfeil sich lockerte. Ein Klumpen, groß wie ein Stein, formte sich in seiner Kehle. »Alles in Ordnung, Toby, in ein paar Minuten sind wir fertig.« Er redete, um die Aufmerksamkeit des Mannes abzulenken. »Halt bloß noch einige...« Er riß. Washington Toby schrie auf und verlor das Bewußtsein.

Charles sackte in sich zusammen. In seiner rechten Hand hielt er den Pfeilschaft mit der nur leicht verbogenen, blutigen Spitze. Kurz darauf schlug Toby die Augen auf. Noch völlig benommen, begann er zu weinen.

»Nur zu, weine nur«, sagte Charles. »Ich weiß, es tut weh.

Was ich jetzt tue, wird dir ein bißchen helfen, bis wir ins Fort kommen. Tabak ist eine alte Präriemedizin für Wunden.«

Er spuckte mehrmals darauf, füllte die Wunde mit brauner Soße. Er knetete die Ränder, um Blut und Tabaksaft gründlich zu mischen. Das Blut spritzte nicht heraus, es kam auch kein dunkleres Blut. Der Pfeil hatte keinen größeren Schaden angerichtet.

Er legte eine Presse an und befahl seinen Männern, Toby in Decken zu wickeln und ihn an Bord des Zuges ruhen zu lassen. Einer der Kavalleristen, ein scheuer Junge namens Collet, schenkte Charles einen bewundernden Blick.

»Sie sind ein guter Offizier, Mist' August.«

Als er auf der anderen Seite des Zuges ankam, sagte Graue Eule zu ihm: »Ein Arapahoe ist tot. Sollen wir ihn liegenlassen?«

Charles fuhr sich über den Mund. Er wollte gerade ja sagen, überlegte es sich dann aber anders. »Wenn du eine der Plattformen in dem Wäldchen reparieren kannst, dann leg ihn drauf. Da er bereits tot ist, können wir das schon für ihn tun. Ich halte den Zug so lange an.«

Graue Eule schaute ihn unbewegt an, drehte sich dann um und ging los.

»Lieutenant«, sagte der Schaffner mit einem klagenden Unterton in der Stimme, »Sie müssen sich die Zeit nehmen, den Verwundeten hier drin anzusehen. Ich glaube, er ist ganz in Ordnung, aber ich bin kein Doktor.«

Charles nickte und kletterte müde die Metallstufen hoch. Die Zivilisten wichen zurück, um ihn durchzulassen. Zwischen zwei Sitzen ragten Stiefel und gelbgestreifte Kavalleriehosen in den Gang. Der Verwundete lehnte mit schlaff herabhängendem Arm an der Wand.

Einen Augenblick lang sah Charles nichts als die Wunde, ein feuchtes, rotes Loch im oberen Ärmel. Dann betrachtete er den Mann etwas näher; er sah ein feingeschnittenes Gesicht mit gletscherblauen Augen und rostfarbenem Schnurrbart und Bart. Weil so viel geschehen war, dauerte das Erkennen etwas länger. Es traf ihn, als er sich gerade hinknien wollte.

»Main«, sagte der Offizier. »Oder lieber May?«

»Mein Name ist...« Er hielt inne. Es hatte keinen Sinn.

Vom Gang her sagte der Schaffner: »Der Name des Mannes ist Lieutenant August.«

»Den Teufel ist er.«

»Ich werde mir Ihre Wunde ansehen«, fing Charles an.

»Rühren Sie mich nicht an«, sagte Captain Harry Venable. »Sie stehen unter Arrest.«

37

Generalmajor Philip Henry Sheridan, Missouri-Department, zitierte Grierson nach Leavenworth. Die beiden Männer trafen sich an dem Tag, an dem Sheridan seinen verlängerten Urlaub antrat.

Grierson kam herein, als Sheridan noch mit seinem Adjutanten, Colonel Crosby, konferierte. Sheridan war sechsunddreißig, Junggeselle, mit dunklem irischem Gesicht und rauhen Manieren; sein Mongolenschnurrbart und seine gelockten Haare verstärkten diesen Eindruck noch. Er schüchterte Grierson ein. Es war mehr als nur der Rang oder die traditionelle Spannung zwischen West-Point-Offizieren und Nicht-West-Point-Offizieren. Sheridan war bekannt für seinen Starrsinn und seine Unbarmherzigkeit.

»Bin gerade mit dem Report über das Zuggefecht fertig«, sagte er, nachdem er Griersons Salut erwidert hatte. »Setzen Sie sich.« Er schob seinem Adjutanten einen Stoß Papiere zu. »Telegraphieren Sie der Eisenbahn, sie sollen diesen verfluchten Idioten Hartree aus Kansas verschwinden lassen. Ich lasse es nicht zu, daß sich Vigilanten in Angelegenheiten der Armee der Vereinigten Staaten mischen.«

Colonel Crosby räusperte sich. »Jawohl, General. Das ist allerdings ein heikles Thema. Die Eisenbahnaktionäre sind immer noch sehr erregt über die Bedrohung durch die Indianer.«

»Gottverdammt noch mal, Sam Grant und Cump Sherman

haben mich an diesen Platz gestellt, damit ich mich um diese verfluchten Indianer kümmere, und das werde ich auch. Ich habe für sie nichts übrig. Die einzigen guten Indianer, die ich je gesehen habe, waren tote Indianer. Befolgen Sie meine Anweisungen. Hartree hat zu verschwinden.«

Der Adjutant salutierte und zog sich zurück. Als sich die Tür geschlossen hatte, ging Sheridan zu dem Eisenofen, um sich die Hände zu wärmen. Es war Ende November, ein grauer, trostloser Tag.

»Grierson, ich kann absolut nichts für Charles Main tun. Harry Venable kam letztes Frühjahr in den Stab des Departments, um unter Winnie Hancock zu dienen. Ich mag den kleinen Scheißer nicht, aber er ist ein fähiger Soldat.«

»Main ist ein hervorragender Soldat.«

»Ja, aber er ist auch ein Rebell ohne Begnadigung, der in bezug auf seine Kriegserfahrungen und die Akademie gelogen hat. Zweimal.«

»Das zweite Mal hab' ich ihn dazu ermutigt, General. Er machte einen erstklassigen Eindruck auf mich, und ich wollte ihn für das Regiment. Mich trifft mindestens genausoviel Schuld.«

»Ich will kein weiteres verdammtes Wort hören. Und die letzten hab' ich auch nicht gehört. Ich bin mir Mains Fähigkeiten durchaus bewußt. Er kam kurz vor meiner Graduierung ins Sommerlager. Ungefähr ein Jahr später hörte ich, daß Bob Lee ihn für den besten Reiter im Kadetten-Corps hielt. Aber er muß gehen.«

»Custer suspendieren sie lediglich für ein Jahr vom Dienst, und das angesichts all der Anklagen, die gegen ihn erhoben wurden.«

»Colonel, ich will nichts mehr hören«, sagte der kleine Kommandeur. Seine schwarzen Augen bohrten sich in die des Kavalleristen. »Curly Custer kämpfte für die Union. Und ich werde Ihnen noch was sagen. Er wirkt wie ein gottverdammter Magnet auf die Männer. Sie schneiden sich gegenseitig die Kehle durch, um unter ihm dienen zu können.«

»Einige. Nicht die Männer, die gegen ihn ausgesagt haben. Nicht sein eigener kommandierender Offizier.«

»Würden Sie um Himmels willen den Mund halten? Ich kann Mains Arsch nicht retten auf der Basis von dem, was mit Custer geschehen ist. Außerdem will ich Curly so schnell wie möglich wieder in meinem Department haben, weil dieser Scheißvertrag niemals halten wird. Und jetzt gehen Sie zurück zu Main, und sagen Sie ihm, daß es mir leid tut, er aber dankbar sein kann, daß es mir gelungen ist, ihn mit einer unehrenhaften Entlassung loszuwerden; drei Jahre verschärftes Arbeitslager mit einer Eisenkugel am Bein wären für seinen Fall normal gewesen.«

Grierson erhob sich. »Jawohl, General. Ist das alles?«

Sheridans Gesichtsausdruck wurde sanfter, während er eine Zigarre zwischen seinen Handflächen rollte. »Ist das nicht genug? Abtreten.«

In Fort Harker teilte Grierson am nächsten Tag Charles das Urteil mit, der in stoischem Schweigen vor ihm stand. Seit er in dem Zug auf Harry Venable gestoßen war, hatte er gewußt, daß dieser Augenblick unausweichlich kommen würde.

»Ich habe Ihnen zuvor gesagt, daß ich Sie nicht retten kann, wenn Sie auffliegen, Charles. Ich hab's versucht. Ich habe mir verdammt viel Mühe gegeben. Sie sind der einzige hundertprozentige Rebell in diesem Regiment, und trotzdem sind Sie der stärkste Anhänger dieser Neger.«

»Ich gewähre ihnen keine besonderen Vergünstigungen, Sir. Von ein paar Ausnahmen abgesehen, sind sie gute Soldaten. Sie geben sich mehr Mühe als die meisten anderen.«

»Das stimmt. In unserem ersten Jahr hatten wir die niedrigste Desertionsrate der gesamten Armee und die wenigsten Disziplinarvergehen. Ich sagte Ihnen, ich hatte eine Vision für die Zehnte, und Sie haben mir geholfen, diese Vision zu verwirklichen. Es tut mir nur verdammt leid, daß die Sache für Sie kein gutes Ende nimmt.«

»Ich schätze, heutzutage kann man einem Mann alles verzeihen, außer daß er ein Südstaatler ist.«

»Ihre Verbitterung ist verständlich.« Er schwieg einen Moment. Charles sah zu, wie sich draußen vor Griersons Fenster die Nacht herabsenkte. Im Büro war es eiskalt. Es begann zu schneien. »Was werden Sie tun?«

»Ich weiß nicht. Mich besaufen. Arbeit suchen. Ein paar Cheyenne umbringen.«

»Darüber sind Sie immer noch nicht weg?«

»Darüber werde ich nie wegkommen.«

»Aber Sie haben die Arapahoe-Gefangenen gerettet.« Einer war einen Tag nach seiner Einlieferung in das Arrestlokal von Fort Harker gestorben. Der andere, der jegliche Nahrung verweigert hatte, lag auf der Krankenstation im Koma.

»Ich sagte umbringen, Sir. Ich habe nichts von Foltern gesagt. Das ist ein Unterschied.«

Grierson studierte den großen, leicht bedrohlich wirkenden Soldaten mit den zornigen Augen. Dann strich er sich über seinen gewaltigen Bart und fragte: »Was ist mit Ihrem Sohn?«

»Er wird noch ein bißchen auf Jack Duncans Wohltätigkeit angewiesen sein.«

»Nun, bleiben Sie mit ihm in Verbindung. Ein Mann kann den Verlust vieler Dinge ertragen, aber nicht den Verlust der Menschen, die er liebt.«

Charles zuckte mit den Schultern. »Vielleicht ist es bereits zu spät. Alles andere habe ich weiß Gott schon verloren.«

Weiteres Schweigen. Grierson konnte es kaum ertragen. Er vermied Charles' Blick, als er sagte: »Morgen früh müssen Sie vom Militärposten weg sein. Aber niemand wird was dagegen haben, wenn es etwas länger dauert, bis Sie auf Wiedersehen gesagt haben.«

»Es wird nicht länger dauern, Colonel. Ein schneller, sauberer Schlußstrich ist immer das beste.«

»Charles!«

»Habe ich Erlaubnis, mich zu entfernen, Colonel?«

Grierson nickte. Er erwiderte den Salut und sah zu, wie Charles eine Kehrtwendung machte und die Tür hinter sich schloß. Dann ließ er sich auf seinen Stuhl fallen und starrte das gerahmte Photo seiner Frau an.

»Alice, manchmal hasse ich diese gottverdammte Welt.«

Der Schneefall wurde stärker. Charles sammelte seine paar Habseligkeiten ein und drehte seine Abschiedsrunde. Die Wachen in der eisigen Dunkelheit setzten zu einem zackigen Salut an, der respektvoller auszufallen schien als je zuvor.

Im Offiziersquartier für Junggesellen verabschiedete er sich von Floyd Hook. Floyd war ungekämmt und unrasiert. Er war eine Woche vor Charles von der Patrouille zurückgekehrt und hatte feststellen müssen, daß seine Frau mit einem Fahrer der Butterfield-Postkutsche durchgebrannt war. Die dreijährige Tochter hatte sie mitgenommen. Charles hatte gehört, daß Dolores Hook im letzten Jahr einen Selbstmordversuch unternommen hatte. Manche Armeefrauen brachen unter den Sorgen und der Einsamkeit einfach zusammen. Auch Floyd sah so aus, als würde er kurz vor dem Zusammenbruch stehen. Er roch nach Bier. Charles mühte sich zehn Minuten lang ohne Erfolg, ihn aufzuheitern.

In den Quartieren für verheiratete Offiziere verabschiedete er sich von Ike Barnes und der kleinen Lovetta, die weinte und ihn wie eine Mutter in die Arme nahm. Der Alte, alles andere als redselig und stets ängstlich darauf bedacht, nur ja keine Gefühle zu zeigen, quetschte nichtsdestoweniger mehrmals Charles' Arm und drehte seinen Kopf weg.

Charles entdeckte Graue Eule, der in der Dunkelheit mit gekreuzten Beinen schlafend unter der Dachkante des Marketenders saß. Der Fährtenleser hatte sich in mehrere Decken und Büffelfelle gewickelt; ein Fell bedeckte seinen Kopf wie eine Mönchskapuze. »Du wirst noch an Erkältung sterben«, warnte Charles ihn, nachdem er ihn geweckt hatte.

»Nein. Bis auf einen Blizzard ertrage ich jedes Wetter. Das habe ich mir vor langer Zeit beigebracht.« Graue Eule erhob sich, schüttelte die Felle und Decken ab. Er packte Charles an der Schulter und starrte ihm in die Augen. »Ich werde dich vermissen. Du bist ein guter Mann. Daß du die Gefangenen trotz deines Hasses verschont hast, das war gut.«

Bis auf ein müdes Achselzucken wußte Charles darauf keine Antwort. Graue Eule stellte die gleiche Frage wie Grierson, und Charles antwortete: »Ich weiß nicht, was ich tun oder wohin ich gehen werde. Der Colonel hat mir die Spencer und Satan gelassen.«

»Ich glaube, wir sind uns sehr ähnlich«, sagte der Fährtensucher. »Ausgestoßene. Ich habe mich von meinem Volk getrennt, als sie ihren Weg verloren.«

Graue Eule beobachtete das Schneetreiben. »Wie mein Vater nahm ich eine gefangene weiße Frau zum Weib. Ich behandelte sie gut und liebte sie sehr. Vor drei Wintern, während ich die Männer der Gemeinschaften und die jungen Krieger zur Herde für die letzte Jagd des Jahres führte, quälten einige eifersüchtige Squaws meine Frau mit scharfen Stöcken. Sie verblutete, und niemand wollte die Frauen wegen ihrer Grausamkeit bestrafen. Der Bruder der Frau, die die anderen angestiftet hatte, ein haßerfüllter Mann namens Narbengesicht, lobte sie und erzählte ihre Geschichte viele Male. Als ich zurückkehrte und all das sah, da wußte ich, daß mein Volk zu weit vom Wege abgeirrt war, als daß ich es hätte zurückführen können. So wandte ich mich für immer von ihnen ab. Doch wenn du dich je verirrst, Charles, und ich dich wieder auf sicheren Boden führen kann, dann werde ich das tun.«

»Danke«, sagte Charles kaum hörbar. Er wollte die restlichen Verabschiedungen so schnell wie möglich hinter sich bringen. Es begann zu sehr zu schmerzen.

Er umarmte Graue Eule und verließ den Cheyenne, der sich wieder gegen die aus Baumstämmen errichtete Wand des Marketenders drückte. Nach einigen Schritten schaute er zurück. In der von Lampen erhellten Finsternis sah er Graue Eule, eingehüllt in seine schneebedeckten Felle, wie einen seltsam verkümmerten Strauch zusammengekauert dasitzen.

Bei diesem Wetter blieb den Männern der Zehnten keine andere Wahl, als in den stinkenden, engen Hütten, die in Fort Harker als Baracken dienten, Unterschlupf zu suchen. Charles bog um die Ecke einer Hütte, in der die meisten Männer seines Kommandos hausten. Durch die Bohlentür hindurch hörte er Magic Magees Stimme.

Vorsichtig drückte er die Tür ein paar Zentimeter auf. Im Lichte der Öllampen sah er Magee auf dem Lehmboden knien.

»Okay, Jungs, ihr seht, daß ich in dieser Hand drei ganz gewöhnliche Blechtassen habe, aus denen wir jeden Tag trinken. Würdest du ein bißchen zurückrutschen, Sergeant Williams? Ich brauche mehr Platz.«

Es war das erstemal seit längerer Zeit, daß Charles wieder lächelte. Er beobachtete, wie Magee eine Tasse nahm und sie mit schneller, fließender Bewegung verkehrt herum auf den Boden stellte. In der gleichen Weise stellte er die anderen Tassen daneben.

»Was ich euch jetzt zeigen werde, Jungs, ist eines der unglaublichsten Geheimnisse aller Zeiten. In Chicago hat mir jemand erzählt, daß es in irgendeinem alten Grab in Ägypten Bilder von einem Magier gebe, der den gleichen Trick mit Tassen und einem Ball vorführt. Hier ist der Ball. Eine gewöhnliche kleine Korkkugel.«

Er zeigte ihn zwischen Zeige- und Mittelfinger der rechten Hand, dann schob er ihn in die linke Hand oder tat zumindest so, wobei er ihn verschwinden ließ.

»Shem, wo ist der Ball?«

»Verschwunden«, sagte Wallis.

»Wohin verschwunden?«

»Weiß nicht.«

»Komm schon. Er ist auf Reisen gegangen.« Schwungvoll hob Magee die erste Tasse hoch; darunter kam der Ball zum Vorschein.

Er nahm den Ball, ließ ihn wieder in der Hand verschwinden und unter der zweiten Tasse auftauchen. Charles hatte den Trick oft genug gesehen, um das Geheimnis zu kennen: vier Bälle, in jeder Tasse einer; Magees Geschick beim Umdrehen der Tassen und dem schnellen Aufsetzen auf den harten Boden hinderten sie am Herausfallen. Magee fing wieder von vorn an, doch Williams hatte den Zug von der Tür gespürt, hob eine Hand und griff nach seiner Waffe. »Jemand draußen?«

Charles stieß die Tür auf und trat ein. »Habe mir nur die Vorstellung angesehen. Ich ziehe los, Jungs. Den Mantel und die Kappe hab' ich euch mitgebracht. Verkauft die Sachen, und legt das Geld in die Kompaniekasse.«

Ein gemurmelter Dank, dann wurde es wieder still. Charles

fühlte sich genauso befangen wie die Männer. Ihr Lächeln war traurig.

Charles räusperte sich. Er war so unbeholfen und nervös wie damals in West Point, als er zum erstenmal an die Tafel gerufen wurde. »Ich wollte nur sagen — Männer, ihr seid gute Soldaten. Jeder Offizier wäre«, er stockte, räusperte sich erneut, »wäre stolz, euch zu führen.«

»Wir sind stolz, daß Sie uns geführt haben«, sagte Shem Wallis. »Sie haben mit Ihnen ein schlechtes Geschäft gemacht, diese Generäle.«

»Ja, nun, manchmal ist das Leben halt so. Nichts weiter als ein verdammt schlechtes Geschäft.« Er machte eine leichte Bewegung mit dem rechten Arm, in dessen Beuge sein Gewehr lag. »Wenigstens hat Colonel Grierson mir die Spencer und mein Pferd gelassen.«

Sternengucker erhob sich, rieb sich mit den Knöcheln über den Mund. Zögernd sagte Williams: »Da ich der erste war, der sich gegen Sie ausgesprochen hat, sollte ich auch der erste sein, der das alles zurücknimmt. Für einen Südstaatler sind Sie ein echter weißer Mann.«

Die Soldaten lachten über den unbeabsichtigten Rassismus in dieser Bemerkung. Charles lächelte. Verlegen streckte Williams die Hand aus.

»Wir werden Sie vermissen, C.C.«

Charles' Hand blieb in der Luft hängen. »Was?«

»Er sagte C.C.«, entgegnete Washington Toby. Sein Bein war noch bandagiert, aber er konnte damit laufen.

»Das bedeutet Cheyenne Charlie«, sagte Magee. »Cheyenne deswegen, weil Sie die so mögen.«

»Hm. Cheyenne Charlie. Ich glaube, der Spitzname paßt. Gefällt mir. Vielen Dank.«

Er drehte sich um und wollte hinausgehen. »Sir? Hab' ich glatt vergessen«, sagte Williams und griff unter sein äußeres Flanellhemd, von denen er zwei über der Armeebluse und seiner Unterwäsche trug. »Das liegt seit einer Woche in meinem Schreibtisch. Schätze, sie haben's reingetan, während wir die Eisenbahn abritten.«

Charles nahm den blaßgrauen Umschlag mit der vertrauten Handschrift entgegen. Er tippte nachdenklich mit den Fingerspitzen dagegen, während seine Augen wieder zu Eis wurden.

»Danke. Gute Nacht«, sagte er und ging. Das letzte, was er hörte, bevor er die Tür schloß, war der Ruf von Magee:

»Und vergessen Sie nicht, ich bin Ihnen noch was schuldig.«

Bei dem Wachposten in der Nähe des Stalles brannte ein Feuer gegen die klirrende Kälte. Charles ging auf die Flammen zu, die der Präriewind ihm horizontal entgegenpeitschte.

Als er am Feuer vorbeikam, warf er Willas Brief ungeöffnet in die Flammen. Dann verschwand er schnell in der Dunkelheit des Stalles. Zehn Minuten später hörte der Wachposten Hufschläge im Schnee, die sich schnell entfernten.

HERBSTMODE 1867

DUPLEX-RÖCKE

J.W. Bradleys gefeierte, patentierte Duplex-Ellipsenröcke sind die widerstandsfähigsten, wirtschaftlichsten Röcke, die es gibt; jeder Reifen besteht aus zwei wunderbar gehärteten Stahlfedern, raffiniert miteinander verflochten, und obwohl sie sehr flexibel und bequem für die Trägerin sind, gehören sie zu dem Stärksten und Leistungsfähigsten, was Röcke heutzutage aufzuweisen haben. Es gibt die modischsten und elegantesten Formen für

REZEPTION, PROMENADE, OPER, KIRCHE, HAUS und für das STRASSENKLEID ...

Dezember 1867. Weihnachten steht vor der Tür, und wir sind dem Verhungern näher denn je. Bald werde ich es allen sagen müssen — Prudence, den Shermans, den anderen loyalen freien Negern. Für den Cent, den wir verdienen, muß ich zwei bezahlen. Wenn ich keinen Bittgang zu George H. antrete, sehe ich keine Alternative, als den Fehlschlag einzugestehen und Cooper zu informieren, daß es mir an der Fähigkeit mangelt, Mont Royal erfolgreich zu leiten. Die Aussicht, diesen Ort verlassen zu müssen, ist ungemein schmerzlich. Doch Abdankung, falls dies die richtige Bezeichnung ist, scheint mir die einzige Möglichkeit zu sein.

Ich glaube, Andy wird es von allen hier am schwersten treffen, wenn ich diesen Weg einschlage. Er ist stolz und aufgeregt, daß er als Konventdelegierter nach Charleston geht. Redet ständig davon . . .

Auch Des LaMotte redete darüber, zusammen mit Gettys und Captain Jolly in Jollys Bruchbude.

Es war zwei Wochen vor Weihnachten; das Wetter war trüb und regnerisch. Die Monate im Gefängnis hatten Des völlig abmagern lassen. Im Gegensatz dazu sah Jolly gesund und munter aus; er trug einen neuen leinenen Staubmantel, den er einem Reisenden gestohlen hatte. Er war eifrig damit beschäftigt, mit einem fettigen Lappen den Lauf eines seiner Leech & Rigdons zu putzen.

»Wir müssen ein bißchen mehr tun als nur reden«, erklärte Des. In den Augen seines Freundes bemerkte Gettys tiefe Verletzung. Des erzählte so gut wie nichts von seiner Zeit hinter Gittern, aber es war ganz offensichtlich ein quälendes Erlebnis gewesen.

Jolly spuckte auf den Lauf und strich liebevoll mit dem Lumpen darüber. »Scheiße, das ist alles, was wir je tun, rumsitzen und quatschen. Sie schickt ihren Nigger zum Konvent. Warum schaue ich nicht mal bei ihm vorbei und schieße ihn nieder?«

»Weil dann ein anderer geschickt wird oder dieses und jenes passiert, bis sie den ganzen Bezirk auf die Seite der Nigger gebracht hat.«

»LaMotte, das hängt mir zum Hals raus«, sagte Jolly. »Willst du sie loswerden oder nicht?«

»Das weißt du ganz genau.«

»Dann tun wir's doch. Ansonsten bist du bloß ein zahnloser Hund, der bellt und nicht beißt.«

Der große Tanzlehrer ging Jolly an die Kehle. Der Captain drückte die Mündung seines Revolvers gegen Des' Handfläche. Er grinste. »Nur zu. Versuch doch, mich zu erwürgen. Ich jage dir eine Kugel durch die Hand in den Schädel.«

Mit rotem Gesicht senkte Des die Hand. »Du kapierst einfach nicht, was? Ich will ihren Tod, aber ich möchte dafür nicht ins Gefängnis. Ich bin dort gewesen, im Gefängnis«, er schwitzte, »schreckliche Dinge können da einem intelligenten, sensiblen Menschen zustoßen. Abstoßende Dinge, die man nicht mal mit physischer Stärke verhindern kann.«

Gettys beschloß, daß es an der Zeit war, Des aus seinem Elend zu erlösen. Er zog ein Päckchen aus seinem alten Mantel. »Wenn ihr mit euerm Gestreite mal kurz aufhören könntet, dann hätte ich vielleicht die Antwort für uns. Mein Cousin Sitwell machte den weiten Weg nach Nashville wegen einer geheimen Konklave.« Er bemerkte Jollys Verwirrung und genoß es, mit überlegener Miene hinzufügen zu können: »Konvent, Captain. Versammlung. Das hier hat er mitgebracht.«

Er hielt ein zerknittertes Plakat mit großer, kühner Überschrift hoch. TENNESSEE TIGER. Der Tiger, eine Stahlgravur, duckte sich wild und grimmig vor Gittern und Stangen. »Lies das Gedicht«, sagte Gettys und deutete darauf.

Des las laut vor. »*Nigger und Liga-Leute, aus dem Weg. Wir sind Geburten der Nacht...*« Captain Jollys Interesse erwachte. Des sagte: »Du meinst, in Tennessee sind derartige Publikationen erlaubt?«

»Und ähnliche Sachen an vielen anderen Orten, hat mir Sitwell berichtet. Du hast doch keine Namen gesehen, oder? Lies weiter.«

»... Geburten der Nacht und verschwinden bei Tag. Wir fressen nichts anderes als Menschenfleisch. Und Nigger lieben wir am meisten ... der Ku-Klux-Klan.«

Mit langsam dämmerndem Verständnis starrte Des die anderen an. Überlegen sagte Gettys zu Jolly: »Der Ku-Klux ist der Club, der die Nigger in Angst und Schrecken versetzt. Sitwell meint, inzwischen sei mehr daraus geworden. Eine Verteidigungsliga des weißen Mannes. Klaverns schießen überall im Süden aus dem Boden.«

»Was ist das?« fragte Jolly.

»Klaverns? Das bedeutet Klan-Höhlen, eine örtliche Niederlassung. Sie besitzen eine richtige Verfassung, genannt die Vorschrift, und eine ganze Menge toller Titel und Rituale. Und Roben, Jolly. Roben, die das Gesicht eines Mannes verbergen.« Grinsend tippte er mit dem Plakat gegen den Ärmel des Captain. »Weißt du, wer durch den Süden zieht und bei der Gründung des Klaverns hilft? Der Führer des Klans. Der Allmächtige Hexenmeister. Dein alter Freund Forrest.«

»Bedford höchstpersönlich?« Jollys Stimme klang ergeben. Der Dienst in Forrests Kavallerie blieb der Höhepunkt seines Lebens; für einen Augenblick versank er in der Vergangenheit, erinnerte sich an ihre Schlachten. Durch schlimmste Gewitter und eisigen Hagel waren sie geritten, hatten stets dem Tod ins Auge geschaut und sich nie abgewandt, weil sie für die Sache der weißen Rasse im Sattel saßen.

Jolly vergaß seine Umgebung, sah den General auf seinem großartigen Kriegsroß, King Philip, vor sich. Und die Nigger. Die jammernden, schreckensstarren Nigger von Fort Pillow. Nach dem Fall von Fort Pillow hatte Jolly persönlich mit der Waffe in der Hand sechs Niggersoldaten in ein Zelt getrieben und dann seinem Sergeant befohlen, es in Brand zu stecken. Jetzt, in diesem Moment, konnte er die Nigger schreien hören. Die Erinnerung brachte ein Lächeln auf sein Gesicht.

Gettys senkte seine Stimme und sagte: »Cousin Sitwells Freunde im York County haben Forrest eingeladen, ihnen bei der Gründung einer Klavern behilflich zu sein. Ich würde meinen, wir könnten in Ashley so was auch gebrauchen.«

Des' Karottenhaar glühte im Schein der hinter ihm stehenden Kerosinlampe auf. »Kriegen wir Forrest her? Könnten wir ihm eine telegraphische Nachricht schicken?«

»Jawohl. Und ich bezahle das aus den Profiten des Ladens«, sagte Gettys begeistert. »Ist genügend da. Wohin schicken wir die Nachricht?«

»Mississippi«, sagte Jolly. »Sunflower Landing. Das ist die Plantage des Generals in Coahoma County. Unterzeichne die Nachricht mit meinem Namen, Gettys – nein. Unterzeichne mit Captain Jackson Jerome Jolly. Der General wird kommen, wenn einer seiner Offiziere ihn ruft, das verspreche ich.«

Zufrieden lehnte er sich zurück. »Die Sache kommt endlich in Bewegung, Jungs. Bald können wir die Jagd eröffnen auf hochnäsige Niggerfrauen.«

Habe mich entschlossen, mit der Nachricht von Mont Royals Schulden erst eine Woche vor Weihnachten herauszurücken. In Lambs, ein kurzes Stück weiter den Fluß hinunter, hat man gerade eben eine überraschende geologische Entdeckung gemacht. Der ganze Bezirk befindet sich in heller Aufregung. Muß herausfinden, warum.

38

Durch ein Gewitter keuchte der Nachtzug das Lehigh Valley hoch. In der Nähe von Bethlehem schlief Georges Anwalt, Jupiter Smith, ein; sein Klient saß da und starrte aus dem Fenster in die regnerische Finsternis.

Die Männer fuhren in einem Privatwaggon, der an das Zugende angehängt worden war. Nach Georges Wünschen gebaut, besaß der Wagen rote Plüschpolster, herrliche Holztäfelung und Glastrennwände. Vor Jahren hatte Stanley einen ähnlichen Wagen für die Hazards gekauft, der dann durch ein Eisenbahnunglück zerstört worden war. George hatte sich verächtlich über diese Verschwendung geäußert, bis er dann vor einem Jahr einen gewissen Sinn darin zu sehen begann. Pittsburgh entwickelte sich schnell zum Eisen- und Stahlzentrum des Staates. George wünschte, daß Hazard eine bedeutsame Rolle bei dieser Expansion spielte, und rechnete damit, diese Reise häufig unternehmen zu müssen. Er arbeitete hart und hatte deshalb seiner Meinung nach eine bequeme Fahrt verdient.

Der Zug hatte fast eine Stunde Verspätung. Gähnend lehnte George die Stirn gegen das Fenster und beobachtete die Regentropfen auf der anderen Seite. Wenn nur der Lokomotivführer etwas schneller fahren würde. Er war nun vier Nächte von zu Hause fort gewesen. Er kannte Männer, die ihre Frauen für Wochen verlassen und die Zeit genießen konnten. Er konnte das nicht. Er stellte sich Constance in ihrem warmen Bett in Belvedere vor. Bald würde er auch dort sein, er würde sich an sie schmiegen und sie im Schlaf festhalten.

Constance hörte ein merkwürdiges Geräusch.

Sie legte ihre Haarbürste beiseite, erhob sich und ging zu dem Fenster neben dem mit einem Baldachin versehenen Doppelbett. Sie wunderte sich über das Geräusch, denn beide Kinder waren in der Schule, und ansonsten befand sich bis auf die Dienstboten in einem entfernten Flügel niemand im Haus.

Stirnrunzelnd stieß sie das Fenster ein Stückchen auf. Blitze zuckten hinter den lorbeerbewachsenen Bergen auf. Die Hazard-Hochöfen färbten den dunstigen Nachthimmel rot. Regen fegte herein, näßte ihr Gesicht und ihr gepudertes Dekolleté. Sie hatte das chinesische Seidennachthemd gewählt, weil George heute heimkam. Er war spät dran.

Sie starrte in den Sturm hinaus, versuchte sich an das Geräusch zu erinnern. Es war schwierig. Sie nahm an, der Wind hatte irgend etwas gegen das Fenster geschleudert. Es befand sich zwar zweieinhalb Stockwerke über dem Rasen, aber es war ein heftiger Sturm.

Constance war müde, aber zufrieden. Sie hatte den Abend in der Küche verbracht und geholfen, Kuchen für die Feiertage zu backen. Überall in Belvedere hingen die angenehmen Düfte, die an Weihnachten erinnerten. Sie freute sich auf die Wärme und die Festlichkeit der Weihnachtstage – die Kinder waren von der Schule zurück, die Familie war vereint.

Ein ferner Pfiff übertönte den Regen. Sie lächelte. Das war sein Zug. Sie schloß das Fenster, ohne es zu verriegeln, wie es ihre Gewohnheit war. Sie setzte sich wieder und fuhr sich weitere zwanzigmal mit der Bürste durch ihr glänzendes rotes Haar; dann betrachtete sie sich in typisch weiblicher Manier im Spiegel.

Nicht unattraktiv für ihr Alter, dachte Constance. Aber eindeutig übergewichtig, mindestens dreißig Pfund. An den meisten Tagen aß sie nur sehr mäßig, beflügelt von dem Spiegelbild des vorangegangenen Abends. Und trotzdem nahm sie zu. Wer hätte gedacht, daß ein glückliches Leben derartige Kämpfe enthalten könnte?

Sie lächelte schläfrig und streckte sich. In einer halben Stunde sollte George ebenfalls im Bett sein. Beim Gedanken an ihn richtete sich ihre Aufmerksamkeit auf ein kleines Samtkästchen zwischen ihren Kosmetiksachen. Er war so ein lieber, großzügiger Mann. Auch ohne besonderen Anlaß machte er ihr gern Geschenke. In dem Samtkästchen lag sein letztes Geschenk – Ohrringe.

Sie nahm sie heraus und hielt sie neben ihre Ohrläppchen. Sie dachte daran, wie sehr sie ihren Mann liebte, wie schön ihr Leben nun nach vier Jahren Krieg und Trennung war.

Sie schaute in den Spiegel und merkte nicht, wie sich das Fenster langsam öffnete.

Der vollen Gewalt des Sturmes ausgesetzt, hing eine verkrümmte Gestalt am Dach über dem Fenster, als Constance es beunruhigt öffnete. Nachdem sie es wieder geschlossen hatte, blieb die Gestalt still wie ein Wasserspeier an einer Kathedrale hängen.

Unten, zwischen den verschwommenen Lichtern der Stadt am Fuße des Berges, pfiff ein in den Bahnhof einfahrender Zug. Der Mann auf dem Dach achtete nicht darauf, war völlig mit den kommenden Ereignissen beschäftigt. Heute abend sollte sein jahrelanges Warten belohnt werden, all die Monate des Herumziehens und Planens sollten ihren Höhepunkt finden. Tagelang hatte er sich in der Stadt herumgetrieben und Fragen gestellt, hatte dann wieder gewartet, bis die Natur ihm zur Tarnung dieses Gewitter geschickt hatte. Heute abend würden die Schuldigen dafür bezahlen, daß sie ihn gedemütigt und verletzt hatten.

Die Kletterei zu dem Dachfenster hoch über schlüpfrige Dachrinnen, Ornamente und Fenstersimse hatte eine halbe Stunde in Anspruch genommen. Die glitschige Nässe hatte alles noch schwieriger gemacht, ebenso wie seine Erinnerungen an den Sturz in den James River, die fürchterlichen Schmerzen, die seinen Körper durchbohrt hatten, als er von Felsen zu Felsen gestürzt war. Er war sehr stolz auf sich, daß er diese Erinnerungen überwunden und die Kletterei erfolgreich hinter sich gebracht hatte.

Einige Augenblicke wartete er noch, dann griff er vom Dach aus zum Fenster. Er quetschte seine schmierigen Finger in den schmalen Spalt zwischen Rahmen und oberem Fensterrand. Ein Windstoß riß ihm den gestohlenen Zylinder vom Kopf. Er schnappte danach, wobei sein rechter Fuß ausrutschte und über das Dach scharrte. Der Zylinder segelte davon. Er fluchte lautlos, mit zusammengebissenen Zähnen. Das Geräusch eines solchen Ausrutschers hatte vorhin Hazards Frau ans Fenster gebracht.

Verkrampft hing er da und wartete. Nichts geschah. Anscheinend hatte sie das zweite Scharren nicht gehört. Langsam kroch er neben dem Dachfenster herab und schob es mit großer Vorsicht auf.

Er spähte durch den schmalen Spalt und sah einen hübsch möblierten, von Gaslicht erhellten Raum vor sich. Hinter einem Baldachinbett saß eine Frau vor einem Frisiertisch und hielt sich Ohrringe an die Ohren.

Er stieß das Fenster ganz auf, streckte ein verkrüppeltes Bein über den Sims und sprang in das Zimmer.

Weichensteller mit Laternen koppelten den Privatwaggon ab. Über den verschwommenen Lichtern der Stadt sah George oben auf der terrassenförmigen Anhöhe die hell erleuchteten Fenster von Belvedere. Links von ihm schimmerte der Himmel rot; die Nachtschichten von Hazard liefen.

Während er sich bereit machte, den Wagen zu verlassen, genoß er einen der seltenen Momente der Ruhe. In Pittsburgh hatten er und Jupe Smith Verhandlungen über den Ankauf der McNeely-Gießerei geführt. McNeely, ein großer Eisenfabrikant in Pennsylvania, war im Spätsommer gestorben, und George hatte die Gießerei von den Erben zu kaufen versucht. Sie war für die Einführung des neuen Bessemer-Verfahrens ideal geeignet.

Die Reise war erfolgreich gewesen. Er hatte McNeely in der Tasche, und hier in Lehigh Station wurde bei Hazard Tag und Nacht gearbeitet; die Produktion umfaßte alles von Eisenbahnschienen über Schmiedeeisen bis zu den Eisenrahmen für Fenway, eine aufstrebende Pianofabrik in Chicago. George hatte ein gutes Gefühl bei all dem, und nun sinnierte er über die momentane Stimmung im Norden. Der Norden erfreute sich eines Wachstums und eines Wohlstands, wie es sie bis jetzt noch nicht gegeben hatte. Aus der Asche war der industrielle Phönix triumphierend aufgestiegen.

Den Politikern hatten sie das nicht zu verdanken. George dankte Gott, daß er noch vor Kriegsende Washington verlassen hatte. Die jetzigen üblen Intrigen dort hätte er nicht ertragen können. Bei einigen Gesprächen, die er in Pittsburgh geführt hatte, war deutlich geworden, daß viele Bürger den politischen Krieg allmählich satt hatten. Sie hatten Johnsons Tiraden über Verfassungsprinzipien ebenso satt wie die Manöver der Radikalen, ihn unter Anklage zu stellen; leider hatten sie mittlerweile auch die Diskussionen über die Rechte der Neger satt.

Unglücklicherweise ließen sich die Radikalen von all dem genausowenig beirren wie von den Wahlniederlagen in etlichen Staaten. Stanleys Kumpel und Gönner, Wade, war bereits zum Senatspräsidenten ernannt worden. Wenn Johnson aus dem Amt entfernt werden konnte, dann bestanden gute Aussichten, daß der Kongreß ihn zum Präsidenten der Vereinigten Staaten machte.

Virgilias Freund Thad Stevens wollte Johnson aus dem Weg haben. Manche behaupteten, nichts anderes hielte den alten Radikalen noch am Leben Stevens und seine Clique wollten Johnson wegen »monströser Machtanmaßung« vor Gericht sehen; daß ihr erster diesbezüglicher Versuch vom Kongreß abgeschmettert worden war, bedeutete noch lange nicht, daß sie aufgaben. Mein Gott, wie bösartig manche Männer unter dogmatischem Einfluß doch wurden.

»Endlich«, stöhnte Jupe Smith und griff nach Reisetasche und Schirm. Es waren nur ein paar Meter vom Bahnsteig zu der wartenden Lehigh-Station-Droschke.

»Tut mir leid, daß wir uns verspätet haben, Bud«, sagte George und schüttelte beim Einsteigen Wasser von seinem Hut. »Ein umgestürzter Baum hat die Schienen für eine Stunde blockiert. Danke fürs Warten.«

»Gern geschehen«, sagte Bud durch den Dachschlitz. »Übrigens, Mr. Hazard, in den letzten Tagen hat sich ein Mann in der Stadt nach Ihnen erkundigt.«

George rückte zur Seite, um dem grummelnden Anwalt Platz zu machen. »Wer?«

»Hat seinen Namen nicht gesagt. Ziemlich komischer Vogel. Schaut aus, als wäre er im Krieg verkrüppelt worden. Leon vom Station House Hotel hat ihm gesagt, Sie seien für eine Weile weg. Ich schätze, er ist bloß irgendein Kerl, der Ihnen was verkaufen will.«

»Davon gibt's weiß Gott genug.«

»Wenn dieses faszinierende Gespräch vorbei ist«, sagte Jupe, »würde ich gern zu Bett gehen. Ich bin ein alter Mann.«

»Da bist du nicht der einzige.« Georges Knochen schmerzten. War bei ihm eine Grippe im Anzug? Er gab Bud ein Zeichen, und die Droschke schwankte durch die fast leeren Straßen.

Eben noch war der Spiegel leer gewesen, dann füllte sein Bild ihn aus. Sie stieß sich vom Frisiertisch ab. Sie war so entsetzt, daß sie gar nicht bemerkte, wie ihr der Ohrring aus der linken Hand fiel. Die andere goldgefaßte Perlenträne baumelte an ihrem rechten Ohrläppchen.

Er sprang auf sie zu, preßte ihr die linke Hand auf den Mund und stieß ihr sein rechtes Knie in den Rücken. »Sei still. Ein Wort, und ich bringe dich um.« Er bohrte sein Knie tiefer in ihren Rücken, um seine Worte zu unterstreichen. Es tat weh.

Panik legte ihren Verstand lahm. Ihr Blick irrte über das Bild im Spiegel, während sie sich bemühte, etwas Sinn in das Ganze zu bringen. Wer war dieser stoppelbärtige, fettbäuchige Unhold in der regennassen Kleidung? Seine Augen waren dunkel und verstört. Die Nägel seiner Hand auf ihrem Mund waren schwarz; er roch nach Dreck und Schweiß.

»Weißt nicht, wer ich bin, was? Ich bin ein alter Freund.« Er kicherte. Speichel tropfte von seiner Unterlippe und hinterließ einen dunklen Fleck auf ihrem Nachthemd. »Ein alter, alter Freund deines Mannes. Er und dieser kleine Speichellecker, sein Kumpel Main, die nannten mich unten in Mexiko Metzger. Metzger Bent.«

Unter seiner Hand schrie Constance auf — oder versuchte es zumindest. Sie kannte den Namen. George hielt Elkanah Bent für tot. Doch hier stand er und schob kichernd seine rechte Hand in seinen schmutzigen Mantel, an dem sämtliche Knöpfe fehlten. Er zog etwas ans Licht.

»Metzger bringen Kühe um. Du bist besser sehr vorsichtig.«

Er klappte das Rasiermesser auf. Es funkelte im Gaslicht. Constance glaubte, ohnmächtig zu werden. Nein, das durfte sie nicht. Ihr Geist schrie: *George! Kinder!*

Nein. Sie waren nicht hier. Sie konnten ihr nicht helfen.

Qualvoll, aufreizend langsam ließ Bent das Rasiermesser an ihren Augen vorbei zu ihrer Kehle gleiten. Plötzlich riß er das Messer nach oben.

Ein weiterer unterdrückter Schrei. Erst dann merkte Constance, daß er das Rasiermesser im letzten Moment gedreht hatte. Es war die stumpfe Seite, die sich gegen ihren Hals preßte.

»Jetzt werde ich dir ein paar Fragen stellen, du blöde Kuh. Wenn du schreist, bist du erledigt. Kapierst du, daß du still sein sollst? Wenn ja, dann zwinkere mit den Augen.«

Ihre Augen starrten sie riesengroß aus dem Spiegel an. Sie zwinkerte gleich viermal. Das Gaslicht blitzte auf dem Rasiermesser auf, als er es langsam wegnahm, gefolgt von seiner stinkenden Hand.

Constance wäre beinahe zusammengebrochen. »Bitte, o Gott, bitte, tun Sie mir nichts.«

»Sag mir, was ich wissen will, und ich werde dir nichts tun.« Er trat zurück, machte jetzt einen fast freundlichen Eindruck. »Ich versprech's.«

Sie schämte sich ihrer Furcht, konnte sie aber nicht überwinden. »Kann ich — kann ich Ihnen trauen?«

Er kicherte. »Was bleibt dir anderes übrig? Aber doch, ja, du kannst. Ich will nur einige Informationen. Über die Leute, die mich ruiniert haben. Über ihre Familien. Fangen wir mit dem Busenfreund deines Mannes an, Orry Main. Ist er wirklich bei Petersburg gestorben?«

»Ja.« Constance hielt ihre Hände zwischen den Knien; ihre Nägel gruben sich in ihre Handflächen. »Ja, er ist tot.«

»Er hat eine Frau.«

Durfte sie Madeline oder irgendeine andere Person in Gefahr bringen? Sie starrte ihn mit offenem Mund an. Bent riß an ihrem Haar. »Wir haben eine Abmachung. Keine Antworten«, er fuchtelte mit dem Rasiermesser dicht vor ihren Augen herum, »und alles ist vorbei.«

»Schon gut, schon gut.«

Er zog das Rasiermesser zurück. »Gefällt mir schon besser. Ich möchte einer unschuldigen Frau wirklich nichts antun müssen. Erzähl mir von Mains Witwe. Wo ist sie?«

»Plantage Mont Royal. In der Nähe von Charleston.«

Er grunzte. »Und dein eigener Mann?«

In diesem Moment auf dem Weg nach Belvedere, dachte Constance. Sie mußte Bent in ein Gespräch verwickeln, ihn aufhalten, bis George kam. Der Zug war da; es konnte nicht mehr lange dauern. O Gott, und wenn er den Zug verpaßt hatte? Lieber Gott, wenn er . . .?

»Meine Geduld ist nicht unerschöpflich.« Die linke Schulter des Mannes hing tiefer als seine rechte, was ihn irgendwie verletzlich wirken ließ. Merkwürdig, daß sie im Gegensatz dazu nie eine schreckenerregendere Gestalt gesehen hatte.

»George«, sie fuhr sich mit der Zunge über die trockenen Lippen, »George ist geschäftlich in Pittsburgh.«

»Du hast Kinder.«

Neues, kaltes Entsetzen. Daran hatte sie nicht gedacht.

»Kinder«, schnarrte er.

»In der Schule. Beide.«

»Ich glaube, dein Mann hat einen Bruder.«

Welchen meinte er? Sie nannte besser den Namen des am weitesten Entfernten. »In Kalifornien. Mit seiner Frau und seinem Sohn.«

Es funktionierte. Der Mann reagierte enttäuscht. Nach weiteren Einzelheiten erkundigte er sich nicht. »Und da gab es noch einen Verwandten von Orry Main. Ein Soldat, dem ich in Texas begegnet bin. Sein Name war Charles. Wo steckt er?«

»Soviel ich weiß, wieder in der Armee, drüben in Kansas.« Sie war so verängstigt, so verzweifelt bemüht, ihm gefällig zu sein und ihr Leben zu retten, daß sie jegliche Vorsicht vergaß. »Er ist nach dem Krieg dort hingezogen, mit seinem kleinen Sohn.«

Plötzlich lächelte der Mann. »Oh, er hat auch ein Kind. In welcher Truppe dient Charles?«

»In der US-Kavallerie. Ich weiß nicht genau, wo.«

»Kansas wird schon reichen. So viele Kinder. An Kinder hatte ich gar nicht gedacht. Sehr interessant.«

Constance stand wieder im Begriff, in unkontrolliertes Zittern auszubrechen. Dann trat zu ihrer Verblüffung der dreckige, regendurchnäßte Mann zurück. »Danke. Ich glaube, du hast mir alles erzählt, was ich wissen muß. Du warst mir eine große Hilfe.«

Der Hysterie nahe, sackte sie in sich zusammen. »Ich danke Ihnen. O Gott, ich danke Ihnen.«

»Du kannst ruhig aufstehen, wenn du magst.«

»Danke, ich danke Ihnen vielmals.« Sie stemmte sich mit beiden Handflächen von ihrem Sitz hoch und schwankte auf die Füße; Tränen der Erleichterung, daß er ihr Leben schonen würde, strömten aus ihren Augen. Er lächelte und trat einen Schritt auf sie zu.

»Vorsichtig. Du schwankst ja.« Seine freie Hand griff nach ihrem Ellbogen. Fauliger Atem drang aus seinem Mund. Von einem Moment zum anderen verzerrte ein breites Lächeln sein Gesicht, seine Augen wurden groß und glänzend.

»Hündin.« Ein kühler, silberner, federleichter Schnitt durchtrennte ihr die Kehle.

Er stand über sie gebeugt, beobachtete das strömende Blut und umklammerte die riesige Erektion zwischen seinen Beinen. Er warf das Rasiermesser zu Boden, entdeckte dann den tränenförmigen Ohrring, den sie hatte fallen lassen, hob ihn auf, tauchte ihn in ihr Blut und lächelte über das Rot in dem Gold. In weniger als einer Minute beendete er sein Werk und verließ das Zimmer auf dem gleichen Weg, auf dem er gekommen war.

George sperrte die Haustür auf. Die Droschke ratterte den Hügel hinab.

Summend stieg er, immer zwei Stufen auf einmal nehmend, die große Treppe hinauf. Die freudige Erwartung ließ ihn lauter summen, als er durch den oberen Flur eilte. Der Regen hämmerte schwer gegen das Haus. Er öffnete die Schlafzimmertür, sagte im Eintreten: »Constance, ich . . .«

Der unglaubliche Anblick brachte ihn zum Schweigen. Er ließ seine Reisetasche fallen und rannte auf sie zu. Er griff nach ihr, um sie aufzuheben, überzeugt davon, daß sie lediglich bewußtlos war. Die Bedeutung des Blutes, das den Teppich durchtränkt hatte, die Bedeutung der großen Halswunde drang nicht bis in sein Bewußtsein.

Er sah das offene Mansardenfenster, durch das der Regen hereintropfte und den Teppich durchweichte. Er sah einen der tränenförmigen Ohrringe, die er ihr geschenkt hatte, aber nicht den anderen.

Der Spiegel lenkte seine Aufmerksamkeit auf sich. Er ging auf ihn zu; der Gestank des nassen Wollteppichs würgte ihn tief im Hals. Vier Buchstaben waren mit Blut auf den Spiegel geschrieben.

Er blickte vom Spiegel zum offenen Fenster und dann zu seiner regungslosen Frau. Der unterste Teil des T im Spiegel wuchs, schwoll an, Blut sammelte sich zu einem dicken Tropfen, der schließlich platzte. Das Blut sickerte tiefer, zog das T immer mehr in die Länge.

»Ich dachte, er sei tot«, sagte George; er merkte nicht, daß er schrie.

Viertes Buch

Das Jahr der Heuschrecke

Intelligenz, Tugend und Patriotismus müssen bei allen Wahlen der Ignoranz, der Dummheit und der Bosheit weichen. Die überlegene Rasse wird der minderwertigen Rasse untertan gemacht ... Jene, die über keinen eigenen Besitz verfügen, dürfen Steuern erheben und Gelder bewilligen ... Gelder zur Unterstützung freier Schulen für die Ausbildung von Negerkindern, zur Unterstützung alter Neger in Armenhäusern und zur Unterstützung der Verbrecher in den Gefängnissen ..., all das wird zusammen mit einer ständigen Armee von Negersoldaten absolut zerstörend sein und uns in den Ruin treiben ... Die weißen Menschen unseres Staates werden das niemals stillschweigend dulden.

Ein an den Kongreß gerichteter Protest
von South Carolina, 1868

Alles läuft gut. Die Verfassung wird verteidigt und der Erzrenegat noch vor Ende der Woche aus dem Weißen Haus getrieben.

Telegramm an den republikanischen Konvent
in New Hampshire, 1868

39

In dieser Nacht ging der Regen in Graupeln über. Am Morgen fielen die Temperaturen in den Keller. Eisige Kälte senkte sich über das Tal. Die Sonne versteckte sich hinter grauen, trostlosen Wolken.

Jupiter Smith kümmerte sich um das Begräbnis. George war dazu nicht in der Lage. Selbst in den schlimmsten Zeiten des Krieges hatte er etwas Derartiges nie durchgemacht. Er hatte keinen Appetit. Wenn er einen Happen zu sich nahm, dann kam er ihm gleich wieder hoch. Er litt unter ständigem Durchfall, die Art von Durchfall, an dem so viele Männer in den Kriegslagern auf beiden Seiten gestorben waren.

Er schwankte zwischen dem Unglauben, daß Constance nicht mehr war, und Ausbrüchen von Kummer, die so lautstark wurden, daß er sich in einem Schlafzimmer einschließen mußte — nicht in ihrem gemeinsamen Schlafzimmer; das konnte er nicht mehr betreten —, bis die heftigen Emotionen sich selbst aufgezehrt hatten.

Lehigh Station bereitete sich auf das Weihnachtsfest vor, allerdings aufgrund des fürchterlichen Ereignisses in dem Herrenhaus oben auf dem Berg mit weniger Freude und Ausgelassenheit als sonst. Für George war die allgemeine Frömmigkeit dieser Jahreszeit nichts weiter als ein widerwärtiger Scherz.

Der Weihnachtstag war düster und dunstig und in Belvedere freudlos. Patricia spielte einen Choral auf dem großen, glänzenden Steinway-Flügel. William, gesund und voller Energie nach einer ganzen Rudersaison in Yale, stand neben ihr und sang mit bemühter Baritonstimme eine Strophe von »God Rest Ye Merry, Gentleman«. Er hörte auf zu singen, als sich sein Vater von dem

Stuhl erhob, auf dem er schweigend gesessen hatte, und den Raum verließ.

Jupe Smith besuchte sie am späten Nachmittag. Er teilte George mit, daß telegraphische Botschaften an alle Freunde und Verwandten geschickt worden waren. Er erwähnte Patrick Flynn, Constances mittlerweile bejahrten Vater. »Für ihn hab' ich als Todesursache Herzanfall angegeben. Ich sah keinen Sinn darin, dem alten Mann zu sagen, daß seine Tochter, äh ...«

»Geschlachtet wurde?«

Jupe starrte den Boden an. George winkte ab und ging mit teilnahmsloser Miene zu der Kommode. Er wühlte zwischen den Glaskaraffen herum, warf eine um. Er versuchte sich mit Bourbon zu betrinken. Den ganzen Nachmittag über hatte sein Magen das zurückgewiesen.

Er stellte die Karaffe wieder auf, kippte dabei Bourbon auf den glänzenden Fußboden. »Wohin hast du die Nachricht für Charles Main geschickt?«

»An General Duncan in Fort Leavenworth.«

»Und was ist mit Billy? Virgilia? Madeline?«

»Ja. Ich habe jeden einzelnen von ihnen gewarnt, genau wie du es mir aufgetragen hast, George. Ich habe ihnen gesagt, daß jeder Angehörige der beiden Familien als Zielscheibe für Bent in Frage kommt, obwohl ich nicht weiß, ob das wahrscheinlich ist.«

»Wahrscheinlich oder nicht, es ist jedenfalls möglich. Was ist mit dem Ohrring?«

»Ich habe ihn allen genau beschrieben. Eine Perle, mit einem wie eine Träne geformten Goldklümpchen. Ich verstehe allerdings nicht ganz, warum ...«

»Ich will, daß sie über alles Bescheid wissen. Bents Erscheinung, soweit ich mich daran erinnere – alles.«

»Nun, ich habe mich um alles gekümmert.«

George schenkte sich einen Drink ein. Sein Hemd stank, seine Rede war voller langer Pausen und unbeendeter Gedanken, und in seinen für gewöhnlich ruhigen dunklen Augen lag ein wildes Glitzern. Jupe entschloß sich zu gehen.

»Er ist krank, Mr. Smith«, flüsterte Patricia, als sie den Anwalt zur Tür brachte. »So merkwürdig habe ich ihn noch nie erlebt.«

Bis zur Beerdigung, die zwei Tage vor Neujahr stattfand, hatte sich George wieder leicht erholt.

Madeline war den weiten Weg von South Carolina gekommen. Sie wirkte befangen und seltsam scheu. Sie war jetzt zweiundvierzig; ihr Haar hatte viele graue Strähnen, die zu färben sie sich weigerte. Ihr Mantel und ihr Trauerkleid aus schwarzer Seide waren alt und schäbig. George hatte sie mit erzwungener Herzlichkeit begrüßt und für einen Moment seine feuchte Wange gegen die ihre gedrückt. Sie glaubte nicht, daß er ihre ärmliche Erscheinung bemerkte. Dafür war sie dankbar.

Virgilia kam aus Washington. Sie war hübsch, aber nicht teuer gekleidet. In ihrer Gegenwart fühlte sich George klein und schwach, wie der jüngere Bruder, obwohl nur ein Jahr zwischen ihnen lag. Das neue Leben, das sie nun führte, hatte viel von Virgilias altem Zorn ausgebrannt. Sie konnte George mit echtem Gefühl umarmen und ihm ihr aufrichtiges Beileid ausdrücken. Diese Wandlung verwirrte einige Einwohner der Stadt, die sich noch gut an die radikale Hexe früherer Jahre erinnerten.

Zur Totenmesse in St. Margaret's-in-the-Vale wurde die Familie von ungefähr dreihundert Männern und Frauen aus der Stadt und von den Hazard-Werken begleitet, dann fuhren oder gingen sie in der Eiseskälte zu dem Friedhof auf dem Hügel. Vater Toone, Constances Priester, sprach seine lateinische Litanei neben dem offenen Grab und machte dann das Zeichen des Kreuzes. Totengräber begannen, den silberverzierten Sarg abzusenken. Auf der anderen Seite schauten Stanley und Isabel mit unbehaglichem Gesichtsausdruck überall hin, nur nicht zu dem trauernden Ehemann. Glücklicherweise hatten sie ihre abscheulichen Zwillinge nicht mitgebracht. Stanley war eindeutig betrunken, obwohl es gerade erst zwei Uhr nachmittags war.

Eine behandschuhte Hand berührte von hinten Georges Arm. Ohne hinzusehen, griff er nach der Hand. Virgilia drückte die Finger ihres Bruders. Die Menge begann sich aufzulösen.

Der scharfe, kalte Wind peitschte den Saum von Vater Toones

Kutte, als er sich George und den beiden weinenden Kindern näherte. »Ich weiß, dies ist ein kummervoller Tag, George. Und doch müssen wir auf Gott vertrauen. Er bringt Sinn und Zweck in diese Welt und für alle seine Kreaturen, ganz gleich, wie sehr sich dieser Sinn hinter den Wolken des Bösen auch verbergen mag.«

George starrte den Priester an. Bleich und mit eingefallenen Wangen, hatte er eine starke Ähnlichkeit mit Fotos des irrsinnigen Poe in den letzten Monaten seines Lebens, dachte Madeline. Mit steinernem Gesicht sagte er: »Entschuldigen Sie mich bitte, Vater.«

Die Hazards konnten sich der Verpflichtung nicht entziehen, die Türen von Belvedere zu öffnen und den Trauergästen Speis und Trank anzubieten. All die vielen Brote und Kuchen, die Schinken und saftigen Rindfleischstücke, die normalerweise zu Weihnachten bereitet worden wären, wurden jetzt zum Leichenschmaus serviert. Der Alkohol lockerte die Zungen, und es dauerte nicht lange, bis Gruppen von Gästen zu lärmen begannen; sogar vereinzeltes Gelächter ertönte.

George konnte es nicht ertragen. Er versteckte sich in der Bibliothek. Er hatte sich dort ungefähr zwanzig Minuten aufgehalten, als die Schiebetür zurückrollte und Virgilia und Madeline hereinkamen.

»Bist du in Ordnung?« fragte Virgilia und eilte auf ihn zu. Madeline schloß die Tür und holte dann ihr schwarzes Taschentuch hervor. George saß da, die Krawatte gelöst, und starrte die Frauen an.

»Ich weiß nicht, Jilly«, sagte er. Virgilia zuckte überrascht zusammen; sie waren noch recht klein gewesen, als er das letztemal diesen kindischen Spitznamen gebraucht hatte. Plötzlich erhob er sich. »Was ihr zugestoßen ist, entzieht sich jeglicher Vernunft. Mein Gott, es ist der pure Wahnsinn.«

Virgilia seufzte. Sie wirkte sehr gesetzt und gepflegt im Gegensatz zu Madelines offensichtlicher Armut. Sie sagte: »Das gilt für die ganze Welt. Jeder Tag unseres Lebens, habe ich gelernt, besteht aus dummen Mißgeschicken und albernen Melodramen, aus Habgier und unnötigem Leid. Wir vergessen es, wir maskieren es, wir versuchen es mit unseren Künsten und Philosophien einzuordnen, oder wir betäuben uns durch Ablenkungen — oder wir trinken wie der arme Stanley. Wir versuchen es durch unsere Religionen zu erklären. Aber es ist immer da und uns sehr nahe, wie irgendeine arme, mißgestaltete Bestie, die sich hinter einem hauchdünnen Vorhang verbirgt. Gelegentlich wird der Vorhang heruntergerissen, und wir sind gezwungen, hinzusehen. Du weißt das. Du bist im Krieg gewesen.«

»Zweimal. Ich dachte, ich hätte meinen Teil zu sehen gekriegt.«

»Das Leben ist nicht so logisch, George. Manche sehen die Bestie nie. Manche sehen sie wieder und wieder, und es scheint überhaupt kein Sinn darin zu liegen. Doch wenn wir hinschauen, dann geschieht etwas. Mir ist es mit Grady so gegangen, und ich habe Jahre gebraucht, um es zu begreifen. Die Kindheit geht zu Ende, das ist es, was geschieht. Eltern nennen das Erwachsenwerden, und sie gebrauchen diese Phrase viel zu beiläufig. Erwachsenwerden heißt, die Bestie anzuschauen und zu wissen, daß sie unsterblich ist und du nicht. Damit muß man fertig werden.«

Mit gesenktem Kopf stand George vor dem Bibliothekstisch. Neben dem Meteoritenfragment und dem Lorbeerzweig lag ein schmutziger, alter Zylinder. Man hatte ihn auf dem Rasen unter dem Mansardenfenster gefunden, durch das Bent eingedrungen war. George schlug den Zylinder vom Tisch und fegte dabei auch versehentlich den Lorbeerzweig hinunter.

»Ich kann damit nicht fertig werden, Jilly. Ich kann es nicht.«

Madeline brach es das Herz. Sie wollte ihn in die Arme nehmen, ihn an sich ziehen und trösten. Die Stärke ihres Gefühls für diesen Mann — den besten Freund ihres verstorbenen Gatten — überraschte sie und machte sie ein bißchen verlegen. Das Blut, das ihr in die Wangen schoß, verriet sie, aber die anderen bemerkten nichts davon. Schnell brachte sie sich wieder unter Kontrolle, indem sie sich abwandte und das Taschentuch gegen ihre Augen drückte.

»Jilly«, er war nun ruhiger, »würdest du oder Madeline bitte

Christopher Wotherspoon ausrichten, er möge zu mir kommen? Ich möchte mit den Arrangements für meine Reise beginnen.«

Virgilia konnte es nicht glauben. »Heute nachmittag?«

»Warum nicht heute nachmittag? Du denkst doch nicht, daß ich da runter gehe und trinke und Witze reiße, oder?«

»George, diese Leute sind deine Freunde. Sie benehmen sich absolut einwandfrei für einen Leichenschmaus.«

»Verdammt noch mal, halt mir keine Vorträge.« Die kurze Gemeinsamkeit, die mit dem Gebrauch des Namens Jilly begonnen hatte, war vorüber. »Wotherspoon hatte eine Menge zu tun, um Hazard während meiner Abwesenheit zu leiten. Er und Jupe Smith müssen außerdem mit dem Pittsburgh-Werk anfangen.«

»Ich wußte nicht, daß du verreist«, sagte Madeline.

Ein teilnahmsloses Nicken. »Ich habe Geschäfte in Washington. Danach – nun, ich bin mir noch nicht sicher. Vielleicht werde ich nach Europa gehen.«

»Was ist mit den Kindern?«

»Sie können das Schuljahr beenden und dann zu mir kommen.«

»Wohin?« fragte Virgilia.

»Wo immer ich dann bin.«

Madeline und Virgilia tauschten besorgte Blicke aus, während George den geknickten Lorbeerzweig aufhob. Verächtlich schleuderte er ihn in den kalten Kamin.

Sehr spät in dieser Nacht erwachte George. Er kam sich vor wie ein Kind, verängstigt und zornig zugleich. »Warum hast du mir das angetan, Constance?« sagte er in die Dunkelheit hinein. »Warum hast du mich allein gelassen?«

Er schlug auf das Kissen, er schlug so lange, bis er zu weinen begann. Er fühlte sich beschämt und verloren. Er legte seinen Kopf auf das Kissen. Aus dem gestärkten Stoff kroch ein Duft, ihr Duft, der Abdruck eines Menschen, der Bett und Kissen jahrelang mit ihm geteilt hatte. Sie war tot, aber sie lebte hier in vielen Dingen noch fort. Er wollte mit dem Weinen aufhören, aber er konnte es nicht. Er weinte, bis das erste graue Licht des Tages anbrach.

Alle Sheriffs und Stadtdetektive suchten nach Elkanah Bent. Als man ihn bis zum Neujahrstag immer noch nicht gefunden hatte ging George davon aus, daß man ihn, wenn überhaupt, so bald nicht finden würde.

Am zweiten Tag des neuen Jahres 1868 schaute George bei Jupe Smith vorbei und wies ihn an, den neuen Eisenbahnwagen zu verkaufen. Dann packte er einen Koffer und sagte der Dienerschaft und Patricia und William auf Wiedersehen. Die Kinder kamen sich hilflos und verloren vor. Konnte dieser kalte Mann mit den leeren Augen ihr Vater sein? William legte einen Arm um seine Schwester. Von einem Augenblick zum anderen fühlte er sich um Jahre älter.

George nahm wortlos den Mittagszug nach Philadelphia.

Im Kriegsministerium zeigte ein Captain namens Malcolm sein Mitgefühl. Er erkundigte sich: »Und es gibt keine Spur von diesem Wahnsinnigen?«

»Keine. Er ist einfach verschwunden. Ich hätte ihn erwischt, wenn dieser verdammte Zug keine Verspätung gehabt hätte.«

George hielt inne. Er versuchte, die Hand zu lockern, die die Lehne des Stuhls in Malcolms Büro umklammerte. Langsam kehrte Farbe in Finger und Handgelenk zurück. Er wünschte, er könnte dieses verfluchte Wenn aus seinem Geist verbannen. Es war unmöglich. Er wünschte, er wäre Manns genug, das zu tun, wovon Virgilia gesprochen hatte: erwachsen werden, die Bestie anschauen. Er hatte sie angesehen, aber sie zerstörte ihn.

Captain Malcolm erkannte, in welcher Verfassung sich sein Besucher befand, und schwieg. Malcolm selbst stand unter großem Streß, so wie jeder andere Stabsoffizier auch, der das Pech hatte, in Washington stationiert zu sein. Nachdem Johnson Kriegsminister Stanton letzten August suspendiert hatte, befand sich das ganze Ministerium in Aufruhr. Da eine Suspension während einer Amtszeit ausdrücklich untersagt war, leugnete Mr. Stanton, sowohl ein Radikaler als auch ein cleverer Anwalt, die Gültigkeit der Amtsenthebung. Nichtsdestoweniger diente Grant mehr oder weniger widerstrebend als Interimsminister.

George sagte: »Ich habe die Pinkerton-Agentur beauftragt. Ich möchte ihnen alle verfügbaren Informationen zukommen lassen.«

»Ich lasse gerade von einem Mann die Personalakten des Generaladjutanten durchsehen. Ich werde mal schauen, wie weit er ist.«

Malcolm blieb zwanzig Minuten verschwunden. Dann kehrte er mit einer schmalen Akte zurück, die er auf seinen ohnehin schon überhäuften Schreibtisch legte. »Ich fürchte, viel haben wir nicht. Bent wurde der Feigheit beschuldigt, als er bei Shiloh vorübergehend eine andere Einheit als seine eigene befehligte. In der Angelegenheit fehlte es an den letzten Beweisen, doch General Sherman veranlaßte trotzdem eine Eintragung in seine Akte und versetzte ihn zur Strafe nach New Orleans. Dort blieb er bis zum Ende von General Butlers Dienstzeit.«

»Sonst nichts?«

Malcolm blätterte weiter. »Er hat einen Zwischenfall in einem Bordell verursacht, das einer Madam Conti gehörte. Er wurde gefaßt, als er ein Gemälde stahl, das sich in ihrem Besitz befand. Bevor Bent erneut angeklagt werden konnte, desertierte er. Ein Jahr später ist noch eine letzte Eintragung. Ein Mann, auf den Bents Beschreibung paßt, arbeitete kurz für Colonel Bakers Detektiveinheit.«

George kannte die Arbeit von Colonel Lafayette Baker. Er erinnerte sich daran, daß Zeitungsredakteure ins Old-Capitol-Gefängnis geworfen worden waren, weil sie sich kritisch über den Krieg oder über Lincoln und sein Kabinett geäußert hatten. »Sie meinen die von Mr. Stanton beschäftigte Geheimpolizei?«

Malcolms Herzlichkeit verschwand. »Mr. Stanton? Darüber besitze ich keine Informationen, Sir. Zu dieser Behauptung kann ich nichts sagen.«

George hatte genügend Bürokraten erlebt, um den Selbstschutz hinter diesen Worten zu erkennen. Bitter sagte er: »Natürlich. Ist das alles?«

»So gut wie alles. Bent wurde zuletzt in Port Tobacco gesehen, wo er vermutlich seinen illegalen Übertritt in die Konföderation vorbereitete. Dann verliert sich die Spur.«

»Ich danke Ihnen, Captain. Ich werde die Informationen an Pinkerton weitergeben.« Er fügte eine höfliche Lüge hinzu: »Sie waren mir eine große Hilfe.«

Er schüttelte Malcolm die Hand und ging. Er spürte, wie es in seinen Eingeweiden wühlte, und erreichte gerade noch das Willard-Hotel, bevor ihn die Magenbeschwerden mit voller Wucht überfielen.

Virgilia schickte ihm einen Arzt. Der Mann verschrieb ihm ein Opiumpräparat, das seinen Magen kräftigte, ihn aber nicht vor den plötzlichen Weinkrämpfen bewahren konnte, die ihn in höchst ungelegenen Momenten überkamen. Er hatte einen derartigen Anfall, als er Virgilia zu einem Abschiedsessen in den Speisesaal des Willard führte.

Mit ungeheurer Willensanstrengung bekam er sich wieder unter Kontrolle. Seine Schwester versuchte, ihn während der Mahlzeit abzulenken, indem sie ihm von ihrer Arbeit in Scipio Browns Heim für schwarze Waisenkinder erzählte. George hörte kaum etwas davon und schließlich gar nichts mehr, als er die Hände vors Gesicht schlug und erneut in Tränen ausbrach. Er schämte sich zu Tode, aber er konnte nicht dagegen ankämpfen.

In seiner Suite drückte ihn Virgilia fest an sich, bevor sie sich trennten. Ihre Arme fühlten sich stark an, während er sich schwach, krank und wertlos vorkam. Sanft küßte sie ihn auf die Wange. »Laß uns wissen, wo du bist, George. Und paß bitte auf dich auf.«

Er hielt ihr die Tür auf; in dem schwachen Licht war sein Gesicht sehr blaß.

»Wozu?« sagte er.

Ohne Antwort ging sie davon.

In New York buchte er auf der »Grand Turk« eine Kabine erster Klasse nach Southampton. In London kannte er einen Makler, der über gute Kontakte in Europa und ganz besonders in der Schweiz verfügte. Der Makler empfahl ihm Lausanne am Nordufer des Genfer Sees; er meinte, dort hätten schon viele gesundheitlich angeschlagene amerikanische Millionäre Genesung gefunden. George hatte ihm gegenüber angedeutet, daß er einen ruhigen Zufluchtsort benötigte.

Im Zwielicht eines kalten, feuchten Januartages stand er an der Reling, zusammen mit anderen Passagieren der ersten Klasse, die winkten, plauderten, feierten. Ein Steward reichte ihm ein Glas Champagner. Er murmelte etwas, trank aber nicht. Abgrundtiefe Verzweiflung hielt ihn immer noch im Griff. Er hatte zwanzig Pfund verloren, was bei seiner Größe sehr viel war und ihn furchtbar abgezehrt aussehen ließ.

Schrill pfeifend und eine Rauchwolke hinter sich herziehend, verließ der große Dampfer das Dock und schob sich den Hudson hinunter, vorbei an den Jersey-Piers mit all ihren Schuppen. George ging zum Heck, den Pelzkragen seines Mantels gegen die Kälte hochgestülpt. Mit erloschenen Augen sah er zu, wie Amerika hinter ihm versank. Er rechnete damit, es nie wiederzusehen.

MADELINES JOURNAL

Januar 1868. Zurück von Lehigh Station. Eine traurige Reise. George ist nicht mehr er selbst. Virgilia, nach langer Entfremdung mit der Familie wieder vereinigt — sie ist jetzt viel sanfter geworden —, sagte mir im vertraulichen Gespräch, daß sie um Georges geistige Stabilität fürchte. G.'s Anwalt Smith warnte uns, daß der Mörder Bent gegen jeden von uns losschlagen könnte. Es ist zu monströs, als daß man es glauben möchte. Doch das Schicksal der armen Constance soll uns als Warnung dienen.

Hat mich überrascht, daß der C'ston Courier *einen Artikel über den Mord brachte — Judith hat ihn während meiner Abwesenheit an Prudence geschickt. Ich vermute, daß die Geschichte wegen ihres Sensationsgehalts weite Kreise gezogen hat. Bent wird als Täter genannt.*

Außerdem ein Brief von einem Beaufort-Anwalt, der seinen baldigen Besuch ankündigt. Die Entdeckung bei Lambs, die immer noch Furore macht, wird auch unsere Rettung sein, behauptet er...

Geschrieben am 12ten. Andy bricht morgen nach C'ston auf zum »Großen Konvent des Volkes von South Carolina« — die gleiche Versammlung, die in Gettys üblem Blättchen als »schwarzbraunes Treffen« bezeichnet wird. Obwohl ich es mir kaum leisten kann, habe ich in dem neuen Summerton-Ramschladen einen Dollar für Hosen und einen gebrauchten, aber noch ganz ordentlichen Gehrock ausgegeben. Die Sachen hab' ich A. geschenkt. Jane hat ihrem Mann noch weitere Sachen genäht, damit er sich seiner Kleidung nicht zu schämen braucht.

Prudence hat eine alte, vierbändige Sammlung von Kents Kommentaren zum amerikanischen Gesetz gefunden und sie Andy geschenkt. A. möchte unbedingt die Gesetze studieren und verstehen. Er verehrt ihre Macht, durch die seine Rasse geschützt werden kann. Er studiert sie einzig und allein zur persönlichen Befriedigung, da er weiß, daß es selbst bei liberalster Regierung für einen Mann seiner Hautfarbe unwahrscheinlich ist, eine gewinnbringende Anwaltspraxis in Carolina zu betreiben. Tatsächlich stellt seine bloße Anwesenheit bei dem Konvent, zusammen mit anderen seiner Rasse, eine Beleidigung für Männer wie Gettys dar...

Am 13. Januar brachte Judith kurz nach Mitternacht eine Kerze in das Arbeitszimmer ihres Mannes in der Tradd Street. Er saß in einem Wust von Zeitungen da, seine Lesebrille auf der Nase und ein Buch im Schoß. Es war ein Buch, das sie ihn seit Jahren nicht mehr hatte aufschlagen sehen.

»Die Bibel, Cooper?«

Seine langen, weißen Finger tippten auf das Reispapier.

»Exodus. Ich las gerade das Kapitel über die Plagen. Genau der passende Lesestoff für diese Zeiten, findest du nicht?«

Von dem bitteren Unterton in seiner Stimme erschreckt, stellte Judith die Kerze ab und verschränkte ihre Arme über dem Nachthemd. Cooper las mit leiser Stimme aus der Bibel vor:

»Und der Herr ließ den ganzen Tag und die ganze Nacht einen Ostwind wehen. Als der Morgen kam, waren die Heuschrecken da... Sie fraßen alle Pflanzen, auch die Früchte an den Bäumen, alles, was der Hagel verschont hatte. Weder auf den Bäumen noch am Boden ließen sie etwas Grünes übrig, im ganzen Lande Ägypten.«

Er nahm die Brille ab. »Wir haben statt dessen Nordwind. Er trägt uns die Plage der Carolina-Abtrünnigen heran, der Yankee-Abenteurer, der ungebildeten Farbigen — und all diese Leute werden sich morgen zu diesem Konvent zusammensetzen. Was für eine Aussicht! Radikalismus in all seiner Pracht!«

»Cooper, der Konvent muß zusammentreten. Eine neue Verfassung ist der Preis für die Wiedereingliederung in die Union.«

»Und eine neue soziale Ordnung — ist das auch ein Preis, den wir zahlen müssen?« Er griff zur *Daily News* und las vor: »Der Demagoge regiert die Massen, und Gemeinheit und Ignoranz beherrschen die weitgespannten Interessen, die auf dem Spiel stehen. Die Delegierten mögen durchaus ein Negertollhaus schaffen.« Er warf die Zeitung beiseite. »Dem kann ich nur zustimmen.«

»Aber wenn ich mich recht an die Bibel erinnere, dann kam kurz nach den Heuschrecken auch ein Westwind, der sie wieder ins Rote Meer zurückwarf.«

»Aber du erinnerst dich auch, was dann kam, nicht wahr? Die Plage der Finsternis. Und dann die Plage des Todes.«

Judith hätte am liebsten geweint. Sie konnte nicht glauben, daß dieser verbrauchte, verbitterte Mann der gleiche Mensch war, den sie geheiratet hatte. Nur mit einer gewaltigen Willensanstrengung hielt sie jede Regung von ihrem Gesicht fern. »Hast du vor, einigen der Sitzungen beizuwohnen?« fragte sie.

»Lieber würde ich wilden Tieren zusehen. Lieber würde ich mich aufhängen lassen.«

Am Morgen brach er frühzeitig zu den Büros der Carolina Shipping Company auf. Judith fühlte sich traurig und hilflos. Allmählich wurde Cooper wirklich ein Fremder für sie. Mit Madeline wollte er überhaupt nichts mehr zu tun haben.

Marie-Louise gab kaum eine bessere Gesellschaft für sie ab, wenn auch aus vollkommen anderen Gründen. Judith fand ihre Tochter an dem sonnigen Eßtisch vor, das Kinn in die Hände gestützt, das Frühstück unberührt, ihre Augen träumerisch auf irgendeine ferne Vision gerichtet. Sie vernachlässigte ihre Studien und redete fast nur noch über Jungs. Ganz besonders bewunderte Marie-Louise einige von General Canbys Besatzungssoldaten. Was immer die anderen Konsequenzen des Wiederaufbaus sein mochten, er beraubte Judith buchstäblich ihrer Familie.

Von den 124 Delegierten, die sich am 14. Januar versammelten, waren 76 schwarz. Nur 23 der weißen Delegierten waren in Carolina zur Welt gekommen, doch eine ordentliche Anzahl von ihnen waren früher rechte Draufgänger und Heißsporne gewesen. Joe Crews hatte mit Sklaven gehandelt. J. M. Rutland hatte Geld für einen neuen Spazierstock gesammelt, als Preston Brooks seinen Stock über dem Kopf von Charles Sumner zerbrochen und ihn dabei um ein Haar umgebracht hatte. Franklin Moses hatte geholfen, die amerikanische Flagge nach der Kapitulation von Fort Sumter herunterzureißen.

Andy saß in seinem Gehrock zwischen den anderen Delegierten, den ersten Band von James Kents »Kommentaren« auf den Knien. Vor lauter Stolz, bei dem Konvent dabei zu sein, saß er bolzengerade da, war gleichzeitig aber auch von tiefer Ehrfurcht ergriffen, die meisten anderen schwarzen Delegierten waren wesentlich gebildeter als er. Alonzo Ransier, schon als freier Neger geboren, hatte sich mit ihm lange über die sozialen Wandlungen unterhalten, die der Konvent mit sich bringen würde. Besonders einschüchternd wirkte ein gutaussehender, großer, breiter Neger namens Francis Cardozo. Obwohl seine Haut die Farbe alten Elfenbeins hatte, setzte sich Cardozo, ein frei geborener Mulatte, stolz zu den schwarzen Delegierten. Er war ein Beispiel dafür, was ein Mann aus sich machen konnte, wenn ihm alle Möglichkeiten offenstanden, dachte Andy. Cardozo hatte die Universität von Glasgow absolviert; früher hatte er einer Presbyterianerkirche in New Haven, Connecticut, vorgestanden.

Um seine Minderwertigkeitsgefühle zu überwinden, rief sich Andy häufig einige ernste Worte ins Gedächtnis, die Jane ihm beim Abschied mit auf den Weg gegeben hatte. »Du bist so gut wie jeder von ihnen, du brauchst nur den Beweis dafür anzutreten. In den Augen Gottes fangen alle mit gleichen Voraussetzungen an. Das hat Mr. Jefferson gesagt, und darum ging es im Krieg in Wirklichkeit. Es liegt an dir, ob du weiter vorn endest als dort, wo du begonnen hast.«

Sie umarmte ihn, küßte ihn und flüsterte ihm zu: »Sorg dafür, daß wir alle stolz auf dich sein können.« Beim Gedanken daran richtete er sich auf.

Es kam nicht zu dem vorhergesagten »Negertollhaus« unten im Sitzungssaal, obwohl der einstweilige Vorsitzende T. J. Robertson, ein angesehener Geschäftsmann mit gemäßigten Ansichten, häufig seinen Hammer betätigen mußte, um die begeisterten schwarzen Zuschauer oben auf der Galerie zum Schweigen zu bringen. Den meisten Lärm erzeugten die Mitglieder der Presse, hauptsächlich Yankees. Viele von ihnen hatten karierte Anzüge und grelle Krawatten an. Andy sah, wie ein Reporter einen Tabaksaft auf den Boden spuckte, und verspürte selbstzufriedene Überlegenheit. Zuvor hatte Cardozo zu ihm und einigen anderen schwarzen Delegierten gesagt: »Die Reporter sind hergekommen, um diesen Konvent gegen nordstaatliche Moral abzuwägen. Sie werden unsere Äußerungen ebenso wie unser Benehmen bewerten. Also handeln Sie dementsprechend, Gentlemen.«

Robertsons Hammer rief die Halle zur Ordnung. »Bevor ich den Stuhl an unseren großartigen Freund Dr. Mackey abgebe«, das war ein weiterer angesehener Einheimischer, »möchte ich die hier Versammelten gern an unser hochgestecktes Ziel erinnern. Wir sind hier, um eine gerechte, liberale Verfassung für den Palmetto-Staat zu entwerfen, eine Verfassung, die allen gleiche Rechte garantiert und uns die Wiedereingliederung in die Union ermöglicht.«

Die Zuschauer bekundeten ihr Einverständnis. Wieder brachte Robertson sie mit dem Hammer zum Schweigen, ehe er fortfuhr:

»Wir behaupten nicht, übermäßig weise oder tugendhaft zu sein. Wir nehmen jedoch für uns in Anspruch, daß wir dem fortschrittlichen Zeitgeist folgen ... mögen wir kühn genug, ehrlich genug, weise genug sein, um anstößige, unwürdige Gesetze und Gewohnheiten zu zertreten und so eine neue Gerechtigkeit in South Carolina ins Leben zu rufen. Möge jeder Delegierte seine Gedanken und Äußerungen einzig und allein diesem Zweck unterordnen.«

Er meint meine Gedanken, sagte sich Andy. Gut, er würde seine Stimme erheben. Wenn er etwas Falsches sagte, dann würde er lernen. Wie konnte man sich ohne Fehler und Irrtümer von dem, was man war, zu dem, was man werden wollte, erheben?

Er richtete sich hoch auf; seine Hand ruhte auf dem Gesetzestext. Eine Woge von Stolz belebte seinen Mut und stellte sein Selbstvertrauen wieder her.

»Nun, Ma'am«, sagte Mr. Edisto Topper von Beaufort, »dies ist der Grund, weshalb ich so dringend um ein Treffen gebeten habe.« Der adrette Anwalt stand neben Madeline in dem brachliegenden Reisfeld und zerbröselte mit einer Hand einen blaugrauen Lehmklumpen.

Vor dem vertrauten Gestank trat Madeline einen Schritt zurück. »Ich habe das immer als unsere vergiftete Erde bezeichnet.«

Lachend ließ Topper die Lehmklumpen fallen. »Vergiftet mit Reichtümern, Mrs. Main.« Er wandte sich an seinen dienstbeflissenen jungen Angestellten. »Sammeln Sie einige dieser Klumpen in die Tasche. Wir werden sie untersuchen lassen.«

Madelines Stirn glänzte vor Schweiß. Als Toppers Kutsche den Weg hochgerattert kam, war sie damit beschäftigt gewesen, dem Pinienhaus einen frischen Anstrich zu verpassen. Weiße Flecken zierten ihre Hände und ihr verblaßtes Kleid.

»Ich kann es kaum glauben, Mr. Topper.«

»Glauben Sie es ruhig, gute Frau, glauben Sie es. Die Gerüchte sind wahr. Entlang der Flüsse Ashley und Stone verbergen sich Mineralschätze, ebenso wie in den Flußbetten. Ihre sogenannte vergiftete Erde ist phosphathaltig.«

»Dann muß das Phosphat doch schon seit Jahren hier gewesen sein.«

»Und keine Seele hat es erkannt, bis Dr. Ravenel aus Charleston im letzten Herbst einige Proben aus der Gegend von Lambs untersuchte.« Mit überschwenglicher Geste umfaßte Topper die umliegenden Reisfelder. »In Mont Royal könnte das auf sechs- bis achthundert Tonnen Mergel pro Acre hinauslaufen. Hochgradiger Mergel – wesentlich ergiebiger als der Mergel von Virginia.«

»Das sind sehr willkommene Nachrichten. Aber ein bißchen überwältigend.«

Wieder lachte er und rieb sich die Hände. »Verständlich, verehrte Lady. Nach Jahren der Niederlagen und der Entbehrungen stehen wir buchstäblich vor der ökonomischen Wiedergeburt dieses Teiles des Staates. Sie liegt in diesen übelriechenden Klumpen. Das ist der Duft des Geldes. Das ist der Geruch von Düngemittel.«

Sie kehrten zu den selbstgebastelten Stühlen auf dem Rasen vor dem weißgetünchten Haus zurück. Der Anwalt Topper holte aus seinem Koffer Berichte, Untersuchungsergebnisse, Gutachten, die er Madeline in die Hand drückte und sie drängte, jedes einzelne Wort zu lesen.

»Es gibt schon einen Run, die Schürfrechte von den Landbesitzern zu kaufen. Ich repräsentiere eine Gruppe von Investoren, die sich zu der Beaufort Phosphate Company zusammengeschlossen haben. Alles erstklassige Südstaaten-Gentlemen, in Carolina geboren, wie ich selbst auch. Ich bin sicher, der Gedanke beruhigt Sie, wenn wir Geschäfte miteinander machen.«

Madeline schob eine Strähne ihres ergrauenden Haares zurück. »Falls, Mr. Topper. Falls.«

»Aber Sie haben bei der ganzen Angelegenheit nur Vorteile! Es ist unser Kapital, das auf dem Spiel steht, während Sie uns lediglich die vorübergehende Nutzung Ihres Landes überlassen. Wir kümmern uns um alles. Wir heben die Erde aus, verlegen die Schienen für die von Pferden gezogenen Karren, installieren dampfgetriebene Waschanlagen, um Sand und Lehm auszuwaschen. Wir übernehmen die volle Verantwortung für den Transport. Dann handeln wir einen vernünftigen Verkaufspreis aus. Mr. Lewis und Mr. Klett haben bereits eine Verarbeitungsfirma unter Vertrag, die die Felsbrocken zertrümmert und sie in kommerzielle Düngemittel verwandelt. Bald schon werden Konkurrenzfirmen auftreten. Wir befinden uns in einer hervorragenden Ausgangsposition.«

Es klang alles zu perfekt. Sie suchte nach dem Haken. »Was ist mit den Männern, die die Felsbrocken ausgraben?«

»Ebenfalls unsere Sache. Wir heuern jeden verfügbaren Nig... äh, freien Neger an. Wir zahlen ihnen fünfundzwanzig Cent pro Quadratfuß, die Entfernung der Felsbrocken eingeschlossen.«

Sie schüttelte den Kopf. Topper schaute verwirrt drein. »Stimmt was nicht?«

»Und ob, Mr. Topper. Überall entlang des Flusses sind schwarze Familien am Verhungern, und da schließe ich Mont Royal nicht aus. Wenn Sie auf meinem Land schürfen wollen, dann werden Sie auch vernünftige Jobs vergeben müssen. Sagen wir fünfzig Cent pro Quadratfuß?«

Topper wurde blaß. »Fünfzig? Ich bin mir nicht sicher.«

»Dann sollte ich vielleicht mit jemand anderem verhandeln. Sie sagten etwas von Konkurrenz.«

Der Anwalt begann sich zu krümmen. »Irgendwas läßt sich da schon machen, verehrte Lady, da bin ich mir ganz sicher. Hier habe ich den Optionsvertrag mitgebracht. Ich hätte gern noch heute morgen Ihre Unterschrift. Der für beide Seiten befriedigende, endgültige Vertrag folgt dann nach.« Er ließ sich von seinem Angestellten das zusammengefaltete Dokument geben. Es war recht umfangreich und wurde von grünem Gummiband zusammengehalten. Er entfaltete es, als handle es sich um eine Straßenkarte nach El Dorado.

Madeline versuchte, ihre Erregung zu verbergen, während sie die eng beschriebenen, in gedrechselter Sprache gehaltenen Seiten überflog, die durch gelegentlich eingestreutes Latein noch unverständlicher wurden. Sie glaubte, den Sinn zu erfassen.

»Sagen Sie Ihrem Angestellten, er solle noch einen Satz über die vereinbarten Löhne der Arbeiter einfügen, dann unterschreibe ich.«

»Soviel wir wissen, wird noch eine zweite Unterschrift benötigt.«

»Nein. Ich habe Vollmacht, für Cooper Main zu unterzeichnen.«

Was sie dann auch mit zitternder Hand tat.

Orry, Orry — unglaubliche Freude. Wir sind begnadigt worden! Zur Feier des Tages lud ich heute abend alle ins Haus zu Safranreis ein. Jane brachte einen Krug süßen Beerenweins mit, den sie aufgehoben hatte, und während der Vollmond am Himmel hochstieg, sangen und lachten und tanzten wir. Es wäre schön gewesen, wenn auch Andy hätte hier sein können, doch er steckt mitten in seiner wichtigen Arbeit. Ich sehnte mich nach dir.

Während ich diese Zeilen schreibe, leuchtet der Fluß wie weißes Feuer. Selten ist es im Januar so warm gewesen. Vielleicht ist dieser Winter der Verzweifelung endlich vorbei. Das Beste von all dem ist, daß ich meinen Traum zum Leben erwecken kann, wenn tatsächlich im Boden von Mont Royal Reichtümer verborgen liegen. Ich kann das Haus wieder aufbauen.

Das Geräusch eines sich von der Flußstraße nähernden Reiters weckte sie am nächsten Morgen. Sie wickelte sich in ihren alten Morgenmantel und eilte hinaus, um den Besucher zu empfangen. Sie glaubte ihren Augen nicht trauen zu können; es war Cooper, der da von einem schaumbedeckten Braunen sprang.

»Gestern abend gegen zehn wußte ganz Charleston Bescheid. Alle spotten über uns.«

Verschlafen murmelte sie: »Wovon redest du eigentlich?«

»Von deinem verdammten Vertrag mit Beaufort Phosphate. Anscheinend bist du die einzige im Bezirk, die nicht weiß, wer hinter dieser Company steckt.«

»Einheimische, sagte der Anwalt.«

»Dieser Lump hat gelogen. Er ist der einzige aus South Carolina, der an der Sache beteiligt ist. Der Hauptaktionär ist ein gottverdammter radikaler Senator, Samuel Stout. Du hast uns an einen Mann verkauft, der uns mit einer Hand auspeitscht und mit der anderen aussaugt.«

... Ich konnte nichts tun, um ihn zu beschwichtigen. Er überschüttete mich mit Beschimpfungen, lehnte jegliche Nahrung von mir ab, sprang sehr grob mit Prudence um und befahl mir, auf keinen Fall den offiziellen Vertrag zu unterschreiben. Ich sagte, ich würde einen Pakt mit dem Teufel unterschreiben, wenn ich dadurch das Land der Mains retten und unseren Negern Essen geben könnte. Er verfluchte mich, sprang auf sein erschöpftes Pferd und ritt davon. Obwohl er von meinem Fehler profitieren wird, fürchte ich, er haßt mich jetzt mehr als je zuvor.

Februar 1868. Man rechnet damit, daß der Konvent fast 60 Tage dauert. Bis auf einen Dollar schickt Andy S. seine gesamten 11 Dollar, die er als Delegierter als Tagegeld erhält, an seine Frau. Abends arbeitet er im Mills House und zahlt einer schwarzen Familie Miete, damit er in ihrer Hütte übernachten kann. Jane hat mir seinen letzten Brief gezeigt, einfach formuliert, aber in gutem, klarem Englisch verfaßt. Was für eine wunderbare Sache doch der menschliche Geist ist, wenn es ihm erlaubt ist, sich frei zu entfalten ...

Andy Sherman hatte das Gefühl, noch nie so viel gelernt zu haben, vielleicht von der Zeit während des Krieges abgesehen, als Jane seine Lehrerin gewesen war. Am Morgen, wenn er sich für seine Delegiertenarbeit ankleidete, taten ihm alle Knochen weh von dem stundenlangen Knien beim Putzen der Hotelböden. Aber irgendwie genügten ihm die paar Stunden Schlaf, genauso wie die eine volle Mahlzeit, die er sich täglich erlaubte. Er nährte sich von dem Konvent und der Arbeit, die er hier leistete.

Er diskutierte viel mit Cardozo, dessen schnelle Auffassung und beeindruckende Rednergabe er bewunderte. »Sie haben recht, Sherman. Als Rasse sind wir zu zurückhaltend. Nur Bildung kann das verbessern. Wenn man sich jedoch die Geschichte dieses Staates betrachtet, dann glaube ich nicht, daß ein angemessenes öffentliches Schulsystem vor 1875 funktionieren wird. Ich werde mich gegen den Verfassungszusatz aussprechen, daß nach 1875 jedem Mann im Wahlalter, der weder lesen noch schreiben kann, das Wahlrecht vorenthalten wird.«

Auch Andy sprach sich dagegen aus – zum erstenmal bei diesem Konvent meldete er sich zu Wort. Nervös, aber voller Überzeugung verlas er die kleine Rede, die er auf Papierfetzen immer wieder umformuliert hatte, bis sie zu seiner Zufriedenheit ausgefallen war. »Gentlemen, ich glaube, das Recht zu wählen muß dem Weisen ebenso wie dem Unwissenden zugebilligt werden, dem Bösen ebenso wie dem Tugendhaften, sonst bedeutet die Idee des universellen Stimmrechts gar nichts.«

Die Bestimmung wurde mit 107 zu 2 Stimmen abgelehnt. Die Kopfsteuer, die Cardozo mit ätzenden Worten brandmarkte als den ersten Schritt, das »aristokratische Element« wieder an die Macht zu bringen, wurde mit 81 zu 21 abgeschmettert.

Die Arbeit hat begonnen! Im ganzen Ashley-Bezirk wimmelt es nur so von Arbeitern, Anlegern und Männern von den neuen Verarbeitungsfabriken, die aus dem Boden geschossen sind. Nach fast drei Jahren Chaos und Armut steckt der Bezirk wieder voller Hoffnung. Unsere verbesserten Aussichten machen einen baldigen Besuch in Charleston notwendig – um die Last unserer Schulden zu erleichtern...

Die Schwarzen auf Mont Royal beschützten Madeline, als wäre sie ein Kind. Sie beharrten darauf, daß jemand sie in die Stadt fuhr. Sie gab nach und entschied sich für Fred.

An einem kühlen Februarmorgen hielten sie den Wagen an, kurz nachdem sie in die Uferstraße eingebogen waren. Auf dem unbestellten Feld hinter dem Zaun schwang ein Trupp von dreißig Schwarzen die Schaufel. Mit beflaggten Stangen war ein sechshundert Meter breites und tausend Meter langes Gebiet abgesteckt worden, das mit Gräben durchzogen werden sollte, um das Feld zu entwässern.

Sechs Männer zerrten mit Seilen einen gewaltigen Stamm, um einen Pfad zur Mitte des Feldes zu walzen. Auf diesem Pfad würden schließlich Pferdewagen die geförderten Felsbrocken abtransportieren. Edisto Topper hatte Madeline davon in Kenntnis gesetzt, daß diese Art von Feldern bald überall auf Mont Royal zu finden sein würde.

Hier war das erste. Sie musterte es stolz, als ein greller Lichtstrahl wie von einem reflektierenden Spiegel ihre Aufmerksamkeit erregte. Sie wandte sich um und sah ein Stück weiter die Straße hinunter in Richtung Summerton einen Reiter. Am Körperumfang und an den spiegelnden Brillengläsern erkannte sie Gettys.

Einen Moment lang saß der Ladenbesitzer sehr still, als würde er sie beobachten. Dann schnalzte er verächtlich mit dem Zügel, wendete und trabte auf Summerton zu.

Madeline schauderte. Irgendwie schien ihr der Tag verdorben.

Es wurde noch schlimmer. In der Palmetto Bank in der Broad Street teilte ihr ein kahlköpfiger Angestellter namens Crow mit, daß Mr. Dawkins den ganzen Tag über nicht erreichbar sei.

»Aber ich habe ihm doch geschrieben, daß ich komme. Es ist sehr wichtig, daß ich mit ihm spreche«, sagte sie.

Crow blieb kühl. »Worum geht es?«

»Ich möchte Arrangements treffen, um der Bank meine Hypothek eher als erforderlich zurückzuzahlen. Auf Mont Royal wird nach Phosphaten geschürft. Wir müßten damit ein beträchtliches Einkommen erzielen. All das hab' ich Leverett geschrieben.«

»Mr. Dawkins hat Ihren Brief erhalten.« Crows Mißbilligung über die vertrauliche Anrede war deutlich herauszuhören. »Ich bin angewiesen, Ihnen mitzuteilen, daß die Direktoren dieser Bank mit einer vorzeitigen Rückzahlung nicht einverstanden sind. Die Hypothekarbedingungen geben uns das Recht, darauf zu bestehen, daß Sie weiterhin Ihre vierteljährlichen Zahlungen leisten.«

»Für wie lange?«

»Über die gesamte Laufzeit hinweg.«

»Das sind Jahre. Wenn es um die Zinsen geht, dann bin ich natürlich gern bereit, sie zu zahlen.«

Mit geringschätziger Miene trat Crow einen Schritt zurück. »Es ist eine Sache der Politik unseres Hauses, Mrs. Main.«

»Welcher Politik? Mich an der Leine zu halten, damit Sie sie ganz nach Ihrem Belieben durchschneiden können?«

»Beziehen Sie sich auf eine vorzeitige Verfallserklärung der Hypothek unsererseits?«

»Ja. Ist das auch eine Sache der Politik?«

»Senken Sie bitte Ihre Stimme. Warum sollte die Palmetto Bank den Wunsch haben, Mont Royal vorzeitig die Hypothek zu kündigen? Es ist wertvolles Land, mit ungewöhnlich verbesserten Einkommensaussichten. Sie werfen da eine völlig abseitige Frage auf.« Er überlegte einen Moment und fügte dann hinzu: »Natürlich kann die Bank den Vertrag kündigen, sollten Sie in Zahlungsverzug geraten. Doch in diesem Fall wäre der Leidtragende ja der Eigentümer, Mr. Main. Ich bin überzeugt davon, Sie möchten nicht dafür verantwortlich sein, daß Ihr Verwandter in eine derartige Lage gerät.«

Die Drohung war ausgesprochen. Doch wie plump sie in ihrem Eifer, sie unter Kontrolle zu halten, vorgingen! War der ganze Staat, der ganze Süden bei dem Thema »Afrikanisierung« immer noch nicht bei Sinnen? Sicher, sie fürchteten sich jetzt nicht mehr vor unwahrscheinlichen Verschwörungen, Aufständen, Brandanschlägen, Vergewaltigung weißer Frauen...

Plötzlich erfaßte sie intuitiv den wirklichen, weniger dramatischen Grund: der Konvent. Da ging es um Wahlrecht und um Steuern; er bedrohte weißes Geld. Wußte Leverett Dawkins von ihrer Verbindung zu einem schwarzen Delegierten? Er mußte wohl.

Crow stand hinter einem polierten Eichengeländer mit einer darin eingelassenen Tür. Provoziert von seiner Zurückweisung, griff sie nach der Tür. »Ich bin eine gute Kundin dieser Bank, Mr. Crow. Ich bin weder mit Ihren Erklärungen zufrieden noch sehr glücklich über Ihre Unhöflichkeit. Ich werde das mit Leverett besprechen, ganz gleich, ob er nun beschäftigt ist oder nicht.«

»Madam, das werden Sie nicht.« Crow hielt das Türchen zu. »Bitte gehen Sie. Mr. Dawkins macht Sie darauf aufmerksam, daß Farbige hier nicht willkommen sind.«

Damit wandte er sich ab. Sie stürzte davon; Tränen der Wut standen in ihren Augen.

... Der Schock, den ich in der Bank erlitten hab', läßt allmählich nach. Doch nicht die Demütigung — oder der Zorn.

März 1868. Welche Verwirrung und welches Melodram! Vor zwei Monaten weigerte sich der Senat in einer Exekutivsitzung, der Amtsenthebung von Mr. Stanton zuzustimmen, worauf Gen. Grant zurücktrat und Stanton die Rückkehr in das Kriegsministerium erlaubte. Als Ersatz für Grant ernannte Johnson sofort Gen. Lorenzo Thomas, und Thomas brüstete sich, er würde notfalls Stanton auch mit Gewalt entfernen lassen — worauf sich Stanton buchstäblich in seinen eigenen Räumen verbarrikadierte und einen Haftbefehl gegen Thomas beantragte. Der Haftbewehl wurde bei einem Maskenball zugestellt!! All das wäre der richtige Stoff für eine komische Oper, wenn die Leidenschaften nicht tödlich wären.

Doch das sind, sie und die Wölfe, die Johnson verfolgen, haben ihn zumindest in die Enge getrieben. Stout und seine Clique nennen J. den »Erzrenegaten« und beharren darauf, daß er Lincoln, die Verfassung, die Nation usw. verraten hat. Die Radikalen sind wild entschlossen, ihn vor Gericht zu bringen. Ich kann nicht glauben, daß man einen Präsidenten so demütigen kann. Doch viele genießen diese Aussicht...

Andy gestern abend heimgekehrt. Der Konvent ist nach Tagen auf unbestimmte Zeit vertagt worden, nachdem man für den April Sonderwahlen angesetzt hat, um die neue Verfassung zu ratifizieren und staatliche und nationale Repräsentanten zu wählen...

Topper hier mit den Untersuchungsergebnissen. Ich hielt ihm seine Täuschung vor, was Stout als Eigentümer der Firma anbelangt. Mit der kühlen Arroganz, die man häufig bei kleinen Männern und Anwälten findet, wischte er meine Anschuldi-

gungen beiseite, indem er mir die auf der Untersuchung basierenden Profitberechnungen zeigte. Die Summen sind schwindelerregend...

... Viel Aktivität im Bezirk. Tag und Nacht Reiter auf der Straße, bis spät in die Nacht schimmernde Laternen in den Sümpfen. Ich denke, entweder die Wahlkampagne oder der Zustrom der Landmesser, Minenexperten usw. Aber niemand findet eine wirkliche Erklärung für die Wandlung, die mit den Negern vorgegangen ist. Nur wenig lächeln noch, und sie erschrecken leicht. Sie unterhalten sich oft in der schnellen Gullah-Sprache, die man kaum verstehen kann...

... Jetzt bin ich mir sicher – sie haben Angst. Prudence hat es ebenfalls bemerkt. Warum?

Der Allmächtige Hexer kam bei Nacht.

In einem einsamen Eichenwäldchen eine Meile von Summerton entfernt entzündeten sie einen Ring Fackeln. Frauen und Freundinnen hatten die Insignien entsprechend den brieflichen Anweisungen genäht. Das unsichtbare Reich schrieb keine bestimmten Farben für die Insignien vor. Auf Des' Drängen hin hatten sie Rot gewählt. Gettys hatte alle Sachen bezahlt.

General Nathan Bedford Forrest, knappe einsneunzig groß und von mächtigem Körperbau, hatte einen dunklen Teint und graublaue Augen. In seinem welligen, schwarzen Haar und dem sauber gestutzten Kinnbart zeigten sich weiße Strähnen. Die Männer, die hier die Weihe empfangen wollten, hatten den Eindruck, daß man ihn besser nicht herausforderte. Als er ihnen eine offizielle Kopie der Vorschrift überreichte, der nationalen Verfassung, und ihnen erklärte, das Honorar dafür betrage zehn Dollar, erhob niemand Einspruch.

Die Einzuweihenden standen in einer Linie. Um sie herum rauchten und zischten die Fackeln. Forrest ging von Mann zu Mann, inspizierte jeden einzelnen. Des war ganz benommen vor lauter Aufregung. Jack Jolly gab sich ziemlich selbstzufrieden; schließlich war das hier sein alter Führer. Gettys schwitzte, wenn auch bei weitem nicht so stark wie Vater Lovewell, der verstohlene Blicke in die Finsternis jenseits der Fackeln warf. Einer der beiden Farmer, die die Gruppe vervollständigten, erkannte den Priester, den er jeden Sonntag in der Kirche sah.

Forrest begann mit seinen Instruktionen.

»Dies ist eine Institution der Menschlichkeit, der Gnade und des Patriotismus. Ihr Ursprung und ihre Organisationsprinzipien umfassen alles, was ritterlich im Benehmen, nobel im Gefühl und heroisch im Geist ist. Da ich weiß, daß ihr bereits diesen Prinzipien gegenüber eine Loyalitätserklärung abgegeben habt, werde ich euch im Auftrag des Großen Drachens des Königreichs Carolina zehn Fragen stellen.«

Seine strengen Augen durchbohrten sie. »Habt ihr je der Radikalen Republikanischen Partei, der Union League oder der Großen Armee der Republik angehört?«

Wie aus einem Mund antworteten sie: »Nein.«

»Seid ihr aufrichtig gegen die Gleichstellung der Neger, sowohl sozial als auch politisch?«

»Ja.«

»Seid ihr für die Regierung des weißen Mannes?«

»Ja.«

»Seid ihr für konstitutionelle Freiheit und für eine auf gerechten Gesetzen basierende Regierung anstatt für eine Regierung der Gewalt und der Unterdrückung?«

»Ja.«

So ging es fast eine Stunde lang weiter. Die Lektionen:

»Wir schützen die Schwachen, die Unschuldigen, die Wehrlosen gegen die Gesetzlosen, Gewalttätigen, Brutalen ... Wir dienen den Verletzten, den Leidenden, den Unglücklichen, wobei an allererster Stelle die Witwen und Waisen der Gefallenen der Konföderation kommen.«

Die Vorschriften:

»Kein Ritual, kein Händedruck und kein Codewort darf absichtlich verraten werden, ebenso wie Ursprünge, Pläne, Mysterien und andere Geheimnisse dieser Organisation. Bei jedem Verrat soll den Verräter die volle Strafe unseres Gesetzes treffen. Niemals soll der Name unserer Organisation von irgendeinem Mitglied niedergeschrieben werden. Bei gedruckten Verkündigungen soll die Identifizierung immer nur über ein, zwei oder drei Sternchen erfolgen.«

Die Amtseinsetzung:

Forrest hob eine Robe und eine sackartige Haube aus glänzendem Stoff vom Boden. Feierlich übergab er sie Des.

»Ich statte dich hiermit mit Titel, Rechten und Privilegien der Großen Zyklopen aus sowie mit Titel, Rechten und Verantwortlichkeiten des Großen Titans dieses Bezirks.«

Zu Jolly: »Ich statte dich mit Titel, Rechten und Privilegien des Großen Türken aus und befehle dir, den Zyklopen in jeder Hinsicht ein treuer Adjutant zu sein.«

»Jawohl, Sir, General.« Jolly nahm die Insignien entgegen; seine Augen funkelten in erwartungsvoller Vorfreude.

Großer Wächter, Großer Leutnant, Großer Sekretär, Großer Schatzmeister — jedem Mann wurde Verantwortung übertragen. Außergewöhnlich feierlich und mit einem Patriotismusgefühl, wie er es seit seinem Abschied von den Palmetto Rifles nicht mehr empfunden hatte, legte Des die rote Robe und die Kapuze an. Die anderen taten es ihm nach.

Die Fackeln rauchten. General Forrest musterte die unter Kapuzen steckenden Männer und lächelte zufrieden.

»Ihr seid die neuesten Ritter unseres großen Kreuzzugs. Beginnt hier mit der Säuberung, auf eurer Heimaterde, wo das Gesicht des Feindes euch bekannt ist. Klan um Klan vereint in unserem gewaltigen Unsichtbaren Reich, so werden wir gemeinsam die verderbte Regierung von unserem Land fegen, das wir lieben.«

Des leckte sich die Lippen und atmete tief aus, was die Maske unter seinem Kinn flattern ließ. Wieder spürte er das Gewicht seines Zechkumpanen, Ferris Brixham, der tot in seinen Armen zusammensackte.

Jolly spürte den wiegenden Schritt eines Schlachtrosses und hörte die Schreie der Sterbenden bei Fort Pillow.

Und Gettys bekam eine Erektion unter seiner Robe beim Gedanken an Orry Mains Witwe, die sie entführten und an einen abgelegenen Ort wie diesen hier brachten und nackt auszogen, um sie je nach Lust und Laune zu bestrafen oder sich an ihr zu vergnügen.

Es war fast unheimlich, wie Des seine Gedanken erriet. »Wir werden unser Land von gewissen weißen Männern säubern, Randall«, flüsterte er. »Und von einer gewissen Frau.«

> *Sklaverei und Gefängnisstrafen für Schuldner sind für immer verboten.*
> *Duelle werden für gesetzlos erklärt.*
> *Scheidung wird legal. Das Eigentum einer verheirateten Frau darf nicht länger zur Deckung der Schulden ihres Mannes herangezogen werden.*
> *Künftig werden Gerichtsbezirke als »Counties« bezeichnet. Ein für alle zugängliches, aus Steuermitteln finanziertes öffentliches Schulsystem soll errichtet werden.*
> *Keine Rassentrennung bei der Bürgerwehr.*
> *Universelles Wahlrecht für alle erwachsenen Männer, ungeachtet der Rasse.*
> *Keiner Person sollen die Bürgerrechte entzogen werden wegen Verbrechen, die er während seiner Zeit als Sklave beging.*
> *Unterscheidungen aufgrund der Rasse oder der Hautfarbe, ganz gleich in welchem Fall, werden verboten, alle Klassen von Bürgern sollen gleiche öffentliche, legale und politische Privilegien für sich in Anspruch nehmen können.*

Einige Auszüge aus der 41 Abschnitte umfassenden Verfassung von South Carolina, 1868

40

Viele Dinge beunruhigten Marie-Louise Main im Frühling ihres fünfzehnten Lebensjahres.

Nachts suchten sie lebhafte Träume heim, in denen sie mit einer Reihe gutaussehender junger Männer tanzte. Jeder dieser jungen Männer hielt ihre Taille fest umschlungen und flirtete in einem Yankee-Akzent mit ihr, den sie auf eine verruchte Weise attraktiv fand. Jedes Gesicht war anders, doch alle jungen Männer waren Offiziere in blauer Uniform mit glänzenden Goldknöpfen. Jeder Traum endete gleich. Der junge Offizier wirbelte mit ihr davon zu irgendeinem dunklen Balkon oder Gartenpfad und beugte sich dann zu ihr herab, um sie leidenschaftlich zu küssen.

Worauf sie unweigerlich erwachte. Sie wußte, warum. Sie hatte keine Ahnung, was nach einem Kuß kam.

Oh, eine allgemeine Vorstellung besaß sie schon. Sie hatte Tieren zugeschaut, und, nun ja, sie wußte Bescheid. Aber sie hatte nicht die leiseste Ahnung, was für Gefühle damit verbunden waren oder wie sie sich benehmen sollte. Mama hatte ihr einige Grundtatsachen erklärt, aber auf Fragen, wie sie reagieren sollte, hatte sie gesagt: »Darüber können wir reden, wenn du verlobt bist. Und das wird noch ein paar Jahre dauern.« Selbstverständlich schnitt Marie-Louise des Thema gegenüber Papa niemals an.

Ihre Unzulänglichkeit beunruhigte sie, wenn sie sich mit ihren Altersgenossinnen verglich, den fünf anderen jungen Damen ihrer Klasse in Mrs. Allwicks Akademie für junge Damen. Während sie an der Übersetzung ausgewählter Passagen von Horaz arbeitete, schoben sich die anderen Mädchen Zettel zu oder unterhielten sich flüsternd über ihre Liebhaber. Jede hatte davon mehrere oder behauptete es zumindest. Marie-Louise hatte keinen. Papa war die ganze Zeit über so grimmig und mit sich selbst beschäftigt, daß er ihr nicht die leiseste Ermutigung zukommen ließ, was Jungs anbelangte. Nicht daß es wirklich eine Rolle gespielt hätte. Sie kannte nicht einen Jungen, der Lust gehabt hätte, ihr mit den üblichen kleinen Geschenken und Wohnzimmerbesuchen den Hof zu machen.

Sie fragte sich, ob ihr Aussehen an dieser unglücklichen Situation schuld war. Sie mußte sich mit ihrer Größe und ihrer überschlanken Figur abfinden. Von ihrer Mama hatte sie die dunkelblonden Locken und den großen Mund mit schönen Zähnen geerbt. Ihr kleiner Busen mußte ihr auf irgendeine geheimnisvolle

Art und Weise von Papas Seite vererbt worden sein, Mama war flachbrüstig.

Wenn sie gut gelaunt war, hielt sie sich für einigermaßen hübsch. Wenn sie etwas bedrückte — für gewöhnlich das Fehlen von Jungs in ihrem Leben —, dann war sie überzeugt davon, daß sie wie ein Ackergaul aussah. Objektiv gesehen war sie eine attraktive junge Frau mit einem hübschen Gesicht und einem natürlichen, herzlichen Lächeln, obwohl sie tatsächlich etwas zu groß und zu dünn war, um eine wahre Schönheit zu sein.

Auch ihr Vater beunruhigte Marie-Louise. Er war streng und lächelte nie. Früher hatte sie sich in seiner Gegenwart wohl gefühlt; jetzt nicht mehr. Das galt auch für Mama. Mama empfing gern Tante Madeline, wann immer sie in Charleston war, doch das ging nur tagsüber, wenn Marie-Louise in der Schule war. Papa ließ es nicht zu, daß Onkel Orrys Witwe zum Abendessen in der Tradd Street blieb oder sie besuchte, wenn er zu Hause war. Er gab keine Erklärung für sein intolerantes Benehmen ab, aber es schmerzte Marie-Louise, die ihre Tante sehr gern hatte.

Papa war das alles egal. Papa war nicht mehr er selbst, nicht mehr der Mann, an den sich Marie-Louise aus Kindertagen erinnerte. Er war mit allerlei persönlichen Angelegenheiten beschäftigt. Beispielsweise ritt er zweimal im Monat nach Columbia. Er fungierte als einer der achtunddreißig Treuhänder des alten South Carolina College, das nun seine Pforten wieder als Staatsuniversität mit zweiundzwanzig Studenten geöffnet hatte. »Wenn die Radikalen und General Canby uns in Ruhe lassen, dann könnten wir etwas aus dieser Institution machen.«

Marie-Louise kam nicht dahinter, was genau er daraus machen wollte, aber er war stolz auf seine Position als Treuhänder und wild entschlossen, die Universität zu schützen.

Papa hielt ständig kleine, zornige Reden bei den Mahlzeiten. Marie-Louise wußte, daß der Staat sich in Aufruhr befand wegen einer neuen Verfassung, die irgendwas mit den öffentlichen Schulen zu tun hatte, einem der Themen, über die sich Papa häufig ausließ. Eines Tages zeigte er einen Brief von General Wade Hampton vor. »Er sitzt einem Sonderkomitee vor, das einen Protestbrief an den Kongreß wegen dieser verdammenswerten Verfassung schreiben will.« Am nächsten Abend wedelte er mit einem billigen Blättchen herum und erklärte:

»*The Thunderbolt* ist ein Schmutzblatt, aber in diesem Fall hat der Redakteur recht. Eine Eigentumssteuer von einem Tausendstel pro Dollar wäre Diebstahl. Der Schulplan ist nichts weiter als eine Sache der Unterstützungsempfänger, angekurbelt von ungefähr sechzig Negern, von denen die meisten Analphabeten sind, und fünfzig weißen Männern, bei denen es sich um Ausgestoßene des Nordens oder Südstaaten-Renegaten handelt. Ihr Herumgepfusche an der sozialen Ordnung wird diesen Staat moralisch und finanziell zerstören.«

Schließlich fühlte sich Marie-Louise noch durch die Konkurrenz in der Akademie für junge Damen beunruhigt, wo sie Latein und Griechisch lernte (langweilig), dazu Algebra (ein Mysterium) und gesellschaftliches Betragen (was bei Jungs nützlich sein konnte; zumindest hatte man ihr das gesagt). Zum Abschluß des Frühjahrssemesters plante Mrs. Allwick einen Abend mit Tanzdemonstrationen unter Aufsicht von Mr. LaMotte, der aushilfsweise als Tanzlehrer der Akademie fungierte. LaMotte war ein eigenartiger Mann mit einem mächtigen Körper, einer fast weiblichen Grazie und beunruhigenden Augen; sie schienen sich, wie Marie-Louise fand, stets auf eine andere Person zu richten als die, mit der er es gerade zu tun hatte.

LaMotte hielt den jungen Damen häufig flammende Reden über »Südstaatenweiblichkeit«. Er sagte, sie repräsentierten die schönsten Blumen des Landes und müßten sich selbst gegen Männer schützen, die sie in den Schmutz ziehen wollten. Marie-Louise wußte, daß »in den Schmutz ziehen« etwas mit dem physischen Zusammensein von Männern und Frauen zu tun hatte, aber wenn sie sich im Geiste noch weiter vorwagte, dann versank sie bald schon wieder in den Nebeln der Unwissenheit. Zwei ihrer Klassenkameradinnen kicherten bei solchen Anspielungen; sie verstanden alles oder taten zumindest so. Es machte sie so wütend, daß sie am liebsten ausgespuckt hätte.

Um das Programm auch für Eltern interessant zu gestalten, würde man eine großartige Darbietung geben. Eines der sechs Mädchen in Marie-Louises Klasse würde ausgewählt werden, um die häufig erwähnte Südstaatenweiblichkeit zu repräsentieren. Mrs. Allwick würde die Auswahl treffen. Marie-Louise hatte entschieden, daß es die wichtigste Sache in ihrem Leben war, daß die Wahl auf sie fiel, gleich nach einem Jungen, der ihr den Hof machte. Allerdings fürchtete sie, der Preis würde an eine dumme Kuh namens Sara Jane Oberdorf gehen, die behauptete, sieben Jungs würden ihr den Hof machen. Marie-Louise hatte drei davon gesehen. Einer war der Sohn eines Leichenbestatters, der gern über Beerdigungen sprach und Vergleiche zog. Ein anderer war der schüchterne Sohn eines örtlichen Beamten; er gab nie Antwort, wenn man ihn begrüßte, sondern grunzte lediglich. Der dritte war ein so übergewichtiger Tölpel, daß sein Genick wie bei manchen alten Damen herausquoll, die »kropfkrank« waren, wie es ihre Mutter bezeichnete. Aber zumindest atmeten und lebten diese drei Jungs und waren keine Wesen aus irgendeinem rosigen Traum.

Anfang April verließ Marie-Louise eines Nachmittags die Schule um halb fünf; als sie heraustrat, stellte sie fest, daß es heftig regnete. Im Hafen konnte sie nicht mal Fort Sumter sehen.

Ihre plappernden Freundinnen huschten zu in Kutschen wartenden Eltern oder Dienern. Marie-Louise packte ihren Vergil und ihr Algebrabuch fester und bereitete sich darauf vor, bis zur Tradd Street völlig durchnäßt zu sein. Dann bog ein vertrauter Zweisitzer um die Ecke von der South Battery, und Papa winkte mit seinem Stock mit Goldknauf.

»Ich war bei einer Komiteesitzung in Ravenels Haus. Ich sah, daß es zu regnen anfing, und dachte mir, ich erspare es dir, durchnäßt zu werden. Steig ein. Ich muß kurz beim Mills House vorbei, um einige Papiere abzugeben. Anschließend fahren wir heim.«

Marie-Louises Locken hüpften, als sie sich neben ihn unter das Dach des Zweisitzers schwang. Mit bewundernden Blicken schaute sie ihren blassen, müde wirkenden Vater an. So viel Aufmerksamkeit hatte er ihr seit Monaten nicht mehr zukommen lassen.

Vor dem Hotel standen viele Kutschen und Reitpferde. Cooper fand einen freien Raum und befahl ihr zu warten. Er blieb länger weg als die versprochenen zehn Minuten.

Der Regen wurde schwächer, die schnell treibenden Wolken zogen aufs Meer hinaus, durchbrochen von vereinzelten Sonnenstrahlen. Während sie wartete, bemerkte sie eine kleine Ansammlung von Männern und Frauen, die einem Redner auf den Stufen der Hibernian Hall lauschten. Ganz in der Nähe hielten andere Männer Plakate hoch. Auf einem stand: *Republikaner für freie Schulen.*

Gelangweilt verließ Marie-Louise die Kutsche und schlenderte auf die Menge zu. Der heisere Sprecher, der wie ein Mulatte aussah, drängte seine Zuhörer, für die neue Staatsverfassung zu stimmen. Marie-Louise blieb hinter der Menge stehen. Die beiden Männer direkt vor ihr waren unrasierte Farmertypen. Sie warfen ihr mißtrauische Blicke zu.

Plötzlich bemerkte sie ein Stück links von ihr einen jungen Mann. Er trug einen rehbraunen Mantel, Reithosen und eine bauschige braune Krawatte. Er starrte sie an.

Beinahe wäre sie im Boden versunken. Sie erkannte das blasse Gesicht, das blonde Haar, den Schnurrbart und diese leuchtenden blauen Augen, Er war der junge Zivilist, der in dem Zug von Coosawhatchie der Negerin seinen Platz angeboten hatte.

Er lächelte und tippte an seinen Hut. Marie-Louise lächelte; sie mußte feuerrot geworden sein. Heftig preßte sie ihre Bücher gegen ihren Busen. Benahm sie sich wie eine absolute Närrin?

»... und es steht jedem Bürger mit einem reinen Gewissen gut an, freie Schulen für South Carolina mit seiner Jastimme zur Verfassung zu unterstützen, eine Woche von...«

»Einen Moment!«

Köpfe fuhren herum. Marie-Louise wirbelte ebenfalls herum.

Der Schock ließ ihre Beine ganz schwach werden. Woher war Papa plötzlich so lautlos aufgetaucht? Nun, offensichtlich vom Mills House, während sie in die Betrachtung des jungen Mannes versunken war.

Cooper schob sich durch die Menge. »Ich bin ein Bürger mit einem Gewissen. Ich würde gern eine Frage stellen.«

»Jawohl, Sir, Mr. Main. Ich kenne Sie«, sagte der Redner

leicht spöttisch. Marie-Louise warf dem jungen Mann einen Blick zu, versuchte auszudrücken, daß Cooper ihr Vater war, aber natürlich konnte der junge Mann das nicht verstehen. Zur Menge gewandt, sagte der Sprecher: »Dieser Gentleman ist Geschäftsmann und Schiffsagent. Ein Demokrat.«

Wie vorauszusehen gewesen war, ging ein abfälliges Gemurmel durch die Menge.

Als jemand sagte: »Zum Teufel mit ihm«, reagierte Marie-Louise darauf mit zornigem Gesichtsausdruck. Wie konnten sie es wagen, so grob mit ihrem Vater umzuspringen?

Unter Einsatz seiner Ellbogen kämpfte sich Cooper zu den Stufen der Hibernian Hall vor. Marie-Louise sah ihm an, daß er wütend war. »Ich habe mir die schönen Phrasen angehört, die dieser Gentleman als Teil seiner republikanischen Litanei absondert. Ich frage mich, ob irgendeiner von euch die wahren Kosten dafür kennt?«

»Er soll das Maul halten«, brüllte einer der vor Marie-Louise stehenden Männer.

»Nein«, sagte Cooper, »ich bin mir sicher, ihr kennt sie nicht. Deshalb darf ich die zartbesaiteten Idealisten daran erinnern, daß South Carolina früher, als es noch reich war, lediglich 75000 Dollar im Jahr aus Vermögenssteuern zur Unterstützung der öffentlichen Schulen aufbringen konnte. Ein Großteil des Geldes stammte aus der Besteuerung für schwarze Leibeigene.«

»Holt ihn runter«, brüllte der ungehobelte Bursche. Marie-Louise hätte am liebsten ihre Röcke gerafft und ihn mit ihrem spitzen Schuh getreten. Der Redner gab einigen zerlumpten Musikern ein Zeichen, die daraufhin »The Battle Hymn of the Republic« auf Querpfeifen zu spielen begannen.

»Verdammt noch mal, ich werde sagen, was ich zu sagen habe.« Coopers Gesicht hatte sich gerötet. Marie-Louise erschrak. Sie sah nicht, daß der junge Mann sich aus der Menge drängte, einen Bogen schlug und auf sie zukam.

Die Musik übertönend brüllte Cooper: »Das gewaltige, schlecht geplante Schulsystem kostet schätzungsweise fast eine Million Dollar im Jahr. Dieses Geld kann nur von Steuern kommen. Wenn ihr für die von Republikanern inspirierte Verfassung stimmt, dann legt ihr dem Staat eine untragbare Last auf. South Carolina liegt auf den Knien, versucht sich zu erheben. Dieses Schulsystem wird das Land für immer niederdrücken.«

Eine Frau drohte ihm mit ihrem Sonnenschirm. »Es sind nicht die Steuern, die Sie hassen. Es sind die farbigen Menschen.«

Der ungehobelte Bursche brüllte: »Runter mit dir, oder wir ziehen dich runter!«

Marie-Louise überlegte nicht, bevor sie handelte. Mit ihrem Vergil schlug sie dem Mann zweimal kräftig gegen die Schulter. »Lassen Sie ihn in Ruhe. Er hat das gleiche Recht zu sprechen wie Sie auch.«

Der Mann drehte sich um; sein Begleiter ebenfalls. Marie-Louise betrachtete sie näher und wurde starr vor Schreck. Der Schreihals hatte ein milchiges Auge und trug einen Goldring in seinem linken Ohr. Er warf einen Blick auf Marie-Louises Busen und grinste hämisch. »In Charleston lieben sie junge Konkubinen, was?« Er sprach mit einem harten Yankee-Akzent.

»Hüten Sie Ihre Zunge, Sir«, sagte eine leise Stimme neben ihr. Sie drehte sich um und sah den blauäugigen Fremden vor sich. Er trat den beiden älteren Männern ziemlich sorglos gegenüber. »Ich glaube, der Gentleman, der da spricht, ist mit der jungen Dame verwandt. Entschuldigen Sie sich bei ihr.«

»Verdammt will ich sein, wenn ich mich bei irgendeiner Südstaatlerin entschuldige. Warum stellst du dich auf ihre Seite, Sonny? Du klingst, als kämst du aus dem Norden.«

»Chicago«, sagte er nickend. »Ich stelle mich auf ihre Seite, weil Sie die Manieren eines Schweines haben und der Süden den Respekt vor Frauen nicht allein gepachtet hat.«

»Kleiner Klugscheißer.« Der Mann mit dem trüben Auge holte mit der Faust aus. Eine Frau kreischte auf. Plötzlich zischte Coopers Stock auf den erhobenen Unterarm herab. Er schlug ein zweites Mal mit dem schweren Goldknauf zu, während der junge Mann Marie-Louise an der Taille faßte, hochhob und sie abseits von dem Gedränge auf dem Bürgersteig wieder absetzte.

Schnell atmend hob der junge Mann verteidigungsbereit seine Fäuste. Es war eine übermäßig dramatische Pose, aber sie erregte Marie-Louise. Milchauge griff nach Cooper, der mit der

Stockspitze nach ihm stieß. Die restliche Menge, obwohl Republikaner, wandte sich schnell gegen die beiden ungehobelten Burschen. Zahlreiche Hände hielten sie zurück. Der Redner ebenso wie einige andere entschuldigten sich.

Cooper schob Milchauge mit seinem Stock beiseite. Der junge Mann senkte die Fäuste. »Danke, Sir«, sagte Cooper zu ihm, sich den Rockaufschlag abwischend. Auf einmal konzentrierte sich sein Blick auf das Gesicht des jungen Mannes. Er runzelte die Stirn: »Wir sind uns bereits begegnet.«

»Nicht offiziell, Sir. Wir haben uns vor einiger Zeit im Zug von Coosawhatchie gesehen.«

»Ja.« Mit diesem einen Wort brachte Cooper ihn zum Schweigen. Die Menge begann sich zu zerstreuen. Der Redner und die Musiker zogen in einer improvisierten Parade die Meeting Street hinab. Einige andere schlossen sich ihnen an. Milchauge stand da und beobachtete Marie-Louise und ihre beiden Beschützer, bis sein Kumpan ihn wegzog.

Cooper verbeugte sich.

»Cooper Main, Sir. Ihr ergebener Diener.«

»Theo German, Sir. Der Ihre. Ich finde es bedauerlich, daß heute die Freiheit, anderer Meinung zu sein, nicht toleriert wurde.«

Cooper zeigte ihm ein kühles Achselzucken. Marie-Louise erinnerte sich, wie Papa gekocht hatte, als der junge Nordstaatler der schwarzen Frau seinen Sitzplatz angeboten hatte. »Die neue Verfassung ist eine grimmige Angelegenheit, Mr. German. Unser Überleben hängt von ihrer Ablehnung ab.«

»Ich bin nichtsdestoweniger dafür, Sir.«

»Das vermutete ich, Sir. Sie stammen nicht aus Carolina.«

»Nein, Sir, ich bin nur vorübergehend hier, aufgrund meines, äh, Jobs. Ich wohne bei Mrs. Petrie in der Chalmers Street.«

Marie-Louise schaute an der Schulter von Papa vorbei in die blauen Augen von Theo German. Sie begriff, warum er seine Adresse genannt hatte. Cooper hegte einen ähnlichen Verdacht.

»Papa, du hast mich nicht vorgestellt.«

Mit eisiger Stimme sagte Cooper: »Meine Tochter, Marie-Louise Main, die Sie so aufmerksam beschützt haben. Ich stehe in Ihrer Schuld.« Cooper faßte ihren Ellenbogen. »Gehen wir?«

Die Wolken über der Meeting Street ließen einige Sonnenstrahlen durch. Theo Germans Gesicht leuchtete auf wie das einer goldenen Statue. Marie-Louise fühlte sich schwach.

Der junge Mann trat plötzlich einen Schritt vor. »Sir, ich frage mich, ob ich um Ihre Erlaubnis bitten dürfte...«

O ja, dachte sie ganz benommen vor Glück. Bevor er den Satz beenden konnte, stieß Cooper sie buchstäblich auf das Mills House zu. »Guten Tag, Mr. German.«

In der Kutsche schlug sie vor lauter Empörung mit ihren behandschuhten Händen auf ihren Rock. »Papa, wie konntest du nur! Er wollte um Erlaubnis zu einem Besuch bitten.«

»Das dachte ich mir. Wir brauchen keine Yankee-Abenteurer, die die Tradd Street verschmutzen. Womöglich ist er ein Organisator der Union League oder etwas noch Schlimmeres. Er hat sich wie ein Gentleman benommen. Aber das reicht nicht, um meiner Tochter den Hof zu machen. Ich sage dir Bescheid, wenn es dafür an der Zeit ist.«

»Papa«, sagte sie, den Tränen nahe. Er ignorierte sie. Er ließ das Pferd antraben, nach Süden auf die Tradd Street zu. Sie rollten an dem jungen Theo German vorbei, der immer noch, eingehüllt in goldenes Licht, vor der Hibernian Hall stand.

Chalmers Street, Chalmers Street, dachte sie und wollte ihm zuwinken, wagte es aber nicht. Ich bin eine erwachsene Frau. Ich lasse mir nicht vorschreiben, wen ich lieben darf. Mrs. Petrie, Chalmers Street.

Cooper hatte keine Ahnung, daß er soeben eine Revolte entfacht hatte.

Marie-Louise brachte zwei Tage damit zu, ihre Nachricht auf Lavendelpapier zu verfassen. Darin dankte sie Theo German weitschweifig, daß er ihre Ehre beschützt hatte, wie sie es formulierte. Schließlich fügte sie noch einen letzten Absatz hinzu, nachdem sie die schlimmsten Konsequenzen abgewogen und sich vorgestellt hatte, wie sie damit fertig wurde, und lud ihn zu dem Frühjahrsfest von Mrs. Allwick ein: »Wenn Sie sich die Mühe einer Antwort machen wollen, dann schicken Sie diese bitte an die Schule.« Mit diesen Worten schloß ihre Botschaft. Sie unterzeichnete mit ihrem Namen, faltete das Papier und schrieb die Adresse der Schule auf die Außenseite. Sie befeuchtete die Note mit einem schweren Blumenparfüm, bevor sie das Ganze versiegelte.

Der Neger, der alle möglichen Arbeiten in der Schule erledigte, stellte das Briefchen ohne eine Frage zu. Am nächsten Tag kam ein knapper, in kühner Schrift gehaltener Brief zurück:

Ich fühle mich geehrt und nehme die Einladung an.
Ihr ergebener,
Brvt. Capt. Theo German

»Captain!« rief sie und drückte den Brief an ihre Brust. Dann war er also tatsächlich ein Yankee-Abenteurer. Wahrscheinlich einer dieser Exsoldaten, die gekommen waren, um zu rauben und zu plündern, wie Papa es ausdrückte. Sie hoffte nur, daß er nicht bei Sherman gewesen war. Papa würde verrückt werden.

Sie zählte die Tage bis zu dem Frühjahrsfest, das eine Woche nach den Wahlen stattfand. General Canby stellte im ganzen Staat Soldaten für gefährdete Orte ab, um Übergriffe auf schwarze Wähler zu verhindern. Die neue Verfassung wurde mit ungefähr siebzigtausend gegen zwanzigtausend Stimmen angenommen. Man hätte meinen können, ein Hurrikan hätte die Tradd Street heimgesucht. »Nur sechs Demokraten sind für die einunddreißig Senatssitze des Staates gewählt worden! Und lediglich vierzehn demokratische Abgeordnete! Die anderen hundertzehn sind verdammte schwarze Republikaner!«

»Cooper, bitte fluche nicht vor deiner Tochter«, sagte Judith.

»Wir sind ruiniert. In einem Jahr werden wir bankrott sein.« Sein Zorn hielt sich bis zum Dienstagabend, dem Abend der Festveranstaltung.

Lampen und Kerzen ließen Mrs. Allwicks Haus hell erstrahlen. Stühle waren überall in dem altmodischen Salon aufgebaut; vor dem angrenzenden Speisesaal hing ein weißer Gazevorhang.

Kichernde Mädchen mit Lorbeerkränzen und Bettlakenroben bauten sich um Sara Jane Oberdorf auf, die für die Rolle der Südstaatenweiblichkeit auserwählt worden war.

Marie-Louise war das längst egal. Sie zitterte vor Erwartung. Wenn das nicht die Liebe war, dann war es etwas ebenso Benebelndes und Köstliches. Sie brachte es kaum fertig, den Mund zu halten, als Mrs. Allwick ruhegebietend zischte.

Der Vorhang wurde weggezogen. Marie-Louise, die in steifer Pose neben den anderen Mädchen stand, suchte mit ihren Blicken das Publikum ab. Beinahe wäre sie in Ohnmacht gefallen. Was war sie doch für ein alberner Dummkopf! Sie hatte das Offensichtliche übersehen und etwas vollkommen Falsches angenommen.

Alle Stühle waren von Eltern und Verwandten in bester Kleidung besetzt. Er war gezwungen, ganz hinten zu stehen, in der Fensternische, von der aus man auf die Straße herabsehen konnte. All die Lampen, die extra für dieses Programm hereingeschafft worden waren, ließen ihn in seinem Armeeblau mit den glänzenden Metallknöpfen förmlich erstrahlen. Es war kein Ex-Captain. Er war *jetzt* Captain.

Und dort, in der zweiten Reihe, saß ihre Familie, Papa sichtlich aufgebracht. Er wußte, daß sie ihm getrotzt hatte. Und das wegen eines Armeeoffiziers der Union. Wie sollte sie das je erklären?

Sie verlor die Balance, stieß Sara Jane von der Kiste, auf der sie stand. Die Südstaatenweiblichkeit flog in ihren Hofstaat und verstreute ihn kreuz und quer. Die Kinder im Publikum kreischten vor Lachen, die bildliche Darstellung endete im Chaos... und der Abend fing gerade erst an.

Zum Abschluß des Programms führten die jungen Damen eine kunstvolle Quadrille vor. Am Ende sprangen einige Eltern auf, um zu applaudieren. Bald hatten sich alle erhoben. Der Vorhang ging wieder auf, und Mrs. Allwicks Schülerinnen nahmen mit einer Verbeugung die Ovation entgegen. Ein paar Mädchen kicherten; wegen ihres Gürtels hatte Sara Jane Schwierigkeiten, sich in der Taille zu biegen. Während sie sich abmühte, schoß sie mörderische Seitenblicke in Marie-Louises Richtung. Coopers Tochter sah allerdings nur den jungen Offizier, der wild klatschte.

Während sich das Publikum vermischte, griff Judith nach Coopers Arm, um seine Aufmerksamkeit zu erregen. Auf einer Seite des Salons stand Des LaMotte in weißer Krawatte, einem dunkelgrünen Wams und Kniehosen und starrte Cooper an, während er den Eltern, die ihm gratulierten, ein Danke zumurmelte.

»Cooper, ist das der Tanzlehrer, der . . .«

»Genau der«, schnappte er. »Leere Drohungen, nichts weiter.«

»Er schaut aus, als würde er dich am liebsten kreuzigen.«

Cooper warf ihm einen Blick zu, dem LaMotte, ohne mit der Wimper zu zucken, standhielt. Dann widmete er seine Aufmerksamkeit wieder seinen Bewunderern, verbeugte sich und verteilte Handküsse.

»Wir gehen«, rief Cooper seiner Tochter zu, die sich durch die Menge der Schüler und Eltern vor dem Vorhang drängte. »Hol deinen Hut und deinen Schal.«

»Bitte, Papa, ich muß noch mit jemandem sprechen.«

»Ich hab' ihn gesehen. Mit Canbys Söldnern wollen wir nichts zu tun haben.«

Judith sagte: »Ich glaube, es ist unfair, ihr ein harmloses Gespräch von ein paar Minuten zu verweigern.«

»Ich entscheide, was harmlos ist und was nicht.« Cooper packte das Handgelenk seiner Tochter. »Wo sind deine Sachen?«

Marie-Louise verfärbte sich. Am liebsten wäre sie auf der Stelle tot umgefallen. Captain German kam auf sie zu. Durch ihre aufsteigenden Tränen hindurch sah sie ihn plötzlich stoppen. Sie versuchte, sich loszureißen, aber ihr Vater hielt sie fest.

Judith gab auf und eilte davon, um die Sachen ihrer Tochter zu holen. Augenblicke später schob Cooper Marie-Louise durch eine Nebentür in eine Passage hinaus, die zur Legare Street führte. Sie schluchzte laut.

41

Ein Mann von sechsundsiebzig ist zu alt für so was, dachte Jasper Dills. Seine Fahrt mit der Baltimore & Ohio war ein schlafloser Alptraum aus Rucken, Stoßen, Ruß und Dreck gewesen. Selbst ein Wagen der ersten Klasse war mit Pöbel vollgestopft. Schwitzende Krämer, drängelnde Mütter mit heulenden Kindern, elegante Gentlemen, die Opfer für ihre Kartenbetrügereien suchten. Schrecklich, unerträglich.

Doch er ertrug es, oder? Er war dem gebieterischen Ruf gefolgt, kaum daß er das Telegramm erhalten hatte. Er hatte seine Reisetasche gepackt und eine Fahrkarte gekauft, weil er die Konsequenzen einer Weigerung seinerseits fürchtete.

In der Abenddämmerung fuhr der Zug in den Bahnhof ein. Es war ein milder Frühlingsabend; entlang der Route bis zur Ostseite der Stadt blühten überall Blumen und Bäume. Gott, es war entsetzlich, jetzt von Washington weg zu müssen, wo sich der Vorhang zum letzten Akt des Dramas von Johnson und den Radikalen hob – die Senatsverhandlung gegen den Präsidenten mit elf Anklagepunkten. Nie zuvor in der Geschichte der Republik hatte es eine Gelegenheit gegeben, den Sturz eines amtierenden Präsidenten mitzuerleben.

Doch das Drama war fern und unpersönlich, während dieses hier, falls man es als Drama bezeichnen wollte, sein Leben direkt berührte. Auf dem ganzen Weg durch die bergige Finsternis von West Virginia hatte er sich andere Gründe für die Vorladung auszumalen versucht, neben dem einen Grund, den er befürchtete.

Am Bahnhof war Dills aus dem Zug gestiegen und beinahe an dem Gestank von Schweinen und noch mehr Schweinen erstickt. Ein europäischer Reisender hatte Cincinnati einmal als »Monsterschweinerei« bezeichnet und ihm den Spitznamen Porkopolis verpaßt.

Die Droschke mühte sich einen Hügel hoch und bog in eine gekrümmte Sackgasse ein, wo sie stoppte. Zwischen der Sackgasse und dem Fluß ragte ein gewaltiges, im gotischen Stil erbautes Haus drohend wie ein Schloß auf; die drei achteckigen

Türme zur Flußseite hin verstärkten diese Wirkung noch. Der Schmutz vieler Jahre hatte das grobe Steinwerk verfärbt, Efeu hatte es überwuchert. Viele Fenster im Erdgeschoß waren mit Brettern vernagelt, eine ganze Menge kleiner, bunter Glasscheiben waren zerbrochen.

Hinter einem rostigen Eisenzaun zog sich ein unkrautüberwucherter Hof bis zum Eingang hin. Dills bemerkte dort eine im Schatten lauernde Gestalt. Nach fünfundzwanzig Jahren doch nicht der gleiche verdammte Verwalter, dachte er, nahm seine Reisetasche und stieg aus der Kutsche. Er bezahlte den Fahrer und fügte bedauernd ein reichliches Trinkgeld hinzu.

»Ich verdopple das, wenn Sie mich in einer Stunde wieder abholen kommen«, sagte er. Es war schändlich, so viel Geld auszugeben, aber der Gedanke, hier draußen ohne Transportmittel festzusitzen, entsetzte ihn. In der Ferne hörte er das Lied eines Vogels, aber hier in der Nähe des großen gotischen Hauses war kein einziger Vogel zu sehen. Er hatte das Gefühl, an einem Ort der Toten gelandet zu sein.

»In Ordnung, Sir«, sagte der Fahrer. »Wußte gar nicht, daß in diesem alten Schutthaufen noch jemand wohnt.« Und damit ratterte die Droschke den Hügel hinab.

Er hörte den schlurfenden Schritt des alten Mannes. Es war tatsächlich der gleiche Verwalter, der immer noch für die Bewohnerin des Hauses arbeitete. Er war schlecht gekleidet und ging sehr gebückt; sein Alter ließ sich unmöglich schätzen, weil er ein Albino war, mit rotgefärbten Augen und einer Haut, die fast so weiß war wie sein Haar.

Abgebrochene Fingernägel wurden sichtbar, als er nach dem Tor griff, um es zu öffnen. Rostige Angeln quietschten. Unter seiner dreckigen Kappe musterten seine roten Augen den Besucher, während er das Tor aufzog. Dills trat hindurch, und der Verwalter knallte das Tor wieder zu, ein Laut wie ein Akkord aus lauter falschen Tönen.

Sie waren den halben Weg hochgegangen; Dills zuckte heftig zusammen, als der Verwalter plötzlich hinter ihm sagte: »Sie ist Ihnen auf die Schliche gekommen.«

Er fühlte sich zerbrechlich und sehr verwundbar. Sein Herz

flatterte und raste. Er versuchte, etwas von der Abneigung zu mobilisieren, die während der langen, schmutzigen Reise in ihm aufgestiegen war. Er benötigte sie dringend, um das Kommende zu ertragen.

Ihr Zimmer lag in der Spitze des größten achteckigen Turmes. Über eine knarrende Treppe und durch einen Eingang in Form eines klassischen gotischen Torbogens gelangte er dorthin. Er war außer Atem und kam sich klebrig und verschmutzt vor. Wenigstens ging hier oben ein Luftzug. Er spürte ihn, feucht und übelriechend, als er über den Steinboden auf die Gestalt zuschlurfte, die auf einem riesigen, geschnitzten Stuhl mit hoher Rückenlehne saß.

Der Stuhl war das einzige Möbelstück neben einem zerbrochenen Spinnrad. Auf dem Boden standen Schüsseln und Schalen, in denen ein Dutzend dicke, selbstgemachte Kerzen brannten, die die Düsternis etwas aufhellten und es ihm ermöglichten, die Gestalt auf dem Stuhl zu erkennen. Hinter ihr hatte man aus zwei eingeschlagenen Fenstern eine beeindruckende Aussicht auf den Ohio River und das dunkelblaue Hügelland von Kentucky. Barken mit schimmernden Laternen schoben sich langsam über den Fluß.

»Ich habe keinen Stuhl für Sie, Mr. Dills.« Ihr Ton drückte aus, daß es sich dabei um eine Strafe handelte.

»Das macht überhaupt nichts. Ich bin sofort gekommen, als mich Ihre Nachricht erreichte.«

»Das wundert mich nicht. Das wundert mich ganz und gar nicht – um die durch Lug und Trug erhaltene Pension zu schützen.«

Sie griff unter ihren Stuhl. Er hörte Glas klirren. Dann raschelte etwas. »Sie haben mich getäuscht. Gelegentlich holt mein Verwalter eine Lokalzeitung. Das hier hat er entdeckt. Sie haben mich getäuscht.«

»Darf ich dazu sagen...«

»Sie sagten, Elkanah sei in Texas. Sie sagten, er sei ein reicher und angesehener Baumwollpflanzer. Ich habe Ihnen vertraut und Sie jahrelang auf der Basis dieser Information bezahlt. Und das ist Ihre Dankbarkeit? All diese Briefe, die die Wahrheit verbergen?«

Das zerbrechliche Herz in seiner Brust raste schneller; blinzelnd stellte Dills seine Reisetasche ab. »Darf ich das sehen?«

»Sie wissen bereits, was da steht.« Sie streckte die Hand aus; der Handrücken war von dicken, blauen Adern überzogen. Er nahm die Zeitung. In der allgemeinen Nachrichtenkolumne auf der Titelseite entdeckte er einen Artikel mit der Überschrift BIZARRER MORD IN PENNSYLVANIA.

Er überflog den Absatz, bis er auf den Namen Elkanah Bent stieß. Er hörte auf zu lesen und gab die Zeitung mit zitternder Hand zurück.

Die Frau hielt sie einen Moment fest und schleuderte sie dann von sich. Rational gesehen wußte Dills, daß er von einer so alten Person kaum etwas zu befürchten hatte. Und doch hatte er Angst.

Das lag teilweise an dem Raum — die Kerzen in den fettigen Tümpeln geschmolzenen Talgs — und teilweise an der Frau. Sie wog kaum hundert Pfund und war zerstört vom Alter und von den unergründlichen Emotionen, die in ihrem kranken Geist all die Jahre gewütet hatten, so daß sie kaum noch menschlich aussah. Sie ähnelte mehr einer Wachsfigur, einem gespenstischen Museumsstück mit merkwürdiger Ähnlichkeit mit ihrem Albino-Verwalter. Sie puderte ihr Gesicht, sie puderte ihre Haare, sie puderte ihre Hände, über allem lag eine dicke, weiße Staubschicht. Sie bildete eine Art Kruste unter ihren lebendigen, alten, gelben Augen.

Die Jahre hatten ihre Augenbrauen verschwinden lassen. Knochige Bögen preßten sich gegen ihre fast durchsichtige Haut, als suchte der Schädel einen Weg ans Licht.

Dills Versuch, seine Abneigung und seinen Widerwillen als Abwehrwaffe einzusetzen, war kläglich gescheitert. Die gelben Augen, die ihn, ohne zu zwinkern, wie die Augen einer gepanzerten Echse anstarrten, erinnerten ihn an ihren Geisteszustand. Er kannte die Geschichte des Nervenleidens, das in ihrer Familie verbreitet war, aber das machte sie nicht weniger furchteinflößend. Am liebsten wäre er geflohen.

»Mein Sohn hat einen scheußlichen Mord begangen. Warum?«

»Ich weiß es nicht«, log Dills. »Ich kenne seine Beziehung zu dem Opfer nicht. Vielleicht eine zufällige Wahl.« Wozu sollte er versuchen, die Vendetta gegen Hazard und Main zu erklären? Dills hatte sich das selbst niemals vernünftig klarmachen können.

Er leckte sich über die rissigen Lippen. Irgendwo unter seinen Füßen hörte Dills das Huschen von Ratten.

»Sie teilten mir mit, Elkanah sei in Texas. Ich habe Brief um Brief...«

»Madam, ich wollte Ihnen die schmerzliche Wahrheit ersparen.«

Trockene Lippen teilten sich und entblößten gelbe Zähne.

»Sie wollten sich den Verlust der Pension ersparen.«

»Nein, nein, das war es nicht.« Dills gab es auf. Die wahnsinnigen alten Augen, die Augen eines Inquisitors, durchschauten seinen Betrug. »Ja, das stimmt.«

Sie seufzte, schien in ihrem schweren, grausilbernen Kleid noch mehr zu schrumpfen. Grüner Schimmelpilz zierte den Spitzenbesatz, der größtenteils verrottet war. Das tiefgeschnittene Oberteil hing von ihrer ausgezehrten, stark gepuderten Brust herunter.

Ihre Lippen zitterten kurz, und eine ihrer haarlosen Augenbrauen hob sich, als sie sagte: »Das ist vielleicht Ihr erstes ehrliches Wort heute abend. Sie haben mich grausam betrogen, Dills. Eine Voraussetzung für die Pension war, daß Sie mit äußerster Sorgfalt über Elkanah wachen.«

Seine Abneigung verschaffte sich endlich Luft. »Das habe ich auch getan, bis er es unmöglich machte mit seinem...« Er unterdrückte das Wort verrückt. »...seinem fehlerhaften Betragen.«

»Aber es war eine Grundlage unserer Vereinbarung.«

»Ich würde es zu schätzen wissen, wenn Sie mir gegenüber etwas weniger unfreundlich wären«, sagte er heftig. »Ich bin Ihrem Ruf aus reiner Rücksicht gefolgt.«

»Aus Furcht«, zischte sie. »Aus irgendeiner schwachsinnigen

Hoffnung heraus, Sie könnten die Pension weiterhin beziehen.«

Er trat zurück; ihre gelben Zähne waren voll sichtbar, wie bei einem tollwütigen Hund. »Nun, das ist vorbei. In dem Zeitungsartikel steht, daß mein armer Elkanah irgendeine unselige Frau getötet hat, aber niemand weiß, warum und wo er steckt, weil er schon vor Jahren untergetaucht ist. Das wußten Sie.«

Obwohl er noch Angst hatte, empfand Dills Erleichterung. Vielleicht waren seine Nerven zu stark belastet worden und konnten nichts mehr ertragen. »Das stimmt. Ich verstehe Ihre Verärgerung.«

»Ich liebte ihn. Ich liebte meinen Sohn. Ich liebte meinen armen Elkanah. Selbst wenn er Hunderte von Meilen entfernt war, selbst als er erwachsen war und ich keine Ahnung hatte, wie er aussah, wie seine Stimme klingen mochte.« Mit einer Hand fuhr sie an ihrem Gesicht vorbei. Ihre Finger waren unter den dreckverkrusteten Ringen aus Silber und Gold, bei denen einige Steine fehlten, kaum zu sehen. Es war eine merkwürdig wischende Bewegung, als fühlte sie sich von einer Spinnwebe belästigt, die er nicht sehen konnte. Es gab genügend Spinnweben hier.

»Nun«, sagte die Frau weniger giftig, »ich bin froh, endlich die Wahrheit zu wissen. Mein Sohn ist also nicht in Texas zu Reichtum gekommen?«

»Nein. Niemals.«

»Wo versteckt er sich, Dills?«

Ah, eine Chance, sie zu verletzen. Energisch sagte er: »Ich habe nicht die geringste Ahnung.«

»Wann haben Sie den Kontakt verloren?«

»Kurz vor Kriegsende. Er verließ die Unionsarmee mit Schimpf und Schande. Er desertierte.«

»Oh, Gott. Mein armer Junge. Mein armer Elkanah.«

Wieder tastete sie unter ihrem Stuhl herum, tauchte mit ihrer Hand in die Spinnweben hinein. Sie förderte eine alte, grüne Weinflasche ans Licht, ebenso einen herrlichen Bleiglaskelch mit einem Sprung und einer dicken Schmutzpatina. Sie goß etwas dunkle Flüssigkeit in den Kelch, vielleicht Port oder Sherry, so braun wie Kaffee. Es roch nach verdorbenem Wein.

Sie nippte an dem Glas, ohne ihm etwas anzubieten. Nicht daß er das Dreckszeug angerührt hätte. »Ich würde mich gern zurückziehen, Madam. Es war eine anstrengende Reise.«

Der Blick ihrer gelben Augen glitt über sein Gesicht und dann weiter. Aus einem Mundwinkel sickerte ihr die dunkelbraune Flüssigkeit und lief über ihr Kinn, wie ein schlammiger Bach durch Schnee. »Sie haben ja keine Ahnung, wie ich ihn geliebt habe. Wie sehr habe ich mir ein anständiges Leben für ihn gewünscht. Vor allem, weil er solch einen schrecklichen Start hatte.«

Was wollte sie ihm sagen? Ihr Blick suchte den seinen, fast mitleiderregend in der plötzlichen Bitte um Verständnis. »Sie wissen Bescheid über meine Familie, Mr. Dills?«

»Ein bißchen. Nur vom Hörensagen.«

»Es existiert als Erbanlage eine gewisse geistige Instabilität. Sie reicht viele Generationen zurück und hat sich stark ausgebreitet.«

Sogar bis ins Weiße Haus, dachte er.

»Mein Vater litt darunter. Nach dem Tod meiner Mutter, als Heyward Starkwether mir den Hof zu machen begann, wurde mein Vater eifersüchtig. Ich war sein Lieblingskind. Heyward machte mir einen Antrag. Als ich meinem Vater mitteilte, daß ich ja sagen wollte, geriet er in unglaubliche Wut. Er hatte viel getrunken. Mein Vater war physisch ungemein stark.«

Dills hatte das Gefühl, er spähe in ein Grab. Auf eine perverse Weise fühlte er sich fasziniert. Irgendwo pfiffen die Ratten; dazu kam noch ein leiserer Ton, als wäre ein Beutetier geschlagen worden.

»Erlauben Sie mir, den Rest zu erraten, Madam. Eine Hochzeit war zu dem Zeitpunkt bereits eine Notwendigkeit, ja? Sie trugen bereits Starkwethers Kind, das später nach den Farmern, die ihn aufzogen, den Namen Bent erhielt. Sie teilten Ihrem Vater Ihren Zustand mit, und er schlug Sie.«

Ein leeres Lächeln. Ihre rechte Hand baumelte über die Stuhllehne. Der schmutzige Kelch entglitt ihrer Hand, fiel zu Boden und zerbrach. Sie achtete nicht darauf. »Ah – ah. Wenn es nur so einfach wäre. An dem Abend, an dem ich ihm von meinen Heiratswünschen erzählte, wandte mein Vater Gewalt an. Ihre weiteren Schlußfolgerungen stimmen nicht.« Er verstand nicht, wie sie das meinte. »Später wollte ich das ungeborene Kind töten. In einem seiner Wutanfälle sagte mein Vater, er würde mich umbringen, wenn ich das täte. Ich hatte zuviel Furcht vor ihm, um ihn herauszufordern. Gemeinsam — er zwang mich dazu, verstehen Sie — ließen wir Starkwether kommen und überzeugten ihn von seiner Verantwortung. Von seiner Schuld, wenn Sie so wollen. Ich vermute, er trug daran bis zu seinem Tod, der arme, unglückselige Mann.«

Dills standen die Haare zu Berge. Allmählich fiel Licht in das modrige Grab.

»Wollen Sie damit sagen, Sie haben Starkwether betrogen, Madam?«

»Ja.«

»Mein verstorbener Klient — Elkanah Bents Gönner und erklärter Vater — hatte mit dem Jungen gar nichts zu tun?«

»Heyward nahm an, er sei Elkanahs Vater. Wir haben ihn davon überzeugt.«

»Aber er war es nicht?«

»Nein.«

»Mit anderen Worten, während all dieser Jahre wurde mein Klient genötigt, diesen Jungen zu unterstützen?«

»Nicht genötigt, Mr. Dills. Nachdem er erst einmal davon überzeugt war, daß Elkanah sein Kind war, half er ihm natürlich gern, wie es jeder Vater getan hätte.«

»Wer war Bents Vater, Madam?«

Die gelben Augen, feucht und irre, reflektierten die Kerzen in dem Turmzimmer.

»Aber Mr. Dills«, sie kicherte, eine gräßliche Koketterie, »Sie wissen es doch. Ich sagte, er wandte körperliche Gewalt an.«

»Jesus Christus! Elkanahs Vater war...«

»Mein Vater, Mr. Dills. Meiner.«

Der mit Stroh übersäte steinerne Fußboden schien unter Jasper Dills zu erbeben. Das rationale Fundament seiner Welt drohte einzustürzen. »Auf Wiedersehen«, sagte er, riß seine Reisetasche an sich und eilte zur Tür. »Auf Wiedersehen, Miss Todd.«

In der Sackgasse wartete er zitternd auf die Rückkehr der Droschke. Jetzt verstand er Ursache und Ausmaß von Elkanah Bents Geisteskrankheit. Die Pension kümmerte ihn nicht mehr. Damit wollte er nichts mehr zu tun haben, genausowenig wie mit der Frau, die er betrogen hatte, oder mit Bent. Vor allem mit Bent, wo immer er auch sein mochte.

Endlich begriff Dills viel von dem, was ihm nie zuvor klargeworden war. Bents sinnloser Haß gegen die Mains und Hazards, der ihn seit seinen Kadettenzeiten beschäftigt hatte; die Brutalität des Mordes in Lehigh Station — Bent hatte das Böse geerbt.

Schweißtropfen perlten über Dills Gesicht, als er sich daran erinnerte, wie oft er Bent kritisiert, zurückgewiesen und aus seinem Büro geworfen hatte. Hätte er geahnt, was für ein Mensch Bent in Wirklichkeit war, dann hätte er so was niemals getan.

Die Droschke kam nicht. Dills nahm seine Reisetasche auf und stolperte den Hügel hinunter, bis zu dem Gasthaus, in dem er vorsorglich ein Zimmer bestellt hatte. Eine Stunde später zahlte er dort einen Wahnsinnspreis für eine Zinkwanne voll heißen Wassers.

Er saß mit einem Stück selbstgemachter Seife, so gelb wie ihre Augen, in der Wanne und fühlte sich bis auf die Knochen schmutzig; er schrubbte und schrubbte seine runzelige Haut und dachte an Elkanah Bent, dessen Hirn, dessen Blut, dessen innerstes Ich schon vor der Geburt vergiftet worden war.

Von einem unerklärlichen Kummer erfüllt, ließ Dills sich in der Wanne zurücksinken. Möge Gott Erbarmen mit dem armen Bent haben, den er sicherlich nie wieder zu Gesicht bekommen würde. Möge Gott noch mehr Erbarmen mit der Person haben, gegen die sich Bents Zorn als nächstes richten würde.

42

Nördlich von Washington an der Seventh Street Road bauten Farmer aus Maryland einmal wöchentlich Buden und Wagen für einen Markt unter freiem Himmel auf. Am letzten Samstag im März, zwei Tage vor Beginn der Senatsverhandlung gegen den Präsidenten, gingen Virgilia und Scipio Brown auf den Markt, um Nahrungsmittel für das Waisenhaus einzukaufen. Brown fuhr den Buggy und trug das Geld bei sich; seine Hartnäckigkeit, alle männlichen Pflichten auf sich zu nehmen, amüsierte Virgilia. Die Blicke, die sie auf sich zogen, weil er schwarz und sie weiß war, schienen ihn nicht zu stören.

Sie schoben sich durch die übervölkerten Marktgassen hindurch, zwischen Hühnern und Ferkeln in Kisten. Sie diskutierten über das Thema, das Washington momentan am brennendsten interessierte.

»Er reißt die Macht an sich, Virgilia. Schlimmer noch, er ist durch einen Meuchelmörder, nicht durch das Volk an die Macht gekommen.«

»Da muß man schon etwas deutlicher werden, um ihn verurteilen zu können.«

»Guter Gott, sie haben elf Anklagepunkte gegen ihn zusammengestellt.«

»Die ersten neun hängen alle mit Angelegenheiten seiner Amtszeit zusammen. Ben Butlers zehnter Artikel verurteilt Johnson wegen Reden, in denen er den Kongreß kritisiert hat. Ist die freie Rede nun ein Verbrechen oder ein Vergehen? Der elfte Artikel ist nichts weiter als eine Wundertüte.«

»Von deinem guten Freund, Mr. Stevens.«

»Trotzdem.« Sie hatten eine kleine Kreuzung erreicht.

Ein Karren näherte sich, auf dem sich Kisten mit Kaninchen türmten. »Ich bleibe bei meiner Meinung.«

Er sah, wie der Karren in eine Rinne geriet und seitlich wegkippte. Eine Schnur riß, und der gewaltige Kistenstapel stürzte auf sie zu. Er packte sie bei der Taille und schwang sie herum, weg von der Stelle, wo die Kisten herunterkrachten. Einige zerbrachen; Kaninchen flüchteten in alle Richtungen. Der Fahrer rannte ihnen nach.

Ganz plötzlich wurde sich Virgilia der starken Hände des Mulatten an ihrer Taille bewußt – und der merkwürdigen Intensität in seinen dunklen Augen. Ähnliche Blicke hatte sie in letzter Zeit häufiger bemerkt. »Vielleicht machen wir uns besser auf die Suche nach Eiern und vergessen die Politik, Scipio. Ich möchte nicht, daß unsere Freundschaft darunter zu leiden hat.«

»Ich auch nicht.« Lächelnd ließ er sie los. Sie bebte noch von der Berührung seiner Hände und war von dieser Reaktion mehr als nur ein bißchen erschreckt.

Mit Armen, die von harter Arbeit kräftig geworden waren, rührte Virgilia mit dem großen Holzlöffel in dem dampfenden Topf mit dicker Erbsensuppe herum. Es war der Mittag des nächsten Tages. Auf der anderen Seite der Küche saß Thad Stevens; auf seinem Schoß döste, den Daumen im Mund, ein kleiner, hellbrauner Junge. Virgilias Freund sah blaß und erschöpft aus.

»Wirst du morgen bei der Verhandlungseröffnung dabei sein?« fragte er.

»Ja. Danach werde ich so oft wie möglich hingehen, ohne daß ich dabei meine Arbeit hier vernachlässige.«

»Vermutlich möchtest du, daß er verurteilt wird.«

Widerstrebend sagte sie: »Ich glaube nicht. Er leugnet jedes Verbrechen.«

»Sein Leugnen wird durch sein vorangegangenes Benehmen widerlegt. Er hat Thomas geschickt, um Stanton abzulösen.«

»Thomas hat versagt, also war es keine wirkliche Ablösung, sondern nur der Versuch.«

»Du argumentierst langsam richtig juristisch, meine Liebe.« Er klang dabei nicht sehr glücklich; allerdings stimmte das ganze Durcheinander um Stanton mit Ausnahme der Anwälte niemanden glücklich.

»Juristisch, Thad?« sagte sie. »Nein, ich bemühe mich nur, die Dinge fair zu betrachten.«

»Zum Teufel mit der Fairness. Ich will Johnson draußen haben. Ich werde ihn jagen, bis er verschwunden ist.«

Sie ließ den großen Holzlöffel am Kesselrand ruhen. Draußen im Hof, wo eine milde Märzsonne durch die nackten Zweige von zwei Kirschbäumen schien, tobte Scipio lachend mit mehreren Kindern herum. »Ganz gleich, ob er schuldig ist oder nicht?«

In seinem funkelnden Blick lag schon die Antwort. »Wir säubern das Land von diesem Mann und von allem, was er repräsentiert, Virgilia. Nachsicht gegenüber einer gesamten Klasse von Menschen. Menschen ohne Reue, die immer noch konspirieren, um diese Nation wieder zu dem zu machen, was sie vor dreißig Jahren war, als die gesamte schwarze Bevölkerung in Ketten lag und Mr. Calhoun arrogant mit der Sezession drohte, falls jemand zu widersprechen wagte. Wir haben sieben Leute, die die Anklagen gegen Johnson managen. Hast du eine Ahnung von dem gewaltigen Druck, der bereits gegen uns ausgeübt wird? Briefe. Feige Drohungen...«

Er schreckte den Jungen auf seinem Schoß auf, als er ein zerknittertes gelbes Telegramm aus seiner Tasche zog. »Das hier kam aus Louisiana, das ist das einzige, was ich sicher weiß.«

Sie entfaltete es und las. STEVENS, BEREITE DICH AUF DIE BEGEGNUNG MIT DEINEM GOTT VOR. DER RÄCHER IST DIR AUF DEN FERSEN. EIN PLATZ IN DER HÖLLE IST DIR SICHER. K.K.K.

Kopfschüttelnd gab sie das Papier zurück. Stevens' wachsbleiche Wangen zeigten ganz kurz ein bißchen Farbe. »Der Rächer sitzt auch Mr. Johnson auf den Fersen. Ihm ist ein Schuldspruch sicher.«

Scipio rannte jubelnd in den Sonnenschein. Der freudige Laut stand in krassem Widerspruch zu den zornigen Augen des Kongreßabgeordneten. Sein Dogma hatte ihn eine Straße entlanggeführt, von der Virgilia abgebogen war. In ihr war kaum noch Haß, doch in ihm tobte der Krieg weiter.

Am Montag, dem 30. März, erschien sie eine Stunde bevor die Türen zur Senatsgalerie geöffnet wurden. Als sie dann aufgingen, kämpfte sie sich zwischen hastenden und stoßenden Menschen hindurch nach oben. Als der Vorsitzende des Obersten Gerichtshofs, Salmon P. Chase, die Verhandlung eröffnete, gab es keinen leeren Sitz und keine freie Stufe mehr auf der Galerie.

Vor Tagen hatte Chase den Senat als Gericht eingeschworen. Heute waren alle vierundfünfzig Gesetzgeber, die die siebenundzwanzig Staaten repräsentierten, anwesend. Seine Zuversicht bezüglich des Ausgangs der Verhandlung war überall zitiert worden. Er glaubte, daß sie die sechsunddreißig Stimmen, die sie zur Verurteilung Johnsons in einem oder mehreren Anklagepunkten benötigten, problemlos erhalten würden.

Auf der Galerie ging es lautstark zu. Einige Zuschauer pfiffen und winkten mit Taschentüchern, als die Urheber der Präsidentenanklage, sieben Kongreßabgeordnete einschließlich des alten Thad mit schiefer Perücke, ihre Plätze an einem Tisch mit hohen Stapeln von Büchern und Akten links von dem Vorsitzenden einnahmen. Die fünf prominenten Anwälte des Präsidenten saßen ihnen auf der anderen Seite des Vorsitzenden gegenüber. Sämtliche Senatoren waren in die ersten beiden Reihen gequetscht worden, dahinter drängten sich Mitglieder des Repräsentantenhauses. Reporter füllten die hinteren Gänge, blockierten die Türen und hatten jeden freien Platz an den Wänden mit Beschlag belegt.

Der Hauptankläger, der Abgeordnete Ben Butler aus Massachusetts, eröffnete die Verhandlung mit einer dreistündigen flammenden Rede. Spoons Butler, die Bestie von New Orleans, war ein fähiger, gerissener Anwalt. Er löste einen Sturm winkender Taschentücher und jubelnde Zustimmung aus, als er erklärte, daß Johnson ganz offenkundig schuldig war, Stanton gegen den Willen des Kongresses und während der Sitzungsperiode des Kongresses seines Amtes enthoben zu haben.

Virgilia saß inmitten der unruhigen, lärmenden Menge und schaute hinab auf Sam Stout; bis auf eine melancholische Leere empfand sie so gut wie nichts. Die Zeit bewirkte tatsächlich einen Wandel in ihr und machte sie sanfter. Zu ihrer eigenen Überraschung konnte sie sich des öfteren nicht auf das Schauspiel unter ihr konzentrieren, sondern sah statt dessen Scipio Browns Augen vor sich, nachdem er sie vor dem Marktkarren gerettet hatte. Sie erinnerte sich, wie sich der feste Druck seiner Hände an ihrer Taille angefühlt hatte. Sie erinnerte sich gern daran.

Am 9. April hatten die Ankläger ihren Fall vorgetragen. Der Höhepunkt der Anklagedarstellung war vielleicht der Moment, als Butler ein rotgeflecktes Kleidungsstück hervorholte und es durch die Luft schwang. Er sagte, dies sei das Hemd eines Mannes aus Ohio, vom Büro für befreite Negersklaven, den Klansmänner in Mississippi ausgepeitscht hätten. Am nächsten Morgen hatte Washington eine neue Phrase für sein politisches Lexikon: man peitschte Antisüdstaatengefühle auf, indem man das »blutige Hemd schwenkte.«

Johnsons Anwälte plädierten hingegen für Freispruch. Wegen einer Masernepidemie verpaßte Virgilia viele dieser Aprilsitzungen. Sie bedauerte es nicht, als sie in den Zeitungen davon las. All diese Haarspaltereien über die Auslegung der Verfassung und diese endlosen Reden hörten sich langweilig an. Sie fragte sich, wozu lange Reden notwendig waren. Die Sache schien doch klar genug. Johnsons Autorität war durch die zahlreichen Wiederaufbaugesetze herausgefordert worden, einschließlich des Amtsdauergesetzes, durch das dem Präsidenten untersagt wurde, Kabinettsmitglieder ihres Amtes zu entheben, die der Senat in ihrem Amt bestätigt hatte. In dieser Angelegenheit hatte Johnson keinen Zoll nachgegeben, um eine Entscheidung zu erzwingen.

Virgilia hielt das nicht nur für wichtig, sondern auch für notwendig. Weiterhin war Edwin Stanton nicht von Johnson, sondern von Lincoln ernannt worden, und es war in Lincolns Amtsperiode, nicht in Johnsons gewesen, daß der Senat diese Ernennung bestätigt hatte. Sie meinte, daß einiges dafür spreche, daß Stanton gar nicht unter das Amtsdauergesetz fiel.

Jetzt begannen die langen, weitschweifigen Zusammenfassungen. Sie hörte eine von William S. Groesbeck, einem redegewandten Anwalt aus Cincinnati. Er widmete sich Johnsons Charakter:

»Er ist ein Patriot. Er mag voller Fehler und Irrtümer stecken, aber er liebt sein Land. Ich habe oft gesagt, daß jene, die im Norden leben, in sicherer Entfernung der Kriegsschauplätze, wenig davon wissen. Wir, die wir in den Grenzgebieten leben, wissen mehr davon ... Unser Horizont war immer von Flammen gerötet, und manchmal war der Brand so nahe, daß wir mit ausgestreckten Händen die Hitze spüren konnten. Andrew Johnson lebte im Herzen der Feuersbrunst... direkt im Hochofen des Krieges..., und seine gehärtete Kraft und Stärke ließ ihn in unerschütterlicher Loyalität zur Union ausharren... unzugänglich für jeden Verrat. Wie kann er sich dann plötzlich, nach den Worten des Gentleman Mr. Boutwell aus Massachusetts, in einen Erzrenegaten verwandelt haben? Das ist doch lächerlich.«

Vom Tisch der Ankläger funkelte ihn George S. Boutwell an.

Und so ging es weiter und weiter, mit Anklage, Verteidigung, Interpretation und theoretischen Erörterungen. Männer sprangen auf der Galerie von ihren Sitzen, einige jubelnd, andere protestierend. Virgilia sah vor Empörung gerötete Gesichter, während andere Gesichter sie an Raubtiere denken ließen — Raubtiere, die sich von Anschuldigungen nährten, ganz gleich, wie ausgefallen und lächerlich sie sein mochten.

Plötzlich entdeckte sie auf der anderen Seite der Galerie zwei Gesichter, die ihr bis jetzt entgangen waren — ihren Bruder Stanley und dessen Frau Isabel. Virgilia hatte längst jeden Kontakt zu ihnen verloren; keine Essenseinladungen in die 1 Street, keine Geburtstagsgrüße, nichts. In der Stadt hörte sie häufig Stanleys Namen, wenn auch nicht immer in schmeichelhafter Verbindung.

Isabel blickte Virgilia ohne jedes Erkennen an. Stanley war in die Geschehnisse unten im Saal vertieft. Wie aufgedunsen er aussieht, dachte Virgilia. Viel älter als seine fünfundvierzig Jahre. Seine Haut hatte eine ungesunde, gelbliche Färbung.

Die Sitzung wurde unterbrochen. Im Gedränge auf der Treppe stieß Virgilia auf Stanley, der an der Wand lehnte und sich mit einem großen Taschentuch sein Gesicht abwischte. Sie stoppte eine Stufe über ihm, versuchte ihn vor der drängenden Menge zu schützen.

»Stanley?« sagte sie über den Lärm hinweg. Sie zupfte an seinem Ärmel. »Ich habe dich vorhin schon gesehen. Ist mit dir alles in Ordnung?«

»Virgilia. Oh — ja, mir geht es gut.« Er schien abwesend, betrachtete die Leute, die sich an ihr vorbei die Treppe hinabdrängten. »Und dir?«

»Ich kann nicht klagen. Aber ich mache mir Sorgen um dich, Stanley. Du schaust krank aus. Es ist so lange her, seit wir miteinander gesprochen haben, und es gibt so viele unfreundliche Geschichten über dich.«

»Geschichten?« Er zuckte zurück, wie ein Verbrecher vor den Handschellen. »Was für Geschichten?«

Sie roch die Gewürznelke, die er gekaut hatte. Welchen Duft wollte er damit verbergen? »Geschichten über Dinge, die du dir selbst antust. Ausgedehnte Trinkgelage.«

»Lügen.« Keuchend drückte er seine schwitzende Stirn gegen den Marmor. »Verfluchte Lügen.«

Voller Mitleid mit ihm und seiner eigenen Lüge berührte sie seinen Ärmel. »Ich hoffe es. Du bist ein prominenter Mann, ungemein reich und erfolgreich. Du hast jetzt alles.«

»Vielleicht verdiene ich es nicht. Vielleicht bin ich nicht stolz auf das, was ich bin. Hast du je daran gedacht?«

Seine herausgesprudelten Worte verblüfften sie. Stanley von Schuldgefühlen geplagt? Warum? Von hinten griff jemand nach ihrer Schulter. Beinahe hätte sie das Gleichgewicht verloren.

Nur ein paar Zentimeter von Virgilias Nase entfernt schien Isabels langes Pferdegesicht vor Zorn aufzuflammen. »Laß ihn in Ruhe, du Schlampe. Stanley ist müde, das ist alles. Wir haben dir nichts zu sagen. Aus dem Weg.«

Wie ein Offizier, der einen gemeinen Soldaten disziplinierte, packte sie den Arm ihres Mannes und stieß ihn die Treppe hinab. Mit den Ellbogen bahnte sie sich einen Weg. Stanley stand unsicher auf seinen Beinen. Über seine Schulter hinweg warf er seiner Schwester einen hastigen, entschuldigenden Blick zu. Am Treppenabsatz waren er und Isabel verschwunden.

Virgilia dachte, daß sie ihren Bruder noch nie so krank, so gequält gesehen hatte. Warum sollte sein Erfolg ihn soviel gekostet haben?

Die Resümees gingen in der ersten Maiwoche zu Ende. Ganz Washington war von der Verhandlung betroffen. Einige bezeichneten die Geschehnisse als das majestätische Werk der Gerechtigkeit. Andere nannten es einen Zirkus. Wegen der Verhandlung ausgebrochene Schlägereien wurden für die Polizei zur Routinearbeit. Mit jedem Zug strömten weitere Spieler in die Stadt, füllten die Hotels und schlossen Wetten auf das Urteil ab. Als der Vorsitzende Chase am Montag, dem 11. Mai, die Türen schloß und das Gericht sich zur geheimen Sitzung zurückzog, standen die Wetten zugunsten eines Freispruchs.

Im *Star* und in anderen Zeitungen hatte Sam Stout verkündet, daß die Spieler aufs falsche Pferd gesetzt hatten. Die zur Verurteilung nötigen einunddreißig Stimmen in mindestens einem Anklagepunkt seien gesichert, sagte er. Gegen Ende der Woche würden noch sechs weitere Stimmen hinzukommen.

Am Donnerstag suchte Stevens Zuflucht im Waisenhaus. »Die verdammte Presse läßt mich nicht in Ruhe. Meine eigenen Wähler auch nicht.« Er sah noch müder aus als beim letztenmal.

»Wie sieht es mit den Wahlstimmen aus?« fragte sie und schenkte ihm eine Tasse Kräutertee ein. Seine geäderte, mit Altersflecken übersäte Hand zitterte, als er die Tasse anzuheben versuchte. Er gab es auf.

»Fünfunddreißig sind sicher. Alles hängt von einem Mann ab.«

»Wer ist der Mann?«

»Senator Ross.«

»Edmund Ross aus Kansas? Er ist ein überzeugter Abolitionist.«

»War«, korrigierte Stevens voller Abscheu. »Ross beharrt darauf, daß er seinem Gewissen entsprechend wählt, auch wenn die Leute in Kansas ihn mit Telegrammen überschwemmen, in denen steht, daß er erledigt ist, wenn er für Freispruch stimmt. Senator Pomeroy bearbeitet ihn. Ebenso das Union Congressional Committee.« Diese Gruppe radikaler Senatoren und Abgeordneter war gegründet worden, um dafür zu sorgen, daß lokale Parteiorganisationen Druck auf unentschlossene Senatoren ausübten. »Ross hat sogar Morddrohungen erhalten«, fügte Stevens hinzu. »Damit steht er nicht allein.«

Mit erschöpften Augen starrte er Virgilia an. »Wir müssen

Ross auf unsere Seite ziehen, oder alles ist umsonst gewesen, und die Bourbonen erobern wieder den Süden.«

»Du darfst das Urteil nicht so furchtbar ernst nehmen, Thad. Dein Leben hängt davon nicht ab.«

»Und ob es das tut, Virgilia. Wenn wir eine Niederlage hinnehmen müssen, bin ich erledigt. Ich habe weder das Herz noch die Kraft, einen solchen Kampf erneut durchzustehen.«

Am Samstag, dem 16. Mai, vier Tage vor dem republikanischen Konvent, erwachte Virgilia noch vor Tagesanbruch und konnte nicht mehr einschlafen. Sie kleidete sich an und verließ das Häuschen, in dem Stout sie einst ausgehalten hatte. Sie dachte daran umzuziehen, um sich von den Erinnerungen dieses Ortes freizumachen, doch das Häuschen gehörte ihr, es war bequem, und sie konnte es sich von ihrem Gehalt im Waisenhaus leisten.

Sie schlenderte durch einen stillen Bezirk, wo die Häuser kleiner und ärmlicher wurden. Bald hatte sie das Waisenhaus erreicht. Überraschenderweise war die Haustür unversperrt. Es roch nach Kaffee, als sie die Küche betrat. Er saß am Tisch.

»Scipio. Wieso bist du schon auf?«

»Konnte nicht schlafen. Ich bin froh, daß du hier bist. Wir müssen miteinander reden. Ich soll heute morgen Lewis zu seinen neuen Adoptiveltern in Hagerstown bringen.«

»Ich erinnere mich.« Dankend nahm sie eine Tasse Kaffee an. Seine Hand berührte die ihre. Er reagierte, als hätte er sich verbrannt.

»Mir wäre wohler, wenn du nicht zum Kapitol gingst«, sagte er.

»Ich muß. Ich will das Urteil hören.«

»Es könnte gefährlich werden. Bei diesen gewaltigen Menschenmassen kann es leicht zum Aufruhr kommen.«

»Es ist schön, daß du dir Sorgen um mich machst, aber das mußt du nicht.«

Er kam um den Tisch herum und schaute auf sie herab. Er schien sich jedes einzelne Wort herauszureißen. »Ich mache mir aber Sorgen. Viel mehr, als du ahnen kannst.«

Ihre Blicke verhakten sich. Zitternd spürte sie es heiß in sich aufsteigen, knallte die Kaffeetasse auf den Holztisch und rannte hinaus. Sie war unfähig, mit den Emotionen umzugehen, die er ihr so unerwartet enthüllt hatte, ebensowenig wie mit den Emotionen in ihrem eigenen Herzen.

»Das sind vierunddreißig«, flüsterte der Fremde links von Virgilia. »Wahrscheinlich Waitman Willey aus West Virginia. Also hängt es von Ross ab.«

Der Vorsitzende Chase ergriff das Wort. »Senator Ross, wie lautet das Urteil? Ist der Beklagte, Andrew Johnson, Präsident der Vereinigten Staaten, schuldig oder nicht schuldig eines Amtsvergehens, wie ihm in diesem Anklagepunkt vorgeworfen wird?«

Da stand er, der unscheinbare Mann aus Kansas. Gegenwärtig kämpfte er, ein Veteran der Union und alter Anhänger der Abolitionistenbewegung, für die gewaltmäßige Entfernung der Indianerstämme. Virgilia beobachtete Thad Stevens, der weiß vor Anspannung am Tisch der Ankläger saß.

Ross räusperte sich.

»Wie lautet Ihr Urteil?« wiederholte Chase.

»Nicht schuldig.«

Ein einziger Aufschrei der Galerie. Dann wilder Applaus, laute Buhrufe, ein Meer aus winkenden, weißen Taschentüchern. Stevens sackte mit geschlossenen Augen zurück. Ein Arm baumelte schlaff über die Lehne seines Stuhls.

Virgilia wußte, daß diese Wahl die Entscheidung gebracht hatte. Der Kongreß hatte versucht, die Oberhand über die Exekutive zu gewinnen; vor einem Augenblick war dieser Versuch fehlgeschlagen. Was immer sich auch sonst noch ereignen mochte, der radikale Wiederaufbau war vorbei. Thad Stevens hatte das vorausgesagt, wenn es zum Freispruch käme. Stevens' auf dem Stuhl zusammengesackter Körper wiederholte das unzweideutig.

Auf den Stufen des Kapitols kreischten die Leute, tanzten und umarmten einander. Ein fleischiger Mann mit einer Melone packte Virgilia am Arm. »Old Andy hat's ihnen gegeben. Das ist schon einen Kuß wert.«

Sein Mund näherte sich dem ihren, während er mit einer

Hand nach ihrer Brust tastete. In dem Gedränge achtete niemand auf sie. Virgilia drehte sich seitlich weg, saß aber in der Falle. »Du bist nicht für Andy?« grollte der Mann und zog sie an sich.

»Du verdammter Säufer, laß sie in Ruh.«

Virgilia erkannte die Stimme, bevor sie ihn sah. Der fleischige Mann brüllte: »Du verfluchter Nigger hast mir gar nichts zu sagen!« Dann erwischte ihn Scipios Hand an der Kehle und hielt ihn fest, bis er zu würgen begann.

Die Feiernden brüllten, stießen, leerten Flaschen und tanzten auf den Stufen. Scipio ließ den fleischigen Mann los. Er floh, so schnell es nur ging.

»Was ist mit Hagerstown?« rief Virgilia über den Lärm hinweg.

»Hab' ich verschoben. Ich konnte dich doch nicht allein diesem Mob überlassen. Allein der Gedanke daran ließ mich weder schlafen, noch konnte ich was essen.«

Ein paar Leute hinter ihm stolperten und drückten gegen ihn. Er fiel auf sie zu. Sie hob die Hände, um ihn aufzufangen, und fand sich in seinen Armen wieder. Eine weiße Frau, ein brauner Mann. In dem Tumult kümmerte sich niemand darum.

Er brachte seinen Mund dicht an ihr Ohr. »Hier ist der richtige Ort, um dir zu sagen, daß meine Bewunderung für dich im Laufe der Zeit immer größer geworden ist. Ich habe dir immer wieder zugeschaut, wie du mit den Kindern umgehst. Du bist eine sanfte, liebevolle Frau. Intelligent, voller Prinzipien.«

Sie wollte ihm von all den üblen Dingen in ihrer Vergangenheit erzählen. Etwas Stärkeres, Lebensbejahendes zerquetschte den Impuls. Menschen können sich ändern.

»Und wunderschön«, sagte Scipio Brown, seine Lippen an ihrem Ohr. Mit einem nervösen Lachen wehrte sie das ab, was ihn amüsierte. »Ist das alles wirklich eine so große Überraschung für dich?«

»Ein paar Hinweise hatte ich schon.« Sie kämpfte gegen das Gedränge in ihrem Rücken an. »Ich bemerkte die Blicke, die du mir zuwarfst. Aber es sprechen zu viele Dinge dagegen, Scipio, nicht nur die Hautfarbe. Da ist einmal mein Alter.«

Mit einer Hand berührte sie ihr ergrauendes Haar. »Ich bin zehn Jahre älter als du.«

»Warum solltest du dir deswegen Gedanken machen? Mich stört es nicht. Ich liebe dich, Virgilia. Der Buggy wartet. Komm mit mir.«

»Wohin?«

Einen Augenblick lang schien er nicht mehr so selbstsicher wie gewohnt zu sein. Er wirkte scheu, zögerte, brachte aber schließlich heraus: »Ich dachte — wenn du nichts dagegen hast —, daß wir in deinem Haus allein sein könnten?«

Ihre Augen wurden feucht. Der Gedanke, daß jemand so viel für sie empfand, war überwältigend. Gleichzeitig wußte sie, daß tief in ihr sich seit langer Zeit schon ähnliche Gefühle gerührt hatten. Sie hatte es sich bis jetzt nur nicht einzugestehen gewagt.

»Virgilia?«

»Ja, sehr gern«, sagte sie weich. Wegen des Tumultes konnte er die Worte nicht hören, aber er verstand auch so. Sie nahm seinen Arm. »Hinterher werde ich Frühstück für uns machen.«

PERÜCKEN, TOUPETS UND HAARTEILE
**Erstklassige Qualität. Haare färben und tönen,
sämtliche Farben,
bei BATCHELOR'S, Nr. 16 Bond St.**

SINGER MANUFACTURING COMPANY
**Die neuen Familiennähmaschinen jetzt fertig;
außerdem Knopflochmaschinen.
Nr. 458 Broadway.**

**Passage in Kabine erster Klasse, zwanzig Dollar
nach**
SAVANNAH, GEORGIA
Jeden Samstag, von Pier Nr. 13, North River,

in Verbindung mit Eisenbahntransport durch
Georgia und Florida.
EMPIRE SIDE-WHEEL LINE
Das beliebte und schnelle Dampfschiff
MISSOURI
W. LOVELAND, *Commander*

43

Drei Wochen nach dem Elternprogramm in Mrs. Allwicks Akademie endete das Semester. Zum letztenmal vor dem Herbst liefen die Mädchen lärmend aus der Tür hinaus; es war 4 Uhr 30 an einem herrlichen Juninachmittag. Mehrere Verehrer warteten auf der breiten, kühlen Veranda, darunter auch Sara Jane Oberdorfs Leichenbestatterlehrling.

Die Tragödie beim Auftritt hatte man Marie-Louise nicht verziehen. Sara Jane rauschte vorbei und sagte süßlich: »Wartet immer noch keiner? Nun, vielleicht in ein paar Jahren, wenn du erwachsen bist.« Sie klammerte sich an ihren jungen Mann. »Lyle. Wie reizend von dir, daß du mich abholst.«

Mit einem trostlosen Gefühl im Herzen drückte Marie-Louise die Bücher gegen ihren Busen und stieg mit gesenktem Kopf die schmiedeeisernen Stufen hinab, bis sie einen Schatten auf ihren Rock fallen sah. »Entschuldigung.« Sie trat einen Schritt zur Seite, blickte auf und ließ die Bücher fallen.

»Miss Main.« Theo German verbeugte sich und riß sich den Strohhut mit der Pfauenfeder vom Kopf. Erneut trug er keine Uniform. »Erlauben Sie.« Er bückte sich, um die Bücher aufzuheben.

»Ich dachte...« Reiß dich zusammen, du Memme. »Ich dachte, nach diesem fürchterlichen Abend würden Sie nie mehr mit mir sprechen. Sie müssen gedacht haben, ich schneide Sie.«

»Selbstverständlich nicht. Ich sah, daß Ihr Vater die Ursache dafür war.« Er richtete sich auf und bot ihr seinen Arm. »Haben Sie Zeit für einen kleinen Spaziergang über die Battery?«

Wenn ich mich verspäte, wird Mama mich ausfragen. Und was ist, wenn Papa dahinterkommt?

Doch Coopers Verhalten an dem bewußten Abend hatte das Feuer der Rebellion in seiner Tochter entzündet; für den jungen Offizier war sie dadurch noch anziehender geworden. »O ja«, sagte sie.

Zufällig berührte ihr Busen seinen Mantelärmel. Sie fühlte sich wie vom Blitz getroffen. Lächelnd nahm Theo das plötzliche Rosa ihrer Wangen zur Kenntnis. Auch seine Wangen hatten sich verfärbt.

Die scharfen Nadelspitzen reflektierender Sonnenstrahlen tanzten über die Wasseroberfläche des Hafens. Möwen folgten einem vom Atlantik hereintuckernden Fischfänger. Draußen auf Fort Sumter flatterte die Unionsfahne über den Ruinen in der kräftigen Brise.

»Gehen Sie oft ohne Uniform in die Stadt?« erkundigte sich Marie-Louise, während sie sich verzweifelt an Mrs. Allwicks Konversationslektionen zu erinnern suchte.

Ihr ganzer Verstand fühlte sich wie ein Topf Kleister an.

»Ja«, sagte er. »General Canby hat nichts dagegen, und es ist leichter so, die Leute zum Sprechen zu bringen. Auf diese Weise finde ich eher Zugang zu den Gefühlen und Ansichten der lokalen Bevölkerung. Natürlich gibt es ein paar Leute, die sich weigern, mit mir zu sprechen, nachdem sie mich reden hörten.«

»Wegen Ihres Akzentes?«

Er lachte. »Ich habe keinen Akzent. Sie haben einen – den ich allerdings bezaubernd finde.«

»Oh, Mr. German – Captain German ...«

»Wie wär's mit Theo?« sagte er; die freundliche Unschuld seiner Augen wärmte sie. Marie-Louise war auf einen Schlag so verliebt, daß sie in Ekstase hätte sterben und im Boden versinken können, direkt bis nach China.

»Gut. Aber dann müssen Sie Marie-Louise zu mir sagen.«

»Mit Vergnügen.«

Die Möwen kreischten. Das junge Paar schlenderte unter den stattlichen alten Bäumen nahe am Wasser entlang. Theo erzählte ihr, daß er vierundzwanzig war und zu Canbys Stab gehörte. »An dem Tag im Zug befand ich mich auf einer Besichtigungstour. Der schönste Anblick, den ich zu sehen bekam, befand sich in diesem Eisenbahnwagen.«

»Papa war furchtbar wütend, als Sie der Farbigen Ihren Platz gaben.« Sie seufzte. »Er ist immer noch im Krieg.«

»Ihr Vater und die Hälfte von Charleston. Doch die andere Hälfte ist hinreißend. Ich bin nie zuvor Südstaatlern begegnet, mit Ausnahme vieler Kriegsgefangener, die natürlich nicht gerade bester Stimmung waren. Ich finde, die Südstaatler sind ein warmherziges, bezauberndes Volk. Und Carolina besitzt ein wunderbares Klima, vom Sommer mal abgesehen.«

»Was meinten Sie mit den Kriegsgefangenen?«

Er erklärte, daß er im letzten Kriegsjahr nach Camp Douglas versetzt worden war, dem riesigen Kriegsgefangenenlager südlich von Chicago. »Wir hatten Tausende von Insassen, aber nur einmal wurden Schüsse abgefeuert, als ein halbes Dutzend Gefangener einen Ausbruch versuchten. Und nur einmal fühlten wir uns wirklich in Gefahr, an einem Sonntag im November'64, als in Chicago die Gerüchte überkochten, daß Geheimagenten der Konföderation die Stadt in Brand stecken und unsere Gefangenen befreien würden. Nichts davon stimmte. Als das Gefängnis ein Jahr später seine Pforten zumachte, entschloß ich mich, in der Armee zu bleiben und ein bißchen was vom Land zu sehen. Zuvor bin ich nie aus Illinois herausgekommen.«

Wieder lächelte er und berührte leicht ihre behandschuhte Hand auf seinem Arm. »Ich habe Glück gehabt, daß sie mich nach South Carolina schickten. Ich möchte mich gern hier niederlassen und dem kalten Wetter für immer entfliehen.«

»Werden Sie für immer in der Armee bleiben?«

»Ich glaube nicht. Vor der Armee lernte ich in einer Anwaltskanzlei. Ich würde gern meine Studien beenden und als Anwalt arbeiten.« Marie-Louise befürchtete, sie könnte jeden Moment von der Promenade stürzen und im Wasser ertrinken, wenn er weiterhin diese blauen Augen auf sie richtete.

Andere Verehrer schlenderten mit ihren Angebeteten vorbei. Ein alter Mann mit einem quietschenden zweirädrigen Karren kam auf sie zu. Er pries seine Waren mit einem musikalischen Sprechgesang an. »Kaufen Sie Melonen. Süße Wintermelonen.«

»Möchten Sie ein Stück Melone?« fragte Theo. Vor lauter Nervosität brachte sie nur ein Lachen und ein Nicken zustande, aber ihn schien das nicht zu stören. Er kaufte dem Mann zwei Stücke ab und brachte sie zu der Eisenbank zurück, wo er ihre Bücher abgelegt hatte. Marie-Louise faßte die Melone an dem um die Schale gewickelten Papier. So vorsichtig sie auch war, der Melonensaft tropfte nur so auf ihr Kinn. Sie fühlte sich gedemütigt.

Theo zog ein Taschentuch hervor. »Erlauben Sie.« Mit zarten Tupfern trocknete er ihr Kinn. Ihr Körper erbebte bei jeder Berührung.

»Ich hoffe, Sie halten mich nicht für zu aufdringlich, Miss Main.«

»O nein. Aber ich muß Ihnen recht albern vorkommen mit meinem Geschwätz und Gekicher. Es ist nur...« Durfte sie es wagen? Ja, besser eine Erklärung riskieren, als ihn zu verlieren. »Ich habe keine Erfahrung mit Verehrern. Um ehrlich zu sein, ich hatte nie einen.«

Die Melone zwischen seinen Fingern tropfte. In dem kühlen Schatten lehnte er sich ihr entgegen. »Darf ich sagen, daß es meine innigste Hoffnung ist, daß Sie nie einen anderen Verehrer nötig haben werden?«

Diese Erklärung brachte sie an den Rand des Zusammenbruchs. Dann beugte er sich zu ihrer grenzenlosen Verblüffung schnell vor und berührte mit seinen Lippen ihren Mundwinkel.

Ein umfassendes Schweigen hüllte sie ein. Der Gesang des Melonenmannes war verklungen, ebenso wie das Gekreisch der Möwen, ja selbst das rasende Klopfen ihres Herzens. Alle Nervosität fiel von ihr ab, wie sie so neben ihm stand und ihn anschaute, unwiderruflich verändert. Ihre Mädchenjahre waren vorüber.

Die Melonen in ihren Händen tropften den gepflasterten Weg voll. Keiner von ihnen bemerkte es.

Nach und nach zwang sie sich selbst in die Realität zurück. Der Sonnenschein kam schon sehr schräg über die großen Giebelhäuser der South Battery. Es war spät.

»Ich muß zurück zur Tradd Street.«

»Darf ich dich begleiten?«

»Aber sicher.« Diesmal war es kein unsicheres Getaste mehr, als sie ihren Arm in den seinen legte. Sie fühlte sich locker und leicht; fraulich. Niemand schenkte ihnen Beachtung, als sie in dem weichen Frühlingslicht die Church entlanggingen.

»Ich möchte, daß du meine Familie kennenlernst«, sagte Theo.

»Das möchte ich auch.«

»Ich habe elf Brüder und Schwestern.«

»Gütiger Himmel!« rief sie.

Er grinste. »Ich liebe sie alle, aber im Haus war es immer ein bißchen eng, und die Portionen am Tisch waren knapp. Vaters Gehalt reichte nicht aus, um so viele Münder zu stopfen. Er ist ein lutherischer Pfarrer.«

»O Gott. Nicht auch noch ein Abolitionist?«

»Doch, das war er.«

»Und ein Republikaner?«

»Ich fürchte schon. Ich bin das zweitjüngste Kind und mußte deswegen immer auf dem Fußboden schlafen. Wir hatten nicht genügend Betten. Deshalb bin ich auch in die Armee eingetreten. Um ein eigenes Bett zu haben und regelmäßige Mahlzeiten zu kriegen. Die Soldaten meckern ständig über schlechtes Essen und schlechte Matratzen. Für mich ist es das Leben eines Prinzen.«

Sie sah, daß die Kreuzung zur Tradd Street nur noch einen Block entfernt war, und sagte schnell: »Ich bin genauso froh wie du, daß die Armee dich hierhergebracht hat, Theo.« Ihre eigene Kühnheit schockierte sie.

Im Weitergehen erzählte sie ihm von dem Verlust ihres Bruders vor der Küste von North Carolina und den schlimmen Momenten im Meer, als sie fürchtete, sie würden alle ertrinken. »Vor Judahs Tod war Vater bei weitem nicht so streng und hart. Damit ist ihm etwas widerfahren, wovon er sich nie mehr erholt hat.«

»Das ist tragisch. Es erklärt, weshalb er auf mich so reagiert hat. Ich hoffe, er stellt kein unüberwindliches Hindernis dar.« Im

Schatten einer hohen Backsteinmauer drehte er sie zu sich und griff nach ihrer Hand. »Ich will in der richtigen Weise um dich werben. Warum runzelst du die Stirn?«

»Nun, es wäre viel einfacher, wenn du – wenn du nicht der wärst, der du bist.«

»Wie in Mr. Shakespeares Stück?«

»Wieso?«

»*Romeo, Romeo, warum bist du Romeo?* Mit anderen Worten, warum bin ich Romeo, ein Montague? Ein Feind? Wird das wirklich eine Rolle spielen?«

Marie-Louise versank wirbelnd in den blauen Teichen seiner Augen, gab sich ihren Emotionen hin, die so heftig waren, daß sie glaubte, sie nicht ertragen zu können. »Nein«, erklärte sie, auf einmal ganz sicher, was sie wollte. »Nein, das wird es nicht.«

»Dein Vater?«

»Nein«, wiederholte sie zuversichtlich.

Er verließ sie am Tor zu dem Haus in der Tradd Street, nachdem er versprochen hatte, ihr am kommenden Nachmittag einen formellen Besuch abzustatten. Noch ein Händedruck zum Abschied, dann war er verschwunden; sie blieb, einige Fuß über der irdischen Welt schwebend, zurück.

»Nein!« Cooper knallte seinen Löffel gegen die Schüssel mit Lammstew. »Ich dulde nicht, daß irgendein Yankee-Räuber meiner Tochter den Hof macht.«

Marie-Louise fing an zu weinen.

Judith griff nach der Hand ihrer Tochter und drückte sie. Zu ihrem Mann sagte sie: »Es ist eine vollkommen vernünftige Bitte.«

»Wenn er ein Südstaatler wäre. Einer von uns.«

»Tante Brett hat auch einen Yankee-Offizier geheiratet«, begann Marie-Louise.

»Ohne dadurch, soviel wir wissen, den Zusammenbruch der Zivilisation herbeizuführen«, bemerkte Judith.

Die Ironie war verschwendet. »Ich lasse nicht zu, daß irgendein feiger Hund von Canbys Stab bei meiner Familie herumschnüffelt.«

»Das klingt so grob und häßlich!« rief Marie-Louise.

»So ist es nicht.«

»Bitte denk noch mal drüber nach, Cooper«, fing Judith an.

Ruckartig schob er seinen Stuhl zurück und erhob sich. »Ich soll drüber nachdenken, ob ich meiner Tochter erlauben soll, sich von einem Soldaten den Hof machen zu lassen, dessen Vater ein bibellesender Republikaner ist? Lieber noch hätte ich diesen Burschen LaMotte in meinem Haus. Die Entscheidung ist endgültig. Ich muß noch im Garten arbeiten, solange das Licht hält.«

Mit schnellen, harten Schritten verließ er das Zimmer. Judith wappnete sich gegen eine neue Tränenflut. Statt dessen fühlte sie sich überrascht von dem, was sie in den Augen ihrer Tochter entdeckte. Ein lautloser Zorn, der für so ein junges Mädchen ganz und gar nicht typisch war.

Marie-Louise wischte sich über die Wangen. Sie starrte weiter auf die Tür, durch die ihr Vater verschwunden war.

Später, als es schon dunkel geworden war, ging Judith leise auf die Veranda mit Blick zum Garten hinaus. Insekten umkreisten die Öllampe, die auf einem geflochtenen Tisch stand. Cooper war auf einem Stuhl neben dem Tisch eingeschlafen; seine Weste stand offen, die Krawatte hatte er gelockert.

Sie stieg über mit Zahlenkolonnen bedeckte Papiere hinweg und beugte sich über ihn, um ihn mit einem Kuß auf die Stirn zu wecken. Cooper ruckte nach oben, unsicher, wo er sich befand.

»Es ist fast zehn Uhr, Cooper. Marie-Louise ist direkt nach dem Essen nach oben auf ihr Zimmer gerannt. Seitdem habe ich keinen Laut mehr gehört. Ich denke, du solltest Frieden mit ihr schließen, falls das möglich ist.«

»Ich habe nichts Unrechtes getan. Warum muß ich . . .?« Judiths Blick brachte ihn zum Schweigen. Sich die Augen reibend, stand er auf. »Also gut.«

Sie lauschte, wie er langsam die Treppe hochstieg, hörte dann ein leises Klopfen. »Marie-Louise?« Sie schaute in den dunklen Garten hinaus, als er rufend die Treppe herabgestürzt kam. »Sie ist weg.«

»Was sagst du da?«

»Sie muß die Nebentreppe benutzt haben. Ihr Zimmer ist leer, die Hälfte ihrer Kleidung ist verschwunden. Sie ist weg!«

Die Insekten umkreisen die flackernde Lampe. Zum erstenmal seit langer Zeit ließ Judith ihrem Zorn freien Lauf. »Das ist deine Schuld. Du hast sie aus dem Haus getrieben.«

»Das ist unmöglich. Sie ist doch bloß ein Mädchen.«

»Im Heiratsalter, wenn ich dich daran erinnern darf. Viele Mädchen in South Carolina sind mit vierzehn Mutter. Du hast ihre Zuneigung zu diesem jungen Mann falsch eingeschätzt. Seinetwegen — und deinetwegen — ist sie weggerannt.«

Ein gedämpftes Hämmern drang durch die Nebel des Schlafes. Madeline hob langsam den Kopf, versuchte das Geräusch einzuordnen. Sie hörte, wie sich Prudence Chaffee im anderen Schlafzimmer bewegte.

Das Hämmern wurde lauter. »Bitte ... jemand ...«

Eine Frauenstimme. Madeline glaubte, sie müsse die Stimme erkennen, tat es aber nicht. Sie war immer noch zu schläfrig. War es eine der Negerfrauen?

Prudence machte ihre Lampe an und brachte sie zur Tür von Madelines Raum. Ihr schlichtes, kräftiges Gesicht war hellwach, ihre Augen blickten besorgt. »Glaubst du, es gibt Ärger mit der Schule?«

»Ich weiß nicht.« Auf nackten Füßen ging Madeline zur Tür. »Es ist mitten in der Nacht.«

In Wirklichkeit war fast Morgen, wie sie beim Öffnen der Tür entdeckte. Zwischen den hohen Bäumen sah sie den gezackten, orangefarbenen Himmel. Gegen das Licht zeichnete sich eine zerzauste Gestalt auf der Veranda ab.

»Tante Madeline!«

Sie hätte nicht erstaunter sein können, wenn Andrew Johnson persönlich vorbeigeschaut hätte. »Marie-Louise! Was tust du denn hier?«

»Bitte laß mich rein, dann erkläre ich alles. Ich bin die ganze Nacht marschiert.«

»Du bist den ganzen Weg von Charleston gelaufen?« rief Prudence. »Zwölf Meilen, ganz allein, auf einer dunklen Straße? Hast du dir denn da gar keine Gedanken gemacht?«

Sofort war Madeline klar, daß etwas Schlimmes geschehen sein mußte. Ein Todesfall? Ein Gewaltakt? Dann sah sie den zum Platzen gefüllten Koffer. Man packt keinen Koffer, um von einer Tragödie zu berichten.

»Da gibt es diesen Jungen. Papa hat verboten, daß er mir den Hof macht. Ich liebe ihn, Tante Madeline. Ich liebe ihn, und Papa haßt ihn.«

Das also war es. Ein junges, verliebtes Mädchen tat viele gefährliche oder gedankenlose Dinge, wenn sie mit ihren eigenen Problemen beschäftigt war. Sie erinnerte sich, wie es mit Orry gewesen war, wie romantische Gefühle jeden Sinn fürs Praktische und alle Furcht vor Gefahren weggefegt hatten.

»Darf ich bleiben, Tante Madeline? In die Tradd Street gehe ich nicht zurück.«

Dann würde es sicher Arger mit Cooper geben. Aber wegschicken konnte Madeline sie auch nicht. »Komm herein«, sagte sie und trat beiseite, um den atemlosen Flüchtling willkommen zu heißen.

WEISSE MÄNNER – AN DIE WAFFEN!

Heute tagt die Bastard-»Legislative« in Columbia. Die wahnsinnigste, skrupelloseste und infamste Revolution in unserer Geschichte hat die Macht den Händen der Rasse entrissen, die das Land besiedelt hat, und sie an ihre früheren Sklaven übergeben, eine unwissende, korrupte Rasse.

Diese gesetzlose, elende Versammlung wird die besten und nobelsten Staaten unserer großen Schwesternschaft unter den gottlosen Hufen afrikanischer Wilder und Armeebriganten zertrampeln. Millionen freigeborener, edler Männer und Frauen unseres Landes werden gezwungen, sich in die Gewalt von sabbernden, verlausten, den Teufel anbetenden Barbaren aus dem Dschungel und streunenden Freibeutern aus Cape Cod, Boston und der Hölle zu begeben.

Es ist fünf vor zwölf; es geht um unser Leben; unsere einzige Zuflucht ist die Gewalt der Waffen.

Sonderausgabe von THE ASHLEY THUNDERBOLT
6. Juli 1868

MADELINES JOURNAL

Juni 1868. Cooper hier, noch keine 24 Stunden, nachdem wir seine Tochter aufgenommen hatten. Schreckliche Szene...

»Wo ist sie? Ich verlange, daß du sie herbringst.«

Er stand Madeline auf dem Rasen vor dem weißgetünchten Haus gegenüber. Unten am Fluß keuchte die Dampfmaschine bei der Sägemühle. Das Blatt einer Kreissäge jaulte auf, versuchte sich durch einen Eichenstamm zu beißen.

»Sie befindet sich auf der Plantage. Es geht ihr gut, und sie möchte eine Weile bei uns bleiben. Sie will ganz eindeutig keine weiteren Streitereien mit dir.«

»Mein Gott. Erst machst du Geschäfte mit republikanischen Ausbeutern. Dann hetzt du meine Tochter gegen mich auf.«

»Marie-Louise ist in den Jungen verliebt, Cooper. Ich würde in der Tradd Street nach der Ursache ihres Trotzes suchen.«

»Zum Teufel mit dir, bring sie her!«

»Nein. Die Entscheidung zu gehen liegt bei ihr.«

»Bis sie erwachsen ist, hab' einzig und allein ich das legale Recht...«

»Das legale Recht vielleicht, nicht das moralische. Sie ist fast sechzehn. Viele Mädchen sind schon vorher verheiratet und Mütter.« Madeline ging um ihn herum.

»Wenn das alles ist...«

»Das ist es nicht. Ist dir bewußt, daß es einen Ku-Klux in diesem Bezirk gibt?«

»Ich habe Gerüchte gehört. Beweise dafür konnte ich keine finden.«

»Nun, ich weiß es aus bester Quelle. Die Gruppe hier führt ein sogenanntes Totenbuch. Darin stehen die Namen jener, die den Klan beleidigt haben. Weißt du, welcher Name ganz oben auf der ersten Seite steht? Deiner.«

»Das überrascht mich nicht.« Madelines erzwungene Ruhe ließ nichts von dem plötzlichen, krampfartigen Schmerz in ihrem Magen erkennen.

»Ich warne dich, diese Männer sind gefährlich. Wenn sie herkommen, wenn deinetwegen meiner Tochter etwas geschieht, dann lasse ich dich nicht durch die Gerichte bestrafen. Das werde ich dann persönlich erledigen.«

Ein letztes Mal versuchte sie vernünftig mit ihm zu reden. »Cooper, wir sollten nicht miteinander streiten. Für Marie-Louise werden sich die Wogen schon glätten. Gib ihr eine Woche oder so. Und vergiß in der Zwischenzeit nicht, was uns verbindet. Wir sind eine Familie. Mein Mann war dein Bruder.«

»Sprich nicht von ihm. Er ist tot, und du bist das, was du immer warst – eine Außenseiterin.«

Sie zuckte zurück, als hätte er sie ins Gesicht geschlagen.

Seine Wut ließ ihn jegliche Beherrschung verlieren. »Ich verfluche den Tag, an dem ich dir vertraut habe. Daß ich dir die Verwaltung dieser Plantage übertragen habe. Weil Orry dich hier haben wollte. Ich wünschte bei Gott, ich könnte diese Vereinbarung zerreißen und dich rauswerfen, denn genau das würde ich tun, Madeline. Ich würde es tun! Du bist es nicht mal wert, im Schatten meines Bruders zu stehen. Orry war ein weißer Mann.«

Er rammte sich seinen Hut auf den Kopf und ging auf sein Pferd zu. Sein Gesicht war grau und eingefallen und haßverzerrt, als er davonritt.

Orry, ich kann nicht vergessen, was er sagte, oder darüber wegkommen. Ich sollte nicht lang und breit darüber schreiben. Ich möchte nicht in Selbstmitleid verfallen. Doch er hat eine tiefe Wunde geschlagen ...

... Die Mine ist in vollem Betrieb. Endlich ein bißchen Geld!

Mr. Jacob Lee, Savannah, ist die ganze Nacht durchgeritten, um sich heute morgen mit mir zu treffen. Er ist jung, eifrig und besitzt gute Empfehlungen als Architekt. In Atlanta aufgewachsen, wo er seine Eltern in Shermans Feuer verlor, weiß er kaum etwas vom Flachland und gar nichts von mir. Genau deswegen habe ich ihn eingestellt...

Lee, klein und voller Energie, zeichnete mit seinem Kohlenstift einen schnellen Entwurf auf seinen Block. Sie hatte sich entschuldigt, daß sie mit den Begriffen der Architektur nicht vertraut war, und Mont Royals Umrisse skizziert, wie sie ihr im Gedächtnis geblieben waren. Das hatte genügt.

»Die toskanische Säulenordnung. Die Stützpfeiler etwas freier von Ornamenten als die griechischen Säulen. Schlichter, sauberer Säulenknauf und Säulengebälk — haben Sie es so in Erinnerung?«

Madeline flüsterte, die Hände zusammengepreßt: »Ja.«

»War die äußere Seitenwand so? Weiß?« Er setzte horizontale Linien hinter die Pfeiler.

Sie nickte. »Hohe Fenster, Mr. Lee. Meine Größe, vielleicht noch etwas größer.«

»Ungefähr so?«

»O ja.« Sie konnte die Tränen nicht mehr zurückhalten. Auf seinem Block sah sie es endlich vor sich, geschaffen von einigen fachmännischen Strichen und ihrer eigenen Phantasie. Das zweite große Haus. Das neue Mont Royal...

Das Haus, in dem sie nach Coopers Worten ein Eindringling war.

Juli 1868. Wir gehören wieder zur Union! Der Kongreß hat die neue Verfassung anerkannt, die staatliche Legislative hat sie ratifiziert, und wir wurden am 9. Juli wieder aufgenommen. Ein großer Anlaß für öffentliche Freude. Aber nichts dergleichen...

14. Verfassungszusatz ratifiziert. Andy ist sehr stolz. Er sag-

te: »*Ich bin jetzt ein Bürger. Ich werde jeden Mann bekämpfen, der mir das streitig machen will . . .*«

Theo German kam gestern abend zu Besuch. Was für ein wunderbarer, aufrichtiger junger Mann. Er kam in voller Uniform und ganz allein — eine mutige Tat angesichts der Stimmung in der Nachbarschaft. Er hat den ganzen Morgen in der Schule verbracht. M.-L. hilft dort aus. Wenn ich solche Dinge noch richtig beurteilen kann, dann lieben sie einander wirklich. Wie sie allerdings ihre Beziehung auf Dauer gestalten wollen, ohne sich C. für immer zum Feind zu machen, weiß ich nicht . . .

Merkwürdige Zeiten. Die Mixturen von Männern, die unser Leben kontrollieren, zeigt sich am deutlichsten bei unseren Kongreßabgeordneten. Die Senatoren sind Mr. Robertson (einer der ersten prominenten Männer des Staates, der sich den Republikanern angeschlossen hat) und Mr. Sawyer aus Massachusetts, der zu uns gekommen war, um die Leitung der Grundschule in Charleston zu übernehmen. Von unseren vier Abgeordneten stammen Corley und Goss aus Carolina, es spricht nicht viel für, aber auch nicht viel gegen sie. Whittemore ist ein Pastor der methodistischen Episkopalkirche aus Neuengland mit einer herrlichen Baßstimme, es heißt, sein mächtiger Hymnengesang habe ihm geholfen, die Neger auf seine Seite zu bringen. Dann ist da noch der bemerkenswerte Christopher Columbus Brown, Organisator der staatlichen Republikaner und ehemaliger Glücksspieler. Er stand vor einem Kriegsgericht der Konföderation und saß zum Zeitpunkt der Kapitulation unter dem Verdacht des Mordes an seinem Kommandeur im Gefängnis von Charleston.

Gen. Canby sagt, die Umstrukturierung des Staates unter den Wiederaufbaugesetzen sei abgeschlossen. Die Regierungsgewalt geht vom Militär an die gewählten Zivilbehörden über. In Columbia haben wir Gen. Scott vom Büro als Gouverneur, den Mulatten Mr. Cardozo als Staatssekretär und einen kalten, kultivierten Republikaner und Veteranen der Union, Mr. Chamberlain, als Justizminister. Chamberlain bringt für seinen Posten sowohl Universitätsabschlüsse von Harward als auch von Yale mit, ebenso wie eine grundsätzliche Abneigung gegen alle Demokraten.

Der bemerkenswerteste — oder je nach Standpunkt schlimmste — Anblick ist die neue Legislative.

Cooper stand neben Hampton am Geländer der Galerie. Er war nach Columbia gekommen, um mit den Führern der Demokratischen Partei zu konferieren. Hampton hatte vorgeschlagen, sie sollten sich mal aus erster Hand informieren, indem sie einen Blick auf die Leute warfen, die jetzt den Staat kontrollierten. Vom ersten Augenblick an, als Hampton ihn in das immer noch nicht vollendete Parlamentsgebäude geführt hatte, war er entsetzt gewesen.

Schmutz bedeckte die Flure. Die Tore des Hauses wurden von einem Neger mit glänzendem Gesicht bewacht, der auf einem gegen die Wand zurückgekippten Stuhl saß. Beim Aufstieg zur Galerie entdeckte Cooper an der Marmorwand des Treppenhauses etwas, das wie ein großer Fleck getrockneten Blutes aussah.

Wie betäubt umklammerte er jetzt wieder das Geländer. Er hatte gewußt, daß fünfundsiebzig der hundertvierundzwanzig gewählten Repräsentanten Neger waren, aber es war viel eindrücklicher, sie alle in dem Saal versammelt zu sehen. Der Sprecher war schwarz. Sein Gehilfe ebenfalls. Anstelle der anständigen weißen Jungs, die früher als Pagen gedient hatten, sah Cooper — »Mischlingskinder. Unglaublich.«

Viele der weißen Gesetzgeber erkannte er. Einst Sklaven- und Plantagenbesitzer, waren sie nun eine verschwindende Minderheit gegenüber den Schwarzen, die ihnen früher vielleicht gehört hatten. Was die Schwarzen anbelangte, so vermutete Cooper, stammte ihre einzige politische Bildung aus dem Geschwätz der Union League. Diese Männer würden Jahre brauchen, um die feine Kunst des Regierens zu beherrschen. Zuvor schon würde der Staat ruiniert sein.

Mit kummervollem Gesicht sagte Hampton: »Genug gesehen?«

»Jawohl, General.« Die beiden Männer flohen zu den Galerietüren. »Der alte Spruch ist wahr geworden, was? Das Unterste ist zuoberst gekehrt worden.«

Im Korridor sagte Hampton: »Was dort drinnen geschieht, ist eine Travestie und eine Tragödie. Ich bin überzeugt davon, daß wir South Carolina von solchen Männern erlösen müssen, oder wir verlieren alles, was wir schätzen.«

»Ich bin der gleichen Meinung«, sagte Cooper. »Was immer nötig ist, ich bin bereit, es zu tun.«

August 1868. Old Stevens ist mit 76 gestorben. Ein ungemein verhaßter Mann in Carolina — obwohl ich dieses Gefühl nicht teilen kann. Er liegt aufgebahrt mit einer Ehrengarde von Negerzuaven. Es gibt bereits Streit über seine Grabstätte in Pennsylvania.

Virgilia sah ihren alten Freund drei Stunden vor seinem Ende. Unter den wachsamen Augen von Schwester Loretta und Schwester Genevieve, zwei Nonnen vom protestantischen Hospital für Farbige, saß sie da und hielt die Hand des alten Mannes.

Sie und Scipio nahmen den Zug nach Lancaster, um bei der Beerdigung dabei zu sein. Während der Reise mußten sie die wütenden Blicke und beleidigenden Bemerkungen anderer Fahrgäste ertragen. An ihrem Ziel angekommen, hatte Virgilia zu kämpfen, um ihren Kummer unter Kontrolle zu halten. Sie schaffte es, bis sie am Friedhof angekommen waren, wo ihr Freund zur letzten Ruhe gebettet werden sollte.

Während seiner letzten Tage hatte Stevens lange über seine Grabstätte nachgedacht. Weil es in Lancaster keine prominenten Friedhöfe gab, die die Leichen von Negern zugelassen hätten, wählte er einen ärmlichen, kleinen Negerfriedhof. Nach seinem Wunsch sollte auf dem Grabstein stehen:

ICH HABE DIESEN ORT GEWÄHLT
UM NOCH IN MEINEM TOD FÜR DIE
PRINZIPIEN EINZUSTEHEN
DIE ICH EIN LANGES LEBEN LANG
GEPRIESEN HABE:
GLEICHHEIT FÜR JEDEN MENSCHEN VOR SEINEM SCHÖPFER

Als sie das sah, brach Virgilia in Tränen aus, ein gewaltiges Schluchzen entrang sich ihrer Brust, so wie vor langer Zeit, als sie allein Gradys Grab in der Nähe von Harpers Ferry besucht hatte. Scipio legte einen Arm um sie. Es tröstete sie, ebenso wie seine ruhigen Worte:

»Nur sehr wenige können von sich sagen, daß sie so gestorben sind, wie sie gelebt haben. Er war ein großer Mann.«

Virgilia preßte sich an ihn. Seine Hand hielt ihre Schulter fest umklammert; keiner von ihnen beachtete die erstaunten Blicke, die sie auf sich zogen. Sie war froh, daß seine Hand bei ihr war. Sie hoffte, es würde immer so sein.

Wie unverschämt sie doch sind — der »Klan«. In Gettys' Thunderbolt heißt es in einer kurzen Notiz, daß sie Freitagnacht eine Parade in Summerton veranstalten werden. Jeder, der gegen sie ist, wird gewarnt; wenn er sich nicht fernhält, riskiert er strenge Bestrafung.

Andy erklärte, daß er sich die Sache mal anschauen würde. Ich sagte nein. Er erwiderte, ich hätte über seine Entscheidungen nicht zu verfügen. Ich sagte, ich sei lediglich um seine Sicherheit besorgt, und bat ihn, mir zu versprechen, daß er auf M. R. bleiben würde. Ich wertete sein Schweigen als Zustimmung.

Die schwüle Dunkelheit des Sommers machte schlaff und gereizt. Jane saß an dem alten Tisch in ihrem Haus und deutete auf die Zeitung, die Andy gerade gelesen hatte; mit nervösen Bewegungen seiner Handfläche glättete er sie wieder und wieder, während er auf seiner Unterlippe herumkaute.

»Andy, da steht es. ›Alle illoyalen weißen Männer und Liga-Anhänger werden gewarnt, fernzubleiben.‹ Was hast du davon?«

»Ich will sie mir ansehen. Im Krieg haben die Generäle auf beiden Seiten den Feind stets ausgespäht.«

»Du hast Madeline dein Wort gegeben.«

»Ich habe geschwiegen. Das war kein Versprechen. Ich werde vorsichtig sein. Ich bin bald wieder zurück.«

Er küßte sie und schlüpfte aus dem Haus. Sie berührte ihre

Wange. Wie kalt sich seine Lippen angefühlt hatten. Jane legte die Hände zusammen und preßte sie fest auf ihren Mund. Sie schloß die Augen. »Andy — Andy.« Furcht und Schrecken lagen in ihrem Flüstern.

Er schlug einen weiten Bogen durch die Sümpfe um Summerton herum, vertraute dabei darauf, daß er die begehbaren Pfade im Gedächtnis hatte. Nur einmal rutschte er knietief ins Salzwasser.

Es war eine wolkenlose Nacht ohne jeden Wind. Eine dichte Dunstschicht verschleierte den Mond. Die Luft war voller Moskitos und winziger Insekten, die sein Ohr mit dem Geräusch einer Kreissäge umschwirrten. Er hörte Stimmen und Gelächter, als er sich hinter Gettys' Laden an Summerton heranschlich.

Durch das Unterholz kroch er bis ans hintere Ende des Dixie-Ladens. Von hier aus konnte er die vordere Veranda einsehen, auf der sich einige schlampige weiße Frauen herumdrückten. Eine hatte ihr Kleid vorne geöffnet. Ein mageres Baby saugte an ihrer linken Brust. Das Gespräch der Frauen war laut und obszön.

Auf der anderen Seite der Straße sah Andy ein paar Kinder im Staub sitzen, zusammen mit einem Paar der ärmeren Pächter aus dem Bezirk. Plötzlich verstummte das Gerede. Die weißen Leute richteten ihre Aufmerksamkeit auf etwas, was außerhalb seines Blickfeldes vor dem Laden geschah.

Schwitzend beschloß er, hinter eine gewaltige Eiche zu kriechen, die zehn Fuß von der Veranda entfernt stand. Dazu mußte er eine offene, hellerleuchtete Fläche überwinden, doch die Leute schauten alle in die andere Richtung, die Straße hoch. Er zählte bis drei und schoß los. Eine Frau auf der Veranda hörte ihn, doch bevor sie sich umgedreht hatte, drückte er sich bereits flach gegen die rauhe Borke des Baumstamms. Er hörte die Frau grunzen: »Wahrscheinlich irgendein Tier.«

Nach einer Zeit des Schweigens hörte er schwache, rhythmische Geräusche. Pferde oder Maultiere auf der staubigen Uferstraße. An der Kreuzung brüllte jemand: »Hurra! Da kommen sie.«

Andy schob seinen Kopf hinter dem Baumstamm hervor, bis er die jetzt hellerleuchtete Kreuzung gut einsehen konnte; die Hälfte der Neuankömmlinge trug rauchende Fackeln bei sich.

Er wußte nur, daß es sich um Männer handeln mußte, mehr konnte er nicht erkennen. Sie trugen Roben und Kapuzen mit Löchern für die Augen. Die Kostüme waren aus irgendeinem glänzenden, blutfarbenen Stoff genäht. Er klammerte sich an den Stamm und beobachtete mit angehaltenem Atem weiter.

In Einerreihe ritten sie auf die Kreuzung. Der Anführer hatte seine Robe auf der rechten Seite hochgezogen und hinter seinen Gürtel gestopft, in dem Patronen schimmerten. Der Kolben seines in einem Halfter steckenden Revolvers pendelte frei. Bei den anderen Reitern entdeckte Andy alte Flinten, ein antikes Sponton, sogar einige Säbel.

Die Hufe wirbelten Staub auf. Die Reiter umkreisten die Lichtung wieder und wieder; das Ganze wirkte um so erschreckender, weil es vollkommen lautlos geschah. Selbst die weißen Schlampen und die Pächter schauten eingeschüchtert drein.

Der Anführer brachte sein Pferd vor dem Dixie-Laden zum Stehen. Jetzt erst bemerkte Andy etwas, das er zuvor nicht gesehen hatte. Der zweite Mann schleppte auf seinem Sattel eine Art Holzkiste mit, teilweise unter seiner Robe verborgen. Die Kiste schien rechteckig zu sein, ungefähr zwei Fuß lang, und bestand aus rohem Pinienholz.

Der Führer hob ein altes Hörrohr, wie es von Schwerhörigen benutzt wurde, an den Mund und sprach hinein. Seine Stimme klang dadurch blechern und verzerrt.

»Die Ritter des Unsichtbaren Reiches versammeln sich. Feinde des weißen Rittertums, hütet euch. Eure Tage sind gezählt. Euer Tod ist gewiß.«

Das war billiger Kitsch, darüber war sich Andy im klaren.

Eine kindische Maskerade. Doch er konnte in die Herzen, wenn schon nicht in die Gesichter der Kapuzenmänner sehen. Sie waren entschlossen und voller Haß.

»Teilt es allen mit«, bellte der Anführer durch das verbeulte Rohr. »Hier ist der erste, der unseren Zorn zu spüren bekommen wird.«

Der zweite Reiter warf die Kiste zu Boden. Der Deckel sprang auf. Eine Art Puppe kam zum Vorschein.

Der Führer gab ein Zeichen, und die Reihe der Reiter setzte sich in Bewegung. Andy entschied, daß er genug gesehen hatte. Er schlich sich durch die Yuccas zurück auf das dichte Gebüsch zu, aus dem er aufgetaucht war. Sein Fehler war, daß er über die Schulter schaute, um die Klansmänner im Auge zu behalten.

Er trat zu nahe an eine Yuccapflanze heran. Die Spitze eines langen Blattes stach durch seine Hose in sein Bein, und er stieß einen Schmerzensschrei aus, nicht sehr laut, aber doch ausreichend, um die Aufmerksamkeit der Reiter auf sich zu lenken. Jemand brüllte etwas, Gewehre und Revolver wurden hochgerissen. Der Anführer deutete auf den Schwarzen, der auf die Bäume zurannte.

Spitze Blätter bohrten sich in seine Beine, als zwei Kapuzenmänner auf ihn zugeritten kamen. Keuchend rannte Andy schneller, hinaus aus dem Yuccagebüsch. Ein Musketenkolben knallte gegen seinen Schädel und warf ihn auf die Knie.

Die Männer stiegen ab und schleppten ihn zur Veranda. Die weiße Frau, die das Baby gestillt hatte, beugte sich vor und spuckte ihn an. Sie stießen ihn vor das Pferd des Anführers.

»Nigger wurden vor dieser Versammlung gewarnt«, dröhnte der Anführer durch das Hörrohr. Er war eine erschreckende Gestalt, wie er so hoch über Andy aufragte in einer Robe, die in Flammen zu stehen schien. »Nigger, die dem Unsichtbaren Reich trotzen, bekommen, was sie verdienen.«

Ein anderer Klansmann zog ein gewaltiges Jagdmesser hervor. Die Klinge blitzte, als er das Messer drehte. »Reißt ihm die Hosen runter. Du bist erledigt, Boy. Aus Niggerköpfen und Niggereiern kochen wir Suppe.«

»Nein.« Der Anführer schlug mit dem Hörrohr durch die Luft.

»Er soll den anderen erzählen, was er hier gesehen hat. Zeigt ihm den Sarg.«

Ein Mann riß Andys Kopf herum, so daß er die auf dem Boden stehende offene Kiste sehen konnte. Durch das Samtkleid der groben Maishülsenpuppe in der Kiste hatte man eine Kugel gejagt. Der Führer deutete auf geschwärzte Buchstaben, die in den Sarg gebrannt worden waren. Krumme Buchstaben, aber lesbar.

»Einer soll ihm vorlesen, was da steht.«

»Ich kenne diesen Nigger«, sagte ein anderer Klansmann.

»Er ist ein Mont-Royal-Nigger. Er kann selber lesen.« Obwohl der Sprecher versuchte, seine Stimme rauher klingen zu lassen, erkannte Andy doch Gettys.

Er war so verängstigt, daß ihm alles vor Augen verschwamm.

Er mußte seine inneren Muskeln krampfhaft anspannen, um sich nicht in die Hosen zu machen. Der Anführer dröhnte: »Also gut. Du erzählst dieser Frau, was du hier gesehen und gelesen hast, Nigger.« Wieder gab er ein Zeichen. Andy wurde losgelassen und erhielt einige Tritte.

Er taumelte los. Ein Revolver knallte viermal. Jedesmal zuckte er in der Erwartung, getroffen zu werden, heftig zusammen. Er rannte weiter, an den Yuccas vorbei auf den Wald zu. Zum Glück fiel er nicht. Er drehte sich um, als er die Bäume erreichte; bläulicher Pulverdampf trieb über den Kapuzenmännern. Sie lachten über ihn. Er rannte in die Dunkelheit hinein.

Konnte die ganze Nacht nicht schlafen. Andy hat den Klan gesehen und was sie in den Sargdeckel gebrannt haben, dessen Inhalt ihr beabsichtigtes Opfer repräsentieren sollte. Er hat es mir aufgeschrieben, mit zitternder Hand, während der Schweiß von seiner Stirn auf das alte braune Papier tropfte:

> *»Zum Tode verurteilt und hingerichtet«*
> *die Niggerin*
> MAIN

44

An diesem Tage erwachte Charles eine Stunde später als üblich — um fünf Uhr nachmittags. Er griff unter sein Feldbett, entkorkte die Flasche und nahm den ersten Schluck, bevor er aus dem Bett stieg. Es war für ihn zur Gewohnheit geworden, den Tag so zu beginnen.

Es war Mitte August. Gleich hinter seinem Arbeitsplatz stand die Hütte, in der er schlief; sie war heiß und stickig. Und laut. Cowboys aus Texas brüllten und stampften auf dem Tanzboden des Hauptgebäudes herum, während der Professor auf dem brandneuen Fenway-Klavier des Etablissements eine Polka spielte.

Nach dem zweiten Schluck erhob er sich widerstrebend. Angekleidet war er bereits; für gewöhnlich schlief er in seinen Sachen. Er hatte eine zwölfstündige Nachtschicht als Rausschmeißer in »Trooper Nell's« vor sich. »Nell's« war eine gut florierende Tanzhalle mit Zimmern im ersten Stock für die Huren und deren Kunden. Sie lag in der Texas Street, zwischen Applejack und Pearl, südlich der Eisenbahnlinie. Wenn er aufmerksam lauschte, konnte er die Pferde und Kutschen hören, die die ausbezahlten Viehtreiber in den weniger respektablen Teil von Abilene brachten.

»Trooper Nell's« schloß niemals. Abilene blühte auf und entwickelte sich schnell zu der beliebtesten Verladestation in Kansas. Joe McCoy, ein bescheidener Farmerjunge aus Illinois mit einem gut entwickelten Geschäftssinn, hatte alles auf eine Karte gesetzt und gewonnen. Letztes Jahr hatte McCoy in seiner ersten Saison mit seinem zweihundertfünfzig Acres großen Komplex aus Pferchen und Rampen ungefähr fünfunddreißigtausend Stück Texasvieh an Bord der U.P.E.D. verladen. Diese zweite Saison versprach das Doppelte. Trotz der Probleme mit den Indianern während des Sommers strömten die Herden bei Humbarger's Ford im Süden der Stadt durch den Smoky Hill. Fast jede Nacht mußte Charles auf zahlreiche freigiebige, saufende Cowboys aufpassen, sobald sie außer Rand und Band gerieten. Der Sheriff von Dickson County tat wenig. Er war von Beruf Kolonialwarenhändler, der mit Rowdies nicht umgehen konnte.

Charles benützte seine Finger, um seinen langen Bart zu entwirren. Von einem Stuhl mit einem abgebrochenen Bein nahm er die Segeltuchhülle, die er selbst genäht hatte, und schob die Spencer hinein. Das Gewehr und der tiefgeschnallte Colt dämpften für gewöhnlich die Kampfeslust der Cowboys. Das hatte er von Wild Bill gelernt, der mittlerweile in Kansas zur Legende geworden war. Manchmal trug Hickock bis zu fünf Waffen plus ein Messer bei sich. Auf diese Weise schüchterte er Männer ein, anstatt sie töten zu müssen. Charles hatte Wild Bill schon eine ganze Weile nicht mehr gesehen; es hieß, er würde als Meldereiter für die Armee arbeiten.

Es war Charles' Pech, daß er nicht auch so einen Posten bekommen hatte. Seit seiner Entlassung aus dem Zehnten Regiment hatte er keinen Indianer mehr zu Gesicht bekommen. Und dieses Jahr war wirklich dafür geeignet. Die Stämme hatten ganz friedlich überwintert. Doch dann hatten sich die Politiker über die Höhe der Jahreszahlungen entsprechend den bei Medicine Lodge Creek ausgehandelten Bedingungen nicht einigen können. Nahrungsmittel, Gewehre und Munition wurden ebenfalls nicht ausgegeben. Im Frühling dann hatten sich die wütenden Comanchen in Texas auf den Kriegspfad begeben. Dann waren die Cheyenne unter Großer Bulle, Narbengesicht und anderen Kriegshäuptlingen in Kansas eingefallen, angeblich um ihre alten Feinde, die Pawnee, anzugreifen. Doch bald schon richteten sie ihre Feindseligkeiten gegen die Weißen.

Agent Wynkoop konnte die Friedenshäuptlinge unter Kontrolle halten, aber nicht die jungen Männer. Sheridan befand sich in Schwierigkeiten. Er verfügte lediglich über 2600 Infanteristen und Kavalleristen, mit denen er den Überfällen Einhalt gebieten sollte. Er sandte Comstock und Grover, zwei erfahrene Scouts, aus, um den Frieden mit den Cheyenne wiederherzustellen. Eine Indianergruppe hieß die beiden Männer willkommen und fiel dann ohne Warnung über sie her; Comstock wurde ermordet und Grover schwer verwundet, bevor er flüchten konnte. Die Hinterhältigkeit überraschte Charles nicht.

Er haßte es, daß er diesen Schauplätzen so fern war. Doch er kannte keinen Trupp, der gegen die Indianer kämpfte und ihn aufnehmen würde, und er war nicht närrisch genug, um allein als einsamer Scharfrichter loszuziehen. Also arbeitete er in Abilene und trank, während Zorn und Frustration in seinem Inneren wuchsen.

Er nahm noch einen Drink, dann verließ er den Schuppen und trottete durch den mit Müll übersäten Hinterhof auf das verschachtelte, zweistöckige Gebäude zu. Er hatte tief und fest geschlafen, aber wieder Alpträume gehabt. Für gewöhnlich träumte er den alten Traum mit brennenden Wäldern, stürzenden Pferden, träumte, wie er langsam im Rauch erstickte. Letzte Nacht war es anders gewesen. In seinem Traum hatte Elkanah Bent einen großen Perlenohrring vor ihm geschwenkt, während er ihn mit einem gewaltigen Messer stach.

Anfang des Jahres hatte er über Jack Duncan eine telegraphische Botschaft erhalten, die ihn von dem Mord an George Hazards Frau in Kenntnis setzte. Bents langer Rachefeldzug gegen die beiden Familien hatte Charles nur in seiner Überzeugung bestärkt, daß die ganze Welt und die meisten ihrer Bewohner wertlos waren. Allerdings glaubte er nicht, daß sich Bent je auf seine Fährte setzen würde. Charles hatte ihm in Texas vor dem Krieg einen zu großen Schrecken eingejagt.

Seit Januar war Charles nur zweimal in Leavenworth gewesen. Duncan behandelte ihn mit steifer Korrektheit, aber ohne jede Herzlichkeit. Er ließ Charles merken, daß er dessen Trinkereien nicht billigte. Charles hatte versucht, mit seinem Sohn zu spielen und zu reden, doch der Junge war ungern mit ihm allein und wollte ständig zu Maureen oder dem Brigadier zurück.

In Leavenworth warteten auch keine Briefe von Willa auf ihn. Er hatte ebenfalls nicht geschrieben.

Er befand sich in seiner üblichen mürrischen, gehässigen Stimmung, als er die zerbrechliche Hintertür aufriß und durch den dunklen Flur zu seiner Arbeit stelzte.

Der Professor hämmerte auf das Fenway-Klavier ein. Auf dem Plankenboden tanzten zwei Cowboys mit zwei Huren. An drei Tischen saßen Gruppen von lärmenden, staubigen Trinkern. Charles bemerkte, daß ihn einige der Cowboys anstarrten, als er auf das Ende der fünfzig Fuß langen, messingbeschlagenen Bar zuging.

»Schenk ein, Lem.« Der Bartender goß gehorsam einen Doppelten seines speziellen Bourbon ein. Charles kippte ihn hinunter; einen in der Nähe sitzenden Cowboy, der einem anderen mit blondem Kraushaar etwas zuflüsterte, bemerkte er nicht. Der blonde Junge warf Charles einen verächtlichen Blick zu.

Es roch hier nach Spucke und Sägemehl, Zigarren und Trailstaub und nach Kuhfladen, in den jemand getreten war. Für halb sechs war ganz schön was los, obwohl es nicht lärmender als üblich zuging. Die Besitzerin, die eins fünfzig große Nellie Slingerland, kam die der Bar gegenüberliegende Treppe herab. Nellie war etwas über vierzig, trug stets hochgeschlossene lange Kleider und besaß den größten Busen, den Charles je bei einer so kleinen Frau gesehen hatte. Ihre Augen waren hell und schauten berechnend drein, ihre Wangen waren von irgendeiner Kinderkrankheit her vernarbt. Nellie kostete doppelt soviel wie irgendeine der anderen Huren, doch für Charles tat sie es umsonst. Sie schliefen ein- oder zweimal in der Woche miteinander, für gewöhnlich tagsüber; Charles mußte sich stets vorher betrinken. »Roll rüber, du Bock«, pflegte sie zu sagen, und er schwang sich auf sie, drang in sie ein und stützte sich mit ausgestreckten Armen ab, während er es ihr besorgte. Sie schrie und stöhnte und hüpfte unter ihm. Weil er so groß war, befand sich sein Kopf ein ganzes Stück über dem ihren. Nie sah sie seine geschlossenen Augen oder den seltsam verzerrten Ausdruck auf seinem Gesicht. Stets versuchte er sich einzureden, es sei Willa. Es funktionierte nie.

»Wie geht's dir, Buck?« Nellies teure, handgearbeitete Stiefel knallten über den Boden, als sie sich ihm näherte. Man nannte sie Trooper Nellie, weil sie sich weigerte, für irgendeinen Mann die Stiefel auszuziehen, Charles eingeschlossen. In Abilene gab es eine Menge Geschichten über sie: Sie war eine ehemalige Schullehrerin; auf ihrer Farm in der Nähe von Xenia, Ohio, hatte sie ihren Mann seines Geldes wegen vergiftet; sie bevorzugte Frauen.

»Mir würd's besser gehen, wenn diese Hitze vorbei wäre«, sagte Charles. Er haßte die Anrede ›Buck‹, so als wäre er irgendein Feldarbeiter. Doch sie bezahlte ihn, also fand er sich damit ab.

»Du schaust so mürrisch aus, als könntest du einen Backstein verschlingen.«

»Hab' nicht besonders geschlafen.«

»Mal was ganz Neues«, sagte sie sarkastisch und griff nach dem Glas Limonade, das der Bartender aus ihrem Privatkrug eingegossen hatte. Sie trank keine harten Sachen. »Du bist ein verdammt guter Rausschmeißer, Buck, aber du läßt dir ziemlich deutlich anmerken, daß es dir nicht gefällt. Ich fange langsam an zu glauben, du gehörst nicht hierher.«

Sie nahm einen weiteren Schluck Limonade, während sie die Gäste musterte. Besondere Aufmerksamkeit schenkte sie dem Tisch, an dem der blonde Cowboy saß. Der ganze Lärm ging auf sein Konto.

»Behalt diesen Haufen im Auge«, sagte sie. »Die Jungen machen den meisten Ärger.«

Charles nickte und blieb mit dem Rücken gegen die Bar gelehnt stehen; über seine linke Schulter ragte der Lauf der Spencer. Kurz darauf schwankte der blonde Cowboy auf die Tanzfläche und steuerte auf den Professor zu, wobei er Squirrel Tooth Jo und ihren Kunden grob aus dem Weg stieß. Er verlangte etwas. Der Professor schaute zweifelnd drein. Mit wildem Gesichtsausdruck knallte der Cowboy einige Goldstücke auf die glänzende, schwarze Oberfläche des Klaviers. Der Professor warf Nellie einen Blick zu und begann »Dixie« zu spielen.

Der blonde Cowboy stieß ein Kriegsgeschrei aus und schwenkte seinen Hut. Er stieg auf einen Stuhl und dann auf den Tisch, an dem seine Freunde saßen. Nellie nickte Charles zu. Das bedeutete: Mach der Sache ein Ende.

Seit er erwacht war, überkam ihn zum erstenmal ein angenehmes, erwartungsvolles Gefühl. Ein grob gekleideter Mann stieß in diesem Moment die Tür von der Straße her auf, fing Charles' Blick ein und grinste. Der große, bärtige Bursche in mit Stachelschweinborsten verzierten Hosen und einem fransenbesetzten Wildledermantel kam ihm irgendwie bekannt vor, aber Charles wußte nicht genau, woher. Er hatte andere Dinge im Kopf.

Am vorderen Ende der Bar hatte jemand ein halbes Glas Whisky stehenlassen. Charles stürzte es herunter, griff dann über seine linke Schulter und holte die Spencer hervor. Er ging auf den Tisch zu, auf dem der Cowboy tanzte. Die anderen Männer am Tisch hörten auf zu reden und schoben ihre Stühle zurück. Die Stiefelabsätze des Cowboys hämmerten weiter auf den Tisch, der langsam splitterte.

»Daß du dir einen Drink kaufst, gibt dir noch nicht das Recht, die Möbel zu zerbrechen«, sagte Charles in erzwungenem Konversationston.

»Ich tanze gern. Mir gefällt die Musik.« Der Cowboy war kein Texaner. Sein schwerer Akzent deutete auf den Baumwollsüden hin. Vielleicht Alabama.

»Die kannst du auch im Sitzen genießen. Runter vom Tisch.«

»Wenn mir danach zumute ist, Soldat.«

Charles' Augenbrauen schossen in die Höhe. Der Cowboy schenkte ihm ein verwaschenes, herausforderndes Grinsen. »Soldat, in einem Schuppen weiter die Straße hoch, hab' ich alles über dich erfahren. Hamtons Kavallerie, aber danach bist du wieder in die US-Armee gegangen. Dafür würden wir dich in Mobile teeren.«

Charles verlor die Geduld und griff nach seinem Bein.

»Runter.«

Der Cowboy zog seinen Stiefel zurück und trat nach Charles, streifte seine linke Schulter und brachte ihn aus dem Gleichgewicht. Der Cowboy sprang vom Tisch, als Charles zurücktaumelte.

Ein anderer Cowboy packte Charles' Spencer. Zwei weitere Männer ergriffen seine Arme. Charles versetzte dem einen einen kräftigen Schlag und trieb ihn zurück. Vom Alkohol halb verrückt hämmerte der blonde Jüngling zwei Schläge in Charles' Bauch.

Die Wucht riß Charles aus dem Griff der Männer. Er rutschte aus, sackte dann verkrümmt in sich zusammen. Seine Spencer lag sechs Fuß entfernt.

»Haltet diesen verdammten Narren auf«, schrie Nellie, als der Cowboy seinen 44. Revolver zog.

Seine Freunde stoben auseinander. Eine ebensolche Fluchtbewegung leerte die Tanzfläche. Der Cowboy feuerte, als Charles nach rechts rollte. Die Kugel schleuderte Splitter und Staub hoch.

Nellie kreischte: »Der Boden kostet dreihundert Dollar, du Hundesohn!«

Wieder zielte der Cowboy auf Charles. Etwas schlitterte über den Boden auf Charles rechte Hand zu. Er sah nur die Stiefel und die Hosen mit den Stachelschweinborsten des Mannes, der ihm die Spencer zugeschoben hatte. Bevor der Cowboy ein zweites Mal abdrücken konnte, schoß Charles ihm in den Bauch.

Der Cowboy wurde zurückgeschleudert und landete auf dem Tisch, der krachend unter ihm zusammenbrach. Charles schwankte auf die Beine, schonte dabei das linke Bein, das er sich verrenkt hatte. Eine Hure kreischte; Squirrel Jo fiel in Ohnmacht. In das Schweigen hinein sagte Nellie: »Nun, ich schätze...« Weiter kam sie nicht. Charles jagte eine zweite Kugel in den am Boden liegenden Cowboy. Der Körper zuckte und rutschte ein Stück weg. Charles feuerte ein drittes Mal. Wieder riß es den Körper weiter.

»Hör auf«, sagte Nellie und zerrte seinen Arm nach unten.

»Notwehr, Nellie.« Er zitterte, konnte seine Wut kaum unter Kontrolle halten.

»Beim erstenmal. Wozu die anderen Schüsse? Du bist genauso schlimm wie irgendein verdammter Indianer.«

Charles starrte sie an, versuchte eine Antwort zu finden. Sein linkes Bein sackte weg, und er knallte auf den Boden.

Sie trugen ihn in den Schuppen und legten ihn auf das Feldbett. Nellie scheuchte den Barkeeper und den Hausdiener hinaus und betrachtete ihn nüchtern.

»Der Junge ist tot, Buck.«

Er sagte nichts.

»Du kannst hierbleiben, bis dein Bein besser ist, aber dann ist Schluß. Ich weiß, daß du dich verteidigen mußtest, aber du hättest ihn nicht zu verstümmeln brauchen. Das spricht sich rum. Ein Temperament wie das deine ist schlecht fürs Geschäft. Tut mir leid.«

Mit steinernem Gesicht sah er zu, wie sie sich abwandte und

hinausging. Verdammt noch mal, er hatte nur versucht, seine Haut zu retten –

Nein. Das war eine Lüge. Trooper Nellie hatte recht. Eine Kugel hätte gereicht, um diesen närrischen, hitzköpfigen Jungen zu erledigen, und er hatte es gewußt. Warum konnte er diesen tobenden Zorn nicht loswerden, der ihn veranlaßt hatte, die anderen Schüsse abzufeuern?

Ein Klopfen. Er nahm den Unterarm von seinen Augen.

Die Tür ging auf. Gegen das verblassende Augustlicht erkannte er die Silhouette des bärtigen Fremden.

»Griffenstein«, sagte der Mann in Wildleder.

»Ich erinnere mich. Dutch Henry.«

»Hat mich einiges gekostet, dich zu finden. Wie geht's dem Bein?«

»Tut weh. Wird eine Weile dauern, schätze ich.«

»Hör' ich ungern. Ich bin hundert Meilen geritten, den ganzen Weg von Hays.«

»Wozu?«

»Um dich anzuwerben.« Griffenstein zog sich eine alte Kiste heran und setzte sich. »Die Cheyenne spielen verrückt, und die Kavallerie jagt bloß hinter ihnen her, also hat Phil Sheridan beschlossen, in die Offensive zu gehen. Er hat einem seiner Adjutanten, Colonel Sandy Forsyth, den Befehl erteilt, fünfzig erfahrene Männer der Prärie anzuheuern, die losziehen und alle Wilden umbringen, die ihnen vor den Lauf kommen. Ich sagte, einen besseren Mann als dich könnten wir nicht finden. Du bist immer noch Tagesgespräch im Zehnten Regiment.«

Mürrisch sagte Charles: »Du meinst meinen Rausschmiß.«

»Nein, Sir. Sie reden darüber, wie du aus diesen Farbigen eine der besten Kavallerietruppen der Armee gemacht hast. Sie nennen deine alte Truppe nicht Barnes' Truppe, sie nennen sie Mains Truppe – nach deinem richtigen Namen –, und der Alte sagt Amen dazu.«

»Tatsächlich?« Charles packte sein schmerzendes Bein. »Hier, hilf mir mal. Ich weiß, daß ich aufstehen kann.«

Er versuchte es, fiel aber sofort wieder auf das Feldbett zurück. »Verdammt. Ich wollte, du wärst einen Tag früher gekommen, Griffenstein.«

»Ich auch. Na ja, dann beim nächstenmal. So, wie die Roten brandschatzen und skalpieren, wird es noch einige Gelegenheiten geben. Dann kannst du mitmachen.«

»Verlaß dich drauf«, sagte Charles.

»Wie finde ich dich?«

»Telegraphier an Brigadier Jack Duncan. Er ist beim Zahlmeister des Departments in Fort Leavenworth.«

»Ein Verwandter?«

Eine Bequemlichkeitslüge: »Schwiegervater.«

»Niemand hat mir gesagt, du seiest verheiratet.«

»Nicht mehr. Sie starb.«

Und du hast jeden Hauch von Gefühl in der einzigen anderen Frau getötet, die du ebenso geliebt hast.

Der große Mann sagte: »Tut mir leid, das zu hören.« Mit einem kurzen Nicken tat Charles die Sache ab.

Sie gaben sich die Hand. Dutch Henry Griffenstein tippte an seinen Hut und zog die Lattentür hinter sich zu; Charles blieb fluchend und frustriert zurück. In der Dunkelheit griff er nach der halbleeren Flasche unter seinem Feldbett.

Nellie Slingerland nahm die Entlassung nicht zurück. Charles war schlecht fürs Geschäft. Trooper Nell's blieb fast die ganzen sieben Tage leer, die er in seinem Schuppen lag. Der Krämer, der zum Sheriff geworden war, schaute am letzten Tag vorbei und teilte ihm mit, daß ihn Zeugen entlastet hätten; es war Notwehr gewesen.

Hinkend packte er seine wenigen Habseligkeiten zusammen. Nellie verabschiedete ihn nicht persönlich, sondern schickte ihm lediglich durch den Barkeeper zehn Dollar. Charles verwendete das Geld, um Satan aus einem Mietstall im anständigen Teil der Stadt auszulösen. In der sommerlichen Abenddämmerung verließ er Abilene und ritt nach Osten in die Dunkelheit hinein.

45

Als Willa völlig aufgelöst ihren Text zum drittenmal vergaß, sagte Sam Trump: »Zehn Minuten Pause, meine Damen und Herren.«

Er zog sie beiseite, zu der mit Kissen übersäten Plattform, die bei den Proben als Bett diente. Er drückte sie auf den Bettrand, hinterließ dabei tintige Abdrücke am Ärmel ihres gelben Kleides. Wegen der Septemberhitze zerfloß sein mohrenschwarzes Make-up.

»Meine Liebe, was ist los?« Er wußte es ganz genau. Sie sah schlampig aus; ihr Silberhaar war stumpf und achtlos hochgesteckt. Er setzte sich neben sie; seine schwarzen Hosen und die schwarze Bluse waren feucht vom Schweiß. Die weiße Chrysantheme, über seinem Herzen festgesteckt, war verwelkt. Die Katze Prosperity sprang auf seinen Schoß und schnurrte.

Sie schwieg, und er versuchte es noch einmal. »Liegt es am Wetter? Es gibt sicherlich bald einen Wechsel.«

»Das Wetter hat nichts damit zu tun. Ich kann mich einfach nicht auf meine Rolle konzentrieren.« Sie berührte seine Hand. »Kannst du die Proben so lange aussetzen, daß ich schnell mal nach Leavenworth fahren kann?«

»Es sind noch keine dreißig Tage her, daß du dort warst.«

»Aber dieses arme Kind braucht neben der Haushälterin jemanden, der sich um es kümmert. Der Brigadier ist manchmal wochenlang mit der Zahlmeisterei unterwegs. Gus könnte genausogut ein Waisenkind sein.«

Sam strich über Prosperitys glatten Rücken. Es war wichtig, daß er irgendeine Möglichkeit fand, Willa aus ihrer Melancholie zu reißen. Das wurde mit jedem Tag schlimmer, raubte ihrer Darstellungskunst jegliche Energie. Er faßte sich ein Herz und sagte: »Liebes Mädchen, ist es wirklich der kleine Junge, um den du dich sorgst? Oder ist es sein Vater?«

Sie warf ihm einen vernichtenden Blick zu. »Ich weiß nicht, wo sein Vater steckt. Außerdem ist es mir völlig egal.«

»O nein, natürlich nicht. ›Des Poeten Nahrung ist Liebe und Ruhm‹, sagte Mr. Shelley, und das trifft auch auf Schauspieler zu. Doch du willst mir erzählen, daß auf dich nur die Hälfte zutrifft.«

»Quäl mich nicht, Sam. Sag einfach, daß du Grace ein paar Abende für mich proben läßt. Ich werde meine Rolle in ›Othello‹ besser spielen können, wenn ich weiß, daß mit Gus alles in Ordnung ist.«

»Ich hasse es, die Proben zu verzögern. Ich habe so eine Vorahnung, daß unsere neueste Produktion uns in höchste Höhen tragen wird. Ich habe einigen New Yorker Managern telegraphiert und sie eingeladen.«

»Oh, um Himmels willen, Sam«, sagte sie, ihr Gesicht ganz untypisch feindselig. »Du weißt doch, daß all diese wunderbaren Triumphe nur in deiner Phantasie existieren. Wir leben und sterben als Provinzschauspieler.«

Trump stand auf. Die Theaterkatze krallte sich in seine Bluse und hinterließ einen langen Riß. Tief verletzt starrte Trump seine Partnerin an. Willas blaue Augen füllten sich mit Tränen.

»Tut mir leid, Sam. Es war gemein von mir, das zu sagen. Vergib mir.«

»Schon vergeben. Was deine Abwesenheit anbelangt, was bleibt mir schon für eine Wahl? Du läufst wie eine Schlafwandlerin durch deine Rollen. Wenn das durch eine weitere Fahrt nach Fort Leavenworth besser wird, dann fahr um Himmels willen. Und da wir gerade so offen sind, erlaube mir noch eine Bemerkung. Ich mochte den jungen Mann, als du ihn kennenlerntest. Jetzt mag ich ihn nicht mehr. Er hat dir weh getan. Selbst wenn er nicht da ist, tut er dir weh. Irgendwie reicht er bis in mein Theater und vergiftet alles.«

Willa schenkte ihm ein trauriges, halbes Lächeln. »So was nennt sich Liebe, Sam. Du hast auch deine Affären gehabt.«

»Aber keine, die mich zerstört hätte. Ich werde nicht zulassen, daß du daran zugrunde gehst.«

»Nein, Sam. Nur ein paar Tage, dann ist alles wieder in Ordnung.«

»Gut«, sagte er mit Zweifel in der Stimme.

Bei jedem Halt sprangen die Passagiere des Zuges, mit dem Willa quer durch den Staat fuhr, hinaus, um sich die letzten Zeitungen zu besorgen. Eine Story aus dem östlichen Colorado nahm fast die ganze Titelseite für sich in Anspruch. An der Arikaree-Gabelung des Republican River war eine Spezialabteilung von Indianer jagenden Westmännern unter einem Colonel Forsyth von einem gewaltigen Cheyenne-Trupp überrascht worden. Die Abteilung suchte Zuflucht auf einer Flußinsel mit dünnem Baumbestand; dort setzten sie sich fest und kämpften.

Es war unglaublich, wie sie Welle um Welle der angreifenden Indianer zurückschlugen; einigen Meldungen zufolge sollte es sich dabei um annähernd sechshundert Indianer gehandelt haben. In einer der Angriffswellen war ein berühmter Kriegshäuptling namens Fledermaus mit einem gewaltigen Kriegskopfschmuck mitgeritten, dessen Medizin alle Kugeln von ihm ablenken sollte. Die Medizin versagte. Er wurde niedergeschossen, diese Fledermaus – von einigen auch Römernase genannt.

Die Passagiere des Zuges genossen die Berichte über die Schlacht von Beecher's Island, so benannt zu Ehren eines jungen Armeeoffiziers, der dort gefallen war. »Sie sind in Sicherheit«, rief ein neben Willa sitzender Fahrgast und hielt ihr die Zeitung hin. »Die Männer, die Forsyth nach Fort Wallace schickte, sind durchgekommen. Das Ersatzkommando fand sie immer noch eingeigelt auf der Insel vor; aus toten Pferden hatten sie sich Fleisch herausgeschnitten.«

»Wie viele haben sie umgebracht?« erkundigte sich ein anderer Passagier.

»Hier steht, es seien Hunderte gewesen.«

»Bei Gott, es sollte noch fünfzig weitere solcher Kämpfe geben als Ausgleich für die armen Unschuldigen, die in diesem Sommer skalpiert worden sind.«

Wütend sagte Willa: »Sie erwarten, daß sich die Cheyenne friedlich verhalten, wenn man ihnen nicht mal schlichte Fairness und Ehrlichkeit zukommen läßt. Vor fast einem Jahr hat ihnen die Friedenskommission Nahrungsmittel und Waffen für die Jagd zugesagt. Der Sommer war fast vorüber, als die Waffen ausgegeben wurden. Sollen sie etwa die Verträge nicht brechen, wenn wir es ständig tun?«

Ihre Stimme verlor sich im Klicken der Räder. Die männlichen Fahrgäste starrten sie an, als hätte sie die Cholera. Der Mann mit der Zeitung sagte zu den anderen: »Wußte gar nicht, daß es Squaws gibt, die man für weiße Frauen halten könnte. Ihr vielleicht, Jungs?«

Willa wollte gerade zu einer Antwort ansetzen, da beugte sich der Mann mit der Zeitung vor und spuckte einen großen Klumpen Kautabak auf den Boden.

In früheren Zeiten hätte diese Art von Benehmen sie nur angestachelt, noch härter zu kämpfen. Jetzt nicht. Sie fühlte sich mutlos, kam sich sogar albern vor bei dieser Schlacht, die nicht gewonnen werden konnte.

Sie starrte aus dem Fenster auf Ställe und im Abendlicht grasendes Vieh. Sie versuchte die sarkastischen Scherze zu überhören, die die Männer weiterhin über sie machten. Sie fühlte sich elend. *Irgendwie vergiftete er alles.*

Vielleicht war ihr häufig unpraktischer Partner weiser, als sie geahnt hatte. Vielleicht sollte sie aufhören, hinter Träumen herzujagen. Vielleicht sollte dieser Besuch in Leavenworth ihr letzter sein.

»Nein, der Brigadier hat seit Wochen nichts mehr von ihm gehört«, sagte Maureen, als Willa an einem grauen, stürmischen Morgen ankam.

»Ist der General hier?«

»Nein. Er ist wieder mit der Zahlmeisterei unterwegs.«

»Wo steckt Gus?«

»Ich lass' ihn hinten den Gemüsegarten umhacken. Es ist natürlich nicht die richtige Jahreszeit dafür — Kürbis und Kartoffeln haben wir bereits geerntet —, aber der arme Kleine muß sich ja mit irgendwas beschäftigen.«

»Was ihm fehlt, ist ein normales Leben.« Willa stellte ihren Koffer neben dem kalten Eisenofen ab. »Er braucht Schule, Eltern, ein eigenes Zuhause.«

»Daran gibt's keinen Zweifel«, sagte Maureen. Sie sah viel älter aus; das rauhe Präriewetter hatte ihre Haut runzelig werden lassen. »Aber ich fürchte, hier wird er diese Dinge nicht finden.«

Ein leises, gedämpftes Heulen unterstrich ihr Gespräch. Die

Haustür klapperte in ihrem Rahmen. Maureen zerrte an ihrer Schürze. »Maria und Josef, manchmal hasse ich diesen Ort. Die Hitze. Diesen infernalischen Wind. Seit Wochen bläst er nun schon.«

Willa ging zur Hintertür. Von hier aus konnte sie den kleinen Gus beobachten, einen stämmigen Jungen, der in einer Ecke des Gartens lustlos mit seiner Hacke in der Erde herumstocherte. Staub und Abfälle wirbelten über den Garten und die nahegelegenen Gebäude. Gus' kleiner, runder Hut drohte jeden Moment fortgeblasen zu werden.

Willa brach fast das Herz, als sie ihn von der offenen Tür aus beobachtete. Wie verloren er aussah! Gebückt wie ein kleiner alter Mann. Grabend, hackend – ohne Sinn und Zweck.

Sie trat hinaus. »Hallo, Gus.«

»Tante Willa!« Er ließ die Hacke fallen und rannte auf sie zu. Sie kniete nieder und umarmte ihn. Charles' Sohn war fast vier. Er hatte seinen Babyspeck verloren. Obwohl er viel an der frischen Luft war, hatte er eine helle, blasse Haut.

Trotz des Windes machte sie mit ihm einen Spaziergang entlang der Klippe über dem Fluß. Sie stellte Fragen, die er einsilbig beantwortete. Dann hörte sie einen Ruf hinter sich und drehte sich um.

»Guter Gott.«

Charles kam den Pfad herabgeschwankt. Über dem Rücken seines Zigeunermantels trug er eine Art Segeltuchbeutel, aus dem ein Gewehrlauf ragte. Sein Bart war lang und ungekämmt.

Little Gus entdeckte seinen Vater, fing an zu strahlen und lief auf ihn zu. Er hatte die Hälfte der Strecke zurückgelegt, als Charles über einen Felsbrocken stolperte und stürzte. Er konnte gerade noch die Hände ausstrecken, sonst wäre er mit dem Gesicht auf den Boden geknallt.

Verwirrt blieb Gus stehen. Willas Gesicht spannte sich. Charles' Schwanken beim Aufstehen machte nur zu deutlich, daß er betrunken war.

»Hallo, Gus. Na komm, gib deinem Papa einen Kuß.«

Der Junge näherte sich ihm, aber mit gebotener Vorsicht. Charles kauerte sich hin und nahm den Jungen in seine Arme.

Gus drehte den Kopf weg; Willa sah, wie er die Augen schloß und den Mund zusammenpreßte, als hätte er Angst vor dem Mann, der ihn umarmte. Der Augenblick spontaner Freude war dahin.

Willa hielt ihren Federhut gegen den böigen Wind fest. Dieser Wind trug ihr auch einen üppigen Whiskyduft zu. Also doch betrunken. Gus löste sich schnell von Charles. Er schaute erleichtert drein.

Charles starrte sie fast unfreundlich an. »Hatte nicht erwartet, dich zu treffen. Was machst du hier?« Er sprach mit schwerer Zunge.

»Ich wollte Gus besuchen. Ich hatte nicht damit gerechnet, daß du hier bist.«

»Bin gerade angeritten gekommen. Gus, geh zurück zu Maureen. Ich muß mit Willa reden.«

»Ich möchte draußen bleiben und spielen, Pa.«

Charles packte ihn an der Schulter, wirbelte ihn herum und gab ihm einen Stoß in Richtung der Offiziershäuser. »Widersprich mir nicht. Lauf.«

Little Gus sah aus, als würde er gleich in Tränen ausbrechen. Charles brüllte: »Lauf, verdammt noch mal!«

Gus rannte los. Willa hätte Charles am liebsten geschlagen, ihn mit der Pferdepeitsche bearbeitet. Die Intensität ihres Gefühls regte sie auf, weil sie wußte, daß sie nicht so empfinden würde, wenn sie ihn nicht liebte.

Irgendwo beim Militärposten veranstaltete die Artillerie ein Übungsschießen. Charles packte Willas Ellenbogen und drehte sie fast so grob herum wie den Jungen. Er stieß sie fast den unkrautüberwucherten Pfad zum Fluß hinunter. Um ihre Beherrschung ringend, sagte sie: »Wo bist du gewesen, Charles?«

»Oh, muß ich dir das beantworten?«

»Um Himmels willen, ich bin neugierig, das ist alles. Kannst du nicht mal mehr eine höfliche Frage erkennen?«

»Abilene«, murmelte er. »Bin in Abilene gewesen. Hatte dort einen Job, hab' ihn aber aufgegeben.«

»Was für einen Job?«

»Würde dich nicht interessieren.«

Bei einigen Weiden nahe der Kante der Klippe hielt sie an, stellte sich ihm gegenüber. Der Wind riß gelbe Blätter von den Zweigen und trug sie in staubig graue Ferne davon.

Sie haßte den Whiskygeruch, den Gestank seiner ungewaschenen Kleidung. Wieder wurde sie von ihren Emotionen überwältigt.

»Warum bist du ständig so wütend?« Sie drückte ihre behandschuhten Handflächen gegen seinen Zigeunermantel, stellte sich auf Zehenspitzen und küßte ihn. Sein Bart kratzte. Genausogut hätte sie einen Marmorblock küssen können.

»Hör mal, Willa!«

»Nein, du hörst, Charles Main.« Irgend etwas warnte sie, ihre Gefühle im Zaum zu halten, aber sie konnte nicht anders. »Glaubst du, ich bin aus reiner Barmherzigkeit hier? Ich liebe dich. Ich dachte, du hättest mich auch mal geliebt.« Sein Blick glitt an ihr vorbei, hinüber zu dem vom Staub verschleierten Fluß. »Ich möchte, daß du dieses wilde Leben aufgibst.«

»Ich bin hergekommen, um Gus zu besuchen, nicht um mir Vorträge anzuhören.«

»Nun, so ein Pech. Das wirst du dir jedenfalls anhören. Du gehörst nicht in die Prärie. Such dir einen Job in Leavenworth. Kümmere dich um deinen Sohn. Du hast ihm einen Schrecken eingejagt. Du mußt ihn zurückgewinnen. Erkennst du das denn nicht? Er braucht dich, Charles. Er braucht dich so, wie du vor zwei Jahren warst. Ich brauche dich so. Bitte.«

Er zerrte die Krempe seines schwarzen Hutes tief in die Stirn. »Ich bin noch nicht soweit, hierherzukommen. Ich habe noch einiges zu erledigen.«

»Diese verdammten Cheyenne!« Sie war den Tränen nahe.

»Für die dein Herz blutet. Kümmere dich um deine Friendship Society und deine gottverdammten Petitionen.«

Noch keine Stunde hier und schon läuft alles schief, dachte sie. »Warum schreist du mich an, Charles?«

»Weil ich nicht will, daß du dich in Dinge einmischst, die meinen Sohn betreffen.«

»Ich mag ihn!«

»Ich auch. Ich bin sein Vater.«

»Kein besonders guter.«

Er schlug sie mit der offenen Hand, nicht besonders fest, doch sie empfand einen unbeschreiblichen Schmerz.

Sie trat zurück, sich die Wange haltend. Der Wind trug ihren kleinen Federhut davon. Automatisch schnappte er mit einer Hand danach, doch der Hut segelte vorbei, trieb über den Rand der Klippe. In langsamen Spiralen segelte er auf den Missouri zu. »Oh«, sagte sie, ein kleiner, verlorener Laut. Dann schaute sie ihn wieder an. Härte schimmerte in ihren blauen Augen auf.

»Du hast dich in einen absoluten Bastard verwandelt. Ich habe mich gefragt, warum das geschah. Ich habe sehr viel für dich übrig gehabt. Das ist vorbei. Auch dein Junge schreckt vor dir zurück, aber du bist zu dumm und zu betrunken, um das zu erkennen. Wenn du so weitermachst, dann wird er dich eines Tages hassen. Angst hat er jetzt schon genug vor dir.«

»Mein Gott, spielst du die Überlegene?« Er sagte es laut und verächtlich. »Zuerst hattest du alle Antworten, was die Indianer betraf. Alle falschen Antworten. Jetzt erzählst du mir, wie ich meinen Sohn zu erziehen habe. Ich brauche dich nicht. Kümmere dich um deine eigenen Probleme. Such dir irgendeinen anderen Mann, den du in dein Bett zerren kannst.«

»Fahr zur Hölle, Charles Main! Fahr zur Hölle! Nein!«

Sie schüttelte heftig den Kopf. »Du bist ja schon dort, du bist ja so tief gesunken, wie man nur sinken kann.«

Wütend griff er nach ihr. Sie duckte sich, rannte an ihm vorbei. »Willa!« Ein kurzer Blick zurück zeigte Charles ihr tränenüberströmtes Gesicht. »Nur zu, lauf. Lauf doch!«

LAUFLAUFLAUFLAUF — so hallte das Echo über den Fluß. In den wirbelnden Wolken von Blättern und Staub tauchte es unter.

»Miss Willa, Sie sind doch gerade erst angekommen.«

»Ein Fehler, Maureen. Das war ein schrecklicher Fehler. Kümmern Sie sich um den armen Jungen. Sein Vater wird es nicht tun.«

Den ganzen Weg nach Leavenworth ging sie zu Fuß; eine Staubschicht bedeckte ihre Lider und Lippen und Hände. Ein freundlicher Fahrkartenverkäufer besorgte ihr eine Schüssel mit Wasser und einen sauberen Lappen. Mit dem 4-Uhr-Dampfer fuhr sie nach St. Louis.

Als sie, noch schmutzig von der Reise, Trumps Theater betrat, war der alte Schauspieler von ihrem munteren Wesen überrascht. »Setz eine Probe an, Sam. Ich kann es kaum erwarten, an die Arbeit zu gehen. Wenn ich Glück habe, sehe ich Mr. Main nie wieder.«

MADELINES JOURNAL

September 1868. Zwei Monate vor den Wahlen haben die Klan-Aktivitäten in unserem Staat stark zugenommen. York Count, an der Grenze von North Carolina, ist eine Brutstätte. Auf eine bizarre Art und Weise hat der Klan die Phantasie der Öffentlichkeit angeregt. Als Theo das letztemal Marie-Louise hier besuchte, brachte er eine Dose »Ku-Klux-Pfeifentabak« mit. In C'ston sah er, daß Notenblätter eines Songs verkauft werden, der zu Ehren des Klans geschrieben wurde. In Columbia ehrt ein Baseball Team namens »Bleichgesichter« diese Organisation öffentlich.

Die Gruppe in Summerton bleibt sichtbar, hat aber noch nichts gegen uns unternommen. Manchmal weiß ich nicht, ob ich über diesen Pesthauch kostümierter Fanatiker lachen oder vor ihnen zittern soll.

Ridley, ein muskulöser junger Schwarzer, legte seinen Arm um seine Frau. May war ein zierliches Mädchen. Allmählich konnte man erkennen, daß sie schwanger war.

Ridley hatte den ganzen Tag auf den Phosphatfeldern von Mont Royal gegraben und war ziemlich erschöpft heimgekommen. Doch das Wetter war so angenehm, daß er May zu einem Spaziergang überredet hatte. Er fühlte sich großartig. Er verdiente anständig und fing nun gerade an, sich ein eigenes Zweizimmerhaus aus Kalkmörtel mit Hilfe seines Freundes Andy Sherman und einiger von Mr. Heely, dem weißen Vormann des Mont-Royal-Arbeitstrupps, entliehener Werkzeuge zu bauen. Ridley war stolz darauf, all diese Dinge tun zu können und als freier Mann dort hinzugehen, wohin er wollte. Das schloß auch Summerton ein, wo er beabsichtigte, für General U.S. Grant als Präsident zu stimmen, wie Mr. Klawdell von der Liga es vorgeschlagen hatte.

Die letzte Röte des Tages verblaßte hinter dem dichten Wald, der an die Uferstraße grenzte. Ridley und seine Frau gingen nebeneinander, als sie fernes Gejohle hörten. May drängte sich dicht an ihn. »Die Sonne ist weg. Wir sind zu weit gegangen.«

»Es war alles so friedlich, daß ich gar nicht aufgepaßt habe«, sagte Ridley, sich plötzlich der Dämmerung bewußt. Er faßte ihre Hand und schritt schneller aus; wegen ihres Zustandes konnte er sie nicht zu sehr drängen. Plötzlich hörten sie hinter sich Pferdegetrappel.

Ridley und seine Frau drehten sich um. Sie sahen Lichter über die Straße schweben und einen roten Schimmer. Dann hörten sie das Geklirr von Zaumzeug. Reiter in Roben mit Fackeln.

»May, wir müssen rennen. Das sind diese Klansmänner.«

Sie wandte sich wortlos um und rannte auf Mont Royal zu; ihre nackten Füße berührten kaum den Boden. Er holte sie ein, und nebeneinander flüchteten sie vor den trabenden Pferden. Ridleys Atem ging schneller; bald schon keuchte er. May stöhnte. Die Anstrengung war zuviel für sie.

Die vier Reiter trieben ihre Pferde zum Galopp. Schnell überholten sie das schwarze Paar. Ridley und May sahen die Schatten der Klansmänner hinter ihren Fackeln auf der Straße auftauchen. Zwei Reiter parierten ihre Pferde mitten in der Straße durch. Ridley und May waren eingekreist.

»Nigger, du weißt, daß du in der Dunkelheit nichts mehr draußen zu suchen hast«, sagte einer der Reiter. Alle vier hatten ihre scharlachroten Roben und Kapuzen an, die bei jeder Bewegung aufleuchteten. Ridley umklammerte Mays Schulter. Er war wütend, aber er wollte die Reiter nicht provozieren; sie konnten May etwas antun.

»Wir sind gerade auf dem Heimweg, Gentlemen.«

»Gentlemen«, lachte ein anderer schallend auf. »Wir sind keine Gentlemen, wir sind die Teufel der Hölle, die aufrührerische Nigger hetzen.« Der Sprecher stieg ab und schlich auf sie zu. Hinter den Löchern der Kapuze sah Ridley blaue Augen, aber weder an der Stimme noch am Körperbau erkannte er den Mann. Der Mann hielt Ridley einen Leech-&-Rigdon-Revolver unter die Nase. »Wo kommst du her, Boy? Antworte respektvoll.«

»Ein Stück die Straße weiter runter. Von Mont Royal.«

»Oh, dann bist du einer von diesen Union-League-Niggern, der glaubt, er könne im November zur Wahl gehen. Du willst versuchen, diesen gottverdammten Grant ins Weiße Haus zu bringen, nicht wahr, Niggerboy?«

Mays dunkle Augen blitzten vor Wut. »Jawohl, das wird er. Er ist ein freier Bürger und genausogut wie irgendeiner von ...«

»May, hör auf«, bat Ridley.

»Wir sind die Agenten des Teufels und verlangen Respekt«, sagte der Mann und hob den Revolver, um das schwangere Mädchen zu schlagen.

Ridley sprang zwischen sie. »Renn, May!« schrie er. Seine Hände schossen auf die Kehle des Kapuzenmannes zu. Der Mann feuerte eine Kugel ab. Es klang wie Donnergrollen.

»Jesus, Jack«, protestierte einer der anderen Männer. Ridley sank auf die Knie; aus einer Wunde knapp über seinem Gürtel strömte Blut auf sein Hemd. May schrie auf und sprang den Mann mit dem Revolver an. Anstatt zu schießen, rammte er ihr seinen Ellenbogen in den gerundeten Bauch. Sie stöhnte und stürzte mit dem Rücken auf die Straße, wo sie weinend liegenblieb.

Ihr verwaschenes Kleid hatte sich um ihre Hüften gewickelt. Sie trug saubere Baumwollschlüpfer, in denen sich plötzlich ein Blutfleck zeigte. Jack Jolly zerrte seine Maske herunter und starrte May angeekelt an. Einer der Männer sagte: »Sie ist doch bloß ein Mädchen.«

Jolly zielte mit dem Revolver zwischen die Augenhöhlen der Kapuze des Mannes. »Du hast überhaupt nichts zu sagen, Gettys.« Ridley rollte langsam zur Seite, zitterte, blieb still liegen. Jolly grunzte zufrieden, zielte mit dem Revolver auf Mays Kopf und drückte ab.

Ihr Körper wurde herumgerissen. Die Explosion dröhnte durch den Wald, scheuchte unsichtbare Vögel auf, die alarmiert hochstiegen. Jolly lachte und wischte sich mit dem Rand seiner Kapuze über das feuchte Kinn.

»Das ist eine Niggerstimme weniger, über die wir uns Sorgen machen müssen. Zwei, falls sie einen Jungen in ihrem Wanst hatte.«

»Keine Gewalt«, sagte Devin Heely, der kleine, rotbärtige Ire, der von den Minenbetrieben in Charleston angeheuert worden war. »Die Beaufort Phosphate Company ist absolut gegen jede Gewalt. Es ist mein Job als Vorarbeiter . . .«

»Sie haben zwei unschuldige Menschen umgebracht«, rief Madeline. »Was schlagen Sie vor, wie wir mit derartigen tollwütigen Hunden umgehen sollen? Sollen wir sie vielleicht zum Tee einladen, um die Sache mit ihnen zu besprechen?«

Schweigen, Heely kaute auf dem Stiel seiner Maiskolbenpfeife herum. Es war in der Abenddämmerung, vierundzwanzig Stunden nach dem Doppelmord auf der Straße. Vor dem weißgetünchten Haus brannte jede verfügbare Laterne; alle auf den Phosphatfeldern beschäftigten Schwarzen hatten sich in einem großen Halbkreis versammelt. Sie hatten auch ihre Frauen und Kinder mitgebracht. Ein Baby schrie. Die Mutter wiegte das Kind.

Prudence Chaffee und Andy Sherman saßen nebeneinander auf der Veranda und beobachteten Madeline. Eine Frau in der Menge, Mays Schwester, weinte laut. Heely machte den Mund auf, um etwas zu sagen.

»Sie hat recht.«

Heely und alle anderen drehten sich um. Andy trat in die Mitte des erleuchteten Kreises. »Sie haben uns nur eine Wahl gelassen, so wie es in der US-Verfassung steht.«

»Wovon redest du, Sherman?« fragte Foote.

»Ich rede von dem, was in dem zweiten Verfassungszusatz

steht. ›Das Recht des Volkes, Waffen zu tragen, darf nicht verletzt werden.‹«

»Gibt wieder mit seinem verdammten Gesetzesgelerne an«, murmelte jemand. Andy achtete nicht darauf.

»Ich rede davon, daß wir unsere eigene Miliz gründen. Jetzt sofort.«

»Du bist ein Narr«, sagte Heely. »Wenn es etwas gibt, was diese Klan-Jungs noch mehr hassen als die Liga, dann ist es eine Negermiliz. Ich bin dagegen.«

»Ich fürchte, Sie haben da nichts mitzureden«, unterbrach ihn Madeline. »Ich denke, du hast recht, Andy. Wir müssen uns selber schützen. Wenn diese Klansmänner nach Mont Royal kommen, werden wir nicht mehr die Zeit haben, in Charleston Soldaten anzufordern.«

Jane fragte: »Woher sollen wir Gewehre kriegen?«

»Wir werden sie in der Stadt kaufen«, sagte Madeline.

»Wird das nicht sehr teuer sein?« erkundigte sich Prudence.

Madeline warf ihr einen merkwürdigen, trauernden Blick zu, den weder Prudence noch Marie-Louise, noch sonst jemand verstand. »Ich könnte mir vorstellen, daß ich das Geld schon irgendwie auftreibe.«

Habe, Mr. J. Lee, dem Architekten, geschrieben und ihn gebeten, die Arbeit aufzuschieben. Das Geld für seine Dienste muß anderweitig verwendet werden.

46

Das war die wahre Prärie. Nicht ein einziger Baum störte die makellose Linie des Horizontes. Es war der letzte Tag im Oktober, und der über den Boden fauchende, beißende Wind trug schon einen Hauch des kommenden Winters in sich. Ein stahlfarbener Himmel spannte sich über die leere, trostlose Weite.

Nahe dem Ufer eines sich dahinschlängelnden Bachlaufs tauchte ein winziges Pünktchen auf. Es wurde größer, wurde zu

Reiter und Pferd Charles und Satan. Unter dem Zigeunermantel trug er drei Hemden und fror immer noch. Der Saum des Mantels wirbelte klatschend um ihn herum. Der Lauf der Spencer ragte über seine linke Schulter.

Seine Augen suchten einen großen Bogen ab, konnten nichts entdecken. Mürrisch kaute er auf einer kalten Zigarre herum. Eine teuflische Zeit, um in den Krieg zu ziehen, dachte er. Doch wenn es einen Krieg geben sollte, dann wollte er dabei sein. Allein aus diesem Grund hatte er seinen letzten Job — Frachtverladungen im Eisenbahndepot in der Nähe von Leavenworth — aufgegeben und war bei bitterkaltem Herbstwetter über zweihundert Meilen geritten.

Es dauerte eine weitere halbe Stunde, bis Gebäude aus Stein und Lehm am Horizont auftauchten. Endlich Fort Dodge. Bis jetzt hatte er Satan im Schritt gehen lassen. Nun trieb er ihn zu schnellem Trab an.

Erst sah er einen großen Wagenpark, dann berittene Trupps beim Drill. Hinter dem Fort ertönte das Knallen vom Schießtraining. Dies war kein in Routine erstickter Militärposten; dafür gab es zu viele Aktivitäten. Sein Blut geriet in Wallung.

Der Offizier vom Dienst warf dem reichlich düsteren Fremden einen mißtrauischen Blick zu und meinte, er könnte den Mann, nach dem er sich erkundigt hatte, wahrscheinlich beim Marketender finden. Charles bog hinter den Ställen nach Süden ab und ritt auf ein Lehmhaus mit flachem Dach zu, vor dem einige angebundene Pferde standen. Er stellte Satan dazu und ging hinein.

Dutch Henry Griffenstein spielte an einem alten, runden Tisch in der Ecke Karten. Vor ihm lag der größte Haufen Papiergeld. Die anderen drei an dem Spiel beteiligten Zivilisten kannte Charles nicht. Einer, ein unscheinbarer Mann mit wirrem Haar und einer Pfeife zwischen den Zähnen, verstreute beim Mischen ständig die Karten. »Du bist zu betrunken, Joe«, sagte der Spieler zu seiner Linken und nahm ihm die Karten ab. Joe rülpste und sackte in sich zusammen.

»Charlie«, rief Griffenstein und sprang auf. »Du hast das Telegramm bekommen.«

»Bin gleich am nächsten Tag los.«

»Jungs«, sagte Dutch Henry und führte ihn an den Tisch, »das ist Cheyenne Charlie Main. Charlie, das hier ist Stud Marshall, das Willow Roberts und hier«, seine Stimme nahm einen ehrerbietigen Klang an, als er den ungekämmten Mann vorstellte, der ungefähr zehn Jahre älter als Charlie sein mochte, »unser Scout-Chef. California Joe Milner.«

California Joe, der kaum geradeaus sehen konnte, schüttelte Charles die Hand. Milner trug einen schmutzigen spanischen Sombrero und hatte einen rötlichen Backenbart, der eine ganze Weile nicht mehr gestutzt worden war; insgesamt war er einer der schlampigsten Menschen, die Charles je gesehen hatte.

»Joe ist der Mann, für den ich arbeite, Charlie«, sagte Dutch Henry. »Und du jetzt auch.«

California Joe rülpste. »Wenn der General sein Okay gibt.«

Er sprach mit Akzent. Nichts Kultiviertes wie die elegante Südstaatensprechweise, sondern mehr das nasale Jaulen der Grenzberge. Tennessee vielleicht oder Kentucky.

»Er meint Custer«, sagte Dutch Henry. »Wir haben mehr als einen General. Wir haben auch General Al Sully. Little Phil hat ihm das Kommando über das Siebte Regiment übertragen, während Curly noch im Exil saß. Hat ihn südlich vom Arkansas geschickt, um Indianer zu jagen. Hat sich dabei nicht gerade ausgezeichnet. Phil bat daraufhin Sherman, Curlys Strafe auszusetzen, damit wir einen Feldkommandeur haben, der weiß, wie gekämpft wird. Custer und Sully sind beide Leutnant Colonels, aber Sullys Brevet ist nur das eines Leutnant General, deshalb behauptet Custer, er hätte den höheren Rang. Sie streiten die ganze Zeit herum.«

»Geht dich nichts an«, sagte California Joe zu Charles. »Ich berichte Custer und du ebenfalls, wenn er dich nimmt. Je als Scout im Indianerterritorium gewesen?«

»Ich war da über ein Jahr mit ein paar Händlern unterwegs. Könnte nicht sagen, daß ich alles im Gedächtnis habe.«

»Das spielt keine Rolle. Als Scout brauchst du eigentlich nur einen Taschenkompaß und ein bißchen Mumm.«

»Mein Wort wird dir wohl genügen müssen, daß ich geeignet

bin.« California Joe lachte. »Du hast gesagt, er ist in Ordnung, Henry. Er ist in Ordnung. Main, geh zu Custer. Du findest ihn unten im neuen Camp am Bluff Creek, wo er seine Truppen drillt. Wenn er sein Okay gibt — der Lohn beträgt fünfzig Dollar im Monat.«

»Ich habe mein eigenes Pferd dabei.«

Ein weiterer Rülpser. »Dann sind's fünfundsiebzig. Verdammt, ich brauche bald wieder einen kräftigen Schluck.«

Milners trunkene Possenreißerei beeindruckte Charles nicht sonderlich. Dutch Henry bemerkte es und zupfte ihn am Arm.

»Ich brauche selbst einen Drink. Komm, Charlie, ich lade dich ein. Ich bin draußen, Jungs.« Sie marschierten zu der Bar aus rohen Baumstämmen. California Joe nahm sein neues Blatt auf und ließ drei Karten auf seine schmierige Hosen fallen.

»Das ist Custers berühmtes Schoßtierchen?« fragte Charles ungläubig.

Dutch Henry grinste. »Eins von den Zweibeinigen. Custer hat auch zwei seiner Hirschhunde mitgebracht, als Sherman es so einrichtete, daß er von Michigan zurück konnte. Hier geht's langsam los. Phil und Uncle Bill haben Grant endlich überzeugt, daß wir den Krieg zu den Wilden tragen sollten. Offensive, nicht Defensive. Der Plan geht dahin, sie wieder in ihr Territorium zurückzutreiben und diejenigen umzubringen, die nicht friedlich in die Reservation gehen und dort bleiben.«

Charles leerte ein Glas scharfen Fusels in drei Schlucken. »Du willst sagen, das ist der Plan, wo der Winter vor der Tür steht?«

»Ich weiß, es klingt alles andere als vernünftig, aber in Wirklichkeit ist es ganz schön clever von Little Phil. Die Wilden haben sich in ihren Dörfern niedergelassen, und du weißt so gut wie ich, daß ihre Pferde vom Futtermangel schwach sind.«

»Ich hab' in Leavenworth was läuten hören, daß Sherman geplant hatte, Sheridan schon letzten August loszuschicken.«

»Das stimmt, aber das verdammte Innenministerium hat ihm wieder eins ausgewischt. Die Friedenstauben haben die Armee zum Stillhalten gezwungen, bis ein sicheres Lager für die Wilden errichtet worden war, die niemanden bedrohen.«

Charles riß mit dem Daumennagel ein Streichholz an. Hinter

der Flamme kniff er die Augen zusammen und paffte dicke Rauchwolken aus der Stumpenzigarre. »Wo ist das Camp?«

»Fort Cobb. Satanta hat seine Kiowa bereits reingebracht. Zehn Bären seine Comanchen. Einige Cheyenne wollten ebenfalls hinein, aber General Hazen hat sie weggeschickt, weil wir mit den Cheyenne nicht in Frieden leben. Die Cheyenne sind es, hinter denen wir her sind. Einige von ihnen haben schon wieder eine arme weiße Frau entführt, Mrs. Blinn, und ihren kleinen Jungen, drüben bei Fort Lynn, am 1. Oktober.«

»Wer waren die Cheyennehäuptlinge, die nach Fort Cobb gingen?«

»Es war nur einer. Schwarzer Kessel.«

Charles nahm die Zigarre aus dem Mund. Er rollte sie zwischen den Fingern hin und her. »Und sie haben ihn nicht reingelassen? Von der ganzen Bande ist Schwarzer Kessel am harmlosesten.«

»Ein Cheyenne ist ein Cheyenne, so hat es jedenfalls Hazen gesehen.« Dutch Henry verstand nicht, weshalb Charles besorgt dreinschaute. Abgesehen davon war es ihm egal. Er schlug seinem Freund auf die Schulter. »Herrgott noch mal, Charlie, bei Beecher's Island hast du was verpaßt. Die Rächer Salomons haben sich ganz ordentlich verkauft.«

»So nennt ihr euch, Rächer Salomons?«

»Jawohl, Sir. Wir haben einen ganzen Haufen Indianer umgebracht. Aber es warten noch eine Menge andere. Cheyenne und Arapahoe...«

»Die Armee sollte Schwarzer Kessel in Ruhe lassen.«

»He, ich dachte, du haßt die ganze Bande.«

»Ihn nicht«, sagte Charlie unbehaglich. Ganz deutlich sah er Willas blaue Augen vor sich. Dutch Henry runzelte die Stirn.

»Charlie, ich sagte dir doch, niemand kümmert sich darum, welche Cheyenne in Ordnung sind und welche nicht. In erster Linie geht's darum, sie zu töten. Wenn du was dagegen hast, vergißt du die ganze Sache besser.«

Er dachte an Boy und Holzfuß, an den armen, geschlachteten Hund.

»Ich habe nichts dagegen.«

Er bestellte noch einen Drink. Der Rauch seiner Zigarre trieb an seinen Augen vorbei, die so kalt geworden waren wie der herbstliche Himmel.

Er verstand nicht, daß ein Schnapsfaß wie California Joe Milner die Gunst von George Custer hatte gewinnen können, doch offensichtlich war das der Fall. Also schüttelte Charles dem Chef der Scouts die Hand, bevor er das Lehmgebäude verließ. Große Schneeflocken wirbelten um ihn herum. Der Himmel war fast schwarz. Ein Soldat tauchte vor ihm auf und drückte ihm etwas in die Hand.

»Mit den besten Empfehlungen des ›Wählt-Grant-zum-Präsidenten‹-Clubs dieses Postens, Sir.«

Charles betrachtete das Flugblättchen mit der Gravur des Kandidaten. »Nein, danke.« Er gab es zurück.

»Sir, es ist die Pflicht eines jeden verantwortungsbewußten Bürgers zu wählen.«

»Ich hab' anderes zu tun«, sagte Charles. Der Junge mit der dunkelblauen Kappe sah seine Augen und verstummte.

Charles striegelte und fütterte Satan, dann legte er sich in den Ställen von Fort Dodge schlafen. Am nächsten Morgen versorgte er sich mit frischem Proviant und brach zu dem Lager der Siebten Kavallerie am Nordufer des Arkansas auf, ungefähr zehn Meilen südlich des Forts. Immer noch wirbelten Schneeflocken aus dem schiefergrauen Himmel; bald schon war er wieder bis auf die Knochen durchfroren. Er hielt sich bei Laune, indem er die kleine Melodie pfiff, die ihn an zu Hause erinnerte.

Camp Sandy Forsyth war nach dem Kommandeur der Rächer Salomons benannt worden. Durch die Düsternis der frühen Dämmerung sah Charles die Lichter schimmern. Der Wachposten, der ihn anrief, meinte, er habe Glück gehabt, daß er nicht ein paar Cheyenne in die Hände gefallen war, die sich in letzter Zeit in der Nähe des Lagers herumgetrieben hätten. Charles zuckte die Achseln und sagte, er habe kein Anzeichen von Indianern gesehen. Er hatte so viel Pech gehabt, dachte er, da konnte er ruhig auch mal ein bißchen Glück haben.

Mit Erlaubnis des Unteroffiziers vom Dienst schlug er sein Nachtlager im Wagenpark auf. Nachdem er etwas Zwieback gekaut hatte, zog er die Ohrenklappen seiner Bisammütze herunter, sicherte sie mit einem Kinnriemen und rollte sich in seine Decken. Er war durstig, aber das Wasser in seiner Feldflasche war gefroren. Er fühlte sich müde, allein, deprimiert.

Was er dann kurz vor dem Wecksignal sah und hörte, brachte sein Blut allerdings wieder in Wallung. Gewehrfeuer im gleichmäßigen Rhythmus von Schießübungen zog ihn auf die andere Seite des Zeltlagers. Er entdeckte ein Dutzend Kavalleristen, die auf Holzschießscheiben feuerten. Er erkundigte sich bei einem alten Veteranen mit drei Streifen, was hier vor sich ging.

»Wenn wir auf die Wilden stoßen, dann will Old Curly auch sicher sein, daß wir sie niedermachen. Diese Jungs hier sind einige von den vierzig Mann, die er für seine Elitetruppe ausgesucht hat. Scharfschützen. Leutnant Cooke führt das Kommando.«

Charles setzte seinen Spaziergang fort. Das ganze Lager summte vor Aktivitäten, ein sicheres Anzeichen für einen größeren Feldzug. Er zählte zwanzig Versorgungswagen und vierzig Ochsen.

Hämmer knallten auf heiße Ambosse; Charles sah ein halbes Dutzend Hufschmiede, die damit beschäftigt waren, eine ganze Menge Pferde neu zu beschlagen. Die Kapelle der Siebten übte nach den Klängen von »Garry Owen«. Ihre grauen Pferde erinnerten ihn an Sport.

Im Laufe des Nachmittags kamen ein weiteres halbes Dutzend Wagen an. Kurz nach fünf Uhr durfte er das große Zelt von Custer betreten.

»Still, Maida.« Custer tätschelte den großen Hirschhund, der bei Charles' Anblick knurrend aufgesprungen war. Der General wusch sich gerade die Hände; das Wasser in der Schüssel war immer noch klar, als er damit fertig war. Custer trocknete sich die Hände und kam voller Energie auf ihn zu; sein Lächeln ließ die Zähne unter dem rötlich-goldenen Schnurrbart aufblitzen. Blaue Augen funkelten über den scharfen Bögen seiner Backenknochen. Als sie sich die Hände schüttelten, roch Charles das Zimtöl auf Custers Locken.

»Mr. Main. Ich habe Sie erwartet. Bitte setzen Sie sich.«

»Jawohl, Sir, General. Danke.« Charles setzte sich auf einen Segeltuchstuhl. Auf Custers vollem Schreibtisch bemerkte er Zeitungen aus dem Osten. Eine mit schwarzer Tinte eingekreiste Schlagzeile stach ihm ins Auge. Sie hatte irgendwas zu tun mit Grants Präsidentschaftskampagne.

Custer musterte ihn, die Ellenbogen auf den Schreibtisch gestützt. Charles mußte sich selbst erst wieder klarmachen, daß dieser weltberühmte Soldat noch keine dreißig Jahre alt war.

»Wir sind uns irgendwo schon mal begegnet«, sagte Custer.

»Sie haben recht, General. Wir standen uns auf verschiedenen Seiten bei Brandy Station gegenüber.«

»Das ist es.« Custer lachte. »Ich erinnere mich, Sie haben mich ganz schön ins Schwitzen gebracht. Welche Einheit?«

»Wade Hamptons Legion.«

»Feiner Kavallerieoffizier, Hampton. Ich habe Südstaatler schon immer gemocht.« Custer schlug eine Akte auf. »Sie kennen das allgemeine Ziel unserer Expedition, nehme ich an. Wir haben den Feind aufzuspüren und anzugreifen, wenn er es am wenigsten erwartet; dabei versuchen wir, so viele Krieger wie nur irgend möglich zu töten. Um den Satz von Senator Ross zu benützen: Wir haben vor, uns den Frieden zu erobern.«

Charles nickte. Custer überflog ein Aktenblatt. »Die Armee muß eine gewisse Anziehungskraft für Sie besitzen. Wie ich sehe, haben Sie zweimal versucht, wieder reinzukommen, jedesmal unter einem anderen Namen.«

»Ich habe nichts anderes gelernt, General. Ich kam einige Jahre vor Ihnen nach West Point. Jahrgang '57.«

»Steht hier. Ich graduierte '61 durch die Gnade Gottes und den Fall von Fort Sumter.« Er schloß die Akte. »Kennen Sie das Indianerterritorium?«

»Ihr Milner hat mich das schon gefragt. Ich war über ein Jahr mit ein paar Handelspartnern dort, die dann von den Cheyenne niedergemetzelt wurden.«

Die blauen Augen nagelten Charles fest. »Sie würden also nicht zögern, wenn es darum geht, Wilde zu töten?«

»Nein, keine Sekunde.«

Doch irgend etwas störte ihn an seiner Antwort. Er entschied, der Grund dafür sei der, daß man Schwarzer Kessel in Fort Cobb die Zuflucht verweigert hatte. Nun, die Chancen standen gut, daß die Expedition die Tipis des Friedenshäuptlings verfehlen würde. Das Indianerterritorium war ein weites, leeres Land.

»Griffenstein hat Sie für diesen Feldzug empfohlen. Sie beide haben zusammen gejagt?«

»Jawohl, Sir. Wir haben für Buffalo Bill Cody gearbeitet.«

»Sprechen Sie Cheyenne?«

»Einigermaßen.«

»Ich habe einen Mexikaner, der bei dem Stamm aufgewachsen ist. Sie können ihn unterstützen.« Er machte sich eine Notiz. »Jetzt zurück zu Ihren Erfahrungen. Wie gut kennen Sie das Indianerterritorium?«

»Ich habe Milner die exakte Wahrheit gesagt. In einem Teil davon bin ich gewesen. Jeder Mann, der mehr behauptet, ist ein Lügner. Der ganze westliche Teil ist nie systematisch erforscht worden. Die Salt-Gabelung vom Arkansas, die Canadiens — weiße Männer haben Abschnitte davon gesehen, das ist alles.«

»Das ist nur fair. Aufrichtigkeit ist mir lieber als Lügen.«

Nach ein paar weiteren Fragen nickte Custer. »Okay, Sie sind dabei. Ihre Befehle nehmen Sie von Milner oder von mir entgegen. Bei der ersten Befehlsverweigerung werden Sie diszipliniert.«

Ein Muskel an Charles' Kiefer zuckte. Er wußte Bescheid über Custers berühmte Disziplinarverfahren. Darin enthalten waren solch illegale Bestrafungen wie kahlrasieren, auspeitschen, einsperren in eine Grube — und dann gab es natürlich noch Custers Befehl an seine Untergebenen, Deserteure zu erschießen.

Charles' Zögern ärgerte Custer. »Hab' ich mich irgendwie unklar ausgedrückt, Mr. Main?«

»Nein, Sir. Alles klar.«

»Gut«, sagte Custer nicht mehr ganz so freundlich.

Charles wertete das als Entlassung. Im Aufstehen stieß er versehentlich den Zeitungsstapel vom Schreibtisch. Als er die Zeitungen von dem gefrorenen Boden aufsammelte, bemerkte er einige andere mit Tinte markierte Artikel. »Sie müssen sich für Politik interessieren.«

Custer warf ihm einen kalten Blick zu, während er sich erhob und seine Fransenhandschuhe anzog. »Ich mache kein Geheimnis daraus. Ich behalte General Grants Wahlkampagne genau im Auge, da einige bedeutende Leute im Osten vorgeschlagen haben, ich sollte in Erwägung ziehen, ebenfalls zu kandidieren. Der Schritt von einem militärischen Sieg zur Präsidentschaft ist nicht so groß, vorausgesetzt, es ist ein wichtiger Sieg, der genügend Schlagzeilen bekommt.« Charles fragte sich, wie stark das die Taktik beim Feldzug beeinträchtigen mochte.

»Guten Abend, Sir«, sagte Custer, hob die Zeltbahn und folgte Charles nach draußen. Ein Mann erregte Charles' Aufmerksamkeit, der gerade durch den Lampenschein vor dem Hauptquartier ging. Der leichte Schneefall ließ zwar keine gute Sicht zu, doch der rostbraune Bart und die steife Haltung waren unverkennbar.

Der Mann duckte sich in ein Zelt. Custer sagte: »Kennen Sie den Mann?«

»Unglücklicherweise ja.«

»Wenn Sie etwas gegen ihn haben, dann behalten Sie das für sich. General Sherman hat vor, sich uns anzuschließen. Eine Anzahl seiner Adjutanten vom Stab des Departments sind bereits hier. Captain Venable ist einer von ihnen.« Gezielt fügte er hinzu: »Ein erstklassiger Offizier. Fähig und loyal.« *Loyal.* Das Wort bestätigte, was Charles zuvor schon gehört hatte: Man war entweder Custers Anhänger oder sein Feind. Ein Mittelding gab es nicht.

»Jawohl, Sir«, sagte er.

»Entschuldigen Sie mich.« Aus der Art und Weise, wie der General ihm den Rücken zuwandte, konnte Charles schließen, daß er zum Schluß nicht gerade den besten Eindruck auf Custer gemacht hatte.

Custer eilte in die Dunkelheit hinein. Schnee sammelte sich auf Charles' Schultern und seiner Hutkrempe. Venable. Guter Gott. Er erinnert sich, daß der Wachtposten bei seiner Ankunft eine Bemerkung über sein Glück gemacht hatte. Jetzt schien es sich wieder von ihm abgewandt zu haben.

47

Er wartete oben auf dem Kutschsitz; der Wagen stand dicht an der Wand des Kornspeichers. Über ihm an der Wand ragte das Bild eines gewaltigen Kopfes auf, der heroische Kopf eines Soldaten in Uniform, begrenzt von roten und blauen Farben, mit weißen Sternen geschmückt. GIB UNS DEN FRIEDEN, stand in großen Lettern über dem Kopf. Ähnlich groß stand darunter: GRANT.

Ein kalter Regen fiel aus dem Nachthimmel. Bent saß da und starrte das Kandidatenporträt an. Von Zeit zu Zeit schauderte er zusammen; die Novemberluft war so kalt wie Januar. Alle Angehörigen der kleinen Farmergemeinschaft von Grinnell saßen sicher und warm hinter verschlossenen Türen.

Drossel kam aus dem Kornspeicher, ein Bündel Geld in seinen fetten Fingern. Drossel war ein Farmer, für den Bent gearbeitet hatte, seit er im Spätsommer auf diesen kleinen Weiler in Iowa gestoßen war. Drossel war kleiner als Bent, ein älterer, aber robuster Mann. Er trat dicht an den Wagen heran, zählte einige Geldscheine ab und reichte sie hoch. »Ihr Lohn«, sagte er mit seinem starken Akzent.

»Ich danke Ihnen, Herr Drossel.« Herr und Frau Drossel sprachen sich ebenfalls so an, mit der Formalität der Alten Welt, und er hatte die Gewohnheit übernommen.

Die Drossels waren kurz nach den politischen Unruhen im Europa des Jahres 1848 nach Amerika emigriert. Sie hatten im Poweshiek County, Iowa, fruchtbares Land und eine vielversprechende Zukunft gefunden. Sie waren Republikaner, Lutheraner; sanfte, fleißige Menschen, die fraglos Bents Erklärung akzeptiert hatten, er sei ein Veteran der Union auf der Reise nach Westen, der in Colorado nach Verwandten suchen wollte. Er wollte wieder mit seiner Familie vereint sein, sagte er. Die Drossels verstanden dieses Verlangen und seine Einsamkeit. Gott hatte ihnen alles, nur keine Kinder geschenkt, hatte Bent von Frau Drossel an seinem dritten Tag auf der Farm beim Abendessen erfahren. Dabei hatte sie mit abgewandtem Gesicht geweint.

»Der letzte Rest der Ernte ist gut verkauft worden. Unsere Krippen sind für den Winter gefüllt. Folgen Sie mir ins Haus, Herr Dayton. Ich habe für diesen festlichen Abend einen besonderen Schnaps bereitgestellt.«

»Kein sehr festliches Wetter«, sagte Bent, die Geldrolle im Auge behaltend, die Drossel unter seinen schäbigen Wollmantel steckte. Drossel war recht gewichtig, trug eine Halbbrille und hatte einen ordentlichen weißen Bart von einem Ohr bis zum anderen. Seine Stiefel klatschten durch den Schlamm, als er auf einen vor Bent stehenden Wagen zuging. Bents Gedanken rasten, planten; er deutete auf ein anderes Poster an der Wand des Kornspeichers. Grants Plakat war darübergeklebt worden, und darunter waren nur noch die Buchstaben MOUR sichtbar.

»Ich nehme an, in diesem Teil von Iowa ist der demokratische Kandidat nicht sonderlich beliebt?«

»Tscha«, sagte Drossel, eine Art klickendes Geräusch. Er drückte sich seinen runden Wollhut auf den Kopf und kletterte über das Rad auf den Bock des ersten Wagens. »Was wissen wir denn von diesem Seymour? Ein New Yorker Gouverneur. Genausogut könnte er vom Mond kommen. Grant allerdings, Grant kennen wir. Grant ist ein Mann der ganzen Nation. Deswegen wurde er nominiert. Deswegen wird er gewinnen.«

»Aufgrund seiner Reputation«, sagte Bent; er spürte den ersten schmerzhaften Stich der spitzen Ahle zwischen seinen Augen. Winzige Lichtblitze begannen durch seinen Kopf zu schießen. Militärischer Erfolg hätte ihn bis ins höchste Amt der Nation tragen können, wenn seine Feinde ihm nicht seine Armeekarriere zerstört hätten.

Ruhig, dachte er. Bleib ganz ruhig. Der Gedanke an alte Wunden würde dieselben nur wieder aufreißen. Niemals würden sie heilen. Er konnte nichts anderes tun, als weiterhin den Blutpreis für sie einzutreiben. So hatte er es in Lehigh Station getan, und bald würde er es bei seinem nächsten, sorgfältig ausgewählten Opfer wieder tun.

»Herr Dayton, schlafen Sie?« Drossel scherzte, aber mit einer gewissen teutonischen Strenge. Während der zurückliegenden Wochen harter Arbeit in den Kornfeldern hatte Drossel oft genug Bent befohlen, dieses oder jenes zu tun, und Bent wäre dem alten Mann beinahe an die Kehle gesprungen. Nur wegen des größeren Ziels – er brauchte das Geld, um seinen Rachefeldzug fortführen zu können – hatte er den heftigen Drang unterdrücken können, Drossel an seinen eigenen Befehlen ersticken zu lassen.

»Es regnet sehr stark. Wir verschwenden Zeit. Frau Drossel wartet mit dem Festessen.«

In Bents Kopf verwandelte sich eine weiße Lichterexplosion in ein warmes Rosa. Heute abend wird noch mehr warten, dachte er mit einem verschlagenen Lächeln, das Drossel nicht sah. Der alte Mann ließ die Zügel über seinen Maultieren knallen und den Wagen in die Dunkelheit rollen, fort von den Lichtern der Farmergemeinschaft.

Die Drossels lebten eine halbe Stunde von Grinnell entfernt, im welligen Hügelland. Innerhalb von zwei Meilen gab es keinen Nachbarn; aufgrund der Topographie waren ihr hübsches weißes Haus und die Ställe aus der Entfernung kaum zu sehen.

Im Haus angekommen, zog sich Bent ein trockenes Hemd und trockene Socken an. Frau Drossel, die der knopfäugigen Puppe eines kleinen Mädchens ähnelte und deren Mund nie stillstand, brachte dampfende Platten mit Schnitzeln und Rotkohl auf den hübsch gedeckten Tisch. Herr Drossel bot seine verstaubte Flasche Schnaps an, als handle es sich um Champagner. Der heiße, scharfe Pfefferminzgeschmack besänftigte Bents Nerven etwas; er wärmte ihn und ließ ihn das eintönige Geräusch des Regens vergessen. Kurz darauf hörte es auf zu regnen. Bent war dankbar. Das kam seinem Plan zugute.

»Es tut uns leid, daß Sie uns verlassen, Herr Dayton«, sagte Frau Drossel nach der Mahlzeit. »Es ist sehr einsam hier draußen. Die langen Winterabende sind schwer zu füllen.«

Darüber brauchst du dir keine Sorgen mehr zu machen, dachte Bent. Nur mit Mühe brachte er ein Grunzen als Antwort hervor, weil sein Kopf so schmerzte. Als Drossel sich vom Tisch erhob, bemerkte Bent seine vom Bargeld ausgebeulten Hosentaschen. Der Farmer behielt das Geld bei sich, als er unten die Fensterhaken überprüfte und die Türen absperrte. Bent schützte Müdigkeit vor und sagte gute Nacht.

»Gute Nacht, Herr Dayton«, sagte Frau Drossel und stellte sich impulsiv auf die Zehenspitzen, um seine stoppelige Wange zu küssen. Er mußte sich beherrschen, um nicht angewidert zurückzuzucken. Ihre feuchten alten Augen machten ihn ganz krank. »Das hat gutgetan, Ihre Gesellschaft all die Wochen.«

»Ich wünschte, ich könnte bleiben, Frau Drossel. Sie und Ihr Mann sind für mich wie eine Familie.« Hinter seinen Augen blitzten und explodierten die Lichter. Seine herabhängende Schulter pochte von der feuchten Kälte. »Ich werde Sie wirklich vermissen. Aber das Leben führt einen jeden von uns eine andere Straße entlang.«

»Ja, welch ein Jammer«, rief sie, während er in einer Vision den höllischen Glanz am Ende ihrer Straße vor sich sah. Beinahe hätte er gekichert, behielt aber seinen frommen Gesichtsausdruck bei, als sie ihn tätschelte. »Ich verstehe, daß Sie jene finden müssen, die Ihnen nahestehen.«

»Ja, ich bin ihnen schon recht nahe. Es kann nicht mehr lange dauern.«

»Gute Nacht, Herr Dayton«, rief Drossel, als Bent die enge, kleine Treppe hochkletterte. Als er die Tür zur Bodenkammer schloß, hörte er Drossels abschließende Bemerkung: »Sie sind ein guter Mann.«

Anstatt sich ins Bett zu legen, zog er seinen Mantel wieder an und wickelte sich ein langes, wollenes Tuch um den Hals. Er zerrte seinen Koffer unter dem Bett hervor und inspizierte den Inhalt. Das tat er jeden Abend, eine Art abergläubisches Ritual, das ihm Erfolg garantieren sollte.

Das zusammengerollte Gemälde lag unten am Boden unter einigen schmutzigen Kleidungsstücken. Dann wühlte er zwischen den Sachen herum, bis seine Finger den Tränenohrring ertasteten.

Lächelnd schloß er den Koffer wieder. Aus einem Regal in der Ecke nahm er den verschmutzten Zylinderhut, den er gestohlen hatte, um den in Lehigh Station verlorenen Zylinder zu ersetzen. Er setzte ihn auf, dann zog er Handschuhe an, bei denen die meisten Fingerspitzen fehlten. Voll angekleidet ließ er sich auf dem Bettrand nieder, während die schmerzhafte Ahle sich tiefer und tiefer in seinen Schädel bohrte und die blendend hellen, imaginären Lichter explodierten.

Unten hörte er die Uhr im Schlafzimmer des alten Paares halb eins schlagen. Es war Zeit.
Er schlich die Treppe hinab und drehte langsam den Türknauf. Er öffnete und lauschte dem regelmäßigen Atem der beiden Schläfer. Er trat ein und schloß mit einem leisen Klicken die Tür. Einen Augenblick später erfüllten unterdrückte, gedämpfte Schreie das Haus.

Der Regen hatte aufgehört, aber überall war es noch feucht. Bent zitterte, als er aus dem Hof der Farm humpelte. Er bog nach links auf die nach Westen führende Straße ab. Mit saugenden Geräuschen klatschten seine Stiefel in den Schlamm.
Er marschierte eine Viertelmeile, bevor er sich sicher genug fühlte, um anzuhalten und zurückzublicken. Seine linke Hand blieb in der Tasche; seine Finger streichelten zärtlich über das gewaltige Geldbündel, das er Herrn Drossel abgenommen hatte. Seine erregte Männlichkeit preßte sich von innen gegen das Bündel.
»Ah!« Ein seliger Seufzer. Jetzt war das Farmerhaus nicht mehr nur ein Schatten in der Nacht. Im oberen Stockwerk glühte rosiges Licht hinter rauchenden Vorhängen auf. Während er zusah, flammten die Vorhänge auf.
Bent duckte sich am Straßenrand zusammen, genoß die Vorfreude auf die köstlichen Laute, die er einen Moment später hörte. Das alte Paar. Bewußtlos geschlagen, dann mit Streifen des Lakens sicher ans Bett gefesselt. Sie erwachten. Spürten die Hitze des Feuers, das er unten im Wohnzimmer entfacht hatte. Fühlten das Sengen und Knistern unter ihrem Bett — dem Bett, dem sie nicht entrinnen konnten.

Sie hatten ihn für solch einen *guten* Mann gehalten. Sie hätten lernen sollen, daß es in dieser Scheißwelt gefährlich war, der äußeren Erscheinung zu trauen oder Fremden aufs Wort zu glauben.

Eines der oberen Fenster barst, dann ein anderes. Flammen schossen hinaus. Das Fauchen wurde von Schreien übertönt.

Bent wandte dem strahlenden Glanz den Rücken zu und beugte sich über seinen Koffer. Er holte den Tränenohrring mit seiner filigranen Goldfassung hervor. Ein paarmal strich er mit den Fingerspitzen über die Perle, was ihn jedesmal in heftigere sexuelle Erregung versetzte. Die Erinnerung an Constances zerfetzte Kehle war noch sehr lebhaft.

Von seinen Lippen sprühten kleine Schaumflocken, als er sich den Ohrring in sein linkes Ohrläppchen bohrte. Es erfreute und amüsierte ihn, das Mahnzeichen der Bestrafung George Hazards zu tragen.

Er stülpte sich den Zylinder auf den Kopf und humpelte westwärts. Die hüpfende Perle fing das Licht des brennenden Farmhauses ein; es war, als hinge ein schillernder Tropfen geronnenen Blutes an seinem linken Ohr.

Bald schon verschwand der Schein des Feuers hinter dem Horizont, und er humpelte in die Dunkelheit hinein. Das große Geldbündel und der Gedanke an sein nächstes Opfer hielten ihn warm. Bald. Bald.

LEKTION XI

Jungen beim Spiel

Kannst du einen Drachen steigen lassen? Sieh, wie der Junge seinen Drachen steigen läßt. Er hält die Schnur fest, und der Wind trägt ihn hoch ...

Jungen rennen und spielen gern.

Aber sie dürfen nicht grob sein. Brave Jungen spielen nicht in grober Weise, sondern passen auf, daß sie einander nicht weh tun.

Wenn Jungen spielen, müssen sie freundlich sein und dürfen nicht schlecht gelaunt sein. Wenn du schlecht gelaunt bist, möchten brave Jungs nicht mit dir spielen.

Wenn du hinfällst, darfst du nicht weinen, sondern mußt aufstehen und weiterrennen. Wenn du weinst, halten dich die anderen Jungs für ein Baby...

*McGuffeys Ausgewähltes Lesebuch
für die erste Klasse
1836-1844*

MADELINES JOURNAL

Oktober 1868. Die Zivilbehörden finden keinen Täter für den Mord an May und Ridley. Wie konnte ich nur etwas anderes annehmen? Gerechtigkeit könnte sich durchsetzen, wenn das Militär Nachforschungen anstellen würde, aber das dürfen sie nicht. S. C. befindet sich im »Wiederaufbau«...

Theo hat eine alte Schiffsglocke in C'ston gekauft. Ich habe sie poliert und neben der Haustür angenagelt, damit man damit — falls nötig — Alarm schlagen kann. Wir haben jetzt unsere eigene Miliz im Ashley-Bezirk — ausschließlich Neger, die meisten von M. R. —, die Zwischenfälle bei den Wahlen verhindern soll. Der Klan läßt sich häufig im Bezirk blicken. Die Situation bleibt sehr angespannt. Deshalb bewacht ein Mann jede Nacht dieses Haus. In einem zivilisierten Land, in einem Land, das in Frieden lebt, scheint das unvorstellbar. Und doch höre ich den Wachmann patrouillieren, höre seine nackten Füße über den Boden rascheln und weiß, das Unheil ist ganz real ...

M.-L. wird teilnahmslos und gleichgültig in der Beengtheit, der sie hier unterworfen ist. Ihre Ausbildung wird vernachlässigt. Eine unbefriedigende Situation. Muß etwas unternehmen ...

... November 1868. In der Stadt gewesen, am vorletzten Tag vor der Wahl. Habe eine Soldatenparade gesehen — marschierende Einheiten, die sich »Jungs in Blau für Grant« nannten.

Seymour, Grants Gegner, genießt hier kaum Ansehen, doch Blair, der als sein Vizepräsident kandidiert, ist der Liebling der weißen Bürger. Blair bezeichnet die Wiederaufbauregierungen als »Promenadenmischungen«, verspricht lautstark, die »Geburtsrechte« des Südens wiederherzustellen, und erklärt öffentlich, die weiße Rasse sei »die einzige Rasse, die sich fähig gezeigt hat, eine freie Regierung zu unterhalten«. Kein Wunder, daß die Yankees sagen: »Kratz an einem Demokraten, und ein Rebell kommt darunter zum Vorschein.« Judith sagt, sie fürchtet sich, an Cooper zu kratzen, weil sie Angst vor der Wahrheit hat. Hinter diesem mühsamen Scherz versteckt sich große Besorgnis; C. ist ein fanatischer Anhänger von Blair ...

Alles vorbei. Grant ist gewählt. Im Dixie-Land hat Seymour lediglich Louisiana und Georgia hinter sich gebracht. Jeder in Frage kommende Mann auf M. R. hat gewählt, worauf ich sehr stolz bin ...

Theo war zum Abendessen da. Ist gegangen, kurz bevor ich mich zum Schreiben dieser Zeilen niedersetzte. Zum erstenmal schnitten er und M.-L. das Thema Heirat an. Ich habe nichts dagegen, aber sie ist Coopers Kind. Wie lange kann ich es wagen, einer Sache Vorschub zu leisten, die mit Sicherheit viel Unfrieden — muß Schluß machen. Lärm draußen ...

Hintereinander bogen die Reiter von der Uferstraße in den Weg. Ein bläßlicher Mond ließ die Läufe ihrer Waffen aufschimmern.

Langsam und leise ritten sie unter den Bäumen hindurch und dann um das weiße Haus herum. In einer Reihe bauten sie sich vor der Eingangstür auf. Im Mondlicht schimmerten ihre Roben und Kapuzen fast schwarz. Die Gucklöcher reflektierten überhaupt kein Licht.

Der Reiter in der Mitte hob seine alte Flinte. Der Mann rechts von ihm sah das Signal, riß ein Streichholz an seinem Absatz an und hielt es an die ölgetränkte Fackel, die sofort aufflammte und das halbe Dutzend Reiter beleuchtete.

»Ruft sie heraus«, sagte der Mann ganz rechts in der Reihe. Der Reiter saß dicht unter den tiefhängenden Ästen einer riesigen, knorrigen Eiche auf seinem Pferd. Der obere Teil des Eichenstammes war unter Moos verborgen. Irgendein Vogel oder Eichhörnchen bewegte sich dort mit leisem Rascheln. Der Reiter spähte nach oben, konnte aber nichts erkennen.

Der Mann in der Mitte hob ein altes Hörrohr. Plötzlich flog die Haustür auf, und Madeline trat heraus; ihre linke Hand griff nach dem Seil der Schiffsglocke.

»Bleib stehen«, befahl der Mann mit dem Hörrohr und der Flinte. Madeline sah blaß aus, als sie den alten Männermorgenrock vorn zusammenraffte. Hinter ihr tauchten die stämmige Schullehrerin und dann Marie-Louise auf.

»Wir sind die Ritter des Unsichtbaren Reiches«, sagte der Mann in der Mitte. Sein nervöses Pferd scheute.

Madeline überraschte sie alle durch ihr Lachen. »Ihr seid kleine Jungs, die ihre Gesichter verstecken, weil sie Feiglinge sind. Ich erkenne Ihre langen Beine, Mr. LaMotte. Haben Sie wenigstens soviel Anstand, die Kapuze abzunehmen und sich wie ein Mann zu benehmen.«

Ein Klansmann auf der linken Seite raffte seine Robe hoch und griff mit beiden Händen nach den Kolben seiner Revolver. »Bringen wir das verdammte Miststück um. Ich bin nicht hier, um mit einer Niggerin zu diskutieren.«

Der Mann in der Mitte hob seine Flinte, um den Sprecher zum Schweigen zu bringen. Zu Madeline gewandt, sagte er: »Sie haben vierundzwanzig Stunden, um den Bezirk zu verlassen.« Die Fackel knisterte. Ein klickendes Geräusch ertönte, ein Gewehr wurde durchgeladen, und eine Stimme rechts hinter der Linie der Reiter dröhnte:

»Nein, Sir. Noch nicht.«

Alle drehten sie sich um; Madelines Blick flog zu dem bemoosten Baum. Ein stämmiger Schwarzer mit rundem Gesicht war auf einem dicken Ast zu sehen, der sich unter seinem Gewicht durchbog. Er stemmte die Schultern gegen einen höheren Ast, damit er beide Hände fürs Gewehr frei hatte. Madeline erkannte den sanften, zurückhaltenden Foote. Sie hatte nicht gewußt, wer heute nacht Wache hatte.

»Ich denke, ihr kehrt besser um und reitet davon«, sagte Foote.

»Jesus, das ist bloß ein Nigger«, protestierte der Mann mit den zwei Revolvern.

»Ein Nigger mit einem Repetiergewehr«, sagte ein anderer Klansmann. »Ich würde nichts überstürzen, Jack.«

»Keine Namen«, rief der Mann in der Mitte.

Marie-Louise wisperte an Madelines Schultern:

»Es *ist* Mrs. Allwicks Tanzlehrer. Ich kenne seine Stimme.«

Madeline nickte mit zusammengepreßten Lippen. Der Mann in der Mitte fing an: »Madam!« Madeline sprang vor und versuchte ihm die Kapuze vom Kopf zu reißen.

Sein Pferd tänzelte seitlich weg. Er schlug mit der Flinte nach Madeline, aber sie ließ sich nicht abhalten. Wieder sprang sie mit ausgestreckter Hand nach der Kapuze. Diesmal riß sie sie herunter. Des LaMottes Gesicht wurde rot vor Wut.

»Na endlich. Der berüchtigte Mr. LaMotte. Und mir bleibt von Ihrem Besuch wenigstens ein Souvenir.« Sie hielt die Kapuze in die Höhe.

Alle hatten nur Augen für sie — die beiden anderen Frauen und die Klansmänner und Foote auf dem durchsackenden Ast. Währenddessen hatte unbemerkt von allen anderen der eine Klansmann seine beiden Revolver gezogen. Er beugte den rechten Arm, legte den Lauf seines linken Revolvers darauf und drückte ab.

Der Revolver donnerte los. Die Pferde wieherten und bockten. Foote bekam die Kugel in den linken Oberschenkel, wurde von dem Ast gefegt und verschwand hinter dem bemoosten Stamm. »Foote!« schrie Madeline und rannte an den Pferden vorbei auf ihn zu. Vor ihr trieb der Reiter, der dem Baum am nächsten war, seinen Gaul unter die Zweige. Ein weiterer Schuß dröhnte. Madeline stoppte brüsk. »Foote!«

»Haltet die andere auf!« brüllte der Klansmann mit den Zwillingsrevolvern. Jack Jolly riß sich die Kapuze vom Kopf und zielte auf Prudence, die nach dem zweiten Schuß hinausgestürzt war. Die entstellende Narbe leuchtete weiß in seinem Gesicht.

Jolly zögerte einen Moment, einer weißen Frau eine Kugel zu verpassen. Dieses Zögern nutzte Prudence aus, um nach dem Glockenseil zu greifen. LaMottes Schrei ging in dem hallenden Gedröhne unter. Ein anderer Mann brüllte: »Das war's! Verschwinden wir!«

LaMotte schrie, die Augen ganz glasig vor Verwirrung, Madeline zu: »Sie haben vierundzwanzig Stunden. Verschwindet. Alle. Diese Lehrerin, die Niggermiliz...«

Etwas in Madeline zerbrach. Wieder rannte sie auf LaMottes Pferd zu, packte es am Zügel und schrie ihn mit der Stimme eines Dockarbeiters an: »Den Teufel werde ich! Das ist mein Land. Mein Zuhause. Ihr seid nichts weiter als ein Haufen Feiglinge, die sich fürs Varieté verkleidet haben. Wenn ihr mich von Mont Royal runter haben wollt, dann müßt ihr mich schon umbringen. Anders werdet ihr mich nicht los.«

Das Pferd des Klansmanns links außen begann zu stampfen. LaMotte warf seinen Männern besorgte Blicke zu. Jolly tobte vor Wut. »Wenn du Angst hast, eine Niggerin umzubringen, ich hab' keine.« Mit beiden Leech & Rigdons zielte er grinsend auf Madeline. »Hier hast du das Ticket ohne Rückfahrkarte zum Bahnhof Hölle.«

Der Kapuzenmann neben ihm schlug ihm den Bruchteil einer Sekunde, bevor der Revolver losdonnerte, die Arme nach oben. Eine Kugel fuhr in die Dachschindeln, die andere irgendwo in die Dunkelheit. Die Klansmänner waren jetzt in Panik, waren allerdings kaum verängstigter als Madeline, die sich mit dem Rücken gegen das Haus geworfen hatte, überzeugt davon, daß eine der Kugeln sie treffen würde.

»Das dulde ich nicht«, sagte der Mann, der Jolly eben gehindert hatte.

Voller Verblüffung hörte Madeline zum erstenmal diese Stimme.

»Vater Lovewell? Mein Gott.«

»So tief werde ich nicht sinken«, sagte er. Jolly richtete die Revolver auf ihn. Unbeirrt griff der Priester wieder nach seinen Armen. »Schluß damit, Jolly. Ich lasse es nicht zu, daß Frauen ermordet werden, nicht mal eine Farbige.«

»Du frömmelnder Scheißkerl!« schrie Jolly und riß einen seiner Arme aus der Umklammerung. Er zielte auf Vater Lovewells Kapuze. Wieder schlug der Priester gegen Jollys Arm, bevor sich der Schuß löste. Die Kugel wirbelte unter dem Bauch von Vater Lovewells Stute eine Staubfontäne auf. Als Antwort auf die Glocke riefen draußen in der Dunkelheit Männer durcheinander.

Vater Lovewell entriß Jolly einen Revolver. Jolly brachte seine andere Waffe in Anschlag. Sein nervöses Pferd stieg hoch und zwang ihn, mit dem Schuß noch zu warten. Vater Lovewell umklammerte mit beiden Händen den Revolver und drückte ab.

Jack Jolly richtete sich im Sattel auf, sackte dann nach vorn. Blut färbte die Front seiner glänzenden Robe dunkel und lief dann an den Flanken seines Pferdes herab. Die anderen Klansmänner befanden sich nun in totaler Auflösung; Neger konnte man rennen und rufen hören.

Des LaMotte sah fuchsteufelswild aus, als er sein Pferd herumriß und davonsprengte. Bei dem Versuch, ihm zu folgen, behinderten sich die anderen Klansmänner gegenseitig. Jollys Pferd galoppierte ganz am Schluß; sein toter Reiter drohte jeden Moment herunterzufallen.

Madeline hatte Beine wie Pudding. Sie stemmte die Hände gegen die weißgetünchte Wand, um sich zu stützen. Bitterer Pulverdampf würgte sie. Der Fackelschein der Klansmänner verblaßte.

»Alles in Ordnung? Wer hat geschossen?« Das war Andy, der von den alten Sklavenhütten her angerast kam.

Madelines Nerven gaben plötzlich nach; sie fing an zu zittern. Die Haare fielen ihr in die Augen, als sie in die Dunkelheit unter den Baum rannte. »Foote. Oh, Foote!«

Bevor sie ihn erreichte, mußte sie sich abwenden und sich heftig übergeben.

Am Rande des dunklen Sumpfes beschwerten sie im Fackelschein Jack Jollys Leiche mit Steinen und ließen sie ins Wasser gleiten.

»Sie haben ihn erschossen, und er fiel direkt beim Haus vom Pferd. Das ist die Geschichte«, sagte LaMotte heiser. »Wir konnten ihn nicht mitnehmen, weil sie von allen Seiten über uns herfielen. Keine Sorge, seine Verwandtschaft wird niemals nach Mont Royal gehen, um seine Leiche abzuholen.«

»Und wir gehen auch nicht mehr hin«, sagte Vater Lovewell.

»Und ob wir das tun«, sagte LaMotte. »Ich übernehme die Verantwortung für das, was geschehen ist. Ich hätte nie gedacht, daß sie einen Wachposten hinstellt. Aber ich lasse mich nicht von einer Frau unterkriegen. Noch dazu von einer Niggerfrau. Sie hat meine Cousine gedemütigt, hat sie vernichtet.«

»Des, gib auf. Vater Lovewell hat recht.« Zum erstenmal machte Randall Gettys den Mund auf.

»Wenn ihr solche Südstaatler seid, in Ordnung«, sagte LaMotte. Sein Gesicht war fast so rot wie sein Haar. Er war wütend, weil Monate des Wartens wegen dieser einzigen verpfuschten Nacht umsonst gewesen waren. Doch er würde nicht aufgeben. »Sie wird nicht am Ashley bleiben und überall herumstolzieren. Sie wird sterben. Ich verstecke mich für eine Weile, dann komme ich allein zurück, wenn ihr anderen zu feige seid.«

Niemand sagte etwas. Sie warfen ihre zischenden Fackeln in das Brackwasser und gingen auseinander; Jack Jolly blieb unter Wasser zurück, mit ein paar Fischen und Fröschen und einem drei Fuß langen kleinen Alligator als Gesellschaft. Der Alligator schwamm dicht an ihn heran, öffnete seinen Rachen und begann mit nadelscharfen Zähnen an dem Gesicht herumzunagen.

Wir haben Foote beerdigt. Cassandra untröstlich. Sie verlor Nemo, als Foote zurückkehrte. Und jetzt das. Nichts, was ich sagte, half. Am späten Nachmittag war sie verschwunden...

... Nach C'ston — nicht gerade mit Begeisterung. Mit kal-

tem Gesicht lauschte Cooper meiner Geschichte und meiner Versicherung, daß Prudence und seine eigene Tochter sie bestätigen könnten. Er war sichtlich verärgert, daß M.-L. der Gefahr so nahe gewesen war, beherrschte sich aber — noch. Was den Besuch des Klans anbelangte, so gab er mir den knappen Rat, die Sache zu vergessen, da kein Gericht in California sie verurteilen würde. Außerdem würde Des' Familie ganz sicher Zeugen auftreiben, die bekundeten, daß er zu dem Zeitpunkt ganz woanders war. Vater Lovewells Anwesenheit würde ohnehin keiner glauben, Zeugen hin und her.

Cooper sagte, er sei sicher, daß es nicht zu weiteren Zwischenfällen kommen würde. Ich weiß nicht, woher er diese Sicherheit nimmt. Plötzlich begann er mich dann heftig wegen Marie-Louise zu bedrängen. Ich gab nicht nach und meinte, sie könne, solange sie wollte, auf Mont Royal bleiben. Das löste eine Flut wüster Beschuldigungen aus. Bevor es so schlimm wie beim letztenmal werden konnte, floh ich.

Orry, ich weiß nicht, was ich tun soll. Ich habe es so satt, Furcht zu haben und diese Furcht ständig unterdrücken zu müssen...

»Ja, das verstehe ich«, sagte Jane, als Madeline ihr gegenüber ihre Gefühle zum Ausdruck brachte. »Mein Volk hat seit Generationen mit dieser Art von Furcht gelebt. Aber ich weiß nicht, ob Mr. Cooper recht damit hat, daß der Klan aufgegeben hätte. Erinnern Sie sich, als Mr. Hazard gleich nach dem Krieg zu Besuch hier war? Ich sagte, bis zum letzten Sieg würde es noch jahrelange Schlachten geben. Ich glaube das immer noch.«

»Ich könnte zu General Hampton gehen. Er hat mir Hilfe versprochen.«

»Wie könnte er helfen? Er hat doch keine Truppen mehr, oder?«

Madeline schüttelte den Kopf.

»Ich glaube, wir bleiben besser auf dem Posten«, sagte Jane. »Ein Mann wie LaMotte, der nimmt vielleicht eine Niederlage von einem Mann hin, der seiner Klasse angehört, aber von einer

Frau? Einer Farbigen? Ich möchte wetten, eher verliert er den Verstand, bevor er das geschehen läßt.«

»Ich glaube, er hat ihn bereits verloren.«

Jane zuckte die Achseln. »Das war nicht die letzte Schlacht. Er wird zurückkommen.«

Fünftes Buch

Washita

Gib uns den Frieden.

GENERAL ULYSSES S. GRANT
Wahlkampagne 1868

Als tapfere Männer und Soldaten einer Regierung, deren Friedensbemühungen sich erschöpft haben, nehmen wir den Krieg an, den unsere Feinde begonnen haben, und sind entschlossen, diese unerfreuliche Pflicht einem endgültigen Ende zuzuführen.

GENERAL SHERMAN ZU
GENERAL SHERIDAN 1868

Wir stoßen in den Süden vor, auf die Antelope Hills zu, dann weiter zum Washita River, dem vermutlichen Winterlager der feindlichen Stämme; wir zerstören ihre Dörfer und töten ihre Ponys; wir töten und hängen alle Krieger und nehmen sämtliche Frauen und Kinder mit ...

GENERAL SHERIDAN ZU
GENERAL CUSTER
1868

48

Von vier kläffenden Hunden gejagt, ritten die Scouts ein; Griffenstein, die Brüder Corbin und ein stämmiger junger mexikanischer Dolmetscher, der bei den Cheyenne aufgewachsen war und die Sprache fließend sprach. Sein Name lautete Romero, also nannte ihn jeder selbstverständlich Romeo.

California Joe ritt ein Maultier. Charles, der seine Ankunft beobachtete, sah ihn von einer Seite zur anderen schwanken und fröhlich ins Leere lächeln. »Besoffen wie ein Matrose«, sagte er später zu Dutch Henry. »Wieso findet sich Custer mit einem solchen Clown ab?«

Dutch Henry streichelte den Kopf eines Terriers mit wedelndem Stummelschwänzchen. Im Camp gab es jetzt mindestens ein Dutzend streunender Hunde. »Ich habe so den Eindruck, daß der einzige starke Mann, den Custer schätzt, Custer selbst ist. Macht wohl keinen Unterschied, oder? Du wolltest Cheyenne umbringen. Custer ist auf dem besten Weg dazu.«

Der November kam mit einem Himmel wie dunkle Schieferplatten und bitterkalten Winden. In dem Camp am Nordufer des Arkansas ordnete Custer eine Verdoppelung der Schießübungen an. Zweimal täglich feuerten die Männer des Siebten Regiments auf Ziele, die in einer Entfernung von hundert, zweihundert und dreihundert Metern aufgebaut worden waren. Cookes Scharfschützen schauten häufig vorbei, um sich lustig zu machen und überlegene Kommentare abzugeben.

Die Generäle Sully und Custer riefen die Offiziere und Scouts zusammen, um die Strategie durchzusprechen, die Sheridan entwickelt und von Uncle Billy in der Division genehmigt bekommen hatte. Charles erkundigte sich flüsternd bei Griffenstein, weshalb Harry Venable nicht anwesend war. Griffenstein meinte, Venable sei gerade im Begriff, eine schwere Grippe zu überwinden.

General Sully, U. S. M. A. '41, war etwas älter, als Orry jetzt gewesen wäre. Der General hatte einen berühmten Vater, Thomas Sully aus Philadelphia, Maler von Porträts und historischen Szenen; selbst ein Kunstbanause wie Charles kannte Sullys historische Darstellung von General Washingtons Passage über den Delaware.

Der Sohn des Künstlers war ein kultivierter Mann, mit dem üblichen brustlangen Bart. Obwohl es ihm vor kurzem nicht gelungen war, irgendwelche Indianer südlich vom Arkansas aufzuspüren und zu vernichten, besaß er eine erstklassige Reputation, die auf den Mexikanischen Krieg zurückging. Man hielt ihn für einen erfahrenen Indianerkämpfer, da er die Sioux anläßlich der Minnesota-Rebellion von 1863 in die Black Hills zurückgetrieben hatte. Charles behielt Custer scharf im Auge; der Boy General konnte seine Abneigung gegen Sully nicht ganz verbergen. Für beide war auf dieser Expedition kein Platz, entschied Charles.

Anhand von Karten erläuterte Sully, daß drei Angriffskolonnen gleichzeitig in das Indianerterritorium vorstoßen würden. Ein gemischtes Kommando aus Infanterie- und Kavallerie marschierte von Fort Bascom, Territorium von New Mexico, nach Osten. Eine zweite Kolonne, die Kavallerietruppe der Fünften unter Brigadier Eugene Carr, würde von Fort Lyon, Colorado, aus nach Südosten losschlagen, auf die Antelope Hills zu, ein markanter Punkt gerade jenseits des North Canadian.

Die zentrale Kolonne war die von Sully oder Custer, je nachdem, auf wessen Seite man stand. Das war die Hauptstreitmacht. Sie bestand aus elf Truppen des Siebten Regiments und fünf Infanteriekompanien des Dritten, Fünften und Achtunddreißigsten Regiments. Die Kolonne würde direkt nach Süden vorstoßen, eine Versorgungsbasis aufbauen, sie unter dem Schutz der Infanteristen zurücklassen und dann weiter gegen jedes Lager der Cheyenne oder Arapahoe losschlagen, das sie auf dem Territorium finden konnten. Die anderen beiden Kolonnen fungierten als eine Art Treiber, die die Indianer in einer Zangenbewegung vor die Hauptstreitmacht jagen, sagte Sully. Charles entdeckte, daß all dies durch einige alte Freunde von ihm ermöglicht worden war.

»Deine Jungs von der Zehnten«, sagte Dutch Henry nach der Versammlung, »sind jetzt entlang des Smoky Hill postiert. Wenn sie nicht wären, würde Custer immer noch dort oben patrouillieren, anstatt hier unten dem Ruhm nachzujagen. Diese Schwarzen haben einen verdammt guten Ruf. Da ist jeder Mann ein besserer Soldat als all die weißen Schnapsdrosseln in der Armee. Niemand gibt es gerne zu, aber es stimmt.«

Das brachte die Erinnerung an Magic Magee und Sternengukker Williams, an Old Man Barnes und Colonel Grierson zurück. Es brachte auch ein schmales, befriedigtes Lächeln auf Charles' Gesicht. Zum erstenmal seit langer Zeit.

Eines Abends, als Charles gerade am Feuer der Scouts ein spätes Essen zu sich nahm, blickte er auf und sah einen dürren, gelblichen Hund vor sich, der ihn beobachtete. Charles kaute weiter an seinem Stück Trockenfleisch. Der gelbe Hund, ein Streuner, den er zuvor schon bemerkt hatte, wedelte mit dem Schwanz und jaulte kläglich.

»Was zum Teufel willst du?«

Joe Corbin auf der anderen Seite des Feuers lachte. »Das ist Old Bob. Er treibt sich überall auf der Suche nach einem Versorgungsoffizier herum. Er denkt, jetzt hat er einen gefunden.«

»Nicht mich«, sagte Charles. Er kaute weiter. Old Bob sprang um ihn herum, wedelte mit dem Schwanz und gab Geräusche von sich, die besser zu einem Kätzchen als zu einem Hund gepaßt hätten. Die kummervollen gelblichbraunen Augen blieben stets auf Charles gerichtet. Schließlich sagte Charles: »Ach, zur Hölle mit dir«, nahm das Stück Trockenfleisch aus dem Mund und warf es dem Bastard zu.

Von da an gehörte Old Bob ihm.

Charles wollte mit der anhaltenden Spaltung in der Siebten Kavallerie nichts zu tun haben. Unglücklicherweise ließ sich das nicht vermeiden. Custer hatte viele Feinde, und die meisten sprachen ganz offen über ihre Gefühle, ob man sie nun danach fragte oder nicht. Besonders erbittert äußerte sich ein fähiger Brevet Colonel namens Fred Benteen, der die H-Kompanie unter seinem tatsächlichen Rang eines Captain kommandierte.

»Laß dich durch sein cooles Benehmen nicht täuschen, Charlie«, sagte er. »Unter der Oberfläche nagt die Kriegsgerichtsverhandlung an ihm. Natürlich erzählt ihm die Königin von Saba ständig« – so wurde Libbie von Custers lästernden Feinden genannt – »wie großartig er ist, unschuldig wie ein Lamm. Allerdings glaubte er das nicht ganz. Paß auf, und du wirst merken, daß er zwölf-, fünfzehnmal am Tag losrennt und sich die Hände wäscht. Kein Mann mit einem reinen Gewissen macht so was. Das mag Sheridans Feldzug sein, aber es ist Custers Spiel. Er tut alles nur für seine Reputation.«

Natürlich traten auch viele für Custer ein. Cooke von Cookes Scharfschützen gehörte zu seinen glühendsten Anhängern; ebenso Captain Louis Hamilton, Enkel von Alexander Hamilton. Es überraschte nicht, daß an der Spitze dieser Bewegung der jüngere Bruder des Generals stand, Brevet Colonel Tom Custer, First Lieutenant in der D-Kompanie. Charles lauschte all den Lobpreisungen der Anhänger und nahm sie mit angemessenem Zynismus zur Kenntnis.

Trotz seiner blinden Loyalität fand er einen von Custers Anhängern ganz sympathisch. Der Mann hieß Joel Elliott. Er besaß eine offene, aufrichtige Art, und sein Mut wurde von niemandem in Frage gestellt. Ohne Beziehungen war er im Krieg vom einfachen Soldaten zum Captain aufgestiegen. 1864 war er mit den Seventh Indiana Volunteer Horse in Mississippi geritten und hatte einen Lungenschuß verpaßt bekommen. Auf wunderbare Weise erholte er sich davon und trat nach der Kapitulation wieder in die Armee ein, nachdem er das schwierige Offiziersexamen bestanden hatte. Er erreichte dabei eine so hohe Punktzahl, daß er im Majorsrang eingestellt wurde. Jetzt war er Custers Stellvertreter und führte seine eigene, aus drei Kompanien bestehende Truppe. Auf Anhieb hatte Charles den Eindruck, daß Elliott ein guter Soldat war.

Es gab allerdings auch keinen Zweifel daran, wo Elliott stand.

»Der General ist ein Mann von untadeligem Charakter«, sagte er. »Vor Jahren hat er mit dem Trinken und Rauchen aufgehört. Er flucht gelegentlich, aber sein Herz ist nicht dabei.«

»Er würde keine schwarzen Truppen kommandieren, aber ich habe gehört, daß er mit einer schwarzen Hure schläft.«

Elliott erstarrte. »Eine Lüge. Er ist Libbie treu.«

»Sicher. Sie baut ihn langsam als Präsidenten auf.«

»Charlie, er ist kein Politiker, er ist Soldat. Der beste Soldat, den ich je gekannt habe, weil er so aggressiv kämpft.«

»O ja, ich habe gehört, wie aggressiv er war«, sagte Charles mit einem Nicken. »Seine Third Michigan hatte die höchste Verlustquote aller Kavallerieeinheiten der Unionsarmee.«

»Beweist das nicht, wie tapfer er ist?«

»Oder tollkühn. Irgendwann mal könnte ihn diese Tollkühnheit das Leben kosten. Oder sein gesamtes Kommando.«

»Hoffentlich passiert das nicht bei diesem Feldzug. Ich will mir ein Brevet erkämpfen. Ein Brevet oder einen Sarg, dazwischen gibt's nichts.«

Charles lächelte traurig. Elliott nahm alles so ernst. Sie kamen miteinander aus, weil sie ohne persönliche Feindseligkeit diskutierten. Es war schwer zu glauben, daß Joel Elliott zu den drei Männern gehört hatte, die das berüchtigte Deserteursquintett gejagt und eingefangen und drei davon erschossen hatten — auf Custers Befehl hin.

Nun, er mochte Elliott trotzdem. Der junge Offizier war bescheiden, voller Begeisterung, und vor allem war er ein Profi, der sich alles selber beigebracht hatte. Man konnte sich höchst wahrscheinlich darauf verlassen, daß er Befehle ausführte, selbst schlimme Befehle. In einem heißen Kampf bedeutete das eine ganze Menge.

Das Wetter wurde schlechter, die Tage wurden dunkler; in den schwarzen, aufgetürmten Wolken im Norden lauerten Stürme. Die Drillübungen gingen weiter. Hufschmiede kümmerten sich um die Tiere und gaben jedem Mann ein Ersatzeisen für vorn und hinten sowie zusätzliche Nägel mit, die in der Seitentasche untergebracht wurden.

Die Scouts wollten los. Sie hatten ihr eigenes Lager, das sie mit einer anderen Gruppe teilten, für die Charles nichts übrig hatte – elf Osage-Fährtensucher, angeführt von ihren Häuptlingen Langes Seil und Kleiner Biber. Charles gefielen ihre Augen nicht, hinter denen sich Gott weiß was für verräterische Gedanken und Pläne verbergen mochten, genausowenig wie ihre häßlichen Gesichter mit den platten Nasen und die Art und Weise, wie sie ständig ein großes Getue um ihre gewaltigen Bogen aus Apfelholz machten oder die weißen Scouts um Zucker für ihren Kaffee anbettelten. Indianer waren verrückt nach süßem Kaffee. Sie gaben soviel Zucker in eine Tasse, daß sie schließlich einen bräunlichen Haufen hatten, den sie mehr aßen als tranken.

»Halt sie mir bloß vom Leib«, sagte Charles zu California Joe Milner, dessen richtiger Name Moses und nicht Joe war, wie er entdeckt hatte. Langes Seil war an Charles herangetreten – »Ich brauche Zucker« war das Beste, was er an Englisch aufzubieten hatte –, und Charles hatte gesagt, er solle sich zum Teufel scheren. Daraufhin hatte California Joe ihn zu sich gerufen.

»Du mußt mit ihnen zusammen reiten, Main.«

»Ich reite mit ihnen. Deswegen muß ich keinen gesellschaftlichen Umgang mit ihnen pflegen.«

California Joe hatte schon wieder einen sitzen und war deshalb nachgiebig gestimmt. »Nun, wenn's so ist, dann ist es eben so, schätze ich«, sagte er.

Charles kümmerte sich um seine Ausrüstung, striegelte Satan und gab ihm eine Extraration, schnorrte Abfälle für Old Bob und wartete. Gegen Ende der ersten Novemberwoche wurde der Himmel klar. Jedermann wertete das als Zeichen, daß sie bald aufbrechen würden.

Charles war bereit. Er fühlte sich fit, vermißte seinen Sohn, dachte öfter an Willa, als gut für ihn war – die Erinnerung an sie war schmerzhaft und voller Melancholie –, und hielt es für weise und nicht feige, daß er Harry Venable aus dem Weg ging.

Es war unvermeidlich, daß er Venable im Lager häufig aus

der Ferne sah, wenn er für Milner irgendwelche Botengänge erledigte. Bei jeder dieser Gelegenheiten gelang es ihm, sich schnell zu entfernen oder davonzureiten. Natürlich wußte er, daß irgendwann in naher Zukunft eine Konfrontation unumgänglich war.

Am 11. November befand sich das ganze Lager in heller Aufregung wegen der neuen Befehle. Am nächsten Tag marschierten sie los.

Der gewaltige, lärmende Aufbruch begann im Morgengrauen. Es war ein Spektakel, wie Charles es seit dem Krieg nicht mehr gesehen hatte. Der Versorgungszug, der Winterkleidung, Nahrungsmittel und Futter mit sich führte, war auf vierhundertfünfzig weiße Planwagen angewachsen, vor denen eine riesige, in vier Kolonnen aufgeteilte Kavalkade ritt. Zwei Kompanien des Siebten Regiments bildeten die Vorhut, zwei die Nachhut, der Rest teilte sich auf und schützte die Flanken des Versorgungszugs. Die Infanterie sollte neben den Wagen marschieren, aber jeder rechnete damit, daß die faulen Infanteristen bald aufsitzen würden, was dann auch tatsächlich der Fall war.

Sully und einige andere Offiziere bauten sich am Südufer des Arkansas auf, während die ersten Wagen ins Wasser fuhren. Die vielen Wagen mit ihren fluchenden Kutschern und den knallenden Peitschen erzeugten ein gewaltiges Getöse, noch verstärkt durch Trompetensignale, das Knirschen des Zaumzeugs und das Blöken des Viehs, das zwischen den Wagen vorangetrieben wurde.

Custer, geschniegelt und ausgelassen, ritt mit seinem Trupp ganz vorne. Charles sah Custer auf seinem tänzelnden Pferd am Nordufer, neben der Standarte des Siebten Regiments mit ihrem wilden Adler, der sich in scharfe, goldene Pfeile krallte. Die berittene Kapelle des Siebten Regiments spielte »The Girl I Left Behind Me« als Begleitmusik für die Furtdurchquerung.

Charles, Dutch Henry und zwei der Osage-Indianer galoppierten voraus und suchten einen Lagerplatz am Mulberry Creek, knappe fünf Meilen von ihrem Ausgangspunkt entfernt. Sully und Custer hatten gemeinsam beschlossen, daß sie am ersten Tag nicht weiter vorstoßen würden, weil es mit den Wagen soviel Probleme gab.

Nachdem Charles sein Abendessen aus Bohnen und Zwieback gegessen hatte, ließ ihn das Glück dann wieder im Stich.

Nach dem Tag im Sattel fühlte er sich steif; er fütterte Satan und legte ihm eine Decke gegen die Nachtkälte über. Er ging auf das Camp der Scouts zu, als er eine vertraute Gestalt einen Pfad entlang kommen sah, der den seinen kreuzen würde. Nach dem Tagesmarsch sah Captain Harry Venable sauber und gepflegt aus. Der ewige Präriewind hob seinen Umhang an, als er Charles in den Weg trat.

»Main«, sagte er knapp. Seine Augen waren noch blauer, noch eisiger als diejenigen Custers. »Oder sollte ich besser May sagen? Vielleicht August? Was bevorzugen Sie diesmal?«

»Ich nehme an, das wissen Sie.«

»Das tue ich. Ich habe Sie bereits vor einer Woche entdeckt. Ich weiß, daß Sie mich ebenfalls gesehen haben. Ich dachte, angesichts vergangener Umstände wären Sie vielleicht klug genug, so schnell wie möglich das Weite zu suchen.«

»Warum? Ich bin nicht in Uniform. California Joe hat mich angeheuert.«

»Sie unterstehen immer noch der Gerichtsbarkeit der Armee.«

Old Bob, der Charles wie üblich gefolgt war, ging auf Venable zu, um ihn zu beschnüffeln. Venable trat nach ihm. Bob duckte sich und knurrte. Charles pfiff den Hund an seine Seite. Old Bob gehorchte, knurrte aber weiter.

»Hören Sie, Venable, General Custer weiß, daß ich für die Konföderation im Sattel saß. Er hat nichts dagegen.«

»Bei Gott, aber *ich* habe etwas dagegen.« Venables rostbrauner Bart ruckte vor; sein Gesicht war bösartig verzerrt. Old Bob knurrte lauter. Venable machte einen Schritt nach vorn. »Du rebellischer Hundesohn!«

Charles drückte seine flache Hand gegen Venables dunkelblauen Umhang. »Tragen Sie Ihre Beschwerden dem General vor.«

Venable überraschte Charles, indem er locker zurücktrat. Ein rätselhaftes Lächeln flog über sein Gesicht. »O nein. Ich habe kein Wort über unsere frühere Begegnung verloren und werde es auch nicht tun. Diesmal will ich Sie selber haben. Daß Sie in Jefferson Barracks eins über Ihren dämlichen Schädel gekriegt haben, hat Sie anscheinend nicht entmutigt, ebensowenig die Entlassung, nachdem Sie sich in das Zehnte Regiment hineingelogen hatten. Diesmal werde ich etwas finden, was funktioniert. Etwas Dauerhaftes.«

»Gehen Sie zum Teufel«, sagte Charles. »Komm, Bob.«

Venable rannte ihm nach, doch Old Bobs Knurren brachte ihn zum Stehen. »Es ist Ihr Job, den Trail vor uns im Auge zu behalten«, rief Venable. »Aber vergessen Sie nicht, ich behalte Ihren Rücken im Auge, jede Minute.«

Die Drohung beunruhigte Charles mehr, als er sich eingestehen wollte. Er wollte mit jemandem darüber sprechen. Er zog Dutch Henry vom Feuer weg und beschrieb ihm mit wenigen Worten den Zusammenstoß. »Wenn du mich also mit einer Kugel im Rücken findest, dann erledige diesen verdammten Yankee.«

Dutch Henry schaute verblüfft drein. »Warum ist er hinter dir her?« »Weil John Hunt Morgan seiner Mutter und seiner Schwester etwas angetan hat. Um Himmels willen, dafür bin ich schließlich nicht verantwortlich.«

Der stämmige Scout warf ihm einen eigenartigen Blick zu; in seinen Augen spiegelten sich die Lichtflecken des Campfeuers wider. »Nein. Und die Indianer, die wir jagen, haben höchstwahrscheinlich auch nicht deine Partner niedergemetzelt. Aber du wirst sie trotzdem umbringen.«

»Henry, das ist . . .«

»Was anderes? Hmm. Wenn du das sagst. Komm zurück zum Feuer. Es ist zu kalt, um hier draußen zu palavern.«

Er stampfte auf die windgepeitschten Flammen zu; Charles blieb regungslos stehen und starrte mit einem seltsamen angespannten, fast verwirrten Ausdruck auf dem Gesicht hinter ihm her.

Am 13. November näherten sie sich Bluff Creek, wo Custer nach seinem Exil in Michigan wieder zu dem Regiment gestoßen war. Am folgenden Tag schafften sie es bis zum Bear Creek und Cimarron, und am Tag darauf erreichten sie das Indianerterritorium. Dort überfiel sie ein winterlicher Nordsturm und lieferte ihnen einen unangenehmen Vorgeschmack auf das Kommende.

An der Beaver-Gabelung des North Canadian stießen sie weiter nach Osten vor, fanden aber immer noch keine Spur von Indianern. Einen Tag später änderte sich das. Charles und die Corbins entdeckten eine Furt mit den Spuren vieler Ponys, aber ohne Anzeichen von Schleppstangen. Ein Kriegstrupp. Sie galoppierten zurück, um zu berichten.

»Zwischen fünfundsiebzig und hundertfünfzig Krieger, in nordöstlicher Richtung unterwegs.«

»Um Siedlungen anzugreifen, Mr. Main?« erkundigte sich General Sully. Er hatte Offiziere und Scouts in seinem großen Hauptquartierszelt versammelt. Die Laternen beleuchteten Gesichter, auf denen sich Bartstoppeln, Schmutz und Müdigkeit abzuzeichnen begannen. Venable drückte sich im Hintergrund herum. Er verschränkte die Arme, ein Zeichen, daß er allem mißtraute, was Charles sagen mochte.

»Ich wüßte keinen anderen Grund, weshalb sie im Winter das Indianerterritorium verlassen sollten, General.«

Custer trat vor, in Erwartung eines Kampfes fast zitternd. War es Zufall, daß er sich vor Sully schob und ihn teilweise verdeckte? »Wie alt sind die Spuren?« wollte er wissen.

Jack Corbin sagte lakonisch: »Zwei Tage, höchstens.«

»Wenn wir in die Richtung vorgehen, aus der sie gekommen sind, müßten wir also ihr Dorf finden, fast ohne Krieger. Wir könnten sie in einem Handstreich nehmen.«

»General Custer«, sagte Sully mit deutlicher Ironie, »das ist absurd. Glauben Sie auch nur einen Augenblick lang, daß eine so große Militärstreitmacht wie die unsere, begleitet von solch einem gewaltigen Wagenzug, so tief ins Indianerland eindringen und unentdeckt bleiben könnte? Sie wissen, daß wir hier sind.«

Anstatt darüber zu diskutieren, sagte Custer: »Was meinen Sie, Main?«

Charles gefiel die plötzliche Verschiebung der Last der Verantwortung ganz und gar nicht, aber es hatte keinen Sinn, Sully anzulügen, ganz gleich, ob er das nun persönlich nahm oder nicht. »Ich denke, es ist durchaus möglich, daß niemand etwas von unserer Anwesenheit weiß. So spät im Jahr sind die Indianer nicht mehr viel unterwegs. Der Kriegstrupp bildet eine Ausnahme. Sie setzen einfach voraus, daß wir um diese Jahreszeit auch nicht losschlagen.«

»Sehen Sie?« rief Custer Sully zu. »Geben Sie mir einen Trupp.«

»Nein.«

»Aber hören Sie ...«

»Erlaubnis verweigert«, sagte Sully.

Custer schwieg, aber niemand im Zelt konnte die plötzliche Röte seiner Wangen und seinen gehässigen Blick übersehen. Er schien auch nicht die Absicht zu haben, das zu verbergen. Charles hatte den Eindruck, daß Sully diesen Vorfall noch bedauern würde.

»Mein Partner Jackson sagte immer, daß ein weißer Mann hier draußen seine Ansichten umkehren muß«, sagte Charles zu Griffenstein nach der Versammlung. »Sully ist dazu nicht bereit. Immer der gleiche alte Armeetrott.« Er seufzte.

Charles und die Scouts schlugen einen Bogen nach Süden auf der Suche nach einem geeigneten Ort für die Versorgungsbasis. Sie fanden einen Platz ungefähr eine Meile vor dem Zusammenfluß von Wolf Creek und Beaver Creek, die dann gemeinsam den North Canadian bildeten. Es gab Holz, gutes Wasser und Wild im Überfluß. Am 18. November erreichten die Voraustrupps des Siebten Regiments gegen Mittag den Ort.

Charles, Milner und die anderen Scouts ritten in die Wälder, um zu jagen, während die Infanterie Bäume für einen Palisadenzaun fällte. Andere Arbeitstrupps gruben Brunnen und Latrinengräben oder mähten das froststarre Gras, das als Pferdefutter dienen sollte.

Charles stöberte einen Schwarm wilder Truthähne auf und erlegte drei mit seiner Spencer. California Joe, vorübergehend nüchtern, tötete eine Büffelkuh; ein Dutzend weitere, die er mit seinem ersten Schuß in wilde Panik versetzt hatte, entgingen ihm allerdings. Die meisten Scouts brachten irgendeine Beute mit. Heute abend würde die Expedition besser essen als an den Tagen zuvor.

Das Versorgungscamp wuchs schnell; auf der einen Seite zog sich ein Palisadenzaun über hundertsechsundzwanzig Fuß hin, mit Wällen an beiden Ecken, und Blockhäusern mit Schießscharten an den anderen Ecken. Palisadenstämme schützten die West- und Südseite. Barackenähnliche Lagergebäude dienten als Nord- und Ostwälle. Die Männer schlugen ihre Zelte außerhalb auf, die entladenen Wagen blieben drinnen. Die Expedition hatte ihre Versorgungsbasis um hundert Meilen vorverlegt, von Fort Dodge aus gerechnet.

Charles hörte, daß Custer und Sully fast ständig miteinander stritten. Custer war immer noch wütend auf seinen Rivalen.

Eine Vorhut, bestehend aus weißen Scouts und Kaw-Fährtenlesern, tauchte im Norden auf und verkündete die Ankunft von General Sheridan und seiner dreihundert Mann starken Eskorte der Nineteenth Kansas Volunteer Cavalry. Custer sattelte und galoppierte los, um den Department-Kommandeur zu begrüßen. Bei Anbruch der Nacht stampfte Little Phil im Lager herum, schüttelte die Hände und fluchte abscheulich über den grimmigen Hagelsturm, der seinen schnellen Vormarsch von Fort Hays gestört hatte. Sheridan besaß einen gedrungenen Körper, mit schwarzen Augen und einem spitzen Mongolenschnurrbart. Charles hatte zwar noch nie einen Barkeeper aus der New Yorker Bowery gesehen, aber Little Phil entsprach seiner Vorstellung davon.

Später am Abend, als Charles zusammen mit den anderen Scouts am Lagerfeuer saß, Old Bob schlafend an seinen Bauch gedrückt, hörte er Musik. Er erkannte »Marching Through Georgia«.

»Was zum Teufel geht da vor, Henry?«

»Na ja, ich habe gehört, Old Curly hätte seine Kapelle losgeschickt, um General Sheridan den Abend mit einer Serenade zu verschönern. Erkennst du nicht die Melodie?« Er grinste. »Das Stück sollte eigentlich ›Farewell, General Sully‹ heißen.«

Es war der sechste Tag nach dem Aufbruch vom Camp am Arkansas. General Sheridan übernahm persönlich das Kommando; ganz überraschend brachen auf einmal Sully und sein Stab zu ihrem Hauptquartier in Fort Harker auf. Es ließ sich unschwer sagen, welchem Kommentar Little Phil beim Streit um den höheren Rang den Rücken gestärkt hatte.

Die Quartiermeister begannen, an die Männer des Siebten Regiments mit Büffelfell besetzte Mäntel, hohe Leinenleggings, Pelzhandschuhe und Pelzmützen auszugeben. Sheridan befahl Custer, er solle mit seinen elf Kompanien am 23. November bei Tagesanbruch marschbereit sein.

Die ganze Nacht hindurch wurden Rationen und Munition ausgegeben. Pferde wurden inspiziert, untaugliche Pferde wurden ersetzt. Custer nahm sich ein neues Pferd, Dandy. Die besten Gespanne wurden vor die stabilsten Wagen gespannt, die mit Proviant für dreißig Tage beladen wurden.

Nach Einbruch der Dunkelheit senkte sich eine merkwürdige Stille über das Versorgungslager. Charles hatte ein ähnliches Schweigen vor Sharpsburg und mehrmals in Virginia erlebt. In diesen letzten Stunden vor dem ernsthaften Beginn eines Feldzuges war ein Mann gern allein mit sich oder seiner Bibel oder mit einem Stift, mit dem er, nur für den Fall der Fälle, einen Abschiedsbrief schrieb. Charles schrieb eine solche Nachricht für Duncan, der sie dann dem kleinen Gus vorlesen sollte. Er versiegelte den Brief gerade, als Dutch Henry in ihr gemeinsames Zelt gestampft kam.

»Rat mal, was wir draußen haben.«

»Das übliche. Wind.«

»Mehr als das.« Er hielt die Zeltklappe hoch. Charles sah die weißen, treibenden Flocken. »Die Schneedecke wächst schnell. Es hieß, das würde ein Winterkrieg. Ich will verdammt sein, wenn das ein Witz war.«

Old Bob schnarchte gelegentlich, doch Charles konnte nicht schlafen. Ungeduldig wartete er bereits eingehüllt in seinen Zigeunermantel, als die Trompeter um vier Uhr zum Wecken bliesen.

Er vergewisserte sich, ob sein Kompaß auch sicher in der Tasche steckte — nicht mal die Osages wußten Genaueres über das Land südlich vom Versorgungslager —, und trat hinaus, während Dutch Henry sich noch wachzugähnen versuchte. Der Wind heulte. Schnee peitschte seine nackte Haut. Vor dem Zelt war über zehn Zentimeter Schnee angetrieben worden. Kein verheißungsvoller Start.

General Custer, gleichermaßen zeitig wach, ließ sich Dandy satteln und ritt allein über das Campgelände, nur gefolgt von den beiden Hirschhunden Maida und Blucher. Dunkelheit und Schweigen hüllten ihn ein. Alles schlief.

Unbeeindruckt ließ er sich bei General Sheridan melden. Kurz darauf tauchte Little Phil aus seinem Zelt auf, zwei Decken über seine lange Unterwäsche gewickelt. Eine Ordonnanz entzündete eine Laterne, während Custer sein unruhiges Pferd tätschelte. Der Schnee kam fast horizontal angefegt. Die Augen noch schmal vom Schlaf, ähnelte Sheridan einem Chinesen.

»Was halten Sie von diesem Sturm, General?« fragte Sheridan.

»Sir, ich glaube, nichts könnte uns gelegener kommen. Wir brechen auf, die Indianer werden sich ruhig verhalten. Wenn der Schnee eine Woche hält, dann bringe ich Ihnen einige Skalpe.«

»Ich warte«, sagte Little Phil und erwiderte den Salut seines eifrigen Kommandeurs.

Die Trompeten bliesen zum Aufbruch. Wie üblich bildeten die Scouts die Spitze; ihre Pferde kämpften sich durch den wachsenden Treibschnee. Der Wind fauchte. Man konnte kaum etwas hören, und die Ohrenklappen von Charles' Biberfellmütze machten die Sache nur noch schlimmer. Er hatte mit Verblüffung zur Kenntnis genommen, daß Mr. DeBenneville Keim, ein zusammen mit Sheridan angereister Journalist, auf einen der in der Finsternis verschwundenen Versorgungswagen geklettert war. Vielleicht hatte Custer den Reporter davon überzeugt, daß es bei seiner Expedition schon einige berichtenswerte Taten zu sehen geben würde.

Er glaubte seinen Namen gehört zu haben. Er hob seine linke Ohrenklappe. »Was gibt's?«

»Ich sagte«, brüllte Dutch Henry, »daß wir einen Beobachter von Sheridans Stab dabei haben. Er reitet irgendwo da hinten zusammen mit Old Curly. Rat mal, wer es ist.«

In der schneegepeitschten Dunkelheit sah Charles ganz deutlich Venables Augen vor sich; trotz der Kälte spürte er ein heißes Prickeln auf seinem Rücken.

49

Als der Tag heraufdämmerte, war die Welt weiß. Charles band sich ein Halstuch um die untere Gesichtshälfte, doch die Schneekristalle stachen immer noch schmerzhaft in die nackte Haut. Das unaufhörliche Geheule und Gejaule des Sturms zerrte an seinen Nerven.

Schneekrusten bildeten sich an seinen Augenbrauen. Charles drehte sich um, konnte aber nichts erkennen, obwohl er Männer hinter sich hörte. Einer von ihnen brüllte, daß die Gespannfahrer, die mit ihren Wagen bereits eine Meile zurückgefallen waren, weiterhin an Boden verloren.

Griffenstein trieb sein Pferd neben ihn. Sie versuchten, Bemerkungen über den Sturm auszutauschen, aber es lohnte die Anstrengung nicht. Jeder Mann hielt einen Handschuh vor sein Gesicht; steifgefrorene Finger krümmten sich schützend um die einzigen verläßlichen Führer in diesem Sturm — die Taschenkompasse. Die Nadeln wiesen ihnen den Weg nach Süden.

Gegen zwei Uhr nachmittags befahl Custer den Tageshalt. Die Kolonne hatte sich im Tal des Wolf Creek auseinandergezogen, das nach Charles' Schätzung nicht weiter als fünfzehn Meilen von ihrem Ausgangspunkt entfernt lag. Pferde und Männer waren so erschöpft, als hätten sie die doppelte Entfernung zurückgelegt. Niemand wußte, ob sie die Wagen je wiedersehen würden.

Baumgruppen standen am Ufer des zugefrorenen Flüßchens;

um die Stämme herum waren die Schneewehen fünf bis sechs Fuß hoch. Unter den kahlen Bäumen entdeckte Charles große, dunkle, bewegungslose Formen, wie Statuen, die irgendein verrückter Bildhauer in die Wildnis gestellt hatte. Die Statuen erwiesen sich als Büffel, die mit gesenktem Kopf dem Sturm trotzten. Erst der Lärm der Äxte erweckte sie wieder zum Leben und ließ sie davontaumeln. Schützen erlegten drei von ihnen.

Wie Ameisen auf einem weißen Strand bewegten sich Charles und die anderen Scouts durch das verschneite Wäldchen. Sie gruben abgebrochene Äste aus, die aus Schneewehen herausragten, oder fällten kleinere Bäume; zumindest würden sie Feuer machen können, um sich zu wärmen, wenn sie schon wegen der verschwundenen Wagen nichts zu essen bekamen.

Charles und Dutch Henry türmten ihr Holz auf und gingen ihre Pferde füttern. Satan reagierte ausgehungert; er schlang seine kleineHaferration so gierig herunter, daß Charles dachte, der Schecke würde auch gleich noch seine Finger verschlingen.

Dann schaufelten sie, hauptsächlich mit den Händen, Schnee weg, um sich einen Lagerplatz zu schaffen. Als der Schnee nur noch ein paar Zentimeter hoch lag, stampften sie ihn fest; einen besseren Boden würden sie nicht bekommen. Als sie ihr Zelt aufschlugen und davor ein Feuer in Gang brachten, schmolz natürlich der Schnee und durchweichte ihre Decken.

Als die Nacht anbrach, vernahm Charles lautes Knirschen und Klatschen – die Wagen und die Peitschen der Fahrer. General Custer ritt vorbei, gefolgt von Maida und Blucher.

Custers Wangen waren so rot wie verbrannte Haut.

»... *will jeden einzelnen dieser verdammten Drückeberger von Kutschern in zwanzig Minuten in meinem*...«

Der General verschwand hinter einem aufgeworfenen Schneeberg. Charles hatte ihn noch nie so schlecht gelaunt erlebt.

Old Bob, der sich den ganzen Tag über recht gut gehalten hatte, schien zu wissen, daß ihnen eine elende Nacht bevorstand. Er wich Charles nicht von der Seite und jaulte leise.

Sie packten ihre Pfannen aus, klappten die Griffe auf, schmolzen Schnee, kochten Pökelfleisch und brutzelten im Schweinefett aufgeweichte Zwiebackstücke. Zusammen mit Kaffee ergab das eine ganz passable Mahlzeit, obwohl Charles immer noch durchfroren und von vielen Kleidungsschichten wundgescheuert war. Er erinnerte sich wieder und wieder daran, weshalb er hier war, stellte sich die Angehörigen der Jackson Trading Company so vor, wie er sie zuletzt gesehen hatte.

Captain Fred Benteen stampfte vorbei und murrte: »Gottverdammter Idiot.«

»Wer?« fragte Charles.

»Der General. Wißt ihr, was er gerade getan hat?«

»Was?« erkundigte sich Griffenstein in einem Tonfall, der besagte, daß eine Massenexekution ihn nicht im geringsten überraschen werde.

»Er hat alle Kutscher unter Arrest gestellt, weil sie so langsam waren. Morgen dürfen sie ihre Wagen nicht fahren. Sie müssen laufen. Danach werden wir überhaupt keine Wagen mehr haben.«

Er verschwand im Schneegestöber. Old Bob jaulte, Charles rieb seine Schnauze und gab ihm ein Stück gekochtes Schweinefleisch. Von diesem Moment an machte sich ein vages Unbehagen über den Ausgang der Expedition in ihm breit. Es hatte nichts mit der Gegenwart von Harry Venable zu tun.

Charles war aufgrund seiner Rebellenvergangenheit so etwas wie eine Kuriosität. Louis Hamilton, der junge Captain, der die A-Kompanie befehligte, kam nach Einbruch der Dunkelheit mit dem Journalisten vorbei. Er stellte ihn als Reporter des »New York Herald« vor.

DeBenneville Keim wollte unbedingt mit Charles sprechen. Charles war alles andere als begeistert davon, schenkte ihm aber eine Tasse Kaffee ein, um sich gastfreundlich zu zeigen. Keim trank einen Schluck und zog dann ein kleines, abgeschabtes Büchlein aus seinem Mantel. Auf dem Buchrücken war der Titel mit Goldbuchstaben eingeprägt: *Nach dem Krieg.*

»Ich habe Whitelaw Reid gelesen, Mr. Main. Sie waren in South Carolina, als Sumter fiel. Sagen Sie mir, was Sie von dieser Passage über Sullivan's Island halten.«

Er reichte Charles das Buch. Reid war ein bekannter Unionskorrespondent, der unter dem Namen Agate Kriegsberichte geschrieben hatte. Er war einer der ersten drei Journalisten in Richmond gewesen. Charles zwinkerte ein paarmal, als die schmelzenden Schneeflocken von seinen Augenbrauen auf die Buchseite fielen; dann begann er zu lesen:

»Hier wurden vor vier Jahren die ersten Kriegsbefestigungen gebaut. Hier stürzten sich die schneidigen jungen Kavaliere, die arroganten Südstaatler, die auf den Yankee-Abschaum verächtlich herabschauten, so begeistert in den Krieg, als handelte es sich um ein Picknick. Hier brachten die Boote aus Charleston jeden Tag für die luxusgewohnten jungen Captains und Lieutenants Champagnerkisten, unzählige Pasteten, Fässer mit rotem Bordeauxwein und Tausende von Havannazigarren. Hier, zwischen Festen, Tanzbällen und Liebesabenteuern, stürzten sich die jungen Männer, die in der ›Gesellschaft‹ von Newport und Saratoga den Ton angegeben hatten, in die Revolution, als wäre es ein Walzer...«

Keim legte ein rotes Notizbüchlein auf seine Knie. Die Seiten waren mit Kurzschriftgekritzel gefüllt. »Das ist eine sehr lebhafte Darstellung. War es wirklich so?«

Eine umfassende Trauer stieg in Charles auf. Er dachte an den armen Ambrose Pell. »Ja, aber es dauerte nicht lange. Und jetzt ist das alles längst dahin. Es wird niemals zurückkommen.«

Er klappte das Buch zu und gab es Keim zurück. Ein merkwürdiger, trostloser Ausdruck auf seinem Gesicht verbot jede weitere Frage; statt dessen wandte sich Keim an Dutch Henry. Charles streichelte Old Bob, damit er zu knurren aufhörte.

Am nächsten Tag ging der Marsch weiter; die bestraften Kutscher kämpften sich zu Fuß voran. Der Sturm ließ nach. Der Himmel wurde klar, aber das brachte ein anderes Problem mit sich. Das Gleißen der Sonne auf den Schneefeldern war für die Augen fast unerträglich.

Sie folgten dem Wolf Creek in südwestlicher Richtung, was es Charles ermöglichte, seinen Kompaß wegzustecken. Er ritt ein Stück vor einigen der Osage-Indianer, die ihm unruhige Blicke zuwarfen, weil er mit rauher, monotoner Stimme vor sich hin sang:

Das alte Schaf kennt die Straße,
Das alte Schaf kennt die Straße,
Das alte Schaf kennt die Straße ...
Das junge Lamm muß den Weg erst suchen.

»Wo hast du das gelernt?« fragte Dutch Henry.

»Die Neger auf den Küsteninseln singen es daheim. Ein Kirchenlied.«

»Bei dir hört es sich an, als gingen wir zu einer Beerdigung.«

»Ich habe ein komisches Gefühl bei der Sache, Henry. Ein schlechtes Gefühl.«

»Nun, du wolltest hier dabei sein.«

»Das wollte ich.« Charles zuckte die Achseln; vielleicht war er nichts weiter als ein verdammter Narr. Doch das Unbehagen blieb.

Ihre Marschroute sollte sie so weit flußaufwärts führen, daß sie dann nach Süden auf die Antelope Hills nahe dem North Canadian zuhalten konnten. Der Wolf Creek verlief bald schon in mehr westlicher Richtung. Erschöpft von den vielen Schneewehen und halb blind von einer Sonne, die nicht warm genug war, um den Schnee zum Schmelzen zu bringen, taumelten sie in ein weiteres Lager auf einer Klippe über dem Fluß. Charles hörte, daß einer der Kutscher einen Revolver auf Curly gerichtet hatte, der ihn in die Hoden getreten, eigenhändig entwaffnet und dann befohlen hatte, ihn mit verknoteten Seilen auszupeitschen. Griffenstein erzählte, Custer hätte den Reporter kommen lassen und ihm befohlen, kein Wort über die Bestrafung zu schreiben, falls er die Expedition noch weiter begleiten wollte.

»Bißchen dämlich, einen Reporter so vor den Kopf zu stoßen, meinst du nicht, Charlie?«

»Nicht, wenn du auf der Hut bist. Nicht, wenn du eines Tages Präsident werden möchtest.«

Am nächsten Morgen wichen sie von ihrem Westkurs ab und gingen direkt in südlicher Richtung. Gelegentlich tauchten kleine Baumgruppen als dunkle Flecken am Horizont auf, wie Holzkohlenschmierer auf einem sauberen Zeichenblatt. Trotz dem tiefen Schnee ließ sich die Landschaftsform ungefähr erkennen. Vom Wolf Creek aus stieg die Prärie bis zu einer Kammlinie an. Am Nachmittag hatten sie den Kamm überquert; es ging wieder abwärts. An diesem Abend schlugen sie ihr Lager ungefähr eine Meile nördlich vom Canadian auf.

Charles und California Joe ritten ein Stück den Fluß entlang. Er war beträchtlich über seine Ufer getreten und strömte schnell dahin; im Wasser wirbelten Eisblöcke. Sie entdeckten eine Furt, die passierbar aussah. Joe Milner, der nüchterner war, als Charles ihn je zuvor gesehen hatte, trieb sein Maultier vorsichtig hinein. Plötzlich sank das Tier ein Stück ein.

»Treibsand. Nun, gibt keine andere Stelle zum Übersetzen. Muß auch so gehen.«

Nachdem er sich wieder herausgekämpft hatte, kehrten sie zurück und erstatteten Bericht. Custer schien zufrieden zu sein. Dutch Henry sagte, Major Elliott sei bereits ohne Wagen mit drei Kompanien aufgebrochen, um das Tal des Canadian nach Indianern abzusuchen. Die Gebrüder Corbin und mehrere der Osage-Indianer seien mit Elliott mitgegangen. Zum Schluß erinnerte Dutch Henry noch daran, daß morgen, Donnerstag, Erntedankfest wäre.

Charles war das ziemlich egal. Es war ein Feiertag des Nordens, und in dieser gefrorenen Einöde würden keine Armeeköche das traditionelle große Festmahl servieren.

Treibsand, eisiges Wasser und gefährliche Eisblöcke, die einige Radspeichen zerschmetterten, waren der Grund, daß die Canadian – Durchquerung am Erntedankfesttag länger als drei Stunden dauerte. Alle Soldaten, Zivilisten und Indianer waren durchweicht und erschöpft, als sie es endlich geschafft hatten, doch beim Anblick der Antelope Hills direkt vor ihnen lebten sie wieder auf. Daß sie dieses vertraute Gelände erreicht hatten, bewies doch, daß sie nicht ziellos durch die Gegend marschiert waren.

Die fünf dichtgedrängten Hügel hatten eine Höhe von hundertfünfzig bis dreihundert Fuß. Zwei waren konisch, drei zogen sich länglich hin, und von dem höchsten Hügel hatte man eine wunderbare Aussicht auf das ganze Land: im Rücken den sich windenden Canadian und vorne wellige Schneefelder, die bis weit hinter den Horizont zu reichen schienen.

Am frühen Nachmittag signalisierten Rufe die Annäherung eines Reiters aus der Richtung, die Elliotts Kolonne eingeschlagen hatte. Trompeter riefen die Offiziere und Scouts zu Custers großem Zelt, wo allgemeine Erregung ausgebrochen war. Maida und Blucher sprangen herum und japsten. Custer verpaßte jedem Hund einen leichten Schlag mit seiner Reitpeitsche, und sie gaben keinen Laut mehr von sich.

»Wiederholen Sie alles für die Neuankömmlinge, Jack«, sagte Custer.

»Major Elliott befindet sich ungefähr zwölf Meilen weiter am Nordufer. Dort ist eine Furt mit massenhaften Spuren. Ungefähr hundertfünfzig Indianer sind da durch, Richtung Süden mit leichter östlicher Abzweigung. Die Spuren sind höchstens einen Tag alt.«

Charles Finger begannen zu zucken. Aufgeregtes Gemurmel begrüßte die Neuigkeit, und Custers rotes Gesicht strahlte förmlich. Harry Venable, dessen feindselige Blicke Charles nicht länger störten, sprach das Offensichtliche aus:

»Wenn wir unsere Richtung beibehalten und sie ebenfalls, dann kreuzen sie unsere Fährte vor uns. Vielleicht heute noch.«

»Bei Gott«, sagte California Joe, leicht schwankend von einer kurz zuvor genossenen Erfrischung, »es ist Erntedankfest, und wir haben Custers Glück.«

Einige der kriecherischen Offiziere riefen: »Hört, hört!« und klatschten. Die Anti-Custer-Männer einschließlich Benteen schauten grimmig drein. Custer selbst sah frisch und gestärkt aus; er konnte keinen Moment stillstehen.

»Die Männer sollen in zwanzig Minuten bereit für einen Nachtmarsch sein. Keine Zelte, keine Decken. Hundert Schuß pro Mann, etwas Kaffee und Zwieback, das ist alles. Wir nehmen sieben Wagen und eine Ambulanz mit. Der Rest des Versorgungszuges bleibt hier mit einer Kompanie und dem diensthabenden Offizier. Wo steckt er?«

»Hier, Sir.« Captain Louis Hamilton trat vor. Er schaute unglücklich drein. »Ich erbitte die Erlaubnis des Generals, mit der

Truppe gehen zu dürfen. Ich möchte wetten, diese verdammten Indianer sind ganz nah an Ihrem Lager dran, und wir werden sie finden.«

»Ich freue mich über Ihren Enthusiasmus, Hamilton, und teile ihn.« Mittlerweile tanzte Custer fast schon im Zelt herum. Sein Blut war in Wallung, und das aller anderen auch. Charles fragte sich, warum er nach so vielen Jahren der Sehnsucht nach Rache diese Erregung nicht teilte.

Custer fuhr fort: »Wenn Sie in zwanzig Minuten einen Ersatz finden, können Sie mit uns kommen.«

»Jawohl, Sir!« rief Hamilton, wie ein Junge, der eine Handvoll Candy geschenkt bekommen hatte. Er flitzte hinaus, ohne zu salutieren. Alle lachten.

Zu Jack Corbin gewandt, sagte Custer: »Schaffen Sie es zurück zu Major Elliott?«

»Mit einem frischen Pferd schon, General.«

»Sagen Sie ihm, er soll die Verfolgung mit aller Energie fortsetzen. Unsere Wege sollten sich gegen Einbruch der Dunkelheit kreuzen. Teilen Sie ihm mit, daß er darauf achten soll.«

Corbin eilte davon. Custer entließ die anderen. Es gab ein gewaltiges Gedränge beim Verlassen des Zeltes. Dutch Henry explodierte fast vor guter Laune. »Endlich kriegen wir das, wofür wir gekommen sind, Charlie.«

In exakt zwanzig Minuten wurde zum Aufbruch geblasen. Die Truppen, elf Kompanien und Cookes Scharfschützen, kämpften sich wieder durch die hohen Schneewehen gen Süden vor. Hamilton war dabei; ein unter teilweiser Schneeblindheit leidender Offizier hatte sich bereit erklärt, das Kommando über die Wagen zu übernehmen.

Das Wetter hatte sich etwas beruhigt; der Schnee schmolz. Nach einigen Stunden galoppierten Langes Seil und ein weiterer Osage an Charles vorbei und brüllten: »Mich finden! Mich finden!« Dutch Henry musterte den Weg vor ihnen. Charles drängte Satan neben das Pferd des großen Mannes. Einige der streunenden Hunde sprangen bellend herum.

Sie hatten wirklich was gefunden. Die Spuren eines Indianertrupps, so groß, wie Corbin gesagt hatte, waren deutlich zu sehen. Keine Spur von Schleppstangen. Also Krieger. Unterwegs zur Jagd oder zu einem letzten Überfall. Die Fährte führte durch das flache, baumlose Land in südöstlicher Richtung.

Gegen Ende des Tages begann sich die Landschaft erneut zu verändern. Die Prärie senkte sich als endloser, sanfter Abhang auf einen baumbestandenen Horizont zu, der noch Meilen entfernt im Dunst lag. Custer schickte Griffenstein voraus mit dem Befehl, Elliott zu finden und dessen Vormarsch zu stoppen, bis die Hauptkolonne aufgeschlossen hatte. Als Treffpunkt sollte Elliott einen Ort wählen, wo es fließendes Wasser und genügend Holz gab.

Charles schätzte die Zeit auf fünf Uhr nachmittags, als sie den Waldrand erreichten. Sein Magen gurgelte und krampfte sich schmerzhaft zusammen. Er war überzeugt davon, daß Satan genauso hungrig war; keines der Pferde hatte seit heute früh um vier etwas zu fressen bekommen. Charles hatte lediglich ein Stück Zwieback heruntergewürgt und sich beinahe einen Zahn daran ausgebissen. Ihm wurde klar, daß die Sache zu einem von Custers unbarmherzigen Gewaltmärschen ausgeartet war.

Weiter und weiter ritten sie durch das Waldlabyrinth. Dunkelheit kam und erneute Kälte. Die aufgeweichten Schneewehen überzogen sich mit einer harten Kruste, die unter jedem Huftritt splitterte; die Nacht schien von Musketenfeuer widerzuhallen. Hunde bellten, Säbel klirrten, Männer fluchten, während sie bis sieben Uhr und noch länger marschierten.

Acht Uhr vorbei.

Gegen neun Uhr sah Charles ein organgefarbenes Glühen. Er bog um einen dunklen Baumstamm und entdeckte weitere glühende Punkte. Er trieb Satan an den Osage-Indianern vorbei auf eine Lichtung. Ein Wachposten rief ihn an, und Charles brüllte zurück: »General Custers Kolonne! Ist das Elliott?«

»Ja, wir sind hier.«

»Wir haben sie gefunden«, rief er zurück. Er hörte Jubelrufe.

Major Elliotts drei Kompanien rasteten am Steilufer eines Flusses. Auf der Südseite, die natürliche Deckung durch die Uferbank ausnutzend, brannten kleine Kochfeuer. Die Kolonne stieg ab und machte Rast. Die ausgelassene Feierstimmung erinnerte ihn an jene ersten fröhlichen Tage, die Whitelaw Reid beschrieben hatte.

Captain Harry Venable ritt die Reihe ab mit der guten Nachricht: »Eine Stunde Rast. Sattel und Zaumzeug von den Pferden.«

Die Zeit schien wie im Fluge zu vergehen. Charles zerrte das Zaumzeug von seinem Schecken, trocknete ihn, so gut es ging, und gab ihm den Hafer, den er dabei hatte. Er fütterte auch Dutch Henrys Pferd, während sein Freund Kaffee heiß machte. Zusammen mit einigen Stück Zwieback war das ihr üppiges Erntedankfestmahl.

Punkt zehn wurde ohne Trompetensignal aufgebrochen. In Viererreihen bewegten sich die Kavalleristen das Steilufer hinab, durchquerten den Fluß und ritten die andere Seite wieder hoch. Die Schneefelder glitzerten in diamantener Pracht; ein leuchtender Mond stand am Himmel.

Kleiner Biber und ein weiterer Osage führten die Kolonne zu Fuß an. Wegen des Lärms — des gewehrschußähnlichen Krachens der Schneekruste — hatten die Fährtensucher einen Vorsprung von vierhundert Metern vor der ersten großen Reitergruppe, zu der die anderen Osage-Indianer und die weißen Scouts gehörten, die alle in Einerreihe folgten. Custer ritt mit seiner Gruppe, umgeben von seinen kläffenden Hunden.

Charles dirigierte Satan auf einen großen, ungefähr fünf Fuß hohen Baumstumpf zu. Er zuckte zusammen, als sich der Stumpf plötzlich bewegte. Kleiner Biber hatte auf sie gewartet.

»Dorf«, sagte er.

Custer hatte das mitbekommen. »Was ist los?« rief er.

»Dorf nah.«

»Wie nah?«

»Nicht wissen. Aber Dorf *ist* da.«

Das indianische Spurenlesen war so tief in Mysterien verstrickt, daß Charles nie einen Versuch gemacht hatte, es zu verstehen. Graue Eule hatte dieses intuitive Wissen gehabt, und es war dumm von den Weißen, das zu mißachten. Custer tat es nicht.

»Sehr gut, Kleiner Biber. Geh wieder an deinen Platz. Und

leise, leise.« In der Dunkelheit hörte er ein paar Kavalleristen lachen und scherzen. Custer ließ sein Pferd herumwirbeln, wobei er beinahe einige Hunde zertrampelt hätte. Charles sah das messerscharfe Profil seiner Nase gegen den mondhellen Himmel. »Kein Wort mehr. Von nun an schneid' ich jedem Mann die Kehle durch, der spricht.«

Charles zweifelte nicht, daß er genau das tun würde. Seine Nerven waren jetzt bis zum Zerreißen gespannt. Das unbehagliche Gefühl verstärkte sich. Die schwarze Schlange der Reiter und Pferde schob sich weiter über die mondhelle Schneedecke vor, jetzt ohne Wagen oder die Ambulanz; Custer hatte sie zusammen mit Quartiermeister Lieutenant Bell zurückgelassen.

Sie schienen sich in einer Region zu befinden, in der die Hügelkämme parallel zueinander von Osten nach Westen verliefen, mit schmalen Tälern dazwischen. Sättel knirschten. Der Schnee krachte. Weit entfernt heulte ein Wolf; ein anderer antwortete.

Wieder stießen sie auf zwei Osage-Indianer, die auf die Hauptkolonne warteten. »Riechen Feuer«, verkündete Kleiner Biber.

Custer zog Dandy herum, nachdem das Pferd beinahe auf Blucher getreten wäre. »Ich nicht.«

»Feuer«, beharrte der Indianer.

»Geht nachsehen. Griffenstein, Main, gehen Sie mit ihm.«

Charles pellte seine Handschuhe ab. Er zerrte das Halstuch von seinem Gesicht, damit er sich die Lippen lecken konnte, steif wie Holz und von schmerzhaften Rissen durchzogen.

Er griff über die Schulter und zog die Spencer aus dem Beutel. Die beiden weißen Männer nahmen Kleiner Biber in die Mitte und ließen ihre Pferde im Schritt über ein Schneefeld auf einige weit auseinanderstehende Bäume zugehen.

»Da ist was«, sagte Charles leise. Er deutete auf einen orangefarbenen Fleck, kleiner und schwächer als jene, die sie gesehen hatten, als sie Elliott entdeckten. Dutch Henry zog seine beiden Revolver und spannte sie. Charles hielt seine Spencer bereit.

Die Scouts trieben ihre Pferde zwischen die Bäume. Charles

roch den Rauch jetzt deutlich. Das Feuer im Windschatten einiger dorniger Büsche war so gut wie erloschen.

Satan witterte etwas Merkwürdiges, das ihm nicht gefiel. Charles tätschelte den Schecken, um ihn zu beruhigen. Als er mit einem Stock in dem Feuer stocherte, flammte die Glut auf; in dem Schein konnten sie den Boden erkennen. Es war eine aufgewühlte Masse aus Schnee und Matsch. Er trat in einen noch weichen Pferdeapfel. Das Aroma vermischte sich mit dem des Feuers.

»Eine Ponyherde hat hier tagsüber zu grasen versucht, Henry. Ich verwette mein Leben, daß die Pferdewächter dieses Feuer hier unterhalten haben.«

»Also können wir nicht weiter als zwei, drei Meilen vom Dorf entfernt sein?«

»Richtig. Aber wessen Dorf?«

»Spielt das eine Rolle?«

Die Frage brachte ihn aus dem Gleichgewicht. Das Unbehagen kehrte verstärkt zurück. Kleiner Biber begann schlurfend zu tanzen und dazu leise zu murmeln und zu singen. Er witterte den bevorstehenden Kampf.

»Ich bring' dem General die guten Nachrichten«, sagte Dutch Henry und zog sein Pferd herum.

Custer schickte die beiden Scouts zu Fuß erneut vor. Charles' Mund fühlte sich wie ein ausgetrockneter Gully an. Sein Pulsschlag hämmerte schmerzhaft bis in seine Kehle.

»Vorsicht. Das schaut wie ein Steilabfall aus«, warnte Dutch Henry. Auf dem Bauch schoben sie sich bis an die Kante vor. Ein steiler Abhang lag vor ihnen; schwierig für die Pferde, wenn auch nicht unmöglich.

Sie starrten hinunter in das Tal eines seichten Flusses. »Muß der Washita sein«, sagte Dutch Henry. Der Fluß lag direkt unter ihnen da, im Mondlicht silbern leuchtend. Er verlief ungefähr von Ost nach West. Links von ihnen, ungefähr zwei Meilen östlich, schlug der Fluß einen Bogen nach Norden und verschwand hinter einigen Hügeln.

Hinter einer offenen Fläche auf der anderen Seite des Flusses deutete eine dunkle Masse auf dichteren Wald hin. Trotz des strahlend hellen Mondes und des unglaublichen Sternengefunkels war sonst kaum etwas zu erkennen. Charles schnüffelte. Auch Dutch Henry roch den Rauch von der anderen Flußseite her.

Drüben im Wald bellte ein Hund. Charles hätte es beinahe die Haare aufgestellt. Ein paar Sekunden später hörte er das Schreien eines Babys.

»Von hier oben kann man die Zelte nicht sehen«, sagte Dutch Henry. »Wenn ich tiefer gehe, kann ich sie vielleicht als Silhouette gegen den Himmel erkennen.«

Er kroch den Hang hinunter; Charles blieb zurück, den stärker werdenden Rauch in der Nase. Ein leises Klirren zeigte ihm plötzlich die Ponyherde, eine dunklere Masse, die von dem Wald fortströmte.

Kurz darauf kam Griffenstein wieder hochgekrochen. »Wir haben sie«, flüsterte er. »Die Tipis stehen da hinten zwischen den Pappeln. Ungefähr fünfzig. Gehen wir.«

Während sie sich davonstahlen, dachte Charles: fünfzig. Aber zu wem gehören sie?

Custer hielt seine Taschenuhr ins Mondlicht. »Ungefähr dreieinhalb Stunden bis zur Morgendämmerung. Dann schlagen wir zu. Main, rufen Sie die Offiziere zusammen.«

In wenigen Minuten hatten sich alle versammelt. Custer teilte ihnen schnell mit, daß sie den Kriegstrupp bis zum Dorf verfolgt hatten, das sie im Morgengrauen angreifen würden. Charles konnte hören, wie sich allgemeine Erregung ausbreitete. Venable vergaß sogar, ihm einen seiner einschüchternden Blicke zuzuwerfen.

Mit unverhohlener Begeisterung entwarf Custer sofort einen improvisierten Plan. Er teilte seine siebenhundert Männer in vier Abteilungen auf, wobei drei davon die Hauptkolonne unterstützen sollten, die den Angriff von dem Abhang aus, von dem Charles und Griffenstein das Dorf beobachtet hatten, führen würde. Eine der Abteilungen sollte, falls möglich, einen vollständigen Bogen um das Dorf schlagen. Mit den ersten Klängen der Kapelle würde der allgemeine Angriff erfolgen. Elliotts und

Thompsons Abteilungen sollten augenblicklich zu ihren Positionen aufbrechen.

»Die Männer, die hierbleiben, können absitzen. Ich möchte kein Wort hören, das über ein Flüstern hinausgeht. Ansonsten kein Geräusch. Niemand läuft herum, niemand stampft mit den Füßen, selbst wenn er am Erfrieren ist. Keine Streichhölzer dürfen für Pfeifen oder Zigarren angerissen werden. Jeder Mann, der diesen Befehlen nicht gehorcht, wird sich bei mir persönlich verantworten müssen. Venable, tun Sie mir einen Gefallen! Bringen Sie Maida und Blucher nach hinten, und übergeben Sie sie der Obhut von Sergeant Major Kennedy, bis wir abmarschieren.«

Venable gefiel dieser untergeordnete Auftrag ganz und gar nicht, doch er widersprach nicht, sondern stieß lediglich einen leisen Pfiff aus. Die gut dressierten Hirschhunde folgten ihm. Custers Fransenhandschuh faßte mit einer Bewegung die anderen Hunde in der Nähe der Offiziere zusammen. »Main, Sie töten zusammen mit Griffenstein diese Streuner.«

Charles hatte das Gefühl, als hätte jemand ihm eine Nadel in den Kopf gebohrt. »Wie bitte, Sir?«

»Sie haben mich gehört. Wir wollen die Überraschung auf unserer Seite haben. Diese Hunde könnten uns verraten. Schafft sie uns vom Halse, auf der Stelle.«

Charles starrte, und Custer gab den Blick zurück, seine Augen schwarze Höhlen in der Düsternis. Dutch Henry legte Charles einen Handschuh auf die Schulter, entweder um ihn zu besänftigen oder um ihn zurückzuhalten. Captain Hamilton brachte die Dinge in Gang, indem er einigen Lieutenants befahl: »Holt Seile. Wir binden ihnen vorher die Schnauzen zu.«

Charles sprang in der Absicht auf Old Bob zu, ihn zu packen und nach hinten zu tragen. Custer schnappte: »Nein. Ich sagte, alle Hunde.«

»Ich tu's nicht.«

Custer warf ihm einen langen Blick zu. »Wir kriegen ein weiches Herz, was? Überwinden Sie das, bevor wir das Dorf angreifen.« Er stolzierte davon; seine winzigen Goldsporen blitzten im Mondschein.

»Geh weg. Schau nicht zu«, flüsterte Dutch Henry.

Die Lieutenants kamen mit den Seilen angerannt. Die Männer umzingelten die insgesamt zehn Hunde, und nach einigen Kämpfen und Jagden lagen alle gefesselt mit zusammengebundenen Schnauzen da. Charles ging ein Stück in den Wald und lehnte sich gegen einen Baum, das Gesicht dem Dorf zugewandt. Er hörte das Klirren, als die Säbel gezogen wurden. Dann ein rasendes Japsen, obwohl die Fesseln die Lautstärke dämpften. Das Japsen hielt eine Weile an, ebenso wie das Geräusch der Pfoten, die wie wahnsinnig in den verkrusteten Schnee schlugen. Charles wußte nicht, wer Old Bob die Kehle durchgeschnitten hatte, doch er sah den schlaffen, gelblichen Leib auf einem Haufen mit allen anderen liegen. Hastig ging er vorbei. Die Luft war fast kalt genug, um die bitteren Tränen in seinen Augen gefrieren zu lassen.

Der Flankentrupp zog los, um rechtzeitig bei Tagesanbruch in Position zu sein. Die Männer der Hauptkolonne konnten noch etwas länger rasten. Regungslos standen, saßen oder lagen die Männer bei ihren Pferden. Einige wenige zogen sich die Mäntel über die Köpfe und versuchten zu schlafen. Die meisten waren dafür zu angespannt.

Einige der Offiziere drängten sich zusammen, flüsterten in unterdrückter Erregung. Jack Corbins Pony begann zu stampfen und zu wiehern. Corbin konnte es nicht beruhigen. Charles ging hinüber und drückte dem Pony die Nüstern zusammen, bis es wieder still war. Ein Cheyenne-Trick, den ihm Jackson beigebracht hatte. Corbin bedankte sich flüsternd.

Charles duckte sich neben Satan zusammen, die Zügel von einer Hand in die andere wechselnd. Irgend etwas in ihm stimmte nicht, ein gefährlich explosives Gefühl drängte hoch. California Joe versorgte sich mit etwas flüssigem Mut aus seinem anscheinend unerschöpflichen Vorrat. Er reichte den Krug an Dutch Henry weiter, der nach Offizieren Ausschau hielt, bevor er hastig trank. Milner bot Charles den Krug an. Charles schüttelte den Kopf.

»Du scheinst nicht gerade wild auf den Kampf zu sein«, bemerkte California Joe. »Sollte recht munter werden. Wenn wir sie überraschen, sollten wir auch keine großen Probleme haben. Ich dachte, das ist's, was du willst. Ich dachte, deshalb hast du angeheuert. Cheyenne Charlie brennt darauf, ein paar Wilde umzubringen.«

»Halt's Maul«, sagte Charles. »Laß mich in Ruh, oder ich ramm' dir den Krug in den Hals.«

Er stand auf und ging davon. »Was ist denn in den gefahren?« erkundigte sich California Joe.

Dutch Henry konnte nur mit den Schultern zucken.

Als der Mond hinter dem Wald verschwand, begann sich ein dichter Bodennebel auszubreiten, der recht unheimlich wirkte. Custer klappte seine Taschenuhr immer wieder auf und zu. Endlich war es soweit. Er steckte die Uhr weg und schob seine Webley-Bulldog-Revolver mit den Elfenbeingriffen in ihre Taschen. Dann erteilte er seine letzten Befehle: Proviantaschen bleiben zurück: Umhänge und Säbel ebenfalls. Kein Schuß durfte abgefeuert werden, bis er das Signal gab.

Charles fühlte sich schwerfällig, schmutzig, müde, als er das rechte Bein über Satans Rücken schwang. Custer sah, daß sich die Kolonne formiert hatte, winkte seinen Trompeter neben sich und trieb Dandy im Schritt zwischen den Bäumen hindurch. Der Bodennebel wogte um die Knie des Tieres.

Plötzlich ging ein schwerer Atem durch die Reihen der Männer. Charles wandte sich nach Osten, wo Dutch Henry hindeutete. Über den Bäumen glühte ein goldener Lichtfleck.

»Der Morgenstern«, sagte jemand.

Der Planet stieg strahlend am Himmel empor. Custers Gesicht schien etwas von dem ehrfurchterweckenden goldenen Licht aufzunehmen und widerzuspiegeln.

»Bei Gott«, sagte er in ehrfürchtigem Ton. »Bei Gott. Diese Expedition steht unter einem guten Stern, das ist das Zeichen.«

Sie näherten sich der gezackten Klippe oberhalb des Flusses. Das gedämpfte Stampfen so vieler beschlagener Pferde klang Charles wie Donner in den Ohren. Sicherlich mußte das schlafende Dorf irgendwie darauf reagieren. Und da kam es auch schon; ein Hund bellte. In den nächsten Sekunden schlossen sich ihm ein weiteres halbes Dutzend Hunde an.

Custer hielt die rechte Hand empor und begann mit dem Abstieg. Dandy rutschte und schlitterte, erreichte jedoch den Fluß ohne Sturz. Andere machten sich ebenfalls an den Abstieg, die Scouts rechts von dem Trompeter, der die Kapelle nach unten führte.

Charles hatte seinen Zigeunermantel hochgezogen; sein Armeecolt steckte griffbereit im Gürtel. Mit einer Hand hielt er die Spencer quer über seinen Knien. Langsam stieg die Kolonne, unterbrochen von gelegentlichen unterdrückten Flüchen, zum Washita hinab. Unten am Fluß, wo das Wasser die Luft beträchtlich abgekühlt hatte, sah Charles die Pappeln auf der anderen Seite des Flusses aus einer neuen Perspektive. Gegen den blassen Himmel zeichneten sich die gekreuzten Stangen vieler Tipis ab.

Wessen Tipis?

»Trompeter!« begann Custer.

In den dunklen Wäldern hatte jemand einen Warnschuß abgefeuert. Custer stieß einen grimmigen Fluch aus. Dann passierten mehrere Dinge gleichzeitig. Von der offenen Fläche jenseits des Flusses drang Gewieher herüber, als wären viele Ponys plötzlich aufgeschreckt worden. Wahrscheinlich hatten sie die Pferde der Weißen gewittert.

Von dem Hintergrund des dunklen Waldes löste sich ein Mann mit einem Gewehr und rannte auf den Fluß zu. Custer sah den Indianer kommen und hob einen seiner Revolver. »Trompeter, das Angriffssignal!« schrie er und feuerte vom Pferderücken aus. Der Indianer wurde zurückgeschleudert, das Gewehr flog ihm aus der Hand.

Der Trompeter blies zum Angriff. Rund um Charles herum brüllten und jubelten Männer. Noch bevor der Trompeter zu Ende geblasen hatte, stimmte die Kapelle »Garry Owen« an, und die Siebte Kavallerie durchquerte den Washita, um gegen das Dorf loszuschlagen.

50

Satan trug Charles mit einigen großen Sätzen über den Washita. Er umklammerte die Flanken des Schecken mit den Knien, während eisiges Gischtwasser hochspritzte. Dann galoppierten sie die Uferbank hoch. Neben sich sah er Griffenstein, in jeder Faust einen Revolver, ein Lächeln auf dem bärtigen Gesicht.

Der Tag brach an. Die ausgebleichten Fellabdeckungen der Tipis waren nun deutlich zwischen den Pappeln zu sehen. Das Bild war unverkennbar; es war ohne jeden Zweifel ein Cheyenne-Dorf. Rechts und links der Hauptstreitmacht griffen die Flankenkolonnen jubelnd und schreiend an. Charles hörte sogar einen Rebellenschrei.

Die Erde erbebte unter den donnernden Hufen. Plötzlich stieg die Sonne über den Horizont; der Washita schimmerte östlich des Dorfes in dem großen Bogen, wo er sich nach Norden wandte, orangefarben auf.

Die Cheyenne strömten aus ihren Zelten, gerade als die Kavalleristen über sie hereinbrachen. Die Männer versuchten, an ihre Bögen und Gewehre heranzukommen. Der Anblick der vielen Frauen und Kinder entsetzte Charles. Einige der verschlafenen Kleinen weinten. Die Frauen heulten vor Furcht auf. Hunde bellten und schnappten. Das plötzliche Gewehrfeuer der angreifenden Kavallerie verschlimmerte das Chaos noch.

Der Atem stand Charles in Wolken vor dem Mund. Er war noch fünfzig Meter von den ersten Tipis entfernt, doch einige Kavalleristen hatten sie bereits erreicht. Einer erschoß einen Hund, der nach den Pferden schnappte. Ein anderer jagte einer grauhaarigen Großmutter eine Kugel in die Brust. Die Frauen kreischten lauter, während ihre Männer vorwärtstaumelten, um sie zu verteidigen. Gegen die berittenen blauen Linien hatten sie nicht die geringste Chance.

Der Angriff trug Charles einen Pfad zwischen mehreren Tipis entlang, aus deren Abzugslöchern Rauch quoll. Mit krachenden Revolvern ritt Griffenstein vor ihm. Ein spindeldürrer alter Mann, der sich mit einem verblaßten roten Schild aus seiner Jugend verteidigte, starrte die Kavalleristen mit verständnislosen

Augen an. Dutch Henry jagte ihm eine Kugel in den offenen Mund. Ein großer Blutfächer breitete sich hinter dem Mann aus und bespritzte sein Tipi wie Farbe.

Charles mußte sich auf Satan verlassen, daß er nicht zwischen die in Panik geratenen Indianer fiel, die schreiend auf die Soldaten einzuschlagen versuchten. Sein Verstand schien wie betäubt. Die Spencer hatte er noch kein einziges Mal abgefeuert.

Satan trug ihn den Pfad entlang zur anderen Seite des Dorfes. Dort machte Charles kehrt und wäre beinahe durch eine Kollision mit zwei Kavalleristen, die das gleiche Manöver ausführten, aus dem Sattel geschleudert worden. In ihren Gesichtern, in ihren glitzernden Augen sah er eine Begierde, die nicht mehr zwischen Kriegern, Frauen und Kindern unterschied.

Pulverdampfschwaden durchzogen die Luft. Charles trieb Satan einen anderen Weg entlang. Die Größe des Dorfes mochte ihrer ersten Schätzung entsprechen, ungefähr fünfzig Tipis. Zu seiner Linken rissen drei Kavalleristen ein Zelt nieder. Darunter waren die schrillen Stimmen entsetzter Kinder zu vernehmen.

Das Angriffstempo wurde langsamer. Die Männer der Abteilung, die das Dorf umrundet hatten, strömten herein und vergrößerten die allgemeine Verwirrung. Direkt vor Charles kam eine Frau hinter einem Tipi hervorgerannt, eine schmutzige Frau mit offenen Haaren, die einen kleinen weißen Jungen gegen ihre Schulter preßte. Schützend umklammerte sie den Kopf des Jungen. Ihre Hände und ihr Gesicht waren vom Wetter leicht gerötet; eine weiße Frau.

Sie schrie den Soldaten zu: »Mein Name ist Blinn. Mrs. Blinn.« Die Entführte, erinnerte sich Charles. »Bitte tut Willie nichts!« Eine Schußsalve ließ sie ruckartige Bewegungen wie eine Marionette vollführen. Dem kleinen Jungen fehlte der halbe Kopf, als er und seine Mutter in ein Tipi stürzten und es niederrissen.

Charles stieg die Übelkeit heiß in der Kehle hoch. Er jagte Satan an dem zerfetzten Tipi vorbei. Der erschossene Junge war nicht älter als sein eigener Sohn.

Die Wege füllten sich mit Kavalleristen, die trotz ihrer bockenden Pferde erregt um sich schossen. Charles sah einen Corporal mit einem blutigen Ärmel; ansonsten schien niemand von der Armee was abbekommen zu haben. Zwischen den Bäumen hindurch spähte er zu der offenen Fläche hinüber, die sie bei ihrem Angriff vom Fluß aus überquert hatten. Auf dem höchsten Geländepunkt saß Custer auf Dandy und beobachtete den Kampf durchs Fernglas.

Charles entdeckte Dutch Henry, der zwischen zwei Tipis auf einem von Kugeln durchsiebten Cheyenne kniete; mit einer Hand zerrte er den Kopf hoch, während er ihn mit der anderen skalpierte. Das Opfer lebte noch und kreischte. Sein Gesicht war zerfurcht und alt. Sechzig Winter oder mehr. Charles wandte sich ab.

Nicht alle Cheyenne waren so schwach und wehrlos. Gelegentlich sah er Jungs von zwölf oder dreizehn Jahren, die mit Messern oder Lanzen in selbstmörderische Duelle mit den Soldaten verstrickt waren. Einer dieser Jungen sprang hinter einem Tipi hervor und stellte sich Charles entgegen. Er war barfuß, nur mit Leggings bekleidet. Von dem schwarzen Zopf über seinem rechten Ohr baumelte ein Erinnerungsstück an einen Kampf: ein Kreuz aus mattem Messing, von einem Riemen gehalten. Der Junge hatte ein feingeschnittenes Gesicht. Spuren von roter Farbe zierten seine Brust. Er war ein Junge, der in der Gemeinschaft des Roten Schildes aufgenommen werden sollte oder der das anstrebte und sich deshalb dementsprechend bemalte. All das ging Charles in den Sekunden durch den Sinn, die der Junge brauchte, um einen Pfeil auf die Sehne zu legen.

Charles hob die rechte Hand, benutzte die Zeichensprache, um dem Jungen zu sagen, er solle flüchten. Das Gesicht des Jungen verzerrte sich vor Wut, als er den Pfeil von der Sehne schnellen ließ. Charles warf sich auf Satans linke Seite, der Pfeil segelte über ihn hinweg.

Er zog seinen linken Fuß aus dem Steigbügel und sprang mit der Spencer zu Boden. Satan trottete zwischen den Tipis davon. In dem von Rauchschwaden durchzogenen Wäldchen, das vom ständigen Schreien und Wehklagen der Frauen nur so widerhallte, gestikulierte Charles mit dem Gewehr und rief in der Sprache der Cheyenne: »Lauf weg! Lauf weg, bevor sie dich töten!« Er wußte nicht, weshalb er sein eigenes Leben aufs Spiel setzte, er wußte nur, daß er sich nie an Greisen oder Kindern hatte rächen wollen.

Der Junge wollte keine Gnade. Er legte den nächsten Pfeil ein. Charles wich nach rechts aus, hoffte hinter das Tipi des Jungen zu kommen. Der Junge zog den Pfeil zurück. Charles rannte noch geduckt über die offene Fläche. Er sah, wie sich die Bogensehne spannte. Ihm blieb keine Wahl. Er feuerte.

Die Kugel traf den Jungen aus nächster Nähe in den Bauch und riß ihn vom Boden hoch. Er wirbelte herum und landete rücklings in den glühenden Kohlen eines Feuers. Sein Haar begann zu qualmen. Charles rannte auf ihn zu und zerrte ihn aus dem Feuer. Das Metallkreuz war bereits heiß und versengte ihm die Finger. Charles hatte einen bitteren Geschmack im Mund; Schweiß lief ihm in die Augen. Eine Welle von Phantasiebildern zeigte ihm Dinge, die der tote Junge nie sehen würde. Den nächsten Präriefrühling; einen weiteren Präriewinter. Die große Bisonherde, die das Land bedeckte. Die bewundernden Augen der ersten Frau, die er nahm.

Aufgewühlt riß er das Messingkreuz aus dem Zopf des Jungen und rammte es in seine Tasche. Etwas in ihm verlangte, daß er ein Erinnerungsstück aufbewahrte an das, was er getan hatte.

Zu Fuß machte er sich auf die Suche nach Satan. Die Szenerie im Inneren des Dorfes war mittlerweile vollkommen chaotisch. Die Dorfmitte wurde von der Siebten gehalten. Kleine, vereinzelte Cheyenne-Gruppen hatten hinter Bäumen und in flachen Gräben Deckung gesucht. Schnell formierten sich kleine Trupps, die ihr Feuer auf sie konzentrierten und sie töteten oder aus der Deckung trieben. Frauen versuchten im Kugelhagel zu fliehen; einige hielten Babys an sich gepreßt, andere traten ihre Kleinen buchstäblich, um sie zur Eile anzutreiben. Wo immer die Frauen in einen Kavalleristentrupp liefen, gaben sie auf. Jedenfalls die meisten. Charles beobachtete eine fette alte Squaw, die sich mit einem kleinen Messer auf drei Soldaten stürzte. Gewehrfeuer schleuderte sie zu Boden.

Er erwischte Satan, der laut wieherte; die merkwürdigen Gerüche und der Schlachtenlärm gefielen ihm ganz und gar nicht. Charles saß auf und galoppierte auf die Seite des Dorfes, die sie zuerst angegriffen hatten. Dort glaubte er die Darstellungen an einem großen Tipi erkannt zu haben. Er wußte, daß er sich nicht getäuscht hatte, als er zwei Indianer auf einem Pony von dem Tipi auf den sonnengesprenkelten Fluß zurasen sah. Selbst auf die Entfernung und durch den dichten Rauch hindurch erkannte er Schwarzer Kessel, der seine Frau vor sich sitzen hatte.

Ihr Pony erreichte das Ufer des Washita. Dort wurden sie von vier Kavalleristen eingeholt. Schwarzer Kessel hob um Gnade flehend die Hand. Eine Schußsalve fegte ihn und seine Frau vom Pony in den Fluß. Das erschrockene Pony trampelte auf der Frau herum, bevor es das andere Ufer erreichte.

»Jesus!« sagte Charles. Ein intensiver Ekel stieg in ihm auf. All seine Versprechungen der Vergangenheit und seine Rachsucht beschämten ihn nun. Das hätte Holzfuß Jackson nicht gewollt – Blutrache, die mit dem Leben von Kindern, Müttern und dem Leben des Friedenshäuptlings eingetrieben wurde, der ein Freund der Jackson Trading Company gewesen war und sie vor Narbengesicht geschützt hatte.

Er rammte die Spencer in die Sattelhalterung, senkte den Kopf und raste auf den Fluß zu.

Acht oder zehn Reiter galoppierten von hinten auf ihn zu, teilten sich, ritten den schlammigen Schnee aufschleudernd nach Osten. Ein grinsendes Gesicht drehte sich zu ihm um. »Da geht's dahin, Main – ein Brevet oder ein Sarg.« Jubelnd wie kleine Jungs galoppierten Major Elliott und seine Kavalleristen davon. Kurz darauf hörte Charles im Osten stoßweises Gewehrfeuer.

Wieder ließ er Satan auf den Fluß zutraben. Auf der offenen Fläche lagen gefallene Cheyenne, meist Männer, fast alle tot. Er entdeckte eine Leiche in blauer Uniform. Der Mund stand offen, die Augen blickten starr in den zertrampelten Schnee. Louis Hamilton – der gebeten hatte, nicht bei den Wagen zurückbleiben zu müssen, wenn der Ruhm auf ihn wartete.

Ganz plötzlich sprang Satan über ein Hindernis. Charles schaute nach unten. Da lag Custers Blucher mit einem Pfeil in der Kehle.

Charles erreichte den Washita; er schätzte, daß seit dem Angriff ungefähr zwanzig Minuten vergangen sein mußten. Das Gewehrfeuer ließ bereits nach. Die meisten Tipis im Dorf waren niedergerissen. Soldaten rannten hin und her, ohne noch sonderlich auf ihre Sicherheit zu achten; sie wußten, daß sie gewonnen hatten.

Er stieg ab und watete bis zur Hüfte in das strömende kalte Wasser. Auf halbem Weg befand sich eine Sandbank. Die Leichen von Schwarzer Kessel und seiner Frau waren dort angetrieben worden; ihr Körper ruhte halb auf dem seinen. Ihr Hinterkopf ragte aus dem Wasser. Der Kopf des Friedenshäuptlings war ganz untergetaucht, das Gesicht schaute nach oben; wegen der Klarheit des Wassers war jede Falte deutlich zu erkennen.

Charles verspürte einen heftigen Schmerz tief in seinem Magen. Dafür hatte er sich erst dem Zehnten und dann dem Siebten Regiment angeschlossen? Um bei der Ermordung eines Mannes behilflich zu sein, der nichts weiter als Frieden im Sinn gehabt hatte, der lediglich versucht hatte, den Weg des weißen Mannes zu gehen? An diesem klaren Wintermorgen am Washita fiel es ihm wie Schuppen von den Augen. Er fühlte sich krank vor Schuld und Scham.

Er hob den wegen der nassen Kleidung sehr schweren Körper der Frau an, trug sie ans Ufer und legte sie dort nieder. Dann stapfte er wieder ins Wasser, um Schwarzer Kessel zu holen. Jetzt konnte er die fünf Schußwunden des Häuptlings sehen, die von der Frau verborgen worden waren. Tränen traten ihm in die Augen.

Schwarzer Kessel war irgendwie leichter. Charles zerrte ihn aus dem eisigen Flachwasser und trug ihn taumelnd auf seinen Armen ans Ufer direkt in den Schatten eines Reiters hinein.

Charles blickte auf. Captain Harry Venable zielte mit ausgestrecktem Arm auf Charles. Die Waffe war ein 1860er-Armeecolt mit einer Elfenbeineinlage am Kolben.

»Lassen Sie die Leichen liegen, wo sie gefallen sind, oder nehmen Sie ihnen die Skalpe.«

»Ich werde weder das eine noch das andere tun. Diese armen alten Menschen waren einst meine Freunde.«

»Sie kennen sie?«

»Das sehen Sie verdammt richtig. Das ist Schwarzer Kessel, der Friedenshäuptling. Er versuchte das Dorf in Sicherheit von Fort Cobb zu führen, und dieser verfluchte Narr Hazen wies ihn ab. Das ist nun seine Belohnung.« Jetzt lag der alte Indianer schwer in seinen Armen. »Schwarzer Kessel war mein Freund. Ich habe die Absicht, ihn zu beerdigen.«

Venable begann zu lächeln. Jetzt hatte er Charles wegen Befehlsverweigerung dran. Er brachte den Colt in Anschlag. Das Wasser tropfte aus der Kleidung und den grauen Haaren von Schwarzer Kessel, sonst war kaum ein Laut zu hören.

Urplötzlich hallte die Morgenluft vom Sammelsignal wider. Venable wandte sich um und schaute zum Dorf. Berittene Kavalleristen und Soldaten zu Fuß folgten eilig dem Signal. Charles starrte in die Mündung des Colts. Das ist nun das Ende, dachte er. Gleichzeitig war ihm klar, daß er Schwarzer Kessel fallen lassen, nach seinem Revolver greifen und die Welt von Harry Venable befreien konnte. Er rührte sich nicht.

Die Trompete verzögerte Venables Schuß um ungefähr fünfzehn Sekunden. Während dieser Zeitspanne galoppierte ein Reiter vorbei. Es war Griffenstein.

Er riß sein Pferd herum und trieb es zwischen Charles und Harry Venable. »Bist du besoffen?« brüllte er Venable an und schlug ihm den Colt aus der Hand. »Wir bringen Rothäute um, keine Weißen.«

Ein anderer Offizier galoppierte auf die Bäume zu und schrie Venable an, er solle gefälligst seinen Arsch bewegen. Dutch Henry verstand zwar den Hintergrund der Konfrontation nicht, erkannte aber den Ernst der Lage. Er behielt den kleinen Mann aus Kentukky scharf im Auge, als er abstieg, den Colt aufhob und ihn vorsichtig zurückgab. Charles legte Schwarzer Kessel langsam neben seine Frau in den zerwühlten schlammigen Schnee.

Venable rammte seinen Revolver in das Halfter zurück, warf Charles einen Blick zu, der besagte, daß die Sache zwischen ihnen noch nicht ausgestanden war, und versetzte seinem Pferd einen Schlag mit den Zügeln. Zwischen den Leichen hindurch galoppierte er auf das Dorf zu.

»Was sollte dieser Scheiß?« wollte Griffenstein wissen. Er schien nun wieder er selbst zu sein; sein Gesicht war nicht mehr so gerötet wie vorhin, als Charles ihn mit dem Skalpmesser gesehen hatte. Der Skalp war mit seinem blutigen Haar an den Ledergürtel des Scouts geknotet.

»Venable hat noch eine alte Rechnung mit mir offen.« Mehr sagte Charles nicht.

»Er hält sich wohl besser ein bißchen zurück. Hier ist nicht der richtige Ort, um seinen Rachegefühlen nachzugeben.«

Für Charles hatten die Worte eine Bedeutung, die der Scout nicht erkennen konnte.

»Ich stehe in deiner Schuld, Henry«, sagte er.

»Ach was«, sagte Dutch Henry und wedelte abwehrend mit der Hand. »Kann doch nicht zusehen, wie ein Freund von so einem rotzigen Offizier eins verpaßt kriegt.« Mittlerweile saß Charles wieder im Sattel; widerstrebend ließ er den Häuptling und dessen Frau liegen. Dutch Henry war in bester Laune, als sie ihre Pferde dem Sammelpunkt zutrieben. »War das nicht ein toller Kampf?«

Charles starrte ihn an. Der Zorn drängte die Dankbarkeit zurück. »Es war ein Massaker. Noch dazu an den falschen Leuten. Es ist eine gottverdammte Schande. Schau dir das an.« Er holte das Messingkreuz mit dem zerrissenen Lederriemen hervor. »Ich habe es einem jungen Burschen abgenommen. Das ganze Leben lag noch vor ihm. Ich mußte ihn erschießen, damit er mich nicht umbrachte.«

Griffenstein erfaßte die Tiefe von Charles' Gefühlen nicht. Er griff nach dem Kreuz. »Jedenfalls hast du ein hübsches Souvenir.«

Charles schloß seine Finger zur Faust. »Glaubst du, deswegen hab' ich's genommen, du dämlicher Ochse? Das hier ist kein Krieg. Das ist Gemetzel. Sand Creek noch mal von vorn.«

Die Überraschung des bulligen Scouts verwandelte sich in Ablehnung. »Werd erwachsen, Charlie. Die Dinge sind nun mal so, wie sie hier sind.«

»Scheiß auf die Dinge, wie sie sind.«

Erneut veränderte sich Griffensteins Gesichtsausdruck. Er betrachtete Charles mit dem gleichen Abscheu, mit dem ein Mann einen Choleraträger betrachten mochte. »Schätze, hier trennen sich unsere Wege. Eigentlich sollte ich dir wegen dem, was du zu mir gesagt hast, den Kopf abreißen. Schätze, ich werd's nicht tun, weil ich glaub', daß du verrückt geworden bist. Von jetzt an kannst du mit einem anderen reiten.«

Er galoppierte davon. Charles war es egal. Etwas in ihm war tot, war hier am Washita gestorben.

Im Dorf ging es lebhaft zu. Viele Soldaten ritten oder liefen herum und schnappten sich Souvenirs, bevor es verboten wurde. Charles sah Hemden und Hosen, von Skalps befleckt, die man den Toten heruntergerissen hatte. Ein junger Soldat zeigte seinen Freunden stolz zwei davon.

Am anderen Ende des Dorfes war die mehrere hundert Tiere zählende Ponyherde zusammengetrieben worden. Ungefähr fünfzig Frauen und Kinder waren gefangen worden; dazu kamen als Beute noch große Mengen Waren. Eine Anzahl guter Sättel, einschließlich einiger Armeesättel; Hacken und Büffelfellmäntel; Waffen, Kugelformen und Blei; Hunderte von Pfund Tabak und Mehl und ein großer Wintervorrat an Büffelfleisch. Als Charles herangetrabt kam, erteilte Custer gerade Befehl an Godfrey und seine K-Kompanie, die Beute zu sammeln und aufzulisten.

Den aufgeregten Gesprächen um ihn herum entnahm Charles, daß mehrere hundert Indianer tot waren. Er bezweifelte es. Wenn in jedem Tipi die üblichen fünf oder sechs Personen untergebracht waren, dann machte das insgesamt dreihundert Dorfbewohner. Überall lagen tote Indianer herum, aber niemals dreihundert. Viele Krieger mußten entkommen sein. Bei den Soldaten wußte man bis jetzt nur von zwei Toten: Louis Hamilton und Corporal Cuddy von der B-Kompanie. Niemand konnte sagen, was aus Elliotts Abteilung geworden war.

Erneutes Gekreisch und Gejammer. Drei Osage-Fährtensucher peitschten fröhlich einige gefangene Frauen mit Ruten. »Sie versuchen zu rennen«, erklärte ein Osage. Er und die anderen peitschten heftiger auf die Frauen ein, trieben sie zu einer größeren, bereits unter Bewachung stehenden Gruppe. Charles erinnerte sich an die Zeit, die er bei dem Volk von Schwarzer Kessel verbracht hatte, und glaubte mehr als eine Frau zu erkennen. Eine Squaw mit dicken Zöpfen und blutender Wange schien ihn ebenfalls zu erkennen, doch sie war die einzige. Sie sagte nichts, doch ihr starrer Blick reichte aus, um ihm das Gefühl zu geben, es würden Messer in seinem Bauch umgedreht.

»General.« Die scharfe Stimme gehörte Romero, dem Dolmetscher. Er stieß eine verschmutzte Frau vor sich her. Sie krampfte ihre Hände ineinander und senkte den Kopf vor General Custer, der immer noch frisch und energiegeladen wirkte. Charles fragte sich, wie das möglich war; er selbst war erschöpft und ganz benommen vor Müdigkeit und Hunger.

»Diese Frau, sie sagte, sie Mahwissa, Schwester von Schwarzer Kessel«, sagte Romero. Möglich, obwohl Charles während seines Winters hier die Frau nie gesehen noch etwas von einer Schwester gehört hatte. »Sie sagt, das ist nicht einziges Dorf am Washita.«

»Wo sind die anderen?« fragte Custer in die plötzliche Stille hinein. Romero entdeckte eine abgebrochene Lanze. Er stellte sich neben den General und malte ein umgekehrtes U in den Schlamm. Er zog beide Ausläufer des U nach außen, dann bohrte er ein Loch unter den linken Balken. »Hier ist das Dorf von Schwarzer Kessel.« Aufwärts in Richtung der Biegung des U stach er wieder zu. »Arapahoe hier.« Am Ende des zweiten Balkens ein weiterer Stich. »Mehr Cheyenne hier.« Zwei weitere Stiche nahe der Enden. »Noch mehr – auch Kiowa. Alles Winterlager. Flußab.«

General Custers gesunde Gesichtsfarbe war verschwunden. Er sah so bleich wie der Schnee auf den Bäumen oben auf den Klippen aus. Charles glaubte zwischen diesen Bäumen eine Bewegung entdeckt zu haben.

»Wie viele in den Camps?« fragte Custer.

Romero sprach in Cheyenne zu der Frau. Charles bekam genug von ihrer Antwort mit, um ein erneutes Frösteln zu spüren.

»Anzahl von fünf- bis sechstausend.«

Das Schweigen hätte einem Grab gut angestanden. Irgendwo jaulte ein Hund. Die lauschenden Soldaten, eben noch so lärmend und ungestüm, tasteten nervös nach ihren Waffen.

Charles zeigte sich von den unerfreulichen Neuigkeiten nicht überrascht. Custers hitziges Naturell zog den Ärger praktisch an. Er hatte die Verfolgung und den Angriff unter der unbegründeten Annahme durchgeführt, daß sie einen Kriegertrupp in ein isoliertes Dorf im Washita-Tal verfolgten. Der nächtliche Gewaltmarsch hatte wenig Zeit für weitere Überlegungen gelassen: Gab es nur ein Dorf? War der Kriegertrupp tatsächlich in dieses oder vielleicht in ein anderes Dorf zurückgekehrt? Selbst jetzt hatten sie noch keine Antwort auf die zweite Frage. Charles dachte, daß er Custer nicht zu hart beurteilen durfte. Ihm waren die Fragen ebenfalls nicht in den Sinn gekommen, obwohl sie nach Romeros Enthüllungen erschreckend offensichtlich waren.

Man mußte es Custer zugute halten, daß er sich keinerlei Bestürzung anmerken ließ. »Wir haben einen entscheidenden Sieg über den Feind errungen...« Charles zog eine Grimasse. Zum erstenmal fiel ihm Keim auf. Der Reporter kritzelte in sein Notizbuch. »Wir werden mit der Zerstörung dieses Dorfes fortfahren. Wir müssen unsere Pflichten erfüllen ohne das leiseste Anzeichen, daß wir von den anderen Dörfern wissen oder uns darum kümmern. Sollte es weitere Indianer in der Nähe geben, so kennen sie unsere Stärke nicht.«

Irgend jemand murmelte: »Sie wissen bei Gott, daß wir keine fünftausend sind.«

»Der Feigling, der diese Bemerkung gemacht hat, soll vortreten.«

Niemand rührte sich. Das Gesicht des Generals rötete sich erneut. Custer öffnete den Mund, wahrscheinlich um seine Forderung nach einem Geständnis zu wiederholen, als einer der Osage-Indianer seine Aufmerksamkeit mit einer plötzlichen Geste auf den Abhang jenseits des Flusses auf sich lenkte. Drei Krieger, mit Schild und Lanze bewaffnet, kamen dort oben aus dem Wald geritten. Am Rande der Klippe hielten sie ihre Ponys an. Ganz in ihrer Nähe glitten weitere Indianer ins Blickfeld.

Bald schon drängten sie sich oben an den Klippen, und immer noch kamen weitere hinzu. Custer sagte, diese Expedition sei gesegnet, dachte Charles. Sie ist verflucht.

51

Der leichte Sieg stellte sich als gar nicht so leicht heraus. Gegen elf Uhr waren auf den Klippen jenseits des Washita Hunderte von bewaffneten Arapahoe und Cheyenne zu sehen. Custer schäumte vor Wut, während die Männer weiter die Beute zusammentrugen. Er hatte seine Fahne über einem improvisierten Hospital in der Dorfmitte aufgezogen. Von hier aus erteilte er Befehle, daß die Männer zu einem Verteidigungsring innerhalb des Pappelwaldes ausschwärmen sollten, falls die Indianer angriffen.

Was sie auch taten. Eine Bande von zwanzig Cheyenne galoppierte von der zwei Meilen nordöstlich gelegenen Flußbiegung heran. Sie kamen über die offene Fläche zwischen den Hügeln gefegt und feuerten in den Wald. Charles, der neben Romero stand, erwiderte das Feuer. Custer schritt die Verteidigungslinie ab und trieb die Männer an.

»Zeigt euch nicht. Sie versuchen uns herauszulocken. Schießt so wenig wie möglich — wir sind knapp an Munition. Haltet durch. Sie werden nie in diese Wälder reiten.«

Das Klingeln seiner Goldsporen schien noch in der Luft zu liegen, nachdem er schon längst weitergegangen war. Romero warf Charles einen freudlosen Blick zu; Custer hatte recht, was die Munition anbelangte. Wenn sie hier länger eingeschlossen blieben, konnten die Indianer angreifen, ohne Gefahr zu laufen, beschossen zu werden.

Charles schob sein vorletztes Magazin in die Spencer und wischte sich die Augen. Sie tränten vor Müdigkeit und Rauch. Er spürte, daß ihn jemand beobachtete. Ein paar Schritte rechts von sich sah er Dutch Henry Griffenstein. Mit einem verächtlichen Lächeln sagte Griffenstein etwas zu dem Soldaten an seiner Seite. Der Kavallerist drehte sich um und starrte Charles an; Charles war sich darüber im klaren, daß er eine Gelegenheit finden mußte, sich bei dem Scout dafür zu entschuldigen, daß er ihn einen dämlichen Ochsen genannt hatte.

Nach ihrem letzten Angriff galoppierten die Cheyenne davon. Ein Krieger kniete auf seinem Pony und drückte sich den Daumen gegen sein Hinterteil. Keiner der Männer in dem rauchgeschwängerten Wald hielt das für komisch.

Charles blieb zwei Stunden an seinem Platz. Während dieser Zeit griffen ein halbes Dutzend Trupps von den Höhen aus an, obwohl keiner sich den Bäumen näherte. Custer hatte recht; die Indianer wollten sie auf die freie Fläche locken.

Hinter der Verteidigungslinie waren andere Kavalleristen damit beschäftigt, Tipis auseinanderzureißen und die Stangen mit Äxten zu zerhacken. California Joe schlüpfte von der anderen Seite des Waldes herein und berichtete, daß er weitere drei- bis vierhundert Indianerponys entdeckt hatte. »Müssen jetzt insgesamt acht-, neunhundert sein, General«, hörte Charles ihn zu Custer sagen, der erneut den Verteidigungsring abschritt.

Einer der Corbins löste Charles ab. Er stolperte hinter einen von Kugeln zerfetzten Baum, um seine schmerzhaft volle Blase zu erleichtern. Es half nicht viel. Er war düster gestimmt, voller Erinnerung daran, wie lebhaft und freundlich ein friedliches Cheyenne-Dorf sein konnte, mit Musik und Werberitualen und den Geschichten, die nach einem sündhaft großen Mahl am Feuer erzählt wurden. Im Gegensatz dazu war das Dorf von Schwarzer Kessel ein Friedhof, ein geplünderter Friedhof. Die Soldaten, die nicht in der Verteidigungslinie standen, türmten weiterhin Güter aus den zerstörten Tipis auf; Dutzende von Büffelroben, Hunderte von bemalten Pfeilen.

»Bringen Sie das beiseite«, sagte Custer zu seiner Ordonnanz. Er deutete auf ein niedergerissenes Tipi. »Wenn die Abdeckung unbeschädigt ist, packen Sie es für mich ein. Dann legen Sie all diese verschiedenen Haufen zusammen, und stecken Sie das Ganze in Brand.« Charles hörte deprimiert zu. Was Custer da tat, lief auf das Niederbrennen der Heime eines zivilisierten Volkes hinaus. Die Bewohner der Tipis würden — falls ihnen die Flucht geglückt war — an Unterkühlung sterben, wenn sie nicht anderswo Unterschlupf fanden. Er dachte, es wäre genug gewesen, die Cheyenne vorübergehend aus ihrem Dorf zu vertreiben.

Custer sah das anders. Bald schossen auf der offenen Fläche

hinter dem Pappelwald die Flammen in die Höhe und fraßen sich durch die große Menge der niedergerissenen Tipis. Die Fellplanen erzeugten einen bitteren, dunklen Rauch, der sich wie eine Trauerfahne über den Winterhimmel hinzog.

Der General stellte einen Trupp zusammen, der von Joe Corbin und Griffenstein geführt wurde. Als die Abteilung den Wald verließ, erkundigte sich Charles bei Milner: »Wohin sind sie unterwegs?«

California Joe musterte ihn mißtrauisch; Griffenstein schien sich lang und breit über Charles' Verhalten ausgelassen zu haben. »Suchen Elliott.« Mehr sagte der Chef der Scouts nicht. Seine Sprache war wieder etwas undeutlich; offensichtlich war ihm sein Alkoholvorrat immer noch nicht ausgegangen.

»Wird auch Zeit, daß der General sich Sorgen um sie macht«, sagte Charles.

California Joe machte ein finsteres Gesicht. »Solche Meinungen behältst du besser für dich, Mister.« Er ging davon.

Ein wilder, grimmiger Zorn, den er nicht unterdrücken konnte, braute sich in Charles zusammen. Er umfaßte jeden weißen Mann in dem Pappelwald, sich selbst eingeschlossen. Während er an einem Zwieback nagte, seiner einzigen Nahrung heute, stieg plötzlich der Drang in ihm hoch, seinen Armeecolt zu nehmen und Custer zu erschießen. Der närrische Impuls ging vorbei, aber nicht der Zorn. Er verabscheute das, was hier geschehen war.

Wie Ameisen bewegte sich eine Reihe von Männern mit allem, was sie nur an verwertbaren Gegenständen auftreiben konnten, auf das Feuer zu. Während die Flammen immer höher loderten, ertönte plötzlich in der Verteidigungslinie Geschrei: »Bell kommt! Hier kommt Bell!« Charles und andere rannten an den Waldrand zur Flußseite hin. Da kamen ihre sieben Wagen angeschwankt, nachdem sie eine Furt weiter oben durchquert haben mußten. Auf beiden Seiten des Wagenzuges galoppierten Cheyenne und Arapahoe und bepflasterten sie mit Pfeilen und Kugeln.

Die Kutscher erwiderten das Feuer. Ein Krieger stürzte aus

dem Sattel. Oben auf den Klippen versammelten sich weitere Kriegertrupps, um den Wagen den Weg abzuschneiden. Sie waren nicht schnell genug. Mit Lieutenant Jim Bell an der Spitze donnerten die Wagen in das Wäldchen. Funken schlugen aus den überhitzten Radnaben. Bells Wagen versuchte einem Baum auszuweichen, geriet aber ins Schleudern und stürzte um; die Ladung Munitionskisten knallte zu Boden. Die Kavalleristen rannten darauf zu und rissen die Kisten auf.

Bell taumelte mit rußigem Gesicht und einem rauchenden Revolver in der Hand auf Custer zu. »Konnte keine weiteren Befehle abwarten, General. Ein Indianerhaufen überraschte uns, und wir mußten uns zu der Furt flußaufwärts flüchten.«

»Das haben Sie gut gemacht«, sagte Custer. »Jetzt haben wir die Munition, die wir brauchen.«

Die Ankunft der Wagen schien den Soldaten neuen Mut eingeflößt zu haben. Sie kletterten auf die Wagen und warfen weitere Munitionskisten auf den Boden. Das Feuer prasselte, die Maultiere und Kutscher machten eine Menge Lärm, die Cheyenne-Frauen klagten, die Kinder weinten, und die wütenden Indianer gaben im Vorbeireiten Schüsse ab – allmählich begann Charles zu glauben, daß er sich in irgendeinem Teil der Hölle befand, der für die Verdammten der US-Kavallerie reserviert war.

Noch mehr Unruhe. Der Suchtrupp ritt von Osten her ein. Bleiche, verängstigte Kavalleristen saßen ab und begannen sich aufgeregt zu unterhalten. Custer rannte auf sie zu, brüllte nach Ruhe. Charles' Blicke suchten den Trupp ab. Kein Griffenstein.

»Wie weit seid ihr vorgedrungen?« fragte Custer.

»Zwei oder drei Meilen«, sagte Joe Corbin. »Wir gerieten unter schweren Beschuß und kehrten um. Einen Mann haben wir verloren. Von Elliott keine Spur.«

»In Ordnung. Ich bin sicher, Sie haben Ihr Bestes gegeben«, sagte Custer. Sofort trat Captain Fred Benteen vor und baute sich vor ihm auf.

»General, dabei können wir es nicht bewenden lassen. Vielleicht sitzt Elliott irgendwo fest. Ich werde mit einem anderen Trupp ...«

»Nein!« Custer musterte die Klippen über dem Fluß, wo Indianerhorden auf und ab ritten, unruhig und rastlos, weil es ihnen nicht gelungen war, die Soldaten ins Freie zu locken. Custer merkte, daß Benteen erneut protestieren wollte, und fuhr ihm scharf über den Mund: »Nein, Sie werden gar nichts. Nicht jetzt. Wir stecken in der Klemme, aus der wir uns erst befreien müssen.«

Auch Charles steckte in der Klemme. Er hatte einiges in Ordnung bringen wollen, und jetzt war es zu spät dafür. Griffenstein würde nicht mehr zurückkommen. Ihm fiel auf, daß er sich zwar oft genug mit Dutch Henry unterhalten, sich aber nie nach dessen Familie erkundigt hatte. Griffenstein hatte auch nichts davon gesagt. Er war recht verschlossen gewesen; ein fähiger Westmann, der seine ganze Welt in sich trug. Sollte er irgendwo Verwandte haben, so konnte Charles sie nicht informieren.

Dämlicher Ochse. Die Erinnerung an diese Worte löste ein Gefühl in ihm aus, wie er es im letzten Kriegsjahr empfunden hatte. Er kam sich gemein und dreckig vor, bereit, jemanden zu verletzen.

Drei Uhr.

Custer sah verhärmt aus, als er die Offiziere und Scouts zusammenrief: »Wir müssen uns darauf vorbereiten, hier herauszukommen. Es gibt einige Probleme. Wenn wir uns bloß zurückziehen, werden die Wilden uns verfolgen, und ich will keinen sich hinziehenden Kampf in der Dunkelheit. Die Männer sind erschöpft. Also werden wir es mit einer Finte versuchen. In ungefähr einer Stunde treiben wir unsere Gefangenen zusammen und marschieren in dieser Richtung ab.« Die behandschuhte Hand deutete nach Nordosten. »In Schlachtordnung. So, als planten wir ein Dorf nach dem anderen einzunehmen. Wir werden ihnen Musik und eine Menge Selbstvertrauen vorspielen. Sie haben gesehen, was wir mit diesem Feindesnest hier angestellt haben. Ich denke, sie werden losrennen, um ihre eigenen Zelte zu schützen. Wenn ich mich nicht täusche, können wir dann bei voller Dunkelheit umkehren und nach Norden entwischen.«

Niemand erhob Einwände gegen diesen Plan oder lieferte auch nur einen Kommentar dazu; sie waren zu ausgelaugt, um

Fragen zu stellen, und was Custer gesagt hatte, klang ganz vernünftig.

Der General hatte Asche im Haar und im Schnurrbart. Einer seiner Backenknochen hatte einen Blutschmierer abbekommen. Seine glänzenden Augen musterten das immer noch brennende Feuer. Er fügte hinzu: »Bevor wir gehen, müssen wir dieses Dorf vernichten. Vollständig vernichten. Venable!«

»Sir?«

»Nehmen Sie sich ein paar Männer, und holen Sie so viele Ponys aus der Herde, wie wir zum Transport der Gefangenen benötigen. Die anderen Gentlemen, Offiziere und Scouts, können sich dann ein Pferd ihrer Wahl aus der Herde holen. Dann möchte ich, daß Godfrey – wo steckt Godfrey? – ah, Godfrey, dann übernehmen Sie das Kommando.«

»Jawohl, Sir!« Lieutenant Godfrey wischte sich die Mundwinkel. In Charles' Ohren begann es zu rauschen, als sich seine schreckliche Vorahnung als richtig erwies.

»Töten Sie die restlichen Pferde.«

»General – Sir – das sind mindestens achthundert Tiere.«

»Genau, Godfrey. Wir werden diesen verdammten roten Mördern keine Ersatzpferde zurücklassen. Alle werden getötet.«

Der graue Tag war in einen von Feuern erhellten Alptraum versunken. Charles lehnte an einer Pappel und fütterte den klickenden Zylinder seines Armeecolts mit Patronen.

Romero eilte vorbei. »Eh, Señor Charlie, hilf mal bei der Remuda. Je schneller wir sie töten, desto schneller kommen wir hier raus.«

»Laß ihn in Ruhe, Romero!« rief California Joe. Er war damit beschäftigt, Dreck von einem Skalp zu klopfen, der ihm vom Gürtel gefallen war. »Charlie ist momentan nicht ganz bei sich.«

Das Rauschen in seinen Ohren hielt an. Schwankend ging er auf das gewaltige Feuer zu. Die Hitze trieb den Schweiß auf sein verdrecktes Gesicht. Er schloß die Augen, erinnerte sich an Sports letzten Galopp in Virginia. Der frische Schnee war vom Herzblut des tapferen Grauen rot gesprenkelt gewesen, als er Charles in die Sicherheit der eigenen Linien zurückgetragen hatte.

Achthundert Pferde. Achthundert. Er konnte nicht glauben, daß jemand dazu fähig war. Nicht nach all der Zerstörung, die sie jetzt schon gesehen hatten.

Er taumelte am Feuer vorbei; seine rechte Wange wurde von der Hitze angesengt. Dann blieb er stehen und sah zu, wie Venable fünfundfünfzig Pferde für die gefangenen Frauen und Kinder heraussuchte. Er und sein Trupp trieben die Tiere in eine hastig errichtete Umzäunung unter den Bäumen. Anschließend schlossen sie sich Godfrey und seinen Männern an, die sich verteilt und die nervösen Ponys umzingelt hatten.

Lassos flogen durch die Luft. Ein Soldat warf die Schlinge über einen herrlichen Rotbraunen. Er schrie, daß jemand mit einem Messer kommen und dem Pony die Kehle durchschneiden solle. Das Pony stieg hoch und traf mit einem Huf den Soldaten an der Stirn. Blut strömte ihm in die Augen. Er fiel auf den Rücken und wäre zertrampelt worden, hätten ihn die anderen nicht schnell in Sicherheit gebracht.

Fünfzehn Minuten lang versuchten es Godfreys Männer mit Lassos und Messern, doch die Pferde verabscheuten den Geruch der Soldaten und traten und bissen und bäumten sich auf. »Holt den General!« brüllte Godfrey. Charles stand immer noch neben dem Feuer und schaute zu.

General Custer kam auf Dandy zwischen den Bäumen angetrabt. »Wir kommen nicht nah genug an sie heran, um ihnen die Kehle durchzuschneiden, General. Was sollen wir tun?«

Ärgerlich sagte Custer: »Wir haben jetzt genügend Munition. Benützt sie.« Er zog einen seiner Revolver und schoß zwei Ponys in den Kopf. Mit einem schrecklichen, bellenden Laut stürzten sie zu Boden. »Muß ich euch immer alles zeigen?« schrie Custer und hätte beinahe Godfrey über den Haufen geritten.

»Gewehre!« kommandierte Godfrey. Die Männer liefen los, um welche zu holen. Harry Venable knöpfte seinen verdreckten Mantel auf, um mehr Bewegungsfreiheit zu haben, und holte seinen Revolver hervor.

»Die Männer mit Revolvern fangen an«, sagte Godfrey. »Sonst verbringen wir hier noch die ganze Nacht.«

Venable ging auf einen gutgebauten Braunen zu, in dessen

schimmernden Augen sich das Feuer widerspiegelte. Er preßte die Lippen zusammen wie ein Mann, der vor einer schwierigen Rechenaufgabe steht. Dann hielt er seinen Revolver dem Braunen vors Auge und drückte ab. Hinter dem herrlichen Kopf spritzte Blut und Gewebe heraus.

Der Schuß hallte, lauter als der lauteste Präriedonner. Etwas wie eine Pulverladung explodierte in Charles' Gehirn. Ein rauhes, leises Geräusch begann in seiner Kehle hochzusteigen, gewann an Lautstärke, wurde zu einem langen, wilden Schrei. Er merkte nicht, daß er sich in Bewegung setzte.

52

Die Pferde fielen mit einer seltsam quallosen Grazie. Sie fielen seitlich aufeinander. Sie fielen unter den krachenden Salven jungenhafter Soldaten, die lachten oder brüllten: »Gut getroffen!« Die Soldaten knieten nieder und feuerten Kugel um Kugel in Schultern und Rippen, Brustkörbe und Bäuche. Das Blut floß in Strömen, die gestürzten Pferde bildeten ein schönes, ordentliches Muster. Dann verlor das Muster an Schönheit und Ordnung, weil achtzig Pferde gefallen waren, dann hundert, dann war kein Platz mehr zum Sterben, und so mußten einige kniend sterben. Und nirgendwohin konnten sie fliehen. Tiere, die am entfernten Rand der Herde ausbrachen, stießen auf weitere Jungs mit Gewehren, einige mit der schmutzigweißen Blässe der Erschöpfung in den Gesichtern, andere schwach scherzend oder stoisch, während wiederum anderen ganz übel von ihrem Tun war; auch von dieser Seite aus begann das große Töten, und bald umgab die sterbenden Tiere ein Kreis aus Feuer und Rauch wie ein gewaltiges Band. Statt des anfänglichen Musters wuchs ein Berg glänzenden, stinkenden, sterbenden Pferdefleisches in die Höhe; eine Erhebung, so unverkennbar wie einer der Antelope Hills; eine Erhebung, nicht von der Natur, sondern von Menschen erschaffen, da unten am Washita.

Charles rannte auf den Kreis der jungen Soldaten zu, die mit

Revolver oder Gewehr im Anschlag knieten. Er packte einen an der Schulter. »Leg das weg. Hör auf. Töte keine hilflosen Tiere.« In seinen Ohren klang das vollkommen vernünftig; er hatte keine Ahnung, daß seine Worte ein kreischender Aufschrei waren oder daß eine ungewöhnliche Kraft ihn vorantrieb, die es ihm ermöglichte, einen der Schützen mit einem einfachen Griff beiseite zu schleudern.

Ein Soldat, dessen Augen so feucht und glänzend waren wie die der sterbenden Pferde, zuckte vor Charles zurück und rief den anderen eine Warnung zu: »Paßt auf, Cheyenne Charlie ist verrückt geworden!«

Charles wunderte sich, warum der Soldat das gesagt hatte. Er wollte nichts weiter, als diesem Tiermord Einhalt gebieten, ein absolut vernünftiger Wunsch.

»Auf die Seite. Ich kümmere mich um ihn.« Charles erkannte die Stimme, noch bevor er Harry Venable zu Gesicht bekam; Harry Venable, klein und adrett trotz Hungers und Müdigkeit und den Mühen des Gewaltmarsches.

»Sagen Sie ihnen, sie sollen aufhören, Venable.«

»Sie dreckiger, verrückter Idiot, wir führen die Befehle des Generals aus.«

Charles ballte die Hände zu Fäusten, schlug durch die Luft und kreischte jetzt wirklich los, weil das die einzige Möglichkeit schien, Venables einstudierte Rede zu durchbrechen. »Laßt sie laufen. Laßt sie laufen. Stoppt das Morden!«

Venable hob eine Hand. Sein makelloser, leicht eingeölter Colt mit dem Elfenbeingriff glänzte einen Fuß von Charles' Brust entfernt. Die Gewehre und Revolver feuerten ihre Salven ab; es klang, als würden Steine auf ein Wellblechdach geworfen. Der Gestank wurde stärker. Mehr als ein Soldat wandte sich ab und übergab sich.

Erbrochenes flog auf Venables rechten Stiefel, der bereits schlammverschmiert war. Der Spritzer brachte ihn auf. Er schlug Charles den Revolver ins Gesicht und riß ihn nach unten; das Korn schnitt in Charles' Wange wie ein stumpfes Messer.

»Und jetzt verschwinden Sie, Main.«

Charles starrte ihn an, dann die sterbenden Pferde, dann wieder ihn. Er sprang ihn an – ein Fehler, denn Venable war darauf vorbereitet. »Haltet ihn«, schrie Venable den Soldaten zu, während sein Knie Charles zwischen den Beinen traf; ein ungeschickter Stoß, aber wirkungsvoll. Benommen vor Schmerz versuchte Charles nach Venable zu schlagen, aber er war zu langsam. Zwei Kavalleristen packten ihn an den Armen und rissen ihn zurück.

Venables blaue Augen funkelten. In seiner besten, sanftesten Kentucky-Stimme beglückwünschte er die Soldaten: »Sehr gut, Sirs. Und jetzt haltet ihn fest.«

Er steckte seine Waffe weg und trat nahe an Charles heran. Dann schlug er ihm mit voller Wucht in den Magen. Für einen so kleinen Mann war er sehr stark. Langsam kam Charles' Kopf hoch. Mit wilden Augen spuckte er Venable an, der sich den Speichel abwischte und Charles erneut zwischen die Beine schlug. Dann hämmerte er eine Rechte an Charles' Kopf. Blut spritzte aus Charles' Nase. Er ging zu Boden, ohne etwas dagegen tun zu können.

Ein umfassendes Gefühl der Niederlage hüllte ihn ein. Er mußte aufstehen. Zurückschlagen. Er konnte es nicht; es war wie bei Jefferson Barracks.

Venable stand neben Charles, den Revolver auf ihn gerichtet. Trotz des Lärms der Waffen und der Pferde hörte Charles, wie der Revolver gespannt wurde. Venable zielte auf sein Ohr.

»Sir«, sagte ein Soldat, »Sir, er ist erledigt. Griffenstein hat mir mal erzählt, daß er es nicht ertragen kann, wenn Pferde verletzt werden. Das Töten ...« Charles konnte nicht sehen, welcher junge Soldat da gesprochen hatte, doch er sah Venables funkelndes Starren und hörte, wie der energische Tonfall des Jungen dahinschwand, als er mit einem Würgen hinzufügte: »Sir.«

Charles wußte, daß er im nächsten Moment getötet werden würde. Er beobachtete, wie Venable sich nach Zeugen umblickte, von denen Charles nichts weiter als die blutbespritzten Stiefel sehen konnte. Venable zögerte. Damit würde er nicht durchkommen.

»Schnappt euch den Hundesohn«, sagte er und rammte seinen Colt in das Halfter. »Du — und du. Stellt ihn auf die Beine, den verdammten Verräter. Darum soll sich der General kümmern.«

53

Die beiden Soldaten schleppten ihn auf die Pappeln zu, wo ein neues Feuer nahe der Generalsstandarte entzündet worden war, um die allmählich hereinbrechende Dunkelheit aufzuhellen und Wärme zu spenden. Der Zorn, der in Charles getobt hatte, löste sich fast so schnell wieder auf, wie er gekommen war, und ließ ihn mit schmerzendem Körper und dem vagen Bewußtsein zurück, daß er versucht hatte, die Schlächterei zu stoppen. Eine traurige Endgültigkeit senkte sich über ihn; er wußte endlich, was er tun wollte. Nein, stärker noch, was er um jeden Preis tun mußte.

General Custer, der jugendlich und trotz seiner verschmutzten Uniform irgendwie flott und verwegen wirkte, war über die Störung durch Venable verärgert. Er hatte sich mit California Joe unterhalten, der gerade sagte: »Nein, Sir, ich kann bis jetzt Sergeant Major Kennedy nicht finden.«

Custer wandte sich von dem lodernden Feuer ab; sein rechtes Knie war leicht gebeugt, seine linke Hand ruhte am Säbelgriff. Stets schien er sich seiner Pose bewußt zu sein.

»Was gibt's, Captain Venable? Schnell. In weniger als einer Stunde will ich abmarschieren.«

»Sir, dieser Mann, dieser verdammte Rebell, hat versucht, Ihre Männer an ihrer Pflichterfüllung zu hindern. Er hat versucht, unsere Arbeit bei der Ponyherde zu verhindern.«

»Ihre Schlächterei«, sagte Charles.

»Ihre zarten Empfindungen wehren sich dagegen, Mr. Main?« Custer kam auf Charles zu, sprach ihn an, als wäre sein eines Auge nicht zugeschwollen, als würde ihm kein Blut von der Wange tropfen und Rotz aus der Nase laufen. »Sie ziehen es vor, daß wir den Wilden gesunde Pferde zurücklassen, damit sie

sie im Frühjahr reiten und weitere Grausamkeiten begehen können? General Sheridan hat mir die Aufgabe übertragen, die Cheyenne und Arapahoe zu bestrafen.«

»Schwarzer Kessel war ein Friedenshäuptling.«

»Das spielt keine Rolle. Meine Aufgabe ist es, diese Bedrohung des weißen Volkes auszurotten.« Warum redete er so viel, fragte sich Charles. Vor wem rechtfertigte er seine Handlungen? Vor einem schäbigen Scout mit fragwürdigem Hintergrund hatte er das nicht nötig. Trotz seiner Schmerzen spürte Charles ganz deutlich, daß sich Custer im klaren darüber war, was ihm der heutige Tag angetan hatte; ein Gespür dafür, daß er sich bereits auf der Flucht befand. »Diese meine Pflicht habe ich heute erfüllt. Nur der totale Krieg wird den Frieden in die Prärien bringen.«

»Vielleicht, aber ich will damit nichts mehr zu tun haben.«

»Was? Was sagen Sie da?« Custer war überrascht; seine blauen Augen schauten verwirrt, dann wieder ärgerlich drein.

»Ich sagte, mit Ihrer Art von Krieg will ich nichts mehr zu tun haben. Ich hätte nicht anheuern sollen.«

»Wir hätten Sie nicht nehmen dürfen«, schlug Custer zurück. California Joe sah aus, als würde er jeden Moment im Boden versinken.

Charles setzte alles auf eine Karte. »Ich verabschiede mich. Wenn Sie mich aufhalten wollen, müssen Sie mich schon erschießen. Oder jemandem den Befehl dazu geben.«

Venable sagte: »Ich wäre gern bereit zu...«

»Seien Sie still!« schrie Custer. Sein Atem ging schnell, sein Gesicht war röter, als Charles es je zuvor gesehen hatte. »Ihr Vorschlag scheint mir etwas überhastet, Mr. Main. Ich kann Sie sehr wohl erschießen lassen. Zeugen Ihres rebellischen Betragens werden die Notwendigkeit bekunden...«

»Sie haben genügend Ärger am Hals.« Das Blut in Charles' Bart formte einen Tropfen, der in den Schnee zwischen seinen Stiefeln fiel. Er versuchte die Geräusche der regelmäßigen Schüsse und der sterbenden Pferde nicht zu hören. »Ich sah, wie Mrs. Blinn erschossen wurde. Ich sah, wie ihr Sohn erschossen wurde.«

»Ich habe es aus zuverlässiger Quelle, daß die Cheyenne die Frau ermordet haben.«

»Ihre Männer haben die Frau erschossen. Das habe nicht nur ich, das haben auch andere gesehen.«

»Wir haben keinerlei Beweise, daß es sich bei der weißen Frau um die entführte Mrs. Blinn aus . . .«

»Ich hörte ihren Namen. Andere auch.« Charles stieß Custer weiter und weiter. Der Boy General geriet für einen Augenblick in Panik; Charles sah es an seinen leuchtenden blauen Augen. »Sie werden das nicht als Schlacht, sie werden es als Massaker bezeichnen. Babys mit Kugeln in den Köpfen. Frauen, von Soldaten der Vereinigten Staaten skalpiert. Eine weiße Gefangene und ein Friedenshäuptling, ein alter Mann, ermordet. Keine sonderlich hübsche Episode in einer Wahlkampfbiographie, meinen Sie nicht auch, General?«

George Custer trat einen halben Schritt zurück; das sagte alles.

Venable spuckte fast vor Frustration. »General Custer, niemand wird einem Mann glauben, der zweimal gelogen hat, um in die Armee zu kommen.«

Charles nickte. »Das ist richtig. Ich bin auch nicht daran interessiert, mit Zeitungsleuten zu reden, mit Mr. Keim oder sonst jemandem. Ich bin nicht daran interessiert, mich an jemandem zu rächen. Zu lange schon bin ich dieser Fährte gefolgt, und wohin hat es mich gebracht?« Niemand verstand, was er damit meinte.

Der Blick seiner brennenden Augen bewegte sich über das zerstörte Dorf, über die Asche des großen Feuers, über den schrecklich bebenden Haufen toter und sterbender Pferde. »Heute morgen mußte ich einen Jungen töten. Keinen Mann, einen Jungen. Ich werde ihn bis zu meinem Tod in meinen Alpträumen sehen. Genau wie diesen obszönen Ort hier. Ich habe diese Armee satt. Ich habe Soldaten wie Sie satt, die in Ihrem Ehrgeiz über Leichen gehen. Und jetzt erschießen Sie mich, oder lassen Sie mich gehen, Sie elendes Zerrbild eines menschlichen Wesens.«

Venable trat dazwischen, holte aus, um Charles die Faust auf den Kopf zu schlagen. »Lassen Sie ihn in Ruhe«, sagte Custer.

Venable riß es bei dem scharfen Befehl förmlich herum. Custer wischte sich über den Mund. »Lassen Sie ihn gehen. Wir haben schon genug zu erklären.«

»General. Sie können doch nicht zulassen...«

»Zum Teufel mit Ihnen, Captain Venable, halten Sie den Mund. Mr. Main!« Custer wedelte mit einem Finger vor Charles' Nase herum; seine Zähne knirschten, als hätte er die Kontrolle über sie verloren. »Ich gebe Ihnen fünf Minuten, um über den Washita zu kommen. Wenn Sie in fünf Minuten nicht nördlich des Flusses sind, dann lasse ich Sie von einem Trupp verfolgen und erschießen. Sie sind eine Schande für die Armee und eine Schande für alle Männer. Abtreten, Sir.«

»Jawohl, Sir!« Charles gab den Worten Gewicht, zog sie in die Länge. »General — Custer.«

Einen gefährlichen Augenblick lang starrten sie sich an. Dann, wie zwei Bären, die sich bis zur Erschöpfung bekämpft hatten, wandten sie sich beide gleichzeitig ab und gaben den Kampf auf.

Little Harry Venable gab nicht auf. Er folgte Charles zwischen den Bäumen hindurch, was Charles mit einer gewissen Befriedigung zur Kenntnis nahm. Custers Entscheidung hatte den Mann aus Kentucky zu so etwas wie einem kleinen Jungen gemacht, der es nicht mehr wagte, seine Fäuste zu gebrauchen, sondern nur noch Schmähungen ausstoßen konnte.

»Es ist ein langer Weg bis Fort Dodge. Hoffentlich erwischen dich die Wilden.« Das werden sie wahrscheinlich, dachte Charles. »Ich hoffe, sie schneiden dir das Herz bei lebendigem Leibe heraus.«

Charles stoppte. Venable atmete tief durch. Charles starrte ihn mit einem verzerrten Grinsen an. »Du hoffnungsloser kleiner Haufen Scheiße. Mein Krieg ist vorbei.«

»Was?«

Er drehte sich um und ging weiter. Er wußte, daß Venable niemals seine Waffe ziehen würde.

Er fand Satan, band ihn los, tätschelte ihn und schwang sich in den Sattel. Es mochte so gegen vier Uhr sein, doch der Novembernachmittag war stark bewölkt und ungewöhnlich finster.

Im Trab ritt er aus dem Cheyenne-Dorf hinaus; jede Bewegung des Schecken tat ihm weh. Das Fleisch um sein linkes Auge war aufgequollen, sein Blickfeld bis auf einen schmalen Schlitz eingeengt. Bei dem Riß in seinem Gesicht konnte er nur warten, bis das Blut gerann. An dem Fluß, wo das Siebte Regiment auf Elliott gestoßen war, konnte er die Wunde auswaschen, falls er je soweit kam.

Über die offene Fläche kam ein Indianer auf ihn zu. Charles zog die Zügel, griff nach der Spencer. Dann erkannte er einen der Osage-Fährtensucher. Die Leggings des Indianers waren durchnäßt. Stolz zeigte er, was er in der Hand hielt.

»Skalp von Schwarzer Kessel. In tiefes Wasser gestoßen. Er bald schlechtes Fleisch.«

»Du Bastard«, sagte Charles und ritt weiter.

Er durchquerte den Washita. Das Wasser reichte bis an seine Oberschenkel. Satan reckte den Kopf hoch. Als sie auf der anderen Seite waren, zitterte Charles, und seine Zähne klapperten. Eine ferne Trompete blies zum Abmarsch. Mit geschlossenen Augen konnte er sich vorstellen, wie sich die verschiedenen Einheiten von Custers Kommando formierten.

Alle Indianer befanden sich nun flußabwärts; vielleicht war es auch nur so finster, daß er sie auf den Klippen nicht mehr sehen konnte. Als er über den Kamm ritt, von wo aus sie ihren Angriff gestartet hatten, hörte er Custers Kapelle spielen. Er kannte das Lied aus dem Krieg. »Ain't I Glad to Get Out of the Wilderness.« (Ich bin so froh, aus der Wildnis hinauszukommen.)

Nein, er war nicht froh. Eine verheerende Wahrheit hatte ihn während der eisigen Flußdurchquerung überfallen. Er gehörte nicht mehr nach South Carolina. Er gehörte nicht nach Kansas, wo er vielleicht Gemüse oder Milchkühe züchten konnte. Und er gehörte nicht in die US-Armee, so sehr er auch einige der Männer mochte, die er im Zehnten Regiment kennengelernt hatte. Was die Soldaten zu tun hatten, war falsch. Vielleicht waren sie als Einzelpersonen keine Missetäter, doch in der Masse schon. Er hatte gedacht, er könne das ertragen, was die Armee tun mußte. Er hatte sich eingeredet, das sei nötig, um Jackson zu rächen. Und er hatte den weiten Weg bis an den Washita zurückgelegt, um herauszufinden, daß er sich im Irrtum befand.

Für ihn war auf der ganzen Welt kein Platz.

Pferd und Reiter wurden kleiner und kleiner, verschwanden in den Schneefeldern und der Dunkelheit des Indianerterritoriums.

Hauptquartier Siebte US-Kavallerie
Washita River, Im Feld
28. November 1868

In der Erregung des Kampfes, ebenso wie in Selbstverteidigung, geschah es, daß einige der Squaws und Kinder verwundet oder getötet wurden ...

Eine weiße Frau wurde im Moment unseres Angriffs von ihren Entführern ermordet ...

Der verzweifelte Charakter des Kampfes mag der Tatsache entnehmen zu sein, daß nach der Schlacht die Leichen von achtunddreißig Kriegern in einer kleinen Schlucht nahe des Dorfes, wo sie sich verschanzt hatten, gefunden wurden ...

Nun habe ich die Verluste meines eigenen Kommandos zu melden.

Mit tiefem Bedauern muß ich unter den Getöteten Major Joel H. Elliott und Capt. Louis W. Hamilton anführen sowie neunzehn Mannschaftsdienstgrade ...

Auszug aus einem Report an
GENERAL SHERIDAN

Dezember 1868. Custers Sieg über die Indianer macht immer noch Schlagzeilen. Ein Redakteur dichtet ihm den Mut eines Löwen an, ein anderer schreibt verächtlich über ihn, weil er »Krieg gegen Unschuldige« führt. Ich mag ihn nicht, ohne ihn je kennengelernt zu haben. Ich habe noch nie Männer gemocht, die sich wie Pfauen aufspielen ...

... Zwei ermüdende Tage vorüber. Mußte endlos lächeln, endlose Erklärungen abgeben, wie Mont Royal vor drei Jahren dem Ruin entronnen ist. Acht Kongreßmitglieder waren auf »Inspektionstour« hier (scheint sich dabei mehr um Ferien zu handeln — drei brachten ihre Frauen mit, die sich fast ebenso wichtigtuerisch aufführten wie ihre Ehemänner). Der Mann, dem gegenüber sich alle anderen ehrerbietig verhalten, Mr. Stout vom Senat, schwingt sich sogar bei beiläufigen Gesprächen zu großen Reden auf. Mir gefielen weder sein glattes Benehmen noch das Tempo und die Sicherheit, womit er Meinungen anzubieten hat — ja zu diesem, nein zu jenem, wobei ohne jedes Nachdenken in jeder Bemerkung radikale Politik zum Ausdruck kommt.

Was den Grund für den Besuch anbelangt, so vermute ich, daß M. R. allmählich den Ruf eines Vorzeigeobjekts bekommen hat, denn die Washingtoner inspizierten in ermüdender Weise alles und jedes: Phosphatfelder, Sägemühle, Drillübungen unserer Bezirksmiliz, die Andy kommandiert. Senator Stout saß eine Stunde lang da, wie ein Schüler in Prudence Chaffees Klasse, nachdem er dafür gesorgt hatte, daß zwei Journalisten aus seinem Begleittroß jede seiner Bemerkungen mitschrieben. Die Pest über alle Politiker.

Nicht gerade angenehm, daß die Radikalen sich die Plantage ausgesucht haben. Wir versuchen jede Aufmerksamkeit zu vermeiden und den für gewöhnlich damit verbundenen Ärger ...

Wieder steht ein einsames Weihnachtsfest vor der Tür. Bretts Brief aus Kalifornien drückte ähnlich melancholische Gefühle aus. Mit Billys Firma steht alles zum besten, sagt sie. Das Baby Clarissa ist vier Monate alt und blüht und gedeiht. Seit Mai von

G. in der Schweiz keine Nachricht mehr. Das löst große Besorgnis aus ...

George speiste zu seiner gewohnten Zeit um halb zwei. Das Palace war eines der besten Hotels von Lausanne und pflegte eine hervorragende Küche. Als Stammgast hatte er bei schönem Wetter seinen eigenen kleinen Tisch auf der Terrasse nahe dem Marmorgeländer. Jetzt, da der Winter die Touristen aus der Schweiz vertrieben hatte, war er an einen Tisch im Inneren neben einem hohen Fenster umgezogen, von dem aus er die gleiche Terrasse überschauen konnte. Von dem Fenster aus konnte er über den Stadtkern hinweg den Genfer See sehen, wo einer der schmucken kleinen Dampfer auf das Südufer zustrebte. Die blasse Sonne stand schon ziemlich tief.

Ein paar abgestorbene Blätter wirbelten über die Terrasse. Er beendete seine Mahlzeit, eine ausgezeichnete Hummerterrine, leerte eine Flasche Wein, einen köstlichen Montrachet, und verließ den Tisch. Er durchquerte den Speisesaal und wechselte dabei einige höfliche Worte mit drei Schweizer Bankiers, die hier regelmäßig aßen und auf ihn als Stammgast aufmerksam geworden waren.

Sie stellten häufig Spekulationen über den Amerikaner an. Sie wußten, daß er sehr reich war. Sie wußten, daß er mit Ausnahme der Dienerschaft allein in einer weitläufigen, ziemlich düsteren Villa auf den Jorat-Höhen lebte, von wo aus man einen großartigen Blick auf die Stadt hatte. Sie fragten sich, was ihm wohl zugestoßen sein mochte.

Sie sahen einen untersetzten kleinen Mann in den mittleren Jahren vor sich – George hatte seinen dreiundvierzigsten Geburtstag gehabt – mit weißen Strähnen in seinem sauber gestutzten dunklen Bart. Seine Haltung war sehr korrekt, und doch machte er einen niedergeschlagenen Eindruck. Mit nervösen Bewegungen rauchte er eine Menge starker Zigarren, die meisten nur zur Hälfte. Er schien alles zu besitzen und trotzdem zu leiden. Er war, anders als die meisten seiner Landsleute, die Lausanne besuchten, unnahbar. Die Touristen quatschten endlos; seine wärmste Begrüßung bestand aus wenigen Worten.

Hatte seine Frau ihn verlassen? Hatte es irgendeinen Skandal gegeben? Ah, vielleicht war es das. Er besaß eine gewisse Ähnlichkeit mit gravierten Porträts des neuen amerikanischen Präsidenten, General Grant. Konnte er ein in Ungnade gefallener Verwandter im Exil sein?

Es würde sein Geheimnis bleiben. Gentlemen schnüffelten nicht.

An der Tür des Speisesaals unterhielt sich George kurz auf französisch mit dem Oberkellner, gab ihm Trinkgeld, nahm Stock, Hut und Pelzmantel an sich und durchquerte die Lobby. Eine Erbin aus Athen, eine atemberaubende Frau mit olivfarbener Haut, sehr teuer gekleidet, bemerkte ihn und hielt den Atem an; sie war erst vor kurzem Witwe geworden. Während ein Träger ihr Gepäck sortierte, versuchte sie den Blick dieses imposanten Fremden einzufangen. Er bemerkte sie, ging aber weiter. Sie hatte das Gefühl, als hätte sie in einen verschneiten Teich im Herzen eines Winterwaldes geschaut. Dunkles Wasser und Kälte.

George ging die abfallende Straße hinunter zum Büro des Immobilienmaklers, das direkt hinter der herrlichen gotischen Kathedrale von Notre Dame lag. Dort holte er die wöchentliche Post ab und marschierte in flottem Tempo wieder den Hügel hoch. Er brauchte mehr als eine Stunde bis zur Villa, aber es war seine einzige Tätigkeit in diesen Tagen, und er zwang sich dazu.

Die Villa besaß ebenfalls eine Terrasse, die man von einem hübschen Arbeitszimmer aus überblicken konnte. In dem Marmorkamin brannte bereits ein Feuer. Er zog sich einen Stuhl neben eine Büste von Voltaire — Lausanne hatte zu seinen Lieblingsstädten gehört — und ging die Post durch. Mit den beiden letzten Nummern der »Nation«, eines republikanischen Wochenmagazins, das '65 von Edwin Lawrence Godkin ins Leben gerufen worden war, fing er an. Das Magazin trat für eine ehrliche Regierung und bürokratische Reformen ein. George strich einen Artikel an, den er später lesen wollte. Es ging darin um eine Rückkehr zum Goldstandard als Heilmittel gegen die inflationäre Papierwährung, die während des Krieges in Umlauf gebracht worden war. Hartes gegen weiches Geld war ein leidenschaftliches Thema in seinem Heimatland.

Dann entfaltete er den dreiseitigen Bericht von Christopher Wotherspoon. Die Profite der Hazard-Eisenwerke waren erneut gestiegen. Sein Verwalter empfahl umfangreiche politische Spenden an jene Kongreßabgeordneten und Senatoren, die für umfassende Schutztarife für die Eisen- und Stahlindustrie eintraten. Er wollte das von George absegnen lassen.

Dann war da ein ziemlich trauriger Brief von Patricia, im September geschrieben, in dem sie sich nach seinen Weihnachtswünschen erkundigte. Ihm fiel nichts ein. Seine Kinder waren im Sommer nach Europa gekommen, doch ihr Besuch den ganzen Juli über war ihm endlos erschienen und, wie er vermutete, ihnen auch, da er sich für keinerlei Aktivitäten interessierte. Eine Woche lang hatten sie sich etwas umgeschaut und dann jeden Tag stundenlang Rasentennis gespielt.

Jupiter Smith, der die wöchentliche Post zusammenpackte, hatte noch drei Exemplare von Mr. Greeleys »New York Tribune« mit angekreuzten Nachrichten aus der Finanzwelt hinzugegeben. Außerdem war da noch eine kunstvoll beschriftete Einladung zu einem republikanischen Fest zur Feier von Grants Inauguration im März und eine weitere Einladung zur Inauguration selbst. George warf beide ins Feuer.

Er schnitt eine seiner kubanischen Zigarren an, deren Import ihn fast sieben Dollar pro Stück kostete, obwohl er auf solche Dinge längst nicht mehr achtete. Er zündete die Zigarre an und stellte sich ans Fenster. Unterhalb der bezaubernden Stadt sah er einen weißen Dampfer, der am späten Nachmittag zurückkehrte. Von den Jorat-Höhen aus war er nichts weiter als ein kleiner Punkt, so wie er selbst auch.

Er dachte an Orrys Witwe, eine hübsche, intelligente Frau. Er hoffte, daß Madeline die politischen Stürme im Süden durchstehen konnte. Er spürte einen Drang zu schreiben oder nachzuforschen. Er dachte an seinen eigenen Sohn William und dessen Entscheidung, Jura zu studieren; es war ihm mehr oder weniger gleichgültig. Er dachte an Sam Grant, einen Bekannten aus Kadettenzeiten, und fragte sich, ob er einen guten Präsidenten abgeben würde, da er über keine praktischen Erfahrungen verfügte. Wahrscheinlich würde er versuchen, die Regierung wie ein militärisches Hauptquartier zu führen. Konnte das gutgehen? Mit einem leichten Schamgefühl stellte er fest, daß ihn die Antworten im Grunde gar nicht interessierten, wenn es um Zukunftsfragen seines Landes ging.

Der Dampfer auf dem See war verschwunden. George blieb noch eine Weile am Fenster stehen, rauchte und starrte auf die glänzende Wasseroberfläche. Er hatte festgestellt, daß es sehr angenehm war, nichts zu tun, nichts zu sagen, auf nichts zu reagieren; oder zumindest von allem so wenig wie möglich zu tun, eben nur gerade das, was lebensnotwendig war. Auf diese Weise verfiel man zwar der Apathie, konnte aber auch nicht verletzt werden.

Mr. Lee aus Savannah hat die endgültigen Pläne gebracht. Jetzt ist wieder genug Geld da. Die Arbeit wird gleich im neuen Jahr beginnen. Orry, es bricht mir das Herz, daß du nicht hier bist, um zu sehen ...

Theo wieder hier, in Zivil. Eine nervöse Unrast liegt über ihm. Über Marie-Louise auch.

Vor jeder Beobachtung sicher, umarmte sich das Liebespaar in der kalten Abendluft im dichten Gebüsch, das dort wucherte, wo früher der richtige Garten gewesen war. Marie-Louise wäre beinahe in Ohnmacht gefallen, als Theos Zunge in ihren Mund glitt. Sie war erschrocken, zuckte aber nicht zurück. Sie schlang ihre Hände hinter seinen Nacken und lehnte sich zurück, so daß sein Gewicht sich auf eine köstlich sündige Weise gegen sie preßte. Theos Lippen streiften über ihre Wange, ihre Kehle. Seine Hände glitten an der Seite ihres Kleides auf und ab.

»Marie-Louise, ich kann nicht länger warten. Ich liebe dich.«
»Ich liebe dich auch, Theo. Ich bin genauso ungeduldig wie du.«
»Ich habe die Lösung gefunden. Sagen wir es ihr.«
»Heute abend?«
»Warum nicht? Sie wird uns helfen.«
»Ich weiß nicht. Es ist solch ein gewaltiger Schritt.«
Sehr ernst und liebevoll nahm er ihre rechte Hand zwischen

die seinen. »Ich habe alles auf South Carolina gesetzt. Und auf dich. Wenn du dir genauso sicher bist, gibt es keinen Grund zu warten.«

»Ich bin mir sicher. Aber ich habe auch Angst.«

»Ich werde für uns beide sprechen. Du brauchst dich nur an meiner Hand festzuhalten.«

Marie-Louise hatte das Gefühl, als würde sie durch einen gewaltigen, dunklen Raum stürzen auf – ja, auf was zu? Auf etwas, das sie sich nur in ihrer Phantasie vorstellen konnte. Es würde Glückseligkeit oder eine Katastrophe sein. Sie schwankte, und Theo stützte sie mit einer Hand, erheitert von ihrer mädchenhaften Romantik, jedoch auch gleichzeitig verliebt in die Art und Weise, wie sie sich gab. Sie flüsterte: »Also gut, sagen wir's ihr.«

Er jubelte auf und wirbelte sie an der Taille herum. Einen Augenblick später eilten sie über den dunklen Rasen auf das erleuchtete, weißgetünchte Haus zu.

»Sie wollen Ihr Offizierspatent aufgeben?« fragte Madeline erstaunt.

»Ja. Ich habe meine Vorgesetzten gestern von meiner Absicht in Kenntnis gesetzt.«

Während Theo sprach, stand Marie-Louise halb versteckt hinter ihm und klammerte sich an seine Hand, als wäre sie eine Rettungsleine. Das junge Paar war ins Haus geplatzt, gerade als Madeline die Baupläne auf dem Boden ausgebreitet hatte, um Prudence Einzelheiten des neuen, großen Hauses zu zeigen. In der Ecke lagen einige frischgeschnittene, als Weihnachtsdekoration gedachte Pinienzweige.

»Ich bin zu meiner Entscheidung auf der Basis von zwei Umständen gelangt«, sagte Theo mit einer Formalität, die sie zum Lächeln gebracht hätte, wäre sein Plan nicht so umstürzlerisch gewesen. »Erstens sagten Sie, Sie hätten hier vorübergehend Arbeit für mich.«

»Ja. Ich glaube, Sie würden einen ausgezeichneten Manager für die Mühlen- und Schürfarbeiten auf Mont Royal abgeben. Aber es war niemals meine Absicht, dadurch etwas heraufzubeschwören.«

»Das haben Sie auch nicht«, unterbrach er sie. »In erster Linie scheide ich aus dem zweiten Grund aus der Armee aus.« Er trat einen Schritt vor, platzte heraus: »Letzte Woche ...«

»Theo!« Sie zeigte auf den Boden. »Verzeihen Sie mir, aber Sie stehen auf dem neuen Mont Royal.«

»O nein! Es tut mir so leid!« Er sprang zurück, ließ Marie-Louises Hand los und kniete nieder, um die Knitter glattzustreichen, die sein Stiefel auf der Zeichnung hinterlassen hatte. Prudence lächelte. Madeline schalt sich selbst wegen ihrer Kleinlichkeit; ein weiteres Alterszeichen.

»So. Ist es wieder in Ordnung?«

»Ja. Es ist ja nichts passiert. Sie erwähnten einen zweiten Umstand, der Ihre Entscheidung beeinflußt hätte.«

Er schluckte und wagte dann den Sprung ins kalte Wasser.

»Ich habe einen Armeekaplan in Savannah aufgetrieben, der bereit ist, uns zu trauen.«

Marie-Louise hörte auf zu atmen. Sie griff wieder nach Theos Hand und hielt sie fest. Die vier Lampen im Zimmer warfen ein schonungsloses Licht auf Madelines hübsches, aber zerfurchtes Gesicht. »Obwohl Marie-Louise das legale Alter noch nicht erreicht hat?«

Er nickte, zupfte erst an seiner Krawatte und dann an seinem Schnurrbart. »Ja. Der Kaplan — nun, er mag Rebellen nicht besonders. Ich habe ihm erzählt, daß Mr. Main im Marineministerium der Konföderation gewesen war, und das reichte schon.«

Madeline lehnte sich stirnrunzelnd zurück. »Ihr habt mich in eine sehr unangenehme Lage gebracht. Eine derartige Herausforderung Coopers — und Judiths — kann ich nicht unterstützen.«

»Wir bitten Sie nicht, uns zu unterstützen«, fing Theo an.

»Gib uns nur einen Tag oder zwei«, bat Marie-Louise. »Sag Papa nichts, bis wir wieder zurück sind. Theo wird dann mit ihm reden.«

»Damit hätte ich mich trotzdem mit euch verbündet, um ihn zu täuschen.«

»Sagen Sie, Sie hätten von nichts gewußt«, entgegnete Theo.

»Marie-Louise verschwindet, und ich weiß von nichts?« Er

erkannte, wie albern sein Vorschlag war, und errötete. »Nein. Ich muß darauf vorbereitet sein, einen Teil der Schuld auf mich zu nehmen.« Sie schwieg einen Moment. »Ich glaube nicht, daß mir das gefällt.«

Den Tränen nahe, eilte Marie-Louise auf sie zu. »Wenn Theo zuerst mit Papa spricht, dann weißt du genau, daß er nein sagen wird. Er wird nein sagen, bis die Hölle zufriert.«

»Marie-Louise«, sagte Theo entsetzt. Wohlerzogene Mädchen sagten solche Dinge nicht.

»Nun, es stimmt jedenfalls. Wenn du uns nicht gehen läßt, Tante Madeline, dann werden wir nie heiraten können. Niemals.«

Madeline musterte das Liebespaar. Konnte, durfte sie bei ihrem Nein bleiben? Marie-Louise hatte recht; Cooper würde nicht vernunftgemäß reagieren. Aber wer war sie denn, daß sie beurteilen durfte, ob ihre Liebe aufrichtig und des dauernden Bandes einer Ehe wert war? War ihre erste Liebesaufwallung für Orry reif gewesen? Nein, bei weitem nicht.

»Nun, wahrscheinlich werde ich es bereuen. Aber ich bin nun mal unheilbar sentimental. Ich gebe euch achtundvierzig Stunden.« Prudence klatschte in die Hände. »Außerdem könnt ihr meinen eleganten Wagen als Brautkutsche benützen«, fügte sie mit schiefem Lächeln hinzu.

Es ist vollbracht. Wie sie vor Erwartung glühten, als sie fortfuhren! Ich hoffe, ihre Liebe wird Theo stärken, wenn er seinem Schwiegervater gegenübersteht. Irgendwie werde ich den unvermeidlichen Sturm schon überstehen. Ganz gleich, unter welchen Umständen, in Coopers Augen könnte ich ohnehin nicht tiefer sinken ...

Nächster Tag. Gegen Mittag haben zwei unserer Schwarzen den ersten Wagen mit Bauholz entladen. Von meinem Platz aus kann ich die Holzstöße sehen. Vielleicht können wir nächste Weihnachten in dem neuen Haus feiern.

Oh, die Welt kommt wieder in Ordnung! ...

»Ein Yankee-Soldat als Schwiegersohn kommt nicht in Frage!«

brüllte Cooper seine Frau an, nachdem der junge Mann sein vorbereitetes Sprüchlein aufgesagt und nach Coopers Beschimpfung enttäuscht und erkennbar blaß das Haus wieder verlassen hatte. »Ich hetze ihm die Behörden auf den Hals. Es muß irgendeine legale Möglichkeit geben, die Sache rückgängig zu machen.«

»Eine praktische Möglichkeit nicht«, sagte Judith. »Deine Tochter hat zwei Nächte mit ihm in Savannah verbracht.«

»Madeline trifft die Schuld.«

»Niemand hat schuld. Junge Leute verlieben sich.«

»Nicht mein einziges Kind, nicht mit einem räuberischen Aasgeier.« Mit den Worten, daß er die Nacht in seinem Büro verbringen würde, stürmte er hinaus.

Gegen ein Uhr morgens wurde Judith durch ein Klopfen geweckt. Sie fand Cooper auf der Veranda vor. Zwei Bekannte hatten ihn von der Mills-House-Saloon-Bar heimgeschleppt, wo er den ganzen Abend über Bourbon getrunken hatte. Dann hatte er einem Armeemajor gegenüber einige beleidigende Bemerkungen gemacht; wahrscheinlich hätte er ihn auch noch angegriffen, wenn ihm nicht plötzlich der ganze Whisky hochgekommen wäre.

Mit einigen Entschuldigungen trugen die Gentlemen Judiths schlaffen und stinkenden Gatten nach oben. Sie folgte mit der Lampe. Sie brachte die Gentlemen hinaus, dann entkleidete sie Cooper und wusch ihn und setzte sich zu ihm, bis er gegen halb drei erwachte. Seine ersten Worte, die er nach einigem Gestöhn von sich gab, trafen sie wie ein Schlag:

»Soll sie doch in dem dreckigen Bett liegen, das sie sich mit diesem Yankee bereitet hat. Ich werde ihr die Türen dieses Hauses nicht mehr öffnen, nie mehr.«

Tränen des Zorns traten in ihre Augen. »Cooper, das geht zu weit. Du treibst deine dümmliche Parteilichkeit ins Lächerliche. Ich lasse es nicht zu, daß du mich von meinem eigenen Kind trennst. Ich werde sie sehen, wann immer ich will.«

»Nicht hier!« kreischte er. »Ich werde den Dienern Anweisung geben, denen du besser nicht trotzt. Ich habe keine Tochter mehr.«

Er schleuderte die Bettdecke beiseite und schlidderte über den polierten Boden, um sich ins Becken zu übergeben. Judith senkte kummervoll den Kopf.

54

Er saß ganz hinten auf dem Stuhl in der dritten Loge, Bühnenseite rechts. Er hatte den Sitz gewählt, um nicht von den Bühnenlichtern erfaßt zu werden. Er wollte, daß sie ihn erst dann sah, wenn es ihm paßte.

Sie lag auf dem Diwan auf der Bühne. Das Kissen, mit dem sie erstickt worden war, war zu Boden gefallen. Einmal entdeckte er ein unprofessionelles Zittern ihrer Augenlider. Ihr über die Schultern fallendes, silberblondes Haar leuchtete in dem lieblichen Glanz, an den er sich noch erinnerte. Er empfand keinerlei Zuneigung für sie. Seine linke Hand tastete nach seinem linken Oberschenkel, als könnte die Berührung irgendwie den durchtrennten Muskel wiederherstellen, der es ihm unmöglich machte, in Bühnenduellen richtig zu springen oder romantische Rollen überzeugend darzustellen.

»*Dann mußt du sprechen von einem, dessen Liebe...*«

Trumps Mohren-Make-up verlief in der Hitze auf der Bühne. Es lief in deutlichen Streifen, so daß sein Gesicht einem Zebrafell ähnelte. Obwohl er bis zum Exzeß schrie und tobte, war der Beobachter der Meinung, daß er insgesamt eine recht ordentliche Leistung bot. Für die Provinz war die Produktion sogar ziemlich gut. Das hieß, gut in jeder Beziehung bis auf die Darstellung der Desdemona. Sie hatte ganz offensichtlich einen schlechten Abend.

Der Mann in der Loge beschäftigte sich für sich selbst überraschend mit dem Gedanken, daß Trumps »Othello« vielleicht auf passable Weise eine dreiwöchige Lücke im Programm des »New Knickerbocker« füllen könnte. Mit einer neuen Hauptdarstellerin — Mrs. Parker würde nicht mehr in der Verfassung für einen Auftritt sein, nie wieder. Er schob eine Hand in seine linke Tasche und tastete nach den zu Fingerringen gebogenen Hufnägeln.

»*Ich nahm bei der Kehle den beschnittenen Hund und streckte ihn nieder — so.*«

Sam Trump durchbohrte sich mit dem Bühnendolch, taumelte in die eine, dann in die andere Richtung, die verkrampfte Hand erhoben, um tödlichen Schmerz auszudrücken.

Es war fast vorbei; noch vier Zeilen. Dann würde der wichtige Teil des abendlichen Dramas beginnen.

». . . *kein anderer Weg als dieser!*« schrie Sam und fiel mit ungewöhnlicher Wucht auf Willa. Er knallte auf ihre Rippen, daß ihr die Luft wegblieb und sie beinahe die Augen aufgerissen hätte. Sie wand sich unter seiner schwitzenden Masse und zischte mit geschlossenen Lippen:
»Sam, dein Knie!«

»*Mir selbst das Leben nehmend, sterbend wegen eines Kusses.*« Sein Kopf und sein Oberkörper hoben sich und knallten ein zweitesmal herab. Sam zögerte seine Bühnentode gern hinaus.

Es schien eine endlose Zeitspanne zu vergehen, bis der Vorhang fiel. Unabsichtlich bohrte Sam sein Knie in Willas Bauch, als er sich auf die Beine kämpfte; die schwarze Farbe tropfte von seinem Kinn. »Bist du krank, meine Liebe? Das war nicht gut heute abend.« Er sprang davon, ohne eine Antwort abzuwarten. »Auf die Plätze. Plätze einnehmen!«

Sie nahm ihren Platz in der Reihe ein und verbeugte sich; mit einem Blick überflog sie das höchstens zu einem Drittel gefüllte Haus. Sehr armselig, selbst für den Januar. Der Vorhang fiel. Sam wartete hoffnungsvoll auf einen zweiten Vorhang, doch der Applaus war bereits verebbt. Die Schauspieler verließen die Bühne, ohne groß miteinander zu reden. Alle wußten, daß es keine gute Vorstellung gewesen war. Willa schüttelte einfach nur den Kopf in Richtung Sam, gestand damit ihre Schuld ein und schloß sich dem allgemeinen Exodus an.

Sie war schon beim Betreten des Theaters schlecht gelaunt gewesen. Wenn sie einmal krank war, was selten genug vorkam, dann war schlechte Laune die unvermeidliche Folge davon. Seit drei Tagen litt sie an Magenbeschwerden. Am Abend fror sie und verspürte einen dumpfen Schmerz in ihrer Mitte; das raubte ihrer Darstellung jegliche Energie und Überzeugung. Sam wischte sich mit seinem bestickten Ärmel über das Gesicht und jagte hinter ihr her. »Willa, Liebste, wir müssen einfach mehr Leben hineinbringen.«

»Morgen«, unterbrach sie niedergedrückt. »Ich versprech's, Sam. Ich weiß, daß ich heute abend schlecht war. Tut mir leid. Ich möchte gleich ins Hotel. Ich fühle mich immer noch schrecklich. Gute Nacht.«

Der bullige Mann mit der grobporigen Knollennase verließ die Loge und schlug den Seehundskragen seines Mantels hoch, um sein Gesicht zu verbergen. Nicht daß er einen der lauten groben Provinzler, aus denen sich das Publikum zusammensetzte, gekannt hätte − oder jemand von der Schauspielertruppe, mit Ausnahme der Person, wegen der er hergekommen war.

Ohne Eile ging er die Treppe hinunter und blieb vor der Schautafel in der Vorhalle stehen. Fotos der Künstler waren dort angeheftet. Er studierte das Foto, das Mrs. Parker zeigte. Der Name war ihm gerüchtweise in New York zu Ohren gekommen, dann hatte er ihn auf einem zerknitterten Handzettel von Trumps Theater gesehen, den ihm auf seine Bitte hin ein Bekannter mitgebracht hatte. Er hatte die lange Eisenbahnfahrt auf sich genommen, um Nachforschungen anzustellen. Seine Bemühungen waren belohnt worden.

Er verließ die erleuchtete Vorhalle, bog um die Ecke und überquerte die Straße. Der durchtrennte Muskel ließ ihn auf Dauer hinken, was sich auch jetzt an seinem ungeschickten, schwankenden Gang zeigte.

Im Schlagschatten gegenüber vom Bühneneingang wartete er. Nebel stieg vom Fluß auf und machte das Licht der Straßenlaternen diffus. Ein Nebelhorn dröhnte. Ihm wurde kalt, und er zog ein Paar gelbgefärbte Handschuhe an. Dann holte er einen flachen Silberflakon aus seiner Innentasche und genehmigte sich einen Schluck Brandy. Die Flasche blitzte im Schein einer Straßenlaterne auf. Das Licht enthüllte große, in das Metall eingravierte Initialen: C. W. Claudius Wood.

Willa band ihr Cape zusammen, als sie aus der Tür auf die Olive Street hinauseilte. Sie fühlte sich schmutzig und elend; baden und dann schlafen, mehr wollte sie nicht. Sie schob ihre Hände in den Pelzmuff und bog mit klappernden Absätzen nach rechts. Für gewöhnlich wartete sie auf einen der Schauspieler, der sie begleitete. Heute abend war sie zu ungeduldig. Es war eine wirklich miserable Vorstellung und eine miserable Weihnachtszeit gewesen. Natürlich hatte sie mitgesungen und Geschenke gemacht und sich am Fest des Ensembles auf der Bühne beteiligt. Doch wann immer sie lächelte oder vergnügt plauderte, schauspielerte sie; jede Minute spielte sie eine Rolle.

Präsident Johnsons Weihnachtsgabe für die Nation war eine bedingungslose Amnestie für alle Konföderierten gewesen, die bis jetzt noch nicht begnadigt worden waren. Es war ein ganz besonderes Ereignis und kam vielleicht gleich nach der Kapitulation, doch für sie hatte es wenig Bedeutung. Ihr stand niemand mehr nahe, der von der Amnestie betroffen worden wäre. Es erinnerte sie lediglich an Charles, und ein Gefühl bitterer Trauer stieg in ihr auf.

An der ersten Ecke stoppte sie, spürte irgendwie die – die Gegenwart einer Person ganz in ihrer Nähe. Sie drehte sich um und musterte die Schatten auf der anderen Straßenseite. Nichts.

Sie vernahm männliche und weibliche Stimmen, als die Truppe das Theater einen Block hinter ihr verließ. Wenn sie trödelte, holte Sam sie vielleicht ein und hielt ihr wieder einen Vortrag. Also eilte sie weiter; es ging ihr so elend, daß sie kein anderes menschliches Wesen sehen oder sprechen wollte.

Wood verfolgte sie lautlos in sicherem Abstand. Als sie den Hotelblock erreichte, hielt Willa an und blickte erneut über ihre Schulter zurück. Wood blieb regungslos neben dem schwarzen Rechteck eines Bäckereifensters stehen.

Kaum ging sie weiter, da setzte er sich auch wieder in Bewegung. Bei jedem Schritt hinkte er seitlich, ein Krüppel, dem die Beweglichkeit und Ausstrahlung fehlten, die ein Hauptdarsteller benötigte. Nun, die Schuldige würde bald gefaßt sein und die gerechte Strafe erleiden. Durch das dünne Handschuhleder hindurch drückten sich in seiner Tasche die gefeilten Köpfe der zu Ringen gebogenen Hufnägel tief in seine Fingerspitzen.

Wärme, Licht, der vertraute Geruch von staubigem Plüsch und Spucknäpfen. Willa war so müde, daß sie fast taumelte. Sie ging durch die Halle auf die Marmortreppe zu. Ein schläfriger Nachtportier mit einer öligen Haarlocke wie ein Fragezeichen erhob sich und hielt einen Finger hoch. »Mrs. Parker, ein Gentleman...« Ihr Rock verschwand am ersten Treppenabsatz. Ihre Schuhe knallten scharf auf dem Marmor. »... wartet auf Sie«, beendete er den Satz.

Selbstbewußt durchquerte Wood die Halle; in der Hand hielt er den Schlüssel seines eigenen Zimmers in einem anderen Hotel, so daß der am Marmorschalter lehnende Portier ihn sehen konnte. Der Portier studierte ihn, versuchte sich an ihn zu erinnern, konnte es nicht. Ein Gast, der sich eingetragen hatte, bevor er seinen Dienst angetreten hatte? So mußte es sein. Einen so stark hinkenden Mann hätte er nicht vergessen.

Der Portier drehte das Gästebuch, damit er die Seite mit den verschnörkelten Unterschriften studieren konnte. Inzwischen hatte Wood bereits die Treppe erreicht. Kaum hatte er den ersten Absatz hinter sich und konnte von der Halle aus nicht mehr gesehen werden, da begann er zwei Stufen auf einmal zu nehmen, wobei er sich am Geländer hochzog. Sein Hinken behinderte ihn nicht; es war der Motor, der ihn durch das Halbdunkel nach oben trieb.

Sie bog nach links in den von Gaslicht erhellten Korridor ein, suchte nach ihrem Schlüssel. Sie erreichte die Tür, steckte den Schlüssel ins Schloß und stellte verblüfft fest, daß er sich nicht drehen ließ.

Sie berührte die Tür, riß ihre blauen Augen auf. Unversperrt?

Er streifte die Hufnagelringe über Zeige-, Mittel- und Ringfinger seiner behandschuhten Hand und richtete sie so hin, daß die zugefeilten Köpfe der Nägel nach außen ragten. Er dachte daran, daß er fetzen und reißen, nicht schlagen mußte, denn die

Köpfe konnten sich genauso leicht durch das Handschuhleder bohren, wie sie ihr Gesicht zerfetzen würden.

Er erreichte den Treppenabsatz, sah sie an der Tür stehen. Schnell ging er auf sie zu und sagte: »Willa.«

Willa drehte sich um und sah den Mann auf sich zuhinkt kommen. Sie erkannte ihn sofort, obwohl er anders aussah – schwergewichtiger; und seine grobporige Nase war stärker gerötet. Er schwankte von einer Seite zur anderen wie eine Kinderpuppe, deren eines Bein beschädigt worden war.

Dann überfiel es sie schlagartig. Das »New Knickerbocker«. Der »Macbeth«-Dolch. Sie hatte nicht genügend Distanz zwischen sich und ihn gelegt, und sie hatte ihm ein starkes Motiv geliefert, hinter ihr herzujagen: dieses Hinken, das für einen Hauptdarsteller tödlich war. Was sie am meisten entsetzte, als er auf sie zugestürmt kam, waren seine Augen. Sie waren gnadenlos.

»Nun«, sagte Wood und hielt vor ihr an. »Meine liebe Mrs. Parker. Meine liebe Desdemona.«

»Waren Sie im Publikum?«

Er nickte, leckte sich über die Lippen. »Sie waren miserabel, das wissen Sie ja. Ich fürchte, es war Ihre letzte Hauptrolle. Wenn ich mit Ihnen fertig bin, können Sie nur noch alte Vetteln spielen.«

Sie roch seinen Brandy-Atem. Ihr erster Impuls war Flucht, doch Woods Masse und Größe schüchterten sie ein. Bewegte sie sich, so würde er sich sofort auf sie stürzen. Sie suchte den Korridor mit ihren Blicken ab.

»Nur zu«, sagte Wood amüsiert. Er hob den gelben Handschuh, über dem er, wie es aussah, einen Ring aus gebogenen Nägeln trug, die bläulichen Köpfe nach außen. »Renn doch, schrei. Bevor irgendein Gast aufwacht und uns erreicht, hängt dir das Gesicht in Fetzen herunter. Und genau so soll es auch bleiben.« Seine Hand griff nach ihrer Kehle. »Die hübsche Mrs. Parker. Jetzt ist sie gleich nicht mehr so hübsch.«

Willa warf sich gegen die Tür. Sie ging auf, und Willa stürzte rücklings in das dunkle Zimmer, das nach verstaubten Möbeln roch.

Wood schwang seine geballte rechte Hand mit den scharfen Nagelköpfen gegen ihr Gesicht. Irgendein Eindringling, ein Fremder, der sich in dem Alkoven mit dem dunklen Fenster verborgen hatte, stürzte über ihr vorbei. Sie sah ein blitzendes Auge, sah einen vielfarbigen wirbelnden Umhang. Konnte es sein? Als sie den schalen Geruch von kaltem Zigarrenrauch wahrnahm, wußte sie, daß es so war.

»Ich hörte Ihr überhebliches Gerede draußen«, sagte er. »Was wollen Sie von der jungen Dame?«

»Ein Gentleman wartet auf Sie«, hatte der Portier ihr zu sagen versucht. Ein Gentleman *wartet*. Er mußte den Portier überredet oder bestochen haben, damit er ihn mit dem Hauptschlüssel hineinließ. »Wir sind alte Freunde. Sie hat nichts dagegen.«

»Halten Sie sich raus«, tobte Wood, obwohl der Mann mit dem langen Bart in dem Flickenumhang ihn durch den Korridor bis an die Wand zurückgetrieben hatte.

»Charles«, rief sie aus dem Zimmer, »das ist Claudius Wood.«

Überrascht wandte er den Kopf. »Der Mann aus New York?«

Woods feuchte Augen traten hervor. In einem kurzen Moment hatte sich die Situation schlagartig verändert. Er wollte nur noch fliehen. Sich auf die Beine kämpfend, sagte Willa: »Ja. Er muß mich irgendwie gefunden haben und — paß auf!«

Wood schlug mit seiner rechten Faust nach dem Gesicht des Fremden. Obwohl der bärtige Mann erschöpft wirkte, war er behende und stark. Er wich dem Schlag seitlich aus, packte Woods ausgestreckten Arm und knallte dessen Faust mit voller Wucht gegen den Türrahmen. Die geschärften Nagelköpfe zerschnitten das gelbe Leder, schnitten in die Finger wie ein Messer in eine Wurst. Blut spritzte. Charles zog Wood an seinem Mantel heran und verpaßte ihm dann einen einzigen Schlag. Wood rutschte an der Wand herunter und blieb total erledigt auf dem Boden sitzen.

Der Nachtportier holte zwei Streifenpolizisten. Die Polizisten brüllten die sich im Flur drängelnden Gäste an, brachten sie zum

Schweigen, ignorierten ihre Fragen. Der jüngere Polizist legte Wood Handschellen an; den anderen führte Willa ins Wohnzimmer.

Der bärtige Mann gab seinen Namen mit Charles Main an. Noch keine hiesige Adresse. Er war erst heute abend von Westen her in die Stadt geritten.

»Und Sie sind Mrs. Parker. Meine Frau und ich, wir haben Ihre Darstellung der Desdemona sehr genossen. Es ist ein schönes Gefühl, daß die Kultur auch nach St. Louis gekommen ist«, sagte der ältere Polizist, ganz verwirrt durch die Gegenwart einer Berühmtheit. Willas Aussage über Woods Angriff und Motiv mit Charles als Zeugen genügte den Polizisten, um sich von Woods Schuld zu überzeugen. Im Flur murmelte Wood abwechselnd Obszönitäten und tobte dann wieder wie ein Kind, was die Polizisten noch als weiteren Beweis dafür werteten, daß die junge Frau und ihr bärtiger Freund die Wahrheit gesagt hatten.

»Sie werden eine eidesstattliche Aussage unterschreiben müssen, Mrs. Parker«, sagte der Polizist. »Sie ebenfalls, Sir. Aber ich bezweifle, daß Sie heute abend noch ausgehen werden, oder?«

»Und morgen nicht weiter als bis zum Theater«, sagte sie.

»Kommen Sie zum Revier, sobald es Ihnen paßt. Wir stellen den Angreifer unter Anklage und sperren ihn bis dahin ein.«

Und so löste sich die Bedrohung durch Wood in nichts auf. Die Polizisten führten ihn ab; sein eleganter Mantel war mit seinem eigenen Blut verschmiert. Charles und Willa blieben in dem verstaubten Wohnzimmer zurück. Willa war so fassungslos und so glücklich, ihn zu sehen, daß sie am liebsten geweint hätte.

»Oh, Charles«, war alles, was sie sagen konnte, ehe sie sich in seine Arme stürzte.

Sie hatte noch ein bißchen Weihnachtswhisky übrig und schenkte ihm ein Glas ein, um ihn aufzuwärmen. Sie selbst nahm auch einen Schluck; er besänftigte den Schmerz in ihrem Magen ein bißchen. Sie rollte sich auf der kleinen Couch zusammen und versuchte, ihn zum Reden zu bringen; in seinem Gesicht lag ein fremder, gehetzter Zug. »Wo bist du gewesen? Was hast du gemacht?«

»Ich habe etwas gemacht, das bewies, daß du recht hattest und ich unrecht.«

»Ich verstehe nicht. Ist dein Sohn ...?«

»Mit Gus ist alles in Ordnung. Ich muß sagen, er kennt mich kaum. Ich war drei Tage bei ihm in Leavenworth, dann bin ich hergekommen, um dich zu suchen.« Er nahm ihre Hand. »Ich war im Indianerterritorium, als Scout für Custer. Ich muß dir davon erzählen.«

Eine Stunde lang hörte sie ihm zu. Es begann zu regnen, ein peitschender Wolkenbruch, der den Nebel vertrieb. Ein seltsamer, kalter Hauch umgab Charles, dachte sie; ein Hauch der fernen Prärie und des tiefen Winters, verstärkt durch den schwachen Duft, den selbst seine stinkende Zigarre nicht überdecken konnte. Er hatte ein Bad dringend nötig, und ganz sicher mußte sein Bart geschnitten werden.

Der Whisky wärmte sie beide. Er unterbrach seine Geschichte an der Stelle, wo Custer und seine Männer die Indianer oben auf den Klippen entdeckten, nachdem sie das Dorf eingenommen hatten. Er sagte, daß er gern mit ihr schlafen würde.

Errötend sagte sie zu, doch er bemerkte ihr leichtes Zögern und runzelte die Stirn. Sie erzählte ihm, daß sie während der letzten Tage krank gewesen war und sich immer noch nicht erholt hatte. Dann müsse die Liebe eben warten, sagte er, doch seine Stimme war kalt. Sie führte ihn ins Schlafzimmer. Er zog sich aus, während sie ihr Flanellnachthemd überstreifte. Sie kletterten unter die Decke, und er legte den Arm um sie und redete weiter.

»Es war falsch von mir, hinter den Cheyenne herzujagen, einen Tod durch einen anderen auszugleichen. Schau, was es mir eingebracht hat.« Er hielt das matte Metallkreuz hoch, das an einem Lederriemen um seinen Hals hing. »Meine Rache bestand darin, einen Jungen von vierzehn oder fünfzehn Jahren zu töten. Ist das nicht eine großartige Leistung?«

Mit der Hand strich sie über seine gefurchte Stirn. »Du bist also aus der Armee ausgeschieden.«

»Für immer.«

»Und wohin willst du?«

»Ich sagte es dir schon, zu meinem Sohn. Und zu dir.«

»Und was nun?«

»Willa, ich weiß es nicht. Als ich das letzte Mal den Washita durchquerte, sagte ich mir, daß es für mich keinen Platz mehr gibt.«

»Ich werde einen finden.« Sie drückte sich an ihn, strich mit der Hand durch das Gestrüpp seines Bartes. »Ich werde einen Platz für uns beide finden, wenn du mich nur läßt. Willst du?«

»Ich liebe dich, Willa. Ich will bei dir und meinem Jungen sein. Das ist alles, was ich will. Ich bin mir nur nicht sicher ...« Sein trostloser Blick zeigte den schrecklichen Zweifel. »Ich glaube nur, daß nicht einmal du einen Platz finden kannst. Ich weiß nicht, ob es irgendeinen Platz auf dieser Welt gibt, wo ich hingehöre.«

55

Zwei Tage später bereitete Maureen in der kleinen Küche des Brigadequartiers Biskuitteig. Während der Nacht hatte der Wind gedreht, die Wolken vom Himmel gefegt und ihnen warme, südliche Luft beschert. In dem kleinen Garten unter dem Fenster spiegelte sich die Sonne in Tümpeln geschmolzenen Schnees. Maureen hatte die Tür geöffnet, um von der frischen Brise die schalen Gerüche des Winters hinausblasen zu lassen.

Das Tauwetter im Januar ließ ihre Stimmung für gewöhnlich steigen. Heute morgen fühlte sie sich immer noch elend. Sie fühlte sich so, seit Mr. Charles vor einer Woche praktisch aus dem Nichts aufgetaucht war und verkündet hatte, daß mit dem Armeeleben Schluß war. Er hatte erklärt, daß er diese Schauspielerin in St. Louis heiraten wollte, falls sie ihn nahm, und sich dann fest niederlassen werde, um den kleinen Gus aufzuziehen. Maureen hörte den Jungen mit den Klötzchen spielen, die ihm Duncan zurechtgesägt hatte.

Maureen konnte Charles nicht verbieten, daß er seinen Sohn zu sich nahm, auch wenn sie alles an dem Mann mißbilligte, angefangen von seiner ordinären Kleidung bis zu seinen Zigarren, seinem Jähzorn, seiner unberechenbaren Art und Weise. Eine Minute hier, in der nächsten Minute schon wieder weg. Drei Nächte war er geblieben, dann war er zu dieser Schauspielerin geritten.

Nein, sie konnte sich Charles nicht in den Weg stellen; er war der Vater des Kindes. Andererseits hatte Maureen stets gehofft, ja sogar fest damit gerechnet, daß die Erziehung des kleinen Gus ihr zufallen würde, da Charles dafür zu wild und rastlos war. Jetzt war er zurückgekommen und wollte das Gegenteil beweisen.

Hatte er erst den Jungen zu sich genommen, dann würde ihr Traum, der Brigadier könnte ihre Beziehung durch einen Heiratsantrag legalisieren, nie Wirklichkeit werden. Fast schon hatte sie sich zu dem Entschluß durchgerungen, Jack Ford zu heiraten, einen weißhaarigen Quartiermeister-Sergeant. Ford, ein irischer Witwer, liebte das Leben bei der Kavallerie, behauptete aber, sie fast ebenso zu lieben. Sie liebte ihn nicht, doch wenn sie ihn heiratete, würde in ihr Leben zumindest eine gewisse Sicherheit kommen.

Sie erwartete den Brigadier, der sich wieder auf einer seiner Zahltouren durch die Forts von Kansas befand, gegen Anbruch der Nacht zurück. Sie freute sich darauf. Sie liebte ihn, obwohl er nie ein diesbezügliches Wort sagte; wahrscheinlich kam ihm das in Verbindung mit ihr gar nicht in den Sinn. Sie schnitt die Biskuits fertig und legte sie in Reihen auf das Eisenblech, um sie dann nach Sonnenuntergang in den Ofen zu schieben; die Wärme des Ofens würde die Kälte aus den schäbigen Zimmern vertreiben.

Sie glaubte, ganz in der Nähe einen Wagen zu hören. Sie sah zum Fenster hinaus, konnte aber nichts entdecken. Auf dem Fenstersims lag ein unhandlicher Allen-Revolver mit sechs Läufen, den Duncan ihr kurz nach ihrer Ankunft in Kansas gekauft hatte. Der Allen stammte aus den vierziger Jahren, genügte aber für seinen Zweck. Bei einem Indianerangriff und drohender Vergewaltigung erwartete man von einer Frau, daß sie sich selbst eine Kugel gab. Die Wahrscheinlichkeit, daß die Cheyenne oder die Sioux einen so zivilisierten Posten wie Leavenworth überfallen würden, war geradezu lächerlich gering, doch der Brauch hielt sich hartnäckig; die meisten Armeefrauen hatten irgendwo eine geladene Waffe liegen.

Sie hörte ein Geräusch hinter sich. Gus war da. Sein Anblick, der ihr bald verwehrt bleiben würde, machte sie nur noch trauriger.

Charles' Sohn war jetzt vier. Bis auf die warmen, braunen Augen besaß der kräftige Junge keinerlei Ähnlichkeit mit seinem Vater. Es waren eindeutig die Augen von Charles Main, doch sein Gesicht war eckiger. Das mußte Gus von seiner Mutter, der Nichte des Brigadiers, mitbekommen haben, zusammen mit dem dunkelblonden Haar, das eine Haube dichter Locken bildete.

Gus war ein fröhliches Kind; allerdings hatte er Angst vor seinem Vater, was Maureens Abneigung gegen Charles' Rückkehr noch vergrößerte. Er besaß eine schnelle Auffassung. Maureen las ihm jeden Abend vor. Die meisten Buchstaben kannte er bereits.

»Reeny!« Das war sein Name für sie, abgeleitet von seinen ersten Versuchen, Maureen zu sagen. »Ich will raus und spielen.«

»Bist du auch warm genug angezogen?« Er nickte. »Also gut. Aber bleib im Garten, wo ich dich sehen kann. Paß auf die Indianer auf.«

»Gibt keine Indianer, bis auf die alten, fetten Indianer, die rumsitzen.«

»Man kann nie wissen, Gus. Halt vorsichtshalber die Augen offen.«

Er seufzte nachsichtig und holte hinter der Tür sein Besenstielpferd hervor, das Duncan ihm vor einem Jahr zu Weihnachten gebastelt hatte. Das Pferd war goldfarben mit weißer Mähne. Die aufgemalten Augen des geschnitzten Kopfes hatte Duncan erstaunlich realistisch hinbekommen.

Gus packte das Seil, das als Zügel diente, und galoppierte bald schon neben dem kleinen Garten auf und ab, wobei er dem Besen mit einer imaginären Peitsche eins überzog und dann mit der gleichen Hand mit ausgestrecktem Zeigefinger wild um sich schoß. Maureen beobachtete den im Sonnenschein herumtobenden Jungen, und ihr wurde noch trauriger zumute. Er hatte sie so glücklich gemacht.

Sie ging in ihr Zimmer, um sich für fünf Minuten niederzulegen. Vielleicht fühlte sie sich so, weil bei ihr die Wechseljahre einsetzten; sie war keine junge Frau mehr. In ihrem Haar schimmerte es grau. Sie war sehr müde. Aus den fünf Minuten wurden fünfzehn.

Gus hatte ungefähr drei Dutzend wilde Indianer niedergemetzelt, als der Wagen knirschend hinter dem letzten Gebäude in einer Reihe identischer Häuser auftauchte. Der Hausierer wickelte die Zügel um den Bremshebel, schaute sich um, als suchte er Kundschaft, und kletterte dann vom Kutschbock.

Little Gus stand da und beobachtete ihn. Das plötzliche Auftauchen des Wagens hatte ihn ein bißchen erschreckt. Obwohl die Seite des Wagens nicht beschriftet war, wußte er, daß er einem Hausierer gehörte, da einige Blechtöpfe und Kessel am Fahrersitz baumelten. Jetzt war er mehr neugierig als verängstigt, denn der grinsende Hausierer mit dem Zylinderhut hatte einen eleganten Stock mit einem großen, im Sonnenschein glänzenden Goldknauf bei sich. Außerdem glitzerte noch etwas am linken Ohr des Hausierers. Es erinnerte Gus an ähnliche Verzierungen, die er an den Ohren der Offiziersfrauen gesehen hatte. Bei einem Mann hatte er so was noch nie gesehen.

Auf seinen Stock gestützt, kam der Hausierer auf den Jungen zu. Im Vorbeigehen schaute er bei jedem Haus ins rückwärtige Fenster, als wäre er weiterhin auf der Suche nach Damen, denen er seine Blechtöpfe verkaufen könnte. Die linke Schulter des Mannes hing etwas tiefer als seine rechte.

»Guten Morgen, mein Junge. Ich bin Mr. Dayton, Lieferant von Haushaltswaren. Wie heißt du?«

»Gus Main.«

»Ist deine Mutter im Haus?«

»Hab' keine Mutter. Reeny paßt auf mich auf.« Er rannte die Stufen hoch und spähte durch die Tür. Er konnte Maureen weder sehen noch hören. »Weiß nicht, wo sie ist. Sie hat Biskuits gemacht.«

Er blieb auf der untersten Stufe stehen. Ein schaler, übler Geruch umgab den Hausierer, und etwas in seinen Augen verstörte Gus; er wußte selbst nicht, warum. Der Hausierer starrte ihn weiter an und rieb dabei den Goldknauf seines Stockes. Gus schluckte, krampfhaft überlegend, was er sagen konnte.

Plötzlich deutete er auf den Kopf des Hausierers: »Was ist das?«

Der Hausierer strich über den Ohrring. »Oh, bloß ein kleines Geschenk von jemandem, der mir was schuldete. Möchtest du mein Maultier streicheln? Ist ein braves altes Muli. Er mag's, wenn man ihm die Ohren krault.«

Gus schüttelte den Kopf; mit diesem aufdringlichen Mann wollte er nichts zu tun haben. »Ich glaube nicht.«

»Oh, komm schon, streichle ihn, er ist ganz scharf darauf.« Ohne Vorwarnung packte der Hausierer seine Hand, so fest, daß Gus sofort wußte, daß irgendwas nicht stimmte.

»Gus, wer ist da draußen bei dir?« Es war Maureen. Die Stimme des Hausierers hatte sie aus ihrem Zimmer getrieben. Sie machte die Tür auf; der Anblick, der sich ihr bot, erschreckte sie, ohne daß sie wußte, warum. Vielleicht lag es an den Augen des Fremden. Glänzend wie die des tollwütigen Hundes, den sie einmal gesehen hatte. In seinem schmierigen, alten Frack sah er alles andere als respektabel aus. Er umklammerte Gus' Handgelenk so fest, daß die Finger ganz weiß wurden.

»Wer immer Sie sind, Sie lassen jetzt besser den Jungen los«, sagte sie und kam die Stufen herunter. Mit einem gewaltigen Grunzer hob der Mann seinen Stock und schlug ihn ihr über den Kopf.

Lautlos kippte Maureen in die Küche zurück. Der Hausierer riß Gus hoch, klemmte ihn sich unter den Arm und hielt ihm mit der linken Hand den Mund zu. Der Junge war stark und trat um sich und versuchte zu schreien. Der Hausierer hatte kaum die Zeit, mit seinem Stock etwas in den Boden zu kratzen.

Durch schlammige Gartenbeete hinkte der Hausierer zurück zu seinem Wagen. Ganz plötzlich war er nicht mehr so zuversichtlich, daß sein Plan funktionieren würde, der auf zwei Grundpfeilern basierte: Überraschung und Terror.

Nachdem er über das Hauptquartier erst Charles und dann dessen Kind aufgespürt hatte – verblüfft hatte er festgestellt, daß sich der Junge im gleichen Militärposten befand, wo er mit seinen Nachforschungen begonnen hatte –, war er darangegangen, einige sorgfältige Beobachtungen anzustellen. Während der letzten beiden Tage hatte er alle Bewegungen in und um die Offiziersquartiere herum verfolgt.

Das war nicht schwer gewesen. Zivilisten konnten sich in Fort Leavenworth relativ frei bewegen. Es war ihm leichtgefallen, den Wachposten bei seiner ersten Ankunft hier davon zu überzeugen, daß er ein Hausierer war. Er sah aus wie ein Hausierer, was er auch beabsichtigt hatte, als er mit dem Geld des toten Farmerpaares aus Iowa den Wagen kaufte und ausrüstete.

Lange Zeit hatte er gegeneinander abgewogen, ob die Nacht günstiger war als der Tag. Nachts befanden sich zu viele Offiziere in ihren Quartieren, während er es am Morgen lediglich mit Frauen zu tun hatte. Natürlich kam bei Tageslicht das zusätzliche Risiko einer Entdeckung hinzu, doch Überraschung und Schock verlangsamten häufig die Reaktionen der Leute. Und so hatte er tollkühn das Tageslicht gewählt, ein Handstreich, würdig des amerikanischen Bonaparte.

Jetzt fühlte er sich nicht mehr so sicher. Der Junge versuchte ihn in die Hand zu beißen. Der Hausierer preßte fester, bis die unterdrückten Laute des Jungen Schmerz erkennen ließen. »Ich breche dir das Genick, wenn du nicht ruhig bist«, flüsterte der Hausierer.

Im vorletzten Haus der Reihe schaute das runde, gerötete Gesicht einer alten Frau zum Küchenfenster hinaus. Erstaunen zeichnete sich darin ab. Die Frau rannte zur Tür. »Was machen Sie da mit dem Jungen des Brigadiers?«

Mittlerweile kletterte der Hausierer auf seinen Wagen. Er schleuderte den Jungen nach hinten und wickelte ihm einen langen Fetzen um Kopf und Mund, gerade ausreichend, um ihn stillzuhalten, bis sie den Posten verlassen hatten.

Besonders schwierig war es, das Maultier in einem normalen, gleichmäßigen Schritt laufen zu lassen. Hinter sich hörte er die

Frau etwas rufen; er verließ sich darauf, daß sie zuerst zu Duncans Haus laufen würde, um Maureen zu alarmieren.

Ein Trupp junger Kavalleristen trottete in entgegengesetzter Richtung vorbei; ihr Drill-Sergeant beschimpfte sie wegen ihrer Schlampigkeit. Der Hausierer hörte seinen Gefangenen hinter dem Kutschbock treten und stöhnen. Er packte seinen Stock, drehte sich um und schlug dem Jungen zweimal den Goldknauf gegen den Kopf. Beim zweitenmal sackte der Junge schlaff zusammen.

Der Hausierer vergewisserte sich, daß der Junge noch atmete, dann wischte er einen Blutfleck von dem Knauf und trieb das Maultier auf das Wachhäuschen am Tor zu.

Dreißig Sekunden später war er durch. Kurz darauf überholte der Wagen drei Ochsenkarren, die Holz nach Leavenworth City transportierten. Der Wagen des Hausierers zog flott an ihnen vorbei und verschwand vor ihnen.

Charles beobachtete die tickende Uhr. Halb elf. Willa hatte versprochen, um elf Uhr fünfzehn vom Theater zurück zu sein, also blieb ihm noch Zeit, etwas im »St. Louis Democrat« zu lesen.

In der Zeitung war ein erstaunlicher Brief abgedruckt, geschrieben von einem Captain Fred Benteen von der H-Kompanie. In dem Brief wurde Custer praktisch beschuldigt, Major Elliott und seine Abteilung an jenem Tag Ende November gleichgültig seinem Schicksal überlassen zu haben. Nachdem ein Suchtrupp auf feindliches Feuer gestoßen war, hatte Custer kein weiteres Ersatzkommando mehr losgeschickt, sondern sich nur noch darum gekümmert, sich vor den Indianern oben auf den Klippen in Sicherheit zu bringen. So, wie Charles ihn gehört hatte, war Custers Plan auch ausgeführt worden. Ein Marsch flußabwärts mit spielender Kapelle hatte die Indianer davon überzeugt, daß die noch verbleibenden Dörfer angegriffen werden sollten. Die Indianer verteilten sich, um ihre jeweiligen Dörfer zu verteidigen. Custer machte auf dem Absatz kehrt und entkam sicher im Schutze der Dunkelheit. Elliotts Leiche und die Leichen der sechzehn gefallenen Soldaten blieben zurück.

Über die Zahl der toten Indianer am Washita herrschte völlige

Unklarheit. Custer behauptete, es handle sich um hundertvierzig, lauter männliche Erwachsene, die auf dem Schlachtfeld gezählt worden waren. Charles hatte nichts von einer derartigen Zählung bemerkt, solange er dort gewesen war. Spätere Berichte, die auf Angaben der »Scouts« zurückgingen, schraubten die Gesamtsumme auf zwanzig bis vierzig Männer zurück, Schwarzer Kessel eingeschlossen, sowie eine ebenso große Anzahl von Frauen und Kindern. Charles glaubte mehr den niedrigeren Zahlen; General Sully hatte erst kürzlich zugegeben, daß Präriekommandeure für gewöhnlich die Anzahl der getöteten Wilden aufbliesen, um ihre militärischen Fähigkeiten unter Beweis zu stellen und den Blutdurst der breiten Öffentlichkeit zu befriedigen.

Anfang Dezember waren General Sheridan und Custer an den Washita zurückgekehrt, wo sie die Leichen von Elliott und seinen Männern entdeckt hatten. Elliott lag mit dem Gesicht nach unten, zwei Kugeln im Kopf. Die anderen, alle entkleidet, waren verstümmelt worden; einigen hatte man die Kehle durchgeschnitten, anderen den Kopf abgeschlagen.

Und hier spottete Benteen mit bittern Worten über Custers Flucht; Custer, dem die Osage-Scouts den neuen Namen Kriechender Panther gegeben hatten; Custer, den die Friedenstauben als einen »weiteren Chivington« geißelten – und das nicht ohne Berechtigung, dachte Charles. Er betastete das Messingkreuz, das er trug, um nicht zu vergessen, wozu ein Mann fähig war, der ohne Mitleid, Menschlichkeit und Vernunft lebte.

Er konnte allerdings nicht glauben, daß Benteen den Brief für die Öffentlichkeit geschrieben hatte. Fred Benteen haßte Custer, aber er war ein erfahrener Offizier, der die Regeln kannte. Charles war überzeugt davon, daß die Zeitung auf irgendeine ungewöhnliche Weise in den Besitz des Briefes gekommen war. Die Befriedigung, die er dabei empfand, Benteens Anschuldigungen gedruckt zu sehen, beunruhigte ihn.

Er hörte Schritte im Hotelflur und neigte den Kopf. Zehn Uhr vierzig. Zu früh für Willa.

Sie stürzte ins Zimmer, das Gesicht noch voller Make-up. Er warf die Zeitung beiseite. »Was ist passiert, Willa?«

»Das kam ins Theater, für dich. Jemand schob es Sam auf der Bühne zu, und er stoppte die Vorstellung. Ließ den Vorhang runter.«

»Warum?« Es verwunderte Charles, daß eine telegraphische Nachricht einen derartigen Wirbel verursachen konnte.

»Lies es«, flüsterte Willa. »Lies es einfach nur.«

DEIN JUNGE GESTERN MIT GEWALT ENTFÜHRT.
ENTFÜHRER VON MAUREEN GESEHEN,
KONNTE IHN NICHT AUFHALTEN.
ER KRATZTE EIN WORT IN DEN BODEN, B-E-N-T.
IST DAS NICHT DER MANN, DEN DU ERWÄHNT HAST?
BEHÖRDEN IN LEAVENWORTH CITY HABEN IHN NICHT ERWISCHT.
KOMME SOFORT.
DUNCAN

Charles mußte es dreimal lesen, um es glauben zu können. Willa wirkte tief betroffen; sie beobachtete, wie die Skepsis von seinem Gesicht abbröckelte und einem erschreckenden Ausdruck Platz machte.

Vom Washita aus auf dem Weg nach Norden hatte Charles gedacht, daß er nun am Anfang einer langen, mühsamen Kletterei zurück aus dem Schlund der Hölle stand. Jetzt wußte er, daß er seine Klettertour falsch eingeschätzt hatte. Der Washita war nicht die Hölle gewesen, sondern lediglich die Pforte zur Hölle; Sharpsburg war nicht die Pforte zur Hölle gewesen, ebensowenig wie Northern Virginia, sondern nur die Zufahrtsstraße zur Hölle.

In seinem Kopf wirbelte alles durcheinander. Gedanken an Bents Haß, Gus Barclays Tod, an sein Versagen als Vater.

Wäre ich nur bei ihm gewesen.

Er starrte auf die Nachricht in seiner Hand. Er wußte, wie die Hölle aussah. Er war da.

Sechstes Buch

Der Weg in die ewigen Jagdgründe

*Du und ich, wir gehen heute beide heim auf einem Weg,
den wir nicht kennen.*

CROW-SCOUT ZU GENERAL CUSTER
kurz vor Little Big Horn
1876

56

Charles zog Satans Sattelgurt an. Der Schecke stampfte und warf den Kopf hoch. Er war ausgeruht und voller Tatendrang.

»Leb wohl, Willa.«

Zitternd in einen Schal gehüllt – das Januartauwetter war vorüber – war sie mit ihm durch die nächtlichen Straßen zum Stall gegangen. Eine Hure und deren Kunde, fast so betrunken, daß er nicht mehr stehen konnte, waren die einzigen menschlichen Wesen, die sie gesehen hatten. Eine Laterne brannte neben der Stalltür. Vom Fluß her stieg schwerer, kalter Bodennebel auf.

»Wie lange wirst du weg sein?« fragte sie.

»Bis ich meinen Jungen gefunden habe.«

»Du sagtest, sie hätten bereits die Spur von dem Entführer verloren. Es kann sehr lange dauern.«

»Das ist mir egal. Ich finde ihn, und wenn es fünf Jahre dauert. Oder zehn.«

Sie wäre beinahe in Tränen ausgebrochen, als sie sah, wie sehr er litt. Sie stellte sich auf die Zehenspitzen und küßte ihn, so fest sie konnte; sie umklammerte seine Arme durch den Zigeunermantel hindurch, als könnte sie ihm so Kraft schenken. Er konnte sie gebrauchen. Unausgesprochen hing die Möglichkeit in der Luft, daß Bent mit dem Jungen bereits das getan hatte, was er mit George Hazards Frau gemacht hatte.

»Komm zu mir zurück, Charles. Ich werde einen Platz für uns finden.«

Er antwortete nicht, sondern schwang sich in den Sattel und schaute sie einen Moment lang auf eine seltsame, traurige Art und Weise an. Mit seiner linken Hand berührte er ihre Wange. Dann drückte er Satan die Absätze in die Flanken, und Mann und Pferd schossen aus dem Stall in Nebel und Dunkelheit hinein und waren verschwunden. Mit leerem Blick starrte sie ihnen nach.

Sie blies die Laterne aus, schloß das Tor und ging die acht Blocks zu ihrem Hotel zurück, ohne auf mögliche Gefahren zu achten. Ein Gedanke kreiste in ihrem Kopf, wie eine dieser Dialogzeilen, über die ein Schauspieler endlos nachdachte, weil sie so schwierig zu sprechen oder zu interpretieren waren.

Warum hatte er nicht gesagt, daß er zurückkommen würde?

Schuldgefühle und ein Nervenzusammenbruch hatten Maureen ins Bett gezwungen. Eine Opiumtinktur hielt sie in einem benebelten Zustand. Charles konnte sie durch die offene Tür sehen, während er Rühreier mit einem Biskuit in sich hineinschaufelte. Duncan, der Uniformhosen mit Hosenträgern über einem langen Unterhemd trug, hatte die Rühreier zu lange auf dem Herd gelassen, so daß sie eine braune Kruste bekommen hatten. Charles bemerkte es gar nicht.

Sie waren die Geschichte unzählige Male durchgegangen, aber Duncan schien entschlossen, es noch einmal zu tun, als suche er immer noch nach einer Erklärung.

»Nur ein Verrückter kann auf die Idee kommen, ein Kind am helllichten Tag aus einem belebten Militärposten zu entführen.«

»Ich sagte dir ja schon, genau das ist er. Damals in Camp Cooper machten die anderen Offiziere der Zweiten Kavallerie Witze darüber, daß Bent sich für einen neuen Napoleon hält. Haben Napoleons Feinde ihn nicht ebenfalls als verrückt bezeichnet? Als Teufel? Ein gewöhnlicher Mann würde und könnte nicht tun, was er getan hat. Ich unterschätze ihn nicht.«

Duncan spannte seinen Hosenträger mit dem linken Daumen. Das graue Haar fiel ihm in die Stirn. Er wandte sich dem Schlafzimmer zu; Maureen hatte in ihrem unruhigen Schlaf aufgeschrien. Es war wenige Minuten vor Mitternacht.

»Ich muß schon sagen, du nimmst das alles recht gelassen.« Duncan war erschöpft, was seine Stimme schärfer als beabsichtigt klingen ließ. »Es geht um deinen Sohn, nicht um irgendeine befestigte Hügelstellung, die verlorengegangen ist.«

Charles riß an der Unterseite des Tisches ein Streichholz an und hielt es an den Zigarrenstummel zwischen seinen Zähnen. »Was soll ich deiner Meinung nach tun, Jack? Herumtoben? Das hilft mir nicht bei der Suche nach Gus.«

»Du hast wirklich vor, Bent selber aufzuspüren?«

»Glaubst du, ich sitze hier rum und warte darauf, daß er mir einen Brief schreibt und mitteilt, was er Gus angetan hat? Ich glaube, er will so viele Hazards und Mains leiden lassen, wie er nur kann. Ich muß ihn finden.«

»Wie? Er kann sich auf Tausenden von Quadratmeilen verstecken.«

»Ich weiß nicht, wie ich es anstellen werde — ich werde es schaffen.«

»Ich glaube, es ist einfach nur vernünftig, die — die Möglichkeit in Erwägung zu ziehen, daß Bent vielleicht bereits . . .«

»Sei still, Jack.« Charles war weiß. »Ich weigere mich, an diese Möglichkeit auch nur zu denken. Gus lebt.«

Duncans Blick irrte ab, voller Elend, voller Zweifel.

»Ja, er hat mir den Wagen und das Maultier verkauft«, sagte Steinfeld, ein lebhafter kleiner Mann, dem einer der Mietställe in Leavenworth City gehörte. »Das heißt, nach einigem Gefeilsche einigten wir uns auf ein Tauschgeschäft. Zwei Pferde, Kavallerieersatz, aber stark und ausdauernd, gegen seinen Wagen und sein erschöpftes Maultier. Die Blechtöpfe gab er noch dazu. Ich habe sie meiner Frau geschenkt. Er hatte nicht viel, nur das, was am Kutschbock hing.«

»Ich nehme an, mehr brauchte er auch nicht«, sagte Charles. »War der Junge bei ihm?« Steinfeld nickte. »Was haben Sie sonst noch bemerkt?«

»Er war sehr höflich. Ein gebildeter Mann. Er schien irgendwie schief zu sein.« Steinfeld senkte leicht seine linke Schulter. »Das heißt verkrüppelt. Vielleicht eine Kriegsverletzung? Außerdem fiel mir sein umfassender Wortschatz auf und der Perlenohrring, den er trug. Sehr eigenartig für einen Mann, solch einen Schmuck zu tragen, finden Sie nicht auch?«

»Nicht, wenn er Sie damit von anderen Dingen ablenken wollte. Ich danke Ihnen, Mr. Steinfeld.«

Steinfeld trat einen Schritt zurück, fort von einem Zorn, der so kalt war, daß er zu brennen schien.

Von Steinfeld kaufte Charles ein Ersatzpferd, eine rotbraune Fuchsstute, drei Jahre alt. Steinfeld versicherte, daß sie die nötige Ausdauer für lange Ritte besitze.

Charles packte Lebensmittel und Munition zusammen und verließ Leavenworth in einem heftigen Schneesturm. Er schlug die logische Richtung nach Westen ein und stoppte in Secondine, Tiblow, Fall Leaf, Lawrence. Überall stellte er Fragen. Bent war gesichtet worden, doch niemand hatte den Ohrring bemerkt. Zwei Leute erinnerten sich an einen Jungen mit lockigem, dunkelblondem Haar. Ein Cafébesitzer in Lawrence, der Bent ein Büffelsteak serviert hatte, sagte, der Junge habe erschöpft ausgesehen und kein Wort gesprochen. Er habe auch nichts gegessen; das heißt, Bent habe ihm nichts gegeben.

Charles, der abwechselnd Satan und die Fuchsstute ritt, stieß durch die von dem Sturm zurückgelassenen Schneewehen weiter nach Westen vor. Er überholte einen Zug mit Schneepflug, der zu beiden Seiten der Lokomotive gewaltige weiße Fächer aufschleuderte. Buck Creek, Grantville, Topeka, Silver Lade, St. Mary's.

Nichts.

Wamego, St. George, Manhatten, Junction City.

Nichts.

Doch in Junction City hörte er, daß Colonel Grierson in Fort Riley überwinterte. Abteilungen des Zehnten Regiments verteilten sich auf Städte und Dörfer entlang der Eisenbahnlinie, die sich nun über mehr als vierhundert Meilen bis nach Sheridan hinzog, einem winzigen Örtchen nahe der Grenze zu Colorado. Im Spätsommer waren die Arbeiten eingestellt worden; alle Arbeiter waren ausbezahlt und entlassen worden, bis die Bahnlinie eine Geldinfusion in Form einer neuen Regierungssubvention erhielt. Aller Ruhm und Glanz konzentrierte sich nun auf die Union Pacific und die Central Pacific, die irgendwo westlich von Denver aufeinanderstoßen würden, sobald sich das Wetter gebessert hatte.

Charles ritt weiter. Der Schnee ging in Eisregen und dann in Regen über. Er schlief unter freiem Himmel oder in der Ecke eines Stalles, wenn er nichts dafür bezahlen mußte. Kansas Falls, Chapman Creek, Detroit, Abilene. Die Viehstadt hatte im Winter so gut wie dichtgemacht, doch stieß er dort wieder auf die Fährte. Ein Mann, auf den Bents Beschreibung paßte, hatte in Asher's General Store Mehl, Speck und Zwieback gekauft.

Asher war zufällig auch noch gelegentlich Hilfssheriff. Ein Bericht über die Entführung war an jeden Sheriff im Staat durchgegeben worden. Als Asher Bent bedient hatte, war von einem Kind nichts zu sehen gewesen, doch Bent war ihm entsprechend der Beschreibung sofort aufgefallen. Asher hatte seinen Revolver unter dem Ladentisch hervorgeholt und ihn verhaftet. Bent hatte die Hände gehoben. Als Asher hinter dem Ladentisch hervortrat, packte Bent einen Spaten und schlug ihm die Schaufel über den Kopf. Die einzigen anderen Leute im Laden waren zwei schachspielende Männer, die nicht reagierten. Bent war hinausgerannt und in Abilene nicht mehr gesehen worden.

»Knappe Sache«, sagte Asher zu Charles.

»Knapp ist nicht gut genug. Niemand hat meinen Jungen gesehen?« Asher schüttelte den Kopf.

Solomon, Donmeyer, Salina, Bavaria, Brookville, Rockville, Elm Creek. Wenn er ungeduldig wurde, brauchte Charles nur daran zu denken, was er zu Beginn dieses Rittes beschlossen hatte. Es war besser, langsam und methodisch vorzugehen und Bent zu erwischen, als in der Eile etwas zu übersehen und ihn so zu verlieren.

Aber auch so schaffte er es selten, mehr als zwei Stunden pro Nacht zu schlafen. Entweder die Nerven rissen ihn aus dem Schlaf oder dann Alpträume oder das brodelnde Fieber, das die häufige Unterkühlung mit sich gebracht hatte. Bald schon zitterte er am ganzen Leib und stolperte wie ein Halbtoter durch die Gegend; sein bis auf Brustmitte gewachsener Bart war voll von Zwiebackkrümeln und winzigen Fetzen der grünen Außenblätter seiner billigen Zigarren. Seine Augen schienen in seinem Schädel verschwunden zu sein und hatten statt dessen nur die Illusion von zwei dunklen Löchern zurückgelassen. Er roch so übel und sah so schlimm aus, daß anständige Leute ihm in den Städten, die er besuchte, um seine Fragen zu stellen, aus dem Weg gingen.

Und immer wieder die gleichen Antworten, die ihn langsam wahnsinnig machten.

»Nein, niemand, auf den die Beschreibung paßt, ist hier durchgekommen.«

»Nein, hab' ich nicht gesehen.«

»Nein, tut mir leid.«

Es war Anfang März, als er nach Ellsworth kam. Dort nahm er die Fährte wieder auf, als wäre es ihm vorbestimmt.

»Er hat hier übernachtet, ebenso wie sein Neffe, ein hübsches Kind, aber vollkommen erschöpft und halb krank, das kleine Lämmchen.« Sie war eine gewaltige, warmherzige Frau mit großen rosa Schinken als Unterarme, freundlichen Augen und dem Akzent der English Midlands. »Ich habe ihnen mein kleinstes Zimmer gegeben, und am nächsten Morgen hat er zusammen mit meinen Pensionsgästen gefrühstückt. Ich erinnere mich daran, weil er unhöflicherweise seinen Zylinder am Tisch aufbehielt. Er wiederholte mehrmals, daß er ins Indianerterritorium gehen würde. Der Junge blieb oben. Der Mann sagte, er sei zu krank, um was zu essen, aber er sah mir nicht danach aus. Der Mann kam mir reichlich komisch vor. Ich hatte das Gefühl, er wolle auffallen. Ein paar Stunden nach seinem Aufbruch bin ich zum Marshal gegangen, und der Marshal sagte mir, der Mann werde gesucht, weil er den Jungen entführt hat. Der verdammte Bösewicht!«

Ein Junge, den Charles am Fluß traf, bestätigte ihre Geschichte. Charles ritt weitere zwanzig Meilen nach Süden, bevor er anhielt. Er blieb auf der Fuchsstute sitzen, in der Mitte eines kleinen Baches, der wegen der Schneeschmelze über seine Ufer getreten war. Die Pferde tranken durstig. Es regnete leicht; weit im Westen tauchte blauer Himmel zwischen den Wolken auf.

Charles dachte über die Situation nach. Jenseits des Cimarron, wo das Indianerterritorium begann, lagen Tausende von

Quadratmeilen unerforschter Wildnis. Ein Mann riskierte sein Leben, wenn er sich allein da hineinwagte. Ein weiterer Beweis für Bents Wahnsinn, daß er da mit einem Kind eindringen wollte.

Natürlich konnte Bent in der Pension seine Geschichte auch nur aus Gründen der Täuschung erzählt haben. Vielleicht hatte er den Smoky Hill überquert und war dann gleich wieder zurückgekehrt. Aber irgendwie glaubte Charles das nicht. Bent hätte gleich nach Verlassen von Leavenworth untertauchen können, wenn er das vorgehabt hätte. Statt dessen hatte er stets gerade genug Spuren hinterlassen, um Charles auf seiner Fährte zu halten.

Vielleicht hatte Bent in Ellsworth mit seinem Ziel in der Annahme geprahlt, Charles würde jede weitere Verfolgung als zu gefährlich aufgeben. Vielleicht hatte Bent den Faden nur deshalb so lange abgespult, um ihn jetzt zu durchschneiden und lachend davonzureiten. Wenn er damit rechnete, dann hatte er sich getäuscht. Charles würde weiterreiten.

Allerdings nicht allein.

»Vergeltung auf Kosten eines Kindes?« sagte Benjamin Grierson. »Das ist unvorstellbar.«

»Das paßt genau zu Bent.« Charles saß auf einem harten Stuhl im Büro des Hauptquartiers des Zehnten Regiments in Fort Riley. Alle Knochen taten ihm weh. Er war zu krank, um viel mehr als eine leichte Sentimentalität über diese Art von Heimkehr zu empfinden.

Colonel Grierson sah hagerer und grauer aus; die Anstrengungen des Präriedienstes machten sich bemerkbar. Doch Charles war noch nicht ganz eingetreten, da hatte er schon gesagt, daß das Regiment seine Erwartungen erfüllt und sogar übertroffen hatte. Jetzt sagte er: »Was für Hilfe benötigen Sie? Jeder Mann in Barnes Truppe würde gern für Sie eintreten wegen dem, was man mit Ihnen gemacht hat. Ich ebenfalls. Wir haben nicht so viele gute Offiziere. Sie waren einer der besten.«

»Danke, Colonel.«

»Sie haben von Präsident Johnsons Weihnachtsamnestie gehört? Sie sind jetzt kein Rebell mehr, Charlie. Sie könnten zurückkommen.«

»Niemals.«

Darin lag eine derart grimmige Endgültigkeit, daß Grierson sofort sagte: »Also, was für Hilfe brauchen Sie?«

»Zwei Männer, die bereit sind, mir beim Spurensuchen zu helfen. Um fair zu sein, Colonel, ich würde mit ihnen nach Süden gehen.«

»Wie weit? Südlich vom Arkansas?«

»Falls Bent dahin geht.«

»Bei Medicine Lodge hat die Regierung versprochen, unautorisierte weiße Personen vom Territorium fernzuhalten. Wilde Landvermesser, Whiskyhändler — die Armee sorgt dafür, daß dieses Versprechen eingehalten wird.«

»Ich weiß. Dieses Verbot könnte der Grund sein, daß Bent sich im Territorium verstecken möchte.«

»Sie sind auf sich allein gestellt, wenn Sie dort erwischt werden.«

»Selbstverständlich.«

»Wen immer Sie mitnehmen, Sie müssen ihnen zuerst sagen, wohin Sie gehen.«

»Einverstanden.«

»Sind Sie sicher, daß Bent dort ist?«

»So sicher man bei einem Mann mit derart verrückten Impulsen sein kann. Ich vermute, daß Bent sich bei den Cheyenne und Arapahoe und den abtrünnigen Händlern verstecken will, weil sich dort niemand um ihn kümmert, außer sie bringen ihn um.«

»Was durchaus der Fall sein kann. Eure verfluchte Expedition zum Washita hat alles in Aufruhr versetzt. Sheridan hat den ganzen Winter daran gearbeitet, die Stämme so weit einzuschüchtern, daß sie vor der Regierung kapitulieren. Jetzt hat er die eine Hälfte der Indianer soweit, daß sie am Verhungern sind und auf seine Bedingungen eingehen wollen, während die andere Hälfte vollends blutdürstig geworden ist. Carr und Evans sind noch draußen im Einsatz. Custer ebenfalls. Er operiert von Camp Wichita aus.«

Charles mußte das erst einmal verdauen. Das Camp lag östlich der Berge gleichen Namens, tief im Territorium.

»Als Folge davon kann niemand sicher sein, wo sich die Hundekrieger verborgen haben. Sie bleiben in Bewegung, um den Truppen auszuweichen. Westlich der Berge sind sie sogar bis nach Texas vorgedrungen, wie wir gehört haben. Weder Sie noch die Armee können wissen, wo sie wieder auftauchen werden.«

»Ich werde daran denken.« Charles betastete das Messingkreuz, das an einem Lederriemen über seinem Zigeunermantel hing. Das Wetter hatte das Messing fast schwarz werden lassen; er hatte sich nicht die Mühe gemacht, Grierson über den eigenartigen Schmuck aufzuklären. Charles machte nicht den Eindruck eines Mannes, der plötzlich religiös geworden war, doch seine Finger spielten weiter mit dem Kreuz. »Noch eins, Colonel. Am Washita, das war nicht meine Expedition.«

»Sie meinen, Sie haben sie nicht geplant.«

»Ich bedaure, daß ich dort war. Ich habe die Zeitungen gesehen. Ich habe gelesen, was General Sheridan über Schwarzer Kessel gesagt hat. Eine verbrauchte alte Null. Der Anführer aller Mörder und Vergewaltiger. Eine dreckige Lüge. Ich weiß Bescheid.«

Grierson machte keine Einwände. »Wen möchten Sie?«

»Corporal Magee, wenn er möchte. Graue Eule, wenn Sie auf ihn verzichten können.«

»Nehmen Sie die beiden mit«, sagte Grierson.

Fort Hays war ein primitiver Posten geblieben, einer der ärmlichsten in Kansas. Ike Barnes hatte hier in scheußlichen Quartieren überwintert, Hütten mit Steinkaminen, von denen der Mörtel bröckelte. In Magees Sechs-Mann-Schuppen war das Grasdach so schwach, daß er und die anderen eine Ersatzzeltbahn daruntergespannt hatten, um herabfallenden Dreck, schmelzenden Schnee und gelegentlich eine Klapperschlange aufzufangen.

Eines späten Abends, nachdem die Lichter gelöscht worden waren, saß Magee auf seinem schmalen Feldbett inmitten des allgemeinen Geschnarches. Mit einem Lumpen rieb er Rostflekken vom Lauf einer alten deutschen Steinschloßpistole vom Kaliber .36. Er hatte die Pistole für drei Dollar gekauft, nachdem er lange eine derartige Waffe gesucht hatte. Aus Lederfetzen hatte er einen Pulverbeutel genäht, der nun neben ihm auf der Decke lag, zusammen mit fünf runden, bleifarbenen Kugeln, die genau in die Pistolenmündung paßten.

Er polierte so eifrig, daß er kaum darauf achtete, wie die Tür aufging; zusammen mit einem Regenschauer kam First Sergeant Williams in tropfendem Poncho herein.

Einer der Schläfer richtete sich auf. »Schließ die verfluchte Tür! Oh, Sarge, 'Tschuldigung.« Er legte sich wieder hin.

Die heruntergeschraubte Lampe ließ Williams Brille aufblitzen. »Das Licht sollte aus sein, Magee. Was machst du mit dieser alten Pistole?«

»Ja. Neue Pistole. Alter Trick.« Weitere Erklärungen gab er nicht ab.

»Na schön, komm mit raus«, sagte Williams. »Du wirst die Farbe des weißen Mannes annehmen, wenn du siehst, wer wieder da ist.«

Magee zitterte in seiner Unterwäsche im Windschatten einer Hütte; Captain Barnes, der sich klugerweise einen Regenmantel umgehängt hatte, hielt eine Laterne hoch, um den Besucher zu beleuchten. »Wie ein Gespenst aus der Finsternis aufgetaucht, Magic. Ist er nicht ein Anblick, den man im Gedächtnis behält?«

Der Alte hatte das als Kompliment gedacht, und Magic Magees Gesicht blühte zu diesem strahlenden, einmaligen Lächeln auf. Dann sah er Charles' fieberende Augenhöhlen und dessen schmutzige Hände und hielt sein Lächeln zurück. Charles sagte: »Hallo, Magic.«

»Cheyenne Charlie. Ich werde verrückt.«

»Ziehen Sie Ihre Sachen an, Magic«, sagte Barnes. »Ich habe Lovetta geweckt, und sie hat Kaffee gemacht. Charles sagte, er braucht Hilfe. Er wird es Ihnen erzählen.«

»Sicher«, sagte Magee. »Du bist zum richtigen Mann gekommen, Charlie. Du hast immer noch was zugut bei mir.«

Nachdem sich die Männer unterhalten hatten, bekam Charles

von Lovetta Barnes eine reichliche Mahlzeit vorgesetzt, und sie bereitete ihm ein Lager neben dem Feuer. Er schlief sechzehn Stunden durch und ließ sich auch vom Kommen und Gehen des Alten und dessen Frau nicht stören. Magic Magee hatte keine Sekunde gezögert, ins Indianerterritorium aufzubrechen. Graue Eule ebensowenig. Beide Männer sahen so aus wie früher, obwohl sie mehr und tiefere Falten im Gesicht zu haben schienen. Charles vermutete, daß man das auch von ihm sagen konnte.

Sie versorgten sich beim Marketender mit Proviant, und Charles kaufte noch zwei weitere Ersatzpferde. Am 15. März brachen sie bei strahlend schönem Wetter auf; von Texas und vom Golf her wehte ein warmer Wind, als die Fährtensucher den Smoky Hill durchquerten und nach Süden ritten. In ihrer ersten Nacht unter freiem Himmel schlief Charles schlecht. Er hatte einen Alptraum: Sie ritten zu dritt auf der Milchstraße quer über den Himmel. Ihre Gesichter waren blutverschmiert, Tote auf dem Weg ins Jenseits.

INAUGURATION

Beginn einer neuen Ära des Friedens
und des Wohlstands.

Ulysses S. Grant offiziell in das Amt
als Präsident eingeführt.

Er hält eine kurze, charakteristische Rede.
Eine auf Vertrauen basierende Eintreibung
der Steuergelder gefordert.

Zeremonien gekennzeichnet von bisher
unübertroffener Begeisterung.

Sonderberichte an die *New York Times,* Washington,
Donnerstag, 4. März 1869

Die Zeremonien zur Inauguration von Gen. ULYSSES S. GRANT als achtzehnter Präsident der Vereinigten Staaten wurden heute mit einer derartigen Perfektion durchgeführt und zu einem solch brillanten Erfolg, daß man es als glückverheißendes Vorzeichen für die Regierung werten kann, die jetzt in so ernsthafte und patriotische Hände übergegangen ist.

MADELINES JOURNAL

März 1869. Grant ist Präsident. Die Feindseligkeit, die ihm hier entgegenschlägt, ist verständlich, doch die nationale Stimmung ist optimistisch. Da er militärische Feldzüge so erfolgreich organisiert hat und so häufig von der Notwendigkeit des Friedens nach vier bitteren Jahren spricht, sind die Erwartungen in seine Präsidentschaft sehr hoch gespannt...

Am 4. März, noch vor der Morgendämmerung, wurde die Hauptstadt von dem Ausläufer eines Schneesturms aus Nordosten betroffen. Stanley Hazard stand am Fenster seines Schlafzimmers im Herrenhaus in der 1 Street, kratzte sich an seinem beträchtlichen Bauch und betrachtete das Schneegestöber, die Schlammpfützen, den kriechenden Nebel. Was konnte sonst noch alles schiefgehen?

Andrew Johnson würde bei der Vereidigung nicht anwesend sein. Grant hatte Johnsons vorsichtige Friedensangebote im Kielwasser des Stanton-Streites verächtlich zurückgewiesen und verkündet, daß er weder mit Mr. Johnson in einer Kutsche fahren noch mit ihm sprechen würde. Das Kabinett zauderte. Sollte es zwei Kutschen geben? Zwei getrennte Prozessionen? Die Angelegenheit regelte sich von selbst, als sich Mr. Johnson entschloß, während der Zeremonie in seinem Büro zu bleiben, um dort einige letzte Dokumente zu unterschreiben und sich von den Kabinettsmitgliedern zu verabschieden.

Stanleys Elend war jedoch auf eine eher persönliche Ursache

zurückzuführen. Den geschickten Manövern seiner Frau, die noch in ihrem Bett schnarchte, hatte er es zu verdanken, daß er in das prestigeträchtige Komitee für den Inaugurationsball berufen worden war. Das war gesellschaftlich gesehen ein gewaltiger Coup, und ein paar Tage lang hatte sich Stanley einfältigerweise auch darüber gefreut. Dann entdeckte er, daß die Organisation des Balles dem Bau einer Pyramide gleichkam.

Das Komitee konnte sich weder auf einen Veranstaltungsort einigen noch ein Anwesen finden, das groß genug gewesen wäre, um die zu erwartende Menschenmenge zu fassen. In wachsender Verzweiflung hatten sich die Komiteemitglieder schließlich an den Kongreß gewandt und um Erlaubnis gebeten, den Rundbau des Kapitols benützen zu dürfen. Das Repräsentantenhaus sprach sich dafür aus, doch der Senat entschied sich nach viel leerem Gerede dagegen. Der gewählte Präsident schickte eine Note, in der es hieß, das sei in Ordnung, es störe ihn nicht, wenn ihn niemand mit einem Ball ehre. Isabels Reaktion war typisch:

»Er gehört einfach zum Pöbel. Wofür hält er sich eigentlich, uns den besten Abend des Jahres rauben zu wollen?«

Unter dem Zwang, diesen besten Abend zustande zu bringen, hatten Stanley und seine Kollegen stundenlang hitzig debattiert. Sollte man es Ball oder Empfang nennen? Letzteres. Sollte der Eintritt zehn Dollar kosten (für einen Gentleman in Begleitung zweier Damen, für Essen und Tanzen) oder bescheidenere acht Dollar? Ersteres. Sollte Mr. Johnson trotz seines Streites mit Grant über die Stanton-Sache eingeladen werden? Er wurde nicht eingeladen.

Der Veranstaltungsort, der endlich gefunden wurde, war groß genug — es handelte sich um den Nordflügel des Finanzministeriums —, aber nicht ideal, da er noch nicht fertig war. Stanley hatte den größten Teil der vergangenen achtundvierzig Stunden dort verbracht. Sein feiner Anzug war mit Mörtelstaub und Farbflecken bedeckt, weil er Dutzende von Arbeitern beaufsichtigt hatte, die mit der Dekoration und Einrichtung der Partyräume beschäftigt gewesen waren.

Er hatte gerade etwas über zwei Stunden geschlafen, und jetzt

– noch ganz benommen vor lauter Erschöpfung – hatte er dieses katastrophale Wetter vor Augen. Er war dem Selbstmord nah.

Er taumelte in sein Büro und griff nach den Eintrittskarten für den Ball. Sie waren so groß wie die Seiten eines Handelsalmanachs, verziert mit der Lithographie einer heroischen Büste, in der die Gesichtszüge von Präsident Grant und von seinem Vizepräsidenten Colfax miteinander vereinigt sein sollten. Die Büste besaß weder Ähnlichkeit mit dem einen noch mit dem anderen. »Abscheulich«, hatte Isabel dazu gesagt. Stanley hatte sie zwanzig Minuten lang jammernd zu überzeugen gesucht, daß er damit nichts zu tun gehabt hatte.

Er schwang seinen Kopf zum Fenster herum wie ein gewaltiger Ochse im Joch. Er lauschte dem Nieselregen und wünschte, er würde sich in einen Sturzbach verwandeln, der die Ereignisse des Tages und sein schlafendes Weib wegspülte.

Die Prozession zum Kapitol begann zehn Minuten vor elf. General Grant, ein kleiner, untersetzter Mann von siebenundvierzig Jahren, trug, wie alle anderen anwesenden Gentlemen auch, nüchternes amerikanisches Schwarz. Er fuhr in einer offenen Kutsche. Ungestüme Menschen, die die Polizeiabsperrung durchbrochen hatten, stürzten auf die schlammige Straße und griffen in die Kutsche, um ihn zu berühren. Er schien nichts dagegen zu haben.

Seine Eskorte bestand aus acht Divisionen. Die Washington Grays Artillery aus Philadelphia, achtundvierzig Geschütze, marschierten. Die Philadelphia Fire Zouaves marschierten mit ihrer 22-Mann-Kapelle. Die Eagle Zouaves von Buffalo marschierten, ebenso wie die Lincoln Zouaves aus Washington, die Butler Zouaves aus Georgetown und die Lincoln Zouaves (farbig) aus Baltimore. Die letzteren waren strahlend gekleidet in weißen Leggings und blauen Flanelljacken mit gelbem Besatz.

Die Hibernia Engine Company marschierte, zusammen mit der Naval Academy Band und der Regierungsfeuerwehr. Der Oberste Gerichtshof marschierte, ebenso wie das republikanische Exekutivkomitee aus Philadelphia, die Lancaster-Miliz und Ermentrout's City Band. Die Grant Invincibles von Kalifornien marschierten, zusammen mit der Territorialdelegation von Montana und dem Sechsten Bezirk des Republikanischen Clubs.

Das ganze Spektakel schien dem gewählten Präsidenten Grant zu gefallen. Über Präsident Johnsons Reaktion läßt sich nichts sagen; er befand sich immer noch im Weißen Haus und unterzeichnete Dokumente.

Zwischen zerfetzten Wolkenrändern tauchte gelegentlich blauer Himmel auf. Stanley brachte seine Frau zu ihren reservierten Plätzen, die sich direkt vor der über den Stufen an der Ostfront des Kapitols errichteten Plattform befanden. Die Plattform war mit Stuhlreihen bestückt und mit Flaggen und Immergrün festlich geschmückt.

»Wohin gehst du?« erkundigte sich Isabel. Ihre Jacke und ihr Rock waren pfirsichfarben. Dieses Jahr waren die Farben fröhlicher.

»Ich muß mich drinnen sehen lassen. Vielleicht kann ich dem General die Hand drücken.«

»Nimm mich mit.«

»Isabel, das ist viel zu gefährlich. Schau dir diesen zügellosen Mob an. Außerdem sind diese öffentlichen Rituale prinzipiell nur für Männer gedacht.«

Ihr Pferdegesicht zerknitterte. »Ebenso die Prozession, wie ich bemerkt habe.«

»Du klingst wie eine Suffragette.«

»Gott bewahre. Aber vergiß nur nicht, wer Mercantile Enterprise zum Erfolg verholfen hat!« Stanley krümmte sich mit erhobenen Händen. »*Und* ein Auge auf die Bücher hatte, jede Expansion geleitet hat, darauf geachtet hat, daß unser geschätzter Gauner von Anwalt, dieser Dills, uns nicht alles gestohlen...«

»Bitte, Isabel, bitte«, flüsterte er, während sein gelbliches Gesicht weiß wurde. »Sag solche Sachen nicht, nicht mal unter Fremden. Erwähne die Firma nicht. Wir haben damit nichts zu tun, vergiß das nicht.«

Isabel wollte widersprechen, sah dann aber ein, daß er recht hatte, und sagte: »Gut. Aber du bleibst besser nicht lange weg.«

Mit der einen Hand seinen Hut, mit der anderen sein Spezialticket umklammernd, so drängte sich Stanley durch die gewaltige, ausgelassene Menschenmenge auf den Stehplätzen. Er kämpfte sich um berittene Marshals herum und passierte einen Kordon der Capitol Police, die mit schweren Knüppeln ausgerüstet war. Die perlengraue Krawatte hing ihm aus der dazu passenden Weste, als er endlich den lärmenden Korridor hinter der Senatskammer erreichte.

Er eilte in den Senatssaal, konnte aber seinen Mentor, Ben Wade, nirgendwo erblicken. Die Galerien waren bereits mit Tausenden von Zuschauern vollgestopft. Er glaubte Virgilia zu erkennen, schaute aber schnell zur Seite. Er wollte keinen Kontakt mit ihr.

Er streifte zwischen den Würdenträgern umher und schüttelte Hände, wie es sich schließlich für einen angeblich bedeutenden Anhänger der Republikaner gehörte. Die Menge der Goldlitzen schüchterte ihn etwas ein — Sickles, Pleasonton, Dahlgren, Farragut, Thomas und Sherman waren bereits anwesend —, und er machte keinen Versuch, solch berühmte Männer zu begrüßen. Er gratulierte dem herrischen Mr. Sumner, der im Begriff stand, auf seine vierte Senatsperiode eingeschworen zu werden. Er begrüßte Senator Cameron, der nun wieder ins Amt und an die Macht zurückgekehrt war; der Boß benahm sich, als kenne er Stanley kaum.

Er ging zu Wades Büro und drückte sich an die geschlossene Tür heran. »Sorry, Sir«, sagte ein Türwächter, »Senator Wade hat sich mit General Grant bis zum Beginn der Zeremonie zurückgezogen.«

»Aber ich bin Mr. Stanley Hazard.«

»Ich weiß«, sagte der Türwächter. »Sie können nicht hinein.«

Grollend zog sich Stanley zurück.

Bevor er wieder hinausging, holte er einen flachen Silberflakon aus seiner Innentasche und stärkte sich mit seinem fünften Drink an diesem Morgen. Zurück an seinem Platz, erzählte er Isabel, er hätte den gewählten Präsidenten getroffen. Er versprach, Isabel beim Ball vorzustellen.

»Das möchte ich dir auch geraten haben.«

Die Menge erstreckte sich nach beiden Seiten; Hüte wurden

geworfen, es wurde gejohlt und gelegentlich aufgeschrien, wenn der Ast eines Baumes nachgab und die abwarf, unter deren Gewicht er gebrochen war. Gegen 12 Uhr 15 — ungefähr zu der Zeit sollte sich Andrew Johnson von seinem Kabinett verabschieden und mit der Kutsche vom Weißen Haus wegfahren — tauchte die offizielle, für die Plattform bestimmte Gesellschaft aus dem Kapitol auf.

Grant machte in seinem schwarzen Anzug mit den strohfarbenen Handschuhen einen würdevollen Eindruck. Richter Chase sprach nervös den Eid vor. Grant legte ihn ab, beugte sich vor, um die Bibel zu küssen, und hielt dann eine kurze Ansprache. Isabels Kommentar zu dem ganzen Vorgang lautete: »Uninteressant. Langweilig.«

FRIEDEN

Das großartige Motto leuchtete im Dunkeln hoch über ihnen auf. Stanley stand da und bewunderte die Leistung des Komitees. Die spezielle Beleuchtung wurde von Gasströmen quer über die Front des Finanzministeriums erzeugt. Entwurf und Bau waren teuer gewesen, doch der Effekt war spektakulär. Hier konnten Washington und die ganze Welt sehen, wozu sich die Republikaner verpflichtet und was sie auf ihr Banner geschrieben hatten.

Während Stanley glotzte, beklagte sich Isabel über die Verzögerung. Sie hatten sich anderen formell gekleideten Paaren angeschlossen, die hineineilten.

Vom Balkon des gewaltigen Cash-Saales drangen die Klänge eines Streichorchesters. In der erhabenen Umgebung von Marmor aus Siena und Carrara war das allegorische Gemälde »Frieden« ausgestellt. Eine große Menge drängte sich um die Staffelei. Stanley und Isabel stießen zufällig auf Mr. Stout, der gerade für eine volle Amtsperiode in den Senat zurückgekehrt war. An seinem Arm hing eine viel jüngere Frau mit harten Augen und einem Saphirdiadem im Haar. Sehr kühl sagte Stout zu ihnen:

»Ich glaube, Sie kennen meine Frau Jeannie?«

Isabel kochte vor Wut. Diese junge Frau war Stanleys Geliebte gewesen, bis Isabel dahintergekommen war und der Sache ein Ende bereitet hatte. Zu der Zeit war sie noch Jeannie Canary gewesen, eine Varietésängerin.

»Ah, ja«, verwirrt rückte Stanley seine Krawatte zurecht, »ich hatte das Vergnügen, ihre, äh, Darbietungen mehrfach zu genießen.«

Stout bekam nicht sofort die unbeabsichtigte Zweideutigkeit mit. Dann jedoch rötete sich sein Gesicht, als wollte er Stanley im nächsten Moment zu einem altmodischen Duell herausfordern. Jeannie sah gleichfalls pikiert drein. Isabel zog ihren Mann fort. Ihre Augen waren feucht. Stanley zeigte sich erstaunt; seine Frau weinte niemals.

»Du dreckiger Bastard«, flüsterte sie und blickte tränenblind geradeaus. Ausnahmsweise war Stanley zu verblüfft, um diesen Augenblick genießen zu können.

Danach weigerte sich Isabel, mit ihm zu sprechen. Essen und Trinken lehnte sie ebenso ab wie seine lahme Aufforderung zum Tanz. Sie folgte ihm, als Präsident Grant mit Mrs. Grant erschien und Stanley mit Dutzenden von anderen zur Begrüßung vorstürzte. Schändlicherweise befanden sich Stout und dessen Frau in Begleitung der Grants.

Schließlich waren Stanley und Isabel an der Reihe. Stanley murmelte ihre Namen, die Stout wiederholte. Isabel starrte ihren Mann feindselig an, während der Präsident Stanley die Hand gab.

»Ah ja, Mr. Hazard. Die Pennsylvania Hazards. Ich kenne Ihren Bruder George. Sie waren Verbindungsmann beim Büro für befreite Negersklaven, nicht wahr?«

»Jawohl, Herr Präsident, bis Ende '67. Dann zog ich mich zurück, um mich um meine geschäftlichen Angelegenheiten zu kümmern. Ich muß sagen, Sir, Ihr Wirtschaftsprogramm ist durch und durch gesund.«

»Besten Dank, Sir«, sagte Grant und wandte sich dem nächsten Paar zu.

Isabel war noch wütender als zuvor. »Du verlogenes Miststück. Du hast ihn heute morgen gar nicht getroffen.«

»Nein. Sie haben mich nicht in Wades Büro gelassen.«

»Für einen Abend hast du mich genügend gedemütigt, Stanley.« Außerdem hatte sie alle wichtigen Leute gesehen und war von allen gesehen worden. »Bring mich nach Hause.«

Vom Komitee der Manager war Stanley der erste, der ging.

Grant bemerkte es und sagte zu seiner Frau Julia: »Sehr sympathisch, dieser Hazard. Scheint mir ein intelligenter, vermögender Mann zu sein.«

Senator Stout bekam die Worte mit. Wenn Mr. Grant das glaubt, dachte er, dann haben wir einen naiven Tölpel in unserem höchsten Amt. Möge Gott der Republik gnädig sein.

Marie-Louise und Theo haben sich endlich in einem winzigen Häuschen auf Sullivan's Island niedergelassen, das der Mann für sie aufgetrieben hat, der Theo einen besseren Job angeboten hat, als er auf Mont Royal hätte bekommen können. Bei dem Mann handelt es sich um einen weiteren Yankee-Abenteurer.

Die Stadt ist größtenteils wieder aufgebaut worden, aber es bleibt noch viel zu tun. Naive Reisende, die den Pier betreten, werden immer noch gefragt. »Möchten Sie gern Mr. Calhouns Monument sehen?« Sagen sie ja, dann zeigt der Zyniker auf die Stadt.

Theos Arbeitgeber hat an dem langsamen Wiederaufbau mitgewirkt. Er kam im Herbst '65 an, erkannte, woran Bedarf bestand, und gründete eine Firma zum Bau von neuen Bürgersteigen mit Randbefestigung. Seine Mannschaften füllen und reparieren auch die zahlreichen Morast- und Granatlöcher.

Der Straßenbau des Yankee floriert. Er hat große, örtliche Stadtkontrakte erhalten, ebenso in Georgetown und Florence. Theo ersetzt den ersten Vorarbeiter des Yankee, der mit einer Mulattin nach Brasilien durchgebrannt ist. Theo arbeitet 12-14 Stunden täglich, 6 Tage pro Woche, er beaufsichtigt schwarze Arbeitstrupps und meint, daß er und M.-L. nun recht glücklich seien. Zuvor war das nicht der Fall. Nach ihrer Rückkehr von Sav. und Coopers Zurückweisung lebten sie einige Wochen lang hier auf der Plantage in einer ärmlichen Hütte. Nur der Job, den ich ihnen gab, erlaubte es ihnen, zu überleben. Theo war ein ausgezeichneter Aufseher, und ich habe ihn nicht gern gehen lassen, konnte es aber auch nicht verhindern.

Die Beziehung des jungen Paares zu C. hat sich jedoch nicht verbessert. C. will sie weder empfangen, noch erkennt er ihre Gegenwart in der Stadt an. Judith muß ihre Tochter heimlich besuchen, genau wie mich. Ich gebe zu, daß der Krieg viele Leben zerstört hat, aber irgendwo kommt der Punkt, wo das Mitleid der Ungeduld weichen muß. Cooper hat sich mit seiner neuen Politik und der Behandlung seiner Familie alle Sympathien verscherzt. Meine jedenfalls...

... Letzte Nacht fiel Sims Junge Grant, mittlerweile ein junger Mann, dem Klan an der Kreuzung in die Hände. Er und zwei Freunde von ihm wurden eine Stunde lang festgehalten, die Kapuzenmänner zwangen sie zu etwas, was sie Tanzwettbewerb nannten. Die drei wurden mit Waffen bedroht und mußten mit Wassereimern auf dem Kopf tanzen. Das klingt alles so kindisch, doch Grant kam völlig verstört nach Hause. Wenigstens wurde er nicht verletzt. Letzte Woche wurde Joseph Steptoe von den gleichen Männern ausgepeitscht. Heftig blutend wurde er in ein mit gesalzenem Schweineschmalz beschmiertes Laken gewickelt und an der Straße liegengelassen. Er und seine Frau verschwanden am nächsten Tag aus ihrer Hütte neben der Episkopalkirche und wurden seitdem nicht mehr gesehen. Joseph S. war ein Corporal der farbigen Bezirksmiliz. Auch Grant ist Mitglied.

Ich weiß nicht, wie eine Bande Männer gleichzeitig lächerlich und bedrohlich wirken kann, aber genau das ist die verwirrende Art dieses »Klans«.

In C'ston gewesen, um Theo und M.-L. zu besuchen und noch mal mit Dawkins zu sprechen...

»Nein«, sagte der fette Mann. Zwischen der Korrespondenz und den mit Zahlen bedeckten Blättern auf seinem Schreibtisch entdeckte Madeline ein billig gebundenes und gedrucktes Büchlein, »Deine Schwester Sally«. Sie hatte das Büchlein zuvor schon gesehen. Das Buch — ein Import von Mississippi — beschrieb in übertriebener, völlig überzogener Weise, wie die Weißen unter einer von Schwarzen dominierten Legislative dem Ruin entgegensehen würden. Gettys verkaufte das Buch in seinem Laden.

»Leverett«, sagte sie mit erzwungener Ruhe, »Mont Royal verdient Geld. Trotz des Wiederaufbaus des Hauses verfüge ich über genügend Geld, um die Hypothek in wesentlich höheren Jahresraten abzutragen. Ich hasse es, unnötigerweise soviel Zinsen zu zahlen.«

Das Büro war in dunklem Holz und dunkelgrünem Plüsch gehalten; Dawkins Spezialstuhl war mit diesem Material gepolstert. »Ich kann nur die erklärte Politik der Bank wiederholen. Keine vorzeitigen Rückzahlungen.« Er leckte sich die Lippen. »Wenn Sie sich weigern, ein bißchen flexibel zu sein, dann tun wir das auch.«

»Flexibel.« Madeline sprach das Wort voller Bitterkeit aus. »Sie meinen, ich solle die Schule schließen. Sie waren einst ein liberaler Mann. Wieso sind Sie so gegen . . .?«

»Weil diese Niggerschulen überhaupt keine Schulen sind. Das sind Zentren für politische Aktionen. Alle Konservativen sind dagegen.« Konservativ war das Etikett, das sich die antirepublikanische Koalition aus Demokraten und ehemaligen Nationalrepublikanern angeheftet hatte.

»Wade Hampton unterhält eine Schule auf seiner Plantage. Er ist ein überzeugter Konservativer.«

»Ja, aber gefärbt von einigen unglücklichen Ansichten. Es ist sinnlos, über General Hampton zu reden. Er ist ein einmaliger Fall.«

Er meint, er sei unangreifbar — was ich nicht bin.

»Leverett, ich wollte, ich könnte es verstehen. Warum sind Sie so absolut dagegen, den Menschen eine anständige Bildung zu geben?«

»Nicht Menschen. Niggern. Die Idee vergiftet South Carolina. Zuerst hatten wir diese Yankee-Weiber, die in St. Helena unterrichteten. Dann Ihre freie Schule. Jetzt haben wir die öffentlichen Schulen. Als Folge davon haben wir nicht nur rachsüchtige, minderwertige Nigger, die uns zu regieren versuchen, sondern wir haben auch eine bedrückende Finanzlast in Form von anrüchigen Schulsteuern zu tragen.«

»Also läuft es aufs Geld hinaus. Auf Habsucht.«

»Gerechtigkeit! Fairneß! Mit dem Absatz in der Staatsverfassung, der öffentliche Schulen verlangt, habe ich nichts zu tun. Mr. Cooper Main ebenfalls nicht. Erst letzte Woche haben wir zusammen bei mir zu Hause gespeist, und ich kenne seine Einstellung. Und die verschiedenen Umstände, die dafür verantwortlich sind«, fügte er hinzu und warf ihr einen scharfen Blick zu. Sie nahm an, daß sich die Bemerkung des Bankiers auf Marie-Louises Ehe bezog.

»Ihr Schwager und ich stimmen vollkommen überein, was die Schulen angeht«, fuhr Dawkins fort. »Da sie uns von der Bundesregierung aufgezwungen wurden, soll auch die Bundesregierung für sie bezahlen.«

»Ich bekomme kein Regierungsgeld, Leverett.«

»Aber soviel ich weiß, sind häufig Kleriker und Bürokraten der Yankees bei Ihnen zu Besuch, die Ihre Schule für ein Musterbeispiel an radikalem Unternehmungsgeist halten. Ich wundere mich, daß der Ku-Klux nicht noch mal zugeschlagen hat. Ich bin nicht für Gewalt, aber Sie werden sich schon selbst die Schuld geben müssen, wenn es dazu kommt.«

Das sind also unsere Aussichten. Manchmal bete ich zu Gott, er möge mir alles vom Leibe halten, was in irgendeiner Beziehung zu »dem Wiederaufbau« steht!!

57

»Hübsch?« sagte Bent. »Hübsch, Gus?« Er griff sich ans linke Ohr und schüttelte den Tränenohrring.

Das kleine Feuer prasselte im Märzwind. Sie kampierten auf einem öden Hang in den Wichita Mountains, Granitgipfeln, die abrupt aus der Ebene emporstiegen. Vor zwei Tagen hatte Bent nördlich der Berge eine Kavalleriekolonne gesichtet, die von Osten nach Westen unterwegs war. Er hatte den kleinen Gus und den gesprenkelten Grauen zu Boden gezerrt, bis der Trupp verschwunden war. Erst heute abend hatte er es wieder gewagt, ein Feuer zu machen.

Er drehte dem Jungen seine linke Gesichtshälfte zu und klimperte erneut mit dem Ohrring. »Ist das nicht hübsch?«

In seinem seit Tagen ungewaschenen Gesicht leuchteten Gus' Augen wie polierte braune Steine. Bents Erziehungsmaßnahmen hatten ihre Spuren in diesen Augen hinterlassen, zusammen mit einer Schwellung an Gus' Kinn, seiner Stirn und einer Abschürfung an seinem rechten Auge. Bent hielt den Jungen in ständiger Angst und vollkommener Abhängigkeit; der Vierjährige war dankbar für jeden Brocken Fleisch und jeden Schluck schalen Wassers, die ihm sein Entführer bewilligte. Er hatte gelernt, daß der Zorn des Mannes schnell und ohne Grund aufflammen konnte.

Bent klimperte weiter mit dem Ohrring. Gus wußte nicht, was sein Entführer von ihm erwartete. Bent lächelte, und der Junge dachte, er solle den Ohrring berühren. Vorsichtig hob er die Hand, streckte sie aus.

Bent schlug ihn so hart, daß er umfiel. Er riß Gus an den Haaren wieder hoch, schlug ihm zweimal ins Gesicht. »Böser Junge. Nicht anfassen. Wenn du ein böser Junge bist, wacht mein Freund auf.«

Aus der Tasche seines dreckigen Fracks holte er das Rasiermesser. Schnippte es auf. Mit offenem Mund zuckte Gus zurück. Er gab keinen Laut von sich; Bent schlug ihn, wenn er Lärm machte. Auch das Rasiermesser hatte er zuvor schon gesehen, war damit geritzt worden.

Im Schein des Lagerfeuers schoß die Klinge Silberblitze. Gus krümmte sich, rutschte auf seinem Hosenboden weiter zurück. Wieder lächelte Bent. »Du weißt, was mein Freund mit bösen Jungen macht, nicht wahr? Er tut ihnen weh.«

Bent kniete sich hin, sein Arm schoß blitzschnell über das Feuer. Die Schneide des Rasiermessers huschte auf Gus' Kehle zu. Gus schrie auf und fiel zur Seite, bedeckte sein Gesicht. Im letzten Moment hatte Bent den Stoß abgefangen und die Klinge wenige Zentimeter vom Hals des Jungen entfernt gestoppt.

Gus' Schrei war so durchdringend, daß er ihm irgendwie den

ganzen Spaß verdarb. In Bents Kopf hallten merkwürdige Echos des Schreis wider. Er ließ das Rasiermesser fallen, rannte um das Feuer und schüttelte den Jungen an den Schultern. »Du bist wirklich ein böser Junge. Ich habe dir gesagt, du sollst keinen Lärm machen. Wenn du das noch mal tust, dann lass' ich dich von meinem Freund beißen. Du weißt, wie es ist, wenn er dich beißt.«

Gus begann zu wimmern. Bent nahm seinen Zylinder ab und wischte sich mit dem Ärmel über die glänzende Stirn; schmutzige Streifen blieben zurück. »Schon besser. Roll dich in die Decke und schlaf, bevor ich meinen Freund bitte, dich zu beißen, weil du so bös warst.«

Leise und vorsichtig schlich Gus zu einer dreckigen Satteldecke. Längst schon waren die Läuse von der Decke auf seinen Körper und sein Haar übergewechselt. Er zog die Decke bis zu den Augen hoch. Mit dem Daumenballen wischte Bent etwas Schmutz von dem Rasiermesser. In einem bestimmten Winkel blitzte die Klinge im Feuerschein auf und blendete Gus. Nach dem drittenmal versteckte sich der Junge unter der Decke.

Es war sehr befriedigend, dem Jungen weh zu tun. Jedesmal hatte Bent dabei das Gefühl, auch Charles Main weh zu tun. Außerdem hatte das einen praktischen Vorteil: Es unterband jegliche Fluchtversuche. Gus war gründlich eingeschüchtert; er quatschte nicht, zeigte nicht die für einen Vierjährigen typische Energie. In wachem Zustand war er so schweigsam wie ein kranker alter Mann. Bent hatte ihn wie ein Pferd gebrochen. Er betrachtete das Bündel unter der Decke. »Gut«, sagte er leise. »Gut.«

Der angepflockte Graue hatte sich vor einer halben Stunde niedergelegt und immer noch wieder erhoben. Das Pferd sah Bent mit Augen an, die ihn an die des Jungen erinnerten. Es war ausgelaugt. Die Rippen waren deutlich zu sehen, und das Maul war wund. In den nächsten Tagen würde Bent es erschießen müssen; dann ging es zu Fuß weiter. Zumindest konnten sie das Fleisch essen.

Er setzte seinen Hut auf, zog seinen Revolver und zerrte seine eigene Decke über seine Beine. Es war Zeit, sich ein paar Gedanken über die Zukunft zu machen. Er brauchte einen Unterschlupf für die Sommermonate. Die Nahrungsmittel gingen ihm aus, und er sah sich der ständigen Bedrohung gegenüber, von einer Armeepatrouille im Territorium erwischt zu werden, wo er nichts zu suchen hatte.

Eine Zeitlang hatte er quer durch Kansas absichtlich Spuren hinterlassen, um Gus' Vater zu quälen; da hatte er sich um seine persönliche Sicherheit keine Gedanken gemacht. Dann war er gezwungen gewesen, diesen Ladenbesitzer in Abilene niederzuschlagen, und kurz darauf hatte er den Verdacht dieser fetten Schlampe erregt, der Besitzerin der Pension in Ellsworth City. An diesem Punkt hatte er beschlossen, daß die Sache das Risiko nicht mehr wert war. Charles Main wußte, daß er den Jungen in seiner Gewalt hatte; das sollte einstweilen mal genügen. Er verwischte seine Fährte, indem er sich nach Süden wandte, dem Territorium zu, wo er sich beliebig lange sicher verstecken konnte. Er war überzeugt davon, daß Charles ihm wegen der damit verbundenen Gefahren niemals folgen würde.

Er starrte in dunkle Fernen und dachte daran, wie er zusammen mit Charles noch vor dem Krieg in der Zweiten Kavallerie gedient hatte. Charles war ein gutaussehender großer Bursche gewesen, mit den für Südstaatler typischen, schmierigen guten Manieren. Bent hatte ihn anziehend genug gefunden, um ihm ein Freundschaftsangebot zu machen, das Charles zurückgewiesen hatte. Bent haßte ihn deswegen um so mehr. Sein Blick irrte zu dem regungslosen Häuflein unter der Decke. Er war noch nicht fertig mit Gus — oder mit seinem Vater.

Am nächsten Tag erschoß er den Grauen und zerlegte ihn. Als er darauf bestand, daß Gus halbgares Pferdefleisch essen sollte, leistete der Junge Widerstand. Bent preßte ihm das Fleisch in den Mund, und Gus erbrach alles über Bents Stiefel. Er hatte schon die Klinge des Rasiermessers gegen Gus' Kehle gedrückt, ehe die Vernunft wieder die Oberhand gewann. Er brauchte den Jungen für seine späteren Pläne.

Er ließ den alten gestohlenen Sattel bei dem Pferdekadaver zurück und nahm nur die Satteltaschen mit. Er marschierte in westlicher Richtung los, weg von dem Berg, wo sie ihr Lager aufgeschlagen hatten; der kleine Gus folgte links von ihm einen Schritt zurück, wie ein gut dressierter junger Hund.

Vermilion Creek mündete in den Elm Fork, manchmal auch Middle Fork genannt. Es war eine einsame Gegend west-nord-westlich von Fort Cobb, nach Bents Schätzung nicht weit von der texanischen Grenze entfernt.

Es gab hier eine Menge Wild – Kaninchen, Präriehühner, sogar einen Hirsch, den Bent mit seinem Schuß verfehlte. Hunger mußten sie keinen leiden; für gewöhnlich war er ein ausgezeichneter Schütze.

Bent begann die belebende Wirkung des Frühlingswetters zu spüren, während sie am Vermilion Creek flußauf gingen. Der ständige Wind ließ die Felder mit wilden Veilchen wogen und trug einen rosa Blütenregen von Judasbäumen heran. Hoch über ihnen flogen Schwärme von Gänsen nach Norden.

Eben noch hatte Bent das Rascheln von Gus' aufgerissenen Schuhen auf dem Schiefergestein gehört, dann herrschte Stille. Er drehte sich um und wollte den Jungen schlagen, unterließ es dann aber. Gus schaute voraus, den Bach entlang. Einen Moment lang waren seine Augen frei von Furcht und voller Neugierde.

Bent wandte sich wieder um und hielt den Atem an. Ein hinter dem Horizont verborgenes Feuer sandte eine dünne, graue Rauchsäule in den klaren Himmel.

Indianer? Durchaus möglich. Es konnte aber auch das Camp von Büffeljägern sein. Bent stieß Gus in das knöcheltiefe Wasser. »Wasch dein Gesicht und deine Hände. Wir müssen anständig aussehen, falls wir auf weiße Männer treffen.«

Das Wasser, das durch Bents Finger floß, färbte sich vom Dreck dunkel. Gus machte ihm alles nach, ständig auf der Hut vor irgendwelchen Anzeichen von Mißfallen. Langsam verschwand der Schmutz aus dem Gesicht des Jungen, doch die Male der Schläge blieben.

Es war nicht bloß ein Camp, es war ein zivilisierter Außenposten am Ufer des Flüßchens. Das Hauptgebäude, aus dem der Rauch aufstieg, war rechteckig, aus Lehmziegeln erbaut. Bent, der sich hinter einigen Eichen verborgen hatte, starrte verblüfft die beiden Indianerponys an, die vor dem Eingang angebunden waren. Eine Seitentür führte in einen kleinen Pferch mit einem großen, dunkelbraunen Fuchs und zwei Maultieren. Dahinter war halb versteckt ein primitiver Stall zu sehen.

Plötzlich rief Gus: »Schau!« und zeigte mit dem Finger. Bent preßte eine Hand auf Gus' Mund und verdrehte den Kopf des Jungen, bis er einen schmerzerfüllten Laut hörte. Erst dann nahm Bent seine Hand wieder weg.

Das Tier, das Gus so in Aufregung versetzt hatte, erregte seine Neugier. Es war ein gut gefütterter Waschbär. Sein pelziger Bauch streifte den Boden, als er am Hauptgebäude vorbeitrottete. Hielt sich jemand den Bären als Schoßtierchen?

Bent streifte die Satteltaschen von seiner Schulter und knöpfte seinen alten Mantel auf. Er überprüfte seinen tiefgeschnallten Revolver und schnippte dann mit den Fingern. Sofort griff Gus nach seiner Hand.

Mann und Junge näherten sich dem Gebäude. Der Waschbär entdeckte sie und rannte auf den Stall zu. Bent hielt vor der Eingangstür an. Er hörte Stimmen. Da er nicht als Streuner erschossen werden wollte, schrie er: »Hallo, da drinnen!«

»Hallo. Wer da?«

Die Tür öffnete sich quietschend. Zuerst erschien die Mündung einer Schrotflinte. Dann tauchte der dazugehörige Mann auf. Er war ärmlich gekleidet, hatte einen Hängebauch und ein Gesicht, das Bent an einen erhitzten Weihnachtsmann erinnerte. Der Mann hatte sein Haar, mehr grau als weiß, in der Mitte gescheitelt und zu langen Zöpfen geflochten. Jede Flechte war am Ende mit einem Perlenband umwickelt. Kleine, in den rechten Zopf eingebundene Glöckchen klingelten.

»Mein Name ist Captain Dayton. Mein Neffe und ich haben uns verirrt. Wir sind nach Westen unterwegs.«

»Nicht durch das Indianerterritorium, wenn Sie das Gesetz kennen«, sagte der Mann, deutlich an Bents Worten zweifelnd.

»Wir sind nicht in Texas?«

»Da fehlen doch noch ein paar Meilen.« Der Mann suchte die Gegend hinter Bent ab, als hielte er Ausschau nach Soldaten. Wieder musterte er Bent. Er entschied, daß dieser Fremde mit dem Zylinderhut ebenso am Rande des Gesetzes stand wie er selbst.

Die Farbe kehrte wieder in die Hände des Mannes zurück, als sich sein Griff um die Schrotflinte lockerte. »Ich bin Septimus Glyn. Das hier ist meine Ranch.«

Nicht gerade die Welt, dachte Bent. »Was bauen Sie an, Glyn?«

»Nichts. Ich verkaufe das, was das Indianerbüro nicht verkauft.« Der Mann hatte eine anmaßende Art, schien jedoch nicht gefährlich zu sein. Das Gefühl seiner persönlichen Bedeutung verlieh ihm zusätzliche Energie. Wenn dieser ignorante Händler wüßte, daß er mit dem amerikanischen Bonaparte sprach? Das würde ihn ganz ordentlich in Erstaunen versetzen.

»Ich habe etwas Geld, Glyn. Verkaufen Sie Nahrungsmittel?«

Glyn dachte noch einmal über Bents überraschendes Auftauchen in dieser Wildnis nach. Er wußte nicht, worauf der Mann aus war, entschied aber, daß ein Profit ein kleines Risiko wert war. »Ja, hab' ich. Und Whisky, falls Sie durstig sind. Hab' sogar noch was, was Ihnen vielleicht auch gefällt.« Er trat beiseite. »Kommen Sie herein.«

Bent zog Gus mit sich. »Hübscher kleiner Bengel«, sagte Glyn. »Bißchen verschrammt.«

»Ist vom Pferd gefallen.«

Glyn stellte keine Fragen.

Die Möblierung überraschte Bent: zwei große, runde, mit Flecken übersäte Pinientische; Stühle; eine breite Planke, über Fässer gelegt, dahinter ein Bord mit einer Reihe von Flaschen ohne Etikett. Eine rote Decke hing als Vorhang vor einer Tür, die vielleicht zu den Wohnräumen führte.

An einem Tisch saßen zwei Indianer vor einer braunen Flasche. Beide waren in mittleren Jahren. Der eine war sehr fett. Sie musterten Bent und den Jungen aus verquollenen, mißtrauischen Augen. »Das sind Caddoes«, sagte Glyn und legte die

Schrotflinte auf seine provisorische Bar. »Harmlos. Ich jage alle Comanchen weg, die Whisky wollen. Sind zu unberechenbar.«

Das also war eine dieser illegalen Whisky-Ranches. Bent hatte gehört, daß eine Anzahl von ihnen im Territorium operierten. Sie lieferten Waffen, Stoffe, hauptsächlich aber den Whisky, den die Regierung den Stämmen vorzuenthalten versuchte.

Die rote Decke hob sich, und Bent sah etwas, was ihn vor Verblüffung erstarren ließ. Da stand ein hellbraunes Indianermädchen; ihr Wildlederkleid war vom Essen und Trinken verschmutzt. Zuerst dachte er, sie sei über dreißig. Ihre Augen waren vom Schlaf noch ganz schmal, und ihr schwarzes Haar hing ihr ungekämmt und wirr herunter. Ihr Gesicht war mürrisch. Sie schob sich barfuß auf Glyn zu, strich ihr Haar vom rechten Auge zurück und musterte Bent ziemlich unverschämt. Er bemerkte ihre vollen Brüste unter dem Lederkleid und spürte ein unerwartetes Beben. Seit über einem Jahr hatte er keine Frau mehr gehabt oder gewollt.

Glyn schenkte eine klare Flüssigkeit aus einer Flasche ein. »Das ist meine Frau, Grünes Gras. Eine Cheyenne. Vor einem Jahr hab' ich sie aus ihrem Dorf mitgenommen. Sie wollte was von der Welt sehen, und ich hab' ihr gezeigt, wie die Welt aussieht, wenn man flach auf dem Rücken liegt. Sie zählt erst achtzehn Winter. Hat allerdings viel für Gin übrig. Hab' ich ihr beigebracht, und gewisse andere Sachen auch.« Glyn räusperte sich. »Was ich sagen will — sie ist auch zu verkaufen.«

Bent senkte den Kopf. Er hatte bereits entschieden, daß er sie wollte. Allerdings hatte er nicht die Absicht, dafür zu bezahlen.

Septimus Glyn stellte einige Scheiben kalten Wildbrets und Whisky auf den Tisch, der schmeckte, als wäre er mit Cayennepfeffer aufgemöbelt worden. Bents Lippen brannten wie Feuer. »Wo kriegen Sie das Zeug her?«

»Von drüben aus Texas. Dunn's Station. Gibt dort ein paar Ranger, aber denen geh' ich aus dem Weg. Einmal im Monat mach' ich eine Tour durch die Indianerdörfer. Sind nicht mehr viele übrig, seit die Armee eingedrungen ist. Die restliche Zeit schlag' ich mich hier durchs Leben. Sie haben mich aus dem Büro rausgeworfen, aber mir gefiel das Land, also blieb ich. Vor allem vögle ich gern Indianerfrauen. Sie riechen so schön nach Moschus. Für zwei Dollar können Sie's selber feststellen.«

»Vielleicht später. Gus, iß was.« Der kleine Junge riß Fleischfetzen ab und zwang sie sich in den Mund. Mit leidendem Gesicht kaute er.

Bent entschied, daß er seinen Unterschlupf gefunden hatte. »Wir wollen wirklich noch vor dem Winter nach Kalifornien. Aber wir könnten hier übernachten, wenn Sie nichts dagegen haben.«

Glyn schüttelte den Kopf. »Schlaft im Stall oder in meinem Wagen. Steht hinten. Kostet einen Dollar.«

»In Ordnung«, sagte Bent. Er kramte einen Dollarschein aus seinem Mantel und glättete ihn. Er gab ihn Glyn, ohne sich groß Gedanken darüber zu machen; der Transfer war schließlich nur vorübergehend.

Die alten Caddoes, heruntergekommene Männer, die bis kurz vor dem Umfallen tranken, brachen vor Sonnenuntergang auf. Bent und der kleine Gus brachten ihre Decken in den alten Planwagen, der sauberer war als der Schuppen, der als Stall diente. Bent fuhr sich öfter mit der Hand zwischen die Beine; den größten Teil des Nachmittags war er steif vor Erregung.

Er wartete mehrere Stunden, bis er es nicht mehr aushalten konnte, dann kroch er aus dem Wagen, ohne Gus zu wecken. Er öffnete die Eingangstür der Whisky-Ranch, die nur einmal kurz knarrte, was keine Rolle spielte, da hinter der roten Decke lautes Stöhnen und Grunzen ertönte. Bent zog seinen Revolver.

Er durchquerte den Hauptraum, geleitet von einem schwachen Glühen hinter dem Vorhang. Das Cheyenne-Mädchen stieß ein tiefes, lautes Stöhnen aus. Bent spähte um den Rand der Decke. Im kümmerlichen Schein einer Laterne sah er die schwitzende Rückseite des Mädchens; sie saß mit gegrätschten Beinen über dem Whiskyhändler und pumpte auf und nieder, den Kopf zurückgeworfen, die Augen geschlossen. Glyn rieb ihre Brüste. Seine beiden Hände waren sichtbar; die Schrotflinte lehnte außer Reichweite an der Wand. Gut. Jetzt kam es nur noch auf Geschwindigkeit an.

Bent riß die Decke beiseite und war mit drei Schritten neben dem Bett. Grünes Gras kreischte auf, und Glyn quollen die Augen aus dem Kopf. Er wollte nach seiner Schrotflinte greifen, gab es aber gleich wieder auf. »Was zum Teufel haben Sie hier zu suchen, Dayton?«

»Ich will diesen Platz«, sagte er lächelnd.

»Du verdammter Narr, du, der ist nicht zu verkaufen.«

Bent langte am Unterarm des Indianermädchens vorbei und jagte ihm eine Kugel in den Kopf, knapp oberhalb der Augen. Er zerrte die Leiche in den anderen Raum, kam dann wieder zurück, knöpfte seine Hose auf und rollte sie auf den Rücken. Sie hatte viel zuviel Angst, um Widerstand zu leisten.

So übernahm Bent die Whisky-Ranch. Zwei Tage später tauchten drei andere Caddoes auf. In gebrochenem Englisch erkundigten sie sich nach Glyn, den Bent eine halbe Meile entfernt beerdigt hatte. »Weg. Er hat mir alles verkauft.« Die Caddoes stellten keine weiteren Fragen. Bevor sie wieder gingen, hatte er ihnen Whisky für vier Dollar verkauft.

Grünes Gras schien es egal zu sein, wer ihr Mann war, solange er ihr nur Gin gab. Den billigsten, süßesten Gin, wie Bent nach einem Schluck entdeckte, den er gleich wieder ausspuckte. Septimus Glyn mußte ein erstklassiger Verführer gewesen sein, um das Mädchen so total zu korrumpieren. Eines Morgens verweigerte Bent ihr den Gin, um zu sehen, was passierte. Sie bettelte. Er gab nicht nach. Sie weinte. Er blieb immer noch bei seinem Nein. Sie sank auf die Knie und riß an den Knöpfen seiner Hose. Verblüfft ließ er sich von ihr in seinem Glauben bestärken, daß alle Frauen verkommene Huren waren. Während sie sich noch an seinen Beinen festklammerte, stieß er ihren Kopf zurück und goß ihr Gin in den Mund. Den Jungen, der in der Tür stand und sich mit einer Hand an der roten Decke festhielt, sah er nicht. Seine Füße waren nackt, sein graues Arbeitshemd starrte vor Dreck, seine Augen waren riesig in dem ausdruckslosen Gesicht.

Gegen Sonnenuntergang des siebten Tages begann sich Bent allmählich zu Hause zu fühlen. Er hatte das ausgefranste, rissige Ölgemälde von Madeline Mains Mutter aufgehängt und das Haus gesäubert. Kurz bevor es dunkel wurde, trat er hinaus, den Arm um Grünes Gras gelegt. Ihre große, weiche Brust preßte sich gegen ihn, und ihre Hüfte rieb sich provozierend an der seinen.

Little Gus, der die meiste Zeit sich selbst überlassen blieb, hatte sich mit dem zahmen Waschbären angefreundet. In dem rötlichen Abendlicht jagte er ihn am Bach entlang. Der Bach glänzte wie fließendes Blut, und in der kühlen Abendluft vernahm er einen Laut, den er schon lange nicht mehr gehört hatte; Little Gus' fröhliches Lachen.

Nun, warum sollte er ihn nicht lachen lassen? Bald schon würde er keine Chance mehr dazu haben. Bent hatte nun seinen Plan gefaßt. Er würde noch einige Monate warten; vielleicht bis Herbst oder Anfang Winter. Bis dahin würde Charles Main versuchen, sich an den Gedanken zu gewöhnen, daß er seinen Sohn verloren hatte. Gerade dann, wenn er allmählich lernte, mit seinem Kummer umzugehen, würde Bent erneut zuschlagen und ihm Nachricht zukommen lassen, daß Gus noch fast ein ganzes Jahr gelebt hatte und erst vor kurzem getötet worden war. Es würde ein zweischneidiger Tod sein, bei dem sich Schmerz mit Schuldgefühlen mischte. Sein Lebtag lang würde Charles der Gedanke verfolgen, daß sein Sohn vielleicht noch leben könnte, wenn er die Suche nicht aufgegeben hätte, wovon Bent inzwischen überzeugt war. Natürlich mußte er Teile der Leiche des Jungen liefern, um zu beweisen, daß er tot war. Sein Rasiermesser würde ihm da eine große Hilfe sein.

Little Gus' Lachen klang durch die hereinbrechende Dunkelheit. Grünes Gras legte ihre Wange auf Bents rechte Schulter. Er war glücklich. Die Welt war gut.

58

Charles bog um die Ecke und drückte sich gegen die Vorderseite des Grasdachhauses. Seinen Revolver hielt er schußbereit in Brusthöhe. Eines der Pferde wieherte, ein ferner Laut. Graue Eule bewachte sie in einem Pappelwäldchen, ungefähr eine halbe Meile entfernt.

Charles roch kalte Asche. Ein Feuer war sorglos oder hastig zugeschüttet worden. Die Pferdeäpfel im Pferch waren mindestens einen Tag alt; beschlagene Pferde hatten den Boden aufgewühlt. Niemand würde hier eine Farm aufbauen, sagte sich Charles. Sie hatten die Basis einiger abtrünniger Händler gefunden.

Eine schlammige Stiefelspitze tauchte an der entfernten Hausecke auf. Magic Magee glitt um die Ecke und schob sich mit dem Rücken zur Wand voran. Das Nachmittagslicht verblaßte schnell und nahm eine seltsame grünlich-goldene Färbung an. Von Westen her schoben sich die Wolken eines gewaltigen Sturms auf das Haus zu, wie ein am Himmel ausgerollter Teppich. Magee beobachtete Charles, wartete auf ein Zeichen. Der schwarze Mann trug seine Melone mit der Truthahnfeder; nichts an seiner Kleidung wies auf einen Soldaten hin.

Charles lauschte an der Plankentür. Nur eine sehr laute Stimme hätte das Toben des Sturms übertönen können. Er hörte nichts. Der Wind trocknete den Schweiß, der sich in Charles' Bart sammelte. Magee kroch näher heran, zur anderen Seite der Tür. Charles hielt drei Finger hoch, zählte dann lautlos. Bei drei sprang er vor die Tür und trat sie mit dem Stiefel auf. Ein gewaltiges, schweres Ding sauste aus der Dunkelheit direkt auf sein Gesicht zu. Er feuerte zweimal.

Das Echo der Schüsse ging im Sturm unter. Magees Blick folgte dem Vogel, der dicht über Charles' Kopf gestrichen war. »Ein Helfer von Graue Eule.«

Die Eule verschwand in der dunklen Wolkenmasse. Mit schußbereitem Colt sprang Charles ins Haus. Er roch Tabakrauch neben dem stärkeren Aschegeruch. Jemand hatte Wasser über das Feuer geschüttet; er sah den Eimer. Alles deutete auf einen schnellen Aufbruch hin.

Er steckte den Revolver weg. »Sag Graue Eule, er soll die Pferde bringen. Wir können genausogut hier vor dem Sturm Schutz suchen.«

Magee nickte und ging. Es gab nichts zu sagen. Charles' Entmutigung war offensichtlich.

Der Regen fiel in hämmernden Sturzbächen. Sie zerkleinerten einen alten Stuhl und zündeten das Feuer wieder an. Es sorgte für etwas Licht, konnte aber die durchdringende Feuchtigkeit nicht vertreiben. Die Pferde wieherten. Die Blitze waren grell, der Donner ohrenbetäubend.

Graue Eule kauerte in einer Ecke, seine Decke um sich gezogen. Er sah älter aus. Vielleicht kam es Charles auch nur so vor, weil er sich selbst so fühlte. Er nagte an einem Stück Trockenfleisch und sah Magee zu, der mit einem alten Kartenspiel übte.

Seit zweieinhalb Wochen suchten sie nun schon. Sie hatten einen Bogen nach Südwesten geschlagen, um dem Versorgungslager auszuweichen, und schließlich dieses Haus hier am Wolf Creek entdeckt. Charles hatte gehofft, die Bewohner befragen zu können, aber wer immer sie auch gewesen sein mochten, sie waren ganz plötzlich aufgebrochen, was ihn nervös machte.

Der heftige Regen verstärkte noch seine Mutlosigkeit. Er fiel Stunde um Stunde und würde alle Spuren fortschwemmen, die ihnen vielleicht hätten weiterhelfen können.

Nachdem das Feuer erloschen war, lag Charles noch lange wach. Seine Phantasie gaukelte ihm Bilder seines Sohnes vor, dann wieder sah er Bent vor sich, der gerade George Hazards Frau ermordete und ihren Ohrring stahl. Dieses Detail erfüllte ihn, mehr als alles andere, mit großer Angst und Sorge. Vor Jahren in Texas war Bent wenigstens phasenweise geistig normal gewesen. Jetzt konnte man nicht einmal mehr das von ihm behaupten.

Am Morgen entdeckten sie, daß zwei der Pferde ihre Halterstricke zerrissen hatten und fortgelaufen waren.

Der Sturm hielt bis Mittag an und überflutete tiefergelegene Stellen. Sie bereiteten gerade ihren Aufbruch vor, da fiel Charles der Gesichtsausdruck von Magee auf. Der schwarze Mann sattelte mit düsterem Blick sein Pferd, was ihm gar nicht ähnlich sah.

Graue Eule näherte sich mit einer gewissen Ehrerbietigkeit. »Wie lange suchen wir noch?«

»Bis ich was anderes sage.«

»Es gibt keine Spur, der wir folgen können. Der Mann und der Junge können überallhin gegangen sein. Oder sie sind zurück.«

»Ich weiß, aber ich kann einfach nicht aufgeben. Kehr um, wenn du willst.« Groll schwang in seiner Stimme mit.

»Nein. Aber für Magee ist es nicht leicht, so lange fort zu sein.« Verwundert wartete Charles. »Er hat jetzt eine Squaw. Eine gute Delaware-Frau, deren Mann gestorben ist.«

»Bis er mir sagt, er will zurück, gehen wir weiter. Alle drei.«

Graue Eule empfand Schmerz für seinen Freund. Die Verfolgung war aussichtslos. Nicht einmal der geschickteste Fährtenleser konnte einen Mann und ein Kind aufspüren, wenn die Fährte so alt und das Land so gewaltig und voller Verstecke war.

Mit dem April kamen die Krähen und Kardinalvögel. Nach jedem Schauer gab es Kröten in Hülle und Fülle. Die süß duftende, blühende Fruchtbarkeit des Frühlings erbitterte Charles auf eine irrationale Art und Weise. Nachts versank er in schweren Schlaf mit zahllosen Träumen. Noch nie hatte er sich so erschöpft gefühlt, so ohne jede Hoffnung. Die Gespräche zwischen den Männern waren längst auf das äußerste Minimum reduziert worden und drehten sich nur noch um den Plan für den Tag.

Eines frühen Morgens entdeckten sie in der Ferne eine der südlichen Büffelherden, die mit dem warmen Wetter nach Norden zurückkehrten. Sie töteten eine Büffelkuh, stopften sich mit frisch gebratenem Fleisch voll und packten so viel ein, wie sie essen konnten, bevor es verdarb. Die Bussarde leisteten ihnen Gesellschaft, warteten auf ihren Aufbruch.

Der Zug der Büffel erinnerte Charles an die unendliche Weite des Territoriums. Ein ganzes Armeecorps konnte hier durchziehen, ohne daß sie es bemerkten. Er hatte sich eingeredet, daß man das Territorium absuchen konnte, wie man ein Zimmer absuchte. Er war verzweifelt; er mußte so denken. Jetzt erkannte er, wie lächerlich das gewesen war. Er dachte nun realistischer. Das gehörte sich so für einen Mann, der Partner bei der Jackson Trading Company gewesen war, doch es raubte ihm auch die Hoffnung.

Die Stimmung seiner Begleiter half ihm auch nicht. Magee war mürrisch wegen der Delaware-Frau, und Graue Eule erging es nicht anders, weil er seine Begleiter nicht mit Erfolg führen konnte. Er versagte in dem Punkt, der den Sinn seines Lebens ausmachte.

Stundenlang ritten sie dahin, ohne zu sprechen, jeder in sich selbst versunken. Im Süden stiegen die Wichitas wie Monumente in einem flachen Feld empor. Sie hielten auf die tieferen Hänge der Westseite zu, wo sie Spuren im Überfluß fanden. Eine Menge Indianer hatten hier vor ungefähr einer Woche ihre Tipis aufgebaut. So viele Indianer — nach Charles' Schätzung mehrere hundert —, daß Zeit und Wetter die Spuren noch nicht völlig hatten verwischen können.

Nachdem sie die Nacht über kampiert hatten, machte sich Charles in dem taufunkelnden Morgen zu Fuß auf die Suche. Er entdeckte einen verrosteten Kessel; ein Druck mit dem Daumen machte sofort ein Loch in die dünne Rostschicht. Es mußte ein verarmtes Dorf gewesen sein, das hier gelagert hatte.

Graue Eule trottete heran. »Schau dir das an«, sagte er.

Charles folgte ihm zum Fuß des Berges, wo noch einige Spuren von Schleppstangen zu sehen waren. Er kniete nieder, um sie zu studieren. Zwischen den Stangenspuren sah er die Abdrücke von Mokassins. Er strich mit den Fingern leicht über einen Abdruck, verwischte ihn fast. Der Abdruck gehörte zu einer Frau, einer schwergewichtigen Frau; kein Mann würde Schleppstangen ziehen.

Charles schob seinen schwarzen Hut zurück und sprach das aus, was Graue Eule bereits wußte. »Es gibt keine Hunde mehr. Sie haben sie gegessen. Sie sind am Verhungern. Sie sind nicht aus freiem Willen aufgebrochen; sie sind auf der Flucht. Von hier könnten sie nach Süden ziehen. Oder nach Westen, nach Texas. Vielleicht den ganzen Weg bis in den Llano.«

Graue Eule kannte den Llano — die große Wüste; eine ungastliche Wildnis. »Westen«, nickte er.

Sie ritten mit etwas mehr Energie. Hier hatten sie endlich eine größere Menschengruppe vor sich, von denen einige vielleicht einen weißen Mann und einen Jungen gesehen hatten. Charles wußte, daß jede Wahrscheinlichkeit dagegen sprach, aber zumindest war es ein Krümelchen Hoffnung.

Sie konnten den Spuren eines so großen Zuges leicht folgen, bis zu der Nordgabelung des Red, dann anderthalb Tage weiter nach Nordwesten. Plötzlich stießen sie auf ein Gewirr von Fährten, die Überreste eines anderen Lagers und jenseits des Flusses von Hufen zertrampelte Erde, was darauf hindeutete, daß sich eine zweite große Indianergruppe der ersten angeschlossen hatte.

Graue Eule verließ sie für einen Tag und suchte im Norden und Osten nach Spuren. Er kehrte im Galopp zurück. »Von hier sind alle nach Osten«, sagte er. Trotz der Decke und des warmen Frühlingstages schwitzte er kein bißchen.

Magee kratzte mit dem Fingernagel Vogeldreck von seiner Melone. »Macht nicht viel Sinn. Im Osten liegen die Forts.«

»Egal, sie haben die Richtung eingeschlagen.«

Charles hatte eine Ahnung. »Reiten wir ein Stück den Fluß hoch. Mal sehen, ob wirklich alle nach Osten gegangen sind.«

Am nächsten Morgen fanden sie eine Stelle, wo vielleicht dreißig Hütten gestanden hatten. Am Tag danach fanden sie den Großvater.

Er ruhte in einem Pappelwäldchen; einige wenige Besitztümer aus seinem Medizinbeutel — Federn, eine Klaue, eine Pfeife — waren um ihn herum verstreut. Der Gestank eines entzündeten, fauligen Beines drang durch sein Büffelfell. Er war alt, sein Gesicht zerknittert wie braunes Packpapier. Er wußte, daß sein Tod unmittelbar bevorstand, und zeigte keine Angst vor dem merkwürdigen Trio. Graue Eule befragte ihn.

Sein Name war Starker Vogel. Er erklärte ihnen den Grund für die große Wanderung nach Osten. Ungefähr sechshundert

Cheyenne unter den Häuptlingen Roter Bär, Graue Augen und Kleine Robe hatten sich entschlossen, sich lieber den Soldaten in Camp Wichita zu ergeben, als zu verhungern oder im Kugelhagel von General Schleichender Panther zu sterben, der das Territorium nach Widerstand leistenden Banden absuchte. Der Großvater gehörte zu einer Gruppe, die sich mit Roter Bär davongemacht hatte.

»Dreißig Zelte«, sagte er mit dünner Stimme, während sich seine Augenlider zitternd schlossen. »Sie essen jetzt ihre Pferde.«

»Wo, Großvater?« fragte Graue Eule.

»Sie wollten hoch nach Sweet Water. Ob sie's getan haben, weiß ich nicht. Ich kenne dein Gesicht, ja? Du gehörst zum Volk.«

Graue Eule schien eine schwere Last zu tragen. »Vor langer Zeit.«

»Das Alter hat mein Fleisch verrotten lassen. Ich konnte nicht mehr mithalten. Ich bat sie, mich zurückzulassen, ganz gleich, ob die Soldaten mich finden oder nicht. Helft ihr mir beim Sterben?«

Sie hackten Äste ab und bauten eine Beerdigungsplattform in einer der stärksten Pappeln. Charles schleppte den alten Mann hoch, während Magee ihn von unten stützte. Der Gestank war kaum zu ertragen, aber Charles schaffte es, den Großvater niederzubetten, umgeben von seinen wenigen Besitztümern; die warme Sonne schien auf sein altes Gesicht, das gefaßt wirkte und nun sogar ein schläfriges Lächeln zeigte.

Als sie weiterritten, sagte Graue Eule: »Es war edel, ihm auf die Straße in die ewigen Jagdgründe zu helfen. Das war nicht die Tat des Mannes, den sie Cheyenne Charlie nannten. Der Mann, der so viele töten wollte.«

»Ich will jetzt nur noch eines«, sagte Charles. »Ich glaube, jetzt haben wir Glück. Ich glaube, wir werden ihn finden.«

Wieder sprach die blinde Hoffnung aus ihm. Doch der Sonnenschein und der Frühling munterten ihn auf, ebenso wie die Möglichkeit, daß die Leute von Roter Bär vielleicht einen weißen Mann gesehen hatten. Graue Eule warnte Charles und Magee, daß Roter Bär, nun ein Dorfhäuptling, früher ein hitziger, wilder Gemeinschaftshäuptling des Roten Schildes gewesen war, was auch erklärte, warum er vor der Kapitulation zurückgeschreckt war.

Sie entdeckten das Dorf weit oben am rechten Ufer des Sweet Water. Die Cheyenne gaben sich keine Mühe, sich zu verstekken. Kochfeuer schickten ihre Rauchsäulen in den Mittagshimmel. Von einer Anhöhe aus sah Charles durch sein Fernglas mehrere Männer mit zerlumpten Tierfellen auf den Köpfen, die am Rande des Lagers in einem großen Kreis herumstampften. Der Wind trug die schwachen Laute einer von Hand geschlagenen Trommel heran.

Magee spähte durch das Fernglas. Ungewöhnlich scharf sagte er: »Was zum Teufel haben sie zu tanzen? Sind sie nicht am Verhungern?«

»Massaum«, sagte Graue Eule.

»Sprich englisch«, sagte Magee.

»Das ist der Name der Zeremonie«, erklärte Charles. »Sie legen einen bemalten Büffelschädel in einen Graben als Symbol für den Tag, an dem der Büffel auf die Erde kam, und die Tänzer tun so, als wären sie Hirsch und Elch und Wolf und Fuchs. Die Zeremonie ist eine Bitte um Nahrung. Der alte Mann sagte, sie seien am Verhungern.«

Magee fuhr sich mit der Zunge über die oberen Zähne. »Scheinen deswegen auch ganz schön außer sich zu sein.«

»Du mußt ja nicht mitkommen.«

»Oh, doch. Meinst du, ich habe bis hier durchgehalten, um jetzt den Feigling zu spielen, he? Irgend jemand hat mich nicht zu dieser Sorte Soldat ausgebildet.« Magee starrte in Charles' wilde, verstörte Augen, auf den langen Bart, der fast bis zum Bauch reichte, und stieß plötzlich einen bekümmerten Laut aus. »Tut mir leid, wenn ich mich mürrisch anhöre. Ich glaube lediglich, all das ist hoffnungslos. Dein Junge ist tot, Charlie.«

»Das ist er nicht«, sagte Charles. »Graue Eule? Kommst du mit, oder bleibst du hier?«

»Wir gehen.« Der Fährtensucher musterte mit unbehaglichem Gesichtsausdruck das Dorf. »Aber ladet zuerst die Gewehre.«

Es war ein herrlich milder Tag. Kein Tag für Tragödien, für einen verschwundenen Sohn oder einen hungernden Magen. Der Wind trieb flauschige Wolken über den Himmel, die majestätische, langsam dahinziehende Schatten warfen. Durch diese Schatten ritten sie hintereinander im Zickzackmuster, so wie Charles es von Jackson gelernt hatte.

Einer der mit einem Fell bekleideten Tänzer entdeckte sie zuerst. Er zeigte auf sie und stieß einen Schrei aus. Das Trommeln hörte auf. Männer, Frauen und Kinder stürzten auf die Seite des Camps, der sich die Fremden näherten. Die Männer waren in mittleren Jahren oder älter; die Krieger suchten zweifellos irgendwo nach Nahrung. Noch ein gutes Stück außer Rufweite sah Charles die Sonne auf Lanzenspitzen und Messerklingen blitzen. Nirgendwo sprangen Hunde herum. Die Tipis waren verwittert und zerrissen. Ein Hauch von Verzweiflung und Hoffnungslosigkeit lag über dem Dorf.

Der Wind blies ihnen immer noch ins Gesicht. Charles roch Abfälle, Rauch und säuerliche Leiber. Die abgezehrten, zornigen Gesichter hinter den Tänzern gefielen ihm ganz und gar nicht, genausowenig wie der trotzige, wilde Ausdruck auf dem Gesicht des kräftigen alten Kriegers, der mit seiner acht Fuß langen, roten Lanze und seinem runden, roten Schild aus Büffelhaut auf sie zukam. Die Hörner seines Kopfschmucks waren rot, aber das Rot war verblaßt; er hatte sich in Kriegen ausgezeichnet, die viele Winter zurücklagen.

Charles streckte seine Hand mit der Handfläche nach oben aus und sprach den Indianer in dessen Sprache an.

»Wir kommen in Frieden.«

»Seid ihr Jäger?«

»Nein. Wir suchen nach einem kleinen Jungen, meinem Sohn.« Das löste Geflüster bei einigen Großmüttern aus. Auch Magee bekam es mit und zog eine Augenbraue hoch. Diese halb verhungerten alten Frauen mit ihren wäßrigen Augen reagierten so, als wüßten sie, wovon Charles sprach. »Dürfen wir für eine Weile ins Dorf kommen?«

Häuptling Roter Bär stieß seinen Schild vor. »Nein. Ich kenne den Mann neben dir. Er wandte sein Gesicht vom Volk ab, um den weißen Teufeln in den Forts zu helfen. Ich kenne dich, Graue Eule«, rief er und schüttelte Schild und Lanze. Einer der Tänzer mit einem Fellfetzen auf dem Kopf duckte sich; seine Messerspitze beschrieb kleine, provozierende Kreise.

»Ihr seid Soldaten«, sagte der Häuptling.

Der Häuptling deutete mit seiner Lanze auf den Fährtensucher und brüllte: »Soldaten! Holt Pfeifende Schlange aus dem Massaum-Zelt!«

Magee zog seine Spencer langsam vom Sattel hoch. »Nicht«, sagte Charles auf englisch. »Ein Schuß, und sie zerreißen uns.«

»Schaut so aus, als täten sie das so oder so.« Ein leichtes Zittern schwang in Magees Stimme mit; Charles fürchtete, daß er recht hatte. Mehr als hundert Menschen standen ihnen gegenüber. Was physische Kraft anbelangte, so konnte keiner der Cheyenne ihnen das Wasser reichen. Hunger und Alter hatten sie geschwächt. Zahlenmäßig jedoch hatten sie den Kampf schon gewonnen, noch bevor er begonnen hatte.

»Kennst du diese Pfeifende Schlange?« erkundigte sich Charles bei Graue Eule.

»Priester«, erwiderte Graue Eule fast unhörbar. »Häßliches Gesicht. Als junger Mann verbrannte er sich das Gesicht mit Feuer, um seine magischen Kräfte zu beweisen. Selbst Häuptlinge wie Roter Bär fürchten ihn. Das ist sehr übel.«

Kleine Jungs flitzten vor, um die Pferde zu streicheln. Die Tiere tänzelten nervös beiseite, ließen sich nur mühsam kontrollieren. Indianermütter kicherten und stießen sich gegenseitig an, musterten die Spurenleser, als wären sie eine Fleischlieferung laut Vertrag. Charles wußte nicht, was er tun sollte. Er hatte darauf gewettet, ein verdecktes As zu haben, und hatte dann eine Drei umgedreht.

Ein letzter Versuch. »Häuptling Roter Bär, ich wiederhole, wir wollen nur fragen, ob jemand in deinem Dorf einen weißen Mann gesehen hat, der mit einem kleinen . . .«

Die Menge teilte sich wie unter einem Beilhieb. Ein ängstliches, ehrerbietiges Seufzen stieg auf. Der Blick des alten Häuptlings war merkwürdig spöttisch. Der Priester, Pfeifende Schlange, kam den mit menschlichem Abfall übersäten Weg entlang.

April 1869. Die Schule hat einen neuen Globus, eine Weltkarte für die Wand und acht Schülerpulte als Ersatz für die selbstgemachten. Eine Gruppe angesehener Erzieher aus Connecticut plant einen Besuch für den nächsten Monat. Prudence besteht darauf, daß wir die ganze Schule putzen und auf Hochglanz bringen.

Das Kreischen der Sägen und das Rattern der Minenkarren, das ich neben den lieblichen Geräuschen des Hausbaus höre, erinnern mich daran, daß wir uns jetzt auch Fenster für das Schulhaus leisten können anstelle der Läden. Andy wird sie einglasen. Prudence und ich und ein paar von den Jungen können die anderen Aufgaben abends erledigen. Die richtige Arbeit für einsame Frauen: anstrengend, ermüdend. Prudence, stark wie ein Fuhrknecht, wird jeden Monat ein bißchen kräftiger. Obwohl sie immer noch ihre Lieblingspassagen zitiert, entdecke ich jetzt eine gewisse Traurigkeit in ihren Augen. Ich glaube, sie weiß, daß sie eine Jungfer bleiben wird – so wie ich eine Witwe bleiben werde. Zu arbeiten, bis der ganze Körper schmerzt, scheint die beste Medizin gegen Einsamkeit.

Eine andere Art von Trauer teile ich mit Jane. Sie hat mir erzählt, daß sie trotz langjähriger Bemühungen kein Kind bekommen kann. Prudence, die Shermans, Orrys sinnloser Tod – all das scheint irgendwie miteinander verbunden. Legt es Zeugnis davon ab, daß uns nie ein glückliches Leben garantiert wird, sondern nur das Leben selbst?

Bin einem jungen, ärmlich gekleideten Mann auf einem weißen Pferd auf der Uferstraße begegnet. Er grüßte nicht, starrte mich aber an, als würde er mich kennen. Trotz seiner Jugend lag ein grausamer Zug in seinem Gesicht. Er ist kein gutherziger Nordstaatler, der unsere Schule inspizieren will, vermute ich ... Andy sah ihn heute morgen.

Bin ihm wieder begegnet. Grüßte ihn. Er trieb sein weißes Pferd auf mich zu, als wollte er mich niederreiten. Ich mußte mich seitlich ins Unkraut werfen. Einen Augenblick lang blitzte sein Gesicht über mir auf, eine Inkarnation des Hasses...

... Seit zwei Tagen keine Spur von ihm. Ich hoffe, er ist weitergeritten, um andere zu terrorisieren...

Von dem kleinen Negerfriedhof außerhalb von Charleston hatte man einen schönen Ausblick auf den Ashley. Der Boden um die Grabhügel herum war ein modriger Teppich brauner, verfaulender Blätter. Sträuße verwelkter Sonnenblumen, sogar bräunlicher Löwenzahn lagen auf den Gräbern. Es war ein armseliger, verwahrloster Friedhof.

Des LaMotte betete kniend vor einem Holzkreuz, in das er eine kreisförmige Vertiefung geschnitzt und eine gesprungene Tafel eingepaßt hatte. Über der Platte hatte er eine Inschrift in das Holzkreuz geschnitzt.

JUBA

Du warst treu in wenigen
Dingen, so werde ich dich zum Herrscher
über viele Dinge machen.

Matt. 25, 21

Wo die Bäume den Blick auf das Wasser freigaben, leuchtete ein silberfarbener Himmel in seltsam drohendem Glanz. Vom Atlantik her wehte ein stärker werdender Nordostwind. Für die Frühlingszeit war es zu kalt. Vielleicht spürte Des auch nur die Auswirkungen der verstreichenden Zeit und der Armut und seiner merkwürdigen Unfähigkeit, mit seinem Feind abzurechnen. Nach der Mühsal des Krieges und den inzwischen verstrichenen Jahren sehnte er sich nicht mehr so wild und heftig nach Rache. Ehre war weniger wichtig als Brot oder das winzige Zimmerchen in der Stadt. »LaMotte-Ehre«, das hatte nun den komischen Klang eines Satzes in fremder Sprache, der sich unmöglich übersetzen ließ.

Seine alten Bindungen an die Vergangenheit waren dahin. Ferris Brixham, tot. Sallie Sue, tot. Mrs. Asia LaMotte, tot; vor anderthalb Jahren hatte der Krebs ihr Inneres aufgefressen. Und jetzt Juba; der letzte. Gegen Ende zu war er so verkrüppelt gewesen, daß er nicht mehr von seinem Lager hatte wegkriechen können. Des hatte ihn gefüttert und gebadet und gesäubert, als wäre er irgendein letztes, kostbares Relikt aus einem niedergerissenen Haus. Juba war im Schlaf gestorben, und Des hatte im Schein einer Kerze fast eine Stunde lang die Leiche angestarrt. Das Dahinscheiden seines Dieners erinnerte ihn daran, daß der menschliche Körper auch so schon vergänglich genug war, auch ohne daß man ihn absichtlich irgendwelchen Gefahren aussetzte. Der Heißsporn, der sich Cooper Main auf der Plankenbrücke gegenübergestellt hatte, erschien ihm nun wie ein alberner, ferner Verwandter, der keine Ahnung von den Realitäten des Lebens hatte und dessen Vorstellungen nicht länger Bestand hatten. Des war alt, er war krank; er hatte lange genug gekämpft.

Er machte sich daran, aufzustehen. Das bedurfte einer geistigen Vorbereitung, weil er wußte, daß seine Knie knirschen und schmerzen würden. Merkwürdig, daß die gleichen arthritischen Beschwerden, die Juba gequält hatten, nun auch ihn in viel jüngeren Jahren befielen. Er konnte keinen einzigen Tanzschritt mehr graziös ausführen. Das war ein weiterer Teil seines Lebens, der vorbei war. Die Abnutzungserscheinungen der Jahre zeigten sich in den traurigen Linien seines Gesichts sowie in seinem Karottenhaar, das von den weißen Strähnen nun wie von einem Dreizack durchzogen wurde.

Er wollte sich gerade erheben, da hörte er das Geräusch von Pferdehufen im Friedhof. Stöhnend stand er auf und drehte sich um. Er hatte mit irgendeinem schwarzen Siedler gerechnet und sah nun überrascht einen weißen Mann vor sich. Hinter dem Mann brodelten die Wolken wie schwarze Suppe in einem heißen Kessel.

Der Fremde war jung, kaum mehr als zwanzig. Er trug einen alten, schwarzen Mantel mit hochgestelltem Kragen. Er hatte sich sorgfältig rasiert, aber sein schwarzer Bart schimmerte durch. Die Sonne hatte ihm Nase, Backenknochen und Hände verbrannt. Als der junge Mann von seinem weißlichen Pferd stieg, sah Des seinen Nacken. Rot von der Feldarbeit.

Während der junge Mann auf Des zukam, nahm dieser weitere Einzelheiten wahr. Etwas stimmte nicht mit dem linken Auge des Fremden; es hatte den starren Ausdruck der Blindheit. Das Pferd ließ Des an die Offenbarung denken: *Und der Name, den sie ihm gaben, lautete Tod.*

»Sie sind Desmond LaMotte?«

»Das bin ich, Sir.«

»Man sagte mir, ich würde Sie hier finden.«

Des wartete. Der Fremde strahlte eine unterdrückte, wilde Grausamkeit aus. Irgendwie paßte das zu seinem rohen, roten Gesicht, den roten Händen, dem roten Nacken, dem gespenstisch starrenden Auge. Der Anblick machte Des angst.

Er sah keine Waffe, doch seine langen Beine begannen zu zittern, als der Fremde die zahlreichen Taschen seines fadenscheinigen Mantels zu durchsuchen begann. »Ich bin Benjamin Ryan Tillman vom York County, Sir. Ich bin auf Anweisung hergeritten, um mit Ihnen zu sprechen.«

»York County.« Das war ein weiter Weg; noch über Columbia hinaus, nahe der Grenze zu North Carolina. »Ich kenne niemanden im York County.«

»O doch«, sagte Tillmann und streckte ihm das entgegen, was er endlich in seinen Taschen gefunden hatte — einen bereits vergilbten Zeitungsausschnitt. Die Überschrift verblüffte Des.

DER KU-KLUX

Die Überreste von Detective
Barmore entdeckt

Des' Furcht verstärkte sich. Der Nordostwind riß an der Ecke des Zeitungsartikels, der aus irgendeiner Zeitung in Nashville stammte. »Ich verstehe das nicht. Sir«, fing er an.

»Ich bin hier, um es Ihnen zu erklären. In dem Bericht heißt es, daß die Leiche des Mannes in einem Wäldchen gefunden wurde, zusammen mit einem leeren Notizbuch und einem Teil seiner K.-K.-K.-Ausrüstung.«

»Was hat das mit mir zu tun?«

»Ich bin hier, um Ihnen auch das zu erklären. Dieser weiße Mann, Barmore, hat drüben in Tennessee einen Befehl des Großen Drachen nicht ausgeführt.« Tillman nahm den Zeitungsausschnitt aus Des' blasser Hand. »Der Große Drache von Carolina wollte Ihnen zeigen, daß das Unsichtbare Reich keinen Ungehorsam duldet.«

Des spürte plötzlich den heftigen Drang, Wasser zu lassen. Das gute Auge des Fremden glitzerte fanatisch. Der Wind, mittlerweile fast schon ein Sturm, fegte Blätter in wirbelnden Wolken an ihnen vorbei. Alte Äste knirschten und ächzten. Einer brach ab und segelte davon.

»Ich habe nie einen Befehl verweigert«, protestierte Des.

»Und Sie werden auch den nicht verweigern, den ich Ihnen jetzt erteilen werde. Ihre Gruppe kontrolliert den Bezirk nicht so, wie es sich gehört. Jedermann im Staat weiß Bescheid über diese Frau auf Mont Royal, die links und rechts Geld scheffelt mit ihrer Sägemühle und ihrem Phosphat, während sie diese Niggerschule unterhält.«

Des' Magen schmerzte. »Wir haben versucht, die Schule niederzubrennen.«

»*Versucht*«, sagte Tillman; er spuckte das Wort so heftig aus, daß Des' Gesicht von kleinen Speicheltropfen übersprüht wurde. »Ein *Versuch* ist nicht gut genug. Ihr habt es verpatzt. Jetzt kommen die verdammten Yankee-Politiker und Bibelwälzer runter, schauen sich die Schule an und loben sie. Das ist ein Gestank in der Nase gottesfürchtiger weißer Männer. Sie müssen das beseitigen, LaMotte. Wenn nicht, dann werden Sie so enden wie Barmore in Tennessee.«

»Wissen Sie überhaupt, wen Sie vor sich haben?« brüllte Des. »Ich habe im ganzen Krieg bei den Palmetto Rifles gekämpft. Ein Eliteregiment. Was haben Sie getan? Zu Hause gesessen mit den anderen rotnackigen Farmerjungen?«

»Sie Scheißkerl von einem Charleston-Snob!« Wieder spuckte er; etwas ungemein Primitives und Gefährliches strahlte von ihm aus. »Zwei Jahre lag ich krank darnieder, versuchte gesund genug zu werden, um in die Armee einzutreten. Ich habe das Licht meines einen Auges verloren, zwei meiner Brüder sind an ihren Kriegsverletzungen gestorben, ein weiterer am Lagerfieber. Ich stehe unerschütterlich für den Süden und die weiße Rasse ein, und dafür habe ich getötet. Ich reite für den Klan im York County, und ich gebe Ihnen nur eine Warnung. Der Große Drache und Carolina wollen hier unten Blut sehen. Niggerblut. Diese Main. Holen Sie Ihre Gruppe zusammen, erledigen Sie die Schule, erledigen Sie dieses Weib. Kapiert?«

»Ja — jawohl.«

»Das gilt auch für den Rest Ihrer Gruppe.«

»Glauben Sie mir, Tillman, ich will doch dasselbe wie Sie. Was der Klan will. Aber letztes Mal trafen wir auf Widerstand, und jetzt wird der Widerstand noch größer sein. Es gibt eine Negermiliz auf Mont Royal.«

»Niemand schert sich darum, ob sämtliche Erzengel mit ihren Harfen und Heiligenscheinen auf Wache stehen«, sagte Tillman. »Entweder das Weib ist in dreißig Tagen erledigt, oder Sie sind erledigt. Ich werde mit Vergnügen zurückkommen, um das Urteil zu vollstrecken.«

Er starrte Des an, bis dieser wegschaute. Dann stopfte er mit einem höhnischen Kichern den Zeitungsausschnitt in die Tasche von Des' Mantel, ging auf sein Pferd zu und schwang sich in den Sattel. »Guten Tag, Sir«, sagte er und ritt vom Friedhof; sein schwarzer Mantel hatte die gleiche Farbe wie der Himmel vor ihm.

Erschöpft lehnte sich Des gegen einen Baum. Er las die Barmore-Story einmal, zweimal. Er bezweifelte nicht die Ernsthaftigkeit der Warnung seines Besuchers. Dieser Fremde, Benjamin Ryan Tillman aus dem York County, gehörte zu den einschüchterndsten menschlichen Wesen, denen er je begegnet war. Bei seinem Anblick mußte Des an Römer denken, die Christen niedermetzelten, und an spanische Inquisitoren. Carolina würde von diesem jungen Kerl noch hören, falls ihn die Neger nicht zuvor umbrachten, um sich selbst zu retten.

In dem heulenden Wind ritt er auf Jubas Maultier zurück nach Charleston.

Bei Einbruch der Dunkelheit machte er sich auf den Weg zum Dixie-Laden in Summerton. Dort befahl er Gettys, Sprengstoff zu kaufen. Gettys stotterte, das sei zu gefährlich. Des sagte ihm, er solle nach Savannah oder, falls notwendig, nach Augusta reiten. Er sagte ihm, es handle sich um einen Befehl des Klans. Er teilte ihm das Urteil des Klans mit, falls sie versagten. Danach machte Gettys keine weiteren Einwände.

59

Obwohl Pfeifende Schlange mindestens siebzig Winter zählte, bewegte er sich mit der Energie eines jungen Mannes. Nacken und Unterarme wirkten straff und sehnig. Sein schlohweißes Haar war ganz schlicht in der Mitte geteilt und ohne jeden Schmuck zu Zöpfen geflochten. Er trug einen Lederkittel, den die Jahre stumpfgolden gefärbt hatten. Ein schlichter Ledergürtel hielt den Kittel in der Taille zusammen. In Brusthöhe hielt er in der rechten Hand einen Fächer aus goldenen Adlerfedern, zwei Fuß von Spitze zu Spitze.

Charles konnte sich nicht entsinnen, je einen alten Mann mit einer derartigen Aura von Stärke und Kraft gesehen zu haben. Oder menschliche Augen, die so arrogant und unangenehm dreinblickten. Die rechte Iris war hinter aufgeworfenem, gefälteltem Fleisch nur teilweise sichtbar. Narbengesicht hatte eine glatte Haut im Vergleich zu Pfeifende Schlange, der aussah, als wäre sein Fleisch von der Schläfe bis zum Kiefer geschmolzen und anschließend zu harten Kanten und schroffen Furchen zusammengeschoben worden. Einkerbungen wie große, verheilte Nagelwunden zerrissen die Fleischkanten. Der Mann sah abscheulich aus, was ihn um so stärker wirken ließ.

»Sie sagen, sie suchen seinen Sohn«, erklärte Roter Bär dem Priester mit einem Nicken in Richtung Charles.

Pfeifende Schlange betrachtete ihn, fächelte sich dabei mit einer kleinen Drehung seines knochigen Handgelenks Luft zu. Ein rundliches, kleines, nacktes Kind schwankte auf ihn zu, wollte nach ihm greifen. Mit ängstlichen Augen riß seine Mutter es zurück.

Der Priester wedelte mit dem Fächer in Richtung Magee. »Büffelsoldat. Tötet sie.«

»Zum Teufel mit dir«, sagte Charles. »Es gibt auch noch andere schwarze Männer in der Prärie außer Büffelsoldaten. Das ist mein Freund. Er kommt in Frieden. Ich auch. Wir suchen meinen kleinen Jungen. Ein anderer weißer Mann hat ihn gestohlen. Ein großer Mann. Er trägt vielleicht Weibertand. Hier.«

Er zog an seinem Ohrläppchen. Ein älterer Cheyenne bedeckte seinen Mund, während seine Augen hervorquollen. Charles hörte das aufgeregte Gemurmel der Frauen, bevor Roter Bär sie mit einem Blick zum Schweigen brachte. Charles Magen verknotete sich. Sie hatten Bent gesehen.

Der Priester fächelte sich. »Tötet sie.« Die braune Iris verschob sich in dem Narbengewebe. »Zuerst den dort, den Verräter an dem Volk.«

Das Pony von Graue Eule begann zu tänzeln, als strömten unsichtbare Kräfte von dem Priester auf seine Feinde über. Das Pony wieherte. Graue Eule konnte es nur mit Mühe kontrollieren. Sein Gesicht zeigte ein für ihn ungewöhnliches Gefühl: Furcht.

Magee flüsterte auf englisch aus dem Mundwinkel: »Was sagt dieser alte Bastard?«

»Er hat ihnen befohlen, uns zu töten.«

Magee schluckte. »Das lassen sie besser bleiben. Ich möchte hier mit der Wolle auf meinem Kopf wieder rauskommen. Ich möchte Schöne Augen wiedersehen.« Die Squaw, vermutete Charles. »Ich werde hier nicht ins Gras beißen. Ich bin von niggerhassendem Saloonabschaum verprügelt...«

Der Priester winkte mit seinem Fächer, rief in Cheyenne: »Schluß mit dieser fremden Zunge.«

»Ich bin von weißen Soldaten runtergemacht worden, die es nicht mal wert waren, die Stiefel eines echten Mannes zu putzen. Ich werde mich doch nicht von einem alten, fächerwedelnden Indianer so einfach von der Erde fegen lassen!« Ein seltsamer, aus der Furcht geborener Zorn trieb Magee an. Er wedelte mit seiner Melone, so wie Pfeifende Schlange mit seinem Fächer gewedelt hatte. »Sag ihm, er soll es nicht wagen, einen Zauberer anzurühren.«

»Einen was?« Charles war so verblüfft, daß er den Rest nicht mehr herausbrachte.

»Der größte, gemeinste aller schwarzen Zauberer dieses Universums. Das bin ich!« Magee warf die Arme wie ein Prediger in die Luft; er befand sich wieder in Chicago, eingekreist, und nur sein Witz und seine Geistesgegenwart konnten verhindern, daß er verprügelt wurde.

Roter Bär wich vor ihm zurück. Ein fetter Großvater legte schützend einen Arm um seine Frau. Magee wirkte unheilvoll, wie er da brüllend mit erhobenen Armen auf seinem Pferd saß. »Ich werde dieses Dorf mit Wind, Hagel und Feuer dem Erdboden gleichmachen, wenn sie uns anrühren oder uns nicht das sagen, was wir wissen wollen.« Ein Augenblick des Schweigens. Dann brüllte er Charles wie ein Hauptfeldwebel an: »Sag's ihnen, Charlie!«

Charles übersetzte. Wo er zögerte, beispielsweise bei dem Wort für Hagel, sprang Graue Eule helfend ein. Pfeifende Schlange fächelte schneller. Roter Bär beobachtete den Priester, wartete auf dessen Reaktion; momentan hatte Pfeifende Schlange das Kommando. »Er ist ein großer Zauberer?« fragte Pfeifende Schlange.

»Der größte, den ich kenne«, sagte Charles und fragte sich, ob er verrückt geworden war. Doch was hatten sie für eine Alternative? Höchstens den sofortigen Tod.

»Ich bin der größte Zauberer«, sagte der Priester. Charles übersetzte. Magee, mittlerweile ruhiger, schnaubte.

»Alter Angeber.«

»Nein«, sagte Charles und deutete auf Magee. »Er ist der größte.« Zum erstenmal lächelte Pfeifende Schlange. Er besaß nur noch vier weit auseinanderstehende Zähne im Oberkiefer. Sie sahen aus wie Fangzähne, so als hätte er sie zurechtgefeilt. »Bringt sie ins Dorf«, sagte er zu Roter Bär. »Gebt ihnen zu essen. Nach Sonnenuntergang werden wir sehen, wer der größte Zauberer ist. Danach werden wir sie töten.«

Über den Rand seines Federfächers musterte er Magee. Er lachte auf, ein trockenes Kichern. Dann wandte er sich ab und marschierte majestätisch ins Dorf zurück.

Magee schaute benommen drein. »Mein Gott, ich hätte nie gedacht, daß er darauf eingehen würde.«

»Kannst du ihm was vorführen?« flüsterte Charles.

»Ein paar Sachen hab' ich dabei, wie immer. Aber das ist nur Kleinkram. Dieser alte Indianer, der hat was an sich. So als würde der Teufel in seinem Ohr singen.«

»Er ist nur ein Mensch«, sagte Charles.

Graue Eule schüttelte den Kopf. »Er ist mehr als das. Er steht mit dem allmächtigen Geist in Verbindung.«

»Lord«, sagte Magee. »Und ich habe nichts weiter als ein paar Saloontricks.«

Der Sonnenglanz über der Prärie wirkte plötzlich kostbar und wertvoll; dieser Morgen mochte der letzte sein, den sie je sehen würden.

Die Cheyenne brachten die drei in ein stinkendes Tipi und stellten ein paar alte Männer als Wachposten davor. Eine Frau brachte Schüsseln mit kaltem, ungenießbarem Stew. Kurz vor Einbruch der Dunkelheit entzündeten die Dorfbewohner ein riesiges Feuer; Flöte und Handtrommel machten Musik.

Eine Stunde ging mit Gesängen und Tänzen vorbei. Charles kaute auf seiner letzten Zigarre herum, hegte und pflegte die abergläubische Gewißheit, daß sie hier nicht lebend herauskommen würden, wenn er sie rauchte. Graue Eule saß in seine Decke gewickelt da, als würde er schlafen. Magee öffnete seine Satteltaschen, wühlte darin herum, machte Bestandsaufnahme, schloß sie wieder; zehn Minuten später fing er damit wieder von vorn an. Das Trommeln wurde lauter. Charles schätzte, daß ungefähr zwei Stunden vergangen sein mochten, als Magee aufsprang und gegen seine Satteltaschen trat. »Wie lange wollen sie uns noch auf die Folter spannen?«

Graue Eule hob den Kopf. Seine Augenlider hoben sich. »Der Priester will, daß du dich so fühlst. Er kann dann ein anderes, ruhiges Gesicht zeigen.«

Magee blies die Backen auf. Charles sagte: »Ich wollte, ich hätte uns nicht in diese Situation ...«

»Das hab' ich getan«, sagte Magee fast knurrend. »Ich habe uns in diese Situation gebracht. Ich werd' uns auch wieder rausbringen. Selbst wenn ich bloß ein Niggerzauberer aus dem Saloon bin.«

Ein paar Minuten später wurden sie von den Wachen hinausgeführt. Schweigen senkte sich über den Menschenring um das Feuer herum. Die Männer saßen. Frauen und Kinder standen hinter ihnen.

Es war ein windstiller Abend. Die Flammen stiegen senkrecht empor, Funken schossen zu den Sternen hoch. Pfeifende Schlange saß neben Häuptling Roter Bär. Letzterer zeigte ein verwaschenes Lächeln, als hätte er getrunken. Pfeifende Schlange war gefaßt, wie Graue Eule es vorausgesagt hatte. Sein Fächer lag in seinem Schoß.

Für Charles wurde ein Sitzplatz freigemacht. Roter Bär bedeutete ihm, sich zu setzen. Graue Eule wurde grob zu den Frauen gezerrt, eine weitere Strafe für seinen Verrat. Der Großvater links neben Charles zog ein Messer aus seinem Gürtel und prüfte die Klinge, während er Charles starr ansah. Charles kaute auf seiner kalten Zigarre herum.

Roter Bär sagte: »Anfangen.«

Magee legte seine Satteltaschen flach auf den Boden. Charles betrachtete den Kreis um das Lagerfeuer wie eine Uhr. Magee befand sich auf zwölf Uhr, Pfeifende Schlange auf neun Uhr, er selbst saß auf drei Uhr und Graue Eule hinter ihm zwischen vier und fünf.

Magee räusperte sich, blies in seine Hände, griff nach seiner Melone und ließ sie über die ganze Länge seines Armes in seine Hand rollen. Ein alter Großvater lachte und klatschte. Pfeifende Schlange schoß ihm einen Blick zu. Er hörte auf zu klatschen.

Magee, bereits schweißglänzend, zog ein blaues Seidentuch aus einer Satteltasche und stopfte es in seine geschlossene Faust. Er sang dazu: »Kolonne rechts, Kolonne links, im Laufschritt, Hokuspokus.«

Roter Bär zeigte ein leichtes, neugieriges Stirnrunzeln. Pfeifende Schlange fächelte. Charles' Magen wog mindestens zwanzig Pfund. Sie waren dem Untergang geweiht.

Magee zog ein schwarzes Tuch aus seiner Faust und öffnete sie dann, um zu zeigen, daß sie leer war. Er wedelte mit dem Tuch wie ein Stierkämpfer, führte beide Seiten vor und setzte sich wieder. Pfeifende Schlange ließ sich herab, Charles einen Blick zuzuwerfen. Die vier gefeilten Zähne blitzten in überlegener Verachtung auf.

Pfeifende Schlange übergab Roter Bär feierlich seinen Fächer. Er erhob sich. Unter seiner Robe holte er einen Beutel aus rotem Flanell hervor. Er drehte ihn um, zeigte beide Seiten, ballte ihn wieder zusammen. Dann begann er plötzlich mit einem Singsang und hüpfte dazu tanzend im Kreis herum. Während er sang und tanzte, hielt er die oberen Ecken des Beutels mit Daumen und Zeigefinger jeder Hand.

Die Köpfe zweier Schlangen mit glitzernden Augen stiegen plötzlich aus dem Maul des Beutels. Die Leute japsten. Für einen Augenblick war Charles verblüfft. Dann, als die Schlangen wieder in den Beutel zurücksanken, fiel ihm ihre mangelnde Beweglichkeit auf. Magee, der mit untergeschlagenen Beinen neben seinen Satteltaschen saß, warf ihm einen angewiderten Blick zu. Auch er hatte die Schlangen als das erkannt, was sie waren: Schlangenhaut, über Holz geklebt.

Die Cheyenne jedoch hielten es für einen beeindruckenden Trick. Singend und tanzend drehte Pfeifende Schlange eine ganze Runde um das Feuer und führte in jedem Viertel die sich aufbäumenden Schlangen vor. Er beendete die Runde und knüllte den Beutel zusammen, bevor er sich setzte. Mit offensichtlicher Befriedigung fächelte er sich Luft zu.

Die Gesichter der Cheyenne glänzten im Schein des Feuers. Die Atmosphäre eines beschwingten Wettkampfes war verschwunden. Pfeifende Schlange starrte den schwarzen Soldaten an, als wäre er ein Wild, das gekocht und verspeist werden sollte.

Magee förderte einen mit Stachelschweinborsten besetzten Beutel zutage. Dem Beutel entnahm er drei weiße Hühnerfedern. Er steckte zwei davon in seinen Ledergürtel und verwandelte die dritte in einen weißen Stein. Er hielt den Stein in seinem Mund, während er die beiden anderen Federn verwandelte. Nacheinander nahm er die drei Steine aus seinem Mund, fuhr mit einer Hand darüber und verwandelte die Steine wieder in Federn. Als er wieder drei Federn im Gürtel stecken hatte, verbarg er sie unter einer Hand und strich mit der anderen darüber. Er öffnete den Mund und holte drei Federn hervor. Er zeigte seine leeren Hände, griff hinter den Kopf eines sitzenden Mannes und produzierte drei weiße Steine.

Er musterte die Menge, wartete auf ein Zeichen der Verblüffung oder des Beifalls. Er schaute in harte, funkelnde Augen. Charles erkannte, daß Magee während des Tricks keine geheimnisvollen Worte oder irgendeinen Singsang von sich gegeben hatte. Mit niedergeschlagener Miene setzte sich der schwarze Soldat wieder hin.

Pfeifende Schlange erhob sich mit überlegener Arroganz. Wieder reichte er dem Dorfhäuptling seinen Fächer. Er zeigte der Menge seine Handflächen; Charles sah die kräftigen Muskeln an seinen Unterarmen. Singend trat der Priester mit zurückgeworfenem Kopf dicht an das Feuer heran und hielt seine rechte Handfläche direkt in die Flamme.

Langsam senkte er die linke Hand ab, bis sie sich neben der rechten befand. Sein Gesicht zeigte kein Anzeichen von Schmerz. Seine Stimme schwankte nicht. Magee saß steif wie ein Pfosten da; in seinen Augen lagen Neugier und Bewunderung. Momentan hatte er vergessen, daß der Cheyenne ihn töten, ihm seine Wolle nehmen und in seinem Zelt aufhängen wollte. Der Zauber hatte ihn gepackt.

Ein großes Seufzen — »*ah! ah!*« — lief durch den Kreis, gefolgt von Lächeln, Grunzen und verächtlichen Blicken in Richtung der drei Eindringlinge. Langsam nahm Pfeifende Schlange seine linke Hand aus dem Feuer. Dann seine rechte Hand. Die weißen Härchen auf seinem Unterarm kringelten sich, winzige Rauchwölkchen stiegen auf. Seine Handflächen zeigten keine Blasen, hatten sich nicht einmal verfärbt.

Charles schaute Graue Eule an, dessen Gesicht soviel Ausdruck zeigte wie die Granitfelsen der Wichitas. Zweifellos versuchte er das zu verbergen, was sie alle ohnehin wußten. Magee warf Charles einen weiteren, fast schon entschuldigenden Blick zu. Charles lächelte, als wollte er ihm sagen, er solle sich keine Sorgen machen. Magee stand mit bedrücktem Gesichtsausdruck auf. Charles griff sich einen Zweig aus dem Feuer und zündete mit dem glühenden Ende seine letzte Zigarre an.

Aus einer Satteltasche holte Magee einen Lederbeutel, den er vorsichtig auf den Boden legte. Dann nahm er ein kleines, handgeschnitztes Holzkistchen heraus, das er öffnete und zur Schau stellte. Das Kistchen enthielt vier bleifarbene Kugeln, wie sie Charles seit Jahren nicht mehr gesehen hatte. Magee griff nach einer Kugel und plazierte sie sorgfältig zwischen seine Zähne. Danach schloß er die Kiste und stellte sie beiseite. Mit einer flüssigen Handbewegung riß er einen Revolver aus der Satteltasche.

Mehrere Cheyenne sprangen auf, hielten ihre Messer und Lanzen bereit. Magee machte schnell das Friedenszeichen. Er balancierte den Revolver auf seiner Handfläche und drehte sich langsam im Kreis, damit ihn alle sehen konnten. Wo hatte er nur einen alten Steinschloßrevolver aufgetrieben, wunderte sich Charles. Der Lauf wies keinen Rost auf. Magee hatte ihn sehr sorgfältig geputzt.

Mit langsamen, feierlichen Bewegungen öffnete Magee den Lederbeutel, drehte ihn um und ließ Pulver in den Lauf rinnen. Plötzlich stampfte er zweimal mit dem rechten Fuß auf, als hätte ihn ein Insekt gestochen. Genau wie die anderen schaute Charles nach unten und konnte nichts erkennen.

Magee stoppte den Fluß des Pulvers und warf den Beutel beiseite. Er entdeckte einen Flicken in seiner Tasche und wickelte ihn um die Kugel, die er zwischen den Zähnen gehabt hatte. Er ließ Kugel und Flicken in den Lauf gleiten, löste den darunter festgeklemmten Ladestock und stopfte mit sorgfältig drehenden Bewegungen die Kugel fest. Dann bestreute er die Zündpfanne.

Über Magees Backen liefen dicke Schweißtropfen. Er wischte sich die Hände an seinen Hosen ab. Dann gab er Charles ein Zeichen, sich zu erheben.

Verblüfft folgte Charles dem Signal. Magee warf Roter Bär einen Blick zu. Die Aufmerksamkeit des Häuptlings konzentrierte sich auf ihn. Pfeifende Schlange bemerkte es und runzelte die Stirn. Sein Fächer bewegte sich schneller.

»Was ich zuvor gezeigt habe, war nur Spielerei«, sagte Magee. »Ich werde vor ihren Augen König Tod töten. Übersetz es ihnen.«

»Magic, ich verstehe nicht, was . . .«

»Sag's ihnen, Charlie.«

Er übersetzte. Hände fuhren hoch und bedeckten Münder. Das Feuer krachte und rauchte. Wenn Schweigen Gewicht hatte, dann war dies erdrückend.

Magee machte eine präzise militärische Kehrtwendung. Mit seinen Händen vollführte er eine teilende Bewegung. Die vor ihm Sitzenden sprangen auf und schoben sich beiseite, bis ein Weg von einem Meter Breite frei war. Magee winkte Charles mit gekrümmtem Finger heran. Er reichte Charles die Steinschloßpistole und sah ihm fest und ernst in die Augen.

»Wenn ich es sage, dann erschießt du mich.«

»Was?«

Magee brachte seinen Mund dicht an Charles' Ohr: »Du willst doch hier raus, oder? Dann tu's.« Er gab einen schmatzenden Laut von sich, als hätte er dem weißen Mann einen Kuß gegeben. Einige Cheyenne kicherten über die merkwürdigen Sitten der Eindringlinge.

Magee drückte die Krempe seiner Melone nach unten; der Schatten teilte seine Nase. In dem Schatten glänzten seine Augen wie Elfenbeinscheiben. Er machte zehn lange, schnelle Schritte den geräumten Weg entlang, in der Haltung des perfekten Soldaten. Er hielt an, knallte die Hacken zusammen. Machte eine exakte Kehrtwendung. Er stand einen Fuß von einem Tipi mit einem großen, gezackten Loch in der Seite entfernt.

»Richte die Pistole auf mich, Charlie.«

Mein Gott, wie konnte er das?

»Charlie! Ziel auf meine Brust. Genau in die Mitte.«

Charles spürte, wie der Schweiß in seinen Bart lief. Pfeifende Schlange sprang auf; sein Fächer zuckte hin und her. Auch Roter Bär erhob sich. Charles spannte den Hahn. Magees Hemd saß straff über Rippen und Bauch. Charles' Arm zitterte, als er ihn ausstreckte. Er konnte nicht – er würde nicht...

Magic Magee sagte: »Jetzt.«

Er sagte es laut, ein Befehl. Charles reagierte auf den Tonfall ebenso wie auf das Wort. Er feuerte. Funken sprühten, trafen die Zündpfanne, die Pistole knallte und ruckte nach oben.

Charles sah eine kleine Staubwolke aufsteigen, als hätte irgend etwas Magees Brust einige Zentimeter unterhalb des Brustbeins getroffen. Magee taumelte einen langen Schritt zurück, schloß die Augen, spreizte die Hände; seine Finger bebten, als wären sie vom Blitz getroffen worden. Dann fielen seine Arme schlaff herunter. Er schlug die Augen auf. Der Fächer von Pfeifende Schlange hing leblos an seiner Seite.

»Wo ist die Kugel?« kreischte Pfeifende Schlange. »Wo hat sie getroffen?«

Mit Exerzierplatzstimme sagte Magee: »König Tod ist tot. Ihr werdet unsere Fragen beantworten und uns ohne Harm ziehen lassen, oder ich werde König Tod zurückholen, der auf den Winden des Hagels und des Feuers reitet und dieses Dorf vernichten wird.« Er brüllte: »Sag's ihnen!«

Charles übersetzte schnell. Die Wachen von Graue Eule hatten sich von ihm zurückgezogen, von der gleichen tiefen Ehrfurcht ergriffen wie er selbst. Während Charles die Worte ausspuckte, sich bemühte, sie ebenso wild und grimmig wie bei Magee klingen zu lassen, musterte er das Hemd. Nirgendwo war ein Riß zu sehen. Magee bürstete sein Hemd ab, als hätte ihn dort irgendwas gekitzelt.

Roter Bär lauschte den Drohungen und sagte sofort: »So sei es.«

Pfeifende Schlange kreischte protestierend auf. Der Laut zerbrach den Zauber. Die Cheyenne stürmten vorwärts, drängten sich um Magee, berührten ihn, tätschelten ihn, betasteten seine schwarzen Locken. König Tod war tot, und inmitten der drängenden, lachenden Menge blitzte das Banner seines Besiegers auf; das vertraute, gewaltige Lächeln von Magee, dem Zauberer.

Roter Bär machte eine Pfeife zurecht, während sich Graue Eule um die Pferde kümmerte. Charles wollte nicht das Risiko eingehen, daß die nachgiebige Stimmung dahinschwand, er wollte keine Zeit und womöglich das Leben verlieren. Doch das Zeremoniell erforderte, daß er sich mit Roter Bär ans Feuer setzte. Magee saß rechts von ihm. Der Dorfhäuptling und mehrere der Stammesältesten ließen die Pfeife herumgehen.

Roter Bär hatte Pfeifende Schlange gezwungen, sich der Gruppe anzuschließen. Als die Reihe an ihm war, reichte er die Pfeife weiter, ohne zu rauchen. Er griff sich eine Handvoll Asche vom Rand des Feuers und schleuderte sie auf Charles' gekreuzte Beine. Das graue Pulver bestäubte Charles' Hosen und Stiefel. Roter Bär stieß einen Ruf aus und beschimpfte den Priester, der lediglich seine Hände abstaubte und die Arme verschränkte. Roter Bär schaute peinlich berührt, Graue Eule empört drein.

Da die Asche keinen Schaden angerichtet hatte, vergaß Charles die Sache. Da er seine Zigarre schon aufgeraucht hatte, war er dankbar für einen tiefen Lungenzug aus der Pfeife, obwohl die unbekannte Gräsermixtur, die die Cheyenne rauchten, ihn wie immer leicht benommen und euphorisch machte – in einer Situation wie der ihren nicht unbedingt empfehlenswert.

Roter Bär verhielt sich nicht nur höflich, sondern auch respektvoll. Er bat Charles, noch einmal den weißen Mann zu beschreiben, den er suchte, und sagte dann: »Ja, wir haben diesen Mann gesehen, zusammen mit einem Jungen. Auf der Whisky-Ranch von Glyn, dem Händler, am Vermilion Creek. Glyn ist verschwunden, und sie wohnen dort. Ich werde euch den Weg erklären.«

Er deutete nach Süden. Charles war vor lauter Erleichterung so benommen, daß seine Augen tränten.

Schweigend bildeten die Dorfbewohner eine lange Gasse, durch die sie davontrabten. Charles schaute zurück, überzeugt davon, daß das Glück sich jeden Moment von ihnen abwenden könnte. Hinter sich hörte er Graue Eule lachen, ein tiefes, kehliges Lachen. Eine einsame Gestalt blieb, getrennt von den anderen, am Lagerfeuer zurück. Charles sah, wie Pfeifende Schlange seinen goldenen Federfächer hob und verächtlich davonmarschierte.

Sie ritten die ganze Nacht durch, bevor Charles einen Stopp erlaubte. In der kühlen Morgendämmerung ruhten die erschöpften Männer neben den erschöpften Pferden. Charles kniete neben seinem schwarzen Freund.

»Okay, ich weiß, daß du deine Geheimnisse nicht ausplauderst, aber diesmal wirst du's tun. Also, wie hast du das gemacht?«

Magee kicherte und holte das handgeschnitzte Holzkistchen hervor. Er entnahm ihm eine der runden, grauen Kugeln und hielt sie knapp außerhalb von Charles' Reichweite. »Ein alter Magier auf der Durchreise hat mir in Chicago den Trick beigebracht. Wollte ihn schon immer einem Publikum vorführen, aber bis zu diesem Winter konnte ich mir die dazu nötige Pistole nicht leisten. Habe mein Gehalt dafür gespart. Zuerst hielt ich das Pulver knapp. Hat keiner gesehen, weil alle nach unten schauten, als ich so tat, als hätte mich was gestochen. Ein kleines Ablenkungsmanöver. Aber das ist nur die eine Hälfte, ohne die der Trick nicht funktioniert.«

»Das hier ist eine solide Bleikugel.«

Magee grub seinen Fingernagel in die Pistolenkugel, deren Oberfläche sofort nachgab. »Nein, das ist keine solide Kugel, das ist ein anderes Material, das ich kurz in geschmolzenes Blei getaucht habe.«

Er nahm die Kugel zwischen seine Handflächen und rieb sie kräftig. Dann zeigte er ihnen die zerbröselten Überreste, bräunlichen Staub. »Der Rest ist nichts weiter als guter, alter Schlamm aus Kansas. Hart genug, um ein Haus zu bauen, aber nicht annähernd hart genug, um einen Mann zu töten.«

Er blies auf seine Handfläche. Der Staub blitzte gegen die Sonne auf und verteilte sich auf dem Boden. Er lachte.

»Was hältst du davon, wenn wir jetzt losreiten und deinen Jungen holen?«

Eine Stunde später fiel Charles ein, daß er sich nach der Bedeutung der Asche auf seinen Stiefeln hatte erkundigen wollen. Sofort verlor Graue Eule seine gute Laune. Mit bekümmertem Gesichtsausdruck ritt er dahin, bevor er nach einer Weile antwortete.

»Es ist ein Fluch. Wen die Asche berührt, den wird auch Mißerfolg und Tod berühren.«

60

Diesmal kamen sie von der Uferstraße her angaloppiert. Ihnen lag mehr an Überraschung als an Lautlosigkeit. Ein Dutzend Schwarze, die zur Bezirksmiliz gehörten, wohnten über das ganze Gebiet verteilt in Holzhütten oder kleinen gekalkten Häuschen. Je weniger Zeit ihnen blieb, um mit ihren alten Musketen oder Flinten angerannt zu kommen, desto besser. Über diese Strategie waren sich die Klansmänner einig, nachdem sie sich an der Kreuzung getroffen hatten.

Zaumzeug klirrte, Sättel knirschten, und Hufe scharrten über die sandige Straße, als sie sich dem weißgetünchten Haus näherten, neben dem sich ein viel größerer, zweistöckiger Bau mit Balken und Sparren erhob. Die Dachbalken zeichneten sich als schräge schwarze Linien gegen die Sterne und das Viertel des Mondes ab. Unter den wuchtigen Bäumen trabten die Klansmänner die Straße zu den alten Sklavenquartieren entlang. Im silbernen Licht des Himmels glänzten ihre Roben und Kapuzen. Ein kurzes Stück rechts vor ihnen sahen sie die erleuchteten Fenster der Schule, hinter denen sich Menschen bewegten. Um so besser.

Des LaMotte, der neben Gettys an der Spitze der Kolonne ritt, spürte, wie sich eine segensreiche Ruhe über ihn senkte. Das war wie eine Heimkehr; wie das Anlegen eines Schiffes nach einer langen, ungewissen Seereise. In dieser Nacht würde alles ein Ende finden.

Die anderen Klansmänner waren genauso zuversichtlich. Einer machte einen Scherz, und ein anderer lachte.

Revolver wurden unter den Roben hervorgeholt. Hähne gespannt. Ein Gewehrlauf schimmerte im Mondlicht. Des hielt sich beide Hände frei. Er führte das Kommando, und er hatte das Privileg, die Lunte zu dem Dynamit anzuzünden.

»Sind die Ladys allmählich fertig?« fragte Andy; es war mehr ein Gähnen. »Muß bald elf sein.« Er saß an einem kleinen Pult mit eisernen Beinen, das zusammen mit anderen in einer Ecke stand. Mit dem Rücken lehnte er sich gegen die neue Tafel. Ein Band der »Kommentare« von Kent lag in seinem Schoß; einzelne Zeilen hatte er leicht mit einem Bleistift unterstrichen.

Vor fünfzehn Minuten war er von ihrem Häuschen herübergekommen, um Jane abzuholen. Sie, Prudence, Madeline und ein magerer, goldfarbener Elfjähriger namens Esau hatten den Abend damit zugebracht, die Schule zu putzen — einschließlich der glänzenden neuen Fensterscheiben, die Andy am Abend zuvor eingesetzt hatte.

»Mir kommt's viel später vor.« Madeline richtete sich steif und verfroren auf. Der Saum ihres weinfarbenen Rockes war feucht. Sie ließ ihren Putzlumpen in einen Holzeimer fallen. In den Fenstern spiegelten sich zwei auf Stühlen stehende Lampen. »Machen wir Schluß. Die Möbel können wir morgen wieder hinstellen.«

»Esau, es war sehr nett von dir, uns zu helfen«, sagte Jane und strich ihm über den Kopf. »Aber ein Junge in deinem Alter sollte jetzt längst im Bett liegen. Andy und ich werden dich heimbringen.«

»Ich wollte helfen«, sagte der Junge. »Es ist meine Schule.« Madeline lächelte und schob eine graue Haarsträhne aus ihrer Stirn. Sie war erschöpft, aber es war kein unangenehmes Gefühl. Den ganzen Abend hindurch hatten sie entspannt und locker zusammengearbeitet, und nun erstrahlte die Schule in neuem Glanz — bereit für die Besucher aus Connecticut.

Sie bückte sich nach dem Eimer. Ihr Blick fiel durch das vordere Fenster. Hinter den Reflektionen der Lampen schimmerte etwas Rotes. Sofort wußte sie, wer sich da draußen befand.

Sie konnte gerade noch sagen: »Sie sind da.« Ein Schuß aus

einer Schrotflinte zerschmetterte das vordere Fenster. Eine Schrotkugel zupfte an Madelines Ärmel, als sie sich neben der Eingangstür gegen die Wand warf. Eine herumfliegende Glasscherbe riß dem verstörten Esau die Wange auf.

Madeline hörte Pferde und Männer, die das Wort »Nigger« brüllten, und sie wußte, daß das Gefühl des Friedens sie getäuscht hatte. Sie hörten einen Mann rufen: »Zünd das Dynamit!«

»O mein Gott«, sagte Jane.

Andy schleuderte sein Buch beiseite. »Jemand muß die Männer von der Miliz wecken. Ich übernehme das. Miss Madeline, bringen Sie die anderen hinten raus.«

Mit brechender Stimme sagte Jane: »Nein, das wirst du nicht tun. Sie sind direkt vor der Tür.«

»Ich renne zwischen den Bäumen neben der Straße entlang. Schluß mit dem Gerede! Bewegt euch!« Er gab ihnen einen leichten Stoß, zuerst Madeline, dann Prudence, die von der Arbeit immer noch außer Atem war; sie war zu kräftig, um weit rennen zu können. Madeline zog Esau an sich, umklammerte seinen Kopf mit einer Hand.

»Kommt raus, Nigger. Wenn ihr drin bleibt, werdet ihr sterben.«

Madeline erkannte die Stimme von Gettys. Andy schleuderte den Globus durch das Seitenfenster. Das Ablenkungsmanöver löste eine Salve auf dieser Stelle des Gebäudes aus. Andy nutzte den Krawall aus und zerbrach mit seinem Gesetzbuch das hintere Fenster. Wieder stieß er Madeline voran. »Beeilt euch!«

Jane blieb zurück; Tränen strömten über ihre Wangen. Sie wußte, was passieren konnte, wenn er Hilfe holte. Ihre dunklen Augen waren in lautloser Bitte auf ihn gerichtet. Sein Blick sagte nein. Er gab ihr einen schnellen Kuß auf die Wange und murmelte zum Abschied: »Vergiß nicht, daß ich dich liebe. Und jetzt los.«

Madeline kletterte durch das Fenster. Dann hob Prudence Esau durch die zackige Öffnung, und Madeline half ihm auf den Boden. Andy sprang durch das Seitenfenster und rannte in die Dunkelheit hinein.

Ein Klansmann schrie: »Da rennt einer.« Pferde wieherten. Mindestens zwei Reiter machten sich an die Verfolgung. Der Donner von drei Gewehrschüssen hallte durch die Nacht, kam als Echo zurück. Jane war gerade eben hinter Prudence auf den Boden gesprungen. Sie stieß einen schrecklichen, abgehackten Schrei aus, in dem sich Kummer und Schmerz mischten. Sie wußte, er war tot.

»Das Dynamit!« brüllte jemand vorne.

»Brennt!« schrie ein anderer. Etwas klatschte drinnen auf und rollte über den Boden.

Madeline stieß Prudence vor sich her und zerrte Esau mit. »Weg von dem Gebäude! Rennt!«

»Wohin?« japste Prudence.

»Geradeaus«, sagte Madeline. Direkt vor ihnen lag ein dichter Gürtel Wassereichen, zwischen denen stacheliger Yucca wuchs. Wenn sie diesen Gürtel durchbrechen konnten, hatten sie den Sumpf erreicht. Der Pfad durch den Sumpf war fest, aber schmal und selbst in hellem Tageslicht schwierig zu finden. Für eine erfolgreiche Flucht brauchten sie Glück und den hellen Mondenschein.

»Faßt euch an den Händen«, sagte sie und tastete nach Prudences plumpen Fingern, die vor Angst kalt und feucht waren. Mit der anderen Hand zog sie Esau in die Finsternis hinein, die sich wie eine Wand hinter der Schule auftürmte.

Niedrige Yuccas bohrten ihre Stacheln in Madelines Beine. Spanisches Moos strich über ihr Gesicht wie drohende Hände. Sie konnte nichts erkennen. Sie hatte vergessen, wie dicht und tief der Wald hier war.

Esau fing an zu weinen. Hinter ihnen brach eine feurige Höhle auf und überschüttete die Nacht mit rotem Licht. Sie spürten die Erschütterung, als das Dynamit die Schule in die Luft jagte. Madeline sah ein halbes Pult durch den grellen Schein segeln, als wäre es ein Luftballon. Sie rannten weiter, hörten hinter sich das Triumphgeschrei der Klansmänner.

Madeline rannte schneller. Schmerz durchflutete ihre Brust, als ihr Atem immer mühsamer ging. Die Schule war dahin. Andy war tot. Prudence weinte. »Ich kann nicht schneller, ich kann nicht.«

»Dann sterben wir alle.« Mit großer Willensanstrengung rannte Madeline durch ein Klettengesträuch, das ihr den Saum zerriß und ihre Knöchel zerkratzte. Aber sie waren durch die Bäume durch — und standen im flachen Wasser, vor ihnen der mondhelle Salzsumpf.

Sie suchte mit ihren Blicken den Sumpf ab, versuchte den Pfad nach Summerton zu erkennen. Sie war ihn oft gegangen, aber stets nur bei Tageslicht, und in ihrer Panik schien ihre Erinnerung sie nun im Stich zu lassen. Der sich im Wasser spiegelnde Mond und die Unkrautbüsche verwirrten sie noch mehr.

»Sie kommen«, flüsterte Jane. Madeline hörte es.

»Hier entlang.« Sie marschierte über eine schlammige Fläche, insgeheim betend, ihre Erinnerung möge sie nicht täuschen.

Zwei Klansmänner zu Fuß zerrten Andys Leiche aus der Dunkelheit in den Feuerschein. Sein Hinterkopf fehlte, und sein Hemd war dunkelrot getränkt vom Kragen bis zur Taille. Des betrachtete die Leiche, dann riß er sich die Kapuze herunter und rannte um die brennenden Überreste der Schule herum.

»Ich habe gesehen, wie sie zu den Bäumen rannten.« Mit seinem alten Walker-Colt wedelte er in diese Richtung.

»Ich komme mit dir«, sagte Gettys unter seiner Kapuze hervor.

»Du bleibst hier und übernimmst das Kommando über die anderen. Vielleicht tauchen ein paar Jungs von dieser Niggermiliz auf. Dann zieht ihr euch zurück und zerstreut euch.«

»Des«, Gettys jammerte wie ein Kind, dem ein Spielzeug verwehrt wurde, »ich habe genauso lange wie du darauf gewartet, endlich dieses Bastardweib erledigen zu können. Ich habe genauso viele Rechte...«

Des rammte ihm die Mündung des alten Colts unter das Kinn. »Du hast überhaupt keine Rechte. Ich führe das Kommando.« Er mußte sich beeilen. Er durfte sich jetzt nicht mehr um den Erfolg bringen lassen. Und da war immer noch Tillmans Warnung.

Gettys blieb stur. Wieder wollte er protestieren. Mit der Revolverhand schlug Des so hart auf Gettys' Kapuze, daß der La-

denbesitzer beinahe gestürzt wäre. Gettys sah den irren Glanz in Des' Augen. Mit dem blassen Dreizack in seinem Karottenhaar sah er wie eine Art Teufel aus.
»Schon gut. Sie gehören dir.«

Madeline spürte, wie die anderen zögerten; auch sie war unschlüssig. Sie befanden sich in knöcheltiefem Wasser, kämpften sich über schlammigen Grund, der sie saugend festzuhalten versuchte. Die Spiegelungen des Mondes auf dem Wasser täuschten das Auge. Irgendwo mußte sie von dem schmalen Pfad abgewichen sein. Und Prudence stand kurz vor dem Zusammenbruch. Schluchzend stolperte sie dahin.

»Oh, Herr Jesus.« Das war Jane, die sich auf ein plötzliches Geräusch hin umgedreht hatte. Madeline, die Esaus Hand fest umklammert hielt, blieb stehen.

Zuerst hörte sie das Planschen ihres Verfolgers. Er gab sich keine Mühe, leise zu sein. Dann sah sie ihn, eine große, unbeholfene Gestalt mit riesigen Händen. Eine dieser Hände hielt einen Revolver.

»Euch Nigger hol' ich mir.« Die klare, kräftige Stimme rollte über den Sumpf. Ein erschrockener Reiher stieg aus dem Unkraut auf und flatterte davon. »Heute nacht werdet ihr sterben, alle werdet ihr sterben.«

Prudence stöhnte auf. Mitten im Wasser sank sie auf die Knie, die Hände gefaltet, den Kopf gesenkt, und begann ein Gebet zu murmeln.

»Wirst du gleich aufstehen?« Wütend beugte sich Madeline über die Lehrerin. Nur das rettete sie, als Des in diesem Moment zwei Schüsse abfeuerte. Esau fing wieder an zu weinen.

Madeline schüttelte Prudence. »Wenn du nicht aufstehst, dann tötet er uns. Wir müssen weiter.«

Er kam auf sie zu, eine seltsame, schreckliche Vogelscheuche, die mit drohend erhobener Waffe durch den Sumpf tanzte. Die drei Frauen und der Junge fingen an zu rennen. Madelines Kummer wurde fast unerträglich; heute nacht ging alles zu Ende. Die Schule, Andy, ihr eigenes Leben. Diese lächerlichen Kapuzenmänner besaßen immer noch die Macht zu zerstören.

Sie fand den Pfad. Zehn Meter folgte sie ihm, dann stolperte sie und verdrehte sich arg den Knöchel. Prudence war schon wieder außer Atem, wollte aufgeben. Jane riß an Prudences Arm, wie wenn es sich um das Zugseil eines widerspenstigen Maultiers gehandelt hätte. Die Nacht war friedlich bis auf den schweren Atem der Fliehenden und das gleichmäßige Planschen von LaMotte, der immer näher kam. Näher. Noch näher.

Er gab einen dritten Schuß ab. Prudence warf die Arme über den Kopf, dann stürzte sie und verschwand unter der Wasseroberfläche.

Jane bückte sich, tastete im Wasser herum. »Ich kann sie nicht finden. Ich kann nicht – doch, ich hab' sie.« Stöhnend zerrte sie Kopf und Schultern der Lehrerin aus dem Wasser. Prudences Augen waren ohne jedes Leben. Madeline biß auf ihre Fingerknöchel; Prudences Hoffnungen waren vergeblich gewesen.

Esau schnüffelte, mühte sich, nicht zu weinen. Madeline packte seine Hand und zog ihn weiter. Sie weigerte sich, ihre eigene Exekution widerstandslos hinzunehmen, auch wenn sie wußte, daß sie am Ende waren. Janes vom Mond erhelltes Gesicht zeigte, daß sie es ebenfalls wußte. Mit Esau in der Mitte marschierten sie weiter, ein letzter trotziger Akt vor dem Untergang.

Zwischen dem Verfolger und der Stelle, wo Prudence gefallen war, schwamm der große Alligator lautlos unter Wasser. Von der Schnauze bis zur Schwanzspitze maß er sechzehn Fuß und wog sechshundert Pfund. Seine dunklen Halbkugelaugen durchbrachen die Wasseroberfläche. Es gab viel Unruhe im Wasser; direkt vor ihm lauerte etwas Bedrohliches. Die Schnauze des Alligators schob sich aus dem Wasser, als sich seine Kiefer öffneten.

Des wußte, daß sie ihm nicht mehr entrinnen konnten. Sie rannten nicht mehr, sondern liefen in einem Tempo, bei dem er sie in ein paar Minuten einholen würde. Er war klitschnaß und schlammverschmiert, fühlte sich aber gleichzeitig merkwürdig beschwingt und heiter; er schien durch das Wasser zu tanzen, wie er viele Jahre lang über die polierten Tanzböden der großen Häuser getanzt hatte, die von den Yankees zerstört worden waren, zusammen mit allem anderen, was im Süden gut und schön gewesen war. Das weiße Licht blitzte in seinem Kopf auf, scharfe Strahlen schossen von beiden Seiten heran und trafen sich hinter seinen Augen. Er fühlte sich ekstatisch, gleichzeitig erfaßte ihn Sorge. Er schickte ein lautloses Gebet gen Himmel, diese Besorgnis zu beschwichtigen. »O Gott, halte das Licht zurück, bis ich sie erwischt habe. Gott, wenn Du mich je als Mitglied der von Dir auserwählten Rasse gesehen hast, dann schenke mir noch einige wenige Momente!«

Das weiße Licht zischte und flackerte, verschlang die Dunkelheit in seinem Kopf. Er roch den Rauch von Kanonen. Er hörte das Pfeifen von Granaten. Kreischend rannte er durch das Wasser, vergaß, daß sich die Frauen nur knapp fünfzig Fuß vor ihm befanden. Seine Schreie steckten voller Inbrunst, voller Freude: »Palmetto Rifles, vorwärts! Feuer! Ruhm und Glorie für die Konföderation!«

Etwas wie eine Keule traf ihn; der peitschende Schwanz eines riesigen Alligators. Des jagte eine Kugel in Richtung Mond, als er stürzte. Dann, als sich die Kiefer des Alligators über seinem Leib schlossen, hatte er das Gefühl, als würden Dutzende von großen Nägeln in sein Fleisch getrieben. Der Alligator tötete ihn in gewohnter Weise, hielt ihn im Schraubstock seiner Kiefer, bis er ertrunken war.

Erst dann durfte der Körper wieder frei im Wasser treiben. Inmitten des Blutes, das sich im Sumpfwasser auszubreiten begann, fing der Alligator mit seiner Mahlzeit an, indem er Des' linkes Bein abbiß.

Rufe und Schüsse überraschten die Klansmänner, die auf Des bei den rotglühenden Überresten der Schule warteten, von denen ein dumpfes Licht und eine gewaltige Hitze ausgingen. Gettys hörte, wie ihnen jemand befahl, die Waffen wegzuwerfen. »Zur Straße!« rief er und bohrte seinem Pferd die Hacken in die Seiten.

Weil er als erster die Flucht ergriff, hatte einer der Schwarzen mit seinem Milizgewehr freies Schußfeld. Als Gettys im Galopp in die Auffahrt einbog, traf ihn die Kugel in die Schulter und schleuderte ihn zur Seite. Er befreite seine Füße aus den Steigbügeln, entsetzt von dem Gedanken, mitgeschleift zu werden. Er fiel in ein dorniges Yucca-Gestrüpp, während die anderen Klansmänner mit flatternden Roben vorbeigaloppierten. Gettys flehte: »Laßt mich nicht zurück«, als die letzten Pferde vorbei waren.

Barfüßige Männer näherten sich ihm. Eine schwarze Hand riß ihm die scharlachrote Kapuze herunter. Durch angelaufene Brillengläser starrte Gettys in sechs schwarze Gesichter und sechs Waffenmündungen und wurde ohnmächtig.

»Ist ja gut, Esau«, sagte Madeline, bemüht, den weinenden Jungen zu beruhigen. Es fiel ihr schwer, denn sie selbst war den Tränen nahe. Andy war tot, Prudence war tot – o Gott, welch einen Preis mußten sie zahlen.

Plötzlich sah sie hinter sich ganz deutlich im Mondlicht das brodelnde, aufspritzende Wasser, dann blitzte ein Schuppenleib auf. Ganz kurz reckte sich ein Arm gen Himmel und versank wieder.

Jane drückte ihre Wange gegen Madelines Gesicht und weinte.

Mit absoluter Klarheit sah sie Des LaMottes abgetrennte Hand die Wasseroberfläche durchbrechen und wie eine glänzend weiße Makrele dahintreiben. Irgend etwas schnappte danach, die Hand verschwand, und der Sumpf lag wieder glatt und still da.

61

Ein Wäldchen windgezauster Pecanobäume beschattete die Krümmung des Vermilion Creek. Magee lehnte an einem Baum, seine Melone auf dem Boden vor seinen ausgestreckten Beinen. Mit einem harten Schnappen seines Handgelenks ließ er Karte um Karte in den Hut segeln. Keine Karte verfehlte ihr Ziel.

Satan und die beiden anderen Pferde waren an einen tiefhängenden Ast angebunden; Graue Eule hatte sein Pony zurückgelassen und den Braunen genommen. Charles hatte es sich nahe den Bäumen am Ufer des plätschernden Baches gemütlich gemacht. Die Sonne stand im Zenit. Es war ein milder Frühlingstag, und er schwitzte unter seinem Hemd und dem Zigeunermantel.

Über ihm ragte ein blattloser Ast über das Flüßchen. Er studierte den Ast, schätzte seine Stärke ab. Der Aprilwind streichelte sein Gesicht und seinen Bart. Für Angst und Tod war es ein viel zu schöner Tag.

»Paß auf, Charlie!«

Magee nahm seine Karten aus der Melone und setzte den Hut auf, während er sich erhob. Sie hörten Hufe durch das flache Wasser spritzen. Charles zog seinen Armeecolt. Graue Eule kam hinter einem dichten Weidengebüsch hervorgetrabt, tief in seine Decke gewickelt. Der Braune schnaufte und glänzte vor Schweiß; einen so schweren Reiter war er nicht gewohnt.

Charles steckte seinen Revolver weg und rannte dem Spurenleser entgegen. »Hast du's gefunden?« Graue Eule nickte. »Wie weit entfernt?«

»Eine Meile, nicht weiter.« Der Cheyenne machte ein betont mürrisches Gesicht. »Ich sah einen kleinen Jungen.«

Die Mittagssonne schien in Charles' Augen zu explodieren. Er fühlte sich schwindelig. »Ist er in Ordnung?«

Graue Eule zeigte deutlich, daß er nicht antworten wollte. Er kaute auf seiner Unterlippe herum. »Ich sah ihn vor dem Haus sitzen und einen Waschbären füttern. Sein Gesicht...« Graue Eule berührte seine linke Wange. »Da sind Spuren. Jemand hat ihn geschlagen.«

Charles wischte sich über den Mund.

Magee stieß einen Stiefel in den Schiefer. »Ist sonst noch jemand da?«

»Ich sah einen alten Kiowa-Comanchen mit einem Whiskykrug rauskommen, auf sein Pony steigen und davonreiten. Dann sah ich eine Cheyenne-Frau zu einem kleinen Schuppen gehen, wo ich Hühnergegacker hörte. Sie kam mit zwei Eiern zurück.«

»Er hat eine Squaw?« fragte Charles.

»Ja.« In den Augen des Fährtensuchers lag Trauer. »Eine junge Frau. Sehr schmutzig und traurig.«

»Hast du Bent gesehen?« Graue Eule schüttelte den Kopf. »Und dich hat niemand gesehen — weder der Junge noch die Squaw?« Wieder schüttelte der Fährtensucher den Kopf. »Bist du sicher?«

»Ja. In der Nähe stehen ein paar Pfahleichen. Ein gutes Versteck.«

Magee rieb sich die Hände, versuchte die ganze Sache wie eine ganz gewöhnliche Feldübung zu betrachten. »Wir können von drei verschiedenen Seiten kommen«

»Ich gehe allein«, sagte Charles.

»Das ist verdammter Blödsinn.«

»Allein«, sagte Charles mit einem Blick, der jeden weiteren Protest im Keim erstickte.

Er kehrte zu den Bäumen zurück, wo er seinen Zigeunermantel auszog, ihn zusammenfaltete und auf den Boden legte. Er nahm die Spencer, überprüfte das Magazin, stülpte sich den schwarzen Hut tief in die Augen und ging zu Magee und dem Fährtensucher zurück.

»Ich passe schon auf mich auf, nur keine Sorge. Wenn Ihr Schüsse hört, dann kommt schnell. Ansonsten bleibt ihr hier.«

Er sagte es im Kommandoton eines Offiziers, begleitet von einem herausfordernden Blick. Magee kochte. Graue Eule starrte voll düsterer Vorahnungen auf das glänzende Wasser.

Er wird mich nicht erkennen, dachte Charles, während er am Ufer entlang marschierte. Er dachte dabei an Gus, aber es traf auch auf Elkanah Bent zu. Er konnte sich nicht vorstellen, wie Bent nach zehn Jahren aussehen mochte. Es war auch unwesentlich. Er wollte lediglich den Jungen in Sicherheit bringen. Das allein zählte: der Junge.

Die Frühlingsluft war so sanft wie die Hand einer Frau. Sie erinnerte ihn an ähnliche Tage im Norden Virginias, als Hunderte von armen Jungs auf sonnigen Wiesen gestorben waren. Diese Gedanken, zusammen mit dem, was Graue Eule über Gus' Aussehen gesagt hatte, gaben seiner Besorgnis neue Nahrung.

Ein Stück voraus sah er die Pfahleichen. Dahinter entdeckte er einen Schlammziegelbau. Aus dem Kamin trieb Rauch. Charles glaubte, eine Kinderstimme zu hören. Seine Hand an der Spencer wurde weiß.

Er versuchte die Furcht abzuschütteln. Unmöglich. Sein Herz hämmerte so laut, daß es in seinen Ohren wie eine Indianertrommel klang. Er wußte, daß er höchstwahrscheinlich nur eine Chance bekommen würde, nicht mehr.

Er duckte sich hinter einer Pfahleiche zusammen. Beim Anblick seines Sohnes, der auf dem Boden saß und den Waschbären mit Maiskolben fütterte, wären ihm beinahe die Tränen gekommen. Der Waschbär nahm einen Kolben zwischen die Vorderpfoten und richtete sich auf den Hinterbeinen auf, wie ein dicker kleiner Mann mit einer Gesichtsmaske, während er den Kolben fraß. Dann watschelte er hinüber zu Gus, um sich den nächsten zu holen. Der Junge fütterte ihn ohne eine Spur von Freude in seinem traurigen Gesicht.

Selbst aus der Entfernung konnte Charles die vergrindeten Risse und Abschürfungen in Gus' Gesicht sehen. Die Füße des Jungen waren so schmutzig, daß Charles im ersten Moment dachte, er trage graue Socken. Gus saß im Dreck in der Nähe der Eingangstür der Whisky-Ranch. Die Tür war geschlossen.

Charles sah einen gutgebauten Braunen und zwei Maultiere in dem Pferch am Ende des Gebäudes. Er sah den Stall, aus dem die Squaw die Eier geholt hatte, und hörte ein Huhn flattern und gackern. Das lauteste Geräusch war das Gurgeln des Vermilion Creek.

Vor lauter Angst, einen Fehler zu machen, wagte er sich fast nicht mehr zu bewegen. Er versuchte zu vergessen, was auf dem Spiel stand, und bemühte sich, die Situation als abstraktes Problem zu betrachten. Es half ein bißchen. Er zählte bis fünf und trat dann hinter der Eiche hervor, so daß sein Sohn ihn sehen konnte.

Gus sah ihn und riß den Mund auf. Charles fürchtete, er könnte schreien, und legte einen Finger an die Lippen.

Er wußte nicht, ob der Junge ihn erkannte, einen Fremden

mit Bart und tief eingesunkenen Augen, der plötzlich in der Wildnis auftauchte. Er blieb vollkommen still sitzen.

Gus ließ die Maiskörner zu Boden rieseln, gab keinen Laut von sich.

Der Waschbär schob sich vor und begann zu fressen. Mit allen Sinnen lauschte Charles nach anderen Geräuschen – einer Stimme, dem Quietschen einer Tür. Er hörte nur das Murmeln des Wassers. Er machte drei lange Schritte auf seinen Sohn zu und winkte mit einer Handbewegung: Komm her!

Gus starrte den Fremden ängstlich an. Charles wollte losschreien, wollte ihm sagen, wer er war. Er wagte es nicht. Wieder winkte er. Und noch einmal.

Gus stand auf.

Charles jubelte innerlich. Dann wich der Junge langsam zum Gebäude zurück, den Blick auf den Fremden gerichtet.

O Gott, er hat Angst. Er kennt mich immer noch nicht.

Gus machte einen Schritt zur Seite, bereit, ins Haus zu flitzen. Verzweifelt duckte sich Charles und legte die Spencer zu Boden. Dann breitete er die Arme aus. Die Muskeln waren so angespannt, daß seine Arme von der Schulter bis zum Handgelenk zitterten.

Irgendwie beruhigten die einladend ausgestreckten Arme den Jungen. Sein Gesichtsausdruck änderte sich, zeigte ein zögerndes Lächeln. Er hielt den Kopf leicht schief.

In lautem Flüsterton sagte Charles: »Gus, ich bin's, dein Pa.«

Verwunderung zeichnete sich im Gesicht des Jungen ab. Er begann auf Charles zuzugehen.

Die Vordertür der Whisky-Ranch knallte auf.

Bent trat gähnend hinaus. Er trug einen alten Zylinder; an seinem linken Ohr hing Constance Hazards Ohrring. Sein Frack glänzte, als hätte man mit einem Messer Fett aufgetragen. Er war älter, dicker, mit Falten im Gesicht und buschigen Augenbrauen; dichtes, ungekämmtes Haar verbarg seinen Nacken. Seine linke Schulter hing tiefer als die rechte.

Bent sah Charles, erkannte ihn aber nicht. Charles riß die Spencer hoch und richtete sie auf Bents schmierige Weste, die von einem Knopf zusammengehalten wurde. »Hände gut sichtbar halten«, sagte er laut.

Bent spreizte seine Hände ab und betrachtete blinzelnd den wilden Mann mit dem Gewehr. Charles ging mit langsamen, vorsichtigen Schritten auf ihn zu. Bents zottige Augenbrauen schossen nach oben.

»Charles Main?«

»Richtig, du Bastard.«

»Charles Main. Ich hätte nie gedacht, du würdest mir ins Territorium folgen.«

»Dein Fehler.« Charles verkürzte die Entfernung zwischen der Pfahleiche und dem Haus, stoppte dann. »Ich weiß, was du mit George Hazards Frau gemacht hast.« Bent reagierte, trat überrascht zurück. »Ich kann sehen, was du Gus angetan hast. Ich brauche kaum noch einen Vorwand, um dein Gehirn in der Gegend zu verspritzen. Also hol nicht mal tief Luft. Gus, komm her zu Pa. Jetzt!«

Er behielt mehr Bent als seinen Sohn im Auge. Der Junge konnte seine plötzliche Befreiung noch nicht fassen. Er machte probeweise einen Schritt auf seinen Vater zu. Zwei Schritte. Drei.

Eine Indianerfrau in einem schmutzigen Hirschlederkittel kam mit einem Nachttopf zur Tür hinaus. Ihr Gesicht zeigte einen schläfrigen, mürrischen Ausdruck. Charles dachte, sie besitze eine gewisse Ähnlichkeit mit jemandem, dem er während seiner Zeit mit Jackson begegnet war. Dann erkannte er mit Verblüffung, daß es Grünes Gras war.

Sie sah ihn, erkannte ihn, ließ den Nachttopf fallen und schrie auf. Gus wirbelte erschrocken herum. Bent machte einen Satz und hatte den Jungen.

Charles wollte nicht glauben, was er vor sich sah. Bent lächelte, das alte, tückische Lächeln, an das sich Charles voller Abscheu erinnerte. Bents schmierige Hand schloß sich um Gus' Hals. Seine andere Hand holte ein Rasiermesser aus seiner Tasche. Er ließ es aufschnappen und drückte die schimmernde Klinge gegen Gus' Wange.

»Die Waffen weg, Main.« Charles starrte ihn an; hinter seiner

Stirn hämmerte ein dumpfer Schmerz. Bent drehte die Klinge. Die Kante preßte sich in Gus' Wange. Der Junge schrie auf.

Bent hielt ihn fest. »Weg damit, oder ich schneide ihm die Kehle durch.«

Charles legte die Spencer vor sich zu Boden, dann seinen Armeecolt. »Jetzt das Messer.« Das Bowiemesser landete daneben. Bent genoß den Anblick des unbewaffneten Charles. Sein schmieriges Grinsen wurde breiter, fast herzlich. Sein Versagen lastete wie ein schwerer Granitblock auf Charles.

»Heb die Sachen auf, du Miststück. Main, zur Seite mit dir! Weiter noch weiter!«

Grünes Gras eilte in einer Art Kriechgang auf die Waffen zu. Während sie sie aufsammelte, warf sie Charles einen bittenden Blick zu und sagte auf englisch zu ihm: »Er sagte, es sei der Junge von einem Händler, einem bösen Händler.«

Charles zuckte hoffnungslos mit den Schultern. »Was tust du hier?«

»Sie gehörte zu dem Besitzer dieser Ranch«, sagte Bent. »Ich verkaufe sie. Für Gin bespringt sie Mensch oder Tier, aber du wirst das Vergnügen nicht haben. Mit dir hab' ich anderes im Sinn.« Sein Gesicht verzerrte sich. Charles erinnerte sich, wie wahnsinnig er war. »Du Miststück, beeil dich!«

Bent betrachtete Charles und kicherte. »Und jetzt, Main, jetzt werden wir diese unerwartete Wiedervereinigung feiern. Ich werde die Befehle geben. Du befolgst sie ganz genau, wenn du nicht willst, daß dieses Kind vor deinen Augen verblutet. Wenn ich sage: »Vorwärts marsch!«, dann gehst du hier lang und machst zwei Schritte durch die Tür. Nicht einen oder drei, sondern zwei! Die ganze Zeit behältst du die Hände oben. Irgendein Fehler, irgendein Anzeichen von Ungehorsam, und ich schlitze ihn auf.«

Bent konnte seine gute Laune kaum unter Kontrolle halten. »Also gut. Vorwärts — marsch!«

Mit erhobenen Händen ging Charles auf das Haus zu.

Magee entfernte sich von den Pecanobäumen, sein Gewehr in der Armbeuge.

Graue Eule rief: »Er sagte warten.«

»Er ist schon zu lange weg.« Magee marschierte weiter.
»Warten. Das war sein Befehl.«
Magee zögerte. Er blieb stehen. Nach einem mürrischen Blick den Vermilion Creek hinunter drehte er um und marschierte langsam zu dem in seine Decke gewickelten Fährtensucher zurück.

62

Der Raum erinnerte Charles an eine Marketenderkneipe. Auf dem Erdboden zeichneten sich die Spuren von Stiefeln, Mokassins und nackten Füßen ab. Auf zwei Tischen standen die Überreste kalten Essens. Der Stuhl, auf den er sich auf Bents Befehl hinsetzen mußte, ächzte und schwankte unter seinem Gewicht.

Dann sah er das schief aufgehängte Porträt. Er starrte die Frau ungefähr zehn Sekunden lang an, bevor die Erkenntnis wie eine Granate in seinem Kopf explodierte.

»Dieses Bild!« Er hatte Schwierigkeiten, sich verständlich auszudrücken. Die Angst um Gus vernebelte seinen Verstand und verlangsamte seine Reaktionen. Der Anblick des Porträts schien ihn an irgendeinen unwirklichen Ort zu wirbeln, wo alles möglich und nichts mehr normal war.

Mit Mühe beendete er den Satz: »Wo hast du das Bild her?«

»Erkennst du es, ja?« Bent legte Messer, Spencer und Armeecolt auf die Tischplatte; das Rasiermesser behielt er in Griffweite.

»Die Frau meines Cousins Orry. Die Ähnlichkeit ist nicht besonders.«

»Weil es sich um ihre Mutter handelt. Eine Hure in New Orleans. Eine Terzeronin.« Bent holte ein schweres Seil aus einer Schachtel unter dem Flaschenbord. »Du scheinst gar nicht überrascht zu sein, daß sie eine Niggerin ist.«

»Ich weiß, daß Madeline schwarzes Blut hat. Aber ich hätte nie erwartet, solch ein Bild zu sehen.«

»Oder mich zu finden, wage ich zu behaupten.« Bent war voll

von falscher Höflichkeit. »Hände zusammen und nach vorn strecken.«

Charles reagierte nicht. Bent schlug ihm die Faust ins Gesicht. Blut sickerte aus Charles' Nase. Er hob die Hände, und Bent schlang das Seil um die Handgelenke.

Charles' Verstand war immer noch wie betäubt, von Zorn überflutet gegen diesen Krüppel, der sich schwerfällig bewegte. Auch auf sich selbst war er wütend. Er hatte draußen versagt. Sein Fehler würde ihn das Leben kosten. Das sagte ihm das fiebrige Glänzen in Elkanah Bents Augen, während Bent das Seil ein drittes und ein viertes Mal um seine Handgelenke schlang.

Na schön, sein Leben war verwirkt. Aber da war immer noch Gus.

Bents Gesicht war stark gerötet. Constances Tränenohrring schwankte wie ein Pendel hin und her. Bent hatte sein Ohrläppchen durchstochen, damit der Ring hielt. Grünes Gras saß verdreckt und traurig da und betrachtete Charles mit unverhohlenem Mitleid. Bei dem Blick sträubten sich seine Nackenhaare. Sie wußte, was kommen würde. Sie hielt Gus an sich gedrückt, schützte ihn, solange sie konnte.

Der Junge schaute ihn mit so stumpfen Augen an, daß Charles am liebsten in Tränen ausgebrochen wäre. Die gleichen leblosen Augen hatte er bei jungen, verwundeten Männern in der Nacht nach Sharpsburg gesehen.

Doch Gus war noch keine fünf Jahre alt.

Bent zog das Seil an und verknotete es. Charles hatte alle Muskeln angespannt, doch Magees Trick schien ihm nicht viel Spielraum eingebracht zu haben. Eine weitere Niederlage.

»Hast du eine Ahnung, für wen ich mich halte?« erkundigte sich Bent freundlich.

Charles ließ seinem Haß freien Lauf: »Ja, Orry hat's mir erzählt. Für den neuen Napoleon.« Er spuckte auf den Boden.

Bent knallte seine Faust in Charles' Gesicht. Gus versteckte sich hinter der Hüfte von Grünes Gras.

Bent, laut schnaufend und nicht länger lächelnd, sagte: »Hat er auch erzählt, daß er und Hazard mich auf der Akademie und in Mexiko ruiniert haben? Meinen Ruf durch Lügen zerstört haben? Meine Vorgesetzten gegen mich aufgehetzt haben? Ich wurde dafür geboren, große Armeen zu führen. Wie Alexander der Große. Hannibal. Bonaparte. Deine Leute und die Hazards haben mich daran gehindert.«

Bent wischte sich den Speichel von der Lippe. Draußen vor der geschlossenen Tür hörte Charles Vogelgezwitscher. Von der kalten Asche im Herd ging ein vertrauter Holzgeruch aus.

Bent nahm das Rasiermesser und fuhr sich mit der Klinge leicht über die Daumenkuppe. Sein Lächeln kehrte zurück. Mit überzeugender, eindringlicher Stimme sagte er: »Ich halte mich für den amerikanischen Bonaparte, und das ist durchaus gerechtfertigt. Aber ich bin gezwungen, ständig auf der Hut zu sein, weil jeder große General von kleinen Männern belagert wird. Minderwertigen Männern, die eifersüchtig auf ihn sind und ihn in den Dreck ziehen wollen. Die seine Größe beschmutzen wollen. Die Mains sind so. Die Hazards sind so. Deshalb bin ich nicht nur der Kommandeur, sondern auch der Scharfrichter. Ich rotte die Verschwörer aus. Die Verräter. Den Feind. Hazards. Mains. Bis sie alle tot sind.«

»Laß meinen Jungen gehen, Bent. Er ist zu klein, um dir was tun zu können.«

»O nein, mein lieber Charles. Er ist ein Main. Ich habe stets beabsichtigt, ihn zu töten.« Grünes Gras stieß einen kleinen Laut aus und wandte den Kopf ab. »Ich hatte vor, mehrere Monate zu warten, bis du dich mit seinem Verlust abgefunden hättest. Dann, nachdem ich ihn getötet hätte . . .«

»Sag das nicht vor ihm, verdammt noch mal.«

Bent riß an Charles' Bart, zerrte ihn nach oben, zwang seinen Kopf zurück. Er drückte das Rasiermesser gegen Charles' Kehle. »Ich sage, was mir gefällt. Ich führe hier das Kommando.« Der Druck des Rasiermessers wurde stärker. Charles spürte den Schmerz. Blut sickerte. Er schloß die Augen.

Bent kicherte und zog das Messer zurück. Er säuberte die Klinge am Ärmel seines Mantels.

Erneut freundlich und nett sagte er: »Nachdem ich ihn erledigt hatte, wollte ich dir gewisse — Teile schicken, damit du Bescheid weißt. Ein paar Finger. Zehen. Vielleicht noch ein paar intimere Teile.«

»Du verfluchter Irrer«, preßte Charles zwischen den Zähnen hervor; nicht fähig, sich länger zu beherrschen, fuhr er vom Stuhl hoch. Bent packte Gus an den Haaren. Der Junge schrie auf und schlug mit seinen kleinen Fäusten gegen Bents Bein. Bent schleuderte ihn mit einem Schlag zu Boden, trat ihm in die Rippen. Gus rollte zur Seite und umklammerte wimmernd seinen Bauch.

»Steh auf, Junge!« Bents Stimme dröhnte wie bei einem Priester der Wiederauferstehung. Wie viele Menschen lebten in diesem pervertierten Körper? Wie viele Stimmen sprachen aus diesem wahnsinnigen Hirn? »Steh auf! Das ist ein direkter Befehl!«

»Nicht«, sagte das Cheyenne-Mädchen, »oh, nicht. Er ist so klein.«

Er knallte ihr die Faust in den Magen. Sie fiel gegen die Wand, versuchte sich an den groben Stämmen festzukrallen; ihre Knie scharrten durch den Dreck. »Du wirst als nächste hingerichtet, wenn du noch ein Wort sagst.« Er schwenkte das Rasiermesser über seinem Kopf. »Hoch, Junge!«

Gus wimmerte wieder und schwankte hoch. Bent packte ihn, zog ihn gegen seine Beine, wobei er ihn gleichzeitig drehte. Er legte seine freie Hand unter Gus' Kinn und zerrte seinen Kopf mit einem Ruck zurecht, so daß sich Vater und Sohn ins Gesicht sehen konnten.

»Nach ihm und nach dir«, sagte Bent, »kommt die Familie von Hazards Bruder in Kalifornien dran. Ich lösche euch alle aus, bevor ich erledigt bin. Denk daran, lieber Charles.«

Sanft, fast streichelnd zog er die Klinge über Gus' rechte Wange. Gus schrie auf. Ein Blutfaden wand sich über die blasse Haut.

»Denk daran, während der Scharfrichter die Befehle des Generals ausführt.«

Magic Magee sagte: »Oh, Scheiße«, was Graue Eule überraschte, denn Magee fluchte für gewöhnlich nie. Er sprang auf. »Seine Befehle sind mir egal. Irgendwas stimmt nicht.«

Graue Eule wollte ihn zurückrufen. Magee ging mit langen Schritten los. Graue Eule zögerte nur einen Moment, bevor er hinter ihm her eilte.

Tränen strömten aus Gus' Augen und vermischten sich mit dem Blut auf seiner Wange. Eine Wut, die ihn krank und schwach machte, füllte Charles ganz und gar aus. Mit den Knien stemmte er seine Hände auseinander. Das Seil schürfte den Rücken seiner Handgelenke. Plötzlich rutschte die linke Hand ein Stückchen, wurde glitschig. Er blutete. Er zog die linke Hand an, doch der Teil knapp unterhalb der Knöchel wollte nicht durch das Seil rutschen. Sinnlos. Sinnlos.

Magee legte eine Hand auf das Geländer des Pferchs. Der Braune und die Maultiere witterten ihn und warfen die Köpfe hoch. »Ruhig, ruhig«, sagte er. »Regt euch nicht auf. Ich mein's ja gut.«

Er glitt zwischen zwei Stangen hindurch. Der Braune wieherte. »Laß das«, sagte Magee, der den verdammten Gaul am liebsten erschossen hätte. Er nickte Graue Eule heftig zu, der sein Gewehr umklammerte und auf die Eingangstür zuging. Magee hatte ihm gesagt, er solle warten, bis er ihn rief. Charles mußte im Haus sein. Er befand sich weder in dem Stall noch in dem verlassenen Händlerwagen.

Magee hatte keine Ahnung, was er hinter der Tür vom Pferch aus vorfinden würde, hoffte aber, die Tür würde nicht direkt in den Hauptraum führen. Er schwitzte wie im August. Gerade, als er nach dem Türhaken griff, kam ein fetter Waschbär um die Ecke geschossen und richtete sich vor der Tür auf.

»Verschwind«, flüsterte Magee. Er fuchtelte in der Luft herum. Der zahme Waschbär wich nicht. Er wollte sich drinnen wahrscheinlich Futter holen und würde Magee dabei verraten.

Verwirrt blieb Magee ungefähr fünfzehn Sekunden still stehen. Dann hörte er deutlich einen kleinen Jungen aufschreien. Mit düsterem Gesicht zog er sein Messer. »Tut mir leid, Mister.« Er stach zu und tötete den Waschbär mit einem Stich.

Gus blutete an der Wange. Charles hoffte, der Junge würde ohnmächtig werden, aber das war nicht der Fall. Glücklicherweise war Bents Kopf frei von Schmerzen und jenen merkwürdigen, quälenden Lichtern. Die Befehle des Generals waren richtig und gerecht, und die Pflichten des Scharfrichters waren eine reine Freude. Er konnte es allerdings nicht länger hinausziehen. Der Schnitt – direkt vor den Augen des an seinen Fesseln zerrenden, halb wahnsinnigen Vaters hatte bei ihm eine riesige, schmerzende Erektion ausgelöst.

Er drückte das Rasiermesser gegen Gus' Kehle.

Charles sah, wie sich der bläuliche Lauf zwischen Türrahmen und roter Decke hindurchschob. Aus diesem Teil des Hauses hatte er nicht einen einzigen Laut gehört. Magee sagte mit fester Stimme: »Mr. Bent! Sie drehen sich besser um und schauen sich mal diesen Revolver an.«

Einen endlosen, qualvollen Moment lang wußte Charles, daß Bent jetzt Gus die Kehle durchschneiden würde. Statt dessen gehorchte er wie ein Soldat der Kommandostimme. Er drehte sich um. Magee trat hinter der Decke hervor.

Charles warf sich aus dem Stuhl und schleuderte Gus zu Boden. Bent bellte dumpf auf, erkannte seinen Fehler. Charles stolperte über seinen Sohn und stürzte. Grünes Gras sprang Bent an und hämmerte mit ihren Fäusten auf ihn ein. Magee zielte, aber sie stand in der Schußlinie. Bent stieß sie von sich und riß das Rasiermesser nach unten; er fetzte ihren Rock und ihre Oberschenkel auf. Sie schrie auf. Ein zweiter Stoß warf sie zu Boden. Bent stürzte sich mit blitzender Klinge auf Charles.

Magee schoß. Die Kugel traf Bent von hinten in den linken Schenkel. Er drehte sich um die eigene Achse und fiel mit ausgestreckter Hand hin. Charles rollte sich, die Handgelenke immer noch gefesselt, über den Boden, zerrte das Rasiermesser aus Bents Hand und warf es weg. Magee brüllte etwas. Ein Lichtrechteck fiel über Charles und seinen Sohn. Graue Eule stand geduckt in der Tür, das Gewehr im Anschlag.

»Soll ich ihm den Rest geben?« fragte Magee. Bent starrte ihn an, merkte, daß er unbewaffnet in der Falle saß.

»Nicht vor dem Jungen. Schneid mich los.«

Magee befreite Charles mit seinem blutbefleckten Messer. Zitternd kniete Charles nieder.

»Gus, ich bin's, dein Papa. Ich weiß, ich schaue furchtbar aus, aber ich bin dein Papa, Papa«, wiederholte er, mit besonderer Betonung auf dem P, als könnte dadurch die Verbindung wiederhergestellt werden.

Der Junge wich zurück. Aus seinen Augen starrte ein verängstigtes, geistloses Tier. Charles breitete beide Arme aus, wie er es draußen vor der Tür getan hatte. »Papa.«

Plötzlich kamen die Tränen; heftige Schluchzer schüttelten den Jungen. Er wimmerte auf und rannte auf Charles zu. Charles nahm ihn in die Arme und hielt ihn fest. Er hielt Gus eine lange Zeit, bis der kleine Körper aufhörte zu zittern.

Das aufgeschlitzte Bein von Grünes Gras blutete stark. Nach ihrem Sturz hatte sie das Bewußtsein verloren. Magee streifte ihren Rock hoch und inspizierte die Wunde. Leidenschaftslos wie ein Arzt wischte er Blut von ihrem dichten Schamhaar. »Früher hab' ich Besoffene im Saloon verarztet, wenn sie mit Messern aufeinander losgegangen sind. Das hier kann ich abbinden. Eine Weile wird sie nur unter Schmerzen laufen können, aber ich denke, das kriegen wir wieder hin.«

Aus seinem Medizinbeutel holte Graue Eule einige Wurzeln, die er zerkrümelte und mit etwas Wasser mischte; draußen auf einem flachen Stein machte er eine Paste daraus. Dann suchte er das kleine Zimmer ab und fand ein Stück sauberes Tuch. Magee war damit beschäftigt, Bents Hände mit dem Seil zu fesseln, mit dem Charles gebunden gewesen war. Er drehte Bent die Arme auf den Rücken und achtete darauf, daß das Seil auch wirklich fest saß. Er ging nicht sonderlich sanft mit Bent um.

»Was ist mit seinem Bein?« erkundigte sich Charles.

»Ein Streifschuß, nicht mehr. Am besten, wir kümmern uns nicht drum. Geschieht ihm recht, wenn der Brand reinkommt.«

Graue Eule kniete neben dem erschöpften Jungen nieder. Seine braunen Hände waren unglaublich sanft, als er etwas von der graugrünen Paste in die Wunde an der Wange schmierte. »Er mag eine Narbe behalten, so wie die Cheyenne-Jungen Narben vom Sonnentanz.«

»Die Haken vom Sonnentanz gehen in die Brust, nicht ins Gesicht.« »Ja«, sagte der Fährtensucher traurig. »Man kann nichts tun. Es wird heilen.«

»Selbst wenn es heilt, wird er für immer Narben davontragen«, sagte Charles.

Er steckte den Armeecolt in das Halfter, bandagierte sein vom Seil verbranntes Handgelenk und ging hinter die Bar, wo er ein weiteres Seil entdeckte. Er warf es sich über den linken Arm. Bent stand mit blutigem Hosenbein neben der Tür. Mit unterwürfigem Gesichtsausdruck blinzelte er in den Sonnenschein.

Charles nahm zwei Schlucke von dem üblen Whisky, in der Hoffnung, den Schock zu dämpfen, der als unvermeidliche Folge des Kampfes kommen würde. Er ging hinüber zu Bent. Nur mit Mühe konnte er verhindern, daß er nicht einfach den Colt an Bents Kopf hielt und abdrückte.

»Magic, kommst du mit, ja? Bleib mit dem Jungen hier, Graue Eule.«

Bent krümmte sich im Türrahmen. Ein zitronenfarbener Schmetterling gaukelte um seinen Kopf und flog davon. »Wohin bringt ihr mich?«

Die Sonne ließ das Goldfiligran von Constances Ohrring aufleuchten. Charles konnte nicht anders, er griff nach dem Ohrring und riß ihn nach unten. Der Haken zerfetzte Bents Ohrläppchen. Er schrie auf und krachte gegen die Tür. Charles trat ihm in den Hintern, trieb ihn in das grelle Licht hinaus.

Die milde Luft konnte den Geschmack von Dreck und Schweiß und schlechtem Whisky nicht aus Charles' Mund vertreiben. Nie war dieses ausgebrannte Gefühl so stark gewesen. Es schmerzte wie Pfeffer und Salz in einer Wunde.

Die Hand auf sein blutendes Ohr gepreßt, fragte Bent kriecherisch: »Bitte — wohin?«

»Du weißer Abschaum«, sagt Magee, majestätisch in seinem Zorn. »Du fährst zur Hölle!«

»Wohin?«

Charles beugte sich dicht zu ihm. »Waterloo.«

KU-KLUX LÄUFT
AMOK.

Eine Nacht des Terrors
am Ashley.

Die Mont-Royal-Schule zum
zweitenmal zerstört.

Zwei Tote.

Präsident Grant bringt
seine Empörung zum Ausdruck.

Verwundetem Klansmann die Maske
vom Gesicht gerissen.

Sonderbericht von unserem
Charleston-Korrespondenten

MADELINES JOURNAL

Mai 1869. Haben heute Prudence Chaffee und Andy Sherman beerdigt. Auf meinen und Janes Wunsch hin liegen sie Seite an Seite. Ich habe die Bibel gelesen, Johannes 14.

Vater Lovewell hat den Bezirk fluchtartig verlassen. Von der Leiche von Des L. keine Spur. Ich empfinde für ihn eher Trauer denn Haß. Man hat mir erzählt, daß er die ganzen vier Jahre hindurch bei den Palmetto Rifles gedient hat. Danach kämpfte er für zwielichtigere Sachen. Die Erhaltung der Sklaverei in anderer Form. Die Überlegenheit der weißen Rasse. Die Ehre ei-

ner grausamen, arroganten Familie. Müssen Männer immer bösen Ideen zum Opfer fallen, die sie in den Mantel einer verführerischen Selbstgerechtigkeit hüllen?...

Muß wieder an D. L. denken. Im Tode erregt er meine Neugier stärker als zu der Zeit, da er uns bedrohte. Wie so viele andere auf beiden Seiten hat der Krieg ihn verändert und letztendlich zerstört. Diese Art von Erfahrung könnte zum Mittelpunkt des Lebens für eine Generation oder länger werden. In Charleston reden die Leute immer noch darüber, wie der Krieg Cooper vernichtend geschlagen hat. Ich weiß, wie sehr dich Mexiko verwundet hat, mein Liebster. Hätte es nicht Sumter gegeben, die Sezession, Lee und all die anderen großen Ereignisse und Personen, die jetzt mit den falschen Farben der Romantik eingefärbt werden, dann wäre D. L. vielleicht nicht dazu getrieben worden, seinen letzten, schicksalsträchtigen Krieg gegen Mont Royal auszukämpfen.

Aber wie ich zuvor schon sagte, auch das Mitleid hat seine Grenzen. In der Angelegenheit des Klans will ich Gerechtigkeit. R. Gettys liegt immer noch halb bewußtlos im Hospital von Charleston, und die Behörden reagieren viel zu langsam. Ein guter Freund sagte, ich könne mich jederzeit hilfesuchend an ihn wenden. Morgen werde ich nach Columbia fahren und eine Pistole als Begleitung mitnehmen...

Nichts war von Millwood oder Sand Hills übriggeblieben. Wade Hampton hatte seinen gesamten Landbesitz im Kielwasser des erzwungenen Bankrotts im vergangenen Dezember verloren. Steigende Steuern, sinkende Ernteerträge, Investitionen, wo man für den Dollar nur noch vierzig Cent bekam — all das kulminierte in einer einzigen katastrophalen Flutwelle. Über eine Million Dollar Schulden hatten ihn in die Knie gezwungen.

Hampton und seine Frau Mary lebten nun in stark eingeschränkten Verhältnissen. Er hatte es gerade noch geschafft, ein bescheidenes Häuschen auf einem Stückchen Land zu retten. Die Hamptons hießen Madeline willkommen und bestanden darauf, daß sie die Nacht bei ihnen auf einem improvisierten Lager in dem Zimmer verbrachte, das der General als Büro benutzte.

Hamptons Alter machte sich bemerkbar, aber er steckte noch immer voller Energie. Während Mary den Tee servierte, zog er mit seiner Angel los. Nach einer Stunde kam er mit vier Brassen zum Abendessen zurück. Mary machte sich daran, die Fische auszunehmen, und Hampton lud Madeline in sein Büro ein. Er machte auf dem mit Papieren übersäten Schreibtisch einen Platz für seine Tasse frei; dabei kam ihm ein Band mit Goldschrift in die Hand, den er ihr zeigte.

»Protokolle des Demokratischen Nationalkonvents vom letzten Juli.«

»Ich las, Sie seien Delegierter.«

Ohne Bitterkeit sagte er: »Die Republikaner bezeichneten es als den Rebellenkonvent. Bedford Forrest war ein Delegierter. Peter Sweeny, Vorstandsmitglied der Tammany-Gesellschaft ebenfalls — recht merkwürdige Bettgenossen, aber so ist nun mal die Demokratische Partei.«

»Ich wollte mit Ihnen über General Forrest und seinen Klan sprechen. Ich möchte, daß die Schuldigen bestraft werden.«

»Was haben die Behörden unternommen?«

»Bis jetzt noch nichts. Das ist nun über zwei Wochen her. Wenn zuviel Zeit vergeht, dann drängen sich andere Dinge in den Vordergrund, und alles gerät in Vergessenheit. Ich werde das nicht dulden. Meine Lehrerin und der freie Neger haben zumindest schlichte Gerechtigkeit als Andenken verdient.«

»Ich bin der gleichen Meinung. Ich werde Ihnen etwas über Forrest erzählen. Er ist bereit, seine Verbindung zum Klan zu leugnen und den Befehl zur Auflösung zu geben. Selbst für ihn ist die Sache zu weit gegangen.«

»Das ist kein Trost für Andys Witwe oder für die Brüder und Schwestern von Prudence Chaffee.«

»Ich verstehe Ihre Verbitterung. Grant verabscheut den Klan. Erlauben Sie mir, ihm zu schreiben. General Lee werde ich ebenfalls darum bitten. Wir haben eine gute Beziehung zueinander. Um der Investoren der kleinen Versicherungsgesellschaft willen, die ich in Atlanta organisiert habe, bat ich ihn, die Präsidentschaft zu übernehmen. Er lehnte ab. Er ist als Vorsitzender des College oben in Lexington glücklich und zufrieden.

Doch wir sind Freunde, und sein Wort hat Gewicht.« Sie spürte seine Melancholie, als er sich den Backenbart strich und sinnierte: »Ab und zu hat es schon was Gutes, ein altes Schlachtroß zu sein, das überlebt hat.«

Als Randall Gettys seine Umgebung wieder bewußt wahrzunehmen begann, besuchte ihn Colonel Orpha C. Munro. Die Oberschwester warnte ihn, er dürfe nicht lange bleiben. Mit einem herben Lächeln versicherte er ihr, daß seine Mission nur wenig Zeit in Anspruch nehmen werde. »Ich bin auf Verlangen von Präsident Grant hier.«

Die Oberschwester baute einen Wandschirm auf, damit sie ungestört waren. Munro setzte sich neben das Bett. Gettys glich einem verschüchterten Kind. Das Bettlaken war unter seinem blassen Kinn festgestopft; seine plumpen Finger spielten nervös damit. Bei dem Kampf auf Mont Royal hatte er sich das rechte Brillenglas zerbrochen. Durch die Sprünge im Brillenglas schaute er seinen Besucher an.

Mit trügerischer Freundlichkeit sagte Munro: »Es ist meine Pflicht, Sie davon in Kenntnis zu setzen, daß die kleine Handpresse in Ihrem Dixie-Laden, mit der Sie Ihre Zeitung druckten, beschlagnahmt worden ist. Jetzt können Sie das Geschäft, Haß auszustreuen und zu verbreiten, nicht mehr betreiben, Mr. Gettys.«

Gettys wartete; er war sicher, daß noch Schlimmeres kommen würde.

»Ich würde Sie mit der Pferdepeitsche behandeln, wenn das erlaubt wäre. Ich würde das trotz Ihrer Verwundung machen, denn ich finde, daß Sie und Ihre Kumpanen es reichlich verdienen. Sie sind wie die dem Untergang geweihten Bourbonen von Frankreich – Könige, zu arrogant, um die Vergangenheit zu vergessen, und zu dumm, um daraus zu lernen.«

Munro atmete tief durch, zwang sich zur Beherrschung. »Diese Behandlung ist mir jedoch leider verwehrt. Vermutlich ist es so am besten. Der Einsatz einer Pferdepeitsche würde mich auf Ihre Ebene herabziehen. Lassen Sie mich Ihnen statt dessen eine Frage stellen.« Ein harter, fast sadistischer Ausdruck trat in seine Augen. »Kennen Sie die Dry Tortugas?«

»Kleine Inseln, nicht wahr? Vor der Küste Floridas.«

»Genau. Die Regierung schickt jetzt Carolina-Häftlinge auf die Dry Tortugas. Ein gottverlassenes Fleckchen Erde, vor allem in den Sommermonaten. Sengende Hitze. Insekten und Ratten und Ungeziefer. Die Wärter sind kaum weniger verkommen als die Gefangenen.« Munro glättete seine Handschuhe, die auf seinen Knien lagen. Er lächelte. »Neue Gefangene sind gewissen — äh — Einführungszeremonien unterworfen, während die Wärter wegschauen. Ohne gute Nerven und eine kräftige Konstitution überlebt manchmal ein Gefangener die Prüfung nicht, die, wie ich gehört habe, recht wild sein kann. Aber schließlich muß man sich ja nicht wundern, wenn Männer so zusammengepfercht sind, ohne Frauen.«

»Mein Gott, was hat das alles mit mir zu tun? Ich bin ein Gentleman.«

»Nichtsdestoweniger werden Sie auf die Dry Tortugas geschickt werden, wegen Mordes an Sherman und der Lehrerin Prudence Chaffee.«

»Ich habe sie nicht getötet«, rief Gettys; seine Stimme wurde schrill. »Sie können mich nicht an so einen — einen bestialischen Ort schicken.«

»Wir können und wir werden. Auch wenn Sie die Verbrechen nicht persönlich begangen haben, so gehörten Sie doch zu der gesetzlosen Verschwörergruppe, die dafür verantwortlich ist.«

Gettys' Hand schoß vor, umklammerte seinen mit Litzen besetzten Ärmel. »Ich gebe Ihnen die Namen der Mitglieder unserer Gruppe. Sämtliche Namen.«

»Nun ja.« Munro räusperte sich. »Als kooperativer Zeuge ... das könnte die Sache in einem anderen Licht erscheinen lassen.« Er verbarg seine Erheiterung. Er hatte mit einer schnellen Kapitulation gerechnet. Er hatte sich ausführlich über Randall Gettys' Charakter informiert.

Gettys' gerötetes Gesicht schwitzte. »Wenn Sie mir das Gefängnis ersparen, verrate ich Ihnen noch etwas Wichtiges.«

Colonel Munro war verblüfft. Vorsichtig sagte er: »Ja?«

»Ich werde Ihnen von den Dixie-Läden erzählen. Die Leute

denken, es handle sich um eine Südstaatengesellschaft. Ein paar alte Rebellen, die sich hinter einem Namen verstecken und Wucher betreiben. Nun . . .«

Gettys stemmte sich in den Kissen hoch, plapperte vor lauter Hast, seine Haut zu retten, einfach drauflos. »So ist es ganz und gar nicht. Die Eigentümer, die Leute, die diesen Staat aussaugen, sind vielleicht die gleichen Leute, die sich als hochherzige Yankee-Reformer präsentieren. Mein Laden und all die anderen Läden gehören einer Firma namens Mercantile Enterprises. Ich schicke meine Abrechnungen nicht nach Memphis oder Atlanta, ich schicke sie an einen Yankee-Anwalt nach Washington, D.C. Ich gebe Ihnen seinen Namen und seine Adresse. Ich übergebe Ihnen die Bücher. Reicht das, um mich vor den Dry Tortugas zu retten?«

Am Ende der Krankenstation rief ein junger Mann im Delirium nach seiner Nancy und nach Wasser. Colonel Orpha C. Munro faßte sich wieder. »Ich glaube, es könnte reichen, Mr. Gettys. Ich glaube es wirklich.«

Munro war kurz hier. Alle restlichen Mitglieder der Klansgruppe sind verhaftet. M. deutete an, daß er außerdem noch einem Skandal auf der Spur sei, in den dieser Bezirk und Personen aus dem Norden verwickelt sind.

63

Bent sagte: »Ihr wißt ja nicht, was ihr tut.«

Charles und Magee beachteten ihn nicht. Charles hielt die Zügel in der Hand, die er einem der Maultiere aus dem Pferch angelegt hatte. Magee saß auf dem tänzelnden Braunen und zog probeweise an dem Seil, das an dem über den Vermilion Creek ragenden Ast des Pecanobaumes hing. Ein paar strahlend weiße Wölkchen trieben über den blauen Himmel nach Nordwesten. Es war ein sommerlicher, wunderbarer Tag.

»Runter mit dem Kopf«, sagte Magee.

Bent weigerte sich. Tränen rollten ihm über die Wangen in die Bartstoppeln. »Das wäre kriminell.«

Charles hatte das Jammern und Toben des Mannes satt. Er warf Magee einen Blick zu, worauf dieser Bents Zylinder hinunterschlug. Er landete verkehrt herum in dem Flüßchen. Magee riß Bents Kopf an den Haaren herunter und streifte ihm die Schlinge über. Mit einem Ruck zog er die Schlinge straff.

Aus Bents zerrissenem Ohrläppchen sickerte immer noch Blut. Seine Wunde tränkte sein linkes Hosenbein. Er weinte nun, spuckte vor Wut und Selbstmitleid. »Ihr seid Abschaum, ignoranter Abschaum. Ihr raubt der Nation ihr größtes militärisches Genie, du und dieser verkommene Nigger.«

»Herr im Himmel«, sagte Magee. Er war zu verblüfft, um wütend zu werden.

Bent schüttelte heftig den Kopf, als könnte er so die Seilschlinge loswerden. »Das könnt ihr nicht tun. Ihr könnt die Welt nicht eines neuen Bonaparte berauben.« Seine Stimme schallte so laut, daß die Kardinalsvögel am Fluß erschreckt aufflatterten.

Charles zog seinen Colt und hielt die Mündung dicht vor Bents Mund. »Halt's Maul.« Er schaute in Richtung der Whisky-Ranch, hoffte, daß die Schreie nicht so weit tragen würden. Sein Sohn und das Cheyenne-Mädchen hatten genug gelitten. Bent sah die entschlossenen Augen hinter dem Revolver und kämpfte um seine Selbstbeherrschung. Er biß sich auf die Lippe, doch die Tränen strömten ihm weiter aus den Augen.

Der Pecanoast warf einen dunklen Schatten über Charles' Gesicht. Er wollte so nicht weitermachen. Er hatte das Töten so satt. Er erinnerte sich daran, daß Bent eine Verpflichtung darstellte, die über das Persönliche hinausging. Er schuldete das Orry und George; vor allem George. Er schuldete es Grünes Gras und Gott weiß wie vielen anderen, denen Bent während der vergangenen fünfundzwanzig Jahre Schlimmes angetan hatte.

Charles trat von dem Maultier zurück.

»Das könnt ihr nicht! Militärisches Genie ist eine seltene Gabe . . .«

Charles steckte den Armeecolt weg und spreizte die Finger seiner rechten Hand. Zwei Kardinalsvögel, ein Männchen und ein Weibchen, flatterten aufgeregt über dem Flüßchen, von dem Geschrei erschreckt.

»Ihr tötet Bonaparte!«

Er hob die Hand, um dem Maultier einen Schlag zu versetzen. Ein letzter Blick auf Bent, um sich zu vergewissern, daß alles Wirklichkeit war – dann bewegte sich seine Hand blitzschnell. Der Schlag klatschte laut. Der Braune warf den Kopf hoch, als das Maultier davonschoß. Das Seil summte unter der Spannung; Bents Gewicht ließ den Pecanoast ächzen.

Bent schien Charles von oben wütend anzufunkeln, doch sein Genick war bereits gebrochen. Der Schatten seines Leibes pendelte langsam über Charles' Gesicht. Charles konnte den Anblick nicht länger ertragen und wandte sich ab.

»Ich fange das Maultier ein.«

»Das mach' ich schon«, sagte Magee sanft. »Geh du zurück zu deinem Jungen.«

In dem staubigen, orangefarbenen Abendrot saß Charles auf einem Faß und schaute auf das Flüßchen. Er trank den letzten Schluck von dem Kaffee, den Magee gemacht hatte. Der Soldat hatte eines der Hühner zubereitet, doch Charles hatte keinen Appetit. Statt des Flüßchens sah er Bents Augen vor sich, kurz bevor das Seil die letzte Note anstimmte. Bents Augen wurden zu einem Spiegel seines eigenen Lebens. In dem rachsüchtigen Bent erkannte er sich selbst, ein demütigendes Bild. Er war kein bißchen besser. Er kippte den bitter schmeckenden Kaffee auf den Boden und ging hinein.

Er durchquerte das große Zimmer, schob die rote Decke beiseite und betrachtete seinen Jungen, der auf einer alten Strohmatratze im Schlafzimmer lag. Er ging zu der Matratze. Selbst im Schlaf zeigte Gus' Gesicht einen verkniffenen, ängstlichen Ausdruck. Charles berührte den nässenden Schnitt an der linken Wange. Der Junge stöhnte und drehte sich um. Von Schuldgefühlen geplagt, zog Charles seine Hand zurück. Er ging hinaus, ließ die rote Decke wieder fallen.

Graue Eule saß am Tisch, eingewickelt in seine Decke, den Blick auf etwas weit jenseits der narbigen Holzplatte gerichtet.

Magee ruhte mit übereinandergeschlagenen Stiefeln auf einem Stuhl. Er kaute auf einem Zwieback herum; seine Übungskarten waren vor ihm ausgebreitet. Grünes Gras saß auf einem Fäßchen, die Hände ineinander verschlungen und die Augen gesenkt. Sie sah alt und müde und verzweifelt aus. Als Charles von draußen hereingekommen war, hatte er sie mit einer Flasche von der Bar vorgefunden. Er hatte sie ihr weggenommen und draußen ausgeleert; mit den anderen Flaschen hatte er das gleiche getan.

Jetzt ging er zu ihr hinüber. Sie hob den Kopf, und für einen kurzen Moment sah er das junge, frische Mädchen vor sich, das Narbengesichts werbender Flöte mit der kessen Zuversicht gelauscht hatte, die Welt gehöre ihr, einschließlich eines jeden Mannes, den sie sich auserkor. Er erinnerte sich an die liebestrunkenen Blicke, die sie ihm in jenem Winter in dem Dorf von Schwarzer Kessel zugeworfen hatte. Irgendwie tat die Erinnerung weh.

Er sprach sie auf Cheyenne an: »Wie bist du hierhergekommen?«

Sie schüttelte den Kopf und fing an zu weinen.

»Sag es mir, Grünes Gras.«

»Ich hörte auf Versprechungen. Auf die Lügen und Versprechungen eines weißen Mannes. Ich probierte das starke Getränk, das er mir gab, und wollte mehr davon.«

»Das war Bent?«

»Mister Glyn. Bent tötete ihn.«

Er erinnerte sich vage an einen schmierigen Händler namens Glyn. Er war ihm begegnet, als er noch mit Jackson geritten war. Zweifellos handelte es sich um denselben Mann.

»Laß mich den Verband sehen.«

In der Art, wie sie den Hirschlederrock nur ein kleines Stückchen hochzog, lag ein fernes Echo mädchenhafter Scheu. Die Bandage zeigte Blutflecken, würde aber bis morgen halten. Grünes Gras konnte mit dem verletzten Bein laufen, wenn auch nur unter Schmerzen. Das lenkte Charles Gedanken auf eine Verantwortung, die um so unvermeidlicher wurde, je länger er darüber nachdachte.

»Ich muß dich zu deinem Stamm zurückbringen.«

Graue Eule richtete sich besorgt auf. In den Augen des Mädchens leuchtete Furcht auf. »Nein. Sie würden mich verachten. Was ich getan habe, war schändlich.«

Charles schüttelte den Kopf. »Es gibt keinen Mann und keine Frau auf Gottes Erde, die nicht irgendeiner Sache wegen der Vergebung bedürfen. Das nächste Dorf ist das von Roter Bär. Ich bringe dich hin und rede mit ihm.«

Sie wollte protestieren, unterließ es dann aber. Auch Graue Eule protestierte nicht. Anscheinend war die Idee ganz vernünftig.

Magee raffte seine Karten zusammen. »Bin froh, daß wir hier verschwinden. Irgendwie ein übler Ort.«

»Graue Eule und ich werden das Mädchen hinbringen«, sagte Charles zu ihm. »Du setzt Gus auf eines dieser Maultiere und reitest mit ihm direkt zu Brigadier Jack Duncan in Fort Leavenworth. Wirst du das tun?«

Magee runzelte die Stirn. »Ich weiß nicht recht, Charlie. Ohne deinen Magier lasse ich dich ungern zurück zu diesen Indianern gehen. Pfeifende Schlange sinnt vielleicht auf Rache.«

»Es wird keinen Ärger mehr geben.« Es schwang mehr Hoffnung als Gewißheit in seiner Stimme mit. Die Aussicht, zu den Cheyenne zurückkehren zu müssen, beunruhigte ihn, aber es schien unvermeidlich zu sein. »In einer Stunde haben wir dort alles erledigt. Jetzt hör zu! Ich möchte, daß du in Leavenworth eine telegraphische Nachricht für mich aufgibst. Im Nebenzimmer habe ich Papier gesehen. Ich schreib's dir auf.«

»In Ordnung«, sagte Magee.

Das ausgebrannte Gefühl füllte Charles aus. Er ging zur Tür, riß sie auf, schaute zu den Tausenden von Sternen auf, die in der klaren Luft heller als gewöhnlich strahlten. Er dachte an die Straße in die ewigen Jagdgründe. Beinahe hätte er sie dieses Jahr betreten. Er fühlte sich so müde. »Gott, wenn ich nur eine Zigarre hätte«, sagte er.

Am Morgen schrieb er das Telegramm und schaute zu, wie Magee es sicher in seiner Satteltasche verstaute, zusammen mit der

Steinschloßpistole, dem Pulverbeutel und der falschen Munition. Charles zog die Nägel aus den Ecken des Ölporträts und rollte es zusammen. Es war trocken und spröde. Eine Ecke brach ab. Sorgfältig band er das Gemälde mit einem Lederriemen zusammen.

Aus einer Decke, die er gewaschen und über einer Stange zum Trocknen aufgehängt hatte, schnitt er ein großes Quadrat, schlitzte es in der Mitte auf und machte so einen kleinen Poncho für Gus, ähnlich seinem eigenen Zigeunerumhang. Er hob den Jungen auf die Pferdedecke, die er dem Maultier übergeworfen hatte.

Gus sah wie ein kleiner, alter Mann aus, vernarbt und blaß. »Umarm deinen Papa«, sagte Charles. Der Junge atmete tief durch. Er war auf der Hut. Schmerz flackerte in seinen Augen.

Statt dessen umarmte Charles ihn. »Ich sorge schon dafür, daß alles wieder gut wird, Gus. Ich komme bald zu Onkel Jack, und alles wird gut.«

Obwohl er sich da gar nicht so sicher war. Monate, vielleicht Jahre voller Aufmerksamkeit und Liebe würden nötig sein. Die verborgenen Narben würden vielleicht nie heilen. Er legte die Arme um den Jungen, drückte ihn heftig an sich.

Gus legte eine Hand auf den Kopf seines Vaters. Nach einem kurzen Moment zog er sie wieder weg. Sein Gesicht war nüchtern, ohne Emotion. Immerhin war die Berührung ein Anfang.

Zu Magee gewandt sagte er: »Paß auf ihn auf!«

»Darauf kannst du dich verlassen«, sagte Magee.

Charles und Graue Eule schauten dem Soldaten und dem Jungen nach, bis diese am dunstigen Horizont im Nordosten verschwunden waren.

Der Fährtensucher half Charles, zwei Stangen des Pferchs herunterzureißen und sie mit einer rostigen Axt zu kürzen. Sie bauten eine Stangenbahre für Grünes Gras. Es war ein weiterer sonniger Tag; eine leichte Brise ging. Das Cheyenne-Mädchen sagte nichts, als die beiden Männer es zu der Stangenbahre trugen.

Charles hatte Satan bereits gesattelt; gestern hatten sie noch die Pferde geholt. Dabei mußten sie an Bents Leiche vorbei. Die

Bussarde hatten sich bereits an dem amerikanischen Bonaparte gütlich getan und seine Kleidung zu blutigen Fetzen gerissen.

»Dies ist ein böser Ort«, sagte Graue Eule, auf seinem Pony sitzend. »Ich bin froh, wegzukommen.«

»Bring die Stangenbahre ein Stückchen weiter den Fluß runter, bis zu diesen Pfahleichen. In ein paar Minuten komme ich nach.«

Graue Eule ritt los, das Maultier an der Leine. Grünes Gras stöhnte auf, als die Schleppbahre über einen scharfen Stein holperte. Graue Eule warf ihr einen entschuldigenden Blick zu. Sein Pony trabte weiter. Das Cheyenne-Mädchen umklammerte ihr bandagiertes Bein und schaute zum Himmel hoch.

Charles ging mit der rostigen Axt ins Haus. Er trat ein Fäßchen um und zerhackte es. Dann demolierte er den Tisch und zwei Stühle. Er schlug hart zu, ließ den Schmerz durch den Griff in seine Arme hochschießen.

Er türmte das Holz auf und steckte es mit einem seiner letzten Streichhölzer an. Hinter ihm blieb die brennende Whisky-Ranch zurück.

Es regnete in Strömen, als sie das Dorf von Roter Bär am Sweet Water erreichten. Niemand bedrohte Charles; die wenigen Leute, die hinausspähten, hielten sich in vorsichtiger Entfernung, weil ihnen dieser bärtige Weiße, der einen schwarzen Magier in seinen Diensten hatte, noch gut in Erinnerung war. Der schwarze Magier war jetzt nicht bei ihm, aber sicher seine Medizin.

Von Pfeifender Schlange sahen sie nichts. Charles übergab Grünes Gras der Obhut der stämmigen, zahnlosen Frau von Roter Bär. Grünes Gras stammte nicht aus dem Dorf von Roter Bär, aber der Häuptling wußte über sie Bescheid.

»Sie wird mit uns ins Fort der Weißen gehen«, sagte Roter Bär in seinem Tipi. Charles saß am Feuer und aß mit einem Knochenlöffel etwas Stew. Er machte sich längst keine Gedanken mehr über die Herkunft des Stew-Fleisches.

»Du ergibst dich den Soldaten?«

»Ja. Nach vielem Nachdenken und Beratungen mit anderen habe ich das beschlossen. Wenn wir nicht aufgeben, dann verhungern wir oder werden erschossen. Alle im Dorf haben zugestimmt bis auf acht Hundekrieger, die sich weigern, aufzugeben. Ich sagte, ich führe nicht Großväter und Kinder in den Tod, nur um die Ehre der Hundekrieger zu bewahren. Es verletzt meinen Stolz, zu den Soldaten zu gehen. Auch ich war einst tapfer. Aber ich habe gelernt, daß Tapferkeit und Weisheit manchmal nicht denselben Weg gehen können. Leben ist kostbarer als Stolz.«

Charles wischte sich das Stew vom Mund. Er sagte nichts.

Er hatte seit vierundzwanzig Stunden nicht mehr geschlafen, wollte sich aber auf den Weg machen. Roter Bär bestärkte ihn in diesem Wunsch. »Die Hundekrieger wissen, daß du hier bist. Sie sind zornig.«

Dann war es nur weise, das Dorf so schnell wie möglich zu verlassen. Feierlich bedankte er sich bei der freundlichen Frau und dem Häuptling für die Gastfreundschaft. Er sagte, er würde gern Grünes Gras auf Wiedersehen sagen. Die Frau des Häuptlings führte ihn zu einem nahen Tipi, wo sie es dem Mädchen bequem gemacht hatte. In ein Büffelfell gewickelt lag Grünes Gras neben einem kleinen Feuer, Kopf und Schulter durch eine geflochtene Rückenstütze erhöht. Charles nahm ihre Hand.

»Jetzt wird mit dir alles gut werden.«

Aus den verquollenen Augen schossen neue Tränen. »Kein Mann wird mich je haben wollen. Ich liebe dich so. Ich wünschte, du hättest dich einst neben mich gelegt.«

»Ich auch.« Er bückte sich, schob seinen Bart beiseite, während er sie leicht auf den Mund küßte. Sie weinte lautlos; er konnte fühlen, wie sie zitterte. Er streichelte ihr Gesicht, erhob sich dann und glitt durch das ovale Loch in den Regen hinaus.

Sterne tauchten zwischen den über den Himmel fegenden Wolken auf. Roter Bär begleitete sie bis an den Rand des Camps und kehrte dann um. Der frische Wind zerrte an Charles' Bart. Er tätschelte Satan, musterte den aufklarenden Himmel und fing dann an, die kleine Melodie zu summen, die ihn an zu Hause erinnerte.

Sie entdeckten einen einsamen Reiter, regungslos auf einem

flachen Hügel vor ihnen, und dachten sich nichts dabei. Irgendein Junge, der die Pferde bewacht, vermutete Charles. Er hielt mit dem Schecken auf den Fluß zu, um nicht zu nahe an dem Wachposten vorbeizukommen. Plötzlich ritt der Indianer den Hang hinunter, um ihnen den Weg abzuschneiden.

»Was soll das?« wunderte sich Charles laut. Dann wurde sein Mund trocken. Der Cheyenne galoppierte auf sie zu, sein Pony antreibend. In einer Hand trug er eine Lanze, in der anderen einen mit langen Federn geschmückten Karabiner. Etwas an Kopf und Rumpf des Reiters erinnerte ihn an ...

Graue Eule straffte die Zügel; Verzweiflung zeigte sich in seinen Augen.

»Mann-bereit-zum-Krieg«, sagte er.

Und so war es. Er war älter, sah aber immer noch gut aus, obwohl er irgendwie ausgehungert wirkte, wie auf der Flucht. Er trug seine Insignien und volle Kriegsbemalung. Um seinen Hals hing die Pfeife aus einem Flügelknochen und das geraubte Silberkreuz. Von der Schulter zur Hüfte zog sich eine breite Schärpe hin, gelb und rot bemalt und mit Stachelschweinborsten und Federn besetzt. Als Charles die Schärpe sah, fiel ihm ein, daß Narbengesicht zum Träger der Hundeschnur erwählt worden war.

Im Lichte des aufklarenden Himmels war die gewaltige weiße Narbe von der Augenbraue bis zum Kieferknochen deutlich sichtbar. Satan witterte das Cheyenne-Pony und schnaubte nervös.

»Andere erzählten mir, du seist hier«, sagte Narbengesicht.

»Wir haben keinen Streit mehr miteinander, Narbengesicht.«

»Doch. Das haben wir.«

»Zum Teufel mit dir, ich will nicht mit dir kämpfen.«

Der Wind bewegte die goldenen Adlerfedern, die an den Karabinerlauf gebunden waren. Narbengesicht rammte seine Lanzenspitze in die schlammige Erde. »Ich habe viele Winter auf dich gewartet. Ich erinnere mich, wie der Alte mir meine Männlichkeit abgerissen hat.«

»Und ich erinnere mich, wie du es ihm zurückgezahlt hast. Laß es dabei bewenden, Narbengesicht.«

»Nein. Ich werde meine Schärpe hier auf den Boden spießen. Dein Weg hier vorbei führt nur über die Straße in die ewigen Jagdgründe.«

Charles dachte einen Moment nach. Auf englisch sagte er zu Graue Eule: »Wir könnten flüchten und ihm davongaloppieren.«

In den düsteren alten Augen von Graue Eule zeichnete sich erneut Hoffnungslosigkeit ab. Er deutete auf den Hang. Im Licht der Sterne sahen sie vier Krieger, die dort aufgetaucht waren, um ihnen jede Flucht unmöglich zu machen.

Mit einem elenden Gefühl im Herzen schleuderte Charles seinen schwarzen Hut beiseite. Er zerrte sich den Zigeunerumhang über den Kopf und legte ihn über den Sattel. Dann stieg er ab, drückte Graue Eule Satans Zügel in die Hand, zog sein Bowiemesser aus dem Gürtel und wartete.

64

Narbengesicht trieb seine Lanze durch den Schlitz am Ende der Schärpe und nagelte sie so fest. Die Lanze vibrierte, als er sie losließ. Charles verstand, was die Schärpe ausdrückte: bis zum Tod.

Der Krieger der Hundegesellschaft begann zu murmeln und zu singen. Er löste die Axt mit Holzgriff, die mit einem Lederriemen um seine Taille gebunden war. Axt und Karabiner hob er in einem rituellen Gebet, das Charles nicht verstand, über seinen Kopf. Dann fuhr er mit der Scheide der Axt über den Lauf des Karabiners, vor und zurück. Funken sprühten.

Ich habe genug, dachte Charles. Texas, Virginia, Sharpsburg, Washita, Augusta, Constance, Bents Rasiermesser — nimmt es denn nie ein Ende?

Mit einem Grunzen warf Narbengesicht den Karabiner weg. Er sang lauter und schleuderte seine Mokassins von den Füßen. Er tänzelte nach rechts, bot Schulter und Unterarm an. Er zeigte die Axt, schwang sie in einem langsamen, spöttischen Kreis herum. Plötzlich schoß die Schneide waagrecht auf Charles zu.

Der Boden war aufgeweicht; nach dem Winterfrost war das Gras immer noch braun und spärlich. Charles rutschte mit einem Fuß weg, als er das Bowiemesser mit beiden Händen hob und den Axthieb abblockte, Schneide gegen Schneide. Die Wucht des Schlages ließ die Axt vom Messer abgleiten und an Charles' Ohr vorbeizischen. Charles stach nach dem auf ihn zustürzenden Körper, ein schwer zu treffendes Ziel in der nur vom Sternenlicht aufgehellten Finsternis. Er verfehlte es.

Narbengesichts Schärpe behinderte ihn in seinem Bewegungsspielraum; das war Charles' einziger Vorteil. Er wußte, daß sich die vier Reiter auf ihn stürzen würden, wenn er sich einfach aus Narbengesichts Reichweite entfernte. Also mußte er es hier beenden, mochte Gott ihm beistehen.

Wieder glitt Narbengesicht heran, ließ seine Axt rotieren. Er schwang sie, schlug zu. Charles duckte sich. Der nächste Schlag. Wieder duckte sich Charles, spürte aber, wie das Metall seine Haare streifte. Er riß seine Messerhand hoch, erwischte Narbengesichts linken Ärmel. Der Hundekrieger drehte sich wie ein Tänzer weg, um die um ihn gewickelte Schärpe zu entrollen.

Charles stand zusammengekrümmt da, beide Hände in der traditionellen Haltung des Messerkämpfers erhoben. Das Bowiemesser funkelte im Sternenschein. Beide Männer hatten bereits ihr Fleckchen Boden aufgewühlt. Der Schlamm saugte an Charles' Stiefeln, als er seitlich auswich in Erwartung des nächsten Schlages.

Narbengesicht wechselte die Axt in die linke Hand. Charles drehte sich, um die Bewegung zu kontern. Er wendete sich Narbengesichts linker Hand zu, was die linke Seite seines Körpers ungedeckt ließ. Ohne Vorwarnung warf Narbengesicht die Axt zurück; er stieß ein tiefes, aus seinem Bauch kommendes Lachen aus, während er mit der rechten Hand zuschlug.

Charles' Parade von rechts nach links riß Narbengesichts Unterarm innen auf. Narbengesicht reagierte darauf, indem er die Axt nach oben zog. Charles griff mit seiner linken Hand danach, und Narbengesicht trat mit seinem rechten Fuß nach ihm. Der harte Tritt traf ihn zwischen den Beinen. Er wirbelte herum, verlor im Schlamm die Balance und stürzte zu Boden.

Narbengesicht kreischte wie ein Junge auf, der ein Spiel gewonnen hatte. Er sprang mit beiden Knien auf Charles, rollte ihn dann von der Seite auf den Rücken. Er packte Charles' Messerhand und drückte sie hinter seinem Kopf in den Schlamm. Die Axt schwang hoch, ein schwarzer Keil gegen den vertrauten milchigen Schleier der Sterne.

Die Axt sauste herab. Charles riß seinen Kopf zur Seite, spürte die Schneide in seinem Haar, bevor sie sich in den Matsch grub. Er drehte seine Messerhand und ritzte Narbengesichts Knöchel. Narbengesicht schrie auf, mehr überrascht als verletzt.

Charles versuchte seine Messerhand loszureißen. Narbengesicht hielt fest. Charles roch das ranzige Fett, mit dem Narbengesicht seinen Körper eingeschmiert hatte, bevor er sich bemalte. Narbengesicht schwang die schlammverschmierte Axt erneut nach unten, und wieder drehte Charles sich weg. Die Drehbewegung befreite seine Messerhand. Er stieß das Bowiemesser in Narbengesichts linken Oberarm.

Der Hundekrieger ließ die Axt fallen. Das stumpfe Ende der Schneide knallte gegen Charles' Schläfe. Narbengesicht atmete rauh, schmerzerfüllt. Charles krallte sich mit der linken Hand in Narbengesichts Kinn; das Messer in seiner rechten Hand steckte immer noch in dem blutenden linken Arm von Narbengesicht. Er spürte, wie das Kinn unter seiner linken Hand schlaff wurde. Der Blutverlust schwächte Narbengesicht schnell. Charles brauchte nur nach oben zu greifen und ihm die Kehle durchzuschneiden.

»Stich ihn ab«, sagte Graue Eule aus der Dunkelheit.

Charles' Messerhand begann zu zittern. Narbengesicht hing wie ein Mehlsack über ihm, den jemand auffüllte; er wurde schwerer und schwerer.

Stich zu.

Er konnte es nicht. Mit der linken Hand rollte er Narbengesicht von sich. Er hatte ihn besiegt. Das genügte.

Er spürte eine Hand an seinem rechten Oberschenkel, begriff nicht, was da vor sich ging. Graue Eule rannte vor, als Narbengesicht sich aufrichtete und den Armeecolt in Anschlag brachte, den er Charles aus dem Halfter gerissen hatte. Die Waffe war mit Schlamm bedeckt, funktionierte aber trotzdem. Graue Eule warf sich vor Charles, um ihn mit seinem Leib zu schützen; die beiden Cheyenne feuerten. Die für Charles bestimmte Kugel traf den Fährtensucher.

Mit einem nassen Klatschen fiel Narbengesichts Kopf zurück in den Schlamm. Er war getroffen, ohne daß Charles hätte sagen können, wo. Oben am Hang wieherten die Pferde der vier Reiter und warfen die Köpfe hoch. Graue Eule sank auf die Knie und feuerte drei weitere Kugeln auf sie ab. In der Sprache der Cheyenne brüllte er ihnen zu, daß Narbengesicht tot war. Die Indianer formierten sich hastig zu einer Reihe und trabten außer Sicht.

Graue Eule atmete aus, ein müder, erschöpfter Laut. Charles kratzte sich den Schlamm aus den Augen und kroch auf den Fährtensucher zu. Im Dorf gab jemand Alarm.

Charles nahm Graue Eule in seine Arme. Das Hemd des Spurenlesers war glitschig von Schlamm und Blut. Das Sternenlicht ließ sein Gesicht, das bemerkenswert gefaßt wirkte, weiß aussehen.

»Ich habe den Weg für uns gefunden, mein Freund. Nun gehe ich weiter.«

»Graue Eule, Graue Eule«, sagte Charles mit gebrochener Stimme.

»Ich gehe, wie meine Vision es mir vorausgesagt hat. Ich gehe.«

»Graue Eule!«

»Da.« Mit zitternder Hand griff Graue Eule nach dem Schleier der Sterne. Der Weg in die ewigen Jagdgründe. Seine Hand fiel zurück auf seine Brust, und Charles spürte, wie ein Schauder durch seinen Körper lief, als er starb.

Er hielt die Leiche von Graue Eule in seinen Armen, während er Narbengesicht betrachtete, der regungslos mit dem Armeecolt in der Hand dalag. Er wußte, es gab etwas, was er tun mußte, doch Erschöpfung und Verwirrung ließen ihn noch einige Momente verharren. Dann fiel es ihm ein. Er sah eine Plattform hoch oben in einem Baum vor sich, dem Himmel näher. Graue Eule war ein guter Mann gewesen, und es war seine Pflicht, sie für ihn zu bauen. Er hatte geglaubt, die Götter wollten, daß er andere führte, selbst wenn dieser Weg ins Exil und in den Tod führte. Bis zum Ende war er seiner Vision treu geblieben. Charles wünschte, er hätte etwas, woran er ähnlich inbrünstig glauben könnte.

Aber er hatte doch etwas. Gus fiel ihm ein. Und Willa.

Sanft ließ er den Körper in das schlammige Gras gleiten. Zweimal rutschte er aus. Er hörte laute Stimmen hinter sich. Roter Bär und seine Leute. Sie würden ihm beim Bau von Graue Eules Ruhestätte behilflich sein. Er wandte sich ihnen zu, um auf sie zu warten.

Er lag im Sterben, aber er war noch nicht tot; Narbengesicht stemmte sich ein paar Zentimeter hoch und schoß Charles in den Rücken.

GEO HAZARD
C/O HAZARDS
LEHIGH STATION
PENNSYLVANIA

DER KRIMINELLE BENT VERHAFTET UND HINGERICHTET
IM INDIANERTERRITORIUM AM 27STEN.
ICH HABE DEN OHRRING.

CHARLES MAIN
FT LEAVENWORTH KANS
TELEGRAMM

MADELINES JOURNAL

Mai 1869. Die Presse hat einen neuen Skandal, den sie breittreten kann. Die Zeitungen von Charleston sind voll von Ent-

hüllungen aus Washington über die Dixie-Läden. Unfaßbar für mich, daß der Name mit dem Skandal verbunden ist.

»Unglücklich«, sagte der Boß. »Höchst unglücklich, Stanley. Ich dachte, Sie würden für Ihren Bezirk einen ausgezeichneten Kongreßabgeordneten abgeben, wenn sich Muldoon gegen Ende der laufenden Amtszeit zurückzieht. Sie sind recht bekannt, Sie können sich einen Wahlkreis leisten, Sie werden von hochstehenden Prinzipien geleitet.«

Stanley wußte, was die letzte Bemerkung zu bedeuten hatte. Er gehorchte den Befehlen der Staatsmaschinerie, die sein Gast völlig unter Kontrolle hatte.

Die beiden saßen in der Nähe der Sokrates-Büste im Concourse, Stanleys Lieblingsclub. Stanleys Gesicht sah blaß und aufgedunsen aus. Er stand im Mittelpunkt der täglichen Zeitungsenthüllungen, wobei sich der »Star« besonders hervortat. Obwohl Stanley siebenundvierzig und sein Gast Simon Cameron siebzig war, hatte Stanley das Gefühl, daß der Boß über wesentlich mehr Energie verfügte. Er war schlank geblieben. Sein Haar war voll, und in seinen Augen schimmerte kein Hauch der bevorstehenden Senilität, wie es Stanley bei Männern in Camerons Alter bemerkt hatte. Der Boß war 1867 in den Senat zurückgekehrt und hatte nie zuvor über soviel Macht verfügt. Das politische Intrigenspiel bekam ihm.

Nachdenklich nippte Cameron an seinem Kentucky-Whisky. Ein warmes Frühlingszwielicht vergoldete die Fenster neben ihnen. »Unter den gegebenen Umständen will ich Ihnen gegenüber ganz offen sein. Wucher mag nicht illegal sein, aber ganz sicher unpopulär. Und die Nordstaatler haben es allmählich satt, den Süden zu schlagen. Die Dixie-Affäre hat eine allgemeine Welle der Sympathie für die Opfer der Ausbeuter ausgelöst.« Er hob eine Hand, um seinen Gastgeber zu besänftigen. »Das ist eine Zeitungsformulierung, mein Junge, das stammt nicht von mir. Aber es ist bedauerlich, daß Dills sofort zusammenbrach, als er mit dem Geständnis des Klansmannes konfrontiert wurde.«

Stanley schnippte mit den Fingern, um einen Kellner herbeizurufen. Er bestellte so munter eine weitere Runde, daß Cameron ganz verblüfft war. Stanley stand unter enormem Druck aufgrund der Geschichten, die ihn mit Mercantile Enterprises — Eigentümerin der über ganz South Carolina verteilten Dixie-Läden — in Verbindung brachten. Fast täglich dementierte Stanley öffentlich diese Beschuldigungen; er gab keine Erklärungen ab, sondern betonte lediglich seine Unschuld mit der gleichen Entschlossenheit, mit der der alte Stonewall dem Feind bei First Bull Run Widerstand geleistet hatte. In Anbetracht von Stanleys früherem Verhalten hatte Cameron erwartet, Stanley nicht nur total erschöpft, sondern auch vollkommen entnervt vorzufinden. Erschöpft war er, entnervt nicht. Bemerkenswert.

Stanley sagte: »Ich nehme an, Dills kooperierte in der Hoffnung, den Rest seiner Praxis zu behalten. In den letzten Jahren hat er sich immer stärker einschränken müssen. Kein Mensch kennt den Grund dafür. Beispielsweise mußte er aus seinem Club austreten. Er konnte es sich nicht mehr leisten.«

»Ich vermute, genau wie unser Freund Dills möchten Sie auch etwas behalten? Zum Beispiel Ihren guten Namen?« Die vertraute Strenge zeigte sich auf dem Gesicht des hageren alten Schotten. »Ohne das hat man keine politische Zukunft.«

»Ich habe nichts mit den Dixie-Läden zu tun, Simon. Gar nichts.« Schon wieder ein Anzeichen von Stanleys überraschender, neuer Selbstsicherheit. Vor kurzem noch hatte er es nicht gewagt, den Boß mit Vornamen anzusprechen. »Ich habe das wieder und wieder vor der Presse gesagt, und ich werde es weiterhin sagen, weil es der Wahrheit entspricht.«

Cameron spitzte die Lippen. »Nun ja, aber um offen zu sein, mein Junge, in der republikanischen Hierarchie glaubt man Ihnen nicht.«

Stanley seufzte. Der ältliche schwarze Kellner kam mit dem Silbertablett. Stanley nahm sein Glas, in dem sich die doppelte Menge Whisky befand wie in Camerons Glas. »Dann sollte ich vielleicht mit etwas Stärkerem aufwarten. Ich strebe einen Abgeordnetensitz an. Natürlich wird es hart, mich vollkommen reinzuwaschen. Emotional gesehen.«

Cameron, der in den meisten Männern wie in einem offenen Buch lesen konnte, war verwirrt. »Wovon reden Sie?«

Mit einem schnellen Blick vergewisserte sich Stanley, daß niemand in Hörweite war.

»Ich spreche von den Dixie-Läden. Ich gebe zu, daß sie mit Familiengeld errichtet wurden. Zu der Zeit wußte ich jedoch nichts davon. Ich war zu beschäftigt damit, General Howards Programm für das Büro durchzusetzen.« Seine normalerweise traurigen Hundeaugen funkelten jetzt geradezu. »Mr. Dills kann bestätigen, daß das gesamte Aktienkapital von Mercantile Enterprises auf den Namen meiner Frau Isabel eingetragen ist.«

Der Senator aus Lancaster hätte beinahe seinen Drink verschüttet. »Wollen Sie damit sagen, *sie* betreibt die Läden?«

»Ja. Und sie hat damit aus eigener Initiative angefangen, nach einem Besuch in South Carolina. Natürlich bin ich nach und nach dahintergekommen, aber ich war nie über die Details informiert.«

Der ältere Mann brach in schallendes Gelächter aus. Stanley war beleidigt, unterdrückte es aber. Cameron wedelte mit einem Finger. »Wollen Sie mir erzählen, daß Sie jede Verbindung mit dem Dixie-Skandal leugnen?«

»Das tue ich.«

»Und Sie erwarten, daß die Partei und die Öffentlichkeit Ihnen Glauben schenken?«

»Wenn ich es oft genug wiederhole«, entgegnete Stanley ruhig, »dann werden sie es glauben. Jawohl. Ich wußte nichts. Isabel ist eine intelligente, ehrgeizige Frau. Die Aktien gehören ihr. Ich wußte nichts.«

Dieser ruhige, gelassene Stanley sollte identisch sein mit dem schüchternen, naiven Mann, dem Simon Cameron einst geraten hatte, sich zu Beginn des Krieges nach einem profitablen Armeekontrakt umzusehen? Stanley war durch den Verkauf minderwertiger Schuhe unglaublich reich geworden. Er hatte sich außerdem verändert, während Camerons Aufmerksamkeit auf andere Dinge gerichtet gewesen war. Der Boß konnte in dem neuen Stanley nichts mehr von dem alten entdecken.

Er lehnte sich entspannt in seinem Ledersessel zurück und stieß ein unfreiwillig anerkennendes Lachen aus. »Mein Junge, der Sitz im Kongreß ist vielleicht trotz allem noch nicht außer Reichweite. Sie klingen sehr überzeugend.«

»Ich danke Ihnen, Simon. Ich hatte ja auch einen Meister als Lehrer.«

Cameron nahm an, daß sich das auf ihn bezog. Er warf einen Blick auf die Uhr. »Wollen Sie mir beim Abendessen Gesellschaft leisten?«

Stanley überraschte Cameron erneut, als er sagte: »Besten Dank, aber ich kann leider nicht. Ich habe meinen Sohn hier zum Essen eingeladen.«

Laban Hazard, Esquire, gerade dreiundzwanzig, hatte bereits in Washington eine Kanzlei eröffnet, obwohl er Yale erst vor zwei Jahren verlassen hatte. Es war keine prestigeträchtige, dafür aber eine profitable Kanzlei. Labans Mandanten waren meist Mörder, Aktienbetrüger und des Ehebruchs angeklagte Männer. Laban war ein schmächtiger, geschäftiger junger Mann; früher hatte er recht gut ausgesehen, aber das schwand nun schnell durch zu wenig Sonnenschein und zu viel spanischen Sherry dahin.

Im Speisesaal des Clubs erklärte Stanley bei ausgezeichneten Lammkoteletts seine Zwangslage und begründete seine Entscheidung, weitere Details preisgeben zu müssen, um seine Unschuld zu beweisen. Laban hörte mit undeutbarem Gesichtsausdruck zu. Unter dem Gaslicht glich sein sorgfältig gekämmtes Haar dem Fell eines Otters, der gerade aus dem Fluß geglitten war.

Am Ende von Stanleys langem Monolog lächelte sein Sohn. »Du hast dich gut vorbereitet, Vater. Ich glaube, du wirst nicht mal einen Anwalt brauchen, wenn die Aktien so registriert sind, wie du gesagt hast. Ich werde dich jedoch gern vertreten, falls irgendwelche unvorhergesehenen Umstände eintreten sollten.«

»Ich danke dir, Laban.« Eine sirupgleiche Sentimentalität durchströmte Stanley. »Dein elender Bruder ist eine einzige Schande, aber du erfreust mein Herz. Ich bin froh, daß ich die Initiative zu diesem Treffen aufgebracht habe.«

»Ich auch«, sagte Laban. Er rülpste. »Pardon.« Laban hatte bereits einen Sherry zuviel getrunken.

»Nimmst du für mich Verbindung zum ›Star‹ auf? Ich möchte

ein geheimes Treffen mit ihrem besten Reporter, so bald wie möglich.«

»Ich kümmere mich gleich morgen früh darum.« Laban schwenkte sein Weinglas. Dann sagte er, dem Blick seines Vaters ausweichend. »Du weißt, daß ich schon immer Schwierigkeiten hatte, Zuneigung für meine Mutter zu empfinden.«

Er sagte das ganz monoton, im besten Anwaltsstil. Das persönliche Geständnis klang so ganz normal.

»Ich weiß, mein Junge«, murmelte Stanley. Triumphgefühl stieg in ihm auf; er würde überleben und sich zu neuen Höhen aufschwingen. »Aber wir dürfen nicht nachtragend sein. Sie wird unser Mitgefühl brauchen, wenn der Sturm losbricht.«

Drei Tage später, am Samstag, befand sich Stanley in dem Stall hinter dem Herrschaftshaus in der 1 Street. In Hemdsärmeln, bereits von zwei morgendlichen Whiskys gestärkt, bewunderte er seine Kutschenpferde in den harmonischen Brauntönen. Sie bereiteten ihm die größte Freude in seinem Leben; sie symbolisierten die Annehmlichkeiten des Reichtums.

»Stanley!«

Beim Klang ihrer scharfen Stimme wandte er sich dem Eingang zu. Eine blasse Sonne versuchte den morgendlichen Dunst vom Potomac zu durchdringen. Im Stall roch es angenehm – nach Erde, Stroh und Pferdemist. Stanley entdeckte ein Exemplar vom ›Star‹ in Isabels Hand.

»Bitte laß uns allein, Peter«, sagt er. Der junge schwarze Stallknecht rieb sich über die Augenbrauen und ging.

Isabel war aschfahl. Sie wedelte mit der Zeitung vor dem Gesicht ihres Mannes herum. »Du fetter, bösartiger Bastard. Wann hast du das getan?«

»Die Aktien zu transferieren? Schon vor einiger Zeit.«

»Damit wirst du nicht durchkommen.«

»Oh, ich glaube, ich bin bereits damit durchgekommen. Gestern gratulierte mir Ben Wade. Er hob meine Ehrlichkeit und meinen Mut angesichts einer derart harten Entscheidung hervor. Er pries meine Zukunft als Republikaner. Soweit ich weiß, betrachtet das Weiße Haus mich als reingewaschen.«

Isabel hörte die Gehässigkeit aus seinem süßlichen Tonfall heraus. Sie wollte ihn beschimpfen, überlegte es sich dann aber anders. Sie spürte die Last ihrer fast fünfzig Jahre; ganz plötzlich fürchtete sie sich vor diesem plumpen Mann in seinem zerknitterten Leinenanzug, den sie so lange verachtet hatte. Sie ging auf ihn zu.

»Was sollen wir tun, Stanley?«

Er wich vor ihrer ausgestreckten Hand zurück. »Ich werde die Scheidung beantragen. Laban hat sich bereit erklärt, die Sache in die Wege zu leiten. Ich kann die Art und Weise, wie du deine Carolina-Läden führst, nicht billigen.«

»Meine?«

»Ich muß an meine Zukunft denken«, fuhr er fort. Isabel sah vor lauter Ungläubigkeit ganz krank aus. »Ich habe jedoch Laban angewiesen, fünfhunderttausend Dollar auf dein Privatkonto zu transferieren. Betrachte es als eine Art Abschiedsgeschenk, auch wenn du mir eine schlechte Ehefrau gewesen bist.«

»Wie kannst du es wagen, so etwas zu sagen? Wie kannst du es wagen?«

Ganz plötzlich bebte Stanleys Stimme. »Weil es stimmt. Du hast mich ständig gedemütigt, hast mich vor meinen Söhnen heruntergemacht. Du hast mir die einzige Frau genommen, die mich je geliebt hat.«

»Diese Tanzhallenschlampe? Du Einfaltspinsel. Die war scharf auf dein Geld, nicht auf dein Geschlechtsteil.«

»Isabel! Das ist ja widerlich.« Tief in seinem Inneren lachte ein kleiner Gnom gehässig auf. Isabel hielt sich auf ihre Vornehmheit viel zugute. Endlich hatte er ihr das Rückgrat gebrochen.

Er fuhr fort: »Diese Bemerkung bestätigt nur meinen Entschluß. Trotzdem gebe ich dir das Geld, damit du den Skandal überstehst. Als Gegenleistung verlange ich lediglich, daß du dich von mir fernhältst. Für immer.«

Die edlen Braunen steckten aus ihren angrenzenden Stallboxen die Köpfe zusammen. Vom Heuboden fiel das heller werdende Sonnenlicht in breiten Streifen herein. Peter pfiff draußen ein Liedchen vor sich hin. Isabels Verblüffung verwandelte sich in Zorn.

»Ich habe dir zuviel beigebracht. Ich habe dir zuviel beigebracht.«

»Stimmt. Als Halbwüchsiger hielt ich nie sonderlich viel von mir oder meinen Fähigkeiten. Meine Mutter ebenfalls nicht. Auch nicht mein Bruder George. Du hast mich davon überzeugt, daß ich Erfolg haben könnte, wenn ich nur ein paar Skrupel über das Wie ablege.« O Gott, wie haßte er sie. Zum erstenmal benahm er sich ihr gegenüber richtig gemein. »In deinem fortgeschrittenen Alter kannst du stolz sein auf diese Leistung.«

»Ich habe viel zuviel für dich getan«, kreischte Isabel und stürzte sich mit fliegenden Fäusten auf ihn. Sie war schmächtig, kein Gegner für ihn, schwammig, wie er war. Stanley wollte sie gar nicht so kräftig fortstoßen. Sie knallte mit der Schulter gegen eine leere Stallbox, schrie auf und rutschte dann zu Boden. Verwirrt starrte sie auf ihren Rock. Er war über und über mit Pferdemist beschmiert.

Der junge schwarze Stallknecht kam hereingestürzt. Stanley war von der Stärke seiner eigenen Stimme selbst überrascht.

»Alles in Ordnung, Peter. Kümmere dich wieder um deine Arbeit.«

»Ich war zu gut zu dir«, sagte Isabel; sie lehnte ihren Kopf gegen die Stallwand und weinte. »Zu gut.«

Blinzelnd sagte Stanley: »Ich bin geneigt, dir zuzustimmen, auch wenn ich mir nicht vorstellen kann, daß dies von deiner Seite her absichtlich geschah. Und als du zu gut zu mir warst, da hast du einen ernsten Fehler begangen, Isabel.« Er lächelte. »Bitte verlasse das Haus innerhalb von vierundzwanzig Stunden, sonst sehe ich mich gezwungen, dich hinauszuwerfen. Und jetzt entschuldige mich bitte. Ich bin durstig.«

Er marschierte in den Dunst hinaus; sie blieb zurück, auf den Dreck an ihrem Rock starrend.

65

Richard Morris Hunt hatte das Herrschaftshaus entworfen. Es beanspruchte den gesamten Block zwischen Nineteenth und Twentieth in der South State Street. Es war eine großartige Leistung gewesen, solch einen berühmten Architekten nach Chicago zu locken. Will Fenway hatte — wie bei den meisten anderen Dingen auch — festgestellt, daß er bekam, was er wollte, wenn er ein Drittel mehr als den üblichen Preis zahlte.

Die Extravaganz störte ihn nicht. Es war unmöglich, das Geld so schnell auszugeben, wie er es verdiente. Die Fenway-Fabrik war dreimal expandiert, ihre Lieferfristen lagen momentan bei zehn Monaten, und Ende 1869 hatte Wills Verkaufsdirektor, LeGrand Villers, drei weitere Firmenvertreter in London, Paris und Berlin angeheuert. Allmählich begann Will zu glauben, daß es in der Welt bei weitem mehr Hurenhäuser als anständige christliche Heime gab.

Will Fenway war bereits achtundsechzig, als er Hunt engagierte. Er wußte, daß er höchstens noch ein Jahrzehnt vor sich hatte, und wollte das Leben genießen. Er hatte Hunt beauftragt, ihm das größte, protzigste Haus zu bauen, das man sich vorstellen konnte. Mr. Hunt hatte an der Ecole des Beaux Arts studiert und war ein Apostel der Architektur des Zweiten Französischen Kaiserreichs.

Hunt plante ein Granitschloß mit siebenundvierzig Räumen und Mansardendächern auf den drei Flügeln. Und überall Marmor: Marmorsäulen, Marmorböden und Marmorkamine. In Wills Billardzimmer hätte ein kleines Häuschen hineingepaßt; in Ashtons Ballsaal drei. Nur ein Vorfall störte den Hausbau. Auf jeder Mansarde saß oben ein gußeiserner Dachkamm. Eines Tages entdeckte Ashton, daß Hunt diese Einfassungen bei Hazards in Pittsburgh bestellt hatte. Sie bekam einen Wutanfall und schickte Hunt einen Entlassungsbrief. Als Reaktion darauf erhielt ihr Mann ein wütendes Telegramm von dem Architekten. Will sah sich gezwungen, die Fabrik zu verlassen, wo er von Montag bis Freitag mindestens zwölf Stunden pro Tag arbeitete, und den nächsten Zug nach Osten zu nehmen. Er bat und flehte mehrere Stunden lang, bis Hunt bereit war, den beleidigenden Brief zu übersehen.

Die Krise ging vorüber, und die Fenways bezogen ihr Haus im Frühsommer. Viele angenehme Stunden verbrachten sie damit, einen Namen für das Haus zu suchen. Jede bedeutende Residenz besaß einen Namen. Er wollte es Château Willard nennen. Ashton rebellierte. Anstatt sich an diesem Abend ohne jeden Gedanken an Sex in seine Arme zu schmiegen, begab sie sich in ihre eigene Drei-Zimmer-Suite. Dort blieb sie vier Tage und vier Nächte, bis er an ihre Tür klopfte, um sich zu entschuldigen. Sie ließ ihn ein unter der Bedingung, daß sie den Namen in Château Villard abänderten, mit der Betonung auf der zweiten Silbe. Er schien erleichtert und stimmte zu.

Das Jahr 1869 brachte den Eigentümern von Château Villard unglaublichen Reichtum ein. Will konnte es nicht fassen, was für Summen hereinströmten oder wie viele Fenway-Klaviere die Fabrik verließen. Ein herrlicher Fenway-Konzertflügel befand sich bereits im Planungsstadium; für dieses Instrument lagen sogar schon Bestellungen vor. Angesichts der Gesamtsituation erkannte Ashton, daß sie endlich nach Möglichkeiten suchen konnte, sich an ihrer Familie zu rächen. Als ersten Schritt bat sie Will um ein Privatkonto. Nach Rücksprache mit den Buchhaltern der Fenway Piano Company richtete er ihr ein Konto mit zweihunderttausend Dollar ein. Im Februar beschloß Ashton, South Carolina zu besuchen, sobald das Wetter und ihr Terminkalender es zuließen. Sie hatte keinen festen Plan, wie sie gegen ihren Bruder und Orrys Witwe vorgehen wollte; sie wollte lediglich nach Möglichkeiten Ausschau halten.

Das Hauspersonal von Château Villard wurde von drei auf zwölf Personen erweitert, einschließlich zweier Stallknechte. Ashton gab das Geld mit vollen Händen aus, kaufte kistenweise Gemälde, Skulpturen und Bücher.

Ashton versuchte mit den Bewohnern der Häuser oberhalb und unterhalb von Château Villard Kontakt aufzunehmen. Im Norden wohnte Hiram Buttworthy, ein Pferdegeschirr-Millionär und Baptist, ein Mann, der in jede Ecke eines jeden Raumes einen Spucknapf stellte und dessen Frau so häßlich war, daß man hätte glauben können, sie gehöre in eines seiner Pferdegeschirre. Mrs. Buttworthy, eine führende Dame der Gesellschaft, hatte nicht viel übrig für die pompöse Südstaatlerin, die ihren Mann ganz offensichtlich nicht wegen seiner Jugend, seines guten Aussehens oder seiner Aussicht auf ein langes Leben geheiratet hatte.

Im Süden von Château Villard lebte, anscheinend ohne Mann, eine Suffragette namens Sedgwick, deren unverblümte Ansichten und spitze Zunge Ashton an ihre Schwester erinnerten — was ausreichte, daß sie bei ihrem ersten und einzigen Treffen eine sofortige Abneigung gegen sie faßte. Doch Ashton fühlte sich durch ihre Unfähigkeit, mit ihren Nachbarn auszukommen, keineswegs entmutigt. Der Fehler lag bei ihren Nachbarn. Der Preis, den man für große physische Schönheit zahlen mußte, das war ihr schon vor langer Zeit klargeworden, war die Isolation durch eifersüchtige minderwertige Personen.

Will kaufte ein Sommerhäuschen in Long Branch, New Jersey. Er kaufte es ungesehen. Wenn der Kurort am Meer für Präsident Grant und dessen Frau gut genug war, dann war er auch gut genug für ihn. Er kaufte eine herrliche Jacht mit einer Länge von sechzig Fuß und einem Hilfsmotor, die an einem teuren Liegeplatz an der Mündung des Chicago River ankerte. Ashton taufte die Yacht auf den Namen »Euterpe«, nachdem sie die Muse der lyrischen Gesangskunst in einem ihrer selten aufgeschlagenen Bücher gefunden hatte. Sie hatte fast eine Stunde lang in dem Buch gelesen, was sie mürrisch machte und ihr Kopfschmerzen verursachte. Sie war jetzt dreiunddreißig, doch ihre Interessen hatten sich seit ihrer Mädchenzeit nicht geändert. Sie schätzte ihr Aussehen, Männer, Macht und Geld und fand alles andere lästig und störend.

Ashtons geplanter Besuch in South Carolina wurde durch eine Inspektionsreise zu dem möblierten Haus am Jersey-Strand hinausgezögert. Die Wohnzimmerwände waren mit bunten Aufnahmen der Rockies und der kalifornischen Küste dekoriert. Will bewunderte die billige Kunst und meinte, hier fühle er sich wohl.

Aber die Sommersaison hatte noch nicht begonnen, und Ashton schmollte und nörgelte, bis er mit ihr nach New York fuhr, wo sie Bryant's Minstrels sahen, Lydia Thompson and her British Blondes und Mr. Booth's Produktion von »Romeo und Julia«. Letzteres war so gefragt, daß Will einem Halsabschneider hundertfünfundzwanzig Dollar pro Eintrittskarte zahlen mußte. Dann schlief er im zweiten Akt ein und begann zu schnarchen.

Ashton kaufte drei Schrankkoffer mit neuer Kleidung. Die Straßen der Städte waren in solch einem jämmerlichen Zustand, daß der Kleidersaum einer Dame schon nach kurzer Zeit völlig verschmutzt war. Ashton machte sich nie die Mühe, diese Kleidungsstücke säubern zu lassen; sie warf sie einfach weg. Gelegentlich entdeckte sie sie später bei ihrem Dienstpersonal wieder, die die Sachen aus der Mülltonne gerettet hatten.

Will hatte nichts dagegen. Er bewunderte die üppige Figur seiner Frau und liebte es, sie gut gekleidet zu sehen. Sie konnte all das Geld für ihre Kleidung ausgeben, das er an der seinen sparte. Er liebte es eher gemütlich, und zum Teufel mit dem, was die anderen dachten.

»Ich werde dich vermissen«, sagte Villers und fuhr mit seiner Hand langsam zwischen Ashtons Beinen nach oben.

»Ich bin doch nicht lange weg, Darling. Eine Woche oder zwei.«

»Achtundvierzig Stunden ohne, das ist mittlerweile schon zuviel für mich.«

Sie lachte, nahm seine Hand, drückte sie auf ihre linke Brust und räkelte sich genüßlich.

LeGrand Villers war ein kräftiger, vitaler Mann mit dichtem, dunkelblondem Kraushaar. Er war Nordstaatler; früher hatte er sich seinen Lebensunterhalt mit Kartenspiel auf den Mississippischiffen verdient. Obwohl er nicht besonders aussah, wirkte er ungemein männlich und hatte etwas sehr Anziehendes an sich. Vor zwei Jahren war er in die Fenway-Büros marschiert gekommen und hatte vorübergehend Arbeit gesucht, um Spielschulden zurückzahlen zu können; seitdem hatte er sich vom einfachen Angestellten über den Verkäufer zum Verkaufsmanager hochgearbeitet, wobei er unterwegs auch noch Ashton verführt hatte. Villers war eindeutig der am besten bestückte Liebhaber, den

Ashton je gekannt hatte. Deshalb war er auch in ihrem Kistchen mit zwei Knöpfen vertreten.

Durch ein Bullauge über der Koje fiel Sonnenschein auf Ashtons Bauch und Oberschenkel. Die »Euterpe« schwankte leicht an ihrem Liegeplatz. Vor der Mittagszeit wurden der Kapitän und sein Maat niemals nüchtern, kamen also nie an Bord, weshalb die Jacht für Schäferstündchen geradezu ideal war.

»Nun, ich gebe zu, daß du mich auch verrückt machst, Le-Grand.« Powell hatte besser ausgesehen, war aber nicht ganz so potent gewesen.

»Und du glaubst wirklich, Will weiß nach all diesen Monaten immer noch nicht über uns Bescheid?«

»Er weiß, daß ich Liebhaber habe, doch wir sprechen nicht darüber. Er versteht, daß ich eine junge Frau mit gewissen, äh, Bedürfnissen bin.«

»Eines dieser Bedürfnisse scheint zu sein, daß du nach Carolina mußt. Kann mir nicht vorstellen, warum. Ich habe einmal Georgia besucht. Nichts als Schwarze und hochmütige Mädels und nuschelnde Gauner, die ›Ja, Sir‹ murmeln, während sie überlegen, wie sie dich übers Ohr hauen können.«

»LeGrand, dafür sollte ich dich aus meinem Bett werfen. Ich bin ein Südstaatenmädel.« Sie hatte es gerade mit dem schweren Akzent demonstriert, den sie während ihrer Jahre im Norden nach und nach unterdrückt hatte. Sie hatte sich an alles im Norden gewöhnt bis auf die heulenden weißen Winterstürme in Chicago, die eine Art von Fluch sein mußten, den Gott den Yankees auferlegt hatte.

»Ich möchte meine Familie besuchen«, fügte sie hinzu. Ihre Augen schimmerten wie blauschwarze Achate. »Ein freundschaftlicher Besuch.«

»Freundschaftlich?« Villers Hände begannen wieder, an ihr herumzuspielen. »Ich hab' noch nie gehört, daß du über diese Leute ein freundliches Wort verloren hättest.«

Sie strich ihr offenes Haar über die Schultern zurück und warf einen Blick auf die ganz in der Nähe tickende Uhr. Erst Viertel vor elf. Gut.

»Nun, ich habe mich geändert, LeGrand. Menschen ändern sich nun mal.«

Er kicherte. »Du hast gelernt zu verbergen, wie sehr du sie haßt. Meinst du das?«

Ashton strich über seinen kantigen Kiefer. »Ich wußte doch, daß du mir nicht nur wegen dem, was du in deinen Hosen hast, sympathisch warst. Verrat bloß nicht mein Geheimnis. Und jetzt komm her, und tu deine Pflicht.«

Ein Dockarbeiter, der fünf Minuten später am Pier vorüberkam, bemerkte, daß die »Euterpe« leicht im Wasser rollte — höchst ungewöhnlich für solch einen ruhigen Tag.

»Die Droschke ist da, um Sie zum Bahnhof zu bringen, Madam.«

»Laden Sie das Gepäck ein, Ramsey.«

Der Butler verbeugte sich und zog sich zurück. Trotz seiner gezierten englischen Sprechweise — aus diesem Grund hatte ihn Will den anderen Bewerbern vorgezogen — war er für Ashton nichts anderes als ein weiterer Sklave, gefesselt durch Lohngeld anstatt durch Ketten, doch berechtigte ihn das noch lange nicht zu besserer Behandlung. Dienstboten bereiteten einem deswegen soviel Freude, weil man hier menschliche Wesen zur Verfügung hatte, die vor jedem Wort zitterten, das man sagte.

Will kam aus seinem Billardzimmer geschlendert. Die Manschettenknöpfe aus Goldnuggets waren so groß, daß seine Hemdsärmel durchhingen. Obwohl er gealtert war, wirkte er viel gesünder und munterer als zu der Zeit, in der Ashton ihn in Santa Fé kennengelernt hatte. Der Erfolg bekam ihm sehr gut.

Seine lebhaften blauen Augen schauten seine Frau einen Moment lang bewundernd an. Dann tätschelte er ihre Wange, als wäre sie seine Lieblingskatze.

»Benimm dich anständig.«

Ashton spürte einen kleinen Riß. Sie konnte zwar nichts anderes als Wärme in seinem Blick entdecken, doch seine Bemerkung erinnerte sie an seine Warnung, nachdem sie grundlos den Schwager der Señora erschossen hatte. Nur Will konnte bei ihr den gleichen kleinen Angstschock auslösen, den sie so gern bei anderen erzeugte.

»Aber ja doch, mein Schatz«, sagte sie.

Sie trug sich im Mills House als Mrs. W.P. Fenway, Chicago, ein. Die Aufmerksamkeit des Personals konzentrierte sich natürlich auf eine attraktive Frau, die ganz allein mit elf Gepäckstücken reiste. Doch niemand bekam sie deutlich zu sehen; sie ging stets stark verschleiert. Es hatte keinen Sinn zu enthüllen, daß sie eine Main war.

Ashton erkundete das liebliche Charleston, das noch immer unter den Zerstörungen des Krieges litt. Schwarze lungerten überall mit impertinenter Miene herum; dafür hätten sie zu ihrer Kinderzeit die Pferdepeitsche zu kosten bekommen. Es gab immer noch einige Yankees in blauer Uniform zu sehen.

Sie mietete sich eine geschlossene Kutsche für eine Rundfahrt. Die Battery brachte die Erinnerung an jene aufregenden Wochen zurück, als Sumter belagert wurde. Sie stand am Hafen, während ihr Fahrer in diskreter Entfernung wartete. Sie schaute aufs Meer hinaus, eine Frau mit einer wunderbaren Figur, deren Taille mit Fischbein eng geschnürt war. Sie trug Samt von der Farbe von altem Burgunder, viele Meter, die ihren Rock mit Tournüre aufbauschten. Es war höllisch heiß, aber die Wirkung war es wert. Spaziergänger machten sich so ihre Gedanken über die teuer gekleidete, ziemlich melancholische Frau, die da über das Wasser auf den Atlantik hinausstarrte. Waren ihre Gedanken romantischer Natur? Trauerte sie einer verlorenen Liebe nach?

Ich hasse dich, Billy Hazard. Alles wäre anders gekommen, wenn du mich statt meiner zimperlichen kleinen Schwester geliebt hättest.

Ashton gab nicht nur Billy, sondern auch Orry, Cooper und Madeline die Schuld an ihrem Exil und an den grauenhaften Monaten als Hure. Als sie daran dachte, was sie alles durch das selbstgerechte Verhalten ihrer eigenen Familie verloren hatte, fühlte sie, wie sich der alte Haß erneuerte. Sie schnüffelte, tupfte sich die Augen mit ihrem Handschuh trocken, kehrte zur Kutsche zurück und befahl dem Fahrer, langsam zur East Bay zu fahren. Dort betrachtete sie sich das Haus, wo sie mit dem armen Huntoon gelebt hatte.

Als sie in der engen Tradd Street an Coopers Haus vorbeifuhr, drückte sie sich in die Kissen der Kutsche, als eine Frau aus dem Tor kam; Coopers schlichte, unscheinbare Frau, älter, aber immer noch mit Adlernase und ohne Busen. Trotz des Schleiers wandte Ashton ihr Gesicht ab. Sie rief dem Fahrer zu, schneller zu fahren. Es gab nicht den geringsten Zweifel — sie haßte sie alle.

In den nächsten Tagen erfuhr sie einige überraschende Dinge. Zum einen, daß Orry den Krieg nicht überlebt hatte. Nachdem er Ashton und Huntoon wegen ihrer Rolle bei der Powell-Verschwörung aus Richmond verjagt hatte, war er an die Front in Petersburg gegangen, wo ihn irgendein Yankee erschoß.

Ashton empfand weder Kummer noch Bedauern, sondern nur noch mehr Zorn auf ihren einarmigen Bruder. Sein Tod betrog sie um eine gute Chance zur Rache, und das gefiel ihr ganz und gar nicht.

Madeline lebte allein, wohlhabend, aber von allen verachtet wegen ihres republikanerfreundlichen Verhaltens. Ashton hörte von dem Klanüberfall auf Mont Royal und dem im Bau befindlichen neuen Haus. Von einem angetrunkenen Journalisten, mit dem sie flirtete, erfuhr sie dann noch etwas, was sie in echte Erregung versetzte. Jedermann in der Stadt wußte es. Mont Royal war hoch mit Hypotheken belastet.

»Es ist mir ein Vergnügen, Sie kennenzulernen«, sagte Leverett Dawkins, der auf seinem Spezialbürostuhl thronte. »Was kann die Palmetto Bank für Sie tun?«

Ashton saß in perfekter Haltung auf der Kante des Besucherstuhls. Sie zog die Schultern zurück, was die Linie ihres Busens noch betonte. Dies entging dem Bankier keineswegs. Sie beobachtete, wie sein Blick nach oben zu ihrem Gesicht wanderte — der arme Narr hatte wohl geglaubt, es sei ihr entgangen, worauf sich seine Aufmerksamkeit konzentrierte —, und wußte, daß sie sich im Vorteil befand. Sie war mit Dawkins' Namen vertraut, hatte ihn aber nie persönlich kennengelernt; er würde sie also niemals mit der Main-Familie in Verbindung bringen.

Äußerlich gefaßt, aber innerlich angespannt sagte sie: »Ich möchte mich über die Grundbesitzverhältnisse in diesem Bezirk erkundigen. Ich habe alte Familienbande in South Carolina. Ich schätze die Gegend um Charleston sehr und würde mir hier gern ein Zuhause schaffen.«

»Ich verstehe. Fahren Sie bitte fort.«

»Als ich vorgestern die Ashley River Road entlangfuhr, sah ich eine wunderbare Plantage, in die ich mich sofort verliebte. Ich habe sie mir seitdem noch zweimal angesehen, und mein Gefühl hat sich nur noch verstärkt. Ich hoffte, Sie könnten mir etwas über den Besitz sagen.«

»Auf welche Plantage beziehen Sie sich, Ma'am?«

»Man sagte mir, der Name sei Mont Royal.«

»Ah, die Main-Plantage«, sagte er und lehnte sich zurück. »Der Eigentümer ist Mr. Cooper Main. Er wohnt in dieser Stadt.«

Es verwirrte Ashton, den Namen ihres Bruders zu hören. Ihr schwerer, schwarzer Schleier verbarg das zum Glück. Sie faßte sich wieder und sagte leichthin: »Ich dachte, eine Frau hätte das alles unter sich.«

»Sie meinen Mrs. Orry Main, die Schwägerin des Besitzers.« Ashton bemerkte eine gewisse Abneigung in seinen Worten. »Sie lebt dort aufgrund einer Vereinbarung mit Mr. Main. Sie ist eine Art Managerin, verantwortlich für die Leitung von Mont Royal. Doch der Besitz liegt bei Mr. Main.«

Vorsichtig fragte sie: »Ist die Plantage eventuell zu kaufen?«

Er dachte darüber nach; da mußten Coopers Gefühle bezüglich der Negerschule berücksichtigt werden, auch sein Haß auf Madeline Main, weil sie Komplizin bei der Eheschließung seiner Tochter mit diesem Yankee gewesen war. Dawkins' Besucherin brachte eine neue, höchst interessante Möglichkeit ins Gespräch, die einen doppelten Vorteil bieten konnte. Zum einen den Profit, zum anderen konnte die Bank ein Kundenverhältnis beenden, das sich allmählich zum Ärgernis auswuchs.

»Mont Royal ist mit einer beträchtlichen Hypothek belastet«, sagte er, »die von dieser Bank gehalten wird.«

Das wußte sie bereits, ließ sich aber nichts anmerken. »Oh, welch ein Glück! Glauben Sie, der Besitzer, dieser Mister, äh ...«

»Main«, half er ihr.

»Würde er verkaufen, wenn die Hypothek als Teil der Transaktion beglichen würde?«

»Natürlich kann ich nicht für ihn sprechen, aber die Möglichkeit besteht selbstverständlich. Falls Sie an einem Angebot interessiert sind, würde unsere Bank gern für Sie tätig werden. Gegen ein gewisses Honorar, versteht sich.«

»Selbstverständlich. Darauf bestehe ich. Und auf einigen anderen Bedingungen. Mein Mann, Mr. Fenway, ist ein sehr reicher Mann. Kennen Sie die Fenway's Piano Company?«

»Wer kennt sie nicht? Und das ist Ihr Gatte? Sehr schön.«

»Wenn Mr. Main herausfindet, wer seine Plantage kaufen möchte, könnte er versuchen, den Preis unvernünftig hochzutreiben.«

»Wir können dafür sorgen, daß dies nicht geschieht. Wenn wir für Sie die Verhandlungen führen, können Sie vollständig anonym bleiben, bis der Kauf getätigt ist.« Er merkte, daß sie damit zufrieden war. »Sie erwähnten gewisse weitere Bedingungen.«

Ihr Herz schlug so schnell, daß sie fast zitterte. Es war in Griffweite — die Chance für die perfekte Rache, von der sie seit Jahren geträumt hatte. Sie bemühte sich, die Anspannung aus ihrer Stimme herauszuhalten, als sie sagte: »Ich möchte, daß der Kauf sehr schnell abgewickelt wird. Innerhalb weniger Tage. Ich möchte den Verkauf abgewickelt sehen, bevor ich nach Chicago zurückkehre.«

Zum erstenmal runzelte er die Stirn. »Ihr Verlangen entspricht nicht den Regeln, Mrs. Fenway. Und ist schwierig zu bewerkstelligen.«

Sie lehnte sich zurück, als würde sie ihm ihre Freundlichkeit entziehen. »Nun, dann tut es mir leid.«

»Schwierig«, wiederholte er und hob schnell eine Hand. »Aber nicht unmöglich. Wir werden alles tun, was in unseren Kräften steht.«

»Ausgezeichnet«, sagte sie und entspannte sich wieder. »Das ist ausgezeichnet. Vielleicht könnten wir jetzt die Details besprechen? Ein Angebot? Bitte nennen Sie eine Zahl, aber im vernünftigen Rahmen, vergessen Sie das nicht. Allerdings hoch genug, damit das Angebot auf Mr. Cooper Main unwiderstehlich wirkt. Das ist das Zauberwort, Mr. Dawkins.«

Langsam hob sie den schwarzen Schleier und schenkte ihm ihr süßes Giftlächeln. Er war hingerissen vom feuchten Glanz ihrer Lippen und der ebenmäßigen weißen Schönheit ihrer Zähne, als sie ihm zuflüsterte: »Unwiderstehlich.«

Siebtes Buch

Über den Jordan

Ich glaube nicht, daß die Weißen unter einem Gesetz leben können oder wollen, bei dem so ignorante, so käufliche und korrupte Menschen das Sagen in ihrer Staatsregierung haben . . . Ich glaube, sie werden es so lange ertragen, wie sie können, doch es wird der Punkt kommen, wo sie es nicht mehr können.

GENERAL WADE HAMPTON
1871

66

»Es ist von Sam. Aus New York. Mein Brief wurde von St. Louis nachgesandt.«

»Was schreibt er?«

Sie überflog die Seite. »Er war ganz überrascht, daß ich in South Carolina bin. Er wünscht dir alles Gute und eine schnelle Erholung. Er wird nur zu gern den Brautführer machen, solange die Zeremonie nicht mit einer normalen Vorstellung zusammenfällt. Was für eine Vorstellung?« Sie drehte das Blatt um. »Meine Güte. Das ist ja nicht zu fassen.«

»Was?«

»Claudius Wood hat Sams ›Othello‹ gefallen. Er hat die Produktion importiert, um eine Lücke in seinem Spielplan zu füllen, und die Sache hat sich zu einem gewaltigen Erfolg entwickelt. Sam schreibt, es könnte ewig im New Knickerbocker laufen. Eddie Booth hat sich's zweimal angesehen. Oh, das ist pure Ironie. Sam arbeitet für den Mann, der mich beinahe umgebracht hätte.«

Sie warf Sams Brief beiseite; auch er war von St. Louis nachgeschickt worden.

»Du klingst verärgert.«

»Nun, ja. Eigentlich sollte ich toleranter sein. Sam ist Schauspieler, was bedeutet, daß er in mancher Hinsicht wie ein kleines Kind ist. Die Wünsche von Kindern sind oft stärker als ihre Loyalitäten. Sam hat sich immer diese Art von Erfolg gewünscht – was im Theater Unglück bedeutet –, also entwischte er ihm selbstverständlich. Dann, als er nicht danach Ausschau hielt, kam der Erfolg. Es wäre albern zu erwarten, daß er dem Erfolg den Rücken zuwendet. Er ist Schauspieler.«

»Das sagtest du bereits.«
»Ja, aber damit ist auch alles erklärt. Wir werden einfach an einem Tag heiraten müssen, an dem das Knickerbocker dunkel bleibt. Das heißt, falls du noch . . .«
»Und ob. Komm her.«

Gelbliches Licht, Sommerlicht, fiel auf die Zimmerdecke und die weißgetünchte Wand hinter dem Kopfteil seines Bettes. Die Arbeit an dem neuen Haus war für heute beendet. Jemand trieb einen letzten Nagel in einen Dachbalken; bei jedem Schlag klang der Nagelkopf wie eine Glocke.

Er hörte, wie sich in der Ferne die Säge jaulend in das Holz biß. Er hörte die Schreie und die knallenden Peitschen der Maultiertreiber, die mit ihren Karren durch die Phosphatfelder fuhren. Ganz in der Nähe, in dem großen Raum des weißgetünchten Hauses, unterhielten sich Madeline und Willa über das Abendessen. Sie waren vom ersten Tag an, als er und Willa aufgetaucht waren, großartig miteinander ausgekommen.

Charles, bekleidet mit einem warmen, blauen Flanellnachthemd, das Willa ihm genäht hatte, lag da und starrte zur Decke hoch. Auf der linken Seite schmerzte ein großer Teil seines unteren Rückenbereichs immer noch, doch es war nicht mehr so schlimm wie zuvor. Täglich ging es ihm besser.

Roter Bär und vier seiner Cheyenne hatten ihn bewußtlos in das Versorgungslager gebracht. Eine Armeeambulanz transportierte ihn nach Leavenworth zu Duncan. Gus war sicher dort angekommen, obwohl Charles das in seinem Zustand nicht erfaßte. Der Brigadier telegraphierte ans Theater, und Willa kam mit dem nächsten Zug nach Kansas. Während der drei Wochen, in denen sie Charles pflegte, schloß Sam Trump sein Theater in St. Louis und machte sich mit seinem Ensemble auf nach New York.

In Leavenworth versuchte ein Chirurg die Kugel herauszuholen, schaffte es aber nicht. In der Hoffnung, Charles' Schmerzen zu lindern, hatte gestern ein schlaksiger ehemaliger Sklave namens Leander einen weiteren Versuch gemacht. Leander sagte, er habe den größten Teil seines Erwachsenenlebens den Doktor gespielt; auf einer Baumwollplantage am Savannah River war er für seine Mitsklaven die einzige medizinische Hilfe gewesen. Charles sagte, er solle es probieren, obwohl ihm klar war, daß der Versuch mit seinem Tod enden konnte.

Leander gab Charles einen mit einem whiskygetränkten Lappen umwickelten Stock. Während Charles halb verrückt vor Schmerz in den Stock biß, stieß Leander ein mit Feuer desinfiziertes Messer in die Wunde. Offensichtlich war Narbengesichts Bleikugel erst vor kurzem gewandert. Leander fand sie schnell und holte sie mit einer Drahtschlinge heraus.

Jenseits der halb geschlossenen Tür mischte sich eine dritte, dünnere Stimme in das Gespräch der beiden Frauen. Charles atmete den moschusartigen Dunst des Sumpflandes ein, spürte das schwache Kitzeln von Pinienpollen ganz hinten in seiner Kehle. Jedes Jahr, so regelmäßig wie der Zorn Gottes, färbten sie jede Oberfläche gelblichgrün. Er war zu Hause.

Es war nicht das vollkommene Glück, das er sich vorgestellt hatte, als er Willa überredete, ihn für die lange Zeitspanne bis zu seiner Wiederherstellung nach Mont Royal zu begleiten. Madeline baute das große Haus im Gedenken an Orry wieder auf, doch die Plantage hatte viele Veränderungen hinnehmen müssen, die ihm fremdartig und grob erschienen. Nichts mehr von der alten Grazie. Nur noch Dampfmaschinen und aufgewühlte Reisfelder.

Madeline war von Cooper entfremdet und bei den weißen Familien im Bezirk verhaßt. Eine Organisation, über die er kaum etwas wußte, der Ku-Klux, hatte den Bezirk eine ganze Weile terrorisiert. Klansmänner hatten Andy Sherman ermordet, an den er sich noch als Sklaven ohne Nachnamen erinnerte. Auch eine weiße Schullehrerin hatten sie getötet. Die süße, einsame Melodie der Heimat, die er jahrelang gepfiffen hatte, schien irgendwie den falschen Ton zu treffen.

Und dann war da noch das Problem mit dem Jungen, der das Lächeln verlernt hatte.

Gus blieb ein höfliches Kind. Leise kam er ins Schlafzimmer, den kleinen, runden Hut, den Willa ihm in Leavenworth gekauft hatte, auf dem Kopf. Seine Füße in den Ledersandalen zogen eine Spur von Wasserflecken hinter sich her. Willa mußte darauf bestanden haben, daß er sich nach dem Spielen draußen wusch. Doch zwischen seinen Zehen befand sich immer noch Schlamm.

Gus stellte sich neben das Bett seines Vaters. »Geht es dir gut, Papa?«

»Viel besser heute. Könntest du mir etwas Wasser einschenken?«

Der kleine Junge legte seinen Hut auf das Bett und nahm die Tasse und die große Porzellankaraffe. Wasser gurgelte in die Tasse. Gus beobachtete den Strahl sorgfältig. Auf der rechten Wange des Jungen verhärtete sich Bents Schnitt zu einer Narbe; ein dunkler Kamm in einer sonnendurchfluteten Landschaft.

Gus berührte die Narbe häufig, sprach aber nie davon, genausowenig wie von der schlimmen Zeit auf der Whisky-Ranch. Willa, die zugab, daß sie keine Expertin für psychische Probleme war, vertrat nichtsdestoweniger die Ansicht, daß einem schon der gesunde Menschenverstand sagte, die Sache für eine Weile ruhen zu lassen.

Gus reichte seinem Vater die Tasse. Das Wasser schmeckte lauwarm. »Rat mal, was ich unten bei der Sägemühle gesehen habe, Papa.«

»Was denn?« fragte Charles.

»Einen großen weißen Vogel mit Beinen wie Stecken. So lang. Er stand im Wasser, flog dann aber weg.«

»Silberreiher«, sagte Charles.

»Rat, was ich noch gesehen habe. Ich habe andere Vögel gesehen, die in einer Linie flogen. Ich habe fünf Stück gezählt. Der erste hat so gemacht«, er schwenkte die Arme nach oben und nach unten, »und die anderen machten es genauso. Als der erste damit aufhörte, hörten die anderen auch auf. Sie hatten so komische Schnäbel, ganz große Schnäbel.« Er schob die Lippen vor. »Sie sind dorthin geflogen.« Er deutete Richtung Meer.

»Vielleicht braune Pelikane. Ganz schön weit flußaufwärts. Hat es dir Spaß gemacht, ihnen zuzuschauen?«

»Ja, es hat mir Spaß gemacht.« Keine Spur von Freude schwang in seiner Antwort mit; nicht das kleinste Lächeln zeigte sich auf seinen Lippen, die Charles immer an Augusta Barclay erinnerten. Wie lange würde es dauern, bis die seelischen Wunden des Jungen verheilt waren? Ewig?

»Ich hab' jetzt Hunger«, sagte Gus und verließ das Zimmer.

Charles drehte den Kopf von der Tür weg. Vertraute Schuldgefühle stiegen in ihm auf, eine Art Übelkeit. Er sah die Narbe deutlich vor sich. Er hatte es geschehen lassen.

Er hatte vieles wiedergutzumachen. Er mußte ihm etwas Besseres als Narben mit auf seinen Weg geben. Das Wertvollste, woran er denken konnte, war Geld. Väterliche Zuneigung und Aufmerksamkeit — diese Dinge waren für ihn Selbstverständlichkeiten. Aber das war nicht genug. Nicht annähernd genug wegen der Narben — der sichtbaren und der tief im Inneren versteckten unsichtbaren Narben.

Nach Einbruch der Dunkelheit, als die Teichfrösche und Ziegenmelker ihr nächtliches Konzert anstimmten, kam Willa herein und setzte sich zu ihm. Charles drehte den Lampendocht höher, um sie besser sehen zu können. Ihr Haar glänzte wie Weißgold.

»Ich suche immer noch nach dem richtigen Ort für uns«, sagte sie. »Mir ist es egal, wo er ist; ich gehe mit dir, wohin du willst.«

»Was ist mit deinem Beruf als Schauspielerin? Du wirst ihn doch nicht aufgeben wollen, oder?«

Sie wischte sich etwas Mehl vom Daumen. »Ich will es nicht, aber ich werde es.« Sie musterte ihn. »Moment mal. Du hast doch irgendwas im Sinn.«

Er richtete sich auf, schob das Kissen unter seine Schultern. In seinem Haar zeigte sich jetzt schon viel Grau. Er hatte sich Schnurrbart und Bart abrasiert, und Madeline und Willa hatten beide gesagt, er sehe zehn Jahre jünger aus. »Ich habe vorgestern daran gedacht, kurz bevor Leander mir die Kugel rausholte und ich ohnmächtig wurde. Texas. Ich liebe Texas. Ich habe es gelernt, Soldat zu spielen, weshalb also sollte ich es nicht lernen, Rancher zu spielen?«

»Du meinst Viehzucht?«

»Richtig. Ich könnte ein Haus für uns bauen und eine Herde

zusammenstellen. Der Fleischmarkt ist gut. Immer mehr Vieh wird nach Osten verladen.«

»Ich war noch nie in Texas«, sagte sie.

»Es gibt gottverlassene Stellen. An anderen Stellen ist es wunderschön.«

»Wovon sollen wir leben? Ich habe nicht viel gespart.«

»Ich könnte für jemanden arbeiten, bis ich das Geschäft gelernt und was beiseite gelegt habe.«

Sie preßte ihren warmen Mund auf den seinen. »Du wirst eine ganze Menge sparen müssen. Ich will ein riesiges, altes Haus. Ich möchte Gus zusammen mit seinen Brüdern und Schwestern aufziehen.«

»Ich schaff' es, Willa.« Endlich belebte sich seine Stimme. »Die Wahrheit ist, ich will reich werden.« Um für die Narben zu bezahlen. »Wir könnten uns in der Nähe einer passablen Stadt niederlassen, damit ich dir ein Theater bauen kann, wenn das Geld hereinströmt. Ein Opernhaus, das allein dir gehört.«

Sie umarmte ihn. »Charles, das ist ein wunderbarer Traum. Ich glaube wirklich, du wirst es tun.«

Er schaute hinaus zu den Schatten einer Frau und eines Jungen vor der halboffenen Tür. Er hörte die Stimme von Gus, der Madeline eine Frage stellte.

»Ich verspreche es«, sagte er.

Anfang Juni im Flachland; noch süßer und strahlender, als Ashton es in Erinnerung hatte. Warme Luft, noch nicht von der dumpfen Schwüle des Hochsommers verpestet. Ein makellos blauer Himmel strahlte Ruhe und Frieden aus.

Das Pferdegespann hatte die Farbe von Milch. Jedes Pferd trug eine weiße Quaste am Zaumzeug. Die Kutsche war ein Landauer mit glänzend gelackten seitlichen Paneelen. Bevor sie Charleston verließen, hatte Ashton darauf bestanden, daß die beiden Schwarzen in Livree das Verdeck herunterfalteten.

Sie saß mit dem Gesicht nach vorn in der Mietkutsche. Schattenmuster flogen über sie. Ihre dunklen Augen hatten einen feuchten Schimmer. Von den Schauplätzen und Düften ihrer Kindheit umgeben, mußte sie gegen einen plötzlichen Anfall von Sentimentalität ankämpfen.

Unbeeindruckt von dem Zauber der Szenerie saß ihr Favor Herrington, Esquire, gegenüber, ein Anwalt aus Charleston, der ihr empfohlen worden war, als sie sich nach jemandem erkundigt hatte, der den Erfolg vor die Berufsethik stellte.

Mr. Herringtons Erscheinung und seine Haltung waren eher unscheinbar. Er war ein blasser, schmächtiger Mann von ungefähr fünfunddreißig Jahren mit einem so kleinen, zierlichen Schnurrbart, daß er wie ein zufälliger Federstrich wirkte. Unter seiner zurückweichenden Unterlippe saß ein kleiner Teigklumpen als Kinnersatz. Herringtons schwerer Akzent war nach Ashtons Meinung ihrer eigenen, kultivierten Charleston-Sprache weit unterlegen. Bei ihrem ersten Treffen hatte der Anwalt ihr nichtsdestoweniger so geschmeichelt und sie mit solch schmieriger Unterwürfigkeit behandelt, daß sie sofort erkannte, daß er von ihrer Sorte war. Hinter diesem Benehmen verbarg er, daß er völlig skrupellos war.

Ashton erinnerte sich an dieses Straßenstück. Ihre Kehle wurde trocken. »Langsamer, Kutscher. Da vorn ist die Abbiegung.«

Herrington befestigte den Messinghaken an der alten Ledertasche, in der sich sämtliche Papiere befanden. Er rückte seine Krawatte zurecht, als der Landauer in die Zufahrt einbog. Durch ihren dunklen Schleier sah Ashton den gelblichen Rohbau des neuen Mont Royal.

Das Haus war ja riesig!

Um so besser.

»Ich habe die Ehre, Ihnen diese Dokumente zu präsentieren«, sagte Favor Herrington. »Vertrag, Verkaufsrechnung, Titel — und das hier, dem Sie bitte Ihre besondere Aufmerksamkeit schenken sollten.«

Ashtons Anwalt hatte erwartet, die vollbusige Mulattin anzutreffen, an die er seine Bemerkungen gerichtet hatte. Mit der Anwesenheit des Mannes mit den mächtigen Händen und der wettergegerbten Haut, der im blauen Nachthemd herausgehinkt kam, hatte er allerdings nicht gerechnet. Er wußte auch nicht, wer die junge kesse Frau mit den hellblonden Haaren war. Vielleicht die Gefährtin des Mannes.

Die Kutsche stand ganz in der Nähe. Die beiden Schwarzen in Livree tätschelten und besänftigten die Schimmel. Charles musterte aufmerksam die Frau, die regungslos auf dem Rücksitz saß. Sie trug burgunderfarbenen Samt und einen schweren, schwarzen Schleier. Etwas Bedrohliches ging von ihr aus; etwas, das ihn an — ja, woran erinnerte?

Mit starrem Gesichtsausdruck nahm Madeline das Dokument entgegen, das Herrington ihr zuletzt gereicht hatte. »Dies ist ein Räumungsbefehl«, sagte der Anwalt. »Gestern wurde bei der Palmetto-Bank die Hypothek der Mont-Royal-Plantage gelöscht und der Besitz an meine Klientin verkauft.« Er deutete auf die verschleierte Frau.

Madeline warf Charles einen verwirrten Blick zu. Sie blätterte Seite um Seite mit eng beschriebenen Klauseln um. Dann entdeckte sie einen Namen. »Mrs. W.P. Fenway. Ich kenne keine Mrs. Fenway.«

»Aber gewiß doch, meine Liebe«, sagte die Frau in der Kutsche. Sie trug malvenfarbene Handschuhe. Ihre Hände wirkten so graziös wie flatternde Vögelchen, als sie den Schleier hob.

»Ich hätte nie gedacht, dich wiederzusehen, Cousin Charles.« Ashton stand in dem Gras neben dem weißgetünchten Haus. Gehässigkeit funkelte in ihren dunklen Augen. »Wo hast du nur gesteckt all die Jahre? Du siehst ja furchtbar alt aus.«

Er hätte das gleiche von ihr sagen können. Doch ihre Schönheit war unverändert, war fast perfekt. Es überraschte ihn nicht. Er konnte sich erinnern, wie sie früher jedem Sonnenstrahl ausgewichen war und stundenlang an sich herumgeputzt hatte, bis sie in einem neuen Partykleid erschienen war. Ihr Aussehen hatte ihr immer sehr viel bedeutet. Anscheinend hatte sich da nichts geändert. Es waren ihre Augen, die verrieten, was die Zeit ihr angetan hatte. Diese hochmütigen, harten Augen. Wo war sie gewesen? Was hatte sie gesehen und getan?

»Was willst du hier?« fragte Madeline; sie kämpfte immer noch um ihre Fassung, nachdem die Besucherin ihren Schleier gelüftet hatte.

»Mont Royal«, sagte Ashton mit einem bösartigen Flirren ihrer Augen, »ist das Land meiner Familie. Das Land der Mains. Es gehört nicht dir. Dein Mann, mein Bruder, hat mich von diesem Land vertrieben. Ich habe mir stets geschworen, ich komme zurück und mache das gleiche. Oder Schlimmeres.«

»Ashton, um Himmels willen — Orry ist seit über vier Jahren tot.« »Das berichtete man mir. Ein Jammer.« Sie trat auf die Veranda, spähte ins Haus. »Wie primitiv. Als erstes werde ich gleich ein neues Fenway-Piano in das neue Haus stellen lassen. Man findet sie in den besten Salons.«

Willa hielt den Atem an. »Das war es, was mir nicht einfallen wollte. Fenway-Pianos. Sam kaufte letzte Weihnacht ein Fenway für das Theater.«

»Ja, das ist die Firma meines Mannes. Und sie expandiert so wahnsinnig schnell. Der Erfolg zieht den Erfolg nach sich, findet ihr nicht auch?«

Madeline schaute benommen drein. Als Charles ihr das Dokument aus der Hand nahm, sagte sie: »Mein Gott, was geht hier vor?«

»Aber simpler geht's doch gar nicht mehr, Liebste«, trällerte Ashton. »Ich habe die gesamte Plantage gekauft.«

»Von Cooper?« fragte Madeline ungläubig.

»Ja, natürlich, da brauchst du gar nicht so überrascht zu tun. Es stimmt, daß ich den Kauf anonym getätigt habe. Ich meine, ich trat zu keiner Zeit persönlich in Erscheinung, also weiß mein lieber Bruder nicht, daß Mrs. Fenway außerdem noch seine nicht gerade liebevolle Schwester ist. Ich könnte mir vorstellen, daß er ein bißchen in Erregung gerät, wenn er die Täuschung entdeckt. Aber ich glaube nicht, daß er den Verkauf bedauert. Er hat einen guten Preis bekommen; abgesehen davon ist er, soviel ich weiß, recht unglücklich über deine Leitung der Plantage. Du hast dich geweigert, dich wie eine anständige weiße Frau zu benehmen. Statt dessen machtest du mit deiner Niggerschule Reklame. Nun, für Cooper war der Verkauf die einzige Möglichkeit, aus dem Vertrag mit dir herauszukommen. Man hat mir erzählt, er habe dafür auch noch einen weiteren guten Grund. Du warst seiner Tochter behilflich, fortzulaufen und irgendeinen Nordstaatenausbeuter zu heiraten. Aber du und Orry, Ihr wart ja schon immer ein verrücktes selbstgerechtes Pärchen. Mr. Dawkins sagt, Charleston könne es kaum erwarten, daß du verschwindest. Das gilt übrigens auch für mich.«

In dem anschließenden Schweigen konnte man den Haß fast mit Händen greifen. Asthon ließ ihren Blick über die nackten Balken des neuen Hauses schweifen. »Willard und ich haben über eine Winterresidenz in einem milderen Klima als dem von Chicago gesprochen. Das hier müßte ideal sein.«

Willa bohrte, ohne es zu merken, ihre Finger in Charles' Arm. Sie verstand nicht ganz, was alles hinter dieser Konfrontation steckte, aber der furchtbare Ernst der Lage war ihr durchaus klar. Von dem Hang, der hinunter zum Ashley führte, drangen Geräusche hoch; Gus jagte hinter einem halben Dutzend Gänsen her.

Madeline atmete tief ein. »Ashton, ich habe nur dieses Zuhause. Ich bitte dich...«

»Bitten? Wie bezaubernd. Wie drollig. Das muß ja eine ganz neue Erfahrung für dich sein.«

Zornesröte schoß Madeline plötzlich ins Gesicht. »Du weißt ja gar nicht, was du mit dieser Plantage gekauft hast. Mont Royal ist nicht mehr das, was es zu deiner Zeit war — eine träge, geschützte Insel. Es ist ein kompliziertes Geschäft geworden. Teil einer harten, komplizierten Welt. Wir bauen nur noch soviel Reis an, wie wir für unseren eigenen Bedarf benötigen. Wir hängen völlig von der Sägemühle ab und der Ausbeutung der Phosphatfelder. Fast vierzig Männer leben hier. Freie Männer mit ihren Familien. Sie arbeiten, damit sie ein Zuhause und eine Schule für ihre Kinder haben. Du wirst nicht die Verantwortung für sie übernehmen wollen.«

»Madeline, Liebes, ich habe Mont Royal bereits gekauft. Deshalb ist das alles doch nur leeres Gerede.«

»Nein. Du mußt für diese Leute sorgen.«

»Einen Haufen Nigger? Oh, pfui«, sagte Ashton achselzukkend. »Die schwarzen Republikaner haben sie aufgehetzt, Dinge zu wollen, die ihnen nicht zustehen. Mein armer erster Mann James taugte zwar nicht viel, aber in bezug auf die Wertlosigkeit der Nigger hatte er recht. Von mir haben sie nichts zu erwarten.

Sie können den ganzen Tag für einen Schluck Wasser und einen Kanten Brot arbeiten oder verschwinden und ihr ganzes Pack gleich mitnehmen.«

»Ashton — bitte! Zeig doch ein bißchen Menschlichkeit.«

»Menschlichkeit?« schrillte sie, jetzt nicht mehr lächelnd. »O nein. Meine Menschlichkeit hat sich an dem Tag aufgelöst, als dein verdammter Mann mich von meinem Geburtsort verjagte. Ich habe geschworen, ich käme zurück, und ich bin zurückgekommen. Jetzt bist du es, die verjagt wird — und gute Reise.«

Erneutes Schweigen. Madeline starrte Charles an, der auf dem Räumungsbescheid die entsprechenden Unterschriften der Gerichtsbeamten gesucht hatte. Sie waren alle vorhanden.

»Hier ist kein Datum angegeben«, sagte er. »Wie lange haben wir Zeit?«

Süßlich schnurrte Ashton: »Nun, wollen mal sehen. Ich möchte das hier alles in Besitz nehmen, bevor ich nach Chicago zurückkehre, was bald geschehen muß. Mein Ehemann Willard ist ein älterer Herr, versteht ihr. Er braucht meine Gesellschaft. Natürlich möchte ich nicht ungastlich erscheinen. Ich halte mich für eine sensible Christin. Heute haben wir...« Sie seufzte. »Mr. Herrington?«

»Freitag, Mrs. Fenway. Den ganzen Tag. Jawohl, Ma'am.«

»Sagen wir, bis nächsten Freitag um die gleiche Zeit? Ich erwarte, daß du mitsamt deinen, äh, Pensionsgästen bis dahin alles gepackt hast. Natürlich kannst du auch bleiben und für mich wie jeder andere Nigger arbeiten.«

Madeline senkte grimmig den Kopf. Charles trat auf sie zu, um sie zurückzuhalten. Ashtons makelloses Lächeln verblüffte ihn erneut. Er fragte sich, warum das Böse seine besten Jünger so ungezeichnet ließ.

»Freitag«, sagte Ashton.

Sie wollte gerade zu dem Landauer zurückkehren, da bemerkte sie Gus, der den Hang hochkam, um die Besucher näher in Augenschein zu nehmen. Der Junge blieb neben einer großen Eiche stehen, die einen dunklen Schatten über seine vernarbte Wange warf.

»Meine Güte, was für ein häßlicher kleiner Junge. Deiner, Cousin Charles?«

Eine Antwort wartete sie nicht ab.

Madeline schaute zu dem unfertigen Haus hinüber. Tränen der Niederlage glänzten in ihren Augen. »Orry, es tut mir so leid. Es tut mir leid, daß ich alles zerstört habe.«

Lange Zeit blieb sie so stehen, verloren in Schmerz und Selbstvorwürfen. Charles rief ihren Namen. Sie schien es nicht zu hören. Wieder sprach er sie an. Keine Reaktion. Er hob die Stimme an und schaffte es so, durch die tränenreiche Mauer ihres Schocks zu dringen.

Als sie dann seinen Vorschlag hörte, fragte sie, warum. »Wir wissen nicht mal, wo er ist. Und wenn, wie könnte er uns helfen? Die Dokumente sind vollkommen legal. Der Verkauf kann nicht rückgängig gemacht werden.«

Rauh sagte er: »Madeline, ich glaube nicht, daß du verstehst. Heute in einer Woche wirst du hier rausgejagt. Wieviel hast du auf deinem Konto?«

»Nur ein paar Dollar. Ich mußte den Bauarbeitern und Mr. Lee, dem Architekten, jeden Monat eine beträchtliche Summe zahlen. Das hat fast mein gesamtes Einkommen aufgezehrt.«

»Und jetzt kommt nichts mehr herein, nachdem Ashton die Besitzerin der Plantage ist. Ich werde die Nachricht abschicken. Es geht doch nur um einen Ort, wo du bleiben kannst, bis du dich erholt hast. Ich habe dir nichts zu bieten. Coopers Haus ist dir verschlossen.«

»Mein Gott, glaubst du, ich würde ihn um irgendwas bitten, nach allem, was er uns angetan hat?«

»Zugegeben. Zugegeben. Ich sage ja nur, daß man in solchen Zeiten keine andere Wahl hat, als sich an seine Freunde zu wenden.«

»Charles, ich werde nicht betteln!«

»Doch. Genau das müssen wir jetzt tun. Ich habe so das Gefühl, wenn du das schon vor langer Zeit getan hättest, dann würde jetzt alles anders aussehen. Jetzt bleibt keine andere Wahl.«

Sie hielt seine Idee für unerträglich demütigend. Aber sie war zu erschöpft und machte keine weiteren Einwände. Eine Stunde ritt Charles auf einem Maultier los, eine Staubfahne hinter sich herziehend. In seinen zerrissenen Hosen steckte Geld und eine telegraphische Botschaft, adressiert an George Hazard in Lehigh Station, Pennsylvania.

67

Es kam der Tag, an dem alles anders war. Er wußte es in dem Moment, in dem er erwachte.

Das gewaltige Schlafzimmer hatte sich nicht verändert. Die Nymphen und Cherube, die sich miteinander an der Zimmerdecke vergnügten, hatten sich nicht verändert, ebensowenig wie die ganze Villa oder der Duft des Morgenkaffees. George selbst hatte sich verändert. Er fühlte sich nicht wirklich gut. Rein körperlich gesehen war alles wie immer; die leichten morgendlichen Magenbeschwerden, die von dem Rotwein herrührten, den er so liebte und auf den er nicht verzichten wollte. Nein, die Sache war subtiler, aber nichtsdestoweniger real. Er fühlte sich geheilt.

Er betätigte den Klingelzug und blieb im Bett liegen, bis sein Diener an die Tür klopfte und mit einem silbernen Kaffeeservice und einem Brioche eintrat. Er lag bequem und entspannt da; Erinnerungen an seine beiden Kinder, die er seit letztem Sommer nicht mehr gesehen hatte, überwältigten ihn. In seiner Phantasie tauchten Bilder der großen Berge hinter Lehigh Station auf, an deren Hängen der Lorbeer blühte. Er sehnte sich danach, über diese grünen Höhen zu spazieren und auf die Stadt, auf Belvedere und Hazards hinabzublicken: die stolze Summe dessen, was sein Leben ausgemacht hatte.

Ein plötzliches Schuldgefühl quälte ihn. Er wollte nicht sorgenfrei sein und damit Constances Andenken untreu werden. Die telegraphische Nachricht von Bents Hinrichtung, die Wotherspoon an ihn weitergesandt hatte, enthob ihn nicht seiner Verpflichtung, um sie zu trauern. Und doch war dieser Morgen — nun ja, irgendwie hatten sich die Schwerpunkte verschoben.

Er wollte nicht ewig isoliert in der Schweiz leben. Das war ein ganz klarer, neuer Gedanke.

Sein Diener sagte in elegantem Französisch: »Mr. Hazard, ich darf Sie daran erinnern, daß heute morgen der Gentleman ankommt, der seine Karte letzte Woche geschickt hat. Um zehn Uhr.«

»Danke«, sagte George. Der schwarze Kaffee in der feinen Porzellantasse schmeckte wunderbar; der Koch machte ihn stets stark. Er war neugierig auf diesen Mann, der seine Karte geschickt hatte, ein Journalist aus Paris, dem er nie zuvor begegnet war. Was wollte der Mann von ihm? Er war begierig darauf, es herauszufinden.

Er kletterte aus dem Bett und ging barfuß zu dem kleinen Schreibtisch. Vor ihm lag in einem kleinen Fach ein dünnes, gelbliches Blatt mit Charles' Nachricht aus Leavenworth. Er kannte den Text auswendig. Beim ersten Lesen war Dankbarkeit in ihm aufgestiegen, sogar eine gewisse bösartige Erregung, als er sich Bents letzte Stunde vorstellte. Darüber war er nun hinweg. Er ging zu dem kleinen, grünen Marmorkamin, in dem sein Diener an kühlen Morgen wie dem heutigen stets ein Feuer entzündete, und ließ das gelbe Blättchen in die Flammen fallen. Alles war anders.

Sein Besucher, ein Mann um die Sechzig, machte aufgrund seines schlampigen Äußeren einen schlechten Eindruck. Getrockneter Schlamm bedeckte seine Kavalleriestiefel. Er trug einen Militärmantel mit hochgestelltem Kragen, von dem die Insignien abgerissen worden waren. Die Finger seiner Handschuhe hatte er abgeschnitten. Sein Haar war lang, verbarg die Ohren und ging vorn gleich in einen brustlangen Bart über. Er hatte einen Lederhandkoffer dabei, voll mit Büchern und Papieren, die an Ecken und Rändern kreuz und quer beschrieben waren. Laut seiner Visitenkarte handelte es sich bei dem Mann um M. Marcel Levie, Paris, politischer Korrespondent von »La Liberté«.

George erkannte schnell, daß das äußere Erscheinungsbild seines Gastes nur eine Pose war, wahrscheinlich, um sich eine

Aura liberaler Intelligenz zu geben. Er reagierte schnell, als George ihn fragte, ob er eine Erfrischung wünsche. Obwohl es erst zehn Uhr fünf war, bestellte Levie einen Cognac.

Sie saßen auf der sonnigen Terrasse über dem See. George nippte an seinem zweiten und letzten Kaffee. M. Levie sagte: »Unsere Gruppe in Paris hat erfahren, daß der reiche amerikanische Stahlproduzent George Hazard Urlaub in der Schweiz macht.«

»Nicht gerade Urlaub«, sagte George, ohne eine weitere Erklärung abzugeben.

»Man hat mich ausgewählt, Kontakt mit Ihnen aufzunehmen und, wenn möglich, Sie für einen Plan zu begeistern.«

»Monsieur Levie, im Augenblick leite ich meine Gesellschaft nicht aktiv. Deshalb bin ich auch nicht in der Lage, Investitionen zu tätigen. Es tut mir leid, daß Sie die Reise umsonst gemacht haben.«

»Aber keineswegs. Die Sache hat nur im weitesten Sinne etwas mit dem Geschäft zu tun. Ich bin hier im Auftrage unseres Vorsitzenden, Professor Edouard-René Lefèbre de Laboulaye.« George runzelte die Stirn, was den Journalisten veranlaßte, den Namen zu wiederholen. Er kam George irgendwie bekannt vor, obwohl er nicht hätte sagen können, woher.

»Neben seinen anderen Verpflichtungen hatte der Professor jahrelang den Vorsitz der französischen Anti-Sklaven-Gesellschaft inne. Er ist ein großer Bewunderer der amerikanischen Freiheit. Ich erinnere mich an seine Begeisterung an jenem Abend vor einigen Jahren in seinem Haus in Glatingly, als wir gerade erfahren hatten, daß Lee besiegt war.«

»Schön«, sagte George, »fahren Sie bitte fort.«

»Mein Freund, der Professor, glaubt ebenso wie ich, daß Amerika und Frankreich Schwestern der Freiheit sind. General Lafayette half Ihnen bei der Erringung Ihrer Unabhängigkeit. Jetzt steht Amerika als wichtiger Leuchtturm der Freiheit und der Menschenrechte da«, Levie ließ seine Blicke wie ein Verschwörer über die Terrasse schweifen, »während Frankreich ernste Probleme hat.«

Endlich hatte George einen politischen Anhaltspunkt. Sein

Besucher war ein Liberaler und höchstwahrscheinlich kein Anhänger von Kaiser Napoleon III.

Levie sprach weiter: »Was mein Freund und damit unsere Gruppe vorschlägt, ist ein symbolisches Geschenk an Ihr Land. Ein Monument oder eine Statue in irgendeiner Form, die gegenseitige Freundschaft und den Glauben an die Freiheit repräsentiert.«

»Ah«, sagte George. »Und wer würde ein solches Geschenk finanzieren?«

»Das französische Volk. Vielleicht durch einen öffentlichen Beitrag. Die Einzelheiten sind bis jetzt noch recht verschwommen. Doch unser Ziel ist klar. Wir möchten das Monument rechtzeitig zum hundertsten Jahrestag ihres Landes präsentieren. Ich gebe zu, das hat noch einige Jahre Zeit, aber ein Projekt dieser Größe läßt sich nicht von heute auf morgen vollenden.«

»Sprechen Sie von einer Art Statue für einen Park, Monsieur Levie?«

»Oh, größer, viel größer. In der Nacht, in der dieser Plan entstand, war aus ganz anderem Grund ein junger Bildhauer anwesend. Ein Elsässer, Bartholdi. Talentierter Bursche. Er wird das Monument entwerfen.«

»Und was wünschen Sie dann von mir?«

»Das gleiche, um das wir jeden bedeutenden Amerikaner bitten, den wir auf dem alten Kontinent kontaktieren können. Unterstützung für unsere Idee. Das Versprechen, auch in Zukunft für sie einzutreten.«

Der bisherige Verlauf des Tages hatte George in solch gute Stimmung versetzt, daß er sagte: »Ich glaube, das kann ich Ihnen ohne Einschränkung zusagen.«

»Großartig! Das wäre ein gelungener Coup für uns. Außerdem versuchen wir noch, bis jetzt weniger erfolgreich, abzuschätzen, ob eine solche Gabe von der amerikanischen Regierung und dem amerikanischen Volk willkommen geheißen würde.«

George zündete sich eine Zigarre an und schlenderte an die Balustrade. »Es ist sehr klug von Ihnen, diese Frage zu stellen, Monsieur Levie. Auf Anhieb sollte man erwarten, daß so ein

Geschenk willkommen ist, doch die Amerikaner können ein widerspruchsvolles Völkchen sein. Ich bekomme regelmäßig Zeitungen aus der Heimat geschickt. Was ich ihnen entnehme, ist folgendes: Alles, was aus dem Ausland kommt, ist verdächtig.« Nachdenklich rollte er die Zigarre zwischen seinen Fingern. »Das würde vor allem auf das Geschenk eines Landes zutreffen, das zwischen der Rechten und der Linken zerrissen und bereit ist, sich in einen Krieg gegen Preußen zu stürzen.« Er zog an seiner Zigarre. »Das vermute ich jedenfalls.«

Niedergeschlagen sagte der Journalist: »Das bestätigt, was Edouard von den Mitgliedern der Philadelphia Union League erklärt wurde.«

George deutete mit seiner Zigarre. »Da hab' ich den Namen schon mal gehört. Er steht in unserem Register.«

»Das stimmt, obwohl es ihm nie vergönnt war, ihr Land zu besuchen.«

Sie diskutierten eine Weile über das politische Klima in Europa. Levie äußerte sich abwertend über den preußischen Kanzler, Otto von Bismarck, und seinen Generalstabschef Moltke. »Sie sind deutlich darauf aus, die Spannungen bis zum Kriegsausbruch voranzutreiben. Bismarck träumt von einer Vereinigung der deutschen Staaten — einem neuen Imperium, wenn Sie so wollen. Unglücklicherweise läßt sich unser eigener sogenannter Imperator von seinen Täuschungsmanövern einlullen. Er glaubt, er hätte eine unbesiegbare Armee aufgebaut. Das hat er nicht. Außerdem verfügt Moltke über mächtige Kanonen, ein hervorragendes Spionagesystem und Bismarck, der ihn antreibt. Die Sache wird einen schlimmen Ausgang für Frankreich nehmen. Ich hoffe, sie wird sich nicht auch noch schlimm auf unseren Plan auswirken.«

»General von Moltke ist mir durchaus vertraut«, sagte George. »Zwei seiner Stabsoffiziere haben mich letzten Monat besucht. Sie wollten mit meiner Firma wegen der Herstellung gewisser Geschütze verhandeln. Daheim in Pennsylvania arbeitet mein Geschäftsführer an der Kalkulation. Bis jetzt bin ich noch zu keiner Entscheidung gelangt.«

Levies Freundlichkeit schwand dahin. »Wollen Sie damit sagen, die Möglichkeit existiert, daß Sie mit der einen Hand für und mit der anderen gegen Frankreich arbeiten?«

»Die Eisenbranche ist unseligerweise nun mal so. Männer in meiner Branche sind gezwungenermaßen auf beiden Seiten der Schlacht präsent.«

Levies Feindseligkeit schmolz dahin. Er schaute seinen Gastgeber mit zusammengekniffenen Augen an. »Zumindest sind Sie aufrichtig.«

»Genauso aufrichtig sage ich Ihnen, daß ich entschlossen bin, Ihren Plan zu unterstützen, wenn er sich in dem Rahmen hält, den Sie mir angedeutet haben. Wenn Sie es wünschen, können Sie mich zu Ihrer Gruppe zählen.«

Nach einem Moment des Nachdenkens sagte der Journalist: »Gewiß. Sie könnten ein wichtiger Mittelsmann werden. Professor Laboulaye wird überglücklich sein.«

Er sagte nicht, daß er selbst überglücklich war, aber sie schüttelten sich nichtsdestoweniger die Hände. An diesem Abend erkannte George bei einem leichten Abendessen, bestehend aus Kalbsmedaillons und frischen Bohnen — abends gab es keine Süßigkeiten oder schweren Weine mehr; sein Gewicht wurde allmählich zu einem deutlich sichtbaren Problem, vor allem an der Taille —, daß er sich einer neuen Sache verschrieben hatte. Etwas, was nicht mit der Vergangenheit, sondern mit der Zukunft, mit der großen, für 1876 geplanten Feier verbunden war.

Er aß schnell zu Ende, rief sein Personal zusammen und erklärte ihnen, daß er heimfahren werde.

George schickte Jupiter Smith über das Transatlantikkabel eine Nachricht und bestieg in Liverpool die »Persia« der Cunard-Reederei. Sie war größer und luxuriöser als Mr. Cunards frühere Schiffe, über deren nüchterne Kabinen sich Charles Dickens geärgert hatte. Die »Persia« versprach »orientalischen Luxus« und eine schnelle Atlantiküberquerung in zehn Tagen.

Am ersten Abend trank George zuviel Champagner, tanzte mit einer jungen polnischen Gräfin und verbrachte zu seiner eigenen Überraschung die Nacht mit ihr. Sie war eine bezaubernde, leidenschaftliche Gefährtin, nur am Augenblick und nicht an der Zukunft interessiert. Er stellte erneut fest, daß seine Männlichkeit nicht vertrocknet war. Doch die Selbstverständlichkeit, mit der die junge Frau ihn in ihrer Kabine und in ihrem Bett willkommen hieß, erneuerte lediglich sein Gefühl der Liebe für Constance und den damit verbundenen Schmerz.

Am dritten Tag verschlechterte sich seine Stimmung weiter, als der gewaltige Dampfer auf ein Schlechtwettergebiet traf und wie ein Spielzeug zu rollen und zu tanzen begann. Trotz Warnung blieb George an Deck. Der Anblick der grauen Wogen mit den großen, weißen Schaumkronen zog ihn magisch an. Es war Mittag und fast schon stockfinster. Bilder von Constance, Orry und Bent flimmerten durch seinen Kopf.

Die vergangenen zehn Jahre schienen sich wie ein Gummiband durch seine Erinnerung zu ziehen. Er stürzte in den Abgrund.

Etwas in ihm rebellierte, und er versuchte der Düsternis zu entrinnen, indem er nach der Ursache fragte und sich bemühte, verschiedene Fragen zu beantworten, die ihn quälten. Woher rührten diese Schmerzen? Die Antworten ließen sich nicht greifen.

In der Finsternis des Sturms sah er wieder Constance vor sich. Er sah seinen besten Freund Orry. Sein Verstand lieferte eine Reihe von Schlußfolgerungen.

Der Schmerz rührt nicht nur von den Umständen oder den Taten anderer her. Er kommt von innen. Er entspringt dem Verständnis, was wir verloren haben.

Er rührt daher, daß wir wissen, wie närrisch wir waren — eingebildete, arrogante Kinder —, als wir uns für glücklich hielten.

Er entspringt dem Wissen, wie zerbrechlich und dem Untergang geweiht die alten Traditionen waren, gerade als wir sie und uns in Sicherheit wähnten.

Der Schmerz kommt von dem Wissen, daß wir nie in Sicherheit waren und nie in Sicherheit sein werden. Er entspringt dem Wissen, daß wir nie wieder so unwissend sein können. Er stammt daher, daß wir nie wieder Kinder sein können.

Verlorene Unschuld. Erinnerung an den Himmel.

Das ist wirkliche Hölle.

Das Signalhorn des Dampfers ertönte. Die Decksmannschaft eilte in verschiedene Richtungen auseinander. George spürte, wie die Maschine auf volle Kraft zurückschaltete. Ein weißgekleideter Steward erzählte ihm, die beiden kleinen Kinder eines italienischen Olivenmillionärs seien vom Heck ins Meer gespült worden. Die Suche wurde bis zum Einbruch der Dunkelheit unter großen Schwierigkeiten fortgesetzt; zwei Rettungsboote des Schiffes kenterten. Die Kinder wurden nicht gefunden. Irgendwann in der Nacht hörte George, der seltsam wach und angespannt neben der schlafenden Gräfin lag, wie sich das Geräusch der Maschinen veränderte. Die »Persia« nahm wieder Fahrt auf und setzte die Reise fort, weil keine andere Möglichkeit mehr blieb.

68

Am Samstag erhielt Jupiter Smith in seinem Haus in Lehigh Station Charles' telegraphische Nachricht. Er sagte seiner Frau, sie solle das Abendessen warmhalten, und ging schnell den Hügel hinunter zum Amt. Der Telegraphist machte gerade seinen Schalter dicht. »Schick das noch los, bevor du gehst, Hiram«, sagte Smith und griff nach einem leeren Formular. Eilig schrieb er in Blockschrift:

MR. HAZARD AUF HEIMWEG MIT CUNARD-LINIE.
UNMÖGLICH ZU ERREICHEN, ABER SICHER
MRS. MAIN HERZLICH WILLKOMMEN FÜR
UNBEGRENZTEN AUFENTHALT.
BEDAURE UMSTÄNDE, DIE DIES ERFORDERLICH MACHEN.
J. SMITH, ESQ.

Charles hatte in seiner Nachricht die Situation auf Mont Royal kurz zusammengefaßt. Jupe Smith konnte nicht begreifen, wieso Madeline Mains Schwägerin so hart gegen eine Verwandte vorging. Er war Ashton Main niemals begegnet, nur Constance hatte mehrmals — in nicht gerader netter Form — von ihr gesprochen.

Hirams Telegraph begann zu klicken. Smith stand schweigend in dem staubigen Wartezimmer; ein vertrautes Gefühl der Enttäuschung über das Verhalten menschlicher Wesen stieg in ihm auf. Es gab einfach keine Erklärung dafür.

Als er die Tür öffnete, um hinauszugehen, fiel ihm ein, daß vielleicht noch jemand von der Familie informiert werden sollte, für den Fall, daß Hilfe und Ermutigung von mehr als einer Person benötigt wurden. Von dem egoistischen Stanley war kein Mitgefühl zu erwarten, doch auf ein anderes Familienmitglied konnte man zählen, nun, da sie sich mit ihrem Bruder ausgesöhnt hatte und wesentlich sanfter geworden war.

»Hiram, bevor du Schluß machst, kannst du noch ein Telegramm abschicken? Das hier geht nach Washington.«

In der Stille des frühen Sonntagmorgens sperrte Sam Stout sein Senatsbüro auf. Es war ein herrlicher Sommertag; im Büro war es bereits warm.

An seinem Schreibtisch begann Stout Briefe seiner Wähler zu beantworten, die meisten von dämlichen Farmern, die er verachtete. Ein Paar aus seinem alten Bezirk in Muncie hatte acht eng beschriebene Seiten geschickt, auf denen sie die Eignung ihres Sohnes für die Militärakademie schilderten. Stout hatte keine Ahnung davon, schrieb aber »Kein Platz verfügbar« darüber und warf den Brief in einen Drahtkorb, damit sein Angestellter die Antwort erledigen konnte.

Er begann einen weiteren Brief zu lesen, gab aber sofort wieder auf. Er warf seine Feder beiseite und überließ sich dem Elend, gegen das er eine lange, schlaflose Nacht hindurch angekämpft hatte. Als er sich von Emily hatte scheiden lassen, um Jeannie zu heiraten, waren er und die junge Frau übereingekommen, daß er zu alt und mit seiner Karriere zu sehr beschäftigt war, um eine neue Familie zu gründen. Er hatte sich darauf verlassen, daß sich das kleine Miststück an die Abmachung halten würde. Gestern abend hatte sie nach einem Champagneressen verkündet, daß sie in sieben Monaten ein Kind zur Welt bringen würde. Stout verbrachte die Nacht in einem getrennten Schlafzimmer.

Nicht nur sein Privatleben, sondern auch alles andere schien schiefzulaufen. Während er bei seiner letzten Tour durch Indiana seine Reden hielt, hatte er deutlich gespürt, daß das Publikum ihn und Republikaner wie ihn, die ständig nach Blut schrien, satt hatte. Obwohl Appomattox erst vier Jahre zurücklag, war die Öffentlichkeit der entzweienden Politik der radikalen Sozialprogramme überdrüssig. Es gab Anzeichen von Unzufriedenheit mit der Grant-Regierung, die gerade erst ihr Amt angetreten hatte. Grant war ein populärer, aber geradezu mitleiderregender naiver Mann.

Das beunruhigte Stout. Er hatte Grant unterstützt, wenn auch mehr aus Zweckmäßigkeit als aus Prinzip. Jetzt fürchtete er, auf das falsche Pferd gesetzt zu haben.

Seine eigenen lauwarmen Überzeugungen ließen ihn an Virgilia Hazards stärkere, ehrlichere Absichten denken. Das wiederum erinnerte ihn an die physische Seite ihrer Beziehung. Jetzt erschien sie ihm verführerischer als früher. Vielleicht war es falsch gewesen, sie so hastig abzuschieben.

Er nahm einen Bogen Papier und begann zu schreiben. Wenn er das hier in Ordnung bringen konnte, dann würde auch alles andere gut werden, das spürte er und ließ Leidenschaft und Einsamkeit in seine Sätze einfließen – selbst das schwierige Eingeständnis, in ihrer Beziehung einen Fehler begangen zu haben. Er fühlte sich so aufgekratzt wie ein zwanzigjähriger Junggeselle, als er den Brief am frühen Nachmittag aufgab.

Am Montag zog Virgilia ihren grauen Handschuh über den Diamantring ihrer linken Hand und griff nach ihrem Lederkoffer. Vor ihrem Häuschen in der Thirteenth Street wartete eine Droschke, um sie zum Bahnhof zu bringen. Mit einem Blick vergewisserte sich sich, daß alles in Ordnung war. Sie bemerkte den beleidigenden Brief von Sam Stout auf dem Schreibtisch.

In der Aufregung über Smiths Nachricht und den anschließenden Reisevorbereitungen hatte sie ihn ganz vergessen.

Virgilia preßte die Lippen zusammen. Sie stellte den Koffer ab und arbeitete schnell mit Streichholz und Wachs, um Stouts Brief wieder zu versiegeln. Sie strich ihre Adresse durch und schrieb seine darüber. Dann drehte sie den Umschlag um und schrieb auf die leere Seite ein großes Nein.

Sie gab den Brief auf, bevor sie den Nachtexpress nach Richmond und Charleston bestieg.

Am Dienstag bot Willa erneut ihre Hilfe beim Packen an. Madeline hatte es bis jetzt hinausgeschoben, als warte sie auf ein Wunder. Es würde keine Wunder geben.

»Also gut, packen wir«, sagte sie niedergeschlagen. »Es gibt nicht viel, was sich mitzunehmen lohnt, aber wenn wir es nicht wegschaffen, wirft sie es bloß weg.«

Sie wickelte gerade Porzellan in Zeitungsblätter, als eine Kutsche ankam. Es waren Theo und seine Frau. Der junge Nordstaatler drückte Madeline die Hand und sagte, daß es ihm leid tue. Marie-Louise, die in ihrem dritten Schwangerschaftsmonat gesund und rosig aussah, ließ ihren Emotionen freieren Lauf. Sie weinte in Madelines Armen und stieß schluchzend Verwünschungen gegen ihren Vater aus. Madeline tätschelte sie besänftigend. Es schien, als müßte sie stets jemanden trösten. Sie wünschte, jemand würde einmal sie trösten.

Charles kam mit einer Holzkiste herein, die er zusammengenagelt hatte. Er hatte Marie-Louise seit Jahren nicht mehr gesehen, und sie mußten sich erst wieder kurz miteinander bekannt machen.

»Weiß dein Vater, wer in Wirklichkeit die Plantage gekauft hat?«

Marie-Louise nickte. »Am Samstagmittag hatte sich die Neuigkeit schon in Charleston herumgesprochen. Mama sagte, Papa habe es beim Abendessen erwähnt.«

»Und was sagte er?«

Sie antwortete nur widerstrebend. »Daß er seiner Schwester so viel Sympathie entgegenbringe wie allen anderen in der Familie auch, also...« Mit rotem Gesicht platzte sie heraus: »Also praktisch gar keine.«

Charles kaute so heftig auf seiner Zigarre herum, daß er sie beinahe zerbissen hätte. »Fein. Großartig.«

»Mama war so wütend, als sie es mir erzählte, daß sie fluchte. Ich habe noch nie gehört, daß sie Papa verflucht hat. Sie sagte, er verdiene jetzt mit seiner Firma so viel Geld, daß er nicht mehr auf Mont Royal angewiesen sei, und er habe auch für die Plantage nichts übrig. Deshalb hat er sie auch verkauft.« Madeline und Charles wechselten einen Blick, den Marie-Louise nicht bemerkte. »Mama ist wegen der ganzen Angelegenheit todunglücklich. Ich auch. Oh, Madeline, was wirst du jetzt machen?«

»Packen. Bis Freitag warten. Abreisen, wenn Ashton kommt. Was könnten wir sonst tun?«

Willa nahm Charles' Hand. Niemand beantwortete die Frage.

Am frühen Mittwochabend kam Willa vom Rasen hereingerannt, wo sie Gus ein Kartenspiel beigebracht hatte. »Eine Kutsche kommt. Eine Frau, die ich noch nie gesehen habe.«

»Verdammt.« Madeline warf eine Untertasse in die Kiste und brach dabei eine Kante ab. »Ich brauche hier keine Fremden, die sich noch über unser Unglück lustig machen.«

Sie hörte, wie die Kutsche knirschend anhielt. Einige Augenblicke später tauchte eine Frau in grauem Reisekleid mit dazu passendem Hut und Handschuhen im Türrahmen auf. Madelines erschöpftes Gesicht wurde blaß.

»Mein Gott, Virgilia.«

»Hallo, Madeline.« Die beiden Frauen starrten einander an. Charles kam vom Schlafzimmer herein, wo er eine gerahmte Lithographie von West Point abgehängt hatte. Beinahe hätte er sie fallenlassen, als er die Besucherin sah. Natürlich erinnerte er sich an sie, vor allem von ihrem Besuch auf Mont Royal mit George und anderen Familienmitgliedern her.

Damals war sie eine feuerspeiende Abolitionistin gewesen. Sie trug eine überlegene Moral zur Schau und haßte alles, was nach Südstaaten roch. Er erinnerte sich, wie Virgilia ihren Gastgeber Tillet Main gekränkt hatte, als James Huntoon sie beschuldigt hatte, bei der Flucht seines Sklaven Grady behilflich gewesen zu sein. Später hatte sie mit dem Flüchtling im Norden zusammengelebt.

Vor allem erinnerte sich Charles an ihr stolzes, beleidigendes Geständnis an jenem Tag. Er hatte Schwierigkeiten, diese Virgilia in der Frau, die nun vor ihm stand, wiederzufinden. Er erinnerte sich an ihre spitze, böse Zunge; jetzt gab sie sich sanft und nachsichtig. Früher war sie ein schlankes Mädchen gewesen; jetzt war sie recht kräftig. Er erinnerte sich an ihre vernachlässigte Garderobe; jetzt war sie konservativ modisch gekleidet und machte trotz der langen Reise einen gepflegten Eindruck. Er erinnerte sich an sie mit einem Kinn, nicht mit zwei, eine deutliche Erinnerung daran, wie die Zeit verging. In ihrem Fall war die Zeit glimpflich mit ihr umgesprungen.

»Wie ist es dir ergangen, Charles?« sagte sie. »Als wir uns das letzte Mal sahen, warst du noch ein sehr junger Mann.«

Madeline, immer noch verwirrt, erinnerte sich an ihre Manieren. »Möchtest du dich nicht setzen, Virgilia?«

»Ja, danke. Ich bin ziemlich müde. Ich habe den ganzen Weg von Washington im Zuge gesessen.«

Madeline räumte einen Bücherstapel von einem alten Stuhl und bot ihn ihrer Besucherin an. Charles zündete eine Lampe an und stellte Willa vor. Madeline schien nervös zu sein und die Tränen kaum zurückhalten zu können. Er vermutete, daß Virgilias Ankunft ein erwartetes Ereignis zuviel gewesen war. In dem weißgetünchten Haus schlugen die Emotionen hohe Wellen. In den vergangenen Tagen war es mehrfach zu sinnlosen Streitereien gekommen.

Virgilia sagte: »Ich würde gern ein paar Tage bleiben, wenn du erlaubst. Ich bin hier, weil Georges Anwalt mir wegen Ashton telegraphiert hat. Wir müssen einen Weg finden, um das ungeschehen zu machen, was sie getan hat.«

Madeline zerknüllte ihre Schürze zwischen ihren Händen mit den geröteten Knöcheln. »Wir haben hier kein Zimmer frei, Virgilia. Ich fürchte, wir können dir gerade einen Strohsack im Haus eines ehemaligen Sklaven anbieten.«

»Reicht vollkommen«, sagte Virgilia. Sie strahlte eine forsche Herzlichkeit aus. Charles konnte die Wandlung nicht fassen.

»Bitte halte mich nicht für unhöflich«, Madeline räusperte sich, »aber ich begreife es einfach nicht.«

Virgilia rettete sie vor dem peinlichen Schweigen. »Weshalb ich nach allem, was vor Jahren geschehen ist, hier bin? Sehr einfach. Früher waren mir die Gefühle meiner Familie oder meines Bruders egal. Jetzt lege ich großen Wert darauf. Ich weiß, wie sehr George dich und Orry schätzt und wieviel ihm dieser Ort hier bedeutet. Meine frühere Einstellung ließ nicht zu, daß ich die Zeit auf Mont Royal genießen konnte. Ich will mich deswegen nicht entschuldigen. Ich glaube, meine Ansichten waren korrekt, aber das ist längst Vergangenheit. Ich weiß, daß George dir finanziell helfen würde, wenn das die Angelegenheit zu deinen Gunsten regelte. Da dies nicht der Fall ist und er sich immer noch irgendwo auf dem Atlantik befindet, möchte ich mich in irgendeiner anderen Weise nützlich machen. Ich habe viele meiner Meinungen geändert, aber nicht meine Meinung über Ashton. Ich hatte von ihr stets den Eindruck eines oberflächlichen, gehässigen Wesens. Vor allem den schwarzen Männern und Frauen, die ihrem Vater gehörten, trat sie sehr unfreundlich gegenüber.«

»Sie hat sich nicht groß verändert«, sagte Charles. Er riß ein Streichholz an und paffte an seiner Zigarre. »Aber ich fürchte, es ist verdammt egal, was wir denken. Die Plantage gehört ihr. Am Freitag müssen wir hier raus, sonst hetzt sie uns das Gesetz auf den Hals.«

Virgilias alte Kämpfernatur machte sich bemerkbar. »Das ist eine defätistische Haltung.«

»Nun, wenn du eine Grundlage für eine andere Haltung weißt, dann sag sie mir«, schnarrte er.

Madeline flüsterte: »Charles.«

Virgilias sanfte Handbewegung besagte, daß sie sich nicht gekränkt fühlte. Willa meinte: »Es ist noch ein Schluck Bordeaux da. Vielleicht möchte unser Gast ein Glas, während ich das Abendessen richte.«

Niemand schien zu wissen, was er sagen sollte. Das unbehagliche Schweigen hielt an, bis Charles hinausging. Sie hörten ihn draußen nach seinem Sohn rufen.

Virgilia bat Charles, am Donnerstag mit ihr einen Spaziergang zum Fluß hinunter zu machen. Es war ein trüber Tag ohne Sonne. Charles wollte nicht gehen, aber Willa drängte ihn.

Die Sägemühle hatte die Arbeit am Dienstag eingestellt. Die Angestellten warteten auf die Befehle der neuen Besitzerin. Neben dem glatten, friedlichen Ashley schlenderte Virgilia zwischen Stößen frischgeschnittenen Zypressenholzes dahin.

»Charles, ich weiß, daß ich viele Jahre lang mit den Mains nicht gut ausgekommen bin, und das aus gutem Grund. Ich hoffe, du glaubst, daß ich mich verändert habe.«

Die Hände in die Hüften gestemmt, schaute er über den Fluß. Er zuckte mit den Schultern, um anzudeuten, daß es immerhin möglich wäre, mehr nicht.

»Also gut. Glaubst du, wir könnten eine Allianz eingehen?«

Er musterte sie. »Wir geben ein ziemlich ungleiches Pärchen ab.«

»Zugegeben.«

»Was für eine Art Allianz?«

»Eine Allianz mit dem Ziel, diese bösartige Frau zu besiegen.«

»Es gibt keine Möglichkeit.«

»Ich weigere mich, das zu glauben, Charles.«

Plötzlich lachte er und entspannte sich. »Vor Jahren habe ich eine Menge Geschichten gehört, Miss Hazard.«

Sie berührte ihn am Ärmel. Er bemerkte ihre von der Arbeit rauhe Hand. »Virgilia«, sagte sie.

»Also gut, Virgilia. Wenn man die Gehässigkeit in diesen Geschichten unberücksichtigt läßt, dann trifft der Rest, glaub' ich, zu. Du bist ungefähr so zäh wie einer meiner Kavalleriesergeants.« Hastig fügte er hinzu: »Das ist als Kompliment gemeint.«

»Natürlich«, sagte sie mit schiefem Lächeln. Sie dachte kurz nach. »Uns bleiben vierundzwanzig Stunden.«

»Ich denke, ich könnte sie erschießen, aber ich will nicht ins Gefängnis, und eine echte Lösung wäre es auch nicht. Die Plantage würde in den Besitz dieses Pianohändlers übergehen, den sie sich anscheinend geangelt hat.« Er seufzte. »Ich wollte, ich könnte den Kalender eine Woche zurückstellen. Vor dem Verkauf hätte ich sie vielleicht noch abschrecken können. Im Indianerterritorium hatte ich einen Partner, der mir beibrachte, daß Angst eine mächtige Waffe ist.«

Virgilias Interesse war geweckt. »Warte. Vielleicht bist du da auf was gestoßen. Erzähl mir von deinem Partner.«

Er beschrieb Holzfuß Jackson und einige ihrer Erlebnisse. Dann fiel ihm der Vorfall mit den Spuren der falschen Schleppstangen ein, und er erzählte auch davon.

»Holzfuß meinte, Angst sei so mächtig, daß sie einen dazu bringen könnte, das zu sehen, was man erwartete, anstatt das, was wirklich da ist. Ich war der beste Beweis dafür. Ich erkannte ein ganzes Dorf in diesen Spuren.« Wieder zuckte er die Achseln. Aus dieser Geschichte ließen sich keine praktischen Schlüsse ziehen.

Überraschenderweise schien Virgilia leicht erregt zu sein. Am Ende des Piers wirbelte sie herum. »Was du erwartest, anstatt das, was wirklich ist – ich finde das sehr aufregend, Charles. Und jetzt erzähl mir von Ashton. Natürlich hast du sie öfter gesehen.«

Er nickte. »Sie ist älter geworden, wie wir alle. Kleidet sich immer noch wie ein Paradiesvogel. Ich weiß nicht, wie das Leben in Chicago aussieht, aber sie muß sehr auf sich achten. Sie ist immer noch eine Schönheit. Da hat sich nichts geändert.«

Virgilia starrte ihn mit einer Intensität an, die ihn verwirrte. Sie packte seinen Arm. »Fährst du heute nachmittag mit mir nach Charleston? Ich muß einen Apotheker finden.«

Er war erstaunt, stellte aber aus Höflichkeit keine Fragen. Eine halbe Stunde später, als er mit Willa allein war, sagte er: »Mein Gott, sie hat mich zum Narren gehalten. Sie sagte, sie sei hier, um uns zu helfen, statt dessen müssen wir für sie einen Apotheker auftreiben. Wahrscheinlich hat sie irgendwelche Frauenbeschwerden. Ich glaube, sie ist so verrückt wie eh und je.«

Auf der Fahrt nach Charleston erklärte Virgilia, was sie von dem Apotheker wollte und wozu sie es wollte. Zuerst war Charles sprachlos. Dann ging seine Verzweiflung langsam in Skepsis über und dann in eine fast euphorische Hoffnung. Der ganze Einsatz auf einen Würfel.

»Es könnte funktionieren«, sagte er, als sie aus der Apotheke herauskam.

»Die Wahrscheinlichkeit ist groß, daß es nicht funktionieren wird«, sagte sie. »Deshalb dürfen wir vorher niemandem etwas davon erzählen, um keine falschen Hoffnungen zu wecken. Warum lächelst du?«

»Ich habe an meinen Partner Holzfuß gedacht. Dein Mumm würde ihm gefallen.«

»Danke. Hoffentlich ist das alles nicht zur Zeitverschwendung.«

Sie zupfte ihren Rock über ihren Beinen zurecht und umklammerte den Beutel mit ihrem Einkauf. Charles klatschte mit den Zügeln, und die Maultiere vor dem Wagen machten sich auf den Heimweg. Er hatte keinen Grund, die kleine Melodie zu pfeifen, aber er tat es trotzdem.

69

Der Landauer raste viel zu schnell den Weg hoch. Das Verdeck war hochgezogen, um Ashton und Favor Herrington vor dem Staub der schnellen Fahrt zu schützen. Die beiden Schwarzen in Livree klammerten sich grinsend am Vordersitz fest; sie grinsten wie Jäger, die den Fuchs fast schon sicher hatten. Sie wußten nicht genau, was auf Mont Royal geschah, aber sie hatten schnell mitbekommen, daß die weiße Frau so hoheitsvoll wie eine Königin und so rauh und hart wie ein General war. Sie arbeiteten gern für sie.

Hinter dem Landauer ratterte eine zweite, weniger prächtige Kutsche. Darin saßen zwei Angestellte von Herrington und ein dickbackiger Gerichtsvollzieher, der bestochen worden war, damit er sie begleitete.

Als der Landauer stoppte, spürte Ashton, wie ihr Herzschlag schneller wurde. Sie hatte schlecht geschlafen und war noch im Dunkeln aus dem Bett gesprungen, um ihr Haar zu kämmen und zu richten. Sie war so nervös wie eine Jungfrau im Brautbett; zumindest vermutete sie, daß sich Jungfrauen so fühlten. Sie war schon seit vielen Jahren keine Jungfrau mehr, daß sie sich unmöglich an dieses Gefühl erinnern konnte.

Diesmal hatte Herrington eine große Reisetasche mitgebracht, deren Inhalt er emsig durchsuchte, während der Fahrer hinabsprang, um die Tür auf Ashtons Seite zu öffnen. Große, blitzende Sonnenlanzen stachen zwischen den gewaltigen Eichen hindurch; die Reste des Flußnebels wurden weggebrannt. Es war halb zehn und versprach ein sengender Junitag zu werden.

Auf Ashtons Oberlippe glänzte der Schweiß. Ihre Augen blickten lebhaft, und trotz ihrer nervlichen Verfassung konnte sie ein Lächeln kaum unterdrücken. Eine halbe Stunde hatte sie zur Auswahl ihres Kleides gebraucht und sich schließlich für ein Stück entschieden, das bei Worth in Paris dreitausend Dollar gekostet hatte. Es war pinkfarben, dezent und elegant. Ihre Handschuhe und ihr kleiner Strohhut waren schwarz. Schwarz und Rosa machten ihr gepudertes Gesicht sehr anziehend.

Cousin Charles hörte die Kutschen und kam in seiner lässigen Art um das Haus geschlendert. Er trug seine alten Kavalleriestiefel, ein Paar ehemals weiße, im Laufe der Zeit gelb gewordene Leinenhosen und ein Hemd mit bis über die Ellenbogen hochgerollten Ärmeln. Sein Haar war immer noch so lang wie das eines Zigeuners, und wie üblich steckte eine übelriechende Zigarre zwischen seinen Zähnen. Cousin Charles war nicht mehr jung, doch Wind und Wetter hatten seine Haut gegerbt und ließen ihn viel älter aussehen. Ashton war stets der Meinung gewesen, daß er ein gutaussehender Mann war. Das wäre auch heute noch so gewesen, wenn er ihr nicht wegen seiner Familienbande verhaßter als eine Schlange gewesen wäre.

»Guten Morgen, mein lieber Charles«, zwitscherte sie. Er lehnte sich gegen einen der Balken des neuen Hauses und starrte sie an. Wären seine Blicke Nägel gewesen, dann hätte er sie damit an die Kutsche genagelt.

Unverschämter Bastard, dachte sie. Herrington winkte seine Angestellten aus der zweiten Kutsche heran. Der Gerichtsvollzieher rülpste und kratzte sich am Bauch. Er schlenderte zur Ekke des weißgetünchten Hauses. Charles riß sich die Zigarre aus dem Mund.

»He, Sie, Moment mal!«

Favor Herrington trat ihm in den Weg. »Dieser Gentleman kann gehen, wohin er will, Mr. Main. Er ist Gerichtsbeamter und vertritt die Eigentümerin. Wir haben ihn mitgebracht, um jeden Ärger zu vermeiden. Uns ist durchaus klar, daß dies für Sie alle kein glücklicher Tag ist.«

Der Anwalt sonderte förmlich Mitgefühl ab. Charles hätte ihm die Faust ins Gesicht gesetzt, aber sie mußten einen größeren Fisch an den Haken kriegen. Niedergeschlagen sagte er: »Sie werden ihn nicht brauchen.«

»Gut. Sehr vernünftig«, sagte Herrington und nickte dem Gerichtsvollzieher zu. Der dicke Mann zerrte an seiner Hose und verschwand aus ihrem Blickfeld.

Ashton schenkte ihrem Anwalt ein strahlendes Lächeln. »Nun, Favor, Sie wissen, was jetzt zu tun ist. Diese beiden Gentlemen werden jedes Heim auf der Plantage aufsuchen und den Niggern mitteilen, daß alle früheren Absprachen, was ihr Land betrifft, null und nichtig sind, falls sie keinen schriftlichen Beweis vorzeigen und die Vertragsbedingungen laut vorlesen können.«

Herrington nickte knapp. Zu seinen beiden blassen Schreiberlingen sagte er: »Ab sofort schuldet jeder Heimstätter hier eine Monatsmiete von fünfundzwanzig Dollar, zahlbar heute um fünf Uhr für zwei Monate im voraus. Können sie nicht zahlen, dann dürfen sie einen dieser Arbeitsverträge unterschreiben, die ich aufgesetzt habe. Oder sie können verschwinden. Ich werde mich euch gleich anschließen. An die Arbeit.«

Die Angestellten holten Handkoffer aus ihrer Kutsche. Ashton deutete auf die Straße, die zu den alten Sklavenquartieren führte. »Ihr findet sie da unten verstreut.« Charles verschränkte die Arme; seine dunklen Wangen brannten.

»Und jetzt«, sagte Ashton, als die Angestellten davongeeilt waren, »zu den wichtigen Geschäften. Wo ist Madeline?«

»Vorne«, sagte Charles mit einer knappen Kopfbewegung.

»Danke, daß du so entgegenkommend warst«, sagte sie höhnisch. Sie hätte sein mürrisches Verhalten als Tribut für ihren

Sieg werten sollen. Unglücklicherweise machte es sie jedoch wütend. Sie konnte nicht denken, wenn sie wütend war. Sie faßte sich, so gut es ging, rauschte um das Haus herum und betrat den Rasen; beim Anblick der drei Frauen, die steif wie Bilder in einer Fotogalerie dasaßen, hätte sie beinahe der Schlag getroffen. Eine dieser Frauen war Virgilia Hazard.

»Virgilia, ich bin fassungslos. Ich bin absolut fassungslos.«

»Hallo, Ashton.« Virgilia erhob sich. Sie war alt und schwer und wirkte in ihrem Kleid wie eine graue Maus. Ashton erinnerte sich an Virgilias früheres Benehmen. Ihre arroganten Äußerungen über Sitten und Gebräuche der Südstaaten. Ihre Lust auf schwarze Männer. Diese Frau war ein einziger Schandfleck. Ashton hätte ihr am liebsten ins Gesicht gespuckt, doch Mr. Herrington stand genau neben ihr. Er hätte das nicht gebilligt.

»Welch zauberhafte Überraschung«, sagte Ashton. »War dein Bruder zu beschäftigt, um ebenfalls zu kommen? Hat er dich heruntergeschickt, damit du für ihn die Hände ringst?«

Charles' Begleiterin, dieser kleine blonde Tramp, warf ihr einen wütenden Blick zu. Madeline schaute lediglich verzweifelt drein. Virgilia sagte: »Ich bedaure, daß George sich in Europa befindet.«

Ashton spitzte die Lippen. »Oh, welch ein Jammer.«

»Um Himmels willen!« rief Madeline. »Beladen wir den Wagen, und verschwinden wir von hier.«

»Einen Moment«, sagte Virgilia. »Charles und ich möchten Ashton vertraulich noch etwas sagen.«

Das überraschte die Besucher. Ashton sah, daß unten an dem zerstörten Dock Charles' häßlicher kleiner Junge wieder hinter den Gänsen herjagte. Sie studierte Virgilia, versuchte in ihrem Gesicht irgendeine verborgene Absicht zu entdecken. Sie konnte nichts finden.

»Ich kann mir nicht vorstellen, daß wir irgend etwas Wesentliches zu besprechen hätten«, sagte sie. »Mont Royal gehört mir, und dabei bleibt's.«

»Ja, das stimmt. Trotzdem würden wir gern mit dir sprechen.«

Ashton neigte den Kopf und blinzelte. »Was meinen Sie, Favor?«

»Ich sehe keinen Sinn darin, aber schaden kann es auch nicht.«

»Also gut.«

»Während Sie beschäftigt sind, kümmere ich mich um meine Angestellten, wenn Sie nichts dagegen haben.«

»Ja, machen Sie nur«, zwitscherte Ashton. Charles warf Willa einen schnellen Blick zu, eine Art verschwörerisches Signal. Weder Ashton noch ihr Anwalt achteten darauf.

Virgilia raffte ihren grauen Rock mit der linken Hand zusammen. »Gehen wir hinein. Es wird nur einen Augenblick dauern.«

Ashtons Triumphgefühl trieb sie voran. Sie konnte es sich leisten, diesen geschlagenen Kötern gegenüber großzügig zu sein. Sie lächelte strahlend, als sie sich ohne Entschuldigung vor Virgilia in das billige kleine Zimmer drängte, das Madeline als Salon gedient hatte.

Alles war gepackt und türmte sich neben der Tür; lediglich auf einem Bord stand ein kleines Apothekerfläschchen aus dunklem, bernsteinfarbenem Glas. Schwaches Licht fiel durch den Fenstervorhang. Charles folgte den Frauen hinein. Er schloß die Tür und lehnte sich mit verschränkten Armen dagegen. Seine Zigarre war erloschen, stank aber immer noch.

Ashtons Lächeln zitterte und schwand dahin; obwohl diese Menschen sie in keiner Weise mehr bedrohen konnten, war sie nervös. Sie räusperte sich und sagte zu Virgilia, auf den Ring an ihrer Hand deutend: »Meine Liebe, ist das ein Verlobungsring?«

»Ja.«

»Sehr hübsch. Gratuliere. Ich würde den Gentleman gern kennenlernen.« Ihr Tonfall versuchte auszudrücken: Ich würde den Mann gern kennenlernen, der verzweifelt genug ist, eine Kuh wie dich zu heiraten.

Virgilia schien es zu spüren. »Das glaube ich nicht. Er ist ein Farbiger.«

Das warf Ashton beinahe um. Selbst Charles schaute wie vom

Donner gerührt drein. Ärger über diese merkwürdige Konfrontation in diesem dunklen, kahlen Zimmer stieg in Ashton auf. »Nun, das ist mal eine Neuigkeit. Ich frage mich, ob wir das nun hinter uns bringen könnten, was immer es auch sein mag.«

»Sofort«, sagte Virgilia. »Charles und ich möchten, daß du etwas unterschreibst, das ist alles.«

Ashton kicherte. »Unterschreiben? Meine Güte, wovon sprichst du?«

Virgilia griff nach dem Beutel, der auf einer Lattenkiste lag. Ihm entnahm sie ein einziges, zweifach gefaltetes Blatt Papier. Sie entfaltete es. »Das hier. In einer dieser Schachteln ist eine Feder. Es wird nur einen Moment dauern.«

»Was soll das? Wovon zum Teufel sprichst du?« Sie war wütend über den Mummenschanz.

»Ein ganz schlichtes, legales Dokument«, sagte Virgilia. »Eine Übertragung des Besitzes von Mont Royal auf Hazards in Pennsylvania, für einen Dollar und weitere Gegenleistungen.«

Das wirkte noch schockierender als die Nachricht von Virgilias Verlobung. Ashton riß Mund und Augen auf. Sie starrte sie fassungslos an, als wären sie verrückt. Sie gab jeden Schein von Höflichkeit auf.

»Du Yankee-Miststück. Du fette Hure. Wofür hältst du dich? Bist du besoffen?«

»Ich würde vorschlagen, du beruhigst dich«, sagte Charles.

»Du hältst dein Maul, du gottverdammter Taugenichts. Ihr seid beide reif fürs Narrenhaus. Es gibt nichts auf Gottes Erde, das mich bewegen könnte, dieses Papier zu unterzeichnen. Ihr seid Narren, wenn ihr das auch nur eine Sekunde lang geglaubt habt.«

»Vielleicht kann das deine Meinung ein bißchen beeinflussen«, sagte Virgilia. Von dem Bord nahm sie die bernsteinfarbene Flasche. Sie zeigte sie und holte den Stöpsel heraus.

Ashton kreischte schrill auf. »Oh, was bist du doch für eine Närrin, eine Idiotin! Ich habe dich schon immer für verrückt gehalten, jetzt bin ich mir sicher. Verschwinde, ich will dich nicht mehr sehen. Charles, mach die Tür auf.«

Sie stürmte auf ihn zu, blieb dann abrupt stehen, als er, immer noch mit verschränkten Armen, nicht von der Stelle wich. Er erschreckte sie.

»Glaubst du«, Ashtons Stimme bebte ein bißchen, »glaubst du vielleicht, irgendein schäbiges kleines Geschenk könnte mich in irgendeiner Form beeinflussen? Mont Royal gehört mir, und ich werde es behalten.«

»Geschenk?« wiederholte Virgilia mit einem leicht verwirrten Lächeln. Das Lächeln verschwand wie weggewischt. »Für so was wie dich?« Ashton spürte, wie es ihr kalt über den Rücken lief. Was in Gottes Namen hatten sie vor? »Bleib stehen, Charles. Laß sie nicht raus.«

Ashtons wogender Busen verriet ihre Erregung. Sie schien ein Stückchen kleiner zu werden. Sie stemmte ihre Hände in den schwarzen Handschuhen in die Hüften. »Was geht hier vor? Was ist in dieser Flasche?«

Virgilia schwenkte den Stöpsel. »Das ist was für dein Gesicht, allerdings kein Parfüm.« Sie hielt die Flasche in die Höhe. »Vitriol.«

Charles sagte: »Schweflige Säure.«

Ashton schrie auf.

Virgilia störte das nicht. »Nur zu, schrei ruhig. Dein schwächlicher Anwalt ist zu seinen Helfern gegangen. Ansonsten hätte Willa ihn weggelockt. Für dieses Gespräch hier wirst du keinen Zeugen haben.«

Zitternd hielt Ashton still. Aus den Augenwinkeln schätzte sie die Entfernung zu Charles ein. Eine Fliege summte an Virgilias Stirn vorbei. Ashton ballte die Fäuste und schrie: »*Favor!*«

Schweigen. Virgilia lächelte verträumt. »Meine Liebe, es hat keinen Sinn. Selbst wenn er direkt vor der Tür stehen und sie aufbrechen würde, hätte ich noch genügend Zeit, dir das hier ins Gesicht zu schütten.« Ihr Lächeln verstärkte sich. »Du weißt, daß ich nicht zögern würde. Ich bin eine Yankee, und ich hasse dich und deine Sorte. Also würde ich vorschlagen, du unterschreibst. In der Schachtel rechts neben dir befindet sich eine alte Feder und etwas Tinte.«

»Ein solches Papier — taugt nichts«, tobte Ashton. »Ich kann damit vor Gericht gehen. Ich kann *euch* vor Gericht bringen. Ich muß nur sagen, ihr habt mich gezwungen.«

»Wo ist denn hier ein Zwang«, sagte Charles sanft. »Ich bin Zeuge. Wir können zu zweit bezeugen, daß du freiwillig unterzeichnet hast. Wo sind deine Zeugen, die das Gegenteil behaupten könnten?«

»Verdammt sollst du sein. Verdammt sollst du sein!«

»Ashton, du verschwendest lediglich deine Energie«, sagte Virgilia. »Dieses Papier ist vollkommen legal, und es wird auch legal sein, nachdem du es unterschrieben hast. Wir können die besten Anwälte der Nation engagieren, um das zu beweisen. So viele Anwälte wie nötig sind. Mein Bruder George kann sich das und noch eine ganze Menge mehr leisten. Also sei vernünftig. Unterschreib.«

Wieder kreischte Ashton auf.

Virgilia seufzte. »Charles, ich fürchte, wir haben uns getäuscht. Ihr Aussehen ist ihr nicht mehr so wichtig.«

»Du meinst, ihr Gesicht?«

»Ja, ihr Gesicht.«

Virgilia ging auf Ashton zu, in der ausgestreckten Hand die offene, bernsteinfarbene Flasche. Ashton preßte ihre Hände gegen ihre Schläfen und schrie volle fünf Sekunden lang. Dann sank sie auf die Knie, begann in der Schachtel zu wühlen. »Ich unterschreibe. Tut meinem Gesicht nichts. Ich werde unterschreiben. Hier, ich unterschreibe ja schon.«

Sie kippte das Tintengläschen um, als sie die Feder eintauchte. Große schwarze Flecken breiteten sich auf ihrem pinkfarbenen Kleid von Worth's aus. Tintentropfen fielen wie schwarze Tränen auf den Rand des Papiers, das zu lesen sie sich gar nicht erst die Mühe machte. Sie legte das Papier auf einen Bücherstapel und setzte dann ihren Namen darunter.

»Da, gottverdammt noch mal. Da.« Tränen strömten über ihr Gesicht. Ihre Hand zitterte deutlich sichtbar, als sie Virgilia das Papier entgegenstreckte.

Virgilia nahm es und studierte die Unterschrift. Ashton taumelte schwankend auf die Füße; sie war bleich und atmete schwer. Sie ließ die Feder füllen, die einen weiteren Fleck auf ihrem Kleid hinterließ.

Virgilia nickte und faltete das Papier zusammen. »Ich danke

dir, Ashton.« Sie schüttete Ashton den Inhalt des Fläschchens ins Gesicht.

Ashton schwankte und fuhr sich mit den Fingernägeln über die Wangen, wie eine Harpyie kreischend. »Du Yankee-Hündin!« Ihre Nägel rissen blutige Spuren in ihr Gesicht. »Du hast mich verunstaltet!«

»Mit etwas Quellwasser? Das glaub' ich kaum. Laß sie hinaus, Charles.«

Er trat beiseite und öffnete die Tür. Sonnenlicht strömte herein. Draußen sah er Madeline und Willa, deren ängstliche Blicke auf die Tür gerichtet waren. Ein Stück weiter stand Gus und zeigte dem dicken Gerichtsvollzieher etwas auf dem Fluß.

»Auf Wiedersehen, Ashton«, sagte er.

Kreischend lief sie an ihm vorbei.

Der Landauer raste den Weg noch schneller hinab, als er hochgekommen war. Die Angestellten und Favor Herrington, Esquire, tauchten eine Stunde später auf. Der Gerichtsvollzieher war bereits mit der anderen Kutsche abgefahren. Der verwirrte Anwalt und seine Angestellten mußten zu Fuß nach Charleston laufen.

1869

Union Pacific und Central Pacific treffen sich in Utah, schaffen die transkontinentale Eisenbahnlinie.

Samuel Clemens bringt einen Bestseller heraus, *Innocents Abroad.*

Jay Gould und Jim Fisk manipulieren Goldmarkt am »Schwarzen Freitag«; Tausende von kleinen Investoren ruiniert.

1870

John D. Rockefeller organisiert Standard Oil of Ohio.

Kongreß billigt erste Gesetzesvorlage zur Garantierung der Bürgerrechte, stoppt den Anti-Neger-Terror im Süden.

Washington bekommt seinen ersten schwarzen Senator, Hiram Revels aus Mississippi, und seinen ersten schwarzen Abgeordneten, Joseph Rainey aus South Carolina.

1871

Professionelle Baseballspieler gründen die National-League.

Feuer in Chicago: 300 Tote, 17 000 zerstörte Gebäude.

Anklageschrift gegen William »Boss« Tweed, der New York City um Millionenbeträge geprellt haben soll, zurückgewiesen.

1872

Abtrünnige, mit Grant unzufriedene Republikaner, nominieren den Kreuzzugsjournalisten Horace Greeley.

Vizepräsident Schuyler Colfax der Bestechung durch Union Pacific's Crédit-Mobilier-Baufirma beschuldigt.

Kongreß verweigert Gelder für das Büro für befreite Negersklaven; Büro schließt.

1873

Präsidentenproklamation genehmigt Jahrhundertausstellung für 1876.

Weiterhin Gerüchte über Korruption in der Grant-Regierung.

Zusammenbruch des Bankhauses von Jay Cooke löst Panik aus, die zu Drei-Jahres-Depression führt.

1874

Ead's Bridge, der Welt größte Brücke, überspannt den Mississippi bei St. Louis.

General Custer bestätigt Goldfunde im Dakota-Territorium.

Cartoonist Thomas Nast zeichnet die Republikaner als Elefanten.

1875

Illegaler Sturm der Goldsucher auf das Sioux-Land in den Black Hills.

Grants Sekretär Babcock mit »Whisky-Ring« zur Hinterziehung von Alkoholsteuern in Verbindung gebracht.

Als Gegenleistung für Bestechungsgelder gesteht Kriegsminister W. W. Belknap Armeehandelsposten Lizenzen zu.

DIE INTERNATIONALE JAHRHUNDERTAUSSTELLUNG IN PHILADELPHIA

EIN BLICK AUF FAIRMOUNT PARK – DIE GEBÄUDE UND IHRE UMGEBUNG – SECHZIG ACRES ÜBERDACHT – DIE TROPHÄEN DER WELT LIEGEN AMERIKA ZU FÜSSEN – WAS ES ZU SEHEN GIBT UND WIE MAN ES SEHEN MUSS:

> Das größte Spektakel, das wir auf diesem Kontinent je erlebt haben – und das sich wahrscheinlich zu unseren Lebzeiten nicht wiederholen wird –, beginnt in Philadelphia und wird sechs Monate dauern. Der hundertste Geburtstag der Nation wird untrennbar verbunden bleiben mit unvergeßlichen Erinnerungen an die besten Produkte eines jeden Industriezweigs sowie kunstgewerblicher ...
>
> Charleston *News and Courier*
> 10. Mai 1876

70

»*Meine Damen und Herren, der Präsident der Vereinigten Staaten.*«

Am Morgen hatte es noch geregnet, jetzt kämpfte sich die Sonne durch die Wolken. Sonderzüge aus der Innenstadt von Philadelphia fuhren nacheinander auf den neuen Pennsylvania-Bahnsteigen ein und entließen ihre Menschenmassen.

»*Mitbürger. Man hat es für angebracht gehalten, anläßlich dieses Jahrhundertereignisses unsere Fertigkeiten auf industriellem und künstlerischem Sektor der Öffentlichkeit in Philadelphia darzubieten.*«

Von neun Uhr an strömten Besucher mit Regenschirmen durch die Haupttore. Sie fanden imposante Gebäude vor — Maschinenhalle und Haupthalle Seite an Seite — und jenseits davon Avenue und Wege, Springbrunnen und Monumente, wunderschön und kolossal. Es gab Hallen für Agrikultur und Gartenbau; eine Halle für die US-Regierung und Hallen, in denen ausschließlich die künstlerischen Arbeiten und häuslichen Aktivitäten von Frauen zu bewundern waren. Man konnte Zeltlager von Beduinen und Armeeposten besichtigen. Es gab Blumenbeete und spiegelnde Teiche. Es gab Statuen, die Kolumbus repräsentierten, die religiöse Freiheit und Moses, der Wasser aus Felsen schlug. Dazu gab es viele Popcorn-Stände und Restaurants — aus Frankreich, Deutschland, Japan, Tunesien und noch viele mehr.

»Um so besser mögen wir die hervorragenden Eigenschaften unserer Errungenschaften einzuschätzen lernen; besonders hervorheben wollen wir unseren ernsthaften Wunsch, die Freundschaft zu den anderen Mitgliedern dieser großen Familie von Nationen zu kultivieren...«

Viertausend Menschen füllten schnell die Sondertribünen vor der Memorial Hall, aus Granit erbaut und mit einer großen Glaskuppel überdacht. In ihrem Inneren gab es dreitausendzweihundert Gemälde, mehr als sechshundert Skulpturen und in einem getrennten Gebäude etwas vollkommen Neues zu sehen: eine Ausstellung von mehr als zweitausendachthundert Fotos.

»... die modernen Menschen dieser Welt, die sich mit Agrikultur, Handel und industrieller Produktion beschäftigen, sind eingeladen worden, hier Zeugnis von ihren Fähigkeiten abzulegen...«

Ein Symphonieorchester spielte die Hymnen der sechzehn hier vertretenen Nationen. Da das Gastland keine offizielle Nationalhymne besaß, spielte das Orchester »Hail, Columbia«.

»Auf unsere Einladung erfolgte ein vielfältiges Echo.«

Trommeln und Kornetts kündigten um zehn Uhr dreißig den Präsidenten mit Gattin und Kaiser Dom Pedro II. und Kaiserin Teresa von Brasilien an. Nie zuvor hatte ein regierender Monarch die Vereinigten Staaten besucht. Eine gewaltige Militäreskorte aus Soldaten und Matrosen begleitete sie zur Plattform.

»Die Leiter dieser Ausstellung überlassen es Ihnen heute, die Schönheit und Nützlichkeit dieser Beiträge selbst zu beurteilen.«

Das Orchester spielte den »Inaugurationsmarsch zur Jahrhundertfeier«, ein neues, von Wagner komponiertes Stück. Nach einem Gebet, einer Hymne, einer Kantate und der Präsentation der Gebäude sprach der Präsident:

»Wir sind stolz auf das, was wir geleistet haben, und bedauern gleichzeitig, nicht mehr geleistet zu haben.«

Grant beendete seine Rede um zwölf. Begleitet von einer Orgel, sang ein achthundert Personen umfassender Chor Händels »Halleluja-Chor«. Glocken begannen zu läuten. Von einem Hügel oberhalb von Fairmount Park feuerte eine Artillerieeinheit einen hundertschüssigen Salut ab.

»Und jetzt, liebe Mitbürger, hoffe ich, daß eine sorgfältige Begutachtung der Ausstellungsstücke bei Ihnen nicht nur einen umfassenden Respekt für das Können und den Geschmack unserer Freunde aus anderen Nationen erzeugen wird ...«

Marshals ordneten die Würdenträger der Vereinigten Staaten und diejenigen aus dem Ausland zu einer langen Prozession, die sich entlang der Gehwege auf die Maschinenhalle zubewegte.

» ... sondern Sie auch zufriedenstellen wird, was die Errungenschaft unseres eigenen Volkes während der vergangenen hundert Jahre anbelangt.«

In der Halle kletterten Präsident Grant und Kaiser Dom Pedro die Eisenstufen zu dem zweizylindrigen Wunder und Glanzstück der Ausstellung hoch, der Jahrhundertmaschine. Zwanzig in einem anderen Gebäude untergebrachte Dampfkessel trieben das sechsundfünfzig Tonnen schwere Schwungrad der 1400 PS starken Maschine. George Corliss führte eine der beiden silberbeschlagenen Kurbeln vor, mit denen sich die Maschine starten ließ. Unten starrte George Hazard inmitten der anderen Bevollmächtigten sprachlos die Mammutmaschine an. Er war dankbar, erschöpft, kam sich verloren vor in der gewaltigen Menschenmenge. Er konnte einfach nicht glauben, daß nach so vielen Monaten des Kampfes und der Zweifel der Moment doch noch gekommen war. Dom Pedro drehte an seiner Kurbel. Präsident Grant drehte seine. Die großen Pleuel begannen auf und ab zu stampfen. Dann stieg um George herum ein wortloses Seufzen wie ein rauschender Wind auf, und dann hörte er all die anderen Menschen in der Halle. Drehend, knirschend, stampfend — alle angetrieben von der Corliss-Maschine, ein Musterbeispiel für die industrielle Macht der Vereinigten Staaten.

»Ich erkläre die internationale Ausstellung für eröffnet.«

George schrieb:

Bitte sei mein Gast für ein Familientreffen der Mains und Hazards bei der Ausstellung zur Hundertjahrfeier in Philadelphia. Es wird mir eine Ehre sein, für sämtliche Reisekosten sowie für Kost und Logis aufzukommen. Beginn Samstag, den 1. Juli.

»Als ich Los Angeles vor drei Jahren zum erstenmal sah«, sagte Billy, »war nicht viel dran. Nur ungepflasterte Straßen und ein paar alte Lehmhäuser. Jetzt reißen wir das alles ab und bauen Hotels, Warenlager, Kirchen. Die Stadt wird einen gewaltigen Aufschwung nehmen. Bald werden wir sechzigtausend statt sechstausend Einwohner haben. Ich habe die Zukunft meiner Familie darauf gebaut.«

Sein Gesprächspartner, ein Pfarrer der Unitarier, hielt seinen

Hut fest, damit ihn die Seebrise nicht davontrug. Der kleine Ausflugsdampfer hatte gerade vom Pier von Santa Monica abgelegt und fuhr nun die Küste hoch auf Santa Barbara zu. Es war ein herrlicher Morgen; auf den Wogen des Pazifiks zeigten sich einige kleine, weiße Schaumkronen.

»Sie sind Bauingenieur, sagten Sie.«

»Von der Ausbildung her.« Billy war jetzt einundvierzig, und je gewichtiger er wurde, desto stärker ähnelte er seinem Bruder George. Sein Backenbart war mit Grau durchsetzt. Er trug einen teuren Anzug. »Eigentlich verbringe ich mehr Zeit mit der Entwicklung und dem Verkauf von Bauplätzen.«

»Schon viele Kunden?«

»Nein, aber ich rechne mit der Zukunft.« Er lehnte sich an die Reling; Enthusiasmus blitzte in seinen Augen. »Die Transkontinentalverbindung brachte uns letztes Jahr siebzigtausend Besucher und Neuankömmlinge. Und das ist erst der Anfang. Wir haben alles, verstehen Sie. Platz für neue Städte. Herrliche Landschaft. Gesunde Luft. Ein angenehmes Klima. Ich bin in Pennsylvania aufgewachsen. Manchmal träume ich vom Schnee, aber vermissen tue ich ihn nicht.«

Brett, mittlerweile etwas kräftiger geworden, kam mit ihrem Jüngsten, dem zweijährigen Alfred, an der Hand über das Deck. Billy stellte Brett dem Geistlichen vor, der sich erkundigte: »Ist dieser hübsche Bursche Ihr einziges Kind?«

Sie lachte. »O nein. Wir haben vier Mädchen und noch zwei Jungs. Unser ältester Sohn ist elf. Er paßt auf die anderen in unseren Kabinen auf.«

»Und Sie fahren alle mit dem Zug nach Philadelphia?« Der Geistliche war erstaunt.

»Ja«, sagte Billy. »Zuerst aber fahren wir die Küste hoch und zeigen unseren Kindern alles. Wir haben eine dieser Concord-Kutschen ganz für uns allein, denke ich.«

»Sie müssen sehr glücklich sein, wieder einmal in die Heimat zu kommen«, sagte der Pfarrer.

Billy lächelte. »Ich freue mich, nach all den Jahren meine Familie wiederzusehen. Aber unsere Heimat ist Kalifornien.«

Brett schob ihren Arm unter den seinen und folgte seinem

Blick, vorbei an dem Pier und dem Ufer hoch zu den bläulich schimmernden Bergen.

George las eine Weile im *Scientific American*. Er saß in einem Plüschsessel im Schreibzimmer des Pennsylvania Building mit Blick zur Fountain Avenue, einer der beiden Hauptpromenaden, die das Ausstellungsgelände kreuzten. Das Gebäude, ein überladener Bau in neogotischem Stil, war das Werk des jungen Schwarzmann, eines bayerischen Architekten, der auch noch einige andere Hauptgebäude entworfen hatte. Das Haus war natürlich das größte der vierundzwanzig von den einzelnen Staaten geförderten Gebäude, da Philadelphia der offizielle Gastgeber war. Objektiv betrachtet wußte George, daß es ein entsetzlicher Anblick war. Die Leute von Philadelphia befürchteten, es könnte auf Dauer im Fairmount Park stehenbleiben. Berücksichtigte man allerdings den gesamten Ausstellungsplan, dann konnte ein Bürger von Lehigh Station schon stolz darauf sein, und das war er auch.

George war in diesem Jahr sehr beschäftigt gewesen — sogar die letzten drei oder vier Jahre, was die Ausstellung anbelangte. Er war einer der sieben Vizepräsidenten der privaten Kommission für die Hundertjahrfeier und Mitglied des Finanzausschusses. Er hatte geholfen, eine Million Dollar an Staatsmitteln aufzutreiben. Außerdem hatte er sich sehr für die Franko-Amerikanische Union eingesetzt und geholfen, einen Teil von Bartholdis geplantem Monument auf das Ausstellungsgelände zu bringen. Die Statue selbst sollte auf Bedloe's Island im Hafen von New York errichtet werden, sollte sie je fertiggestellt werden. Wie George dem Journalisten Levie vorausgesagt hatte, war der Zeitgeist konservativ, und selbst ein direktes Geschenk der Franzosen wirkte verdächtig.

George war erst vor kurzem von Cincinnati zurückgekehrt. Er hatte es zusammen mit seinem Freund Carl Schurz und ähnlich denkenden Republikanern geschafft, die Nominierung des Sprechers des Repräsentantenhauses, James G. Blaine, zum Präsidentschaftskandidaten zu verhindern, der offensichtlich in irgendwelche Union-Pacific-Insider-Aktienschiebereien verwickelt war. Das letzte, was die Republikaner nach den Skandalen der Grant-Regierung brauchten, war ein Kandidat mit schmutziger Weste. George und seine Verbündeten hatten Gouverneur Rutherford B. Hayes aus Ohio dazu gebracht, die Standarte für die Partei zu tragen.

Die Worte im »Scientific American« verschwammen vor seinen Augen. Er hörte Geräusche aus dem Foyer. Das Ausstellungsstück des heutigen Tages war eine weitere Freiheitsglocke, diesmal aus Harrisburg, einen Meter hoch und vollkommen aus Zucker. Hinter der Glocke trat Stanley hervor.

In diesem Herbst würde sich Stanley ohne Gegenkandidat zur Wiederwahl als Repräsentant der Vereinigten Staaten von Lehigh Station stellen. Es wäre seine dritte Amtsperiode. Stanley war jetzt sehr korpulent, doch eine Aura der Macht umgab ihn, wie es bei fast allen der Fall war, die nach Washington gingen. Sein frettchenhafter Sohn Laban, der Popcorn aus einem Beutel mampfte, begleitete ihn.

George legte die Zeitschrift beiseite und ging auf seinen Bruder zu, um ihm die Hand zu schütteln. Es war Freitag, der letzte Tag im Juni; die Uhr zeigte auf halb eins.

»Der Zug hatte Verspätung«, sagte Stanley, ohne sich zu entschuldigen.

»Der Tisch ist reserviert«, sagte George. »Ich hab' dich schon eine ganze Weile nicht mehr gesehen, Laban. Wie geht's dir?«

»Das Geschäft floriert«, sagte der junge Anwalt mit einem Grinsen. Stanley strich sich über den Backenbart. »Wo essen wir?«

»Bei Lauber's«, sagte George, während sie hinausgingen und sich durch die Menge drängten. Ganz links am Ende der Fountain Avenue pfiff ein Zug, der alle fünf Minuten für fünf Cent eine Besichtigungstour durch das Gelände machte.

George musterte die Menschenmenge voller Befriedigung. »Gestern hatten wir mehr als fünfunddreißigtausend zahlende Besucher.« Nach dem Andrang bei der Eröffnung waren die Frequenzen auf ungefähr zwölftausend pro Tag zurückgegangen.

»Immer noch ein Verlustgeschäft«, sagte Stanley.

Das stimmte. Die Bevollmächtigten hatten ihren Kampf gegen die Geistlichen von Philadelphia verloren, die darauf beharrten, daß religiöse Gefühle verletzt würden, wenn die Ausstellung auch an Sonntagen offen wäre. Obwohl die meisten Amerikaner sechs Tage in der Woche arbeiteten, konnten sie die Ausstellung nicht an ihrem freien Tag besuchen.

»Nun, es gäbe diese Ausstellung gar nicht, wenn das Haus nicht diese anderthalb Millionen bewilligt hätte«, sagte George. »Ich werde dir für deine Unterstützung in diesem Punkt stets dankbar sein.«

»Nicht der Rede wert«, sagte der Kongreßabgeordnete Hazard, der sich in letzter Zeit als das gab, was er war: ein älterer Bruder. George lächelte, aber Stanley bemerkte es nicht.

»Wann kommen die anderen an?« fragte Laban und warf seinen leeren Popcornbeutel auf den Boden.

»William und Patricia sind mit ihren Familien bereits da«, sagte George. »Wir treffen uns mit ihnen in dem deutschen Restaurant. Die nächste Gruppe sollte heute abend eintreffen. Orrys Cousin Charles hat den weiten Weg aus Texas gemacht.«

Zur gleichen Zeit saßen Colonel Charles Main, seine Frau Willa und ihr zwölfjähriger Sohn Augustus in dem Zug von New York nach Philadelphia. »Colonel« war ein Ehrentitel, der Charles von seinen Nachbarn verliehen worden war, als diese merkten, daß er reich und damit bedeutend wurde.

Charles trug sein Haar immer noch lang; seine Kleidung entsprach dem, was er war, ein wohlhabender Rancher: handgefertigte Stiefel, ein cremeweißer Hut mit breiter Krempe und ein bauschiges Halstuch anstatt einer Krawatte. Einen halben Tagesritt westlich von Fort Worth besaß er fünfundfünfzigtausend Acres Land und arbeitete gerade daran, diese Fläche zu verdoppeln. Jeden Sommer trieben seine Cowboys eine riesige Herde nach Kansas. Seine Ranch hieß Main Chance; sein Pferd Satan führte dort ein bequemes Rentnerleben. Außerdem gehörten ihm mehrere große Häuserblocks in Fort Worth und das verschwenderische Parker-Opernhaus, das noch kein Jahr alt war.

Während der Zug durch das Farmland von New Jersey schnaufte, las Charles mit Hilfe einer Brille in einem Buch. Sein

Sohn, an dessen Wange immer noch eine lange, schmale Narbe zu sehen war, hatte sich zu einem ernsten, dunkeläugigen Jungen entwickelt, der wie sein Vater groß und muskulös zu werden versprach. Willa liebte ihn wie ihr eigenes Kind; so sehr sie es sich auch wünschte, es war ihr versagt geblieben, selbst Kinder zu bekommen.

Charles lachte ohne jede Herzlichkeit. Das Buch war vor zwei Jahren erschienen und trug den Titel »Mein Leben in der Prärie«.

»Ich wußte gar nicht, daß es ein lustiges Buch ist«, sagte Willa. Gus starrte aus dem rußverschmierten Fenster.

»Ist es auch nicht«, sagte Charles. »Aber es ist verdammt clever gemacht. Ich meine, die Knochen sind da. Was fehlt, ist das Fleisch. Das blutige Fleisch. Eines der Cheyenne-Kinder, die wir töteten, bezeichnet Custer beispielsweise als ›dunklen kleinen Häuptling‹ und ›tapferen Kämpfer‹.« Er legte sein Lesezeichen hinein und klappte das Buch zu. »Er hat blumige Phrasen wie Desinfektionsmittel darübergegossen. Es war ein Massaker.«

»Was der Beliebtheit des Buches keinen Abbruch getan zu haben scheint.«

»Auch nicht der Reputation des Generals«, sagte Charles voller Abscheu.

Georges Sohn William III. und dessen Frau Polly gingen knapp vor George und Stanley die Stufen zu »Lauber's Restaurant« hinauf. William war in braves Methodistenschwarz gekleidet. Er war jetzt siebenundzwanzig und im dritten Jahr seines Pastorats in einer kleinen Kirche in der Stadt Xenia, Ohio. Obwohl Constance ihn im römisch-katholischen Glauben erzogen hatte, war er Methodist geworden; Polly Wharton, deren Vater ein Methodistenbischof war, hatte ihn nicht nur zum Ehemann erkoren, sondern auch zu ihrem Glauben bekehrt. Sie hatte als Lehrerin ihren gemeinsamen Lebensunterhalt verdient, während er das Seminar besuchte.

Sie hatten keine Kinder; das machten allerdings die drei Kinder von Patricia, die alle noch keine sechs Jahre alt waren, mit ihrem Lärm mehr als wett. Patricia lebte in Titusville, ihr Ehemann, Fremont Nevin, gab den »Titusville Independent« heraus. George mochte den hochgewachsenen, nachdenklichen Emigranten aus Texas, auch wenn dieser Demokrat war. Die Kinder hießen Constance Anne, Fremont Junior und George Hazard Nevin. Der kleine George Hazard, der zwischen den Bohrtürmen von Titusville aufwuchs, sagte jetzt schon, daß er mal ein Ölmann werden wollte.

»Was ist mit Großvater Flynn, Papa?« fragte Patricia, nachdem sie alle saßen.

»Er hat eine sehr nette Grußbotschaft geschickt, nachdem ihm Billy die Einladung überbracht hatte. Er ist schon ziemlich alt und wollte die weite Reise von Los Angeles nicht mehr auf sich nehmen. Er meinte, im Geist sei er bei uns. Ich glaube, er bearbeitet immer noch einige Fälle, die ihn interessieren. Eine bemerkenswerte Persönlichkeit – wie seine Tochter«, fügte er mit einem kleinen, rauhen Unterton in seiner Stimme hinzu.

Nevin, dessen Spitzname Champ war, zündete sich eine Zigarette an und sagte zu Stanley: »Wir werden Hayes im November schlagen. Gouverneur Tilden ist ein starker Kandidat.«

»Ich bin hier, um zu essen, und nicht, um über Politik zu diskutieren, wenn du nichts dagegen hast«, sagte Stanley mit aufgeblasener Würde. George machte dem Kellner ein Zeichen. Laban zupfte die Serviette auf seinem Schoß zum drittenmal zurecht. Er beteiligte sich nicht an dem Gespräch. Er mochte keines der anderen Familienmitglieder.

»Wir haben eine Suite mit einem Schlafzimmer reserviert«, sagte der Mann an der Rezeption des luxuriösen Continental Hotel, Ecke Chestnut und Ninth Street. In der Lobby herrschte Chaos; zwei Gentlemen, die wegen ihrer nicht existierenden Reservationen herumbrüllten, verstärkten den Lärm noch.

Auch der Angestellte hob seine Stimme. »Sollen wir für Ihre Dienerin eine Matratze in das Wohnzimmer legen?«

Jane, die hinter Madeline stand, schaute bekümmert drein, aber sie war zu müde zum Kämpfen. Es war eine lange Fahrt gewesen. Madeline war staubbedeckt und schlecht gelaunt und nicht geneigt, eine ähnliche Zurückhaltung an den Tag zu legen.

»Sie ist nicht meine Dienerin, sondern meine Freundin und Reisebegleiterin. Sie braucht ein Bett, wie ich es habe.«

»Wir haben keine weiteren Zimmer«, sagte der Angestellte. Ein anderer Angestellter links von ihm sprang zurück, als einer der Männer ohne Reservation nach ihm schlug. Der zweite Angestellte schrie um Hilfe.

»Dann werden wir zusammen schlafen«, sagte Madeline; sie mußte ebenfalls fast brüllen, um sich Gehör zu verschaffen. »Lassen Sie unser Gepäck nach oben bringen.«

»Page«, sagte der Angestellte und schnippte mit den Fingern. Er schaute empört drein.

Patricia sagte: »Fremont, spiel nicht mit deiner Knackwurst herum.« Fremont spießte die Wurst mit seiner Gabel auf und schleuderte sie zu Boden. Patricia gab ihm einen Klaps auf die Hand.

Ihr Mann sagte zu George: »Wie viele der Mains aus South Carolina werden sich uns noch anschließen?«

George stellte seinen Krug mit dem Bockbier der Hundertjahrfeier ab und schüttelte den Kopf.

»Bedauerlicherweise nur Orrys Witwe. Orrys Nichte Marie-Louise bekommt im August ihr zweites Kind. Ihr Arzt hat ihr von der Reise abgeraten. Was ihren Vater, Orrys Bruder, anbelangt«, er atmete tief ein; sein Gesicht wurde ernst, »nach langem Nachdenken und trotz seiner Frau, die eine wirklich liebenswerte Person ist, habe ich mich gegen eine Einladung für Cooper entschieden. Schon vor langer Zeit hat er klargestellt, daß er nur dem Namen nach ein Main ist, ebenso wie Ashton. Ich hatte nie die Absicht, zu versuchen, sie aufzuspüren.«

Richter Cork Bledsoe, seit drei Jahren nicht mehr im Staatsdienst, betrieb eine kleine Farm nahe der Küste, ungefähr zehn Meilen südlich von Charleston. An einem heißen Julimorgen ritten hintereinander sieben Männer in seine Zufahrtstraße, um ihm einen Besuch abzustatten. Es handelte sich nicht um Klansmänner; ihre Gesichter waren deutlich sichtbar. Das einzige Kleidungsstück, das sie miteinander gemein hatten, waren schwere, rote Flanellhemden.

Niemand wußte genau, weshalb loyale Demokraten sich für ihre Jagdclubs die Farbe Rot ausgesucht hatten; vor einigen Monaten hatte das in der Gegend von Aiken, Edgefield und Hamburg seinen Anfang genommen und sich dann entlang des Savannah River ausgebreitet, wo man vielleicht den Republikanern und den Schwarzen den heftigsten Widerstand im ganzen Staat entgegensetzte.

Cooper ritt als dritter. Er hatte sich ein großes, weißes Taschentuch um den mageren Hals gebunden, um den Schweiß aufzufangen, aber das nützte auch nicht viel. Aus seiner Sattelscheide ragte der polierte Kolben der neuesten Winchester, Modell 1876 – das »Jahrhundertgewehr«. Es feuerte Kugeln ab, schwer genug, um einen anstürmenden Büffel zu stoppen. In letzter Zeit hatte Cooper eine Vorliebe für Waffen entwickelt, was früher nie der Fall gewesen war.

Judith war dagegen, daß ihr Mann solch eine Waffe zu Hause in der Tradd Street aufbewahrte. Sie mochte auch seine neuen Freunde und deren Aktivitäten nicht. Ihn störte das nicht; ihm war es längst egal, was sie dachte. Sie wohnten im gleichen Haus, aber Zuneigungsbeweise und Kommunikation beschränkten sich auf ein Minimum.

Er hielt die Arbeit dieser Gruppe und ähnlicher, über das ganze Land verteilter Gruppen für wesentlich. Nur eine aus pflichtbewußten Weißen bestehende Regierung konnte South Carolina von seinem Joch befreien und die soziale Ordnung wiederherstellen.

Eine schlampige Frau mit grauen Haaren und gebeugten Schultern beobachtete, wie sich die Reiter vor dem Haus in einem Halbkreis aufbauten. Die Frau hatte einige ihrer Rosen beschnitten; es gab Dutzende davon, rosa, rötlich, pfirsichfarben, die die Luft mit ihrem süßen Duft anreicherten.

Der Sprecher der Besucher, der Anwalt Favor Herrington, berührte die Krempe seines Pflanzerhutes. »Guten Tag, Leota.«

»Guten Tag, Favor.« Sie begrüßte noch drei weitere mit Namen, zu denen auch Cooper gehörte, es entging ihr nicht, daß jeder Mann ein Gewehr oder eine Schrotflinte bei sich hatte.

Herrington zerrte an seinem verschwitzten Hemd. »Eine Hitze ist das, was? Ob ich wohl ein Wort mit dem Richter sprechen könnte? Sagen Sie ihm, ein paar Freunde vom Calhoun Saber Club sind da.«

Leota Bledsoe eilte ins Haus. Augenblicke später kam der Richter in Filzschlappen herausgeschlurft; die Ärmel hatte er hochgerollt, die schwarze Wollweste stand offen. Er war ein schmächtiger Mann mit sanften braunen Augen. Er besaß Anteile an einigen der großen Phosphatverarbeitungsanlagen nahe der Stadt.

»Was verschafft mir das Vergnügen eines Besuches solch einer distinguierten Gruppe der politischen Opposition?« erkundigte er sich mit einem gewissen Sarkasmus.

Herrington keckerte. »Sie wissen, wir sind Demokraten, Richter, aber ich hoffe, Sie erkennen, daß wir offen und ehrlich auftreten und nicht zu diesen verdammten kooperationsbereiten Typen gehören, die mit den verdammten Republikanern ins Bett kriechen wollen.«

»Bei diesen roten Hemden ist kaum ein Irrtum möglich«, sagte der Richter schwer. Den ganzen Frühling hindurch hatte es heftige Kämpfe gegeben zwischen jenen, die die Demokratische Partei rein erhalten wollten, und den anderen, die die Demokraten durch eine Koalition mit den weniger fanatischen Republikanern wie beispielsweise Gouverneur D. H. Chamberlain stärken wollten. Cooper und seine Gesinnungsgenossen griffen nun zu ungewöhnlichen Methoden, um die Partei zu stärken. Rothemden-Clubs. Besuche wie diesen hier. Öffentliche Zusammenkünfte; nützlicher, wenn auch gelegentlich blutiger Aufruhr. In den letzten paar Tagen, so hatte er gehört, hatten sich Schwarze und Weiße von beiden Seiten des Flusses in Hamburg die Köpfe eingeschlagen.

»Wir wollen mit Ihnen über den Nominierungskonvent in Columbia nächsten Monat sprechen.«

Das irritierte den Richter. »Verdammt noch mal, Jungs, verschwendet nicht meine Zeit. Jedermann weiß, daß ich seit sechs Jahren die Republikaner wähle.«

»Das wissen wir, Herr Richter«, sagte Cooper. »Vielleicht war das für Ihre Geschäfte am besten.« Beiläufig legte er eine Hand auf den Kolben seiner Winchester. »Wir glauben nicht, daß es im besten Interesse des Staates ist.«

»Hört mal, ich werde nicht über meine politischen Ansichten mit einem Haufen Rabauken diskutieren, die ihre Meinungen mit dem Gewehr verkaufen.«

»Die Gewehre sind nur zur Verteidigung da«, sagte ein anderer der Rothemden.

»Verteidigung!« Der Richter schnaubte. »Ihr benützt diese Gewehre, um ehrlichen schwarzen Männern einen Schrecken einzujagen, die lediglich das ihnen von der Verfassung zugesprochene Wahlrecht ausüben wollen. Ich weiß, was das hier soll. Das ist der Mississippi-Plan; damit habt ihr letztes Jahr alle Republikaner und Schwarzen aus den Staatsämtern getrieben, und jetzt probiert ihr es hier mit demselben Plan. Nun, ich bin daran nicht interessiert.«

Er drehte sich um und schlurfte zur Tür zurück.

»Herr Richter, einen Augenblick!« Favor Herringtons Stimme klang nicht mehr freundlich. Aus dem nach Rosen duftenden Schatten blinzelte der Richter die bewaffneten Reiter an.

»Ich bestreite das, was Sie gesagt haben, nicht«, fuhr Herrington fort. »Jawohl, wir ermutigen die Nigger, entweder ihre Meinung zu ändern oder den Wahlen im November fernzubleiben. Wir werden die republikanische Mehrheit in diesem Staat in eine demokratische Mehrheit verwandeln. Wir werden South Carolina von Ausbeutern und verfluchten Gesetzgebern befreien, die es ruinieren und in den Dreck zerren. Und damit dieser Plan funktioniert«, er wischte sich das glänzende Gesicht mit einem blauen Halstuch ab, »müssen wir irrige Republikaner wieder zu Demokraten bekehren.«

»Sie terrorisieren, das meinen Sie doch«, schnappte der Richter. »Mit vorgehaltener Waffe.«

»Aber nein, Richter, nichts dergleichen. Wir bitten Sie nur, das zu tun, was für den Staat richtig ist. Wir bitten Sie höflich und voller Respekt.«

»Geschwätz«, sagte der alte Mann.

Herrington hob seine Stimme. »All Ihre republikanischen

Brüder tun es, Richter. Es ist eine ganz simple Angelegenheit. Wechseln Sie über. Überqueren Sie den Jordan.«

»Den Jordan überqueren, so nennt ihr es, ja? Lieber würde ich über den Styx schnurgerade in die Hölle gehen.«

Einige der Mitglieder des Calhoun Saber Club begannen ihre Gewehre zu ziehen. Im Haus rief die Frau des Richters eine gedämpfte Warnung. Der Hof lag sehr still in der sengenden Hitze da. Ein Gaul ließ ein paar Pferdeäpfel fallen. Herrington warf Cooper einen auffordernden Seitenblick zu.

Cooper bemühte sich, vernünftig zu klingen. »Wir meinen es ernst, Richter Bledsoe. Sie sollten uns nicht auf die leichte Schulter nehmen. Sie haben an eine Familie zu denken, an viele Enkel. Würden Sie Respektabilität nicht allgemeiner Ächtung vorziehen? Wenn schon nicht für sich selbst, dann wenigstens für sie?«

»In Charleston«, fügte Herrington hinzu, »treiben sich eine Menge Rowdies auf den Straßen herum. Anständige Leute sind da manchmal gar nicht sicher. Vor allem Mädchen im zarten Alter. Sie haben doch zwei Enkelinnen in Charleston, nicht wahr, Sir?«

»Bei Gott, Sir, wollen Sie mir drohen?« schrie der Richter.

»Nein, Sir«, sagte Cooper nüchtern. »Wir wollen nichts weiter als Ihr Versprechen, den Jordan zu überqueren. Gouverneur Hampton zu unterstützen, wenn wir ihn in Columbia nominieren. Und anderen Ihre Entscheidung mitzuteilen.«

»Geht zur Hölle, und nehmt eure Gewehre gleich mit«, sagte Richter Cork Bledsoe. »Das hier ist nicht Mississippi.«

»Ich bedaure Ihre Entscheidung«, sagte Favor Herrington mit kalter Wut in der Stimme. »Kommt, Jungs.«

Einer nach dem anderen ritten sie aus dem süßlich duftenden Hof. Richter Bledsoe blieb auf der Veranda stehen und starrte ihnen nach, bis der letzte Reiter verschwunden war.

Herrington ließ sich neben Coopers Pferd zurückfallen. »Du kennst den nächsten Namen auf der Liste.«

»Ja. Damit will ich nichts zu tun haben. Es ist mein Schwiegersohn.«

»Wir erwarten nicht, daß du mitmachst, Cooper. Du brauchst

dich nicht um Mr. German zu kümmern, aber wir werden ihm einen Besuch abstatten.«

Cooper fuhr sich mit seinen langen Fingern über den verschwitzten Mund. Leise sagte er: »Tut, was ihr müßt.«

Zwei Nächte später feuerten Unbekannte drei Kugeln durch das Fenster von Bledsoes Haus. Am folgenden Sonntag weigerten sich alte Freunde in der Kirche, mit dem Richter oder seiner Frau zu sprechen. Am Dienstag schlenderte seine fünfzehnjährige Enkelin mit ihrer Gouvernante in der Abenddämmerung nach Hause in die King Street, als zwei junge Männer aus einer Gasse gestürzt kamen, dem jungen Mädchen die Tasche entrissen und sie mit Messern bedrohten. Einer zerfetzte den Ärmel ihres Kleides. Am Ende der Woche erklärte Richter Bledsoe seine Bereitschaft, den Jordan zu überqueren.

1776

DREI MILLIONEN KOLONISTEN
AUF EINEM LANDSTREIFEN AM MEER

1876

VIERZIG MILLIONEN FREIE MÄNNER
HERRSCHEN VON OZEAN ZU OZEAN

Philadelphia
Poster zur Hundertjahrfeier

»Wir brauchen die Suite nicht«, sagte Virgilia. »Wir haben anderswo reserviert.«

Der Angestellte im Continental, der gleiche, der Madeline und Jane eingetragen hatte, schaute zweifelnd drein. »Wie Sie meinen, Mrs. Brown. Ich hoffe, Sie haben Ihre Unterkunft sicher. In keinem der guten Hotels ist noch ein Bett frei, nicht einmal in der Halle.«

»Kein Problem«, sagte Virgilia. Sie verließ die laute Halle und stieg in die am Randstein wartende Droschke. Scipio, elegant gekleidet, in einem Mantel mit Samtaufschlägen und perlgrauen Handschuhen, betrachtete seine Frau mit leiser Mißbilligung.

»Warum hast du das getan?«

Sie küßte ihn auf die Wange. »Weil die Sache den Kampf nicht wert ist, Liebling. Ich will nicht an einem Ort bleiben, wo wir unhöflich behandelt und ständig angestarrt werden. Davon kriegen wir noch genug, wenn wir bei der Familie sind.« Sie bemerkte sein Stirnrunzeln und drückte seine Hand. »Bitte. Du weißt, daß ich immer auf die Barrikaden gehe, wenn es wichtig ist. Das ist nicht wichtig. Amüsieren wir uns.«

»Wohin wollen Sie jetzt?« rief der Fahrer herab. Er verbarg nicht, daß er alles andere als glücklich darüber war, einen schwarzen Mann und eine weiße Frau fahren zu müssen, ganz gleich, wieviel er dabei verdiente.

»Zum Negerviertel«, erwiderte Virgilia. Der Kutscher verzog das Gesicht und fuhr los.

»Bison?«

»Bunk, bei Gott!« Charles jubelte auf und stürzte auf seinen Freund zu, der gerade die Marmorstufen herabkam. Die Leute in der Lobby starrten den schlaksigen Mann in Grenzerkleidung an, der den kompakten kleinen Burschen im Geschäftsanzug stürmisch umarmte. Fragen und Antworten überstürzten sich.

»Hast du Brett und die Kleinen mitgebracht?«

»Ja. Sie sind oben. Wo steckt deine Frau? Ich möchte sie kennenlernen.«

»Erkundigt sich nach den Fahrplänen. Sie will mit dem Zug nach New York, um einen alten Freund zu besuchen.«

Sie gingen in die Saloon-Bar. Jeder studierte den anderen, bemerkte zahlreiche Veränderungen. Und obwohl sie voller Begeisterung und Wärme aufeinander zugingen, empfanden sie doch etwas Scheu voreinander; ihre Begegnung auf Mont Royal vor dem Krieg lag schon lange zurück.

Kinder schienen eine Brücke über die Jahre zu schlagen. »Ich hoffe, daß mein Ältester eine Zulassung zur Akademie erhält, wenn mein Bruder Stanley noch drei weitere Amtsperioden im Kongreß durchhält. Ist dein Junge nicht ungefähr im gleichen Alter wie G. W.? Sie könnten zusammen anfangen, genau wie wir.«

Nüchtern sagte Charles: »Ich bin mir nicht sicher, ob ich aus Gus einen Soldaten machen möchte.«

»Er brauchte ja nicht für immer dabei zu bleiben. Und es war schon immer die beste Ausbildung, die Amerika zu bieten hat.«

Charles Blick schien abzudriften, vorbei an den Rauchschwaden und den Gaslichtern, vorbei an den lärmenden Stammgästen zu einer fernen Zeit, einem fernen Ort neben einem Fluß im Indianerterritorium.

»Ich bin mir nicht sicher«, sagte er.

Willa entdeckte Amerikas Schauspieleras in einer dreckigen Pension in der Mulberry Street. Sie klopfte zweimal, erhielt keine Antwort und öffnete die Tür; er saß in einem Schaukelstuhl und starrte aus dem schmierigen, regenbesprenkelten Fenster. Die Aussicht beschränkte sich auf die nächste Mauer. Er wandte sich nicht um, als sie die Tür schloß. Er mußte taub geworden sein.

Der Anblick des kleinen Zimmers, in dem sich alte Koffer, Kostüme und Bücher mit ausgeschnittenen Kritiken türmten, brach ihr das Herz. Über der Tür hatte er ein Hufeisen aufgehängt. Die Chrysantheme in seinem Revers war verdorrt und braun. Eine schwarze Katze in seinem Schoß machte einen Buckel und fauchte sie an. Das brachte ihn dazu, sich umzudrehen.

»Willa, mein Kind. Ich hatte keine Ahnung, daß du heute hier bist.« In ihrem Telegramm hatte das genaue Ankunftsdatum und die ungefähre Ankunftszeit gestanden. »Bitte, komm herein.«

Als er sich erhob, bemerkte sie seine geschwollenen, verunstalteten Knöchel. Der Kontrast zwischen seiner runzligen Haut und dem lächerlich gefärbten Haar war traurig. Sie umarmte ihn liebevoll. »Wie geht's dir, Sam?«

»Nie besser gegangen! Nie besser! Für meine sechzig Jahre bin ich fit wie ein junger Bursche.« Sie wußte, daß er fünfundsiebzig war. »Komm, setz dich zu mir, damit ich dir die aufregenden Neuigkeiten erzählen kann. Ich hab' es aus bester Quelle, daß mich kein anderer als Mr. Joe Jefferson in den nächsten Tagen fragen wird, ob ich nicht für ihn zwei Wochen einspringen und den Rip van Winkle spielen kann, während er einen Urlaub am Meer genießt. Die Rolle liegt hier irgendwo rum. Ich habe sie studiert.«

Unter seinem Schaukelstuhl fand er ein paar alte Seiten, von denen er den Staub blies. Willa schluckte, gratulierte ihm und blieb die nächsten beiden Stunden bei ihm. Er döste in seinem Stuhl, als sie sich hinausstahl. Eine von Trumps verkrüppelten Händen ruhte bewegungslos auf dem Kopf der schnurrenden Katze.

Bevor sie das Gebäude verließ, suchte sie die Hausbesitzerin auf und gab ihr fünfzig Dollar, das Doppelte des Betrages, den sie jeden Monat heimlich von Texas für Sam Trumps Kost und Logis schickte.

Am Montag besuchten sie alle zusammen die Ausstellung. George stellte für jede Gruppe eine Kutsche zur Verfügung.

Sie sahen metallbearbeitende Werkzeuge von Pratt und Whitney, Eisenbahnsignalanlagen von Western Electric, Gorham-Silber, Steingut von Haviland und Doulton, LaFrance-Motorspritzen, Seth-Thomas-Uhren, Pfizer-Chemikalien, Pianos von Steinway und Chickering und Knabe und Fenway. Sie sahen Lokomotiven, Unterwasserkabelgerät, große Glaszylinder mit Erde aus verschiedenen Gegenden von Iowa, gewaltige Flaschen mit Rheinwein, tragbare Dampfkessel, Druckerpressen für Tapeten, Glasbläserutensilien, Mr. Graham Bells merkwürdiges Sprechgerät namens »Telephon« (George hielt es für unpraktisch und albern), riesige polierte Reflektoren, vierzig Zentimeter lange Maiskolben und sieben Fuß lange Weizenhalme, Möbel aus geschweiftem Holz, Skulpturen aus Butter, schwedische Schmiedeeisen mit reichen Verzierungen, russische Pelze, japanische Lackschirme, die neue europäische Schule für kleine Kinder namens »Kindergarten«, prächtige Orangen-, Palmen- und Zitronenbäume in der Halle für Gartenbaukunst. Tiffanys Halsband aus siebenundzwanzig Diamanten im Wert von mehr als achtzigtausend Dollar in Gold, Schaukästen mit ausgestopften Vögeln, Büchern, Mineralien, Kutschrädern, Bolzen und Nieten, Korsetts und falschen Zähnen, eine siebzehn Fuß hohe Kristallfontäne, mit Glasprismen behangen und von Gaslicht angestrahlt, eine Gipsskulptur von George Washington ohne Beine, der auf einem lebensgroßen Adler thronte (Madeline hielt sich den Mund zu und rollte mit den Augen) und Prototypen aus dem Patentbüro.

Sie tranken Sodawasser an Ständen in der Avenue und Kaffee im brasilianischen Kaffeehaus. Stanley mochte das Essen im »Aux Trois Frères Provençaux«, weil es so teuer war. Virgilia gefiel der Frauenpavillon und da vor allem die Zeitungsredakteure in der Mitte, wo Frauen an Schreibtischen Artikel schrieben, während andere Frauen die Typen setzten und eine Zeitung namens »New Century for Women« druckten; sie kaufte zwei Exemplare. Den Jungs gefiel Old Abe, der kahle Adler, der einem Bürgerkriegsregiment aus Wisconsin als Maskottchen diente; Abe war der Veteran von mehr als dreißig Schlachten; er saß so lange vollkommen regungslos auf seiner Stange, daß er wie ausgestopft wirkte, doch nach längerem Warten breitete er seine gewaltigen Flügel aus und richtete seinen wilden, stolzen Blick auf die Jungen, denen ein Schauer über den Rücken lief. George mochte besonders die runde, zehn Zentimeter hohe Bronzemedaille, auf der eine Frauengestalt mit einem Lorbeerkranz zu sehen war, die die Firma Hazard für ihre kunstvollen Schmiedesachen verliehen bekommen hatte; für außergewöhnliche Ausstellungsstücke hatten die Juroren der Hundertjahrfeier zwölftausend solcher Medaillen verteilt. Madeline gefiel die Mississippi-Kabine, weil sie mit Spanischem Moos dekoriert war. Billy gefiel die 4-4-0-Baldwin-Lokomotive »Jupiter« der Santa-Cruz-Eisenbahn. Charles hatte nichts übrig für die Zurschaustellung der indianischen Tipis, Pfeifen, Töpfe, Kostüme und anderer vom Smithsonian-Institut gesammelter Gegenstände, doch er sagte nichts, sondern ging lediglich schnell mit ernstem Gesichtsausdruck durch die Ausstellung. George sagte häufig Sachen wie: »Das ist der Beginn eines neuen Zeitalters« oder: »Und die Skeptiker behaupten, wir hätten nichts, was wir den ausländischen Mächten zeigen könnten«, doch alle waren so mit dem beschäftigt, was sie sahen, daß sie ihn gar nicht beachteten.

George bot Madeline seinen Arm und lauschte mit großem Interesse ihrer Beschreibung des neuen Hauses auf Mont Royal. Er versprach allen, daß es am nächsten Abend, dem 4. Juli, ein spektakuläres Feuerwerk geben werde.

Am gleichen Abend ließen Charles und Willa ihren Sohn Gus bei Billy Hazards Familie. Virgilia und Scipio kamen um sechs Uhr dreißig ins Hotel – niemand wußte genau, wo sie wohnten, aber es bedrängte sie auch niemand mit Fragen –, und die beiden Paare fuhren mit einer Droschke ins Maison de Paris, ein angesehenes Restaurant, in dem Charles einen Tisch reserviert hatte. Er war der Gastgeber des Abends. Seit 1869, so hatte er seiner Frau erklärt, fühlte er sich Virgilia verpflichtet.

Im Restaurant nahm der verbindliche *Maître* Charles beiseite. Charles erklärte ihm, daß Scipio Brown Virgilias Ehemann sei.

»Und wenn er der Kaiser von Äthiopien wäre«, flüsterte der *Maître* in seinem armseligen Englisch. »Farbige haben hier keinen Zutritt.«

Charles lächelte und starrte ihn an. »Möchten Sie, daß ich Ihre Meinung draußen auf dem Gehsteig ändere?«

»Draußen?«

»Sie haben gehört, was ich sagte.«

»Charles, es ist nicht notwendig...«, fing Virgilia an.

»O doch, das ist es. Nun?«

Rot vor Zorn sagte der *Maître:* »Hier entlang.«

Er gab ihnen einen schlechten Tisch und mürrische Kellner. Es dauerte vierzig Minuten, bis sie ihre erste Flasche Wein bekamen, und anderthalb Stunden, bis ihr Essen kam; alle Gerichte wurden kalt serviert. Ihr Lachen klang bald schon gezwungen, und Virgilia schaute unter den feindseligen Blicken der anderen Gäste traurig und elend drein.

Weiße und rote Sterne explodierten über dem Ausstellungsgelände; die Begeisterungsrufe wurden lauter und lauter. Die sinnverwirrenden Farben zuckten über den gewaltigen kupfernen Unterarm und die Hand mit der Fackel von Bartholdis Freiheitsstatue, wie sie genannt wurde; sie schien aus dem Boden aufzusteigen, eine vergrabene Riesin, die im Begriff stand, die Erdkruste zu durchbrechen. Einige wenige glückliche Besucher betrachteten das Feuerwerk von der Aussichtsplattform an der Basis der erhobenen Fackel.

Madeline, die mit Jane in der Nähe der Statue stand, spürte plötzlich, daß jemand sie ansah. Sie schaute auf und begegnete Georges Blick.

Der kleine Alfred Hazard aus Kalifornien war auf Georges Armen eingeschlafen. Mit entwaffnender Freundlichkeit sah George über den Kopf seines Neffen hinweg Madeline an. Es lag nichts Unschickliches in seinem Blick, und einen Moment später wandte er seine Aufmerksamkeit wieder dem Himmel zu. Eine große silberne Lichtblume erblühte dort.

Madelines Kehle wurde jedoch merkwürdig trocken. George hatte sie anders als sonst angeschaut. Sie fühlte sich schuldig, erregt, erfreut und ein kleines bißchen verängstigt.

Der Carolina Club beanspruchte ein ganzes Stück Land jenseits der Nordgrenzen der Stadt für sich. Der Großbrand von Chicago hatte sich nicht so weit ausgedehnt, aber das galt auch noch für die Vororte. Trotzdem waren stets viele Pferde und Wagen auf der ansonsten verlassenen Straße unterwegs, die an dem vierstöckigen Haus vorbeiführte. Der Carolina Club war das größte und eleganteste Bordell der Stadt.

Die Besitzerin nannte sich Mrs. Brett. Am 4. Juli erwachte sie zu ihrer üblichen Stunde, 4 Uhr nachmittags. Im Nebenraum leerte ihr schwarzes Mädchen gerade den letzten Krug leicht erwärmter Ziegenmilch in eine Zinkwanne. Sie reckte und streckte sich, badete fünf Minuten in der Milch und rubbelte sich dann ab, bis ihre Haut rosig schimmerte. Sie hatte keinen Beweis dafür, daß die Milchbäder Jugend garantierten. Doch Dr. Cosmopoulos, Phrenologe, Professor für Elektromagnetismus und Verkäufer von Stärkungsmitteln und außerdem noch ein sehr großzügiger Kunde von ihr, behauptete es, und so waren die Bäder zur Gewohnheit geworden.

Sie streifte eine chinesische Seidenrobe über und frühstückte, frische Austern und Kaffee. Zum Abschluß zündete sie sich eine kleine Zigarre an, die sie dem östlichen Lackkästchen entnahm. Die Sammlung ihrer Knöpfe paßte nicht mehr in die kleine Kiste. Sie bewahrte sie nun gut sichtbar in einem großen Glasgefäß auf. Mittlerweile hatte sie über dreihundert Knöpfe beisammen.

Sie tupfte sich teures algerisches Parfüm auf Brüste, Kehle und unter die Arme. Mit Hilfe ihres Mädchens zog sie dann ein apfelrotes Seidenkleid mit einer riesigen Tournüre an. Sie streifte reich verzierte Ringe mit roten, grünen und weißen Steinen über ihre Finger und legte ein schweres Halsband, Armbänder mit aufgesetzten Diamanten und ein gewaltiges Diadem an. Um sechs Uhr dreißig verließ sie ihre Suite im dritten Stock und begab sich nach unten, um Knudsen, den energischen jungen Skandinavier, abzulösen, der sich ab zehn Uhr vormittags um das Tagesgeschäft kümmerte.

Eine ganze Menge Gentlemen umschwirrten bereits die hübsch gekleideten Mädchen in den vier Salons. Zusätzlich zu den weißen Mädchen in dem Bordell gab es noch eine Chinesin, drei Negerinnen und eine reinrassige Cherokee-Indianerin, die außerdem noch eine ausgezeichnete Klavierspielerin war. In diesem Moment spielte Prinzessin Lou gerade »The Yellow Rose of Texas« auf dem Klavier im Hauptsalon. Es war ein Fenway; sie empfand immer noch eine gewisse irrationale Loyalität.

Sie löste Knudsen ab und studierte gerade seine Abrechnung, als ein Kunde an der halb geöffneten Tür vorbeischwankte. Der Mann taumelte zurück und glotzte sie an.

»Ashton?«

»Guten Abend, LeGrand«, sagte sie, ihre Überraschung verbergend. »Willst du nicht hereinkommen? Schließ die Tür.«

Er tat es; der Geräuschpegel im Büro senkte sich beträchtlich. Villers betrachtete die Gemälde und die Marmordekorationen in dem verschwenderisch ausgestatteten Raum. Mit einem verblüfften Kopfschütteln schwankte er zu Ashtons Privatbar und goß sich ungeschickt einen Drink ein. »Schütt nichts auf meinen Teppich, der ist aus Belgien importiert«, sagte sie. »Und nur zu deiner Information, mein Name ist Mrs. Brett.«

»Ich kann's nicht glauben«, sagte Villers und ließ sich auf einen Stuhl neben dem großen Teakholzschreibtisch fallen. »Ich bin nie zuvor hier gewesen. Zwei Fenway-Verkäufer sind in der Stadt, also dachte ich, wir machen mal'ne Runde. Wie lange leitest du diesen Betrieb schon?«

Ashtons Gesicht war glatt und sorgfältig gepudert, wirkte aber trotzdem etwas dicklich. Sie war vierzig und hatte Probleme mit ihrem Gewicht.

»Seit der Eröffnung. Das war kurz nachdem ich Will verlassen hatte. Ich war nicht gerade darauf vorbereitet, mich selbst zu ernähren. Die Erziehung eines anständigen Südstaatenmädchens besteht darin, daß man lernt, sich zu zieren und einen Knicks zu machen. Zumindest war das zu meiner Zeit so. Logischerweise ist man dann als Erwachsener nur zu zwei Sachen fähig: Ehefrau oder Hure. Im Falle meines ersten Mannes, der ein rückgratloser Taugenichts war, war ich ersteres und fühlte mich wie letzteres. Weißt du, LeGrand, die Ladys von Charleston würden mich für diese Worte lynchen, aber in letzter Zeit fange ich an zu glauben, daß die Suffragetten nicht vollkommen verrückt sind. Ich habe der hiesigen Ortsgruppe zwei Jahre nacheinander eine sehr großzügige Spende zukommen lassen.«

Sie täuschte einen prüden Ausdruck vor. »Selbstverständlich anonym. Ich möchte meinen Ruf nicht aufs Spiel setzen.«

Er lachte. »Wie hast du angefangen?«

»Mit Hilfe eines Gönners.«

»Ja, du würdest keine Schwierigkeiten haben, eine ganze Kompanie Gönner zu finden. Du bist so hübsch wie eh und je.«

»Ich danke dir, LeGrand. Wie geht's Will?«

»Macht Millionen, der alte Hundesohn. Die Juroren in Philadelphia haben unserem Ashton-Modell eine ihrer Bronzemedaillen verliehen. Ist das nicht was? Und jetzt erzähl mir, was passierte, als du so plötzlich verschwandest? An einem Tag kommst du von Carolina zurück und am nächsten — sss! Einfach weg!«

»Will und ich hatten einen größeren Streit.« Sinnlos, ihm

mehr zu erzählen. Was ging es ihn an, daß sie unglücklicherweise an dem Tag nicht auf Château Villard war, als die Post den Brief mit Favor Herringtons letzter Rechnung brachte. Will war zu Hause und erholte sich gerade von seiner Sommergrippe. Er öffnete den Brief der ihm unbekannten Anwaltskanzlei und wollte dann von ihr wissen, weshalb sie einen Anwalt angeheuert hatte, wenn sie doch lediglich ihren eigenen Worten zufolge South Carolina einen Besuch abgestattet hatte. Sie wich aus, log, leistete so lange wie möglich Widerstand, doch er war ein sturer, alter Teufel, und der Erfolg hatte ihn nur noch stärker gemacht. Als sie ihn anschrie, eher würde sie in der Hölle schmoren, als ihm etwas zu sagen, meinte er nur achselzuckend, dann werde er eben Favor Herrington telegraphieren und eine Erklärung verlangen. Er werde seine Rechte als Ehemann einsetzen und darauf beharren, daß Herrington kein Berufsgeheimnis geltend machen konnte, da Ashton sein Geld ausgab. Entsetzt gestand Ashton, daß sie über einen auf ihre Bank gezogenen Kreditbrief eine gewaltige Summe für Mont Royal ausgegeben hatte.

Sie versuchte ihre Tat im besten Licht erscheinen zu lassen, aber sie wußte, daß es ihr nicht gelingen würde, als sie sah, wie seine Augen vor lauter Abscheu schmal wurden und sein Mund sich verzog. Als sie dann schließlich zugab, daß sie Mont Royal beinahe ihrer eigenen Familie weggenommen hatte, erinnerte er sich an seine Warnung, die er nach dem Mord am Schwager der Señora in Santa Fé ausgesprochen hatte.

»Ich sagte dir, ich würde niemals wieder eine solche Gemeinheit tolerieren. Ich liebe dich, Ashton, alter Narr, der ich bin. Aber ich will verflucht sein, wenn ich mit so einem verkommenen Menschen weiter zusammenlebe. Ich möchte, daß du deine Sachen packst und bis morgen mittag verschwunden bist.«

Villers sagte: »Ein Streit, sagtest du. Du hast dich von ihm scheiden lassen, ja?«

Ashton schüttelte den Kopf. Sie haßte das Gefühl sentimentaler Sehnsucht, das dieses Gespräch in ihr auslöste. Es war ein ihr nur zu vertrautes Gefühl. »Möglicherweise hat er sich von mir scheiden lassen.«

»Nicht daß ich wüßte«, sagte Villers. »Hat er eine Ahnung, wo du bist?«

»Nein, aber ich nehme auch nicht an, daß es ihn kümmert. Ich bin hier vollkommen glücklich«, log sie. »Wenn eine Frau ihre Gesundheit und ihre Schönheit und ein regelmäßiges Einkommen hat, was braucht sie da noch?« Warum hatte Will so verdammt anständig sein müssen? Mitten in der Nacht wünschte sie sich oft verzweifelt, sich unter der dicken Decke an seinen knochigen alten Leib schmiegen zu können.

Ihre dunklen Augen weiteten sich in ihrem weißgepuderten Gesicht. Die Art und Weise, wie Villers sie musterte, gefiel ihr gar nicht. »Was gibt's, LeGrand?«

»Ich denke bloß nach. Ich nehme an, du und Will, ihr müßt einen guten Grund für die Trennung gehabt haben. Aber er war dein Ehemann. Vielleicht ist er es immer noch. Es wird ihm sehr leid tun zu hören, was aus dir geworden ist.«

Ihr Herz schlug schneller. »Du würdest nicht so gemein sein und es ihm sagen.«

»Hast du immer noch was für den alten Bastard übrig?«

»Nein, das nicht, ich – ich möchte lediglich mein Privatleben schützen.«

»Ich werde es schützen.« Villers starrte sie an. »Im Austausch für eine kleine Erinnerung an die alten Zeiten.«

Ashtons herrliche Büste hob sich wie ein aus dem Wasser auftauchender Schiffsbug. Ganz empörte Vornehmheit, sagte sie, »ich besitze den Carolina Club. Ich bin hier keine der Angestellten.«

Er schraubte sich vom Stuhl hoch. »In Ordnung. Dann kann ich natürlich nicht versprechen zu schweigen.«

Sie griff nach seiner Hand und fuhr mit dem Daumen über seine Handfläche. »Natürlich kann ich meine Einstellung jederzeit für einen Abend ändern.«

Villers leckte sich über die Lippen. »Kostenlos?«

Am liebsten hätte sie ihn geschlagen. Am liebsten hätte sie geweint. Lächelnd warf sie den Kopf zurück; ihr kunstvoll arrangiertes dunkles Haar schimmerte.

»Selbstverständlich. Ein Freund muß nie bezahlen.«

Später, während die Noten von Prinzessin Lous »Hail, Columbia« nach oben trieben, kam LeGrand Villers zum drittenmal, ohne sie ein einziges Mal zum Höhepunkt gebracht zu haben.

Als er sich von ihr rollte, berührte er zufällig die sanft gerundete Fettwulst an ihren Hüften, die wuchs und wuchs, ganz gleich, wie wenig sie aß. Der Fenway-Verkaufsmanager war höflich genug, nichts zu sagen, doch sie spürte, wie seine Finger zögerten, bevor sie von ihrem Bauch abglitten.

Diese Berührung ließ irgend etwas in ihr zerbrechen. Sie war eine starke und erfolgreiche Frau, doch ihr blieb nichts weiter als der langsame Zerfall ihrer Schönheit und das Warten auf den Tod. Und immer wieder würde sie mit dieser Tatsache konfrontiert werden.

Kurz darauf schnarchte Villers. Ashton lag auf der Seite, die Hände unter dem Kinn, die Knie bis zu den Brüsten hochgezogen; mit großen Augen wünschte sie sich, sie wäre wieder ein Kind, das mit Brett auf Mont Royal spielte.

Am Donnerstagabend versammelten sich in einem vom Hotel zur Verfügung gestellten privaten Speisesaal siebenundzwanzig Familienmitglieder der Mains und der Hazards. Auf einer Staffelei am offenen Ende des Hufeisentisches war die Fassade mit den weißen Säulen des neuen Hauses der Mont-Royal-Plantage zu sehen. Madeline beschrieb das Haus und lud dann alle ein, wann immer es ihnen möglich war, zu Besuch zu kommen. Begleitet von herzlichem Applaus setzte sie sich wieder.

George erhob sich. Es war still im Saal bis auf das Rascheln von Willas Rock; sie schaukelte den kleinen Alfred auf ihren Knien, um ihn zu beruhigen. Bald schon begann er, den Daumen im Mund, zu dösen.

George räusperte sich. Charles zündete sich die nächste Zigarre an, deren Rauch schwer im Raum hing.

»Ich bin froh, daß wir an diesem monumentalen Jahrestag zusammen sind. Wir haben so vieles Wichtiges gemeinsam, obwohl dazu unglücklicherweise nicht die gute republikanische Politik zählt.«

Alle lachten, Champ Nevin genauso herzlich wie die anderen. Zwei Plätze weiter hustete Stanley betont auffällig in sein Taschentuch und warf Patricias Ehemann Seitenblicke zu. Zuvor hatten sich Stanley und der junge Zeitungsmann in den Haaren gehabt; es war dabei um Grants Staatsvertrag von 1869 über die Annexion von Santo Domingo gegangen, der von den Emissären des Präsidenten ohne Wissen oder Zustimmung des Kongresses oder Kabinetts ausgehandelt worden war. Der Senat hatte den Vertrag für null und nichtig erklärt; die ganze Affäre hatte den Startschuß dafür gegeben, daß wichtige Republikaner wie George vom regulären Flügel der Partei abfielen und einen neuen Reformflügel bildeten. Stanley hätte beinahe einen Herzanfall bekommen, als Champ Nevin Grants Vorgehen als »kriminell« bezeichnete.

George fuhr fort: »Ich bemühte mich gerade um einige passende Bemerkungen, als mir das Plakat zum Unabhängigkeitstag der Stadt Philadelphia einfiel. Habt ihr es gesehen?« Einige nickten. »Erlaubt mir, es zu zitieren.« Er las die Worte über 1776 und 1876 vor.

»Das ist eine prägnante Zusammenfassung unseres Landes und unseres eigenen Lebens. Seit die Mains und die Hazards durch eine auf der Militärakademie geschmiedete Freundschaft zueinander fanden, haben wir uns alle geändert, und das trifft auch auf die Nation zu. Nie wieder werden wir das sein, was wir waren, mit einer Ausnahme. Unsere Zuneigung zueinander ist unwandelbar.«

Nie wieder das, was wir waren, dachte Madeline. Wie recht er hat. Constance war tot. Cooper war nicht eingeladen worden, obwohl ein jeder lebhaft Judiths Abwesenheit bedauerte. Ashton befand sich höchstwahrscheinlich mit ihrem Millionärsgatten in Chicago — kein Verlust. Charles und Billy, deren Leben so unterschiedliche Bahnen eingeschlagen hatten, gingen trotz ihrer starken Bindungen aus der West-Point-Zeit deutlich befangen miteinander um.

Dort drüben saß Stanley gelangweilt und mit leerem Gesichtsausdruck neben seinem flegelhaften Sohn und grübelte zweifellos darüber nach, weshalb er Georges Einladung zu der Wiedersehensfeier angenommen hatte.

Und, das Wichtigste von allem, ihr geliebter Orry war nicht mehr ...

»Diese Zuneigung hat uns durch eine Zeit der nationalen Krisen und Bewährungsproben getragen«, sagte George. »Während der düsteren Kriegstage und im politischen Hader ist das Band dünn geworden, aber niemals gerissen. Es bleibt bis zum heutigen Tage stark.

Meine Mutter glaubte, der Berglorbeer besitze eine ganz spezielle Kraft, die es ihm ermögliche, den Verheerungen der Jahreszeiten zu widerstehen. Sie sagte, nur Liebe und Familienbande könnten eine ähnliche Kraft in menschlichen Wesen erzeugen, und ich glaube, das stimmt. Ihr seid der Beweis dafür. Wir waren zwei Familien, die zu einer wurden, und wir haben überlebt. Diese Kraft und Nähe, geboren aus Freundschaft und Liebe, ist eine der großen Gaben, die uns Orry Main hinterlassen hat; das ist auch der Grund, weshalb er heute abend mitten unter uns ist. Ich liebte meinen Freund Orry, und ich liebe jeden einzelnen von euch. Danke, daß ihr nach Philadelphia gekommen seid, um – um zu ...«

Er räusperte sich erneut, senkte dann den Kopf. Schnell rieb er sich mit einem Finger über das rechte Auge.

»Ich danke euch«, sagte er in das Schweigen hinein. »Gute Nacht.«

Charles und Willa waren die ersten, die den Speisesaal verließen. Charles bemerkte eine eigentümliche Stille in der Halle. Gäste unterhielten sich im Flüsterton oder standen zeitunglesend da. Er tätschelte Gus' Schulter und ging auf die Rezeption zu.

Der Angestellte senkte sein Exemplar des »Inquirer«. »Was ist passiert?« erkundigte sich Charles.

Mit blassem Gesicht sagte der Angestellte: »General Custer ist massakriert worden. Und all seine Männer mit ihm.«

GEWALTIGE INDIANERSCHLACHT
Mörderischer Kampf im Westen
Die Erde übersät mit Leichen
Über dreihundert Tote

DAS INDIANERMASSAKER
Bestätigung der traurigen Nachricht
Allgemeiner Indianerkrieg erwartet

LISTE DER TOTEN UND VERMISSTEN

GEN. CUSTER GANZ OBEN AUF DER LISTE
Sein Bruder stirbt an seiner Seite

DER INDIANERKRIEG
Wie tief sind die Mächtigen gestürzt
Erste Gerüchte nur zu wahr

ACHTUNDVIERZIG-STUNDEN-KAMPF
Rettung naht zum Schluß
Ursache der Katastrophe

CUSTER HANDELTE UNVERANTWORTLICH ÜBERSTÜRZT

Philadelphia Inquirer
6./.7./8. Juli 1876

Das Mondlicht fiel auf die Dächer von Philadelphia und das Gesicht des Mannes am Hotelfenster. Außer seinen Hosen hatte er nichts an. Es war halb zwei. Er konnte nicht schlafen. Aus diesem Grund fand auch Willa keinen Schlaf. Er hörte, wie sie sich in dem Bett hinter ihm bewegte.

Nachdenklich sagte er: »Ich bin froh, daß Magee uns auf der Ranch besucht, wenn er seinen Urlaub kriegt. Ich möchte wissen, was er von dem Massaker hält.«

»Es regt dich auf, nicht wahr?«

Charles nickte.

»Was hältst du davon?« fragte sie.

»Läßt sich schwer sagen, wenn man die Fakten nicht kennt. Die Berichte sind immer noch reichlich wirr. Kaum, daß zwei davon übereinstimmen. Mir tun die Männer leid, die unter Custer dienten, mir tut seine Frau leid, aber, Gott helfe mir, um ihn kann ich keine Trauer empfinden. Ich weiß nicht, Willa, es ist, wie — man sieht, wie ein Rad eine volle Umdrehung macht. Viele Männer sagten, Custer habe uns zum Washita gebracht, weil seine Reputation unter der Disziplinarstrafe gelitten hatte und er die Gunst der Öffentlichkeit zurückgewinnen wollte. Er brauchte einen Sieg. Er bekam ihn auch, aber es war ein schmutziger Sieg. Den Washita konnte er nie ganz vergessen machen; es klingt so, als hätte er es diesmal durch die Erinnerung eines anderen Sieges versucht. Es gibt einige Hinweise darauf, daß er Befehle mißachtet hat und einfach vorgeprellt ist.«

Er atmete lang und tief aus. »Ich glaube immer noch, er jagte hinter der Präsidentschaft her, nicht hinter den Sioux. Jetzt, wo er tot ist, würde ich gerne sagen, der arme Hundesohn war mir sympathisch, aber das war er nicht.«

Sie hörte aus seiner Stimme die Verwirrung heraus, das Echo trauriger Erinnerungen. In dem schwachen Licht sah er ihre ausgestreckte Hand schimmern. »Ich liebe dich, Charles Main. Komm, laß mich dich in die Arme nehmen.«

Er war auf dem halben Weg zum Bett, als Gus aufschrie.

In wilden Sätzen stürzte er aus dem Raum, durchs Wohnzimmer und in das kleine Schlafzimmer. Gus kämpfte mit dem Bettlaken, rollte sich weinend hin und her. »Tu das nicht, tu das nicht.«

»Gus, ich bin's, Papa, ist doch gut. Alles ist gut!« Er nahm den Jungen in die Arme und preßte ihn an sich. Er streichelte sein Haar. Es war schweißfeucht.

Charles lehnte sich zurück, und Gus starrte ihn verwirrt an. Im Mondlicht wirkte die Narbe fast schwarz. Lautlos verfluchte Charles alle Bents und Custers dieser Welt. Gus' riesige, entsetzte Augen nahmen ihn allmählich wahr. »Papa!«

Charles' Schultern sackten herab. Die Spannung verließ ihn. »Ja«, sagte er.

Virgilia war die einzige Weiße in dem kleinen, schlichten Restaurant. Sie und Scipio hatten sich hier mit Jane zu einem Abschiedsfrühstück getroffen. Eier, gebratener Fisch, Maisbrot — alles köstlich heiß und frisch. An den anderen Tischen saßen Leute, die offensichtlich aus dem Quartier stammten. Der Sohn des Kochs machte den Kellner.

»Ich bin froh, daß wir uns treffen konnten«, sagte Virgilia, als sie mit dem Frühstück fertig war.

Jane sagte: »Ich auch. Ich wollte, mein Mann hätte die Ausstellung sehen können.« Kein Selbstmitleid schwang in diesen Worten mit; es war nichts weiter als eine ernste Feststellung.

»Ich weiß nicht recht«, sagte Scipio.

»Was meinst du?« fragte Virgilia.

»Ich bin mir nicht sicher, ob wir viel zu feiern haben.« Er legte seine Hände auf das alte Tischtuch. »Der Krieg endete vor elf Jahren. Das ist keine lange Zeit, doch manchmal denke ich, daß alles schon wieder dahin ist, was durch den Krieg erreicht wurde. Gestern las ich, was an zwei verschiedenen Türen an einem Gebäude in der Stadt stand. Nur für Weiße. Nur für Farbige.«

Jane seufzte: »So was gibt's bei uns in South Carolina noch nicht, aber es wird wohl nicht mehr lange dauern. Der Klan schreit weiterhin ›Nigger! Nigger!‹, die Weißen protestieren gegen die Schulsteuern, wir können die öffentlichen Verkehrsmittel nicht mehr benutzen, die Hampton-Rothemden sind los, die Demokraten werden im Herbst gewinnen, die letzten Soldaten werden abgezogen — der Krieg ist bei weitem nicht gewonnen. Du hast recht. Vor ein paar Jahren sah alles hell und strahlend aus, und jetzt wird es wieder dunkel. Ich glaube, wir fallen direkt wieder in das Jahr 1860 zurück.«

Scipio sagte: »Ich bin der gleichen Meinung.«

Jane bedeckte für einen Moment ihre Augen, schüttelte dann den Kopf. »Manchmal bin ich des Kämpfens so müde.«

»Aber wir dürfen nicht aufgeben«, sagte Virgilia. »Wenn wir nicht zu unseren Lebzeiten siegen, dann siegen wir eben in hundert Jahren. Würde ich das nicht glauben, ich könnte keinen weiteren Tag leben.«

Draußen umarmten sich Jane und Virgilia; dann machte sich Jane auf den Weg zu dem Hotel mitten in der Stadt, das sie und Madeline heute verlassen würden. Virgilia hängte sich bei ihrem Mann ein, und sie schlenderten in entspanntem, nachdenklichem Schweigen die drei Blocks zu ihrer Unterkunft. In einer Hütte weinte ein Baby. Ein gelblicher Hund mit räudigen Stellen kratzte sich neben einem Schlammloch. Es fing an zu regnen.

Ein paar weiße Jungs, ungefähr zehn oder elf Jahre alt, die wahrscheinlich aus dem nahegelegenen Bezirk irischer Einwanderer stammten, schlichen hinter ihnen her; ganz plötzlich warfen sie mit Steinen nach ihnen und brüllten: »Niggerhure!« Scipio verjagte sie ohne große Probleme. Hinterher merkte er voller Erstaunen, daß seine Frau weinte.

Er wollte nach dem Grund fragen. Sie schüttelte den Kopf, lächelte ihm zu und nahm wieder seinen Arm. Sie gingen weiter den Weg zwischen den elenden Hütten entlang, und Virgilia dachte daran, daß sie hier ganz in der Nähe vor vielen Jahren mit Grady gelebt hatte. Genau wie Jane empfand sie ein Gefühl der Entmutigung.

Sie klammerte sich fester an Scipios Arm, zog Kraft und Stärke aus der Berührung. Sie gingen weiter. Es regnete heftiger.

George hatte die kleine Ansprache seit Tagen geübt. In dem allgemeinen Durcheinander des Abschieds auf dem Bahnhof brachte er wie ein schüchterner Junge kein Wort heraus. In dem Augenblick, in dem er Madeline von Jane fortzog, vergaß er jedes Wort, das er sich eingeprägt hatte.

Röte stieg ihm in die Wangen. »Ich hoffe, du hältst es nicht für unschicklich . . .«

»Ja, George?« Sie betrachtete ihn abwartend mit freundlicher Gelassenheit. Er geriet fast ins Stottern.

»Ich würde mich selbst verfluchen, wenn ich das Andenken an Orry in irgendeiner Weise entehren würde . . .«

»Ich bin mir sicher, daß du das niemals tun würdest, George.«

»Ich möchte dich gerne fragen — das heißt, würdest du es jemals in Erwägung ziehen — ich meine, was ich sagen will — Madeline, der Herbst ist eine herrliche Jahreszeit im Lehigh Valley. Würdest du es in Erwägung ziehen, mich auf Belvedere zu besuchen und dir von mir das, äh ...«, er kämpfte mit dem nächsten Wort wie ein liebeskranker Schwan, »Laub zeigen lassen?«

Es erheiterte und rührte sie zugleich.

»Ja, das würde ich gewiß in Erwägung ziehen. Ich glaube, es würde mir sogar viel Freude machen.«

Vor lauter Erleichterung wurde er ganz blaß. »Wunderbar. Bring Jane mit, wenn du eine Begleiterin wünschst. Würde dir dieser kommende Herbst passen?«

Ihre Augen erwärmten sich. »Ja, George. Ein Besuch in diesem Herbst wäre wunderbar.«

71

Der Herbstwind wehte durch das Tal. Der Sonnenuntergang warf orangefarbenes Licht über die Dächer von Lehigh Station, die Schornsteine von Hazards, die Flußkrümmungen, die lorbeerbedeckten Höhen. Madelines dunkle Haare, die sie vor dem Spaziergang so sorgfältig arrangiert hatte, umflatterten ihre Schultern.

George behielt seine Hände in den Taschen seiner grauen Hosen. Ihr zu Ehren trug er eine kleine, weiße Rose in seinem schwarzen Jackenaufschlag. Sie und Jane waren am Morgen mit dem Zug angekommen.

»Ich bin sehr froh, daß du gekommen bist«, sagte er mit offensichtlicher Mühe. »Ich finde es weder leicht noch angenehm, die ganze Zeit allein zu sein.«

»Genau so geht es mir auch.« Etwas noch Geistloseres fiel ihr nicht ein. Seine Gegenwart, seine Männlichkeit verwirrten sie auf unerwartete Art und Weise. Sie mochte ihn und hatte Schuldgefühle.

Sie kletterten den ausgetretenen Pfad empor. Der Lorbeer

wogte im Wind. »Ich erinnere mich, wie ich hier mit Constance hochgegangen bin, an dem Abend, bevor ich zu Beginn des Krieges nach Washington ging. Ich dachte, ich sei in neunzig Tagen wieder zu Hause.« Er lächelte schief. »Mein Gott, wir waren solche Unschuldslämmer. Ich hatte keine Ahnung, worauf wir uns da wirklich eingelassen hatten.«

»Niemand hatte eine Ahnung.«

»Es war die gewaltigste Erfahrung, die wir in unserem Leben gemacht haben.«

»Die Dinge wirken jetzt im Vergleich dazu ein bißchen gewöhnlich und alltäglich, nicht wahr?«

Er wich ihrem Blick aus. »Ja. Sie erscheinen auch irgendwie unvertraut. Weil Constance nicht mehr ist. Und Orry.«

Sie nickte. »Ich vermisse ihn schrecklich.«

Sie kletterten höher. Mit rotem Gesicht platzte George heraus: »Ich bin wirklich froh, daß wir dieses Treffen im Juli hatten.«

»Ja, wirklich. Was du bei diesem wunderbaren Essen sagtest, war absolut richtig. Unsere Familien sollten in enger Verbindung bleiben.«

Nach einer langen Pause: »Ich würde gern dein neues Haus sehen, Madeline.«

»Du bist jederzeit auf Mont Royal willkommen.«

Der Wind fauchte über die Gipfel der Berge. Lampen und Gaslichter leuchteten unten in der Stadt auf, ein dunstiges Gelb, ein dunstiges Blau. Ganz plötzlich stolperte George.

»Guter Gott«, rief Madeline, seine Schultern umklammernd, während er sich wieder aufrichtete. Sie war sich seiner Körpergröße bewußt. Er war einen ganzen Kopf kleiner als sie, jedoch ein richtiges Energiebündel — obwohl sein Gesicht jetzt den einfältigen Ausdruck eines Jünglings zeigte.

Auch sie kam sich nicht sehr erwachsen vor. Sie hatte ein flaues Gefühl in der Magengegend. Sie hatte gewußt, daß dieser Moment kommen würde, seit sie seinen Blick in Philadelphia bemerkt hatte.

»Madeline, ich rede nicht gern um den heißen Brei herum. Ich — ich halte sehr viel von dir — und das nicht nur, weil du die

Witwe meines besten Freundes bist. Ich will — ich will dich nicht drängen. Aber ich möchte dich gern fragen — wärst du empört, wenn ich vorschlagen würde, daß du und ich — vielleicht in angemessener Zeit . . .«

Er schaffte es nicht, den Satz zu beenden. Sie schob sich eine Haarsträhne aus dem Gesicht. »Ich würde es begrüßen, wenn ich richtig verstanden habe, was du sagen wolltest, George. Solange es keine Verwirrung wegen meiner Vergangenheit gibt. Meiner Herkunft.«

»Nein«, sagte er; seine Stimme klang plötzlich sehr stark und kräftig. »Das spielt nicht die geringste Rolle.«

»Gut.«

Er räusperte sich erneut, stellte sich auf die Zehenspitzen und gab ihr einen keuschen Kuß auf die Wange.

Sie berührte kurz seinen Arm, ließ dann die Hand fallen. Er begriff, daß sie damit ihr Einverständnis ausdrücken wollte, und begann über das ganze Gesicht zu strahlen.

In der nahenden Dunkelheit stiegen sie höher. Er sagte, er wolle ihr gern den Krater zeigen, den der Meteor im Frühjahr 1861 wie ein Vorbote von Gottes Zorn geschlagen hatte. »Ich habe ihn auch seit einem Jahr nicht mehr gesehen. Hier wächst nichts. Die Erde ist vergiftet.«

Sie folgten einer Windung des Pfades und sahen vor sich eine tiefe, smaragdgrüne Mulde im Berg. »Das ist nicht . . .«

»Doch, das ist es«, sagte er mit gedämpfter Stimme.

»Wie hübsch.«

Der Wind fuhr in den Krater und bewegte sanft das an den Abhängen und auf dem gewölbten Grund wachsende Sommergras, während die Nacht sich herabsenkte.

MADELINES JOURNAL

November 1876. Es herrschte große Verwirrung, wer die Wahl gewonnen hat, in South Carolina und in der gesamten Nation. Ich habe wenig dafür übrig. Die Engstirnigkeit im Staat widert mich an, vor allem wenn sie auf jemanden abfärbt, der den Namen Main trägt. Cooper prahlte Judith gegenüber, daß er nicht nur einem Hampton-Club angehöre, sondern auch einer jener extremen Demokraten sei, die sämtliche Neger vollkommen aus dem politischen Prozeß ausschalten wollen. Wie sehr unterscheidet er sich doch von dem Cooper, den ich einst kennengelernt habe...

Die Politik ist nicht der wirkliche Grund für meine Verwirrung und Zerstreutheit. George drängt mit seiner Werbung. Heute wieder ein Brief...

... Den größten Teil der Nacht wachgelegen. Ich werde ihn heiraten. Hoffentlich tue ich das Richtige...

G. kommt zu Weihnachten zu Besuch. Er spricht in seinem letzten Brief von einer Verlobungsanzeige. Ich liebe ihn nicht, ich mag ihn und bewundere ihn. Genau das habe ich ihm auch gesagt. Es hält ihn nicht ab. Vielleicht werde ich ihn einst lieben, aber bestimmt nicht auf die gleiche leidenschaftliche Art und Weise wie dich, Liebster...,

Da ich mit G. ein neues Leben beginnen werde und dieses Buch für dich bestimmt ist, werde ich nur noch einige wenige Gedanken niederschreiben.

G. und ich werden unsere Zeit zwischen Mont Royal und Pennsylvania aufteilen. Schwierigkeiten werden unvermeidlich sein. Wir haben uns beide feierlich versprochen, sie zu bewältigen...

George entfernte sich von dem Haus, ging zu der Stelle, wo der Rasen zum Ashley hin abzufallen begann. Sein Blick kletterte langsam an der weißen Säule neben der Doppeltür empor. Zweieinhalb Stockwerke hoch stieg die Säule in den blendenden Weihnachtshimmel.

Im Haus bereitete Madelines Personal lachend und scherzend das Festmahl zu. Die Dienerschaft bestand nur aus Schwarzen, die alle ein festes Gehalt bekamen. Doch es lag weder daran noch an dem Silberreiher, der träge über die Baumkronen strich, daß George das Gefühl hatte, in einem anderen Land zu sein.

Madeline beobachtete seine zufriedene Miene, was wiederum

ein Lächeln bei ihr auslöste. George seufzte und kehrte zu ihr zu der Tür zurück. Er nahm ihre Hand.

»Es ist ein herrliches Haus. Orry wäre stolz darauf. Und in Wirklichkeit gehört es ja auch ihm. Ich kann nicht darin wohnen, nicht einmal für einen Teil des Jahres. Es wäre einfach nicht richtig.«

»Es tut mir leid, George. Allerdings überraschen mich deine Worte nicht. Nun, es macht nichts — ich habe es in seinem Andenken gebaut, und es ist genügend Geld da, um es der Familie zu erhalten. Wenn Theo besser etabliert ist, können vielleicht er und Marie-Louise mit ihren Kindern in das Haus ziehen. Da ich deine Gefühle vorausahnte, habe ich mir letzten Donnerstag ein hübsches Stadthaus in Charleston angesehen. Ich habe eine Anzahlung geleistet, um mir das Vorkaufsrecht bis Anfang des Jahres zu sichern. Wenn du damit zufrieden bist, dann werde ich auch damit zufrieden sein.«

»Oh, ich bin überzeugt davon, daß es mir gefällt.« Er reckte sich, um sie auf die Wange zu küssen. »Frohe Weihnachten, meine Liebe.«

. . . Ich habe ein zu schlechtes Gewissen, um weiterschreiben zu können, ich muß Schluß machen. Du weißt, daß Du unvergessen bleibst, mein Liebster. Ich werde Dich immer lieben. Madeline

72

Madeline schloß das Journal. Sie fand ein Stück weißes Satinband und verschnürte das Buch wie ein Paket; zum Schluß machte sie eine kleine Schleife. Sie stieg die rechten Stufen der großen Doppeltreppe hinauf, die sich wie zur Begrüßung ausgestreckte Arme von oben herabschwang, und kletterte dann eine kleinere Treppe zu einer Tür hoch, die zu einem der weitflächigen Räume unter den Dachbalken führte. Sie nahm eine Lampe von einem kleinen Tisch, zündete sie an und betrat das Dachgeschoß. Neben einem der breiten Backsteinkamine, die das Haus zu beiden Seiten begrenzten, stand ein kleiner, roter Lederkoffer mit runden Messingbeschlägen und einem Messingschlüssel in einem Messingschloß. Sie öffnete den Deckel. In dem Koffer lagen elf weitere, mit einem Band verschnürte Schreibhefte, genau wie das, welches sie in ihrer Hand trug. Sie legte das neue Heft hinein, betrachtete die Büchlein nachdenklich, klappte dann den Deckel zu und drehte den Schlüssel im Schloß. Sie verließ das Dachgeschoß, löschte die Lampe, ging mit dem Schlüssel zu ihrem Schreibtisch und bereitete ein Papierschildchen vor. Sie beschriftete das Schildchen mit Tinte — zur Identifizierung des Schlüssels — und band es mit einem kräftigen Zwirn an. Dann legte sie den Schlüssel in eine kleine Schublade des Schreibtisches, für welche Nachkommen auch immer. Es war der Neujahrsmorgen 1877.

73

»Die Wahlen friedlich durchführen, wenn wir können, mit Gewalt, wenn wir müssen.« Das war der schriftlich veröffentlichte Mississippi-Plan aus dem Jahre 1874. Man hatte alle weißen Wähler durch gesellschaftlichen Druck oder durch Gewaltandrohung in die Demokratische Partei gezwungen und die Schwarzen so eingeschüchtert, daß sie überhaupt nicht wählten; auf diese Weise hatte man Mississippi gesäubert.

1876 behalf sich South Carolina mit den gleichen Methoden.

In diesem Jahr sahen sich die Republikaner in sämtlichen Staaten einem schwierigen Wahlkampf gegenüber. Viele in der Partei wollten sich von den aus politischen Abenteurern bestehenden Regierungen lösen, die immer noch in Florida, Louisiana und South Carolina an der Macht waren. Die Mehrheit der amerikanischen Bevölkerung betrachtete das Gesetz des Bajonetts im Süden als Fehlschlag.

South Carolinas Gouverneur, Daniel Henry Chamberlain aus Neuengland, war ein kalter, glatter Mann, vor kurzem noch Justizminister des Staates. Er war zwar etwas ehrlicher als sein Vorgänger, aber nichtsdestoweniger Republikaner. Also ritten die Hampton-Clubs gegen ihn und seine Anhänger.

Die Lage im Staat war explosiv. Während des Rassenaufstands im Juli in Hamburg hatten Weiße fünf schwarze Gefangene hingerichtet. Im August führte Calbraith Butler, Charles Mains alter Kommandeur bei der Hampton-Legion und nun ein militanter Demokrat, bewaffnete Männer zu einer republikanischen Wahlveranstaltung für Chamberlain in Edgefield. Dort besetzte er das Rednerpult, verlangte Sprechzeit, beschimpfte Chamberlain und dessen Partei und zerstreute die Wahlkundgebung in alle Winde.

Die Gewalt eskalierte. Neger-Demokraten, die eine Versammlung in Charleston verließen, wurden von Neger-Republikanern angegriffen; es kam zu einer regelrechten Schlacht in der King Street. Ein weiterer Rassenaufruhr ließ Ellenton im Aiken County erbeben. Herumstreifende Banden von Schwarzen, verärgert über die niedrigen Löhne in den Combahee-River-Reisfeldern, brannten eine Kneipe in der Nähe von Beaufort nieder und rissen die Schienen auf, um einen Zug nach Port Royal entgleisen zu lassen.

Aufgrund solcher und ähnlicher Vorfälle wurden weitere Truppen nach South Carolina geschickt. Tausende von Deputy-Marshals beobachteten die Stimmenabgabe. Im Kielwasser weiterer Hilferufe schickte Präsident Grant am 17. Oktober durch General Thomas H. Ruger eine Proklamation, in der er die Auflösung sämtlicher Hampton-Clubs befahl. Die meisten änderten lediglich ihren Namen.

7. November. Wahltag. Trotz der Gegenwart von Soldaten und Marshals wurden Männer, die als Einwohner von Georgia und North Carolina bekannt waren, in grenznahen Wahllokalen in South Carolina gesehen. Reitertrupps galoppierten von Ort zu Ort und wählten überall. Im berüchtigten Edgefield County, wo die Weißen ihre Stimmen im Gericht abgaben, wurden Schwarze, die den Mut aufbrachten, in ein winziges Schulhaus geschickt, in das nicht alle hineinkamen, bevor die Wahllokale schließen mußten. Einige mutige Schwarze marschierten zum

Gericht, um zu protestieren und ihr Recht zu fordern. Bewaffnete, von M.W. Gary, dem heftigsten Befürworter des Mississippi-Plans im Bezirk, organisierte Männer trieben sie zurück.

Der Schatten des Betrugs fiel über den Staat und das Land.

Umstrittene Stimmenauszählungen in Florida, Louisiana und South Carolina stellten den Ausgang der Präsidentenwahl in Frage. Der Demokrat Samuel Tilden benötigte zum Sieg lediglich noch eine Wahlliste; Rutherford B. Hayes benötigte neunzehn. In den drei umstrittenen Staaten mußte neu ausgezählt werden.

Anfangs schien es, als hätte South Carolina beiden Parteien einen Sieg ermöglicht. Hayes hatte seine Wahl knapp gewonnen; ein ähnlich knapper Sieg ging an Gouverneur Hampton und seine demokratischen Legislatoren.

Dann begann die zweite Zählung. South Carolinas Wahlstimmenprüfungsausschuß war republikanisch; diese Offiziellen ließen genügend demokratische Stimmen unter den Tisch fallen, um Hayes' Sieg sicherzustellen, während sie den Sieg von Hampton und dessen Kandidatenliste für null und nichtig erklärten. Gouverneur Chamberlain bekam eine weitere Amtszeit zugestanden, und die Republikaner erhielten die Mehrheit in der gesetzgebenden Körperschaft. Die Demokraten brüllten Betrug.

Gouverneur Chamberlains Position war sehr schwach. Ende November schickte Grant weitere Truppen, um ihn an der Macht halten zu können.

Demokratische Legislatoren wurden in der gesetzgebenden Körperschaft von dem republikanischen Sprecher E.W.M. Makkey abgewiesen. Die Demokraten organisierten sich in der Carolina Hall und wählten William Wallace zu ihrem Sprecher.

Am 7. Dezember wurde Gouverneur Daniel Chamberlain feierlich in sein Amt eingesetzt.

Am 14. Dezember wurde Gouverneur Wade Hampton in einer getrennten Zeremonie feierlich in sein Amt eingesetzt.

Beobachter waren sich nicht schlüssig, ob sie nun einer Komödie oder einer Tragödie beiwohnten. Vier Tage lang trafen sich republikanische und demokratische Legislatoren in der gesetzgebenden Körperschaft. Beide Sprecher behandelten Anträge und leiteten Debatten. Es gab parallele Wahlaufrufe und parallele Stimmabgaben. Keine Gruppe erkannte die Anwesenheit der anderen Gruppe an. Doch ähnlich den Soldaten der Union und der Konföderation, die sich in den Gräben bei Petersburg gegenübergelegen hatten, gingen die Gegner allmählich freundschaftlicher miteinander um. Als die Republikaner ihre Gasrechnung zu bezahlen vergaßen und die Gesellschaft die Versorgung der Halle einstellte, bezahlten die Demokraten die fällige Rechnung.

Die Belastung durch zwei in einer Kammer operierenden gesetzgebenden Körperschaften erwies sich als zu groß, von der allgemeinen Konfusion ganz zu schweigen. Die Wallace-Versammlung kehrte in die Carolina Hall zurück. Dann entschieden die Gerichte, daß Hampton und die Wallace-Legislative die rechtmäßigen Anwärter seien, doch Chamberlain weigerte sich, das Parlamentsgebäude zu verlassen. Bewaffnete Truppen hielten ihn weiterhin im Amt.

Der Kongreß schuf eine spezielle Wahlkommission, bestehend aus fünf Senatoren, fünf Abgeordneten, fünf Richtern des Obersten Gerichtshofs, die als Schiedsrichter bei den umstrittenen nationalen Auszählungen auftreten sollte. Am 9. Februar 1877 bestätigte die Kommission die offizielle Zweitzählung in Florida zugunsten von Hayes. Am 16. Februar bestätigte die Kommission die Louisiana-Zählung zugunsten von Hayes. Am 28. Februar bestätigte sie die South-Carolina-Zählung zugunsten von Hayes.

Tilden weigerte sich, diese Entscheidungen anzufechten. Die Demokraten der Südstaaten begannen daraufhin sofort im Hintergrund um Zugeständnisse zu kämpfen; es ging nicht so sehr um Versprechungen, sondern um das allgemeine Einverständnis, daß eine republikanische Regierung dem Südstaaten-Standpunkt wohlwollend gegenüberstehen würde. Als Gegenleistung unterstützten die Demokraten Hayes, der am 5. März friedlich zum Präsidenten der Vereinigten Staaten gekürt wurde.

Am 23. März lud Präsident Hayes die Gouverneursanwärter Hampton und Chamberlain zu getrennten Privatsitzungen nach Washington. Hampton versicherte glaubwürdig, daß er bei Abzug der Truppen die Rechte der Schwarzen aufrechterhalten würde. Gouverneur Chamberlains schwächlicher Zugriff auf das Parlamentsgebäude war gebrochen.

Am 10. April zogen sich, der Entscheidung des Hayes-Kabinetts folgend, die Armeeinfanteristen aus dem Parlamentsgebäude von Columbia zurück. Der letzte besetzte Staat im Süden stand nicht länger unter der Herrschaft des Nordens.

South Carolina war befreit.

Die Wiederaufbauphase war beendet.

Epilog

Der Exerzierplatz
1883

*»Mein Name ist George Hazard. Ich komme aus
Pennsylvania. Einer kleinen Stadt, von der Sie noch nie
gehört haben — Lehigh Station.«
»Orry Main. Aus Saint George's Parish, South Carolina.«*

Ein Gespräch in New York City
1842

Vor den Steinbaracken trafen sich die beiden zum ersten Mal. Der kleinere Junge mit den derben Gesichtszügen war mit dem Morgendampfer angekommen; der andere erst am Nachmittag.

Der größere Junge war achtzehn, ein Jahr älter als der andere. Er hatte eine kleine, diagonale Narbe auf seiner rechten Wange. Die Narbe, das lange Haar und seine kräftigen Gesichtsknochen verliehen ihm das Aussehen eines Indianers.

Er sprach zuerst. »Gus Main. Texas.«

Der Junge mit dem kräftigen Kinn und den weichen Wangen streckte scheu seine Hand aus. »G.W. Hazard. Los Angeles.«

»Ich erinnere mich von Philadelphia her noch an dich.«

»Ich erinnere mich auch an dich«, sagte G.W., »wir haben eine Menge Popcorn zusammen gegessen. Wir haben diesem Adler stundenlang zugeschaut.«

»Wie hieß er doch gleich noch?«

»Wart mal. Abe. Old Abe.«

Gus grinste. »Richtig. Haben alle Yankees so ein phantastisches Gedächtnis?«

»Ich bin kein Yankee. Ich bin Kalifornier.«

Ein älterer Jahrgang kam aus der Baracke marschiert und brüllte sie an.

Jenseits des Exerzierplatzes saßen die beiden alten Freunde nebeneinander in Schaukelstühlen auf der Veranda des Posthotels und lauschten dem Gebrüll im Junizwielicht. »Mütze runter, wann immer Sie einen Vorgesetzten ansprechen, Sir! Bis Sie die Aufnahmeprüfung bestanden haben, sind Sie nichts anderes als ein widerliches Objekt, Sir! Fauliger Dreck, Sir! Abschaum!«

Colonel Charles Main von der 1500000 Acres großen Main Chance Ranch zündete sich eine Zigarre an. William Hazard, Präsident von Sundown Sea Realty Company und Diamond Acres Estate, legte seine Hände über sein Bäuchlein.

»Ich habe Willas Darbietung gestern abend sehr genossen.«

»Sie ist froh, wieder für ein paar Monate auf der Bühne stehen zu können.«

»Mr. Booth ist ein stattlicher Bursche. Und talentiert. Es war ein Erlebnis, mit ihm zu Abend zu essen. Aber ich sage dir, ich könnte nicht sechshundert Fremden meine Beine im engen Trikot vorführen.«

Charles zuckte mit den Schultern. »Er ist Schauspieler. Er könnte nicht nachts unter feindlichem Feuer eine Pontonbrücke über einen reißenden Fluß bauen.«

Am anderen Ende des Exerzierplatzes stolperten die Mitglieder der neuen Klasse der Militärakademie der Vereinigten Staaten zu einem Gebilde zusammen, das eine vage Ähnlichkeit mit einer Formation besaß, während die älteren Jahrgänge weiter kreischten und brüllten: »Ihr seid weniger als der letzte Dreck, Sir! Sie, Sir, sind ein Ding, Sir!«

Der Sonnenuntergang spiegelte sich in Billys runden Brillengläsern.

»Ich habe leichte Schuldgefühle, weil ich mit G.W. hochgekommen bin. Du und ich, wir benehmen uns wie Mamas, die ihre Kleinen verhätscheln. Mein Junge war alles andere als begeistert davon.«

»Meiner ebenfalls. Egal, wir sind alte Absolventen. Wir haben das Recht, hierher zurückzukommen. Ich wollte den Ort sehen.«

»Und was empfindest du dabei?«

»Weiß nicht genau«, sagte Charles. Er drehte seinen Stuhl, damit er die große Flagge in der Abendröte flattern sehen konnte. Irgendwo auf dem Hudson ertönte das Signalhorn eines Dampfers. »Ich glaube, dieser Ort hat einige unerwartete Sachen mit mir angestellt. Er machte mich zu einem Soldaten, wo ich womöglich gar nicht aus dem Holz geschnitzt war, aus dem man Soldaten macht.«

»Obwohl du ein guter Soldat warst.«

Charles gab dazu keinen Kommentar ab. »Was diesen Ort anbelangt ich mag ihn irgendwie, jetzt, wo ich nicht länger dazugehöre.«

»Außer durch deinen Jungen.«

»Nun ja, ich hatte so meine Bedenken, ob ich ihn einschreiben lassen sollte. Er kriegt hier eine gute Ausbildung, das hat mich schließlich überzeugt. Er kann ja die Armee verlassen, nachdem er seinen Dienst abgeleistet hat.«

»Sicher. Es wird keine Kriege mehr geben, in denen man kämpfen muß.«

»Das sagt jeder.«

»Fragst du dich nicht, was aus unseren beiden Jungs wird, Bison?«

»Sicher. Aber ich glaube, ich weiß es. Ihnen wird das gleiche passieren, was Orry und George passiert ist. Was dir und mir passiert ist. Dinge, mit denen wir nie gerechnet haben. Dinge, die wir uns niemals hätten vorstellen können. Das sind die Dinge, die den Menschen stets zustoßen, zusammen mit den normalen, gewöhnlichen Dingen.«

»Wie beispielsweise alt zu werden.« Billy erhob sich gähnend. »Ich werde jetzt immer so verdammt müde. Bereit zum Abendessen?«

»Wenn du es bist, Bunk, jederzeit.«

Billy schaute zu, wie die ungleichmäßige Formation Richtung Kantine abmarschierte. »Ich bin stolz, daß ich hier war«, sagte er und hakte seine Daumen in die Taschen seiner Goldbrokatweste. »Ich bin froh, daß mein Bruder und dein Cousin sich hier getroffen haben. Ohne das hätte ich weder Brett noch meine Familie. George hätte Madeline nicht. Ich hätte nie meinen besten Freund kennengelernt.«

So viele Geburten, dachte Charles. So viele Todesfälle. So wichtig. So belanglos.

»Ja, ich bin froh, daß sie sich getroffen haben«, sagte er. »Ich hätte sie gern an jenem Tag im Jahre 1842 gesehen. Ich möchte wetten, sie haben schon ein Pärchen abgegeben. Der Junge des Eisenhüttenbesitzers und der Junge des Reispflanzers. Oh, ich hätte sie wirklich gern gesehen.«

Die Kanone, die in West Point den Sonnenuntergang anzeigte, donnerte los. Die beiden Freunde gingen hinein zum Abendessen.

>Nur einen Augenblick trifft uns sein Zorn,
>doch lebenslang umgibt uns seine Güte.
>Am Abend mögen Tränen fließen,
>am Morgen jubeln wir vor Freude.

>30. Psalm

>Ich mache das Licht,
>und ich mache die Dunkelheit;
>ich schaffe den Frieden,
>und ich schaffe das Böse;
>ich, der Herr, bin es,
>der dies alles vollbringt.

>Jesaja 45

Nachwort

*Er hatte gehört, daß Ned den Krieg nie überwunden hätte . . .
Das traf auf viele Männer zu.*

LARRY MCMURTRY
Lonesome Dove

Mit diesen letzten Absätzen fällt der Vorhang über der Nord-und-Süd-Trilogie, einem Projekt, das mich etwas länger als fünf Jahre beschäftigt hat.

Der erste Band, »Die Erben Kains«, behandelte die Vorkriegsperiode und bemühte sich, das langsame Wachsen des Konflikts sowie dessen zahlreiche Ursachen zu beleuchten. »Liebe und Krieg« drehte sich um den Krieg selbst, vier Jahre, die auf ewig unser nationales Bewußtsein zeichnen, die tiefe Narben hinterließen und schließlich die Phantasie der ganzen Welt erregten. Bis auf den heutigen Tag übt der Krieg eine magische Anziehungskraft auf Millionen aus. Er stellt eine einzigartige Kombination des Alten und des Neuen dar; erbarmungsloses Leiden und leuchtenden Idealismus. »Krieg ist die Hölle«, schnappte Onkel Billy Sherman, das Leid so treffend beschreibend. Der idealistische Aspekt wurde 1884 von Oliver Wendell Holmes charakterisiert. In Erinnerung an seine Kriegserlebnisse (Captain, 20th Massachusetts) sagte er: »Wir hatten das große Glück, daß in unserer Jugend ein Feuer in unseren Herzen brannte. Wir lernten dadurch von Anfang an, daß das Leben eine unergründliche, leidenschaftliche Sache ist.«

In den vier Kriegsjahren ging mit unserem Land ein apokalyptischer Wandel vor. Als Fußnote ist es für mich recht interessant, daß bis jetzt noch niemand meine Metapher für diesen Wandel – die Pferde – in »Liebe und Krieg« identifiziert hat. Bilder von Pferden tauchen ständig in dem Roman auf. Direkt nach dem Prolog wird ein geschmeidiges, schwarzes Pferd gezeigt, das über eine sonnenhelle Weide galoppiert. Im letzten Bild tun sich Bussarde an den Überresten eines schwarzen Pferdes gütlich, das neben einer Eisenbahnlinie liegt.

In »Himmel und Hölle« richtete ich das Augenmerk nach Westen, weil meiner Meinung nach die Verschiebung der historischen Ereignisse das verlangte. Gleichzeitig wollte ich einige Details der sich in vollem Gang befindenden Bürgerrechtsrevolution bringen, im allgemeinen »radikaler Wiederaufbau« genannt, die in den Jahren unmittelbar nach dem Bürgerkrieg gewonnen und gleich wieder verloren wurde. Historiker bezeichnen meist das Jahr 1876 als das letzte Jahr der Wiederaufbauphase, das mit der »Befreiung« — soll heißen: der Rückkehr zu einer demokratischen, nur aus Weißen bestehenden Staatsregierung — in South Carolina zusammenfällt, dem letzten der zu »befreienden« Südstaaten, was in diesem Fall durch den sogenannten Mississippi-Plan geschah. In dem Staat, in dem alles begann, in dem John Calhoun seine Nichtigkeitsdoktrin vortrug, endete es auch wieder.

In den 1860er Jahren waren wir als Volk einfach noch nicht fähig, Demokratie zu praktizieren. Als Andrew Johnson während seiner »Goodwill-Tour« seinem Publikum in Cleveland sagte, sie sollten in Ohio erst mal vor der eigenen Tür kehren, bevor sie den Süden attackierten, wurde er ausgepfiffen und ausgebuht. Selbst viele erklärte Nordstaatenrepublikaner — literarische Männer wie John William DeForest vom Büro für befreite Negersklaven und der Journalist Whitelaw Reid — konnten eine gewisse gönnerhafte Herablassung gegenüber den »Schwarzen« nicht aus ihrer Prosa heraushalten. Ihre Werke sind voll von rassischen Stereotypen. Reid schreibt: »Wer hat nicht die tiefen, feuchten Kuhaugen des Südstaatennegers bewundert?« und »Die Elfenbeinzähne, die hier sichtbar wurden, hätten einen Zahnarzt zur Raserei gebracht.« Trotz Lincoln, trotz der Radikalen, trotz der Verfassungszusätze blieb das weiße Amerika nach dem Krieg rassistisch.

Die Geschichte des Wiederaufbaus ist wichtig für das moderne Amerika. Im Januar dieses Jahres, als ich die letzte Fassung durch den Computer laufen ließ, tobte Rassengewalt im Forsyth County, Georgia. Teilnehmer an einem Friedensmarsch wurden vom weißen Mob bedroht, bloß weil sie schwarz waren. Die Lektion, die uns die Geschichte lehrt, ist manchmal eine traurige

Lektion: daß wir unfähig sind, aus der Vergangenheit zu lernen, und sie endlos wiederholen müssen, wie Santayana warnte.

Als ich über den Wiederaufbau schrieb, wollte ich keineswegs eine andere Gruppe beiseite lassen, die eine entscheidende Rolle in diesem Roman spielt. Ich meine die ursprünglichen Einwohner dieses Landes, die eingeborenen Indianer. Während der hier geschilderten Zeitspanne wurden sie schließlich von ihrem Land vertrieben und sehr wirkungsvoll jeglicher Möglichkeit beraubt, am politischen Prozeß teilzunehmen, durch etwas, was wir heute als »Völkermord« bezeichnen. Die Indianer stellen nicht das ethnische Hauptthema in »Himmel und Hölle« dar, doch ich habe keineswegs beabsichtigt, ihnen lediglich ein historisches Achselzucken zukommen zu lassen. Die Tragödie der Indianer würde ich gern in einem späteren Buch ausführlicher behandeln.

Selbstverständlich soll dieses Buch ebenso wie die beiden vorausgegangenen Romane vor allem eine Geschichte erzählen und erst in zweiter Linie Historie sein (obwohl ich wie stets nie wissentlich um der Handlung willen historische Fakten verfälscht habe). Einige der historischen Aspekte dieses Romans bedürfen jedoch eines kurzen Kommentars.

Ich fand es schwierig, über den Ku-Klux zu schreiben. Aus der Sicht der Opfer des Klans wirkten die Kapuzenmänner erschreckend und furchteinflößend. Doch es fällt schwer, hundert Jahre alte Fotos von mit Bettlaken behängten Klansmännern zu betrachten oder ihre pompösen Handzettel und Zeitungsankündigungen zu lesen, ohne zu lächeln. Diese Dualität eignet sich nicht zum Geschichtenerzählen, und ich bin mir nicht sicher, ob ich die Aktivitäten des Klans objektiv eingefangen habe. Ich möchte dem Leser jedoch versichern, daß die in diesem Buch vorkommenden Rituale und die zitierten Fragmente nicht von mir erfunden wurden; sie sind authentisch. General Nathan Bedford Forrest gründete nicht den Klan, doch man ist sich allgemein einig darüber, daß er für einige Jahre die Rolle des Reichshexenmeisters bekleidete, bis die Gewalttätigkeiten außer Kontrolle gerieten und er öffentlich die Auflösung des Klans anordnete.

Bis auf den heutigen Tag prallen die Meinungen über General

George A. Custer hart aufeinander. Man kann sagen, daß Custer ein guter oder zumindest erfolgreicher Soldat war. Er verzeichnete eine erstaunliche Anzahl von Siegen mit der Unionsarmee. Bei einigen seiner Männer löste er eine unglaubliche Loyalität aus (bei anderen fanatischen Haß; dies war auch das Problem in der Siebten Kavallerie von dem Augenblick an, da er zu dem Regiment stieß, bis zu dem Zeitpunkt, wo er es am Little Big Horn in die Katastrophe führte).

Meine Interpretation von Custer ist zugegebenermaßen persönlich. Ich finde zu viele negative Punkte. Seine Eitelkeit war überwältigend, genau wie die seiner Frau. Es gibt keine Entschuldigung für seine Weigerung, das Kommando über schwarze Soldaten in der Neunten Kavallerie zu übernehmen. Seine Bestrafungen waren drakonisch, häufig illegal, und viele seiner Abenteuer im Feld waren tollkühn oder entstanden aus persönlichen Beweggründen; der schnelle Abstecher zu seiner Frau Libbie, der ihn vor das Kriegsgericht brachte, ist ein gutes Beispiel dafür. Was ihn am stärksten in Mißkredit bringt, ist der Washita – die Schlacht oder das Massaker, je nachdem, auf welche Angaben man sich stützt. Washita birgt für mich gewisse Aspekte, die eine gespenstische Ähnlichkeit mit Vietnam aufweisen. Eine frustrierte Armee, die Guerillakämpfern gegenüberstand, gegen deren unkonventionelle Taktiken sie kein Mittel fand, stürmte ein Dorf und vernichtete es völlig – Männer, Frauen, Kinder – aufgrund der Theorie, daß auch kleine Jungs die Waffen gegen ihren Feind erheben könnten (was offenbar gelegentlich auch geschah).

Wahrscheinlich wird man mich verdächtigen, romantische Vorstellungen über die Taten der Soldaten von Griersons Zehnter Kavallerie zu hegen. Ich plädiere auf nicht schuldig. Die Armee bot bei diesen schwarzen Kavalleristen die erste offizielle Gelegenheit, aus ihrem elenden Leben in den Städten des Nordostens herauszukommen, und sie machten sich diese Chance zunutze. Die militärischen Sachverständigen sind sich mit dem Autor George Walton einig, der über das Zehnte Regiment sagte: »Die Soldaten ... entwickelten einen Esprit de Corps, der in der Armee der Vereinigten Staaten fast ohne Beispiel ist ... die Desertationsrate, stets ein Gradmesser der Moral, wurde zur niedrigsten in der Militärgeschichte.« Anfangs widerstrebende weiße Offiziere kommandierten nach und nach das Zehnte Regiment voller Stolz. John Pershing erhielt seinen Spitznamen, Black Jack, während seiner dortigen Dienstzeit.

Obwohl Trompeten und Hörner vollkommen verschiedene Instrumente sind, wurde das von der Armee in den Jahren 1865-70 ignoriert. Zu dieser Zeit sprach man ganz allgemein von »Trompetensignalen«. Ich habe allerdings noch nie von einem Kavalleristen gehört, der in vollem Galopp an den Ventilen herumgefummelt hätte. Mit anderen Worten, in dieser Zeit bliesen die Trompeter in Signalhörner, wurden aber nichtsdestoweniger als Trompeter bezeichnet.

Zum Schluß verdient noch Henry Ossian Flipper Erwähnung. Flipper, West Point Jahrgang 1877, war der erste schwarze Absolvent der Militärakademie, der erste schwarze Offizier im Zehnten Regiment, und damit auch der erste schwarze Offizier der regulären Armee. Er wurde 1856 als Sklave in Georgia geboren und absolvierte West Point trotz buchstäblicher Achtung. »Für mich gab es keinerlei gesellschaftlichen Umgang«, schrieb er. »Keine Freunde, weder männlich noch weiblich; meine Isolation war absolut und vollständig.« Doch Flipper hielt trotz herzzerreißender Schwierigkeiten durch, so wie nach ihm viele schwarze Soldaten, was man ihnen hoch anrechnen muß.

Und nun habe ich zu danken.

Wenn nicht anders angegeben, stammen die Schlagzeilen, Depeschen und Annoncen aus der »New York Times«. Den »Purpurtraum« der Konföderation, eine schöne Metapher, die ich übernommen habe, hat Samuel Eliot Morison kreiert.

Eine Anekdote des Historikers Robert West Howard inspirierte mich zu den »Fenway-Klavieren«.

Colonel John W. DeForest, den ich bereits erwähnte, hat während seiner Dienstzeit in South Carolina eines der wichtigsten Zeugnisse jener Jahre niedergeschrieben. Ich habe großzügigen Gebrauch von seinem *A Union Officer in the Reconstruction* gemacht, als ich Madelines Journal entwarf.

Bei der Beschaffung von DeForests Werk und von so vielen

anderen Büchern, Zeitungen und Zeitschriften muß ich zuerst dem unendlich hilfsbereiten Personal der Greenwich Public Library danken. Ich bin seit Jahren ein heftiger Benützer von Bibliotheken, doch eine so hervorragende habe ich in einer Stadt von vergleichbarer Größe nie gefunden.

Die Bibliothek auf Hilton Head Islands hat mit der ihr gemäßen Sorgfalt gearbeitet; besonders danke ich hier Ruth Gaul und Sharon Lowery. Die Bibliothekare in South Carolina sind so enthusiastisch wie die in Connecticut, nur haben sie sehr viel weniger Geld zur Verfügung. Die Mehrheit der Politiker scheint Tourismus und Fußball wichtiger zu finden als Bildung. Die Bibliothekare machen das Beste aus ihrer beklagenswerten Situation.

Robert E. Schnare von West Point hat mich wiederum mit Unterlagen versorgt. Weitere wichtige Dokumente kamen von der Tennessee State Library. Für Spezialforschungen bekam ich Hilfe von meinem Freund Ralph Dennler, meinem Sohn Michael Jakes, meinem Schwiegersohn Michael Montgomery und meiner Frau.

Ebenso danke ich Bill Conti. Al Kohn von Warner Bros. Records und Auriel Sanderson, Vizedirektorin der David L. Wolper Organization.

Wie immer trage ich die ausschließliche Verantwortung für allfällige Fehler und für sämtliche Meinungen, die in diesem Band geäußert werden.

»Himmel und Hölle« beschließt eine Trilogie, die mit einem knappen Konzept und mit großem Glauben gestartet wurde. Ich danke in dieser Hinsicht Bill und Peter Jovanovich und allen anderen Verlagsmitarbeitern, die ich im Laufe dieses Projekts kennenlernte. Dabei denke ich besonders an Rubin Pfeffer, Willa Perlman, meine großartige Lektorin, Julian Muller und seine tüchtige und freundliche rechte Hand, Joan Judge.

Durch Harcourt Brace Jovanovich habe ich Paul Bacon getroffen, dessen wirkungsvolle Schutzumschläge meiner Trilogie zu Aufmerksamkeit verholfen haben, wie Tausenden von anderen Büchern auch. Paul ist ein Spitzenmann in seinem Fach; durch die Trilogie sind wir nicht nur Freunde geworden, sondern wir arbeiten jetzt auch gemeinsam an einem Kinderbuch.

Frank R. Curtis, Esq., mein Anwalt und Freund, bleibt für mich eine Quelle der Kraft und ein weiser Berater. In England haben mich meine Agentin June Hall und Ian und Marjorie Chapman von Collins Publishers unermüdlich ermutigt.

Einige Bücher sind einfach zu schreiben, andere sind es nicht. Dieses gehörte zu den letzteren, was nichts mit dem Schreiben an sich zu tun hatte. Als ich mitten in der Konzeptionsarbeit steckte, starb meine Schwiegermutter Nina an einer qualvollen Krankheit. Sie war eine liebenswerte, mutige Frau, von kleinem Körperbau, aber groß im Geist. Sie wurde in einer konservativen, ländlichen Kleinstadt in Illinois geboren und verbrachte dort den größten Teil ihres Lebens. Sie war nicht nur eine tüchtige Mutter, sondern auch eine Verfechterin der Rechte für Schwarze und Frauen, und zwar lange bevor es Mode wurde. Sie stand mir stets bei, vor allem auch in einer schwierigen Zeit, in der es viele nicht taten. Ich liebte sie von ganzem Herzen, und ihr Tod im Oktober 1986 war ein schmerzvoller Verlust für uns.

Ein anderer Schicksalsschlag traf mich unmittelbar vor Abschluß dieses Buches. Letzten Freitag starb meine Mutter. Sie starb einen ganz andern Tod als Nina, war sie doch drei Jahre lang hospitalisiert gewesen und hatte ihre Umgebung während des letzten Jahres nicht mehr wahrgenommen. Sie war 91 Jahre alt, doch das mildert den Verlust nicht.

Schließlich wäre nichts ohne meine Frau Rachel denkbar gewesen, ganz sicher nicht dieses Werk. Ihr verdanke ich alles, und ich werde immer in ihrer Schuld stehen.

Greenwich, Connecticut, und　　　　　　　　　　JOHN JAKES
Hilton Head Island, South Carolina
7. August 1986/30. März 1987

Ein grandioses Epos über den amerikanischen Bürgerkrieg

Als Band mit der Bestellnummer 10867 erschien:

Im Mittelpunkt stehen zwei Familien: die Hazards, ein Industriellenclan in Pennsylvania, und die Mains, Plantagenbesitzer und Sklavenhalter in South Carolina. Ihre Söhne begegnen sich auf der Militärakademie von West Point. Sie werden Freunde und sind wie Brüder zueinander. Noch ahnen sie nicht, daß ein mörderischer Krieg sie bald zu Todfeinden machen wird . . .

Liebe, Haß und Sterben am Mississippi

Als Band mit der Bestellnummer 11244 erschien:

Daß Unfaßbare ist geschehen. Aus dem jahrzehntelang schwelenden Konflikt um die Frage der Sklavenhaltung ist ein offener Krieg zwischen den Nord- und Südstaaten entbrannt, der auch vor den Mains und Hazards nicht haltmacht. Sie werden hineingerissen in einen Strudel von Haß und Gewalt, und ihre Freundschaft wird mehr als einmal einer harten Zerreißprobe ausgesetzt. Doch inmitten der düsteren Untergangsstimmung gibt es auch leuchtende Beispiele von Liebe und Treue, Hingabebereitschaft und Opfermut.